한국
문학의
유령
들

한국
문학의
유령들

류보선 평론집

문학동네

책머리에

언제부턴가 내 눈에 '유령들'이 보이기 시작했다. 그들의 분노와 한숨과 중얼거림이 들리기 시작하는가 하면, 그들의 그림자가 어른거리도 했고, 아니면 그들의 흔적이 무슨 '진리의 빛'처럼 명멸하기도 했다.

그리 오래된 일은 아니다. 지젝을 만난 이후부터가 아닐까. 지젝은 그의 출세작 『이데올로기라는 숭고한 대상』에서 라캉에 기대 '당신은 항상 두 번 죽는다'고 말하고 있었다. 두 번 죽는다니? 이것도 뜻밖이었는데, 정작 문제는 그다음이었다. 상징적인 죽음과 실제적인 죽음 사이가 있다고 했고, 이 사이에 있는 동안 인간 존재들은 유령이 된다고 했다. 이때부터였다. 뒤늦게 도착한 편지처럼 내 주위에 유령들이 출몰하기 시작한 것은. 도처에서 느닷없이 유령들이 현전했고 도래했다. 또 때로는 봉인된 기억이 어떤 계기에 의해 예기치 못하게 귀환하듯, 마음 깊숙한 곳에서 슬며시 스며나오는 유령들의 잔여물도 있었다. 게다가 이 과정에서 지젝 외의 또다른 여러 유령학자들 혹은 유령의 위상학자들을 만날 수 있었다. 『햄릿』의 유령이나 마르크스의 유령들을 뒤늦게 발견한 것은 물론 대리언 리더의 '우울증적 유령'과도 만날 수 있었고, 아감벤의 '호모 사케르'적 유령과도 외설적으로 조우하기도 했다. 그런가 하면 주디스 버틀러가 재구성한 안티고네라는 유령도 접하는 한편, 데리다식의 결정 불가능하고 기괴한 미래적 유령들과도 접신할 수 있었다.

나는 한동안 두 죽음을 동시에 맞지 못한 사람들, 혹은 한쪽은 살고 한쪽은 죽어 불현듯 출몰하고 도래하는 유령들의 심연을 들여다보며 살았다. 아니다. 그 유령들의 심연이 이미 저곳에서 나를 지켜보고 있었다고 해야 하리라. 상징적으로는 죽었는데 실제적으로 살아 있는 현존재들, 실제적으로는 죽었건만 아직 상징적으로 죽지 못한 실존들. 상징적으론 살아 있으나 상징적 질서 그것대로의 삶이어서 실제적인 삶이 무의미한 속물들, 그것도 아니면 상징적으로 태어나지도 않았어야 했으나 너무 일찍 태어나 미처 그 상징적인 의미도 인정받지 못한 유령들. 이들은, 데리다의 표현을 빌리자면, 현재성의 어그러짐 때문에, 동시대성의 비동시대성 때문에, 가시성의 비가시성 때문에 언제나 다시 방문할 준비를 하고 있었고, 문득 현재성에 대한 어떤 균열이 감지되는 순간 현재라는 무대로 들어서곤 했다. 그리고 그렇게 되돌아와서는 때로는 살아 있는 과거를 되짚어주기도 했고 처참한 현재의 '오감도'를 보여주기도 했으며, 그것이 아니면 살아 있는 미래를 증언하기도 했다.

그러던 중 마침내 신경숙의 『엄마를 부탁해』를 만났다. 살아 있을 땐 부재했지만 부재하는 그 순간부터 실존적 의미를 부여받은 『엄마를 부탁해』의 엄마의 형상과의 조우는, 『엄마를 부탁해』의 엄마라는 유령과의 만남은 나에겐 곧 타자와의 외상적 마주침 그것이었으며, 일종의 바디우적 의미의 사건이었다. 나는 더이상 기표와 기의를 견고하게 이어주는 동시대적 상징체계에 나 자신을 위치시킬 수 없었다. 그 순간부터 기의와 기표 사이를 나 자신의 우발적이고 부적절해 보이는 상징화들이나 번역들로 메워나가야 하는 고통 속에서 살아야 했다. 이 균열과 고통은 감당하기 쉬운 것은 아니었지만, 그렇다고 그 이전으로 돌아갈 수는 없었다. 대신 기억의 덮개가 열린 듯 수많은 한국문학의 유령들이 나를 방문했다. 저 멀리는 『탁류』의 유령적 주체들로부터 박범신, 편혜영, 이기호, 김언수 등의 비존재들을 거쳐 윤성희의 유령들이 차례대로 내게로 왔다. 더이상 거부할 수 없었다. 어떤 것들은 분노하고 있었고, 또 어떤 것들은 즐겁게 놀고 있기도 했다. 그런가 하면 또 어떤 것들은 살아 있는 이들을 바라보며 미소 짓기도 했다. 나는 무엇에 홀린 듯 모든 존재들을 유령으로 보기 시작했고, 이후 잠시 도래했다가 곧 사라지는 이 여러 유령들의 목소리를 들어주고 그들을 애도하거나 문맥화하는 일에 매달렸다. 어떤 유령들은 이 환대에 만족한 듯 다시 나타나지 않았고, 또 어떤 것들은 나의 문맥화가 자신의 오랜 떠돎을 전혀 설명하지 못했다는 듯 누차 나타나기도 했다. 즐거운 지옥이었고 찬란한 고통의 순간들이었다.

어느 순간 도래한 한국문학의 유령들을 만나 그들을 애도하고 맥락화하면서 내게도 큰 변화가 일어났다. 하나는 이전과는 다른 역사지리지를 지니게 되었다는 것. 한국문학의 유령들을 만나는 동안, 나는 이전에는 나에게 전혀 큰 의미를 지니지 않았던 두 환영(幻影)의 방문을 받았다. 하나는 나의 백부였다. 내게 백부는 오로지 형형한 눈빛 때문에 더욱 그늘진 얼굴과 카랑카랑한 목소리로만 살아 있었더랬다. 그분의 형형한 눈빛과 카랑카랑한 목소리, 그리고 이른 죽음이 두 번의 군 입대와 관련이 있다는 이야기를 들은 적이 있지만, 그 이야기는 내가 지니고 있는 역사상에 아무런 영향력을 미치지 못했다. 일제 말기에 징병을 나갔고 해방 후 일 년이 지나 동네의 모든 사람들이 죽었다고 믿는 시점쯤에 귀환한 백부는 그 일 년 사이의 경험을 길고 집요한 침묵으로 증언하던 중 어떻게 된 일인지 홀연히 국군으로 다시 입대를 했단다. 이 두 번의 입대가 백부를 허약하게 만들었고 백부는 끝내 그 카랑카랑한 목소리를 남긴 채 장년의 문턱에서 유명을 달리하셨다. 이렇게 파란만장한 삶이었건만 나는 백부의 삶과 죽음을 애도할 마음도, 역사적으로 맥락화할 의지도 지니지 않고 지냈다. 그랬던 것인데, 어느 날, 문득, 백부의 예의 그 눈빛과 목소리가 되살아왔다. 그때쯤 내 주위를 어른거리는 또하나의 환영은 나의 큰외삼촌이었다. 나의 큰외삼촌은 대학생 시절 한국전쟁을 맞았단다. 어떤 일이 있어도 서울을 지킨다는 이승만 정부의 말을 믿었다가 한강철교가 끊겨 피난 갈 기회를 놓치고 말았다. 인민군이 들어왔고 그들의 강요에 못이겨 작은 심부름을 했다. 그리고 얼마 지나지 않아 서울이 수복되었다. 사상이 철저했거나 인민군 시절 큰 역할을 했던 이들은 인민군을 따라 북으로 올라갔다. 문제는 작은(?) 심부름을 한 큰외삼촌이었다. 총칼이 내리는 명령에 어쩔 수 없어 작은 심부름을 한 정도였기에 나의 큰외삼촌은 자신이 자라왔고 또 자신이 설계했던 미래가 존재하는 그곳에 남기로 한 모양이었다. 그러나 이 순진한 판단이 그를 죽음으로 몰아넣었다. 나의 큰외삼촌은 전쟁중이라 더욱 걷잡을 수 없었던 광기의 이데올로기 혹은 이데올로기의 광기를 짐작도 하지 못했고, 결국 같이 작은 심부름을 한 순진한 청춘들과 더불어 집단처형을 당했다고 했다. 큰일일 터였고 큰일이었어야 할 터였다. 하지만 나는 이 비극적인 죽음을 애도하지도 않았다. 대신 봉인했다. 무엇보다 내내 배워왔고 그래서 절대적으로 신봉했던 대문자 역사 때문이었을 것이다. 그 대문자 역사에 따를 경우 나의 백부와 큰외삼촌의 비극은 비본질적이고 예외적이며 한낱 우연이거나 불상사일 뿐이었다. 하지만 한국문학의 유령들과 조우한 지금 나는 더이상 그렇게 역사를 보지 않는다. 그렇게 볼 수가 없다. 어떤 편인가 하면 이제 나는 나의 백부와 큰외삼촌의 시각에서 대문자 역사를 보려 한다. 그러니까 내가 알고 배워온 대문자 역사가 얼마나 수많은 존재들의 비극을 쓸모없는 실존으로 격하시킨 상태에서 만들어진 것인가를 되짚고 있으며, 어느 역사에도 기입되지 못해 끊임없이 이곳으로 되돌아오는 유령들에게서 살아 있는 과거 혹은 살아 있는 미래를 발견하려 하고 있다.

여러 유령들과 같이 그 다양한 시간대와 사건들을 공유하면서 나에게 나타난 또하나의 변화는 문학에 관한 새로운 시각을 받아안게 되었다는 것. 나는 문학을 인간학이라고, 또는 인간학이어야 한다고 생각하는 편이었다. 그래서 문학은 동시대의 총체성을 보다 온전한 형태로 반영하는 전형적인 인간상을 형상화하여야 한다고 믿는 편이었고, 문학작품 속에서 항상 이런 인간상을 찾아왔고 기다려왔다. 하지만 이제는 그렇지 않다. 이제 나는 문학을 유령학이라고, 유령학이어야 한다고 생각한다. 수없이 많은 순진한 주체들의 작은 행동들을 보편성 바깥으로 쫓아내고 그것도 모자라 그것을 천재적으로 은폐하여 자기를 유지하는 대문자 역사상이나 동시대적 상징질서를 균열시키기 위해서는, 살았으되 죽은, 또는 죽었으되 죽을 수 없어 상징질서 너머를 떠도는, 그래서 불쑥 우리들에게 도래하고 출몰하고 현전하는 그들 곧 유령적 주체들을 발견하고 호명하는 일이 무엇보다 중요해 보인다. 그래야만, 다시 말해 유령적 주체들이 수시로 도래할 때라야 대타자의 질서로부터 벗어날 수 있는 작은 균열들이 생길 터, 그렇다면 문학은 실재가 아니라 실재 너머 실재를 떠도는 유령들의 흔적을 집요하게 읽어내고 그것을 현전시켜야 하는지도 모른다. 마찬가지로 그곳에서 불가능한 것의 가능성, 즉 미래의 윤리성과 정치성도 발견해야 한다. 그럴 때만 문학은 비로소 대타자의 질서와는 또다른 질서를 상상하고 꿈꾸는 고유한 기능을 수행할 수 있으므로. 오로지 문학만이 그것을 할 수 있으므로.

여기, 이 책에 묶인 대부분의 글들은 한국문학에 도래한 유령들의 흔적을 찾아보고 그 각각의 유령들 속에 담긴 진리 내용들을 맥락화하고자 씌어진 것들이다. 나름대로 한국문학의 유령들을 계열화하거나 한국문학의 자체의 유령성을 규명하려 한 것은 틀림없지만, 그러나 그러한 의도가 이 책 구석구석까지 관통하는 것은 아니다. 문학의 유령성에 대한 인식, 그리고 한국문학의 유령들에 대한 관심이 처음부터 있었던 것이 아니라 사후적으로 생긴 까닭이다. 여행이 끝나자 뒤늦게 길이 보이기 시작했다고

8

나 할까. 아니면 숲에서 나오니 숲이 보였다고나 할까. 그러므로 이 책은 아쉽게도 한국문학의 유령들에 관한 완성된 책이 아니라 그것을 위한 서론 성격의 책이 되는 셈이다. 아쉽지만 어쩔 수 없다. 한편으로 아쉬워서 힘이 나기도 하고 의지가 솟기도 한다. 빠른 시간 안에 한국문학의 모든 유령들을 계열화되고 계보화한 상태에서 만날 수 있기를!

어느 책이나 보이지 않는 손들의 진심 어린 정성을 거쳐 세상에 모습을 드러낼 것이나, 이 책의 경우는 특히 정말 많은 사람들의 도움 덕분에 만들어진다. 우선 수시로 내 앞에 출몰한 환영과 환각 들, 그리고 유령의 가치들 강렬하게 일깨워준 작가들에게 고마움을 표한다. 더불어 흔적만 있는 생각들을 글이 되도록 독촉해주고 또 그 흩어진 글들을 하나의 책이 되도록 독려해준 문학동네 식구들에게 감사를 전한다.

2012년 가을

류보선

제1부

근대 이후와 유령들의 도래

현명한 자는 길을 잃는다, 그러나 단순한 자는……
— 김훈 소설이 우리에게 알려준 그것

1. 농경사회적 상상력과 김훈 소설의 사건성

이 글의 일차적인 관심사는 21세기 한국소설의 중요한 성과에 해당하는 김훈 소설의 특이성을 규명하는 것이다. 하지만 이 작업은 여느 작가의 특성을 규명할 때처럼 김훈 소설이 이전 시대와 동시대의 소설에 비해 어떤 차이를 지니고 있다는 것을 밝히는 데 멈추지는 않을 것이다. 아니, 그 자리에서 멈출 수가 없고 멈춰서도 안 된다. 김훈 소설의 특이성을 밝히기 위해서는 김훈 소설이 한국소설사에서 차지하는 혁신성 혹은 사건성을 해명하는 데까지 나아갈 수밖에 없다. 이유는, 간단하다. 김훈 소설의 특이성 때문이며, 그 특이성이 단순히 다른 소설과 구분되는 선명한 자질을 가지고 있다는 정도에서 그치지 않는 까닭이다. 김훈 소설은 이전 시대의 소설이나 동시대 소설의 아주 예외적인 작품들, 그러니까 위대한 작품들만이 나누어가졌던 획시기성으로 충만하다.

지금은 어느 누구도 김훈이 이 시대를 대표하는 작가임을 부인하지 않는다. 김훈 소설은 분명 이전에는 볼 수 없었던 신종계보를 형성했고 그로 인해 한국문학은 한껏 풍요로워졌다. 여기까지는 누구나 다 알고, 또 누구나 다 인정하는 사실이다. 하지만 사십대 후반의 문학담당기자로 명성이 높았던 김훈이 처음 느닷없이 장편 『빗살무늬토기의 추억』을 들고 나왔을 때만 해도 작가 김훈이 지금처럼 독자의 계보까지를 완성해가리라고 예상한 사람은 그리 많지 않았다(라고 나는 기억하고 있다). 물론 유난히 눈 밝은 감식가가 있어 "김훈씨의 그것은 인류문명사에 대한 비판적 사유라는 점에서 농경사회적 상상력일 것"이라며 "감성을 거부하는 이 강도 높은 문장력이 물컹물컹한 우리 소설문맥 속으로 진입한 사실은 일종의 사건이라 할 수 있겠다"[1]는 평가가 없었던 것은 아니다. 그러나, 그럼에도 불구하고 『빗살무늬토기의 추억』은 느닷없이 도래한 빛처럼 느껴졌다. 다시 말해 너무 강렬해서 순간 명멸하고 말 것 같았다. 신문기자 김훈이 계속 소설을 이어나가 한국소설사에 진입하리라고 예상하는 일은 쉽지 않았고, 실제로 그렇게 예상한 이도 많지 않았다. 한 비평가가 김훈의 세번째 장편인 『현의 노래』를 보고 "김훈은 이제 소설가다"라고 선언한 것[2]은 그때의 김훈에 대한 혹은 김훈 소설에 대한 주변의 반응을 확인하기에 충분하다. 이것은 김훈이 "육하원칙(객관주의)에 입각한 기사"를 쓰는 기자의 문장을 지니고 있기 때문은 아니었다. 김훈의 기사는 그때 이미 "글쓰는 이의 주관에 바탕한 '문장'이었"고, 김훈은 "문단에서 인정하는 문사"[3]였던 것이다. 그래도 그렇건만 김훈이 소설을 '순수 지속'시키리라는 기대를 갖기 힘들었던 이유는 김훈의 첫 소설인 『빗살무늬토기의 추억』의 다음과 같은 구절과 관련이 있다.

---

1) 김윤식, 「어떤 Homo Faber의 초상, 혹은 농경사회의 상상력─『빗살무늬토기의 추억』에 부쳐」, 『빗살무늬토기의 추억』, 문학동네, 1995, 212쪽.
2) 서영채, 「장인의 규율과 냉소의 미학─김훈론」, 『문학의 윤리』, 문학동네, 2005, 153쪽.
3) 이문재, 「"한참 말 안 들을 나이로군"」, 김훈, 『내가 읽은 책과 세상』(개정판), 푸른숲, 2004, 290쪽.

애초에 내가 도모했던 것은 언어와 삶 사이의 전면전이었다. 나는 그 전면전의 전리품으로써, 그 양쪽을 모두 무장해제시킴으로써 순결한 시원의 평화에 도달할 수 있기를 기원하였다. 그리고 나는 그 시원의 언덕으로부터 새로운 말과 삶이 돋아나기를 기원했다. 나는 인간으로부터 역사를 밀쳐내버릴 것을 도모하였는데, 벗들아, 그대들의 그리움 또한 내 그리움과 언저리가 닿아 있는 것이 아니겠는가. 나는 말의 군단을 거느리고 지층과 쇠붙이와 바람과 불의 안쪽으로 진입하였다. 그리고 그뿐이었다. 보이는 것은 아무것도 없었다. 그 캄캄한 쇠붙이의 안쪽에서 말들은 전의를 상실하고 궤멸했으며 나는 다시 삶의 위쪽으로 떠오를 수가 없었다.[4]

『빗살무늬토기의 추억』은 이런 허기 속에서 잉태되었다. 이때 김훈의 허기와 조급증은 도대체가 그 깊이를 측량하기 힘들다. 이 깊은 허기가 김훈으로 하여금 소설을 쓰게 했고, 동시에 『빗살무늬토기의 추억』이라는 한 편의 소설로 '무섭고 더러운' 문명을 전복시키고 말겠다는 과잉의 욕망을 촉발시켰다. 말하자면 김훈은 어떤 허기 때문에 단 하나의 소설로 '무섭고 더러운' 문명과 그것에 의해 타락한 존재들, 그리고 그 타락한 실존을 가치 있는 삶의 형식으로 전도시키는 오염된 언어를 전도시키고자 했던 것이다. 그뿐인가. 거기서 더 나아가 단 한 편의 소설로 문명에 훼손되지 않고 현재까지 이어져내려온 순결한 삶의 형식을 귀환시키고 복권까지 시키고자 한다. 이 모두를 『빗살무늬토기의 추억』은 단 한 편의 소설에 담으려 했다. 이렇게 단 한 편에 왜곡된 인류의 역사상과 그것을 넘어설 수 있는 방법까지를 모두 쓸어넣었으니 『빗살무늬토기의 추억』이 울퉁불퉁한 것은 오히려 당연하다고 해야 한다. 이 과잉의 의욕 때문에 『빗살무늬토기의 추억』은 작가의 첫 작품답게 열도는 손댈 수 없이 뜨겁되

---

4) 김훈, '자서', 『빗살무늬토기의 추억』, 문학동네, 1995, 5쪽.

전체적으로는 불균질한 소설이 되고 말았다. 그래서 『빗살무늬토기의 추억』은 기존의 담론체계를 해체하고 새로운 언어를 발명하려는 의지에도 불구하고, 아니, 그 의지 때문에 불완전한 소설이 되고 만다. 이를 두고 작가 자신은 '나는 참패하였다'고 고백했고, 그런 까닭에 김훈의 소설 도전기는 이렇게 일회성 사건으로 끝나는 것처럼 보였다.

한데, 『빗살무늬토기의 추억』은 소설 자체로서의 완결성은 흩어져 있으나 한 위대한 작가의 기원으로서는 충분한 의미가 내장되어 있었던 모양이다. 많은 사람들의 예상과 달리 『빗살무늬토기의 추억』은 결코 김훈 소설의 끝이 아니었다. 돌이켜보니 『빗살무늬토기의 추억』은 김훈 소설의 하나의 강력한 기원, 그것도 대단히 의미 있는 기원이었다. 『빗살무늬토기의 추억』 이후, 김훈이 소설에 도전했었다는 기억도 희미해질 무렵, 작가 김훈이 연이어 여러 빛나는 소설들, 『칼의 노래』『현의 노래』 등을 들고 나타났다. 그 이후는 이미 우리가 잘 알고 있는 사실 그대로다. 김훈은 『칼의 노래』『남한산성』 들로 일약 한국소설의 21세기를 자신의 세기로 만들어버렸다.

그런데 여기서 우리가 한 가지 더 주목해야 할 것은 '칼의 노래'들이 소설로 담아내기엔 불가능해 보였던 『빗살무늬토기의 추억』의 문제의식을 그대로 이어받고 있다는 점이다. 작가 김훈을 오늘날의 김훈으로 만든 소설인 '칼의 노래'들은 놀랍게도 모두가 여전히 문명의 불만과 그것을 넘어설 수 있는 길을 집요하게 탐색한다. 김훈 소설이 우리 사회 전체에 그토록 큰 파장을 일으킨 것은 바로 이 때문일 것이며, 우리가 김훈 소설에 더욱 주목해야 하는 이유도 여기에 있음은 물론이다. 김훈 소설은 우리 소설사에 완성도가 높은 소설 한 편이 추가된 것 정도의 의미에 그치지 않는다. 김훈 소설은 이제까지 한국소설사에서 보기 힘들었던 문명사 전체에 대한 역사철학적이고 비판적 사유를 소설적 언어로 끌어안는 데 성공한 바로 그 소설들인 것이다. 그러므로 김훈 소설을 말할 때는 반드시 김훈 소설의 특이성만이 아니라 이것, 그러니까 김훈 소설이 한국소설에 외삽시킨 사건성을 규명해야 하며, 이 글의 궁극적인 관심도 바로 그것이다.

2. 장치의 발견과 그 현대적 의미

『빗살무늬토기의 추억』이후 김훈이 다시 소설판으로 돌아온 것은 『빗살무늬토기의 추억』이 '희미한 옛사랑의 그림자'처럼 그 잔상도 희미해지던 무렵이었고, 그의 손에 들린 소설은 "한국문학에 벼락처럼 쏟아진 축복"이라는 찬사를 받았던 『칼의 노래』였다. 그리고 그것은 김훈의 세기가 시작되는 신호탄이었다.『칼의 노래』이후에도 김훈 소설의 혁신성은 지속되었다. 벤야민식의 표현에 따라 좋은 작품이 하나의 장르를 수립한다든가 아니면 이를 폐기한다든가 하고 완벽한 작품은 이 두 개를 모두 다 수행한다고 한다면,『칼의 노래』이후 김훈 소설은 이러한 길을 걷는다. 김훈 소설은 끊임없이 새롭고 다양한 형식을 시험하거니와, 이 과정에서 항시 하나의 장르를 해체하면서 동시에 그 안에서 새로운 형식을 창출한다. 뿐만 아니라 이 혁신의 과정을 바로 자신의 소설에서도 수행한다. 김훈 소설은 이전의 그 밀도 높은 소설이 올려놓은 탑을 다시 영점으로 만들고 바로 그 자리에서 다시 시작한다.

앞질러 말하자면 김훈 소설이 이처럼 항시 혁신적이고 이후에 혁신성을 순수 지속시키는 이유는 두 가지이다. 하나는 김훈 소설의 문명사회 전반에 대한 묵시록적이고 냉정한 시각 탓이고, 다른 하나는 문명의 불안과 불만을 극복하려는 의지 때문이라 할 수 있다. 김훈 소설은 『빗살무늬토기의 추억』에서도 그러했지만 문명사회 자체가 영 마뜩잖다. 김훈 소설에 따르면 문명사회란 각 개인의 개별성을 존중하지 않는다. 그러니 개인의 자율성은 인정받지 못하고 또 당연히 타자와 의미 있는 병존형식도 불가능하다. 때문에 어떻게든 인류는 문명사회 너머로 탈주해야 한다. 이를 위해서는 두 개의 현실도피에 포획되어서는 안 된다. 아주 현실 바깥으로 나가버리는 현실도피도 안 되고 현실 안으로 숨어들거나 현실 너머의 매혹적이고 무시무시한 실재들을 외면해서는 안 되며, 이 두 현실도피의 경계에서 문명사회 너머로 나아갈 때 한 개인은 자유로워지며 사회는 타자들끼리 공존하는 다성적인 사회가 된다. 물론 이러한 문명사회 너머를 향한 열의는 쉽게 달성될 수 없고, 심지어 현실원칙에 강박되어 사는 현존재들에게는 그것을 향한 사소한 실천마저도 힘든 것이 사실이다. 한마디로 김훈이 꿈꾸는 세상은 도대체 근접하기 힘들다는 것인데, 그런 까닭에 김훈 소설은 이 세상으로 다가가기 위해 혼신과 헌신을 다하고 있는 중이다. 이러니 당연히 김훈 소설은 혁신적이고 계속 혁신적일 수밖에 없다.

김훈 소설이 이렇게 문명사회에 대한 불안과 불만, 그리고 그것을 넘어설 가능성을 강렬하게 탐구하고 있다고 해서 『칼의 노래』 이후의 소설이 혹여 『빗살무늬토기의 추억』을 단순 반복하고 있는 것 아닌가 의심할 필요는 없다. 아니, 전혀, 그렇지 않다. 『칼의 노래』 이후의 소설들은 『빗살무늬토기의 추억』 모양 문명사회에 가장 통렬한 비판이지만 사실은 가장 무력하고 무내용한 비판인 전면적 비판의 형식을 취하지 않는다. 대신 규정적으로 비판한다. 문명사회의 요소 중 현재의 문명을 타락한 그것으로 만든 핵심적인 원리를 찾아내고 비판하고자 하며, 그러면서 『칼의 노래』 이후의 김훈 소설의 세상에 대한 비판은 통렬함 대신에 전율과 공포를 느끼게 되지만 문명사회가 안고 있는 핵심적인 증상을 예민하게 포착한다.

이러한 김훈적 혁신성이 비로소 적극적으로 개진된 소설은 우리가 알고 있는 그 소설, 바로 『칼의 노래』다. 『칼의 노래』 초판 서문에는 김훈 소설의 또다른 출발점을 알려주는 선명한 이정표가 있어 인상적이다. 그곳에는 두 개의 주목할 만한 문장이 있는데, 그 두 이정표는 우리를 김훈 소설의 중핵으로 직핍하게 해준다. 그 두 문장이란 "나는 정의로운 자들의 세상과 작별하였다. 나는 내 당대의 어떠한 가치도 긍정할 수 없었다"는 구절과 "나는 인간에 대한 모든 연민을 버리기로 했다. 연민을 버려야만 세상은 보일 듯싶었다. 연민은 쉽게 버려지지 않았다. 그해 겨울에 나는 자주 아팠다"는 것이 바로 그것. 이 두 문장은 이렇게 풀어볼 수도 있겠다. 정의롭지도 않은 것을 정의라고 (상징)권력화하고 그 외의 모든 것은 쓸모없는 실존으로 격하시키는 자들이 지배하는 소위 "정의로운 자들의 세상" 바깥으로 나가서 세상을 보겠다는 것, 그렇지만 지금 부정하기로 한 "정의로운 자들의 세상"이란 단지 저들이 일방적으로 만든 것이 아니고 '나' 역시 동의한 것이어서 그러니까, 상징적인 동일시의 과정이 개입된 것이어서 도대체 스멀스멀 기어나오는 '연민'은 어쩔 수가 없다는 것. 하지만 김훈은 결국 이 '연민'을 가까스로 떨쳐내고 "세상과 작별"하며, 이런 점에서 『칼의 노래』는 작가 김훈이 정의롭지 않은 자들이 오히려 정의로운 자들이 되는 전도된 세상 밖으로 나가는 출사표이자 선언문이다.

『칼의 노래』를 기점으로 김훈 소설은 '문명과 그 불만'에서 푸코적 의미의 통치성(아감벤에 따르면 장치)에 대한 공포와 그 안에서의 주체적 삶의 가능성 발견이라는 쪽으로 옮겨간다. 『칼의 노래』에서부터 김훈 소설은 문명 그 자체보다는 문명을 더욱더 부조리한 것으로 몰고 가는 어떤 장치들에 주목하기 시작한다. 『칼의 노래』에 따르면 세상을 지배하는 것은 "허망한 것과 무내용한 것"(185쪽)이다. 이 "허망한 것과 무내용한 것"은 어떤 내용과 누군가의 희망을 토대로 만들어졌을 것이나 시간이 흐르면서 어느새 그것은 그 내용과 희망과 무관한 상태로 홀로 자립해서 세상과 관계한다. 아니, 관계하는 정도가 아니라 세상을 움직이고 재생산하는 핵심적인 장치들로 고착된다. 예컨대, 『칼의 노래』에 따르면, 이런 식이다.

경상해안은 목이 잘리거나 코가 잘린 시체로 뒤덮였다.
포탄과 화살이 우박으로 나는 싸움의 뒷전에서 조선 수군은 적의 머리를 잘랐고 일본 수군은 적의 코를 베었다. 잘려진 머리와 코는 소금에 절여져

상부에 바쳐졌다. 그것이 전과의 증거물이었다. 잘라낸 머리와 코에서 적과 아군을 식별할 수는 없었다. 그래서 바다에서는 모든 적들이 모든 적들의 머리를 자르고 코를 베었다. 지방 수령들은 만호진이 무너지기 전에 이미 달아났다. 포구로 몰려온 적들은 산속으로 숨어든 피난민의 아녀자들까지 모조리 죽이고 코를 베어갔다. 피난민들은 다만 얼굴 가운데 코가 있기 때문에 죽었다.

　나는 보았으므로 안다. 조선 수군들은 물 위에 떠다니는 시체를 갈고리를 찍어 건져올려서 갑판 위에서 목을 잘랐다.

—『칼의 노래』(개정판), 문학동네, 2012, 15쪽

이 처참한 풍경만큼 허망하고 무내용한 것이 얼마나 허망하고 무내용하게 세상을 지배하고 있는지를 잘 보여주는 장면이 있을까. '적의 코'나 '적의 머리'는 원래 싸움에서 승리한 것을 증명하기 위한 전리품이고 상징물이었을 터이다. 그러므로 '코'나 '머리'는 어디까지나 수단이지 목적일 수 없다. 그러나 사정이 바뀐다. 이제 '코'와 '머리'가 목적이 된다. 그리고 세상은 '목적없는 합목적성'의 세계가 된다. 이렇게 되면 싸움에서의 승리는 뒷전으로 밀려나고 오로지 '코'와 '머리'만이 양쪽 군사들을 움직이는 추동력이 된다. 그 결과 '적의 코'가 아니라 '피난민의 코'도 문제되지 않고 심지어는 '아군의 머리'를 잘라내는 일이 일어나기도 한다. 이런 과정을 통해 '허망한 것과 무내용한 것'이 만들어지고 그렇게 만들어진 '허망한 것과 무내용한 것'이 세상 사람들의 모든 행위를 통제한다.

『칼의 노래』 이후의 김훈 소설에 따르면 세상은, 그리고 인간의 역사는 이렇게 '허망하고 무내용한 것'들에 의해 움직이고 재생산된다. 여기, 끼니, 노동, 몸, 냄새, 배고픔, 슬픔, 사실들, 실제들, 실재들, 실체들, 백성들의 희망과 원망, 고통, 고유성, 이질성, 환원 불가능한 가치 들 같은 것들이 있다. 그런가 하면 이런 것들을 묶고, 구성하고, 분할하고, 분류하고,

질서화하여 보다 행복한 삶을 만들기 위한 장치들이 만들어진다. 그러나 어느 순간이 되면 생명체들의 몸짓, 행동, 의견, 담론 들 따위는 중요하지 않다. 오히려 그것들을 포획, 지도, 규정, 차단, 주조, 제어, 보장하는 능력을 지닌 자립체들이 중요해진다. 그러니까 감옥, 정신병원, 팬옵티콘, 학교, 고해, 공장, 규율, 법적 조치 같은 장치들이 끼니, 노동, 찰나적인 경험 등등을 쓸모없는 실존으로 격하시키고 규율에 순응하는 순종하는 신체들을 만들어낸다.『칼의 노래』등에서 김훈 소설이 주목한 바에 따르면 감옥, 장매, 교서, 백의종군, 군대, 규율 같은 장치들이 생명체들의 개별적인 몸짓이나 말, 그리고 끼니, 고통, 아픔, 육체 위에 군림한다. 이제 각각의 생명체들의 개별적인 희망과 고통, 그리고 목소리들은 아무것도 아니다. 아니, 오로지, 중요한 것은 그런 개별자들의 몸짓들과 목소리와 희망 들을 포획하고 관리하는 장치들이다. 이렇게 되면 장치를 지키기 위해 실제 눈앞에서 벌어지는 일들이 없었던 일이 된다. 뿐만 아니라 생존을 위한 어떤 필연적인 행위가 오히려 "허망"과 "무내용"을 위반하는 배신으로 전도되기도 한다.

조정은 작전 전체의 승패보다도 가토의 머리를 간절하게 원했다. 가토는 임진년 출병의 제2진이었다. 가토의 부대는 한나절 만에 부산성을 깨뜨리고, 꽃놀이 가는 봄나들이 차림으로 가마 대열을 꾸며 북으로 올라갔다. 붙잡힌 조선 백성들이 그 가마를 메었다. 임금은 평양을 거쳐 의주까지 달아났었다. 임금은 가토의 머리에 걸린 정치적 상징성을 목말라 했다.

임금은 진실로 종묘사직 제단 위에 가토의 머리를 바치고 술 한잔을 따르고 싶었을 것이다.

나는 정치적 상징성과 나의 군사를 바꿀 수는 없었다. 내가 가진 한움큼이 조선의 전부였다. 나는 임금의 장난감을 바칠 수 없는 나 자신의 무력을 한탄했다. 나는 임금을 이해할 수 있었으나, 함대를 움직이지는 않았다. 나는 즉각 기소되었다.

—『칼의 노래』, 28쪽

이 "허망"과 "무내용"은 우선 사실에 기반해 있지 않으므로 그리 오랜 생명력을 지닐 수 없어 보이나, 희망이나 내용과 무관하게 생명체들을 포획하는 장치로 올라서면, 그것은 텅 비어 있을수록 더욱더 강력하고 외설적인 초자아가 된다. 이 장치들은 누군가가 자신들의 존재기반을 흔들면 두려움 때문에 강력하게 죄를 물으나 그 죄가 구체적으로 무엇인지를 적시하지 못한다. 죄가 있어서 죄인이 되는 것이 아니다. 자신들의 기반을 흔들 가능성이 있는 존재들을 불러들여 죄인으로 만들고 그때부터 '죄'를 짜맞춘다. 여러 다양한 방식으로 자신들의 장치 전반을 뒤흔들 가능성이 있는 자들을 불러들여 스스로 죄인이 되도록 만들 뿐이며, 그렇게 그 텅 빈 체제를 이어간다.

관군은 온 나라의 벽촌과 해안을 모두 뒤졌으나 길삼봉을 잡지 못했다.
마침내 길삼봉은 누구냐? 라는 질문은 누가 길삼봉이냐? 라는 질문으로 바뀌었다. 질문의 구조가 바뀌자 길삼봉의 허깨비는 피를 부르기 시작했다. 처음에 길삼봉으로 지목된 사람은 정여립이었다. 그때 그는 벼슬을 버리고 고향인 진안에 숨어 있었다. 금부 나졸이 닥치자 그는 아들과 측근들을 베어 죽이고 그 칼로 자살했다. 천하는 공물(公物)이라 주인이 따로 없다, 라는 그의 글이 압수되어 서울로 올라갔다.
정여립이 자살하자 길삼봉의 허깨비는 실체로 둔갑했다. (……) 길삼봉 이야기를 들으면서, 나는 생각했다. 아마도 길삼봉은 임금 자신일 것이었다. 그리고 승정원, 비변사, 사간원, 사헌부에 우글거리는 조정 대신 전부였을 것이었다. 그리고 그들의 언어는 길삼봉이 숨을 수 있는 깊은 숲이었을 것이다.

—『칼의 노래』, 40~43쪽

　한번 체제를 전복하려는 사건이 발생하면(이때의 질문은 '길상봉은 누구냐?'가 된다) 인격화된 장치 혹은 정치기구를 운영하는 자들의 눈에는 모든 존재들이 잠재적인 체제 전복자로 다가온다(그러면 이때 질문은 도대체 또 '누가 길상봉[처럼 체제를 전복하려는 자]이냐?'가 된다). 그것은 그들이 자신들이 누리는 권위에는 진리가 없다는 것을 잘 알기 때문이며, 또한 한 사회의 유지는 외면적 복종에 의해서만 가능하다는 것을 잘 알기 때문이다. 인격화된 장치들은 자발적 복종을 환대하지 않는다. 자발적 복종을 선택한 존재들이란 초자아 명령을 주체의 상징적 세계 속에 기입할 수 없다고 판단할 경우 언제든지 자발적으로 저항할 수 있기 때문이다. 그러므로 장치에게 필요한 존재들은 이들 장치 속에 어떤 합리성이나 진실도 없다는 것을 알면서도 다만 그것이 필연적이다, 라는 이유만으로 초자아의 명령에 절대적으로 복종하는 자들, 그러니까 '외면적인 복종'을 하는 자들이다.

　　내가 받은 문초의 내용은 무의미했다. 위관들의 심문은 결국 아무것도 묻고 있지 않았다. 그들은 헛것을 쫓고 있었다. 나는 그들의 언어가 가엾었다. 그들은 헛것을 정밀하게 짜맞추어 충(忠)과 의(義)의 구조물을 만들어가고 있었다. 그들은 바다의 사실에 입각해 있지 않았다.

—『칼의 노래』, 14쪽

　『칼의 노래』는 이처럼 한 사회의 모든 생명체의 개별성을 포획하는 장치들은 '가엾'지만 '무섭다'고 진단한다. 국가-장치는 더이상 진리가 들어 있는 문자체계를 지니고 있지 않기에 초라하고 '가엾'어 보이지만, 진리 여부를 따지지 않고 오로지 외면적으로 복종하는 자들의 절대적인 복종이 있기에 무섭다. "나는 임금이 가여웠고, 임금이 무서웠다. 가여움과 무서움이 같다는 것을 나는 알았다. 임금은 강한 신하의 힘으로 다른 강한 신하를 죽여왔"(51쪽)기 때문이다. 걸핏하면 울음을 터뜨리는 국가-장치의 대리인은 당대의 가장 용맹한 장군 김덕령을 다른 강한 신하의 외면적 복종을 유도해 죽이기도 한다. 김덕령은 외면적 복종을 행하는 자가 아니라 다만 용감한 자였고 자발적인 복종자였기 때문이며 동시에 매 순간 "논리가 맞"(65쪽)는 진술을 행했기 때문이다. 임금은 이 모든 것을 체제 위협으로 받아들인다. "저놈이 형장(刑杖)을 가벼이 여겨 오히려 태연하니 참으로 역적이다. 쳐 죽여라"라고 명한다. 결국 "김덕령은 용맹했기 때문에 죽"(66쪽)는다. 이렇게 "임금은 장수의 용맹이 필요했고 장수의 용맹이 두"(66쪽)렵다. 그러자 "사직의 제단은 날마다 피에 젖"(66쪽)었으나 체제는 유지된다. 이것이 통치성 혹은 장치의 힘이리라. 바로 이 장치들의 힘으로 비록 '가엾'고 초라하나, 아니, 그렇기 때문에 적어도 "죽은 문자, 이해되지 않는 문자에 대한 복종"[5]을 이끌어내고 결국 그 복종들로 체제를 유지하고 재생산해내는 것이며, 동시에 이것 때문에 정의롭지 않은 자들이 오히려 정의로운 자들이 되는 전도가 일어난다는 것이다.

이처럼 '칼의 노래'들은 어느 순간에서부턴가 모든 생명체들을 개별적인 체험을 포획하고 지도하고 차단하는 기제로 작용하는 통치성 혹은 장치들을 오늘날 부조리한 인간 실존의 핵심적인 원인으로 지목한다. 우리가 문명 속에서 행복할 수 없는 연유가 '나는 보았으므로 안다'라는 이 명징한 사실마저도 또다른 의미로 왜곡시키거나 아예 원초적으로 억압하는 장치들, 그리고 그 장치들의 네트워크에 있다는 것일 터인데, 이 문제의식이야말로 굳이 푸코나 아감벤을 떠올리지 않더라도 대단히 놀라운 통찰이라 할 만하다. 그렇다. 우리는 바로 이러한 장치들에 의해 포획된 세

---

5) 슬라보예 지젝, 『이데올로기라는 숭고한 대상』, 이수련 옮김, 인간사랑, 2002, 85쪽.

상 속에 살고 있다. 그곳에서는 각 개인들의 개별적 체험들은 그 가치를 인정받지 못한다. 또 때로는 자신이 체험한 그것이 전혀 쓸모없는 실존으로 격하되기도 한다. 그리고 결정적으로 어떤 진리도 깃들어 있지 않은 권위들에 순종하는 신체로 살아야 하며, 그러기 위해선 외면적인 복종이 절대적으로 요구된다. 현재 작동하고 있는 장치들이 과연 누구의 희망과 어떤 내용이라도 담고 있는가 하는 것은 중요하지 않다. 현존하는 장치들이 이런저런 문제를 안고 있다 하더라도 그 장치는 필연적이므로 오로지 지켜야 한다는 자세만이 필요하다. 이것이 바로 우리가 잘 모르는 우리들이 사는 세상이며, 『칼의 노래』로 비로소 최근에 우리들이 알게 된 우리들의 자화상이다.

『칼의 노래』는 이처럼 이전에는 보기 힘들던 전혀 새로운 시각으로 한반도의 역사 전체 혹은 호모 사피엔스의 역사 전체를 재구성하고 재배열한다. 그리고 그를 통해 우리가 아주 오래전부터 생명체로서의 개별적인 몸짓과 목소리, 그리고 언어 등을 원초적으로 억압당하고 장치들의 지배를 일방적으로 받는 순종하는 신체들로 살아왔다는 점을 밀도 높게 보여준다. 바로 이 지점이 21세기를 자신의 세기로 만든, 그리고 한국문학 전체가 긴장을 늦추지 않고 바라보았던 김훈 소설의 출발점이다.

3. 단순한 자가 진리를 구현한다.

출발점에 섰으니 당연히 여행이 시작되고, 여행이 시작되면 길은 끝나는 상황이 반복된다. 『칼의 노래』 이후, 아니, 『칼의 노래』부터 인간을 순종하는 신체들로 전락시키는 장치들로부터 각각의 개인들의 개별성을 구원하고 그를 통해 마주하는 공동체를 건설하려는 노력이 시작된다. 이 문제에 관한 김훈 소설의 열정은 한편으로는 뜨겁고 한편으로는 냉정하다. 김훈 소설은 냉정해서 인간 자신은 생명체의 속성상 개별적인 개인, 자유로운 개인이 되기 힘들다는 것을 잘 안다. 그래서 김훈 소설의 인물들은 종종 포유류의 출산과 성장과정을 곤혹스러워하며 대신 조류의 '난생'을 동경하기도 한다. "누적된 과거와 거기에 서식하는 인연이 인간의 삶을 채워주고 지탱해주기보다는, 동의 없이 간섭하고 미리 조건지음으로써 삶을 무력화하고 헝클어뜨리는 것이 아닌지를 생각하다가 여고 시절에 나는 때로는 난생(卵生)하는 새를 부러워한 적도 있었다."(『내 젊은 날의 숲』, 문학동네, 2010, 29쪽) 낳아주고 바로 떠나가고, 태어나서 바로 성장하면 개별성의 확보란 그리 어렵지 않을 터이다. 그러나 인간은 홀로서기까지, 그러니까 사회적으로 성인되기까지 거의 이십 년의 세월이 걸리며, 그 과정에서 개체적으로 계통적으로 철저히 국가-장치들이 호명하고 규정하는 대로 살아갈 수밖에 없을 터이다. 그러니, 인간이 개별적으로 산다는 것은, 또 그러한 개별자들끼리 어떤 연대, 더 나아가 사회를 구성한다는 것은 어떻게 보면 이제까지 살아왔던 전 과정 혹은 인류 역사의 전 과정과 스스로 단절해야 하는 고통스러운 과정일 터이다. 라캉식으로 말해 상징적인 자살이 없으면 자유는 개별자란 혹은 단독자란 없다.

그러나 김훈 소설은 "허망"하고 "무내용"한 장치들이 지배하는 세상을 넘어서는 것을 포기하지 않는다. 그것이 없다면 인간들 모두는 순종하는 신체들로 살아가야 하고 인간 사회는 움직이는 기계들의 서식지가 될 것이기 때문이다. 이를 위해 김훈 소설이 제일 먼저 앞세운 존재가 바로 이순신이다. 작가 김훈은, 그리고 김훈의 소설은 이순신이라는 실존인물과 조우하면서 상징적 질서의 굳건한 틀을 바깥으로부터의 탈주를 시도한다. 작가 김훈은, 그리고 『칼의 노래』는 이순신의 영웅성에는 관심이 없다. 그렇다고 그의 민족애나 백성에 대한 사랑에 주목하는 것도 아니다. 그 모두가 관심의 대상 바깥에 있는 것은 아니지만 『칼의 노래』는 보다 집중적으로 이순신의 유령성에 초점을 맞춘다. 이렇게 말하는 것이 정확하겠다. 『칼의 노래』는 이순신의 유령성을 중심에 놓고 그간 이순신을 형용하던 영웅성, 민족애, 백성에 대한 사랑 등을 주변부로 배치한다. 하여간 임진왜란 당시 커다란 혼적을 남긴 이순신을 『칼의 노래』는 어떤 상징적 질서 속에도 기입하지 않으려 하며, 『칼의 노래』의 이순신 역시 어떤 상징적 질서에도 기입되지 않으려 한다. 『칼의 노래』의 이순신은 정치-장치의 개입이 가장 직접적이고 노골적으로 행해지는 전쟁터에서도, 아니, 전쟁터이니 오히려 더 자유인이고자 한다. 그러자 전쟁의 당사자들 모두가 적이 되어 이순신을 굴복시키려 하고, 이순신은 그 전 방위적 공세에서 자기 자신을 지키고자 한다. 그 결과 이순신의 적은 '도요토미 히데요시가 이끄는 왜군에 한정되지 않'으며 '그의 적은 왜군을 비롯하여, 조선의 장수라는 자신의 공적 지위에서 볼 때 적이 아닌 존재들—백성, 임금, 명나라 장수—까지도 아우른다.'[6] 여기에 소문, 죽은 자, 비겁, 왕의 교서, 허무 등등까지를 감안하면 이순신의 적은 자신을 둘러싼 거의 모든 존재들이다. 이런 온갖 적들의 공격에도 불구하고 이순신은 단독자로서의 자기 자신을 유지하고자 하며, 결국 자신의 목적을 달성한다. 이순신은 전사의 형식을 빌려 자연사(혹은 자살)를 택한다. 이순신은 두 번 죽을 것을 두려워한다. 실재적으로 죽고 그 이후 또 한번 상징적으로 죽임을 당하는, 그래서 결국은 상징-장치들에게 포획되는 것을 두려워한다. 그래서 택한 방식이 전사의 형식을 빌린 상징적 자살이다. 끝이 좋아야 모든 것이 좋듯 죽음의 개별성을 지켜내야 개별자로서 산 것이 된다는 투로 이순신은 개별자로서의 죽음 혹은 단독자로서의 죽음을 수행한다. 그런 점에서 보자면 『칼의 노래』의 이순신은 또다른 측면에서 영웅이다. 국가-장치에 포획된 영웅이 아니라 국가-장치로부터 포획되지 않으려 스스로 자살을 택한 영웅이다.

김훈 소설이 통치성에 통치되지 않는 삶의 첫번째 방법론으로 제시한 것은 이처럼 상징적 자살이다. 영웅적이어서 숭고하게 다가오기도 한다.

---

6) 심진경, 「경계에 선 남성성—김훈의 소설을 중심으로」, 『문학과사회』 2003년 가을호, 1261쪽.

아니면 지나치게 손쉬운 진단 같기도 하다. 물론 상징적 자살이 간단하게 도달할 수 있는 길이라는 것도 아니고 그 가치가 충분하지 않다는 말도 아니다. 우리 모두가 통치성에 통치되지 않는 삶을 살기 위해서는 각각이 단독자로 홀로 세상 밖으로 나가서는 안 될 터이다. 우리가 '허망하고 무내용한 것'인, 그러면서도 생명체 모두의 모든 것을 포획하고 있는 장치들과 맞대결해서 진정으로 승리하기 위해서는 '장치들에게 의해 포획·분리된 것을 해방시켜 공통으로 사용할 수 있게 되돌리는 것이 관건이기 때문'[7]이다. 『칼의 노래』의 이순신식의 상징적인 자살 혹은 개별적인 죽음은 『현의 노래』의 집단학살에 맞설 수 있는 강력한 저항의 방식은 되겠지만 그러나 다음과 같은 질문으로부터 자유롭지 않다. 현실 안으로 도피하는 것이 장치에 포획되는 일이라 하여 모두가 현실 바깥으로 나가면? 그럴 리는 있을 리 없겠지만, 모두 다 상징적인 죽음을 택해 각자 단독자로 살아가면 이 장치를 해방시키는 동력은 어디서? 등등. 하지만 이러한 아포리아는 김훈 소설이 먼저 거쳐간 것이기도 하다. 김훈은 『칼의 노래』 『현의 노래』에 이어 곧 현대인들의 실존을 다룬 「화장」 「언니의 폐경」 「강산무진」 등을 쓰더니 이순신식의 개별적인 죽음 혹은 죽음의 개별성에 대한 역사철학을 더이상 고집하지 못한다. 그리고 이순신식의 개별적인 죽음과 장치 없는 공동체의 건설 사이의 답하기 쉽지 않은 질문을 전면에 내세운 소설을 쓴다. 『남한산성』과 『공무도하』가 바로 그것이다.

한국역사상 가장 치욕적인 순간이라 할 만한 병자호란을 다룬 『남한산성』은 "서울을 버려야 서울로 돌아올 수 있다는 말은 그럴듯하게 들렸다"(『남한산성』, 학고재, 2007, 9쪽)라는 문장으로 시작된다. '서울을 버려야 서울로 돌아올 수 있다'라니! 지독한 모순이고 처절한 아이러니이다. 하지만 『남한산성』은 이렇게 지독한 모순으로 가득 찬 시공간이, 다시 말해

---

7) 조르조 아감벤·양창렬, 『장치란 무엇인가? 장치학을 위한 서론』, 난장, 2010, 38쪽.

서울을 버려야만 서울로 돌아올 수 있고 서울을 지키고자 하면 서울로 올 수 없었던 시공간이 병자호란 당시의 상황이라고 말한다. 세계악인 '칸' 이 조선을 침략해 서울을, 그리고 남한산성을 둘러싸는 순간 세상이 달라 졌다는 것이다. 모든 것이 전도되었다고나 할까. 이제 죽는 것은 사는 것 이요, 사는 것은 죽는 것이 되어버린다. 즉 왕을 위시한 조선인 모두가 육 체적인 죽음을 결행해야만 정신적인 고결함을 유지할 수 있고 또 육체적 인 삶을 이어가려면 영혼을 더럽혀야 하는 이율배반에 빠져버린 것이다.

『남한산성』은 이 이율배반의 상황에서 어떤 선험적인 좌표, 그러니까 루카치가 말하는 '창공의 별'도 없이 길을 찾아야 하는 존재들의 처절한 쟁투에 초점을 맞춘다. 『남한산성』은 대담하게도 당시 주전파와 주화파 의 갈등을 '죽어서 살 것인가, 살아서 죽을 것인가'의 대립구도로 파악한 다. 죽어서 사는 것은 분명하고 선명하되 길찾기를 아예 포기하는 것이 며, 죽은 듯 사는 것 역시 진정한 길찾기는 아니라는 것이다. 그러니 격렬 할밖에. 처절할밖에. 이때 더 큰 유혹으로 다가오는 것은, 특히나 통치받 지 않는 삶을 살고자 하는 존재들에게 더 '크고 높은' 말은 '죽어서 사는 것'이다. 한데, 『남한산성』의 극한상황은 그 방법을 허용하지 않는다. 죽 고자 하면 다 죽어야 하는 상황이기 때문이다. 상징적인 자살이 곧 육체 의 죽음으로 이어지는 상황이고 또 자신이 속해 있는 공동체의 해체로 이 어질 상황인 것이다. 정치-장치가 지배하는 세상에서 우리가 상징적 자 살이라는 길을 선택하는 것은 어디까지나 우리가 살고 있는 공동체의 정 치-장치를 진정으로 인간을 위한 것으로 되살리려는 것일 터이다. 그러나 '죽어서 살'고자 하는 선택이 곧 죽음, 그것도 공동체 전부의 존망과 연결 된다면? 그러면 사정은 달라도 많이 다른 셈이다. 『남한산성』의 조정은 결국 치욕을 감내하면서 '살아서 죽는' 길을 택한다. 깨끗한 영혼을 유지 하기 위해 이제까지의 민족구성원 모두를, 그 민족구성원의 삶 속에 각인 된 민족의 역사 전부를 포기할 수는 없으므로.

물론 『남한산성』의 작가는 당시 조정의 이러한 선택에 호의적인 시선을 보내지 않는다. 『남한산성』의 작가는 무엇보다 먼저 당시 조정이 남한산성에서 고립무원의 상태에 빠진 것 자체를 비판적으로 바라본다. 당시 조정이 고립무원에 빠진 것은 그들이 백성들의 후원을 받지 못했기 때문이고, 백성들의 후원이 없었던 것은 당시 조정이 철저하게 왕족이나 양반 중심의 시스템을 구축했기 때문이라는 판단 때문이다. '고통받는 자'들을 배려하지 않은 정치가 최선의 길은 물론 차선의 길마저 불가능하게 했다는 성찰이 깃들어 있는 셈이다. 하지만 '죽어서 사는' 것만이 최선의 길일 수는 없다는 단호함에서는 많이 벗어나 있다. 결국 모든 사람은 '살아서 죽'는 삶을 살 수밖에 없고 우리는 이런 존재들과 같이 사회구성원 모두의 모든 순간을 전일적으로 통치하지 않는 사회를 만들어야 한다는 인식 때문일 터이다. 김훈이 『공무도하』를 두고 "강 건너 피안의 세계로 가자는 것이 아니라 약육강식의 더러운 세상에서 함께 살자는 노래이다. 나는 인간 삶의 먹이와 슬픔, 더러움, 비열함, 희망을 쓸 것"이라고 말한 것도 이와 연관이 깊을 터이다. 이렇다면 우리는 여기서 김훈 소설이 또 한 차례 질문을 바꿔야 하는 상황에 직면했음을 알 수 있다. 예컨대 이런 식. '살아서 (매일) 죽는 사람들과 상징적 자살을 통해 진정으로 살 수 있는 길을 찾아야 하는 것이니, 그 길은 과연 있는 것인가, 그리고 있다면 어떤 길인가' 하는 것. 이 길에 대해 김훈 소설은 어떻게 답할 것인가 하는 것.
  이 질문 역시 이미 김훈 소설이 묻고 답한 것을 뒤늦게 모방해서 되물은 것에 불과하다. 그리고 실제로 김훈 소설은 이 질문에 성실히 답하고 있다. 결국 방법은 하나밖에 없는지 모른다. '허무하고 무내용한 세상'이 만들어내는 '인간 삶의 먹이와 슬픔, 더러움, 비열함' 속에서 어떻게든 통치받지 않는 삶, 그러니까 '희망'(의 근거)을 찾아내는 것. 『내 젊은 날의 숲』 『흑산』에서 행하고 있는 것이 이것이다. 물론 『남한산성』에도 그 이전의 『칼의 노래』 『현의 노래』에도 이미 통치되는 더럽고 오염된 세상 속에서 그것을 상쇄하고 세상을 교정할 어떤 희망, 그런 희망을 지닌 존재들에 대한 관심은 있어왔다. 그런데 최근 소설인 『내 젊은 날의 숲』 『흑산』에 이르러 이러한 관심이 소설의 전면에 배치되고 있다.

1) 나무의 줄기에서, 늙은 세대의 나이테는 중심 쪽으로 자리잡고, 젊은 세대의 나이테는 껍질 쪽으로 들어서는데, 중심부의 늙은 목질은 말라서 무기물화되었고 아무런 하는 일이 없는 무위(無爲)의 세월을 수천 년씩 이어가는데, (……) 줄기의 외곽을 이루는 젊은 목질부는 생산과 노동과 대사를 거듭하면서 늙어져서 안쪽으로 밀려나고, 다시 그 외곽은 젊음으로 교체되므로, 나무는 나이를 먹으면서 늙어가는 것이 아니라 나무의 삶에서는 젊음과 늙음, 죽음과 신생이 동시에 전개되고 있었다.

—『내 젊은 날의 숲』, 87쪽

2) —기도문을 외우니까 어떠하더냐?
육손이가 말을 더듬거렸다.
—부르니까…… 좋았고, 부르니까 올 것 같았습니다. 저의 어미도 그랬습니다.
—금방 올 것이다. 오래지 않는다.
황사영은 육손이를 데리고 올 때 조안나루에서 장인 정약현이 한 말을 떠올렸다. ……육손이는 제 부모가 낳은 자식일세. 그걸 잊지 말게……
그때, 황사영은 그 말의 단순성에 스스로 놀랐으나 이제는 그 말의 깊이에 놀라고 있었다.

—『흑산』, 학고재, 2011, 107쪽

1)은 『내 젊은 날의 숲』의 한 부분이고, 2)는 『흑산』의 한 부분이다. 최근 김훈의 소설은 이렇게 오로지 인간을 위한 물질들로만 전유되어왔던

모든 대상들의 고유성을 인정하고 그것들의 시간을 인간의 시간대에 편재시키기 시작한다. 그리고 그 속에서 인간과 인간 사이의 공존은 물론 인간을 포함한 모든 생명체들과의 공존을 모색하고 있다. '나무의 시간' 속에 깃든 지혜를 통해서 김훈의 소설은 인간 세상 역시 중요한 것과 중요하지 않은 것, 젊음과 늙음, 중심과 주변부, 남과 여, 죽음과 신생 등이 분할과 대립을 극복해 그 양자를 공존시킬 것을 제안한다. 그리고 2)에서는 그러한 지혜를 인간 세상의 공통원리로 만들 수 있는 길은 무엇인가를 모색한다. 『흑산』이 주목한 것은 『남한산성』에서 맹아를 보였던 '고통받는 자'이며 여기에 '고통받는 자'의 또하나의 속성을 부가한다. 단순(성을 신뢰하고자)한 존재들이다. 한 사회를 지배하는 장치들과 그 장치의 인격화된 존재들이 행하는 무수한 폭력과 악행 속에서도 사람된 도리, 이웃에 대한 애정, 서로의 역사를 순식간에 자기 것으로 만드는 미메시스 능력, 그리고 문명으로부터 배제된 생명체 모두를 존중하는 인격 등을 잃지 않는 단순한 존재들이 있는바, 『흑산』은 바로 단순한 존재들의 단순성의 지혜(혹은 윤리)를 곧 장치로부터 통치되지 않을 수 있는 인간적인 힘으로 제시한다. 이들에게 이러한 무한신뢰를 보내는 것은 그들에게 내재되어 있는 타자에 대한 존중감과 타자와 친밀성의 능력 때문이다. 그들은 이웃을 바로 자기 자신처럼 사랑하고 존중한다. 그래서 이들 사이의 유대관계는 그 심한 매질에도 깨지지 않는다. 매가 지나치면 잠시 주춤하지만 그들은 다시 재빨리 그 연대를 회복한다. 김훈 소설은 이처럼 고통받으면서도 단순한 존재, 단순하기에 고통을 이겨낼 수 있는 존재들에게서 장치들로부터 포획되지 않고 통치되지 않을 수 있는 잠재적인 힘을 발견한다. 현명한 자들이 그들 특유의 계산으로 길을 잃는다면, 고통받은 단순한 자들은 이처럼 통치성을 거부하는, 그러니까 진리를 구현하는 존재들이 된다. 말하자면 '단순한 자는 진리를 구현한다'는 말은 '현명한 자가 길을 잃는다'는 라캉의 경구에 대한 김훈 소설식 테제이다.

4. 김훈과 아감벤, 아감벤과 김훈

아감벤이 있다. '벤야민 이후 아마 가장 섬세하고 꼼꼼한 사상가'라는 칭송을 받는 아감벤은 어느 짧은 글에서 "생명체들(실체들)과 장치들이라는 두 개의 커다란 부류가 있다. 그리고 이 양자 사이에 제3항으로서의 주체가 있다. 생명체들과 장치들이 맺는 관계의 결과, 이른바 양자가 맞대결한 결과로 생겨나는 것을 주체라고 부르기로 한다"[8]고 한 적이 있다. 간단해 보이는 말이지만 이 구절 속에는 서양철학사에 대한 근원적인 반성이 숨어 있다고도 볼 수 있다. 서양철학사 전반이 장치들의 튼실한 일부가 되어 생명체들을 폐기처분하는 데 가장 핵심적인 역할을 했기 때문이다. 그런 까닭에 아감벤의 간단한 구절에는 사실 생명체들을 다시 철학사의 중심으로 귀환시키겠다는 강력한 의지가 있고 또 한편으로는 그것을 통해 전혀 새로운 주체상을 정립해야 한다는 강한 의무감과 열망이 깃들어 있다고 해야 한다. 만약 서양철학사 전반을 전회시켜야 한다는 위와 같은 아감벤의 선언이 타당성이 있는 것이라면, 사실 우리의 경우도 이런 전회가 필요하다. 우리 역시 인간의 삶에서 생명체들의 개별적인 속성들을 폐기처분한 자리에서 주체를 구성하고자 했기 때문이다.

그런데, 여기, 일찍부터, 이런 전회를 시도하고 있는 작가가 있다. 눈치 빠른 독자들은 이미 다 예상하고 있었겠지만 바로 김훈이다. 김훈 소설은 첫 작품부터 줄곧 생명체들을 포획하고 폐기처분하거나 왜곡시키는 장치들에 주목해왔다. 뿐만 아니라 그것을 넘어설 수 있는 가능성을 집요하게 탐색하기도 했다. 그리고 단순한 자들의 비통치성과 그들 사이의 연대가 지닐 수 있는 폭발적인 힘을 발견하기에 이르렀다. 이는 최근 아감벤이 장치들의 역사를 부정하고 인류의 역사를 경험과 지식이 분리되기 이전의 상태, 그러니까 '말 없는 경험'이 지배하는 경험의 유아기 상태로 되

---

8) 조르조 아감벤 · 양창렬, 『장치란 무엇인가? 장치학을 위한 서론』, 34쪽.

돌리고자 하는 노력과 매우 흡사하다.

　김훈 소설의 문학적 성과를 점검하는 자리에서 굳이 아감벤의 사상과 비교하는 것은 아감벤의 권위에 빗대 김훈 소설의 가치를 상대적으로 높이자는 것이 아니다. 다만 아감벤과 김훈 소설을 같은 자리에 놓아본 것은 흔히 지난날의 경험을 다룬 소설로만 읽히는 김훈의 소설이 대단히 현대적이며, 최근 『흑산』에서 제시된 명제 역시 오늘날 문명이 안고 있는 문제를 해결할 수 있는 실천적 명제라는 것을 말하기 위해서이다. 결국 김훈 소설이 있어 한국문학이 풍요롭다는 것도 김훈 소설이 바로 이 현대성의 문제에 직핍해 있기 때문이다. 그리고 이것이 바로 김훈 소설이 있어 앞으로도 우리가 행복할 수 있는 이유이다.

(2012)

유령가족과 공감의 공동체

― 윤성희 장편소설 『구경꾼들』 읽기

1. 현실 바깥의 세계의 일관성과 현실성

윤성희의 첫 장편소설 『구경꾼들』(문학동네, 2010) 안에서 (독서의, 혹은 의미맥락의) 길을 잃지 않기 위해서는 먼저 윤성희 소설의 첫 출발점을 확인해둘 필요가 있다. 그렇지 않고서는 『구경꾼들』이라는 이 기괴한 세계의 의미를 끝까지 파헤치기 힘들 수도 있다. 물론 『구경꾼들』 역시 이제까지의 윤성희 소설이 매양 그러했듯 매혹적이면서 신성한 디테일들로 충만하다. 그러니 『구경꾼들』의 핵심적이고도 혁신적인 이야기가 발명해낸 세계상을 발견하지 못할지라도 독서의 즐거움을 맛보는 것은 충분하다. 하지만 그것만으로 만족하기엔 『구경꾼들』이 발명해낸 세계상은 훨씬 더 전율적이고 혁신적이다. 한마디로 『구경꾼들』이 만들어낸 세계상에는 현재의 상징질서가 현존재를 현실원칙 안에 가두는 천재적인 방법이 제시될 뿐 아니라 그 천재적인 폐제를 넘어설 수 있는 즐겁고 행복한 삶의 지혜가 깃들어 있기도 하다. 그렇기에 『구경꾼들』은 여기저기 흩어져 있는 신성하고 매혹적인 장면들 앞에서 마음껏 재미를 느끼는 방식으로 읽어서는 안 된다. 그것은 『구경꾼들』에 깃들어 있는 미적 성취의 절반도 맛보지 못하는 것이다. 그러므로 중요한 것은 소설 여기저기에 산포되어 있는 강렬하고도 이질적인 장면들을 가로지르는 어떤 미적 원리나 소설의 고유한 역사지리지를 찾아내는 것이다. 그럴 경우 『구경꾼들』은 매혹적인 디테일이 매우 풍부하게 그려진 소설이 아니라 지금, 이곳 인류의 역사에 대한 깊은 성찰을 무슨 섬광처럼 경험하게 하는 바로 그 소설이 된다.

한데 문제는 『구경꾼들』에서 그 다양한 디테일들을 가로지르는 서사원리를 찾아내기가 쉽지 않다는 점이다. 윤성희 특유의 유머와 위무의 감각에 의해 전면에 드러나지는 않지만 『구경꾼들』의 디테일들이 대단히 낯설고 이질적이며, 때로는 파격적인 까닭이다. 『구경꾼들』은 한 가족의 연대기가 중핵으로 작동하는 소설이다. 그런데 이 가족사에는 웬일인지 한 가족의 역사 하면 떠올려짐 직한 장면들이 없다. 또한 이 가족이 사는 법에는 세상의 가족들 사이에 존재하는 위계라든가 영토성 같은 것도 존재하지 않는다. 아버지와 어머니, 그리고 아들딸들 사이에 벌어지는 오이디푸스 서사 같은 것을 찾기 힘들다. 또 섹슈얼리티 측면이건 젠더적 측면이건 간에 여성과 남성의 위계는 물론 경계도 불분명하다. 당연히 남성다움과 여성다움에 대한 분할과 차별 같은 것이 없다. 동시에 남근중심주의적 현실원칙도 관철되지 않는다. 도대체가 계통발생적이지 않다. 뿐인가. 이 소설에 자주 반복되는 죽음의 풍경 또한 마찬가지이다. 큰삼촌의 죽음이 그러하고, 할아버지의 죽음이 그러하다. 아버지/어머니의 죽음 또한 마찬가지다. 이런 죽음에 대해 한 작중인물을 빌어 그 "웃긴 죽음이라는 것이 실은 얼마나 슬픈 일인지를 늘 생각"(249~250쪽)한다 하면서도, 이 소설 전체를 가로지르는 분위기는 사뭇 슬픔과 거리가 멀다. 『구경꾼들』의 기묘한 문제틀 탓이다. 그들은 죽는다. 그것도 웃기게. 하지만 그들은 소멸하지 않는다. 다시 말해 이들 가족은 실제적으론 죽지만 상징적으론 죽지 않는다. 어떤 잔여물처럼 기억 속에서 때로는 유령처럼, 남겨진 가족들 주위를 맴돈다. 그들은 시선과 목소리로 살아 떠돌고, 남겨진 가족들은 그 시선과 목소리를 의식하고 들으며 살아간다. 한마디로 『구경꾼들』은 '설마 이런 가족이 있을 수 있을까'라는 의문이 들 정도로 기묘하고 이질적이나 견고한 논리로 자족적인 통일성을 유지하고 있다. 그곳에는 현실원칙 너머의 세계가 오히려 일상화되고 그 현실 너머 현실이 집중적으로 반복된다. 그래서 『구경꾼들』의 세계상은 동시대적이라기보다는 무시간적이며, 산문적이기보다는 만화적이기도 하고 동화적이기도 하다. 아니면, 민담적이기도 하고 전설적이기도 하며 심지어 신화적이기까지 하다고 할 수도 있다. 그만큼 『구경꾼들』에는 인류의 문명세계(혹은 근대성 주체)가 억압했던 원초적인 요소들이 골고루 귀환해 있으며, 이것이 『구경꾼들』의 이질성의 원천이다.

하지만 『구경꾼들』에서 작가 윤성희가 현실원칙 너머의 어떤 세계를 집중적으로 반복하고 있는 것이 '이미 아닌 세계'를 동경해서라기보다는 '아직 아닌 세계'를 향한 모험 행위라는 점을 분명히 할 필요가 있다. 다시 말해 『구경꾼들』의 반시대성은 지금과는 다른, 그러니까 현재의 상징질서를 균열시키고 해체시키기 위한 필사적인 몸짓인 것이다. 이는 『구경꾼들』의 기원으로 거슬러올라가면 너무나도 분명해진다. 『구경꾼들』의 작가 윤성희의 소설이 처음부터 『구경꾼들』과 동일한 역사지리지를 구현했던 것은 아니다. 오히려 초기 윤성희의 소설은 현실 안에 있었다고 해야 한다. 현실원칙을 지키기 위해 상징질서 바깥의 무수한 경험, 쓸모없는 실존들, 비교 불가능한 가치, 비-존재들, 인간 이외의 생명 등을 지칭하는 타대상(objet petit a)을 원초적으로 억압하고 그것에 비례하여 현실원칙에 순응하는 주체들을 집중적으로 형상화한 바 있다. 윤성희의 초기 소설은 그러한 현실적인 존재를 '레고로 만든 집'에 사는 '굴뚝에 떨어진 새끼' 고양이에 비유한다. 그들은 냉정한 현실원칙 안에서 사는 것이 결코 행복하지 않다는 사실을 알지만, 그렇다고 현실원칙 너머로 간다는 것 역시 행복하지 않을 것이라고 예측하고는 극도로 우울한 실존을 견디는 존재들이다. 이처럼 윤성희 초기 소설은 현실원칙 너머의 세계를 원초적으로 억압하고 현실 속에서 실낙원의 삶을 사는 존재들이 주요 인물이었으며, 이 존재들의 고통에 거리를 두고 성숙하게 맥락화하는 대신에 그 고통을 같이 고통스러워한다. 줄여 말하면, 냉혹한 현실원칙의 감옥에 사는 현대인들의 고독과 고통이라는 문제의식은 추체험되고 사유이미지를 매개로 형상화된 것이라기보다는 작가 자신의 실존형식의 외화형식이었다고 할 수 있다.

이렇게 작가 자신의 고독과 그로 인한 우울을 표현하던 소설에 변화가 나타난 것은 이곳이 아닌 '거기'를 발견(혹은 발명)하면서부터이다. '거기'에 있는 '당신'을 발견하면서부터는 이전 세계와 거대한 단절을 만들어내기에 이른다. 비록 이곳에서는 홀로 있어 고독하고 고통스러우나 이곳이 아닌 '거기'에 나와 같은(혹은 나의 고통을 같이 나누어주는) 존재, 그렇기에 이런 나와 같이 동감의 공동체를 형성할 수 있는 존재들이 있다는 것을 감지하는 순간 윤성희의 소설은 변화한다. 진화했다고 표현하는 것이 보다 정확한 표현일 수도 있다. 바로 그 순간 윤성희의 소설은 자신의 고통을 감각적으로 표현하는 단계를 훌쩍 넘어선다. 그리고 드디어 그것을 세계 내적으로 위치시키고 그 절대고독에서 벗어날 수 있는 길을 제시하는 쪽으로 나아간다. 이렇게 윤성희의 소설은 '거기'를 발견한 그 순간부터 현실원칙의 총화인 시간적 연쇄를 균열시키고 '유한하고 규정적인 존재자의 사슬'[1]에서 이탈한다. 그러고는 근대적 이성 혹은 현실원칙이 억압했던 그것들을 귀환시킨다. 그것들은 실제적으로는 죽었으나 여전히 상징적 의미를 지닌 유령들이기도 하고, 근대가 부정한 사물의 인격(정령)이기도 하며, 대상과의 일체적 경험(미메시스)이기도 하다. 아니면, 시

---

1) 슬라보예 지젝, 『나눌 수 없는 잔여』, 이재환 옮김, 도서출판b, 2010, 38쪽.

민적 냉정함이 쓸모없는 실존으로 격하시킨 동감의 공동체이기도 하다.

이를 감안한다면 『구경꾼들』은 기묘한 것에 대한 물신적 동경이나 형식적 실험 의지(혹은 '기교에의 의지')에 의해 일시적으로 구성된 소설이 아니다. 『구경꾼들』은 작가 윤성희가 「거기, 당신?」을 발견한 이래로 행해왔던 오랜 모색의 결과다. 그러니 이 『구경꾼들』에는 근대라는 필연의 왕국을 넘어서서 그것과는 근본적으로 단절된 자유의 왕국을 찾으려는 혼신의 힘이 깃들어 있고, 또 자유롭고자 하는 작가의 치열한 기투가 집약돼 있는 것이다. 그러므로 이 소설의 부분에 매혹되고 부분만을 향유해서는 안 된다. 그 매혹적인 부분들을 가로지르고 있는 핵심적인 서사를 찾아내고, 그 핵심적인 서사가 발명해낸 세계상을 발견해야 한다. 그래야만 한다.

2. 공감의 공동체와 또하나의 가족사연대기

『구경꾼들』의 핵심서사는 '나'의 가족사이다. 보다 구체적으로 말하면, '나'가 속한 가족의 연대기이다. 아니면 한 평자가 말한 것처럼, 핏줄이라는 요소가 거의 배제되어 있는 가족이므로 '나'의 '식구'의 연대기라고 할 수도 있다. 하여간, 『구경꾼들』은 저 멀리 증조할아버지가 있고 그리고 제일 마지막에 바로 '나'가 있는, 그러니까 한 가문의 사대에 걸친 이야기이다.

윤성희의 소설에 친숙한 독자라면 그렇지 않겠지만, 이 소설에서 가족사연대기 소설 하면 흔히 연상하는 내용들을 기대할 필요는 없다. 예컨대 『구경꾼들』에는 갑작스레 출몰해 한 가족의 자족적 통일성을 해체해버리는 역사적 사건도 없고 또 역사적 부침 과정을 좇아 어느 세대, 어느 계급 혹은 어떤 시대적 가치관을 대변하는 상징적 인물도 없고, 그런 만큼 이들 사이에 벌어지는 위기와 갈등 같은 것도 없으며, 당연히 파란만장한 역사적 과정 속에서 이루어지는 한 개인과 계급의 상승과 몰락의 파노라마도 없다.

대신 『구경꾼들』에는 다른 가족사연대기 소설들이 구축하고자 하는 대문자역사와는 다른 특이한 상상의 공동체가 있고, 또 그들이 만들어내는 소문자역사들이 있다. 『구경꾼들』이 상상하는 공동체는 현재의 상징적 질서를 운영하는 사회기구들과 전혀 다른 어떤 것이다. 앞질러 말하자면 『구경꾼들』이 역사 속의 공공영역 혹은 역사적 영토 바깥에서 구축하고자 하는 공동체, 그러니까 탈영토화된 상상의 공동체는 일종의 동정과 공감의 공동체이다.

『구경꾼들』의 전체적인 분위기는 대부분 왁자지껄하며 카니발적이다. 작중인물들이 내적 번민에 휩싸이거나 타인의 지성에게서 자신의 죽음을 발견하고 스스로의 지성이나 내면세계를 찾고자 하는 장면들은 드물고, 반면 여러 등장인물이 함께 향유하는 왁자지껄한 카니발적인 게임과 여행, 회의와 모임들이 자주 등장한다. 하지만 『구경꾼들』의 등장인물들이 늘상 카니발적인 활력으로 충일한 것은 아니다. 오히려 『구경꾼들』의 등장인물들은 고독하고 고통스러우며 비극적이기까지 하다. 가령, '나'의 식구의 실존형식과 역사만 해도 그렇다. '나'의 식구들은 여러 차례 레비나스적 의미의 사건을 경험한 가족이다. 레비나스는 "최소한 미리(a priori) 짐작해볼 수 없이, 그리고 오늘날 우리가 흔히 말하듯이 최소한의 계획을 세울 수 없이" "우리를 덮치"거나 "우리에게 닥쳐오는" 것을 사건이라 하거니와, '나'의 식구 역시 이런 사건을 거듭 경험한다. 어느 날 갑자기 어떤 사건이 '나'의 식구를 덮친다. 그리고 이 사건은 죽음으로 이어지기도 한다. 식구끼리 모처럼 감행한 소풍에서 큰 자동차 사고를 당하고, 큰삼촌이 갑작스레 죽고, 할아버지가 그 뒤를 따르며, 나중에는 아버지/어머니까지 덮치듯 일어난 사건에 목숨을 잃는다. 이 갑작스러운 죽음은 우선 살아남은 존재들에게 그들이 "절대적으로 다른 것(absolument autre)과 관계를 맺고 있다는 사실"을 깨닫게 한다. 다시 말해 "우리가 동화시킬 수 있는 잠정적 규정으로서의 타자성이 아니라 그것의 존재 자체가 곧 타자성인 그런 의미의 타자성"[2]을 경험하게 만드는 것이다. 한 번도 아닌 세 번이나, 최소의 계획이나 준비도 없이 벼락치듯 죽음이 덮쳤으니 『구경꾼들』의 식구들이 혼란과 고통에 빠지는 것은 당연할 터이다.

그러나, 그런데도, '나'의 식구들은 곧 카니발적인 활력을 회복한다. 두 가지 과정을 통해서다. 먼저 '나'의 식구들은 절대적 타자성과 조우하면서 고독과 고통에 빠져드나 곧 주변에서 같은 불행을 경험하는 존재들을 발견하고는 이들과 깊은 교감을 나누며 상징질서의 공공영역과 구별되는 독자의 커뮤니티를 구축하기에 이른다. '나'의 식구들이 고독에서 벗어나는 또하나의 방식은 죽은 자들을 잊지 않는 것이다. '나'의 식구들은 극한 상황이 되면 사랑의 대상이었던 죽은 이들의 목소리와 시선을 떠올린다. 그리고 그들의 시선과 목소리를 좇거니와, 때로는 그들 육체의 찰나적인 현현을 경험하기도 한다. 즉 유령으로 그들을 만나는 것이다. 이 유령과의 조우는 '나'의 식구들의 고독을 깨뜨리는 결정적인 계기로 작동한다. 현재의 나와는 전혀 다른 절대타자의 시선과 목소리를 의식하고 들으면서 '나'의 식구들은 언제 어디서나 결코 혼자가 아닌 절대교감의 상태 속에서 살아간다. 소중한 존재들의 죽음이 '나'의 식구들의 고독을 고착시키고 배가시킨 것이 아니라 오히려 쉽게 손잡을 수 없는 타자와의 진정한 합일의 상태로 이끈 것이다. 현재의 공공영역 외에 『구경꾼들』이 상상하는 공동체는 바로 이런 것이다. 같은 공공영역 안의 존재들의 불행과 고통을 같이 나누고 또 타자를 환대하는 동정과 공감의 공동체.

이것이 『구경꾼들』이 상상하고 도달하고자 하는 공동체이다. 이런 점에서 보자면 『구경꾼들』은 지금, 이곳의 상징질서에 대한 철저한 역사철학적 문맥화와 현재의 상징질서 너머로 나아가려는 강한 열망 속에서 쓰

---

2) 주체와 죽음, 그리고 타자성의 관계에 대해서는 엠마누엘 레비나스, 『시간과 타자』, 강영안 옮김, 문예출판사, 1996 참조.

여진 소설이라 할 수 있거니와, 실제로 소설 곳곳에 그런 문맥화와 열망들이 스며 있다. 해서 『구경꾼들』의 작중인물들은 현재의 상징질서 바깥의 혹은 너머의 영토들을 끊임없이 찾아다니고 그곳에서 현재의 상징질서 때문에 고통받는 인간들과 교감을 나누며 그들과 공감의 공동체를 구성해간다. 이를 위해 상징질서의 변방으로 걸어나온다/밀려나온다. 다니던 회사를 그만두거나 아니면 회사의 중심에서 멀어지거나 한다. 대신 현실원칙의 자장 바깥에 있는 (탈)영토들에서 '쓸모없는 실존'으로 격하된 것들에게서 자신의 존재감이나 실존적 의미를 발견한다.

부모님이 여행에서 돌아왔을 때 가장 기뻐한 사람은 작은삼촌이었다. 심지어 작은삼촌은 아버지의 볼에 뽀뽀를 하기도 했다. 실연을 극복하는 동안, 작은삼촌은 자신의 등을 때려준 주인이 하는 포장마차에 가서 종종 술을 마셨다. 그때마다 삼촌은 얼굴이 똑같이 생긴 형제들이 술을 마시는 것을 보았다. 그들은 늘 같은 안주를 시켰다. 소주 다섯 병을 먹은 다음부터는 언성이 높아지고 마지막엔 늘 멱살을 잡으면서 싸웠다. 다시는 안 볼 것처럼 헤어져놓고는 다음날 어깨동무를 하며 나타나는 삼형제를 보면서, 작은삼촌은 두 형들과 저렇게 싸워본 적이 없다는 생각을 했다.(122쪽)

『구경꾼들』의 공감의 공동체에 대한 염원은 전방위적으로 확산된다. 실제로 아버지와 어머니 짝은 가족 중에 누군가를 잃어 자신들의 공감의 공동체의 영토가 줄어들 때마다 세계 각국을 떠돌아다니며 영토 확장에 나서기도 하고, 또 전국 각지를 돌아다니며 현질서로부터 같은 고통을 겪었기에 위무가 필요한 존재들과 교류를 이어나간다. 이것은 아버지/어머니가 죽는 순간까지 지속되며, 그/그녀들이 죽은 이후로는 고모와 '나'에게로 옮겨온다.

한데 '나'의 식구들이 구현하고자 하는 공감의 공동체의 구성원에는 단순히 위무와 공감이 필요한 존재들만 포함되어 있는 것은 아니다. 그들의 공동체에는 실제적으로는 죽었으나 목소리와 시선은 살아 있는 유령이 일원으로 포함되기도 하고, 때로는 생명이 없는 것으로 보이는 사물이 포함되기도 한다.

　　사과나무는 거실에 앉아 연속극을 보면서 밥을 먹는 할머니의 등을 오랫동안 바라보았다. 새벽마다 마당에 나와서 한숨을 쉬는 아버지도, 가끔씩 맨발로 아침이슬이 내려앉은 마당을 걷는 나도, 술이 얼큰하게 취해 나무 밑동에 오줌을 누면서 무슨 말인지를 중얼거리는 작은삼촌도, 사과나무는 오랫동안 바라보았다. 그러다 문득, 열매를 따기 위해 까치발을 해야 하는 아이가 있는 집에서 다시 태어나고 싶다는 생각이 들었다. 나무 끝에 달린 잎을 만지고 싶어서 폴짝 뛰는, 그러나, 닿을 듯 말 듯 번번이 실패를 하는 그런 아이가 있는 집에서 싹을 틔우고 싶었다. 사과나무는 꽃을 피우지 않았고 열매를 맺지 않았다. 그리고 눈을 감고 긴 잠을 잤다.(242쪽)

『구경꾼들』은 이처럼 현재의 주체 중심의 상징질서를 현존재들의 고통의 핵심적인 요인으로, 또는 그 기원으로 규정한다. 동시에 그 질서에 의해 원초적으로 부정당하고 고통받는 모든 것들을 귀환시키고 복권시켜 그들 중심의 세상을 만들고 싶어하며 현존재들 모두에게 그 길을 권하고 있기도 하다. 이를 우리는 윤성희 소설의 제목을 빌어 이곳이 아닌 '거기'의 공동체라 부를 수도 있을 터인데, 『구경꾼들』은 그곳에 가기 위해서는 타자에게 자신의 영혼을 맡길 수 있는 미메시스의 정신을 나눠 가져야 한다고 권유한다. 아니, 때로는 사물 역시 우리와 같은 영혼을 지니고 있으니 그것까지 존중하면 더욱 행복할 것이라는 애니미즘의 윤리를 추천하고 있기도 하다.

3. 미메시스적 성장이란?

『구경꾼들』은 '나'의 식구들의 작은 역사들의 연쇄의 기록이기도 하지만 동시에 작중화자인 '나'의 성장의 기록이기도 하다. '나'의 식구들의 가족사연대기가 『구경꾼들』의 보다 거대한 역사지리지를 구현하고 있다면, '나'의 성장기는 그 가족사연대기라는 큰 틀이 포괄할 수 없는 세밀한 감정선과 내밀한 메시지들을 보완한다. 해서 '나'의 가족사연대기와 '나'의 성장기는 서로 보완해가며 『구경꾼들』의 세계상을 재현하는 주요한 두 축이 된다.

작중화자인 '나'는 이 작지만 소중한 가족의 전역사, 보다 구체적으로 말하자면 '나'의 가족의 몰락과 쇠락의 역사를 받아적으면서 자신 스스로의 성장의 드라마를 써나가기 시작한다. 앞질러 말하자면 『구경꾼들』에서 이루어지는 '나'의 성장과정은 일반적인 성장소설에서의 성장과는 구별된다. 일반적인 성장소설이 현재의 상징질서가 행하는 원초적인 억압을 내면화하고 오로지 현재의 상징질서 내에 자신의 위상을 굳건하게 세우는 방향으로 모든 서사가 진행된다면, 그리고 또 타인의 지성을 거부하고 스스로의 지성으로 세상의 중심적인 인물이 되는 것이라면(예컨대 인정투정에서 승리하는 과정을 그려내는 것이라면), 『구경꾼들』의 성장드라마는 그런 성장의 문법과는 현저히 구별된다. 대신 『구경꾼들』의 성장의 서사는 타인의 지성과 고통에 공감하기 위해 스스로의 감정과 지성을 지양하고 바로 그 지점에서 성장이 완성되는, 그런 것이다.

『구경꾼들』의 '나'는 다음과 같이 활력이 넘치는 곳에서 태어난다.

"안녕." 고모가 두 손을 펼쳤다. 손바닥에 안녕, 이라고 쓰여 있었다. "그게 뭐냐?" 아버지가 물었다. "플래카드를 만들 시간이 없어서." 고모가 말했다. "날 닮은 것 같아." 작은삼촌이 말했다. "있을 건 다 있냐?" 할아버지가 물었지만 아무도 대답하지 않았다. "아빠보다는 키가 커야 해."

"처음으로 빠진 이는 나를 줘." 큰삼촌의 책상 서랍에는 동생들의 젖니가 보관되어 있었다. "아직 이도 안 난 애한테 잘한다." "처음으로 할 줄 아는 말이 고모였으면 좋겠어." 외할머니가 손등으로 내 이마를 만졌다. 그리고 중얼거렸다. "우리 엄마 닮았네." 나는 식구들을 보면서 이렇게 생각했다. 뭐, 이 정도면 나쁘지 않네. 적어도 심심하지 않을 것 같아.(17쪽)

그러나 이 활기는 식구들의 죽음이 거듭거듭 연속되면서 명멸해간다. 먼저 증조할머니가 어떤 가족의 임종도 없이 돌아가시고, 큰삼촌이 예기치 않은 죽음을 맞으며, 어린아이를 위해 자신의 목숨을 마다한 할아버지마저 '거기'로 자리를 옮겨간다. 그때마다 남겨진 가족들은 그 빈자리를 메우기 위해 더욱더 와자지껄하게 떠들고 공감의 공동체를 찾기 위해 훨씬 더 분주하게 세계 곳곳을 떠돌아다니기도 한다. 또 그것도 아니라면 간혹, 간혹 모습을 드러내는 죽어 돌아온 비존재들의 목소리와 시선에서 세상의 그 어떤 것에도 느낄 수 없는 교감의 정서를 느끼곤 하지만, 그 목소리들은 간혹, 아주 간혹 들려올 뿐이다. 그 목소리와 시선을 느낄 땐 전체이지만 그것이 명멸하면 곧 세상은 무(無)가 된다. 해서 이들 가족은 전체와 전무 사이의 극단적인 감정상태를 오고가며 와자지껄한 소란과 침묵의 심연을 반복적으로 경험한다. 특히 '나'가 경험하는 감정의 진폭은 더욱 크다. '나'의 욕망의 매개자였던 큰삼촌이 죽고, 그에 대한 죄책감 때문에 아버지/어머니가 지구 반대쪽에서부터 시작하여 지구 곳곳을 떠돌 때, '나'는 극심한 고독을 경험한다.

"내가 찡그린 얼굴로 콩밥을 삼킬 때 부모님은 녹물이 나오는 낡은 호텔에서 겨우 세수만 하고 잠이 들었다. 부모님이 키가 이 미터가 넘는 아들을 여덟 명이나 둔 노부부의 농장에서 살구를 따는 동안 나는 엄지발가락이 꽉 눌리는 운동화를 꾹 참고 신고 다녔다. 양말이 뚫어지는 것을 이상하게 여긴 할머니가 세 달 만에 운동화가 작아졌다는 것을 알아차렸고, 그제야 나는 새 운동화를 신게 되었다. (……) 내 그림자는 조금씩 길어졌고 가방은 조금씩 무거워졌다."(145쪽)

세상 사람들이 사는 방식이 아닌 공감의 공동체를 찾아나서는 가족들 때문에 경험해야 하는 '나'의 시련은 아버지와 어머니 역시 불의의 사고로 죽는 순간 정점에 달한다. 불의의 사건이 세 사람을 덮쳤건만 공교롭게 '나'만 살아남았기에, 그것도 발가락 하나만 골절된 채 살아남았기에, 가족들의 유별난 실존형식에 대한 분노도 극에 달한다. 죄책감도 같이 작용한 것이리라. 하여간 '나'는 "죽을 때까지 발가락이 낫지 않기를 빌었"을 뿐만 아니라 "뼈가 아물 때면 나는 부러진 발가락으로 담벼락을 걷어차곤"(253쪽) 한다. 그리고 학교를 빼먹는 등 극심한 정신적 방황을 거듭한다.

물론 이 정신적 방황은 그러나 어떤 계기에 의해 마무리된다. 그리고 '나'는 자신의 가족의 역사와 전통을 계승하기에 이른다. 그 계기란 이렇다. '나'가 학교를 다니지 않자 세 형제 중 혼자 남았음에도 불구하고 (여전히 '작은삼촌'인) 작은삼촌이 내기를 제의했던 것. "첫째, 학교를 안 갈거면 하루에 삼만원 이상씩 벌어올 것. 둘째, 돈 벌 자신이 없다면 매일 이십 킬로미터씩 달리기를 할 것."(262쪽) 이 내기를 할머니는 이해하지 못한다. "할머니의 소원은 학교에 다녀보는 것이었"(262쪽)으므로. 하지만 할머니는 그런 소리를 하지 않는다. "자식 넷을 키워본 결과 절실한 이야기들은 잔소리가 되기 쉬웠"다는 것을 깨달았으므로. 결국 내기가 시작된다. '나'가 처음 선택한 것은 돈 벌기. 하지만 외할머니의 집요한 방해로 실패한다. 다음 시도한 것은 달리기. 하지만 곧 이 내기에서 지고 만다. 오랜 시간 모든 꾀를 부리며 달리기를 끝냈지만, 그 과정에서 공감의 공동체가 지니는 위대함을 발견했기 때문이다. '나'는 달리기를 하면서 각각의 지점에서 확인 사인을 받는다. 한데 무슨 까닭인지 가는 곳마다 사람을 때려서 이천만원을 배상해야 하는 사고를 친 줄 알고 있었던 것. '나'는 이것이 작은삼촌의 거짓말 탓이라는 걸 알고 항의하려다 "불쌍한 놈이 되는 것보다는 한심한 놈이 되는 게 더 나을 것 같았어"라는 작은삼촌의 말을 듣는 순간 사인할 때 너스레를 떨었던 어른들의 행위의 의미를 뒤늦게 깨닫게 되고, 결국은 공감의 공동체의 필요성과 필연성을 절감하게 된다. 결국 '나'는 수많은 가족들의 죽음을 통해 현재의 상징질서 바깥에서 자신의 가족들이 구축하려 했던 공감의 공동체가 지닐 수 있는 참의 미를 발견하고, 그의 충실한 실천가가 되기로 한다. 그리고 급기야 유령의 목소리와 시선을 느낄 수 있는 존재이자 비존재가 된다.

고모가 마을버스에서 기침을 하는 순간, 지구 저편에서 누군가 꽃에 물을 주다가 우연히 네잎클로버를 발견하거나, 연인에게 목도리를 선물하려고 뜨개질을 하다 실수로 코를 빠뜨리거나, 사랑한다는 말을 하려는데 자신도 모르게 배가 고프다는 말이 나와버리거나…… 하는 일은 일어나지 않았다. (……) 아무 일도 일어나지 않았다. 하지만 그 기침소리를 들은 사람은 운전기사 말고 한 명이 더 있었다. 고모가 편의점에서 삼각김밥을 사오기를 기다리다 깜빡 잠이 든 내 귀에 대고 아버지는 말했다. 네 고모 감기 들었나보다. 버스에서 기침하더라. 나는 아래층으로 내려가 장식장 맨 아래 서랍을 열었다. 거기에는 할아버지가 회사 창립 50주년 때 선물로 받아온 커다란 약상자가 있었다. 약상자를 열어보니 쌍화탕이 두 병 보였다. 나는 두 병을 모두 꺼냈다. 그리고 부엌으로 가 냄비에 쌍화탕 두 개를 붓고 반으로 줄 때까지 끓였다.(301~302쪽)

이렇게 『구경꾼들』은 이제까지 우리가 별로 볼 수 없었던 특이한 성장 이야기를 완성해낸다. 이제까지 대부분의 성장소설이 현실 밖에서 현실

안으로 들어가는 입사(入社)의식을 그려왔다면, 『구경꾼들』은 현재의 상징적 현실이 원초적으로 억압한 세계들을 귀환시켜 그것을 통해 성장을 완성하려 한다. 이를 혹시 자기만을 배려하는 근대의 성장과 구별되는 성장이라 할 수는 없을까. 특히 근대가 쓸모없는 실존으로 격하시키고 폐기처분한 비존재들을 복원시켜 그것을 욕망의 매개자로 삼고 있으니, 아도르노적 의미의 미메시스적 성장이라 할 수는 없을까. 어떻든 『구경꾼들』의 심층에는 이처럼 특이한 형식의 성장 이야기가 안받침되어 있거니와 이것이 공감의 공동체를 향해 소멸해가는 한 가족의 연대기와 서로 긴밀하게 연관을 맺으면서 그야말로 이제까지 볼 수 없었던 독특한 형식의 소설로 완성되었다고 할 수 있다.

4. 태도로서의 유머와 기법으로서의 유머

『구경꾼들』의 미적 성취를 말할 때 빼놓을 수 없는 것이 있다. 바로 이 소설의 창작방법이다. 앞서 살펴본 바처럼 『구경꾼들』은 결코 만만하지 않고 또 녹록지도 않은 주제를 다루고 있는 것이 사실이다. 한데, 『구경꾼들』은 이 녹록지 않은 주제를 유머, 혹은 아이러니라는 방법으로 표현해낸다. 윤성희 소설에서 유머는 이제 전혀 낯설지 않을 정도로 윤성희 고유의 창작방법이 되어가고 있지만, 『구경꾼들』에서도 유머는 소설 곳곳에 흩어져 이 소설의 묵직한 주제와 밀접한 관련을 맺는다. 해서 유머를 『구경꾼들』 전체를 가로지르는 핵심 창작방법이라 해도 큰 무리는 없을 듯하다. 예컨대 이런 식이다. 어느 날 고모가 사귀던 남자와 또다시 헤어진다. 새똥에 맞고 욕을 했다는 것. 주변 사람들이 당연히 묻는다. "새똥에 맞고 욕 안 하는 사람이 어디 있냐?" 한데, 고모의 대답이 태연하다. "그게 아니야, 오빠. 그 사람은 진화론인가를 공부한다고 했어. 그렇다면 자연의 법칙에 대해선 너그러워야 하는 거 아니야?"(120쪽) 『구경꾼들』에는 이런 장면이 자주 나온다.

하지만『구경꾼들』전체를 유머러스하게, 혹은 아이러니하게 만드는 가장 핵심적인 지점은, 고비 때마다 닥쳐오듯 출현하는 죽음의 풍경들이다.『구경꾼들』의 중핵에 해당하는 서사는 '나'의 식구의 가족사이고, 이 가족사의 중핵은 가족들의 연이은 '황당한 죽음'이다. 소설 속의 표현을 빌자면, '웃긴 죽음'이라고도 할 수 있겠다.『구경꾼들』에서 '나'의 식구들은 너무 자주 '거기'로 간다. 앞서 말했듯 증조할머니가 죽고, 큰삼촌이 죽고, 할아버지가 죽고, 마지막으로 아버지/어머니가 죽는데, 이 모든 죽음이 예상치 못한 죽음들이다. 할아버지를 제외하고는 아무도 타인의 임종 속에서 죽지도 않는다/못한다. 그 옆에 고모가 있었건만 증조할머니는 잠을 자다가 어떤 말도 남기지 못하고 죽고, 큰삼촌은 병원건물 밑에 있다가 투신자살하는 사람에 깔려서 죽는다. 할아버지는 성폭행 당하는 여자아이를 보호하려다가 범인이 휘두른 몽둥이에 맞아서 죽고, 아버지와 어머니는 어떤 사람이 죽은 자신의 어머니를 애도하기 위해 삼십 년 동안 짓고 있다는 돌집을 구경하다가 죽는다. 특히 큰삼촌의 죽음은 죽을 고비를 넘긴 끝에 발생한 죽음, 그러니까 한 번은 지연된 죽음이라 더욱 황당한 죽음이라 부를 만하다. 그렇다고 다른 가족의 죽음이 황당하지 않은가 하면 그렇지도 않다. 다른 죽음 모두 전혀 예측하지 못한 죽음이고, 또 대부분의 죽음이 임종 없이 이루어진 죽음이다. 임종을 지켰느냐가 문제가 아니다. 혼자 살아남아서 남겨진 자가 한평생 죄책감을 갖고 살아가야 하는 경우도 있다. 이런 식으로 이루어진 죽음인지라 이들의 실제적인 죽음과 상징적인 죽음 사이에는 유독 많은 빈틈과 괴리가 존재한다. 죽음 자체의 비극성과 죽음에 이르는 길의 희극성이라는 괴리 혹은 모순이 유독 두드러지는 죽음[3]들이다. 이 빈틈과 괴리 때문에『구경꾼들』속의 죽음은

---

3)『구경꾼들』은 무슨 까닭인지 이들의 죽음을 일관되게 '웃긴 죽음'으로 그려낸다. 예컨대 큰삼촌과 아버지/어머니의 죽음은 죽음에 이르는 상황 자체가 황당하고 기이하지만 증조할머니와 할아버지의 죽음 상황은 그렇지 않다. 한데 이 두 죽음 앞에 희극적인 에피소드

한편으로는 비극적이면서 한편으로는 희극적인 죽음이 된다.

이렇게 철저하게 계산된 희비극적인 죽음은 모든 서사의 디테일들을 추동해낼 뿐만 아니라 미적 환기력까지도 결정하는, 『구경꾼들』의 결절점이라 해도 과언이 아니다. 정체도 성격도 불분명한 죽음이 있었기에 등장인물들의 '죄책감'과 인생의 깊은 심연에 대한 의문이 가능해졌으며, 이 때문에 등장인물들이 저 먼 선조대의 기억을 귀환해도 어색하지 않고 또 느닷없이 지구 반대쪽을 헤매고 다니며 같은 고통을 안고 사는 사람들을 캐내고 다녀도 개연성을 획득할 수 있었다. 또 그런가 하면 이런 부조리하고 희비극적인 죽음이 있었기에 죽음 이후 이들의 시선과 목소리가 감지되어도 그럼직하게 받아들일 수 있었고, 심지어 유령이라는 희미한 신체로 출몰해도 그것은 실제적 죽음과 상징적 죽음의 불일치가 만들어낸 당연한 귀결로 승인할 수 있게 된 것이다. 기실 이들은 실제적으로 죽었으되 상징적으로 죽을 수가 없었던 존재들, 그러니까 살아 있으되 죽었으며 죽어 있으되 살아 있는 비존재들이니 유령으로 그 모습을 드러낸다고 해도 하등 개연성이 떨어질 것이 없는 셈이다.

이렇게 희비극적인 죽음과 그로 인해 출몰한 유령으로 인해 『구경꾼들』은 아주 자연스럽고 효율적으로 현재의 상징질서를 균열시키고 해체시킨다. 희극적이면서 비극적이라는 이율배반적인 죽음을 끊임없이 양산하는 현재의 상징질서란 그 얼마나 모순적인가를 단번에 확인할 수 있는 까닭이며, 또한 이 죽음을 현재의 상징질서의 권내로 끌어들이는 과정에서 어쩔 수 없이 현재의 상징질서의 작위성과 비인간성이 노골적으로 표현되기도 하기 때문이다.

들을 잔뜩 채워넣어 그런 상황 속에서 마냥 즐거워하다가 갑작스레 엄혹한 죽음을 맞는 것으로 그려진다. 이렇게 볼 때 『구경꾼들』의 희비극적인 죽음은 작품 속에서 철저히 계산된 장면들로 보아야 할 듯하다.

사람들이 편지를 보내기 시작했다. 응급실로 편지가 배달된 것은 병원이 개원한 이래 처음 있는 일이었다. 병원 원장이 찾아와 할아버지의 손을 잡고 꼭 깨어나세요, 말을 했다. 홍보과 직원이 그 모습을 사진으로 찍었다. 사보에 내보낼 생각이었다. 병원에 입원한 사람들이, 퇴원을 하는 사람들이, 혹은 누군가의 병문안을 온 사람들이 '할아버지 힘내세요!' 하는 글을 적어 응급실 복도에 붙이기 시작했다. 소아병동에서 휠체어를 탄 아이들이 단체로 찾아와 복도에 사탕을 붙였다. 청소부 아주머니는 가끔 청소를 하다 힘이 들면 그 사탕을 몰래 먹곤 했다. 사탕을 먹은 후 사탕껍질 안에 휴지를 넣어두면 아무도 몰랐다. 병원에서 밥을 먹으면 밥에서도 소독약 냄새가 나는 것 같아서 늘 소화가 안 되었다. 하지만 이상한 일이었다. 아이들이 사탕을 먹으니 만성 소화불량이 저절로 낫는 것 같았다. 청소부 아주머니가 콧노래를 부르면서 응급실 복도를 닦고 있는 장면이 사람들에게 종종 목격되었고, 그걸 본 동료들은 혹시 늦바람이 난 건 아닌지 걱정을 했다.(172쪽)

'유머는 현실에 도전하고 있는 것'이라고 말한 것은 프로이트이다. 이에 덧붙여 유머러스한 태도는 "고통을 거부하고 현실에 맞서 자아의 불가침성을 주장하고 또 쾌락의 원칙을 자신만만하게 확인하"고 있지만 그럼에도 끝끝내 "보아라. 이것이 그렇게 위험해 보이는 세계다. 그러나 애들 장난이지, 기껏해야 농담거리밖에는 안 되는 애들 장난이지!"[4]라며 아쉬움을 표한다. 정리하자면 유머는 고통을 거부하고 현실에 맞서는 힘을 지니고 있지만 겁에 질린 자아를 초자아에 맞설 정도로 강인하게 만들지는 못한다는 의미일 터이다. 그런데 초자아에 맞설 정도로 강인한 자아가 필요하지 않다면 어떤가. 아니, 오히려 초자아에 맞설 정도의 강인한 자아

4) 프로이트, 「농담」, 『프로이트 전집 18—창조적인 작가와 몽상』, 정장진 옮김, 열린책들, 1996, 13~17쪽.

란 겁에 질린 타자들을 원초적으로 억압하여 더욱 겁에 질리게 할 것이므로 오히려 그런 강인한 자아가 되어서는 안 된다면 어떤가. 그렇다면 유머는 초자아를 균열시키고 해체할 수 있는 틈을 만들면서도 어떤 강요도 하지 않은 채 현실에 도전할 방법을 열어주는 의미 있는 행위이자 표현형식일 수 있는 것이 아닌가. 또 그렇다면 이 유머야말로『구경꾼들』이 제시하고 있는 주제, 그러니까 현실의 상징질서 바깥으로 떠밀려간 존재들끼리 서로에 대해 공감하고 배려하는 공동체를 한번 꾸려보자는 주제의식에 가장 부합하는 태도 아니겠는가. 프로이트 식의 표현법을 빌어오자면『구경꾼들』을 가로지르는 분위기는 "기껏해야 농담거리밖에는 안 되는 애들 장난처럼 들리겠지만 현재의 상징질서 바깥에 나가 우리끼리의 공동체를 한번 만들어보지 않을래? 너무 위험해 보이니? 애들 장난인데!" 하고 말하는 것이 된다. 절대적으로 다른 타자를 원초적으로 엄숙하게 억압하는 초자아에 대한 냉소와 비판으로 이만큼 유효한 것이 있을까. 그러니, 알겠다.『구경꾼들』이 전달하고자 하는 바가 그토록 설득력 있게 다가왔던 것은 그 메시지 자체에 있었던 것이 아니라 그것이 유머라는 방법을 통해 전달되었기 때문인 것이다. 모처럼만에 경험한 '기법의 승리'라고 해도 되리라.

5. 두 개의 현실도피와 윤성희 소설의 미래

『구경꾼들』은, 대부분의 명편이 그러하듯이, 윤성희의 모든 소설적 경향이 집대성되는 자리이자 그것이 한자리에 모이면서 이상한 가역반응이 일어나는 새로운 공간이다. 사실 우리는『구경꾼들』에서 그간 윤성희 소설이 시도했던 거의 모든 것들을 발견할 수 있다. 현재의 상징질서 안에서의 고독과 고통으로부터 벗어나려는 강렬한 의지가 남달랐던 초기 소설의 경향성도 있고, 또「무릎」이나「하다 만 말」이래「오후 세시의 식사」「이어달리기」「매일매일 초승달」등에서 거듭 시도하고 있는 한 식구가 벌이는 왁자지껄한 '가족모임'(보다 구체적으로 말하면 가족회의, 가족여행, 가족끼리의 게임 등등)의 모티프도 공존한다. 그런가 하면 「유턴지점에 보물지도를 묻다」 등의 소설에서 몰두했던 '취향의 공동체' 혹은 '동감의 공동체'라는 기묘한 집단이 벌이는 모험과 놀이도 존재한다. 분명 『구경꾼들』에는 윤성희의 이전 소설에서 볼 수 있었던 서로 상이한 요소들이 비균질적이고 불균등하게 흩어져 있는 것이 사실이다. 같은 작가의 것이지만 각기 다른 맥락에서 생산된 독자의 생명체들이 같은 자리에 놓이는 순간 거대한 가역반응이 일어나고 있는 것도 사실이다. 그 결과 『구경꾼들』에는 윤성희의 이전 소설에서 볼 수 없었던 중요한 요소가 하나더 추가된다. 바로 윤성희 고유의 역사철학에 의해 문맥화되고 계통화된 가족사연대기가 그것이다. 『구경꾼들』의 가족사연대기는 기존의 대문자역사 중심의 가족사연대기와는 전적으로 구별되거니와, 2000년대 이후 새로운 가족사연대기 소설인 『비밀과 거짓말』 『고래』 『검은 꽃』 등의 뒤를 잇는 것이어서 주목되기도 한다.

한데, 어느 시기의 어느 단계를 넘어서는 길목에 서 있는 대부분의 작가들이 그러하듯 윤성희의 소설 또한 어떤 갈림길에 서 있는 듯하다. 예컨대, 이런 갈림길이다. 여기 두 개의 현실도피가 있다. 하나는 흔히 하는 말로 현실로부터 도피한다는 말이다. 일본의 한 비평가는 이러한 성향을 보였던 근대초창기의 일본소설을 두고 도망노예들의 자기표현이라고 옹골지게 비판한 적도 있다. 현실적으로 주어진 문제를 외면한다는 말일 터이다. 그런가 하면 현실로 도피한다는 말도 있다. 이 말에는 기실 우리가 현실이라고 말하는 것이 이미 수많은 요소들을 원초적으로 억압하고 배제한 자리에서 성립된 환상에 불구하다는 판단이 전제되어 있는 것이다. 이 말에 따르면 현실적이 된다는 것은 우리가 억압한 어떤 것을 끝까지 외면하겠다는, 그리고 상징질서 너머의 실재를 끝까지 인정하지 않으려는 의지의 표현이 되며, 따라서 현실 바깥의 혹은 너머의 비현실적이고 비존재적인 것에 몰두하는 것은 곧 고착한 현실을 균열시키고 대타자의 욕망을 욕망하는 것이 아니라 주체의 욕망을 실현하는 길이 된다. 그렇게 보면 『구경꾼들』의 만화적이고 동화적인 세계를 현실로부터 도피한 것으로 읽어서는 안 된다. 오히려 『구경꾼들』은 현실로 도피해서는 안 된다는, 또는 현실원칙 안에서 살아갈 때 그것은 곧 실낙원에서의 저회를 영원히 반복하는 것에 불과하다는 인식 속에서 형성된 것이라고 읽어야 한다. 하지만 『구경꾼들』도 이런 길을 선택한 소설 일반이 그러하듯이 어떤 딜레마로부터 전혀 자유로울 수는 없다. 현실 안으로 도피해서는 안 된다는 점 때문에, 너무 지나치게 현실로부터 벗어나는 것 아닌가 하는 것이다. 현실 안으로 도피해서 현실 바깥의 실재를 원초적으로 억압해서도 안 되지만, 그렇다고 간혹 유령의 형태로, 악몽의 형태로 모습을 드러내는 실재에 충실한 실재의 윤리를 말하기 위해서 지금, 이곳의 존재들을 규율하고 있는 현실로부터 도피해서도 안 될 것이다. 그런 점에서 보자면 『구경꾼들』은 현실로부터 벗어나 현실 바깥에 있는 순진성의 세계에 너무 큰 기대를 걸고 있는지도 모른다. 그렇다면 『구경꾼들』은 윤성희 소설의 또 다른 출발점이다.

(2010)

세상 너머의 지도를 향한 갈망

— 박범신 장편소설 『고산자』 읽기

1. 뉴에이지 역사소설과 『고산자』의 사건성

느닷없이, 작가 박범신이 역사소설을 썼다. 바로 『고산자』이고, 등단한 지 삼십육 년 만의 일이다. 삼십육 년 동안의 일관성을 스스로 깬 셈이니, 그런 점에서 『고산자』는 박범신 문학에 있어서 하나의 새로운 이정표가 될 것임에 틀림없다. 아니, 조금 성급하게 말하자면, 『고산자』는 박범신 문학에 있어 일종의 사건이다. 박범신의 문학을 향한 열정과 다양한 문학적 실험과 실천 들이 한자리에 모여 『고산자』를 탄생시킨 것은 분명하다. 하지만 『고산자』의 세계를 경험했기에 박범신의 문학은 이제 『고산자』 이전으로 돌아갈 수 없을 듯하다. 그만큼 『고산자』에는 『고산자』 이전의 박범신 문학과의 범상치 않은 단절의 징후들로 긴장감이 팽팽하다. 먼저 말해버리자. 『고산자』는 박범신 문학의 집대성이지만 동시에 어떤 전환의 출발점이며, 이것이 『고산자』에 잠복된 사건성이다.

물론 이런 의구심도 있을 수 있겠다. '근대성 이후'가 끊임없이 모색되는 이 포스트모던 시대에 근대 이전의 역사에 관심을 기울이는 것은 이 시대의 긴박성에 비추어보자면 너무 시대착오적인 것이 아닌가 하는 것.

하지만 이런 의구심은 괜한 우려라 할 수밖에 없다. 사실 문학에게 항상 절대적으로 요청되는 것이 모종의 시대착오성이기 때문이다. 시대에 순응한다는 것은 무엇인가. 그것은 이 시대 특유의 생체정치 시스템에 순종하는 신체로 살아간다는 것 아니겠는가. 또 역사와 관련시켜 벤야민의 표현으로 말하자면 "균질하고 공허한 역사의 진행"에 맞추어 "사건들의 순서를 염주처럼 손가락으로 헤아리는 일" 아니겠는가. 동시에 '가장 현실적인 것이 가장 이성적이다'라는 헤겔식 명제에 기대어 인간의 삶 전체를 황폐하게 한 근대성의 규율에 맞추어 산다는 것 아닌가. 그렇다면 오히려 『고산자』가 '시대착오적이게도' 근대 이전(혹은 전근대와 근대의 경계지대)에 관심을 기울이는 것은 인간을 순종하는 신체로 전락시킨 지금 이 시대의 상징질서를 벗어나고자 하는 열망이며 동시에 균질하고 공허한 역사의 무미건조한 진행(혹은 익숙한 반복)을 단절시키고 현재의 상징질서에 의해 은폐된 '메시아의 힘'을 귀환시키고자 하는 열망의 표현이라고 읽을 수 있을 터이다.

뿐만 아니라 이런 의구심도 제기될 수 있겠다. 가령 이런 것이다. 잘 알려져 있듯 21세기 한국문학의 한 동력은 역사소설이다. 『인간의 힘』(성석제), 『검은 꽃』(김영하), 『심청, 연꽃의 길』(황석영), 『리진』(신경숙), 『밤은 노래한다』(김연수), 『천 년의 왕국』(김경욱), 『남한산성』(김훈), 『미실』(김별아), 『황진이』(전경린) 등등이 21세기 들어 발표된 역사소설이거니와, 이 목록만 살펴보아도 21세기 들어 한국문학 전반이 역사의 소설화에 얼마나 집중했는가를 쉽게 확인할 수 있다. 또한 이 21세기의 역사소설들은 지난 세기의 역사소설과 다르게 이질적인 형식을 창출하여 뉴에이지 역사소설이라는 이름이 붙여진 바 있다. 이런 점에 비추어보자면 일견 『고산자』는 유행에 편승한, 그것도 뒤늦게 도착한 역사소설이라고 볼 수도 있다. 그러니, '뒤늦게 웬 역사소설?' 할 수도 있겠다. 하지만 이런 우려 역시 괜한 것이다. 그것은 21세기에 씌어진 역사소설이 어떤 형식을 택하고 있으며 그런 형식이 어떤 맥락에서 발생했는지를 살펴보는 것만으로 충분하다.

최근 집중적으로 나타나는 역사소설들은 흔히 말하는 것처럼 뉴에이지 혹은 포스트모던 역사소설이라 부름직하다. 그만큼 21세기 들어 집중적으로 씌어지는 21세기형 역사소설은 분명 이전의 역사소설과 차이가 있다는 말이 될 터이다. 거대한 단절이 있고, 해서 종이 다르다고 해도 무리는 아니다. 그중 핵심적인 것은 과거와 현재의 관계성이다. 21세기 이전 여러 경로를 통해 씌어졌던 역사소설들에서 과거는 주로 현재의 맹아이거나 미완의 현재, 아니면 현재의 발생론적 기원이었다. 과거를 살았던 존재들의 행위와 그것이 결집되어 일어났던 사건들의 결과가 바로 현재라는, 연속체적이고 발전론적인 관점에서 과거와 현재의 관계가 설정되었던 것이다. 해서 21세기 이전 한국문학사에 나타났던 역사소설 대부분은 현재의 삶을 결정지은 '살아 있는 전사(前史)'에 주목한다. 그리고 그 시각으로 그리 멀지 않은 과거에서 현재의 기원에 해당하는 존재들과 사건들을 발견하고, 그렇게 역사를 발전시키고자 죽음을 마다 않는 인물들의 주체성과 숭고미를 집중적으로 표현한다. 그 결과 '너무 일찍 태어나 비극적인 인물들의 이야기', 그러니까 다가올 미래를 먼저 읽어내고 그 미래에나 합당할 진리를 앞서서 실천한 까닭에 비극적인 인물들을 다룬 '혁명적 비극'은 21세기 이전 역사소설의 가장 상징적인 형식이었다 해도 과언이 아니다. 하지만 21세기 접어들어 집중적으로 씌어지고 있는 역사소설은 과거와 현재의 관계성에 있어 큰 편차를 보인다. 뉴에이지 역사소설은 근대성의 억압적 성격을 비판하고 새로운 횡단성의 원리를 찾는 데 온 감각이 열려 있으므로 근대 이전의 시기에서건 근대의 초입부라는 시간대에서건 더이상 미완의 현재를 찾거나 현재의 맹아를 읽어내지 않는다. 오히려 최근의 역사소설은 과거와 현재를 연속체나 발전적 경로로 파악하기보다는 거대한 단절로 파악한다. 이들 소설에 따르면 근대성이란 인간의 욕망을 억압하고 통제하여 순종하는 신체로 전락시키고, 또한 질적 차이, 비교불가능성, 개성, 여성성, (동성애적) 충동, 근친상간적 욕망, 비서구의 역사와 전통 등등을 비정상적인 것으로 배제하며 현재의 환상체계를 인위적으로 작동시킨 거대한 단절의 지점일 뿐이다. 해서 뉴에이지 역사소설은 현재의 비약을 가져온 '살아 있는 전사'에 관심을 한정시키지 않으며, 너무 일찍 태어난 비극적인 영웅들의 숭고성과 비극성을 집중적으로 재현하지도 않는다. 뉴에이지 소설들은 오히려 현재의 역사에 의해서 배제되고 은폐된 역사의 흔적들을 집중적으로 탐색한다. 그래서 이들 소설은 기존의 역사에서 누락되었거나 아니면 역사의 행간에 부주의로 인해 최소한의 흔적으로만 남아 있는 존재들, 그러니까 현재적 상징질서에 집요하게 침묵을 강요당했던 존재들을 귀환시켜 그들 중심으로 역사를 재배열하거나 아니면 뒤늦은 애도작업을 행한다. 이렇게 뒤늦게 호명되거나 때늦게 애도를 받는 인물들 역시 초월적인 질서에 좌초하는 비극적인 삶을 살기는 마찬가지이다. 하지만 그 세부에 있어서는 조금 다른데, 뉴에이지 역사소설의 주인공들은 '너무 일찍 태어나 실패한 비극적 인물'이 아니라 '그나마 일찍 태어나 주체적일 수 있었던 비극적 인물'인 것이다. 한마디로 21세기형 역사소설은 어떤 표현물보다도 더 적극적으로 상징언어에 의해 이미 고착된 존재를 그야말로 살아 있는 존재로 되살리고 망각된 존재들을 복원하고자 혼신의 힘을 다하고 있다. 또 결과에 있어서도 최근의 역사소설은 항상 역사적 필연성이라는 이름 밑에 쓸모없는 실존으로 격하된 요소들을 복원하고 그것들을 기존의 방식과는 다르게 결합해가면서 한 시대의 총체를 재구성하거나, 국가장치에 의해 사라진 매개자들을 풍부하게 되살려서 기존의 역사상과는 전혀 다른 세계상을 제시해주고 있다.

이렇듯 최근의 뉴에이지 역사소설은 상징언어에 의해 의미가 고착된 존재들을 되살리는 것은 물론 망각된 존재들을 복원시키는 등 어떤 형식보다 문학 본연의 기능을 충실하게 수행하고 있다. 21세기의 역사소설이 이런 역능을 행사해왔다면, 그리고 『고산자』가 이런 특성을 나누어 가지고 있다면, 『고산자』는 결코 뒤늦게 도착한 것이 아니다. 상징언어에 의해 고착된 세계상이 여전히 존재하고 그것을 해체하는 지진의 역할을 행하는 것이 문학작품의 중요한 기능이라고 한다면, 어떤 작품이 다른 작품보다 먼저 씌어지고 나중에 씌어지는 것은 중요하지 않다. 대신 문제는 그 작품이 얼마나 근원적으로 우리의 고착화된 사유를 뒤흔들고 전복시키는가 하는 것이다. 이런 점에서 보자면 『고산자』는 분명 문제적인 소설이다. 『고산자』는 상징언어에 의해 절대화된 역사적 이미지들이 사실은 진실을 은폐하기 위해(혹은 진실을 은폐한 자리에서) 형성된 환상체계에 불과하다는 점을 여지없이 묘파하며 동시에 그 상징질서에 의해 쓸모없는 실존으로 격하된 희미한 '메시아의 길'을 우리에게 완곡하지만 설득력 있게 짚어준다.

이렇게 볼 때 박범신의 『고산자』는 박범신 문학에 있어 이미 새로운 이정표에 해당하는 작품이지만 동시에 21세기 한국문학의 값진 성과로도 기재될 만한 혁신성과 전복성으로 충일한 소설이다. 그렇다면 이제 우리의 관심은 『고산자』가 '고산자' 김정호를 어떻게 전유하여 결국에는 세상에 널리 퍼져 있는 억견들을 얼마나 효율적으로 해체하는가, 그리고 그 억견들 대신 어떤 윤리(혹은 정치의식)를 궁극적으로 제시하게 되는가, 라는 방향으로 옮겨가야 할 터이다.

2. '고산자' 라는 유령을 형상화하는 세 가지 방법

박범신의 『고산자』는 제목에서 알 수 있듯 청구도, 동여도, 대동여지도 등의 기념비적인 지도와 19세기 중후반 조선의 사회상과 역사, 그리고 당대인들의 생활방식을 집대성한 문화역사지리지인 『동여도지』 『여도비지』 『대동지지』 등을 편찬한 고산자 김정호의 일대기를 저간으로 한 소설이다. 우선 고산자 김정호가 워낙 신화적인 존재이고, 소설 자체가 '고산자'를 전면에 내세운 까닭에 우리가 흔히 보아왔던 위인전 형식의 역사소설을 연상하기 쉽다. 하지만『고산자』는 고산자라는 큰 인물을 일방적으로 칭송하는 소설이 아니다. 물론 위인전적인 요소가 없지는 않다. 김정호가 누구인가. 김정호는 한국의 지도와 문화지리지의 역사에 있어 일대 비약과 단절을 이루어냈을 뿐만 아니라 그 업적을 이루어내는 데 보여준 의지와 능력이 보통 인간의 측량 범위를 간단하게 뛰어넘었다고 알려진 인물이 아니던가. 게다가 고산자의 표상으로 잘 알려진 오랜 유랑은 오늘날 권태로운 정주에 지쳐 호모 노마드를 꿈꾸는 존재들의 강렬한 로망이 아니던가. 이런 경이롭고 매혹적인 김정호의 삶을 저간으로 하고 있으니 당연히 그에 대한 위인전적인 요소가 없을 수 없을 터이다. 하지만『고산자』는 김정호의 열정에 큰 경의를 표하기는 하나 김정호에 따라다니는 민담적 에피소드들을 반복하며 위인화하지 않는다.

아니, '대동여지도'로 대표되는 위대한 업적을 가능케 한 김정호의 내면과 각성의 계기들을 찾아내어 김정호의 일대기를 하나하나 재현하고 때에 따라 그 남다른 의지를 칭송하고자 했다 하더라도 그것이 불가능했다고 표현해야 하리라. 이미 여러 역사학자들이 지적한 바이지만, 김정호는 한국역사상 가장 대표적인 불가사의한 존재이다. '대동여지도'와 같은 천재적이고 위대한 업적의 발명자이지만 그에 대한 기록은 거의 남아 있지 않은 것으로 되어 있다. 태어난 연대는 물론 죽은 시기도 알려져 있지 않으며 고향이나 신분마저도 명확하지 않다. 거주지와 가족관계 또한 기록된 것이 없다. 남긴 업적은 저토록 우뚝한데 그것을 만든 이에 관한 기록은 겨우 이름 정도이다. 한국을 대표하는 위대한 걸작이 눈앞에 있는데 그것을 만들어낸 거의 모든 매개가 사라지고 없는 셈이다. 기록이 없으니 당연히 설은 많고, 서로 배치되는 말들이 떠도나 각인된 것은 없다. 그런 까닭에 김정호는 1803년생이면서 1804년생이기도 하고, 황해도 봉산 출신이면서 동시에 토산 출신이기도 하고, 몰락한 양반이기도 하면서 중인 계층이기도 하고, 지도를 위해 평생 전 국토를 유랑했는가 하면 한자리에 앉아 앞선 시대의 지도를 수집 정리하기도 했고, 1866년 대원군의 명에 의해 옥사했는가 하면 그 이후까지 살아 있기도 한 존재이기도 하다. 살아 있었으되 세상에서는 죽은 존재처럼 기록되지 않았고, 그렇게 힘들게 살다 죽었으되 아직도 살아 있는 존재로 회자되기도 하였다. 어떤 면에서 김정호는 영혼만 있고 몸은 없는 유령과 같은 존재라 할 수 있다. 고산자 자체의 이러한 '유령성', 『고산자』가 '고산자'의 위대한 고독에 매혹된 자리에서 출발했음에도 불구하고 결국 '고산자'의 위인전일 수 없었던 연유이다.

이런 연유로 『고산자』는 '고산자'를 위인전의 형식으로 서술해야 하는 문학적 부담은 더는 대신에 오히려 다른 난관에 봉착한다. 유령을 실체화해야 하는 것. 작가 또한 '고산자'의 유령적 성격을 감지하고 있으며 오히려 그런 유령성의 실체를 밝히고 그것을 표현하는 데 세심한 주의를 기울이고 있음을 알 수 있다. 다음을 보자.

　나는 늘 궁금했다. 고산자 김정호는 누구일까.// 그는 소문대로 백두산을 아홉 번 열 번 오르고, 너무도 상세히 지도를 그린 나머지 첩자로 몰려 끝내 옥사했다는 게 사실일까. 그에게도 처자식이 있었을까. 한 인간으로서 사랑을 혹시 해본 일은 있었을까. 지도에 미친 그는 무슨 일을 해서 돈을 벌고 어떻게 먹고살았을까. 그는 언제 어디에서 태어나고 언제 어디에서 어떤 모습으로 생을 마감했을까. 혹시 천주학쟁이로 핍박받거나 문둥병 환자는 아니었을까.// 그는 도대체 왜, 대동여지도에 독도를 그려넣지 않아 오늘날 독도를 제 땅이라고 주장하는 일본인들의 말거리를 만들었을까. 중국과 아라사가 각각 제 것이라고 우기는 압록강 하구의 녹둔도나 두만강 하구의 신도는 대동여지도에 당당히 그려넣었으면서, 왜 간도 일대는 모두 빠뜨렸을까. 대마도는? 오키나와는? 대체 그는 어떻게 백수십 년 전에 그처럼 오차가 없는 과학적인 축척지도를 그렸을까. 대동여지도 목판은 지금 모두 어디 있을까.// 그리고, 불과 백수십 년 전의 사람일 뿐만 아니라, 아울러 그가 그려낸 '대동여지도'는 조선조에서 생산된 이른바 최고의 '베스트셀러'인 셈인데, 어찌하여 역사는 그것의 작가였던 그에 대해 고향은 물론, 출생과 죽음, 심지어 본관조차 기록해놓지 않았을까. 무슨 연유로 그에 대해 완강하게 침묵해왔을까.// 이 소설은 그런저런 오랜 궁금증에 대한 나만의 대답이다.[1]

『고산자』는 이 쉽지 않은 난관을 세 가지 방식으로 돌파한다. 하나는 육체성의 결여와 영혼의 과잉 때문에 실체가 불분명한 '고산자'를 실체화하기 위해 '고산자'가 움직이던 시공간을 세밀하게 기술하는 방법. 『고산자』는 생생하고 역력하다는 느낌을 주기 위해 당시의 디테일들을 넘칠 정도로 자주 출몰시키며, 그 때문에 이제까지 나온 어떤 역사서나 역사소설 못지않게 19세기 중후반의 풍물지가 풍성하다. 뿐만 아니다. '고산자'와 동시대를 살며 그와 교유관계를 나누었던 것으로 알려져 있는 인물들인 최한기, 최성환, 신헌 등을 전면에 배치하는가 하면 홍경래난이나 천주교 박해사건 등 당시의 정치적 상황들을 자주 외삽시키고 또한 그 사건들을 '고산자'의 유령 같은 삶에 개입시킨다. 이러한 일련의 방법은 '유령과 같은' 고산자에게 실체성을 부여하는 데 큰 기여를 하는 것은 물론 19세기에 대한 박물지적 재현으로 그 시기 역사에 대한 새로운 성찰의 기회를 제공하기도 한다.

　『고산자』가 유령과 같은 '고산자'를 육체가 있는 실체로 만들기 위해 활용한 두번째 방법은 '고산자'의 몇몇 알려진 사실들 외에 거의 사라져

---

1) 박범신, 「작가의 말—고산자 김정호 선생을 떠나보내며」, 『고산자』, 문학동네, 2009, 357~358쪽. 앞으로 작품을 인용할 경우 이 책을 따를 것이며 쪽수만 밝힘.

버린 흔적들, 매개자들을 작가의 상상력과 이야기로 누벼내는 것이다. 『고산자』는 '고산자'의 생애를 둘러싼 이 많은 논점들과 빈틈들을 작가의 역사철학에 기반한 내러티브와 이야기들로 모두 채워넣는다. 특히 '고산자'가 지도에 집착하게 된 계기나 갑작스레 역사 속에서 사라지는 대목 등에는 작가의 고유한 진리관 등이 엿보이기도 하는바, 이를 통해 『고산자』는 자연스레 작품의 윤리성과 정치성을 제시하기도 한다. 그러므로 『고산자』의 '고산자'는 19세기에 살았던 '고산자'를 재발견한 것도 아니고 어떤 사실에 기반해 재현한 인물도 아니다. 이 '고산자'는 작가 박범신이 그동안 쌓아온 식견과 고유한 진리관을 통해서 창조해낸 캐릭터인 것이다. 이처럼 『고산자』는 성격화라는 소설적 방법을 통해 결국 유령과 같은 '고산자'를 대단히 매혹적인 캐릭터로 실체화한다.

　『고산자』가 기록이 없는 '고산자'에게 육체를 부여한 마지막 방법은 '고산자'의 육체가 몇몇 잔여물만 남기고 사라진 연유를 역사철학적으로 설명하는 것이다. 작품은 당시의 상징적 질서(혹은 이후의 상징적 질서)와 '고산자'의 상징적 질서 너머의 행위가 매우 이질적이며 근본적인 화해가 불가능한 그것이라는 사실을 곳곳에서 강조한다. 당시의 권력은 지배 담론을 유지하기 위해 회유와 처벌이라는 방식을 통해 '고산자'의 이질성을 포섭하려 하고 '고산자'는 끝내 자신의 이질성을 고수하려 한다. 당시의 권력은 '고산자'라는 용납할 수 없는, 견딜 수 없는, 이해할 수 없는 이질성을 '첩자'라는 죄목을 씌워 공동체로부터 유폐시키거니와, '고산자' 역시 이 '상징적 죽음'을 받아들이는 '상징적 자살'을 통해 공동체와의 관계를 끊고 만다. 결국 『고산자』는 현재의 시스템을 유지하려는 상징권력의 폭력성과 그에 대한 '고산자'의 절망이 '고산자'를 업적만 있고 기록은 없는, 아니면 영혼만 있고 육체는 없는 유령으로 만들었다는 판단과 해석을 행하거니와, 이런 해석하에 업적이 위대해지면 위대해질수록 육체성은 명명해가는 아이러니하고 부조리한 장면들을 소설 곳곳에 배치해놓고 있다.

이처럼 『고산자』는 '고산자'의 영웅성 대신 그의 '유령성'에 주목하여 그것을 중심으로 고산자의 일대기와 그의 삶을 결정지은 19세기의 역사를 그야말로 소설적인 방식으로 표현한다. 그 결과 『고산자』에는 19세기의 역사적 사실과 작가가 상상한 19세기, 기록된 사실과 지워져버린 진실 사이의 날선 대립이 있고 그 대립 끝에 나온 『고산자』가 창조해낸 '고산자'와 '19세기 조선'이 있다.

3. 공포의 권력과 유령의 기원

앞서 살펴보았듯 『고산자』는 '고산자'의 위대성에 관심을 두기보다는 그의 '유령성'에 초점을 맞추고 있는 것이 특징적이다. 그런 만큼 소설의 구조 역시 '고산자'가 서서히 유령이 되어가는 과정, 그러니까 '고산자'가 오랜 유랑 끝에 얻은 자신만의 진리 때문에 "세상과 계속 불화"(358쪽)하면서 서서히 육체성을 상실하다가 급기야는 공동체 너머로 사라지는 과정에 집중되어 있다. 『고산자』의 '고산자'가 '유령이 되는' 연유는 복합적이다. 상징권력의 억압과 처벌도 있고, 또 '고산자'의 정치적 윤리적 선택도 있다.

『고산자』에서 우선 '고산자'가 한곳에 머무르지 못하고 유령처럼 떠돌아 다니게 되는 이유로 제시되는 것은 당시의 '공포의 권력'이다. 양반계급으로 표상되는 그때 그곳의 지배권력은 마치 프로이트가 말한 '원초적 아버지'를 연상시킨다. 그들 지배계급은 같은 계급 외의 모든 여자들을 독점하고, 성장하는 하층계급들을 수시로 추방하는 폭력적이며 탐욕적이기 짝이 없는 '원초적 아버지'의 형상을 닮아 있다. 그들은 자신들의 권력과 이익을 위해서 원초적 폭력을 행사하기를 마다하지 않는다. 그들은 죄를 지은 자를 불러다 처벌하는 것이 아니라 일단 아무나 불러다놓고 그 자리에서 죄를 만들어 처벌한다. 이런 '원초적 아버지'와 유사한 존재들의 폭력성과 자신들의 억견 외에는 어떤 인과성도 인정하지 않는 절대화된 사유 때문에 '고산자'는 거듭 추방된다.

『고산자』는 대동여지도의 서문을 초하는 장면에서 시작된다. 오랫동안 이 지도를 만들기 위해 들인 적공을 생각하며 '고산자'는 감격에 찬 울음을 참지 못한다. '고산자'는 정확하지 않은 지도 때문에 아버지를 잃었다고 믿는다. "지도는 언제나 사람들에게 양면성으로 작용한다. 지도가 없으면 사람의 오감이 부풀어오를 대로 올라 스스로 지도가 되지만, 지도가 있으면 지도를 믿기 때문에 오감은 만삭의 돼지처럼 그 운행이 느려진다. 엉터리 지도가 사람들을 떼죽음으로 몰아넣기 쉬운 것은 그 때문이다."(61~62쪽) 한데 당시 토산현감이 주었던 엉터리 지도 때문에 나이 어린 '고산자'는 아비를 잃고 결국은 고향을 등지게 된다. 이후 그는 정확한 지도 만들기에 자신의 모든 것을 투사한다. '고산자'에게 "지도란 저울과 같다. 사람살이의 저울이요 세상살이의 균형추요 생사갈림의 나침반이다. 손쉽게 땅의 요긴함과 해로움을 알아보게 하고, 완만한 것과 급한 것, 너른 것과 좁은 것, 먼 것과 가까운 것을 미리 분별하게 할 뿐 아니라, 시기를 살펴 위급할 때엔 가히 생사를 손바닥처럼 뒤집을 수 있으니 어찌 이것을 만민의 저울이라 하지 않겠는가."(16~17쪽) 그런데 '고산자'의 아버지가 가지고 있었으면 나머지 스물세 명의 사람들과 그토록 처참하게 얼어 죽지 않아도 좋았을 그것, 그러니까 '만민의 저울'이자 '생사갈림의 나침반'인 대동여지도를 완성한 것이다.

하지만 이 감격, 이 환희는 오래가지 못한다. 가난한 집 생일상을 두고 부녀가 보기 좋게 옥신각신하는 사이 불행의 그림자가 슬그머니 그들 곁으로 다가온다. '원초적 아버지'의 적자 격인 권력자들이 급기야 '고산자'의 일생일대의 업적을 강탈하고자 하는 것. '고산자'에게 대동여지도는 그의 생명과 같은 것이다. 아니, 어디 그뿐이랴. 그것은 조선이라는 영토의 영혼과 역사, 그리고 그곳에 사는 백성의 정신과 지혜를 한자리에 모은 조선 역사의 총화인 것이며, '고산자'는 그들로부터 그 고귀한 임무를 위임받았다고 판단하던 터였다. 한데, '원초적 아버지'의 후예들은 뻔뻔하게도 대동여지도에 담긴 넋과 혼에 한마디 감사의 말도 전하지 않고 오로지 몇 푼의 돈으로 그 업적을 자신의 것으로 만들고 자신들만 사용하고자 한다. 결국 온 백성을 위해 만든 지도인 만큼, 또 이전에 나라에서 만든 지도의 성과를 계승하고 백성들의 지혜를 합쳐 만든 지도인 까닭에 모든 백성이 모여 축제를 벌여야 할 그 판에, '고산자'는 자신의 노고와 명예는 물론 전 국토와 그 국토에 흔적을 남겼던 모든 존재들의 자존을 지키기 위해 어쩔 수 없이 길을 떠난다.

그는 분연히 자리를 박차고 일어난다.
이렇게 앉아서 시간을 끌 일이 아니다. 저들이 덫을 놓는다면 이것으로 끝이 아닐 것은 자명한 이치이다. 덫을 놓아서 넘어가지 않으면 더 큰 무리수를 두면서 대들 가능성도 있다. 엽전 몇 냥에 반백 년을 피눈물로 만든 대동여지도를 팔아넘길 수 없는 것도 자명한 일이거니와, 팔지 않고 그것을 지켜낼 힘도 없다. (……) 천길 낭떠러지로 온몸이 떨어지는 것도 같고 백두산 상상봉에 솟아나는 것도 같다. 차라리 목숨을 내달라 하면 내줄 것이고 도성을 영원히 떠나라 하면 떠날 것이다. 손끝이 갈라지고 엉치뼈에 좀이 슬 만큼 밤낮없이 쭈그려앉아 새겨온 대동여지도 목판을 내줄 수는 없다. 어떡하든지 목판은 지켜내야 한다.(73~74쪽)

『고산자』는 이렇게 '고산자'의 위대한 업적이 '고산자'의 진리를 한순간에 무화시키려는 지배계급에 의해 부정되는 것은 물론, 자신의 업적과 이름을 지키기 위해 세상을 등져야 하는 장면으로 시작한다. 혼을 바쳐 완성한 위대한 업적이 그를 자신의 거주지와 세상의 중심부에 각인시키는 것이 아니라 오히려 유랑의 삶으로 떠미는 장면은 이것에 그치지 않는다. 선의 실천과 실현이 타자(혹은 세상)의 승인을 받는 대신 가혹한 핍박과 씁쓸한 유랑으로 이어지는 상황은 『고산자』에서만 세 번 반복되거니와, 『고산자』의 첫 장면은 이런 상황의 두번째 경우이다.

『고산자』에서 '고산자'는 자신의 지도(혹은 육체)와 그곳에 깃든 조선 전 국토의 정령을 지키기 위해 자신이 머물던 곳에서 세 번을 떠난다. 아니, 추방당한다. 첫번째는 고향인 토산에서의 추방이다. 고향 토산에서 나이 어린 '고산자'는 공포의 권력을 행사하는 데에만 관심이 있는 원초적인 현감에 의해 아버지를 잃는다. 홍경래의 난을 진압하기 위해 '가짜 군졸'을 이끌고 '봉산'으로 떠났던 아버지가 현감이 내준 엉터리 지도 때문에 산에서 얼어 죽은 것. 하지만 토산의 현감은 이들의 행방을 수소문해주는 대신 이들이 오히려 홍경래의 난에 가담하려 했다고 죄를 뒤집어씌운다. 결국 어린 '고산자'는 관아 앞에 꿇어앉아 아버지를 비롯해 진압군으로 길을 떠났던 이들의 생사를 알려달라는 요구를 내걸고 연좌시위를 벌인다. 하지만 현감은 거짓 약속으로 연좌시위를 매듭지어놓고는 또다시 죽은 이들의 가족들에게 반역죄를 덮어씌울 궁리를 낸다. 그러자 분노한 수돌의 어머니가 자결하고, 그로 인해 사람들이 들끓고 일어나자 현감은 파직되고 '고산자'는 끝내 잘못된 지도로 산속에서 얼어 죽은 아버지의 시신을 찾기에 이른다. 하지만 이 일로 관직을 잃은 토산현감은 반성하는 대신 다시 '고산자'의 형이 홍경래의 난에 가담했다는 죄를 뒤집어씌워 어린 '고산자'를 잡아들이려 한다. 그는 해주댁의 도움으로 피신을 하게 되고, 이런 곡절 끝에 '고산자'는 고향으로부터 추방당한다. 첫번째 추방이다.

이렇게 『고산자』에서는 '고산자'의 정당한 염원의 요구와 실천이 양반이라는 지배권력에 의해 노골적으로 거부당하는 것으로 되어 있다. 하지만 '고산자'는 이 노골적인 탄압과 억압 속에서도 자신의 고유한 진리체계와 정치성을 잃지는 않는다. '고산자'는 때로는 직접적인 정치적 실천으로, 또 때로는 자신의 고유한 진리세계인 지도와 지리지를 완성하는 것으로 자신의 존재를 증명한다. '고산자'는 자신이 정주하고 있던 터전으로부터 추방당할 때마다 보다 완벽한 지도를 만들고자 전국을 떠돈다. 정확하게 측량된 지도와 오랜 발품을 판 지리지 하나 없이 나라를 다스릴 뿐 아니라 그것마저 국가 안위를 방패 삼아 관리들만 이용하는 지배계급의 독선을, '고산자'는 보다 폭넓고 보다 정확한 지도의 완성으로 넘어서고자 한다. 특히 '고산자'는 자신의 지도를 완성하면서 보부상들과 절집의 지도를 적극 수용하는바, 그를 통해 민중적 커뮤니티의 생활세계에 근거한 활달한 진리체계에 깊은 공감을 느끼기도 한다. 또한 '고산자'는 그렇게 전 국토를 떠돌면서 세상에는 '사람의 길'만이 아닌 여러 길이 있을 수 있음을 깨닫는다. '바람의 길' '짐승의 길' '물길' '산맥', 그리고 '목숨의 길' 등등. 또 모든 길이 자연스럽게 이어져 있건만 '사람의 길'만이 끊어져 자연의 질서를 거스르고 있을 뿐만 아니라 오히려 이 '사람의 길'이 자연스럽게 이어져 있는 '바람의 길' '물길'을 끊어내고 그것에 순응하려 하는 인간존재들을 죽음으로 이끈다는 진리를 발견하기도 한다. 이렇게 '고산자'는 '지도의 정치학자'이면서 '길의 철학자'로서 자신의 진리체계를 발전시켜간다.

전 국토를 남북으로 백이십 리 간격 22첩이 되게 분할하고 동서는 팔십 리 간격에 따라 여러 절(折)로 쪼갠 것은, 이처럼 온 백성이 필요한 판만 분리해 가볍게 소지할 수 있게 하기 위함이었다. 이를테면 도성에서 강릉을 가려면 제13첩의 네 절만 지니면 될 테니까, 구태여 번거롭게 전도(全圖)를 품고 다닐 필요가 없는 셈이다. 여지껏 모든 지도가 이렇게 고안되지 않은 것은, 지도는 오로지 나라의 것일 뿐이라는 관리와 사대부 들의 유아독존적인 생각 때문이었다.

어찌하여 지도가 나라의 것이어야 한단 말인가.

온 백성이 무릇 서로 통하고 뜻을 나누면서, 내가 가진 걸 네게 팔고 네가 가진 걸 내가 얻어 더불어 잘살고, 땅과 물의 근원을 알면, 밖으로 방비를 든든히 할 뿐 아니라 안으로 실용(實用)을 통한 유익함이 많을 것은 정한 이치였다. 무릇 지도란, 나라에서 감춰둘 것이 아니라 온 백성에게 나눠, 쓰임을 널리 구해야 한다고 그는 늘 생각했다.(123~124쪽)

길은 조금도 무섭지 않다.

오랜 세월 풍상을 마다하지 않고 길에서 길로 떠돌았던 경험 때문이 아니다. 이제는 기억조차 할 수 없는, 생(生)의 첫머리부터 그랬다고 그는 생각한다. 아주 어렸을 때부터, 그는 오히려 길로 나와 흐를 때가 마음이 제일 편안했다. 두렵고 불안한 모든 것들은 머물러 있을 때 만나는 것들이었지, 흐르는 길에서 만나는 것들이 아니었다. 흐르는 길에서 보는 모든 것은 그가 흐르듯 함께 흘렀고, 함께 흐르는 느낌으로 보는 모든 것은 서로 경계가 없이 한통속이 되고 말았다.

흐르면서 보는 삼라만상은 기실 얼마나 꽉 찬 세계인가.(151쪽)

이렇게 '고산자'는 나라로부터 호명되거나 관심을 받지 못하는 하위계급의 목소리와 자연적 질서까지를 기록하는 말 그대로 총체적인 지도와 지리지를 갖고자 하며, 이 모든 것을 대동여지도와 대동지지 속에 기록하여놓는다.

하지만 자신의 전 존재를 건 이 모든 적극적 실천에도 불구하고 '고산자'는 자신의 진리체계를 인정받기는커녕 또 한 차례, 그러니까 세번째로 공동체로부터 자신의 업적은 물론 존재 자체까지를 부정당하는 상황에 직면한다. '고산자'는 통덕랑 벼슬을 하는 '김성일'의 속임수에 빠져 그의 사가(私家)를 찾는다. 그곳에서 '고산자'는 생애 최고의 시련을 경험한다. 예상치 못한 두 가지 사건 때문이다. 하나는 '김성일'의 사가에서 그는 도저히 빠져나올 수 없는 힘든 난경에 빠져든다. 한때 조선 사람이 사는 간도를 지도에 담으려다가 청국 군사들에게 첩자로 몰렸고 그곳에 있던 조선 병사의 도움으로 간신히 살아온 적이 있는데 이것이 생사를 가르는 문제가 된 것이다. 김성일 등 '고산자'의 생살여탈권을 쥔 자들은 '간도'의 지도를 그린 것이라면 '강국'의 화를 돋우어 나라를 망하게 하려 한 반역죄가 될 것이고, 그것이 아니면 청나라에게 대동여지도를 넘긴 것일 터이니 '청국의 첩자'에 해당할 것이라고 몰아붙인다.

이것은 곧 나라의 힘이 없는지라 갈 바를 모르고 우왕좌왕, 제 강토 하나 올곧게 지켜내지 못한 대신들이, 결과적으로 저희가 뒤집어써야 할 멍에를 난데없이 천주학쟁이들한테 되물려 씌운 셈이 아니고 무엇이겠는가.(290~291쪽)

이처럼 "제 강토 하나 올곧게 지켜내지 못한 대신"들이면서도 피지배계층을 벌할 때는 "굴욕을 견딜망정 나라를 지키는 게 우선이지, 자존을 앞세워 나라를 망해먹는 게 우선이더냐" 같은 국가론을 앞세우곤 하니 이 심문은 동의할 수 없는 것이지만, 이 동의할 수 없는 심문이 목숨을 구걸해야 하는 상황에 직면한다. 결국 '고산자'는 회생할 길 없는 양자택일의 기로에 놓인다. "사실 여부와 관계없이"(296쪽) 그에게는 덜 치욕스럽게 죽을 기회만이 주어진다. 어쩔 것인가. '고산자'는 이 상황 속에서 "이곳에서 죽는 건 참을 수 있을지라도 청국에 나라의 지도를 팔아먹은 첩자로 죽는 것은 참을 수 없다. 정신을 차려야 한다고, 그는 악물고 생각한다. 청나라 첩자보다는 차라리 반역의 죄목이 낫다"(297쪽)고 결정하기에 이른다. 하지만 상황은 또 한 차례 뒤집힌다. 이것만 해도 충분히 부조리하고 충분히 치욕적인데, 한 차례 반전이 일어나 '고산자'가 여기에 잡혀온 것이 사실 '반역자'이거나 '청국의 첩자'이기 때문이 아니라는 사실이 밝혀진다. '김성일'의 부친이 바로 '고산자'의 연좌시위로 관직을 잃은 전직 토산현감이었던 것. '고산자'는 충격에 빠진다. 그러니까 전직 토산현감이 "수십 년 전의 사사로운 감정으로" '고산자'를 "청나라 첩자라고까지 무고를"(303쪽) 한 것. 이 사실은 '고산자'에게 세 겹의 충격을 준다. 비록 신분이 낮다고 하나 그렇게 많은 백성을 죽음에 몰아넣고도 오히려 한때 관직을 잃었다는 것에 대한 복심을 여전히 지닐 수 있다는 사실, 그 복수심이 나라의 법률 너머에 있어 사사로이 한 개인을 죽음에 몰아넣을 수 있다는 점, 그리고 마지막으로 "오, 이런 악연이 있단 말인가"(302쪽) 할 수밖에 없는 '숙세인연(宿世因緣)'(104쪽)의 정교함 같은 것. '고산자'는 전직 토산현감이 흥분으로 허망하게 죽는 바람에 그 지옥에서 목숨은 건져서 나오나 이 죽음 앞에서 목격한 처참하고도 집요한 부조리는 자신이 살고 있는 시대에 대한 실낱 같은 희망마저 앗아가버린다. '고산자'는 이렇게 세 번씩이나 자신의 존재성을 깡그리 부정당하거니와, 그를 계기로 그래도 살 만한 세상을 만들 수 있지 않겠느냐던 기대를 접고 공동체로부터(와) 절연당한다/한다.

이처럼 『고산자』는 한국사에 길이 빛날 위대한 업적인 대동여지도의 완성자가 거의 흔적이 남겨져 있지 않다는 점에 주목하여 그 '유령성'의 발생론적 기원을 집요하게 추적한다. 『고산자』는 그 '유령성'의 근원으로 자신의 계급의 안위에만 관심이 있는 '원초적' 지배계급의 공포의 권력을 지목한다. 그리고 작품 곳곳에서 상징권력들이 자신들의 상징적 질서를 유지하기 위해 행하는 집요한 은폐와 억압의 장면과, 자연에 순응하는 인간의 길을 기록하고 만들어가고자 했던 '고산자'의 고행을 대비시킨다. 이러한 선명한 대비는 『고산자』가 '고산자'의 '유령성'을 통해 제시하고자 하는 정치학을 효율적으로 제시하기에 충분하다. 천재적 업적이라 일컬어지는 대동여지도의 '고산자'가 이러할진대 그 시대를 살았던 또다른 존재들은 도대체 어쩔 것인가. 도대체 '원초적 아버지'들에 의해서 얼마나 많은 '고산자'들이 공동체로부터 추방된 것인가. 만약 그렇다면 우리는 이제 역사를 연속체의 관점에서 보아서는 안 된다는 벤야민의 말을 더이상 부정할 수 없을 듯하다. 역사란 의미 있는 전통과 정신의 억압과 배제의 과정에 다름아니며 그러므로 지나간 역사를 올바로 이해하기 위해서는 역사적 발전이라는 관점을 버리고 각 시대의 지배담론에 의해 집요하게 억압당하고 있는 희미한 메시아의 힘을 읽어내는 것이 필요하다는 점을 어찌 부인할 것인가. 이 점을 뚜렷하게 보여주었다는 것만으로도 『고산자』는 어떤 작품보다도 매우 값진 성과라 아니할 수 없다.

4. 세상-너머의 길의 발견과 유령-되기의 윤리성

그런데 『고산자』에서의 '고산자'의 '유령성'이 함축하고 있는 의미를 더 읽어내기 위해서는 '고산자'의 유령성이 당시의 상징권력의 무자비한 억압과 폭력성에만 기인한 것이 아니라는 점 또한 특기할 필요가 있다. 『고산자』에서 '고산자'의 유령적 성격은 처음에는 상징질서에 의해 강요된 것이었다가 후반부로 갈수록 '고산자'가 선택하는 면모를 보인다. 즉 '고산자' 스스로 유령-되기를 꿈꾸기에 이르는 것이다.

하지만 처음부터 '고산자'가 '유령-되기'를 꿈꾸는 것은 아니다. 아니, 오히려 '고산자'는 유령이 아니라 존재이고자 한다. 그것은 두 가지 방식으로 나타난다. 하나는 저항이다. 공동체의 안위를 보장하지는 못하면서 공동체의 권력을 독점하는 '원초적인' 권력자들은 수시로 '고산자'의 삶에 개입하여 '고산자'와 '고산자'의 분신들을 죽음 속으로 몰아넣는바, 이때마다 '고산자'는 목숨을 지키기 위해 때로는 비굴하게 타협하기도 하지만 또 때로는 목숨줄을 위해 온몸으로 저항하기도 한다. 실제로 '고산자'는 단순히 명품 지도의 완성을 통해서만 자신의 존재와 진리를 증명하는 존재가 아니다. 동시에 '고산자'는 자신을 포함한 민중적인 염원을 적극적으로 실천에 옮기는 변혁가적 면모도 지니고 있다. 『고산자』에서 '고산자'는 두 번 관청 앞에서 시위를 벌이기도 한다. 한 번은 고향 토산에서 아버지의 시신을 찾아달라고 간하는 연좌시위였고, 또 한번은 천주교 신자인 까닭에 고초를 당하는 딸 순실이의 목숨을 구하기 위한 소위 '일인 만장시위'였다. 이렇게 '고산자'는 어이없게 목숨줄을 놓거나 유령으로 떠돌지 않기 위해 모든 일을 마다하지 않는다. '고산자'는 전국을 떠돌며 결코 의미가 작지 않은 민중 중심의 인적 네트워크를 구축하기도 하고, 다른 한편으로는 최한기 등 당대의 지식인들과 어소시에이션을 구성하여 느슨하게나마 '원초적 아버지'들을 비판하는 (남성)동맹을 결성하기도 한다. 이처럼 '고산자'는 실제로는 살아 있으되 상징적으로 죽어 있는 그런 존재로 그치고 싶어하지 않는다. 상징질서 속에서 자기를 완성하고 실현하여 그 상징질서 속에 '고산자'의 존재성을 각인시키고자 그야말로 혼신의 노력을 다한다.

아마도 지도 완성은 '고산자'가 자신의 모든 역량을 투사해 상징질서 내에 자신의 존재성을 각인시키고자 한 영역이었을 것이다. 정말로 '고산자'는 정확한 지도 제작을 위해 자신의 전 존재를 건다. 그는 아버지를 죽음으로 이끈 엉터리 지도 대신에 정확한 지도를 만들어 억울한 죽음이 없길 바랄 뿐만 아니라 인간의 효율적인 삶에 기여하고자 한다. 그 때문에 '고산자'는 전국을 유령처럼 떠다니고, 또 나라에서 이전에 만든 지도뿐만 아니라 민중들이 스스로 만든 민간 지도까지 모아서 그야말로 총체적이고 종합적인 지도를 제작하고, 또 그것이 실생활에 쓰일 수 있도록 분첩식의 새로운 지도 형식을 발명한다.

하지만 지도가 점점 정확해질수록 어떤 공허함을 느끼게 된다. 물론 그 공허함은 한 개인의 한평생이 걸린 업적을 단돈 몇 푼에 강탈하려는 상징권력에 의해 촉발된 것이기는 하나 굳이 그 상징권력의 억압과 탄압이 아니더라도 채워지지 않는 결여가 분명히 존재함을 느끼게 된다. 그것은 지도가 과연 인간을 이롭게 하는 것인가 하는 회의 때문이다. '고산자'는 서서히 지도란 일종의 매체여서 그것을 만드는 자가 아무리 정확성과 혼과 인본주의를 담아도 그것을 누가 어떤 의도로 사용하느냐에 따라 그 쓰임새가 원래 의도와 달라질 수 있음을 깨닫는다. 또한 하나의 공동체에 속하는 성원들을 위한 것이라고 해도 또다른 공동체의 구성원들에게는 폭력을 제공하는 수단으로 전락할 수 있다는 것도 경험적으로 확인하기 시작한다. 또한 인간의 길을 표식해놓은 지도란 모든 것이 통하는 길을 분절하고 구획하고 분할해야만 하는 것이어서 지도가 없을 때 아무런 문제가 없었던 곳이 오히려 지도 자체 때문에 분쟁의 진원지가 되기도 한다는 점을 경험하기도 한다. '국경은 칼'이건만 지도는 어쩔 수 없이 이 '칼'들을 새겨넣어야만 하는 것이며, 이 '지도 위의 칼'들 때문에 실제로 칼을 들어야 하는 상황이 벌어지기도 한다는 것을 깨닫기도 한다. 하지만 이런 것보다도 '고산자'의 지도에 대한 열정을 느슨하게 하는 것은, '고산자'가 정확한 지도를 만든다고 해도 그것이 그가 궁극적으로 도달하고자 하는 세상의 행복을 가져올 것인가 하는 의문이다. 또는 지도를 만드는 과정에서 서로의 지혜를 모을 때 그것은 인간을 교감시키는 매개체 역할을 하지만 그것이 완성되고서도 그러한 역능을 행사할 수 있는가 하는 문제이기도 하다. 아니면 지도가 사회적 인간적 역사적 관계의 총화일 수 있으나 완성된 지도가 사회적 인간적 역사적 관계의 총화 상태를 만들어낼 수 있는가 하는 것이기도 하다. 지도가 완성될수록 '고산자'는 공허해지고 어떤 결여 상태에서 벗어나지 못한다. 결국 대동여지도에 이어 대동지지까지 완성하는 순간 더이상 이곳에서 할 일을 찾지 못한다.

그런데 『고산자』에는 '고산자'에게 살아 있음을 느끼게 하는 또하나의 지점이 있다. 그곳의 존재들은 '고산자'에게 꽉 찬 존재감을 안겨준다. 뿐만 아니라 때로는 죽어가는 '고산자'를 재생시키기도 한다. '어머니' 동맹이라 부를 만한 것이다. 그 '어머니 동맹'은 '원초적 아버지'가 군림하는 상징질서 내에는 자리잡지 못했으나 그 공동체로부터 추방당한 '고산자'

를 보듬어주고 되살려준다. 그들은 말하자면 '원초적 아버지'가 지은 죄를 대속하는 존재들이다. '원초적 아버지'들이 그 넘치는 탐욕 때문에 수많은 죄를 짓고 있을 때, 그녀들은 그 원결을 자신의 죄라 생각하고 그것을 씻어내기에 여념이 없다. '고산자'는 이런 '어머니 동맹' 혹은 '여성 동맹'의 일원인 혜련 스님을 만난다.

스님의 젖은 손이 관자놀이 솜털들을 슬몃, 스치고 지났다.
봄날, 죽순들이 숨가쁘게 뻗어나올 무렵, 대나무숲 한가운데서 맡았음 직한 냄새가 혜련 스님으로부터 비밀스럽게 그에게 건너오고 있었다. 그는 여전히 비몽사몽간에 있으면서 그러나 어느 순간, 말할 수 없이 깊고 푸른 갈망을 느꼈다. 죽음에 대한 갈망인 것도 같고 죽음을 넘어서는 그 어떤, 혁신에 대한 갈망인 것도 같았다. 안타깝지는 않았다. 안타깝기는커녕, 먼 길을 걸어서 마침내 어머님의 집에 당도한 것처럼 따뜻하고 포근한 느낌이 들었다. 모든 사람의 목숨을 살리는 더 완전한 지도에 대한 차갑고 옹골진 갈망과 달리, 그것은 따뜻하고 자애로운 갈망이었다. 잠이 때맞추어 그를 가만가만 끌어당겼다.
그는 이윽고 고요히 잠들었다.(164~165쪽)

『고산자』에는 '지도' 외에 '고산자'를 정주하지 못하게 하고 계속 유령처럼 떠돌게 하는 또하나의 세계가 있으니 바로 혜련 스님이다. '고산자'는 혜련 스님을 '갈망하는 관계'를 형성하면서 인간의 삶을 결정하는 보이지 않는 끈, 바로 운명 혹은 인연을 발견한다. 예컨대 이런 식이다. '고산자'가 혜련 스님의 어머니에 의해 다시 태어난다. 한데, 혜련 스님은 자신 때문에 ('고산자'를 살리고 죽은) 어머니가 죽었다고 믿는다. 그렇게 어머니의 죽음을 방치하고 그 어머니에 의해 고산자는 되살아나고, 또 '고산자'는 어린 혜련 스님의 길잡이가 되어 그녀를 되살린다. 그러다 어떤 운명의 힘에 이끌려 다시 만나고 끝내 그들은 맺어진다. 혜련 스님은 자신이 죽인 어머니가 살린 '고산자'를 다시 살리고 또 그 사이에 딸까지 얻는다. 이 딸을 '고산자'는 헌신적으로 보살피고 또 순실이 역시 '어머니'의 자유로운 삶을 불가능하게 했으니 그 죄를 대신 씻는 마음으로 '고산자'에 대한 헌신을 늦추지 않는다. 이렇게 '고산자'는 이들의 의지로는 어떻게 할 수 없는 더 높은 질서 혹은 세상 너머의 세계가 존재한다는 사실을 깨닫는다. 깨달을 뿐만 아니라 그 세상 너머의 세계 속에서 이 상징질서에서는 맛보지 못한 충일감과 존재감을 맛보게 된다. 물론 이들처럼 선한 인연만 있는 것은 아니다. 악연도 있다. '고산자'의 아버지를 죽게 하고 그것 때문에 관직을 잃었으며 나중에는 '고산자'를 '청국 첩자'로 몰아 죽이고자 했던 전 토산현감과 '고산자'의 끈이 그런 것이다. 이런 경험 속에서 '고산자'는 서서히 땅 사이의 길이 아니라 사람과 사람을 이토록 질기게 연결하는 길, 그러니까 "전생에 이미 이루어져 현생의 결과를 초래하는 숙세인연"(164쪽) 쪽으로 관심을 옮겨가며 그래서 그 원결들을 끊어내는 길을 그려내는 것이 보다 가치 있는 것이라는 마음을 품게 된다. 즉 세상 너머의 지도를 갈망하기에 이른다.

　이처럼 세상 너머의 보이지 않는 질서(혹은 길)에 대한 관심이 서서히 짙어지면서 『고산자』에는 상대적으로 그 비중이 높아가는 일련의 인물들이 등장한다. 그들은 실재의 윤리의 소유자들이거나 종교적 실존의 소유자들이다. 의무에 부합하는 행위를 오로지 의무감으로 행하는 존재들의 비중이 높아지고 동시에 천주교인들에 관한 삽화가 대거 늘어난다. 『고산자』에서 천주교인들을 둘러싼 사건들은 처음에는 동시대에 벌어졌던 천주교 박해라는 사건을 재현하기 위한 부수적인 에피소드로 등장하나, '고산자'가 지도를 만드는 일과 관련하여 어떤 결여를 느낄 때마다 점점 더 깊숙하게 소설의 중심부로 진입해온다. 지도가 인간을 편리하게 하는 매체일 수 있어도 그 자체로 인간을 행복하게 할 수는 없다는 것, 그리고 지도를 만들 때는 인간들 사이의 소통이 가능하지만 지도 그 자체가 인간을 소통하게 할 수는 없다는 것이 분명해지면서 인간을 진정 민주적으로 통합해내고 하나로 만드는 정신적 기제에 대한 관심이 높아지는바, 이것은 곧 천주교라는 종교적 실존에 대한 예찬으로 나타난다.

양반 신분이면서 반상의 유별 없이 평등한 세상이라니, 꿈꾸지 않았다면 이리 비참하게 죽기는커녕 호의호식하며 살았을 게 확실하다.
그이는 무엇을 감히 꿈꾸었단 말인가.
그 자신이 꿈꾸었던 것은 지도를 나누는 일에서 겨우 반상을 넘어서기를 바랐을 뿐이지만, 지금 죽어가는 그이가 꿈꾸는 세상은 아마도 보다 광대하고 무변(無邊)한, 어떤 불멸의 세상인 모양이다. 그렇지 않고서야 저런 굴욕과 고통을 사람으로서 어찌 견딜 수 있으랴.(255~256쪽)

『고산자』의 '고산자'는 이렇게 종교적 결단의 세계, 또는 계산과 개선에 의거하지 않은 윤리적 행동에 깊은 감동을 받는다. 그리고 그것이 사람을 모두 살리는 정도가 아니라 사람들 모두를 한자리로 결집시켜 그야말로 인간적 사회적 관계의 총화의 상태를 만들 수 있으리라는 기대를 갖는다.
이러한 경험은 '고산자'의 지도에 대한 절대적이었던 신념을 약화시킨다. 바로 이 순간 순실이가 천주교 사건에 연루되어 끌려가자 '고산자'는 순실이를 빼내기 위해 온갖 노력을 다한다. 순실이가 누군가. '숙세인연'의 질기고 질긴 결과물 아닌가. 그렇지만 상징질서 내에서 그와 연대했던 인물들은 하나같이 '고산자'를 외면한다. 신헌도, 최한기도, 최성환도 마찬가지이다. 한때 정확한 지도를 만들기 위해 황금률이라 할 정도로 잘 어울렸으며 서로의 성장에 서로가 크게 기여했던 동지들인데도 말이다. '고산자'는 마지막으로 순실이를 구하기 위해 최한기와 신헌과 최성환과 대동여지도와 자기 자신을 만장에 달아맨다. 그만큼 순실이로 표상되는 숙세인연의 윤리가 소중해졌다는 의미일 것이며, 또한 그것에 비하면 지도로 표상되는 현세적 질서에 대한 예측과 관심은 큰 의미가 없다는 사실을 깨달았다는 것을 암시하는 대목일 터이다. 우여곡절 끝에 순실이를 찾아오나 뜻밖에도 '고산자'는 스스로 자신의 흔적을 지우고 세상 바깥으로 떠난다. 결국 '고산자'는 한평생 세상의 모든 길을 담아낸 지도를 완성하고자 했고 그 꿈을 이루었으나, 사람과 사람 사이에 '차갑고 옹골진 갈망'이 아니라 '따뜻하고 자애로운 갈망'을 주는 세상 너머의 세계에 대한 천착이 필요하다는 각성 끝에 세상 바깥으로 떠나기에 이른 것이다.

『고산자』는 '고산자'가 그 당시의 역사에 기록을 남길 수 없었던 또하나의 연유가 '지도를 나누는 일'을 통해 '반상을 넘어서기'라는 단계에서 한 단계 더 나아갔기 때문이라고 보는 듯하다. 조선의 모든 것을 다 담고 기록해도 그것 바깥의 실재가 있다는 것, 현재의 나를 인류 역사의 보다 먼 과거 속에서 자리매김하고 또 현재의 행동의 결과가 아주 먼 미래에까지 흔적을 남길 수 있다는 것, 그러니 '따뜻하고 자애로운 갈망'을 기다리며 살라는 것. 아마 이런 것들이 『고산자』가 최종적으로 말하고자 하는 바일 터이다.

5. 역사와 소설이 만나는 방법

망각된 존재를 기억하고 언어 속에 이미 고정된 존재를 되살리는 일을, 그래서 인간의 삶을 보다 고차의 단계로 끌어올리는 작업을 가장 효율적으로 수행할 수 있는 영역은 아무래도 역사소설을 꼽아야 할 것이다. 역사란 그것을 연속성과 발전의 관점에서 기술할 경우 그것이 하위주체의 편이건 아니건 간에 대타자의 역사일 수밖에 없다. 역사가 중시하는 역사적 사실이란 것 자체가 이미 수많은 신성한 디테일들과 희미한 메시아의 힘을 은폐한 채 고착된 것이어서, 그 역사적 사실들을 가지고는 아무리 그 역사상을 다양한 시선으로 재배열한다 해도 대문자 역사에 의해 배제되고 은폐된 사건들을 귀환시키는 것은 불가능하다. 그런데 역사와 소설이라는 이질적인 것이 자의적이고 의미 있게 병존할 경우 사정은 달라진다. 역사를 소설적으로 재구성하고 표현해야만 그 가치를 인정받을 수 있는 역사소설은 흔히 역사적 필연성으로 고착된 역사상을 해체해야만 한다. 그러므로 역사를 소설로 쓴다는 것, 그러니까 대문자의 역사를 소문자들의 구현물인 소설로 전유한다는 것은 곧 언어에 의해 고정된 존재를 되살리고 망각된 존재들을 복원하는 행위에 다름아니다. 아니면 그것은 국가장치의 이데올로기에 의해, 혹은 상징적 질서에 의해 역사적 필연성으로 고착된 것 외에, 한 사건을 발생시키고는 곧 사라진 다양한 매개자들을 복원하는 지식의 고고학을 수행하는 일이기도 하다. 결국 역사소설은 항상 역사적 필연성이라는 이름 밑에 쓸모없는 실존으로 격하된 요소들을 복원하고 그것들을 기존의 방식과는 다르게 결합해가면서 한 시대의 총체를 재구성하거나 국가장치에 의해 사라지게 된 매개자들을 통해서 전혀 다른 세계상으로 재구성하게 된다. 이는 어쩔 수 없이 현재의 상징질서와 상동성을 보이는 지배적 역사상과 정면으로 충돌하는 한편, 그런 까닭에 역사소설은 어떤 문학 형식보다도 현존하는 상징질서에 대해 강렬한 계보학적 비판을 행하게 된다.

이런 점에서 보자면 박범신의 『고산자』는 역사소설의 모범적인 경우에 속한다. 『고산자』는 '고산자'의 '유령성'에 주목하여 사실 대타자의 역사가 얼마나 집요하게 역사적 실재를 은폐하고 배제한 자리에서 구축된 것인지를 명확하게 보여줄 뿐만 아니라, 따라서 그 시대의 역사적 실재를 만나기 위해서는 역사서 속의 행간에 얼마나 민감한 반응을 보여야 하는지도 선명하게 제시해준다. 한마디로 『고산자』는 역사와 소설이 가장 이상적으로 만난 경우에 해당하며, 이로써 우리는 하나의 혁신적인 문학작품이 우리가 알아왔던 역사상을 근본적으로 뒤흔들고 전복시킬 수도 있다는 놀라운 경험을 할 수 있게 되었다.

그 외에도 『고산자』에는 주목할 만한 여러 빛나는 지점들이 있다. 그중 하나만 지적하고 이 글을 마치도록 하자. 『고산자』의 결말 부분에는 '고산자'가 『대동지지』를 마치면서 완성의 쾌감보다는 어떤 결여감 때문에 절망하고 또다른 출발을 다지는 대목이 있다. 이것은 '고산자'의 것이기보다는 아마도 작가 박범신의 것임에 분명하다. 그렇다면 작가 박범신은 『고산자』가 충족하지 못했다고 판단하는 또다른 세계를 읽어내기 위해 벌써부터 분주할지도 모를 일이다. 문득, 그의 '소설 사랑'이 두려워진다.

(2009)

'엄마'라는 유령들
— 신경숙 장편소설 『엄마를 부탁해』 읽기

1. '엄마의 귀환'이 놓인 맥락

마침내, 신경숙이 어머니를, 아니, '엄마'를 불러냈다. 몇 번 코끝이 시큰해지고 이젠 괜찮겠지 하고 다시 읽어도 눈이 아려오는 절절한 사모곡이다. 우리 앞에 또 한 편의 위대한 명편이 탄생했다고 해야 하리라. 『엄마를 부탁해』이다.

그런데 혹여 한국문학을 즐겨 읽는 문학애호가들이라면 왜 하필이면 또 엄마인가 할 수도 있겠다. 사실 멀리 갈 것도 없이 주위를 둘러보아도, 꼭 사모곡이 아니더라도 엄마, 어머니, 모성, 모성성에 관한 소설이 얼마나 많은가. 게다가 또 얼마나 많은 사모곡이 변화하는 시대상에 따라 얼마나 자주 변주되고 반복되어왔던가? 특히 한국에 있어 어머니들이란 얼마나 위대하고 신성한가. 갑작스러운 전 지구적 자본주의로의 강제적 편입과 식민지 한국전쟁, 그리고 개발 독재 등으로 이어지는 근대 이후 한국의 역사란 수도 없이 '집 떠나는 아버지' 혹은 '무능력한 아버지'들을 양산해낸 바 있다. 전 지구적 자본주의는 싸늘한 평등주의자여서 그 갑작스러운 횡단에도 불구하고 사회구성원들에게 노동력을 갖춘 상품 혹은 기계일 것을 강요했으나 기술이나 문제 해결능력, 그리고 전문성 등이 전무한 아버지들은, 이상의 「오감도 2」를 빗대 말하자면, 어머니들과 아들/딸들 곁에서 줄 수밖에 없었다. 해방 이후에도 어머니들이 아버지의 역능을 행사하기는 마찬가지였다. 그토록 무능력했던 아버지들이 해방이 되는 순간 갑작스레 강박증적 주체로 재탄생했던 것. 그러니까 해방이 되면서 아버지들이 갑작스레 이상국가의 설계자이면서 건설자이자 지도자로 변신했던 것이다. 그렇게 그들은 세계 전체를 혁명적으로 재편하고자 전쟁터로 지리산으로 떠나간 바 있다. 이 오디세우스들이 떠난 빈집을 지키며 기생 바느질을 하고, 대타자의 대리인이 되어 현실원칙을 강제하고 오이디푸스적 거세를 행하며 결국은 아들/딸들을 순종하는 신체로 만든 존재들 역시 어머니들이다. 근대 이후 한국의 어머니들은 많은 경우 어머니이면서 동시에 아버지였다. 근친상간의 유혹자이면서 동시에 거세공포의 장본이었으며, 상징적 동일성 밖에 있으면서도 아들/딸들에게는 상징적 동일성을 강요하고, 전근대적인가 하면 동시에 탈근대적인 이율배반적인 존재들이었다. 이렇게 한국의 아들/딸들은 도대체 그 심연을 알 수 없는 어머니들의 압도적인 모순 속에서 타자의 성적이고 수수께끼 같은 메시지에 노출되며 이 순간이 아들/딸들의 원장면을 구성한다. 그런 까닭에 한국문학사에는 유독 사모곡이나 자신의 (무)의식의 기저를 이루고 있는 '엄마의 말뚝'을 다룬 작품들이 많다. 저 멀리 「소설가 구보씨의 일일」에서 『엄마의 말뚝』 연작, 『마당 깊은 집』 『홍어』 『지상에 숟가락 하나』 『영웅시대』 「눈길」 혹은 『키 작은 자유인』 「쥐잡기」 등을 거쳐 최근의 『개밥바라기별』에 이르기까지, 그 편폭이 넓다. 그런데 또 '엄마'를 불러내다니!

또 신경숙 소설의 애독자라면 이것 외에 다른 의구심을 품을 수도 있겠다. 예컨대 『종소리』에서는 친밀성의 경험을 상실한 현대인들의 존재론적 고독 같은 문제를 다루다가 『리진』에서는 한국 근대사의 격변기에 흔적도 없이 사라져간 궁중 무희 '리진'의 상승과 몰락의 비극적 드라마를 연출하더니, 웬 갑작스러운 '엄마의 호출'인가. 혹여 길을 잃었는가 하는 생각 말이다.

하지만 신경숙 소설의 진화과정을 꼼꼼히 되짚어보면『엄마를 부탁해』에서 이루어진 '엄마의 호명'은 갑작스레 이루어진 것이 아니다. 내적 필연성이 있다. 한데 이 내적 필연성은 다른 작가들이 '엄마의 말뚝'을 발견한 계기와 분명 다르다. 그러므로『엄마를 부탁해』에서 이루어진 '엄마의 호명'은 이전의 '엄마의 말뚝'을 다룬 소설들의 단순한 반복이 아니다. 반복이 아닌 정도가 아니다. 그것에는 뭐랄까, 일종의 전환 같은 것이 엿보이기도 한다. 이전의 '엄마의 호출'이 주로 '그리운 아버지와 두려운 어머니', 역설적인 오이디푸스적 구조를 통해 전쟁의 상처를 복원하는 데 초점을 맞추었다면, 신경숙의 '엄마의 호출'은 그것과 다르다. 결론부터 말하자면 신경숙의 그것은 사물이 주인공이 되고 인간이 도구가 되고 모든 가치가 등가화되는 메마른 모더니티를 넘어설 어떤 가능성, 그러니까 아직 의미화되지 않은 메시아의 힘을 찾아나선다.

사실 언제부턴가 신경숙의 소설에는 이미 시간 너머 시간 속에 존재하는 엄마 혹은 상징적 동일성에의 기입을 거부하는 히스테릭한 주체로서의 엄마의 흔적이 마땅한 육체와 만나지 못해 유령처럼 떠다니고 있었다. 특히 지금 이곳을 '연인들의 공동체' 혹은 '가족공동체' 등 최소한의 마주보는 관계마저도 훼손되어 메마른 고독, 퇴폐, 전락을 거듭하고 있는 현존재들의 서식지로 읽어낸『종소리』이후에 집중적으로 말이다. 비록 등장인물이나 화자 등으로 인격화되어 소설의 전면에 등장하지는 않았지만, 엄마의 흔적은 혹은 목소리로 혹은 시선으로 신경숙 소설 곳곳에 스며 있었다. 신경숙 소설은 그렇게 "괜찮다, 괜찮아"라는 엄마의 목소리로 현존재들의 고독을 위무하고 또 모든 차이와 이질성을 감싸안는 모성성으로 흩어져 메말라가는 현존재들을 다시 묶어세우려 한 바 있다. 뿐인가. 그간 씌어진 신경숙의 산문에서도 이제 곧 엄마의 형상화가 임박했음을 알려주는 예후들이 속속 나타나고 있었다. 그런데 이렇게 곧 인격화, 육체화될 것 같았던 어머니의 형상 대신에 우리가 만났던 것은 뜻밖에도 '리진'의 변곡점 많은 삶이었고, 또 '민비'에 대한 뒤늦은 애도였다. 정확하게 알 수 없으나 작가 자신이 이미 곁에 온 엄마의 귀환을 유예시키고 지연시킨 셈이라고나 할까. 아니면 '엄마의 귀환'을 위해 『리진』 같은 작품을 거쳐야만 했는지도 모를 일이다.

이렇게 '엄마의 호명'에 유예가 필요했던 것은, 보다 구체적으로 말하자면 『리진』을 거쳐야 했던 것은, '엄마의 귀환'이란 것이 어느 날 문득 갑자스레 '언어로 환원되지 않은 스며나오는 감각들'의 형태로 다가왔기 때문일 것이다. 흔히 우리는 원장면을 기억한다고 하지만 실재의 원장면을 기억하는 것은 불가능하다. '기원들' 혹은 '원장면'들이란 무의식에 의해 사후적이고 차연적으로 재배열되고 재구성된 것이기 때문이다. 그러므로 우리는 그때 그 과거로 되돌아갈 수는 없다. 오로지 현재적 삶 속에서 과거가 돌아오는 순간을 맞이할 수 있을 뿐이다. 그러므로 신경숙 소설에 과거 어머니의 목소리와 행위와 그 잔여물들이 전면에 포진하기 시작했다는 것은 신경숙 소설이 의도적으로 '엄마로의 귀환'을 한 것이라기보다는 어느 날 문득 '엄마의 귀환'이 찰나적으로 이루어진 것이라고 볼 수 있다. 아마도 작가 스스로를 귀속시켰던 상징적 동일성에 의문과 불만을 느끼는 순간이 있었다면, 그 순간부터 말이다. 상징적 동일성에서 억압을 발견하는 그 찰나적인 순간 하이데거적 의미의 진리의 빛에 노출되듯 저 멀리서 엄마의 어떤 목소리(혹시 "괜찮다, 괜찮아" 말투들, 아니면 어머니의 향토어들 같은 것이 아니었을까)가 저 (무)의식의 깊은 곳에서 다성적으로 울려나왔을 것이며 이후 상징적 동일성과의 불화상태는 더욱 가속되었을 터이다. 만약 어머니의 목소리를 추억하는 정도가 아니라 그것으로 상징적 동일성을 내파할 또다른 윤리적 정언명령을 삼아야 한다는 요청이 커지면, 이제 작가는 어쩔 수 없이 상징적인 언어로 어머니의 모순적이고 다성적인 목소리를 호명하고 개념화해야 하는가 아니면 어머니의 그 목소리로 세상의 전체를 차연적으로 재구성하고 역호명해야 하는가 하는 갈림길에 놓이게 된다. 어느 길을 택하건 신경숙 소설에는 갑작스럽게 이루어진 '엄마의 귀환'을 승인하고 그것을 예술적으로 승화시키는 인내와 숙성의 과정이 필요한 셈이다. 어느 날 문득 진리의 빛처럼 현현한 '엄마의 목소리'를 단순한 추억이나 기억의 편린이 아니라 기술과 이윤이 지배하는 사회를 넘어설 수 있는 탈근대적 윤리로 제시하기 위해서는 '엄마의 목소리'가 그런 가치와 의미가 있다는 것을 스스로에게 증명해야 했던 것이다. 그런 가교 역할을 한 것이 『리진』임은 물론이다. 『리진』에는 저 모더니티의 수도 파리를 다녀오면서 근대적 개인으로 성장한 '리진'이 이 척박한 곳에서 살아온 '민비'에게 한없는 외경과 깊은 슬픔을 표하는 장면이 있거니와 이야말로 이곳의 엄마의 삶에서 탈근대적 윤리를 찾아도 됨을 스스로 확인시키는 대목이라 할 수 있다. 이렇게 『엄마를 부탁해』를 위해서는 『리진』 같은 통과의례가 필요했다 할 수 있으며, 드디어 이러한 과정을 통해 '엄마의 귀환'이 이루어졌으니, 그 작품이 바로 『엄마를 부탁해』인 것이다.

이러한 사정을 감안하다면 『엄마를 부탁해』는 단순한 사모곡이 아니다. 또 그렇다고 전쟁으로 인해 훼손된 유년기를 통해 모더니티 안에 깃든 광기를 유비시키는 데 초점을 맞추고 있는 작품도 아니다. 『엄마를 부탁해』는 모성의 성스러움을 기술과 이윤의 사회가 가져온 메마른 고독을 넘어 마주 보는 공동체를 만들 수 있는 윤리로 제시한 소설이며, 그러므로 '어머니라는 표상'에 관한 한 대단히 혁신적인 작품이다.

그렇다고 『엄마를 부탁해』를 어머니에 대한 두 가지 왜곡된 신화화와 관련시킬 필요는 없다. 예컨대 『엄마를 부탁해』는 자식을 위해 남편을 위해 헌신하는 어머니를 신화화시켜 남근주의적인 상징질서를 강화시키는 방식을 취하지 않는다. 그렇다고 여성-어머니를 남근주의적 질서를 넘어설 수 있는 메시아적 존재로 신격화하지도 않는다. 오히려 『엄마를 부탁해』는 이러한 이중의 신화화를 극도로 경계한다. 대신 여성-어머니에게서 실재하는 삶의 원리들을 찾고자 최선을 다한다. 그리고 그 끝에 나름대로 여성-어머니를 성스럽게 하는 실재의 윤리들을 제시하기에 이른다.

작가는 이 작품을 쓰면서 '어머니'라는 호칭을 버리고 '엄마'라고 부르는 순간 『엄마를 부탁해』를 지금의 형식으로 쓸 수 있었다고 진술한 바 있거니와, 이는 『엄마를 부탁해』가 어느 쪽이든 어머니의 신화화를 극도로 경계한 상태에서 씌어졌음을 보여주기에 충분하다. 실제로도 『엄마를 부탁해』는 신화화된 어머니와 질적으로 구분되는, 그리고 다른 것으로 대체 불가능한 유일무이한 '엄마'의 표상을 창조해냈다고 할 수 있다.

이로써 '엄마'를 불러내어 그 엄마의 불연속적이고 외설적인 연대기를 중핵으로 한 소설 『엄마를 부탁해』가 현재의 인식론적 지형에서 어떤 자리를 차지하는지는 일단 드러난 셈이다. 그렇다면 이제 여러 정교한 장치와 기법으로 치밀하게 구성된 『엄마를 부탁해』가 과연 우리에게 '엄마'의 어떤 윤리를 내면화 주체화했으면 좋겠다고 부탁하고 있는지 확인할 차례다.

2. '엄마'의 유령화와 도시라는 블랙홀

『엄마를 부탁해』는 '엄마'의 실종으로부터 시작된다. 우리가 필요할 때 항상 그 자리에 있어주었던 존재는 부재의 순간 그 존재감이 증폭된다. 어머니가 아니고 엄마일 경우 더욱 그럴 것이다. 항상 '이곳'에 계시지 않던가. '저곳'에 계셨어도 내가 필요할 경우 어느새 '이곳'으로 횡단해오곤 하지 않았던가. 그런 점을 감안하면 애절한 사모곡인 『엄마를 부탁해』가 엄마의 뜻하지 않은 실종으로부터 시작되는 것은 매우 효과적인 장치처럼 보인다. 게다가 소설이 진행되면서 엄마의 실종은 우리가 쉽게 예상할 수 있는 '치매'나 '납치' 같은 것이 아니라 '유령화'라는 점이 서서히 드러나거니와, 이 대목에 이르면 엄마의 실종이라는 모티프는 『엄마를 부탁해』의 강렬한 미적 환기력의 바로 그 진원지임을 확인할 수 있다.

하여간, 『엄마를 부탁해』는 "엄마를 잃어버린 지 일주일째다"[1]라는 문장으로부터 시작된다. 그러니 당연히 『엄마를 부탁해』의 주도적인 서사는 엄마 찾기다. 하지만 『엄마를 부탁해』에서 엄마 찾기는 표층적인 서사를 구성한다. 『엄마를 부탁해』에서 엄마 찾기는 소설을 이끌어가는 주도 서사이기는 하지만 『엄마를 부탁해』를 구성하는 또하나의 서사에 비해 상대적으로 큰 의미를 지니지는 않는다. 아들들, 딸들, 남편은 어느 날 갑자기 연기처럼 사라진 아내/엄마를 찾아나서지만 그들이 접하는 것은 '엄마'가 남겨놓은 흔적 혹은 잔여물들이다. 그 흔적들은 불연속적이고 우발적이며 부적절하다. 해서 처음에는 좀처럼 그 남겨진 것들을 통해서 엄마의 동선과 동력학을 찾지 못한다. 한데 서서히 실종 이후의 흔적들에 대한 법칙성과 동력학이 찾아진다. 처음에는 도저히 무질서해서 알 수 없었건만 엄마의 이동경로를 쫓다보니 그 장소들은 하나같이 그 옛날 그녀의 자식들이 깃들었던 집들임이 밝혀진다. 이때부터 『엄마를 부탁해』는 실종된 엄마의 흔적이 찾아지면서 엄마의 생애의 중요한 사건들이 하나하나씩 외삽되는 형식으로 진행된다. 말하자면 『엄마를 부탁해』에는 엄마 찾기라는 표층 서사 외에 또하나의 서사가 작동하는 것이다. 그 서사란 다름아닌 엄마의 일대기이며, 이 서사가 『엄마를 부탁해』의 심층 서사를 이룬다.

이후 소설은 이 두 서사가 역설적으로 병치되며 진행된다. 엄마 찾기가 진행되면 될수록, 그러니까 시간이 흘러 엄마의 흔적이 옅어지면 옅어질수록, 상징적 동일성 외부에 있어 불확실했던 엄마의 연대기는 분명해진다. 서울에 흩뿌려져 있는 엄마의 흔적과 그것이 불러오는 과거의 체험이

---

1) 신경숙, 『엄마를 부탁해』, 창비, 2008, 10쪽. 이하 『엄마를 부탁해』에서 인용할 경우 쪽수만 밝힘.

쌓여가면서 엄마의 연대기의 빈틈과 균열이 메워지고 서서히 맥락화되는 까닭이다. 해서 아이러니하게도 엄마가 실종된 지 많은 시간이 흘러 현재에서의 엄마의 육체의 흔적이 거의 소멸해가는 그 순간에 엄마의 실체(혹은 실재)는 오히려 현재적 의미로 충만해지고 풍부해진다. 『엄마를 부탁해』는 엄마가 세상과 작별인사를 하고 엄마의 품으로 돌아가는 장면으로 끝나거니와, 이렇게 엄마가 소멸하는 순간 엄마의 존재성은 정점에 오르고 동시에 엄마의 히스테릭한 허스토리는 완성된다. 한마디로 엄마가 죽는 순간 엄마의 실체(혹은 실재)가 살아 돌아온다고나 할까.

이런 이유 때문에 『엄마를 부탁해』는 실종된 엄마의 육체를 찾는 과정보다는 엄마의 연대기의 재현이 훨씬 큰 비중을 차지한다. 하지만 그렇다고 엄마의 육체를 찾는 과정이 별 의미가 없다는 것은 아니다. 그것 역시 매우 상징적이다. 엄마(의 육체)를 찾기 위해 서울의 곳곳을 찾아 헤매면서 경험하는 차갑고 냉정하고 비루한 경험들은 엄마의 연대기를 더욱 성스럽게 만드는 전경화로 작용한다. 『엄마를 부탁해』에 따르면 서울이라는 곳은 싸늘하고 냉정한 곳이다. 그곳에서 엄마는 누구에게도 눈에 띄지 않는 일종의 사물이다. 서울, 그곳은 엄마의 길을 잃게 하는 어두운 심연이다. 그곳은 엄마처럼 문자라는 상징적 동일성의 규약에 순종하지 않는 신체들에겐 어떤 배려도 행하지 않는다. 그렇기에 문자 외에 다른 것으로 자신을 표현하는 엄마는 그곳에서 길을 찾을 수 없다. 또 서울에 사는, 이미 서울과 같은 냉정한 사이보그로 전락한 서울의 현대인들 중 거의 누구도 갈 길을 잃고 기억의 회로를 따라 무작정 걷는 엄마를 불러세워 말을 건네지 않는다. 다만 그들이 엄마에게 관심을 가지는 순간은 엄마가 교환가치로 환금되었을 때[2]이다.

---

2) 물론 예외도 있다. '엄마'를 유령으로서 스쳐가는 것이 아니라 그 실재를 보는 인물들도 있다. 그런데 이들은 도시인-남성이 아니라 도시인-여성-'또다른 여인'들이다. 『엄마를 부탁해』의 주제가 무엇인지를 암시하는 대목들이다.

그가 막 대문을 나서려 할 때 닫힌 방문이 다시 열리고 사내아이가 저기
요! 그를 불러세웠다.
　—이 할머니 며칠 전에 여기 대문 앞에 앉아 있었던 거 같은데……
　그가 다가가자 또 한 사내아이가 얼굴을 내밀며 아니라니까! 부정했다.
　—이 할머닌 젊잖아. 그 할머닌 아주 쭈그렁쭈그렁했어. 머리도 이렇게
안 생기고…… 거지였잖아.
　—그래도 눈이 닮았잖아. 눈만 봐봐. 눈이 이렇게 생겼었잖아…… 찾아
주면 진짜 오백만원 줘요?
　—찾지 못해도 얘기만 정확히 해주면 사례를 하겠다.
　(……)
　사내애 말고는 엄마 같은 사람을 봤다는 이가 없었다. 사내애는 진짜 봤
다니까요! 그를 뒤쫓아다녔다. 그보다 앞서서 이 골목 저 골목을 살피기도
했다. 그는 헤어질 때 사내애에게 십만원짜리 수표를 한 장 주었다. 사내애
의 눈이 반짝 빛났다.(97~98쪽)

　엄마는 이런 싸늘하고 냉정한 시선들 속에 보이면서도 보이지 않는 존
재로 떠돌며 결국 가족의 품으로, 혹은 원래 삶의 거처로 돌아오지 못한다.
하지만 엄마를 그 자체로 목적이 아니라 수단으로만 대하는 인물들은,
그러니까 엄마를 상징적 동일성의 입장에서 존재 가치가 없는 망령처럼
전유한 존재들은 이 도시의 낯선 군중들만은 아니다. 엄마가 실종되는 데
보다 직접적인 원인을 제공하는 인물들은 이미 도시인이 된 '엄마'의 아
들/딸들이다. 그들은 어느 때부턴가 완벽한 도시인이 되어 있는 인물들
이다. 그들은 현재의 상징적 동일성이 부여한 억압과 금기 때문에 혹은
그 금기 속에서 독자성을 유지하기 위해 더욱더 탈진한 엄마의 실재를 보
지 못한다/않는다. 그들은 언제부턴가 '엄마' 혹은 '부모'의 희생을 당연

하게 생각한다. 자식들을 위해 배려하고 희생하지 않으면, '엄마'의 독자성을 주장하면, 오히려 그것을 불편해할 뿐만 아니라 인정하지도 않는다. 인정하지 않을 정도가 아니라 읽어내지도 못한다. 그들에게도 역시 엄마는 '망각된 존재'이거나 '상징 언어 속에 고정된 존재'[3]이기는 마찬가지다. 해서 그들은 이제 엄마와 만나도록 제도화된 날들(예컨대 부모의 생일이나 명절, 제사 등등)을 제외하고는 엄마를 떠올리지 않는다. 이제 생일도 부모가 서울로 올라와 서울에서 치른다. 하지만 그들은 부모의 헌신을 당연한 것으로 여긴다. 엄마란 자식들을 위해 희생해야만 진정 엄마가 아니던가. 그러더니 생일 때마다 엄마가 싸들고 오는 음식에 대해 노골적인 불평을 하고 또 끝내는 서울 지리에 어두운 부모를 맞이하는 것까지를 서로 미룬다. 엄마의 실종은 이런 상황에서 일어난 것이다. 그러니 엄마는 어떤 특정한 날에 실종되었지만, 이들에겐 이미 망각된 존재였던 것이다.

엄마의 실종은 상징적 동일성에 가려 보이지 않던 엄마의 망각을 확인하는 정도에 불과하지만, 그동안 이미 엄마가 실종된 상태였음을 자각하지 못한 이들에게 엄마의 실종은 일종의 전율이고 공포이다. 그들은 애타게 엄마를 찾는다. 전단을 만들고 보상금을 걸고 그 전단을 서울 곳곳에서 나누어주고 장난 전화를 마다않고 전화만 오면 달려나가고…… 그들은 끝내 엄마를 찾지 못한다. 엄마의 육체를 찾지 못하는 대신 언어에 의해 고정된 존재가 아닌 엄마의 또다른 실존 형식과 가치를 발견한다. 동시에 그들은 엄마가 실종 이전에도 이미 그들에겐 실종 상태에 있었음을 뼈저리게 깨닫는다.

나는 앞을 보지 못하는 아이들에게 책을 읽어줄 생각이다.
나는 중국어를 배워야겠다.

---

3) 뤼스 이리가레, 『사랑의 길』, 정소영 옮김, 동문선, 2009, 109쪽.

나는 돈을 많이 가지게 되면 소극장을 소유하고 싶다.

나는 남극에 가보고 싶다.

나는 산티아고 성지 트래킹을 떠나고 싶다.

밑으로 서른 칸은 넘게 나는, 으로 시작되는 문장들이 줄지어 있었다.

ㅡ이게 뭐냐?

ㅡ지난 12월 31일에 새해를 맞이하면 글 쓰는 거만 빼고 내가 하고 싶은 것들을 재미로 적어본 거야. 앞으로 십 년 동안은 꾸준히 해야 할 것들이거나 하고 싶은 것들. 근데 내 어떤 계획에도 엄마와 무엇을 함께하겠다는 건 없더라. 쓸 때는 몰랐어. 엄마 잃어버리고 나서 다시 보니 그렇더라구.(132쪽)

당신은 기진맥진한 듯 아내가 방으로 기다시피 들어와 겨우 베개를 찾아 베고 이마를 찡그린 채 드러눕는 것을 보기만 했다. 언제나 아픈 사람은 당신이었고 그런 당신을 보살피는 사람이 아내였다. 어쩌다가 아내가 배가 아프다고 하면 당신은 나는 허리가 아프다고 한 사람이었다. 당신이 아프면 아내는 이마를 짚어보고 배를 쓸어보고 약국에서 약을 사오고 녹두죽을 끓이고 하였으나 당신은 약 지어다 먹으라고 하곤 그만이었다.(171쪽)

이들은 이렇게 반성과 참회를 행한다. 그런데 이 반성과 참회가 진정한 것이 되기 위해서는 잃어버린(또는 잊어버린) 엄마를 찾아야 할 터이다. 다시 말해 엄마의 육체를 찾거나, 엄마의 실재를 찾거나. 어느 하나여서는 안 될 것이다. 덮개-기억에 가려진 엄마의 실재들을 다시 읽어들여 엄마의 육체에 기입된 엄마의 진정한 가치를 귀환시켜야 하고 그것으로 자신을 주체화, 내면화시켜야, 그것이 곧 진정으로 엄마를 찾는 것일 터이다. 하지만 엄마의 육체가 돌아오지 않자 이들의 애절한 참회는 서서히 약화된다. 덮개-기억을 뚫고 넘쳐 흐르던 원장면들도 하나둘 덮개-기억에 의해 떠밀려들어가고 그러자 한때 끓어넘치던 엄마의 실재들도 또한 상징적 동일성에 포섭되기 시작한다. 이들은 (진정한) 엄마를 (진정으로) 찾는 대신에 엄마를 찾지 못한 죄의식을 앞세워 갑작스러운 엄마의 실종으로 인해 발생했던 혼돈의 상태에서 벗어나고자 한다. 그들은 엄마의 삶의 참가치를 계승하고 승화시키는 대신에 엄마를 잃어버리기 이전의 상징적 동일성의 단계로 복귀한다. 그래도 엄마의 실종에 대해서 큰 죄책감을 지니고 있는 만큼 엄마를 망각한 것은 아니라고 스스로를 위로하며. 또는 스스로를 속이고 스스로 속으며.

『엄마를 부탁해』의 표층 서사는 이렇듯 남겨진 딸/아들/남편이 실종된 엄마(혹은 아내)를 찾아다니는 과정을 중핵으로 하고 있거니와, 그 과정을 통해 현재 한국사회에 대한 매우 특이한 역사지리지를 그려낸다. 『엄마를 부탁해』의 표층 서사에 따르면 현재 한국사회란 '엄마'와 같이 상징적 동일성에 순종하지 않는/순종할 수 없는 존재들을 하나같이 실제로는 살아 있으되 상징적으로 죽은 존재로 만드는 곳이다. 『엄마를 부탁해』에 의하면 엄마는 보였다가 보이지 않은, 죽었으나 죽지 않은 존재이며 우리는 이를 유령이라 부를 수 있을 터이다. 그렇다면 우리는 여기서 『엄마를 부탁해』가 매우 독특할 뿐만 아니라 모더니티 전반에 대한 매우 의미 있는 총괄을 하고 있다는 점을 확인할 수 있겠다. 영원한 파괴와 쇄신이라는 영구혁명의 리듬을 유지하기 끊임없이 '전통과의 결별'과 '낡은 것의 죽음'을 항구적으로 선언하는 모더니티 사회는 모더니티 외부의 윤리를 지니고 살아가는 존재들을 유령으로 만든다는 것. 이것이 『엄마를 부탁해』의 실종된 엄마 찾기라는 표층 서사를 통해서 제시되고 있는 내용이며, 이 독특한 역사지리지만으로도 『엄마를 부탁해』가 지니는 문제성은 만만치 않다고 할 수밖에 없다.

3. 순수-증여 행위와 탈근대적 윤리

앞서 살펴본 대로『엄마를 부탁해』에는 때로는 병존하고 때로는 교차되는 두 개의 서사가 같이 작동하며, 실종된 엄마 (육체) 찾기라는 모티프를 통해 제시되고 있는 모더니티에 대한 성찰 또한 만만치 않지만,『엄마를 부탁해』가 보다 문제적일 수 있는 것은 엄마 찾기를 통해 서서히 드러난 엄마의 히스테릭한 허스토리 때문이다.『엄마를 부탁해』의 엄마는 도시, 그러니까 모더니티의 중심부에서는 서서히 실체가 사라져 결국에는 유령이 되지만, 다른 곳에서는 그야말로 삶의 활동성으로 충일한 그런 존재임이 서서히 밝혀진다. 이런 과정 끝에『엄마를 부탁해』는 그동안 볼 수 없었던 특이한 엄마의 형상을 발명해낸다.

그런데『엄마를 부탁해』에서 엄마의 형상이 지니는 특이성에 대해 말할 경우 반드시 짚고 넘어가야 할 것 중 하나는『엄마를 부탁해』에 흘러넘치는 '엄마'의 신체들이 어느 한 화자에 의해 일관되게 서술되지 않는다는 사실이다. 어떤 점에서 보자면『엄마를 부탁해』는 모자이크식 구성을 취하고 있다. 모두 네 명의 인물이 교대해가며 일련의 소설적 사건을 서술하거니와, 이렇게 (큰)딸, (큰)아들, 남편, 엄마의 영혼, 그리고 다시 (큰)딸이 교대로 초점인물이 되거나 초점화자가 되어 '엄마'에 관한 기억들을 하나하나씩 길어올리고, 그런 기억들이 한자리에 모여 엄마의 허스토리가 최종적으로 재구성된다.『엄마를 부탁해』에서 제시되는 엄마에 관한 신성한 디테일들은 우선 딸/아들/남편에 기억을 거친 것이다. 하지만 기억들이란 각자의 덮개-기억들에 의해 사후적이고 차연적으로 재배열되고 재구성되는 것이며, 그런 까닭에 같은 사건이나 장면을 두고도 서로 충돌하고 갈등하며 쟁투하기 일쑤이다. 이들의 엄마(또는 아내)에 대한 기억도 그렇다. 이들은 각자 자신의 기억의 정확함을 주장하고 서로의 부정확한 기억을 원망하기도 하며 그렇게 서로의 기억들을 비교, 대조, 유추, 유비시킨다. 물론 아들/딸/남편의 기억들은 차연적으로 재배열된 것이지만 그 기억들 사이의 상호텍스트성 덕분으로 엄마의 실재는 하나둘 뚜렷한 형상을 갖추어간다. 그러다가 마지막으로 엄마의 목소리가 등장해 아들/딸/남편의 기억들 중 어긋난 부분과 균열된 부분, 그리고 그들의 기억 속에 포착되지 않은 부분들을 하나하나 수정하고 보완한다. 이 자르고 깁고 다시 꿰매는 작업이 끝나는 엄마의 일대기가 최종적으로 완성됨은 물론이다. 『엄마를 부탁해』가 취하고 있는 이러한 모자이크식 구성은, '엄마'의 구체적 형상과 관계 없이, '엄마'의 은폐된 독자성을 복원해내고 그 안에 깃든 탈근대적 윤리를 제시하는 데 대단히 유효한 장치라 할 만하다. 이 모자이크식 구성은 딸/아들/남편의 기억들이 상징적 동일성이라는 검열에 의해 차연적으로 재구성되어 있으며 따라서 당연히 그들이 발화한 여성들의 허스토리는 왜곡될 만큼 왜곡되어 있다는 점을 효과적으로 보여준다. 실제로 『엄마를 부탁해』에서 엄마의 목소리가 화자로 등장하는 '또다른 여인'이라는 장에는 딸/아들/남편의 시선에 의해 재구성된 엄마의 형상을 가지고는 예상하기 힘든 장면들이 속속 등장한다. 놀라운 반전이라 할 만하며, 이 놀라운 반전을 통해 『엄마를 부탁해』는 엄마에게서 어떤 점에서는 외설적이고 육감적인 '또다른 여인'을 발견해야 한다는 점을 선명하게 보여주기도 한다.

『엄마를 부탁해』의 '엄마'의 형상은 이런 복합적인 시선의 교차과정과 사후적인 기억들 사이의 치열한 이데올로기적 쟁투과정 끝에 비로소 완성된다. 결론부터 앞질러 말하자면, 아주 복잡한 교차와 치열한 쟁투의 결과물이라 그런가, 『엄마를 부탁해』의 엄마의 형상은 기존의 어머니와는 전혀 다른 전혀 새로운 돌연변이형 '엄마'이기도 하고 동시에 현단계 모더니티의 고독과 퇴폐를 넘어설 수 있는 실재의 윤리의 체현자이기도 하다. 그렇다면 모더니티의 중심부 도시에서 그토록 허망하게 길을 잃는 엄마의 어떤 측면이 탈근대적 윤리의 소유자일 수 있게 하는 것인가?

여기, '엄마'가 있다. 그 엄마는 박완서 선생의 표현처럼 전형적인 '농경시대의 엄마'다. 박소녀란 이름을 받았지만 그 이름으로 불린 경우는 거의 없다. 식민지 시대에 태어난 만큼 식민지라는 역사적 상황도 경과했고 또 해방 후의 혼란과 한국전쟁이라는 광기를 모두 겪었고 상처받았지만 여러 곡절을 거쳐 '농경시대의 엄마'의 자리를 유지한다. 그렇게 엄마는 자연과 대화하고 대지와 관계를 맺으며 물질을 인간을 위한 물질로 전화시키는 직능을 지속적으로 수행한다. 하지만 어느 순간 시대가 급변한다. 산업화 시대가 온 것. 당시 국가 장치는 경제성장을 이곳의 저열한 삶을 저곳의 풍요로운 삶으로 비약시킬 수 있는 유일한 방법으로 확신하고 한국사회 전반을 자본주의화라는 세계경제체제의 단일한 시스템으로 폭력적으로 재편한다. 결국 사회 전체가 빠르게 산업화되고 도시화되기 시작한다. 그러자 '농경시대'가 막을 내린다. 대규모 탈향이 이루어지고, '엄마'의 아들/딸들도 마찬가지이다. 아들/딸들은 이제 소위 '출세한 촌놈'들이 되고, '엄마'는 아들/딸이 '촌놈'에서 벗어날 수 있도록 그야말로 초인간적인 헌신성을 보여준다. 엄마의 초월적이라 할 만한 뒷받침 때문인지 아니면 그만큼 계층 상승의 기회가 많았던 시대인지, 아들/딸들은 회사의 임원이 되고 작가가 되고 약사가 된다. 그렇게 '촌놈' 티를 벗는 그 정도에 비례하여 엄마의 개입을 싫어하고 또 때로는 거부하기까지 한다. 하지만 엄마는 계속 아들/딸들을 위해 참기름을 짜고 떡을 찧는다. 급기야 그 숱한 노고에 육신이 소진되어 탈진증세까지 보인다. 냉장고에 머리를 디밀고 있어야 할 정도의 두통과 언니가 죽었음에도 불구하고 눈물 한 방울 흘릴 수 없는 히스테리에 빠져든다. 그래도 아들/딸들에 대한 헌신은 변치 않는다. 나중에는 아들/딸들이 서울에서 내려오지 않자 역시 참기름을 짜고 떡을 이고 서울로 올라가기까지 한다. 이러던 중 엄마는 실종되거니와, 이 실종만 빼고는 '엄마'의 형상은 우리에게 너무나 친숙한 어머니 상이다. 저 농촌의 어머니들이 다 이렇게 살았고 지금도 이렇게 살고 있지 않던가.

해서 어머니들의 대타자 역사에 비추어보자면『엄마를 부탁해』의 엄마의 형상은 전혀 어떠한 특이성도 존재하지 않는 것처럼 보인다. 이런 어머니 형상이야 우리가 60년대 이후 문학작품에서 줄곧 보아오던 상투형에 가까운 어머니 상이기도 하다. 그래서 어떤 맥락에서는 앞선 세대 작가들의 어머니 형상보다 훨씬 덜 매력적이며 어머니의 형상에 관한 한 문학사적 퇴행처럼 보이기도 한다. 전 세대의 어머니들, 그러니까 박완서, 김원일, 현기영, 이문열, 황석영, 이청준 등의 어머니들이야말로 식민지 이후 한국사회의 특수성을 누구보다도 생동감 있게 표현해주던 한국문학사의 위대하면서도 기념비적인 표상들 아니던가. 박완서 등의 어머니들은 '빨치산'이 되거나 '월북'한 남편 때문에 파출소를 오고가며 몸서리쳐지는 육체적 고통을 경험하기도 하고, 남편 없는 아이들을 키우느라 근친상간적인 충동을 불러일으키는 대신에 아들/딸들에게 누구보다도 현실원칙에 순응하는 신체가 될 것을 강요하는 특이한 오이디푸스적 훈육의 주체가 되기도 하고, 아니면 (아비가 떠나고 없는) 아들/딸들을 근대라는 새로운 수레바퀴에 편승시키기 위해 한편 기생 옷을 바느질하며 기생들의 외설성을 비난하고 다른 한편으로는 이런 외설과 퇴폐를 묻어둔 채 누구보다도 철저하게 근대를 예찬하는 이율배반에 빠져 있기도 하지 않았던가. 이 얼마나 특이하며 역동적이고 또 비극적인가.

한데, 이에 비하면『엄마를 부탁해』의 엄마는 지나치게 정형화되어 있고 정태적이며 또한 거대한 운명 앞에 어쩔 수 없이 좌초하여 가슴을 저미게 하는 비극성 같은 것이 느껴지지 않는다. 김소진이 그의 어머니를 두고 '저 유려한 풍자!'라고 할 수밖에 없었던 그것이 부재한 삶처럼 보이는 것이다. 해서『엄마를 부탁해』의 엄마의 형상은 일견 차이 없는 반복처럼 다가오는 것이 사실이다.

하지만 그렇다고『엄마를 부탁해』가 누선을 자극하는 단순한 사모곡이라고 서둘러 규정할 필요는 없다. 반드시 다루는 대상 자체가 특이해야 소설의 가치가 올라서는 것은 아니기 때문이다. 모든 인간은 사회적 관계의 총화이다. 그러므로 중요한 것은 익숙한 대상이라도 그것은 전혀 특이한 시각에서 맥락화하는 것이다. 이렇게 익숙한 것은 전혀 새로운 맥락에서 읽어낼 때, 또 이 익숙한 대상에 새로운 동력학과 역동성을 부여할 때, 오히려 미적인 발견의 힘은 배가된다. 『엄마를 부탁해』에는 바로 이것이 있다. 『엄마를 부탁해』는 정형화된 '농경시대의 엄마' 상에 또다른 것, 그러니까 '또다른 여인'이 깃들어 있을 수 있음을 발견하고 그 구체적인 세목을 치밀하게 묘사한다. 그러는 순간 마법과 같은 일이 벌어진다. '또다른 요인'의 요소가 정형화된 '농경시대의 엄마' 상에 단지 보완되었고 외삽되었을 뿐인데 그렇게 해서 탄생한 '엄마' 상은 천박한 경제제일주의와 그로 인해 발생한 사물의 주인공화와 인간의 사물화를 넘어설 수 있는 구체적 가능성의 의미를 획득하게 된다.

1) 그가 집을 갖게 되고 처음 맞이한 봄에 서울에 온 엄마는 장미를 사러 가자고 했다. 장미요? 엄마의 입에서 장미라는 말이 나오자 그는 잘못 듣기라도 한 듯 장미 말인가요? 다시 물었다. 붉은 장미 말이다, 왜? 파는 데가 없냐? 아뇨, 있어요. 그가 엄마를 구파발에 쭉 늘어서 있는 묘목을 파는 화원으로 데리고 갔을 때 엄마는 나는 이 꽃이 젤 이뻐야, 했다. 엄마는 생각보다 훨씬 많은 장미 묘목을 사와서 담장 가까이에 구덩이를 파고 허리를 굽혀가며 심었다. 그는 엄마가 콩이라든지 감자라든지 들깨가 아닌, 배추나 무나 고추같이 씨앗을 뿌리든 모종을 하든 수확해서 먹을 것이 아닌, 보기 위해서 꽃을 심는 모습을 처음 보았다. 엄마의 그 모습이 낯설어 그가 담과 너무 가까이에 심는 거 아니냐고 하자 엄마는 담 바깥에 사람들도 지나다님서 봐야니께, 했다. 그 집을 떠나올 때까지 봄마다 장미는 만발했다.(130~131쪽)

2) 다들 당신의 아내가 짓는 밥은 살찌는 밥이라고들 했다. 모내기를 할 적에 아내가 밭에서 햇감자를 캐다 갈치를 넣고 지져서 샛밥과 함께 내오면 일하던 사람들은 입이 미어져라 밥을 밀어넣었다. 지나가던 사람들도 멈춰 서서 밥을 얻어먹고 갔다. 다른 동네 사람들도 당신 집 일을 하러 오려고들 했다. 아내가 내오는 샛밥을 먹으면 뱃속이 든든해 일을 곱으로 하고도 배가 고프지 않다고들 했다. 식구들이 마루에 앉아 점심을 먹는 참에 참외장수나 보따리 옷장수가 대문을 기웃거리면 아내는 자리 한 귀퉁이를 내주고 밥을 먹고 가게 했다.(172~173쪽)

1)에서 볼 수 있듯 엄마는 미학주의자이다. 그 자체 완벽한 균형과 질서로 인간에게 감동을 주는 미적인 것에 대한 놀라운 감성과 관심을 가지고 있는 존재이다. 또 이야기꾼이기도 하다. 어디선가 전해들은 이야기를 더 현실적 맥락에 맞게 풍부하게 재창조해 세상을 보다 풍부하고 아름답게 바라볼 수 있는 시각을 제공해주는 인물이기도 하다. 하지만 간혹 무책임하게 집을 떠나곤 하는 남편을 두고 자식을 키워야 했던지라 이 미적인 행위는 항상 행동 강령의 제일 맨 뒷순위로 밀릴 수밖에 없었다. 하지만 엄마는 그 제한된 범위에서나마 고단한 생활세계 너머의 미적인 세계로의 비약을 항상 꿈꾸었거니와, 해서 엄마가 손대는 것은 무엇이나 풍요롭게 윤택하게 빛나게 하곤 했다. 동시에 엄마는 1)과 2)에서 볼 수 있듯 증여론자이다. 엄마는 교환 경제의 시스템 속에 살고 있지만 그것에 전적으로 얽매여 살지 않는다. 자기 자신이 힘들더라도 항상 베풀어야 직성이 풀렸고 그 순수 증여의 정신을 평생토록 유지한 존재이다. 있을 때는 언제든 누구에게든 베풀었고 그것을 통해 삶의 의미와 가치를 느끼는 존재였다.

하지만 저 자본주의의 변방에서 '최소한의 투자로 최대한의 이윤을' 창출하는 것이 근본적으로 불가능한 농사를 지으면서 미학주의자로 증여

론자로 살아가는 것은 거의 불가능에 가까운 일임은 물론이다. 게다가 급
격하게 변화하는 전 지구적 자본주의의 시대에 뒤처지는 존재가 되어서
는 안 된다는 생각에 아들/딸 모두를 서울로 올려보낸 처지 아니던가. 그
를 위해 결혼 예물을 팔아야 했고, 또 큰아들에게 반쯤 부모 노릇을 전가
해 평생 '미안하다, 형철아' 하며 살아야 했다. 하지만 엄마는 이 미학주
의자의 삶도 증여론자의 삶도 포기하지 않는다. 나중에는 아들/딸들이 보
내온 용돈을 모아 또다른 '균'이가 학교에 다닐 수 있도록 돕기까지 한다.
엄마의 이러한 순수-증여의 삶을 두고 혹여 자본주의라는 냉정하고 메마
른 세계를 비판하고 해체하기 위해 엄마를 너무 이상화한 것이 아닌지 의
심을 품을 수도 있겠다. 하지만 엄마의 순수-증여의 삶이 다음과 같은 자
리에서 출발하는 한 『엄마를 부탁해』의 엄마의 삶은 결코 엄마의 삶을 이
상화한 것으로 볼 수 없다.

　—부엌에 있는 게 좋았냐고. 음식 만들고 밥하고 하는 거 어땠었냐고.
　엄마가 너를 물끄러미 보았다.
　—부엌을 좋아하고 말고가 어딨냐? 해야 하는 일이니까 했던 거지. 내가
부엌에 있어야 니들이 밥도 먹고 학교도 가고 그랬으니까. 사람이 태어나
서 어떻게 좋아하는 일만 하믄서 사냐? 좋고 싫고 없이 해야 하는 일이 있
는 거지.
　너의 엄마는 왜 그런 걸 묻느냐? 하는 표정으로 너를 보다가 좋은 일만
하기로 하믄 싫은 일은 누가 헌다냐? 중얼거렸다.(73쪽)

　단지 의무에 따라서 행해진 활동과 배타적으로 의무를 위해서만 행해
진 활동을 구분한 것은 칸트였다. 칸트는 전자의 활동은 합법성의 영역
에 위치시키고 후자의 활동을 바로 도덕성(혹은 윤리성)의 영역에 위치시
킨다. 말하자면 어떤 활동이 스스로 설정한 의무 자체를 존중하고 그 의

무를 지켜나가는 것 이것이 바로 윤리적인 것일 터이다. 좀더 보완하자면 윤리적인 삶이란 의무가 문제될 때는 행복 같은 것을 전혀 고려치 않는 것이다. 다시 말해 주어진 의무를 따를 때 그것이 행복을 줄 것인가 아닌가를 따지고 나서 행동하는 것이 아니라 단지 배타적으로 의무를 위해서만 행해진 활동 속에서 자기 실현의 행복을 맛보는 것[4]이 윤리적인 행동이다. 이런 점에서 보자면『엄마를 부탁해』에 그려진 엄마의 순수-증여의 삶은 엄마의 행위를 이상화시킨 것이 아니라 엄마의 순수-증여의 삶 속에 깃들어 있는 실재의 윤리성을 새롭게 발견한 것이라 할 수 있다. 그렇다면『엄마를 부탁해』에서 조금 벗어나는 이야기가 될 수 있겠지만, 이렇게도 말할 수 있을 듯하다. 기술과 이윤이 인간을 끊임없이 도구화, 계량화하는 시대에 그래도 어떤 경우 순수-증여의 사건들과 만날 수 있는 것은 다름아닌 도시로, 도시로, 무언가를 지고 이고 끊임없이 올라오는 '농경시대의 엄마'들의 순수-증여 행위 때문일지도 모르겠다고. 아니, 가만 생각해보니,『엄마의 부탁해』가 전달하고자 하는 내용 중에 하나가 바로 그것일 수도 있겠다. '엄마'의 가족들이 실종된 엄마를 찾아 헤맬 때, 그래도 교환가치를 개입시키지 않고 엄마의 실종을 진정으로 안타까워하던 존재들이 하나같이 순수-증여를 그저 삶의 도리로 알고 살아온 어머니에 대한 기억을 가진 인물들이었으니.

하여간,『엄마를 부탁해』가 문제적인 것은 모성을 서로가 서로를 죽이고 살게 만드는 교환 경제의 가속화를 막아 세우거나 교환 경제를 넘어선 또다른 증여사회의 윤리적 계기로 충분히 설득력 있게 맥락화시켰기 때문이다. 이 얼마나 놀라운 발견이자 발명인가. 급격하게 산업화가 진행된 이래 꽤 오랫동안 단지 전근대적 질서의 대표적인 표상이면서 또 그 외에는 어떤 의미도 부여받지 못해 유령처럼 도회를 떠돌던 '농경시대의 엄

---

4) 칸트의 윤리성과 도덕성에 대한 이러한 설명은, 알렌카 주판치치,『실재의 윤리』, 이성민 옮김, 도서출판b, 34~46쪽 참조.

마'들을 이처럼 교환 세계를 내파할 윤리적 전위들로 재탄생시키고 복원시켰으니 말이다.

뿐만 아니라 『엄마를 부탁해』에서 엄마가 보이는 순수-증여의 윤리는 교환경제의 모순만을 직시하고 내파하는 데에만 위력을 발휘하는 것이 아니다. 반복되는 감이 있지만 엄마는 순수-증여의 실천적 전위이다. 때문에 엄마는 엄마보다 없는 존재는 반드시 도와주는 것이 도리라고 생각하고 또 엄마보다 깊은 상처를 안고 있는 존재에게는 깊은 위무를 보내는 것이 의무라고 생각한다. 때문에 엄마는 상징질서의 금기에 관계없이 순수-증여의 네트워크 혹은 친밀성의 어소시에이션을 구축하려 한다. 하지만 그 친밀성의 어소시에이션은 상징질서의 권역에서는 더할 나위 없이 외설적인 것으로 금기시된다. 그것 때문에 엄마는 삼촌의 죽음을 경험해야 했고 순수-증여의 관계를 지속하던 한 남자와는 아주 불편한 방식으로 친밀성을 유지할 수밖에 없게 된다.

아이가 삼칠일이 될 때까지 하루에 한번은 당신 집으로 건너가 갓난아이에게 젖을 물려주고 왔소. 새벽일 때도 있었고, 한밤중일 때도 있었네. 그 일이 당신에게 족쇄가 되었으려나. 내가 당신에게 해준 건 그게 다인데 이후 나는 삼십 년을 힘겨울 때마다 당신을 찾아갔으니. 자식들 삼촌이 그리된 것이 내가 당신을 찾기 시작한 일의 시작이었던 거 같네. 그만 죽고 싶었으니까. 죽는 게 낫다 싶었으니까. 모두들 나를 힘들게 할 때 당신만은 나에게 아무 말도 묻지 않았소이. 견디라 했지요. 시간이 지나면 그 어떤 상처도 지나간다고 했소. (……) 내 배 속에서 죽어나온 넷째아이를 산에 묻어준 것도 당신이었네.(232~233쪽)

엄마의 순수-증여의 윤리로 모든 것을 상품화하고 그것을 교환가치를 통해 교환하는 교환경제가 교환되는 사물은 물론 인간 자신마저도 얼마나 철저하게 사물화시키는가를 여지없이 밝혀낸『엄마를 부탁해』는 이 제 순수-증여의 윤리로 맺어진 친밀성의 관계를 통해 개인과 사회의 의 미 있는 관계에 대한 재정립을 강력하게 촉구한다. 현재 한국사회에서는 개인과 사회, 혹은 국가를 연결하는 유일한 매개체가 가족이라면, 그런데 그 가족은 지나치게 배타적이고 남녀간의 위계가 분명해서 사실은 개인 의 자유와 인간 사이의 소통가능성을 철저하게 억압하는 측면이 있다면, 이제 그에 대한 본격적인 쇄신이 필요하다는 것이다.

하여간『엄마를 부탁해』는 농경시대의 엄마라는 탈존된 인물을 다시 귀환시켜 현존재들이 어떤 언어의 감옥에 갇혀 있으며 그 상징적 동일성 의 외부로 향할 수 있는 길은 무엇인지를 적극적으로 모색할 뿐만 아니라 역사철학적으로 충분히 의미 있는 역사적 좌표들을 충분히 설득력 있게 제시한다. 위대한 문학작품이란 항상 망각되거나 의미가 고정된 존재들 을 또다시 호명하고 그들에게 새 생명을 부여하는 경우라고 한다면,『엄 마를 부탁해』역시 이 조건을 충분히 충족하고도 남음이 있다 할 것이다. 정말 오랫동안 바로 곁에 두고도 그 가치를 알 수 없었던 '엄마'를 다시 태어나게 했으니 말이다.

4. 모성의 성스러움 혹은 성스러운 모성

『엄마를 부탁해』는 사모곡이다. 그러면서 동시에 지난 시대의 쓸모없 는 실존으로 폄훼되었던 '농경시대의 엄마'를 다시 불러내어 그 엄마의 윤리를 중심으로 현재의 메마른 모더니티 너머로의 탈주가능성을 모색 한 소설이다. 이중 뒷부분에 보다 초점을 맞춰 읽은 사람들의 경우『엄마 를 부탁해』의 마지막 장을 덮는 순간 문득 의구심에 사로잡힐 수도 있다. '농경시대의 엄마'의 윤리가 시간 너머 시간 속으로 우리를 이끌 중요한 생의 철학이라면, 그런데 '농경시대의 엄마'들이『엄마를 부탁해』에서처 럼 하나둘 작별인사를 하고 떠난다면, 그렇다면 이제 우리가 이 교환가치의 감옥으로부터 또는 인간의 소통을 억압하는 가족 중심의 공동체로부터 벗어날 길은 없는 것인가. 우리에게서 점점 더 순수-증여의 순간의 아우라가 사라지고 또 가족마저도 각 개인들을 마주하게 하는 공동체로 작동하지 못하는 지금 이곳에서 말이다. 결국 순수-증여 사회 속에서만 맛볼 수 있는 친밀성의 경험은 '농경시대의 엄마'의 (점진적인) 소멸과 더불어 영원히 회복할 수 없는 시간들이 되는 것인가.

『엄마를 부탁해』에도 앞으로 어떤 존재들이 '농경시대의 엄마'들의 역능을 수행할 것인가에 대한 진지한 고민이 있는 듯하다. 단행본을 내면서 연재에 없던 에필로그를 보완한 것도 바로 그 때문이리라. 하지만 에필로그가 아니더라도 『엄마를 부탁해』에는 이미 농경시대 엄마들의 정신을 계승할 수 있는 길에 대한 암시가 충분히 들어 있다. 『엄마를 부탁해』가 이 비정한 도시의 몰인정을 보다 인간답게 하고 더 나아가 이 모더니티 너머로 이끌 수 있는 동력으로 설정한 것은 역시 모성이다. 농경시대의 엄마는 아니더라도 이 비정한 도시에도 엄마들은 있다는 것이다. 『엄마를 부탁해』의 4장 '또다른 여인'은 한편으로는 가족들의 기억 외부에 있는 엄마의 전혀 이질적인 경험들이 제시되고, 다른 한편으로는 유령 같은 존재가 아니라 이제 유령이 된 엄마의 '작별인사'가 펼쳐진다. 엄마의 작별인사는 주로 고정된 언어 바깥의 엄마의 실재를 인정해주고 서로의 존재감을 배가시키는 친밀성의 경험을 나누었던 존재들에게 행해진다. 그중 엄마가 둘째딸에게 보내는 작별인사와 마지막에 엄마의 엄마와 조우하는 장면은 무척이나 특별하다.

아이들 때문에 나를 잃어버리고도 마음껏 찾아보지도 울어보지도 못한 게 너였어. 사랑하는 내 딸. 몸이 내 뜻을 따라주지 않았으나 정신이 맑을 땐 네 생각을 많이 했구나. 이제 걸음마를 뗀 막내까지 세 아이를 길러야 할 너를, 네 인생을. (……) 네가 아이를 안고 시골집에 왔을 때, 신발을 벗으면서 어마, 내가 양말을 짝짝이로 신었네, 하고 웃을 적에 이 에민 가슴이 미어졌어야. (……) 자, 얘야. 머리를 들어보렴. 너를 안고 싶어. 나는 이제 갈 거란다. 잠시 내 무릎을 베고 누워라. 좀 쉬렴. 나 때문에 슬퍼하지 말아라. 엄마는 네가 있어 기쁜 날이 많았으니.(223쪽)

내 새끼. 엄마가 양팔을 벌리네. 엄마가 방금 죽은 아이를 품에 안듯이 나의 겨드랑이에 팔을 집어넣네. 내 발에서 파란 슬리퍼를 벗기고 나의 두 발을 엄마의 무릎으로 끌어올리네. 엄마는 웃지 않네. 울지도 않네. 엄마는 알고 있었을까. 나에게도 일평생 엄마가 필요했다는 것을.(254쪽)

『엄마를 부탁해』는 이처럼 모성을 순수-증여의 윤리의 가장 높은 경지로 설정한다. 엄마에서 딸로, 또 엄마에서 딸로 이어지는 이 모성은 즐겁기 위해서 선택하는 것이 아니라 도리이다보니 행하다보면 힘들기도 하지만 더 많이는 무한한 즐거움을 맛보게도 하는 것이다. 이렇게 모성이라는 순수-증여의 정신은 본능적으로 주어지기도 하고 이렇게 엄마와 딸의 관계를 통해 계승되기도 한다. 엄마가 딸을 위무하고 또 딸은 엄마에게 위로받는 이 순수-증여의 장면들은 너무 높은 곳에서 이루어지는 행위들 같지 않은가. 이러한 시간 너머의 시간을 암시하는 듯한 숭고하고 장엄한 합일의 장면을 창조했다는 것만으로도 『엄마를 부탁해』는 위대하다는 칭호를 받아 마땅하다. 그러니 우리 앞에 또 한 편의 위대한 명편이 탄생했다고 해야 하리라. 『엄마를 부탁해』이다.

(2009)

우리 시대의 비극
— 김영하 소설을 통해서 본 민주화 이후의 한국문학

1. 교환가치라는 유령과 김영하 소설의 위치

김영하의 「엘리베이터에 낀 그 남자는 어떻게 되었나」(이하 「엘리베이터」)라는 소설이 있다. 그런가 하면 역시 김영하의 『빛의 제국』이라는 소설도 있다. 이 두 소설에는 모두 자동인형처럼 살아가는 존재들이 뜻밖에 타자 혹은 실재와 외상적으로 마주치는 순간이 그려져 있어 인상적이다. 예컨대 「엘리베이터」의 '나'는 아무런 예고도 없이 전날과도 다르고 내일과도 분명 다를 특별한 날을 맞이한다. 면도기가 부러지고, 그 바람에 면도는 반만 하고 출근을 하게 된다. 한데 그날이 결정적으로 특별해진 것은 십오층에서 일층으로 뛰어내려오면서 "엘리베이터는 문이 열린 채로 육층과 오층 사이에 걸쳐 있었고 엘리베이터 아래로 사람의 다리 두 개가 대롱거리고 있"[1]는 장면을 목격하면서부터이다. '나'는 119에 신고하

---

1) 김영하, 「엘리베이터에 낀 그 남자는 어떻게 되었나」, 『엘리베이터에 낀 그 남자는 어떻게 되었나』, 문학과지성사, 1999, 102쪽. 이 글에서 인용되는 김영하의 텍스트는 다음과 같다. 『나는 나를 파괴할 권리가 있다』, 문학동네, 2005(개정판);『호출』, 문학동네, 1997;『엘리베이터에 낀 그 남자는 어떻게 되었나』, 문학과지성사, 1999;『아랑은 왜』, 문학과지성사,

려 하지만 결국 하지 못한다. 혼자 힘으로 구하려 하나 힘에 부칠 뿐 아니라 출근시간에 늦었고, 아파트 경비원은 순찰중이고, 핸드폰을 빌리려 했으나 거절당했고, 중요 안건을 보고해야 하고, 그리고 결정적으로 전화를 하고 연락을 해도 내가 목격한 그것을 아무도 믿어주지 않기 때문이다. "어쩐지 모든 일이 뒤틀려간다는 느낌이"(「엘리베이터」, 『엘리베이터』, 101쪽) 드는 그날 '나'는 상징화에 의해 가려진 실재(혹은 상징화에 저항하며 존재하는 무시무시하고도 매혹적인 실재), 그러니까 현존재들이 얼마나 타인에 대한 잔혹한 무관심 속에서 살아가고 있는가를 발견한다. 『빛의 제국』도 사정은 마찬가지이다. "튀면 안 된다"는 스파이식 정언명령을 누구보다도 철저하게 내면화해 이제는 자신이 남파간첩인지조차 잊고 사는 김기영이라는 인물에게 어느 날 갑자기 어딘지 알 수 없는 곳에서 귀환명령이 전달된다. 그리고, 김기영 역시 모든 일이 뒤틀려가기 시작한다. 그는 더할 나위 없이 견고해 보였던 일상의 리듬이 속수무책으로 깨져나가는 것을 느낀다. 갑작스런 귀환명령 단 하나에 그는 "이 세계의 모든 것이 이제 다른 방식으로 감각되는"(『빛의 제국』, 51쪽) 마성의 경험을 하게 된다. 즉 상징적 규범에 따라 억압했던 것이 타자의 외상적 개입에 의해 귀환하자 그들은 주체의 어떠한 번역에도 저항하는 사물과 만나게 된 것이다. 당연히 그는 어제와 전혀 다른 그가 되어 걷잡을 수 없는 불안과 공포상태에 빠진다. 물론 이 공포는 자신의 세계 내적 위치를 상실한 데 따른 것만은 아니다. 그는 자신이 스스로를 귀속시켰던 현실원칙으로부터 놓여나는 순간, 자기 안에 있으리라고는 생각지도 못했던 과잉의 열정, 기억, 야성, 질서화되지 않은 혁명적 에네르기, 창조적 혹은 비창조적 흥분 같은 것도 같이 발견한다. 이렇게 「엘리베이터」의 '나'와 『빛의 제국』의 김

2001; 『검은 꽃』, 문학동네, 2003; 『오빠가 돌아왔다』, 창비, 2004; 『빛의 제국』, 문학동네, 2006; 『퀴즈쇼』, 문학동네, 2007. 앞으로 인용할 경우 장편의 경우 제목명과 쪽수만을, 단편의 경우 소설명과 그 소설이 수록된 소설집의 쪽수만 밝힘.

기영은 우발적으로 실재와 조우한다. 이 상징적 규범 바깥의 실재야말로 자유와 대립하지 않을뿐더러 오히려 자유의 조건이지만, 이 두 인물들은 그것을 환대하지 않는다. 상징적 규범 바깥의 실재란 항상 전적으로 내면화할 경우 주체 전체를 파괴할 만한 괴상망측함을 지니고 있기 때문이다. 결국 이 둘은 실재의 현현을 부인하고 이전의 자신들로 돌아간다. 안타깝게도, 이 두 인물을 통해 우리가 배울 수 있는 것은 우리 스스로 갇힌 것이기에 현실이라는 감옥이 얼마나 견고하며 또 그런 만큼 이 감옥으로부터 나아가는 것이 얼마나 힘든가 하는 점이다. 이 두 인물을 통해 배울 수 있는 교훈은 이것만이 아니다. 그럼에도 불구하고 자동인형으로부터 벗어나 자유로운 주체로 살 수 있는 유일한 방법은 실재의 외상적 개입이 가져올 공포를 견뎌내는 것, 그러니까 외상적 마주침에 의해 개방된 공간을 주체의 우발적인/부적절한 상징화들/번역들로 채워넣는 일뿐이라는 것.

그런데 이처럼 갑작스레 실재와 외상적으로 마주치는 경우가 단지 「엘리베이터」와 『빛의 제국』의 인물들만은 아닐 터이다. 때로는 한 사회 전체가, 또 때로는 전 세계가 괴상망측한 실재와 마주치기도 한다. 그러면서 우리는 우리가 현실의 전부라고 믿는 상징적 현실이 사실은 그 얼마나 자의적이며 비실재적인가를 깨닫는다. 지젝이 적절하게 지적했듯 지난 세기 전환기에 우리 모두를 공포에 떨게 했던 밀레니엄 버그나 또 21세기에 현실세계 전체를 충격적으로 균열시켰던 9·11 같은 경우가 이에 해당할 것이다. 그런 사건을 만날 때마다 우리는 그 충격으로 정신적 공황에 빠지곤 한다. 하지만 대부분의 경우 우리는 그 공황상태를 견디면서 현실 바깥의 실재를 현실의 영역으로 끌어들여 우리의 현실의 외연을 넓히지는 못한다. 기껏 도피해온 상징적 현실로부터 벗어나는 것이 두렵기 때문이다. 대신 우리는 현실 속으로 재빨리 도피해오곤 한다. 우리가 그 큰 사건들을 목도하고 공포에 빠졌음에도 불구하고 여전히 이전의 그 상태와 다르지 않은 것은 아마도 이 때문일 것이다.

우리 사회라고 이런 외상적 사건이 없을 리 없다. 우리 사회 역시 아버지의 이름으로 상징적 규범을 지켜내려는 존재들과 그 상징적 규범을 내파하여 무시무시하면서도 매혹적인 실재를 보다 폭넓게 전유하려는 존재간의 치열한 쟁투와 긴장 속에서 여러 큰 사건들이 발생한 바 있다. 그리고 우리는 그 사건들이 만들어내는 큰 파장들을 온몸으로, 그야말로 온몸으로 경과하며 오늘날에 이르러 있다. 무슨 큰 사건이 터질 때마다 우리는 매번 "이 세계의 모든 것이 이제 다른 방식으로 감각되는" 황홀경과 공포를 맛보았다. 하지만 대부분의 경우 그것이 황홀경이건 공포이건 그 무엇이건 간에 그 흥분상태를 견디기 힘들어 쏜살같이 현실 속으로 되돌아오기 일쑤다. 그래도 그나마 다행인 것은 그 황홀경과 공포를 견뎌낸 보다 용기 있고 결단이 강한 존재들이 있어 어떤 사건을 겪을 때마다 현실과 실재 간의 간극이 조금씩 줄어드는, 그러니까 결정론적인 인과론의 연쇄고리가 파열됨으로써 기호작용이 복수적 의미화의 공간을 열어젖히게 되는[2] 행운을 누릴 수 있었다는 점이다. 그렇게 1987년 드디어 민주화를 쟁취하기에 이르렀다. 그 결과 우리는 1987년 이후 원인과 결과 사이에 오로지 하나의 인과율만을 강제했던 사회에서 여러 우발적이고 자의적인 인과율을 찾아나가는 사회, 바로 민주화 사회로 명실상부하게 접어들 수 있었다. 그렇다. 민주화 사회였다. 수많은 하위주체들의 피와 땀과 양심과 지혜로 만들어낸 민주주의 사회였다. 물론 1997년 IMF로 대중의 공포 혹은 공포의 대중이 급격하게 늘었지만, 또 인터넷이라는 매체를 중심으로 자유로부터 도피하려는 집단적인 조짐이 없었던 것은 아니었지만, 그리고 눈 밝은 한 정치학자는 이미 오래전에 "나는 민주화 이후 한국 사회가 질적으로 나빠졌다고 본다"[3]라고 경고한 적이 있지만, 그렇지만

---

2) 슬라보예 지젝, 『전체주의가 어쨌다구?』, 한보희 옮김, 새물결, 2008, 94쪽.

3) 최장집, 『민주화 이후의 민주주의』, 후마니타스, 2005(2판), 9쪽. 인용문은 이 책의 초판 (2002) 서문에 들어 있는 구절이다.

하위주체들에 대한 배려를 무엇보다 핵심적인 과제로 하는 1987년의 민주화 이념이 스러질 기운이나 예후 같은 것은 없었다. 그런데 2007년 말, 그러니까 민주화 이후 꼭 이십 년 만에 한국사회에는 오직 하나 경제 발전과 국토 개발만을 내세우는 60, 70년대의 국가독점 자본주의적 유령이 출몰하더니 쉽지 않게 정권을 잡아버렸다. 그리고 대중의 공포(혹은 공포의 대중)를 활용하여 강력하게 60, 70년대로의 회귀를 추진하고 있다. 이 유령을 본 후 좌우를 둘러보니 정말 제도상의 민주화만 있을 뿐, 1987년 당시의 정신이나 윤리, 그리고 열정은 어디에도 없다. 일찍이 지젝은 칸트의 표현을 빗대어 "정치 없는 윤리는 공허하고 윤리 없는 정치는 맹목이다"[4]라는 표현을 쓴 적이 있는데, 현재 우리의 민주화가 바로 이 형국이다. 공허하거나 맹목적이다. 이 공허와 맹목이 죽은 유령을 불러왔음은 물론이며, 이제 이 점은 충분히 반성되어야 한다.

아니, 이 정도의 의례적인 점검이나 반성 가지고는 안 된다. 『빛의 제국』의 김기영처럼 근본적이어야 한다. 우리는 우리 앞에 현전한 60, 70년대 국가자본주의적 유령을 두고 "누가, 왜, 하필이면 지금 이런 명령을 내렸는가"(『빛의 제국』, 40쪽)를 따져봐야 한다. 말하자면 모든 것을 다 따져보아야 한다. 보다 구체적으로 말하자면 1987년 민주화 이후 도대체 무슨 일이 있었는지, 어디서부터 공허와 맹목이 시작되었는지, 그 공허와 맹목의 발생론적 기원은 무엇인지, 그리고 우리 스스로가 지젝이 "사람들은 뭔가를 바꾸기 위해 행동할 뿐만 아니라 어떤 일이 발생하지 않게 하기 위해서 행동할 수도 있다"는 의미로 말한바, 가짜 행위(false activity)[5]를 반복한 것은 아닌지, 그러는 한편 비록 충분히 주목되지는 않았지만 이 시기에 공허와 맹목을 훌쩍 뛰어넘는 진정한 행동의 모델을 찾았던 경

---

4) 슬라보예 지젝, 『전체주의가 어쨌다구?』, 240쪽.

5) 슬라보예 지젝, 『HOW TO READ 라캉』, 박정수 옮김, 웅진지식하우스, 2007, 44쪽.

우는 없었는지 등을 일일이 따져보아야 할 때인 것이다. 『빛의 제국』식으로 말하자면 "왜, 하필이면 지금" 이런 유령을 귀환시켰는지 '또 그 유령을 통해 말하고자 하는 바가 무엇인지'를 따져보아야 한다. 그리고 그것이 있어야 할 자리로 돌려보내주어야 한다.

만약 이처럼 민주화 이후의 한국사회를 다시 되짚는 것이 절실한 과제라면, 이때 우리가 단연 주목해야 할 작가는 김영하이다. 모든 개인이 사회적 관계의 총화이고 또 모든 작품에 그 사회적 관계가 불균등하게나마 반영되어 있다는 느슨한 이유 때문에 김영하 소설에 주목하자는 것은 물론 아니다. 보다 중요한 이유는 김영하만큼 소설에 민주화 이후의 한국문학사가 가지는 의미가 첨예하게 기입되어 있는 작가가 없기 때문이다. 김영하 소설은 민주화 이후 한국사회의 흐름과 어느 누구의 소설보다도 예각적으로 상동성을 이룬다. 조금 앞서가거나 조금 뒤처지기도 한 경우가 없는 것은 아니겠으나, 김영하의 소설은 민주화 이후 한국사회의 역사적 변동과 때로는 대칭적 관계를 이루며 또 때로는 비대칭적인 관계를 이루며, 나란히 간다. 아마도 작가 김영하가 『빛의 제국』의 한 인물의 경우처럼 "미행의 윤리"(『빛의 제국』, 230쪽)에 충실한 작가였기 때문이리라. "본질적으로 미행은 고행이었다. 목표가 정해지면 전 존재가 그것에 고정되었다. (……) 그는 온 신경을 곤두세운다. (……) 그럴 때면 온몸의 땀구멍이 활짝 열리는 기분이다."(『빛의 제국』, 230쪽) 김영하는 그렇게 "온몸의 땀구멍"을 "활짝 열"어놓고 목표를, 그러니까 좀처럼 방향을 알기 힘든 시대의 흐름을 뒤쫓았던 셈이다. 이 "미행의 윤리"는 헤겔이 말한 주인과 노예의 변증법을 닮아 있기도 하고, 벤야민이 말한 원작자와 번역자의 관계와 유사성이 있다. 주인과 원작자는 즉흥적일 수 있지만 노예와 번역자는 주인과 원작자의 의도를 총체적으로 재구성하지 않을 수 없다. 그런 까닭에 김영하의 소설은 무목적적으로, 또 때로는 목적도 없이 합목적적으로 흘러가는 시대의 운동성을 총체적인 문맥 속에서 맥락화

할 수도 있었고, 다른 한편 그 시대의 담론을 통해 이전의 담론에 의해 쓸
모없는 실존 혹은 사물로 전락했던 것들을 전혀 새롭게 읽어올 수도 있었
고, 또 때로는 그것에 의해 배제되고 은폐된 실재들을 현실적 맥락 속에
귀환시킬 수도 있었다. 김영하의 소설이 민주화 이후 줄곧 누구보다도 먼
저 새로운 사물을 발견하고 새로운 세계상들을 발명할 수 있었던 것은 바
로 이와 관련이 깊다고 할 수밖에 없다. 한마디로 김영하는 민주화 이후
한국문학의 방향을 앞서 개척해간 작가 중 바로 그 한 명인 것이다. 뿐만
아니다. 이제 앞으로 차차 지적하겠지만, 김영하는 그처럼 한국문학의 방
향을 앞서 이끌면서도 지금 우리 앞에 출몰한 유령을 예감하고 있을 뿐만
아니라, 그 유령을 그것이 있어야 할 자리로 되돌릴 수 있는 구체적 가능
성을 제시하고 있기도 하다. 그러므로 우리가, 지금, 느닷없는 큰 타자 혹
은 실재의 외상적 개입으로 인해 깊은 혼란에 빠져 있고 그래서 그 혼란
의 심연을 읽어내기 위해 민주화 이후 한국문학을 되짚어보아야 한다면,
김영하야말로 가장 적합한 대상이 아닐 수 없다.

한국문학의 사정에 좀 밝은 독자라면 이렇게 반문할 수도 있겠다. 1995년
에 등단한 작가를 1987년 이후 한국문학을 대표하는 작가로 지목하는 것
은, 1987년 이후부터 1995년까지의 문학사적 흔적과 업적을 지나치게 폄
훼하는 것은 아닌가 하고. 있을 법한 질문이다. 김영하는 1995년 「거울에
대한 명상」을 통해 '미학적 현대성'을 구현했다는 화려한 평가를 받으며
문단에 얼굴을 내밀었지만, 그는 동시에 『무협학생운동』(1992), 『대권무
림』(1992~1993), 『흐르는 벽』(1993~1994)의 저자이기도 하다. 또 김영
하는 『흐르는 벽』 연재에 앞서 "제가 써나갈 이 글은 1996년 초에 한반도
를 배경으로 펼쳐질 한 조그만 꿈에 대한 이야기입니다. 우리 자신일 수
도 있고 아닐 수도 있는 두 남녀 주인공의 삶을 통해 우리의 현재와 미래
를 조망해보려 합니다. 그리하여 한번쯤 한반도의 재통일이 우리에게 어
떤 의미를 가지고 있는지 살펴보고 그 과정에서 겪어야 할 통과의례들을

독자와 함께 생각해보고자 합니다. 통일은 열락이기도 하면서 고통이기도 할 것입니다. 우리 내부와 외부에 시퍼렇게 살아 있는 모순들을 직시하는 것이 그 열락과 고통의 차이를 줄이는 길이 아닐까 생각합니다"[6]와 같은 말을 힘주어 강조해놓고 있기도 하다. 말하자면 김영하는 비록 1995년 전혀 새로운 세계상을 들고 작가의 길에 들어섰지만, 그전에는 민주화 이후 한동안 한국문학을 주도했던 정치적인 것에 대해 넘치는 관심을 공유하고 있었던 것이다. 이런 점을 감안한다면 김영하야말로 민주화 이후의 한국문학을 말하는 데 한 치의 모자람도 없을 것이다. 그는 민주화 이후 한국문학의 살아 있는 표상이자 걸어다니는 역사이다.

그렇다면 이제 우리에게 주어진 일은 김영하 소설을 되짚어보는 것이다. 김영하 소설이 걸어간 길을 따라가며 민주화 이후 한국문학의 특이성과 가능성, 그리고 어떤 과잉과 결여를 되짚어보도록 하자.

2. 사물의 발견과 '정치적인 것'의 배제

초기작부터 김영하 소설의 중핵을 이루어온 것은 단연 근대/현대라는 불가항력의 수레에 탑승한 현대인들의 고독과 권태, 환멸과 허무, 페티시즘과 페시미즘의 문제이다. 등단작 「거울에 대한 명상」에서부터 출세작 『나는 나를 파괴할 권리가 있다』를 거쳐 최근작 『퀴즈쇼』에 이르기까지, 김영하 소설은 줄곧 이 영토 주위를 맴돌고 있다. 아마도 김영하에게는 이 문제가 바로 블랑쇼가 말하는바, "한 권의 책에서 시작한 것을 다른 책에서 다시 시작하거나 또는 파괴해버"리게 하는 어떤 결여 지점인지도 모르겠다. 하여간 김영하의 소설은 고향 없이 태어나서 어느 곳에도 귀의(혹은 귀속)할 수 없는 현존재들의 고통스러운 소멸과정과 사물에 대한 강박적 집착 등에 강박적으로 집착한다. 이를 이 시대의 핵심적

---

6) 김영하, 「연재의 말」, 『뉴스메이커』 41, 1993년 4월 16일자, 89쪽.

인 병증으로 읽어낸 까닭일 터이다. 물론 이러한 일관된 문제의식을 두고 김영하의 소설이 지나치게 최첨단의 삶의 풍속만을 좇아 현실의 총체성을 외면한다는 평가도 있을 법하고, 또 이 선험성 때문에 김영하의 소설 전체가 어떤 차이도 없는 지루한 반복이 아닌가 의심하는 것도 가능하다. 하지만 초기작부터 이루어지고 있는 김영하의 문제틀을 두고 그렇게 말하는 것은 등단 당시 김영하식의 문제틀이 지닌 혁신성 혹은 전복성을 지워버리는 일에 해당하며, 또 김영하 소설 내부에서 시시각각으로 행해지고 있는 자기 혁신에 따른 변증법적 지양과정을 덮어버리는 결과를 낳는다.

김영하의 문제틀은 그 출발부터 선험적이지 않았고 또 지금도 그렇다. 그것은 『무협학생운동』『대권무림』『흐르는 벽』을 쓰면서 이루어진 내적 필연성의 결과물이다. 『무협학생운동』 등은 비록 김영하 스스로 "주문한 것 이외에는 쓸 수 없었으며, 또한 금기사항이 너무나 많"아서 결과적으로 "근대소설이 아닌 근대소설 전단계의 이야기이거나 로망"[7]에 그치고 말았다고 평한 소설이고, 또 실제로 무협소설이라는 장르적 규약에 충실해서 김영하만의 자의식을 찾아보기는 힘들지만, 그렇다고 하더라도 이 소설들은 당시만 해도 여전히 현대를 바라보는 단 하나의 시선으로 자리잡고 있었던 80년대적 시대정신에 김영하 자신이 얼마나 매혹당했었는지를 확인시켜주기에는 충분하다. 『무협학생운동』 당시의 김영하는 무협소설이라는 장르의 규약을 빌려 "모더니즘적 세계관보다는 차라리 무협지적 세계관에 가까운 당대의 현실", 보다 구체적인 표현을 빌려보자면 "원시적인 고문이 횡행하고 수천 명이 한꺼번에 감옥에 갇히는가 하면 기찻길 옆과 바닷가에서 의문의 주검들이 잇따라 발견되었다. 이런 야만적인 압제에 대항하여 수많은 젊은이들이 학생회관 옥상에서, 대강당 지붕에

---

7) 김영하/류보선, 「죽음, 그 아름답고도 불길한 유혹」, 『나는 나를 파괴할 권리가 있다』, 169쪽.

서 밧줄 하나에 몸을 의지하며 싸웠던 시절"[8]을 표현하는 데 아무 망설임이 없었다. 특히 『무협학생운동』은 "그는 그가 무엇을 행하고 있는지 잘 안다. 그럼에도 불구하고 그것을 행한다"[9]는 비극적 (신화의) 형식을 취하고 있다는 점에서 인상적이다. 『무협학생운동』 등의 등장인물들은 보다 높은 필연성이 다른 것도 아닌 내 존재의 윤리적 요체를 배반하게끔 강제하는 상황에 위치해 있는데도 머뭇거리거나 하지 않는다. 말하자면 『무협학생운동』 등은 "이 싸움은 이길 수 없다는 걸 안다. 그럼에도 불구하고, 아니, 그래서, 끝까지 싸워야 한다"는 식의 비극적 형식을 취하고 있는데, 이는 김영하가 80년대적 파토스를 보다 높은 필연성으로 혹은 거부해서는 안 되는 윤리적 명령으로 받아들였다는 것을 의미한다.

하지만 장르소설이면서 동시에 알레고리소설이기도 한 『무협학생운동』 등을 써나가면서 김영하는 이러한 80년대의 문제틀에 충실하면 충실할수록 변화하고 요동하는 실재로부터 멀어져가는 역설적인 상황에 빠져든 것으로 보인다. 그것은 『무협학생운동』이 정치나 학생운동 등 현실의 한 부분을 특화시킨 탓이기도 하지만 보다 궁극적으로는 80년대 상징적 규범이 문명 속의 불만(불안) 같은 문제를 천재적으로 은폐시킨 자리에 형성되어 있었기 때문이다. 결국 김영하는 김정일의 죽음과 남북국가연합의 형성이라는 가상적 상황을 흥미롭게 그려낸 『흐르는 벽』에 이르러서는 분단이라는 상황도 그렇지만 통일의 염원이라는 것 역시 자유롭고자 하는 개인들을 억압하는 기제로 작동하고 있음을 지적하기 시작하며, 더불어 민족 주체성이나 계급 모순 등으로 설명되지 않는 이해하기 힘든 다양한 현존재들에 시선을 주기 시작한다.

그 순간 김영하는 자신이 살고 있는 시대가 '무협지적 세계'가 아니라

---

8) 김영하, 「작가 후기」, 『무협학생운동』, 아침, 1992, 264쪽.
9) 슬라보예 지젝, 『전체주의가 어쨌다구?』, 32쪽.

'모더니즘적 세계'가 아닌가 회의하는 것처럼 보인다. 하지만 그 회의는 오래가지 않는다. 김영하의 소설은 곧 당시의 시대를 모더니즘 적 세계로 규정하기에 이른다. 예컨대 "역사와 시대와 민족 등의 개념틀은 이미 90년대를 살아가는 인간들에게서 떠나버렸"으며 오히려 "자동차와 컴퓨터의 끊임없는 버전업 욕망이나 삐삐 증후군 등은 이전의 어느 개념틀보다 현대인의 삶을 효과적으로 파악할 수 있는 매개체"[10]라고 말하기 시작한 것이다. 김영하의 말에 따르자면 이렇다. 1994년경까지 우리의 현실은 '무협지적 세계'였다. 한데, 1995년이 되자 갑자기 모더니즘적 세계가 되었다는 것. 이 말에 따르자면 바로 그 시기에 시대가 단절될 만한 바디우적 의미의 사건이라도 있었다는 것인데, 우리의 연대기에 그럴 만한 큰 사건이란 없다. 아마도 세상을 보는 눈이 달라진 것이리라. 아니면 이 세상을 파악하는 역사지리지가 다른 어떤 것으로 전치된 것이리라. 세상을 보는 눈이 달라지면 마치 시대가 바뀐 것처럼 보인다. 니체의 말처럼 인식하는 것은 곧 도식화하는 것이다. 그러므로 도식이 바뀌면 세상 전체가 전혀 다른 것이 된다. 김영하에게도 이런 일이 일어났으리라. 한데, 김영하는 세상 전체가 바뀌었다고 생각한다. 그리고 전 시대는 '무협지적 세계'였기 때문에 패배할 줄 알면서도 어떤 보다 큰 목적과 필연성에 목숨을 걸고 행동하는 삶이 가능했지만, 이 '모더니즘적 세계'에서는 오로지 자동차나 컴퓨터, 삐삐 같은 물질이 인간의 의식을 결정하기 때문에 민족, 민중, 분단, 계급 모순 같은 것들은 현존재들에게 아무런 구속력도 의미도 없어졌다는 것. 이제 오로지 현존재들은 문명이라는 억압체계 속에서 "목적 없이 살아가"고 있으며 그 무의미와 공허를 채우기 위해 (거울 없는) 나르시시즘, (상대가 없는) 섹스 등에 병적으로 탐닉하고 급기야는 죽음충동에 들려 산다는 것. 이 시기 김영하의 문학에서 나타난 이런 전

---

10) 김영하/류보선, 같은 글, 170~171쪽.

회는 뭔가 좀 자연스럽지 못하고 논리적 정합성 같은 것이 약한 것이 사실이다. "믿으라. 혁명 비슷한 사건도 없었지만 시대가 바뀌었다. 보라. 자동차 없이 컴퓨터 없이 민족, 계급, 통일을 둘러싸고 쟁투를 벌이던 무협지적 세계는 갔고, 대신 자동차나 컴퓨터가 일반화되자 인물들은 그것에만 관심을 쏟는 도구로 전락했다. 그러니 정치에 대해 통일에 대해 역사에 대해 말하지 마라. 또 저 말하지 못했던 존재들의 말을 들어주고, 대신 옮겨주고, 또 그들과 같이 해방된 공동체를 건설하자는 따위의 말은 다 시대착오적이다. 소외되고 침묵을 강요당하는 존재들마저도 이제 그런 사회에는 관심이 없다. 오로지 이 시대는 사물에 혼을 빼앗기고, 그러면서 빼앗긴 줄도 모르고, 무의미한 섹스를 반복하고, 혹 사물이기를 거부하는 자들은 자살충동 속에서 살아가는 자동인형들만이 살고 있으니 그것에 관심을 가져야 시대정합성을 띨 수 있다"는 식이다. 아니, 이는 당시 김영하의 전략적 수사를 너무 곧이곧대로 받아들인 것인지도 모른다. 이때의 김영하가 말하고자 했던 것은 "제발 좀 변화된 세상을 보라. 선과 악이 선명하게 대립하는 무협지적 세계에 사물이 외삽되면서 선과 악, 진실과 거짓, 민주세력과 독재세력, 부르주아와 프롤레타리아, 통일세력과 반통일세력 간의 경계가 흐트러졌지 않았느냐. 그러니 자신이 어떤 계급인지조차를 알지 못하는 대중의 공포 혹은 공포스러운 대중을 감안하여 정치운동을 펼쳐야 할 단계가 되었다. 그런 정치운동을 할 때다. 지금은!"이라는 것일 수도 있다. 김영하가 어떤 지점에서 사물의 주인공화와 인간의 도구화를 현대의 중핵으로 설정하게 되었는지는 확인할 길이 없다. 다만 김영하의 소설이 더이상 정치적인 것들을 호명하지 않는 것으로 보아 전자의 입장이지 않을까 예측할 수 있는 것이다. 아니, 후자의 입장일 수도 있다. 당시의 정치운동이 워낙 무협지적 세계관으로 충일해 있어 그 견고한 벽을 해체하기 위해서는 이런 극단적인 전략이 필요했는지도 모른다. 그것도 아니면 사물화된 존재들과 정치적인 것을 의미 있게 병존시키는 데 있어 큰 곤란을 느끼고 있었을지도 모를 일이다. 하여간 김영하는 무엇보다도 사물의 주인공화와 인간의 사물화가 현대인이 앓고 있는 병 중 가장 치명적인 질환이라고 판단한 것처럼 보이며, 그러므로 당연히 김영하의 소설은 그 질환을 집중적으로 재현하면서 동시에 비판하는 양상을 취한다.

김영하의 사물의 주인공화 현상에 대한 관심은 이런 복잡한 경과를 거친 끝에 이루어진 것임은 물론이다. 하지만 여기서 하나 주목할 것이 있다. 바로 김영하가 사물의 주인공화를 시대의 본질적인 증상으로 확정하는 그 선택의 과정에서, 정치적인 것에 대한 관심과 정치적인 행위의 의미와 가치 같은 것들은 배제된다는 점이다. 물론 그렇다고 해서 정치적인 것에 대한 관심, 그러니까 공동체를 향한 열정이나 역사의 주인이고자 하는 인간 주체의 의지 등이 모두 흔적도 없이 명멸하는 것은 아니다. 그것은 인간의 도구화라는 문제틀과 대결하고 길항하여 또다른 문제틀로 지양되지 않았기에 원본 그대로 어딘가에 남아 있다. 우리에게 잘 알려진 전쟁-기계의 말을 빌리자면 그것은 죽지 않는다. 다만 사라질 뿐이다. 모든 억압된 것이 그러하듯이 어딘가로 사라져서 움츠리고 있을 뿐이다. 그리고 이것은 라캉 식으로 말하자면 나누어지지 않는 잔여물이 되어 작가가 문득 자신의 세계상에 대해 회의를 느낄 때, 아니면 걷잡기 힘든 열정 속에 빠져 있을 때, 그 틈을 비집고 나와 나름대로의 흔적을 남기게 된다. 이런 점을 감안한다면 김영하 소설의 문제성을 규명할 때에는 그 문제성이 김영하의 정치적 의식에 의한 것이냐 아니면 문득 순간적으로 흔적을 남기고 사라진 80년대적 시대정신이라는 잔여물의 개입에 의한 것이냐 하는 것을 따져볼 필요가 있는 셈이다.

사정이야 어찌되었든 이런 복잡한 과정을 거쳐 한 사람의 위대한 모더니스트가 탄생했다. 바로 김영하이다.

3. 오이디푸스형 비극과 햄릿형 비극

어떤 측면에서 보자면 김영하는 태생적인 모더니스트라기보다는 다분히 강박적인 모더니스트이다. 김영하는 일종의 전향작가이다. 전혀 다른 세계상을 버리고 모더니즘을 선택한. 때문에 김영하의 소설에는 초기작에서부터 정치적인 것에 대한 관심, 역사적 상황이나 맥락, 계급관계, 향수, 자연에 대한 숭고 같은 것들이 강박적으로 배제되어 있다. 대신 현대라는 거대한 수레바퀴 속에서 사물의 노예로 전락한 현존재들의 모습이, 그리고 그들의 처절한 몰락이 집중적으로 묘사된다. 그런 까닭에 김영하의 소설은 초기작부터 비극적이며 동시에 신화적인 형식과 유사한 측면이 있다. 최근 테리 이글턴은 현대의 비극 전반을 다룬 의욕적인 저서의 한 부분에서 모더니즘과 비극의 관계성에 대해 말한 적이 있다. 이는 김영하의 소설의 내적 형식과 그 의미를 살펴보는 데 대단히 시사적이다. 테리 이글턴은 "20세기에 비극은 죽지 않고 모더니즘으로 변화하였다"라고 전제하고, 특히 20세기 모더니즘과 신화적 비극 혹은 비극적 신화의 상사성에 주목한다. 즉 "얼마 전까지만 해도 자유로운 행위 수행자의 면모를 자랑하던 인간 주체는 다시 한번 어떤 신비스러운 힘의 노리개에 불과한 것으로 간주되"[11]기 시작하면서 근대사회와 더불어 명멸했던 신화 혹은 신화적 운명이 복귀하기에 이르렀다는 것. 그런데 김영하 소설이 바로 신화적 요소가 강한 것이 사실이다. 김영하 소설 대부분이 신화적 구조의 자장 안에서 움직인다. 그렇다고 이 말이 김영하 소설이 모두 동일하다는 것을 의미하는 것은 아니다. 비록 신화적이며 비극적이라고 하더라도 시기에 따라 작품에 따라 미세한, 그러나 근본적인 차이가 있다. 뿐만 아니라 앞에서 이야기했듯 작가가 백일몽의 상태에라도 빠질라치면 불균등하게 되살아나는 80년대적 시대정신과 감수성 덕에 김영하 소설이

---

11) 테리 이글턴, 『우리 시대의 비극론』, 이현석 옮김, 경성대학교 출판부, 2006, 364쪽.

그려내는 경우의 수는 무한히 늘어난다. 폭발력 또한 배가된다.

반복하자면 김영하 소설의 비극적 형식은 비록 선명하게 나누어지는 것은 아니지만 시기에 따라 어떤 변화를 보인다. 이는 나름대로 계열화하는 것이 가능한데, 김영하의 소설을 굳이 계열화하면 그것은 지젝이 비극적 형식을 분류한 틀과 묘한 대비를 이룬다. 지젝은 정신분석학과 신화와의 관계를 서술하는 어느 자리에서 비극의 세 가지 형식에 대해 말한 적이 있다. 지젝에 따르면 비극적 형식에는 세 가지가 있다. 1) 그는 모른다. 비록 그것을 행하고 있기는 하지만. 2) 그는 안다. 그러므로 그것을 행할 수 없다. 3) 그는 그가 무엇을 행하고 있는지 안다. 그러나 그럼에도 불구하고 그것을 행한다, 는 것이 그것. 1)은 짐작할 수 있듯이 오이디푸스 신화에서 따온 것으로 전통적인 영웅에게 들어맞는 경우이며, 2)는 햄릿을 설명하는 틀로 근대 초기의 주인공에 들어맞는 것이다. 그리고 마지막으로 3)의 경우는 '근대 후기의—우리 시대의—주인공에게 잘 어울리는 것'인데, 이러한 앎과 행동의 관계는 두 가지 대립되는 틀이 가능하다. 냉소와 숭고. 지젝은 "그래, 난 인간쓰레기야. 사기꾼에다 거짓말쟁이 맞아. 그래서 어쩌라구? 그게 인생이야!"라는 태도는 냉소의 그것으로, "내가 하려는 일은 나뿐만 아니라 가까운 이들과 사랑하는 이들의 안락한 생활까지를 파괴하는 참혹한 결과를 가져오게 되리라. 그러나 그럼에도 불구하고 나는 그것을 행해야만 한다. 그것이 엄연한 윤리적 명령이기 때문이다"[12]라는 태도는 숭고에 대응시킨다. 김영하 소설 전반은 지젝이 말한 바, 이 과정을 압축적으로 밟아나가는 것이 특징이다. 이는 그만큼 작가 김영하가 이 시대의 최종심급을 읽어내기 위해 혼신의 힘을 다하고 있다는 단적인 증거라 할 만하다.

김영하 소설에서 첫번째 드러나는 비극적 형식은, 우리가 쉽게 짐작

---

12) 슬라보예 지젝, 『전체주의가 어쨌다구?』, 31~32쪽.

할 수 있듯, 당연히 오이디푸스적 형식이다. 생의 출발점에서 우리 모두는 아무것도 모른 채, 아무것도 모르기에 용감하지 않은가. 세상에 대한 보다 많은 경험을 가진 자들이나 관객의 입장에서 보자면 뻔한 실패를 앞에 두고 목숨 걸고 좌절하고 몸부림치고 하는 것, 이것이야말로 청년의 비극 혹은 청년에게만 가능한 비극적 형식일 터이다. 이런 일반적인 경우가 아니더라도 김영하의 초기 소설은 오로지 역사적 필연성을 신봉하며 승리를 꿈꾸거나 각자의 실패를 발판 삼아 궁극적 승리를 이루려는 역사적 운동을 부정하고 대신에 사물에 현혹되어 모든 관계들로부터 단절된 인물들의 이야기, 그것도 그들의 소멸에 관한 이야기를 의도하고 씌어진 것 아니었는가. 그런 역사지리지에 의해 구축된 인물들인 만큼 김영하 초기 소설은 '비록 그것을 행하고 있지만 그는 모른다'는 구조를 취하고 있다. 해서 김영하의 초기 소설은, 김영하의 첫 작품집 해설자가 정확하게 짚어냈듯, 헌신-배신의 반복담[13]이다. (목숨을 걸고) 헌신하지만 (모두) 배신당한다. 이 헌신-배신 이야기야 새로운 것이 물론 아니다. 하지만 김영하의 초기 소설의 헌신-배신 이야기는 그야말로 충격적이고 전복적으로 다가왔던 것이 사실이다. 그것은 김영하 소설의 주인공들이 헌신하고 배신당하는 대상이 당시로서는 괴상망측했기 때문이었고, 또한 그 배신 후 그들의 행위 때문이었다. 김영하 초기 소설의 인물들은 숭고한 이상에 헌신하거나 아니면 타자를 자기화하고 자아를 타자화하는 자아실현의 과정을 통해 세계사적 개인으로 발전해가거나, 그것도 아니면 타자 윤리성을 통한 관계성의 구현 등을 위해 살아가지 않는다. 대신 그들은 사물에 헌신한다(「내 사랑 십자드라이버」「총」). 또 때로는 사회적 금기에 해당하는 근친이나 동성에게 헌신하거나(「손」「거울에 대한 명상」), 아니면 실체가 없는 (가상의) 공간이나 존재에 자신의 모든 것을 투

---

13) 김동식, 「김영하, 또는 배신의 수사학」, 『호출』 참조.

여한다(「삼국지라는 이름의 천국」「도마뱀」). 물론 자신의 행동이 어떤 맥락 속에서 이루어지며 어떻게 결과할지 모르기 때문이다. 사물들에 헌신하면, 자신의 생을 다 바치면, 자기가 원하는 목적을 실현할 수 있을 것이라고 믿는 것이다. 하지만 돌아오는 것은 배신이다. 사물들은 오로지 노예적 예속만을 강요할 뿐, 그들에게 어떤 것도 되돌려주지 않는다. 인간이라고 해도 사정은 다르지 않다. 그들은 원하기만 하면 들어갈 수 있는 가상의 공간이 제공하는 존재감과 귀속감 때문에, 혹은 사물에 자신을 맡김으로써 얻어지는 놀랄 만한 활력 때문에 흔쾌히 자신을 맡기지만, 돌아오는 것은 항상 텅 빈 공허 혹은 자기 파멸이다. 이렇게 김영하 초기 소설의 주인공들은 자기의 모든 것을 맡겨서는 안 되는 존재 혹은 사물들에게 헌신적으로 자신을 맡기고 자신의 정성이 받아들여지길 자기의 모든 것을 바쳐 기대한다. 돌아오는 것은 물론 배신이다. 헌신 끝의 배신이기에 이들의 고통은 처절하며 그만큼 복수심은 제어할 길이 없다. 길은 두 가지이다. 가해하거나 자해하는 길. 아니면 가해하면서 자해하기 혹은 자해하면서 가해하기. 그 결과 '헌신-배신-복수'로 이어지는 김영하의 초기 소설들에는 죽음이 난무한다. 그 대상이 누구건 자신의 전 존재를 걸었기 때문이고, 자신의 전 존재를 건 실천이 배신당했기 때문이다. 이 모든 것이 가능한 것은 그들이 그들을 둘러싸고 있는 더 큰 질서에 대해서 모르고 있기 때문이다. 사물의 힘을 빌려 자기 활동성을 맛보는 것은 곧 인간으로서의 마지막 자존과 자질을 지워버리는 것이며, 타인의 신체의 한 부분을 소유하는 것은 그와의 합일이 이루어지는 것이 아니라 영원한 이별이라는 것을 모르는 것이다. 모르기 때문에 헌신하고, 헌신하기 때문에 배신당하며 급기야 복수한다. 자기 자신을 포함한 불특정 다수를 대상으로.

페티시즘, 죽음충동, 나르시시즘 등으로 가득 찬 김영하의 초기 소설을 두고 "현재 우리 문학의 구도를 뒤흔들기에 충분한 폭발력을 내장하고 있다"[14]고 말한 바 있거니와, 이는 김영하의 초기 소설이 당시에 얼마나 전복적으로 읽혔는가를 보여주기에 충분하다. 감히 이렇게 말할 수도 있다. 김영하의 이 도발이 아니었더라면 아마도 문명 속의 불안, 모더니즘적 세계에 대해 말하는 것은 훨씬 더 시간이 걸렸을 것이라고. 하여간 김영하로 인해, 김영하 소설이 보여준 '미학적 죽음' 혹은 '죽음의 미학'으로 인해 우리는 좀더 빠르게 오래전부터 돌아왔어야 할 문명의 귀환을 맞이할 수 있었다.

하지만 김영하 초기 소설이 페티시즘, 죽음충동, 도구로 전락한 현대인 등을 통해 만들어냈던 비극은 그 표현의 강도에 비해 밀도가 떨어지는 감도 없지 않다. 다시 말해, 김영하의 초기 소설은 비극의 형식을 취하고 있기는 하나 개인의 능력 바깥의 초월적인 질서, 혹은 운명을 감지하게 하는 위대한 불행의 요소가 미약한 것이다. 이는 김영하의 초기 소설이 신의 계시, 영웅적 행동, 숙명적 패배로부터 멀어진 현대인을 다루었기 때문일 터이다. 하지만 그것이 전부는 아니다. 김영하 초기 소설이 비극성의 밀도가 옅은 것은 김영하 초기 소설이 놓인 자리 때문이고 또 김영하 초기 소설을 구축한 역사지리지 때문이다. 김영하의 초기 소설은 모름지기 사물에 현혹된 자들의 몰락 혹은 소멸에 관한 것 말고는 다른 것이 허여되지 않았다. 그래야만 80년대적 시대정신을 부정할 수 있었기 때문이다. 해서 김영하 초기 소설의 인물들은 사물의 도구로 전락하는 것에 저항하지 않는다. 아니, 저항하기보다는 스스로 사물이 되고자 헌신한다. 그러니 그것을 원하지 않고 원하지 않기에 몸부림을 쳤으나 더 큰 질서 때문에, 견고한 운명 때문에 그렇게 되고 말 때 발생하는 비극적 밀도가 상대적으로 미약한 것은 당연하다. 물론 몇몇 예외적인 순간도 있다. 80년대식 역사적 이성에 복무하는 인간형을 부정하고 오로지 불타는 욕

---

14) 남진우, 「나르시시즘/죽음/급진적 허무주의」, 『숲으로 된 성벽』, 문학동네, 1999, 274쪽.

망에 현혹된 90년대식 새로운 정념형 인간을 보여주기 위해 씌어진 것으로 보이나 그 불타는 욕망에 이끌린 자살이 결국은 교환의 시스템 전체를 내파함으로써 상징적 자살의 형식을 띠는 「거울에 대한 명상」의 경우[15]도 있고, 또 숭고한 혁명이 아닌 자발적 죽음에 헌신하는 인물들을 집중적으로 그려내 90년대적 인간형을 제시하고자 했으나 중간중간 타자와 합일에 대한 강한 열망을 내비침으로써 고독과 그 고독으로부터 벗어날 수 없다는 절망 때문에 죽음에 이르는 현대인들의 숙명을 자연스럽게 감싸안은 『나는 나를 파괴할 권리가 있다』[16]가 없는 것은 아니다. 하지만 전체적으로 보자면 김영하의 초기 소설은 80년대식 시대정신을 해체하고 부정하기 위해 사물의 주인공화, 인간의 사물화라는 문제를 지나치게 확대한 것이 사실이다. 결국 김영하의 초기 소설은 인간의 사물화라는 보편적인 세계상을 발명했음에도 불구하고 그를 위해 현대인이 겪는 그 처절한 고통, 그러니까 사물로 혹은 자동인형으로 전락하는 현대인의 공포와 전율을 슬그머니 괄호에 넣어버리는 결과를 낳고 만다.

하지만 이 지점은 김영하 소설의 종착점이 아니다. 단지 출발점인 것이다. 김영하의 소설은 곧 형질변화를 시작한다. 한국사회 전반에 어떤 전회가 있었기 때문이며 또한 작가 스스로 사물화되는 순간의 공포를 괄호 속에 넣어서는 안 된다는 것을 깨달았기 때문일 것이다. 90년대 중반 이후 군사독재의 잔여물이 사라지고 제도상의 민주주의가 서서히 자리를 잡으면서 한국사회에는 어떤 전회가 일어난다. 김영하가 예견했던바, 모더니즘적 세계가 급속하게 진행된다. 이제 인간의 사물화가 사회 전 영역에 걸쳐 나타난다. 아니, 이 말은 정확하지 않다. 비로소 처음으로 나타난

---

15) 김영하의 「거울에 대한 명상」의 이러한 해석에 대해서는 신형철, 「당신의 X, 그것은 에티카─김영하 백민석 배수아의 소설과 '윤리의 지형학'」, 『문학동네』 2005년 봄호 참조.
16) 『나는 나를 파괴할 권리가 있다』의 이러한 성격에 대해서는 졸고, 「자살의 윤리학」(『나는 나를 파괴할 권리가 있다』) 참조.

것이 아니라 사회적 병증의 핵심요소로 자라났다고 해야 하리라. 80년대 역사적 이성에 저항하기 위해 사물화된 인간들의 불행을 보다 극단적으로 내세웠던 것인데. 그것도 사물화된 인간들의 출현을 한편으로는 불안해하며 또 한편으로는 (자신의 입지점을 견고하게 해줄 현상이므로) 은밀히 반기기도 했던 것인데, 김영하는 자신이 예견했던 것보다 훨씬 더 빠르게, 보다 더 전방위적으로 사물화가 진행되는 것을 확인하게 된 셈이다. 그러니 김영하는 사물화된 인간의 탄생을 반복할 수는 없는 상황에 처한다. 김영하 소설에도 변화가 일어날 수밖에.

김영하는 이런 변화된 상황을 사물화된 인간이 느끼는 공포 같은 것을 표현하는 것으로 대응해나간다. 김영하의 초기 소설이 돌아온 사물화된 인간들에 대한 놀라움과 예찬으로 채워져 있다면, 이 단계에 이르러 김영하의 소설은 사물화된 인간들이 경험하는 공포와 고통, 혹은 고독과 권태 같은 것을 집중적으로 그려낸다. 다시 말해 김영하의 초기 소설에는 한 인간이 사물이 될 경우 그는 사물의 노예가 되어 사물의 명령을 기꺼이 따르는 존재로 되어 있다면, 『엘리베이터』에 수록된 소설들에는 사물화 속에서 공포와 전율을 느끼고 그것으로부터 끊임없이 벗어나려는 인물들이 집중적으로 그려지고 있다. 예컨대 그들은 막다른 골목에 갇힌 채 비상구를 찾아 질주하거나(「비상구」), 현실원칙을 어길 경우 타인의 눈에 보이지 않는 존재로 전락하면서도 현실원칙 바깥의 사랑을 꿈꾸거나(「고압선」), 큰 타자들에 의해 불온시되고 억압된 원장면의 기억을 되찾아 그 원장면을 반복하는 것으로 큰 타자에 맞선다(「피뢰침」). 하지만 이러한 모험과 결단은 모두 좌절한다. 몸부림치면 치면 칠수록 더욱 막다른 골목으로 접어들 뿐이며 급기야는 남에게 보이지 않는 존재로 전락한다. 『엘리베이터』의 인물들은 모두가 다 이중으로 구속되어 있는 존재들이다. 현실원칙 속에서 사는 것은 자동인형으로 사는 것이기에 고독하고 권태롭고 공포스럽다. 그래서 그것으로부터 벗어나려 모험을 감행하지만 그 모험은 큰

타자의 위력 앞에 번번이 실패할 뿐이다. 결국 그들은 벗어나지 않고서는 인간적인 삶이 불가능하고 벗어나려 하면 생존 그 자체가 불투명한 상황이 되어버린다. 이는 루카치가 소설의 주인공이 역사철학적으로 놓여 있는 상황이라고 말했던, 그러니까 성숙한 남성의 멜랑콜리의 상태를 연상시킨다. 물론 이중구속의 상태에서 현실원칙 속에서 사는 것보다 그곳에서 벗어나는 것이 그래도 가치 있다고 생각하고 떠나면 이는 문제적 개인의 자기 실현과정이 된다. 그러나 현재의 자기 정체성이 주는 안정감으로부터 이탈되는 것이 두려워 현재의 자기 자리에 머물면, 이는 현대적 비극의 형식이 된다. 즉 '그는 안다. 그러므로 그는 행할 수 없다'는 형식을 취하게 되는 것. 『엘리베이터』 단계의 김영하 소설의 주요 경향이 바로 이러하다. 그들은 행동으로 옮겨야 실패한다는 것을 알기에 행할 수가 없다. 행하지 못한다. 그래서 어떤 인물은 엘리베이터에 낀 사내를 보고도 결국은 그를 그 곤경으로부터 구해낼 행위를 실행에 옮기지 못하며(「엘리베이터」), 한 여자를 사랑하지만 맺어질 경우 그 사랑이 깨어질 거라는 두려움에 결국은 사랑의 열정을 거두어들인다(「어디에도 있고 어디에도 없는」). 또 쾌락원칙에 자신의 전 존재를 건 생애 최고의 모험 때문에 상징질서 바깥으로 추방된 한 사내는 끝내 자신의 존재 증명의 노력을 포기하고 투명인간의 상태로 살아가기로 한다(「고압선」).

그곳에서 그는 조용히 잠이 들었다가 아침이 되자 아무도 모르게 문을 열고 밖으로 나왔다. 집으로 돌아가고 싶지도 않았고 찾아갈 친구도 없었다.

종로에 들렀다가 탑골공원으로 갔다. 갈비와 물김치가 못 견디게 먹고 싶었다. 하지만 이룰 수 없는 꿈이었다. 할 수 없이 다른 사람들이 먹다 남긴 음식을 몰래 주워먹었다. 그러고는 행인들을 구경하며 그들의 얘기를 엿들으며 하루를 보냈다. 아무도 그를 쳐다보지 않았고 말걸지 않았다.

그런 날들이 계속, 계속되었다. 바로 오늘까지.

　　　　　　　　　　　　　　　—「고압선」,『엘리베이터』, 238쪽

　김영하는 이처럼 사물의 노예로 전락한 현존재들은 급기야 존재하면서
도 존재하지 않는 유령 같은 존재로 전락하고 말았다고 진단한다. 극한상
황 혹은 한계상황을 저회하고 있다고나 할까. 하여간 김영하의 현대에 대
한 조감도는 이처럼 어둡고, 현존재들의 존재방식에 대한 인식은 종말론
적이다.

　하지만 현존재들에 대한 이러한 김영하의 또다른 방식의 맥락화는 현
대라는 실낙원, 부조리, 그리고 연옥을 드러내기에는 효율적일지 몰라도
또다른 난맥상을 내포하고 있는 것이 사실이다. 우선은 김영하의 소설에
따르면 현대인들은 이런 극한상황 속에 살면서도 여전히 행하지 않는다
는 것인데, 과연 그것이 가능할까. 저토록 생의 최저지점으로 전락한 존
재가 자신의 고통, 자신의 분노에 대해 침묵한다는 것은 과연 가능할까.
이것은 혹시 김영하 소설이 여전히 모더니즘적 강박에서 자유롭지 못하
기 때문은 아닐까. 예컨대 '낙뢰' 체험을 같이 공유하는 커뮤니티는 가능
해도 생활인으로서의 분노를 표출하고 그 분노들을 모아 일종의 커뮤니
티나 공동체를 형성하고 하는 것에 대해서 여전히 시대착오적이라고 생
각하는 것은 아닐까. 그리고 두번째의 난맥상은 만약 김영하의 말대로 이
연옥을 견디기만 하는 존재들이 있다면 그들이 연옥을 견디는 것은 '그
들은 안다. 그러므로 그것을 행할 수 없다'는 메커니즘일까 하는 것. 만약
「고압선」의 작중화자처럼 최저지점으로 떨어져 있다면 어떤 것이든 행해
야 할 수밖에 없는 것은 아닐까. 아무리 자신의 행동이 실현될 수 없을지
라도 저 한계상황에서 아무런 행동도 하지 않는다는 것은 문제가 있는 것
은 아닐까. 만약 그럼에도 불구하고 가능성이 없다는 이유로 행동하지 않
는다면, 그렇다면 그들은 또다른 상징적 동일시 프로그램을 유지하고 있

기에 그런 최저지점의 생활을 견딜 수 있지 않을까. 마지막 남은 하나는 만약 현대인이 이와 같은 위기 속에서 살고 있다면, 정말로 그렇다면 우리 모두는 이 위기를 말하는 단계에서 벗어나 구원의 힘을 찾아야 하는 것은 아닐까 하는 것. 종합하자면 이렇다. 현대인이 이 부조리하고 극한적인 상황 속에서, 그야말로 삶의 최저점을 불행하다는 의식도 없이 살아가고 있다면 '그들은 안다. 그러므로 그것을 행하지 않는다'라는 문제를 대신에 보다 개연성이 높은 또다른 문제틀이 절실하게 필요하며, 동시에 이 극한상황으로부터 벗어날 수 있는 구원의 힘을 어디선가 찾아내야 한다는 것. 『엘리베이터』에 수록된 소설들은 비록 현대인들의 비극성에 보다 훨씬 더 근접했다 하더라도 이런 큰 과제를 자체 내에 안고 있다. 그런데 김영하는 김영하답게도 이 문제 모두를 밀고 나가 나름대로 해결하는 저력을 보여주는 것도 사실이다. 놀랍게도.

4. 역사적 실재와 실재의 윤리

어느 날 갑자기 김영하가 뜻밖의 소설을 들고 나온다. 『검은 꽃』이 그것이다. 『검은 꽃』의 탄생은 김영하 소설에 있어 일종의 단절이고 비약이다. 두 가지 점에서 그러하다. 하나는 최첨단의 생활세계만을 집요하게 형상화하며 현대인의 실존형식에만 시선을 고착하던 김영하의 소설이 1905년이라는 과거로 시선을 돌렸다는 점. 이는 단연 주목을 요한다. 앞서 살펴보았듯 김영하의 소설은 인간의 역사적 맥락에서 보는 시각을 부정하고 대신 문명사적 또는 모더니즘적 프리즘으로 바라보아야 한다는 점을 강력하게 역설한 바 있고, 또 철저하게 그런 맥락에서 현존재들의 실존형식을 형상화한 바 있다. 한데, 그랬던 것인데, 『검은 꽃』에 이르러 사정이 달라진다. 물론 김영하의 역사에 대한 관심이 역사적 총체로서의 인간에 대한 관심에서 촉발된 것은 아니다. 오히려 『검은 꽃』의 역사에 대한 관심도 김영하 특유의 문명사적 시각에서 촉발된 것으로 보인다. 『검은 꽃』이 1905년의 과거에서 읽어내고 싶었던 것은 근대성의 위력 같은 것이다. 마르크스의 말처럼 근대성이 "모든 고정된 것을 연기처럼 사라져버리"게 한다고 할 때, 『검은 꽃』 역시 그것에 대해 말하고 싶었는지 모를 일이다. 실제로 『검은 꽃』은 기존의 역사적 문맥 모두를 정면으로 부정하고 있기도 하다. 김영하는 『검은 꽃』은 1905년 천여 명의 한국인들이 멕시코에 계약노동자로 팔려가 나중에는 흔적도 없이 사라졌다는 대목에 매혹되어 소설화하기로 결심했음을 여기저기서 밝힌 바 있다. 또한 기존에는 흔히 민족수난사, 약소민족의 울분을 표상하는 가장 대표적인 사건으로 읽혔던 이 사건을 『검은 꽃』은 오히려 민족수난사의 시각을 탈각시켜 서사화한다. 『검은 꽃』이 주목하는 것은 민족의 수난이 아니라 시대에 뒤처져 있던 조선인들이 세계체제의 단일성을 목표로 하는 근대성과 조우하면서 발생하는 혼란, 좌절, 뒤섞임, 전도, 전복, 해방이다. 혹은 근대성의 소용돌이 속에서 명멸하고 만 그들의 비극성이다. 한마디로 『검의 꽃』의 출발점은 김영하의 여타 소설이 놓여 있던 그 자리와 다르지 않다. 『검은 꽃』의 관심사 역시 인간의 자유, 사랑, 혹은 친밀성이 지니는 가치가 아니라 그것이 있을 수 없는 현대인의 비극성이다.

그러나 실제 소설이 진행되면서부터는 많은 것이 달라진다. 아마도 역사적 사건을 다룬 만큼 역사적 실재를 끊임없이 고려해야 했기 때문일 것이다. 『검은 꽃』에는 이전 김영하 소설에서 볼 수 없던 수많은 진경들이 펼쳐진다. 우선 천여 명의 조선인들을 멕시코로 실어나르는 일포드 호의 풍경부터 그러하다. 우선 그 배는 영국 선주에 독일과 일본 출신의 기관원들로 구성되어 있으며 그 배의 밑바닥에 조선인들이 위치한다. 근대세계의 압축도이다. 또한 처음 접하는 그 배에서 이루어지는 변화, 예컨대 어리둥절하고 신음하고 고통받는 일상사의 변화뿐만 아니라 어떤 부류는 한없이 신분이 가라앉고 또 어떤 부류는 분에 넘치게 신분이 올라가는 신분상의 전회 같은 것은 또 어떤가. 또 그것이 아니면 윤리, 도덕 같은 것에서 육체, 자율적인 판단 쪽으로 가치의 중심이 옮겨가는 장면들은 또 어떤가. 이 모두 근대 이후 한국사회의 어떤 전형 아니던가. 하여간 『검은 꽃』의 천여 명의 인물들은 한 무리이면서 동시에 혼자이기도 하다. 신분 상의 예속에서 벗어난 상태에서 얻어진 자유를 마음껏 구가하는 한편 근대성이라는 소용돌이 앞에서 또는 근대성 특유의 환원주의적이고 등가적인 원리 앞에서 특유의 공동체적인 결속력을 과시하며 그들의 자존과 생존을 지켜낸다. 이는 단자화되어 있을 뿐만 아니라 근대성에 저항할 어떤 기억, 향수, 과잉의 이념, 공동체도 지니고 있질 않아 근대성의 위력 앞에서 아주 간단하게 제압당하는 김영하의 현대물과는 큰 차이를 보인다. 해서 『검은 꽃』은 우리가 이제까지 말해왔던 표현방식으로 말하자면 전체적으로 "그들은 모른다. 비록 그것을 행하고 있기는 하지만"의 비극적 구조를 취하고 있으나, 김영하의 이전 소설과는 다르게 활기가 넘치고 긴장이 있으며 그 결과 작품의 말미에 비로소 위대한 불행의 면모를 선보인다. 한마디로 역사적 실재와 조우함으로써 김영하 소설에는 비로소 인간존재의 또다른 존재 가능성이 암시되거니와, 이것이야말로 『검은 꽃』이 이전의 김영하 소설과 구분되는 측면이다.

『검은 꽃』이 이전의 소설과 구분되는 또다른 측면은, 이것은 첫번째 특성과 관련이 깊거니와, 근대성과 맞서 인간적 가치와 품위를 유지할 수 있는 길의 발견이다. 그것은 다음과 같은 대목에서 인상적으로 드러난다.

어쩌면 우리 모두 당장 내일 죽을 수도 있어. 왜놈이나 되놈으로 죽고 싶은 사람 있어? 나는 그러고 싶지 않아. 이정이 단호하게 말했다. 그럼 차라리 무국적은 어때? 돌석이 말했다. 이정은 고개를 저었다. 죽은 자는 무국적을 선택할 수 없어. 우리는 모두 어떤 국가의 국민으로 죽는 거야. 그러니 우리만의 나라가 필요해. 우리가 만든 나라의 국민으로 죽을 수는 없다 해도 적어도 일본인이나 중국인으로 죽지 않을 수는 있어.

이정의 논리는 어려웠다. 그들을 설득한 건 논리가 아니라 열정이었다. 그리고 그 열정은 기묘한 것이었다. 그것은 무엇이 되고자 하는 것이 아니라 되지 않고자 하는 것이었다.

그리고 한 달 후, 이들은 신전 광장에 띠깔 역사상 가장 작은 나라를 세웠다. 국호는 신대한이었다. 그들이 알고 있는 국호는 대한과 조선뿐이었으므로 별로 선택의 여지가 없었다. 마야 혁명군 지휘관이 붉은 황소를 보내왔다. (……) 박광수는 새로운 국가의 출현을 축하는 고사를 고요하고 겸손하게 올렸고 김옥선이 가장 높은 곳에 올라가 피리를 불었다.

—『검은 꽃』, 306쪽

모든 차이, 측량할 수 없는 질, 고유성, 특이성을 끊임없이 교환가치로 환원하는 세계경제체제 속에서, 그리고 그것을 재생산하고 집행하는 민족국가 안에서 그들의 상징질서에 강제로 편입되지 않기 위해 상징질서 바깥에 있는 실재적인 인간이 되자는 것이다. 또는 그런 실재성을 유지하기 위한 정치적 결사체를 이루자는 것이다. 그곳에서 '무엇이 되자' 해서는 안 된단다. 대신 특이성이라고는 어떤 것도 남겨놓지 않으려는 자본주의체제, 상징권력, 위계질서, 이데올로기, 도그마들로부터 자기 자신을 지키기 위해 '무엇이 되지 않고자' 혼신의 힘을 다해야 한단다. 게다가 혹여 그런 뜻을 같이하는 존재들이 있다면 오로지 '같이 무엇이 되지 않고자 하는' 정치적 결사체를 구성할 수 있단다. 혹여 이 결사체를 유지, 존속하기 위해서는 '무엇이 되자'고 강요해야 하는 것은 아닐까 싶고 그래야만 정치적 결사가 가능할 것은 아닐까 싶기도 하지만, 그러니 만약 이런 정치적 결사가 유지 존속되기 위해서는 그야말로 남에게 무엇이 되기를 강요하지 않고 나 자신도 무엇이 되지 않고자 혼신의 힘을 다해야 하지만, 『검은 꽃』은 자기 스스로 상징질서 바깥의 실재가 되어야 하는 새로운 개념, 윤리의 정치적 결사체를 교환경제의 대안으로 제시한다. 그리고

『검은 꽃』의 인물들은 그러한 정치적 결사 안에서 그야말로 위대하고 행복하게 죽어간다.

그러므로 『검은 꽃』은 '무를 향한 긴 여정'만 있는 것도 아니고 '질주하는 아이러니'만 있는 것도 아니다. 『검은 꽃』에는 질서화되지 않는 에네르기 그 자체로 사는 법 혹은 상징질서 바깥의 실재로 살아가는 법, 그러니까 실재의 윤리가 꿈틀거리고 있다. 즉 근대성에 의해 하나하나 자신들의 고유성을 잃어가고 있는 현대인들이 자신을 유지할 수 있는 노마드적 윤리학과 정치학이 기묘하게 솟아 있다고나 할까.

5. 냉소적 주체와 거짓 행위

김영하는 현대성의 위력이 얼마나 대단한가를 누구보다도 잘 알고 있는 작가이다. 이에 관한 한 그는 강박적이다. 김영하는 우리 시대 속에서 연민, 친밀성의 가능성의 자리를 남겨놓지 않는다. 김영하는 현대를 인간적인 유대나 친밀성, 혹은 사랑 같은 인간 존재들 사이의 충만하고도 인격적인 결합은 불가능한 곳, 오로지 전도되고 타락해 있으며 사물화된 관계만이 가능한 곳으로 획정해놓고는 친밀성의 경험을 누구보다도 경계한다.

현대성에 관한 한 이렇게 냉정한 리얼리스트이기에 김영하의 소설은 『검은 꽃』에서 잠정적으로 얻어낸 의미 있는 성찰을 현대물에 그대로 가져다쓰지 않는다. 김영하는 『검은 꽃』 이후 두 편의 장편소설을 더 쓴다. 『빛의 제국』과 『퀴즈쇼』가 그것이다. 이 두 편은 모두 수많은 분석이 이루어져도 그때그때마다 전부 다른 방식으로 읽힐 수 있을 정도로 풍부한, 그러니까 위대한 소설들이다. 하지만 이 두 편의 장편소설에서 우리가 『검은 꽃』의 득의의 문제의식으로 지목했던 요소를 다시 발견하기란 쉽지 않다. 그렇다면 『빛의 제국』과 『퀴즈쇼』는 『검은 꽃』의 문제의식을 부정한 것인가. 그렇진 않다. 분명 그 연장선상에 있는 것처럼 보인다.

앞질러 말하자면 이렇다. 『빛의 제국』과 『퀴즈쇼』는 『검은 꽃』의 성찰을 더욱 정교하게 계승하되 그것을 『검은 꽃』과는 이질적인 방식으로 관철시킨다. 『검은 꽃』은 '자신들이 원하지 않는 무엇이 되지 않기 위해서는' 기존의 것과는 다른 방식의 '무엇이 되어'야 한다는 김영하식의 정언명령이 여러 사건의 연쇄 끝에 직설적으로 표출되지만, 『빛의 제국』과 『퀴즈쇼』에서는 다른 방식으로 소설 속에 구조화된다. 다시 말해 『빛의 제국』과 『퀴즈쇼』는 이미 무엇이 되었고 아직도 끊임없이 무엇이 되고 있는, 그러니까 세계경제체제가 강제하는 그 상징규율 속에서 살아가는 현존재들의 현존형식을 통해서, 그리고 그 존재들에게 결여되고 결핍된 어떤 것들을 통해서 끊임없이 세상이 요구하는 '무엇이 되지 않고'자 해야 한다는 실재의 윤리를 제시하는 것이다.

한 평자에 의해 "너무 늦게 도착한 후일담"으로 불린 『빛의 제국』은 한때는 이 시대의 주도적 원리와는 전혀 다른 이질적인 정신의 소유자였으나 지금은 "튀면 안 된다"는 스파이의 철칙에 충실하다가 현재의 상징적 질서 그 자체가 되어버린 인물에 관한 이야기다. 김기영은 남파간첩이었다가 어느새 남한사회의 누구보다도 견실한 생활인이 된다. 그것은 실체를 드러내지 않은 초자아의 호명으로부터 시작된다. 처음에는 거부한다. 하지만 자꾸 친절을 베풀면 대꾸하지 않을 수 없다. 아니, 두렵지 않을 수 없다. 그 호명과 호의를 거절하면 영원히 생활인이 될 수 없다는 두려움 같은 것. 그러면서 초자아의 영역이 조금 넓어진다. 그렇게 빈틈이 생기면 그들은 서서히 숫자를 늘려가며 개인의 삶의 영역으로 들어선다. 그러다보면 이제 어쩔 수 없다. 상당 부분 자기가 없어졌기 때문이고 초자아의 호명이나 정언명령을 거부하면 이제 초자아가 개입하기 이전의 상태, 그러니까 어떤 정체성도 없는 불안정의 상태로 되돌아가야 하기 때문이다. 김기영은 이렇듯 이것이 초자아의 호명대로 사는 것인지 모르고 열심히 생활인으로 살아간다. 그렇게 그는 서서히 자신도 모르게 초자아의 호명대로, 상징규범에 맞추어 살아간다. 그러던 어느 날 초자아가 실체를 드러낼 뿐만 아니라 외상적으로 개입한다. 이때의 외상적 개입은 보다 근본적이고 결정적이다. 당연히 그는 선택의 기로에 놓인다. 예전의 초자아의 호명을 거부하고 이전의 불안정하고 이질적인 삶의 영역으로 돌아가느냐 아니면 초자아의 호명에 따르느냐 하는 것. 김기영은 결국 초자아의 호명에 따른다. 물론 거부의 몸짓을 보이지 않는 것은 아니다. 자신이 감추고 있던 것도 모두 드러나고 또 부인의 적절치 못한 행동 또한 모두 드러나서 다시 일상적인 질서로 돌아가기 힘들어 보이기 때문이다. 서로의 숨겨진 행적을 모를 때는 살 수 있었지만 이제 알고 나니 살 수가 없는 것이다. 하지만 초자아의 명령은 단호하다. 뿐만 아니라 현대 속의 또하나의 삶의 방식을 제시한다.

"그냥 제 일을 했을 뿐입니다."
"그러니까 개새끼라고. 아무 생각 없이 제 할 일만 하는 거, 그게 바로 개새끼야."
그는 성곤의 눈을 똑바로 쳐다보고 말했다. 성곤의 근육들이 속속들이 긴장하여 떨리는 것, 그 파동이 어둠 속에서도 미세하게 전해져왔다.
"너희들이 다 만들어놓은 판에서 나 혼자 아무것도 모르고……"
—『빛의 제국』, 370쪽

"그럼요. 부끄러운 얘기지만 저는 결혼 초, 마누라가 임신을 했을 때, 왜 마누라가 애를 배면 그걸 못하지 않습니까. 그때 딴 여자를 만나다가 딱 걸렸습니다. 아니, 사실은 처형, 그러니까 마누라 언니 되는 사람하고 잤습니다. 뭐 어쩌다 그렇게 된 거죠. 살다보면 그런 거 있잖습니까? (……) 마누라는 애를 지우네 마네 하면서 소리를 지르고, 그렇지만 지금은 언제 그런 일이 있었냐 싶습니다. 제가 몇 살이라도 인생을 더 살아봐서 드리는 말씀입니다.
—『빛의 제국』, 380쪽

『빛의 제국』은 이렇게 우리가 이제까지 이야기해온 맥락에 따르자면 "그는 모른다. 비록 그것을 행하고 있기는 하지만"이라는 비극적 형식에서 "그는 그가 무엇을 행하고 있는지 안다. 그러나 그럼에도 불구하고 그것을 행한다"는 비극적 형식으로 전이되는 이야기인 것이다. 그렇다. 김기영은 모르는 채 그것을 행하다가 초자아에게 패배했지만, 그곳에서 비극적 종말을 맞는 것이 아니라 다시 살아간다. 그러므로 그는 이제 좋게 말하자면 오이디푸스적 비극형 인물에서 냉소적 비극형 인물로 전락하고, 다른 표현으로 하자면 "개새끼"에서 "인간쓰레기"로 전락한다. "그래. 난 인간쓰레기야. 사기꾼에다 거짓말쟁이 맞아. 그래서 어쩌라구? 그게 인생이야!"라며 살아가는 수밖에 없는 것이다. 김기영의 이러한 있을 것 같지 않은 또 한번의 전락 이야기를 통하여 『빛의 제국』은 초자아의 명령을 그대로 좇는다는 것, 다시 말해 "무엇이 되지 않고자" 하는 것이 지니는 윤리성을 간접적으로 설파한다. 이러한 김기영의 전략은 세 명의 여자, 그러니까 부인 마리와 소지, 그리고 현미의 원하지 않으면 이제 무엇이 되지 않겠다는 목소리와 묘한 대비를 이루거니와, 이 대비는 『빛의 제국』이 단순한 후일담소설이나 남북 문제를 다룬 소설만이 아니라 동시에 현대의 비극에 대해 말한 또하나의 소설임을 확인하기에 충분하다.

『빛의 제국』이 김기영의 전락 이야기라면 『퀴즈쇼』 역시 이민수의 전락 이야기이다. 물론 소설의 구조는 이민수의 성장의 형식을 취하고 있다. 하지만 이민수는 보다 높은 정신적 경지로 나아가지 않는다. 성장을 거부하고 서서히 전락한다. 전락하는 것은 정신적인 측면에서만 몰락하는 것은 아니다. 그는 경제적으로도 몰락한다. 아니, 경제적인 몰락이 정신적인 몰락을 불러온다고 할까. 이민수가 처음 놓여 있던 지점은 외할머니의 집이었다. 물론 외할머니가 죽기 전까지, 그러니까 외할머니가 초자아의 외상적 개입을 막아주기까지는 유학을 기정사실화할 정도로 경제적으로 윤택한 생활이었다. 그러던 어느 날 외할머니가 죽으면서 모든 것이 달라진다. 다음과 같은 초자아의 외상적 개입에 직접적으로 노출되기 때문이다.

  1)그냥 좀 무의미한 일을 하고 싶어. (……) 인생에는 그런 것보다 더 높은 차원의 뭔가가 있는 것 같아. 잘 표현할 수는 없지만 그런 세계가 전부는 아니라는 거지. 신문의 경제면에 나는 세계, 그러니까 주식형 펀드니, 환율이나, 청약부금이니, 분양제도 개편이니 하는 세계 너머에 또다른 뭔가가 있을 거라는 거지. 인간이 그런 일간지 경제면 같은 세계에만 매몰돼서 산다는 것, 그렇게 살다가 죽는다는 건, 너무 허망한 것 같아.

—『퀴즈쇼』, 77~78쪽

  2)그러지 말고 내 제안을 받아들이게. 인숙이 손주라 봐주는 거야. 나도 이런 집 받아봐야 골칫거리야. 이걸 내가 떠안고, 그래도 내가 손해지만, 어쨌든 자네에게는 얼마쯤 집어주지. 그 돈 가지고 나가서 어디 작은 방이라도 하나 얻어야 될 게 아닌가? 내 제안을 받아들이면 적어도 어린 나이에 신용불량자가 되는 것만은 막을 수가 있어. 참, 채무의 소멸시효라는 것도 있는데 그것도 해당사항이 없어. 인숙이는 일부나마 조금씩 원리금을 갚아왔거든. 그러면 채무는 사라지지 않아. 그런 걸 법률용어로는 채무자가 채무를 승인한다고 하지.

—『퀴즈쇼』, 53쪽

1)처럼 "무엇이 되지 않고자" 했던 혹은 "무의미한 일을 하"고 싶던 이민수는 2)와 같은 논리의 외상적 개입에 의해 선택의 기로에 놓인다. 이민수는 크게 두 부류의 인물들과 관계를 맺는다. 우선 2)와 같은 교환경제라는 초자아적 시스템을 대변하는 인물들이 한 부류이다. 그들은 위와 같이 교환경제의 원리에 따라 과거에 사랑했던 여자의 집을 거의 반강제

적으로 점유하는 '곰보빵 할아버지'이기도 하고, 세 가지 "외교적 기예"로 이민수를 최대한 활용하는 빛나이기도 하고, 또 오로지 '최소한의 투자로 최대한 이윤을'이라는 냉정한 계산원리로 똘똘 뭉친 고시원 주인이기도 하고, 편의점 내에 감시카메라를 설치해놓고 아르바이트생을 전방위적으로 감시하는 편의점 주인이기도 하고, 그 놀랄 만한 연기력으로 편의점 아르바이트생의 돈을 떨어가는 파렴치한들이기도 하고, 또 마지막으로는 인류의 지적 목록을 상업화하는 이춘성 등이기도 하며, 처음에는 그저 책의 사용가치를 중시하였다가 나중에는 이춘성 등과 닮아가는 헌책방 주인이기도 하다. 이들은 끊임없이 이민수에게 '무엇이 될 것', 그것도 교환경제의 충실한 하수인이 될 것을 강요한다. 그런가 하면 이민수에게는 보다 인간적인 삶을 권장, 촉구하기도 하고 또 환금가능성으로 모든 가치를 환원하는 세상과는 다른 가치를 제공하는 또 한 부류의 인물들이 있다. 바로 외할머니이고 고시원의 옆방녀이기도 하고, 그리고 결정적으로 민수를 사랑하는 지원이기도 하다.

그런데 이 이민수의 행동이 기묘하다. 상식적으로 말하자면 그는 겉과 속이 다르다. 겉으로는 끊임없이 자본주의가 지배하는 이 시스템에 '무의미한 인간'이 되겠다고, 또 보다 높은 인간적 가치를 추구하겠다고 하고 실제로 몇몇 대목에서는 그러한 행보를 보이기도 하지만, 실제로 어떤 결정의 순간이 되면 항시 환금가능성의 상징 규율을 좇아간다. 무의미한 일을 위해서는 계속 머뭇거리고 계산하지만 돈이 되는 일이라면 재빠르게 결단을 내린다. 민수의 이러한 행동은 지젝의 "사람들은 뭔가를 바꾸기 위해 행동할 뿐만 아니라 어떤 일이 발생하지 않게 하기 위해서 행동할 수도 있다"는 의미로 말한바 가짜 행위를 연상시킨다. 그렇다. 이민수는 진정으로 무의미한 일을 위해서가 아니라 진짜로 무의미한 일을 하게 될 것이 두려워서 그것이 발생하지 않도록 많은 행동을 한다. 이민수는 옆방녀가 그에게 무언가 절박한 메시지를 보낼 때 정말로 그녀가 그에게 무언가를 부탁할까봐 또다른 일들을 만들어내고 과감하게 행동에 옮긴다. 모두 그런 식이다. 모두 그런 식으로 "무의미한 일"을 하지 않기 위해 또 "무엇이 되지 않고자"가 아니라 '무엇이 되고자' 혼신의 힘을 다한다. 이러한 이민수의 기묘하고 이중적인 행동은 급기야 그를 경제적으로 몰락시킬 뿐만 아니라 정신적으로도 타락시킨다. 김영하는 이 소설이 컴퓨터 네트워크 세대를 위한 그들의 성장담이라는 말을 하고 있지만 반드시 그렇지만은 않다. 만약 그렇다고 한다면, 그것은 그들 세대에 대한 비판적인 애정고백이라고 보아야 할 것이다.

이제 하나는 분명해진 셈이다. 『퀴즈쇼』는 단순한 컴퓨터 네트워크 세대의 성장과 사랑을 다룬 소설이 아니다. 그것은 오히려 우리가 교환시스템이라는 초자아에게 얼마나 철저하게 예속되어 있는가를 분명하게 보여주는 소설이며, 또 동시에 '무엇이 되지 않고자 하는 삶' 또는 '환금가능성만을 맹신하는 초자아에게는 무의미한 일'을 하겠다는 현존재들의 숱한 선언에도 불구하고 실제로는 얼마나 '무엇이 되지 않기 위한 삶'을 살지 않기 위해 헌신하고 있는가를 확인시켜주는 소설이다.

경제개발의 유령이 돌아온 지금 우리가 무엇을 해야 한다면, 아니 무엇을 해야 하지 않는다면, 그 출발점은 바로 『퀴즈쇼』가 도달한 지점이어야 한다.

(2008)

신-인간 되기의 반시대성과 윤리성
— 이응준 소설집 『약혼』 읽기

니체를 따라 우리는 반시대성을 시간과 영원보다 훨씬 심오한 것으로 발견한다.
철학은 역사의 철학도 영원성의 철학도 아니다. 철학은 반시대적이며,
언제나 그리고 오로지 반시대적일 뿐이다.
다시 말해서
"내가 바라는 것은 이 시대에 반하는, 도래할 시대를 위한" 철학이다.
—질 들뢰즈, 『차이와 반복』

신은 지워지지 않는 상처로 모습을 드러내곤 하였다.
그건 고통받은 너였지.
어째서 나는 내 고통밖에는 달리 사랑할 도리가 없었을까?[1]

1. 신의 귀환, 혹은 반시대성의 원천

우리 시대의 진정한 반시대적인 작가 이응준이 이번에 또 한 권의 소설
집을 상자한다. 『약혼』이 그것이다. 『약혼』은 『달의 뒤편으로는 가는 자
전거 여행』(1996), 『내 여자친구의 장례식』(1999), 『무정한 짐승의 연애』
(2004)에 이은 작가 이응준의 네번째 소설집이요, 장편소설 『느릅나무 아
래 숨긴 천국』(1996), 『전갈자리에서 생긴 일』(2001)까지를 합치면 작가

---

1) 이응준, 『약혼』, 문학동네, 2006, 121쪽. 이 글은 『약혼』의 해설로 씌어지는 글인바, 앞으
로 이 책에서 인용할 경우에는 작품명과 쪽수만 밝힘.

이응준의 여섯번째 창작집이다. 이것만 해도 만만치 않은데, 여기에 이미 간행된 시집 『나무들이 그 숲을 거부했다』(1995), 『낙타와의 장거리 경주』(2002)까지를 고려하면, 작가 이응준의 문학에 대한 뜨거운 열정과 꾸준한 실천은 자못 경이롭다 할 만하다.

물론 이 정도의 꾸준함을 두고 경이롭다고 하다니 너무 호들갑스럽지 않느냐고 말할 사람들이 있을지 모르겠다. 일반적인 경우에 비추어보자면 그 말이 더욱 타당하다고 해야 하리라. 이응준으로 말하자면 1990년에 시인으로, 1994년에 소설가로 등단한 작가다. 그것을 감안하면 이 년에 한 권꼴로 시집이나 소설집을 낸 셈이니 이 정도의 꾸준함을 가지고 경이롭다고 말하는 것은 과장된 평가라고 보는 것이 타당할 수도 있다. 이 정도의 꾸준함을 유지하고 있는 작가는 한둘이 아니며, 좀더 바지런한 작가와 비교해보자면 생산성이 떨어진다는 느낌마저 주는 것도 사실이기 때문이다.

그럼에도 불구하고 이응준 문학의 이 꾸준함을 두고는 반드시 경이롭다고 말해야만 한다. 그것은 일반적인 작가들과 달리 이응준의 문학이 보다 더 근본적으로 반시대적이기 때문이고, 그 반시대성을 낭만주의자의 표현에 따르면 (인간 내면에 도사리고 있는 용광로이며 작렬하는 불꽃을 의미하는) Gemüt[2]로, 작가 자신의 표현을 따르자면 자멸로 메우고 있기 때문이다. 반시대적인 문학을 한다는 것은 곧 지금 이곳의 현존재들을 지배하며 항상-이미 존재하는 큰 타자를 거스르는 일인 만큼 그것은 곧 지금 이곳의 상징질서와의 지속적이고도 팽팽한 쟁투를 벌이는 것을 의미한다. 하지만 자신이 살고 있는 시대적 규범이랄까 현실원리와 벌이는 싸움은 말처럼 쉬운 일일 수 없다. 특히 우리가 사는 지금 이곳이, "삶의 각각의 측면에서 떨어져나온 이미지들이 공통의 흐름 속에서 융합"되어 만

---

2) 독일 낭만주의의 Gemüt에 대한 자세한 설명은 장남준, 『독일 낭만주의 연구』(나남, 1989) 참조.

들어진 "기만되는 시선과 허위의식"[3]이 세계를 그리고 인간의 의식을 지배하는 스펙터클 사회이기 때문에 더욱 그러하다. 우리가 사는 이 사회는 이 시대를 말 그대로 질주하는 기관차의 이미지로 고착시켜놓고 있는 것이 사실이다. 하여, 반시대주의자가 된다는 것은 곧 이 질주하는 기관차에서 뛰어내리는 것으로 다가오며, 따라서 현존재들이 반시대적으로 살기란 여간 어려운 것이 아니다. 간혹 그런 존재들이 없는 것은 아닐 터이다. 그러면 이 시대의 스펙터클은 그런 아웃사이더를 두고 다음과 같은 말을 건넨다. 저들을 보라. 저들처럼 무언가를 회상하고 추억해도 좋다. 혹은 이 기관차에서 내려 다른 곳으로 옮겨가려고 해도 좋다. 하지만 저들이 경험하고 있는 저 불행과 고통과 공포를 보라. 이렇게 이 시대의 스펙터클은 몇몇 예외적인 존재들의 공포를 통해 이 시대의 스펙터클 바깥으로 나아가려는 인간의 혁명적인 에네르기를 감시하고 통제하고 처벌한다. 때로는 관용을 베풀기도 한다. 질주하는 기관차에서 내려 추억의 속도로 걸어가거나 아니면 질주하는 기관차에 브레이크를 걸려 했던 당신들, 이제 돌아오라. 이 시대는 그렇게 비인간적이지 않으니. 이러한 원리에 의해 구성되고 움직이는 사회가 바로 우리가 살고 있는 곳이니, 반시대적인 문학을 하기란 얼마나 어려운가. 여기에 끊임없이 반시대적일 수 있는 것은 또 얼마나 힘겨운가. 결국 끝없는 긴장, 그리고 매순간의 용기와 결단, 그리고 사물의 기원을 결코 잊지 않으려는 영원회귀의 정신 등으로 무장할 때 시대를 거스르는 첫걸음을 비로소 떼어놓을 수 있는 것이다. 하물며 끊임없이 반시대적이기 위해서이랴. 끊임없이 반시대적으로 산다는 것은 시대를 거스르는 자들을 가치없는 질로 끊임없이 격하시키는 시대적 규범과 사사건건 맞서야 한다는 것을 의미하며, 따라서 이런 존재들은 자기의 존재감을 증명하기 위해 필연적으로 자신의 전존재를

---

3) 기 드보르, 『스펙타클의 사회』, 이경숙 옮김, 현실문학연구, 1996, 10쪽.

건 기투를 행해야만, 그러니까 자신의 진리를 증명하기 위해 수시로 자기의 중요한 무엇인가를 스스로 불태워야만 한다. 항상-이미 존재하는 큰 타자의 정교하면서도 거대한 네트워크를 뚫고 자신만의 진리체계를 지닌다는 것은 이처럼 그 진리를 위해 자신의 전부를 희생해야만 하는 힘겨운 길에 다름아닌 것이다.

이처럼 우리가 몸담고 있는 사회는 어느 누구에게도 한치의 반시대성 혹은 시대착오를 허용하지 않건만 그럼에도 거듭거듭 시대를 거스르는 작가가 있으니, 그가 다름아닌 이응준이다. 물론 시대에 순응하지 못하는 존재 혹은 순응하지 않는 존재들이 작가가 되는 것이겠지만, 아마도 현재 활동하고 있는 한국 작가 중 보다 더 근본적으로 반시대적인 작가를 꼽으라면 단연 이응준을 떠올릴 수밖에 없다. 그만큼 이응준의 문학은 항상-이미 존재하는 시대적 규범과 거의 대부분 어긋나 있기 때문이다. 우선 몇 가지 외적인 특징만 보더라도 이응준의 문학은 지금 이 시대의 다른 작가들의 존재방식과 크게 다른 것이 사실이다. 이응준은 지금 활동하고 있는 문인 중 아주 예외적으로 시인이면서 소설가이다. 그리고 이응준의 소설은 현재의 다른 작가의 소설과는 달리 서정소설을 지향하고 그런 만큼 대단히 목가적이다. 또 그의 소설은 일반적으로 소설이 취하는 환유의 원리 대신에 은유의 수사학을 고수한다. 또 그런가 하면 집요하게 일인칭 소설을 고수할 뿐만 아니라 그 일인칭 소설도 강박적으로 고백의 형식을 취하고 있다. 어느 것 하나 최근 문학의 일반적인 경향과 같이 가는 경우를 찾기 힘들다.

하지만 이응준의 문학이 이토록 반시대적인 것은 단순히 그가 시인이면서 소설가이기 때문도 아니고 그가 쓴 소설이 소설과 시의 경계에 서 있는 서정소설이거나 그의 소설에 짙은 목가적인 풍경 때문도 아니다. 이응준 문학의 반시대성의 핵심적인 요인은 다른 것에 있다. 보다 정확하게 말하자면, 이응준을 반시대적이게 하는 바로 그것이 이응준을 시인이면서 소설가이게 하고 그의 소설을 은유와 고백에 기반한 서정소설이게 한다고 해야 하리라. 동어반복을 무릅쓰자면 이응준의 문학에는 그의 문학 전반을 반시대적이게 하는 무언가가 중핵으로 자리하고 있으며, 바로 그것이 이응준의 문학을 그토록 예외적인 것으로 개별적인 것으로 만든다고 할 수 있다.

그렇다면 이응준의 문학을 이처럼 반시대적이게 하는 원천은 무엇인가. 그것은 이응준 문학 특유의 종교적인 시선이다. 이응준의 문학은 특이하게도 현존재들의 실존 형식의 곳곳에서 신의 역능과 흔적을 찾아내거나 아니면 세상을 종교적 상상력으로 맥락화한다. 조금만 세심하게 읽어보면 이응준의 작품에는 "내가 신이었더라면 성교하는 여자의 입에서 맑은 종소리 같은 것이 나오게 했을 것이다"[4]라든가 혹은 "신은 세상을 학교로 만들어놓았다. 본인들의 의사는 물어보지도 않고, 1번부터 60번까지를 무조건 한 교실에 몰아 처넣은 것이다"[5]라든가, 혹 아니면 "이 세계를 소독할 유황불을 기다리고 있다"[6]라든가 "神父와 심하게 다툰 새벽. 나는 자유와/ 타락 사이에서, 차라리 땅 밑을 그리워한다./ 죄인에게./ 저 별자리 너머의 천당만큼/ 외롭고 쓸쓸한 장소가 또 어디 있겠는가"[7]라는 식의 표현이 도처에 흩어져 있다. 이응준 문학이 그만큼 철저하게 지금, 이곳의 현상들을 신들과의 관계 속에서 읽어들이고 있다는 증거이리라.

종교성 심상지리지를 드러내는 이런 몇몇 표현을 두고 이응준 문학의 중핵으로 종교적 상상력을 지목하는 것은 아니다. 정작 우리가 이응준 문학의 종교적 상상력에 주목하는 것은 이응준 문학이 구축하고 있는 고유

---

4) 이응준, 「그 시절을 위한 잠언」, 『달의 뒤편으로 가는 자전거 여행』, 문학과지성사, 1996, 93쪽.

5) 이응준, 「그녀에게 경배하시오」, 『내 여자친구의 장례식』, 문학동네, 1999, 108쪽.

6) 이응준, 「칠 일째」, 『낙타와의 장거리 경주』, 세계사, 2002, 13쪽.

7) 이응준, 「내 공포의 모든 것」, 위의 책, 19쪽.

144 1부 근대 이후와 유령들의 도래

한 역사지리지, 혹은 세계상 때문이다. 이응준 문학이 구축한 세계상은 매우 독특하다. 이응준 문학은 지금 이곳을 집요하게 실낙원 혹은 아수라로 그려낸다. 이응준에 따르면 우리가 사는 이곳이란 "해묵은 관 속처럼, 영혼이라곤 한 톨도 존재하지 않는 도시"[8]이며, 또한 "육체와 정신은 외면한 채 이미지만을 과식하고 숭배하는 세계"[9]이다. 즉, 우리가 사는 이곳은 물질이나 이미지에 영혼과 정신을 빼앗겨 사이보그로 전락한 현존 재들이 아무 목적의식도 의지도 없이 배회하고 하루하루를 연명하는 죽음의 도시라는 것이다. 물론 지금 이곳을 실낙원으로 그려내는 시각이야 전혀 낯선 것도 아니고 이응준 문학의 고유한 것도 아니다. 도시라는 인 공낙원 속에 그 이면처럼 깃들어 있는 살풍경들에 대한 관심이야말로 우리에게는 오히려 익숙하여 지독한 동어반복처럼 느껴지기도 한다. 하지만 이응준의 문학은 특이하게도 현존재들의 삶이 죽음과도 같은 삶으로 쇠락하고 지금 이곳이 죽음의 도시로 전락한 원인을 신에 대한 믿음의 상실에서 찾는다. "인간의 죽음을 인간들은 모른다. 신의 상실, 그것이 인간의 죽음이다."[10]

한마디로 이응준의 문학은 신이라는 절대자의 존재를 믿는 자리에서 출발한다. 이응준의 역사지리지에 따르면 신은 죽지 않은 것이다. 법복시대의 라신이 그러했듯, 이응준 역시 신은 다만 숨어 있을 뿐이고 숨어서 현존재들의 삶을 관장하고 있다고 본다. 이응준 문학에 따르면 현존재들의 불행과 고통은 이 시대의 여러 환상체계들이 상상하듯 이 시대를 구성하는 현실원리에 의한 것이 아니다. 현존재들의 불행은 신의 의지 탓이다. 현존재들은 인정하지 않으려 하지만 "신은 지워지지 않은 상처로 나타"(「아마 늦은 여름이었을 거야」, 100쪽, 121쪽)난다. 그러니까 현존재들

8) 이응준, 「Lemon Tree」, 『내 여자친구의 장례식』, 10쪽.
9) 이응준, 「길과 구름과 바람의 적」, 『무정한 짐승의 연애』, 문학과지성사, 2004, 126쪽.
10) 같은 책, 133쪽.

이 경험하는 치명적인 상처는 바로 신의 뜻인 것이다. 하지만 현존재들은 자신들이 겪고 있는 고통과 질환에도 불구하고 신이 존재한다는 사실을 믿지 않는다. 때문에 인간 주체에게 신이 상처를 내린 이유를 찾아내 신이 꿈꾸는 조화로운 질서를 회복하는 것으로 그 질환을 치유하려 하는 것이 아니라 오히려 그 질환을 외면하거나 세속적인 방식으로 치유코자 하거니와, 이러한 인간만을 배려한 해결책은 세상의 조화를 더욱더 치명적으로 훼손하는 행위가 되고 만다. 포스트모던 라신답게 작가 이응준은 신이 단지 숨어 있는 것뿐인데도 인간들은 신을 보지 못하고 있다고 믿는다. 아니, 이응준의 문학에 따르면 그 정도가 아니다. 인간들은 신이 보이지 않자 신의 죽음을 선언해버리고, 급기야는 신을 인격화시키기에 이른다. 그리고 그 신의 자리에 인간을 끌어올리고는 인간을 신격화하기에 이르며, 또한 신의 율법 대신에 인간이 계발한 그 알량한 합리성을 위치시킨다. 하지만 모든 가치를 계량화, 등가화시키는 그 자본주의적 합리성이란 단지 악한 세계를 지탱하는 "잔인한 합리성"[11]에 불과하다. 그러니 인간이 신을 상실한 것은, 그러니까 신의 규율을 버리고 자본주의적 합리성을 숭배하기 시작한 것은, 현존재들이 죽음과 같은 폐허에 갇히게 된 가장 결정적인 계기이다. 이렇듯 이응준의 문학작품은 현존재들의 우울과 고독과 고통을 신의 상실이라는 시각에서 맥락화하거니와, 이는 이응준의 문학 전반을 반시대적인 것으로 만드는 일차적인 요인이다. 우리의 시대적 규범이 아주 단호하게 우리가 살고 있는 지금은 이미 신이 죽은 시대이며, 신이란 인간의 두려움이 만들어낸 발명품에 불과하다는 정언명령에 서 있다고 한다면, 이에 반해 이응준의 문학은 신의 죽음을 인정하지 않을뿐더러 오히려 신의 상실이 현존재들의 불행과 부조리를 초래한 핵심적인 계기라고 말하고 있는 것이다. 그러니 이 얼마나 반시대적인가.

---

11) 이응준, 「달의 뒤편으로 가는 자전거 여행」, 『달의 뒤편으로 가는 자전거 여행』, 201쪽.

하지만 현존재들의 삶에서 신의 역능과 목소리를 찾는다는 이유만으로 이응준 소설의 반시대성 전부를 설명하기는 힘들다. 이 시대에도 여전히 신의 권능과 절대성, 그리고 신의 구원적 성격을 믿는 존재들이 결코 적지 않기 때문이다. 게다가 이러한 환상체계는 이 시대를 지탱하는 주요한 환상의 돌림병에 해당하기도 한다. 때문에 이응준의 소설이 신의 권능을 믿는다는 점은 이응준 소설의 반시대성의 중요한 요인이 될 수 있을지언정 단 하나의 요인은 아니다. 이응준의 문학이 반시대적인 것은 신의 권능을 믿기 때문만이 아니라 그것 외에 무언가가 또 있기 때문이다. 즉 이응준의 문학은 신의 권능을 믿으면서도 신의 권능을 믿는 일반적인 존재들과 다른 또하나의 보완물을 지니고 있다는 것인데, 그것은 다름아닌 종교성과 종교의 분별의지이다. 앞서 살펴보았듯 이응준은 신의 상실을 현존재들의 불행의 원천으로 믿고 있기 때문에 그만큼 신의 귀환, 그러니까 종교성의 회복을 강렬하게 염원한다. 그래야만 인간은 비로소 물질의 노예로 전락한 비천한 존재에서 영혼과 정신을 지닌 인간 본래의 모습으로 되돌아올 수 있다고 믿는 까닭이다. 실제로 작가 이응준은 어느 자리에서 "인간에게는 비천한 자기 모습을 초월해 거룩해지려는 마음이 있다. 그것이 이른바 종교성(종교가 아니라)이고 존엄이다"[12]라며 지금 이 시대의 가장 절대적인 가치로 종교성, 그러니까 신-인간 되기를 역설한 바 있기도 하다.

그런데 여기서 인상적인 것은 작가 이응준이 종교성과 제도로서의 종교를 엄격히 구분하고 있다는 점이다. 이응준에 따르면 인간에게는, 그리고 특히 현존재들에게는 종교성이 절대적으로 필요하지만, 이때의 종교성이란 현재의 제도화된 종교와는 근본적으로 다르다. 현재의 제도화된 종교들이란 자신들이 제도화한 격식에 인간 존재들이 복종하기를 강요할

---

12) 김미현, 「작가와의 대담—그날, 우리가 사랑했던 지옥은」(이응준, 『전갈자리에서 생긴 일』, 작가정신, 2001), 112쪽.

뿐 비천한 인간 존재가 현재를, 자기를 초월해 스스로 거룩해지려는 마음을 감싸안아주기는커녕 그것 자체를 인정하지조차 않는다. 아니, 현재의 종교들은 자신들의 제도적 틀을 유지하기 위해 절대자에 대한 믿음으로 비천한 자기에서 보다 높은 존재로 초월하려는 마음을 오히려 불온시하고 억압한다. 그러므로 지금처럼 종교성이 종교로 오인되고 제도화될 경우 인간을 초월적 존재로 비약시킬 수 있는 종교적 계기는 오히려 인간을 더욱 비천한 존재로 전락시키는 원인이 된다. "종교성은 종교의 몸을 얻어 인간의 제도로 자리잡는 순간부터 괴물로 탈바꿈한다. 요컨대, 한국사회에서의 예수는 어쩌면 우상인지도 모른다. 오늘날 순수한 종교성으로서의 예수가 우리 앞에 나타난다면, 이 나라의 사람들이 믿고 있는 예수를 황금송아지라고 호통치며 때려부수지 않으리란 보장이 없다."[13] 한마디로 이응준에 따르면 신을 죽인 것은 다만 신을 거부하는 자들만이 아니다. 신을 섬기는 자들 또한 신을 죽이는 데 결정적인 역할을 담당했다고 믿는다. 즉 신의 본래의 참모습과 참뜻을 왜곡된 형태로 제도화함으로써 종교가, 그리고 종교를 믿는 존재들이 결정적으로 신을 죽음에 이르게 했다는 것이다.

이처럼 작가 이응준은 종교성을 특이하게 사유하며, 또 그런 만큼 그가 상상하는 신의 형상 또한 이질적이다. 이응준에 따르면 신이라는 존재는 인간의 원죄나 타락을 처벌하거나 용서하면서 인간의 삶에 사사건건 간섭하고 또 인간의 초월의지를 억압하는 그런 존재가 전혀 아니다. 신이란 만물을 조화롭게 창조하고자 하는 선의지를 지닌 존재일 뿐 완벽한 절대자는 아니다. 이응준이 상상하는 신은 때로는 실수도 하고, 또 때로는 간계를 부리기도 한다. 해서 이응준 문학에 등장하는 신은 만나지 말아야 할 존재들을 만나게 하여 서로의 삶을 부조리하게 만들거나 아니면 말 그

---

13) 같은 책, 115~116쪽.

대로 아름다운 영혼에게 죄를 내리거나 아니면 그들을 시기하여 혹독한 운명의 파고 속으로 밀어넣는 불완전한 존재로 표상된다. 그러나 신은 항시 인간들 사이를 사랑과 용서로 조화시키고, 또 그런 방식으로 세상의 온갖 만물을 조화시키려는 의지를 포기하지 않는 그런 존재이며, 그런 존재감을 통해 급기야 인간들에게 사랑과 용서의 참뜻을 알게 하는 그런 존재인 것이다. 그러므로 이응준에게 비록 완벽하지는 않지만 완벽하지 않아서 오히려 완벽한 신성을 외경하고 동경하는 종교성은 그야말로 절대적인 의미를 지닌다. 그것만이 그토록 자기 중심적이고 잔인한 합리성에 의해, 그리고 오로지 신의 전지전능함을 떠받들라는 닫힌 교리로 인해 사이보그로 전락한 현존재들을 비로소 영혼과 정신을 지닌 신-인간적인 존재로 다시 부활시킬 수 있다고 믿기 때문이다. 또 그렇게 거창한 것이 아니더라도 그것만이 한 개인을 완성된 개인으로 만들 중요한 덕목에 해당한다고 믿기 때문이다. "믿음이 있으면 자연스런 규범이 생긴다. (……) 그게 아니더라도, 사람은 나이가 들면 투쟁적으로만 살아선 볼품이 없어진단다. 적당한 나이가 되면 자신의 열정을 종교적인 정신으로 다스리고 승화시켜야 하지."[14] 이렇듯 작가의 이응준의 절대자에 대한 무조건적인 복종이 아닌 자신의 열정을 다스리고 승화시키는 의미로서의 종교성에 대한 믿음은 투철하다.

아마도 이응준 문학이 항시 시대와 불화하고, 시대의 상징체계에 가려진 무시무시하고도 매혹적인 실재에 예민한 촉수를 들이대는 것은 바로 이 종교적 상상력에 기반한 그의 독특한 역사지리지 때문이라고 해야 하리라. 하지만 이응준 문학이 지속적으로 시대착오적일 수 있는 또하나의 요인이 있다는 점 역시 기억할 만하다. 바로 이응준 문학 전반이 행하고 있는 악무한에 가까울 정도의 합목적적 실천이다. 앞서 살펴보았듯 이응

---

14) 이응준, 「어둡고 쓸쓸한 날들의 평화」, 『달의 뒤편으로 가는 자전거 여행』, 164쪽.

준에게 종교성이란 인간의 비천한 자기 모습, 그러니까 계산가능성에 자신의 영혼을 저당잡힌 채 자기가 아닌 모든 것들을 억압하고 배제하고 훼손하는 근대인들의 현존 형식을 초월해 신-인간으로서 세상의 모든 것과 조화를 이루려는 정신에 다름아니며, 이를 통해 우리는 이응준의 문학이 현재의 사회적 형식을 전면 해체하고 종교성에 기반한 세계로의 재편을 꿈꾸고 있음을 확인할 수 있다. 이응준 문학이 도달하려고 하는 궁극적인 목적이 바로 이것임은 물론이다. 이응준의 문학은 이러한 목적을 이루기 위해, 그러니까 그러한 종교성이 지니는 의미와 가치를 널리 알리기 위해 '지금들, 이곳들'이라는 현재 속에서 바로 이러한 정신을 구현하는 자들을 찾아 헤맨다. 모더니티가 튼실하게 현존재들의 삶을 틀어쥐고 있는 지금, 이곳에서 이러한 존재들을 발견하기란 쉽지 않을 것이다. 하지만 그렇다고 전혀 불가능한 꿈도 아닐 터이다. 그런 까닭에 이응준의 문학은 전혀 없는 것은 아닌, 그러나 정말로 예외적인 그 존재들의 그 짧은 현현의 순간들을 끊임없이 찾아나선다.

이 현현의 순간들을 찾아나서는 이응준 문학의 탐사 과정은 그야말로 처절하고 치열하다. 신이 숨은 시대에 신을 믿는 자의 숙명이 그러하듯 이응준의 문학에는 전체와 전무, 황홀경과 허무, 이 두 극단밖에 없다. 점진적인 개선이라든가 상대적 진리라든가 차선책이라든가 하는 변증법적 과정은 들어설 자리가 없다. 해서, 이응준의 문학은 전무와 전체 사이, 그리고 오랜 절망과 찰나적인 환희 사이를 극단적으로 오간다. 신의 흔적을 발견하는 순간 세상을 얻은 듯한 환희에 전율하다가도 그 신의 흔적이 사라지는 바로 그다음 순간 황무지 같은 세상에 대한 공포에 얼굴을 파묻는다. 하지만 이응준의 문학은 그 신성의 흔적을 포기하지 않는다. 아니, 포기할 수가 없다. 그 신성을 비우면 세상은, 그리고 결국은 자신의 삶 전체가 무가 되므로. 하여, 이응준의 문학은 이 거친 폐허 속에 그야말로 한순간에 명멸하는 신성의 현현을 좇아 끊임없이 떠돌아다니거니와, 그러면서 그 벅찬 감격과 처절한 절망 사이를 끊임없이 오고간다. 물론 이응준 문학이 그 초기부터 긴 절망의 늪을 절망스럽게 배회하는 것은 아니다. 인간을 그야말로 무력하게 만드는 미친 모더니티 세계에서 신성과 종교성의 가치를 발견하기 시작하는 이응준 초기의 문학에는 어둠 속에서 갓 진리의 빛을 발견한 자의 자신감과 흥분이 보다 지배적이다. 그래서 이응준의 초기 문학은 그저 신성이 현현하는 순간이나 장면을 보여줄 뿐 어떠한 의지도 결단도 외삽시키지 않는다. 즉 '나무묘지'라든가 '달의 뒤편으로 가는 자전거 여행' 같은 서정적이며 환상적인 이미지만으로 초인성의 의미와 가치를 귀환시킬 수 있다고 믿고 있다고나 할까. 하지만 초기의 이러한 낙관주의는 곧 절망의 정조로 바뀐다. 세상의 어둠은 세상 사람 어느 누구도 어둡다고, 그러니 그곳으로부터 벗어나야 한다고 생각하지 않기 때문에 지속되는 것이리라. 그러니 '나무묘지'로의 귀의나 '달의 뒤편으로 가는 자전거 여행' 따위의 거울형상을 제시하는 것만으로 세속의 추악함과 비속함이 개선될 것이라는 기대는 애초부터 헛된 꿈에 불과한 것이리라. 이 견고한 현실과 충돌한 후 이응준의 문학은 변하기 시작한다. 이후 이응준의 문학은 한편으로는 견고한 현실에 대한 환멸을 기꺼이 표현하고, 다른 한편으로는 이 견고한 현실로부터 자유롭고자 자기 스스로를 막다른 골목까지 몰아넣으며, 그러니까 죽음을 불사하며 자신의 종교성을 완성하는 초인적인 존재들을 전면에 내세운다. 그래도 세상은 변하지 않을 터, 이응준의 문학은 한번 더 바뀐다. 이제 이응준의 문학은 세상에 대한 원망 혹은 원한의 감정으로 넘쳐난다. 위선의 세상에 위악으로 충격하기, 혹은 사이비 종교성의 그 파괴성과 비인간성을 극단화시켜 진정한 종교성을 환기하기 같은 것. 그와 맞추어 이응준의 문학의 지배적인 색조도 파란 안개에서 회색의 도시로, 그리고 다시 붉은 불길로 변화한다.

　이응준의 이러한 변화가 과연 이응준 문학의 궁극적인 목적, 그러니까 현재의 잔인한 합리성을 넘어서게 할 종교성의 회복에 얼마나 기여를 한 것인지를 판별하기란 쉽지 않다. 그러나 이러한 변화가 그야말로 자기 환멸과 자기의 소중한 덕목을 스스로 버리는 자멸의 산물이라는 것만은 분명하다. 이응준의 문학이 지금 이 시대의 기만적인 시선과 허위의식과는 전혀 다른 시선과 의식으로 세상을 읽어들여 결과적으로 이 시대의 규범이 구축하고 있는 세계상에 의해 가려지고 은폐된 세계상을 발견하고 귀환시킬 수 있었던 것은 바로 애초에 자신이 설정한 목적을 달성하기 위해 수시로 자기를 소멸시키는 합목적적 자기 실천의 소산이라 할 수 있다.

이렇게 작가 이응준은 시대적 규범과 관행에서 멀찌감치 벗어나서 현존재들이 반드시 다시 불러와야 할 소중한 가치들을 집요하게 환기시키면서 힘겹게 자신만의 고유한 왕국을 구축하고 있다. 그리고 이응준의 꾸준함은 바로 자기 소멸에 가까운 부침의 과정과 격심한 고통 속에서 이루어진 것인바, 이를 두고 놀랍다고 하는 것은 전혀 과장이 아닐 것이다. 그런데 이때 마침 이응준이 『약혼』이라는 네번째 신작소설집을 선보인 것이니, 관심이 가지 않을 수 없다. 결론부터 말하자면 『약혼』은 역시 작가 이응준의 소설집답게 놀랍다. 앞서 이야기했듯 이응준은 편편의 소설마다는 아니더라도 적어도 매 소설집마다는 기존의 소설집의 방법론과 진리 내용을 스스로 폐기하고는 앞 소설집과는 구분되는 시대의 도상학과 역사지리지를 선보인 바 있는데, 『약혼』 역시 이 점에서는 예전과 다르지 않다. 『약혼』도 이전의 이응준의 소설집과 마찬가지로 전 시기 소설집과는 구분되는 어떤 단절, 균열 들이 가로지르고 있으며, 그 단절과 균열 곳곳에는 자신이 설정한 목적에 보다 더 근접하려는 작가 특유의 절치부심이 흠뻑 스며 있다.

자, 이제, 『약혼』을 통해 작가 이응준이 행한 또다른 성찰들, 그러니까 현존재들의 기만적인 시선과 허위의식의 빈틈을 비집고 귀환시킨 매혹적인 실재들을 확인할 차례다. 아니, 우리의 세계 내적 위치를 조절할 차례다.

2. 숭고한 죽음의 소멸과 문제적 개인의 향방

『약혼』에 수록된 소설들은 이응준의 이전 소설과 마찬가지로 욕망의 매개자들의 죽음의 순간으로부터 열리거나 아니면 그들의 죽음과 더불어 닫힌다. 비록 이응준의 소설세계 전반이 꾸준히 변화를 거치고 있다고는 하나 형식적인 측면에서 보자면 이응준의 소설은 집요할 정도로 반복적이다. 각각의 소설들이 동일한 구성방식을 취하는 경우가 많은 것이다. 이를 두고 한 눈 밝은 비평가는 이응준의 소설을 두고 "그(이응준을 말함―인용자)의 대부분의 소설은, 이별이나 죽음으로 인한 그리운 사람의 부재로부터 시작하여, 연이어 찾아오는 상상적 혹은 실제적인 재회, 그로 인해 출렁이는 생, 그러나 이 생의 출렁임조차 진정한 만남을 기약하지 않는다는, 곧 미래로 나 있는 출구를 제시해주지는 못한다고 하는 마무리에 이르는 구성경로를 밟고 있다"[15]라고 말한 적이 있거니와, 그 정도로 이응준의 소설은 일정한 패턴을 반복한다.

이응준 소설에서 집요하게 반복되는 요소는 크게 두 가지이다. 하나는 욕망의 매개자들. 특이하게도 이응준의 거의 모든 소설에는 작중화자가 창공의 별처럼 삶의 표지로 삼는 욕망의 매개자들이 등장한다. 그들은 하나같이 작중화자보다 높은 위치에 있을 뿐만 아니라 작중화자의 욕망을 앞서서 그리고 보다 강렬한 형태로 실현하는 인물들인바, 이응준의 소설 대부분은 그 욕망의 매개자들을 소설의 중심에 놓고 그 거울형상에 작중화자와 일상인들을 비추면서 자신의 고유한 세계상을 제시한다. 이런 특성으로 인해 욕망의 매개자 없는 이응준의 소설은 상상하기 힘들 정도이며, 따라서 이응준 소설에 있어서 욕망의 매개자는 그의 소설의 아우라와 특이성을 결정짓는 중핵에 해당한다. 그런데 또하나 특기할 만한 점은, 이 욕망의 매개자들이 동일한 스테레오타입을 보이고 있다는 사실이다.

---

15) 강상희, 「순결한 낭만주의의 비의 혹은 슬픈 시선」(이응준, 『내 여자친구의 장례식』, 문학동네, 1999), 239쪽.

이응준의 소설에서 작중화자가 한없는 외경심을 가지고 올려다보는 인물들은 지금들-이곳들의 상징적인 질서와 절연된 실존 형식을 살아가는 것으로 되어 있다. 이응준 소설의 욕망의 매개자들은 하나같이 불우하고 불행한 인물들이다. 그러나 그들이 불행한 것은 항상-이미 존재하는 대타자의 질서와는 무관하다. 이응준의 소설은, 신이라는 절대자의 현존을 증명하기 위해서인지 몰라도, 항시 현존재들의 불행과 불우를 운명, 인간의 이성 너머의 초월적인 질서의 개입 탓으로 읽어들이거니와, 그래서인지 그들의 불행은 지금의 현실원리에 의한 것이 아니라 신의 자의적이고 폭력적인 개입, 혹은 신의 간계에 의해 비롯되는 경우가 많다. 하지만 그것이 다는 아니다. 그들의 불행과 불우를 더욱 부추기는 것이 있는데, 그것은 지금-이곳의 현실원리, 그러니까 잔인한 합리성에 근거한 이 시대의 윤리학과 처세술이다. 자본주의적 윤리학에 충실한 존재들은 욕망의 매개자들이 운명과 맞서는 고투에 대해 연민을 느끼거나 응원을 보내는 대신 그들의 행동을 비경제적인 것으로, 그러니까 의미 없는 것으로 폄훼함으로써 결국은 욕망의 매개자들의 불우를 더욱 힘겹게 한다. 하지만 그들은 그 불우한 운명에 굴복하지 않는다. 뿐만 아니라 그들은 그 불우한 운명을 세속사회에서 출세하는 것으로, 다시 말해 잔인한 합리성을 내면화하고 실천하여 보다 높은 세속적 위치를 차지하는 것으로 극복하려고 하지도 않는다. 그들은 세속적인 입신을 또하나의 늪이며 구속으로 받아들인다. 그래서 그들은 현실원리 속에서는 죽음과 폐허를 발견하고 대신에 현실원리 바깥에서만 삶의 활력을 발견하는 탈주자들이 되며 동시에 현실원리 바깥을 유유히 혹은 단호하게 떠도는 유목민들이 된다. 또한 그들은 지금들-이곳들에 머무는 것을 죽음이라고 파악한다. 때문에 그들은 역으로 인간의 유한성의 지표인 죽음을 두려워하지 않는다. 오히려 죽음을 주체의 무한성을 증명하고 자아를 실현할 수 있는 중요한 실천행위로 인식하고 죽음을 자기 완성의 중요한 계기로 설정한다. 즉, 자발적으로 죽음을 선택하기도 하는 것이다. 하여, 그들은 현실원리 너머의 단독자, 혹은 유목민이 되기 위하여 세속사회와의 단절을 위해 지금들-이곳들을 떠나거나 죽음을 향해 돌진한다. 그러다가 그 의지를 실현하는 데 죽음이라는 장벽이 가로놓일 경우 자신들의 목적을 이루기 위해 죽음을 마다 않는다.

이응준 소설에 등장하는 욕망의 매개자들의 이런 속성 때문에 이응준의 소설에는 또하나 집요하게 반복되는 요소가 존재하게 되는데, 그것은 다름아닌 욕망의 매개자들이 자신의 삶의 완성을 위해 죽는다는 점이며 또 그들의 죽음이 소설의 출발지점이 되거나 종착점이 된다는 점이다. 이응준의 소설에는 욕망의 매개자의 죽음이 없으면 서사의 시작도 끝도 불가능하다 싶을 정도로 죽음이 자주 출몰하며, 또 실제로도 이응준의 소설은 욕망의 매개자의 죽음으로부터 열리거나 아니면 죽음과 더불어 닫히는 경우가 많다. 이 때문에 이응준의 소설은 크게 두 계열로 나뉜다. 하나는 욕망의 매개자가 먼저 죽으면서 소설이 시작되는 경우이고, 다른 하나는 욕망의 매개자가 죽으면서 소설이 끝나는 경우이다. 전자의 경우 욕망의 매개자들은 실재적으로는 죽지만 상징적으로는 죽지 않은 존재, 그러니까 육체는 없고 영혼만 있는 유령이 되어 소설 곳곳을 떠다닌다. 그들은 그렇게 소설 곳곳을 떠돌며 자신들의 초인성을 드러냄으로써 현실원리에 갇혀 사는 자들을 부끄럽게 하거나 치명적인 자기 환멸에 빠지게 한다. 반면 욕망의 매개자가 죽는 것으로 소설이 끝나는 소설군의 경우 그 소설은 주로 한 순교자적인 인물의 죽음에 이르는 길의 동행기이거나 관찰기 형식을 띠고 있는 것이 특징적이다. 작중화자는 욕망의 매개자들의 자발성에 가까운 죽음의 선택 과정과 현실세계 바깥으로의 이탈 과정을 한없는 외경심을 가지고 관찰한다. 물론 이때도 작중화자의 내면이 부끄러움과 자기 환멸로 가득 차기는 마찬가지이다. 어떤 형식을 취하건 이응준의 소설은 본래적인 가치를 지향하는 인물들의 죽음과 실종을 집요하게 반복하거니와, 이를 통해 살아남은 자들의 비본래성을 여지없이 밝혀낸다.

이처럼 이응준의 소설은 욕망의 매개자들의 순교자적 죽음이라는 모티프를 통하여 끊임없이 죽음을 무대화시키고 우리들을 집요하게 그 죽음의 무대로 이끈다. 이는 아마도 작가 이응준이 죽음의 아우라만이 현존재들에게 이미-항상 존재하는 큰 타자의 메커니즘을 넘어서서 자신들의 세계 내적 위상을 확인시킬 수 있는 계기라고 믿기 때문일 것이며, 또 그의 소설이 기꺼운 죽음과 살아남은 자의 비겁을 거듭 반복하는 것은 아마도 그의 소설이 먼저 본래성을 지향하는 자들의 숭고한 죽음과 남겨진 자들의 각성 여부가 우리 시대의 잔인한 합리성을 넘어설 수 있는 유일무이한 길로 판단하고 있기 때문일 것이다. 또 실제로도 이응준 소설은 욕망의 매개자의 숭고한 죽음의 순간을 집중적으로 반복해 그 숭고한 죽음과 남겨진 자의 권태와 무기력한 삶을 비교시키거니와, 그를 통해 그야말로 부조리한 현존재들의 실존 형식과 그것으로부터의 극복 가능성을 밀도 있게 제시하고 있는 것이 사실이다. 그러므로 이응준 소설이 죽음으로부터 시작하거나 죽음을 향해 가는 서사구조를 반복하는 것은 단순한 우연이 아니라 바로 작가의 고유한 역사지리지가 현상한 형식이라 할 수 있으며, 더 나아가 욕망의 매개자들의 죽음으로 시작하거나 그것으로 끝맺는 이응준 특유의 소설 형식은 이응준 소설의 시금석이라 할 만하다.

이응준 소설의 이러한 소설적 특성은 『약혼』에서도 여전히 유지된다. 『약혼』에서 역시 각각의 소설 내에서 욕망의 매개자들의 죽음이 차지하는 위치와 기능은 여전히 절대적이며, 거의 모든 소설이 이전의 이응준 소설과 마찬가지로 욕망의 매개자들의 죽음으로 시작하거나 끝난다. 욕망의 매개자들의 죽음이라는 점에 관련해서 보자면 『약혼』은 이응준의 이전 소설집과 크게 다르지 않다. 어떤 측면에서 보자면 동어반복적이기까지 하다. 예컨대 『약혼』의 입구에 해당하는 「내 어둠에서 싹튼 것」에만 해도 갑자기 작중화자의 앞에 닥쳐온 두 개의 죽음으로부터 시작하며, 표제작인 「약혼」은 연쇄적인 죽음 끝에 작중화자의 약혼자이자 욕망의 매개자인 그녀가 죽음에 이르기까지의 과정을 서사의 중핵으로 하고 있다. 그런가 하면 「아마 늦은 여름이었을 거야」는 작중화자 어머니의 이해하기 힘든 삶과 그 어머니의 죽음이 소설을 이끌어가는 전경화로 배치되어 있다. 「어둠에 갇혀 너를 생각하기」는 욕망의 매개자를 먼저 저곳으로 떠나보내고 죽음에 이르는 자의 기록이며, 「나의 포도주와 그의 포도나무들」은 한 초인적 존재의 죽음에 이르는 과정에 대한 기록이다. 또 그런가 하면 「인형이 불탄 자리」 역시 한 아름다운 영혼이 서서히 죽어가는 과정이 후경화로 펼쳐져 있다. 이처럼 『약혼』에도 역시 죽음들이 난무할 뿐만 아니라 그 죽음은 하나같이 서사의 출발점이 되거나 종착점이 된다. 물론 몇몇 소설들에는 죽음의 바로 그 순간이 등장하지 않고 있는 것도 사실이다. 그러나 그 소설 역시 죽음과 무관한 것은 아니다. 그 소설들에는 죽음이 없는 대신에 한 인간의 명멸, 소진, 스러짐 같은 것이 포진해 있기 때문이다. 「네가 계단에 서서 나를 부를 때」는 거듭되는 좌절로 더이상 어쩔 수 없는 극한상황에 내몰린 한 여성의 주검과도 같은 생을 그리고 있으며, 「황성옛터」 역시 단 한 번의 실수로 모든 삶의 에네르기와 활동성을 상실한, 그러니까 실재적으로 살아 있으나 상징적으로는 이미 죽어버린 한 여성의 현존 형식에 주목하고 있다. 결국 『약혼』에는 「애수의 소야곡」 한 편을 제외하고는 모두 죽음의 그림자가 짙게 드리워져 있는 셈이다.

그렇다면 『약혼』에 이르러 작가 이응준 특유의 꾸준한 변신 의지가 작동을 멈춘 것인가. 서둘러 말하자면, 그렇지 않다. 아니, 오히려 『약혼』에 이르러 작가 이응준이 행하고 있는 변신의 폭은 이전의 이응준의 역사지리지에 대한 근본적인 수정이라고 할 정도로 거대하다. 『약혼』의 소설들 역시 욕망의 매개자들의 죽음으로 열리고 닫힌다는 점에서 이응준 소설 특유의 구성을 반복하는 것이 사실이지만, 이응준의 이전 소설의 단순한 반복은 바로 이것만이다. 그리고 그 외의 모든 것은 가히 근원적이라 할 정도로 달라져 있다. 작품 전체의 분위기나 색조, 작중인물들의 위계, 그리고 마지막으로 작품들의 전언 등등.

하지만 『약혼』에서 일어난 이 큰 변화의 원인은 단 하나이다. 즉 『약혼』 이전과 『약혼』 사이에는 단 하나 변한 것이 있을 뿐인데, 그것이 『약혼』을 『약혼』 이전으로 되돌릴 수 없을 정도로 근본적인 변화를 초래한 것이다. 그 궁극적이면서도 유일한 단 하나의 변화란 이응준의 소설에 등장하는 욕망의 매개자들의 변화이다. 『약혼』에도 여전히 작중화자보다 높은 위치에서 진리를 구현하는 욕망의 매개자들이 있고, 그들의 죽음의 순간을 통해 소설이 열리고 닫히기는 하지만, 『약혼』의 욕망의 매개자들은 『약혼』 이전 소설의 욕망의 매개자들과 분명 다르다. 좀더 구체적으로 말하자면 『약혼』의 욕망의 매개자들이 더이상 초인적인 존재들이 아닌 것이다. 그들은 더이상 초인적인 강렬함을 지닌 존재도 아니고 영원성을 구현하는 인물들도 아니다. 이전의 욕망의 매개자들이 전적으로 지금들-이곳들 바깥에서만 구원이 가능하다는 인식하에 끊임없이 현실원리 바깥을 떠돌았다면, 그리하여 자발적인 죽음 혹은 기꺼운 죽음으로 자신들의 삶을 완성했다면, 『약혼』의 욕망의 매개자들은 그렇지 않다. 『약혼』의 그들은 더이상 일상인이 측량할 수 있는 범위를 넘어서서 초인성을 구현하며 살아가는, 그리고 죽음으로 초인성을 완성하는 숭고한 존재들이 아니다. 물론 『약혼』의 그들 역시 신의 간계와 잔인한 합리성이라는 이중 장치에 의해 불우하게 살아가는 것으로 되어 있기는 하다. 그들은 신의 저주 탓에 과잉 결핍이나 과잉 잉여의 비정상적인 상태로 출생하며 그와 더불어 혹은 그것 때문에 세속의 철저한 냉대와 경멸 속에서 성장한다. 그들은 이 신의 저주인 세속의 냉대 속에서 자꾸 주변부로 떠밀려가고 침묵을 강요당한다. 그들은 이처럼 신의 간계와 타락한 현실원리에 의해 현실 바깥으로 떠밀려 수없는 시련을 겪었음에도 불구하고 그 원리에 순응하기는커녕 오히려 절대화된 신과 현실원리 전반을 냉소하고 경멸하는 존재로 자기 혁신을 거듭하며 종내에는 문제적인 개인으로 성장한다. 그러나 그들의 성장은 여기까지이다. 그들은 타락한 사회의 타락한 개인이 되기는 하나 그 타락한 사회를 넘어 그야말로 자신의 자유의지로만 살아가는 초인적 존재가 되지는 못한다. 한마디로, 『약혼』의 욕망의 매개자들에게는 이응준의 이전 소설의 욕망의 매개자들이 공통적으로 지니고 있는 그것, 바로 초인적 강렬함이 결여되어 있는 것이다. 하여, 결과적으로 『약혼』의 욕망의 매개자들은 그 불행의 원천에 신의 저주라는 항목이 하나 더 들어 있을 뿐 우리가 흔히 조우하는 일상인들과 크게 다를 바가 없다. 그들은 현재의 일상인들과 같이 신의 저주와 타락한 세계와 싸워서 승리할 가능성이 없다는 것에 절망하고, 현재의 자리에 머무는 것은 더 큰 절망에 빠질 수밖에 없다는 이중구속 혹은 이중절망의 상태에 처해 있다. 다만 다른 점이 있다면 일상인들에 비해 현실원리 바깥의 세계에 대한 동경이 조금 더 강렬하여 길이 끝난 혹은 길이 없는 여행을 감행한다는 것이다. 즉, 『약혼』에 이르러 이응준 소설의 매개자가 초인적 존재에서 루카치적인 의미의 문제적인 개인으로 변모한 것이다.

예컨대 「내 어둠에서 싹튼 것」의 경우 욕망의 매개자가 두 명 등장하며 이 두 명이 모두 죽으면서 소설이 시작하는 것은 이전 소설과 같지만 이 두 욕망의 매개자인 문교수와 '그녀'의 초인성과 외설성은 이전 소설에 비해 현저하게 약화되어 있음이 특징적이다. 이들 역시 현재의 상징적인 질서 바깥으로 이탈하려는 성향이 상당히 강한 존재들이기는 하다. 문교수는 법학과 교수이면서 법학을 공부하겠다는 작중화자인 '나'에게 문학을 하라고, 학교를 그만두고 세상 속으로 들어올 길을 스스로 차단하라고 권하는 인물로 되어 있다. 그런가 하면 문교수는 문학에 대한 특별한 재능이 없어 보임에도 불구하고 문학에 대한 집착을 버리지 않는 인물이기도 하고 또 젊은 시절 현실원리 너머로 나아가기 위해 퇴폐와 소모, 그리고 제도 바깥의 사랑의 열정에 자신의 삶을 맡기던 인물이기도 하다. 뿐만 아니라 구 년 만에 '나'를 찾아와 사랑을 고백하고는 일주일 만에 자살한 '그녀' 역시 현존재들을 구성하는 윤리와 도덕 바깥에 있기는 마찬가지이다. '그녀'는 "공식 명칭 없이 틈만 나면 술에 절어 문화와 예술에 관해 무작위로 지껄여대는 것이 목표의 전부였던 그 유령집단"(「내 어둠에서 싹튼 것」, 18쪽)에서 그야말로 적극적으로 외설적인 삶에 자신을 기탁했던 존재이기도 하고, 또 이 기술복제 시대에 그리고 이 대량생산 시대에 "단 한 권의 아름다운 책"(20쪽)을 만드는 예술제본 작업에 자신의 인생을 거는 존재이기도 하다. 하지만 문교수와 '그녀'는 약간 외설적이고 약간 초인적일 뿐이다. 그/그녀는 이 시대의 선악을 넘어서고자 하기는 하나 결국 이 시대의 현실원리를 거부하고 현실 바깥으로 나가기 위해 죽음을 불사하지는 않는다. 한편으로는 현실 바깥을 꿈꾸나 다른 한편으로는 현실원리에 갇혀 사는 존재들인 셈이니, 그들의 외설성과 초인성은 이제까지의 이응준 소설의 욕망의 매개자들에 비하면 현저하게 미약하다. 이전의 이응준 소설의 욕망의 매개자들이 하나같이 초인적인 강렬함으로 저 높은 곳에 위치해 있었다면, 그래서 이응준 소설의 작중화자들은 '그들' 혹은 '그녀들'을 항시 올려다볼 수밖에 없었고 또 그들이 뿜어내는 강렬한 아우라를 뒤쫓을 수밖에 없었다면, '문교수'와 '그녀'는 그렇지 않다. 외설적이기는 하나 외경할 정도는 되지 못하며 치열하기는 하나 일상성을 넘어설 정도로 강렬하지는 못하다. 마성이 빠져나간 초인이라고나 할까.

『약혼』에 수록된 다른 소설에서도 사정은 다르지 않다. 「약혼」의 경우 역시 작중화자의 욕망의 매개자에 해당하는 인물이 두 명 등장하는데, 이들 역시 마성이 빠져나간 초인 그러니까 문제적 개인 정도로 자리를 내려앉기는 마찬가지다. 신의 간계로 육손이로 태어났고 그 과잉 때문에 세상사람들로부터 극심한 상처를 받으며 성장한 해원과 어릴 때 광견병에 걸려 죽은 사촌형에 대한 기억 때문에 "사람의 상처에 대해 관심이 지대"(「약혼」, 38쪽)한 단편영화 감독 민병우가 그들이다. 그들은 일찌감치 자신의 불우를 통하여 반드시 상처로 현현하는 신의 뜻을 깨닫고 본질적인 삶으로 회귀하려고 하나 합리성 하나로 비본질적인 삶을 살아가는 세상 사람들로부터 또다른 고통을 받는다. 그들은 이런 이중의 구속에 굴하지 않고 거룩한 존재로의 도약을 포기하지 않는 강인함을 보이기는 하나, 멈추지 않고 다가오는 거친 시련 앞에서 결국은 좌초한다. 민병우는 애인인 해원과 친구인 작중화자의 배신 때문에 자살하고, 또 해원은 애인을 배신했다는 죄책감과 호전될 가능성이 없는 치명적인 병 앞에서 결국 자살을 선택한다. 하지만 이들의 죽음은 자발적이고 기꺼운 죽음을 통하여 자신의 유한성을 뛰어넘으려는 이전 소설의 인물들의 행위와는 근본적으로 구분된다. 이들은 자신들에게 주어진 운명을 그저 이기고자 할 뿐 자신들의 행위에 대해 어떤 큰 의미를 부여하지 않는다. 즉 그들은 주어진 운명의 파고와 싸우는 자신들의 행위가 지금의 이 황폐한 현실을 구원하기 위한 순교자적 행동이라고 생각하지 않으며, 그런 까닭에 당연히 신을 부정하는 것과 동시에 잔인한 합리성에 갇혀버린 현존재들에게 어떤 강력한 메시지를 전달하려는 목적으로 자발적인 죽음(혹은 실종)도 감행하지 않는다. 대신에 그들은 예상치도 못한 배신에 고통스러워할 뿐만 아니라 그것에서 도저히 범접할 수 없는 신의 간계와 세속사회의 모럴의 위력을 발견하곤 곧 절망하여 목숨을 끊거나 할 뿐이다.

『약혼』에 등장하는 대부분의 욕망의 매개자들이 이런 식이다. 그들은 그저 좀 유별나고 유목민적인 성향이 강한 일상인일 뿐이다. 「네가 계단에 서서 나를 부를 때」의 박사장의 경우 작중화자의 "인생수업 시절의 교사"(52쪽)이지만 그럼에도 그에게서는 초인성을 찾아볼 수 없다. 있다면 예외성 정도라고나 할까. 하여간 박사장은 사업 실패로 도산하자 가족에게 보험금이나마 남겨주려고 자살을 계획하지만 오히려 아내의 죽음 후에 나온 보험금으로 살아가며, 그 인생의 아이러니에 충격을 받아 사막으로 떠나지만 결국 다시 생활세계로 귀환한다. 또 「어둠에 갇혀 너를 생각하기」의 승희는 프랑스의 상황주의자 기 드보르의 추종자로 "이 세계를 오물더미로 몰아붙"이기도 하고 또 기 드보르처럼 "왜 한국의 지식인들한테는 이념의 순결을 지키기 위해 자살한 사례가 없느냐"며 지금의 현실원리와 날카롭게 대립각을 세우는 인물이다. 이응준의 이전 소설이라면 당연히 외경의 대상이 됨직한 이 인물에 대해 작중화자가 보이는 시각은 뜻밖에 싸늘하다. "승희의 야유는 오히려 그녀 자신에게로 되돌아가야 마땅하다. 승희가 추구한 바는 욕망을 멋부리며 배설할 비극적 양식과 방법론, 뭔가 대단히 위험한 일을 꾸민다고 착각하는 데서 오는 숭고해지는 듯한 느낌이었던 것이다."(158쪽) 때문에 승희는 작중화자에 앞서 죽지만 그것은 이념의 순결을 위해 자살한 사례와는 거리가 멀어 오로지 자신에게 몸을 떼어준 작중화자의 희생에 대한 보답으로 우발적으로 이루어진 행위로 그려져 있을 뿐이다.

이응준 소설에서의 욕망의 매개자들의 변화된 위상은 단지 이 정도에 그치는 것이 아니다. 『약혼』의 인물들에는 심지어 인간의 자존마저 잃고 그저 죽음과도 같은 상태를 다만 견디며 사는 한없이 낮아진 욕망의 매개자들도 있다. 즉, 『약혼』에는 위치는 분명 욕망의 매개자의 자리인데 어떻게 된 일인지 현실원리 바깥을 꿈꾸기는커녕 현실원리에 철저하게 억눌린 존재들이 등장하는 것이다. 「네가 계단에 서서 나를 부를 때」의 오혜령이나 「황성옛터」의 현경 등이 그러하다. 「네가 계단에 서서 나를 부를 때」의 오혜령의 경우 전직 전주시장의 딸로서 이유는 불분명하나 자기를 둘러싼 세상이 오물로 가득 차 있다고 생각하여 그것이 어떤 것이라도 세상의 것과 접촉한 후에는 반드시 손을 닦아야만 하는 결벽증 환자이나 사랑에 관해서라면 대단히 외설적이고 집요한 여성이다. 하지만 그녀는 이러한 외설적인 사랑과 거듭된 실연 혹은 시련의 과정을 통해 강인한 주체로 성장하기는커녕 오히려 죽음과도 같은 폐허로 전락하고 마는 것으로 되어 있다. 또 「황성옛터」의 현경의 경우도 타락한 세속을 초인성으로 극복하기보다는 오히려 그 타락한 사회의 잔인한 합리성의 감옥에 갇혀버리고 마는 "박제된 천재"이기는 마찬가지이다. 그녀는 세상을 앞서 읽어나갈 뿐만 아니라 그 자신감으로 시대의 도덕을 간단하게 뛰어넘는 강인한 주체였으나 신의 폭력적인 개입과 그에 따른 세속의 소음 속에서 자신의 목소리를 잃어버리고 오직 「황성옛터」의 그 짙은 폐허를 반복적으로 흥얼거리는 인물로 내려앉고 만다. 즉 이전의 이응준 소설이라면 당연히 거룩해지기 위해 죽음을 불사하는, 아니 죽음으로써 거룩함을 완성하는 인물로 설정되었음직한 인물들이 『약혼』에서는 초인성을 발휘하기는커녕 삶의 활력마저도 잃어버린 인물로 전락하고야 말았다고 할까.

하여간 『약혼』에 등장하는 욕망의 매개자들은 분명 이전의 이응준 소설의 그들과 큰 차이를 보인다. 특히 『약혼』의 그들에게서는 자신이 속한 공동체의 구원, 혹은 더 나아가 세계의 구원이라는 숭고한 이념을 찾기란 이제 불가능하다. 그들은 그저 신의 간계에 의해, 그리고 타락한 현실세계에 의해 일그러진 자신들의 운명에 휘둘리지 않고 인간으로서의 자존을 지키기 위해 혼신을 다하는 인물들일 뿐이다.

『약혼』에 등장하는 욕망의 매개자들의 이러한 형질 변화는, 욕망의 매개자들이 이응준 소설의 중핵인 만큼, 당연히 이응준 소설의 전체를 변화시킨다. 우선 욕망의 매개자들이 더이상 숭고하지 않으니 그들의 죽음 역시 숭고하지 않다. 그들의 죽음은 더이상 그 숭고한 이념을 위한 순교자적 행위가 아니며 단지 자신의 자존을 지키기 위한 것 정도이거나 아니면 어쩔 수 없는 죽음에 불과하다. 이들의 죽음이 숭고하지 않으니, 또한 그 죽음이 남겨진 자 혹은 그 죽음을 바라보는 자들에게 끼치는 감염력 또한 현저하게 다르다. 즉 이전의 이응준 소설의 욕망의 매개자들이 인간의 유한성의 표지인 죽음을 뛰어넘음으로써 오히려 인간 주체의 무한성을 구현하는 거의 순교자적 죽음의 형식을 취했다면, 그래서 살아남은 자들과 그 죽음을 관찰하는 자들에게 절대적인 숭배의 염이나 자기 환멸의 감정을 남겼다면, 『약혼』의 욕망의 매개자들은 그와는 달리 죽음을 두려워하고 죽음에 순응하며 죽음을 통하여 자신들의 유한성을 확인할 뿐이다. 그러므로 당연히 그 죽음을 바라보는 『약혼』의 인물들은 먼저 죽어가는 자들에 대해 외경심을 보이거나 자기 환멸의 감정을 느끼지 않는다. 그저 그들의 죽음을 내면화하여 자신의 삶의 궤도를 약간 수정할 뿐인 것이다. "그는 그런 사내였다. 기대에 미치지 않는 스스로를 괴로워하고, 아름다운 여인의 따뜻한 품과 고운 숨결을 갈망하고, 지구의 끝까지 방황하다가 홀연 아무것도 씌어 있지 않은 묘비처럼 멈추고 싶어하는. 그는 속물의 안정을 부끄러워하고 탕아의 자유를 부러워했다. 나를 가르쳤던 그는 적어도 백면서생 좀팽이가 아니었던 것이다. 나는 스승의 아픔을 인정하기로 했다."(「내 어둠에서 싹튼 것」, 25쪽)

이응준 소설이 집요하게 반복하고 있는, 그래서 이응준 소설의 시금석에 해당하는 욕망의 매개자들의 죽음의 표정이 이처럼 전변에 가까울 정도로 달라지므로 『약혼』의 소설이 전하고 하는 바 역시 이전과 현격한 차이를 보인다. 『약혼』 이전의 소설이 죽음을 마다 않는 자들의 숭고한 죽음과 그 죽음을 이해하지 못하는 자들의 환멸스러운 모습을 통해 본래성(혹은 세계의 구원)을 향한 현존재들의 영웅적이고 초인적 행동을 우리 시대의 유일한 구제책으로 제시했다면, 『약혼』의 소설들이 전달하고자 하는 바는 그것과는 다르다. 『약혼』의 소설들은 이제 더이상 "고통에 찬 이 세상을 구원"(「네가 계단에 서서 나를 부를 때」, 69쪽)하기 위해 현실원리를 훌쩍 넘어서는 숭고한 개인들의 영웅적인 죽음을 무조건적으로 찬미하거나 그렇지 못한 현존재들의 속물적인 삶을 무조건 경멸하지 않는다. 아니, 『약혼』에 이르면 오히려 지금들-이곳들의 현존재 속에 잠복해 있는 가능성을 덮어두고 무조건 현실원리 바깥으로만 향하는 초인적 유목민들에 대해 무조건적인 긍정의 시선을 거두어들이고 대신 "속물의 안정을 부끄러워하고 탕자의 자유를 부러워"하는 문제적인 개인들에게서 진정한 종교성의 발현을 발견한다. 한마디로 『약혼』에 이르러 이응준 소설은 죽음으로 자기를 완성하는 강인한 초인적 존재 대신에 생활세계에 충실하면서도 탈주를 꿈꾸는 문제적 개인을 종교성을 구현하는 의미 있는 이정표로 제시하기에 이른 것이다.

이러한 변화는, 물론 아직 신의 간계와 잔인한 합리성을 넘기 위한 신-인간으로의 재탄생과 그를 통한 전혀 새로운 세계의 창조까지를 폐기한 것은 아니지만, 이응준 소설에 있어서 대단히 큰 변화라 할 만하다. 다른 것은 차치하고라도 『약혼』에 이르러 적어도 숭고한 주체의 대속을 통한 세계의 구원이라는 이제까지의 정치적 프로젝트를 전면적으로 수정하는 모습을 보이고 있기 때문이다. 이것만으로도 『약혼』이 이제까지 이응준의 소설과 얼마나 다른가는 분명하다고 할 수 있다. 그렇다면 당연히 우리의 관심사는 왜 숭고한 개인이 아니고 문제적 개인인가 하는 점으로 옮겨갈 수밖에 없을 터이다. 왜인가. 왜 더이상 숭고한 개인은 아닌가. 왜 반드시 문제적 개인이어야 하는가.

3. 복화술적 주체의 발견과 세속의 재발견

왜 문제적인 개인인가에 대해 말하기 위해서는 먼저 왜 숭고한 개인이었던가를 살펴보는 일이 효과적일지도 모른다. 여러 이유가 있었겠지만 『약혼』 이전의 이응준 소설이 숭고한 주체의 희생과 대속이라는 제의에 그토록 큰 기대를 걸었던 까닭은 한편으로는 세속 도시에서 물질처럼 살아가는 현존재들과 현존재들을 물질로 전락시킨 근대 특유의 잔인한 합리성에 대한 환멸과 불신 때문이었고, 다른 한편으로는 그러한 환멸로 가득 찬 세속 도시로부터 벗어나고자 하는 작가 특유의 세계창조자적 열정 때문이었다고 해야 할 것이다. 이응준 소설은 반시대적이게도 세속의 모든 인간들이 신-인간으로 비로소 다시 태어나는, 그래서 그야말로 인간은 물론 모든 신의 피조물(혹은 이 세상을 살아가는 모든 생명체들)이 조화를 이루는 그런 세상을 꿈꾸고 있었던 것인데, 안타깝게도 또는 혐오스럽게도 현존재들은 하나같이 잔인한 합리성에 영혼을 빼앗긴 물질들, 혹은 "무정한 짐승"들일 뿐이었던 것이다. 이런 입장이니, 아니 이런 역사지리지에 서 있으니, 이응준 소설이 선택할 길은 단 하나일 수밖에 없었다. 즉, 누군가 먼저 진리를 깨달은 자가 인류 전체의 죄를 대속하여 죽음으로써 남은 자들의 경각심을 촉구하는 것. 정리하자면 『약혼』 이전의 이응준 소설은 세속 혹은 속물에 대한 가혹할 정도의 불신을 보이면서도 끝끝내 신-인간적인 존재들이 만들어내는 조화를 포기하지 않아 결국에는 현존재들의 무지와 오만을 대속한 숭고한 주체들을 자아-이상으로 설정하기에 이르렀다고 할 수 있다. 그 순간 이응준의 소설은 빠져나오기 힘든 악순환의 메커니즘에 휩쓸려버린다. 즉 세속 혹은 속물에 대한 혹독한 불신이 급기야 인류의 무지와 죄를 홀로 대속하는 숭고한 주체를 찾게 되면서 속물들에 대한 불신은 더욱 깊어가고, 그런 만큼 더 강렬한 숭고한 주체를 찾게 되고, 그러면서도 세상의 변화가 느껴지지 않으면 속물들에 대한 환멸과 혐오에 빠져들게 되고, 또 그런 만큼……

한데, 그랬던 것인데, 『약혼』에 이르러 이응준 소설 전반은 돌연 숭고한 죽음에 대한 집착을 떨쳐낸다. 그리고 문제적 개인과 그 주변 인물들의 향방에 아연 관심을 집중하기에 이른다. 정말 그렇다면 우리는 『약혼』의 이 전신에 대해 다음과 같은 질문을 던져야 할 차례다. 문제적 개인의 출현은 우연적이며 일시적인 것인가. 아니라면 이제 이응준 소설은 이응준 소설 특유의 강렬하지만 전도된 변증법에서, 그리고 현재의 시대적 규범에 대한 매우 통렬한 비판이지만 그것 때문에 점점 더 현시대로부터 멀어지는 악순환에서 벗어난 것인가. 다시 말해 『약혼』의 문제적 개인의 출현은 우연한 실험 정도가 아니라 이제 이응준 소설이 현존재들에 대한 강한 환멸과 혐오에서 벗어났고 숭고한 주체의 숭고한 죽음에 대한 외경심을 떨쳐냈음을 알려주는 이정표인가. 앞질러 말하자면, 『약혼』은 이제 이응준의 소설이 그 특유의 초인 프로젝트에서 벗어나고 있음을 선명하게 보여주는 이정표이다. 그렇다. 이제 이응준의 소설은『약혼』에 이르러 현존재들 중 어떤 부류에게서 잔인한 합리성을 넘어설 수 있는 가능성을 발견하며 이 때문인지는 몰라도 숭고한 죽음에 대해서는 비판적인 시선마저 견지한다. 그리고 이 숭고한 주체에 대한 비판적인 의식이 곧 문제적인 개인에 대한 관심을 촉발시켰음은 물론이다.

반복되는 감이 없진 않지만『약혼』에는 이제까지 이응준의 소설과는 달리 숭고한 주체의 숭고한 죽음에 대한 자멸적이고도 자학적인 탄식도, 또 그 죽음에 대한 외경 섞인 묘사도 없다. 아니, 죽음으로 자기를 완성하는 숭고한 주체 자체가 없다. 아니, 그 정도에서 그치는 것이 아니다.『약혼』의 소설들은 숭고한 주체들에 대해 혹은 그들의 숭고한 죽음에 대해 비판적인 시선마저 견지한다.

> 승희는 기 드보르라는 기인에게 경도돼 이 세계를 오물더미로 몰아붙였지만, 내 소견에 그녀의 그러한 태도는 어설픈 낭만주의일 뿐이다. 왜 한국의 지식인들한테는 이념의 순결을 지키기 위해 자살한 사례가 없느냐던 승희의 야유는 오히려 그녀 자신에게로 되돌아가야 마땅하다. 승희가 추구한 바는 욕망을 멋부리며 배설할 비극적 양식과 방법론, 뭔가 대단히 위험한 일을 꾸민다고 착각하는 데서 오는 숭고해지는 듯한 느낌이었던 것이다.
> —「어둠에 갇혀 너를 생각하기」, 158쪽

위의 인용은 "노동이나 권태 따윈 지옥에나 가라!"고 외치고 또한 화폐와 국가가 존재하지 않는 공산주의 사회, 그러니까 "자유로운 유희에 대한 사랑에 기반을 둔 사회"를 대안으로 제시하며 그 때문에 "노동에 반대하고 완전한 여흥을 옹호했으며 급기야 무정부주의조차 거부한"(「어둠에 갇혀 너를 생각하기」, 154쪽) 68혁명 당시 프랑스의 기 드보르를 불러내고 있는 「어둠에 갇혀 너를 생각하기」의 한 구절이다. 「어둠에 갇혀 너를 생각하기」가 자세히 소개하고 있는 바에 따르면 기 드보르는 자신이 구현하고자 하는 어떤 상황을 위해 숭고한 죽음을 감행한 인물이다. 기 드보르는 "매스컴과 개인 숭배가 대중을 굴종의 최면상태에 감금시킨다고 역설한" 인물이기도 하고, 또 자신의 "저작이 상품화되는 것을 막기 위해" 같이 놓일 책을 치명적으로 손상시킬 수 있는, 그래서 도서관이나 서점에서 다른 책과 같이 진열되는 상황을 피할 수 있는 "사포로 책을 제본"(「어둠에 갇혀 너를 생각하기」, 153쪽)하기까지 한 인물이기도 하다. 그러나 이러한 노력에도 불구하고 "기 드보르와 그의 작품들은 센세이션을 뛰어넘어 고전이 되는 것도 모자라 당대 불온한 지식인들의 경전으로 자리잡고"(같은 곳) 만다. 기 드보르는, 해서, 결국 "그토록 비판하고 모독해 마지않던 현대의 우상과 어느 날 문득 같아져버렸다는" "지독한 아이러니고 딜레마"에 빠진다. "부정하려던 시스템에 스스로 갇"(같은 곳)힌 이 지독한 아이러니와 딜레마를 기 드보르는 자신의 가슴을 권총으로 쏘는 것으로 해결한다. 하지만 이러한 자기 완성을 위한 기 드보르의 숭고한 죽음 역시 결과적으로는 기 드보르가 처했던 아이러니와 딜레마를 해결해주지는 못한다. "기 드보르는 쿠바 혁명의 영웅에서 오늘날 자본주의의 티셔츠 로고로 전락한 체 게바라 짝이 나기 싫어서, 자기를 추종하는 승희 같은 예술가형 쾌락주의자들의 나르시시즘이 역겨워 자살"(「어둠에 갇혀 너를 생각하기」, 158~159쪽)했지만, 오히려 그 행위가 더 맹목적인 추종자를 양산하는 부조리한 상황을 연출하기 때문이다.

기 드보르의 삶과 죽음을 두고 벌이는 「어둠에 갇혀 너를 생각하기」의 이러한 성찰은 여러 가지 점에서 주목할 만하다. 우선 현재의 상징적 네트워크를 넘어 실재계를 만나려는 혁명적 에네르기로 항시 충만한 듯해 보이는 기 드보르의 생애에서 아이러니를 읽어내는 식견은 경청할 만하다. 하지만 정작 기 드보르의 생애에 대한 서술에서 우리가 주목할 점은 드디어 이응준의 소설이 기 드보르의 생애를 통해 숭고한 주체의 영웅적 행동이 지니는 한계성이랄까 역효과랄까 하는 점을 정말 통렬하게, 그러니까 괴로우면서도 맵게 인식하기 시작했다는 점이다. 바로 숭고한 주체의 죽음은 살아남은 자들에게 각성을 주어 스스로 신-인간이 되게 하는 계기로 작동하기보다는 '대중을 굴종의 최면상태에 감금시'키는 역능을 행사한다는 것. 때문에 이들의 숭고한 죽음 앞에서 자학과 환멸로 대응하는 것은 신-인간에게서 멀어져가는 자신에 대한 혹독한 참회의 결과이기보다는 오히려 「어둠에 갇혀 너를 생각하기」의 승희처럼 '대단히 위험한 일을 꾸민다고 착각하는 데서 오는 숭고해지는 듯한' '어설픈 낭만주의'의 자기 기만 산물이라는 것. 결국 『약혼』에 이르러 이응준 소설은 숭고한 죽음이 인간을 자유롭도록 하는 것이 아니라 자유로부터 도피하게 하고 더 나아가 충분히 깨어날 수 있는 현존재들을 또다른 '굴종의 최면상태'로 몰아넣는다는 인식을 보이고 있는 것이니, 해서, 『약혼』의 소설들은 자신의 역사지리지가 예측하지 못했던 뜻밖의 장면들을 두렵지만 결국은 수용하고 그것을 통해 전면 수정된 역사지리지에 의해 구축된 작품들이라고 말할 수 있다. 전혀 달라진 소설로써 이전의 자신의 소설에 대한 통렬한 자기 비판을 행하는 대단히 희귀하고 흥미로운 경우라고나 할까.

하지만 숭고한 죽음이 불러오는 예기치 않은 '굴종의 최면상태'에 고통스러운 발견이 『약혼』에 이르러 이응준 소설이 숭고한 죽음에 대한 집요한 경향성을 수정하게 된 전적인 요인이라고 할 수는 없다. 또하나의 중요한 요인이, 어떻게 보면 보다 본질적인 요인이 개입되어 있는데, 그것은 다름아닌 생활세계 혹은 세속의 인간들에 대한 재발견이다. 『약혼』에 수록된 모든 소설들에 명문화되어 표현되고 있는 것은 아니지만, 불규칙하지만 저 구석구석까지 퍼져 있는 주도적인 정서가 있다. "포수는 한 마리의 새를 총으로 쐈을 뿐이지만, 그 새는 전 우주를 잃어버리게 되죠. 죽은 새에게 자신보다 소중한 것은 없었을 겁니다"(「아마 늦은 여름이었을 거야」, 109쪽)로 압축될 만한 정서가 그것. 모든 생명체, 모든 존재들은 모두가 고유한 우주를 지니고 있다는 것. 그러므로 어떤 존재들을 각자의 관점, 각자의 역사지리지에 따라 자의적으로 재편하는 것은 그 각각의 우주를 지워버리는 일이 된다는 것. 이제까지 우리의 논의 맥락과 결부시켜 말하자면, 현존재들은 숭고한 죽음에 의해 각성되어야 할 정도로 '굴종의 최면상태'에 있지 않다는 것이다. 그런 까닭에 『약혼』에는 세속의 인간들에 대한 환멸과 혐오가 거의 사라지고 없다. 아니, 때로는 생활세계 속에 충실히 살아가면서 비록 인류를 구원하겠다는 거창한 이념은 없지만 자신만의 '우주'를 구축하고 있는 세속의 인간들에게 오히려 경이와 외경의 시선을 보내고 있기까지 하다. 말하자면 『약혼』에 이르러 이응준 소설은 숭고한 주체에 대한 외경이 약화되는 대신에 꼭 그만큼 생활세계 속의 인간들에 대한 보다 전폭적인 신뢰를 보이고 있는 셈인데, 이를 두고 우리는 『약혼』에 이르러 이응준 소설의 관심은 낮은 데로 임하기 시작했다고 말할 수 있다.

그러나 이응준 소설이 낮은 데로 임했다고 해서 이응준 소설이 세속의 논리, 그러니까 잔인한 합리성이라는 모더니티에 영혼을 빼앗긴 인간들 모두에게 호의적인 시선을 보내고 있다는 것은 아니다. 『약혼』의 소설들 역시 여전히 신-인간의 경지를 불가능하게 하는 근대적 규율과 그 규율에 스스로 갇힌 현존재들 전반에 대해 강한 비판의식을 견지하고 있다. 예컨대 현존재들의 자유를 가장 실질적으로 그리고 제도적으로 억압하는 법체계에 종사하려는 존재들에 대해 "선인장도 목이 말라 시들어버리는 사법고시생의 심장"(「내 어둠에서 싹튼 것」, 14쪽)이라는 표현을 사용하고 있는가 하면, "여린 것들이 저주받는 이 세계"(「약혼」, 47쪽)라든가 혹은 "그녀는 타인의 불행을 소문으로 분양하며 본인의 불행(……)을 위로받는 듯했다. 어쩌면 그것은 인간이라는 요괴의 생리일 터였다"(「황성옛터」, 130쪽) 같은 구절도 수시로 눈에 띈다. 『약혼』의 소설들은 모든 생물체는 다 각자의 우주를 지녔고 그런 까닭에 모든 것이 다 소중하다고 말하지만 세속의 인간 모두를 경이롭게 바라보지는 않는 것이다. 특히 현재의 잔인한 합리성에 영혼과 우주를 빼앗긴 채 자본주의적 잔인한 합리성의 충실한 기계로 살아가는 존재들에 대한 경멸은 여전히 섬뜩하게 각이 서 있다.

그렇다. 『약혼』은 세속의 인간 모두에게 호의적인 시선을 보내지 않는다. 그렇다면? 『약혼』이 생활세계라는 낮은 곳으로 눈을 돌려서 호의적인 시선, 더 나아가 경이의 시선을 보내는 인물들은 생활세계 속의 인간들 중 어떤 부분이다. 앞질러 말하자면, 말하지 못하는 자들이다. 좀더 구체적으로 말하자면 현재의 규범으로부터 소외되고 배제되어 자신의 삶의 내러티브화할 수 없는 존재들 또는 내러티브화하지 않으려는 존재들이며, 그래서 대신 무언의 행위나 노래로써 자신의 현존 형식을 보여주는 생명체들이다.

『약혼』의 소설들에는 유독 이야기와 노래를 비교하고, 더 나아가 소음을 쏟아내는 존재들과 침묵을 통해 말하는 자들을 대비시키는 구절이나 장면이 자주 등장한다. "나는 아버지의 목소리를 들어본 적이 없다. 타인의 입술을 읽는 그는 수화를 쓰지 않는다. 아버지를 보고 있으면 인간에게 말이란 무용한 것 아닌가, 하는 상념에 잠기게 된다. (……) 내 아버지에게는 고백이 없다. 나는 그런 아버지를 존경한다"(「내 어둠에서 싹튼 것」, 22쪽), "저 여자와 저 남자는 아까부터 단둘이 마주 보고 술을 마시면서도 아무런 대화가 없다. 그래서 그들은 서로의 연인이다"(「약혼」, 31쪽), "혀 없는 것들이 아파할 때 더 연민하게 돼"(「약혼」, 42쪽), "나는 나비를 꼬옥 끌어안았다. 가르릉, 가르릉, 심장근육의 진동에 의해 만들어진다는 저 고독한 목숨의 소리를 듣는다. 가르릉, 가르릉, 나는 당신을 사랑합니다"(「애수의 소야곡」, 91쪽), "조선족 아가씨는 싫어요?" "말이 통해서 피곤해"(「아마 늦은 여름이었을 거야」, 101쪽), "무언의 신체는 시적인 영감을 불러일으킨다"(「황성옛터」, 132쪽), "노래는 진짜고 이야기는 가짜야" (「어둠에 갇혀 너를 생각하기」, 148쪽), "야, 넌 행복하겠다. 노래, 가수, 크, 얼마나 근사하냐. 자유롭고. 21세기의 사제(司祭)는 풍각쟁이인 거야"(「인형이 불탄 자리」, 228쪽) 등등. 이상의 구절에서 우리는 『약혼』의 소설들이 얼마나 집요하게 말, 말의 질서가 지니는 규범성 혹은 이데올로기성을 경계하고 있는지를 분명하게 확인할 수 있다. 『약혼』에 따르면 말의 질서란 인간과 인간 사이를 소통시키는 필수불가결하면서도 가장 효과적인 매개가 절대 아니다. 『약혼』에 따르면 말의 질서로 오직 항상-이미 존재하는 초자아를 현존재들에게 내면화시키고 그 프로그램대로만 살아가게 하는 가장 교활하면서도 집요한 감시와 통제장치이다. 현재의 말의 질서에 따라 말을 하는 순간, 그리고 그런 현실적 규범에 따라 자신의 삶을 내러티브화하는 순간, 그곳에서 더이상 자아란 존재하지 않는다. 그러므로 현재의 말의 질서에 따라 발화한다는 것, 그것은 곧 위장이고 위선이다. 그리고 그 말을 통해서 이루어지는 관계야말로 전혀 아무런 관계가 없는 사이를 관계가 있다고 기만하게 하는 의사관계성일 뿐이다. 해서, 『약혼』에 따르면 현존재들은 말하지 않는 순간에만 말할 수 있는 아이러니에 갇혀 있는 기계들이 된다.

당연히 『약혼』의 소설들은 이 아니러니로부터, 그리고 이 기계성으로부터 벗어나야 한다고 믿으며, 그 길이란 오직 말을 하지 않고 자신에 대해 말하는 방법을 습득하는 것이라고 역설한다. 과연 이러한 길은 가능한 것일까. 오히려 말의 질서에 대한 두려움 때문에 역설적이게도 소통 자체를 포기하게 되는 것은 아닐까. 바꾸어 말하자면 자신의 상처를, 그리고 사랑을 고백하지 않고서도 각자들의 사랑과 상처를 표현하는 방법이란 불가능한 것 아닐까. 또 설령 가능하다 하더라도 그렇게 말없이 표현된 것이니 각자들의 사랑과 상처를 타인들이 읽어내는 것은, 또 그를 통해 서로가 소통한다는 것은 불가능한 것 아닐까. 그러나 『약혼』의 소설들은 이에 대해 아주 단호한 편이다. 가능하다는 것. 아니, 그렇게 말의 질서에 따른 것이 아닌 발화일 때만 영혼 사이의 교감이 가능하다고 확신하기까지 한다. 그리고 『약혼』의 소설들은 말하지 않고 말하는 존재들을 하나하나 불러들이고, 또 그들을 통해 물질의 삶, 그러니까 영혼 없는 기계적인 삶을 넘어설 수 있는 가능성을 타진한다.

그런 까닭에 『약혼』의 소설들에서 사물을 배열하고 위계질서화하는 으뜸 기준은 단연 '무언의 신체'를 통해 말할 수 있는가 하는 것이다. 즉 현재의 말의 질서와 전혀 다른 말의 질서를 통해서, 그것이 아니라면 말의 질서가 개입할 틈이 없는 무언의 소리나 몸짓을 통해서 얼마나 현재의 자기를 충실하게 외화시키느냐에 따라 인물과 사물의 높낮이가 결정되는 것이다. 마찬가지 방식으로 타자의 말들 속에서, 혹은 무언의 소리나 몸짓속에서 그 안에 깃들어 있는 타자의 실재 욕망을 얼마나 정확하게 읽어내느냐에 따라 인물들과 사물들의 위계가 결정된다. 하여, 『약혼』에 수록된 소설들의 주인공들은 하나같이 현재의 말의 질서와는 또다른 발화법을 지닌 존재들이다. 어떻게 보면 이제까지 자기 스스로의 말의 질서를 지니지 못하거나, 아니면 현재의 말의 질서의 맥락 속에 자기의 세계내적 위치를 획정하지 못해 결국은 말하지 못했던 주체들이 『약혼』의 소설들에서는 진정으로 영혼의 목소리를 내는, 그러니까 물질로 전락한 현존재들 중에서 신-인간의 경지로 도약한 바로 그 사람들로 설정되어 있는 셈이다.

그런 까닭에 『약혼』의 소설들의 또하나의 주요한 서사원리는 생활세계 속의 현존재들 속에서 전혀 다른 발화법, 그러니까 노래, 소리, 무언의 신체 등을 통해 자신들만의 우주를 구축하고 표현하는 생명체들의 재발견이자 재탄생이라고 할 수 있다. 실제로 『약혼』의 소설들에는 무언의 신체를 통해 자아를 구축하고 자신의 우주를 외화시키는 생명체들이 거의 다 등장하거니와, 이 존재들이 각 소설들의 밀도를 결정한다. 예컨대 「인형이 불탄 자리」에는 "개념 없는 맹추와 엉뚱한 푼수"(223쪽)인 이모와 박정희의 말투로 사유하고 또 그것으로 자신을 소란스럽게 표현하는 작중화자의 애인인 희가 비교되어 있는바, 「인형이 불탄 자리」는 이 비교의 끝에 결국 이모의 개념 없는 삶 혹은 "정 많고 나사 풀어진"(223쪽) 삶을 박정희의 정치논리로 대변되는 잔인한 합리성의 대안으로 제시하기에 이른다. 이모의 언술들과 그 언술을 뒷받침하는 이모의 윤리란 현재의 말의 질서에 비하자면 그야말로 질서화되지 않고 개념화되지 않은 언술들이 분명한데도 「인형이 불탄 자리」는 아무런 망설임도 없이 아주 분명하게 이모의 윤리학을 현재의 잔인한 합리성의 세계를 넘어서는 것은 물론 현존재들을 진정으로 신-인간의 경지로 비약시킬 수 있는 이정표로 위치시킨다.

『약혼』에서는 이처럼 잔인하고도 견고한, 또 견고하여 잔인한 생활세계 속에서도 또다른 발화법을 잃지 않은 존재들에 대한 경사와 기대가 노골적이다 싶을 정도로 강렬하다. 때문에 『약혼』 전반의 또다른 발화법에 대한 탐사는 단순히 "개념 없는 맹추"의 발화형식에 그치지 않는다. 『약혼』 전반은 "개념 없는 맹추"에서 더 나아가 「황성옛터」처럼 무의식적으로 반복되는 노래에 주목하기도 하고, 「아마 늦은 여름이었을 거야」처럼 자연스럽게 의사소통이 될 수 없는 외국인과의 만남에 기대를 갖기도 하고, 「내 어둠에서 싹튼 것」 작중화자의 아버지에서 볼 수 있듯 수화마저도 거부한 채 무언의 행동으로만 자신을 표현하는 방식에 기대를 걸기도 하고, 「약혼」처럼 눈앞에 다가온 죽음을 앞당기면서 전 약혼자의 반지를 끼는 상징적인 행위로 자신을 표현하는 것에 깊은 경외감을 표현하기도 한다. 그런가 하면 「애수의 소야곡」처럼 언어를 갖지 않은 생명체, 그러니까 고양이 같은 동물의 발화방식에 깊은 감명을 받기도 한다. 이것만 해도 현재의 말의 질서가 아닌 다른 말하기 방법에의 관심이 남다름을 알기에 충분한데, 『약혼』 전반은 여기에서 멈추지 않는다. 더 나아가 '혀 없는 것들'이 말하는 방식에 깊은 감명을 받는 것은 물론 그것에서 깊은 영감을 받기도 하는 것이다. 예컨대 「아마 늦은 여름이었을 거야」에서 작중화자는 "거대한 무덤이 온통 회색 시멘트로 발라져 있는데, 그 꼭대기에 푸른 나무 한 그루가 깃발처럼 솟아 있"(113쪽)는 청태후의 무덤에 대한 강박적인 집착을 보인다. 비록 정보가 충분하지 않아 작중화자가 이 '혀 없는' 청태후의 무덤에 대해 집착하는 이유는 확실하지 않지만, 그래서 다만 인위적인 것들(혹은 문명)을 뚫고 다시 소생하는 자연적인 것(혹은 본래성)의 강렬한 힘 같은 것을 상징하는 것이 아닐까 하고 거칠게 추정해볼 수밖에 없지만, 한 가지 확실한 것은 『약혼』에 수록된 소설 전반이 이처럼 시적으로 자기를 드러내는 사물, 순간, 존재들에 크게 주목하고 있고, 또 각각의 소설 스스로도 그러한 시적인 발화법에 가까이 가기 위해 꽤 큰 공력을 들이고 있다는 점이다.

종합하자면 『약혼』의 소설들은 하나하나 인과관계에 의거한 사물이나 현상이나 인물 들을 규정하는 현재의 말의 질서에서 명료성이나 합리성이라는 미덕을 읽어주는 대신에 오히려 죽어버린 영혼들의 무덤을 발견하며, 때문에 이야기 이외의 발화형식에 대해, 또 그렇게 발화하고 그러한 발화를 통해 교감하는 생활세계 속의 존재들에 대해 한없는 경이와 무한한 신뢰를 보낸다고 할 수 있다. 『약혼』에 이르러 이응준 소설은 비로소 세속의 인간들, 그중에서도 특히 세속의 메커니즘에 의해 배제되어 현재의 말의 질서 속에 편입되지 못한 존재들 속에서 신-인간의 가능성을 읽기 시작했고, 그러자 이응준 소설의 작중화자(나아가 작가 자신)들은 대속적인 죽음을 통해 자기를 완성하는 숭고한 주체에 대한 자멸적이고 자학적인 강박상태에서 벗어나기에 이른다. 말하자면, 『약혼』에 이르러 이응준 소설은 드디어 그 짙은 비극성이나 자멸의 정서로부터 벗어나 현존재들의 작지만 치열한 일탈 속에서 신-인간으로의 진전을 발견하는 희망의 징후가 엿보이기 시작한 셈이니, 『약혼』은 여러모로 이응준 소설사에 있어서 한 획을 긋는 중요한 사건이라 할 만하다.

4. 사랑의 도착성, 혹은 도착적인 사랑

그러므로 이제 종교성을 구현하는, 그러니까 만물 간의 조화를 이루는 길은 세계를 구원할 정도로 큰 자기를 만들어가는 것이 아니라 타자와의 소통, 혹은 사랑이 된다. 앞서 살펴보았듯 이응준의 소설은 항시 만물 사이의 조화라는 유일한 목적지를 향해 진군해왔으며, 그러한 목표는 인간 각자가 세계질서의 창조자 혹은 주재자가 되는 것에서 실현될 것이라고 믿어왔다. 하지만 잔인한 합리성에 영혼을 빼앗긴 현대인들은 자기 앞에 놓인 숭고한 목적지를 향해 나아가기는커녕 시간이 지날수록 더욱더 '굴종의 최면상태에 감금'되어 있는 것처럼 보였다. 이응준 소설은 도저히 혜량할 수도 없는 이 틈, 간극, 구멍을 숭고한 주체들의 대속의식으로 메우고자 했고, 혁명적 비극성에 가까운 그들의 죽음을 작중화자들의 자멸적인 페이소스와 세속에 대한 원한과 환멸로 정당화시켜왔다. 그런데, 『약혼』에 이르러 사정이 달라지기 시작한 것이다. 세계의 구원을 위해 자신을 죽이는 행위는 곧 자기만의 '전 우주'를 지닌 존재들을 쏘는 것과 같은 행위로, 곧 만물 사이의 조화라는 애초의 목적과는 정면으로 배치되는 행위로 반성되기 시작하고, 또 아무런 우주도 없이 오직 '굴종의 최면상태'에서 기계처럼 연명한다고 믿었던 생활세계 속의 자신을 말로 표현하지 못하는 인간들에게서 오히려 타자를 감싸안으려는 경이로운 정치철학을 발견하기에 이른다. 그러므로 이제 만물 사이의 조화를 이룰 수 있는 길은 사랑이 될 수밖에 없다. 즉 현재의 대중들이 굴종의 감금상태에 있는 것이 아니라면, 더이상 대중들을 깨우고 계몽하기 위한 숭고한 죽음 따위는 그리 큰 역능을 행사할 수 없으며, 대신 각각의 독특하고 특이한 소우주를 구축하고 있는 현존재들끼리의 소통체계를 구축하고 친밀성의 관계를 형성하는 것, 곧 사랑이 만물 사이의 조화를 이루는 거의 유일한 길이 될 수밖에 없는 것이다.

이렇듯 『약혼』은 이응준 소설의 핵심적인 구성요소들의 미묘한 변화로 사랑의 문제로 관심을 옮겨갈 수밖에 없는 상황에서 씌어진 소설들이며, 실제로『약혼』에 수록된 소설들은 거의 대부분이 사랑의 문제를 소설화하고 있다. 그러나『약혼』이 사랑을 통해서 종교성의 구현 가능성을 엿보고 있다고 해서『약혼』전체가 외설적이면서도 끈끈한 사랑의 향연으로 넘칠 것이라고 미리 상상할 필요는 없다. 작가 이응준은 이곳이 아닌 저곳을 꿈꾸고 있다는 점에서 항시 낭만주의적 열정이 끓어 넘치는 듯한 인상을 주지만 그러면서도 항시 냉정한 관찰자나 분석가의 자세를 놓친 적이 없는 작가인 것이다. 다시 말해 이응준은 목표를 향한 뜨거운 가슴을 가졌지만 동시에 목표에 눈이 멀어 현실에 대한 냉정함을 잃는 그런 작가가 아닌 것이다.『약혼』에도 역시 이러한 냉정한 분석가의 시선은 그대로 유지되고 있음은 물론이다. 해서『약혼』의 소설들은 진정한 소통을 통해, 그리고 사랑을 통해 만물 사이를 조화시킬 수 있는 삶, 그러니까 신-인간적인 삶을 완성하려는 열정으로 뜨겁지만 동시에 우리가 그러한 신-인간적인 삶으로부터 멀어져 있음도 가감없이 인정한다. 그 결과『약혼』에 수록된 소설들의 사랑 이야기는 어둡고 때로는 침울하기까지 하다. 하지만『약혼』의 소설들은 이 침울한 정조 속에서도 비록 희미하지만 만물 사이의 조화를 가능케 할 싹인 진정한 소통의 가능성도 포기하지 않는다.『약혼』에는 실패한 사랑 이야기들이 주류를 이루고 있지만 그 안에서 힘들게 사랑을 쌓아가는 이야기도 존재한다. 아마도 그렇다면『약혼』의 소설 중에서 힘겹게 사랑(혹은 친밀성, 소통체계)을 완성해가는 과정이야말로 이응준의 소설이 지금들-이곳들을 살아가는 우리들이 신-인간의 자리에 올라설 수 있는 가능성으로 열어놓은 길이라고 할 수 있으리라.

『약혼』의 소설들이 사랑을 완성해가는 과정은 그야말로 험난하다. 먼저 등장인물들 사이의 조화나 사랑은 그들이 하는 현재의 말의 질서와는 차별되는 발화법을 지녀야만 시작된다. 그렇지 않을 경우 친밀성의 관계란 애초부터 설정되지 않는다. 현재적 말의 질서에 충실한 존재들이 아무리 강렬하게 사랑을 표현해도 나름대로 그 질서를 승인하지 않는 작중화자들은 그 사랑의 표현을 오히려 존재에 대한 사형선고로 받아들인다.

해서 『약혼』의 소설들에서 친밀성이나 사랑의 관계는 적어도 현재적인 규범에 순응하지 않으려는 존재들 사이에서만 가능한 것으로 되어 있다. 『약혼』의 인물들은 서로가 현재적 규범이나 현재적 말의 질서와 다른 발성법을 지닌 외설적이거나 반문명적인 존재를 기다린다. 그러다 어느 날 문득 그러한 존재를 만나면 거대한 에피파니를 경험하고 걷잡을 수 없는 열정에 휩싸인다. 그런 존재와의 친밀한 관계의 형성은 곧 현재의 좁은 인간의 범위를 넘어서서 신-인간의 계단에 올라설 수 있는 중요한 문턱이기 때문이다. 그렇게 누군가가 어느 날 문득 작중화자에게 나타나거나 또 어느 날 문득 작중화자가 누군가에게서 걷잡을 수 없는 열정을 느낀다. 예컨대 이런 식이다. "내 짧은 사랑 이야기의 간명한 줄거리는 이렇다. 한 멋진 여자가 한 보잘것없는 남자를 아무도 몰래 구 년 동안이나 사랑했다. 그녀가 그 사실을 그에게 털어놓은 날 밤을 포함해서 일주일간, 둘은 도합 세 차례 만난다. 왜 하필 그녀는 사랑의 징표로 염주를 선택했던 것일까? 그녀나 그나 불교도가 아니긴 마찬가지였는데 말이다. 그는 그 이유가 잃어버린 기억처럼 궁금했지만, 애석하게도 그녀에게 물어보지는 못하였다. 그녀가 그의 애인이 된 지 칠 일째 새벽에 자살했기 때문이다" (「내 어둠에서 싹튼 것」, 13쪽), "결코 쉽지 않은 수소문 끝에 나를 찾아온 그를 나는 과연 어떻게 해석해야 옳은지 난감했다. 순전한 반가움의 차원에서 웃어넘기기에는 박사장의 어떤 행동들이 너무 집요했고, 그 집요함에 타당한 이유를 제공하기에는 내가 판단하는 내가 박사장과 무관했던 까닭이다. 그러나 그는 나를 잊지 못했고, 잊어서는 안 되었기에, 잊지 않으려 안간힘을 썼다고 고백했다. 나는 박사장이 차분한 어조로 들려주는 자초지종과 그 너머의 침묵을 통해서, 때로 누군가는 자신도 모르는 사이에 다른 누군가의 등대가 되어주기도 한다는 사실을 깨닫고는 매우 놀랐다"(「네가 계단에 서서 나를 부를 때」, 53~54쪽) 등등. 이렇듯 등장인물들 사이의 관계는 어느 날 누군가가 작중화자를 찾아와서는 사랑했다거나 잊지 못했다거나 하고 고백하는 것으로 시작된다. 하지만 작중화자는 그들이 자신에게 그렇게 집착할 만큼 '타당한 이유'를 가지고 있지 못하다고 생각한다. 그러나 작중화자 또한 그들을 거절하거나 거부하는 대신 자신을 그들과의 관계 속으로 밀어넣는다. 어느 날 어떤 예고나 징조도, 그리고 납득할 만한 연유도 없이 찾아온 그들이 하나같이 낯선 발화법을 지녔고, 그래서 아름답고, 또 아프기 때문이다.

하여간, 그들의 사랑과 친밀성의 경험은 그렇게 느닷없이 시작된다. 이렇게 관계를 형성해가도 좋은지에 대한 합리적인 이유도, 그렇다고 갈등과 결단의 과정도 없이 느닷없이 맺어지는 관계들이기에 이들의 관계는 하나같이 외설적이고 강렬하며, 또 그만큼 파괴적이다. 다시 말해 그들의 관계는 하나같이 '타당한 이유' 바깥에서 이루어지므로 현재의 규범을 부정하지 않거나 주체 안에 들어 작동하는 초자아를 부정하지 않으면 한결같이 가능하지 않은 관계들인 것이다. 그런데 이들은 이런 관계를 맺으면서 한편으로는 고통스러워하지만 다른 한편으로는 그 고통에 비할 수 없을 정도의 충족감 같은 것을 느끼는바, 그래서 이들의 관계는 더욱 반시대적이며 체제파괴적인 속성을 지니게 된다. 아무런 암시도 없이 구 년 만에 나타나 그동안 자신을 사랑했노라며 사랑을 고백하고는 일주일 만에 자살한 여인과 그 여인의 서사를 향후 자기 삶의 이정표로 삼겠다는 남자 사이를 진실한 사랑이라고 명명하는 「내 어둠에서 싹튼 것」의 사랑 이야기는 『약혼』에 수록된 소설 중 그래도 납득할 만한 것이다. 나머지의 사랑 이야기는 보다 체제전복적인 성격이 짙다. 예컨대 가장 절친한 친구의 약혼자와 사랑에 빠져 결국 그 친구를 죽음의 길로 이끈다든가, 어느 날 문득 걷잡을 수 없는 열정적인 사랑에 들떴건만 떠나면 죽어버리겠다는 여자를 두 번씩이나 외면한다든가, 아니면 자신과 피를 섞어 먹은 의형제의 연인과 사랑에 빠진다든가, 사랑하는 사람이 느끼는 죽음의 공포를 덜어주기 위해 동반자살을 시도하기도 한다. 이들의 관계가 파괴적인 것은 이들의 사랑이 국경과 나이를 초월해서가 아니라 순간적인 사랑의 열정에 자신의 세계 내적 위치 전부를 태워버리기 때문이다. 즉, 이들은 어느 순간 자신이 세계 내적 존재라는 것 자체를 잊고 곧 정념의 화신이 되며, 이 순간 세상의 모든 규범은 순식간에 무화되어버리고 마는 것이다.

하지만 이처럼 일탈적이고 파괴적이었음에도 불구하고, 그들 주변의 모든 존재들에게 지울 수 없는 상처를 남김에도 불구하고, 이들의 사랑 모두가 지속되지는 않는다. 『약혼』이 그려놓은 사랑의 지적도에 따르면, 오히려 이렇게 시작된 대부분의 사랑은 느닷없이 시작했던 것만큼이나 순식간에 끝난다. 타인의 느닷없는 내방과 그것까지를 포함한 낯선 발화법에 고무되어 순간적으로 격정에 휩싸이지만 종국에는 그 낯선 발화법을 자아의 서사로 자기화하지 못하기 때문이다. 사회적 규범을 거부한 채 낯선 발화법을 지니며 살아가는 존재란 어떤 순간에는 대단히 매혹적이지만 또 어떤 순간에는 대단히 불안정하고 불길하며 추악한 것으로 전락할 수 있다. 즉 사회적 규범을 거부한 삶이란 항시 최고의 매혹과 최저 낙원 사이를 극단적으로 오고갈 수밖에 없는 속성을 지니는 법이다. 이들은 어느 순간 서로의 최저의 지점, 즉 상대방의 폐허를 엿본다. 그 순간 이들은 혼란에 빠진다. 상대방의 최고 상태에서 매혹을 느꼈던 존재들이 동시에 바로 상대방의 최악을 인정하려면 자신의 감식안과 발화법 모두를 바꾸어야만 할 터이다. 결국 이들이 타인의 발화법의 두 얼굴을 모두 인정하면 결국에는 자신의 발화법을 지워야 하는 아이러니에 직면한다. 대부분의 작중화자들은 이 아이러니를 자신의 발화법을 지키는 것으로, 그러니까 결국에는 타인의 발화법을 부정하는 것으로 돌파한다. 아니, 도피한다.

"가지 마! 가지 마, 씨발 놈아. 가지 마."

(……)

―너어, 지금 가면 끝장이야. 죽여버릴 거야. 와. 와서, 나 일으켜. 내 손 잡고, 어서 나 일으켜. 그럼 살려준다. 내가 죽지 않아.

순간, 멈칫, 했다.

(……)

우리는 괴로워 죽고 싶다고 악쓰며 사랑하는 이를 죽인다. 영혼과 후회를 맞바꾸는 것이다. 그때 누가 손을 내미느냐가 비극의 크기와 무게를 결정한다. 그녀는 내게 손을 내밀었다. 나는 비록 그 손을 잡지 않았지만, 누군가는 꿈에도 모르게 다른 누군가의 등대가 되어주기도 하는가보다. 나는 너와 영원히 헤어진 것이다.

―「네가 계단에 서서 나를 부를 때」, 68~70쪽

이처럼 고유한 발화법이 지닌 존재들이 타자의 최저점을 견디지 못하고 자기를 지킬 때, 다시 말해 타자의 또하나의 "그 손을 잡지 않"을 때, 이들의 사랑은 당연히 깨진다. 『약혼』의 소설들 대부분의 친밀성 관계는 바로 이 지점에서 균열되고 중단된다. 『약혼』의 소설들이 대부분 실패한 사랑의 이야기인 것은 바로 이 지점에서, 타인의 매혹 이외에 최악을 보는 순간에 타인에게 내밀었던 손을 거두기 때문이다. 그리고 "어째서 나는 내 고통밖에는 달리 사랑할 도리가 없었을까?"(「아마 늦은 여름이었을 거야」, 121쪽)라고 후회하나 결국 이전의 열정적인 관계를 되돌릴 수는 없다. 자신의 고통만을 사랑하는 한, 즉 자신의 고통(혹은 발화법)을 지키고자 타인의 고통을 배려하지 못하는 한, 사랑이란 없다. 악몽과도 같은 후회와 회오만이 남을 뿐인 것이다.

그렇다고 『약혼』에 수록된 소설 모두가 후회와 회오로만 남는 사랑 이야기인 것은 아니다. 진정한 사랑을 완성해가는 경우도 있다. 그런데 사

랑을 완성해가는 과정은 의외로 간단하다. 당연히 상대방의 폐허, 혹은
최저의 상태를 사랑하는 것이 먼저이고, 그다음은 상대의 폐허를 받아들
이지 못하게 하는 내 안에 깊숙하게 잠복해 있는 초자아의 역능을 지워내
는 것, 그러니까 그야말로 자신만의 천성 혹은 역사지리지를 복원하는 것
이다. 아니 자신의 본성을 먼저 되찾아야만 상대방의 최저 상태를 사랑할
수 있는지도 모르겠다. 하여튼 이 둘은 서로 긴밀하게 연관되어 있다. 내
안에 있는 초자아의 지위를 낮출 때에만 상대의 폐허에 매혹을 느낄 수
있고, 또 상대의 폐허의 매혹을 느껴야만 내 안 있는 초자아의 지위를 지
워낼 수 있고……

　나는 너에게 이런 이야기를 해주고 싶다. 세상에는 두 가지의 내가 있다
고. 네가 있는 나와, 네가 없는 나. 너는 내게 그런 너이다.
　폐허에, 나의…… 폐허에…… 아버지의 폐허에…… 그녀의…… 폐허
에…… 비가 내리고 있다.

—「황성옛터」, 143쪽

　캣민트를 흩어놓으며 아무리 불러봐도 나비는 나타나지 않았다. 내 책상
위에는 살찐 쥐 한 마리가 놓여져 있었다.
　—이별은 고양이의 천성이야.
　나는 벽에 붙어 있는 작은 거울을 응시했다. 결승전에서 찢어져 꿰맨 상
처의 실밥을 풀고 나니 기이하게도 바로 그 위 왼쪽 눈에만 쌍꺼풀이 생겨
있었다. 아, 내가 너를 가로막았으나 너는 나를 건너갔다. 나는 왼쪽 눈에
파란 보석이 박혀 번뜩이는 어느 고양이를 떠올렸다. 온 세상을 통틀어 내
가 유일하게 만질 수 있는 고양이. 그는 빛에 발정하는 신부와 함께, 밤과
낮의 경계가 사라져 번성한 제 형제들 가운데서 자명하리라.
　나는 너무 오래 내 가슴에 웅크리고 있는 고통에게 이렇게 속삭였다. 나

비야ー, 나비야ー, 붉은 지붕에 오르렴. 흰 구름을 희롱하렴. 어서 날아가거라, 내 나비야.

―「애수의 소야곡」, 95쪽

그런 까닭인지 『약혼』에는 사후(事後, 死後)에야 문득 사랑을 깨닫는 경우가 많다. 죽음의 순간은 그것이 누구의 것이든 사회적 초자아의 역능을 현저하게 위축시키기 때문일 것이고, 또 오랜 시간이 흘러 사회적 규범이 바뀌면 역시 나의 천성이 선명하게 드러나기 때문일 것이다. 비로소 사후가 되어야 그때 그 관계가 사랑이었음이, 따라서 그때 그 또다른 손도 잡았어야 했음이 분명해지는 것이다.

하여간, 『약혼』의 소설들은 실패한 사랑 이야기와 사랑을 완성해가는 이야기를 통하여 다음과 같은 점을 분명히 한다. 사랑이 끝난 후에야 비로소 진정한 사랑이었음을 알 수 있듯 모든 상징적인 인연의 끈을 끊어내는 상징적 자살을 감행할 때만 사랑의 완성이 가능하다는 것. 그것만이 나와 너의 조화, 그리고 만물 사이의 조화를 가능하게 하며, 그것이 현존재들을 신-인간의 자리에 설 수 있게 할 유일한 길이라는 것. 한마디로 『약혼』은 사랑의 도착성, 혹은 도착적인 사랑에서 신-인간의 가능성을 타진하고 있는 것이다.

5. 「나의 포도주와 그의 포도나무들」의 이질성, 혹은 이응준 소설의 미래

이응준의 네번째 소설집 『약혼』을 처음부터 따라 읽고 이 글을 읽는 독자 중 눈치 빠른 사람들은 이미 눈치챘겠지만, 이 글은 유독 이응준의 한 소설에 대해서 말을 아끼고 있다는 것을 알 수 있을 것이다. 「나의 포도주와 그의 포도나무들」이 바로 그것이다. 이 글이 「나의 포도주와 그의 포도나무들」에 인색한 이유는 아주 간단하다. 「나의 포도주와 그의 포도나무들」이 대단히 예외적이기 때문이다. 단지 『약혼』이라는 소설집에서만 그런 것이 아니라 이응준 소설 전체에서 그러하다. 「나의 포도주와 그의 포도나무들」은 이제까지 이응준의 소설과 다르게 시적이지도 서정적이지도 않다. 사물이나 현상에 대한 감각적이고 독창적인 재해석을 통해서 자신의 메시지를 전달하던 이제까지의 소설과는 달리 오랜 기간 동안 체계적으로 공부를 해서 쓴 소설이다. 그리고 그 과정에서 신성의 형성사랄까, 아니면 신 이후에 신이 만들어지는 기원들에 대한 탐사랄까 하는 것을 정밀하게 행한다. 뿐만 아니다. '예수 후의 예수'가 만들어지는 과정을 통해 종교성이 어떻게 종교로 변질되는가, 즉 종교가 어떻게 신을 죽이는가를 역사철학적으로 조망하고 있을 뿐만 아니라 그 서구라는 지역에서 발생한 종교가 어떻게 우리 사회를 장악할 수 있었는지, 또 그 과정에서 어떤 굴절과 왜곡이 이루어졌는지를 면밀하게 추적하기도 한다. 물론 나 자신에게 「나의 포도주의 포도나무들」이 행한 역사적 개괄이 얼마나 적실한가 하는 점을 따질 능력은 없어 좀더 많은 전문가들의 검토가 필요하겠으나 소설로 쓴 기독교의 역사서로 손색이 없어 보인다. 하여간 「나의 포도주와 그의 포도나무들」은 이응준 소설 전체에서 보자면 단연 돌연변이이고, 이종이다.

물론 그렇다고 「나의 포도주와 그의 포도나무들」이 이 소설집의 다른 소설과 같이 묶어 이야기하기 힘들 정도로 이질적이라는 점 하나 때문에 이 글이 유독 「나의 포도주와 그의 포도나무들」에 대해 침묵한 것은 아니다. 또 그렇다고 「나의 포도주와 그의 포도나무들」이 여타의 소설에 비해 성글기 때문만도 아니다. 다시 말해 자신이 공부한 것을 너무 비소설적으로 옮겼기 때문에 이 소설에 대한 분석과 평가를 유보한 것도 아니다. 「나의 포도주의 그의 포도나무들」은 이응준 소설 전체에 비해 분명 그 결을 달리 하지만 분명 충분한 의미가 있는 소설임에 틀림없다. 특히나 비행접시에 대한 환각 체험과 신(의 아들)의 탄생 과정을 유비시키는 대목은 제법 경청할 만하고, 또 이 소설의 욕망의 매개자로 등장하는 서진교 목사의 인생 역정은 대단히 문제적이고, 그 문제적인 인물을 통해 소설 전반이 전달하려는 의미 역시 웅숭깊다.

그러니 이 글이 「나의 포도주와 그의 포도나무들」에 침묵한 이유는 이 소설이 이응준 소설 전반에 비해서 너무 이질적이어서도 아니고 태작이어서도 아니다. 만약 그것이 전부라면 이것은 직무유기라고 해야 할 터이다. 하지만 이 직무유기의 혐의를 받을 가능성이 농후함에도 불구하고 「나의 포도주와 그의 포도나무들」에 대해 침묵한 것에는 다른 이유가 있다. 「나의 포도주와 그의 포도나무들」이 나에게는 이응준의 소설의 현재가 아니라 미래처럼 다가오기 때문이다. 물론 이 말이 앞으로 이응준의 소설이 이러한 소설 형식을 밟아나갈 것이라는 것을 의미하는 것은 아니다.

그럼에도 불구하고 「나의 포도주와 그의 포도나무들」이 이응준 소설의 또다른 미래라고 말하는 것, 그러니까 「나의 포도주와 그의 포도나무들」에 이 소설 이후 이응준의 소설이 그 이전의 소설단계로 돌아갈 수 없을 듯한 어떤 단절이 있다고 말하는 것은 두 가지 이유 때문이다. 한 가지 이유는 「나의 포도주와 그의 포도나무들」에서 작가 이응준은 어떤 까닭인지 몰라도 자신의 소설을 지탱해오던 근간을 흔들고 있기 때문이다. 앞서 살펴보았듯 이응준에게 신은 항상 그 자리에 존재하는 바로 그 존재였다. 비록 숨어 있더라도 신은 인간의 삶을 결정하는 주재자였던 것. 한데, 「나의 포도주와 그의 포도나무들」에 이르러 이응준은 신이 인간에 의해 만들어진 존재일 수도 있다는 점에 대해 조용히, 그렇지만 근본적으로 묻고 있는 것이다. 물론 이 질문에 대해 이응준 스스로가 어떤 답을 행할지는 알 수 없으나 이 질문이 제기되었다는 것만으로 이응준 소설은 또 한번의 근본적인 단절을 만들어가고 있음을 확인할 수 있다. 이응준의 소설이 「나의 포도주와 그의 포도나무들」 이전으로 돌아가기 힘든 또하나의 이유는, 첫번째 이유와도 관련이 있는 문제이겠으나, 「나의 포도주와 그의 포도나무들」에 이르러 이응준이 비로소 신에 관한 한 히스테리적 담화에서 벗어나기 시작했다는 점이다. 이응준은, 물론 어떤 원환상 같은 것이 있을 터인데, 신이라는 큰 타자를 설정해놓고 항시 타자의 욕망을 충족시킬 수 있는 특정한 대상이 되고자 한다. 즉 자기 자신을 타자의 욕망의 원인으로 위치시키기 위해 항시 신이 무엇을 원하는지 알려고 하고 그렇게 되기를 원했던 것이다. 하지만 「나의 포도주와 그의 포도나무들」에 이르면 사정은 달라진다. 이제는 신이라는 자신이 무조건 귀속하고자 하는 절대적 타자의 그늘로부터 벗어나 신의 역사를 다시 쓰기 시작했고, 그와 더불어 주위의 타인들이나 내면화된 타자의 가치판단에 의해 영향받거나 금지당하지 않고 자신의 길을 계속 갈 수 있는 주체로 우뚝 섰다고나 할까. 하여간 「나의 포도주의 그의 포도나무들」에는 분명히 작가 이응준이 그에게 유독 절대적이었던 신이라는 타자의 그늘로부터 벗어나서 당당한 주체로 거듭나는 재탄생의 장면이 가로놓여 있다.

이렇듯 『약혼』에는 이응준 문학의 현재와 또다른 미래가 같이 뒤섞여 있거니와, 이는 작가 이응준이 항시 현재에 만족하지 않고 또 한번의 전회를, 그리고 자신의 소설의 미래를 스스로 만들어가는 작가라는 점을 다시 한번 확인시켜주기에 충분하다.

『약혼』에 흠뻑 취하고도 이응준의 다음 소설이 벌써 기다려지는 것은 바로 이 때문일 것이다.

(2006)

불량배들의 멜랑콜리와 이야기체의 발명
― 이기호 소설의 어떤 경향

1. 문제적 텍스트 이기호 혹은 이기호의 소설

이제 이기호의 소설은 정말로 이기호의 소설로만 읽힐 때가 되었다. 보다 구체적으로 말하자. 그동안 이기호의 소설은 너무 지나치게 이기호 소설을 둘러싼 콘텍스트 속에서만, 그리고 이기호 소설이 놓인 자리 속에서만 읽혀왔다. 해서, 이기호의 소설은 접속시대라는 새로운 환경과 인간형에 대한 문학적 대응으로 읽히기도 하고,[1] 또 80년대의 '투사'의 열정과 90년대의 '댄디'의 냉소와 구분되는 '백수'의 '수다'라는 2000년대의 소설적 형식을 구현한 소설로 일컬어지기도 한다.[2] 그런가 하면 이기호의 소설은 거대한 (큰)타자, 혹은 항상―이미 '나'를 제약하는 타자의 질서에 대한 문학적 인식과 태도를 출발점으로 하는 2000년대 문학의 한 상징이기도 하고,[3] 계몽과 고백이라는 이제까지 한국문학의 화법과는 전혀 다

---

1) 우찬제, 「접속시대의 사회와 탈(脫)사회」, 『문예중앙』 2006년 봄호.
2) 정혜경, 「백수들의 위험한 수다―박민규 · 정이현 · 이기호의 소설」, 『문학과사회』 2005년 여름호.
3) 김영찬, 「1990년대 문학의 종언, 그리고 그 이후」, 『현대문학』 2005년 5월호 및 김영찬,

른 '90년대 이후'의 화자인 탈내향적 일인칭 화자 혹은 '골 빈 화자'의 개
인적 방언을 구현한 소설[4]로도 칭해진다. 또 그런가 하면 이기호의 소설
은 90년대 이후 한국에 도래한 부르주아 모더니티에 맞서 이야기, 망상,
기존의 권위주의적 담론 등을 한자리에 모아 '미친, 새로운' 소설의 제국
주의를 건설하는 데 성공한, 그러니까 주변의 모든 장르들을 병합하는 이
질혼종적인 소설의 제국을 훌륭하게 구축한 경우로 칭해지기도 하고,[5]
또 아비가 부재한 2000년대 세대의 특성을 고스란히 공유하는 소설로도
규정된다.[6] 그 맥락이야 어떠하건 이기호의 소설은 '90년대 이후' 혹은
2000년대 한국문학의 한 경향, 혹은 징후로서 읽히고 자리매겨진 것이
사실이다. 물론 이기호를 위시한 2000년대식 그로테스크 소설을 이전 문
학, 구체적으로는 90년대 문학과의 단절로만 읽는 것에 대해 의문을 제기
한 논의가 없는 것은 아니지만,[7] 그러한 의견은 소수의 의견에 그치고 말
았다.

아마도 이기호 소설의 특성 때문이리라. 아니면 보다 중요하게는 이
기호의 소설이 놓인 자리 때문이리라. 또 그것이 아니라면 최근의 새로
운 징후들을 앞선 세대와의 단절로 규정하고 그를 계기로 문학사적 전회
를 이끌어내려는 의지들 때문이리라. 하여간 이기호의 소설은 앞선 세대
와의 단절의 징후로만 읽혀온 것이 사실이다. 이는 크게 문제될 것이 없
는지도 모른다. 물론 새롭고 낯선 요소가 우세하기만 하면 마치 문학사가

「2000년대, 한국문학을 위한 비판적 단상」,『창작과비평』 2005년 가을호.

4) 이광호, 「굿바이! 휴먼, 탈내향적 일인칭 화자의 정치학」,『문학과사회』 2002년 가을호
및 이광호 외 좌담, 「한국문학, 유목으로서의 은둔」,『문학과사회』 2005년 봄호.

5) 김형중, 「소설의 제국주의, 혹은 '미친, 새로운' 소설들에 대한 사례보고」,『문예중앙』
2005년 봄호.

6) 정영훈, 「이 시대 아들들의 운명과 소설의 모험—백가흠, 김종은, 이기호의 소설」,『문
학동네』 2005년 겨울호.

7) 소영현, 「낯익은 낯설음, 2000년대식 그로테스크」,『문예중앙』 2005년 가을호.

건널 수 없는 강을 건너고 있는 것처럼 앞 시기 문학과의 거대하고도 근본적인 단절을 선언해버리는 통에 너무 성급한 것 아닌가 하는 의구심이 없는 것은 아니지만, 그러한 단절의 수사학은 기존의 보편성을 내파하고 문학을 바라보는 새로운 시선, 기준을 끌어들이기 위한 대단히 효과적인 전략일 수 있고, 또 그러한 수행성이 실제로 문학사적 단절을 만들어내기도 하기 때문이다.

　다만 이기호의 소설을 이전 세대와의 단절의 징후로 읽는 것이 문제인 것은 그러한 독법이 사후적이지 않고 선험적인 탓이다. 사실 이기호 소설에는 때로는 독자들을 불편하게 하고 또 때로는 읽는 사람들의 무릎을 치게 하는 낯선 요소가 엄연히 존재한다. 그 요소는 크게 두 가지이다. 그중 단연 낯선 요소는 이기호 소설에 수시로 출몰하는 특이하기 짝이 없는 인물군이다. 이기호의 소설에는 정말로 이제까지는 전혀 볼 수 없었던 그야말로 이채로운 인물들이 폭넓게 포진해 있다. 속칭 보도방을 차려 소위 '영계 사업'을 하는 고교 중퇴자, 주민등록이 되지 않아 민적도 없는 채로 도구를 이용하기 이전의 상태로 살아가는 모자(母子), 편의점 아르바이트에서 쫓겨나 자해공갈로 생계를 이어가려는 백수들, 그리고 세상이 변하여 소설가가 필요 없는 세상에서 소설가이기를 고집하는 단 한 권의 소설집을 간행한 소설가, 우연적인 상황 때문에 부모를 잃고 흙을 먹으며 살아가는 한 사내와 여자아이 등등. 하나같이 특이한 이력의 소유자들이다. 일찍이 채만식은 정말 특이한 이력의 소유자들을 '천연기념물'이라는 표현을 빗대 '인간기념물'[8]이라 칭한 바 있거니와, 이를 빌려 말하자면 이기호 소설의 인물들 역시 인간들 중 하도 특이하여 기념할 만한 인물들인 '인간기념물'이라 할 만하다. 하여간, 이기호 소설의 인물들은 백수이고 '골 빈' 화자이고 또 대부분 아비가 없는가 하면, 부르주아 모더니티의

---

8) 채만식, 『탁류』, 두산동아출판사, 1995, 26쪽.

위력과 고통 때문에 망상에 사로잡힌 존재들이기도 하다. 또 그런가 하면 그들은 불량배이기도 하고, 아웃사이더이기도 하며, 아니면 부르주아 모더니티로부터 버려진 애브젝션들이기도 하고, 또 때로는 부르주아 모더니티로부터 소외되고 억압받아 그것에 대한 강렬한 적개심을 지녔으나 실제로는 그 모더니티의 충실한 체현자들이기도 하다. 여하튼 이기호의 소설은 작가 스스로가 첫 소설집의 말미에 "사람이 아직 덜 여물어서 그런지 나는 치우침도 있고, 편애도 심하다. (……) 서른세 살의 나는, 비루하고 염치없는 주인공들에게 더 마음을 쏠리고, 교양 없고 막돼먹은 친구들에게 더 많은 눈길이 간다"[9]라고 밝힌 것처럼 정말로 비루하고 염치없고 교양 없고 막돼먹은 하위주체 혹은 하위계층들을 집중적으로 그려내고 있거니와, 이러한 비루한 존재들을 통해 여타의 동년배 작가들은 물론 앞선 세대의 작가들과도 구분되는 자신만의 고유한 세계상을 구축해내고 있는 것이다.

비루한 존재들이 펼치는 향연 외에 이기호의 소설을 낯설게 만드는 또 하나의 요소는 바로 '직접화법' '개인적 방언' '수다' '소설의 제국주의' '이야기의 부활' 등 여러 다양한 방식으로 이름 붙여진 이기호 소설만의 독특한 형상화 방식이다. 이기호의 소설은 이미 한 평론가가 지적한 것처럼 소설이 그 발흥기에 보이던 잡식성과 혼종성의 정신을 누구보다도 충실하게 그리고 적극적으로 계승한다. 해서, 이기호의 소설은 소설 바깥의, 그리고 일견 소설적 표현과 전혀 어울릴 것 같지 않은, 오히려 경우에 따라서는 소설적 담론구조와는 전혀 배치되는 다양한 담론형식을 끌어들여 그것을 소설적 언어로 채택한다. 예컨대 이기호의 소설은 개성적인 언어를 허용치 않는 상투어들로만 구성된 심문조서나 성경을 자유자재로 끌어들이는가 하면, 어떤 면에서 문학적 언어와는 적대적인 관계라 할

---

9) 이기호, 「작가의 말」, 『최순덕 성령충만기』, 문학과지성사, 2004, 332쪽.

수 있는 랩 풍의 리듬과 표현을 적극 활용하기도 한다. 또 그런가 하면 요리프로그램 진행 멘트나 변사풍의 표현을 통하여 문자성을 배제하고 구술성을 한껏 높인 이야기체의 소설을 시도하기도 한다. 그런가 하면 다른 한편으로는 셰익스피어, 카프카, 윤대녕 등 우리에게 이미 익숙한 문학적 형식과 표현들을 적극적으로 활용하기도 한다. 한마디로 이기호의 소설은 자신의 전언을 효과적으로 전달하기 위해 전혀 이질적인 표현형식들까지도 마다 않는 서사적 실험과 결단을 보여주고 있다 할 수 있거니와, 이것 역시 이기호의 소설을 한껏 낯설게 하는 요소임에 틀림없다.

하지만 위의 사실만 가지고 이기호의 소설을 2000년대라는 새로운 분기점으로 일컫기에는 무언가 역부족이다. 다시 말해 지금처럼 이기호의 소설을 비루한 존재의 출현과 다양한 형식실험만으로 새 시대의 징후로 읽는 것은 너무 성급한 감이 없지 않다. 이기호 소설에 대한 앞서의 규정들이 이기호 소설의 큰 특성을 짚어냈을지는 몰라도 이것만으로 이기호 소설의 특이성 혹은 고유성의 중핵에 도달했다고 할 수는 없기 때문이다. 만일 여기서 그친다면 이기호의 소설은 자신만의 고유한 진리와 역사를 지닌 소설이 아니라 오히려 그것이 전혀 없는 소설로 전락할 가능성이 높다. 우선, '백수'나 '골 빈 화자' 등 비루하고 비열한 하위존재는 익히 우리가 오래 전부터 보아온 인물들이 아닌가. 저 멀리는 이상, 이태준, 박태원에서부터 가깝게는 손창섭, 조선작, 황석영, 서정인, 조세희, 최인석, 김소진, 성석제, 백민석, 김영하에 이르기까지 그야말로 수많은 작가들이 비록 이기호마냥 지속적이고 집중적이지는 않다고 하더라도 이러한 인물군을 소설의 영역 안에 끌어들인 바 있거니와, 그것으로 꽤나 풍요로운 '비루한 것의 카니발'을 연출한 바 있다. 뿐만 아니라 비루한 존재들을 맥락화하기 위한 과감한 형식실험 역시 꽤나 활발하게 이루어졌다는 점도 기억할 필요가 있다. 이상, 조세희, 서정인, 황지우, 성석제, 백민석, 김영하 등 앞서 거명되었던 대부분의 작가들이 이 비루하고 비열한 존재들을 '쓸모없는 실존(faule Existenz)'에서 사회적 관계의 총화로 격상시키기 위해 문체에의 의지 혹은 기교에의 의지를 어느 작가들보다도 과감하고 철저하게 실천에 옮긴 바 있다. 해서 이들의 문학작품에서는 비록 착상은 조금 다르다고 하더라도 이기호식의 형식과 근사(近似)한 형식이나 장치들이 이미 충분히 성공적으로 가동되고 있다. 때문에 '비열하고 비루한 존재들에 대한 관심과 과감한 형식실험'이라는 요소만을 가지고 이기호 소설의 낯섦과 특이성을 규정할 수는 없다. 그런데도 이것만으로 이기호 소설의 특성을 한정할 경우, 이기호 소설은 2000년대 문학의 한 상징이 되기는커녕 오히려 하류사회에 대해 관심을 가지고 그들을 말하기 위해 그야말로 혁신적인 소설적 방법을 시험해왔던 앞선 작가들의 충실한, 그러나 그들과 다르지 않은 평범한 에피고넨으로 전락할 가능성이 높다.

이기호 소설의 특성을 '비루한 존재에 대한 관심과 이야기체의 도입'으로 지칭하고 말게 되면 발생하는 난맥상은 이기호 소설을 앞선 작가들의 기계적인 모방품으로 전락시킬 수 있다는 데 국한되지 않는다. 또하나의 중요한 문제가 발생하는데, 만약 '비루한 존재'에 대한 관심으로 이기호 소설을 규정할 경우 이기호 소설의 특이성은 필연적이고 의식적인 산물이 아닌 전적으로 우연적이고 무의식적인 결과물로 설명될 가능성이 높은 것이다. 그것은 '비루한 존재'라는 개념 자체가 지니는 불명확성과 자의성과 관련이 깊다. '비루한 존재'란 용어는 그동안 역사나 사회의 중심부에서 은폐되고 배제된 존재들이나 삶의 구성요소 전반을 지칭하는 대단히 매혹적인 개념이기는 하나 다분히 비유적인 개념이다. 그러므로 '비루한 존재'란 개념은 내포가 워낙 다양하여 사실 비루한 존재에 대한 관심만으로는 이기호 소설의 구체적인 역사지리지나 이기호 소설이 구축하고 있는 역사상을 설명하기가 힘들다. 즉 비루한 존재에 대한 관심이라는 표현만으로는 이기호 소설이 어떤 역사지리지에 기반해서 무엇 때문에 비루한 존재들에 대해 관심을 갖는지, 그리고 그 존재들의 어떤 측면을 중시하는지 확인할 수가 없는 것이다. 그러므로 이기호의 소설을 제대로 말하기 위해서는 비루한 존재들을 둘러싸고 있는 작가의 세계상을 재구축할 필요가 있음은 물론이다. 그런데 그렇지 않고 이기호 소설을 비루한 존재에 대한 관심이라는 표현만으로 설명할 경우, 이기호의 소설은 막연히 비루한 존재들에 대한 관심으로 우연히, 또는 운 좋게 성공한 경우가 된다.

과연 그런가. 이기호의 소설은 고유하면서도 통일적인 세계상이나 역사지리지도 없이 그저 막연하게 비루한 존재들에 대해 관심을 보이고 있는 것인가. 그리고 이기호 소설의 소설적 성과는 필연적이고 의식적이라기보다는 우연적이고 무의식적인 것인가. 앞질러 말하자면, 그렇지 않다. 분명 이기호 소설은 대단히 매혹적이고 문제적인 역사지리지 속에 이 비루한 존재들을 위치시키고 그들의 어떤 측면을 집중적으로 부각시킨다. 다만 이기호 소설의 세계상이, 현존하는 규범이 강요하는 세계상과 달라서 잘 보이지 않을 뿐인 것이다. 반복되는 감이 있지만 이기호 소설은 앞서 하류사회와 하류사회의 내러티브에 관심을 보인 일련의 소설들의 발랄하고도 혁신적인 계승자이지 기계적인 모방자는 아니다. 실제로 이기호의 소설에는 앞선 세대의 작가들과 마찬가지로 '하류사회에 대한 관심과 이야기체의 형식실험'을 특징으로 하면서도 앞선 세대의 그것과는 구분되는 이기호만의 시선과 방법이 엄연히 존재한다. 즉 앞선 세대의 작가들이 하류사회의 고통과 그 고통 속에서 형성된 그들의 내러티브를 적극적으로 자기화하되 그것을 주로 사회정치적 프리즘이나 리비도의 정치학에 근거하여 소설화했다면, 이기호 소설은 비록 작가 자신이 자신만의 고유하면서도 전체적인 역사지리지 속에서 그것을 분명히 범주화하고 위계질서화하고 있는지는 알 수 없으나 그 하류사회의 인생들을 앞선 세대와는 전혀 다른 관점과 시선을 통해서 전유하고 있는 것이 사실이다.

이러한 사정을 감안한다면 이기호 소설을 2000년대 문학의 기념비로 정향지으려는 최근의 논의들은 무언가 선후가 바뀐 느낌이다. 다시 말해 이기호 소설의 낯섦의 밀도와 기원들이 치밀하게 따져진 연후에, 그리고 앞선 세대와의 다각적인 비교를 통해 이기호 소설이 문학사적 단절의 분기점으로 규정되는 것이 아니라 문학사에 전혀 새로운 경향성을 도입하여 기존의 문학사와 실질적으로 단절하려는 평자들의 의도에 따라 이기호의 소설이 앞선 세대와의 단절을 실현한 텍스트로 먼저 규정되고 또 그러한 콘텍스트 속에 서둘러 배치되고 있는 것이다. 이러한 독법 탓에 이제까지 이기호의 소설은 이기호 소설 전체가 읽히지 않고 어느 한쪽 면만 집중적으로 부각되어왔다. 이는 표면적으로는 이기호의 소설이 지니고 있는 의미론적 혁신을 집중적으로 부각시키는 것처럼 보이지만 실제로는 이기호 소설이 행하고 있는 의미 있는 단절을 오히려 약화시키는 결과를 가져오는 것이 사실이다. 이기호의 소설은 여러 평자들이 말하듯 새로운 시대에 걸맞은 특징만 가지고 있는 것이 아니다. 오히려 그의 소설은 앞선 세대가 공유했던 그 숱한 절망과 고통, 그리고 보편적 주제를 같이 나누어가지고 있다. 그리고 그런 속에서 앞선 세대와의 차이를 만들어내고 있으며, 이기호 소설이 파괴력이 높은 것은 바로 그 때문이다. 즉 이기호 소설이 유달리 혁신적인 소설로 다가오는 것은 단지 이기호 소설이 전세대와 다른 삶의 징후에 눈을 돌렸기 때문이 아니라 아주 오래 전부터 다루어져오던 그 징후들을 영원한 것과 새로운 것 사이에서 길항시켰기 때문인 것이다.

뒤늦은 감이 없지는 않지만, 이제 이기호 소설은 먼저 이기호의 소설 그 자체로 읽힐 때가 되었다.

2. 불량배들의 멜랑콜리와 이야기체의 발명

이기호 소설의 출발점이면서 동시에 이기호 소설만의 득의의 영역이라고 할 만한 지점은 아무래도 작가 스스로가 말한 것처럼 '비루하고 염치

없고 교양 없고 막돼먹은 친구들'을 형상화한 소설이다. 등단작인 「버니」가 그러하고, 이기호에게 오늘날의 명성을 안겨준 '시봉이'가 초점인물로 나오는 여러 소설들, 예컨대 「햄릿 포에버」 「옆에서 본 저 고백은」 「당신이 잠든 밤에」 「아무 의미 없어요」 등의 소설은 물론 첫번째 소설집의 표제작인 「최순덕 성령충만기」 모두가 바로 이 비루한 존재들을 다룬 소설들이다. 이기호 소설이 이 비루한 존재들에 대해 얼마나 큰 의미를 부여하고 있는가 하는 것은 바로 그의 등단작 「버니」부터가 이러한 비루한 존재들에 대한 이야기라는 것에서 단적으로 확인할 수 있다. 「버니」에는 속칭 보도방을 차려 소위 '영계' 장사를 하는, 그러니까 매매춘을 주선하는 범법자가 등장하고 있거니와, 이것을 랩 풍으로 소화시키고 있어 인상적이다. 그리고 「햄릿 포에버」는 이후 이기호의 여러 소설에서 반복적으로 출현하는 이기호 소설의 발명품인 시봉이가 비로소 탄생하는 소설인데, 「햄릿 포에버」에서 시봉이는 수시로 본드 환각에 취해 타인에게 상해를 가하는 인물로 등장한다. 이렇게 한번 모습을 드러냈던 시봉이는 이후 이기호 소설에 잊을 만하면 등장하기 시작하는데, 「옆에서 본 저 고백은」에서는 앵벌이 조직을 거느리다 변신의 필요성에 그야말로 몸부림치는 인물로 나온다. 이 시봉이는 「당신이 잠든 밤에」에서는 자해공갈단으로 다시 등장하여 실패에 실패를 거듭하고, 「아무 의미 없어요」에서는 한적한 길가에 서 있는 도로표지판을 고철로 팔아넘기기 위해 잘라냈다가 치도곤을 당하는 인물로 또 출연한다. 그런가 하면 「최순덕 성령충만기」는 여고 앞을 돌아다니며 옷을 벗어젖혀 여고생들을 경악게 하는 소위 '바바리맨'을 등장시키고 있다. 이렇듯 이기호의 소설은 초기부터 건달, 악당, 불한당, 불량배라고 할 인물들을 이 사회의 누빔점 혹은 이 시대의 사회적 관계의 총화로 상정하고 그들을 집중적으로 형상화하거니와, 이 불량배들의 역동성과 역설적 성격이 이기호 소설을 한껏 풍요롭게 하는 원천이자 이기호 소설을 특이하게 만드는 밑거름으로 작용하고 있는 것이 사실이다.

그렇다면 여기서 중요한 것은 이기호의 소설이 이 불량배들을 어떤 역사지리지를 통해서 맥락화하고 있는가 하는 것이다. 앞서도 지적했듯 근대사회가 만들어낸 괴물이자 근대사회의 희생양들이라 할 만한, 그리고 근대사회가 용인하지 않는 탈법적인 행위로 근대사회 자체를 파괴하는 존재이면서도 오히려 그 타자적 모럴로 인하여 근대사회의 동일성을 유지시켜주는, 소위 건달, 악당, 불한당, 혹은 불량배에 대해 관심을 보인 것은 이기호 소설만이 아닌 까닭이다. 오히려 이 비루한 존재들, 그리고 불량배들에 대한 관심은 그 시대의 사회사와 밀착된 것이어서 거의 모든 작가가 테마화하고 있다고 해도 과언이 아니다. 그렇기에 불량배를 다룬 소설에서 문제가 되는 것은 문학사에서 보지 못했던 낯선 불량배나 범죄자를 하나둘 추가하는 것이 아니라 그 불량배들을 끌어들인 작가의 역사지리지이고 작가가 구축하고 있는 세계상인 것이다. 그렇다면 이기호 소설의 경우는 어떠한가. 결론부터 말하자면 이기호 소설은 비루한 존재들을 다루되 그들을 이전과는 전혀 다른 세계 내적-개인으로 다루고 있으며, 이기호 소설이 이들을 위치시키는 방식은 정말 흥미로우면서도 설득력이 있다. 구체적으로 답하기에 앞서 우선 다음을 보자.

제 소설에 나오는 인물과 형식에 대해서 말씀드리자면 제 소설에는 굉장히 어눌한 사회의 밑바닥 인생들이 많이 나옵니다. 「최순덕 성령충만기」뿐만이 아니라 대부분의 소설에 말도 안 되는 밑바닥 인생들, 흔히 말하는 깡패들이 나와서 누군가를 괴롭히고 나쁜 일을 하려고 나름대로 머리들을 써요. 하지만 도리어 당하는 것은 그들입니다. 상처받고 피해를 보는 것은 도리어 그들이라고 하는 게 제 커다란 형식이에요. (……) 저는 악한들을 다시 주저앉히는 우리는 누구인가라는 생각도 많이 해봤어요.[10]

10) 한국문화예술위원회 개설 금요일의 문학 이야기, '박범신이 읽는 젊은 작가들' 2, 이기호 『최순덕 성령충만기』, 2005년 9월 30일. http://lecture.arko.or.kr/index.jsp

위의 진술은 이기호 소설의 특이성을 구체화하는 데 여러 가지로 의미 심장한 내용을 담고 있어 주목할 만하다. 위의 인용에서 흥미롭고 문제적인 점은 크게 두 가지이다. 하나는 작가 이기호가 은연중에 세상의 사람들을 악한들과 악한이 아닌 사람들로 구분하고 있으며, 그들 중 상처받고 피해를 보는 것이 악한들이라고 인식하고 있다는 점이다. 악한이 피해자라니! 물론 그렇게 볼 수도 있다는 생각이지만, 막상 이기호가 그려낸 악한들을 보면 쉽게 동의하기 힘든 것이 사실이기도 하다. 그들은 다름아닌 자해공갈단, 보도방을 운영하는 악독 매매춘업자, 상시 본드 흡입자, 속칭 바바리맨, 화가 나면 호치키스 알을 남의 머리에 박아넣는 앵벌이 조직 두목이 아닌가. 그런데 작가 이기호는 이 불량배들이 오히려 피해자라고 말하는 데 아무 망설임이 없다. 이러한 인식체계를 우리는 일단 세계에 대한 반어적 인식 혹은 세계의 아이러니화라고 부를 수 있을 터이다. 무고한 일반 시민들에게 전율할 만한 폭력과 탈법적인 행위를 일상적으로 행하는 밑바닥 인생들, 깡패, 악한들이 오히려 피해자이며, 그들에게 폭력을 당하는 시민들이 오히려 가해자라는 전도된 세계상을 보이고 있으니 말이다.

그리고 위의 인용에서 또하나 흥미롭고 문제적인 지점은 작가 이기호가 밑바닥 인생들, 깡패, 악한들을, 그러니까 작가가 다른 자리에서 말한 '비루하고 염치없고 교양 없고 막돼먹은' 존재들을 주로 언어와 관련하여 바라보고 있다는 점이다. 위의 인용에서 작가 이기호는 '굉장히 어눌한 사회의 밑바닥 인생들'이라거나 '말도 안 되는 밑바닥 인생들'이라는 표현을 구사하고 있어 인상적이다. 불량배, 건달, 깡패, 악한, 밑바닥 인생을 이처럼 '굉장히 어눌한'이라는 말로 형용하는 경우는 좀처럼 보기 힘든 사례이거니와, 그럼에도 이기호는 그 하위존재들을 이와 같이 묘사하는 데 아무런 망설임이 없다. 그렇다. 이기호의 소설은 밑바닥 인생을 다루되 그들을 '말도 안 되는' 존재들로 바라본다. 작가 이기호의 표현을 빌려 말장난처럼 말하자면, 그들은 현재의 상징권력이 요구하는 말의 수준이 안 되어 깡패가 되거나 깡패가 되어서도 자신들의 행동이나 삶이 지니는 비극성과 활력성을 좀처럼 말로 만들지 못해 말도 안 되는 삶을 사는 비극적인 존재들이다. 그러니 그들은 작가 이기호의 말처럼 폭력을 가하는 듯하지만 상징권력으로부터 치명적인 폭력을 당해 상처받고 피해를 보는 역설적인 상황에 갇히고 만다.

이렇듯 작가 이기호는 밑바닥 인생, 깡패, 악한, 불량배 등을 정치경제학적인 관점도 아니고 리비도의 정치학의 시선도 아닌 또다른 관점, 그러니까 말의 질서의 측면에서 바라본다. 그리고 바로 그러한 시선으로 세상을 읽어들이고 나름대로의 세계상을 구축하여 소설을 쓴다. 그러자 정말 놀라운 일이 벌어진다. 이기호의 소설에는 이제까지 우리가 보지 못했던 전혀 새로운 세상이 펼쳐지고, 우리가 알고 있던 모든 것이 한순간에 전도되기에 이른다. 이기호 소설에 따르면, 세상에는 두 부류가 있다. 말이 되어, 다시 말해 언어의 질서 혹은 언어라는 감옥에 스스로의 영혼을 맡겨 지금, 이곳의 현실원칙에 맞게 살아가는 말이 되는 존재들이 있고, 그 것을 거부하거나 아니면 그것에 도달할 수 없어 현실세계 바깥으로 튕겨져나간 채 말이 안 되는 삶을 사는 또다른 존재들이 있는 것이다. 이 말이 안 되는 존재들은 말이 안 되므로 혹은 말을 못 하므로 현실원칙이 허여하지 않는 폭력적인 행동으로 자신의 존재감을 증명하나 그것은 말과 결합되지 않은 행동인 까닭에 현존하는 말의 질서에 의해 치밀하고 철저하게 응징당한다. 또 말이 되는 부류들은 이 말이 안 되는 부류들이 폭력을 행사할 때마다 그것을 통해 말의 질서와 법의 질서를 더욱 강화하거니와, 뿐만 아니라 말이 안 되는 질서를 일정 한도 내에서 포용함으로써 자신들의 질서의 권위를 더욱 높여나간다. 그러면 말이 안 되는 자는 더욱 말이 안 되는 폭력으로 생존하고, 당연히 말의 질서는 더욱 공고해지고……

이처럼 이기호 소설이 그려내는 세상의 역사는 이처럼 말이 안 되는 존재들과 말의 질서 안에 갇힌 자들의 악무한의 쟁투의 역사이며 그런 까닭에 암울하기 짝이 없다. 말이 안 되는 존재들과 말의 질서에 갇힌 자의 싸움이 벌어질 때마다 말의 질서가 강화될 것이므로 이제 세상은 말의 질서의 노예들과 더 극한으로 치달을 수밖에 없는 밑바닥 인생 간의 화해할 수 없는 싸움터가 되기 때문이다. 한마디로 이기호 소설은 '비루하고 염치없고 교양 없고 막돼먹은 친구들'을 매개항으로 하여 그야말로 이기호만의 고유한 역사지리지를 구축하는바, 그 역사지리지란 지금, 이곳의 상황은 물론 지나간 역사까지를 어눌한 깡패와 유창한 사이보그 사이의 화해할 수 없는 쟁투로 법칙화한 이기호식의 심상지리지이다.

이기호 소설의 불량배들은 바로 이러한 심상지리에 의해 세계 내적-위치를 부여받고 형상화된다. 이기호의 소설은 불량기의 기원을, 불량배들의 형성과정을 좀 특이한 곳에서 찾는다. 바로 언어의 질서, 혹은 권위주의적 담론이라는 절대자에 의한 처벌과 감시에서 찾는다. 예컨대 「버니」의 작중화자는 어느 날 우연적인 사건에 의해 소위 불량배가 된다. '백제 근초고왕이 일본 왕에게 하사한 검의 이름을 쓰시오'라는 시험문제에 '사시미'라고 답했던 것. 그는 정답인 '칠지도'와 다른 여러 답, 예컨대 '단군왕검'이나 '식칼'은 인정되나 '사시미'는 전혀 인정되지 않는 현실을 발견한다. 아니, 발견하는 순간, 자신이 그런 답을 썼던 이유도 항변할 수 없는 상황에 직면한다. 즉 저 오랜 역사는 자신의 관심사가 아니며 또 "내가 아는 칼 이름"이고 "일본도 나왔으니까"[11] '사시미'로 유추할 수 있지 않겠느냐, 그리고 '사시미'라는 답은 자신이 "최선을 다해 쓴 답"이며 '식칼'이라는 답과는 무엇이 다르냐고 묻기도 전에 그는 거대한 폭력, 아무런 죄의식도 없이 행하는 폭력에 노출되고 만다. 국사교사에게 무자비한

---

11) 이기호, 「버니」, 『최순덕 성령충만기』, 문학과지성사, 2004, 11쪽. 앞으로 『최순덕 성령충만기』에 수록된 소설을 인용할 경우는 본문에 작품명과 쪽수만 밝힘.

구타를 당했던 것. 그렇게 그는 중학교를 중퇴당하고, 소위 보도방 실장이 되어 매매춘 사업을 한다. 하지만 이 보도방 실장 역시 사회적인 인정을 받지 못하기는 마찬가지이다. 물론 섹슈얼리티의 매춘화이기에 용납받지 못할 것이겠지만 더욱 중요한 것은 보도방이라는 용어도 그 관행도 모두 인정하고 같이 매매춘의 한 축을 담당하면서도 유독 비난은 돈이 필요해 몸을 파는 여자아이들과 보도실장들에게만 쏟아진다는 점이다. '식칼'은 허용되고 '사시미'는 허여되지 않는 언어의 질서 혹은 권위주의적 담론이라는 절대자에 의해 사회 바깥으로 떠밀려나고 말았다고나 할까. 또한 그렇게 떠밀려나가 주변부의 고단한 삶을 떠받치고 있음에도 불구하고 다시 한번 그 주변부로부터도 떠밀려나가고 만다고나 할까.

　말의 질서가 얼마나 많은 인물들을 불량배로 만들며 또 그 불량배들을 비극적으로 만드는가 하는 것을 전형적으로 보여주는 경우는 바로 「옆에서 본 저 고백은」이다. 「옆에서 본 저 고백은」은 앵벌이 조직을 운영하는 시봉이들의 이야기이다. 이 시봉이들은 앵벌이로 생계를 유지하는 것이 힘들어지자 "무시무시한 진짜 쌈마이 형님들이 번듯하게" 차린 회사에 들어가 "생을 합법적으로 사는 것, 진짜 쌈마이가 될 수 있는 길"(「옆에서 본 저 고백은」, 80쪽)을 찾고자 한다. 그런데 문제는 그 회사에서 자기소개서를 요구한다는 것. 시봉이들은 이 자기소개서를 쓰는 과정에서 "가르마 비율 팔 대 이, 두껍고 커다란 렌즈의 안경, 허여멀건 피부와 얇은 입술. 이런 자식은 보나마나 뻔하다. (……) 싸움도 지지리 못하고 소심함 때문에 말도 더듬는, 그래서 더 만만한 놈" '팔대이'(「옆에서 본 저 고백은」, 79쪽)를 만난다. 처음에는 물론 "품 안에 망치보다 더 큰 호치키스를 넣고 다니는" "광분발작하면 호치키스를 머리에다 대고 찍어버리는"(「옆에서 본 저 고백은」, 82쪽) 시봉이들이 '팔대이'를 압도함은 물론이다. 하지만 이 전세는 서서히 역전되고 급기야 호치키스에 머리를 찍혀 열네 바늘을 꿰매는 것은 시봉이이다. 이유는 바로 자기소개서라는 권위주의적 담론 때문. 이 자기소개서에는 사실과 관계없이 타인을 감동시킬 '고백'이 들어가야 하나 시봉이들은 끝내 그 거짓 고백을 계발해 자기소개서라는 권위주의적 담론을 충족시키지 못했고, 그러자 그 권위주의적 담론에 보다 가까이 있는 '팔대이'의 지위가 상승하기 시작한다. 시봉이들은 "이제 뻔한 불행은, 그게 아무리 사실이라 하더라도 더이상 불행 취급을 받지 못하는 것 같다. 사람들은 미처 자신들이 생각해내지 못한 불행, 좀더 불행한 불행에 약해지는 법이다. 우리의 문제는, 우리가 사람들이 생각하고 있는 뻔한 불행밖에 당해보지 못했다는 사실에 있었다"(「옆에서 본 저 고백은」, 90쪽)는 사실을 느끼면서도 결국은 좀더 불행한 불행, 좀더 엄청난 고백을 고안해내지 못했던 것. 그러다 시봉이는 '팔대이'에게 오히려 치명적인 폭행을 당한다.

이기호의 다른 소설에 나오는 불량배, 악한, 범법자 들도 사정은 이와 다르지 않다. 그들은 규범적 질서의 부적응자들이거나 규범적 질서 외에 다른 가치를 소중히 여기는 존재들이다. 그러다가 홀연 탈영토화된 담론 체계에서 진리를 발견하거나 권위주의적 담론이 인정하지 않는 망상 체험을 하면서 자신들만의 고유한 담론체계를 지니게 된다. 하지만 그들의 그러한 선택은 항상 불량한 것, 악마적인 것, 처벌되어야 할 것으로 규정되고 사회적 입법의 제재를 받게 된다. 예컨대 「햄릿 포에버」의 시봉이는 누군가와 대화조차 나눌 수 없는 고독감에 본드 환각에 빠져든다. 본드 환각상태에서만 맛볼 수 있는 친밀성의 경험과 지혜로운 인간으로 비약하는 경험을 그는 뿌리치지 못한다. 그러다가 시봉이는 그가 본드 환각에서 얻은 지혜를 탐내면서도 비평가들의 권위적인 목소리에 의해 형성된 예술적 정향에 끝내 붙들리고 마는 극단 대표를 강제로 환각의 상태로 끌어들이거니와 그 행동으로 그는 사회적 초자아의 심판을 받게 된다. 하지만 그가 실제로 경험했던 그 무시무시하면서도 매혹적이고 비일상적인 모든 경험은 세간의 상식과 상투어, 그리고 심문이라는 권위적 담론장치에 의해 철저하게 부정된다. 그런가 하면 「최순덕 성령충만기」의 아담은 현실원리에 짓눌려 그야말로 무기력하고 권태로운 삶을 반복하는 인물로 되어 있다. 그렇게 현대 중년 남성의 슬픈 페이소스[12]에 깊이 침윤된 아담은 자신의 존재감, 혹은 활력을 찾기 위한 일그러진 선택을 하게 되니, 그것이 바로 소위 '바바리맨'이다. 하지만 마치 이청준의 「가면의 꿈」의 남편을 연상시키는 아담의 이런 몸부림은 최순덕에 의해 사탄의 현현으로 규정되고, 그때부터 사탄을 정화시키기 위한 최순덕의 전도가 시작된다. 하여 「최순덕 성령충만기」는 한편으로는 최순덕이 하느님의 뜻을 받아 성령을 전파하는 이야기이지만, 다른 한편으로는 기존의 질서 바깥의 외설적이고 관능적인 세계 속에서나마 자기 활동성을 발견하던 아담이 더 권위적인 담론 질서에 포획되는 이야기라 할 만하다. 하여, 「최순덕 성령충만기」의 마지막에 "아담이 두 눈을 지그시 감고 나직이 속삭이"는 "아멘아멘"(「최순덕 성령충만기」, 264쪽)은, 「우상의 눈물」의 기표가 행하는 "무섭다, 무서워서 살 수가 없다"는 말만큼 직설적이지는 않지만, 세상의 거대한 질서 속에서 그야말로 무기력하게 포획되어 살아가는 현대인의 실존 형식을 상징적으로 드러내는 데 전혀 모자람이 없다.

한마디로 이기호 소설의 불량배들은 초자아가 금지하는 것들을 어겨 범법자로, 또는 불량배로 살아가면서도 오히려 초자아의 권위에 철저하게 억눌려 있는 인물들로 그려진다. 이들은 이렇게 절대화된 언어질서에 이중으로 구속된다. 한 번은 절대화된 언어질서 혹은 상징질서에 의해 주변부적인 삶의 영역으로 떠밀려가고, 다시 그곳에서 끊임없이 사회적 왜상으로 왜곡된다. 그래서 이기호 소설의 불량배들은 분노에 가득 차 있지도 않고 질풍노도와도 같은 원한에 휩싸여 시민에 대한 무자비한 폭행을

---

12) 한국문화예술위원회 개설 금요일의 문학이야기, '박범신이 읽는 젊은 작가들' 2, 이기호 『최순덕 성령충만기』, 2005년 9월 30일 대담 중 박범신 선생의 언급 참조. http://lecture.arko.or.kr/index.jsp

통해 희열과 쾌미를 느끼지도 않는다. 또 그런가 하면 현실원칙 바깥에서
마음껏 쾌락원리에 자신을 맡기는 삶을 살지도 않는다. 대신 이기호 소설
의 불량배들은, 루카치가 『소설의 이론』에서 성숙한 남성의 전유물로 지
정한 바로 그것처럼 깊은 멜랑콜리에 젖어 있다. 그들은 「최순덕 성령충
만기」의 아담을 제외하고는 주로 청춘이면서도 자신의 청춘을 스스로 예
찬하고 즐기지 못한다. 그들은 소설 발생기의 소설의 주인공인 성숙한 남
성들처럼 이미 청춘의 믿음을 상실한 존재들로 되어 있다. 현실의 엄정
함, 특히 언어의 엄정함을 알았기 때문이다. 해서 그들은 선인이 될 수 없
고, 또 그렇다고 악인이 될 수도 없다. 악인이 되는 순간 자신에게 가해질
멸시의 시선이 두려운 까닭이며, 또 자신이 악인이 되는 순간 상징질서가
자신을 알리바이 삼아 훨씬 강화될 것이 두렵기 때문이다. 그래도 시봉이
들은 악인을 모방하기는 하나 그것은 정말로 말의 질서가 금시기하는 악
행들을 실행하면서 그것을 즐길 줄 알아서라기보다는 그것이라도 하지
않으면 현재 놓여 있는 그 자리에서 자신이 소진될지도 모른다는 두려움
때문이다.

　이렇듯 불량배들을 서사화한 이기호의 소설은 그들의 멜랑콜리를 기본
정조로 하여 떠나는 순간 길이 사라지는 그들의 우울한 여행을 그리고 있
는 것이 특징이다. 그런데 여기서 하나 주목해야 할 것은 불량배들의 멜
랑콜리를 서사화한 이기호의 소설들이 대부분 이야기체를 취하고 있다는
것이다. 「버니」는 랩 풍의 서술방식을, 「누구나 손쉽게 만들어 먹을 수 있
는 가정식 야채볶음흙」은 요리방송의 진행 멘트를, 그리고 「최순덕 성령
충만기」는 성경식 문체를, 「햄릿 포에버」는 법정 심문의 형식을 각기 취
하고 있음이 특징적이다. 아마도 이 형식들이 불량배들의 멜랑콜리를 표
현하는 데 가장 적절했기 때문이리라. 성숙한 남성의 멜랑콜리를 형식화
한 소설에는 어떻게든 개인의 발전과 공동체의 존속의 조화를 찾아내기
위해 과정의 총체성을 지향하는 형식이 가장 적절한 것이었다면, 공동체

에 의해서 일방적으로 공동체의 존속을 해치는 괴물이자 동시에 그것의 존속을 위한 속죄양으로 자리가 고정된 불량배들의 우울과 비극성을 그려내기 위해서는 과정의 총체성보다는 건조한(혹은 경쾌한) 어조로 서술되는 슬픈 인생이라는 아이러니적 표현을 유지하는 편이 훨씬 더 효과적인 것처럼 보인다. 따라서 이기호가 몇몇 소설에서 도입한 이야기체의 형식은 이 시대의 누빔점이자 사회적 관계의 총화인 불량배의 멜랑콜리를 드러내는 데 가장 적절한 형식이라 할 수 있으며, 이를 두고 기법의 승리라고 해도 큰 무리는 없을 것으로 보인다.

하여간, 불량배들을 다룬 이기호의 소설들은 불량배들을 이전과는 전혀 다른 방식으로 세계 내적-존재화시킴으로써 현존하는 상징질서 때문에 보이지 않았던 우리네의 무시무시하면서도 고통스러운 현존을 아이러니적으로 형상화하고 있다고 할 수 있다. 이기호의 소설은 법에 의해서, 또는 우리 사회를 움직이는 원리에 의해서 모든 개인들이 그 자유를 보장받는 듯하지만 사실 명실상부한 자유란 그 누구에게도 허여되지 않는다는 사실을 충격적으로 보여준다. 물론 이기호의 소설은 언어의 질서 바깥에 있는 불량배들의 멜랑콜리만을 충격적으로 그려내고 있을 뿐이지만, 이 불량배들의 우울을 비웃기도 하고 동정하기도 하고 또 때로는 같이 아파하기도 하다보면 어느새 사실 우리 역시 언어의 감옥 바깥이 있다는 것조차 경험할 수 없었던 「햄릿 포에버」의 차서화나 「최순덕 성령충만기」의 최순덕과 같은 존재임이 무서워 견딜 수 없을 정도로 선명하게 밝혀지기 때문이다.

3. 우연히 다가온 은총, 혹은 언어의 절대성의 기원

이제까지 우리가 길게 살펴보았던 것처럼 이기호 소설의 중핵은 불량배의 멜랑콜리를 이야기체로 형상화하는 데 있는 것처럼 보인다. 하지만 이기호 소설에 그것만 있는 것도 아니고, 또 이기호의 소설 중에서 그것만 전율할 만한 충격을 주는 것도 아니다. 이기호의 소설 목록에는 불량배 소설 외에도 대단히 잘 짜여진 전율을 안겨주는 소설들이 많다.

그중 주목할 만한 것은 언어의 질서가 절대화되는 과정을 다룬 소설들이다. 예컨대 「백미러 사나이」와 「간첩이 다녀가셨다」 같은 작품. 이 두 소설은 작가가 의도하고 쓴 것인지 아닌지는 쉽게 판별할 수 없으나 권위주의적 담론이나 현행의 언어적 질서가 절대화되는 과정을 다룬 알레고리 소설처럼 읽힌다.

그중 「백미러 사나이」는 단연 특이한 소재와 착상이 인상적인 소설이다. 너무 특이하여 황당하게 느껴지기까지 한다. 여기, 박정희 대통령이 죽던 날 우연히 뒤통수에 상처를 입었던 사내가 있다. 박정희 대통령 덕분에 나라가 발전했다는 신념을 지닌, 아니 박정희 대통령의 정책에 적극 협력하여 나름대로 부를 축적한 까닭에 마치 『태평천하』의 윤직원이 일제시대를 태평천하로 규정했던 것마냥 박정희 대통령을 요순 임금쯤으로 알고 있는 작중화자의 아버지는 박정희 대통령이 암살당하자 재떨이를 집어던진다. 그런데 그 재떨이는 TV 수상기로 향하지 않고 작중화자의 뒤통수로 향해 그에게 큰 상처를 내고 결국 그는 양담배를 지녔다는 아버지의 신고 때문에 막대한 손해를 봐야 했던 동네 무허가 의사에게 수술을 받는다. 이 의사는 작중화자의 아버지의 밀고에 앙심을 품고 상처 부위를 완전히 봉합하지 않는데, 어느날 덜 봉합된 이 상처가 번쩍 눈을 뜬다. 즉 뒤통수에도 눈이 생긴 것. 있을 수 없는 일이지만, 어떤 역사적 사건이든 한 개인의 운명에 긍정적이거나 부정적으로 개입하기 마련이며 더 나아가 그것이 한 개인의 신체에까지도 기입될 수 있다는 정도로 받아들이면 될 터이다.

하여튼 작중화자는 작중화자의 아버지가 그랬던 것처럼 박정희로 표상되는 역사의 혜택을 받아 남들에게는 없는 또하나의 눈을 지니게 된다. 그리고 그 눈은 작중화자에게 놀라운 은총을 베풀기 시작한다. 공부와는 담을 쌓았던 작중화자는 시험 때문에 내내 곤욕을 치렀던바, 뒤에 달린 눈이, 그가 스스로 노력해 쌓은 것이 아닌 우연히 받아든 그 은총이 그를 곤욕으로부터 구해준다. 즉 뒤에 앉은 사람의 답을 볼 수 있었던 것. 작중화자는 처음에는 이 은총, 그러니까 자신의 의지와 노동 없이 우연히 다가온 전통의 업적과 위력을 두려워하나 순간적인 곤욕을 넘기기 위해 그 은총을 받아들인다. 이후 그는 수시로 떠지는 뒤의 눈을 마다하지 않는다. 스스로의 눈을 감음으로써, 다시 말해 자기를 죽이는 것으로 뒤통수의 눈으로 세상을 보기에 이른다.

박대통령께서 눈을 뜨셨군.

눈을 떴을 땐 아무런 문제가 없었다. 상(像)이 겹치거나 흔들리는 일도 없었다. 다만, 두 눈을 감았을 때가 문제였다. 마치 고개를 돌린 것처럼, 눈앞에 보이지 않는 백미러를 부착한 것처럼, 뒤편의 영상이 또렷하게 망막 안으로 들어왔다. 그는 대번에 그것이 자신의 눈이 아님을 깨달았다. 그건 박대통령의 눈이라고, 박대통령이 보는 세상이라고……

그는 다시 두 눈을 감았다. 박대통령이 힘겹게 다시 뜬 눈을 무시해선 안 된다고, 그건 예의가 아니라고 생각했다. 뒷자리 반장의 답안지가 눈에 들어왔다. 그는 조심스럽게 반장의 답안지 속 글자들을 제 답안지에 옮겨 적기(아니, 그려나가기) 시작했다. 연필을 쥔 손이 조금 떨리긴 했지만 글자를 옮겨적는 덴 별다른 어려움이 없었다. 그러면서 그는 생각했다. 나는 그저 박대통령이 보는 세상을 기록할 뿐이라고.

—「백미러 사나이」, 157~158쪽

이후 작중화자는 뒤에 달린 박대통령의 눈으로, 그러니까 자신의 영혼을 비우고 그 자리에 초자아의 명령을 채워넣고 살아간다. 그렇게 그는 꾸역꾸역 초자아의 명령에 충실한 하수인이 되어 자신의 의지도 목적도 없는 채로 대학생이 된다. 그러다가 어느 순간 항상-이미 거기에 있던 큰 타자와 갈등을 보이기 시작한다. 심수봉을 닮은 여학생을 발견했던 것. 처음에 이 여학생을 눈여겨본 것은 물론 뒤통수의 눈이다. 하지만 곧 작중화자도 그녀를 좋아하게 된다. 작중화자 스스로의 의지였는지 아니면 큰타자의 눈에 익숙해지다보니 취향마저도 같아진 것인지는 알 수 없으나, 하여간 이때부터 뒤통수의 눈과 앞의 눈 사이에 밀고 당기는 갈등이 시작된다. 하지만 이 싸움은 길게 이어지지는 않는다. 작중화자에게는 이미 자기의 의지라든가 자기 스스로의 목표라든가 하는 것이 존재하지 않기 때문에 '박대통령의 눈'과의 싸움에 자신의 전 존재를 기투하지도 않으며, 또 기투할 존재조차도 없기 때문이다. 결국 작중화자는 심수봉을 닮은 여학생 때문에 자신의 눈을 뜨고 세상을 보겠다는 의지를 가져보기는 하나 그 꿈을, 의지를 실현하지는 못한다. 그러한 필요성을 너무 늦게 깨달은 결과 그 오랜만의 희망을 끝까지 밀고 나갈 자아가 이미 사라지고 없었던 것이다. 자기 외의 또다른 눈, 그러니까 큰타자가 안겨준 한 번의 행운에 자기 모두를 맡겨버린 존재가 처한 상황은 이렇게 혹독했다고나 할까. 그의 영혼은 이미 텅 비어 있었던 것이다.

「백미러 사나이」가 큰타자가 제공해준 은총에 길들어 자기의 영혼을 비워주기에 이른 한 비존재에 대한 소설이라면, 「간첩이 다녀가셨다」는 자신들의 곤경으로부터 벗어나기 위해 한 집단이 큰타자의 논리를 활용하는, 궁극적으로 큰타자의 논리에 자신들의 모든 것을 기탁해가는 이야기이다. 「간첩이 다녀가셨다」는 동해안에 간첩이 침투하자 한 경비조로 배속된 동원예비군들의 하룻밤을 충실하게 재현하고 있는 소설이다. 이들은 전혀 다른 직업과 개성과 가치관을 지닌 인물들이다. 시대적 양심이고자 하나 엄정한 현실원리에 대한 두려움 때문에 말로만 시대적 양심을 지키는 수학교사, 한 사회를 지탱하는 비합리적인 큰타자에 대한 불평은 가득하나 그것을 극복하는 것과는 무관한 삶을 사는 대학원생, 그리고 아버지의 재산으로 지역 내에서 모자랄 것이 없이 살아가나 보다 큰 지역에서 보다 활력 있는 삶을 살고자 하는 토착부호의 아들, 그리고 외지인이면서 이곳이 개발될 것이라는 헛소문으로 시세를 올려 그 차액을 남기려는 부동산 브로커 등이 한 팀이다. 마치 김승옥의 「서울, 1946년 겨울」처럼 이렇게 각자 다른 직업과 가치관을 지닌 인물들이 우연히 모여 간첩에 대해, 시대적 양심에 대해, 그리고 부동산 전망에 대해 이러저런 이야기를 건네고 다투고 싸우고 하면서 술에 취해간다. 물론 이들에게 간첩에 대한 경계의식이나 두려움 따위란 없다. 아예 관심이 없다. 다만 간첩을 빌미로 바쁜 자신들을 자신들과 무관한 자리에 끌고 온 것에 대한 불만이 있을 뿐이다. 그러니 정신을 잃을 정도로 취할밖에. 그러던 중 사고로 부동산 브로커가 죽는다. 부동산 브로커가 잠든 틈을 타 대학원생이 부동산 브로커의 지도를 훔쳐보았던 것. 그런데 이 대학원생의 잘난 체를 못마땅해하던 부동산 브로커가 잠이 깨서 그 장면을 보고 참기 힘든 욕설을 해대자 싸움이 난다. 그러던 중 대학원생이 돌을 집어 부동산 브로커를 내리쳤고 그러자 그는 쓰러진다. 대학원생은 브로커가 꿈틀거리는 것을 마지막으로 보고는 잠이 들었는데, 갑자기 소란스러운 소리에 잠이 깬다. 브로커가 죽은 것. 서로가 서로를 죽였다고 의심하고 소리치는 상황이 벌어짐은 당연하다. 또 술이 취해 자기 자신에 대해 자신들이 없었기에 실체를 규명할 엄두를 내지도 못한다. 그렇게 헤어나올 길 없어 보이던 곤욕스러운 상황을 대학원생이 헤쳐나간다.

"저 사람을 죽인 것은……"

수영은 쓰러져 있는 김을 다시 한번 노려보았다. 그리고 천천히 말했다.

"간첩 새끼야……"

수영의 말을 들은 규칠과 남석은 마치 화두를 건네받은 수도승들처럼 생각에 골몰했다. 그러곤 무언가를 깨우쳤다는 듯 서로의 눈을 바라보았다.

그런 그들 곁에서 수영은 계속 간첩 새끼, 간첩 같은 새끼, 라고 옹얼거리며 누워 있는 김을 바라보았다.

—「간첩이 다녀가셨다」, 228쪽

이들은 자신들이 처한 곤혹스러운 상황을 넘기기 위해 큰타자가 자신들의 자유를 억압하기 위해 이용하고 있다던 그 담론체계를 끌어들인다. 부동산 브로커가 간첩에게 죽었다고 하기로 한 것이다. '간첩이 다녀가'주신 것이다. 이렇게 이들은 실체적 진실을 밝히고 그를 통해 자신들의 잘못을 반성하기는커녕 그것을 덮기 위해 큰타자의 권위를 더욱 절대화시키고, 그 타자의 권위에 자신의 전체를 귀속시킨다. 그 순간 항상-이미 존재하는 큰타자는 더욱 커지고 그만큼 개인들이 작아짐은 물론이다. 즉 그들이 '간첩이 왔다 갔다'고 실체를 덮는 순간, 그리고 양심을 버리는 순간, 간첩은 '왔다' 간 것이 아니라 '다녀가신' 것이 되며, 그만큼 큰타자는 더욱 커져 그들의 하나하나를 모두 감시하기에 이르는 것이다.

이기호의 한 부류의 소설이 불량배들의 멜랑콜리를 통해 현존하는 상징질서가 법으로는 자유를 허용하면서도 언어의 감옥을 통해 사회구성원 모두를 감시하고 있음을 제시하고 있다면, 이기호의 또 한 부류의 소설은 이렇듯 제도 안의 인물들의 비겁과 비양심을 통해 권위주의 담론의 절대성이 어떻게 형성되는지를 밝힌다. 자신이 처한 곤경을 자기의 능력과 의지로 넘어서지 않고, 또한 자신의 잘못을 반성하는 것이 아니라 큰타자의 권위를 빌려 덮어버리고자 할 때, 큰타자는 다녀가신다는 것이다. 아니, 우리 영혼을 틀어쥔다는 것이다.

4. 외설의 고통과 만나기, 혹은 큰타자로부터 벗어나기

이 두 부류의 소설 외에 이기호의 소설에는 최근에 집중적으로 씌어지기 시작한 또 한 부류의 소설이 있다. 「수인」「아무 의미 없어요」「누구나 손쉽게 만들어 먹을 수 있는 야채볶음흙」이 바로 그것. 앞서의 두 부류가 큰타자에 종속되어 영혼을 잃고 살아가는 현존재들의 현존 형식을 재현한 소설들이라면, 최근 이기호 소설이 지속적으로 관심을 갖는 것은 이 큰타자로부터 우리의 자유를, 우리의 영혼을 되찾아오는 방안에 대한 것이다.

이기호 소설이 큰타자로부터 우리의 영혼을 되찾는 방법으로 제시한 길은 간단하지만 간단하지 않다. 그것은 「머리칼 전언」에서 말하듯 자신의 안정성을 위해 틀어묶은 무쇠 머리핀을 풀어버리는 것과 같은 것이다. 「머리칼 전언」에는 그야말로 외설적이고 관능적인, 그래서 사람을 소진시켜버리는 머리칼 때문에 두려워하는 사람들의 이야기가 나온다. 그들이 택한 방법은 무쇠 머리핀으로 외설적이고 관능적인 머리칼을 묶어버리는 것이었다. 비록 그 순간 삶의 윤기가 사라지더라도 어쩔 수 없다. 그 머리칼이야말로 삶의 안정에 치명적이기에.

최근의 이기호 소설은 그래도 결국은 이 머리칼을 풀어버리는 수밖에 없지 않느냐고 말하는 듯하다. 즉 당장은 자신 전부가 소진될 정도로 힘들더라도 그렇게 고통을 받으며 내성을 키워가야 되지 않겠느냐는 것이다. 예컨대 「아무 의미 없어요」의 이시봉은 생계를 위해 도로표지판을 뜯어냈다가 치도곤을 당한다. 급커브를 알리는 표지판이었기 때문. 그러자 사고가 속출한다. 그러나 시봉이는 그 사고현장으로부터 도망가지도 않고, 덮어두려 하지도 않는다. 어떻게든 자신의 모든 것을 바쳐, 자신의 전 생애를 걸고, 또다른 사고를 막으려고 한다. 그 순간 그는 세상의 기호 대신에 자신만의 고유한 기호를 얻어낸다. 그런가 하면 「수인」의 소설가는 소설을 원하지 않는 세상이 되었음에도 불구하고, 그래서 세상이 요구하는 다른 무엇이 되면 안정된 삶이 보장됨에도 불구하고, 자신이 소설가라는 것을 끝내 포기하지 않는다. 또 그런가 하면 「누구나 손쉽게 만들어 먹을 수 있는 야채볶음흙」에는 세상으로부터 거센 비난과 큰 시련을 겪으면서도 큰타자가 요구하는 질서와 취향을 거부하는 한 인물의 이야기가 그야말로 활기차게 펼쳐지고 있기도 하다. 물론 이기호의 소설은 그 길이 험난할 것이라고 말한다. 그리고 그 길은 험난하지만, 또 험난하기에, 자유인으로 살아가고자 하는 우리가 반드시 가야 할 길이라고 덧붙이고 있다.

　이것이 오랜 모색 끝에 이기호의 소설이 전하는 전언이다. 그렇다면 과연 어떻게 해야 할 것인가. 이제 우리가 선택할 차례다.

(2006)

침묵하는 주체, 말하는 시체
— 편혜영 소설에 대하여

1. 시체들의 귀환, 느닷없는

최근 들어 한국소설이라는 영토에 어쩐 일인지 수많은 시체들이 떠돌아다니고 있다. 처음에는 그저 하나둘 정도였다. 그 정도가 잠깐 출몰했다가는 곧 사라지더니 이제는 그 기세가 대단하다. 아예 하나의 경향이다 싶을 정도로 수많은 시체들이 떠오르고, 또 현존재들의 삶의 영역 안으로 돌아오고 있다. 그것은 물속에 잠겨 있다가 한 무더기로 떠오르기도 하고, 또 무언가에 찢기고 물에 퉁퉁 불어 여러 개로 분절된 채 나타나기도 한다. 시체란 크리스테바의 말처럼 우리가 견딜 수 없어 폐기했던 바로 그것이고, 또 우리의 신성성 혹은 규범성을 지키기 위해 서둘러 떠나보냈던 바로 그것이다. 아니, 그 정도로는 부족하다. 역시 크리스테바의 말을 빌리면 시체란 오물들 중에서 가장 역겨운 것이자 우리가 폐기했던 것들 중의 가장 극단적인 것이다. 물론 블랑쇼처럼 시신의 숭고성에 대해 말하는 이들도 있다. 시신은, 남겨진 허물은, 죽는 순간 장엄한 비인칭성을 획득하여 살아 있던 그 사람보다 더 아름답고 절대적인 존재가 된다는 것이다. 하지만 그것은 어디까지나 부패하지 않은 육체를 유지하고 있을 때의 일이다. 그 시신이 부패하면 사정은 달라진다. 부패한 시신은 현존재들에게 어쩔 수 없이 부패할 수밖에 없는 주체의 미래를 전율스럽게 보여준다. 때문에 초자아는 이 부패한 시신을 무엇보다 먼저 그리고 집요하게 현존재들로부터 격리시킨다. 이 부패한 육체가 인간 주체들의 필연적인 미래라면 어느 누구도 현재의 규범성이나 규율 따위에 자신을 귀속시킬 리가 없는 까닭이다. 그런데 이렇게 우리가 서둘러 폐기처분했던, 해서 타자성을 현현하는 존재이자 비존재인 그 시체들이, 지금 한국문학의 영토 속으로 터벅터벅 걸어들어오고 있는 것이다. 바로 이 시기에. 비유컨대 지금 한국문학은 시체들의 귀환 시대를 맞이하고 있다.

이 시체들의 귀향, 혹은 귀환은 물론 낯설지만은 않다. 특히 영화 속에서 시체들의 귀환은 오히려 친숙하다. 영화 쪽에서의 시체들의 귀환은 이미 오래 전부터 이루어져서 이제는 공고한 하나의 하위 장르로 자리잡고 있는 실정이다. 때문에 영화에서의 시체의 출현은 오히려 진부한 반복처럼 다가올 정도이다. 문학에서는 사정이 다른가 하면 그렇지 않다. 문학에서도 역시 시체들의 귀환, 혹은 죽은 자들의 귀향은 한 주요한 계보이자 경향이었고 또 지금도 그러하다. 시체, 유령, 인간/야수(혹은 인간/동물)의 양성적 존재들에 대한 관심과 발견은 저 멀리는 고딕 픽션의 전통은 물론 그것에 뿌리가 닿아 있는 아폴리네르, 아르토, 셀린, 바타유에 이르기까지 그야말로 광범위한 시기에 걸쳐 반복되며 그 색채 또한 다양하다. 한마디로 신성한 땅을 더럽히는 가장 근본적인 오염물로 버려졌던 다양한 종류의 시체들은 어느 상황만 되면 스멀스멀 문학 텍스트 내부로 흘러들어왔다고나 할까.

한국문학의 경우도 사정은 다르지 않다고 해야 하리라. 한국문학에도 돌이킬 수 없을 만큼 전락해버린 시체나 부패한 죽음 같은 것들이 그 사회를 지탱하는 동일성을 격렬하게 뒤집어놓는 역능을 행하는 작품들이 속속 나타나니, 우선 손창섭의 「비 오는 날」이나 「생활적」 같은 소설들 혹은 이범선의 「오발탄」 같은 소설들이 그 경우에 해당한다. 이들 소설은 숨만 쉬는 육체, 그러니까 죽음을 바로 앞에 둔 부패해가는 생명체를 통해 한국전쟁을 불러일으킨 모더니티의 가증스러움과 비인간성을 폭로하기도 한다. 아마도 시체와의 조우라는 서사적 전통들을 이어받아 그것을 가장 숨막히는 밀도로 소설화한 경우는 아무래도 작가 임철우일 것이다. 임철우의 「사산하는 여름」 「돌아오는 강」 「불임기」 등에는, 또 최근의 『백년 여관』에는 그야말로 더러운 물과 썩은 시신들과 유령들이 수시로 출몰한다. 임철우의 소설에 이러한 버려지고 부패한 것들이 강박적으로 반복되는 것은 작가 자신이 이 시체들에게서 잔혹한 이데올로기, 혹은 이데올로기의 잔혹성을 읽어내기 때문이다. 임철우는 해방 이후 한국의 역사를 이데올로기에 의한 잔혹한 살상과 그 시신에 대한 치밀한 애브젝션(abjection)의 역사로 맥락화한다. 즉 이데올로기를 위해 인간들을 아무 거리낌 없이 죽여놓고 그 시신들에 금기를 덧씌움으로써 현존재의 삶의 영역으로부터 치밀하게 격리시켰다는 것이다. 해방 직후나 한국전쟁 시기의 좌, 우익의 대립이 그러했고, 또 80년 광주가 그러했다는 것이다. 임철우의 소설은 이처럼 국가에 의해 훼손된 시신들을 하나하나 다시 불러와 이미 국가 이데올로기에 자아를 넘겨버린 현존재들 앞에 펼쳐놓는다. 그를 통해 현존재들의 외면, 구토, 그리고 실신 같은 것을 이끌어내어 급기야는 대타자와 균열을 유도하는 것은 물론 그 시신 속에 깃든 역사적 문맥과 진실을 발견하게 한다. 버려진 것들의 정치학이랄까 혹은 시신의 윤리학이랄까, 하여간, 임철우의 소설은 이렇게 시신을 통하여 우리의 안정성 너머 우리의 상징계 너머의 무시무시하고도 매혹적인 실재인 시체나 유령들을 불러들인 바 있거니와, 우리가 작가 임철우를 흔히 무당이라고 칭하는 것은 이 때문일 것이다.

이렇듯 부패한 것들, 더러운 것들, 그리고 그 정점이라 할 시체들의 귀환은 우리에게 낯선 것이 아니다. 더러운 것, 혹은 시체들은 그동안 인간의 영원한 타자라는 이유 때문에 흔히 다분히 정치적이고 윤리적인 기능을 해왔다. 특히나 어떤 사회적 초자아나 규율이 한 사회 전체를 거대한 무덤, 혹은 부패한 시신들의 진열장으로 만들 때, 이 부패한 시체들은 그 사회적 초자아를 저주하고 부정하며 해체하는 역능을 담당해왔던 것이다. 이제까지 부패한 시신들이 주로 전쟁의 시기나 국가 테러 등의 시대에 집중적으로 귀환했던 것은 이와 무관하지 않은 셈이다.

그런데 지금 이곳에 그 부패한 시신들이 다시 몰려오고 있는 것이다. 이 시체들의 귀환은 낯선 것은 아니나 뜻밖의 귀환처럼 느껴지는 것은 사실이다. 도대체가 속속들이 시체들이 귀환하는 어떤 필연성을 찾기가 힘든 것이다. 어떻게 보면 지금, 이 시대란 너무 아무 일도 안 일어나는 것이 문제가 아닌가. 모더니티가 만들어낸 규율과 감시체제 때문에 지금, 이곳의 현존재들의 존재론적 기초야말로 단연 고독과 권태 같은 것이 아니던가. 이상의 표현을 빌리자면 '권태 극권태'의 감각이 현대인들의 실존감각이 아니던가. 다시 말해 지금, 이곳에서의 삶이란 작가들이 부패한 시신들을 불러들여야 할 만한 어떤 사건도 계기도 찾아보기 힘든 상황인 것이다. 그런데 사회적 대타자를 가장 극단적인 방식으로 부정하고 추문화시키는 시체들이 돌아오고 있는 것이다. 최근의 문학에서 이루어지고 있는 이 시체들의 귀환이 종종 그 진정성 자체를 의심받는 것도 바로 이 때문일 것이다. 부패한 시신들이 몰려올 계기도 사건도 없다는 것. 그럼에도 불구하고 최근의 젊은 작가들이 부패한 시신들을 목 놓아 불러들이는 것은 오로지 영화의 모방 때문이라는 것.

하지만 미래란 현재의 규범성과 절대적으로 단절된 무엇이며 따라서 미래는 일종의 기괴함 속에서만 자신을 예고하고 스스로를 현전시킬 수 있다는 데리다의 말을 상기하자면, 현실적인 것이 곧 이성적인 것이라는 헤겔의 말을 떠올리자면, 지금 현실적으로 존재하고 있는 이 시체들의 귀환은 단순한 유행으로, 또다른 장르의 모방 정도로 치부할 일은 아닐 듯하다. 80년대의 임철우가 그 썩어가는 시체들을 통해 80년대 시대정신을 미리 구현했듯, 최근의 부패한 시체들 역시 현존재들의 존재방식에 대한 앞선 성찰일 가능성이 높은 것이다. 아니, 그렇게 단언할 수는 없다 하더라도 이렇게 말할 수는 있을 듯하다. 즉, 앞선 세대의 입장에서는 너무나 안정적인, 그래서 오히려 권태롭기까지만 한 현재 속에서 즐비한 시체들을 발견하고 그를 통해 대타자의 가증스러움과 폭력성을 읽어내는 세대가 출몰했다고. 다시 말해 이제 우리 소설사에 정치적인 억압이 아닌 전혀 다른 것에서 모더니티의 광기를 체험하는 세대, 그러니까 진정한 의미의 '도회의 아이들'이 출현한 것이라고.

만약 그렇다면 이제 이들을 대하는 우리의 태도도 달라져야 할 터이다. 이들의 문학을 '정치에 대한 잔혹한 무관심'의 표현으로 비난하거나 또 현실성이 없는 시뮬라크르 놀이로 비판할 것이 아니라 보다 적극적인 읽기가 필요하다고나 할까. 한 비평가의 말을 빌리자면 이들이 행하는 '한국소설의 특별한 또다른 시작'(이광호)을 적극적으로 받아들이는 작업이 필요한 것이다.

한국소설의 특별한 또다른 시작을 적극적으로 받아들이기 위해 누구보다도 주목할 만한 작가가 있다. 바로 편혜영이다. 편혜영의 소설에 주목해야 하는 이유는 크게 두 가지이다. 하나는 편혜영의 소설이 최근의 한국소설의 특별한 또다른 시작을 앞서서 이끌고 있다는 점. 잘 알려져 있듯 편혜영의 소설은 꽤나 앞서서 오물들, 쓰레기들, 악취, 구토, 썩은 저수지, 구더기, 썩은 생선알 등을 텍스트에 수용하기 시작했으며 종내에는 부패한 시체까지를, 그것에서 뿜어져나오는 시취까지를 한국소설사 속에 다시 불러들인 바 있다. 앞의 비평가의 말을 다시 빌리자면, '한국소설의 특별한 또다른 시작'을 먼저 시작한 작가가 바로 편혜영인 것이다. 그러므로 편혜영의 소설을 주목해서 읽는 것은 곧 최근의 한국소설에서 시체들의 귀환이 지니는 의미를 살펴보는 중요한 계기가 될 수 있을 것이다. 편혜영의 소설을 주목해서 읽어야 하는 또하나의 이유는 시체들의 귀환이라는 형식의 탄생 지점, 혹은 발생론적 기원을 읽어낼 수 있다는 점이다. 편혜영은 오물과 시체 등 버려진 것들을 적극적으로 호명하면서 일약 주목의 대상이 된 바 있지만, 그것이 곧 편혜영 소설의 출발점인 것은 아니다. 편혜영의 초기 소설은 편혜영 하면 떠오르는 하드고어적 상상력이나 그로테스크한 분위기와 분명 다르다. 그러다가 몇 가지 단계를 거쳐 시신들과 접신하기 시작하니, 이 과정을 살펴보는 일은 최근 소설의 '하드고어 원더랜드'(이광호)에 들어가기 위한 좋은 이정표가 될 것으로 보인다.

자, 그럼, 우리도 편혜영이 만들어낸 '하드고어 원더랜드'로 가보자. 단, 너무 서둘지 말고 이정표를 하나하나 밟아가며 그 하드고어 원더랜드가 어떤 과정을 거쳐 만들어졌는지, 그 하드고어 원더랜드를 통해 발견할 수 있는 진리내용이 무엇인지를 차근차근 찾아보도록 하자. 자, 그럼, 출발하자. 하드고어 원더랜드로.

2. 모더니티의 우울, 모더니티의 그늘

앞서 이야기했듯 편혜영 소설이 처음부터 오물, 쓰레기, 고름, 시신, 거짓말쟁이, 법률위반자, 교활, 비겁 같은 것들로 넘쳐났던 것은 아니다. 출발은 이러하다. 편혜영 소설의 출발점은 편혜영의 평판작들처럼 부패한 시신이나 썩은 오물들이 소설 전편을 가로지르고 있지도 않고 또 소설 자체가 알레고리적이지도 않다. 오히려 편혜영의 초기 소설들은 구체성이나 디테일을 신성시하는 경향까지 보인다. 편혜영의 초기 소설들은 현저하게 오늘날 우리의 삶을 구속하는 현실원칙과 규범성이 철저하게 관철되는 일상적인 시공간을 배경으로 취하고 있으며 등장인물 또한 현실원칙에 비교적 충실한 인물들이었다. 물론 그렇다고 이 말이 편혜영의 초기 소설들이 리얼리즘에서 강조하는 전형적인 상황에서의 전형적인 인물

을 추구한다거나, 아니면 사회적 관계의 총화로서의 인간형을 구현하고
자 한다거나 하는 것을 의미하는 것은 아니다. 다만 그것은 편혜영의 초
기 소설들이 작가의 분명한 목적의식하에 각 소설을 총괄하여 일관된 주
제와 인간형을 탐색하는 대신에 어떤 매혹적인 실재나 사소한 일상을 임
상학적으로 관찰하는 창작방법을 지녔다는 것을 의미한다. 실제로 편혜
영의 초기 소설들은 도대체가 통일성이나 일관성이 쉽게 느껴지지 않을
정도로 각각의 소설이 각기 다른 주제, 다른 인간형, 그리고 다른 묘사법
을 취하고 있다. 예컨대 이런 식이다. 편혜영의 등단작인 「이슬털기」(『대한
매일』 2000년 신춘문예 당선작)가 망자의 혼령 앞에서 자신의 광기를 반성
하는 주인공을 설정하여 주체와 타자와의 진정한 관계틀에 대해서 이야
기한다면, 「웨딩드레스」(『현대문학』 2000년 4월호)는 결혼식의 디테일한
묘사를 통하여 스스로 자립해버린 제도가 인간의 욕망과 자존을 얼마나
철저하게 구속하는가, 그러니까 현대란 얼마나 철저하게 기호(기표, 수
단)가 주인공이 되고 대신 인간은 얼마나 값싼 도구(물질)로 전락했는가
를 섬세하게 그려낸 소설이다. 이런 식으로 「중이염」(『사학』 2000년 여름
호)은 고독에서 벗어나고자 하나 그럴수록 더욱 고독해지는 현대인의 존
재론적 고독 혹은 소통 단절에 대해 말하고 있으며, 「분갈이」(『한국소설』
2000년 가을호)는 사회의 중심부에 편입되지 못한 한 여성의 전도된 분노
와 저항을 그려내고 있다. 또 그런가 하면 「누가 올 아메리칸 걸을 죽였
나」(『문예중앙』 2000년 겨울호)는 한 불우한 성장기를 지닌 작중화자를 통
해 인간 속에 괴물처럼 남아 있는 야수성과 폭력성을 그야말로 강렬하게
그려내고 있으며, 「비닐하우스」(『사학』 2001년 여름호)는 냉정한 계산주
의자 아버지 부부(새엄마와의)와 텅 빈 낭만주의자 어머니 사이에서 갈등
하는 여성을 주인공으로 내세워 가족의 의미를 다시 한번 되새기고 있다.
그리고 편혜영의 소설 중에서 알레고리적 방법 대신에 구체적 묘사를 통
해 우리의 현실을 전유한 마지막 소설인 「귀여운 내 딸, 루루」(『문예중앙』

2002년 봄호, 『아오이가든』(문학과지성사, 2005) 수록시 「마술피리」로 게재)는 어떤 필요에 의해 죽음까지도 통제되는 실험용 쥐와 현존재들을 유비시키면서 자본주의적 문명 속에서의 현존재들의 우울한 실존을 제시하고 있다.

이처럼 편혜영의 초기작들은 그 주제에 있어서나 등장인물에 있어서, 그리고 그 표현방식에 있어서 큰 차이를 보이고 있는 것이 사실이다. 아마도 작가 자신이 어떤 도상학을 가지고 그것에 맞게 소설의 더미들을 꾸려나가기보다는 구체성에 충실한 소설들을 써나가면서 자신의 역사지리지를 구축해가는 과정을 밟아나갔기 때문이리라. 그러나 이렇게 각 소설들이 흩어져 있다고 해서 그 흩어진 소설들을 가로지르는 어떠한 역사지리지가 없는 것은 아니다. 편혜영의 초기 소설에는 각각의 소설의 주제나 분위기와 상관없이 일관되게 나타나는 어떤 소설적 특성이 있는데, 이러한 공통분모는 편혜영 소설의 특유한 역사지리지와 직간접으로 연관되어 있는 것처럼 보인다. 아니, 연관되어 있다. 연관되어 있을 뿐만 아니라 이 역사지리지가 편혜영의 소설을 시체들의 향연장으로 이끈 근본 동력이기도 하다. 충분한 검토가 필요함은 물론이다.

먼저 주목할 것은 제도, 혹은 인공적인 것들에 대한 거친 분노이다. 편혜영의 초기 소설은 한결같이 인간들이 필요에 의해서 안출한 제도나 사회 운영 원리에 대해 부정적인 반응을 보이거니와, 그것에서 어떤 죽음의 징후들을 읽어내기도 한다. 예컨대 「웨딩드레스」를 보자. 앞서 잠깐 언급했듯 「웨딩드레스」는 작중화자가 경험하는 결혼식 정경을 묘사한 소설이다. 이 결혼식에서 작중화자가 내내 느끼는 감정은 분노이다. 분노는 그것에 그치지 않고 육체적으로도 외화되는바 두통과 구토증이 그것이다. 결혼식에서 내내 작중화자를 곤경에 빠뜨리고 힘겹게 하는 것은 그 노골적인 작위성이다. 다른 신랑신부들과 같은 장소에서 똑같은 포즈로 사진을 찍어야 하고, 인공적으로 감아올린 머리를 유지하기 위해 수많은 핀들로 머리를 고문해야 하고, 또 짙은 화장으로 마치 가부키 배우나 마네킹처럼 느껴질 정도로 맨얼굴을 가려야만 한다. 작중화자의 말처럼 결혼식의 주인공은 사랑하는 두 남녀가 아니라 사진기이며, 남녀는 이 사진기가 요구하는 프레임에 따라 자기를 서서히 죽여나간다. "아무래도 오늘 결혼식을 총지휘하는 것은 사진기"이기에 신랑과 신부는 "사진기 부품이라도 되는 것처럼 사진사를 따라"야 하는 것이다. 뿐만 아니라 사진을 위해 결혼 예정이 전혀 없던 한 여성은 치마를 입었다는 이유만으로 부케를 받기도 한다. 이 모든 것에 분노를 느끼고 삭이고 하던 작중화자는 마지막 순간에 구토를 참지 못한다.

지하 탈의실로 내려가는 좁은 계단에서 폐백 옷을 입고 예식장 직원의 부축을 받아 조심스럽게 계단을 올라오고 있는 다른 신부와 마주친다. 한삼을 떨어뜨리지 않도록 팔을 둥글게 맞잡아 양쪽에 부축을 받고 올라오는 신부에게, 내게서 나는 것과 똑같은 화장내가 확, 끼쳐온다. 왈칵 구역질이 치민다. 부축하던 예식장 직원의 팔을 뿌리치고 얼른 구석으로 가 주저앉는다. 예식장 직원이 등을 두드려준다. 빈속이라 자꾸 헛물만 넘어온다. 몇 번의 구역질에 입가에 침만 길게 늘어진다.
결혼식은 모두 끝났다.

—「웨딩드레스」

이렇게 편혜영의 초기 소설은 인간이 어떤 필요에 의해 만들어낸 제도가 이제는 인간을 지배하고 호명하고 복종하도록 강요하는 단계에 이르렀다고 판단하고 그것에 대해 격렬한 분노를 느낀다.

하지만 편혜영의 초기 소설에 따르면 현존재들은 단지 제도의 부품인 것에 그치지 않는다. 몇몇 인간은 동시에 동물이기도 하다. 편혜영의 초기 소설은 모더니티, 혹은 문명이 만들어내는 그늘에 대해서 관심이 높으며, 이것은 편혜영 초기 소설의 두번째 특성이기도 하다. 문명은 밝은 것만은 아니다. 그것은 휘황찬란하고 화려하면 화려할수록 그만큼 깊은 그늘을 거느린다. 화려한 마천루가 있는가 하면 무너져가는 연립주택이 있으며, 넘쳐나는 영양분을 감당하지 못하는 존재들이 있는가 하면 최소한의 것마저 충족시키지 못한 존재, 동물처럼 살아가는 존재들도 있다는 것이다. 문명은 모든 것을 평등하게 호명하지 않는다. 평등하게 호명하는 듯지만, 그 평등해 보이는 호명은 단지 자본주의적 문명 혹은 질서를 유지하기 위한 기능을 담당할 뿐이다. 자본주의는 모든 인간들에게 자본주의에 필요한 인재가 되라고 친절하게 권유하지만, 모든 인간들에게 자본주의적 체제 안에서 안정되게 살 기회를 제공하지 않는다. 수많은 존재들을 그야말로 냉정하게 체제 밖으로 내몬다. 부르지만 않았던들 자기만의 고유성을 지니고 살아갈 존재들을 불러들여 그들을 훼손시켜놓고는 간단하게 내지는 셈이다. 이들이 고통, 절망, 분노, 복수심을 느끼는 것은 오히려 당연할 것이다. 결국 이들은 자본주의라는 시스템에 강제적으로 불려나와 내쳐지며 결국은 모더니티의 그늘, 혹은 폐허 속에서 사회에 대한 복수를 꿈꾸며 괴물이 되어간다. 편혜영의 초기 소설이 주로 주목하는 것이 바로 이런 곳이고 이런 인물들이다. 화려한 외관에 깃든 그늘 혹은 무너진 건물의 폐허, 그리고 누군가에게 호명되었다가 버림받은, 그래서 시신으로 전락하거나 복수를 꿈꾸는 괴물이 되는 존재들.

  편혜영의 초기 소설은 이렇게 주변의 매혹적인 인물들을 발견하고 그들을 임상학적으로 관찰하여 급기야는 편혜영 나름의 도상학을 구축하는 것으로 보인다. 그런데 이 여러 편의 서사적 모험을 통해 확립한 역사상은 아무래도 긍정적이기보다는 부정적이다. 특히 모더니티의 모순적 호명에 의해 모더니티의 중심부로 끌려나왔다가 버림받은, 서서히 죽음에 이르는 존재들에 대한 발견은 편혜영 초기 소설의 한 중요한 성과처럼 보인다.

3. 은폐의 천재와 엽기적인 애브젝션들

이렇게 모더니티의 그늘, 모더니티가 폐기하는 것들을 발견한 편혜영의 소설이 나아간 길은 이미 우리가 잘 알고 있는 바로 그 세계이다. 바로 하드고어 원더랜드. 하지만 모더니티의 폐기물을 발견했다고 해서 곧 시체들의 향연장으로 들어설 수 있는 것은 아닐 터이다. 동물에 가까운 인간 존재를 발견했다고 해서, 또 모더니티가 만들어낸 폐허를 발견했다고 해서, 현실 전체를 쓰레기, 토사물, 오염물질, 시신들의 더미로 만들 수 있는 일은 아니다. 우리가 살고 있는 현실을 쓰레기 가득 찬 도시, 도시 한켠의 썩은 호수에서 퍼져나오는 시취들로만 텍스트화하기 위해서는 모더니티에 대한 불만 이외에 또다른 인식론적 계기가 필요한 것이다. 그래야만 분명 현실의 한 부분인 그것들을 현실의 전체로 확대시킨 바로 그 연유를 파악할 수 있기 때문이다.

편혜영의 소설이 부패한 시체들을 텍스트 전면에 끌어들인 인식론적 기원, 그러니까 한국소설에 하드고어 원더랜드가 발생한 그 기원을 확인하기 위해서, 우선 주목할 소설이 있다. 바로 「만국박람회」(『문학동네』 2004년 가을호)와 「저수지」(『현대문학』 2005년 2월호)이다. 이 두 작품은 편혜영의 소설이 애브젝트된 대상들을 전면적으로 텍스트화한 연유를 추정해볼 수 있는 여러 요소들을 담고 있기 때문이다.

우선 「만국박람회」를 보자. 「만국박람회」에서 먼저 주목할 것은 '만국박람회'라는 제목이다. '만국박람회'란 무엇인가. 그것은 이제 세계가 상품-화폐 경제라는 하나의 시스템으로 통합되었음을 알리는 일종의 근대의 상징이 아니던가. 말하자면 「만국박람회」는 편혜영이 초기의 여러 임상실험을 통하여 얻어낸 도상학을 보여주는 작품이자 현대사회에 대한 작가의 역사지리지가 고스란히 들어 있는 소설인 것이다.

「만국박람회」에는 이 소설을 가로지르는 인식론을 한눈에 읽어볼 수 있는 누빔점이 있는데, 그것은 다름아닌 이 소설에 등장하는 두 개의 마술이다. 하나는 작중화자의 삼촌이 행하는 마술이다. 삼촌은 사람을 모아두고 원숭이를 없애는 마술을 진행한다. 작중화자는 원숭이가 빠져나갈 통로를 막는 것으로 마술을 방해하나 그렇게 방해를 했음에도 불구하고 원숭이는 없어진다. 속임수가 아닌 정말 마술이 이루어졌다고나 할까. 하여간, 그 이후 삼촌은 작중화자와 개와의 싸움을 주선하여 돈을 벌고자 하는 계획을 벌인다. 또하나의 마술은 세계적인 마술사가 벌이는 마술, 아니 보다 정확하게 표현하자면 '만국박람회'가 벌이는 마술이다. 만국박람회가 열리는 이곳은 한 작은 소도시이다. 소도시 주체로 박람회가 개최되려던 중 사상 유례 없는 폭우가 내려 도시는 황폐화되고 인심은 흉흉해진다. 그러자 정부가 개입하여 성공적인 박람회를 약속하고 대대적인 지원을 한다. 그리고 공사가 일사천리로 진행된다. 공사중 백골이 잔뜩 섞인 흙더미가 나오지만 공사는 그대로 진행된다. 그 박람회의 개막식에는 세기의 마술사의 마술이 예정되어 있다. 그러나 박람회의 준비는 예상처럼 쉽지 않다. 박람회장 주변은 여전히 폐허이고, 참담할 뿐이다. 박람회 개최날 작중화자는 삼촌의 주선으로 굶주린 개와 도박 경기를 벌인다. 그리고 도박 경기중 어디론가 사라진다. 세기의 마술사의 마술, 혹은 박람회의 마술인 것이다.

철창에 누워 있는 내게로 검은 빛이 쏟아져내렸다. 불현듯 눈앞에 검은 상자가 나타났다. 상자 안에서는 죽은 원숭이가 나왔다. 원숭이는 내게 침을 뱉었다. 나는 원숭이를 밀쳐내고 얼른 상자에 들어가 몸을 숨겼다. 겁에 질려 뚜껑을 닫을 수는 없었다. 으르렁거리는 개의 신음소리가 들려왔다. 원숭이가 낑낑거리며 뚜껑을 덮어주었다. 뚜껑이 덮일수록 점차 시야가 까맣게 변하기 시작했다. 날카로운 이빨을 내밀고 다가오던 시커먼 개의 몸뚱이가 사라지기 시작했다. 창살이 촘촘히 박힌 네모난 철창도 사라졌다. 경기가 벌어지던 천막도, 팔짱을 끼고 그 모두를 지켜보던 삼촌도 보이지 않았다. 타원형의 전시회장은 분분히 갈라져 먼지처럼 미세한 입자로 사라졌다. 나는 그 모두와 함께 거대한 힘에 이끌려 알 수 없는 공간 너머로 사라지고 있었다. 유일하게 남은 것은 거대한 얼굴을 가진 마술사였다. 마술사는 진심이라는 듯이 희미하게 웃고 있었다.

—「만국박람회」

　이렇게 두번째 마술에 의해 첫번째 마술을 부렸던 삼촌을 비롯한 모더니티의 그늘, 모더니티의 적대자들은 한순간에 사라진다. 그러니 박람회는 성공적으로 개최되었을 것이다. 아니, 이 모더니티의 그늘을 한순간에 없애기 위해 만국박람회는 개최되었을지도 모른다. 하여간 박람회는 그들의 장애물들을 이렇게 한순간에 사라지게 만들며 자신들의 기획을 완성한다. 여기서 우리는 「만국박람회」가 근대성을 규정하는 방식을 암묵적으로 추출해볼 수 있다. 모더니티는 속임수를 쓰건 아니건 모더니티의 적대자, 그늘들을 순식간에 폐기처분하고 그 자리에 모더니티의 신화에 걸맞은 미래상만을 건축해넣는 것이다. 사라지는 자들에 대한 연민이나 동정 따위란 물론 없다. 동정도 연민도 없이 낡은 것을, 더러운 것을, 진창이나 해골을 모두 쓸어내고 그 자리에 전혀 새로운 미래를 개척하는 것만이 모더니티의 유일한 자기 증식의 원리인 것이다.
　「만국박람회」가 간접적이나마 작가가 파악한 모더니티의 자기 증식 원리를 제시하고 있다면, 「저수지」는 그러한 모더니티의 원리가 만들어낸 심각한 모순, 혹은 그것이 만들어낸 흉측한 괴물에 주목하고 있는 소설이다. 「저수지」는 한마디로 자본주의적 문명에 의해 버려진 것들에 대한 조사이자 이 버려진 것들이 자본주의적 문명에 대해 전하는 경고문 같은 것이다. 여기, 세 아이들이 있다. 이 아이들은 엄마로부터 버림받았다. 엄마는 '돈'을 벌기 위해 이 아이들을 외딴 방갈로에 가두고 떠난다. 그렇게 이 아이들은 이곳에서 시체가 되어간다. 하지만 「저수지」에서 폐기처분된 것은 다만 아이들만이 아니다. 이들이 집처럼 머물러 있는 방갈로도 버려진 것이고, 또 이제는 퇴락한 많은 방갈로를 거느리고 있는 저수지도 버려지기는 마찬가지이다.

저수지 앞에는 똑같이 생긴 방갈로가 여러 채 놓여 있었다. (……) 한때 예약을 해야 방갈로에 들 수 있을 만큼 사람들이 많이 드나들던 때가 있었다고 했다. 저수지 가득 꽃잎이 붉은 수련이 피었던 시절, 수련을 찍으러 사진작가들이 몰려오던 시절, 수련 사이를 헤치고 작은 나무배를 탈 수 있었던 시절, 나무배에서 손만 내밀면 윤기 흐르는 두꺼운 수련의 잎사귀가 만져지던 시절, 줄만 던지면 살이 오른 잉어가 잡혀 올라오던 시절의 일이다. 수련은 다 죽어 썩은 뿌리로 물을 긂게 만들었다. 수련 사이를 떠돌던 나무배는 부서진 채 쓰레기를 품고 저수지 구석에 뒤집혀 있었다. 이제 낚시꾼들은 아무도 오지 않았다. 물은 허드렛물보다 더러웠다. 생물이 살 수 없는 물이라고 했다. 시커먼 죽을 쒀서 거대한 흙 그릇에 담아놓은 것 같았다. 방갈로는 쓰레기처럼 방치되었다. 그게 아니더라도 방갈로 따위에 묵으려는 사람은 없었다. 수풀 우거진 곳, 사방에서 새소리가 들려오는 곳, 맑은 시내가 흐르는 곳, 공기 맑은 산책로가 있는 곳에 지어진 숙소는 많았다. 그 숙소들은 시멘트를 바른 두꺼운 벽과 높은 천장, 채광 좋은 유리창을 가지고 있을 거였다. 아무도 젖은 쓰레기통이나 마찬가지인 저수지로 휴가를 오지 않았다. 마을의 자랑이었던 저수지는 흉물거리로 전락했다.
—「저수지」

이 버려진 저수지에 괴물이 산다. 아니, 버려진 방갈로에도 괴물이 사는지도 모른다. 또 아니면 그렇게 방갈로에 버려져 죽어가는 아이들 안에는 더 큰 분노와 울분과 원망이 합쳐진, 그러니까 더 대단한 괴물이 사는지도 모른다. 위의 인용에 비추어 유추하자면 「저수지」에서 말하고자 하는 것은 이런 것일 것이다. 자본주의적 문명은 영원한 파괴와 쇄신을 그

속성으로 움직인다. 파괴하는 한편 쇄신한다. 쇄신하기 위해 파괴한다. 만약 파괴된 곳이 쇄신된다면, 그것 역시 의미 있는 변화인지 단언할 수 없을 것이지만, 그래도 그것은 가치 있는 변화일지 모른다. 그런데 파괴만 되고 쇄신은 되지 않는다면, 또는 쇄신되더라도 그것의 고유성은 모두 사라진다면 문제는 달라지는 셈이다. 특히 자연적인 것, 고유한 것을 파괴하여놓고 그대로 방치한다면 이것 역시 만만치 않은 문제를 발생시킬 것이다. 이렇게 자본주의적 문명이란 넘치는 변화의 메커니즘에 따라서 사물의 고유성이나 역사성을 파괴하여 전혀 다른 것을 만들어놓고는 방치한다. 「저수지」에 따르면 그런 곳에서, 그런 인물에게서 괴물이 태어난다는 것이며, 자본주의적 문명이라는 괴물과 자본주의적 문명이 만들어낸 이 괴물들 사이에서 우리는 살고 있다는 것이다.

여기쯤 이르면 우리는 편혜영의 소설이 왜 고름, 쓰레기, 부패한 시체, 하수, 토사물 등 폐기처분된 것들을 집중적으로 그려내고 있는지, 그리고 왜 도대체가 정체성을 알 수 없는 존재들을 반복적으로 그려내고 있는지를 조금 짐작할 수 있을 듯하다. 그것은 한편으로는 자본주의 문명이라는 마법사가 은폐해버린 현존재들의 무시무시하고도 매혹적인 실존을 읽어내고자 하는 노력일 것이며, 다른 한편으로는 전 인류를 괴물들의 천국으로 만들어가는 자본주의적 문명에 대한 묵시록적 비판이라 할 것이다.

이런 맥락에서 보면 강렬한 이미지들에 가려 그 의미를 추출하기 힘들었던 몇몇 소설도 맥락화가 가능할 수도 있을 듯하다. 예컨대 미래도시의 살풍경을 다룬 듯한 「맨홀」은 모더니티의 자기 증식 운동이 필연적으로 도달할 어떤 지점을 형상화한 것으로 보인다. 그들의 지하에서의 삶이란 어떻게 보면 모더니티의 자기 증식 운동에 보조를 같이하는 존재들은 모두 떠나고 오직 그것으로부터 배제된 존재들이 모더니티라는 괴물과 모더니티가 만들어낸 괴물 사이에서 벌이는 생존투쟁이며, 그러므로 그것은 곧 현재 우리들의 삶이라 해도 크게 틀린 말은 아닐 것이다. 편혜영의 소설 중 가장 기괴한 소설에 해당할 「아오이가든」의 경우도 역시 사정은 마찬가지이다. 소설 속의 상황에서 구체적인 시공간을 떼어내고 곧장 괴물 같은 충동들과 원초적인 힘들로 삶을 구성하고 있어서 극에 달한 카오스모스의 세계를 표현한 듯은 하나 도대체가 그 의미를 정확하게 파악하기 힘든 「아오이가든」도 사실은 모더니티의 살풍경에 대한 묵시록적 비판이라 할 수 있다. 즉 아오이가든은 한때 모더니티의 총화였으나 이제는 버림받은 건물로 모더니티의 파괴적인 힘들을 상징하는 것이라 할 수 있으며, 이곳 역시 역병이 돌자 많은 사람들이 빠져나가고 모더니티로부터 소외된 존재들만 남는바 이것 역시 소외된 존재들을 더욱 소외시키는 모더니티의 핵심적인 원리의 반영처럼 보인다. 특히 「아오이가든」에는 인물들의 성격 혹은 정체성이 대단히 혼란스러워 "새끼 밴 고양이와 누이, 더이상 새끼를 낳지 못하도록 자궁을 잘라낸 고양이와 '그녀'는 하나로 뒤섞이고(고양이=누이=그녀), '너무 세게 끌어안아서인지' 그 고양이가 내 뱃속으로 들어가버리면서 '나'는 임신한 누이와도 중첩된다('나'=누이, 고양이=내 아이). '그녀'의 속옷을 태우다가 불에 덴 '나'의 손은 개구리의 물갈퀴로 변하고('나'=개구리), 누이의 뱃속에서는 고양이 소리인지 개구리 울음인지 알 수 없는 소리가 들리다가 '수십 마리의 붉은 개구리들'이 쏟아져나온다(개구리=누이의 아이). 그러니 도대체가 누가 누구를 낳았으며 '나'는 어디에 있는가. '개구리-고양이-누이-(그녀의 아이, 내 아이)-그녀(내 아이)-나(그녀의 아이, 누이의 아이)'의 연쇄는 꼬리를 물고 빙빙 도는 뱀처럼 순환"(박진, 「달아나는 텍스트들」, 『문예중앙』 2005년 가을호)하는바, 이 역시 개인의 고유성, 혹은 사물의 고유성을 불가능하게 하고 여러 가지의 의미나 가치를 덧씌우는 데서 나타나는 정체성의 혼란처럼 보인다. 뿐만 아니라 이 디스토피아에서 이루어진 다산성과 잡식성 역시 자본주의적 문명의 한 속성을 상징한 것으로 읽힌다.

한마디로 편혜영 소설 속에서 넘치는 애브젝트들은 자본주의 문명에 대한 묵시록적 진단이자 비판이라 할 수 있다. 즉 애브젝트가 바로 그런 역능을 행하기 때문에 편혜영의 소설에서 애브젝트는 과도하게 끓어서 넘칠 수밖에 없는 필연성을 지니고 있다. 그래야만 자신의 그늘과 자신이 만들어내고 키우고 있는 괴물들을 마술적으로 은폐하며 자기 증식 운동을 계속하는 모더니티의 파괴적 성격을 드러내고 비판할 수 있기 때문이다. 또는 모더니티라는 초자아가 지목해주는 것만을 자아로 받아들이며 살아가는 현존재들에게 역겨움과 구토 같은 것을 유도해 초자아와 단절된 자아의 필요성을 환기시킬 수 있기 때문이다.

4. 시체-되기, 혹은 구원의 힘

굳이 "위험이 있는 곳엔 구원의 힘도 함께 자란다"는 횔덜린의 정언이 아니더라도 우리가 묵시록적 상상력에 관심을 갖는 것은 그곳에서 종말의 징후뿐만 아니라 희망의 씨앗도 찾고자 하기 때문이다. 희망의 씨앗을 찾으려는 노력 없이 이루어지는 종말론적 담론은 흔히 인간 주체가 행할 수 있는, 또 행해야만 하는 인간적 실천 전부를 부정하는 결과를 낳곤 한다. 그러므로 현실 전반을 디스토피아화한 소설에서 눈여겨보아야 할 것은 묵시록적 징후의 날카로운 발견뿐만이 아니다. 또하나 세심하게 살펴보아야 할 것이 있으니 바로 그 묵시록적 상황 속에서도 여전히 꿈틀거리는 구원의 힘이다. 묵시록적 상황인데도 여전히 꿈틀거리는 의미 있는 삶의 요소란 어떻게 보면 인간이 어떠한 상황에서도 보존할 수 있는 가치이자 진리라고 할 수 있기 때문이다. 그러므로 누구보다도 강렬하게 자본주의적 문명이 지니는 황폐함을 강렬하게 표현한 편혜영의 소설에서 우리가 마지막으로 관심을 기울여야 할 대목이 있는 셈인데, 그것은 다름아닌 편혜영의 소설 속에 존재하는 희망의 징후라 할 것이다. 미리 앞질러 이야기하자면 편혜영의 소설에는 종말론적 진단 외에 그것에서 벗어날 수 있는 구원의 힘에 대한 탐색도 같이 이루어지고 있으며, 또한 최근으로 오면 올수록 그러한 경향은 더욱 강해지고 있는 것이 사실이다.

　그런데 특이한 것은 그러한 구원의 힘에 대한 관심이 부패한 시신들을 만나면서 더욱 강해지고 있다는 점이다. 편혜영의 소설 목록에는 애브젝트의 정점이라고 하는 시체들이 직접 귀환하는 소설이 두 편 있다. 정확히 말해야겠다. 한 편이 있다. 그러니까 「문득,」은 유령의 귀환인 셈이고, 「시체들」은 바로 시체의 귀환이다. 「문득,」은 죽은 혼령이 육체를 떠나서 혼자 살아가고 이야기하고 자기를 회상하고 또다른 혼령들을 만나고 하는 이야기이다. 「문득,」에서 특기할 만한 점은 자신의 부패한 육신에 대해 전혀 무감하다는 것이다. 아니, 오히려 자신의 영혼을 가두던 육체에서 벗어나는 순간 한껏 자유로운 자아로 살아간다. 육체의 죽음, 혹은 시체는 그녀에게 하나의 축복이자 해방이다. 그 육체 때문에 상징적인 질서로부터 전혀 벗어나지 못했던, 해서 남편의 그 잦은 구타도 다 견디기만 했던 그녀는, 또 그 매 맞은 자국을 감추기 위해 항상 목을 감추는 옷을 입어야만 했던 그녀는, 육체가 부패하자 오히려 그 상징적인 질서로부터 놓여나 하고 싶은 말을 다 하는 자유로운 여성으로 다시 태어난다. 즉 편혜영의 소설에서는 부패한 시신이란 살아 있을 동안의 헛된 구속을 알려주는 표지라고나 할까.

　이러한 부패한 시체에 대한 흔쾌한 동질화는 「시체들」에서도 마찬가지이다. 같이 낚시를 갔다가 아내를 잃은 「시체들」의 작중화자는 아내의 시체가 조각조각 귀환할 때마다 그것을 찾으러 간다. 신체 없는 기관과의 조우랄까. 아니면 기관 없는 신체와의 조우랄까. 하여간 그는 아내의 부패한 시체의 한 부분을 만날 때마다 그녀와 대화한다. 살아생전 살아야 한다는 강박증 때문에 말이 없던 아내는, 그러나 시체가 되자 그 한 부분만으로도 유쾌하게 말을 건다. 그렇게 아내 시체의 한 부분 한 부분을 찾을 때마다 작중화자는 살아 있는 아내의 삶을 모방하고 흉내낸다. 아내가 살아 있는 동안에도 하지 않았던 타자의 자아화 작업을 수행하는 것이다.

이렇게 편혜영 소설의 인물들은 오히려 부패한 시체를 만나는 순간 구토와 실신 등으로 애브젝트를 거부하는 것이 아니라 흔쾌하게 자기화한다. 편혜영 소설의 인물들에게 이미 부패한 시체는 모더니티의 자장 안에서 아등바등 살았던 삶이 오히려 헛된 미망이었음을 알려주는 이정표 역할을 하는 셈이다. 즉 시체들과의 조우는 편혜영의 인물들에게 시체-되기의 경험을 환기시키고, 이 시체-되기의 경험은 모더니티의 상징적 질서를 거부하고 그 너머를 보게 하는 큰 원동력으로 작동하고 있는 것이다.

그런데 이러한 시체-되기의 경험은 편혜영의 작중인물에게만 자신을 바꾸는 중요한 경험은 아니었던 모양이다. 편혜영의 소설은 시체-되기의 모티프를 거치면서 어떤 변화가 일어나는 것으로 보이기 때문이다. 좀 섣부른 단언을 하자면 편혜영의 소설의 인물들은 시체-되기 모티프 이후 비록 그 모험들이 모두 다 좌절하고 있지만 훨씬 더 자유롭고 역동적인 것처럼 보인다. 이전의 소설의 인물들이 자본주의적 문명이라는 괴물과 자본주의적 문명이 만들어낸 괴물이 같이 만들어낸 이중구속의 상황에서 좌절하여 그저 그 상황을 감내하는 인물들이라면, 「서쪽 숲」과 「밤의 공사」의 인물들은 그 상황으로부터 어떻게든 벗어나려는 적극적인 실천을 행하고 있다. 이는 작중인물들의 시체-되기의 유쾌한 경험이 작가 자신에게 현존재들을 둘러싸고 있는 상징적 질서, 디스토피아적 상황을 벗어날 수 있는 가능성을 엿보게 했다고나 할까. 일찍이 라캉은 인간의 미래는 개인들의 상징적인 자살, 그러니까 현재의 상징적인 질서 너머의 실재들을 발견하려는 노력에 있다고 했다면, 편혜영의 소설은 인간 스스로 상징적인 시체가 될 때만이 시체를 폐기처분하면서 구축된 현재의 모더니티를 넘어설 수 있다고 말하는지도 모르겠다.

하여간, 지금, 우리는 이렇게 시체들을 통하여 그동안 듣지 못했던 많은 말들을 듣고 있는 시대를 살아가고 있다.

(2005)

하나이지 않은 그녀들
— 천운영 장편소설 『잘 가라, 서커스』 읽기

1. 첫 장편, 그리고 새로운 도약

천운영이 드디어 장편소설을 썼다. 『잘 가라, 서커스』가 그것. 반가운 일이다. 또 놀라운 일이기도 하다. 어떻게 보면 『잘 가라, 서커스』는 작가 천운영에게는 중대한 결단, 혹은 소설적 모험에 속한다. 비트겐슈타인의 표현을 빌리자면, 『잘 가라, 서커스』는 작가 천운영을 지금의 위치에 오르게 한 진리의 사다리를 치우고 전혀 새로운 명제를 마련하려는 쉽지 않은 결단의 결과물인 것이다. 그러니 반가울밖에. 또, 놀라울밖에.

작가에게 조금만 관심을 가진 독자라면 알 수 있듯이, 천운영은 2000년에 「바늘」로 등단한 이래 지난 사 년여 동안 줄곧 단편소설만을 고집해온 작가이다. 그 작품 하나하나가 다 빛났음은 물론이다. 그렇게 천운영은 한 편 한 편을 발표할 때마다 가능성 있는 신예에서 무서운 신예로, 그리고 또 거기에서 한국문학의 문제적인 작가로 자신의 자리를 스스로 높여나갔다. 천운영의 소설이 이처럼 한국소설의 또하나의 중요한 실험 혹은 성과로 자리한 데에는 여러 가지 이유가 있겠으나, 그중 중요한 것은 그 한 편 한 편이 한국문학이라는 상징적 질서가 견고하게 억압하던 어떤 것을 귀환시키는 장관을 연출하고 있기 때문일 것이고, 또 그것을 단편소설이라는 압축적인 형식 속에 밀도 있게 녹여냈기 때문일 것이다.

천운영 소설은 등단작인 「바늘」부터 "우리들 저마다의 심층에 잠복한 익명의 감각들", 예컨대 "위태로운 공격성과 관능과 탐미" 등을 불러냈다는 평가를 받은 바 있거니와, 이후에도 계속 우리의 상징적 질서라는 감옥에 갇혀버린 측량되고 개념화되지 않은 혁명적 에네르기, 감각, 욕망, 충동 들을 충격적이면서도 밀도 있게 호명하는 작가로 널리 주목받은 바 있다. 하여, 천운영의 소설에는 항시 '동물적 관능의 미학 혹은 야생의 미학'(이광호), '세차게 약동하는 욕망의 역학'(황종연), '모든 제도와 구속을 거부하고 자연의 생명력과 친화하며 진정한 자신의 발견에 나서는 야성녀의 초상'(남진우), '그로테스크한 육체와 도착적 욕망'(심진경), '정신적 상처에 따른 죽음충동과 페티시, 판타지, 희생제의 등을 통한 삶에의 열망'(김동식) 등의 수식어들이 따라다니는 것이 사실이다. 이러한 수식어가 천운영 소설의 미적 특질들을 얼마나 정확히 포착했는가 하는 것은 좀더 따져보아야 하겠지만, 그렇다 하더라도 이것만으로도 우리는 천운영이 이전의 한국소설에서는 거의 볼 수 없었던 새로운 영역을 스스로 개척해가고 있음을 충분히 감지할 수 있다. 이런 점에서 보자면 작가 천운영은 자신의 아비들과의 관계를 단절하고 스스로의 기원을 형성해가는, 일종의 사생아에 가까운 작가이다. 하지만 그 형식에 관해 말하자면 그의 소설은 기존의 단편소설의 문법을 충실하고도 완미하게 계승한다. 천운영은 묘사와 서사, 부분과 전체의 조화라는 단편소설의 철칙을 충실하게 따를 뿐만 아니라 하나의 절정을 향해 아주 모범적인 방식으로 사건을 배열해나간다. 그리고 이어지는 절정 끝의 결말들.

천운영의 소설은 이렇게 낯설고 괴상망측한 내용을 완미한 소설적 형식에 적절하게 녹여내면서 한국소설의 새로운 영역을 개척해왔다. 천운영의 단편소설은, 굳이 여러 평자들의 말을 빌리지 않더라도, 우리 소설

사에서 단연 낯선 물건인 듯하며, 따라서 그 가치도 남다른 듯하다. 그 낯
섥이 작가 고유의 무의식의 발현물인지, 아니면 지금까지 한국문학을 지
배하던 남근적인 상징질서를 부정하고 그로테스크한 여성 섹슈얼리티를
통해 여성적 권력을 획득하려는 의도의 산물인지, 그것도 아니면 정신분
석학적 개념의 알레고리적 형상화인지는 알 수 없으나, 하여간 그의 소설
에는 현재의 상징질서에 의해 버려지고 억압된 것들이 넘쳐나는 것이 사
실이다. 천운영의 소설이 '정신분석학적 해석을 자연스럽게 촉발하는 동
시에 또 그것을 잘 견뎌내는 텍스트'(남진우)로 일컬어지는 것도 이 때문
이리라.

　하지만 굳이 정신분석학적인 해석을 동원하지 않더라도 천운영 소설의
낯섥을 설명하기란 어렵지 않다. 천운영 소설이 낯설고 기괴한 것은 천운
영의 인물들의, 그러니까 작가가 꾸는 꿈의 모순적 성격 때문이다. 가령
천운영 소설의 인물들은 서로 모순되고 그래서 같이 양립할 수 없는 어떤
것을 동시에 열망한다. '아름다움과 공격성'(『바늘』, 창비, 2001, 198쪽)을
동시에 지닌 존재랄까. 아니면 '늑대'이면서 동시에 '여인'인 여성, 혹은
메두사의 웃음 같은 것. 그러므로 천운영 소설의 인물들은 항시 무언가를
결핍하고 있다. 그/그녀들은 지나치게 강하기만 하거나 지나치게 아름답
기만 하다. 아니면 아름답지도 않고 강하지도 못하다. 해서, 그/그녀들을
휘어잡는 정서는 결핍감이다. 그/그녀들에게 아버지는 현존하지 않으며
현존하는 어머니는 더럽혀져 있다. 아름답지 못한 어머니는 지나치게 탐
욕적이어서 추하기 짝이 없으며, 아름다운 어머니는 누군가에게 더럽혀
진다. 우선 어떤 결핍감이 부재하는 아버지와 더럽혀진 어머니를 불러왔
는지, 또는 부재하는 아버지와 더럽혀진 어머니가 절대적인 결핍을 가져
왔는지, 아니면 둘 다인지는 알 수 없으나, 하여간 천운영 소설의 그/그녀
들은 대개가 이렇게 아름다우면 아름다운 대로 훼손된 상태이면 또 그런
상태대로 결핍감에 시달린다. 그리고 그/그녀들은 당연히 그 결핍을 메우

고자 한다. 그/그녀들은 그것이 아닌 저것을, 그리고 '나'가 아닌 '초인'을 그야말로 뜨겁게 열망한다. 그 열망은 대부분 현실원칙과 위배되지만 그/그녀들은 현실원칙을 간단히 넘어서버린다. 따라서 이상한 열망에 들린 천운영 소설의 그/그녀들은 대부분 병적 징후에 휩싸인다. 그/그녀들은 현재와 전혀 다른 가족 로망스를 상상해보기도 하고, 아름답거나 강한 존재들(혹은 아름답거나 강한 자의 어느 부분)에게 맹목적인 선망과 증오를 보내기도 하고, 또 문신이나 공격적인 도구 등을 취하여 그/그녀들의 그 텅 빈 심연을, 결핍을 채우기도 한다. 아니, 거기에서 그치지 않는다. 그/그녀들은 저것에 대한 병적인 집착을 넘어 그것과 자신을 동일시한다. 하여, 그/그녀들은 저것들의 노예가 되거니와 때로는 오히려 사물의 도구가 된다. 그 결과로 그/그녀들은 상상계 속에 살거나 아니면 살인자가 되어버리기도 한다. 그리고 저것들과의 동일시로부터 깨어났을 때의 정신적 공황, 혹은 자기 모멸의 비애들.

천운영의 소설들은 대부분 이렇게 구성되어 있다. 비록 차이는 있으나 작가 고유의 패턴에 의해 배치되고 움직인다고나 할까. 비루한 존재들의 저것들에 대한 편집증적인 집착으로부터 소설이 열리고 진정성을 상실한 부/모(혹은 조모)와의 오이디푸스적 갈등이 펼쳐지며 급기야는 무시무시한 도구나 판타지의 힘을 빌려 자기 자신을 영웅으로 상상하기에 이른다. 그리고 그 판타지에서 깨어날 때의 충격과 환멸이 덧붙여진다. 이러한 문법으로 구성된 천운영 소설이 해낸 것은 결코 만만한 것이 아니다. 기존의 평가를 빌리자면, 천운영의 소설은 '즉자적 현존적 육체가 불러내는 욕망의 세밀화(細密畵, 細密化)를 통하여 기존의 리얼리즘적 서사에 의해 가려진 삶의 생생한 구체성'(남진우)을 새로이 밝혀내는가 하면, '반생명적 현실에 대한 무의식적 저항이나 낡은 기율과 통제에 의해 유지되는 문화로부터의 탈주'(황종연)를 꿈꾸게 하기도 한다. 또 그런가 하면 천운영의 소설은 '남근적인 상징질서가 그어놓은 금을 넘어 여성적 권력을 획득할 수 있는 한 방식'(심진경)을 보여주기도 한다. 그렇다, 정말로 그렇다. 천운영의 소설은 정말로 초자아, 총체성, 남성성에 의해 은폐되고 억압된 것들을 놀라울 정도로 설득력 있게 불러내며 그를 통해 기존의 보편성을 여지없이 통렬하게 해체시킨다.

하지만 편집증적 일상이나 일상화된 편집증은 그것이 반복되면 될수록 삶의 생생한 구체성으로부터 멀어진다. 특히나 천운영의 소설처럼 은폐된 욕망이나 억압된 충동 들을 불러내어 그것을 곧 인간의 보편성으로 상정하는 경우는 더욱 그러하다. 즉, 억압된 것들이 귀환하면서 곧 그것이 현존재의 보편적 자질로 고착될 경우, 그곳에서는 기존의 남성성의 시각이나 총체성의 신화들이 의식과 무의식의 그 숨막히는 파노라마 속에서 인간이라는 현존재를 맥락화시키지 못했던 것과 마찬가지 방식으로 '환원 불가능한 대상의 구체성'이 사라진다. 뿐만 아니라 천운영의 소설은 강한 주체가 되기 위해 환상 속에 빠져드는 편집증적인 주체의 기원을 대부분 가족관계, 그러니까 오이디푸스의 트라이앵글로 한정하고 있는 것이 사실이다. 즉, 천운영 소설에서는 편집증적 주체의 기원이 주로 철저하게 부재하는 아버지와 더럽혀진 어머니 사이의 도착적이고 전도된 관계로 고정되어 있다. 굳이 프로이트의 정신분석학이 도착된 의식의 형성을 지나치게 가족의 틀로 한정했다고 비판하고 '앙티 오이디푸스'를 소리 높여 외친 들뢰즈와 가타리의 목소리를 상기하지 않더라도, 천운영의 이러한 서사들은 대단히 제한적이고 동어반복적인 느낌이 강하다. 해서, 천운영의 소설에서는 인간들이 이성적 의식 말고도 어느 순간 인간의 삶을 장악하는 무의식적 욕망들을 같이 거느리고 있다는 일반적인 사실을 충격적으로 발견할 수 있기는 하나, 어느 면에서는 지금 이 시대를 살아가는, 그러니까 현재를 지배하는 대타자와 무의식적 충동 사이에서 갈등하고 길항하는 바로 그 사람들인 생활인을 찾기 힘들다.

낯선 풍경은 반복될수록 낯설지 않다. 마찬가지로 낯선 것이 가져다주는 강렬함 역시 반복될수록 점점 더 그 강렬성이 반감되기 마련이다. 무엇 하나 흠잡을 데 없는 천운영의 소설이 그 완성도에도 불구하고 최근으로 오면 올수록 그 열도가 엷어지는 것처럼 느껴지는 것은 바로 이 반복 때문인지도 모른다. 그런데, 그랬던 것인데, 어느 순간 천운영이 현재 천운영의 위치를 가능케 한 그 서사틀을 던져버리고 전혀 새로운 문법과 형식의 소설을 발표했으니, 그것이 바로 『잘 가라, 서커스』이다. 한마디로, 『잘 가라, 서커스』는 작가 천운영이 어떤 변신을 시도해야 할 바로 그 시점에 정말 혁신적으로 변화를 시도한 소설인 셈이다. 『잘 가라, 서커스』가 반갑고도 놀랍다고 한 것은 이 때문이다. 아무래도 자신이 변화해야 할 시점을 가장 잘 아는 사람은 어느 누구도 아닌 바로 그 작가인 모양이다.

물론 『잘 가라, 서커스』가 반갑고도 놀라운 것은 이 소설이 작가 천운영이 변화를 요하는 그 시점에 장편소설이라는, 단편소설과는 명확하게 구분되는 형식을 시도했다는 점 때문만은 아니다. 『잘 가라, 서커스』에 나타나는 변화는 이것에 그치지 않는다. 『잘 가라, 서커스』는 문제의식이나 소설문법, 그리고 문체 등에 이르기까지 여러 가지 점에서 이전의 천운영 소설과는 현격한 차이가 존재한다. 물론 이 변화 자체가 곧 『잘 가라, 서커스』의 미적 질을 결정지을 수는 없을 것이다. 당연히 보다 중요한 것은 서사적 모험 자체가 아니라 그 모험 끝에 도달한 자리여야 할 터, 『잘 가라, 서커스』가 주목되는 것은 바로 이 점 때문이다. 한마디로 『잘 가라, 서커스』는 대단히 밀도가 높을 뿐만 아니라 이전의 천운영 소설이 행했던 역할과는 또다른 방식으로 한국소설사의 새로운 영역을 개척한 소설이라 할 수 있다.

그러므로 이제 우리의 관심사는 『잘 가라, 서커스』가 새롭게 등재시킨 미적 영역이 무엇인지를 구체화하는 일이다.

2. 그들의 방황, 혹은 그들의 자기 기만

『잘 가라, 서커스』가 작품 전체를 통해 말하고자 하는 바를 효과적으로 전달하기 위해 얼마나 공을 들인 작품인가 하는 것은 이 소설의 외적 형식만 훑어보아도 쉽게 알 수 있다. 『잘 가라, 서커스』의 구조는 그리 복잡하지도 않지만 그렇다고 간단하지도 않다. 『잘 가라, 서커스』는 모두 11장으로 구성되어 있다. 이 11개의 장에는 크게 두 개의 이질적인 서사가 교차하고 있고, 소설의 서술 역시 각기 다른 서사의 주인공에 해당하는 인물이 교대로 작중화자가 되어 진행시키고 있다. 즉, 『잘 가라, 서커스』에는 윤호의 방황기와 림해화의 모험담이 교대로 펼쳐지고, 윤호의 방황기는 윤호가 직접 작중화자가 되어, 그리고 림해화의 모험담은 림해화가 작중화자가 되어 서술해나간다. 물론 이렇게 각각의 서사가 각각의 화자에 의해서 서술된다고 해서 이 두 인물이 전혀 무관한 인물은 아니며 또 이 소설 전체가 전혀 다른 두 개의 서사가 단순하게 병치되어 있는 것도 아니다. 이 두 명의 주인공, 그러니까 윤호와 림해화는 외면적으로는 형의 아내와 남편의 동생 사이로 설정되어 있어 각기 다른 공간을 살아간다. 하지만 어쩌다 우연적이고도 간헐적인 만남을 통해 그들만의 불온하면서도 친밀한, 그리고 형식적이면서도 내밀한 관계를 형성한다. 따라서 윤호의 방황기와 림해화의 모험기라는 두 개의 서사 역시 전혀 무관한 상태로 병치되는 것이 아니라 나름대로 긴밀한 연관을 갖는다. 보다 구체적으로 말하면 윤호의 방황기가 림해화의 모험담의 한 동인이 되기도 하고 또 반대로 림해화의 모험기가 윤호의 방황기의 원인이 되기도 한다. 이렇게 윤호의 체험 내용과 림해화의 체험 내용이 서로 교집합을 이루면서 소설은 진행되거니와, 이는 서사의 흐름을 이끄는 효과적인 장치가 될 뿐만 아니라 윤호의 방황기(혹은 그 방황 속에서 드러나는 자본주의 체제의 남성적 역사지리지)와 림해화(사랑의 완성을 통해 진정으로 자유롭고자 하는 여성적 시선) 사이의 자연스러운 비교, 대조, 유추가 이루어지기도 한다.

뿐만 아니라 소설의 첫 장을 윤호의 세상 읽기로부터 시작해 마지막 장을 다시 윤호의 내면 풍경 제시로 끝맺음으로써 아주 자연스럽게 소설의 의도나 주제를 전달하는 면모도 보인다. 이렇듯 『잘 가라, 서커스』는 두 명의 주인공과 그들의 연대기가 수시로 겹쳐지고 또 나누어지면서 진행되거니와, 이러한 구성을 통해 소설이 전달하고자 하는 바를 극대화시키는바, 이 또한 『잘 가라, 서커스』의 문제성을 더욱 심화시킨 한 요인임에 틀림없다.

『잘 가라, 서커스』는 이처럼 두 개의 핵심서사가 서로 교차되면서 소설이 진행되거니와, 이중 소설을 앞 선에서 이끄는 서사는 바로 윤호의 방황기이다. 윤호의 방황기는 한편으로는 림해화의 모험을 이끌어내기도 하고 또 때로는 그녀의 모험을 결정적으로 좌절에 빠뜨리기도 하며 중요한 서사 기능을 수행하는 동시에 이 소설에서 말하고자 하는 바를 보여주는 한 중요한 축이 되기도 한다. 여기, 윤호라는 인물이 있다. 그는 현재의 조건으로부터 끊임없이 벗어나고자 하는 인물이다. 자유롭지 않기 때문이다. 그에게는 무슨 저주처럼 짊어지고 있는 짐이 있다. 당뇨로 다리를 잃어 의족을 하고 있는 어머니와 어릴 때 그에게 서커스를 보여주다 사고로 목소리를 잃은 형이 그것이다. 그는 이 상황으로부터 벗어나고자 한다. 우선 그는 형으로부터 놓여나고자 한다. 이를 위해 목소리를 잃었을 뿐만 아니라 아직 현실원칙을 자기화하지 못한 채 정신적 유아상태에 머무르고 있는 형을 데리고 중국으로 맞선여행을 떠난다. 국내에서는 어느 누구도 관심을 보이지 않기 때문이다. 그곳에서 그들은 맞선을 보는 것은 물론 그에 앞서 패키지로 끼어 있는 서커스를 관람하는바, 『잘 가라, 서커스』는 바로 이 대목에서 시작한다.

소설 첫부분을 장식하는 서커스 장면은 매우 중요하다. 그 서커스 장면은 작중인물들의 과거와 현재를 잇는 가교 역할을 할 뿐만 아니라 미래를 미리 보여주는 복선의 기능도 담당하기 때문이다. 그뿐만 아니다. 이 서커스 장면에 대한 세밀하고도 치밀한 묘사에서 드러나는 윤호의 시선, 나아가 작가의 시선은 총체성의 신화에 가려진 사물이나 삶의 생생한 구체성을 여지없이 길어올릴 뿐만 아니라 이 소설 전체를 가로지르는 역사지리지를 내밀하게 암시하기도 하는 것이다.

1) 나는 팔짱을 낀 채 무대를 바라보았다. 어떤 위험한 묘기가 펼쳐진다 해도 나는 감동받지 않을 준비가 되어 있었다. 몸을 기이하게 접고 구부려 탄성을 자아내는 중국 기예단의 묘기는 안쓰러울 뿐이었다. 서커스는 위험을 내포한다. 지독한 훈련을 통해 육체적 한계에서 벗어나는 것이 서커스다. 그러니 서커스에서 얻는 것은 감동이 아니라 측은함이다. (……) 목숨까지 위협할 수 있는 서커스. 그것이 진짜 서커스다.(7~8쪽)

2) 아이는 천을 몸에 감으며 천천히 위로 올라갔다. 어느샌가 피리 소리가 멈추고 아이도 움직임을 멈추었다. 초록 천에 휘감긴 아이는 얼굴만 조금 보였다. 무대 위에는 무서운 정적만 흐르고 있었다. 여자애가 말았던 천을 갑자기 풀며 바닥으로 떨어졌다. 발판이 치워진 사형수처럼, 의식을 잃은 새처럼, 순식간에, 추락했다. (……) 그애의 몸이 바닥에 닿지는 않았다. 그러나 바닥과 그애의 머리통 사이에는 겨우 주먹 하나가 들어갈 만한 공간이 있을 뿐이었다. 그애가 다시 천을 감으며 올라갈 때 내 입에서는 옅은 한숨이 새어나왔다. (……) 여자애는 하늘로 되돌아가는 선녀처럼 줄을 타고 올라가 어둠 속으로 사라졌다. 무대에는 먹먹한 어둠만 남아 있었다.(10~11쪽)

1)에서 작중화자인 윤호는 진짜 서커스와 측은한 서커스를 구분한다. 진짜 서커스란 목숨까지 위협하는 것이며, 측은한 서커스는 인간의 육체적 한계를 넘어서기 위한 서커스가 오히려 인간 자체를 육체의 노예로 만

들어버린다는 것이다. 거듭된 훈육을 통해서 이루어진 성공보다는 그 반복으로부터의 일탈, 추락이 더 값지다는 인식이니, 이는 작중화자가 얼마나 자신의 궤도로부터 이탈하고 싶은가를 단적으로 보여준다. 즉, 작중화자는 진짜 서커스, 그러니까 목숨을 건 모험을 하고 싶은 열망으로 가득 차 있는 것이다. 2)에서 윤호는 목숨을 건 숨막히는 서커스를 펼친 여성에게서 선녀, 그러니까 이상적인 여성상을 발견한다. 하지만 이 선녀의 출현은, 아니 진짜 서커스를 보여준 아이에게서 선녀를 발견하는 환상체계는, 자신이 내부에 품고 있는 어떤 열망의 외적 표현이라 할 수 있다. 즉, 당뇨로 다리를 잘라 어디로도 움직일 수 없는 어머니에 대한 반감과 자신을 이곳이 아닌 저곳으로 데려다줄 존재에 대한 열망. 이렇듯 윤호는 어떤 이유인지는 몰라도 한계상황으로부터 벗어나기 위한 목숨을 건 쟁투가 아니라 한계상황으로부터 벗어나기 위해 다른 한계상황으로 도피하는 것에 대해 대단히 냉소적이며 비판적이거니와, 이는 단지 윤호의 시선에 그치는 것이 아니라『잘 가라, 서커스』전체를 가로지르는 하나의 중요한 역사지리지이기도 하다.

　하여간 윤호는 자신의 가족, 특히 형에게서 놓여나기 위해 형의 아내를 구한다. 아니, 정확히 말하면 구매한다. 그 자리에서도 윤호의 측은한 서커스에 대한 반감은 노골적이다. 해서, 형의 아내로 팔리기 위해 오히려 자신의 눈치를 보는 그녀들에게 '냉혹한 면접관' 역할을 마다하지 않는다. 그 또한 그녀들이 형과 얼마나 어울릴 것인가에는 관심이 없다. 오로지 그녀들이 한번 구매하면 얼마나 충실하고 견고한 상품이 될 수 있을 것인가에만 관심이 있다. 예컨대 윤호의 태도는 대단히 이중적이다. 자신의 측은한 서커스, 혹은 환금 가능성에의 집착에는 전혀 죄의식을 느끼지 않으나 대신 그녀들의 측은한 서커스에는 냉혹할 정도로 비판적인 것이다. 이때 한 여성이 나타난다.『잘 가라, 서커스』의 또하나의 중요한 인물인 림해화. 그녀의 서커스는 목숨을 건 듯 당당하다. 그녀는 다른 그녀들처럼 윤호의 눈치를 보지 않는 것은 물론 윤호의 형을, 그리고 형의 결함을 정면으로 응시한다. 뿐만 아니라 이것저것 계산하지 않고 자신의 바람을 표현하기도 한다. 윤호는 그런 그녀에게서 서커스의 마지막 부분에서 '하늘에서 내려온 선녀' 같은 '초록 천을 타고 오르던 여자'를 연상한다. 그리고 염원한다. "형이 착하지 않았으면 좋겠어. 사람들 즐겁게 해줄 생각도 하지 말고, 바보처럼 당하지도 말고, 속 썩이지도 말고. 내가 언제까지나 형을 보살필 수는 없어. 그래, 정말 선녀 같잖아. 날개옷 같은 건 태워버려. 도망가지 못하게."(20~21쪽)

하지만 자유롭고자 하는 윤호의 열망은 형이 결혼을 하고서도 실현되지 못한다. 왜냐하면 형의 아내인 그녀, 림해화를 열망하는 자신을 발견했기 때문이다. 그 열정은 그 자신에게마저도 불온하게 느껴진다. 뜨겁다 못해 끓어넘치며 그래서 현실원칙, 특히 근친상간의 금기마저 흔들 지경에 이른다. 그는 불현듯 "여자의 손을 잡고 싶어졌다. 형과 엄마가 그랬던 것처럼 여자의 손등을 오래오래 쓰다듬고 싶"(55쪽)은 충동에 휩싸이기도 하며, 또 발해 무덤 앞에서 과거의 기억 때문에 쓰러진 그녀를 일으켜 안고는 무아지경에 빠지기도 한다. "여자를 품고 있던 잠깐 동안 억겁의 시간을 지나온 것 같았다. 꿈이었는지도 몰랐다. 밀물처럼 다가왔던 꿈은 흔적도 없이 사라졌다. 아무 생각도 나지 않았다."(79쪽) 그런가 하면 "내 눈은 틈만 나면 여자의 몸을 쓰다듬고 탐"(88쪽)하는 "불경한 욕망"(89쪽)에 휩싸이기도 한다.

결국 윤호는 이전보다 훨씬 더 자유롭지 못하게 되며 이전보다 더욱더 깊고 깊은 방황의 상태에 놓인다. 이제 선택의 기로에 놓인다. 이 극한상황을 견디느냐, 아니면 이 극한상황을 피해 다른 곳으로 가느냐, 그것도 아니면 현실원칙을 넘어 여자에 대한 열망을 실현하느냐. 지금까지 우리가 표현했던 방식을 따르자면, 그냥 자기 보존적인 삶을 사느냐, 측은한 서커스를 벌이느냐, 목숨 건 서커스(즉 모험)를 펼치느냐의 기로에 놓여 있다고나 할까. 윤호는 측은한 서커스를 선택한다. 그는 현실원칙을 넘어선 모험을 선택하기보다는 '불경한 욕망이 만들어내는 극한상황'을 피해 중국 보따리 장사라는 또다른 극한상황 속으로 걸어들어간다. 그리고 그 안에서 그녀에 대한 욕망을 잊기 위한 무모한 모험을 거듭한다. 보따리 가방에 점점 더 비밀 주머니를 늘리고, 해화에 대한 욕망을 잊기 위해 해화의 친구를 찾으러 다니고, 금지된 품목을 하나둘 늘려나가고…… 하지만 이러한 그의 행동은 전혀 모험일 수가 없다. 모험을 가장한 도피에 불과하다고나 할까. 가장 불확실한 것, 예측할 수 없는 것, 그리고 우연적인 것 들을 강한 주체의 힘으로 가장 확실한 것, 필연적인 것으로 만들어내는 것이 모험의 속성이라면, 또 모험이 미리 결정되지 않은 수많은 삶의 내용을 자신의 판단과 일치시키는 삶의 형식이라면, 윤호의 행동은 철저하게 자신의 주체를 포기한 채 위험에 자신을 내맡기는 행위에 불과하다. 윤호는 끊임없이 자신의 삶의 내용을 우연성의 연쇄 속으로, 불확실성의 더미 속으로 밀어넣고 그 안에서 자학적인 쾌감을 얻어낸다. 따라서 『잘 가라, 서커스』에서 윤호가 보이는 이동성은 자신의 삶의 목표에 점점 더 가까워가는 것이 아니라 자신의 삶으로부터 끊임없이 멀어지는 것일 뿐이며, 결국에는 의미 없는 배회일 뿐이다.

그렇다고 해화에 대한 열정을 실행에 옮긴다고 해서 윤호의 행위가 의미 있는 모험이 되는 것은 아니다. 그것은 윤호의 열정이 형제간이라는 상징적 질서를 위반하는 불경한 것이어서가 아니라 그의 열정이 해화의 고유한 실재, 또는 그녀의 실재적인 염원을 전혀 읽어내지 못한 상태에서 성립된 것이기 때문이다. 윤호는 처음에는 형의 아내라는 상품으로 그녀를 거리낌없이 구매하며, 나중에는 그녀에게 '하늘에서 내려온 선녀'라는 이미지를 덧씌우고 그에 대한 열정을 키워간다. 하지만 정작 그녀의 마음속 깊은 곳에 존재하는 염원들이나 영혼의 목소리는 듣지 못한다. 아니, 듣지 않는다. 그는 그녀가 한국에 온 그날 밤 왜 방에서 나와 집 주위를 서성였는지, 또 박물관의 발해 공주의 무덤 앞에서 왜 혼절했는지 그리고 그 혼몽중에 그에게 "어째 이제 옴까?"라고 물었는지, 또 어머니도 잃고 동생마저 떠나자 모두가 자기를 떠날 거라는 두려움에 아이로 퇴행한 형의 마조히스트적 행위에 그녀가 집을 나갔을 때도 정작 왜 그녀가 집을 나갔는지를 알려고 하지 않는다. 그는 거듭 두려워한다. 어릴 적 자신 때문에 목소리를 잃은 형이 또 한번 자신의 불경한 욕망으로 인해 상처받고 고통받을 것을 두려워한다. 그래서 그는 여자에게 가까이 갈 기회가 생기면 스스로 차단막을 만들어 그 열정을 유예하며 그녀와의 거리를 좁히지 않는다. 그녀라는 타자와의 거리를 극복하는 것보다도 지켜야 할 더 중요한 질서가 있기 때문이다. 그에게는 우선 형과의 관계가 절대적이다. 그러므로 그녀의 고통과 희망은 그리 중요하지 않다. 또 현실원칙을 파괴할 정도로 그녀를 열망하면서도 애초에 그녀를 상품으로 귀속시켰다는 사실에 대해서는 전혀 반성하지 않는다. 다시 말해 그는 자신의 남근중심주의적 상징질서에 묻혀 그녀의 고통과 희망, 그녀의 욕망과 염원을 보지 못하는 것이다.

그러므로 윤호는 해화 때문에 끊임없이 방황하고 갈등하는 것처럼 행동하지만 그것은 진정으로 해화 때문에 방황하는 것이 아니다. 그것은 단지 남성 위주의 상징질서 속에서 이루어진 남근주의적 윤리를 지켜내기 위한 안간힘일 뿐이다. 따라서 그 궤도 안에서는 윤호가 고통받으면 고통받을수록 해화의 실존은 지워져버리게 된다.

『잘 가라, 서커스』의 한 축을 차지하는 윤호의 방황기는 일단 이 지점에서 멈춘다. 우리가 확인할 수 있었듯이 해화로 인해 촉발된 윤호의 방황은 고통스럽고 치열하기 짝이 없다. 하지만 그의 방황과 자기 성찰 속에 해화라는 고유한 실재가 존재하지 않는 것 또한 사실이다. 그렇다면 윤호의 해화를 대상으로 한 열정과 방황은 기실 여성을 위하고 원하는 듯하지만 여성을 욕망이 없는 이미지로 고착시키는 것일 뿐 여성이라는 타자를 진정으로 만나기 위한 노력은 아닌 셈이 되며, 또한 이에 따르면 지금의 남근주의적 상징질서는 남성들의 여성들에 대한 직접적인 폄하나 배제를 통해서가 아니라 남성들의 여성들에 대한 허위의식적 관심을 통해서 관철되고 있다는 말이 된다. 『잘 가라, 서커스』처럼 이러한 성찰은 남근중심적인 상징질서가 얼마나 철저하고 천재적으로 여성의 실존과 욕망들을 지워내는가를 차분하면서도 치밀하게 묘파한 것이어서 단연 충격적이다. 물론 여성의 실존이 남성들에 의해 은폐되는 과정을 다룬 소설이 없었던 것은 아닐 터이다. 하지만 『잘 가라, 서커스』처럼 그것이 이처럼 남성들의 진지하고 치밀한 성찰 속에서 무의식적으로 이루어진다는 사실을 날카롭게 파헤친 경우는 드문 것으로 보인다. 특히 『잘 가라, 서커스』가 윤호라는 '믿을 만한 화자'를 작중화자로 내세우고 있고 또한 그가 멈추지 않고 진지한 방황과 성찰을 하는 것으로 일관되게 형상화되어 있다는 사실은 주목할 만하다. 이는 곧 『잘 가라, 서커스』가 남근중심주의적 허위의식을 '믿을 만한 화자'의 '믿지 못할 성찰들'이라는 이율배반을 통해 제시하고 있다는 것을 의미하는바, 이는 『잘 가라, 서커스』의 득의의 영역이라 해도 과언은 아니며 또한 앞으로 오랫동안 한국소설의 중요한 자산으로 등재될 만한 것이다.

3. 하나이면서 하나이지 않은 그녀들

윤호의 텅 빈 방황기가 『잘 가라, 서커스』의 주요한 하나의 서사라면, 『잘 가라, 서커스』의 또하나의 중요한 서사는 림해화의 모험담이다. 림해화는 명명 자체에서도 알 수 있듯 기존의 우리 소설에서 그 목소리를 듣기 힘들었던 존재이다. 다름아닌 연변의 조선족. 『잘 가라, 서커스』에는 림해화를 위시하여 다수의 조선족이 등장한다. 물론 앞서 윤호의 방황기에서 짐작할 수 있듯 이 소설이 연변 조선족의 삶의 애환을 다룬 소설이 아닌 만큼 이들의 등장은 한국에 온 연변 조선족의 애환 같은 것과는 그리 큰 관련은 없다. 『잘 가라, 서커스』의 연변 조선족에 대한 관심은 아마도 다음과 같은 것과 관련이 있는 것으로 보인다.

"그래? 사과배는 도대체 어떤 맛이냐?"
"그거이 겉은 사과같이 생겼는데, 껍질은 더 단단하고 속살은 꺼끌꺼끌하지 않아 부드럽슴다. 한입 베어물면 시원하면서도 단맛이 싸악 도는 것이 아주 맛남다. 나중에 함께 가서 맛도 보고 그럼 좋겠슴다. 벼이삭이 누렇게 익어갈 때쯤이면 어른 주먹만한 게 주렁주렁 열리는데 다들 차를 끌고 먹으러 가지 않습까. 겨울에는 얼려서 먹기도 한단 말임다. 그걸 뚱리라고 하는데, 말 그대로 언 배라는 뜻임다. 깡깡 언 뚱리를 물에 불궈서 얼음이 빠져나오게 한 다음 먹으면 단물이 주르르 나오는데 별맛이지요."(61쪽)

『잘 가라, 서커스』가 연변 조선족에 관심을 갖는 이유는 여러 가지로 보인다. 예컨대 자세히는 나와 있지 않으나 조선족이나 중국인이라는 모순적인 상황 때문에 겪는 그들의 정체성의 혼란에 관심이 있어서인 듯도 하고, 또 그들을 일방적으로 소유하고 지배하는 자본주의라는 타락한 질서를 비판하기 위해서인 듯도 하고, 또 우리와 다른 혹은 우리보다 낮은 것으로 판단되는 존재들에게 보내는 이 사회의 오리엔탈리즘을 냉소하기 위해서인 것처럼 보이기도 한다. 하여간, 『잘 가라, 서커스』에는 다수의 연변 조선족이 등장할 뿐만 아니라 그들의 세계 내적 위치 또한 다양하게 맥락화되어 있어서 쉽게 하나의 경향으로 종합하기는 힘드나, 연변 조선족들이 집중적인 관심의 대상이 되는 것은 그들이 '중국에서 터전을 잡은 우리 조선족들과 같은' 운명인 사과배 같은 생명력을 가졌기 때문인 것으로 보인다. 그/그녀들은, 특히 그녀들은, 단단한 껍질과 같은 강인함으로 특히 여성, 이국인, 노동자 들을 상품으로만 전유하는 자본주의적 메커니즘과 맞서고, 사과배의 속살과 같은 부드러움으로 자기보다 하위 계층들의 목소리를 들어주고 또 그들만의 고유한 실존을 철저하게 자기화한다. 어떤 점에서 보자면 『잘 가라, 서커스』에서 연변 조선족 여성들은 이전의 천운영 소설이 열망하던 '아름다움과 강함'을 동시에 갖춘 자아-이상, 혹은 욕망의 매개자이기까지 하다. 아마도 『잘 가라, 서커스』는 수많은 억압과 희생 속에서 인간으로서의 자존을 지켜온 그녀들의 역사지리지를 이 시대의 의미 있는 삶의 방식으로 설정하고 있는지도 모를 일이다. 하여간, 『잘 가라, 서커스』는 이처럼 연변 조선족 여성들의 삶의 호흡 속에서 여전 살아 꿈틀거리는 그들의 삶의 감각이나 정신을 특히 끊임없이 여성을 상품으로 유통시키며 유지되는 이 시대를 의미 있는 좌표로 설정하고 있으며, 이것 또한 『잘 가라, 서커스』의 하나의 특색이라면 특색이라 할 만하다.

림해화는 바로 이 강인하면서도 부드럽고 각자가 강한 주체이면서도 타자에 대한 배려를 늦추지 않는 연변 조선족 여인네들의 후예이다. 림해화의 모험은 우선 윤호의 방황 때문에 촉발된다. 윤호는 어머니와 형이라는 천형 같은 질곡으로부터 벗어나기 위해 형의 아내를 구매하기로 하는바, 림해화는 그렇게 자신의 삶의 토대로부터 이탈한다. 물론 전적으로 어떤 우연에 수동적으로 끌려온 것은 아니다. 그녀는 여성에게 단지 어머니, 처녀, 창녀만을 요구하는 남근적 자본주의 시스템에 스스로 발을 내딛거니와, 그것은 그녀가 놓여 있는 아이러니적 상황 때문이다. 그녀는 찾아야 할 정인, 그가 있었던 것이다. 그는 어느 시절 발해의 정효공주의 판타지를 들려주어 그녀에게 비로소 존재감을 갖게 한 존재이나 어느 날 갑자기 한국으로 떠나버린다. 가능한 길은 그가 없는 절망적인 현실을 견디거나 아니면 남의 아내로 팔려서라도 그의 곁으로 가는 것. 곁에 있고 싶어 거리상으로 그에게 다가서고자 하나 그 길을 선택하면 결혼이라는 제도 때문에 결국 그에게 더욱 갈 수 없는, 그러니까 엄연한 현실과 싸움을 벌여도 승리할 가능성이 없고 그렇다고 그 싸움을 포기할 경우 더 큰 절망에 휩싸이는 이중 절망의 상태에 그녀는 놓여 있었던 것이다. 그녀는 그러나 결연히 모험을 선택한다. 그대로 머물 경우 그것은 안정되기는 하나 그녀의 삶의 목표에서는 영원히 멀어질 수 있다는 판단 때문이다. 그녀는 미래의 불확실성을 반드시 확실성으로 바꾸겠다는 의지를 주문처럼 외우며, 한국행을 선택한다.

그러나 그녀를 받아들인 지금, 이곳의 현실은 만만치 않다. 원래 그녀가 필요했던 동기가 그러했듯 그녀에게 '지독한 짐'이 얹혀졌기 때문이다. 타인 앞에서의 애정 표현의 금지라는 터부조차도 개념에 없는 남편의 목소리가 되어야 하고 시중을 들어야 하며 아이를 낳아야 하게 된 것이다. 물론 '나그네'의 어머니와 서로 '소통'하며 활기차게 지내던 시절이 없었던 것은 아니나 그 어머니가 돌아가시자 그녀는 그곳에서 철저하게 익명의 존재를 강요당하기 시작한다. 자신의 언어를 들어주고 대신해주던 한 축인 어머니가 죽자 더욱 어린 시절로 퇴행한 나그네, 게다가 그나마 말을 섞을 수 있을 것으로 기대했던 아우마저 무슨 까닭인지 자신의 말을 외면하다가 결국 집을 떠나버리고 만다. 그러자 나그네는 더욱 어린 아이가 되고 급기야는 누군가 떠나는 것을 두려워한 나머지 항상 그녀의 팔다리를 묶어버리는 사디즘적 상태에 빠져들고 만다. 그녀는 "나그네가 목소리를 잃은 것처럼 말하고 싶은 욕구를 잃"(121쪽)는 극한상황에 빠져든다. 이때 걸려온 아우의 전화. 하지만 그 아우는 자신의 말만을 전하고는 전화를 끊어버려 누군가에게 자신의 고통과 염원을 털어놓는 것이 이제 불가능해졌음을 깨닫게 한다.

또다시 선택의 기로. 미친 듯이 학대하다가 정신을 차리면 순진한 어린 아이로 돌아가는 나그네의 곁에 있을 것이냐 타락한 현실 속으로 들어설 것이냐. 그녀는 거울 앞에서 묻는다. "그런데 넌 누구지?" 그리고 자기 내부에서 울려퍼지는 여러 소리들을 듣는다. 그리고 다시 자기를 발견한다. "가슴에 손을 올려놓았다. 따뜻했다. 내 몸은 피가 흐르고 숨을 쉬는 육체

였다. 묶이고 갇혀야 할 고깃덩어리가 아니었다."(123쪽)

그녀는 다시 모험을 떠난다. 그때부터 고투가 시작된다. 여성을 오로지 어머니, 처녀, 창녀라는 기호로만 소비하는 남근적 자본주의 시스템으로부터 자기 자신의 욕망을 지켜내기 위한 쟁투. 현실은 그녀를 끊임없이 강박한다. 자본주의적 시스템이 요구하는 기호로 살아야 한다고. 그때마다 그녀는, 뤼스 이리가라이가 하나이지 않은 성을 지닌 여성의 특성으로 주목한, 자기 내부의 여러 목소리를 듣는다. 즉, 남성의 경우 자기가 익명의 존재로 전락할 경우 그 익명성으로부터 벗어나기 위해 곧 대자아의 충실한 하수인이 되지만 오랜 역사 동안 익명의 존재로 살아온 여성들은 그 자포자기의 상태에서도 자신의 목소리는 물론 여러 존재들의 목소리를 들으며 자기를 지키는 법을 알고 있다는 이리가라이의 말처럼 그녀도 여러 존재들의 목소리를 듣는다. 그녀 자신이 림해화임을 거듭 확인하고 또 그녀에게 존재감을 알려준 그의 목소리, 그리고 무덤 속에서의 기억, 그리고 연변 조선족 여인네들의 목소리와 손길 들. 하지만 이 거대하고도 텅 빈, 그래서 모든 존재들 특히 여성들을 자신들이 요구하는 기호로 만들어 채워넣어야 하는 자본주의적 메커니즘은 견고하기만 하다.

궁전 모양이나 화려한 성 모양으로 근사하게 포장된 여관 건물들. 마천루처럼 솟은 건물들은 껍데기뿐인 빈 상자처럼 보였다. 그것은 허상이었다. 잠시 쉬었다 가는, 자고 일어나면 사라져버릴, 허상이었다.(234~235쪽)

아무리 모든 불확실성을 확실성으로 만들겠다고 굳게 다짐해도, 저것은 허상이므로 허위의식에서 벗어나면 된다고 거듭 결심을 해도, 저 허상이 인간의 의식을 장악하고 또 인간은 그에 따라 움직이는 것은 어쩔 수 없는 일이다. 저 허상에 의해 전지전능한 힘을 부여받은 남근적 자본주의 시스템은 아무리 깨어 있다 하더라도 그 한 사람으로서는 넘어설 수 없는 철옹성일 것이며, 그리고 언젠가는 가능할지 몰라도 아직은 극복 불가능한 험난한 벽인 상태인 셈이다. 결국 연변 조선족 여인네들의 충실한 후예였던 해화의 모험은 실패로 끝나고, 그녀는 환상 속에서 그의 목소리를 들으며 그 힘든 항해를 마친다.

그런데 당신 지금 어디 있는 거지? 나는 여기에 와 있는데. 당신이 왜 이곳으로 와야 했는지 아직도 모르겠어. 내가 왜 여기 왔는지도. 당신 때문이었을까? 꼭 그런 것만은 아닌 것 같아. 당신 얼굴이 가물가물해. 아무리 기억해내려 해도 기억나지가 않아. 아무래도 약 때문인 것 같아.

언젠가 변기 속에 흘려보냈던 핏덩이를 생각해. 내 몸의 일부였던 그 붉은 덩어리. 나그네의 웃음소리도 들려. 어머니의 나긋나긋한 목소리도. 버리기로 했어. 모두. 그리고 이젠 돌아갈 테야. 거기, 따뜻한 무덤 속으로. 내가 살았던 곳으로. 이제 몸을 좀 뉘어야겠어. 누군가 내 이름을 부르고 있는 것 같아. 당신이 온 걸까? 아, 참 따뜻한 봄볕이야.(245~246쪽)

윤호의 방황기가 자본주의적 허상을 기묘하게 강화시키고 공고하게 하는 역할을 한다면, 해화의 모험담은 그 자본주의의 허상을 밝혀내고 그 허상에 의해 가려지고 은폐된 의미 있는 욕망의 소리를 찾으려는 노력이라 할 수 있을 터이다. 하지만 이 두 축 사이의 쟁투는 표면적으로는 자본주의적 허상의 승리로 귀결된다. 하지만 이 싸움에서 저 시원으로부터의 의미 있는 삶의 전통을 계승하려는 해화식의 자기 증명이 실패로 끝난 것은 아쉬운지 모르겠으나, 이러한 식의 마무리가『잘 가라, 서커스』의 현실성을 높이는 데 큰 기여를 한 것은 사실이다. 앞서 지적한 것처럼 이전의 천운영의 단편소설이 은폐된 욕망이나 억압된 충동 들을 불러내어 그것을 인간의 보편적인 핵심적인 자질로 환원해버리는 경향을 보였다면,『잘 가라, 서커스』는 은폐되었던 여성적 욕망들을 불러내고도 인간이 그것만으로 살아가고 살아갈 수 있는 것처럼 그리지는 않는 것이 사실이다. 하여『잘 가라, 서커스』에는, 천운영의 소설에서 세차게 약동하던 욕망의 동역학은 약화되었을지는 모르나 대신에 의식과 무의식, 대자아와 욕망의 숨막히는 파노라마가 욕동치고 있는 것이 사실이다. 이것 역시 천운영 소설세계에 있어서 의미 있는 진전처럼 보인다. 천운영의 소설에서 드디어 인간 모두는 욕망을 지녔다는 인간 일반에 대한 성찰뿐만 아니라 지금, 이 시대를 살아가는 구체적이고도 생생한 현존재들을 만날 수 있게 되었기 때문이다.

4. 상징적 자살, 혹은 영점으로 돌아가기

여기까지 읽은 사람이라면 이렇게 말할 수 있을지 모르겠다. 그렇다면 이제 어떻게 해야 하느냐고. 그저 가만히 있으면 큰타자 너머에 존재할 자기 자신을 볼 수 있으며 또 가만히 있으면 하나이면서도 하나이지 않은 그녀들의 목소리를 들을 수 있는 것이냐고. 만약 그런 것이라면『잘 가라, 서커스』는 주요한 문제를 제기하고도 너무 추상적으로 마무리한 것은 아니냐고. 그럴 수 있다. 하지만 그렇게 우려할 필요는 없다.『잘 가라, 서커스』에는 큰타자에게 억눌린 그녀들의 욕망을 발견할 수 있는 길이 (그렇게 구체적이지는 않지만) 제시되어 있기 때문이다.

앞서『잘 가라, 서커스』의 외적 형식에 대해 말할 때 지적했듯『잘 가라, 서커스』는 윤호의 방황기에서 시작하여 해화의 모험담과 교차되다가 제일 마지막 장이 다시 윤호의 이야기로 끝난다. 그런데 이 마지막 장에 중요한 사건 하나가 제시되어 있는바, 바로 윤호 형의 자살 장면이다. 윤호는 자신의 형이 죽는 장면을 그 현장에서 목격하는바, 이 죽음을 통해서 '모든 것을 잃은 상태', 즉 영점에 놓이게 된다. 형은 해화 그녀를 애타게 찾으면서도, 또 그녀를 찾을 수 없게 되자, 자신을 비워놓고 그 자리에 다른 존재들의 목소리를 채워넣으며, 그들의 정언명령에 따라 완장을 찬

듯 살아간다. 하지만 이 자기를 비워놓는 행위가 자신이 그녀에게 저지른 악행을 감추거나 씻을 수 없음을 깨닫는다. 그리고 결국 자살을 택한다. 아마 자신의 광기에 대한 반성이리라. 아니면 더 근원적으로는 여자를 화폐로 소통시키는 남성적 상징질서와 그에 순응하며 살아갔던 자신에 대한 모멸 때문이었으리라. 하여간 형은 그렇게 자살을 하고, 형과 가부장적 카르텔을 형성했던 윤호는 혼자 남는다. 죽음과도 같은 절대고독의 상태에 빠지니 진리의 빛이 보였던 것일까. 아니면 형이 없으니 이제 여성을 소비하게 할 뿐 그녀의 진짜 목소리를 듣지 못하게 했던 네트워크 속으로 들어가지 않아도 되었던 것일까. 하여간 그는 그 이전에 죽은 어머니, 그리고 해화 그녀, 그리고 형의 고유한 목소리를 듣고 자기화하기 시작하며 상징질서에 구속되어 있던 자신의 삶을 청산한다. 그리고 그들을 상징질서가 존재하지 않는 곳, 고래 뱃속으로 보낸다. 이제는 죽어 없어진 자신의 몸뚱이까지를 포함하여.

법랑을 바닷속에 던졌다. 형과 여자를 던졌다. 그리고 죽은 내 몸뚱이도 던졌다. 죽은 형은 이제 어느 곳에도 존재하지 않을 것이다. 어느 곳에도. 가벼웠다. 존재감을 느낄 수 없을 정도로 한없이 가벼워졌다.
바다에서 등을 돌리려는 순간 먼바다에서 수면 위로 튀어오르는 돌고래떼가 보였다. 돌고래의 푸른 등짝이 햇살에 반짝였다. 돌고래들은 한동안 배 옆을 따라오다 사라졌다. 돌고래가 사라진 자리, 맥박치듯 철썩이며 일어나는 포말 속에 형의 얼굴이 보였다. 형은 하얀 이를 드러내고 하염없이 웃고 있었다. (……) 잘 가라, 어디든지. 잘 가라.(256쪽)

한마디로 우리 자신을 휩싸고 있는 상징적 질서를 폐기하고 영점의 상태로 되돌아가자는 것, 그러면 하나이면서 여럿인 그녀들의 목소리와 상징적 질서로부터 해방된 그들의 목소리를 들을 수 있다는 것, 그것이 우리의 출발점이라는 것이다.

　너무 추상적이지 않느냐고 물을 수도 있겠다. 그러면 이렇게 대답해야 할지도 모르겠다. 이 철옹성과도 같은 상징적 질서로부터 벗어나는 길이란 결국 그 상징적 질서라는 외피를 벗어버리고 그때 드러나는 실재를 보는 것 아니겠느냐고. 원래 길이 끝나는 곳에서 여행은 시작되는 것 아니냐고. 그렇게 시작된 여행이 또 새로운 길을 만드는 것 아니겠느냐고. 그러니, 우리도 『잘 가라, 서커스』의 인물들처럼 그렇게 외치는 것은 어떠냐고. 잘 가라, 서커스!

(2005)

제2부

한국소설의 새로운 발명품들

우주적 상상과 반복의 윤리

우리는 떠나지 않았지만 더이상 이미 거기에 있지 않다.
—니콜라이 고골

1

한국소설사에 또다른 변종이 나타났다. 나타났다는 표현은 정확하지 않다. 한 돌연변이가 한국소설사 안으로 외삽(外揷)되었다고 해야 하리라. 아니면 한국소설사에 전혀 낯선 이방인이 터벅터벅 걸어들어왔다고 할 수도 있다. 그런데, 뜻밖에 환대가 만만치 않다. 흔히 이방인은 고착되고 교착된 세계를 변화시키는 원동력일 경우가 많지만 안정성 혹은 자족적 통일성을 잃지 않으려는 토착민들은 이 이방인을 환대하기보다는 적대하는 경우가 일반적이다. 줄곧 낯선 것, 새로운 것, 돌연변이, 이종, 기묘한 것의 출현을 외치는 문학판도 사정은 크게 다르지 않다. 문학판이 기대하는 혁신성은 어디까지나 문학판이 수용할 수 있는 범위의 것까지이다. 그 범위를 벗어나면 어떤 곳보다도 냉혹하게 낯선 이방인을 외면하는 곳이 문학판이다. 이 때문에 만들어진 또다른 구획이 있으니, 장르소설이 그것이자 그곳이다. 장르소설이라는 명명은 문학판이 그간의 소설사적 전통을 지켜내고 새로운 하위문화들의 출현을 억압하기 위한 부르디외적 구별짓기의 가장 전형적인 경우에 해당한다고 할 수 있다. 이 장르소설은 결코 무시할 수 없는 독자층과 마니아들을 거느리고 있으나 문학판의 입장에서 보자면 항상 저기에 존재하는 그것들이다. 당연히 그곳에서 솟구쳐나오는 '질서화되지 않은 혁명적 에네르기'들은 이곳 문학판에 수용되지 않았다. 간혹 이곳으로 건너온 작가가 없었을 것은 아니나 그것은 어디까지나 그들이 유지하던 소설의 문법을 버리고 한국소설사의 소설적 전통을 수용할 때만 가능할 일이었다. 그런데, 그랬던 것인데, 이번에 이 작가를 받아들이는 분위기는 전혀 다르다. 그는 여전히 장르소설 작가이다. 그리고 아직도 집요하게 저곳의 문법과 형식에 충실한 소설을 쓰고 있는 중이다. 조금 좁혀 말하자면, 그는 공상과학소설, 몽환소설, 환상소설이라 할 만한 것을 변함없이 쓰고 있을 뿐인데, 이곳 문학판에서 그에게 열렬한 환대를 보이기 시작한 것이다. 물론 특정한 작품에 대한 평가이지만 "풍부한 우주과학적 지식을 바탕으로 미처 표현되어지지 않은 인간 존재의 답답함을 무한한 우주공간에서 폭발시키는 데 성공한 작품"[1]이라거나 "다른 별에서 써가지고 온 것 같은 작가의 전문가에 육박하는 지식과 문학 텍스트 안에서 흔히 접하지 못한 서사의 신선함"[2]이라고 주목받기 시작하더니, 최근에는 "그는 명석한 작가이므로 이 점을 잘 알고 있을 것이다. 그래서 그를 응원한다. 이제 겨우 두번째 책이 아닌가. 그의 출발은 그 누구보다도 멋지다"[3]는 평을 받아낸다. 그러더니 급기야 "이른바 본격문학과 장르문학이라는, 수만 광년 떨어진 두 행성의 오랜 적대와 몰이해를 종식시키고 새로운 행성연합을 이룩해낼 우주문학의 유능한 외교관"(복도훈)이라는 상찬을 받아내기에 이른다. 물론 이 현상을 문학사적 사건이라고까지 할 수는 없을 터이다. 하지만 분명 유례를 찾기 힘든 일임에는 틀림없으며, 현재 문학판은 이 작가의 출현 앞에서 문학사

---

1) 박완서, 「심사평」, 『2010 제1회 젊은작가상 수상작품집』, 문학동네, 2010, 308쪽.

2) 신경숙, 「심사평」, 『2010 제1회 젊은작가상 수상작품집』, 문학동네, 2010, 309쪽.

3) 신형철 해설, 「그는 상상력이다」, 배명훈, 『안녕, 인공존재!』, 북하우스, 2010, 319쪽.

의 다른 진화를 기대하고 있는 중이다.

눈 밝은 독자라면 아마도 이쯤에서, 아니 이전에 이미, 지금 우리가 어떤 작가에 대해 말하고 있는지 눈치챘을 것이다. 그렇다. 지금 우리가 말하는 작가는 당신이 머릿속에 떠올렸던 그 작가가 맞다. 배명훈이다. 최근에야 문학판에서 주목받기 시작했지만 배명훈이 작품활동을 시작한 것은 그리 짧지 않다. 2005년부터이다. 이후 활달한 상상력과 체계적인 과학지식, 그리고 여기에 결코 만만치 않은 인문학적 지식과 성찰에 근거한 작품을 놀랍다 할 정도로 쏟아낸다. 그러더니 곧 장르소설, 조금 구체적으로 말하면 공상과학소설의 미래로 혹은 한국 과학소설의 진정한 기원으로 불리기 시작하고 결코 적지 않은 수의 마니아들과 독자들을 거느리기 시작한다. 누구보다 멋진 출발을 한 신예답게 배명훈은 여기서 멈추지 않는다.『타워』『안녕, 인공존재!』등 몇몇 작품이 더 발표되자, 문학판 전체에 그전에는 볼 수 없었던 이상한 가역반응이 일어난다. 앞서 살펴보았듯, 적극적인 관심과 환대가 이루어진 것. 아마도 배명훈의 작품이 공상과학소설이 요구하는 장르적 특성과 소설 일반이 추구하는 소설 내적 총체성이라는 이율배반적인 요소를 기이한 형식으로 병존시켰기 때문일 것이다. 아니면, 전혀 다른 차원에 존재하는 공상과학소설과 소설 일반의 시차를 초월론적으로 길항시켜 또다른 형식의 소설을 구축했기 때문인지도 모를 일이다. 하여간, 공상과학소설 작가이면서 동시에 소설작가인 배명훈은 공상과학소설이라는 장르적 규범에 충실하면서도 새로운 보편성의 창출이라는 소설 본래의 역사철학을 구현한 소설을 발명해낸 예외적인 작가라 할 만하다.

그런데 이 특이한 신예가 또 한번 의욕적인 소설을 들고 나왔다.『신의 궤도』가 그것. 작가는 이 작품을 두고 "내가 좋아하는 것들이 다 들어갔으니 적어도 나에게만은 도저히 재미없을 수 없는 이야기"[4]라고 표현한

---

4) 배명훈,「작가의 말」,『신의 궤도 2』, 문학동네, 2011, 324쪽.

다. 굳이 작가의 말이 아니더라도 『신의 궤도』는 그간 작가 배명훈이 시도했던 모든 소설적 실험과 모색의 과정이 집대성되어 있는 소설이며, 또한 배명훈 소설의 미래가 내장되어 있는 소설이라 할 만하다. 그렇다면 『신의 궤도』를 읽어보는 일은 매우 흥미로운 일일 수밖에 없다. 그것은 곧 21세기 들어 누구보다 멋진 출발을 선보인 전혀 예외적인 작가가 현재 어느 단계쯤 이르렀는가를 확인하는 일이기 때문이다.

『신의 궤도』를 통해 21세기 한국소설이 이룬 성과를 살펴보는 일, 이를 위해 이 글은 쓰인다.

2

『신의 궤도』는 이제까지의 배명훈 소설이 그러했듯 공상과학소설의 형식을 취한다. 아니, 좀더 본격적으로 공상과학소설의 형식을 밀고 나갔다고 해야 하리라. 『신의 궤도』는 작가의 예전 소설보다 훨씬 더 긴 시간 후의 먼 공간으로 우리를 데려다놓는다. 『신의 궤도』가 우리에게 안내한 곳은 대략 '십오만 년' 후의 '나니예'라는 곳이다. 십오만 년 후라니, 게다가 그 뜻을 도저히 짐작할 수 없는 '나니예'라니, 할 수도 있겠다. 그러나 '십오만 년 후의 나니예'라는 낯선 시공간 때문에, 그러니까 소설의 시공간이 이곳과 너무 멀다 해서 당혹할 필요는 없다. 오히려 이는 필수불가결한 요소라고 봐야 한다. 공상과학소설처럼 환상을 필요충분조건으로 하는 소설에서 '신비' '이해하기 어려운 것' '용인하기 어려운 것' 등은 필수적[5]이다. 해서 환상을 전면에 내세운 소설들은 독자들을 항시 동시대인의 감각으로 용인하기 어려운 어떤 시공간으로 이끈다. 그곳은 동시대의 이질적인 공간일 수도 있고, 아니면 이질적인 공간이기 때문에 동시대성을 벗어난 곳일 수도 있다. 아니면 오랜 시간 후의 '지금 이곳'이어서 이질적

---

5) 츠베탕 토도로프, 『덧없는 행복─루소론 · 환상문학 서설』, 이기우 옮김, 한국문화사, 1996, 126쪽.

일 수도 있다. 이런 점을 감안하며 어쩌면 공상과학소설에서 가장 당혹스러운 시공간은 오히려 현재의 상징질서 사이의 빈틈에 해당하는 곳일 수도 있다. 어쨌든 이처럼 일상적인 감각으로 '용인하기 어려운' 시공간은 공상과학소설의 필수적인 요소이며, 『신의 궤도』가 선택한 십오만 년 후 나니예라는 곳은 오히려 이러한 공상과학소설의 규범을 충실히 따른 결과라고 해야 한다.

이러한 '용인하기 어려운' 시공간의 설정에 있어 『신의 궤도』의 특징적인 점이 있다면, 아마도 너무 긴 시간 이후이고 너무 멀다는 점일 터이다. 이것은 아마도 소설의 몇몇 장면에 좀더 개연성을 부여하기 위한 것일 수도 있을 터이다. 하지만 『신의 궤도』가 이러한 시공간을 선택했다는 것은 『신의 궤도』의 작가가 그만큼 소위 '지금 이곳'의 현실적 상황이나 현실원칙으로부터 자유롭고 싶은 욕망의 표현형식일지도 모른다. 아니면 과거나 오늘날의 현실을 변혁시키고자 하는 열망이 크다는 것을 암시하는 것일 수도 있다.

그러나 그 역시 우리의 독서를 크게 방해하는 것은 아니다. 이곳을 떠나 이곳이 아닌 곳으로 옮겨가는 모든 작품들은 비록 이곳을 떠나지만 '이곳이 아닌 곳' 역시 이곳임은 물론이다. 이곳을 다룬 소설들이 현실원칙에 얽매여 있는 현존재들을 다룬다면 저곳으로 옮겨가는 소설은 상징질서 너머의 현실, 그러니까 실재를 그려낸다. 물론 상징질서 너머의 실재는 상징질서로는 포착되지 않은 그것들로 충일한 세계이기에 그 실제를 있는 그대로 다루는 것은 불가능할 터, 그래서 대부분의 작품의 경우 지금의 현실원칙과 또다른 방식으로 구조화되고 은유화된 실재가 그려지는 것이 일반적이다. 그러므로 공상과학소설을 비롯한 미래를 다룬 작품들이 우리를 미래로 이끌고 갈 때 그곳이 지금의 현실보다 훨씬 복잡한 어떤 곳인 경우는 거의 없다. 오히려 그곳은 문명이 모두 소멸된 야만의 상태이거나, 아니면 전 사회구성원에 대한 고도의 감시와 통제가 이루어지는 독재체제일 때가 많다. 다시 말해 이들 작품들은 때로는 고도의 문명사회라는 외양을 띤 미래로 가지만 그곳은 미래라기보다는 과거의 어떤 시공간이며 또 때로는 현재에 대한 새로운 횡단일 경우가 많다. 그것도 아니면 벤야민이 말한 것처럼 역사의 지속을 파괴한 자리에 나타난 역사적 의미로 충만한 역사의 한 시기를 귀환시킨 경우도 있다. 『신의 궤도』에서 이루어진 시간여행과 공간이동 역시 이러한 속성을 지니고 있음은 물론이며, 이렇게 『신의 궤도』는 십오만 년 후의 나니예로 날아가 독자들을 우리의 상징적 현실 너머의 실재로 인도한다.

3

앞서 말했듯 공상과학소설에서 '평범하지 않은 것, 신비롭고 마술적이고 초자연적인 것을 상상'[6]하게 하는 또다른 공간으로의 여행과 이동은 필수적이다. 아니, 그곳이 서사의 출발점이 되는 경우가 많다. 이때 공상과학소설에서 흔히 '회의적이고 완고하며 금방이라도 경이를 느낄 마음의 준비가 되어 있는 주인공'을 또다른 낯설고 신비로우며 외설적인 공간으로 옮겨가는 인물은 '확신하는 하인'이고 이렇게 '혼란스러워하는 사람과 해답을 안다고 생각하는 사람'이 이 인조가 되어 소설을 이끌어가는 경우가 많다.[7] 그렇지만 『신의 궤도』는 이 경우와 다르다. 『신의 궤도』는 또다른 세계에 금방이라도 경이를 느낄 만한 질문을 던지는 존재의 선택에 의해 낯선 세계로의 여행과 모험이 시작되는 것이 아니라 어떤 거대한 음모에 휘말려 지구를 떠나 다시 돌아올 수 없는 먼 곳의 먼 시간으로 옮겨지면서 위기와 극복의 파노라마가 비롯된다.

『신의 궤도』의 주인공 은경이 무슨 오발탄처럼 십오만 년 후의 나니예

---

6) 수전 손택, 『문학은 자유다』, 홍한별 옮김, 2007, 이후, 134쪽.
7) 같은 책, 137쪽.

로 쏘아올려지는 것은 두 가지 때문이다. 하나는 인공위성 재벌인 아빠의 은경에 대한 과잉-향유이다. 조금 더 구체적으로 말하면 '한 여자에게서가 아니라 자기의 아이에게서 향유의 대상을 찾는 교육자적 아버지'의 은경에 대한 과잉 향유가 그 넘치는 관심과 배려에도 불구하고, 아니 그 관심과 배려 때문에 은경을 아무런 연고도 없는 십오만 년 후의 나니예로 오발탄처럼 쫓겨가게 만든다. 은경의 아빠는 부적절한 관계였던 은경의 엄마가 죽자 모든 향유를 은경에게 쏟는다. 이는 아빠의 법적 · 생물학적 상속자인 경라 언니의 질투를 가져온다. 그러면 그럴수록 아빠는 '법률의 대리자가 아니라 제정자가 됨으로써 모든 것을 규제하고 자신을 법률과 동일시하는 아버지'가 되어 은경의 모든 실수와 위악적 행동 들을 해결해준다. 물론 아버지의 이러한 과잉의 사디즘적 향유는 경라 언니의 또다른 질투를 더욱 부추기면서, 과잉-향유와 과잉-질투 간의 악순환이 시작된다.

이 악순환의 소용돌이 속에서 은경의 삶은 서서히 정상궤도에서 벗어나게 되고 급기야 경라의 음모에 휘말려 사형선고를 받는다. "생부에게 앙심을 품고 끔찍한 보복을 감행한 악녀인 동시에, 사랑을 빙자해 정보를 캐낸 것도 모자라 결국 연인을 죽음으로 내몬 악랄한 배신자가 되"[8](1권, 43쪽)는 상황에 처했던 것이다. 그러나 이 사형선고도 아버지의 사디즘적 향유와 경라 언니의 과잉-질투라는 질기고질긴 두 연쇄를 끊어내지 못한다. 은경은 아버지 "혼자만의 계획"(1권, 45쪽)에 의해 나니예 낙원 프로젝트에 강제로, 느닷없이 끌려들고 결국은 냉동인간이 되어 십오만 년 후의 나니예로 쫓겨난다. 그러자 어느새 악한 행동을 서슴없이 실행에 옮길 뿐만 아니라 그 악한 행동의 결과를 즐길 줄 아는 악마가 된 경라 언니 역시 나니예 실낙원 프로젝트를 기획해 은경에 대한 마지막 저주를 실어보낸다. 이렇게 해서 은경은 본의 아니게 아버지의 나니예 낙원 프로젝트와

---

8) 배명훈, 『신의 궤도』, 문학동네, 2011, 43쪽. 앞으로 이 책에서 인용할 경우 권수와 쪽수만 표기함.

경라 언니의 나니예 실낙원 프로젝트에 동시에 편입되어 냉동인간이 된 채로 지구에서 추방된다.

은경은 이렇게 십오만 년 후의 나니예로 유배되거니와, 은경의 모험 역시 이 두 모순되고 부조리한 프로젝트들 사이에서 이루어진다.

4

공상과학소설에서 일단 주인공의 시간여행 혹은 공간이동이 완결되면 그다음 펼쳐지는 사건은 당연히 모험이다. 전혀 이질적인 세계를 자아화하고 자아를 세계화하는 과정을 통하여 그 불확실한 세계를 종단 혹은 새롭게 횡단하고, 그를 통해 이전과는 전혀 다른 역사지리지 혹은 현재의 상징질서에 가려 보이지 않는 매혹적이고도 무시무시한 실재들을 재현한다. 물론 실재의 알레고리적 재현에만 그치지 않는다. 세계에 대한 새로운 종횡을 통해서 우리가 나아가야 할 새로운 가치, 그러니까 실재의 윤리를 제시한다. 다시 말해 공상과학소설이 공상한 시공간은 주로 현재적 모순이 더욱 극단화된 형태로 표출된 곳이라고 한다면, 공상과학소설에서 주인공이 펼치는 모험과 각성의 과정은 곧 이 왜곡되고 뒤틀린 왜상(歪狀)이 바로 지금 우리의 상황임을 확인하는 것이 되고 동시에 우리 모두가 그러한 어둡고 우울한 미래로 가지 않도록 하기 위한 가치 있는 윤리와 행동을 모색하는 것에 다름아니다. "미래란 역방향으로 투영된 과거─가장(假裝)된 과거에 지나지 않는다. 미래란 수정되어야 할 과거다. 과거에 만족되지 않은 욕망은 한이 없고, 회한의 씨앗은 다함이 없을 것이니, 미래는 무한이어야 한다."[9]

『신의 궤도』 역시 낯선 세계 안에서 모험이 펼쳐지며 이를 통해 과거(혹은 오늘날)의 수정해야 할 부분을 지시하고 동시에 현존재들이 지양해

---

9) 기시다 슈, 『게으름뱅이 정신분석 1』, 우주형 옮김, 깊은샘, 2006, 193쪽.

야 할 윤리를 제시한다. 『신의 궤도』의 모험은 우리가 충분히 예상할 수 있듯 은경이 냉동인간에서 따뜻한 체온을 지닌 존재로 귀환하는 데서 시작한다. 그런데 십오만 년 후의 나니예는 독자들의 예상보다 훨씬 더 부조리한 공간으로 설정된다. 무엇보다 은경의 아버지가 추진했던 나니예 낙원 프로젝트가 실패로 끝났기 때문. 은경의 아버지는 사회구성원 모두가 완벽하게 쉴 수 있고 또 경우에 따라서는 "혁명이 일어날 가능성까지도 체제 수준에서 보장"(1권, 51쪽)되도록 나니예 낙원 건설 프로젝트를 기획하지만 이 프로젝트는 계획대로 실행되지 못한다. 고객 이십만 명을 실어나르는 우주선 바이카스 타뮤론이 우주전쟁에서 발생한 입자들의 공격을 받는 것은 물론, 이 우주선의 중앙통제장치인 타뮤론 프리마가 자신보다 더 큰 존재 혹은 더 신적인 발명품들에 회한을 느끼며 우주선을 버리면서, 고객들의 냉동이 예상보다 팔만 년 일찍 해동되어버린다. 계획보다 팔만 년이나 일찍 깨어난 고객들은 결국 식량부족 때문에 목적지까지 살아서 도달할 수 없다는 사실을 확인하고 동요한다. 처음 한 달 동안 그들은 "각자에게 남아 있는 가장 선한 면들을 서로를 위해 아낌없이 내놓"고 서로에게 "상상할 수조차 없이 거대한 무조건적인 애정"을 베푸는 그야말로 "인류 역사상 가장 아름다운 문명"을 "꽃피"(2권, 73쪽)운다. 하지만 한 달이 지나자 바이카스 타뮤론의 마지막 문명은 놀랄 만큼 빠른 속도로 붕괴하고, "야만이 폭풍처럼 밀어다"쳐 "폭력과 살육이 언어를 대체하고 피와 뼈가 예술을 대체"(2권, 73쪽)하기에 이른다. "서로를 잡아먹으며 연장되는 삶. 우주선 안에 구현된 무중력의 지옥"(2권, 73~74쪽), 결국 우주전쟁의 영향으로 나니예 낙원 프로젝트는 고객의 주검만이 휴양 행성에 도달하는 비극적인 미완의 프로젝트로 마감된다.

이렇게 되면서 인구 이십만 규모의 휴양 행성으로 설계된 나니예는 아버지의 사디즘적 과잉-향유로 행성관리사무소 직원들과 먼저 출발한 은경 단 한 명만이 고객인 기이한 휴양 행성이 된다. 단 한 명의 고객만이 존재하는 휴양 행성. 달리 표현하면 이십만 규모의 고객을 예상하고 배치된 관리사무소 직원들이 단 한 명의 고객을 접대하는, 그러니까 결국 목적 없는 합목적성에 의해 모든 것이 운영되고 무의미한 일이 무한 반복되는 행성. 그곳이 바로 나니예다.

그러나 이곳 나니예가 느슨하고 느긋하고 '권태 극 권태'만 있는 행성은 아니다. 이 행성은 애초에 휴양 행성으로 설계되었고 원초적 아비에 가까운 은경 아버지의 은경에 대한 과잉-향유 욕망 때문에 전원시적이고 목가적인 풍경을 지니고 있는 것이 사실이지만, 이천 명의 고객들에 대한 계약 미이행 때문에 작동한 "협상의 여지없이 기계적인 절차에 의해 무조건 상대를 절멸시키는" "상호확증파괴(Mutual Assured Destruction, MAD) 전략"(1권, 148쪽)에 따라 종말을 눈앞에 두고 있다. 이 종말로부터 벗어날 가능성은 단 하나, 뒤늦게 출발한 '신'의 궤도를 찾아 그 신을 깨우는 것이다. 하지만 이곳의 구성원들은 종말을 앞에 두고 있음에도 불구하고 힘을 합쳐 신의 궤도를 찾아 신을 깨우는 대신에 서로의 진리관과 이익에 따라 격렬하게 충돌한다. 심지어 항성파괴무기가 작동하고 그것을 막기 위해 우주왕복선을 쏘아올리는 그 시점까지 "그를 거기까지 무사히 올려보내기 위해, 그리고 그를 올려보내지 않기 위해 목숨을 걸고 싸"(2권, 289쪽)운다.

은경은 이렇게 "못된 부모가 자식에게 해줄 수 있는 가장 끔찍한 형태의 저주"에 해당할 "아빠의 머릿속"에서 발명된 "예쁘고 평화롭고 또 한가"한 나니예(2권, 34쪽)의 한 극단과 "냉전시대의 전략적 사고"(1권, 148쪽)의 미망에 젖어 여전히 싸우는 또다른 극단이 기이하게 공존하는 나니예에서 깨어난다. 그리고 그녀가 십오만 년 후의 나니예라는 곳으로 옮겨졌음을 확인한다. 십오만 년 후 나니예에서 그녀가 하는 일은 두 가지이다. 하나는 나니예라는 미지의 세계 횡단. 은경은 아버지의 과잉-배려로 지구에서 쫓겨나기 이전 지녔던 빨간색 삼엽 비행기를 몰고 이곳저곳을 다닌다. 이 여행에서 그녀는 역시 지구에서 머물던 시절 도달하고자 했던 예술적인 비행을 완성하고자 하며, 끝내는 그 단계에 도달한다.

> 칠 분밖에 안되는 짤막한 춤이었지만, 십칠 년간 쌓아온 교관 조종사의 자존심에 깊은 상처를 낼 만큼 충분히 긴 춤이었다. (······) 비행교습실 교관 조종사가 생각하는 가장 좋은 비행은 비행기와 조종사가 함께 호흡하는 비행이었다. 항법장치는 조종사를 믿고 조종사는 항법장치를 신뢰하며 서로의 곡선을 조화롭게 하는 일. 그것이 바로 그가 생각하는 이상적인 비행이었다.
> 그러나 조금 전에 그가 본 것은 그런 비행이 아니었다. 그것은 기계와 사람 사이, 결코 조화될 수 없는 그 두 개의 곡선을 억지로 엮어내려 애쓰지 않고 오로지 하나의 곡선만을 온전히 구현하기 위해 다른 한 개의 곡선을 배제해버린 비행이었다. 물론 희생된 쪽은 항법장치 쪽이었다. 가치 없는 희생은 아니었다. 살아남은 곡선이 그렇게나 아름다웠다면. 죽은 비행기를 안고 춤을 추던 여인. 그 순간 질투가 눈 녹듯이 사라졌다.
>
> ─2권, 42~43쪽

나니예에서 비행기는 자체 내의 항법장치, 그러니까 기계적인 이성 혹은 나름대로 자기조절능력을 지니고 있는 것으로 되어 있다. 때문에 그곳에서의 비행은 기계의 자율성과 운영원리를 존중하는 방식으로 진행되어왔는데, 은경의 비행은 그것과 다른 전제에서 출발한다. 은경의 비행은 기계적 이성과의 타협을 거부한다. 기계의 논리를 거부하고 끝까지 자신이 추구하는 인간적 가치를 고집한다. 그리고 끝내 기계적인 비행의 경지를 훌쩍 뛰어넘어 독창적인 아름다움 혹은 미학적 승화를 이루어내는 것으로 되어 있다. 우리는 여기서 우선 『신의 궤도』를 구성하는 하나의 중요한 문제의식을 발견할 수 있다. 기계와 타협하지 않고 인간의 정신을 극단까지 끌고 가 자신만의 미학을 완성할 때 진정한 아름다움이 가능하다는 것. 이를 기술복제 시대의 현대 예술과 현존재들이 추구해야 할 예술 정신 혹은 삶의 윤리로 받아들이는 것은 어떨까. 굳이 십오만 년 후 나니예가 아니더라도 오늘날 우리의 삶이란 기술복제 시대가 도래해 기술과 기계의 원리가 모든 것을 압도해 예술작품에서, 그리고 인간의 삶에서 인간의 고유성만이 창출할 수 있는 아우라를 소멸시킨 형국 아니던가. 그러니 기계의 원리와 조화를 이룰 생각 말고 오로지 자신만의 고유한 정신으로 고집스럽게 자기 삶을 디자인해가자는 것이야말로 아우라가 빠져나간 이 시대에 아우라를 귀환시킬 값진 방법이 될 수 있지 않겠는가.

어쨌든 은경은 비행의 미학, 혹은 미학적 비행을 결코 포기하지 않으며 나니예라는 낯선 공간을 횡단한다. 하지만 그것은 단지 혼자 고객이라는 절대 권태(혹은 절대 고독)를 자신만의 비행미학으로 이겨보려는 몸부림만은 아니다. 다시 말해 은경의 행선지가 없어 보이는 여행은 전혀 무목적인 것이 아니다. 또하나의 목적이 있다. 바로 나니예로부터의 탈출. 세상 모든 사람과 절연된 이곳 나니예를 벗어나 이전의 지구로 돌아가려 한다. 비록 십오만 년 전의 지구이고 그런 만큼 지금 그곳으로 돌아간들 그곳 역시 자신과 아무 관계 없다는 것을 알지만, 그래도 그 자리에 서고 싶어한다.

"마지막으로 은경씨에게 그 궤도비행이란 건 어떤 의미인가요?

역도 같은 거.

"역도요?"

그런 운동이 있어요. 무거운 걸 들어올리는 운동. (……) 역기가 정점에 머무는 순간은 기껏해야 이 초도 안 돼요. 그다음은 그냥 바닥에 툭 던져놓는 거예요. 그런데 그 짧은 순간에요, 그 사람이 정말 얼마나 훌륭해 보이는지 몰라요. 그걸 들어올리는 데 성공해서가 아니라 한계점 근처에 서 있었다는 것 때문에요. 진짜로 위대해지는 지점은 한계선을 넘어선 이후가 아니라 그 한계선 근처에서 부들부들 떨고 있을 때거든요. 사실은 거기가 더 높은 지점인 거죠. 저 위쪽 어딘가 한계를 넘어선 존재들이 유유히 떠다니는 곳보다 더.

우주왕복선을 타고 우주를 날아간다는 건 그런 거예요. 다시 바닥에 내려놓을 역기를 들어올리는 것. 절대로 쉽게 올라가는 게 아니거든요. 그리고 저한테는 그게 바로 탈출이에요. 행선지는 중요한 게 아닐지도 몰라요. 그 자리에 서는 순간 이미 탈출한 게 되니까요.

—1권, 243~244쪽

이처럼 은경은 그토록 오랜 시간 전 저 멀리 지구로 돌아갈 수 없지만 자신의 기억과 꿈이 있던 자리로 끊임없이 되돌아가고자 한다. 그 목적을 위해 그녀는 끊임없이 우주왕복선을 타고 우주로 날아가고자 한다. 어디로 가느냐, 목적지에 도달하느냐 하는 것은 중요하지 않다. 우선 엄정한 현실원칙으로부터 벗어나는 것이 중요하고 또다른 좌표를 정해 또다시 벗어나려 하는 것이 중요하다는 것이다. 탈출해서 어디에 안착하는 것이 중요한 것이 아니라 이 탈출의지와 탈출행위를 거듭거듭 반복해야 한다는 것, 이것이 중요하다는 것이다.

은경은 이러한 한계선에 서기 위해 거듭거듭 여행을 감행한다. 그렇게 나니예를 횡단하면서 나니예가 어떤 곳인지를 알아가기 시작한다. 그리고 그곳이 수시로 사회 전체를 예외상태로 선포하고 수시로 권력의 자의적인 힘을 행사하는 행정관리사무소와 나니예의 종말을 막아줄 신(믿음 그 자체)의 존재 유무를 놓고 격렬하게 맞서고 있는 천문교와 이론신학회라는 종교단체, 그리고 이 두 집단과는 달리 유목집단을 이룬 채 독자적인 현물화폐를 사용하는 '지난' 중심의 혁명세력으로 나누어져 있음을 발견한다. 그리고 이들 사이를 오고가면서 탈출의 가능성을 멈춤 없이 반복한다.

이 무한에 가까운 탈출 과정 끝에 은경은 자신의 탈출이 자기 혼자의 열망과 실천의지만으로는 불가능하다는 것을 감지하기 시작한다. 또 곳곳을 다니면서 종말에 직면한, 그리고 종말을 앞두고도 "독점적 지식체계"(2권, 268쪽) 곧 이데올로기에 따라 편 가르고 목숨을 걸고 싸우는 나니예의 더 절망적인 상황을 감득한다. 그러면서 이제 우주왕복선을 타려는 자신의 열망이 단순히 개인의 꿈의 완성에 그치지 않고 나니예라는 공동체를 구원할 수 있다는 점을 확인한다. 그리고 또한 우주왕복선을 타고 신의 궤도에 도달하기 위해서는 몇몇 사람들의 헌신과 희생이 아니라 사회구성원 모두의 염원과 실천이 모아질 때 가능하다는 것도 깨닫는다. 이 모든 사람들의 위기의식과 그 안에서 생겨난 구원의 힘에 대한 열망을 결국 하나로 모아 신의 궤도에 잠들어 있는 '숨은 신'을 깨운다.

은경은 신의 빛이 자신의 몸을 뚫고 지나가는 것을 느꼈다. 그리고 그 빛을 통해서 말로는 도저히 표현할 수 없는 수많은 감정들이 영혼을 향해 쏟아져들어왔다.

나한테도 영혼이 있었나요?

당연하죠.

나는 사람도 아니라던데.

(……)

이 모든 일들은 다 당신으로 인해 생겨나고 당신의 손으로 맺어져야 할 이야기였어요. 나는 그저 당신을 위한 도구나 장치에 불과하거든요.

신은 은경의 존재에 대해 자신이 알고 있는 모든 것을 가르쳐주었다. 그 가르침은 지식이 아니라 감정에 가까웠고, 그보다는 영혼의 소리에 조금 더 가까웠다. 은경은 그 소리에 가만히 귀를 기울였다. 신의 음성이 심장을 가득 채우고 알 수 없는 전율이 온몸으로 퍼져나갔다.

이게 신의 목소리였구나.

은경은 나물을 바라보았다. 눈이 마주쳤다. 우주를 가득 담은 예언자의 눈을 통해 영혼이 영혼에 섞여 들어갔다.

신은 먼지가 잔뜩 긴 밤하늘을 뚫고 나니예 곳곳으로 퍼져나갔다. 신의 빛이 지각을 뚫고 행성 반대편까지 퍼져나가자 나니예를 불바다로 만들기 위해 날아오던 세 개의 혜성이 얼음 녹듯 순식간에 사라져버렸다. 대기가 혜성의 잔해를 품에 안을 무렵, 신의 빛에 감응한 비행기들의 영혼이 일제히 하늘로 날아올랐다.

　　　　　　　　　　　　　　　　　　　　　　　　　—2권, 310~311쪽

이제 깨어나 세상에 모습을 드러낸 신은 그 빛과 목소리로 세상의 모든 악을 쓸어내고 온 세상을 진리의 빛으로 가득 채운다. 그 순간 자연 속에 인간들이 그어놓은 수많은 보이지 않는 선들이 사라지고 진정으로 평화로운 세상이 온다. "무엇보다 좋았던 건 하늘에 쳐져 있던 보이지 않는 선들이 몽땅 다 사라져버린 거야. 방어선이니 뭐니 하는 거 말이야. 그런 건 원래 어디에도 없었어. 하늘에 강이 흐르는 것도 아니고 무슨 산맥이 있는 것도 아니고. 그저 비행기에 몸을 싣고 가고 싶은 대로 날아가면 그만이지 정해진 길 같은 게 있는 게 아니잖아."(2권, 314쪽) 루카치의 『소설의 이론』 식으로 말하자면 신의 출현과 더불어 나니예는 서사시의 시대, 그러니까 "별이 빛나는 창공을 보고, 갈 수가 있고 또 가야만 하는 길의 지도를 읽을 수 있던 시대" "별빛이 그 길을 훤히 밝혀주던 시대" "모든 것은 새로우면서도 친숙하며, 또 모험으로 가득 차 있으면서도 결국은 자신의 소유로 되는" 시대, 그리고 다시 한번 부연하면 우리가 영원히 잃어버린 고향으로 귀환하기에 이른다.

이렇듯 『신의 궤도』는 십오만 년 후의 나니예, 그러나 실제로는 우리 시대의 실재를 '독점적 지식체계'에 의한 보이지 않는 분할선에 의해 운영

되고 그 보이지 않는 선들을 지켜내기 위해 지긋지긋한 전쟁을 일삼는 시대로 읽어내거니와, 이 때문에 "상황이 바뀌면 목표가 바뀌고 목표가 바뀌면 누가 적이고 누가 아군인지도 다시 판단"(2권, 313쪽)하는 악무한적인 일이 반복되고 있다고 진단한다. 이처럼 통렬하게 시대의 위기를 읽어낸 만큼, 당연히 이 위기 속에서 자라나는 구원의 힘도 제시됨은 물론이다. 크게 말하면 『신의 궤도』가 제시하는 길은 물론 '독점적 지식체계'라는 대타자의 욕망을 욕망하는 것이 아니라 자기 스스로의 욕망을 욕망하라는 라캉식의 정언명령이다. 하지만 그것이 다는 아니다. 조금 진전된 실천 강령도 있다. 예컨대, 스스로의 욕망을 욕망하기 위해서는 각자 "자신을 예술작품으로 창조하자"(푸코)는 식의 미학적 실천이 필요하다는 지침이 있는가 하면, 또 이것이 개인의 완성만이 아닌 공동체의 발전으로까지 확대되기 위해서는 낯선 자를 환대하고 서로 우정을 나누는 작은 연대들의 건설이 필수적이라는 교훈도 있다. 그리고 무엇보다 '진리의 빛'에 대한 변치 않는 열정이 있어야 한다고 말한다. '독점적 지식체계' 혹은 상징질서에 비본래적인 시선에 기대면, 피안 너머의 본래적인 진리란 아무런 의미도 가치도 없다. 하지만 어느 순간, 죽음의 순간이거나 귀향의 순간이거나 진정한 합일의 순간과 외설적으로 조우해 진리의 빛의 현현을 경험하면, 그때 그간의 상징체계, 그러니까 세상을 가르는 보이지 않는 선이나 아군과 적으로 대치하는 일 등은 "얼음 녹듯 순식간에 사라져버"린다. 아니면 이렇게 볼 수도 있다. 현재적인 의미의 충만한 진리의 시간은 역사의 연속성이라는 현실원칙에 가려 좀처럼 보이지 않는다. 하지만 이 역사적 연속성이 파열되고 우리가 도약해야 할 역사적 경험을 만나면 그간 우리의 의식을 지배하던 역사적 연속성이란 그야말로 "얼음 녹듯 순식간에 사라져버"리고 우리는 현재적 의미로 충만한 시간을 경험할 수 있다. 어느 경우에 해당한다 획정하기는 힘드나, 그러나 그럼에도 불구하고 『신의 궤도』는 비록 "이 초도 안 되는" 찰나적인 황홀경일지라도 그것을 위해 현실 너머의 진리의 빛을 포기하지 않는 용기와 결단, 그것만이 우리를 스스로의 욕망을 욕망하는 주체, 그러니까 윤리적 주체로 거듭나게 한다는 점을 분명히 한다. 그러니까 『신의 궤도』의 은경은 "이 초도 안 되는" 진리의 빛의 경험을 위해 십오만 년을 허비한 셈이고, 그런데도 어떤 회한에 젖지 않는다. 『신의 궤도』의 은경의 깨달음이 불편한 진실인 것은, 그래서 그것이 "심장으로 날아가서 그대로 박"혀 "가슴에 남는"(2권, 319쪽) 것은 바로 이 때문일 것이다.

5

우리가 『신의 궤도』에 깊은 공감을 느끼는 것은, 좀더 구체적으로 말하자면 십오만 년 후 저 먼 나니예에서 진리의 빛을 경험하는 은경의 인생 역정에서 깊은 공감을 느끼게 되는 것은 은경이 행한 영웅적 행동과 그녀가 십오만 년의 시간 끝에 얻어낸 "이 초도 안 되는" 깨달음 때문만은 아니다. 만약 그것만이었다면 『신의 궤도』는 얼마나 교훈적이고 또 얼마나 만화적이었겠는가. 사실 큰 이야기만 골라내면 『신의 궤도』는 얼마나 비소설적인가. 십오만 년 후의 낯선 행성으로 유배가서 그 행성의 종말을 막아내는 이야기 아닌가. 편견인지는 모르겠으나 사실 많은 공상과학소설들이 우리 문학판에 들어서지 못한 것도 이런 큰 이야기만 있기 때문 아니겠는가. 감히 상상하지 못한 세계를 공상하는 재미는 있으나 현대성에 대한 어떤 깊은 고민과 성찰이 없는 까닭에 깊은 공감이 아니라 또다른 허기를 느끼는 것 아니겠는가. 그런 점에서 보자면 『신의 궤도』는 소설적 상황이 상황인지라 자칫 산만하고 황당할 수 있는 소설을 그야말로 밀도 높은 소설로 승화시킨 경우에 해당한다.

『신의 궤도』를 우리가 흔히 보는 영웅 이야기가 아니라 밀도 높은 소설로 만든 요소는 한두 가지가 아닐 것이나, 그중에서 무엇보다 중요한 것은 다름아닌 주인공 은경의 형상 때문이다. 『신의 궤도』는 현명하게도 자칫 우리가 흔히 보는 영웅 판타지로 변질될 위험을 차단하기 위해 주인공 은경에게 전혀 영웅일 수 없는 조건, 나중에 진정으로 세계사적인 존재일 수 있는 조건을 처음부터 부여해버린다. 『신의 궤도』에서, 구체적으로 십오만 년 후 나니예에서 은경은 애초부터 영웅일 수 없는 조건을 가지고 태어난다. 아니, 깨어난다. 나니예에서의 은경은 복제인간이고 유령이며, 그런 까닭에 어떤 면에서 보자면 지극히 현대적인 실존형식을 지닌 존재이다.

앞서 말했듯 은경은 아버지의 과잉-향유로 냉동인간이 되어 나니예로 보내지나 경라 언니의 저주가 뒤이어 도착하면서 "몇 번이고 반복될 저주받은 운명"(2권, 28쪽)의 소유자가 된다. 다시 말해 은경은 경라 언니의 저주로 "절대로 깨지지 않을 치명적 강박관념"을 지닌 존재로, 그래서 "우주를 동경하고 궤도비행을 목숨처럼 소중하게 여기고 나니예의 중력을 벗어나는 일을 그 어떤 욕망보다 우위에 두"도록 "창조"(2권, 28쪽)된 존재로 살아간다. 그런데 이것이 저주인 것은, 은경은 자신의 머릿속에 각인된 '김은경의 플롯' 때문에 끊임없이 출구를 찾기 위해 우주왕복선을 타야 하나 나니예의 우주왕복선의 기술 수준은 경라 언니의 지시로 "스무 번에 열아홉 번쯤은 죽"(2권, 29쪽)도록 되어 있기 때문이다. 이런 까닭에 은경은 죽고 또 깨어난다. 그리고 깨어나면 또 죽는다. 그러니까 은경은 계속 죽고 또 계속 깨어나도록 프로그래밍된 복제인간들인 셈이다. 이전의 은경이 죽으면 다음의 은경이 냉동인간이 된 그 상태에서 깨워진다. 이전의 은경이 행했던 나니예에서의 그 모든 모험, 기억, 추억, 결단과 용기, 자기발전과 진화의 내용들은 다 사라지고 은경은 매번 십오만 년 전 지구에서 냉동된 상태로 다시 깨어난다. 그러므로 은경/은경들은 살아 있는 존재가 아니라 죽지 않는 존재이다. 유령에 가깝다. 햄릿의 아버지나 안티고네처럼 실제적인 죽음과 상징적인 죽음이 서로 일치하지 않는 존재들, 실제적으로 살았으나 상징적으로는 죽임을 당했거나 육체적으로는 죽었으나 타인들의 애도 속에서 상징적으로 죽지 못한 존재들을 유령이라고 할 수 있다면, 은경/은경들은 또다른 형식의 유령임에 틀림없다. 은경/은경들은 현재 살아 있으나 이미 죽었던 존재이고 또 죽을 존재이기 때문에 살아 있다 할 수 없으며 죽는 순간에도 또다시 재생할 것이기 때문에 그 어느 누구도 은경/은경들의 죽음을 애도하지 않는다. 실제로도 상징적으로도 죽을 수 없는 존재, 그렇다고 살아 있다고도 할 수 없는 특이한 존재, 그것이 바로 은경/은경들이다.

그런 까닭에 은경/은경들은 애초부터 영웅이 되기 힘들다. 영웅은 그 자신의 역량과 지혜의 높이도 중요하지만 대중이 그를 절대적으로 신뢰하고 뒤따를 때 그 영웅성이 구현된다. 그러나 은경/은경들은 지난날 자신과 힘겹게 연대를 구축했던 존재들을 기억하지 못하고, 정주하지 못하고, 끝없이 자유로이 떠돌 뿐이다. 어떤 공동체를 대표할 수도 없고, 그렇다고 대표할 공동체를 만들지도 못한다. 그러니 영웅적일 수 없다. 오히려 어떤 점에서 보자면 은경/은경들은 '지속되는 시간' 속에 매일 같은 일을 반복하는 현대인들의 실존형식에 가깝다. 수시로 죽었다 깨어나므로 은경/은경들에게는 기억의 축적이 없고 노동을 통한 자기발전이 없다. 모든 인간들을 일시적으로 부분적으로 만나며 그래서 우정도 사랑도 나누기 힘들다. 어디 그뿐인가. 어떤 시기 어떤 일에 몰두하지만 그것이 의식의 발전이나 비약으로 이어지지 않고 또다시 같은 자리로 돌아온다. 발전도 퇴보도 없고, 진정한 의미의 관계성을 구축할 수도 없다. 우리는 이런 삶을 사는 존재들을 이미 많이 알고 있다. 바로 우리다. 그런 점에서 본다면 은경/은경들의 실존형식은 바로 우리들의 실존형식이기도 하다.

그런데, 앞서 살펴보았듯, 은경/은경들은 바로 우리네와 같은 실존상황 속에서 진리의 빛을 발견하거니와, 우리가 열한번째로 깨어난 은경의 비약에 감동하는 것은 그녀의 도약이 바로 우리가 처한 실존적 조건 속에서 이루어지기 때문이다. 물론 종말의 상황이 눈앞에 닥쳐서였겠지만 드디어 열한번째 은경은 '신의 궤도' 혹은 '진리에 빛'에 도달한다. 그것은, 키르케고르를 빌려서 말한다면, 은경/은경들이 상기(想起)하지 않고 반복하기 때문이다. 반복한다기보다는 반복할 수밖에 없는 운명이기 때문이다. 어제를 회상하고 회한에 빠질 수 없는 은경/은경들은 항시 앞을 향하여 반복하고 순간의 축복된 확실성을, 자신을 거는 반복의 사랑을 이루어낸다. 자신의 헛된 미망 혹은 어디선가 배운 '독점적 지식체계'로 사물이나 타자를 보지 않는다. 대신 정말 용기 있고 순수한 시선으로 타자들을 응시한다. 그리고 그 응시를 통해 타자들을 진정으로 이해하고 이전의 은경들이 남겼던 삶의 흔적들을 모두 자기화한다. 그리고 그를 통해 자신이 몸담을 공동체를 선택하고 그 안에서 보다 발전된 공동체를 상상한다. 그리고 진정으로 용기를 내야 할 순간 용기를 낸다. 그리고 결국 '진리의 빛'을 받아안는다.

한마디로 '공상과학'적이기만 할 수 있었던 『신의 궤도』가 이처럼 밀도 높은 소설이 된 것은 은경/은경들을 현대인의 일상적인 삶의 리듬인 반복 속에 반복적으로 위치시켰기 때문이다. 또한 은경/은경들이 경험한 진리의 빛이 읽는 사람의 그것으로도 전이될 수 있었던 것 또한 그 빛이 반복이라는 실존적 조건 속에서 찾아진 길이기 때문이기도 하다. 일찍이 키르케고르는 반복에 대해 다음과 같이 말한 적이 있다.

반복을 원하려면 용기가 필요하다. 기대만을 원하는 자는 비겁하다. 회상만을 원하는 자는 추잡하다. 그러나 반복을 원하는 자는 참된 인간이다. 그리고 반복이라는 것을 근본적으로 이해하고 그것을 분명히 의식하면 할수록, 그는 그만큼 깊이 있는 인간이 된다. 그러나 인생이 반복이고 반복으로 인생이 아름다움이라는 사실을 이해하지 못하는 자는, 자기 자신에게 유죄관결을 내린 자이고, 어차피 면할 길이 없는 운명 속에서 자멸할 수밖

에 없다.[10]

반복이 누구도 자유로울 수 없는 현대인의 실존적 조건이라면, 그 반복을 지겨워하고 회피할 것이 아니라 그 순간 그 순간에 충실해 보다 고차의 '나'가 되어 동일한 상황으로 돌아온다면 진정으로 발전된 삶, 참된 삶이 가능할 터이다.

이런 점에서 보자면 『신의 궤도』는 이곳과는 전혀 무관한 미래의 삶을 다룬 것이지만 이 시대를 다룬 어떤 소설보다도 현대적이며 현대에 대한 깊은 성찰을 담고 있다는 점에서 소설적이라 할 만하다. 이곳을 벗어나 저 미래의 먼 곳에서 이런 의미 있는 성찰을 이루어낸 셈이니, 아니, 이러한 현대적 윤리를 제시하기 위해 저토록 먼 미래를 상상한 셈이니, 『신의 궤도』의 상상이야말로 대단히 문제적인 것이라고 하지 않을 수 없다.

그러니 이렇게 말할 수도 있겠다. 작가 배명훈의 상상이 이곳에서 멀어지면 멀어질수록 이곳에 대한 이해는 깊어지고 갈 길도 분명해질 것이라고. 푸코 식으로 말하자면, 21세기 한국문학은 배명훈의 세기가 될 수도 있겠다. 하여간 한국문학에 흥미로운 돌연변이가 나타난 것만은 분명하다.

(2011)

---

10) 쇠렌 키르케고르, 『공포와 전율/반복』, 임춘갑 옮김, 다산글방, 2007, 233~234쪽.

한국소설의 새로운 발명품들:
살인기계, 괴물들의 세계사, 나무의 시간, 그리고 소년
— 2010년 겨울, 한국소설의 풍경[1]

1. 주관적 폭력의 아포리아—김사과, 『영이』

김사과의 『영이』가 나왔다. 김사과의 첫 소설집이다. 이미 『미나』와 『풀이 눕는다』 두 편의 장편소설을 냈으니 '첫'이라는 말의 의미가 반감되는 듯하지만, 그래도 『영이』는 김사과의 첫 소설집이다. 해서 『영이』에는 김사과 소설의 기원이 있고, 원형이 있다. 그러니까 『영이』에서 우리는 김사과 소설이 현대문명이 원초적으로 억압하고 있다고 믿는 요소를 확인할 수도 있고, 또 아예 상징질서에 의해 폐기된 것 중 귀환시켜야 한다고 파악하는 가치도 엿볼 수 있다. 그런가 하면 니체가 강조하고 아감벤이 부연한 맥락에서의 김사과 소설의 동시대성, 좀더 자세히 말하면 김사과 소설이 어떤 "시차와 시대착오를 통해 시대에 들러붙음으로써 시대와 맺는 관계"를 맺는지를 규명할 수도 있다. 예컨대 김사과의 소설은 그 특유의

---

1) 본고는 2010년 10월에서 12월 사이에 간행된 소설집과 장편소설 중 몇 권을 골라 읽고 쓴 글이다. 김사과의 『영이』(창비), 최제훈의 『퀴르발 남작의 성』(문학과지성사), 김훈의 『내 젊은 날의 숲』(문학동네), 그리고 은희경의 『소년을 위로해줘』(문학동네)를 집중적으로 읽었다. 길게 인용한 경우만 다른 설명 없이 위의 책의 페이지를 명기했다.

동시대성으로 "시간을 나누고 가필함으로써 시간을 변형할 수 있고, 또 그것을 다른 시간과 관련시킬 수 있으며, 역사를 미증유의 방식으로 읽을 수 있고, 그것을 필연에 따라 '인용할' 수 있"게 하여 결국 우리를 "결코 우리가 있어보지 못한 현재로 되돌아가"게 하는바[2], 우리는 『영이』에서 김사과 소설이 지금 여기 있는 현재를 단절시키고 또다른 현재를 볼 수 있게 한 바로 그 지점을 발견할 수도 있다. 이것이 그간 김사과 소설에 대한 밀도 높은 논의들이 적지 않음에도 불구하고 김사과의 첫 소설집 『영이』를 정밀하게 읽어볼 필요가 있는 까닭이다.

『영이』에서 김사과 소설이 우리로 하여금 되돌아가게 해준 현대성 혹은 동시대성, 그러니까 '우리가 있어보지 못한 현재'는 결코 행복한 세계가 아니다. 그곳은 한마디로 실낙원이거나 묵시록적 최저낙원이다. 『영이』의 소설들에는 폭력, 그것도 잔인하고 잔혹한, 그리면서도 무의지적인 폭력이 난무한다. 또한 『영이』의 소설들에는 하나같이 죽음의 그림자가 깃들어 있으며 그 죽음도 거의 대부분 살인에 의한 죽음들이다. 김사과 소설은 단호하게, 지금 시대가 시대를 규정하는 방식으로 세상을 보지 않고 다른 방식으로 보면 이곳은 질서정연하지도 행복이 넘치는 곳도 아니라고 말한다. 대신 공포와 분노와 그에 의한 살인이 일상화된 시공간이다. 예컨대 이곳은 아버지(남편)의 일상화된 폭력을 못 견뎌 어머니(아내)가 남편을 삽으로 쳐서 죽이는 곳이며, 아들이 아버지의 머리를 텔레비전에 처박아버리는 곳이고, 또 어린아이의 머리를 맥주병으로 깨버리는 곳이기도 하다. 이러한 잔혹한 스펙터클이 일상화된 곳, 바로 이 풍경이 김사과 소설이 자신만의 시차와 시대착오로 우리에게 전달해준 우리 시대의 자화상이다.

『영이』가 그려낸 이러한 잔혹한 풍경은 우리 모두를 당혹케 하기에 충

<hr>

2) 동시대성에 대한 이러한 설명은 조르주 아감벤, 「동시대인이란 무엇인가」(『장치란 무엇인가—장치학을 위한 서론』, 양창렬 옮김, 난장, 2010)에서 따온 것이다.

분하다. 아니면 당혹할 수밖에 다른 도리가 없을 정도로 『영이』가 그려낸 동시대의 풍경은 잔혹하다. 그러니 우리도 이미 김사과 소설에 주목했던 이들처럼 물을 수밖에 없다. '대체 이들, 왜 이러는 것인가? 작가는 어쩌자고 아무렇지도 않게 저 어이없는 폭력과 역겨운 스펙터클을 이다지도 꼼꼼히 전시하고 있는 것인가?' 여러 가지 답변이 가능할 터이다. '정상성의 외관에 갖추어진 한국사회 시스템의 억압성과 폭력성'(김영찬)에 '분노로써 반응하고 분열증적으로 싸우는 소설'이라고 할 수도 있고, 또 현대문명 전반에 대해 '~이 아닌 것처럼 살기'라는 명제를 실천하는 '메시아적 구원주의'(권희철)의 표현형식으로 읽을 수도 있다. 하지만 다른 방식으로 읽을 수도 있겠다. 예컨대 다음과 같은 방식으로.

앞서 말했듯 『영이』에 수록된 소설들에는 폭력이 난무한다. 크게 두 가지 잉여의 폭력이 낭자하다. 하나는 현재의 상징질서의 대리인들이 상징질서의 이름으로 행하는 폭력이다. 일종의 구조적 폭력이자 상징폭력이라 부를 수 있겠으며, 점잖게는 권력의지라고 할 수도 있겠고 공동체의 존속을 위한 필수불가결한 억압이라 할 수도 있겠다. 하여간 현재의 상징질서를 유지하기 위해 사회적 제도나 장치 혹은 상징권력이, 그리고 그 상징권력의 대리인들이 구성원들의 자발적인 활동을 억압하고 더 나아가 어떤 삶의 형식을 강제한다. 하지만 이들의 억압은 필수불가결한 억압의 단계를 지나 사회구성원들의 자발성 대부분을 억압하는 과잉억압으로 치달으며, 그것을 위반할 경우 과잉의 폭력을 행한다. 가령 「영이」에 등장하는 영이의 아빠는 '아빠가 술을 마신다 → 엄마가 욕을 한다 → 아빠가 엄마를 때린다 → 엄마와 아빠가 싸운다'(24쪽)는 폭력을 반복한다. 그러다 급기야 '엄마의 왼쪽 어깨를 아빠는 밥통으로 정확하게 내리친다. 다시 엄마의 비명소리. 아빠가 엄마의 두 발을 잡고 부엌으로 질질 끌고 가기 시작'하는 잔혹한 폭력의 스펙터클을 시연해내기도 한다. 또한 「준희」의 나 역시 '구십구 퍼센트의 복수심과 일 퍼센트의 과거로 이루어져 있'는 인물로 묘사되어 있지만 '너는 정말 구제가 불가능한 인간이야 아니 니가 인간이기는 하냐'라는 언어적 구조적 물리적 폭력의 피해자이다. 이렇게 상징권력은 상징질서를 유지하기 위해 불균등할 뿐만 아니라 과잉의 상징적인 폭력을 행사하며, 이 폭력 때문에 대부분의 인물들은 극도의 공포를 경험하게 되거니와, 이러한 과정이『영이』에 수록된 소설의 전반부를 이룬다.『영이』에 수록된 소설들은 이러한 과정, 그러니까 현재 상징질서의 노골적이고 불균등한 상징적 폭력과 이 폭력 앞에 노출된 존재들의 극단적인 공포를 통해, 이미 눈 밝은 비평가들이 말한 것처럼 '정상성의 외관에 감추어진 한국사회 시스템의 억압성과 폭력성'을 충격적으로 고발한다. 정말 그렇다.『영이』의 인물들에게 집요하게 가해지는 폭력들에 관한 묘사를 볼라치면 흔히 정상적이라 일컬어지는 상징질서들이 얼마나 폭력적이며 동시에 얼마나 많은 존재들을 쓰레기들로, 혹은 쓸모없는 실존들로 격하시키는가를 충격적으로 확인할 수 있다.

하지만『영이』에 수록된 소설들에 등장하는 폭력이 이것 하나로 그치지는 않는다. 또하나의 폭력이 출현한다. 바로 상징권력의 폭력에 극도로 억눌렸던 존재들, 그러니까「영이」의 엄마라든가「과학자」「준희」「움직이면 움직일수록 이상한 일이 벌어지는 오늘은 참으로 신기한 날이다」(이하「움직이면 움직일수록」)의 '나'라든가,「이나의 좁고 긴 방」의 '이나'라든가 하는 인물들이 행하는 폭력이다. 상징권력이 행하는 넘치는 폭력 앞에서 어쩔 도리 없이 공포에 떨던 이들은 어느 날 문득 분노를 느낀다. "살아오면서 어떤 특별한, 혹은 다른 눈을 가진 사람을 만나본 적이 없다. 모두가 똑같은 눈을 갖고 있었다. 겁에 질려 마비된 동물의 눈. 그게 내가 언제나 보는 것이다./ 그 눈을 본다. 언제나, 매일같이, 거울 속에서, 회사에서, 심지어 꿈속에서도."(189~190쪽) 어떤 소모도 허용받지 못하고 모든 욕망을 원초적으로 억압당한 이 인물들은 드디어 이 분노를 행동으로 옮겨낸다. "더이상 이 분노를 차곡차곡 몸속에 쌓아만 둘 수는 없다. 그랬다간 내 몸이 터져버리고 말 테니까."

이런 깨달음 이후 이들이 벌이는 폭력 또한 잔혹하기는 마찬가지이다. 아니, 상징질서가 행하는 구조적 폭력보다 훨씬 더 폭력적이라고 해야 할지도 모르겠다. 이들은 자신들의 분노를 예술이라든가 노동이라든가 하는 사치의 영역으로 해소하는 길을 택하는 대신 자신들이 경험한 폭력보다도 더 폭력적으로 세상에 되돌린다. 그렇게 「움직이면 움직일수록」의 주인공은 칼을 휘둘러 식당집 여주인을 죽이고 맥주병으로 아이를 죽이고 아버지와 어머니를 죽이며, 「영이」의 '영이' 엄마는 자신의 남편을 삽으로 때려서 죽음에 이르도록 하며, 「과학자」의 '나'는 재수학원에서 만난 한나를 고추장 통에 밀어넣어 숨을 끊게 만들며, 「이나의 좁고 긴 방」의 '이나'는 길가에서 만난 할머니를 죽음으로 내몬다.

이처럼 『영이』의 소설들은 공통적으로, 호모 사케르적 존재를 발명해 사회적 질서를 존속시키는 상징폭력 외에 그 폭력 속에서 더이상 버틸 수 없어 행하는 또하나의 폭력을 제시한다. 그렇다면 비록 상징폭력에 분노하고 저항하기 위해서 행해진 폭력이기는 하나 상징폭력이 행하는 것과 똑같은 역능을 행사하는 이 폭력을 도대체 어떻게 봐야 하는가. 이 질문은 중요한데, 여기에 바로 『영이』에 수록된 소설들이 동시대성의 중핵을 담고 있기 때문이다. 『영이』에 일관되게 등장하는 또하나의 폭력이 지니는 의미에 대해 말하기 위해서는 무엇보다 또하나의 폭력이 행해지는 대상에 주목할 필요가 있다. 『영이』에 수록된 소설의 후반부에 주로 등장하는 또하나의 폭력은 우연적이고 즉흥적이며 자의적이고 어떤 원한도 방향도 찾기 힘들다. 「영이」의 인물들은 더이상 상징폭력 앞에서 공포에 떨기만 할 수는 없다며 걷잡을 수 없는 분노에 들려 폭력(살인)을 감행하나 그 폭력에는, 지젝을 빌려 말하자면, "프레드릭 제임슨이 '인식론적 지도 (cognitive mapping)'라 칭했던, 자신이 처한 상황의 경험을 의미 있는 전체 속에서 위치시킬 수 있는 능력"[3]이 동반되어 있지 않다. 그저 우발적일 뿐이다. 그래서 그들의 폭력은 세상 사람들의 최소한의 자기 활동성마저도 억압하는 상징권력 쪽으로 가 닿지 못한다. 단지 몇몇의 경우는 그 상징권력의 극소수 대리인들에게 행사되는 경우가 없는 것은 아니나 그것마저 예외적이다. 오히려 상징권력에 억압당한 존재들이 살인이라는 극단적인 폭력을 행사하는 쪽은 자기 스스로이거나 아니면 자기보다 더 상징권력에게 노골적인 억압을 당하는 존재들이다. 그들은 차에 깔린 할머니이거나 허름한 식당집 주인이거나 그 시간에 그곳을 들른 어린아이이거나 아니면 세상으로부터 적극적으로 호명당하기 위해 거식증을 앓는 여자아이들이다. 자기혐오 때문일 것이다. 문득 비루한 그들에게서 자기 자신의 흔적이나 분신을 발견했을 때의 분노 같은 것 말이다. 아니면 이들 스스로가 어느새 상징권력의 충실한 하수인 혹은 대리인이 되었을지도 모른다. 이들이 분노한 것은 상징권력이 있다는 그것 자체가 아니라 남보다 뒤늦게 호명되거나 아니면 아예 호명되지 않았다는 것에 대한 분노일 수도 있다. 하여간 이들의 폭력적인 행위는 다른 존재의 신체를 절단하고 생명을 끊을 정도로 격렬하지만, 이 폭력에는 아무런 의미가 없다. 그러므로 이들의 행위는 라캉이 '행위로의 이행'이라 부른 그것과 매우 닮아 있다. 행동을 통해 충동을 표출하기는 하나 말이나 사유로는 표현할 수 없어서 극도의 좌절감 속에서 행해지는, 그렇기 때문에 더욱더 과격해지는 폭력적 행위 말이다. 이런 관점에서 본다면 이들의 행위는 분열증적이라기보다는 정신병적이며, 정상성이라는 외관에 감추어진 한국 사회 시스템의 억압성과 폭력성에 저항하고 반항한 것이라기보다는 그것을 내면화하고 확대재생산한 것에 가깝다고 할 수 있다.

이렇게 본다면 『영이』에 수록된 소설들은 불균등하고 과잉된 형태로

---

3) 슬라보예 지젝, 『폭력이란 무엇인가』, 이현우 외 옮김, 난장이, 2011, 119쪽.

대대적으로 행해지는 구조적 혹은 객관적 폭력에 대해 고발하고 그 폭력에 분열증적으로 저항해야 한다는 점을 말하기보다는, 정상성이라는 이름하에 전방위적으로 가해지는 객관적 폭력이 현재 우리를 얼마나 지독한 괴물로 전락시키고 있는가를 내밀하게 보여주고 있다고 말할 수도 있겠다. 비유하자면 『영이』는 의미 없는 폭력행위를 그저 끊임없이 이행할 뿐인 욕망하지 못하는 기계들이 어떻게 출몰하고 계속 재생산되는지에 대한 충실한 임상보고서이며, 우리는 이 외설적이고 파격적이고 공격적인 임상보고서를 통해 현재 우리가 어떤 시대를 살고 있는지를 충격적으로 확인하고 있는 셈이다.

만약 이런 독법이 가능하다면 『영이』의 작가 앞에는 너무 크고 본질적이어서 감당하기 힘들어 보이는 질문이 놓여 있다고 해야 할 것이다. 그렇다면 정상성이라는 이름하에 아주 자연스럽게 인간 존재들을 괴물로 만들어가는 이 구조적이고 객관적인 폭력의 세상에서 인간 존재들이 의미 있는 행위를 행하는 주체 혹은 스스로 욕망하는 주체가 될 수 있는 길은 무엇인가 하는 것. 아니 더 나아가 인간 존재 모두를 괴물로 전락시키는 이 객관적이고 구조적인 폭력의 세상을 해체하고 내파할 수 있는 길은 무엇인가 같은 것.

이러한 큰 주제를 운명처럼 지고 가야 하는 지점에 김사과 소설이 서 있는 셈이니, 이 패기만만한 신예에게서 눈을 떼기란 불가능할지도 모를 일이다.

2. 괴물들의 세계사—최제훈, 『퀴르발 남작의 성』

여기, 최제훈의 『퀴르발 남작의 성』이라는 소설집이 있다. 제목부터가 범상치 않다. 익숙지 않다는 말이다. 그렇다면 『퀴르발 남작의 성』이라는 성 내부는? 그렇다. 역시 지극히 낯설다. 한국소설사에 새로운 돌연변이가 출현했다고 할 수 있을 정도이다.

『퀴르발 남작의 성』이 특유의 시차와 시대착오를 통해 현대성, 그러니까 동시대성의 핵심적인 지표로 새로 등재시키고자 하는 것은 '내 안의 또다른 나' 혹은 '내 안의 수많은 나'에 대한 적극적인 호명과 그 '수많은 나' 사이의 상생관계 형성하기이다. 『퀴르발 남작의 성』에 따르면 인간 각자의 의식 안에는 의식이 팽팽할 때는 보이지 않는 무의식 혹은 복수의 '또다른 나'가 있다. 아니, 있어야 한다. 물론 없을 수도 있다. 그러나 또다른 나가 없는, 그러니까 오로지 의식만 있는 나는 「마리아, 그런데 말이야」의 인물들처럼 무의미하며 권태롭다. 아니, 그것은 심지어 '나'도 아니다. 오로지 의식만 있는 나는 대타자의 호명대로 다만 살아가는 기계일 뿐이며 대타자의 욕망을 대신 실현하는 괴뢰이기도 하다. 그런데 간혹 이런 기계끼리 만날 때도 있다. 오로지 권태를 반복하는 존재들끼리 또한 대타자의 욕망에 순종하는 신체들끼리 만나니 얼마나 더 권태로울 것이며, 이러한 만남 없는 만남과 사랑 없는 사랑이 지루하게 반복된다면 이 세상은 그야말로 바디우의 말처럼 세상없음의 공간에 불과할 터이다.

그러니 대타자의 욕망을 오로지 욕망하는 자가 아니라 주체적 욕망을 욕망하기 위해서라면, 대타자에 의해 원초적으로 억압되거나 덮개기억 속으로 떠밀려간 또다른 나를 귀환시켜야 한다. 그래야 살아간다. 그래야 기계가 아니라 비로소 인간일 수 있다. 한데 이 과정은 만만찮다. 기계가 아니라 인간이기 위해, 비로소 고유하고 독자적인 '나'이기 위해 덮개기억을 들어내는 순간, 또는 너무 충격적이어서 원초적으로 억압했던 정신적 외상이 실체를 드러내는 순간, 우리는 걷잡을 수 없는 공포에 휩싸일 수 있기 때문이다. 예컨대 「그녀의 매듭」의 작중화자가 덮개기억이 떨어져나가는 순간 감당하기 힘든 공포에 직면하는 것처럼. 「그녀의 매듭」의 작중화자는 '내가 선택한 삶과 선택하지 않은 삶' 중 집요하게 '내가 선택한 삶', 그러니까 '사람들에 떠밀려 지하철을 타고, 퇴근길에 아메리카노 커피 한 잔을 마시고, 이따금 서점에 서서 인테리어 잡지를 뒤적이'는 삶에 집착한다. 하지만 종종 '지금의 내가 선택하지 않았기에 알지 못하는 삶, 알지는 못하지만 그 속에 변함없이 존재하는……' 삶을 찰나적으로 경험한다. 그러다 우연히 '나'는 '지금의 내가 선택하지 않았기에 알지 못하는 삶'인 '내가 선택하지 않은 삶'과 외상적으로 조우한다. 한데 이게 충격적이다. '내가 선택하지 않은 삶' 혹은 내 삶의 중요한 내용이었으나 너무 무시무시해 내 삶이 아닌 것이라고 원초적으로 억압해버린 그 사건 속의 나는 그야말로 괴물과도 같은 형상이었기 때문이다. 그곳의 나는 친구의 애인을 유혹하는 '나'이며 친구의 애인을 유혹하기 위해 친구를 파멸에 빠뜨리는 '나'이다. 그런가 하면 사람을 치어놓고 뺑소니를 치고 있는 악마적인 존재이기도 하다. 아마도 '나'의 그러한 측면은 도저히 내가 선택한 삶의 논리나 언어로는 번역할 수 없는 무시무시하고도 매혹적인 실재이거나 저주의 몫들로 넘쳐나서 덮개기억으로 덮어둘 수밖에 없었을 터이다. 그런데도 『퀴르발 남작의 성』의 소설들은 기계가 아닌 인간이기 위해서는 이 덮개를 들어낼 수 있어야 한다는 주장을 접지 않는다.

오히려 여기에 한 가지를 더 요구한다. 어떠한 번역에도 저항하는 사물이나 실재를 귀환시키되, 그렇게 귀환한 내 안의 여러 '나'들을 잘 다스려내라는 것, 그래야만 「그림자 복제」의 인물들마냥 괴물이 되지 않을 수 있다는 것. 「그림자 복제」의 작중화자는 무기력하고 지루한 일상과 진정한 내 것이 아니기에 어떤 방식으로도 채워지지 않는 욕망의 허기에 시달리면서 살다가 어느 날 문득 내 안의 또다른 '나'들과 외상적으로 조우한다. 그리고 그들을 하나하나 불러들여 나름 즐겁고, 유쾌하고, 외설적인, 활력 넘치는 삶을 이어간다. 그러나 이 모험은 어느 순간 내 안의 악마가 그 외의 모든 인물들의 힘을 압도해 다른 사람을 죽이는 것으로 끝나버린다. 그렇다고 『퀴르발 남작의 성』이 「그림자 복제」의 작중인물들의 좌절의 드라마를 통해 말하고자 하는 점이 억압되었던 원초적 경험들을 다시 봉인하라는 것이라고 할 수 있는가. 아닐 터이다. 『퀴르발 남작의 성』의 소설들이 진정으로 말하고 싶은 것은 원초적 경험들을 귀환시키되 다만 그 경험들을 승화시키라는 것이다. 만약 더이상 대타자의 꼭두각시가 아니기 위해 원초적 경험들을 귀환시킨다고 했을 때, 그것들이 외설적이고 폭력적이며 파괴적일 것이라는 점은 쉽게 예상할 수 있다. 그러니까 무의식으로 떠밀렸을 것 아닌가. 그러므로 고유한 인간이 된다는 것은 우리가 억지로 덮어두었던 정신적 외상의 순간들과 조우해야만 하는 것이고, 그것은 우리를 파멸로 이끌 수도 있다. 그럼에도 고유한 인간이 되기 위해서는, 활력 있는 삶을 위해서는, 그 무시무시하고 매혹적인 실재들과 직접적으로 대면해야만 하는 것이다. 대신 그 여러 '나'들을 상생시키거나 변증법적으로 합일시키는 지난한 과정을 밟으면 된다. 이상이 『퀴르발 남작의 성』이 우리에게 제공한 이 시대의 정언명령이다. 이를 그 맥락에 상관없이 라캉 식으로 비유하자면 이렇다. 진정으로 고유하고 활력 있는 인간이 되기 위해서는 먼저 내 안에 있는 사드를 불러내라. 그러면 내 안에 있는 칸트도 돌아올 것이다. 그리고 이 돌아온 사드와 칸트와 함께 윤리적으로 살아라. 이런 점에서 보자면 『퀴르발 남작의 성』은 편집증적인 자본주의에 대항하기 위해 무엇보다 분열증 환자가 돼라, 그러면 된다, 는 들뢰즈 식의 통속적 버전을 분명 넘어서 있다고 할 수 있다. 더 나아가 『퀴르발 남작의 성』은 이 편집증적인 자본주의에서 윤리적인 주체로 살아갈 수 있는 유효한 한 방식을 제공하고 있다고 볼 수 있으며, 이 점이야말로 『퀴르발 남작의 성』이 일궈낸 득의의 영역이다.

사족 하나. 지금 이 자리에서 충분히 검토할 수는 없으나 『퀴르발 남작의 성』에는 이 지독한 세계없음의 공간에서 의미 있는 삶의 형식을 모색하는 소설들 외에 또하나의 흥미로운 계보가 있다. 바로 괴물들의 세계사라 부름 직한 것으로 퀴르발 남작, 마녀, 셜록 홈스, 프랑켄슈타인 등의 역사적으로 이름 높은 괴물들에 관한 소설이다. 그러니까 『퀴르발 남작의 성』은 세계없음의 노골적인 공간인 이곳의 실존형식을 통해 '사드와 칸트를 함

께 데리고 살기'를 제시하는 한편, 괴물들에 대한 메타픽션들을 통해 실재
들의 출현의 역사와 그것을 의미 있게 병존시킨 역사적 장면을 귀환시켜낸
다. 즉 『퀴르발 남작의 성』은 인류가 질서를 위해 원초적으로 억압했으나
고유한 인간이기 위해 고유한 인간들이 힘겹게 귀환시킨 리비도적 환영들
로 시간을 나누고 가필함으로써 시간을 변형하는 것은 물론, 또 그것을 다
른 시간과 관련시켜 급기야 역사를 미증유의 방식으로 읽을 수 있게 하고
있는 것이다. 이 얼마나 반시대적이며, 그러니 또 얼마나 동시대적인가.

3. 인간의 시간과 나무의 시간—김훈, 『내 젊은 날의 숲』

모든 소설가들이 그러할 터이지만, 작가 김훈만큼 고행에 가까운 글을
쓰는 작가도 드물다. 작가 스스로가 자신을 이율배반적인 상황 속으로 몰
고 간다. 김훈은 말로 말하여질 수 없는 것을 손쉽게 말로 하는 세상 속에
서, 말로 말하여질 수 없는 것들을 말로 말하여질 수 없는 그 자체로 만들
기 위한 몸부림을 마다하지 않는다. 또한 사물이나 인물의 더이상 나누어
질 수 없는 잔여물에 대한 신념, 그러니까 다른 사물과 어떤 것도 공유하
지 않는 고유의 개별성에 대한 신념 또한 여전하다. 그러니까 김훈은 풍
경이나 사물이나 인간이나 생활을 있는 그대로 (말로) 묘사하고자 한다.
그것이 본디 문학의 사명이자 운명이라고 믿는다. 그러므로 김훈의 글은
세상과 불화할 수밖에 없다. 지금의 이곳은 말로 말하여질 수 없는 것들
을 손쉽게 말하는 것으로, 또는 말로 표현할 수 없을 정도로 본디 고유한
것들을 있는 그대로와 관계없이 자의적으로 말하는 곳 아니던가. 또 지금
은 사물의 더이상 나누어질 수 없는 잔여물, 그러니까 고유성을 인정하고
배려하기보다는 모든 사물의 고유성을 회복할 수 없을 정도로 도려내고
모든 것을 등가화시키는 세상이 아니던가. 그곳에서 김훈은 모든 사물과
인간에 존재하는 개별성의 의미를 복원하고자 하고, 그 복원된 개별성으
로 사물을, 인간을 위해 의미가 전환된 사물이 아닌 본디 그대로의 사물

로 되돌려보내고자 한다. 그것도 이미 사회적 관계에 의해 그 의미가 확정되어서 개별성이라고는 들어설 틈이 없는 언어활동을 통해서. 그뿐인가. 인간의 소통도구 중 가장 비개별적인 언어를 통해 사물과 각 개인의 개별성을 복원하고자 하는 모험을 감행하면서도 김훈 소설은 그것을 위해 도대체가 개별성이라고는 전혀 용인되지 않는 삶의 영역으로 뛰어들어간다. 예컨대 인간의 개별성 혹은 개별적인 인간을 용인할 수 없는 전쟁터(『칼의 노래』『현의 노래』『남한산성』)이거나 개별적인 사건을 사회적 콘텍스트로 맥락화해야만 하는 속성을 지닌 신문사(『공무도하』)이거나, 그도 아니면 언어의 공공성이 극대화되어야만 커뮤니케이션이 가능한 광고시장(「화장火葬」) 같은 곳. 그곳에서 김훈 소설은 이중의 전쟁을 벌인다. 전쟁을 벌이는 양쪽 중 보다 인간의 개별성을 용인하는 편에 서서 첫번째 전쟁을 치러야 하고, 그다음에는 자신이 속한/선택한 공동체 내부에서 개별성을 지키고자 하는 또다른 싸움을 벌이는 것이다. 인간 혹은 사물의 개별성의 회복이라는, 우리 시대에서는 더이상 불가능해 보이는 꿈을 개별성이라고는 들어설 틈이 거의 없는 언어활동을 통해 이루고자 하는 것이 김훈 소설이니, 작가 김훈의 소설쓰기가 고행처럼 느껴지는 것은 어쩌면 당연한지도 모른다.[4]

───────────

4) 김훈 소설의 '자서'나 '작가의 말'에는 "애초에 내가 도모했던 것은 언어와 삶 사이의 전면전이었다. 나는 그 전면전의 전리품으로써, 그 양쪽을 모두 무장해제시킴으로써 순결한 시원의 평화에 도달할 수 있기를 기원하였다. 그리고 나는 그 시원의 언덕으로부터 새로운 말과 삶이 돋아나기를 기원했다. 나는 인간으로부터 역사를 밀쳐내버릴 것을 도모하였는데, 벗들아, 그대들의 그리움 또한 내 그리움과 언저리가 닿아 있는 것이 아니겠는가. 나는 말의 군단을 거느리고 지층과 쇠붙이와 바람과 불의 안쪽으로 진입하였다. 그리고 그뿐이었다. 보이는 것은 아무것도 없었다. 그 캄캄한 쇠붙이의 안쪽에서 말들은 전의를 상실하고 궤멸했으며 나는 다시 삶의 위쪽으로 떠오를 수가 없었다"(김훈, '자서', 『빗살무늬토기의 추억』, 문학동네, 1995)라거나 "나는 눈이 아프도록 세상을 들여다보았다. 나는 풍경의 안쪽에서 말들이 돋아나기를 바랐는데, 풍경은 아무런 기척이 없었다. 풍경은 태어나지 않은 말들을 모두 끌어안은 채 적막강산이었다. 그래서 나는 말을 거느리고 풍경과 사물 쪽으로 다가가려 했다. 가망없는 일이었으나 단념할 수도 없었다. 거기서 미수에 그친 한 줄씩의

그런 김훈 소설이 이번에는 전쟁터 대신에 숲으로 갔다. 그것도 '젊은 날의 숲'으로. 그렇다면 이제 김훈 소설은 개별성이 용인되지 않는 이곳에서 개별성의 자리를 만들어내기 위한 싸움을 그만둔 것인가. 결론부터 말하자면, 아니다. 그곳에서도 사물의 개별성을 복원해내기 위한 싸움은 계속된다. 왜냐하면 모든 사물의 개별성, 질적 성격, 교환 불가능한 가치 등으로 충만해 있을 것 같은 그곳에도 모든 것을 등가화시키는 인간적 장치와 제도가 스며들어 있기 때문이다. 그렇다면 『내 젊은 날의 숲』은 그 얼마 되지 않는 인간적인 제도와 장치 들이 자연의 개별성을 훼손시키고 있다는 것을 말하기 위한 것인가. 그렇지 않다. 『내 젊은 날의 숲』은 이 고요하고 평화로운 '내 젊은 날의 숲'에서 보다 근본적이고 치명적인 개별성의 죽음을 발견하며, 그 죽음의 자리에서 또다른 (개별성의) 신생의 가능을 찾아낸다. 특이하게도.

『내 젊은 날의 숲』은 세밀화가인 작중화자가 "민통선 안 국립 수목원의 전속 세밀화가로 채용"(53쪽)되고 나서 일 년이 채 안 되는 시간 동안 겪는 사건들을 그려낸 소설이다. 그녀가 새롭게 근무하게 된 그곳은 "자동차가 단 한 번 우회전함으로써 그렇게 아무것도 들어서지 않은 막막한 세상이 전개"(55쪽)되는 그런 곳이다. 그녀는 적막강산에 가까운 이곳에서의 근무를 내심 반긴다. "서울과 어머니를 떠날 수 있었"(53쪽)기 때문이다. 그만큼 그녀는 자신을 이곳에 도래케 한 부모와의 인연을 부담스러워한다. 그 질긴 끈이 그녀를 단독자로 사는 것을 힘들게 하고 또 세상의 모든 사람과 어떤 것도 같은 것을 나누어 갖지 않는 개별자로 사는 것을 불가능하게 한다고 믿는 까닭이다. 해서 그녀는 "천국이라는 물리적 공간이 별도로 존재하는 것은 아닐 테지만, 혹시라도 그와 유사한 마을이 있다면

문장을 얻을 수 있었다. 그걸 버리지 못했다"(김훈, '작가의 말', 『내 젊은 날의 숲』, 2010) 라는 표현이 지속적으로 보이는바, 이는 김훈 소설이 놓여 있는 이율배반성을 압축적이고 상징적으로 확인시켜주기에 충분하다.

사람이 여자의 자궁 속에 점지되어 탯줄로 연결되거나 사람끼리 몸을 섞어서 사람을 빚고 또 낳는 인연이 소멸된 자리가 아닐까. 옛사람들이 효(孝)를 그토록 힘주어 말한 까닭은 점지된 자리를 버리고 낳은 줄을 끊어내려는 충동이 사람들의 마음속에 숨어서 불끈거리고 있는 운명을 보아버렸기 때문이 아닐까"(17쪽)라고 생각한다.

하지만 그녀는 세상과의 절연이 가능하리라 믿었던 이곳에서도 결코 세상과의 단절이 이루어지지 않음에 절망한다. 계속 집요하게 이어지는 엄마의 전화. 전화를 받으면 어쩔 수 없이 질긴 끈을 이어가야 하고, 또 끊어지지 않는 인연이 두려워 전화기를 꺼놓으면 계속 울리고 있겠지라는 조바심에 자유롭지 못하고. 그래도 엄마의 개입은 나은 편이다. 비굴함 그 하나로 그녀를 현재 이 자리까지 오르게 하고 감옥에 간, 출감 후에도 예전의 활동성은커녕 또다른 마음의 감옥에 갇힌 아버지는 세상과 단절하겠다는 그녀의 결심을 끝내 실행하지 못하게 한다. 뿐만 아니다. 당연히 세상과 단절되었다고 믿었던 이곳에서도 그녀는 곳곳에서 세상의 잔여물들과 만나야 하는가 하면, 또한 결정적으로 사물의 고유한 성향을 지우는 여러 장면들과 조우하게 된다. 그것은 크게 두 가지이다. 하나는 수목원과 관련이 있다. 일찍이 아도르노는 공원이나 정원, 동물원 등에 대해 그의 어조에 어울리지 않는 강성발언을 쏟아낸 적이 있다. 이 장치들이야말로 '자연을 완전히 정복하려는 야심'이라는 것. 다시 말해 '인간은 더 커다란 자연통일체를 에워싸고 그와 같은 포위 속에서 언뜻 보기에 자연을 손상되지 않은 것처럼 놔두지만' 그것은 '개개 표본을 선택하고 제어하는' 것이며, 그러므로 궁극적으로 '자연의 창문을 열어주는 문화의 합리화는 자연을 마침내 흡수해버리며 문화와 자연의 차이뿐만 아니라 문화의 원칙인 화해의 가능성도 제거해버'리는 것이라는 지적[5]이다. 물론

---

5) 아도르노, 『한 줌의 도덕』, 최문규 옮김, 솔, 1995, 164~165쪽.

『내 젊은 날의 숲』이 이와 같은 방식으로 인간에 의한 자연의 야성이나 외설의 박제화 경향을 비판하고 있지는 않다. 『내 젊은 날의 숲』이 행하는 본디 자연 그대로의 야성성의 통제에 대한 비판은 좀 색다르다. 매우 특이하다고 해야 하리라. 좀더 근본적인 편이다.

꽃이 자신의 색깔과 구조에 대하여 무엇을 말할 수 있을 것이며, 그것을 인간의 언어로 바꾸어놓는 결과물이 꽃과 무슨 관련이 있을 것인가. 밤늦은 시간에 새들이 왜 울면서 숲을 떠나는 것인지를 누가 말할 수 있으며 초겨울에 시간이 소멸하듯이 한 생애를 죽음에 포개는 한해살이 벌레들의 내면을 안요한 실장이 설명할 수 있겠는가. 누가 거기에서 분석적 언어를 추출해낼 수 있을 것이며, 인간이 지어낸 언어의 구조물은 그 대상과 어떤 관련이 있는 것인가. 그런 생각을 하면서, 나는 종이에 붓질을 해서 식물의 삶의 질감과 온도를 드러내는 일에 어쩐지 자신이 없어져서 선 자리에 주저앉아버리는 느낌이었다.(90~91쪽)

『내 젊은 날의 숲』은 본디 스스로의 생리와 자족적이고 원환적인 법칙성에 의해 나고 성장하고 움직이고 죽어가는 사물이나 대상 혹은 자연현상을 인간의 관점에서 인간의 언어로 읽어낸다는 것이 얼마나 작위적이며 인간 중심적인가를 근원적으로 회의한다. 비록 자연에 대한 관심이 자연의 경이에 대한 숭고심에서 발원한 것이라 하더라도 그것은 끝내 모든 것을 인간 중심의 법칙성 안에 가두는, 그래서 그들의 개별성을 소멸시키는 행위에 다름아니라는 것이다. 이렇듯 『내 젊은 날의 숲』은 누구보다도 자연을 사랑할 존재들에게서 오히려 자연을 완전히 인간의 역사에 종속시켜버리고자 하는 야심과 야만을 읽어내거니와, 그들이 자연과 맺는 관계를 물 그 자체를 인간을 위한 물질로 환원시키는 폭력적 행위로 규정한다.

『내 젊은 날의 숲』의 작중화자는 이렇듯 속세와 단절된 곳에서도 개별자로 살아갈 가능성을 찾지 못한다. 오히려 기대보다 훨씬 더 집요한 귀속의지 혹은 권력의지의 위력을 발견한다. 여기에 또하나 그녀를 좌절시키는 일은 죽은 자들을 놓고 벌어지는 구별짓기 혹은 경계짓기이다. 그녀는 김중위에게서 수목원 근처 자등령에서 대대적으로 이루어지는 전사자 유해발굴사업에 참여해줄 것을 요청받는다. "풍화된 유골의 내부구조를 극사실화로 그려서 기록 보존하려면 수목원 세밀화가의 도움이 필요하다는 것".(146쪽) 하지만 그녀는 이 뼈들을 두고 벌이는 구별짓기에 전율한다. 적과 아군, 피와 아, 명령하는 자와 명령을 지키는 자 사이의 준엄한 구별이 있을 뿐 개별성이라고는 전혀 존재하지 않는 전쟁터에서 어떤 틈도 없이 일반자로 죽어간 이들을 앞에 두고 어떻게든 그들의 개별성을 찾아주어 그들의 넋을 달래주는 대신, 유해발굴사업을 진두지휘하는 사람들의 관심은 오로지 피와 아의 구별이며 그 구별짓기를 통해 아군들의 영웅성과 피군들의 야만성과 폭력성을 찾아내고자 한다.

『내 젊은 날의 숲』의 작중화자는 이렇듯 일반화 의지와 권력의지가 전방위적으로 강요되는 상황 속에서 여러 식물들과 유해의 뼈를 세밀화로 그려낸다. 물론 쉬운 일은 아니다. 그림 그리는 사람의 사랑, 증오, 역사관 등등을 배제하고 자연을 본디 있는 그대로 그려낸다는 것이 힘겹기 때문이고, 또 저 사소한 대상까지를 인간적인 언어로 번역하고 이데올로기적으로 호명하는 인간 집단의 강고한 역사철학을 부정해내고 자신만의 역사철학을 도입하는 것 역시 쉽지 않기 때문이다. 하지만 그녀는 터벅터벅 강고한 이데올로기적 호명들을 부정하고 본디 있는 그대로 사물을 복원하기 위해 최선을 다한다. 그 끝에 그녀는 '나무의 시간'을 발견한다.

나무의 줄기에서, 늙은 세대의 나이테는 중심 쪽으로 자리잡고, 젊은 세대의 나이테는 껍질 쪽으로 들어서는데, 중심부의 늙은 목질은 말라서 무기물화되었고 아무런 하는 일이 없이 무위(無爲)의 세월을 수천 년씩 이어가는데, 그 굳어버린 무위의 단단함으로 나무라는 생명체를 땅 위에 곧게 서서 살아갈 수 있게 해준다는 것을 수목생리학에서 배웠다. 줄기의 외곽을 이루는 젊은 목질부는 생산과 노동과 대사를 거듭하면서 늙어져서 안쪽으로 밀려나고, 다시 그 외곽은 젊음으로 교체되므로, 나무는 나이를 먹으면서 늙어가는 것이 아니라 나무의 삶에서는 젊음과 늙음, 죽음과 신생이 동시에 전개되고 있었다.(87쪽)

나무줄기의 중심부는 죽어 있는데, 그 죽은 뼈대로 나무를 버티어주고 나이테의 바깥층에서 새로운 생명이 돋아난다. 그래서 나무는 젊어지는 동시에 늙어지고, 죽는 동시에 살아난다. 나무의 삶과 나무의 죽음은 구분되지 않는다. 나무의 시간은 인간의 시간과 다르다. 내용이 다르고 진행방향이 다르고 작용이 다르다.(215쪽)

'나무의 시간'. 그렇다, '나무의 시간'이다. 인간의 시간도 아니고 짐승의 시간도 아니고 나무의 시간이다. 나무의 연대기에는 옛것, 영원한 것, 신화적인 것이 뼈대를 이루고 새로운 생명들이 그중 어떤 것은 떼어내고 어떤 것은 이어가며 자기 자신도 또다른 외피가 되어간다. 그러니 그 연대기에서는 자신도 어쩔 수 없이 자신의 삶까지 이어져온 것, 도래한 것들을 의식적으로 부정하고 외면할 필요 없이, 그리고 그것을 자신의 논리와 언어로 번역하면서 어떤 것은 내 것과 다르다 버리고 어떤 것은 비본질적이다 부정하지 않고, 풀리지 않는 것은 풀리지 않는 대로 안고 가면 된다. 그녀는 이 '나무의 시간'을 승인한다. 혹은 인간 중심의 작위의 시간이 아니라 모든 생명들이 다 개별적으로 살아가며 전체의 조화를 이루어가는 '무위의 연대기'를 수용한다. 자유롭게 개별자로 살아가는 것을 힘겹게 만들던 부모와의 인연, 떨치고 또 떨치려고 해도 그녀의 단독적인 삶 속에 불현듯 도래하는 모든 관계들과 단절하고자 하는 대신에 현재의 나를 비로소 나이게 한 원천으로 감싸안는다. 동시에 세상과 단절된 채 단독자의 삶을 고집하는 안요한 실장에 대한 미망을 떨치고 같은 '나무의 시간'을 공유하는 김중위와 각자 살아온 역사를 공유하기로 한다. 즉 연인의 공동체를 꾸리기로 한다.

이렇게 본다면 『내 젊은 날의 숲』은 김훈 소설의 일대 전환점에 해당하는 소설이다. 개별자 혹은 단독자로 홀로 서기 위해 그것을 불가능하게 하는 모든 상징질서들과 끊임없는 쟁투를 벌이는 대신에, 혹은 단독자이기 위해 개별자들을 구속하는 모든 끈들을 부정하고 세상 밖으로 나가는 대신에, 각자 고유한 나무이면서 서로의 고유성을 인정하는 길을 배워 끝내 조화로운 숲을 이룰 수 있는 길을 다른 곳이 아닌 이 세상 속에서 모색하기 시작했으니 말이다.

그러니 『내 젊은 날의 숲』을 덮는 순간, 문득 작가의 다음 소설이 궁금하지 않을 수 없다. 세상은 오로지 단 하나만의 인과율, 단 하나만의 작위를 고집하니 '나무의 시간'을 공유하는 이 씩씩하지만 고독한 연인 공동체를 쉽게 용인하지는 않을 터이다. 그렇다면 그 순간 과연 이들은 어떻게 이 나무의 시간을 세상 사람들과 같이 나누어 가질 것인가. 그 기간이 얼마일지는 예측할 수 없겠으나 이는 꽤 벅찬 기다림이 될 것만은 분명하다.

4. 소년들이라는 새로운 공동체—은희경, 『소년을 위로해줘』

에라, 한 번쯤 솔직해지자. 솔직히 말해 2011년 봄 한국소설의 풍경을 살피면서 유독 설레는 마음으로 긴장하며 읽은 소설이 하나 있다. 아껴두고 읽었고 읽으면서도 내내 아껴 읽었다. 은희경의 『소년을 위로해줘』를 두고 하는 이야기다. 사실 『소년을 위로해줘』는 작가 은희경이 꽤 오랜만에 발표한 장편소설이다. 앞선 장편소설인 『비밀과 거짓말』이 2005년에 나왔고, 소설집 『아름다움이 나를 멸시한다』가 2007년에 상자되었으니,

장편소설로는 오 년만의 일이고 소설집까지 포함하면 삼 년만의 일이다. 다른 작가의 경우에 비추어보자면 일반적인 일이겠으나, 1995년『새의 선물』이래 쉼 없이 줄기차게 문제적인 소설을 쏟아냈던 은희경의 작가적 리듬이나 주기에 비춰보면, 단연 이례적인 경우이다. 은희경이 누군가. 열두 살 이후로 성장할 필요가 없었다는 도발적이고 냉소적인 한 여성의 성장기를 통해, 유독 여성에 대해 혹독한 시선을 보내는 세상과 그 세상 으로부터 자기를 지키기 위해 '보여지는 나'와 '보는 나'로 분리시켜 살아 가다가 결국은 모든 것에 대해 연극적 자아로 살아가는, 그러니까 항상 대타자의 시선에 강박적으로 얽매이는 여성의 성장과정을 내밀하게 그려 내 한국 성장소설사에 새로운 계보를 외삽시킨『새의 선물』의 작가 아닌 가. 이후에도 냉소적인 시선과 문체로 대타자에 의해 원초적으로 억압된 인간의 욕망들을 귀환시킨 소설들을 통해 한국사회의 현대성에 대한 가 차 없고 냉정한 시선을 줄곧 잃지 않고 있던 작가 아니던가. 또 여기에 그 치지 않고 진화를 거듭해 최근에는 냉정한 현실원칙으로부터 벗어나기 위해 새로운 좌표를 찾아헤매는 탈근대적 오디세우스의 비극성을 핍진하 게 그려낸 지적인 소설들로 은희경 개인의 소설사는 물론 한국소설사 전 반에 또다른 영역을 개척하고 있다는 평가를 받고 있는 작가가 아니던가. 그렇게 줄기찼던 은희경이 속도를 조절해가며, 이토록 오랜 시간을 들 여 완성한 소설이『소년을 위로해줘』이니 어찌 긴장되지 않겠는가. 게다 가 이미『새의 선물』에서 더이상 성장하지 않겠다는 열두 살 소녀를 발명 해 이 부조리한 세상을 한바탕 헤집어놓았고, 또『비밀과 거짓말』에서는 오해로 인해 서로 경쟁하는 두 형제의 성장기를 통해 대문자의 역사에 의 해 역사 바깥으로 떠밀려갔으나 어떤 사건의 발생에 핵심적인 요인으로 작용한 외설적인 욕망들을 복원시켜 대문자의 역사와는 전혀 다른 세계 상을 발명하기도 했던 은희경이 또 한 차례의 성장기를 등재하는 셈이니, 이 어찌 설레지 않겠는가. 한데, 앞질러 결론을 말하자면, 하, 이 소설, 충분히 주목에 값한다. 소년을 주요 인물로 등장시켜 소설을 진행시킴에도 불구하고 이건 흔히 보는 (청)소년 소설, 그러니까 성장기 소년들의 성장 통과 그것을 극복해가는 일련의 형식들과는 완연히 구별된다. 『소년을 위로해줘』에는 청소년을 주요 인물로 한 소설들에서 짐작할 수 있는 장면들과는 전혀 다른 장면과 모티프들이, 기존의 청소년을 다룬 소설과는 전혀 다른 역사철학적 맥락 속에서 정치하고 긴밀하게 구성되어 있다. 예전 은 희경 소설의 제목을 빌려 말하자면, 이 소설은 제목으로 짐작되는 바와는 격이 다른 바로 그 소설이다. 괴테의 '빌헬름 마이스터'의 성장기가 근대 초창기 근대성의 형성에 의미 있는 이정표 역할을 했다면, 『소년을 위로 해줘』는 더이상 근대성이 인간의 삶을 행복하지 못하게 된 상황에서 인간을 행복하게 할 수 있는 의미 있는 이정표를 내포하고 있다고나 할까. 하여간 『소년을 위로해줘』는 '은희경이라는 장르'(신형철)를 더욱 풍부하고 문제적으로 다지는 은희경의 또하나의 문제작이다.

　『소년을 위로해줘』가 기존의 청소년을 다룬 소설과 결정적으로 구별되는 지점은 다름아닌 청소년을 바라보는 시선, 다시 말해 청소년을 바라보는 역사철학적 맥락이다. 『소년을 위로해줘』는 청소년을 아직 더 사회화가 되어야 하는 존재들로 바라보지 않는다. 그것은 어떤 단계로 나아가기 위해 거쳐야 할 불완전한 상태가 아니라 오히려 영원히 유지되어야 할, 그러니까 인생의 중간에 짧은 순간 단 한 번 경험하고 나면 다시 겪어보기 힘든 가장 이상적인 삶의 경지 같은 것이다. 『소년을 위로해줘』에 따르자면 청소년기는 항상 더이상 아니거나 아직은 아닌, 우리가 돌아가야 할 삶의 본향 같은 시기이다. "그러나 '소년'의 감수성이란 단순히 연령대를 뜻하는 것이 아니다. 모든 불완전한 인간이 가지고 있는 경계인과 아웃사이더로서의 내면이다."(331쪽) 그러니까 완전할 수가 없는 불완전한 인간들이 자신의 불완전성을 받아들이고 경계인과 아웃사이더로서의 내면을 겸손하게 인정할 수 있는 유일한 시기가 청소년기이고, 그렇다면 청소년기야말로 생애 최고의 상태에 해당하는 셈이다. "우리 모두는 궁극적으로 우주의 어린 아들, 즉 소년들이다. 서로 위로해주자."(389쪽) 하지만 세상은 소년-이기 혹은 소년-되기를 꿈꾸는 이들은 인정하지 않는다. 이들의 꿈은 너무도 순수하고 소박하여 이들의 꿈을 승인할 경우 기껏 정상성이라는 이름으로 쌓아올린 모든 문명화된 단계들이 부정되기 때문이다. "무엇다워야 한다는 가르침에 난 또 놀라/ 습관적으로 모든 일들에 익숙한 척 가슴을 펴지만/ 그 속에서 곪은 상처는 아주 천천히 우리들을 바보로 만들어/ 우리는 진짜보다 더 강한 척해야 하므로".(52~53쪽) 이런 관점에서 『소년을 위로해줘』를 간단하게 정리하자면, 소년이고자 하는 존재들의 공동체와 그러한 공동체를 용인하지 않는 상징질서 사이의 승부가 뻔한, 그렇지만 그렇게 간단하지만은 않은 쟁투과정이다. 소년들이 세상을 이길 수 없다는 점에서 승부는 뻔하지만, 세상 역시 아무리 폭력을 휘둘러도 소년들의 소년이고자 하는 의지를 간단하게 승복시킬 수는 없다는 점에서 간단하지 않은 승부라는 말이다. "왜 모두가 강해져야 하는 거지. 강해야만 나를 지킬 수 있는 건가. 사실은, 누구라도 타인이라는 존재는 건드리면 안 되는 거 아닌가. 나에게서 나를 빼앗아가는 것, 어쩌면 그것이 바로 폭력인지도 모른다."(349쪽)

이 싸움은 크게 세 단계로 이루어진다. 하나는 소년들의 공동체가 형성되는 단계. 그것은 작중화자가 G-그리핀(혹은 G-그리핀의 혁명적인 노래), 독고태수, 채영, 카프카를 만나면서 시작된다. 여기에 어른이면서도 아이인, 아이이면서도 어른인, 그러니까 진정한 의미의 소년인 작중화자의 엄마와 엄마의 연하의 애인이 가세하면서 소위 소년들의 공화국이 만들어진다. 이 공화국을 유지하는 원리는 다음과 같다.

고독은 학교 숙제처럼 혼자 해결해야 하는 것이지만 슬픔은 함께 견디는 거야. 그러니까 네가 슬플 때에는 반드시 네 곁에 있을게. 그리고 또 말했다. 평상시에는 엄마 자신의 인생이 더 중요하지만 비상시에는 내가 가장 중요하다고. 평상시에 우리는 각기 이기적으로 살 수밖에 없는데, 그건 비상시가 닥치지 않았기 때문에 누릴 수 있는 개인의 권리이고, 그리고 비상이라는 건 전쟁, 천재지변, 교통사고, 심각한 질병, 절망, 빈털터리 상태, 지금과 같은 극진한 슬픔의 발생이라고. 엄마가 나의 슬픔을 비슷하게라도 함께 느낄 수 있는 건 우리 둘이 가족이기 때문인데, 그것은 이 세상에 몇 안 되는, 가정식 백반에는 없는, 가정의 진정한 리얼리티라고.(19쪽)

평상시에는 이기적으로 살다가 비상시에는 가족으로 사는 것. 평상시에는 개별자 혹은 단독자이다가 세상이 폭력적으로 개입하면 연대해서 이 우정 공동체를 지켜내는 것. 이것이 이들이 구축하고자 하는 세계이며, 이를 통해 이들은 기존의 질서와 전혀 다른 개성으로 태어나고자 한다.

하지만 이들의 공동체는 매우 불안정하고 불온하며, 따라서 다양한 폭력을 경험할 수밖에 없다. "자신이 모르는 것이라면 일단 배척부터 하고 보는 것이 어른들의 속성"(74쪽)이기 때문이다. 그들은 결코 자신들의 사회 속에 혁명적인 개인들("역시! 혁명이란 내가 나일 수 있는 세계를 뜻하는 거였군. 더이상 상처받지 않고 더이상 비겁해질 필요도 없는 세계", 143쪽)을 용인하지 않는다. 계속 개입하고 간섭하며 통제한다. 정상성의 이름으로. 필수불가결한 억압을 빌미로 과잉억압을 행하며.

"우리, 재미없는데도 꾹 참으면서 남들한테 맞춰 살지는 말자. 혼자면 재미없다는 것, 그것도 다 사람을 몇 무더기로 묶은 다음 이름표를 붙이고 마음대로 끌고 다니려는, 잘못된 세상이 만들어낸 헛소문 같은 거야. 혼자라는 게 싫으면 그때부터는 문제가 되지만 혼자라는 자체가 문제는 아니거든."(171쪽)

하지만 이 쟁투는 우리가 흔히 예상하는 것처럼 끝난다. 이 싸움이 더 순식간에 끝나는 것은 작중화자의 동요 때문이다. 작중화자인 '나'는 나를 나이게 하는 강렬한 충격을 주며 도래한 채영("그애가 나를 바꿨어요. 아니 발견했어요. 내 속에 들어 있던 것 중 가장 마음에 드는 나를. 나는 그애가 보는 나의 모습, 그대로의 나가 되고 싶다구요", 161쪽)을 한순간 오해한다. 아니, 작중화자인 나는 우정 공동체의 율법을 어기며 비상시가 아님에도 불구하고 채영의 삶에 적극 개입하고 더 나아가 채영이 가진 차이를 지워내려 한다. 다시 말해 채영에게서 채영을 빼앗아 나에게 맞추려고 하고 채영에게서 미지의 세계를 엿보자 그것을 배척하려 욕심을 부린다. 그 사이, 이 오해를 중재하려던 태수[6]가 죽으면서, 그간 진지하게 펼쳐지던 소년들의 우정 공동체와 세상과의 팽팽한 긴장관계는 해소된다. 우정 공동체는 와해되고 태수는 죽고 채영은 세상 속으로 끌려들어간다.

그러나 이 계기는 작중화자인 '나'와 채영을 더욱 강한 소년으로 키우는 계기가 되기도 한다. 그들은 타인을 배려하는 마음에 끊임없이 움직이지만 경계인과 아웃사이더로서의 내면은 잃지 않는다. 그리고 더이상 불안정하지도 조급하지도 않은 성숙한 소년들이 된다. 그들은 '즐기면서 싸울 수' 있게 되며 '나다운 게 뭐야, 새로운 나다움을 내가 만들어가는 거겠지'(482쪽)라는 마음의 여유까지도 갖게 된다. 이 대목이 『소년을 위로해줘』의 끝.

이 소설의 무엇보다 큰 의미는 개개인의 어떤 자율성(혹은 개별성)도 인정하지 않은 채 완벽하고 완전한 현대인이 될 것을 강요하는 완전무결

---

6) 『소년을 위로해줘』의 여러 장치 중 하나가 다름아닌 독고태수라는 개성적인 인물이다. 태수는 아감벤이 '조수들'이라고 부르며 문학의 핵심적인 형상으로 주목한 인물군과 현저하게 닮아 있는데, 이 '조수들'군에 속할 뿐만 아니라 『새의 선물』의 '이모'의 소년판 버전으로 볼 수 있는 이 인물 덕분에 『소년을 위로해줘』는 은희경 특유의 서사적 활력과 유머러스한 분위기, 인물의 전형성을 확보할 뿐만 아니라 완곡한 주제제시에도 성공하게 된다. 모처럼 만나는 전형적인 인물, '바로 이 사람'이다.

하고 강력해 보이는 상징질서를 내파할 수 있는 소중한 깨달음을 주고 있다는 것이다. 한데 그 방법이 의외로 단순하다. 영원히 소년으로 사는 것. 다시 말해 불완전성은 인간의 조건이고 그 불완전성을 줄여나가는 것이 삶 그 자체인 것이므로 인간은 서둘러 상징질서로 들어갈 필요가 없다는 것. 불완전함이 싫을 때 그때부터 스스로 완전해질 수 있는 길을 찾으면 된다는 것. 그러니 한순간도 나를 빼앗기지 말고 서서히 나의 유일무이성을 완성해가면 된다는 것. 그 정도로만 강하면 된다는 것.

『소년을 위로해줘』는 제목만 보면 소년들을 위로할 수 있을 정도로 높은 자리에 있어야 한다는 부담을 느끼게 하지만, 읽다보면 어느새 이 작품 속의 소년들에게서 큰 위로를 받는 자신을 발견하게 된다. 그러니 이렇게 말해도 되지 않겠는가. 『소년을 위로해줘』의 용기 있는 소년들로 하여 드디어 숨 쉴 틈을 찾았다. 살 길을 찾았다. 고맙다, 소년들. 고맙다, 『소년을 위로해줘』.

(2011)

열려 있(다고 가장하)는 사회와 그 적들
— 배지영 소설집 『오란씨』 읽기

1. 배지영 소설의 이종성과 잠재성

21세기 한국소설의 한 돌연변이를 만들어내기에 충분한 잠재력을 지 닌 배지영의 소설은 신예의 소설답게 이전과는 전혀 다른 횡단면으로 세 상을 분할하고 재구성한다. 해서 배지영의 소설은 그전의 소설들에서 봤 음직한 눈에 익을 대로 익은 익숙한 풍경들이 많이 등장하지만 그 풍경들 이 모아져 만들어진 세계상은 이전의 그것과 구분된다. 배지영 소설은 익 숙하되 낯설며, 친숙하되 섬뜩하다. 이는 전적으로 배지영의 소설이 현재 의 세계를 이전과는 다른 기준으로 분할하고 전체화하고 있기 때문이다. 분명, 배지영 소설은 이전과는 다른 도식으로 세상을 읽어낸다. 배지영의 소설은 지금, 이곳을 모든 현존재들이 '순종하는 신체'나 혹은 '정신적 동 물 왕국의 시대의 정신적 동물'로 전락하는 세상으로 도식화하고 은유화 한다. 물론 이것만이 배지영 소설을 낯설게 만드는 것은 아니다. 배지영 소설은 동시에 기존의 보편성에 고착되어 있어 자유로워 보이면서도 자 유롭지 않은 삶의 디테일들을 자신만의 새로운 도식에 기반한 혁신적인 이야기 안에 풍요롭게 통합시켜낸다. 결국 이렇게 세계를 근본적으로 다시 분할하고 구성하는 한편 죽은 디테일들을 신성한 디테일로 변신시키면서 배지영 소설은 기존의 소설에서 볼 수 있는 익숙하고 친숙한 풍경이 도처에 산재해 있음에도 불구하고 그러나 이전에는 볼 수 없었던 또다른 세계상을 재현한다. 우리가 배지영 소설을 주목할 수밖에 없는 까닭이다.

2. 먹어치우기와 뱉어내기, 혹은 근대의 두 가지 통치기술

배지영의 등단작이자 배지영 소설의 출발점에 해당하는 「오란씨」는 서울 변두리인 '모래내'의 풍경을 집중적으로 묘사한다. 그런 점에서 「오란씨」는 60년대 이후의 서울 변두리를 무대화한 여러 소설을 연상시킨다. 저 멀리는 박태순의 「외촌동 사람들」 연작, 윤흥길의 「아홉 켤레의 구두로 남은 사내」, 박완서의 「엄마의 말뚝」 연작, 조세희의 『난장이가 쏘아올린 작은 공』, 조선작의 「영자의 전성시대」, 양귀자의 『원미동 사람들』에서부터 최근의 김소진의 『장석조네 사람들』에 이르는 소설들. 「오란씨」 역시 앞서의 변두리 소설들과 마찬가지로 서울이 뱉어내고 폐기처분한 모더니티의 추방자들에게서 모더니티의 증상을 읽어낸다.

「외촌동 사람들」 등과 마찬가지로 「오란씨」는 서울의 변두리를 서울이라는 모더니티의 중심부가 자신의 동질성을 유지하기 위해 '뱉어낸' 이질적인 존재 혹은 이질성들이 흘러들어온 장소로 규정한다. 바우만이 레비스트로스를 빌어 말한 것처럼 모더니티의 중심부는 어느 정도 포섭이 가능한 타자의 이질성을 '비이질화'하여 동질적인 것으로 '먹어치우'지만, 자신이 교정할 수 없을 만큼 낯설고 이질적이라 간주되는 타자성과 조우하면 어딘가로 뱉어낸다.[1] 이때 중심부가 뱉어내고 폐기처분한 것들은 무의식처럼 사라지는 것이 아니라 흩어져서 어딘가로 미끄러져들어간다. 변두리이다. 이렇게 변두리는 모더니티의 중심부가 뱉어내고 폐기처분

---

1) 지그문트 바우만, 『액체근대』, 이일수 옮김, 강, 2009, 160~170쪽.

한 것들이 모여들고 또다른 한편 더 변두리에서 벗어나고자 하는 욕망들이 서울의 중심부로 진입을 준비하는 전이지대가 된다. 그러므로 변두리에는 문명의 메커니즘이 허용할 수 없는 거의 모든 요소들, 그러니까 똥, 쓰레기, 오·폐수, 시체, 패배자, 소외된 자, 홀레꾼, 창녀, 깡패, 개백정, 양공주 등등 모더니티에 의해 추방된 것들이 한자리에 모이게 되며, 결국 그곳은 통제하기 힘든 야성, 비이성, 광기, 비정상적인 것, 질서화되지 않는 혁명적 에네르기들이 뒤섞여 있는 질서화되지 않은 공간이 된다. 변두리는 모더니티의 이면이자 동시에 모더니티의 추한 얼굴이다. 하지만 동시에 변두리는 무시무시하고 매혹적인 실재와 충동들을 은폐하고 이루어진 근대성이 얼마나 무너지기 쉬운 절대성인지를 밝히는 근대성의 반성적 거울이기도 하고 또 싸늘하고 냉정한 근대에게서 기대할 수 없는 어떤 열기와 활력이 넘치는 곳이기도 하다. 그러니까 변두리는 근대성 이전의 경제외적 강제나 문명화 이전의 충동들이 숨죽이고 있는 곳이기도 하지만 근대성 너머의 활기가 넘치는 곳이기도 하다. 이런 양면성 때문에 서울의 변두리(혹은 모더니티의 준-주변부)는 화려한 서울(혹은 서울의 화려함)이 얼마나 인간의 삶에서 많은 것들을 억압한 상태에서 이루어진 것인가를 읽어내는 데 가장 적합한 바로 그 장소로 인정된 것이 사실이다. 특히 60년대 이후 국가기구가 산업화와 도시화를 지상낙원을 건설할 수 있는 유일한 길로 강제하면서 서울은 단연 문학적 관심이 집중된 공간이 되었으며, 그 계열체는 김소진의 『장석조네 사람들』에 이르기까지 한국문학의 중핵으로 자리한 바 있다. 하지만 서울의 광역화 혹은 광역화된 서울의 위세는 변두리를 더욱 변두리로 몰아내고 말았고, 그러면서 변두리에서 연명하는 존재들에 대한 한국문학의 관심은 현격하게 줄어들기에 이르렀다. 그런데, 그랬던 것인데, 21세기 들어 이 서울의 변두리를 작정하고 그려낸 또다른 소설이 쓰였으니 바로 배주영의 「오란씨」이다.

배지영의 「오란씨」 역시 앞선 소설들과 마찬가지로 '모래내'를 모더니티의 중심부가 '뱉어낸' 장소로 기억하고 기록한다. 「오란씨」는 21세기에 쓰인 소설임에도 불구하고 특이하게도 서울 변두리를 다룬 예전의 소설이 집요하게 되풀이했던 장면들이 거의 모두 나온다. 아마도 서울의 변두리를 그것도 1988년 즈음의 '모래내'를 시공간으로 하고 있기 때문일 터이다. 하여간 「오란씨」는 공중변소, 개백정, 덜 죽어 날뛰는 개, 번지르르한 개기름, 작부와 창녀, 쓰레기, 똥, 학대받는 아이들, 순진한 청년과 매춘부 사이의 이루어지기 힘든 사랑, 하위주체들끼리의 우정, 간악하게 돈을 떼먹는 인물과 순진하게 속아 넘어가는 인물, 그런 속에서도 질서화되지 않는 그래서 혁명적인 활력들 등등 모더니티의 중심부에서 좀처럼 볼 수 없는, 또한 현재의 한국소설에서는 보기 힘든 풍경들이 넘쳐난다.

그렇다고 「오란씨」가 『장석조네 사람들』과 유사하기만 한가 하면 그렇지 않다. 「오란씨」는 『장석조네 사람들』 등을 연상시키기는 하나 같지는 않다. 예컨대 「오란씨」에는 『장석조네 사람들』 등의 경우처럼 '분단에 상처 입은 존재'라든가 '운동권 학생' 혹은 당시의 거대서사를 대변하는 인물 등이 등장하지 않는다. 또한 가진 자와 못 가진 자의 화해할 수 없는 대립과 갈등이 선명하지도 않다. 「오란씨」는 서울의 변두리 그곳에서 굳이 자본주의의 노골적인 모순도, 그렇다고 그 위기를 구원해낼 잠재적 가능성을 지닌 계급을 찾지도 않는다. 또한 '분단'과 같은 특정한 시대의 특정한 풍경을 읽어내려 하지도 않는다. 「오란씨」는 서울 변두리에서 벌어지는 비루한 존재들을 다루면서도 『장석조네 사람들』의 경우처럼 변두리의 실존형식을 계급적(혹은 민중적) 관점에서 계열화하거나 맥락화하지 않는다. 분명 「오란씨」는 서울 변두리의 삶의 형식을 은유화하되 이전 소설과는 다른 역사철학적 관점에서 맥락화하며, 해서 『장석조네 사람들』 등과 구분되는 세계상을 제시한다. 모더니티의 중심부가 경제적 진보와 질서 구축이라는 두 가지 이유 때문에 수많은 모더니티의 추방자들(혹은 '인간쓰레기')를 뱉어낸다는 바우만의 표현을 빌리자면, 「오란씨」는 경제적 진보 때문에 중심부로부터 떠밀려난 존재들을 다룬 『장석조네 사람들』과 달리 주로 '질서 구축' 때문에 폐기처분된 존재들을 초점을 맞춘다고나 할까.

하여간 「오란씨」는 서울의 변두리인 '모래내'를 모더니티라는 '질서 구축' 때문에 추방된 자들의 서식지로 읽어낸다. 바우만의 말처럼 모더니티는 그 특유의 메커니즘 때문에 그 중심부로부터 누군가를, 또 무엇인가를 끊임없이 뱉어낸다. 모더니티는 고정되지 않고 계속 더 빨리 무언가를 재생산한다. 그것 때문에 모더니티는 값싸게(혹은 합리적으로) 재생산이 가능할 수 있도록 과잉의 상태가 필요하기도 하고 모더니티의 자기운동성 때문에 과도한 잉여의 상태를 만들어내기도 한다. 모더니티는 잉여가 필요하기도 하고 만들어내기도 하지만, 이 잉여를 무한정 수용할 수 없다. 그것을 감싸안았다간 그 영구적인 혁명에 균열이 오기 때문이며, 결국에는 모더니티라는 질서를 유지할 수 없기 때문이다.[2] 그러므로 결국 모더니티는 이 과도한 것, 필요 이상의 잉여물들을 어딘가로 추방한다. 그렇게 해서 푸코가 말하는 비정상적인 것들, 그리고 크리스테바가 말하는 폐기물들이 모더니티의 중심부로부터 뱉어내진다. 그것이 변두리로 몰려듦은 물론이다. 모더니티 중심부의 메커니즘을 유지하는 데 장애가 되는 모든 것들, 그러니까 쓰레기가 되는 삶(의 형식)들은 그렇게 도시의 변두리에 결집되며, 「오란씨」는 '모래내'를 바로 그러한 지역으로 설정하고 있다.

「오란씨」에 따르면 "원래 모래내는 깨끗하고 하얀 모래가 많은 냇가라는 뜻에서 붙여진 이름"이고, 그곳에서는 "가재나 송사리 같은 것도 잡았으며 모래내의 하얀 모래 위에 자리를 펴고 앉아 찌개도 끓여먹고" "형도 그럭저럭 귀여움을 받았으며, 아주 가끔은 김밥 같은 것도 싸서 가까운 능이나 공원으로 놀러가기도" 하는 삶이 이루어지던 곳이었다. 하지만

---

2) 모더니티에 대한 바우만의 이러한 견해는 지그문트 바우만, 『쓰레기가 되는 삶들-모더니티와 그 추방자들』, 정일준 옮김, 새물결, 2008 참조.

그런 목가적인 풍경은 1988년 현재 '믿을 수 없는, 전설의 고향 같은 이야기'가 되어버린다. 모더니티 중심부의 강력한 운동성이 모래내를 모더니티가 뱉어낸 추방자들의 서식지로 전락시켰기 때문이다. 그래서 "모래내 개천은 시커먼 기름이 둥둥 떠 있는 똥물이 흘러넘쳤고 알 수 없는 고약한 냄새가 피어오르"며 "하얗던 모래는 부석부석한 먼지와 흙, 끈적한 기름으로 범벅되"는 상황이 벌어진다.

이렇게 모래내의 목가적인 풍경이 소멸하는 것과 비례해서 모래내에는 모더니티의 중심부로부터 추방된 자들이 몰려들고 또 모더니티의 중심부로 진입하지 못하는 자들이 체류하기 시작한다. "그러는 사이, 모래내 사람들은 모두 개천의 모래만큼이나 더러워졌고 어디서나 그런 대접을 받"게 된다. 대표적으로 모래내 시장이 그렇다. 모래내 시장은 "재래식 시장으로선 남대문 시장이나 동대문 시장 다음으로 큰 시장이"지만 "연관성이라곤 찾아볼 수 없는 잡화상들과 노점상들이 마구 뒤섞여 있어 명성도 개성도 찾아볼 수 없"는 "난데없고 어처구니없었으며 이것저것 마구 팔아대는, 특성 없는 재래시장"이다. 그래도 이곳이 나름대로 유지되는 이유는 "백화점 가격이 부담스러운 이들에게 얼추 비슷한 물건을 비교적 싸게 구입하기에 안성맞춤"이기 때문이다.

그리고 모래내에 모여드는 존재들 또한 모더니티의 중심부의 현존형식과 얼추 비슷하게 살아가나 그곳에서 편입되지 못하고 뱉어진 존재들이다. 이런 식이다. 88올림픽을 앞둔 서울은 세계적 표준이라는 대타자의 시선에 쫓겨 그동안 허용되던 수많은 삶의 형식들이 금기시되고 불온시된다. 그렇게 중심부에 가까스로 끼어 있던 많은 것들, 그러니까 "매미집"이라든가 "보신탕집" 같은 것들이 모더니티의 중심부의 논리에 의해 갑작스레 내뱉어졌으며, 그것들은 하나둘 모래내로 미끄러져들어온다. 그러면서 "엉덩이가 큼직한 중년 여자들이 부석거리는 파마 머리를 긁적이며 방석에 앉아 술을 팔던 그곳"에 "1988년도가 시작되면서 변화의 바람"이 분다. "젊은 여자들이 하나둘 들어오"기 시작하고, "오란씨" "에티켓" "첫사랑" 같은 "매미집"이 더 생겨난다. 그런가 하면 "설희"와 같은 "보지에 털이 없"어 미스코리아 예선에서 떨어졌다는 소문이 있는 매춘부가 모래내의 거주자가 되는가 하면 "강리나나 이보희처럼 예술을 표방한 에로 영화에서 멋진 배역을 따낼 수 있다고 자신"하는 노랑머리가 흘러들어오기도 한다.

이렇게 「오란씨」의 '모래내'는 모더니티가 뱉어낸 추방자들의 집단서식지가 되며, 당연히 그곳은 모더니티 이전의 혹은 너머의 삶의 형식이 지배하는 곳이 된다. 그곳에는 '경제적 진보'를 위한 최소한의 합리성도 없고, 또한 근대적 질서에 적응하지 못하거나 근대적 질서가 감당하지 못하는 존재나 충동들이 흘러들어온 곳이므로 근대적 질서 또한 없다. 그렇다고 그곳에 아무런 질서도 없는 것은 아니다. 근대적 질서가 없는 대신 그곳에는 야생적 사고에 의해 형성된 원초적인 풍경들이 있다. 「오란씨」는 서울의 변두리를 프로이드가 말한 '원초적 사회 상태'와 유사한 풍경으로 재현한다. 그 안에서 벌어지는 일은 바로 아비와 아들들의 쟁투이다.

여기 원초적인 아비가 있다. 이 폭력적이고 원초적인 아비는 여러 여자와 재화를 욕심껏 독점한다. 그들은 마음껏 여러 여자를 거느리고 가족 안에서 무소불위의 권력을 행사한다. 그러자 어미들은 죽거나 도망간다. 아비는 도망가거나 죽은 어미를 용서하지 않는다. 대신 자신의 권력을 거부한 어미들에게서 난 아들들을 학대한다. 그 경우 아들들은? 그 아들들은 아버지에 대한 양가적인 오이디푸스 콤플렉스를 경험한다. 아들들은 '자기들의 권력욕과 성욕에 대한 커다란 방해인 아버지를 미워했지만, 또 그 아버지를 사랑하고 찬미한다.'[3] 한편으로는 살부 충동을 느끼지만 아비와 같이 여러 여자들과 권력을 독점하고 싶어한다. 이 동질적인 감정은

---

3) 지그문트 프로이트, 『토템과 터부』, 김종엽 옮김, 문예마당, 1995, 206~207쪽.

아들들을 묶어세운다. 즉 아들들은 아비에 대한 동일한 감정으로 강한 연대감을 느낀다. 하지만 「오란씨」의 아들들은, 인류가 형제들끼리의 강한 남성동맹으로 '원초적인 사회 상태'를 끝낸 것처럼, 형제들끼리의 남성동맹을 형성하지 못한다. 당연히 원초적인 아비를 죽이고 새로운 질서를 만들어내지도 못한다.

두 가지 이유 때문이다. 하나는 이 원초적인 아비를 지원하는 강력한 지원자가 있기 때문이다. 「오란씨」에 따르면 '모래내'는 모더니티의 중심부가 '내뱉고'는 그대로 방치하는 장소가 아니다. 모더니티의 중심부는 그들이 만들어낸 잉여들, 그러니까 인간쓰레기를 포함한 온갖 폐기처분된 것들을 변두리로 뱉어내고는 또다른 방식으로 그곳을 '먹어치운다'. 그냥 온갖 잉여인간들과 비루한 것들을 방치할 경우 변두리에서는 온갖 돌연변이들과 이종들이 만들어져 모더니티 중심부를 위협할 수도 있기 때문이다. 따라서 모더니티의 중심부는 그곳의 질서구축을 위해 매정하게 추방자들을 뱉어내놓고도 그나마 누릴 수 있는 자유마저 관리한다. 해서 질서 이전의 외설적이고 충동적인 에네르기와 야생적 사고가 마구잡이로 이종교배해야 마땅한 그곳에 '모래내'에 '법'의 이름을 상징하는 '류형사'가 파견되고 그는 그곳을 활보한다. 그는 자신의 상징권력을 이용하여 '모래내'의 아비들보다도 더 폭력적이고 독점적인 방식으로 재화와 여자들을 독점한다. 그런가 하면 원래 '모래내'의 '원초적 아비'와 묘한 연대를 형성하기도 한다. "어미가 아비에게 맞아 죽은 것은 온 동네가 다 아는 사실이었다. 그러나 류형사 덕분에 아비는 무혐의로 풀려났다고 했다."

상황이 이렇다보니 '모래내'는 모더니티에 내뱉어진 이질적인 것들이 집합해 있음에도 불구하고 오히려 더 중심부의 강력한 통제를 받는 곳이 된다. 아들들의 불만이 높아져가는 것은 당연하다. 하지만 이들은 결국 남성동맹을 맺어 아비들과 그 아비를 후원하는 모더니티의 첨병에 대항하지 못한다. 원초적 아비의 독점욕과 모든 존재를 '순종하는 신체'로 전락시키는 모더니티의 위세와 싸워 이기는 일은 쉽지 않을 뿐더러 그렇다고 이것들과 계속 대립 관계를 유지하는 것마저 힘들기 때문이다. 아들들은 '모래내'에서 중심부와 다르게 비루한 것들이 한데 어울리는 카니발적 공간을 창출하는 대신에 '모래내'를 떠난다. 더 낮고 더 구석진 곳으로. 아들들은 자유와 사랑이 깃든 행복한 삶을 꿈꾸며 점점 더 땅끝으로 걸어/밀려가지만 모든 것을 이윤추구와 모더니티적 질서 구축이라는 두 개의 현실원칙으로 환원해가는 모더니티의 재생산 속도를 이겨낼 수는 없다. 아들들은 더욱더 변두리로 내뱉어진다. 그러면 그 변두리에 또다른 중심부적 질서가 잠식해오고, 아들들은 더 더 변두리로 몰려가고…… 이 악순환을 막을 수 있는 길을 두 가지이다. 변두리의 카니발적 활력이 모든 것을 등가화시키는 모더니티 중심부의 질서 구축 의지를 이겨내어 선순환 구조를 확보하는 것이고, 다른 하나는 개인적으로 이 악순환의 고리에서 빠져나가는 것이다. 즉 동일성의 영원한 바깥, 그러니까 죽음을 향해 질주하는 것이다. 이 두 가지 방법 중 「오란씨」의 형제들이 선택하는, 아니 선택당하는 것은 죽음이다. 그들은 모더니티가 관리하지 못하는 유일한 타자인 죽음을 통해 모더니티 중심부의 등가성의 늪으로부터 벗어난다. 형은 주변부에까지 밀려온 모더니티의 늪으로부터 사랑하는 '설희'를 구해 탈주하다 결국은 죽어가며, 동생 또한 초월적 아비의 분신들로부터 모더니티에 전혀 물들지 않은 백치/백지의 '순희'를 구하려다 결국은 세상 바깥으로 튕겨나간다.

이렇게 「오란씨」는 변두리의 쓰레기가 된 삶을 묘사하되 그것을 정치경제적 소외와 극복의 가능성에서 바라보지 않고 중심부가 변두리를 통제하는 규칙성, 그러니까 자본주의적 국가기구가 자본주의적 합리성 이외의 인간적 감정(혹은 감정적 인간)이나 인간적 충동(충동적 인간)을 순응하는 신체로 조절하는 통제방식에 관심을 갖고 은유화한다. 이 과정에서 「오란씨」는 변두리가 중심부의 메커니즘에서 용인되지 않는 충동들이

"뱉어내"지는 곳이기도 하지만 동시에 "먹어치"워지는 곳이라고 규정한다. 모더니티의 중심부는 자체의 메커니즘과 이질적인 충동을 내뱉지만 그렇다고 그 충동을 중심부가 아닌 곳에서 마음껏 활동하도록 내버려두지도 않는다. '내뱉어' 격리시킨 후 중심부로의 편입을 미끼로 다시 한 번 변두리의 대부분을 순종하게 하고, 그 순종을 거부하는 주체들은 다시 더욱더 변두리로 내뱉고 통제하고 내뱉고 통제한다. 해서 「오란씨」의 '모래내'는 변두리임에도 불구하고, 현실원칙에 의해 억눌린 비루하고 외설적이고 충동적인 모든 것들이 모여 있음에도 불구하고, 김소진의 『장석조네 사람들』과는 달리 카니발적 풍경이 없다. 오로지 복수심이 있을 뿐이다. 결국 형은 '류형사'를 죽이고 모래내를 빠져나가고 작중화자 또한 모더니티의 노골적인 억압이 가해지면 이른바 '개'가 된다. "그도 일단 오기가 발동하면 제어하기 힘들었다. 그는 비장의 무기인 '이'를 사용하곤 했다. 상대의 어디든 그는 꽉 물고 절대 놓질 않았다. 아무리 상대가 억센 힘으로 귓방망이를 날리고 발로 차고 주위에서 잡아 뜯어도 그는 놓치질 않았다. 그 모습 역시 '개'였다." 이처럼 복수라는 파괴적 충동이 지배적이므로 이들 사이에 연대감은 있을지언정 연대는 이루어지지 않는다. 해서 「오란씨」에는 상처 입은 존재들끼리의 유대감이나 연민, 그리고 진화의 가능성에 대한 기대도 깃들어 있지 않다. 한마디로 「오란씨」는 '모래내'를 가난한 자들의 서식지 정도로 간단하게 읽지 않는다. 그 정도가 아니라 모더니티가 뱉어낸 쓰레기가 되는 삶의 집합지이면서도 또한 모더니티에 의해 철저하게 관리되어 어떠한 카니발도 없는 곳으로 규정한다. 「오란씨」의 이러한 독법을 두고 우리는 변두리의 생체정치적 인식이라 칭할 수 있으며 이는 「오란씨」의 '모래내'가 한국의 변두리 소설사에 외삽시킨 외설적 보충물이라 할 수 있다.

「오란씨」가 모더니티의 추방자들의 서식지로 전락한 변두리의 호모사케르적 통제를 통해서 모더니티가 자기동일성을 유지해가는 방식을 그려낸 소설이라면, 배지영의 또다른 소설 「검정 원피스를 입다」는 남근주의적 동일성의 원리가 어떻게 다양한 섹슈얼리티들을 '뱉어내고' 동시에 '먹어치우는가'의 문제를 집중적으로 다룬다.

여기, 두 여성이 있다. '나'와 '신아'가 그녀들이다. 그녀들은 그녀들의 특수한 경험 때문에 상징적 질서의 호명에 순종적으로 응대하지 않는다/못한다. 대신 그녀들은 서로 사랑을 한다. 물론 이 열정적인 사랑은 열렬한 만큼 허용되지 않고 허용되지 않는 만큼 더 열렬해지나 결국 맺어지지는 못한다. 결국 이 둘 중 하나는 파열되고, 남은 하나는 상징적 질서에 순응하는 신체가 된다. 한마디로 「검정 원피스를 입다」는 금지된 사랑, 구체적으로 말하면 동성애의 실현불가능성을 다룬 소설이자 동시에 남근주의적 동일성의 원리가 어떻게 이질적인 섹슈얼리티를 통제하는가에 대한 이야기이다.

또다시, 여기, 먼저, '나'가 있다. '나'는 삼대독자 집안의 유일한 혈육이다. 그런 만큼 당연히, 그것도 열렬히 환대를 받아야 하나 실제 사정은 그렇지 않다. 아니 오히려 차가운 적대의 시선 속에서 태어난다. 이유는 단 하나, 딸이기 때문이다. '나'의 어머니는 "친구들이 민주화를 외치며 화염병을 던질 때" "점집을 오가며 아들 낳는 부적을 받으러 돌아다녀야 했"고 또 "베갯잇 사이며 침대시트며 가죽 소파 아래 부적을 껴놓았"건만 쉽게 아이를 갖지 못한다. 삼 년만에 임신에 성공, 아들딸 "이란성 쌍생아"를 임신하나 "하나가 새까맣게 죽은 채" 딸인 '나'만 태어난다. 배 속에 있는 아들과 딸 중 원했던 것은 아들인 것이 당연지사, 그러니 할머니의 노골적인 분노와 원망이 쏟아진다. 그래서 '나'는 "핏줄 잡아먹은 년들"로 살아간다. 그렇게 아들만을 원하던 할머니는 "새 장가를 들더라도 꼭 아들을 낳고 저 핏줄 잡아먹은 년들은 상대도 하지 말라"는 유언을 남기고 죽는다. 하지만 할머니의 죽음이 '나'에게 행복한 삶을 가져다주진 않는다. 할머니의 유언은 아버지에게 일종의 정언명령이 되고, 아버지는 할머니의 유언에 먼저 반발하나 나중에는 지연된 복종을 충실히 수행한다. 할머니의 죽음 이후 아버지는 무엇 때문인지 '바람'기를 주체하지 못한다. 거듭되는 외도와 변명이 이어진다. "자신의 어린 시절의 상처"와 "승진의 고배를 마신 회사 임원이 갖는 스트레스" 등의 외도의 변으로 일삼던 아버지는 이후 "오랜 기간 준비한 스스로의 변명에 구원을 얻"고는 "돌연변이처럼 자라난 변명의 틀 안에서 아버지의 탐욕에 찬 양심은 더이상 거칠 것이 없었"고, 급기야는 "어떤 심한 짓을 해도 용서받을 수 있고 오히려 위로 받아야 한다고 여기"는 상태에 빠진다. 그러니 "막 대학을 들어간 새내기 때" 아버지를 만나 그 첫사랑과 결혼을 한, 그러니까 자기의 주체적 욕망을 비워버린 채 오로지 아버지의 욕망의 유일한 대상이 되는 것을 삶의 목적으로 설정한 어머니는 우울증에 시달린다. "아들을 낳지 못했기 때문에, 또는 조울증 때문에 아버지는 자신을 더 이상 사랑하지 않는 거라고" 낙담하며 히스테리 상태에 빠진다. 이미 남편이 자신을 유일한 욕망의 대상으로 하고 있지 않다는 점을, 아니 욕망의 대상 자체로 인정하지 않는다는 점을 알면서도 어머니는 첫사랑 때의 행복한 순간을 잊지 못한다. 잊지 못할 뿐만 아니라 영원히 그 상태 속에 있고 싶어한다. 해서 그 추억에 근접한 상황을 경험하면 황홀경에 빠져들고, 그 추억과 멀어지면 절대고독 속에서 절망한다. 그래서 이 어머니는 역설적이게도 바람을 피운 남편이 구차한 변명을 늘어놓고 어머니에게 다시 (말뿐인) 사랑을 고백하는 순간이 가장 행복한 순간이 된다.

'나'는 이러한 부조리한 가족관계, 상징질서 때문에 오이디푸스적 통과의례를 성공적으로 수행하지 못한다. 아니 그것을 유예한다. 도대체가 '나'는 '나'의 성정체성을 확립할 수가 없는 것이다. 아버지는 어머니와 '나' 사이의 이자관계를 깨주는 역할을 저버린 채 욕심 사납게 가족 바깥의 여자들을 소유하려는 일을 벌이기에 혈안이 되어 있다. 그러니 '나'는 어머니의 연인이 될 수 없는 여자라는 자기확인을 하지 못한다. 이렇게 아버지가 대타자의 대리인 역할을 행하지 않을 경우 어머니라도 그 역능을 행사하면 되련만, 어머니마저도 상징적인 질서를 각인시키는 대신 오히려 '나'에게 같은 배 속에 있었던 아들의 역할까지를 강요한다. 그래서 "나는 이 여자의 딸이고, 아들이고 그리고 남편이기까지 한" 역할을 해야 할 뿐만 아니라 "초라한 정부" 역할까지도 감내해야 한다. 그런 까닭에 '나'는 "여자인 남자로, 남자인 여자로" 커나간다. '나'는 이 부조리한 상황을 이해하지도 납득하지 못한다. 이해도, 납득도 불가능하므로, '덮개-기억'을 만들어내는 것으로 자기합리화를 시도한다. 배 속에서 탯줄로 사내아이의 목을 감았다는 것. 그리고 자기 스스로를 "난 태어나기도 전에 살인을 저질러버린, 불행한 카인의 후예"라고 생각하고 또 그 살인 때문에 "결국 여자이면서 남자처럼 남자이면서 여자처럼 살아야 하는 인생의 천형을 받게 된 것"이라고 믿는다.

「검정 원피스를 입다」의 또하나의 주요한 인물인 '신아'의 경우는 또다른 이유 때문에 상징적 질서의 바깥으로 내뱉어진 인물이다. '신아'는 양아버지의 딸이자 동시에 그 아버지의 여인이다. 신아의 어머니는 술장사를 하느라 늘상 집을 비우는 까닭에 어떤 때 신아는 그 아버지의 여자 역할을 강요당한다. 작품 속에 보다 상세한 정보가 없어 그 경위를 알 수는 없지만, 하여간 딸을 딸로서 사랑하던 양아버지는 양딸에게 손을 대고, 신아는 그 행동에 저항하지 못한다. 양아버지는 양딸에게 때로는 "어머니에게는 비밀이다"라는 애원으로, 또 때로는 "걸레 같은 년, 네 년이 날 먼저 유혹했어"라며 폭력을 행사하는 것으로 관계를 유지하려 하고, 신아는 자신의 어머니의 절망과 절규가 두려워 끝내 이 부조리한 관계를 끝내지 못한다. 대신 신아는 '나'와의 사랑으로 그 고통을 해소하고자 한다. 양아버지와의 관계로 인해 신아에게 남성 일반은 "어떻게 하면 여자랑 섹스나 한번 해볼까 궁리하는 그런 머저리"라는 이미지로 고착되었고 그런 까닭에 남성과의 관계란 소통이라든가 아니면 각자의 삶의 서사의 변증법적 통일이 아니라 단순히 자신이 '희생 제물'이 되는 느낌밖에 가질 수 없었던 것이다. 신아에겐 남성이 아닌 여성이, 그러면서도 여성이 아닌 남성이 필요했고, 그 대상이 바로 '나'다.

결국 '나'와 '신아'는 사랑에 빠진다. 이것은 낭만적 사랑도, 숭고한 사랑도 아니다. 열정적 사랑이다. 기존의 제도와 관습을 뛰어넘는 그래서 자기파괴적인 사랑 바로 그것. 그러므로 그녀들의 사랑은 허용되지 않는다. 당연히 상징적 질서의 가혹한 억압이 시작된다. 이 억압에 대해 '나'는 그래도 주변과의 원만한 관계를 위해 '나'의 욕망을 감추고 은밀하게 실현하는 것으로 피해가지만, '신아'의 경우는 다르다. '신아'는 자신의 욕망을 끝까지 밀고 나간다. 남근주의적 자기동일성이 도저히 통제하기 힘든 이질성을 승인하지는 않지만 묵인하는 것으로 통제한다고 한다면, '신아'는 자신의 욕망을 은밀하게 실현하거나 '묵인'받는 것에 만족하지 않는다. '신아'는 '나'에 대한 애정, 그러니까 동성애적 사랑을 상징적인 질서 속에서 인정받으려 하며, 이를 위해 어떠한 모욕과 폭력도 이겨나간다.

하지만 이 열정적인 사랑은 모든 열정적인 사랑이 그러하듯 자기파괴적인 결말로 귀결된다. 당연히 상징적 질서는 은밀한 사적 영역이 아닌 공공의 영역으로 나와버린, 그것도 공공연한 주장을 통해 보란 듯이 이루어지는 이 사랑을 용납할 수가 없다. 그러니 그녀들 또한 그녀들에 욕망에 대한 크기를 측정하기 힘든 신념이 있지 않고서는 이 사랑을 이어갈 수 없다. '나'는 대타자의 시선 바깥에서만 '신아'와 산책을 하고 사랑을 나누려 한다. 그와 달리 신아는 태타자의 시선 앞에서 둘 사이의 사랑을 당당히 선언한다. 하지만 자신의 욕망에 충실하고자 하는 '신아'마저도 자신의 욕망대로 살지는 못한다. 그녀는 양아버지를 너무도 좋아하는 어머니가 안타까워 자신이 양아버지와의 관계를 거절할 경우 양아버지와 어머니의 인연의 끈마저 끊어질까봐 양아버지와의 관계를 끊어내지 못한다. '신아'는 (양)아버지와의 비도덕적이고 강제적인 관계로부터 벗어나려 '나'와의 결합을 애타게 원하지만, 세상은 '신아'가 그 왜곡된 관계로부터 벗어날 수 있는 유일한 길인 그녀들끼리의 사랑을 용납하지 않는다. 그러던 중 '나'가 신아와 '신아'의 (양)아버지가 관계를 맺는 장면을 목격하게 되고, 신아가 그 장면을 목격하는 '나'를 목격하는 일이 벌어진다. 그 충격과 상실감으로 '신아'는 끝내 스스로 목숨을 끊거니와, 이로써 그녀들의 이 외설적이고 파괴적인 사랑은 파국을 맞는다.

「검정 원피스를 입다」는 그녀들끼리의 열정적 사랑과 그것의 불가능성이라는 현대적인 문제를 어느 날 문득 동시에 이루어진 두 개의 호출을 통해 효과적으로 표현해낸다. '신아'의 생일 전날 '나'는 '나'에게 양성(兩性)적 존재를 강력하게 요청하는 두 사람으로부터 호출을 받는다. 한 사람은 어머니. 다른 한 사람은 '신아'. '신아'의 생일선물로 검정 원피스를 사온 '나'에게 어머니는 어머니의 아들이자 딸이자 연인으로서 아버지의 불륜 장소에 동행할 것을 요구한다. 어머니의 이 요청은 '나'의 고유성을 지우고 상징적 질서를 왜곡된 방식으로 기입하려는 억압인 까닭에 거부하고 싶지만 집요한 요청이 계속되자 자기가 망가지는 것으로 상징질서에 복수를 하려는 자학적인 태도로 그것에 응한다. 한데, 어머니와 이 불쾌한 동행을 행하려는 그 순간 '신아'의 호출이 도착한다. (양)아버지와의 도착적 관계로부터 벗어나기 위해 '나'에게 구원을 요청한 것. 같이 양성적 존재성을 강요하지만 '신아'의 그것은 '나'를 혼란스럽게 하지만 대단히 매혹적이고 외설적인 실재에의 열망을 촉발하는 유혹이어서 '나'는 '신아'의 호출에 응하고 싶다. 그러나 그렇게 하질 못한다. 물론 외형적으로는 '신아'의 구원이 (양)아버지와의 왜곡된 관계를 피하기 위한 절체절명의 구원 요청이라는 것을 몰랐기 때문인 것으로 되어 있다. 그렇지만 알았다 하더라도 사정은 크게 달라지지 않았을 터이다. '나'가 상징적 질서의 전방위적 억압으로부터 자유로운 주체는 아니기 때문이다. 즉 비록 아버지와의 불륜 장면을 급습하자는 요구는 끔찍한 것이지만 상징질서

안의 요청이어서 거의 동시에 '나'에게 도착한 '신아'의 상징질서 바깥의 호출에 응할 수가 없었던 것이다. 뒤늦게 '신아'의 호출에 응하지만 그것은 신아와 신아의 (양)아버지가 관계하는 장면을 목격하는 최악의 상황을 불러온다. 그리고 이 뒤늦은 응답은 신아를 죽음으로 이끄는 계기가 되고 만다. 결국 신아는 자신의 생일에 죽는다.

한데, 이 '신아'의 비극성은 '나'를 상징질서 바깥으로 나가게 하는 것이 아니라 안으로 돌아오게 만든다. 사실, '신아'의 죽음은 질서 안에서의 폭력(적 집착)에는 관대하면서도 그 바깥에서의 사랑은 용인하지 못하는 상징질서의 폭력성에 기인하는 것이지만, '나'는 더이상 상징질서의 폭력성에 저항할 열정을 유지하지 못한다. '신아'에 의해 촉발된 일시적인 실재에의 열망이 '신아'의 죽음과 더불어 사라지고 만 까닭이다. '신아'가 죽는 그 순간 '나'는 실재에의 열망은 말할 것도 없고 어머니의 호명에 대한 자학적인 저항도 중지하고 만다. 아니, 중지 당하고 만다. 상징질서 바깥에 현혹되어 상징질서에 저항한다는 것, 그것이 얼마나 큰 비극을 불러오는지를 경험한 까닭이다. 이렇게 실재에의 열망이 처참하게 억압당하는 순간 '나'는 "내 나이 열일곱"에 때늦은 "초조"를 경험한다. 그리고 뒤이어 상징적 질서 안의 '순종하는 신체'가 되기로 한다.

어둠이 깊어 그림자가 보이지 않았다. 검정 원피스를 입은 나는 어둠 속에서 더이상 눈에 띄지 않았다. 이젠 그늘 속에 그림자 속에 있지 않아도 상관없었다. 난 이제 누구 눈에도 띄지 않을 테니까. 난 이제 그저 여자가 된 것이다. 전혀 특별할 것도 새로울 것도 없는 여자가. 그 평범함이 나를 더욱 너그럽게 만들어주는 것 같았다. 나는 상여 버스 아래에 한참을 앉아 하얀 국화꽃 향기를 맡았다.[4]

---

4) 배지영, 「검정 원피스를 입다」, 『오란씨』, 민음사, 2010, 243~244쪽. 이하 작품 인용의 경우 작품명과 책의 쪽수만 표시함.

그녀들이 꿈꾸었던 실재적 사랑은 이렇게 좌초한다. 한데, 단지 그녀들의 '연인들의 공동체'가 깨지는 데서만 그치지 않는다. 완전히 산산조각난다. '신아'는 상징질서에 의해 '내뱉어져' 죽고, '나'는 상징질서에 의해 '먹어치워져' "특별할 것도 새로울 것도 없는 여자"로 동화된다.

한마디로 「검정 원피스를 입다」는 현대인들 특유의 상징질서 바깥의 사랑에 대한 열망과 그것의 불가능성을 말하는 동시에 모든 존재들을 '순종하는 신체'로 전락시키고야 마는 현대성에 대한 날 선 비판을 행하고 있는 소설이다.

3. 덮개-불안과 가짜 행위

모더니티의 준주변부에 사는 모더니티의 추방자들에게 관심이 집중되었던 배지영 소설은 줄곧 그곳에만 머물러 있는 대신에 한 차례 변화를 시도한다. 시선을 모더니티의 중심부 쪽으로 옮겨간 것. 사실 배지영 소설은 모더니티의 준주변부, 그러니까 중심부와 주변부의 경계지대에 관심을 두고 있었던 만큼 관심 영역을 옮긴다 해도 그 선택의 폭은 매우 넓은 편이었다고 할 수 있다. 실제 배지영이 우선적으로 행한 것처럼 중심부로 진입할 수도 있고, 준주변부 그것에 머물러 있을 수도 있으며, 더욱더 한갓진 곳으로 향할 수도 있다. 아니면, 아예 지정학적 시선을 접고 다른 주제 영역으로 나아갈 수도 있다. 배지영의 소설은 이 많은 선택지 중 모더니티의 중심부를 무대화하기에 이른다. 아마도 배지영 소설의 보다 궁극적인 관심이 그렇게도 싸늘하고 폭력적인 모더니티가 여전히 자기동일성을 지속할 수 있는 메커니즘에 있기 때문일 것이다. 다시 말하면 배지영 소설의 주무대가 모더니티의 중심부로 옮겨진 까닭은 배지영 소설의 궁극적인 관심사가 현존재들이 어떤 방식으로 실존하기에 그 지독하고도 폭력적인 모더니티가 큰 탈 없이 지속되는가 하는 쪽에 두어져 있기 때문이라 할 수 있을 터이다. 어쨌거나 배지영 소설의 출발점이 모더니티의 추방자들을 '내뱉고' '먹어치우는' 방식으로 현존재 모두를 '순종하는 신체'로 전락시켜가는 현대성에 대한 비판이라면, 이후 배지영 소설은 모더니티의 감옥에 갇힌 존재들의 실존형식 쪽으로 조금 방향을 선회한다. 그리고 배지영의 소설이 모더니티 중심부의 실존형식으로 포착한 것은 현대의 중심부를 떠다니는 불안과 공포이다.

「버스-슬로셔터 No.1」은 아주 이른 새벽에 행해진 '나'의 길지 않은 승차기이다. 세차게 비가 쏟아지는 날 네시 반경의 이른 새벽에 '나'는 영어회화 수업을 듣고 수영을 하기 위해 버스에 오른다. 불안감 탓이다. "주로 여성용 호신용품과 방범 관련 용품을 제작하고 판매하는" 회사에 다니는 '나'는 불황 때문에 좌불안석인 상황이다. "올 말에 비정규직 사원 20%를 정규직으로 전환하고 나머지는 해고당하거나 그대로 비정규직으로 남아야 했다. 일하는 수준이 비슷할 바에야 출근이라도 일찍 해서 점수를 따는 것이 좋을 듯 싶었"고 이 불안감에 떠밀려 '나'는 이른 새벽부터 집을 나선 것이다. 이 이른 새벽의 출행은 스스로의 선택에 의한 것처럼 보이지만 사실은 그렇지 않다. 이것은 전적으로 대타자의 욕망을 충족시키는 행동에 불과하다. 모더니티의 추방자가 될 지도 모른다는 불안감에 휩싸인 만큼 '나'는 끊임없이 '도대체 나에게 원하는 것이 무엇입니까'라고 대타자에게 묻고 그것이 암시하는 과잉의 책무들을 모두 짊어지고 살아가고 있는 중인 것이다. 그러니 "새벽, 빗소리에 일찍 눈을 떴다. 게으름을 피우고 몸을 뒤척여도 시간은 흐르지 않았다. 그럴 바엔 차라리 일찍 가는 편이 낫겠다 싶었다"는 결정을 하는 수밖엔 도리가 없다.

불안감을 이기기 위해 감행한 이른 외출이건만 이 행위가 '나'의 불안감을 없애주지는 않는다. 예기치 않은 상황을 만나기 때문이다. 너무 이른 외출 탓인가 '나'가 탄 버스에는 '나' 이외엔 아무도 없다. 게다가 '나'가 탄 버스의 운전사가 범상치 않다. "파란색 정복을 입고 있는 그의 어깨는 피로가 얹어 있는 듯 앞으로 약간 굽어 있었"고 "며칠째 면도를 하지 않은 듯 얼굴 전체로 짧은 수염이 나 있었는데, 삼십대 중반에서 사십대 후반까지 다 적당할 듯한 얼굴과 분위기를 갖고 있었다." 한데 그의 눈은 뭔가 꺼림칙하다. "선명하게 보이진 않았지만, 문득 그의 흰자위가 매우 탁해 보인다는 생각이 들었다." 그런 생각 중인데 그가 뜻밖에도 말을 건넨다. "어디까지 가세요?"라고. '나'는 '선뜻' 대답하지 못한다. "버스운전사가 손님에게 행선지를 묻는 경우는 흔치 않"은데 그 상례를 깼기 때문이다. 일상적으로 반복되는 유형을 넘어서는 상황을 넘어서면 불안해지기 마련, '나' 또한 불안해진다. 게다가 이후의 상황은 점점 더 '나'를 불안하게 한다. 비는 계속 쏟아지고 어쩐 일인지 손님도 '나' 외엔 아무도 없으며 버스 운전사의 말은 점점 더 상스러워진다. 그러더니 급기야 정해진 노선을 벗어나 엉뚱한 길로 접어든다. 이 순간 '나'는 얼마 전 버스에서 중년여성을 성폭행한 운전사를 연상하고는 곧바로 '내'가 탄 버스의 운전사와 동일시하기에 이른다. 당연히 '나'의 불안은 점점 더 고조된다.

나는 다리를 오므렸다. 문득 회사에 수없이 굴러다니던 테스트용 휴대용 가스 분사용품, 화장대 위에 올려놓고 나왔던 전기 충격기, 가방을 바꿔 메느라고 두고 나온 목걸이 형태의 호루라기 겸용 분사용품이 떠올랐다. 나는 아무것도 가지고 나오지 않았다.
　　버스가 진로를 바꾸는 바람에 도무지 이곳이 어디인지 갈피를 잡을 수 없다는 점도 나의 불안을 증폭시킨 원인이었다. 도시의 낯선 도로 옆으론 불 꺼진 술집과 여관들이 다닥다닥 붙어 있었다. 버스는 자꾸만 한적한 길로 꾸역꾸역 들어가는 것 같았다. 내가 아는 서울과는 멀어지는 것 같았다.
　　　　　　　　　　　　　　　　　　　　　　　—「버스」, 88쪽

그리고 이 불안은 막상 누군가에게 구원을 요청해야겠는데 구원을 요청할 곳이 마땅치 않다는 것을 깨닫는 순간, 게다가 핸드폰 배터리가 방전되어 누군가에게 구원을 요청할 수도 없다는 것을 확인하는 순간 그 정점에 달한다. 그럴수록 버스 운전사의 행동은 더욱 기괴해져만 가고, '나'의 공포는 더해간다. 어쩔 수 없이 '나'는 이 위기 상황으로부터 벗어나기 위해 "한쪽 하이힐을 벗어 단단히 잡"고 있는가 하면, "설령 내가 시체가 되어 발견되더라도 영원히 미제가 되어선 안" 된다는 생각에 "의자 시트 위에다 내 이름과 핸드폰 번호를 적은 후 sos라고 적"기까지 한다. 그러다가 끝내는 자포자기의 상태에 빠져든다. "회사는 불황이었다. 이럴수록 충격적이고 좀더 엽기적인 사건이 벌어져야 했다. 왜 이렇게 요즘은 태평스러울까, 그 잘나가던 살인사건도 안 일어나는 것 같았다. 이러다간 홍보팀 자체가 없어질지도 몰랐다. 그래서 나는 매일같이 좀더 엽기적인 살인사건은 없을까, 눈이 벌겋게 기사를 검색했다. 그런데 하필 내가 이렇게 되다니."

하지만 불안한 승차기는 일종의 해프닝으로 끝난다. "매일같이 좀더 엽기적인 살인사건"을 기다리던 '내'가 그 엽기적인 살인사건의 당사자가 된다는 사실에 절망하던 그 순간 갑자기 버스가 멈춘다. 버스가 멈춤과 동시에 이른 새벽의 공포극은 어이없게 마감된다. 버스가 멈추고 앞문이 열리자 사람들이 우르르 올라탄다. 그러면서 그들은 "모두 공격적으로 운전사를 향해" 왜 이리 늦었느냐고 "퍼붓"는다. 그러자 이제까지 '나'의 왜곡된 상상 속에서 괴물이었던, 혹은 여성을 상습적으로 폭행하는 불량배였던 이 운전사는 "자신감 없는 목소리로 우물거"리거나 "쩔쩔매며" "변명"하기에 바쁘다. 운전사의 말의 따르면 이 버스는 세찬 비로 평상시에 건너다니던 "양평교"가 잠긴 데다 앞차마저 고장이 나 이 노선버스를 기다리는 승객을 빨리 태우기 위해 다른 길로 운행했던 것. 그런데 '나'는 이 버스가 정해진 길을 벗어나자 그때부터 벌어진 모든 일들을 회사의 이익을 위해 널리 유포하던 위험사회적 환상체계와 동일시했던 것. 결국 이 상상적 동일시는 버스가 회사 앞에 정차하는 순간 끝나게 된다. 그리고 '나'는 버스에서 경험했던 걷잡을 수 없는 불안으로부터 벗어난다. "멀리 보이는 회사 건물을 향해 빠르게 걸었다. 회사 건물 앞 전광판 디지털시계를 바라봤다. 낮게 내렸던 구름이 조금은 가벼워져 있는 것 같았다. 6시 5분이다. 영어 회화 학원을 끊은 것은 잘한 것 같다"라며 그야말로 일상적인 안정성을 회복하기에 이르는 것이다.

이렇듯 「버스-슬로셔터 No.1」은 모더니티의 중심부로부터 추방당하지 않으려고 불안에 떠는 '나', 그래서 회사의 이윤을 위해 공포를 과장하고 재생산하는 일도 마다하지 않는 공포 재생산 기계인 '나'가 이른 새벽에 겪는 백일몽과도 같은 공포 체험담이다. 이쯤에서 우리는 「버스-슬로셔터 No.1」이 우선적으로 말하고자 하는 바가 무엇인지를 읽어낼 수 있다. 현존재들은 다른 곳이 아닌 도처에 위험이 널려 있는 위험사회, 혹은 세상 곳곳을 유동하는 공포의 사회에 살고 있으며 이 자가 발전하는 '파생적 공포' 때문에 '상상 속에서 위협의 실체를 한껏 부풀리고, 압도되어 꼼짝도 하지 못한'[5] 채 살아가고 있다는 것. 그것이 아니면, 현대 사회가 공포의 사회인 것은 이윤을 위해서라면 공포마저도 상품화하고야 마는 우리 사회의 현실 원칙과 모더니티의 자장 밖으로 추방될까봐 그 악마적 논리마저도 순응하는 현존재들의 타락한 행동이 기묘하게 결합되어 있기 때문이라는 것. 그러니까 「버스-슬로셔터 No.1」은 현존재들의 존재론적 불안에 대처하기는커녕 그것을 상품화하여 그 불안을 만성화된 공포로 증폭시키는 모더니티와 그것에 압도되어 살아가는 현존재들의 타락한 삶에 대한 날카로운 비판을 담아낸 소설이라 할 수 있다.

이렇게 「버스-슬로셔터 No.1」은 유동하는 공포에 압도되어 이미 주체성을 상실했거나 아니면 순종하는 신체로 전락하여 그 공포들을 개선하

---

5) 지그문트 바우만, 『유동하는 공포』, 한규진 옮김, 산책자, 2009, 14쪽.

기는커녕 오히려 그 공포를 더욱 가속화시키는 현존재들의 실존형식에 관한 소설로 볼 수도 있다. 하지만 이것이 전부는 아니다. 중요한 메시지가 하나 더 있다. 사실 「버스-슬로셔터 No.1」은 다른 방식으로도 읽을 수 있다. 이런 식이다. '나'는 현재 불안한 삶을 살고 있다. 자신의 삶이 어디에서 어디로 가는지로 모르는 채, 그리고 자기 스스로 어디로 가고 싶은지도 알지 못한 채, 만인이 만인과 투쟁하는 세상 속에서 언제든 추방될 수 있다는 두려움에 사로잡혀 있기 때문이다. '나'는 모더니티의 중심부에 의해 뱉어져 쓰레기가 되는 삶이 되지 않기 위해 그야말로 대타자의 욕망을 자기화하고 그것을 행동하기에 망설임이 없다. '나'는 회사의 잉여이윤을 위해 특히 성폭력이라는 위험과 불안을 수시로 과장하여 유포한다. 그렇게 '나'는 다양한 연유에서 발행하는 위험사회적 징후를 오로지 육체적이고 성적 폭력의 위험으로 고착시키고 그것을 재생산한다. 그러므로 '나'는 위험과 불안의 피해자이면서 동시에 그것을 성적 육체적 폭력으로 이데올로기화해 재생산하는 가해자이다. 다시 말해 쉼 없이 이질적인 존재들을 뱉어내고 먹어치우는 까닭에 결국은 만인이 만인과 처참하게 투쟁하게 만드는 모더니티의 희생양이자 동시에 그것을 내면화한 괴물이 바로 '나'인 것이다. 이렇게 유동하는 공포를 재생산하기도 하고 또 그것에 압도되어 살아가는 '나'는 만인과 만인이 투쟁하는 상황 때문에 발생하는 불안과 공포를 이겨나갈 방안을 찾는 데는 관심이 없다. 위험 사회의 근원을 찾아 그곳에서 어떤 마주보는 공동체를 만들려하기보다는 오로지 뱉어지지 않기 위해 모더니티의 원리를 더욱더 적극적으로 재생산한다. 그렇게 '나'는 모더니티를 재생산하는 기계이자 괴물이 되어 매일 아침을 집을 나선다. 한데 어느 날 '나'는 이 집요한 반복에서 벗어날 수 있는 계기를 만난다. 오로지 '내게 원하는 것이 무엇입니까'라며 대타자의 욕망을 물을 뿐 주체적 욕망이라고는 없는, 합목적성은 있으나 목적은 없는 목적 없는 합목적성의 삶을 지나치게 충실하게 사는 '나'는 그 리듬을 잃지 않기 위해 나선 이른 새벽의 출근길에서 전혀 예기치 않은 백일몽을 만난다. 도대체 나이도 분명치 않으며 실제의 인물인지 실재의 인물인지를 알 수 없는 누군가가 갑작스레 '나'의 이 지루하고 견고한 일상적 리듬에 끼어들며 말을 붙여온다. 그런데 이 질문의 내용이 만만치 않다. '어디까지 가세요?'였던 것. 발화자의 의도는 내릴 곳을 묻는 것이겠으나 그 말을 받아들이는 입장에서는 간단치 않은 질문임에 틀림없다. 수신자에게 이 질문은 '이 이른 새벽에 도대체 어디까지 가기 위해서, 그러니까 무엇을 위해서 집을 나선 것인가?' 하는 존재론적인 의미를 담고 있을 수 있는 것이어서 곤혹스럽기 짝이 없는 목소리이기도 한 것이다. '나'는 '우인동'에 간다고 답하지만 '나'는 급격하게 불편하고 불안해지기 시작한다. '나'로 말하자면 '어디까지 가기 위해 이렇게 살고 있는가'라는 식의 질문을 해본 적이 없는 그저 목적 없는 합목적성의 삶을 살았던 존재였기 때문이다. 그런데 상징질서 바깥에 있는 것 같은 존재가 상징질서 바깥의 목소리로 '어디까지 가냐니까요?'라는 질문을 던져온 것이다. 그러니 불안할 수밖에.

하지만 '나'는 '나의 삶은 어디에서 어디로 가는가?'라는 질문을 외면한다. 그 질문에 직접 얼굴을 맞댈 경우 '나'는 상징질서 너머의 실재의 세계에 발을 들여놓아야 하고 그렇게 될 경우 '나'의 불안감은 측량할 수 없는 정도로 증폭될 것이기 때문이다. '나'는 이 존재론적인 질문에 맨몸으로 노출되면서 받아 안게 될 걷잡을 수 없는 불안을 다른 쪽으로 투사한다. '나'는 '어디까지 가냐니까요?'라는 운전사의 질문에 불안을 느끼지만 그 불안이 내가 전혀 답할 수 없는 생의 본질과 관련된 질문과 갑작스레 외상적으로 조우했기 때문이라는 점을 인정하지 않는다. 대신 그 불안의 기원을 다른 방향으로 이동시킨다. '나'는 '나'에게 '어디까지 가세요'라고 물어 외상성 불안에 빠뜨린 운전사를 얼마 전 버스에서 중년여성을 성폭행한 운전사와 오버랩시킨다. 그리고 상징적 동일시의 메커니즘을 작동시켜 모든 경험을 상징질서의 틀 안에 고착시키고는 운전사의 모든 행동을 성폭행의 전조로 받아들인다. 이렇게 버스가 정해진 길을 벗어나 있는 동안 운전사의 그 무시무시하면서도 실체를 알 수 없는 행동 때문에 내내 불안하고 불편하지만 그럼에도 '나'는 '무엇을 위해 이 이른 새벽에 길을 나선 것이며 이렇게 사는 것이 진정 행복하며 과연 진정한 삶인 것인지?'에 대해서는 묻지 않는다. 묻는 대신에 묻는다. 다시 말해 모더니티의 중심부에서 떨려나지 않기 위해 목숨을 걸고 살아도 사라지지 않는 현재의 '나'의 불안이 어디에서 오는 것인지 묻는 대신에 그 근원을 덮어버리려 한다. 그러니까 '나'는 '나'의 기계성과 괴물성을 덮기 위해 운전사를 괴물로 만든 셈이다. 이런 맥락에서 보자면 버스의 운전사에게 '나'가 느낀 공포와 불안은 비유하자면 일종의 '덮개-공포'이다. 너무 무시무시하고 외설적이어서 자아가 감당할 수 없는 기억을 은폐하기 위해 그 외상적인 기억을 자아가 감당할 있을 정도의 덮개-기억으로 덮어두듯이, '나' 또한 '나'의 불안의 기원을 덮어두기 위해 사회에 만연한 성폭력을 끌어들인다. 다시 말해 아무런 주체적 욕망 없이 살아가는 '나'의 기계적 삶의 무의미성과 비본래성을 대면하지 않기 위해, 또 더 나아가 만인이 만인과 투쟁하는 사회 속에서 살아남기 위해 '나'가 행하는 정신적 동물의 삶의 형식에서 오는 불안과 조우하지 않기 위해, 정체성이 불분명한 데서 오는 불안과 공포에 직면하면 그것을 성급하게 사회 곳곳에 퍼져 있는 육체적이고 물리적인 (성)폭력의 징후로 오인해버리는 것이다. 그렇게 「버스-슬로셔터 No.1」의 '나'는 어느 날 문득 모든 것이 생의 리듬과 궤도를 이탈하면서 어렵사리 '도대체 무엇을 위해 이 이른 새벽에 왜 집을 나섰는가' 하는 존재론적인 질문 앞에 서게 되지만, 그 불안을 이른바 '나'가 회사의 이익을 위해 편집증적으로 유포하는 '성폭력이 일상화된 사회'라는 현재의 '나'와는 무관한 위험사회적 징후로 대체한다. 모더니티의 추방자로 전락하지 않기 위해 (타락한) 모더니티의 충실한 기계가 된 자신의 실존형식을 인정할 수가 없어, 그리고 자신의 존재론적인 불안과 만나지 않기 위해 '나'는 '성폭력이 일상화된 사회'라는 불안 요인 속으로 숨어든 형국이다. 존재론적 불안과의 외상적 조우를 회피하기 위해 성폭력과 같이 눈에 보이는, 그러면서도 '나'가 오로지 피해자이기만 한 위기 상황 속으로 도피한 셈이라고나 할까. 이런 점을 감안한다면, 「버스-슬로셔터 No.1」은 평화로운 일상을 유지하던 '나'가 갑작스레 어떤 위기적인 상황을 만나 우리 사회가 '유동하는 공포'의 세상이며 '나' 또한 그러한 공포로부터 자유롭지 않다는 점을 확인하는 소설이 전혀 아니다. 오히려 「버스-슬로셔터 No.1」은 잉여이윤을 산출하기 위해 항상 과잉의 노동력을 유지하는, 그래서 만인이 만인과 투쟁하게 하는 모더니티의 시스템 속에서 누군가를 쫓아내고 살아남으려고 이미 기계 혹은 괴물로 전락한 '나'가 '과연 너는 누구이며 너의 삶은 어디에서 어디로 가는가'라는 질문을 받자 그 근원적인 질문을 회피하기 위해 폭력 사회라는 눈에 보이는 불안 속으로 도피하는 과정을 그린 소설이다. 「버스-슬로셔터 No.1」는 '나'가 가상의 성폭력의 공포에서 풀려나자마자 또다시 성폭력의 판타지를 스스로 만들어내는 끝나는바, 이는 「버스-슬로셔터 No.1」의 문제의식에 비추어볼 때 아주 자연스러운 것이다.

　멀리 보이는 회사 건물을 향해 빠르게 걸었다. (……) 얼마 전 부장은 내가 새벽마다 영어 회화 학원을 다닌다는 사실을 알고 요즘 흔치 않은 젊은이라며 칭찬했다. 일찍 출근하는 것도 좋은 이미지를 만드는 데 한몫을 한 것 같다. 그리고 얼마 전에 낸 기획서에 대해서도 검토해보겠다고 하지 않았던가. 나는 좀더 효과적인 홍보를 위해 범죄 재연 드라마와 연계한 홍보 아이디어를 냈다. 그 기획안만 제대로 추진된다면 올 말엔 정규직으로 발령 받을지도 몰랐다.
　회사 건물 앞에 서 있는 경비에게 인사를 하고, 우산을 자동포장비닐에

넣었을 때 전광석화처럼 기억 하나가 스쳤다. 바로 버스에 남겨놓은 낙서. 그리고 나를 이상한 눈빛으로 쳐다보았던, 다리를 절던 낡은 잠바의 남자가 그 자리에 앉지 않았던가. 핸드폰 번호를 바꿔야겠다고 나는 생각했다.

—「버스」, 97쪽

이처럼 '나'는 단지 모더니티에서 추방되어 쓰레기 같은 존재가 되어서는 안 된다는 목표 하나로 살아가거니와 이를 위해 모든 인간을 모든 사물을 오로지 목적이 아니라 수단으로 취급한다. 또 만인이 만인과 투쟁하는 상황에서 도태되지 않기 위해서라면 정신적 동물의 삶도 마다하지 않는다. 이 때문에 '나'는 수시로 까닭 모를, 그러나 아마도 인간적이고 존재론적인 '불안'에 휩싸이지만, 그때마다 그 불안을 눈에 보이는 폭력의 희생자가 될지도 모른다는 '덮개-위험'으로 틀어막는다. 해서, '나'는 이 황량하고 차가운 모더니티 속에서의 무의미하고도 무가치한 삶의 형식을 의미 있는 삶으로 바꾸는 대신에 자기 스스로 만들어낸 범죄자로부터 자신을 지키기 위해, 그러니까 결국은 기계와 괴물로 전락한 자기 자신을 감추기 위해 조작한 덮개-불안으로부터 자신의 이 무의미하고 무가치한 삶을 지켜내기 위해 핸드폰 번호를 바꾸는 것으로 텅 빈 인간다움을 유지하기에 이른다.

모더니티 안에서 살아남은 자들이 '덮개-공포'로 존재론적인 불안을 덮어버리며 자신들의 무의미하고 무가치한 삶을 운명처럼 연명해나가는 현존재들의 '존재의 형식'은 「몽타주-슬로셔터 No.2」의 주요 관심사이기도 하다. 「몽타주-슬로셔터 No.2」의 '나'는 호텔의 도어맨이다. '나'는 이곳에 어렵사리 들어와서 가까스로 붙어 있는 인물이다. "헌병대 출신 작은아버지 후배가 캡틴인데 그가 다리를 놔줘서 호텔에 취직할 수 있었던" 것인데, "많지 않은 돈이지만 다달이 월급을 받게 되자 숨통이 트"인 것도 잠시, 호텔이 점점 쇠락을 길을 걸으면서 내뱉어질지도 모른다는 불안에 전전긍긍하는 상황에 처하게 된다. "인근에 새로운 호텔이 생길 때마다 호텔의 무궁화도 하나씩 떨어져갔다. 열 명이나 됐던 도어맨도 다섯 명으로 줄었고 오전과 오후로 두, 세 명씩 나눠 입구를 지켰다. 두 명은 더 잘릴 거란 소문이 돌았다." 이렇듯 모더니티의 추방자가 될지로 모른다는 공포를 "캡틴 책상 서랍에 수표를 꽂아놓은 호텔 브로슈어를 넣는" 것으로 수습해나가던 중 끔찍한 살인사건의 참고인이 되는 경험을 하게 된다. 교대근무로 인한 생체리듬의 혼란과 모더니티의 추방자가 될지도 모른다는 불안감 때문에 불면증에 시달리던 '나'를 더욱 잠 못 들게 소음을 만들어내던 옆집 남자가 전율한 만한 연쇄살인범으로 밝혀진 것. 이곳으로 이사 와서 석 달 만에 다섯 명, 그리고 모두 합해서 여덟 명의 여자를 죽인 것도 모자라 시체를 절단하고 유기한데다 귀와 둔부는 따로 모아서 보관하고 있던 인물이었던 것. 그러니까 '나'를 잠 못 들게 했던 그 소음은 여자들을 죽이고 절단하고 그 흔적을 지우던 소리였던 것. 어쨌거나 '나'는 옆집에 산다는 이유만으로 경찰과 기자들 앞에서 인터뷰를 한다. 내용은 별것이 아니다. 어느 날 옆집에서 물소리가 끊이지 않아 찾아가서 항의하려 했더니 너무 공손해서 오히려 "내가 고약한 이웃이라도 된 느낌이었어요" 등의 특별할 것이 없는 인터뷰였다. 한데 한 시간 넘게 각각의 질문에 따라 각기 다른 맥락에서 행해진 답변이 편집되면서 '나'의 인터뷰는 '나'의 의도와는 전혀 다른 진술이 되어버린다. "정말 인상이 나쁜 남자였어요. 여자와 싸우는 소리에 잠을 이룰 수가 없었지요. (흥분하며) 불면증까지 생겼다니까요. 물소리가 너무 나서 따지기도 했는데 아주 불쾌했어요. 아무 데서나 담배를 피워대는 고약한 이웃이었죠. 끔찍합니다. 앞으로 여기서 어떻게 살아야 할지도 모르겠고." '기가 막히게 편집'되어 기가 막힌 전도가 일어나지만 '나'는 그것을 바로잡지 않는다. 아니면 바로잡으려고 해봤자 바로잡을 수 없는지도 모르겠다. 그렇지만, '나'는 그것을 정정하려는 어떤 시도도 하지 않는다. 그리고 대신 '공범이 있을지도 모른다'는 공포에 휩싸인다. 옆집에 손님으로 찾아왔던 '사내'가 기억난 까닭이다. 게다가 경찰서에는 공범을 자처하는 전화까지 걸려온다. 이제 '나'는 공범에 의해 살해당할지 모른다는 공포에 휩싸인다. 뿐만 아니라 환영을 보기 시작한다. 여기저기서 '나'를 따라다니는 눈길을 느끼기 시작하고 때로는 환각처럼 '나'를 뒤쫓는 발길을 감지하기도 한다. 경찰서에 출두해 몽타주를 그려보지만 그 몽타주 속의 인물은 "나와도 조금 닮은 것 같"기도 하다. 그런가 하면 "나를 아래위로 훑어보"는 모든 사람들 같기도 하다. 이때, "문득 나는 중요한 무언가를 잃어 버렸다는 느낌을 받"는다. 즉 '나'를 불면증에 빠뜨리고 또 불안과 공포에 떨게 하는 것이 공범 때문이 아니라 모더니티의 중심부에 뱉어질지도 모른다는 불안과 그곳에 살아남기 위해 아무런 죄의식도 없이 행하는 비윤리적인 행위 때문이라는 것을 막연히 감지한다. 하지만 '나'는 '나'의 불면증과 불안의 기원으로 거슬러올라가지 않는다. 「버스-슬로셔터 No.1」의 '나'처럼 자신의 기계로서의 삶과 정신적 동물의 상태와 직접 대면해야 하기 때문이다. 해서, 「몽타주-슬로셔터 No.2」의 '나' 역시 공범이라는 '덮개-불안'으로 존재론적인 불안을 덮어버린다. "문득 나는 중요한 무언가를 잃어버렸다는 느낌을 받았다. 그것이 무엇인지는 기억나지 않았다."

한데, 상황이 뒤바뀐다. 결국, 여러 정황 끝에 공범이 없다는 사실이 밝혀진 까닭이다. 범인이 공범이 없다고 진술했고, 공범을 자처했던 전화도 장난전화임이 밝혀진다. 하지만 공범 때문에 공포에 떨던 '나'는 공범이 없음이 밝혀지자 당황한다. "공범은 없다. 그런데 왜 불안한 마음이 드는지 몰랐다." 공범이 없는데도 불안한 것이 아니라 공범이 없어서 불안한 것이다. 공범이라는 '덮개-기억'으로 자신의 삶의 무의미함과 불량배적 측면을 가까스로 덮어놓았던 것인데, 그런데, 공범이 없다는 것이다. 그러니 더욱 불안할 수밖에. 이처럼 집요하게 의식적으로 무의식적으로 존재론적 불안을 기억나지 않게 집중하고 있으니 왜 불안한 마음이 드는지 모를 수밖에.

　이 순간 '나'는 두 가지 선택의 기로에 선다. 우선 첫번째 선택은 이 불안의 기원이 어디에 있는지 기억나도록 '덮개-불안'을 걷어내는 것. 이것은 힘든 일일 터이다. '참을 수 없는 존재의 가벼움'은 물론 '참을 수 없는 존재의 동물성, 혹은 비윤리성' 같은 것을 인정해야 하고, 인정하는 순간 상징적 질서 바깥의 '실재의 윤리'를 찾아내고자 고투해야 할 것이며, 그 때문에 모더니티의 추방자가 될 수도 있기 때문이다. 결국 '덮개-불안'을 걷어내기 위해서는 대타자의 욕망을 욕망하는 자가 아니라 자신의 욕망을 욕망하는 자가 되어야 한다는 것일 터인데, 이를 위해서는 이제까지 자신의 삶 모두를 부정하는 '상징적 자살'과 같은 용기와 결단이 필요하다. 또하나 '나'가 택할 수 있는 선택지는 공범이 없다고 발표되었으나 사실은 있다고 믿는 것. 그러니까 '덮개-공포'를 유지하는 것. 이 선택은 아무런 의미가 없는 것이나 매혹적이다. 아니, 아무런 의미가 없어서 존재론적 불안을 인정하지 않으려고 할 뿐만 아니라 삶의 무의미성 바깥으로 나가려고 하지 않는 '나'에게 더할 나위 없이 매혹적이다. 결국 '나'는 후자의 길을 택한다.

　'공범은 없는 것으로 확인됐습니다. 단독 범행인 것이 밝혀졌습니다. 나머지 사체들을 발굴중입니다.'

　그때 복도 저쪽 끝에서 발소리가 들려왔다. 먼 산에서 울리는 메아리처럼 처음엔 아주 아득하게 들렸다. 차츰 소리가 다가왔다. 한쪽 발을 질질 끄는 듯 소리르 불규칙했다. 두근거렸다. (……) 나는 현관문에 붙은 볼록렌즈로 밖을 내다봤다. 아무것도 보이지 않았다. 차가운 문에 귀를 갖다댔다. 아무 소리도 들리지 않았다. (……)

　침대 위로 다시 올라가 몸을 눕혔다. 등을 구부린 후 무릎을 가슴까지 끌어당겼다. 눈을 감았으나 정신은 점점 더 또렷해졌다. 나는 침대 끄트머리로 기어가 창문을 열었다. 밖을 내다보았다. 가로등이 깜박거리고 있었다. 그 아래 서 있는 남자를 발견했다. 나는 커튼 사이로 눈만 내놓고 남자를 내려다봤다. 가로등 아래 남자는 내가 있는 오피스텔 창문을 올려다보고 있는 것 같았다.

—「몽타주」, 136~137쪽

이쯤에서 우리는 「몽타주-슬로셔터 No.2」가 근대 특유의 유동하는 공포가 현존재들을 얼마나 전방위적으로 압도하는지를 말하고자 한 소설이라고 말할 수 있을 듯하다. 그렇지만 이것이 「몽타주-슬로셔터 No.2」가 말하고 있는 전부는 아니다. 「몽타주-슬로셔터 No.2」는 동시에 그 근대를 떠도는 공포의 형식들이 사실은 현존재들이 자신들의 존재론적 불안이나 자신의 삶의 비본래성을 은폐하기 위해 만들어낸 '덮개-불안'일 뿐이라고도 말하고 있다. 정리하자면 이렇게 된다. 현존재들은 자신의 삶의 무의미성에 따른 불안을 덮기 위해 유동하는 덮개-불안의 감옥을 만들어낸다. 그리고 그 감옥에 스스로 갇혀서 이 유동하는 공포 때문에 자유로운 삶을 살 수 없다고, 결국 순종하는 신체일 수밖에 없다고 괴로워한다. 존재론적 불안이 '덮개-불안'을 만들고, 이 '덮개-공포'가 현존재들을 더욱더 '참을 수 없는 존재의 가벼움'에 빠뜨리고, 그러면 더욱 강화된 '덮개-불안'이 재생산되고…… 한마디로 「몽타주-슬로셔터 No.2」는 현존재 특유의 존재론적 불안과 그 불안의 기원을 인정하지 않으려는 망각에의 의지가 얼마나 현존재 스스로를 유동하는 공포들에 압도된 채 살아가게 하는지를 말하고자 한 소설이라 할 수 있다.

4. 지연된 복종과 정신적 동물로 살기

배지영의 소설이 현존재들의 실존형식으로 유동하는 공포로 인한 불안(혹은 덮개-불안 안에 존재론적 불안을 감추기)만을 주목하는 것은 아니다.

사실, 유동하는 공포로 인한 불안과 그 불안을 육체적 폭력으로 대체하기라는 존재의 형식은 현존재들의 하나의 실존형식일 수는 있어도 유일한 실존형식이 될 수는 없다. 육체적 폭력의 위기담론을 통해 존재론적 불안을 감추는 존재는 어떻게 보면 근대 특유의 생체정치로부터 그나마 비판적 거리를 유지하고 있는 경우에 해당한다고 볼 수 있다. 여러 가지 정황을 고려해볼 때, 아무리 가면 속으로 얼굴을 감춘다 하더라도 가면과 내면의 격차가 클 경우 그 가면을 계속 쓰고 있기는 힘든 일이다. 만약 존재론적인 불안과 덮개-불안의 차이가 만만치 않을 경우 그 존재론적인 불안을 육체적 폭력의 징후라는 덮개-불안으로 자신의 정신적 동물 상태를 계속 외면하기란 쉬운 일이 아니다. 둘 사이의 현격한 차이에도 불구하고 덮개-불안으로 눌러놓고자 할 경우, 그 존재는 끊임없이 자기 자신을 직접적인 폭력의 징후 속으로 끌고 다녀야 하는 것은 물론 자신 앞에 닥친 수많은 경험들을 편집증적 일관성을 가지고 폭력의 징후로 오인하고 오독하는 수고를 치러야 한다. 비트겐슈타인의 말처럼 변하지 않기 위해서도 변해야 하는 것이다. 또 슬라보예 지젝의 말처럼 '어떤 일이 발생하지 않게 하기 위해, 아무것도 바꾸지 않기 위해' 하는 행동인 '가짜 행위(false activity)'[6]에 몰두하더라도 그것 역시 '뭔가를 바꾸기 위해 행동'하는 것만큼 끊임없는 세계의 자아화와 자아의 세계화가 요청되는 것이다. 우리 맥락대로 이야기하자면 덮개-불안으로 계속 존재론적 불안을 외면하기 위해서도 상황에 따라 지속적으로 덮개-불안을 바꿔 쓰는 정신적 노동을 감수해야 하는 것이다. 이처럼 진정한 행위에 못지않은 자기의식의 실현과정이 요구되기 때문에 덮개-불안으로 존재론적 불안을 덮고 사는 것, 가면 속으로 숨는 것, 가짜 행위를 반복하는 것, 혹은 포즈로서의 삶을 사는 것은 지속적으로 유지하기 힘든 삶의 형식이며, 현존재들 중에

---

6) 슬라보예 지젝, 『HOW TO READ 라캉』, 박정수 옮김, 웅진지식하우스, 2007, 44쪽.

서 이런 삶의 형식을 유지하고 있는 경우만 해도 사실은 드물다 할 것이다. 때문에 이러한 존재를 지금, 이곳을 사는 사람들의 유일한 존재의 형식을 고착할 경우 그것은 유동하는 공포와 불안에 매우 불균질적으로 살아가는 현대인의 현존형식을 단순화하는 것에 다름 아닐 터이다. 배지영의 소설 또한 이 점을 잘 알고 있으며, 해서 현존재들의 또다른 존재의 형식에 관심을 기울인다.

배지영 소설이 주목하는 현존재들의 또다른 존재의 형식은 바로 '순종하는 신체-되기'이다. 만인이 만인과 투쟁하는 세상 속에서 살아남기 위해 이미 정신적 동물의 상태로 전락한 자신을 인정할 수 없어 자신과 직접적인 연관이 없는 폭력 사회의 불안 속으로 도피하는 존재들을 집중적으로 형상화한 것이 「버스-슬로셔터 No.1」와 「몽타주-슬로셔터 No.2」였다면, 「파파라치-슬로셔터 No.3」와 「어느 살인자의 편지」는 그와는 또다른 존재의 형식을 포착한다. 「파파라치-슬로셔터 No.3」의 '남자'와 「어느 살인자의 편지」의 편지 속 살인자를 자처하는 '저'는 이제 더이상 만인과 만인의 투쟁에서 마치 동물처럼 살아남는 삶에 대해 회의하지도 않고 양심에 꺼려하지도 않는다. 만인이 만인과 투쟁하는 세상에서 가까스로 추방을 면한 자들인 그들은 그저 자본주의가 만들어낸 정글의 법칙을 충실히 따르며 살아간다. 더이상 저항하지도 않고, 또 그 원리에 어쩔 수 없이 따르면서 느꼈던 양심의 가책 같은 것도 느끼지 않는다. 기계적으로 순응한다. 이제 그들의 유일한 삶의 원리는 약육강식의 철칙이며, 그것과 충돌하는 어떤 것도 가지고 있지 않다. 그러니 이제 덮개-불안 따위도 없고, 가면을 쓸 필요도 없고, 가짜 행위를 할 필요도 없다. 당연히, 비록 허위의식을 더욱 심화시키는 결과를 낳고 마는 것이지만, 그런 포즈를 유지하기 위한 정신적인 각성이나 긴장 같은 것도 없다. 그들을 움직이는 것은 이제 이성이 아니라 본능이다. 그것도 오로지 생존을 위한 동물적 본능. 「어느 살인자의 편지」의 '저'는 "저란 인간이 의지할 수 있는 것은 오로지 저 자신밖에 없습니다. 그러니 그런 '예감'이 들었다면, 본능대로 행동하는 수밖에 없지 않겠습니까. 제겐 본능이 종교였으며 육감이 세상을 살게 하는 교훈이었으니까요"라고까지 말한다. 이렇게 동물적 본능에 충실한 인간이기는 「파파라치-슬로셔터 No.3」의 '남자' 역시 마찬가지여서 그 역시 마치 동물처럼 강한 자에겐 숨죽이고 약한 자에겐 으르렁댄다. 그들은 인간의 유적 특질이 '이성'에 있다고 생각하지 않으며, 때문에 어떤 상황이 발생했을 때 어떻게 행동하는 것이 가치 있으며 의미 있는 것인가를 따져 묻지 않는다. 다만 살기 위해 본능적으로 행동한다.

이런 점에서 「파파라치-슬로셔터 No.3」의 '남자'와 「어느 살인자의 편지」의 '저'는 일종의 사디스트이다. 그들은 남을 폭행하는 것에 죄의식을 느끼기는커녕 오히려 쾌감을 느낀다. 「파파라치-슬로셔터 No.3」의 '남자'는 인터넷에 올려 돈을 벌 목적으로 동의도 없이 파파라치 파트너인 '땡땡이 블라우스' 여자와의 정사 장면을 몰래 찍다가 들키자 용서를 구하고 반성하기는커녕 과잉의 폭력을 행사한다.

"내 카메라 만지면 죽여버릴 거야."

남자는 여자의 손목을 더 세게 쥐었다. 여자는 남자의 손을 뿌리치곤 가방 안에서 카메라를 꺼냈다. 남자는 여자의 얼굴 중앙을 주먹으로 내려쳤다. 여자의 코뼈에서 두둑 하는 소리가 났다. 남자의 얼굴 위로 피가 튀었다. 여자의 코에서 피가 흘렀고 여자의 눈이 더 커졌다. 꼭 쥐었던 여자의 주먹이 펴지더니 그녀는 자신의 코를 부여잡았다. 버둥거리던 다리에 힘을 잃었다. 남자는 두 주먹으로 여자의 양쪽 뺨을 더 때렸다. (……) "이 카메라 없으면 난 죽어요. 내일 수업시간에 만나요. 누나한테 반했다니까요. 알죠?"

—「파파라치」, 154~155쪽

그런가 하면 「파파라치-슬로셔터 No.3」의 '남자'는 조금 전 자신과 포장마차에서 말다툼을 벌이던 사내가 여러 남자들에게 맞아 죽을 정도로 폭행을 당하는데도 그 폭행을 말리지 않는다. 대신 "남자는 '진짜' 최신형 캠코더 카메라로 그들의 모습을 다양한 각도에서 심혈을 기울여 찍"는 것뿐만 아니라 "'더 때려라'고 말했고 '죽여라'고 말하며 때리는 치를 응원"하기까지 한다. 이런 가학성, 그러니까 타인을 학대하는 것을 통하여 자신의 존재를 증명하고 더불어 쾌감을 느끼는 폭력적 성향은 「어느 살인자의 편지」의 편지 속 '저'도 마찬가지이다. 얼떨결에, 그러나 잠재된 복수심에 촉발되어 삼촌과 '다마스 사내'를 죽이고 나서 "역겨운 악취가 올라오"는 경험을 한 '저'는 이후 자신의 비루하고도 처참한 처지를 떠올리게 하는 인물을 보면 살의를 느끼는 것으로 되어 있다. 만인과 만인이 투쟁하는 세상에서 뱉어진 쓰레기와 같은 존재들을 보면 처음의 살인 현장에서 느꼈던 환취(幻臭)를 경험하거니와, 이 환취는 곧 살인으로 이어진다. 그렇게 '저'는 모더니티에서 추방당하고 폐기당한 존재들을 자학적/가학적으로 거듭 살해한다. 물론 그 행위에 대해 어떤 가책도 느끼지 않는다. 오히려 할 일을 했을 뿐이라고 느낀다. 더 나아가 '저'까지를 포함해 더이상 떨어질 곳이 없는 밑바닥으로 내려간 비루한 존재들에 대한 가학적이고도 자학적인 폭력 행위에서 자멸적인 쾌감을 맛보기까지 한다. "내가 죽인 노인을 자신이 죽였다는 연쇄살인범 이현식은 단돈 몇 만원을 위해 노인을 죽였다고 말했지만, 그는 분명 제가 죽였습니다. / 다른 이는 몰라도 노인의 경우만은 양심에 하나도 꺼릴게 없습니다. 매일 밤, 죽겠네, 죽고 싶네, 하던 노인의 소원을 들어준 것뿐이니까요."

  하지만 이들이 처음부터 사디스트들이었던 것은 아니며, 오로지 사디스트들인 것도 아니다. 애초에 이들은 가학하는 자가 아니라 폭력을 당하는 자들이었으며, 또한 현재도 누군가에게는 전혀 고개를 들지 못하는 존재들이다. 「파파라치-슬로셔터 No.3」의 '남자'도, 「어느 살인자의 편지」

의 '저'도 그들의 처음의 위치는 대타자와 대타자의 대리인들의 의지와 욕망에 순종하는 존재들일 뿐이다. 그들은 권력구조와 그 권력을 가진 자의 욕망과 의지에 따라 실천하고 그를 통해 비록 자기 기만적이지만 존재감을 획득한다. 해서, 그들은 현실원칙이나 그 현실원칙을 구성하는 자들에게는 순종적이며 자신들의 이 비겁하고 순종적인 행위에 어떠한 문제도 느끼지 못한다. 「파파라치-슬로셔터 No.3」의 '남자'는 지역정보신문사의 영업사원과 보일러 회사 판매직, 그리고 엑스트라 등을 전전하다 소위 누군가의 불법행위를 고발해서 먹고사는 소위 '파파라치'가 된다. 그렇게 여러 직업을 전전하는 과정에서 숱하게 과잉 억압과 비인간적인 대우를 받지만 '남자'는 그저 순종한다. 오히려 나중에는 사회구성원들의 모든 행동을 감시하고 통제하는 팬옵티콘의 충실한 하수인이 된 것에서 존재감을 맛보기도 한다. 「어느 살인자의 편지」의 '저' 또한 상황이 다르지 않다. '저'는 "짜장면 먹기 대회에서 1등을 한", 그리고 "아귀처럼 꾸역꾸역 먹어대"는 맹렬하게 모든 것을 먹어치우는 아비 밑에서 성장한다. 「오란씨」의 아비를 닮아 가정 안에서 절대적인 권력을 행사하고 또 모든 재화들을 독점하는 이 원초적인 아비 밑에서 '저'는 그야말로 전형적이고도 혹독한 오이디푸스적 통과의례를 치른다. 아비를 죽이고 싶은 충동에 휩싸이나, 거세공포 때문에 아비의 권위에 복종한다. 이러한 아비의 시선 앞에서 숙인 고개는 어미가 죽은 후에도, 그리고 아비가 죽은 연후에도 들어지지 않는다. 「어느 살인자의 편지」의 '저'는 부모가 죽은 후, 아비가 들어놓은 보험금을 독점하고자 한 삼촌에게 또다시 예속된다. '저'는 삼촌의 한편으로 사납고 한편으로는 (숙모와의 관계를) 의심하는 시선을 받는다. 원초적 아비는 죽었지만 이제는 교활하고 이중적인 아비의 시선 앞에서 또다시 고개를 떨구며 성장하게 된 것이다. 이처럼 「파파라치-슬로셔터 No.3」의 '남자'와 「어느 살인자의 편지」의 '저'는 자본주의 특유의 오이디푸스적 억압에 누구보다도 처절한 고통을 겪었고, 겪고 있는 존재들이다. 당연히 이들은 누구보다도 그 상징질서에 대해 분노하지만, 해서 그것을 죽여 없애고 싶은 충동에 몸을 떨지만, 그 질서의 폭력성과 냉정함을 잘 알기에 결국 거세공포를 떨쳐내지는 못한다. 그 결과 이들은 어떤 경우에는 고개를 뻣뻣이 들고 피해자의 고통을 응시하는 사디스트들이지만 다른 경우에는 권력을 행사하는 자와 눈도 못 맞춘 채 모든 학대를 견디는 존재들이기도 하다.

이처럼 「파파라치-슬로셔터 No.3」와 「어느 살인자의 고백」은 강한 자에게 한없이 왜소한 존재가 약한 자에게는 걷잡을 수 없이 강해지려는 존재들, 그러니까 남에게 당한 학대를 학대로 되갚는 사도마조히즘적인 존재들에 주목한다. 보다 구체적으로 말하자면 이 두 소설은 상징질서(혹은 상징질서의 수행자)에 대해 분노하던 존재가 그 상징질서의 대리인으로 전신하는 과정에 관심을 집중한다. 누구보다도 자본주의적 오이디푸스 정치경제에 고통받는 존재들이 무슨 까닭에 그 정치경제의 대리인이 되어 타인, 그것도 자신보다 낮은 위치의 존재들에게 더욱 배가된 고통을 안기는 존재가 되는가 하는 것. 또는 잉여가치에 대한 편집증적 집착과 안정된 질서 구축이라는 모더니티의 현실원칙에 가장 큰 피해자인 이들이 앞서 살펴본 배지영의 다른 소설처럼 모든 것을 독점하려는 원초적 아비에 저항하지도 않고, 또 정신적 동물로 살아가는 것에 대한 불안과 부끄러움을 위험사회 속의 불안으로 대체하지도 않고, 왜 자본주의적 오이디푸스 정치경제의 오로지 순종하는 기계들로 전락했는가 하는 것. 이것이 「파파라치-슬로셔터 No.3」와 「어느 살인자의 고백」의 문제의식의 핵심이다.

현대인들이 자본주의적 오이디푸스 정치경제의 순종하는 신체로 전락하게 된 계기로 「파파라치-슬로셔터 No.3」와 「어느 살인자의 고백」이 두 소설이 지목한 것은 푸코적 의미의 비판(의식)의 부재이다. 「파파라치-슬로셔터 No.3」의 '남자'와 「어느 살인자의 고백」의 '저'는 먼저 잉여가치를 위해 만인이 만인과 투쟁하게 만들고 그 때문에 사회구성원 모두를 정신적 동물의 상태로 몰아넣는 자본주의적 오이디푸스 정치경제에 대해, 그리고 그 큰 질서를 대표하고 대리하는 (원초적) 아비들에 대해 분명 분노를 느끼고 죽이고 싶은 강렬한 충동에 휩싸인다. 특히나 권력을 가진 자가 자신들에게 필수불가결한 억압이 아닌 과잉억압을 행할 때 이들의 분노는 정점에 이른다. 하지만 이들의 분노는 권력을 가진 자에 대한 푸코적 의미의 비판도 헤겔적 의미의 규정적 부정도 아니다. 이들은 현재의 권력이, 그리고 그들의 대리인인 아비들의 통치를 거부하는 기술에 관심이 없다. 또 그들의 권력 구조에서 필수불가결한 억압과 과잉된 폭력을 구분하고 그중 필수불가결한 것은 수용하되 넘치는 것은 부정하는 식의 권력에 대한 규정적 부정을 행하지도 않는다. 이들의 아비에 대한 불만과 분노는, 자신이 견딜 수 있는 범위를 넘어서는 과잉의 폭력에 대한 거부감일 뿐이다. 말하자면 그들은 권력을 가진 자와 자신들 사이에 성립되어 있는 주인과 노예의 관계를 부정하는 것이 아니라 다만 그 관계를 과잉의 폭력에 의해 유지하려 할 때 분노를 느낀다. 그러므로 이들은 아비에 대해 일단 분노하지만 그것도 비판과 부정으로 연계되지 않는다. 과잉의 폭력성 때문에 반발하지만 오이디푸스적 억압 때문이 아니라 과잉 때문에 반발한 것이므로 아비의 자리에 설 경우 이들 역시 폭력을 행사한다. 프로이드의 말을 빌자면, 이들은 뒤늦게 아비에 대한 반발을 거두고 아비의 행동을 뒤따르는 지연된 복종[7]을 행하는 셈이다. 한데, 문제는 이들은 타인에게 자신이 행하는 억압이나 폭력은 자신이 아비에게 당한 그것과 달리 적절하고 그러므로 필수불가결한 것이라고 믿는다는 것이다. 가령 「어느 살인자의 편지」의 '저'는 오로지 길가에 버려진 고양이에게서 자신의 처지를 발견하고는 "정말 사랑스러웠습니다. 조그맣고 까

---

7) '원초적 아비'에 대한 '지연된 복종'에 대해서는 지그문트 프로이트, 『토템과 터부』, 김종엽 옮김, 문예마당, 1995 참조.

만 눈동자가 나를 올려다보았습니다. 그때처럼 가슴 벅찬 충일한 감정을 느낀 적은 없었던 거 같습니다. 결심했습니다. 고양이를 행복하게 해주겠다고. 고양이의 행복은 나의 사명이라고 말이죠"라고 할 정도의 자기애적인 격정에 빠진다. 그러나 어느 순간 고양이가 이런 '저'의 '진심'을 몰라준다고 생각하자 결국은 아비보다 더한 폭력을 행사하기에 이른다.

빗방울이 고양이 머리 위로 떨어졌습니다. 빗방울을 털어냈습니다. 다짐했습니다. 고양이를 지켜주겠다고, 말이지요.

그런데 고양이는 뭐가 불안한지 몸을 떨고 앞발로 허공을 할퀴며 손아귀에서 벗어나려고 기를 쓰더군요.

"이봐, 난 너를 지켜주겠어. 난 아버지와 다르다니까."

그렇게 말했던 것 같습니다. 손에 힘이 들어가면 갈수록 고양이의 심장 박동은 더 가깝게 느껴졌고 바르르 떠는 울림이 그대로 전해져 왔습니다.

진심을 몰라주는 고양이한테 슬슬 화가 났습니다. 고양이는 앞발을 들어 제 손등을 할퀴었습니다. 붉은 핏방울이 긁힌 자국을 따라 방울방울 올라 왔습니다. 고양이는 갸르릉거렸습니다. 고양이의 가느다란 목을 엄지와 검지로 잡고 약하게 흔들었습니다.

"아프잖아. 이러면 내가 아프잖아."

손가락에 조금 힘을 주었습니다. 고양이의 네 다리가 필사적으로 허공을 갈랐습니다. 왼손으로 고양이의 등을 쥐고 오른손으론 고양이의 뒷덜미 쪽을 잡았습니다. 그리곤 비틀어버리고 말았습니다. 두투둑 하는 소리가 들렸습니다. 이러면 안되는데, 하는 후회와 함께 말할 수 없는 쾌감이 몰려왔습니다.

—「어느 살인자의 편지」, 180~181쪽

이처럼 '저'는 자신이 아비에게 당한 것보다 더한 폭행을 가하면서 그러나 약간의 후회를 하는 것으로 되어 있다. 아니, 아비에게 온갖 폭행을 당하고도 그것을 되돌려주는 대신 선의를 베풀고 있는 '저'이건만 그 '진심'을 몰라준다는 마음 때문에 '저'가 고양이에게 행하는 폭력은 그야말로 모질기 짝이 없으며, 폭행을 하면서도 약간의 회의가 없는 것은 아니나 결국에는 아무런 죄의식도 느끼지 않는다. 죄의식이 없는 정도가 아니라 '걷잡을 수 없는 쾌감이 몰려'오는 기이한 경험을 한다. 아마도 아비에 대한 잠재된 분노와 폭력을 그대로 되갚고 싶은 마음을 가까스로 억제하고 선의를 베풀고 있음에도 불구하고, 그것을 몰라주는 대상에 대한 분노가 합쳐진 까닭이리라. '저'는 이 전율할 만한 첫 경험 직후 "비릿하면서도 구릿구릿하면서도 오래된 먼지와 곰팡이가 쌓인 지하실에서 올라오는 냄새"를 맡게 되거니와, 이 이후에도 이러한 이율배반적인 행동을 반복한다. 거듭되는 타인의 폭행에도 불구하고 누군가에게 선의를 베풀고, 그 선의를 몰라줄 경우 그에 대한 분노로 더 큰 폭행을 행사하고, 그 지독한 냄새를 맡고…… 그러다가 나중에는 일종의 전도가 일어난다. 먼저 '저'보다 비루한 대상을 보면 환취에 시달리고 결국 이 환취에 이끌려 사람을 죽이게 되는 식이다. 이렇게 '저'는 자기보다 낮은 존재에게 군림하는 것을 통해 존재를 증명하던 아비의 행동에 지연된 순종을 하게 되거니와, 급기야는 '저'는 모더니티에 의해 쓰레기로 뱉어진 존재들을 처단하는 충동을 이기지 못하는 괴물로 전락한다.

잉여가치의 창출을 위해 모더니티가 만들어냈으나 결국은 더 큰 잉여가치의 창출과 안정된 질서 구축을 위해 모더니티가 먹어치우다가 뱉어낸 존재들에 대한 폭행은, 그러니까 폭력적인 아비들에 대한 지연된 복종은 「파파라치—슬로셔터 No.3」의 '남자'의 것이기도 하다. '남자' 역시 모든 것을 독점하려는 중심부적 존재들에게 쓸모없는 실존으로 격하되는 순간 "바닷물에 창 하고 엑스트라 하고 떨어지면 누굴 먼저 건지는지 알아요? 창을 먼저 건져요"라며 좌절하고 분노하지만, '남자'가 분노하는 것은 인간보다 사물에 더 우선순위를 부여하는 자본주의적 생태정치에 대한 것이 아니다. '남자'가 분노하는 것은 자신이 창 하고 엑스트라 중 누굴 먼저 건질지 고민하는 위치에 서 있지 않고 창과 함께 바닷물에 떨어져 있다는 사실이다. 만약 '남자'가 누군가를 선택할 위치에 선다면 '남자'는 분명 분노하지 않을 것이고, 실제로도 '남자'는 그러하다. '남자'는 상징질서에 분노하지만 그것은 그 상징질서가 사회구성원들을 통치하는 기술 그 자체에 대해서가 아니라 상징질서의 중심부에 있지 못하다는 점에 대해서일 뿐인 것이다. 그러므로 '남자'는 누군가보다 조금이라도 높은 위치에 서 있는 상황이 되면 어김없이 그 타인에게 억누르고 경우에 따라서는 거친 폭력도 마다 않는다. 다시 말해 '남자'는 주인과 노예의 위계관계를 부정하지 않기 때문에 자신보다 강한 존재들을 만나면 노예의 위치에 서고 만족하지만, 자신보다 하위계급을 만나면 누구보다도 더 강력한 주인이 되고자 한다. 마음껏 경멸한다. 그러다 간혹 자신을 주인으로 섬기지 않으면, 그러니까 자신이 설정한 위계질서를 거부하면, 그때는 자신이 당한 것보다 훨씬 더 폭력적인 행동을 서슴지 않는다. 자신은 자기 위의 사람에게 과잉의 폭력을 당하곤 하지만 자신은 자신의 아랫사람에게 항상 적절한 폭력, 혹은 조금만 넘치는 억압을 행한다고 믿기 때문이다. 그렇게 「파파라치─슬로셔터 No.3」의 '남자'는 자신보다 낮은 곳에 있는 존재를 낮추어 본다. "치근대는 찹쌀떡이 역겨워졌다. 가난의 냄새는 가난한 자가 가장 잘 맡는 것처럼 남자는 찹쌀떡 사내에게서 풍겨져 나오는 냄새가 싫었다. 멸시 당하는 것에 익숙할수록 자신보다 약한 상대를 누구보다 잘 분별했기에 남자는 사내를 경멸했다." 그리고 자신이 자기보다 강한 자들에게 하듯이 자신에게 순종할 것을 기대한다. 물론 간혹 이 기대가 충족되지 않는 경우가 있을 터이다. 아니, 대부분 그렇다고 해야 할 것이다. 이 순간 '남자'는 적절한 억압을 행하는 배려심을 보였음에도 불구하고 그것을 이해하지 못하는 자에 대한 걷잡을 수 없는 분노에 휩싸인다. 자신이 받은 것보다 더한 폭력을 행사한다. 그러나 이 가학적인 행동에 대해 '남자'는 무감각하다. 자신이 당한 폭력의 양에 비하면 단지 별것 아닐 정도의 폭력만을 행사한다고 믿기 때문이다. "남자는 여자를 너무 심하게 때린 것 같아 미안한 기분이 들다가도 뒤통수가 화끈거리는 걸 생각하며 뻔뻔해지기로 마음먹었다"와 같이 아주 손쉽게 자기합리화를 해내고 만다고나 할까. 어쨌거나 「파파라치—슬로셔터 No.3」의 '남자'는 자신이 행사한 폭력에 대해 조금만 '뻔뻔해지기'만 하면 되는, 그러니까 조금 '뻔뻔해지기'만 하면 아무것도 문제될 것이 없는 정도의 행동이라고 믿는다. 물론 '남자'는 같은 파파라치 조를 이룬 '여자'를 폭행한 것 외에 여러 가지 행동을 한다. 돈을 벌기 위해서 '남자'는 현실원칙의 총화인 법을 어긋나는 모든 행위를 감시하고 촬영하며 결국 처벌하도록 한다. 말하자면 '남자'는 모든 사회구성원들의 행위를 감시하고 통제하는 소위 '빅 브라더'의 충실한 하수인인 셈이다. '남자'는 '빅 브라더'의 눈이 닿지 않는 공간을 찾아다니며 법 바깥의, 그리고 법 너머의 행위들을 감시하고 고발한다. 쓰레기를 뒤져 쓰레기를 행정명령에 따라 버리지 않은 존재들을 촬영하고, 손님의 편의를 위해 일회용품을 제공하는 여관주인들을 감시하며, 역시 봉투값을 받지 않는 약사들을 고발한다. 심지어 자신의 성행위 장면을 찍어 조회수에 따라 돈을 받는 인터넷 사이트에 올리는 일도 마다하지 않는다. 그리고 종국에는 '남자' 자신도 관련된 여러 사람의 무자비한 폭력 때문에 죽어간 사내를 찍은 화면을 제공하면 보상금을 제공한다고 하자 그 돈을 받을 생각에 행복해하기도 한다.

　"여기서 있었던 싸움 현장을 촬영하신 분은 연락주세요. 아무런 책임도 묻지 않겠습니다"라고 쓰여 있고 그 아래 "보상금 100만원"이라고 쓰여 있었다.
　땡땡이 블라우스 여자가 말한 보상금이 무엇인지 그제야 알 듯싶었다.

(……) 그러다 문득 저 플래카드를 쓴 사람은 누굴까, 하는 의문이 남자의 머리에 떠올랐다. 사내는 아내가 교도소에 있다고 했고 본인은 부모도 없는 고아 출신이라고 있다. 가족도 없을 텐데 누구일까. 하지만 상관없었다. 남자는 100만원만 생각하기로 했다. (……) 남자는 그들과 일행도 아닐뿐더러 구타에 참여하지도 않았다. 그러다 그는 촬영된 테이프에 녹음된 자신의 웃음소리를 떠올렸다. '더 때리라'고 말했고 '죽여라'라고 말하며 때리는 치를 응원했다. 하지만 소리 부분만 없애고 화면만 나오는 테이프로 복사해서 건네주면 아무 상관없을 터였다. 그렇게 생각하자 남자는 비로소 기분이 좋아졌다.

—「파파라치」, 165~166쪽

이렇게 '남자'는 정신적 동물에 가까운 행동을 하면서도 어떤 가책도 느끼지 않는다. 법을 어기는 행동은 아니지 않은가. 법을 어기다니! 오히려 상징질서의 총화인 법망이 놓친 틈을 저인망으로 훑듯이 보완해주고 있지 않은가. 그러니, 죄의식이 있을 리 없다. 다만, 타인의 실수를 집요하게 파고들거나 아니면 타인의 선의에 의한 행동일 수도 있는 것을 범법행위로 전도시켜 돈을 버는 만큼 윤리적인 측면에서 문제가 될 법한데, '남자'는 이 윤리적인 문제를 간단하게 해결한다. 모든 것을 다 배제하고 돈만 생각하거나, 다시 말해 인간답게 사는 게 문제가 아니라 생존하는 것이 절대적으로 중요하다고 스스로를 속이거나, 아니면 '남자'가 자기보다 위에 있는 자들에게 당하는 것에 비하면 그리 대단한 것이 안 된다며 조금 '뻔뻔해지'는 것으로 이 윤리적 곤경을 해소해버린다. 누구나 다 만인과 만인이 투쟁하는 정글 속에서 살고 있고, 그런 까닭에 누구나 다 강한 자에겐 약하고 약한 자에게 강하게 살고 있으므로, 타인을 더 나아가 타자를 배려하는 것은 이 정글의 사회에선, 그리고 그 밑바닥에 있는 존재들에겐 고려할 가치도 없는 낡은 교리라는 투다. 「파파라치-슬로셔터

No.3」의 '남자'에게 중요한 것은 돈만을 생각하고 뻔뻔하게 살면서 생존하는 것뿐이다. 바로 그것이다.

남자는 다시 골목길로 돌아가서 보상금 100만원이 적힌 플래카드를 핸드폰으로 찍어놓아야겠다고 생각했다. 거기까지 생각이 미치자, 남자는 자신과 함께 핸드폰 카메라로 촬영했던 서너 명의 사람들이 떠올랐다. 어떤 놈이 먼저 선수쳤을지도 모른다고 생각하니 마음이 다급해졌다. 남자는 가로등이 세워져 있는 집의 시멘트 담장을 향해 오줌 줄기 방향을 틀어 더 힘을 주었다. 뜨거운 바람이 불었다. 어디선가 사이렌 소리가 들렸다. 그는 하늘을 올려다보았다. 구름이 잔뜩 끼어 있는 밤하늘엔 별 하나 보이지 않았다. 구름이 없다 해도 매연이 가득한 서울 하늘에 별이 보일 리 없었다. 다만 그의 머리 위에 노상 방뇨를 감시하는 CC-TV 카메라 불빛만이 반짝거릴 뿐이었다.

—「파파라치」, 166~167쪽

「파파라치-슬로셔터 No.3」에 따르면, 지금, 이곳은 저 높은 곳에서 '빅 브라더'의 눈인 CCTV 카메라가 쉴 새 없이 '빅 브라더'의 하수인들까지를 포함한 사회구성원들의 행동 하나하나를 감시하고 통제하며, '빅 브라더'의 눈이 미치지 못하는 곳은 '빅 브라더'에 의해 감시되는 하수인들이 빈틈없이 통제하는 곳이다. 한마디로 '빅 브라더'의 과잉의 경쟁체제 정책에 의해서, 또 그 과잉의 경쟁체제로 인한 불안과 동요를 효율적 통제하기 위한 감시와 처벌의 시스템에 의해서 인간 모두가 정신적 동물의 상태로 살아가는 곳이 지금, 이곳이라는 것이다.

이쯤에서 우리는 「파파라치-슬로셔터 No.3」의 '남자'와 「어느 살인자의 편지」의 '저'를 통해 배지영의 소설이 주목하고 있는 현존재들의 또하나의 실존형식을 구체화할 수 있다. 그것은 모더니티 특유의 생체정치를 비판하거나 부정하지 않음으로써(혹은 못함으로써) 탄생한 자본주의의 기계로서의 인간이다. 다시 말해 모든 인간을 잉여가치의 시선으로만 보며 오로지 그 잉여가치의 추구라는 단 하나의 목표를 위해서 행동하는 기계적인 삶 혹은 정신적 동물의 삶, 이것이 「파파라치-슬로셔터 No.3」의 '남자'와 「어느 살인자의 편지」가 주목하는 현존들의 실존형식이다. 물론 「파파라치-슬로셔터 No.3」의 '남자'나 「어느 살인자의 편지」의 '저'는 과잉의 경쟁을 유도해 잉여가치를 창출하는 모더니티 특유의 운동원리 때문에 거의 쓰레기로 전락한 존재들, 그러니까 모더니티의 희생양인 것도 사실이다. 하지만 이들은 자신들을 모더니티의 추방자들로 전락시키는 모더니티를 비판하지도 부정하지도 않는다. 대신 쓰레기로 전락하지 않기 위해 타락한 모더니티의 현실원칙들을 단 하나의 정언명령으로 삼고 살아간다. 이들은 오직 돈 하나만을 생각하며 생존한다. 혹여 그것만으로는 그들 행동의 비인간성이 은폐되지 않을 때는, 정글에서 혹은 전쟁터에서 생존하기 위해서 이 정도면 '미안하기'는 하지만 자신들이 남에게 당하는 것에 비하면 오히려 인간적이라고 스스로를 기만한다. 즉 자신의 악행들이 약간 '뻔뻔'한 것이기는 하지만 정글에서 이 정도면 정말 인간적이라고 스스로를 합리화는 것이다. 이런 과정을 통해 이들은 정신적 동물의 왕국인 자본주의 사회에서 정신적 동물로 한 치의 망설임도 없이 살아간다. 그러니까 이들은 자본주의의 희생양이자 자본주의가 만들어낸 괴물인 셈이다.

그렇다면 「파파라치-슬로셔터 No.3」의 '남자'와 「어느 살인자의 편지」의 '저'를 통해 배지영의 소설이 말하고자 하는 바도 분명해지는 셈이다. '자본주의적 정언명령에 무조건 분노하는 대신 그 통치기술을 슬기롭게 비판하고 규정적으로 거부하라! 그렇지 않으면 우리 모두는 자본주의의 희생양으로 전락하는 것도 모자라서 그의 충실한 하수인, 그러니까 잉여가치에 목매는 동물이 되리라' 하는 것.

5. 묵시록적 세계와 백치의 윤리

배지영의 첫번째 소설집 『오란씨』에는 앞서 우리가 살펴본 경향과 비교해볼 때 다소 이채로운 소설이 한 편 있다. 「새의 노래」이다. 「새의 노래」는 세 가지 점에서 『오란씨』에 수록된 소설들과 구분된다.

우선, 모더니티 바깥의 공간을 배경으로 한다는 점. 「새의 노래」는 모더니티 저 바깥에 위치한 외딴 섬으로부터 시작된다. 물론 그렇다고 「새의 노래」가 이제까지 배지영 소설이 주목하던 모더니티와 무관한 목가적이고도 소박한 삶을 그려내고 있는 것은 아니다. 외딴 섬을 배경으로 하고 있지만 「새의 노래」에서 그려내는 모더니티의 파괴적인 힘의 묘사는 오히려 더 전면적이다. 「새의 노래」는 모더니티의 중심부로부터 저 멀리 떨어진 외딴 섬을 배경으로 하되, 이 이질적이고도 자족적인 통일성을 유지하던 공간이 모더니티의 세례를 받는 바로 그 순간을 집중적으로 묘사한다. 잘 알려져 있듯 모더니티는 그 어느 곳도 고유성과 향토성을 유지하도록 내버려두는 법이 없는 터, 「새의 노래」의 배경이 되는 외딴 섬에도 모더니티의 파도가 밀려온다. 한적하던 이 외딴 섬에 드디어 '고준위 융폐기물 처리공장'이 세워지고 뒤이어 유원지와 호텔 건립의 청사진이 제시되는 등 모더니티의 높은 파고가 휩쓸고 지나가는 것이다. 「새의 노래」는 이 과정을 집중적으로 묘사한다. 그러니까 자족적인 통일성을 지니던 외딴 섬 전체가 모더니티와 접촉하고 모더니티의 준주변부로 편입되면서 나타나는 변화상을 말이다. 그리고 그를 통해 「새의 노래」는 모더니티가 어떻게 인간의 정신을, 그리고 더 나아가 영혼까지 잠식해가는가를 충분히 설득력 있게 재현한다. 해서, 「새의 노래」는 모더니티의 중심부와는 멀리 떨어진 외딴 섬을 배경으로 하지만 오히려 더 모더니티란 무엇인가에 대한 전면전인 질문을 던진 소설이라고도 할 수 있을 것이다. 바로 이 점이 「새의 노래」가 『오란씨』의 다른 소설들과 다르면서도 같은 점이다. 혹은 같으면서도 다른 점이다.

「새의 노래」에서 주목할 만한 또하나의 이질성은 이 소설의 초점인물들이다. 「새의 노래」는 소설 속의 사건을 주도하는 인물이 따로 설정되어 있는 소설이 아니어서 주인공이라 할 만한 인물은 없지만 단연 초점이 맞추어져 있는 두 인물이 있다. '금치산자 여인'이고, '거지 노인'이다. 이 두 인물은 모두 모더니티 바깥의 인물들이다. 모더니티가 먹어치울 수 없는 인물들, 그래서 뱉어낼 수밖에 없는 인물들이라고나 할까. 어떤 면에서는 신화적인 인물이기도 하다. 이들은 자의식이나 정신이 없는 인물이며 대신 육체와 영혼만이 존재하는 인물들이다. 비-존재들이라고나 할까. 예컨대 '백치 여인'은 "30대 초반쯤 되었는데, 원래 섬 주민이 아니었다. 지난여름 태풍이 지나간 아침, 갯벌에 쓰러져 있는 걸 이상이 살려놓았다. 여인은 말을 못했고 검지손가락을 허공에 빙빙 돌리며 신음 같기도 하고 비명 같기도 한 야릇한 소리를 우물거"리는 여성이다. 타인들과 말을 공유하지 않는 인물이며 때문에 당연히 지구 전역과 사회구성원 모두를 식민지화하는 모더니티로부터 자유로운 존재이다. 이렇게 모더니티 안으로 포섭되지 않기는 소위 '거지 노인' 역시 마찬가지이다. '거지 노인'은 "그의 조부의 조부부터 줄곧 섬에 살았던 토박이였다. 그는 장가도 가지 않고 숲의 외곽에 살면서 밭농사를 지었다. 유일한 피붙이였던 노모가 죽던 해, 그는 고추밭이 소금물에 잠기더니 그 후로 삼 년 연달아 농사를 망쳤다. 말수가 부쩍 줄어든 그는 두문불출하기 시작했다. 물도 마시지 않고 변소도 가지 않고 일주일 동안 잠만 자더니, 그는 자리에서 일어났다. 서른도 안 된 그는 이미 노인의 모습이 되어 있었다. (……) 노인은 유적지를 보려고 섬에 찾아오는 관광객을 상대로 구걸하면서 자연스럽게 마을의 유일한 거지가 되었다. 관광객이 뜸해진 십여 년 전부터는 섬 위편 암벽에 앉아 낚시를 하거나 쓰레기통을 뒤지면서 근근이 구복을 채웠다." 「새의 노래」에 표현을 빌자면 이 '금치산자 여인'과 '거지 노인'에게는 공통점이 있다. "그 둘은 섬의 개발에는 관심이 없었다. 융폐기물 처리

공장 유치 여부를 묻는 투표에도 참여하지 않았으며(혹은 못했으며) 환경 단체들이 몰려와 반대 시위를 할 때도 무관심했다." 그러므로 「새의 노래」의 초점인물들인 이 둘의 공통점은 상징질서에 대한 '무관심성'이다. 이 둘은 대타자의 욕망이나 시선에 무관심하다. 또한 근대 특유의 감시와 통제의 시선으로부터도 무관심하고, 또한 만인이 만인과 벌이는 투쟁에서 살아남아야 한다는 의지도 없다. 그냥 상징질서와 무관한 자리에 살아갈 뿐이다. 원초적 아비들이 폭행을 가해도 무관심하고, 그러니 폭행에 분노하거나 뒤늦게 그 폭행을 재현하지도 않는다. 말하자면 이들은 백치와 같은 존재들이며, 때문에 모든 것을 교환가치로 환원하는 타락한 세상을 어떤 여과장치도 없이 되비치는 순결하고 소박한 거울 형상이기에 충분하다. 결국 「새의 노래」는 모더니티의 안에서 이중으로 구속되어 자신의 영혼을 팔아넘긴 자본주의 기계들의 저항과 자기합리화, 그리고 자기소멸의 과정을 표현하던 배지영의 다른 소설과는 다르게 상징질서와 동화될 수 없는 무소유의 영혼을 통해 우리가 살고 있는 모더니티의 위기적 징후를 재현해낸다. 종합하자면, 「새의 노래」는 모더니티 바깥의 외딴 섬이 갑작스레 모더니티의 물결에 휩쓸리면서 나타나는 변화상을 상징질서와 동화될 수 없는 무소유의 영혼을 통해서, 혹은 이들과 비교하면서 제시하고자 하는 소설이다.

「새의 노래」가 이전의 배지영의 소설과 구분되는 또하나의 요소는 이 소설이 알레고리적이며 또한 신화적이라는 것이다. 「새의 노래」는 현실적인 것과 신화적인 것, 의식적인 것과 무의식적인 것, 현실원칙과 쾌락원칙이 기묘하고도 자의적으로 병존하는 것이 특징적이다. 「새의 노래」에는 한편으로는 고준위 융폐기물 처리 공장, 관광지 개발, 호텔, 도박장, 유물, 도지사, 도지사의 비리, 정치인, 여당총재, 야당 유력인사, 주민투표, 조류협회 회장, 정치적인 판단, 환경 단체, 환경 단체 여성 간사의 분신, 다이옥신, 유전자 변형 등 현재의 상징질서를 표상하는 개념이나 인물들이 반복적으로 등장하지만, 동시에 다른 한편으로는 '검은 새' '검은 새가 낳은 알에서 부화한 소년' '참견하는 귀' '소년이 빚은, 여섯 단계로 사람의 감정을 승화시키는 술' '그 술로 인해 벌어지는 디오니소스적 축제' '바다의 분노'라는 신화적이면서도 무의식적이고 외설적인 기표들이 떠다닌다. 「새의 노래」는 이 현실적인 표상들과 신화적인 기표들이 서로 갈등하고 충돌하고 파국에 도달하는 과정으로 구성되어 있거니와, 이는 『오란씨』의 다른 소설과 「새의 노래」를 구별 짓는 세번째 요인이자 가장 결정적인 요소라고 할 수 있다.

「새의 노래」의 스토리 라인은 다음과 같다. 유원지 개발 공사 섬을 누더 기로 만들어가고 마침내 고준위 융폐기물 처리공장이 완공된 다음날 이 섬에 커다란 '검은 새'가 날아든다. 인류 역사 이전에 멸종했다는 시조새 만큼 큰 이 '검은 새'의 출현이 가져온 파장은 엄청나다. 이 새롭고도 낯선, 그래서 기묘한 존재를 먼저 발견한 것은 '금치산자인 여인'과 '거지 노인'이고 이들은 그저 '검은 새'를 묵묵히 환대할 뿐이지만, 뒤늦게 이 기괴한 존재를 포착한 현존재들의 반응은 실로 뜨겁다. 현존재들은 저 먼 시원으로부터 귀환한 이 낯설고 기인한 존재, 그러니까 상징질서의 타자를 현재의 상징질서를 지켜내기 위해 자신의 질서 안에서 맥락화하고자 그야말로 혼신의 힘을 다한다. 이 이질적인 존재를 현재의 '종과 목'이라는 분류체계 안에 안착시키고자 하기도 하고, '자연의 복수'라는 생태론적 관점에서 전유하기도 한다. 하지만 이 타자를 맥락화하는 가장 강력한 대응은 이 기묘한 존재를 상품화하는 것. 해서 '검은 새'는 순식간에 섬의 절대적인 관광 자원으로 홍보되기에 이른다. 그러나 '검은 새'의 출현 이후로 생겨난, 그러나 '검은 새'의 출현 때문이 아니라 자연의 파괴 때문에 발생한 재앙들을 '검은 새'에게 덮어씌우면서 '검은 새'에 대한 관심은 급격하게 사라진다. 이때쯤 '검은 새'가 낳은 알에서 '소년'이 부화한다. 하지만 섬사람들은 소년이 알에서 태어난 것을 인정하지 않는다. 그날 밤

섬사람들은 원래의 귀를 잃고 죽었다가 "정작 듣고 싶은 것은 들을 수 없"게 만드는 "참견하는 귀"를 가지고 다시 태어나는 꿈을 꾼다. 이후 섬사람들은 "오직 '참견하는 귀'가 속삭이는 말이나, '참견하는 귀'가 듣도록 허용하는 말만 들어야" 하는 처지에 놓인다. 소년에 관해 섬사람들이 부정한 것은 이것만은 아니다. 섬사람들은 이후 알에서 부화한 소년이 빚어내고 '거지 노인'이 판 술을 마시고 상징질서 바깥의 기이한 경험은 한다. 소년의 술은 현존재들을 현재의 보편성 외부로 보내는 마성적인 힘을 가진 까닭이다. "한 잔의 술을 마시면 슬픔이 밀려왔다. 두 잔을 마시면 깊은 상처가 떠올랐다. 세 잔을 마시면 난데없는 환희가 온몸 가득 먹먹하게 들어찼다. 네 잔을 마시면 웃음이 튀어나왔다. 다섯 잔을 마시면 우쭐해졌다. 여섯 잔을 마시면 마치 하늘을 비행하는 듯한 아찔하면서도 신비로운 감정에 휩싸였다." 이 술의 마성적인 힘에 이끌려 섬사람들은 '백치 여인'을 안으면서 "충일하고 도저한 행복감을 느"끼며 "유례없는 행복과 쾌락에 빠져 지"낸다. 물론 "그들이 백치 여인을 안을 때, 그녀의 기분이 기쁜지 슬픈지 알 수 없었고 아무도 알고 싶어하지 않"은 상태로 말이다. 그러나 이 유례없는 디오니소스적 카니발은 '검은 새'의 출현으로 중지되었던 섬 개발이 다시 속도를 붙이면서 파국을 맞는다. 섬에 유원지 대신에 도박장을 건설하기 위한 개발이 본격화된다. 그리고 소년과 거지 노인이 머물렀던 섬의 중앙부가 훼손되고 파괴된다. 그곳에선 "유물로 보이는 접시와 항아리가 수북이 나"오지만 공사는 강행된다. 소년과 소년의 술이 주던 쾌락은 역시 잊힌다. "공사 현장에서 일하느라 바빠진 섬사람들은 더이상 소년이 빚은 술을 찾지 않"게 된다. 도시에서 먹는 공산품 술 탓이다. "소년이 빚은 술은 슬픔을 느끼게 했지만, 도시의 술은 첫 잔부터 기쁨을 느끼게 했다." 더 나아가 "도시의 술은 굳이 백치 여인을 찾고자 하는 마음도 생기지 않게 했다." 이렇게 개발에 따른 잉여가치에 대한 욕망은 섬사람들에게서 소년과 거지 노인과 백치 여인이 만들어내던 비루한 것들의 카니발을 쓸모없는 실존으로 폐기처분하기에 이른다. 급기야 거지 노인마저 죽음에 이른다. 거지 노인은 죽어 저절로 가루가 되어 사라지는데 이렇게 노인이 사라지자 이제 소년의 존재 역시 저 멀리 망각의 늪으로 버려진다. "그들은 소년이 있었다는 것을, 소년이 노인과 함께 살았다는 것을 잊고 있었다. 노인이 사라지자, 소년이란 존재감도 그들의 기억 속에서 완전히 사라졌다." 바로 이날, 그러니까 거지 노인이 '가루가 되어 사라진 날', 섬사람들이 알에서 부화한 소년의 존재를, 그리고 그의 존재감을 부정한 날, 그리고 '백치 여인'이 환경단체 청년 간사를 포함 모든 섬 사내들의 아이를 낳기 위해 지독한 산통을 겪는 날, 거센 폭풍우가 일더니 섬과 고준위 융폐기물 처리 공장과 섬사람들, 그리고 환경단체 청년 간사와 도지사와 정치인과 유력 인사들 모두를 삼켜버린다. 이때 날개가 돋은 소년이 나타나 산통을 겪고 있는 백치 여인을 안고 섬을 떠나며, 잉여가치에 목매달던 모든 사람들은 죽음의 순간에서야 그때 돋아난 '참견하는 귀'를 통해 소년의 노래를 듣는다.

참견하는 귀의 노래를 들으며 섬 주민들은 잠시 공포를 잊었다. 노인에게서 산 술을 마셨을 때 느꼈던 충만함보다 백치 여인의 품에 안겼을 때보다 더 벅찬 기쁨을 느꼈다. 도지사와 정치인들과 유력 인사들은 차츰 멀어져가는 눈으로 하얗고 커다란 새와 임신한 백치 여인을 좇으며 이유를 알 수 없는 눈물을 흘렸다. 새가 하늘 높이, 머나먼 대기 끝 구름 뒤로 완전히 사라질 때까지 그들은 참견하는 귀의 노래를 들으며 바라보았다. 집채만한, 아니 새의 날개만한 바닷물이 그들을 삼켰다. 새는 떠났고 섬은 거대한 폭풍우에 휩싸였다.
　　　　　　　　　　　　　　　　　　　　　　　—「새의 노래」, 276쪽

이상이 「새의 노래」의 전체 서사인바, 이쯤에서는 「새의 노래」가 말하고자 하는 바도 충분히 짐작해볼 수 있다. 한마디로 「새의 노래」는 잉여가 치만을 추구하는 모더니티에 대한 묵시록인 셈이다. 동시에 그 위기 속에 서 자라나는 구원의 힘을 찾고자 하는 소설이기도 하다. 잉여가치에만 집 착하는 모더니티에 의해 쓸모없는 실존으로 격하된, 혹은 폐기처분된 무 소유의 삶과 디오니소스적 잉여쾌락의 세계를 귀환시켜야 한다는 것. 그 래야만 파국을 향해 터벅터벅 걸어가는, 아니 질주하는 모더니티를 멈출 수 있다는 것.

6. 『오란씨』의 가능성과 갈 길

이상은 배지영의 첫번째 소설집 『오란씨』의 특이성과 가능성을 글의 성격에 맞지 않게 다소 장황하게 살펴본 셈이다. 아마도 예사롭지 않은 『오란씨』의 문제성 때문이었을 것이다. 분명 『오란씨』는 만만치 않은 소 설집이다. 쓰레기로 뱉어진 모더니티의 추방자들을 통해, 그리고 가까 스로 모더니티의 중심부에 매달려 있는 존재들의 불안과 괴물성을 통해, 『오란씨』는 모더니티 전반이 얼마나 큰 위기에 처해 있는가를 충격적으 로 보여주는 한편, 다른 한편으로는 파국을 향해 치닫는 모더니티를 위기 에서 구원할 수 있는 힘을 설득력 있게 제시하기도 한다. 한마디로 『오란 씨』에는 신예답지 않은 성찰의 깊이와 신예만이 가질 수 있는 이야기의 혁신성이 아주 매혹적으로 뒤섞이며 가로지르고 있다고나 할까.

하지만 『오란씨』는 배지영의 첫 소설집인 만큼 배지영 소설의 도달점 이 아니고 출발점이 되어야 한다. 이 말은 배지영의 소설이 거듭거듭 깊 어지고 여러 차례의 도약이 필요하다는 뜻이 될 터이다. 이런 도약을 준 비하는 과정에서 배지영의 소설이 고려했으면 하는 것이 있다. 그것은 『오란씨』의 도달점처럼 마지막에 위치하고 있는 「새의 노래」와 관련된 것 이기도 하다. 「새의 노래」에 이르러 배지영의 소설은 모더니티에 의해 운 영되는 세상을 묵시록적인 관점에서 보고 있는 듯하다. 이대로 가다가는 인류의 미래는 재앙에 이를 것이라는 것, 그러므로 재앙에 도달하지 않도록 무소유의 윤리 혹은 백치의 윤리를 되찾아야 한다는 것. 물론 이러한 문제의식을 문제 삼자는 것이 아니다. 바우만의 말처럼 우리가 다가오는 세기를 재앙의 시대로, 우리의 논의 맥락에 따르자면 파국의 시대로 예상하고 예언하는 것은 "자신들의 예언이 틀리는 미래를 바라기 때문이다. 그리고 그 방법밖에는 다가오는 재앙을 멈추게 할 수 없기 때문에, 자신들의 예언이 엉터리로 끝나도록 만들지 못하기 때문이다."[8] 배지영의 소설 역시 마찬가지일 것이다. 배지영의 소설이 묵시록적 세계상을 그려내는 것은 모더니티의 파국을 막기 위해서이고 동시에 그러기 위해서는 지금의 상징질서 너머의 또다른 실재의 윤리의 확립이 절실하다는 것을 말하기 위해서일 것이다. 하지만 모더니티의 파국을 막고, 그 파국을 막기 위한 윤리를 찾기 위해서는, 윤리의 역사 모두를 부정해서는 안 된다. 특정의 윤리를 준별하여 부정해야 하고, 우리의 욕망을 통제했던 통치기술 중 특정의 것을 비판하면서 우리가 폐기처분한 것 중 어떤 것을 귀환시켜야 한다. 「새의 노래」처럼 소유의 도덕 전체에 대해 무조건적으로 분노하고 그러므로 무소유의 윤리 혹은 백치의 윤리로 돌아가자고 하는 것은 위험하다. 그럴 경우 이 시대에 무소유의 상태로 사는 것은 불가능하므로 결국에는 조금 뻔뻔한 마음으로 지연된 복종으로 끝날 가능성이 농후하다. 이런 점을 감안한다면 배지영의 소설에, 또는 우리에게 필요한 관점은 모더니티의 세례를 비껴간 존재들에게서가 아니라 아마도 '열려 있(다고 가장하)는 사회'의 '그 적들'의 마음속에서 열린사회의 가능성이나 윤리적 내용을 찾아내는 것일지도 모른다. 그래야만 현재로서는 '열려 있다고 가장하는 사회'에 훨씬 많이 동화된 '그 적들'이 '열려 있(다고 가장하)는 사회'의 진정하고도 진지한 '그 적들'이 될 수 있지 않겠는가.

---

8) 지그문트 바우만, 『유동하는 공포』, 286쪽.

이제 우리가 할 일은 앞으로 배지영의 소설이 이 문제에 어떤 모색을 하며 또 한 차례의 도약을 보여줄지 기다려보는 것이다. 하지만 『오란씨』의 문제성으로 볼 때, 이 기다림은 충분히 기대에 값하는 설레는 기다림이 될 것이다.

(2010)

순응하는 신체와 벌거벗은 생명
— 정철훈 장편소설 『카인의 정원』 읽기

1. 소설가-되기 혹은 제3의 길

『카인의 정원』은 정철훈의 두번째 소설이다. 이것으로 정철훈도 바야흐로 명실상부한 소설가가 되었다. 한국 소설사에 또하나의 고유한 목소리가 등재되는 순간이니 기억할 만한 일이다. 반가운 일이다.

잘 알려져 있듯 정철훈은 기자·시인이었다. 출발은 기자였다. 그러더니 어느 순간 시인이 되었다. 그는 꽤 오랫동안 한편으로는 세상의 흐름을 민감하게 포착하는 발 빠른 기자인 동시에 다른 한편으로는 자신만의 경험 내용과 특유의 역사지리지로 인해 누구보다도 개성적인 목소리를 지닌 시인으로 살아왔다. 정철훈은 양립하기 힘든 두 개의 글쓰기 형식을 꽤나 고집스럽게 병존시킨 바 있다. 물론 그저 병존시킨 것이 아니다. 이 이질적인 글쓰기의 형식을 높은 차원에서 유지하고 있었다. 그렇게 정철훈은 경계를 뚫고 나오려는 질서화되지 않은 에네르기들을 억눌러가며 상징적 규율을 반복해야 하는 기자적 글쓰기를 민첩하게 수행하는 것은 물론 그 억눌린 에네르기들을 전혀 이질적인 형식인 시를 통해 표현하는데 아무런 막힘이 없었다. 경이롭다고 해야 하리라. 또 그만큼 두 세계에 대한 정철훈의 열의와 재능이 남달랐다고 해야 하리라.

하지만 두 이질적인 형식에 대한 고집스러운 집착과 놀라운 병존은 단지 두 형식에 대한 정철훈의 남다른 열의와 재능만으론 설명하기 힘든 측면이 있다. 예컨대 이런 것이다. 정철훈은 그래야만 했다. 그래야만 그는 살 수 있었다. 정철훈 안엔 상징적 규율 속에 머물기엔 너무도 많은, 그리고 너무나 강렬한 실재의 외상적 잔여물들이 꿈틀거리고 있었다. 남북 분단의 상처를 고스란히 떠안은 가족사, 끊임없이 되살아나는 원체험과 추체험의 공간인 광주의 기억, 그를 유학으로 이끌었고 또 그 유학 체험으로 더욱 강화된 북방에의 동경 등등. 그러니, 정철훈은 기자적 글쓰기만을 반복할 수 없었다. 그의 안에 있는 또하나의 그, 혹은 실재의 그를 위해 반드시 또다른 표현 형식이 필요했던 것이다. 그것이 바로 시였음은 물론이다. 그렇다고 정철훈이 기자적 글쓰기를 버린 것은 아니다. 정철훈은 그것과 '갈라설 수 없다.' 그는 그것과 갈라설 수 없음을 잘 안다. 어디 그뿐이랴. 살기 위해서는 오히려 수수께끼 같은 실재적 충동들을 내리눌러야 한다는 것까지도 잘 안다. 그가 「시인 죽이기」에서 "내가 살 길은 시를 죽이는 쪽", 그러니까 (실재의) "나를 죽이는 쪽이다"라고 말한 것은 이 때문일 것이다. 이렇게 정철훈은 "어젯밤도 애인의 귓불을 물고 뜯으며/ 길고도 깊은 사랑을 나누"면서도 "나는 닭이 울기 전에 세 번씩이나/ 애인을 모른다고 잡아떼"며 시라는 제도 바깥의 '애인'을 갈구하면서 부정하고, 부정해야 하기에 더욱 갈구하며 기자 · 시인으로서의 '이중생활'을 영위해왔던 것이다.

그런데, 그랬던 것인데, 기자 · 시인인 정철훈이 사건을 저질렀다. 소설을 쓴 것이다. 다름 아닌 『인간의 악보』라는 장편소설이 그것. 그가 소설을 쓴 것이 사건이라 할 수 있는 것은 어떻게 보면 '아내'의 세계와 '애인'의 세계를 지양하겠다는 의지로 볼 수 있겠기 때문이다. 그렇다. 정철훈은 이제 그의 안에 존재하는 서로 다른 두 세계를 각기 다른 방식으로 표현하는 대신에 그 둘을 지양하는 제3의 글쓰기 형식을 시도하기에 이른 것이며, 그것이 바로 『인간의 악보』였다. 하지만 『인간의 악보』는 정철훈에게 '사건성'이 좀 약하다고 할 수밖에 없다. 『인간의 악보』는, 그 첫 장편소설의 해설자도 지적했듯, "어느 인과관계도 없는 장소"로의 회귀를 통해 "우리들 자신의 자유와 해방의 방법"과 "참된 자아 발견의 길"을 제시하고 있는, 첫 소설이라 보기 힘들 정도로 무게 있고 묵직한 소설이다. 그러나 정철훈의 글쓰기 도정에서 볼 때 이전의 지양이라거나 이전과의 근본적인 단절이라 보기 힘든 점이 있다. 정철훈 자신의 개인사가 전면에 포진되어 있고, 또 이 주제는 이전에 그의 시에서 자주 등장하던 모티프라는 점에서 『인간의 악보』는 어떤 면에서는 그의 이전 시의 확장 혹은 연장이라고 볼 수도 있기 때문이다.

하지만 『카인의 정원』은 이 경우와 다르다. 분명, 『카인의 정원』은 이전 세계의 반복이자 확장이 아니다. 그것은 이전 세계의 종합이자 지양이며, 그런 까닭에 이전 세계와의 큰 단절이다. 정철훈은 이제 서로 다른 글쓰기의 형식에 맞추어 자신의 서로 다른 충동을 투사하는 단계를 지나 자신의 분열된 충동들을 한자리에 모아 서로 길항시킬 뿐만 아니라 종내에는 어떤 지양을 이루어내기 시작한 것이다.

반복되는 감이 있지만 다시 한번 말하자면, 정철훈이 『카인의 정원』이라는 두번째 장편소설을 썼다. 첫번째 장편소설 『인간의 악보』의 '작가의 말'에서 밝힌 대로 "이제는 피 한 방울 섞이지 않은 무연(無緣)의 타인 속으로 흘러가고 싶다"는 의지를 실현한 셈이고, 동시에 그는 이제 바야흐로 명실상부한 소설가가 되었다. 반갑게도.

2. 살인과 폭력, 혹은 순종하는 신체들의 아우성

『카인의 정원』은 Y읍에 대한 묘사로부터 시작된다. "개의 흘레라도 없었으면 읍내 사람들은 성냥에 불이 붙듯 활활 타버렸을 것이다." "하늘에서 불이 떨어지는 여름" "읍내에는 안구건조증에 걸린 환자처럼 늘 충혈된 붉은 눈의 사람들이 살아가고 있었다"(정철훈, 『카인의 정원』, 민음사, 2008, 9쪽. 이하 인용시 쪽수만 표시함) 등등. 살풍경이라 할 만하다. 하지만 Y읍에 대한 이러한 묘사는 단지 시작에 불과하다. 이렇게 연옥과도 같은 Y읍의 풍경을 묘사하던 소설은 하나의 살인사건이 발생하면서 비로소 본격적으로 진행된다. 그 살인 역시 처참하고 끔찍하기 짝이 없다. "퍼런 실핏줄이 드러난 유방 사이에 깊은 자상이 나 있었고 음부에는 ㄱ자형 군용 손전등이 깊숙하게 박혀 있었다."(19쪽)

이렇듯 『카인의 정원』은 끈적끈적하고 모든 것이 흐느적거리는 Y읍에서의 살인사건으로부터 시작된다. 보다 정확하게 말하자면 『카인의 정원』은 Y읍 연쇄 살인사건의 두번째 살인이 일어나면서 시작된다. 첫번째 살인사건이 같이 발생한 화재사건으로 인한 희생으로 처리된 데 반해, 두번째 살인사건 그리고 두번째 시체는 너무도 그 범죄성이 명백하여 그렇게 되지 않는다. 이 두번째 시체는 그 시체의 처참함과 섬뜩함으로 인하여 Y읍 사람들의 관심의 초점이 된다. 살아 있는 동안 어느 누구도 그녀의 목소리에 귀 기울이지 않더니 그녀가 침묵하는 시체가 되자 오히려 그 시체에서 울려오는 목소리에 귀를 쫑긋거리기 시작했다고나 할까. 하여간 이 두번째 살인사건의 시체는 Y읍 사람들의 관심을 불러일으키는 것은 물론 소설 속의 등장인물들을 하나하나 불러들인다. 우선 그녀의 동료들, 경찰관들, 부검의가 호출되고 나중에는 그녀의 어머니와 동생이 달려오기까지 한다. 또 그런가 하면 첫번째 살인사건의 희생자까지 다시 불러들이기도 한다.

이 두번째 살인사건의 시체가 호출해낸 인물 중 단연 중요한 인물은 부검의이자 산부인과 의사인 요아킴이다. 요아킴의 등장과 더불어 두번째 살인사건 희생자의 실체가 밝혀지고 동시에 화재사건 속에 가려 있던 첫번째 살인사건 희생자의 신원도 확인된다. 뿐만 아니라 이 둘 사이의 관계 역시 규명된다. 그것만이 아니다. 부검의 요아킴이 등장하는 순간 이 말 없는 시체는 드디어 인격화되고 역사철학적으로 문맥화되어 드디어 자신을 표현하게 된다. 말하자면 『카인의 정원』에서 요아킴은 각자 독립된 채 산포되어 있는 사건들과 인물들 사이에 선후관계나 인과관계, 혹은 애증관계를 부여하여 관계성을 설정하는 인물이다. 하여간 요아킴의 개입에 의해 서서히 두 개의 살인사건의 전후 맥락이 규명되는 것은 물론 살인사건의 범인에 대한 단서도 하나둘 드러난다.

하지만 정작 『카인의 정원』은 이 두 살인사건의 범인을 찾아나가는 데 그리 큰 관심을 보이지 않는다. 『카인의 정원』은 엽기적인 연쇄 살인사건을 서사의 중핵으로 삼고 있지만 소설의 전체 서사는 한사코 이 연쇄 살인사건에 초점을 맞추지 않는다. 대신 『카인의 정원』이 살인사건 못지않게 비중 있게 다루는 것은 Y읍의 전사(前史)와 현재의 일상사다. 그러니까 『카인의 정원』은 연쇄 살인사건의 발생 과정과 그 범인을 찾는 과정을 중심 서사로 하면서도 정작 소설의 디테일들은 Y읍이라는 기괴한 공간을 묘사하는 것으로 채워져 있다. 아니, 어떤 측면에서는 오히려 Y읍의 전율할 만한 일상사의 묘사가 소설이 핵심이고, 살인사건 관련 서사들이 간헐적으로 외삽(外揷)되는 듯한 느낌을 주기도 한다. 해서, 『카인의 정원』의 두 개의 살인사건은 Y읍 전체를 공포에 떨게 하는 이질적이고 예외적인 사건이 아니라 Y읍의 일상 속에 하나의 사건으로 자리한다. 그저 반복되는 일상사의 한 부분일 뿐이어서 이 엽기적인 살인사건은 그곳 사람들에게 어떤 전율이나 공포도 불러일으키지 않는 사건으로 서술된다. 그러면서 『카인의 정원』의 중심은 자연스레 살인사건이 아니라 이렇듯 지독한 살인사건이 전혀 특이한 것으로 다가오지 않는 괴상망측한 Y읍의 역사와 일상사로 넘어간다. 한마디로 『카인의 정원』은 연쇄 살인사건의 범인 찾기가 아니라 살인을 해석하는 데, 그러니까 연쇄 살인사건을 통해 Y읍의 역사지리지 혹은 문화지리지를 규명하는 데 초점을 맞추는 기묘한 소설

형식을 취하고 있는 셈이다.

『카인의 정원』의 모든 인물들과 사건들을 품고 있는 Y읍이라는 실재적이면서도 가상적인 이 공간은 우선 외형적으로 대단히 기괴하고 이질감이 물컹거리는 장소다. 어찌 아니 그렇겠는가. 연쇄 살인사건마저 일상적인 사건으로 받아들이는 곳이며, 아직도 전쟁터를 방불케 하는 것을. 외관상 Y읍은 일종의 군사도시다. Y읍은 휴전 직후 미군 부대와 태국군 부대가 주둔하면서 이전과는 전혀 다른 모습을 띠게 된 것으로 되어 있다. Y읍은 이전에 있던 구읍에다가 "병사들의 들끓는 욕정을 치약처럼 눌러 짜는 사창가"인 "신읍"이 들어서면서 지금의 풍경을 유지하기 시작한다. 그 결과 Y읍은 "사시사철 네온사인이 번쩍이는 불야성"(34쪽)을 이룰 뿐만 아니라 "스리 엔젤, 러브하우스, 스타 쇼, 메이 플라워, 에로틱 피크, 디바 나이트, 골든 브리지, 시카고 홀"(36쪽) 등 화려하면서도 사랑스럽고 외설적인 이름들의 클럽과 바 그리고 벌집과 매춘 여성들이 넘쳐나는 도시로 바뀐다. 하지만 Y읍은 클럽과 바 그리고 그곳 매춘부들의 이름이 화려하고 에로틱하며 평화로울수록 정확히 그것과 반비례하게 살벌하고 음침하고 억세고 거칠고 황폐하다. 또한 Y읍은 마치 요아킴의 병원 원장실 한 귀퉁이에 서 있는 "두개골은 인민군, 골반은 중공군, 다리 한 짝은 태국군, 다른 하나는 미군, 팔 한 짝은 한국군, 다른 한 짝은 프랑스군. 국제적인 콜라주로서의 해골"(32쪽) 모형과 같은 곳이기도 하다. 말하자면 Y읍은 전쟁으로 인해 국제적인 콜라주로서의 도시가 되었고, 전쟁 후에도 여전히 그러하다. 그런 까닭에 Y읍은 미군과 태국군, 백인 병사와 흑인 병사, 군인과 민간인, 지역 유지와 일반 시민, 군인과 매춘 여성, 클럽 업주와 매춘 여성들 사이의 악다구니와 싸움이 그치지 않는 아수라장이다.

전쟁은 창녀를 병사처럼 양병했다. 병사들이 입에 거품을 물고 쏟아낸 정액은 시궁창에 고여 썩어갔다. 냄새는 읍내의 허기진 골목으로 스며들었다. 여자들이 악다구니를 지르다가 사라진 신작로에는 버터가 녹은 듯 희멀건 정적이 눌어붙어 있었다. 담벼락 아래로 흐르는 도랑에서는 계란 곯는 냄새가 코를 찔렀고 파리떼가 들끓었다. (……) 골목을 휘감은 노린내는 신읍 신작로는 말할 것도 없이 구읍의 차부와 광장, 마을 공회당과 학교에 이르기까지 스멀거렸다. 사람들은 갈보의 사타구니가 썩는 냄새라며 코를 틀어쥐었지만 정작 읍내의 모든 사람들에게서 냄새가 났다. 악취가 가장 심한 곳은 미군 쓰레기장이었다. 보건소에서 정기적으로 소독을 했지만 몸통이 시퍼런 왕파리떼가 시구문의 구더기처럼 들끓었다.(35~36쪽)

Y읍은 이렇게 모든 것이 "들끓는" 아수라장이다. 이렇듯 들끓고 넘치는 곳으로 되어 있으니 『카인의 정원』의 Y읍 풍경에서 우선 이물감을 느끼는 것은 당연하다. 그야말로 질서정연한 곳에서 '권태 극(極)권태'의 삶을 살고 있는 것이 우리니까 말이다. 아니, 질서정연한 곳에서 '권태 극권태'의 삶을 살고 있다고 믿는 것이 우리이기 때문이다. 하지만 『카인의 정원』을 읽다보면 이 이물감이 서서히 섬뜩함으로 바뀌는 놀라운 경험을 하게 된다. 『카인의 정원』을 가로지르며 수시로 반복되는 이 기괴하고 괴상망측한 풍경이, 그리고 그곳에서 살아가는 Y읍 사람들의 실존형식이 우리와 전혀 다른 것이 아니라는 점을 발견하게 되기 때문이다. 『카인의 정원』이 역사적으로 철학적으로 맥락화한 바에 따르면, Y읍은 전혀 이질적이지도 예외적이지도 않은 세계다. 그곳은 우리가 살고 있는 지금, 이곳과 마찬가지로 근대적 규율에 의해 구획되고 있고 또 그곳에서 살아가는 Y읍 사람들 역시 우리가 근대적 규율에 순응하는 신체로 전락한 것처럼 근대(혹은 군대)적 규율이 구획하는 바에 순응하며 살고 있을 뿐인 것이다.

『카인의 정원』에서 Y읍의 문화 지리, 혹은 심상 지리를 재구성하는 데 가장 중요한 역능을 행사하는 인물은 다름 아닌 이 소설의 주인공 격에 해당하는 요아킴이다. 요아킴은 앞서 말했듯 산부인과 의사이자 부검의

다. 그리고 또한 Y읍의 상층부와 하층부, 공적인 세계와 사적인 영역, 남성성과 여성성, 위생과 질병, 밝음과 어둠, 출생과 죽음 가운데 놓여 있는 중간적 존재이기도 하다. 그는 그곳에서 일어나는 모든 사건들과 관계한다. 관계할 뿐만 아니라 그 사건들을 역사적으로 그리고 철학적으로 맥락화한다. 해서, 요아킴이 Y읍에서 발생하는 새로운 사건들과 접촉하면 접촉할수록 Y읍이라는 이 기괴한 공간은 문명사적 맥락을 획득하게 되는데, 예컨대 Y읍은 이런 곳이다.

우선 Y읍 사람들의 인간관계는 거의 대부분 '돈'을 매개로 해서 이루어진다. 그곳에 인격화된 관계란 없으며 동시에 증여의 윤리 같은 것은 찾기 힘들다. Y읍의 가장 압도적인 인간관계를 차지하는 군인들과 매춘 여성 사이에 이루어지는 관계는 모두 다 일회적이고 우연적이며 철저한 교환의 시스템 속에서 이루어질 뿐이다.

담요 부대. 여자들은 말 그대로 담요를 들고 미군 훈련장까지 따라가 몸을 팔았다. 작전 훈련은 미군만이 아니라 창녀들도 함께 치르고 있었다. 원정을 나가면 읍내에서보다 몸값을 두 배 이상 받을 수 있었다. 읍내에서 몸값의 절반을 고스란히 포주들에게 뜯기는 바람에 목돈을 쥐려면 원정을 나올 수밖에 없었다. (……) 병사들은 유격 훈련을 마치고 내려오면 전쟁터에 투입되었다가 후방으로 특박을 나온 전사처럼 살기 어린 눈동자를 번뜩이며 천막을 밀치고 들어왔다. 성난 버펄로들이 여자의 몸을 부쉈다. 땀에 젖은 병사들의 육중한 몸체에 짓눌린 여자들은 벼랑 아래로 추락하는 아찔한 느낌을 떨쳐버리려고 침대 모서리를 움켜잡고 울음을 터뜨렸다.(138~139쪽)

뿐인가. Y읍은 근대적 규율과 위계질서에 따른 수많은 구획들이 존재한다. 구읍/신읍의 구획선이 있는가 하면, 남성/여성, 지역 유지/주민, 클

럽 업주/매춘 여성, 백인/흑인, 미군/태국군, 부모가 있는 아이들/부모로
부터 버림받은 아이들 등등의 구획선도 있다. 이 구획선은 의외로 견고하
다. 그로 인한 위계질서 또한 확고하다. 클럽 업주는 매춘 여성을 그야말
로 지독하게 수탈하고 학대하지만 별 탈이 없다. 오리엔탈리즘과 옥시덴
탈리즘으로 중무장한 미군과 태국군은 서로가 서로를 무시하고 깔보며
때로는 작은(?) 전쟁도 불사한다. 그런가 하면 미군 내에서도 무시할 수
없는 분할선이 존재한다. 그것은 다름 아닌 백인과 흑인의 분할선이다.
그 분할선은 서로 상대하는 매춘 여성을 구분할 정도이니 절대적이라 할
만하다. "백인과 흑인이 다시 피부색으로 갈린 것인데 신읍 여자들이 백
인이나 흑인이나 정해놓고 한쪽만 상대한다는 건 그쪽 세계의 보이지 않
는 율법을 따르는 거나 마찬가지 아니겠나?"(59쪽) 이 한마디로 Y읍은
인류 역사에서 이제까지 유지돼왔고 근대에 들어 더욱 견고해진 교환의
정치경제학에 의해 운영되는 곳이면서 동시에 그 교환의 정치경제학에
의해 형성된 구획선들이 그곳 사람들의 실존형식을 결정짓는 그런 곳임
을 알 수 있다.

그런데 Y읍이 실낙원인 것은 단지 오만과 편견 그리고 원한과 증오로
끓어넘치는 교환의 정치경제학과 그것이 만들어낸 구획선들이 Y읍 구석
구석을 가로지르고 있기 때문만은 아니다. Y읍의 풍경이 더욱 전율적으
로 다가오는 것은 교환의 정치경제학이 만들어낸 이 오만과 편견, 그리고
원한과 증오에 보이는 Y읍 사람들의 대응 방식 때문이다. Y읍 사람들은
인간을 인격적 가치가 아니라 교환가치로 환원해버리는, 그리고 자신의
이익(혹은 권리)을 위해서 타자를 적이나 지지 세력으로만 읽어내는, 그
러니까 그 자체가 목적이어야 할 타자를 자신의 존립이나 욕망 충족을 위
한 수단으로만 바라보는 교환의 정치경제학에 어떤 비판이나 저항도 행
하지 않는다. 그것에 철저하게 순응한다. 아니, 그것을 활용하기도 한다.
요아킴의 표현을 빌리면 "읍내 사람들 모두가 허수아비"(13쪽)인 것이

다. 아니면 허수아비인 척하는 존재들인지도 모른다. 다시 말해 Y읍 사람들은 교환의 정치경제학이 만들어낸 시스템에 철저하게 '순응하는 신체'들이다. 또 '순응하는 체하는 신체'들이기도 하다. 자본주의적 규율에 일방적으로 순응하는 것이 실낙원과 같은 이곳을 더욱더 아수라장으로 만든다는 사실을 알지만 실낙원을 벗어나는 것은 자신을 더 큰 고통에 빠뜨릴지도 모른다는 공포 때문에 어쩔 수 없지 않느냐며 보다 더 적극적으로 Y읍의 구획선에 '순응하는 체하는 신체'들인 것이다. 그러니, Y읍 사람들은 더이상 단독자도 아니고, 그러므로 고유명사로 불릴 수도 없다. 그들에게 남은 단 하나의 길은 때로는 모른 채로, 또 때로는 모르는 척하며 근대적 규율에 순응하는 것뿐이다. 오로지 돈을 매개로만 만나는 관계에 대해서는 먹고살기 위해서는 어쩔 수 없지 않겠느냐는 때 지난 명제로 합리화하고, 그리고 매일매일 서로를 쓸모없는 실존의 존재로 격하하거나 아니면 원한을 품는다. 오로지 그곳의 규율에 충실한 신체인 만큼 그곳의 규율이 지시하는 대로 사유하고 행동할 뿐이다. 자신이 살아 있는 생명체가 아니고 또 타자 역시 살아 있는 생명체가 아니므로 그곳 사람들은 스스로를 목적으로 생각하지도 않고, 당연히 타자를 목적으로 생각하지도 않는다. 해서 이들은 만약 타자가 자신이 행하고자 하는 바를 방해한다면, 그때 타자는 오로지 적이면서 동시에 도구이거나 사물이기 때문에 폭력을 행사하는 데 아무 거리낌이 없다. 한마디로 Y읍 사람들에게 살인이나 폭력은 일상적인 것이며, 이 소설의 첫머리를 장식한 연쇄 살인사건 역시 일상화된 폭력의 연장선상에 있는 것이다. 그리고 이런 관점에 설 경우 연쇄 살인사건의 범인이 누구인가는 그리 중요하지 않다. 그 범인이란 군대와도 같은 근대적 규율이 '양병'해낸 것이므로. 해서, '스티브'가 아니더라도 다른 누군가가 그와 같은 지독한 살인을 저지를 것이므로.

이런 이유로 Y읍은 서서히 불모의 땅이 되어간다. 비유컨대 신진대사가 이루어지지 않기 때문이다. 일상화된 폭력으로 쉼 없이 사람들은 상해가고 죽어가나 Y읍을 용약하게 할 새로운 생명이 잉태되지 않는다. 거의 모든 관계가 돈을 매개로 한 관계이기에 새로운 생명이 들어설 틈이 없다. 혹여, 들어선다 하더라도 그것은 축복받는 생명이 아니다. 오히려 자신들이 욕망하는 바를 방해하는 존재에 다름 아닐 뿐이다. 당연히 Y읍에서 대부분의 새 생명들은 어미의 자궁에 들어서는 순간 거친 사회적, 의학적 폭력에 의해 제거된다. 그 결과 Y읍에서의 자궁은 단지 병을 간직한 더러운 곳이거나 교환경제의 시스템과 상동성을 지닌 물신화의 장소로 전락한다.

그런 까닭에 그래도 Y읍에서는 '순종하는 신체'이기보다는 반성적 주체에 속하는 요아킴마저도 Y읍의 일상화된 폭력과 전혀 무관한 존재는 아니다. 산부인과와 외과 전공의인 요아킴은 산부인과 의사임에도 불구하고 새로운 생명을 세상 밖으로 이끌어내는 행위 대신에 어렵사리 들어선 생명들을 없애는 일에 매달린다. 요아킴은 스스로에 대해 "메스를 잡은 유인원이 따로 없었다"(95쪽)고 자책하지만 그 일에서 손을 떼지는 못한다.

내일도 모레도 어느 임부의 자궁에서 단백질 덩어리가 떼어져 핏물과 함께 정원에 묻힐 것이다. 맨드라미와 해바라기는 태아를 거름으로 먹고 더 붉게, 더 노랗게 변색하면서 더 높이 웃자랄 것이다. 손에 경련이 일었다. 수술대에서 메스를 잡던 손. 태아를 난도질해 사산시킨 손. 정원에서 잡초를 뽑아 거름을 만들던 손. 손은 발작하듯 떨리며 요아킴을 비웃는 것 같았다.(94쪽)

이렇듯 Y읍은 교환의 정치경제학이 만들어놓은 여러 겹의 구획선이 은밀하면서도 견고하게 작동하는 것은 물론 그 구획선의 자의성과 폭력성에도 불구하고 그곳에 속한 (비)주체들이 그 구획선에 다만 순종함으로써 더욱더 폭력이나 살인이 일상화되는 땅으로 (역사철학적으로) 맥락화된다. 그런데 어떤가. 이쯤 되면 Y읍은 우리와 전혀 무관한 저곳이 아니라 우리가 살고 있는 그곳 아닌가. 교환의 정치경제학의 강력한 위용 앞에 여지없이 무력하여 오로지 돈을 매개로만 타자와 관계를 맺고, 또 그 교환의 정치경제학이 만들어놓은 구획선 안에서 오히려 그 구획선 바깥에 떠밀려나갈 것을 두려워하며 숨죽이고 살아가는 존재들이라면, 바로 우리들 아니던가. 비록 그것이 진실하지 않더라도 자신의 사회를 가로지르는 규율들에 무기력하게 순종하는 신체들이라면, 바로 우리들 아니던가. 물론 지금 우리가 살고 있는 이곳은 Y읍과 달리 이처럼 직접적으로 노골적으로 교환의 정치경제학이 관철되고 있지 않으며, 따라서 상징 규율에 순종하는 우리의 행동 역시 Y읍 사람들의 행동과 달리 그렇게 눈에 보일 정도로 폭력적이지는 않을 것이다. 그렇다 하더라도 그것이 우리의 행동이 전혀 폭력적이지 않다는 것을 의미하지는 않을 터이다. 다만 눈에 보이지 않는 방식으로 그것을 행할 뿐이다. 우리는 상징 규율, 혹은 대타자에 복종하되 '자발적인 복종'을 하고 있어 다만 '자발적'이라고 느낄 뿐이며, 또한 우리는 자기만을 배려하며 살기에 수시로 타자에게 폭력을 가하나 다만 여러 단계를 거쳐 그 결과가 나타나는 까닭에 자신의 행위가 폭력인 것을 모르고 살 뿐인 것이다.

그렇다면 우리가 Y읍에서 느끼는 기괴함 혹은 괴상망측함은 우리에게 익숙하지 않은 풍경을 볼 때의 기괴함이 아니라고 해야 한다. 미래란 성립된 규범성과 절대적으로 단절된 무엇이며 따라서 미래는 일종의 기괴함 속에서만 자신을 예고하고 스스로를 현전(現前)시킬 수 있다는 데리다식의 표현을 빌리자면, 실재란 성립된 규범성과 절대적으로 단절된 무엇이며 하여 실재는 일종의 기괴함 속에서만 자신을 예고하고 스스로를 현전시킨다면, 우리가 『카인의 정원』에서 목도하는 기괴함은 바로 우리의 규범성 너머에 존재하는 실재를 발견하는 데서 오는 기괴함이라 할 만하다. 아니면 『카인의 정원』의 살풍경에 우리가 전율하는 것은 우리가 전혀 낯설고 기괴한 것을 보았기 때문이 아니라 바로 그 낯설고 기이한 풍경에서 우리가 부정하는 우리의 바로 그 모습을 확인하기 때문이며, 이를 우리는 섬뜩함이라 부르는 것이다.

하여간 『카인의 정원』은 연쇄 살인사건을 범인 찾기라는 소설 문법에 기대지 않고 그 살인사건을 일상인의 실존형식과 유비시키는 독특한 방법을 통하여 급기야는 문명 안의 불안과 불만 그리고 부조리를 밀도 높게 포착하는 것은 물론 전혀 이질적이고 기괴해 보이는 공간을 서서히 우리가 사는 그곳과 유비시켜 결국에는 우리가 외면하던 실재를 경험하게 하는 소설이다. 이는 전적으로 기존의 '잘 빚은 항아리'에 만족하지 않고 작가 자신의 역사지리지에 가장 적절한 형식을 발명하려는 작가 정신의 산물임은 물론이다.

3. 자연의 재발견과 증여의 윤리

『카인의 정원』은 분명 기존 소설 문법에 충실한 소설이 아니다. 『카인의 정원』에는 서사와 묘사의 불균형이랄까 아니면 전체와 부분의 비유기적 결합이랄까 하는 비대칭이 존재한다. 『카인의 정원』에는 그것이 의도된 것이든 의도되지 않은 것이든 신성한 디테일들이 소설의 중핵과 서로 갈등하고 충돌하는 상황이 펼쳐지는바, 이는 전적으로 『카인의 정원』이 기존 소설 문법으로는 담기 힘든 새로운 세계상을 담고 있기 때문이다. 우리는 앞서 『카인의 정원』이 기존의 추리소설이나 범죄소설과 다른 구조를 취할 수밖에 없었던 데에는 Y읍이라는 낯선 곳에서의 기괴한 연쇄 살인사건을 지금, 이곳의 실존형식과 유비시키기 위해서라는 점을 확인한 바 있다.

하지만 『카인의 정원』의 서사와 묘사의 비대칭성에는 또다른 역사철학도 개입되어 있다. 그것은 다름 아닌 문명의 불안과 불만을 넘어서는 행위에 대한 천착이다. 『카인의 정원』은 Y읍에서의 연쇄 살인사건을 계기로 문명의 불안과 불만(보다 구체적으로 말하자면 폭력적인 근대적 규율과 그것에 순응하는 신체들의 탄생)을 표현하기도 하지만 동시에 그 불안과 불만의 문명으로부터 벗어날 수 있는 길도 제시하는바, 이것으로 인해 『카인의 정원』이 보다 낯선 형식을 취하게 되었다고 할 수 있다. 그렇다. 『카인의 정원』은 실낙원에서 낙원을 꿈꾼다. 아니, 바로 지금이 실낙원이기에 낙원을 향한 행위가 가능하다고 믿는다.

그렇다면 이제 우리의 관심사는 『카인의 정원』에서 인간 (비)주체들이 이 실낙원으로부터 벗어날 길로 어떤 윤리 혹은 어떤 행위를 제시하고 있는가이다. 우선, 다음을 보자.

① 그 모든 것을 업이라는 운명론으로 치부하기에 죽음의 왕국은 너무도 잔인했다. 꽃잎들의 신음 소리가 핏물처럼 귀에 고여들었다. 인간의 손에 의해 짓이겨진 채 지상에 붉은 핏물을 뿌리고 죽어간 꽃잎들. 탄생의 순간에 소멸해간 서러운 존재들이 정원에서 썩어가고 있었다. 꽃은 이미 꽃이 아닌 무엇이었다. 태아의 목숨이 있는 듯, 연분홍 꽃 즙을 흥건히 자아내고 있는 꽃망울들. 지상은 죽음의 왕국에서 피워낸 꽃잎으로 떠받쳐지고 있었다.(93쪽)

② 두꺼비는 자신의 몸을 뱀에게 통째로 잡아먹히지만 독으로 뱀을 죽이고 그 양분으로 자기의 새끼들을 부화시키는 처절한 희생의 동물이기도 하다. (……) 야행성으로 주로 밤에 움직이므로 산란기 외에 특히 낮에는 거의 눈에 띄지 않는 두꺼비. (……) 이 우직스러운 두꺼비가 사랑에는 퍽 섬세한 면이 있지 않은가. 두꺼비 암컷은 짝을 지을 때 저음의 울음을 우는 우람하고 덩치 큰 수놈을 좋아한다. 두꺼비 수컷은 몸이 차야 더 굵은 소리를 낼 수 있다는 것을 본능적으로 알고 연못의 서늘한 곳을 찾아가서 저음

의 울음을 터뜨린다. 굵은 베이스를 닮은 두꺼비의 울음소리를 들을 때마다 친모를 그리워하는 길명이 속으로 우는 통곡이 들리는 것 같았다. 저음의 사랑 노래. 독이 묻어나는 그리움. 두꺼비가 청정 지역이 아니면 살아갈수 없듯, 길명은 또한 썩을 대로 썩은 기지촌의 정화적 존재가 아닐까. 더러운 적색 지대에서 몸부림치는 한 마리 두꺼비로서의 길명이.(89~90쪽)

①은 요아킴의 병원에 있는 정원에 대한 묘사다. 그러니까 '카인의 정원'에 대한 묘사다. 비록 겉으로는 아름답고 화려하지만 그 아름다움에는지금 이 시대의 광기가 스며 있다고 말한다. 아니, 지금 이 시대의 광기를 위장하기 위해 지금 이 시대는 더욱더 화려해지고 아름다운 외관을 갖추려고 한다는 것이다. 아름다운 것에마저도 깃들어 있는 시대의 광기들.하지만 그럼에도 불구하고 『카인의 정원』은 ②에서처럼 '정화'에 대해 말한다. '썩을 대로 썩은' 곳이라도 '정화'는 가능하며, 그 정화의 가능성을놓아서는 안 된다는 것. 그리고 사실은 정화란 '썩을 대로 썩은' 그래서더이상 썩을 것이 없는 상태가 된 연후라야 가능하다는 것. 그러므로 지금 이곳은 썩을 대로 썩었으니 '정화'의 가능성이 열린 곳이라는 것.
　이처럼 『카인의 정원』은 한편으로는 아름답고 화려하고 외설적인 것에 깃든 추악함을 고발하지만, 동시에 그 극단의 추악함을 거친 다음에야비로소 발화될 수 있고 자기화될 수 있는 정화의 길을 찾아나선다. 『카인의 정원』에서 그것은 크게 두 가지로 제시된다. 하나는 근대적 규율로부터 벗어나서 '벌거벗은 생명', 그러니까 자연의 한 구성원으로 되돌아가는 것. 즉 근대적 규율에 조종되는 순종하는 신체가 아니라 그 근대적 규율보다도 더 큰 우주적 규율 속에 자신의 신체를 맡기는 길이다. 흔히 말하는 것처럼 근대성이 탈마법화를 내세우면서 인간에게서 자연의 의미를제거해버렸다고 한다면, 이제 근대적 규율이 인간에게서 배제했던 자연속의 인간의 위치를 되찾아야 한다는 것이다. 요아킴은 그 길을 실천에

옮기며 "메스를 잡은 유인원"이라는 강박에서 벗어나거니와("흙과 나무를 만진 뒤에 진찰대에 누워 있던 환자를 진찰해보면 확실히 느낌이 달랐다. 청진기 대신에 환자의 복부나 등에 주름 진 손등을 대고 몇 차례 가볍게 두드리는 것만으로도 환자의 용태가 정확히 짚어지곤 했다."〔156~157쪽〕), 나중에는 자연의 의미를 '키키모라 정령' '들판의 정령' '숲의 정령'의 형태로 정식화하여 제시하기도 한다. 즉 자연의 모든 생명체는 각자 영혼을 지니고 있으므로 그들 생명체의 목소리에 귀 기울여야 한다는 것이다.

『카인의 정원』에서 지금, 이곳이라는 실낙원을 정화시킬 수 있는 길로 제시하고 있는 또하나의 방법은 '두꺼비-되기'이다. 기꺼이 자신을 희생하고 그 희생을 통해 보다 더 의미 있는 사회를 건설하는 밑거름이 되자는 것. 너무 추상적이고 막연하다고 할지 모르겠다. 실제로 그렇지만은 않다. 비록 개념화되어 있지는 않더라도 『카인의 정원』에서는 '두꺼비-되기'의 구체적인 예증이 반복적으로 제시되어 있으며, 또한 제법 구체적인 가능성의 형식을 띠고 있기도 하다. 『카인의 정원』은 이곳이 교환의 정치경제학이 지배하는 곳임을 분명히 하면서 이 교환경제를 넘어서기 위해서는 증여의 윤리를 갖추거나 아니면 증여 행위의 실천자가 되는 것이 필요하다는 것을 반복적으로 보여준다. 즉 교환 행위가 아닌 증여 행위를 하자는 것. 물론 이 증여 행위는 교환 행위 탓에 철저하게 외면받고 쓸모없는 행위로 격하될 것이지만, 그러나 이 증여 행위의 전염성은 만만찮으며 종국에는 교환경제 전체를 내파시킬 수도 있다고 말한다. 『카인의 정원』에는 교환관계가 아닌 증여 행위를 매개로 맺어지는 몇몇 관계들이 있다. 예컨대 미옥과 길명, 울래미 모의 관계가 그러하고, 요아킴과 미옥의 관계가 그러하고, 미옥과 울래미의 관계가 그러하며, 또 요아킴과 길명, 가평댁과 길명의 관계도 그러하다. 그것만이 아니다. 요아킴과 신부의 관계가 그러하며, 요아킴와 외팔이 조씨의 관계가 그러하고, 또 요아킴과 리처드 중령의 관계가 그러하다. 이들은 서로 무엇과 무엇을 일대일로 교환하지 않는다. 교환한다 하더라도 항상 부등가로 교환하며 두 교환물 사이의 차이를 인간적인 친밀성으로 채운다. 하여간 증여는 무언가 계산되지 않는 것의 소중함을 일깨우며, 그 인간적인 친밀성의 발견은 이 사람에게서 저 사람에게로, 이곳에서 저곳으로 떠돌아다닌다. 그러다 종내 인격화되어 교환의 시스템을 거부하는 주체를 만들어내기도 한다. 아니, 그것까지는 아니더라도 교환의 정치경제학에 순응하는 신체에 대한 회의와 반성의 순간을 만들어낸다. 그렇게 누군가로부터 증여를 받은 사람들은 더 많은 것, 더 가치 있는 것을 증여하고, 급기야는 일종의 증여-사회를 구성하기도 한다. 물론 이는 거대한 집단을 이루어 현실적인 질서를 구성하는 것은 아니지만 비교처럼 강한 전염성을 지니며 전파된다. 그렇게 외팔이 조씨가 길명을 건사하고 또 길명이 외팔이 조씨를 돕는다. 그런가 하면 외팔이 조씨는 자신이 받은 귀중한 선물을 값진 노동으로 되돌려 주려다가 죽음을 맞기도 한다. 하지만 얼마나 기쁜 일인가. 근대적 규율이 인위적으로 만들어놓은 구획선들을 뛰어넘어 비로소 온전한 주체가 된 셈이니 말이다. 그러므로 이렇게 교환경제에 대항하는 증여-사회를 구성한 존재들이 나중에 숲의 정령이 되어 다시 요아킴 앞에 나타나는 마지막 장면은 더할 나위 없이 감동적이다. 아마도 이 감동은 『카인의 정원』에서 모색하고 있는 정화의 길이 대단히 현실적이고 의미 있는 이정표임을 알려주는 중요한 표지이리라.

꽃술이 오므라든 채 달빛을 받고 있는 국화 군락 사이로 길명의 얼굴이 보였다. 공동묘지에 묻혔을 텐데 환하게 웃는 얼굴이었다. 그 옆에 심어진 붉은 물봉선 이파리가 바람에 슬며시 움직였다. 바람에 들춰진 이파리 뒤에서 외팔이 조씨의 얼굴이 나타났다. 멀쩡하게 두 손을 흔들고 있는 모습이었다. 외팔이 조씨는 말을 쏘아 죽여 속이 시원하냐고 묻는 듯했다.
―무슨 미련이 있기에 아직도 하늘로 올라가지 못하는 게야.

요아킴이 중얼거리자 외팔이 조씨는 너털웃음을 터뜨리며 다시 잎사귀 뒤로 숨어버렸다. 바람이 나뭇가지를 가볍게 흔들었다. 나뭇잎 한 장에 미옥의 얼굴이 붙어 팔랑팔랑 흔들리고 있었다.(282~283쪽)

물론 마지막 부분이 이렇게 끝난다고 해서 『카인의 정원』의 증여 행위를 통한 증여-사회에 대한 가능성을 절대화시키고 있지는 않다. 오히려 반대다. 『카인의 정원』의 마지막 부분은 드디어 '들판의 복수' 혹은 '자연의 복수'가 시작되는 장면들로 채워져 있고, 그것 때문에 Y읍 사람들은 실낙원인 Y읍에서마저도 쫓겨나 더 큰 재앙 속으로 들어서는 것으로 되어 있다. 하지만 재앙이 정말 재앙인 것은 그것으로부터 벗어날 어떤 가능성도 없을 때인 것이다. 그러나 『카인의 정원』의 마지막은 조금은 희망적인 분위기를 풍기고 있다. 비록 더 참담한 지옥으로 들어섰다고는 하나 Y읍 사람들은 자연의 목소리를 듣고 급기야 더 인간적인 사회를 위해 자신을 희생하는 존재들을 증여 행위를 경험했을 뿐만 아니라 그 증여 행위의 참가치를 느낄 수 있게 되었다고 말하고 싶었으리라. 『카인의 정원』에 따르면 우리는 이렇게 삶의 최저 단계에 이르러서야 비로소 티끌만한 희망의 씨앗 하나를 받아 쥐는 셈이다. 안타깝게도. 아니, 다행스럽게도.

4. 『카인의 정원』의 이질성 혹은 위상

『카인의 정원』은 충격적인 살인사건과 자연의 복수 등 기괴함으로 가득 찬 소설이다. 뿐만 아니라 한국전쟁이나 분단의 잔여물, 그리고 우리 안에 진주해 있는 외국 군대의 폭력성 문제까지도 포괄하고 있다. 어떻게 보면 1980년대 한국문학의 분위기와 1990년대 이후 한국문학의 주제가 뒤섞여 있는 형국이다. 해서 『카인의 정원』은 요즘의 문학에 비추어보면 분명 낯설고 이질적이다.

그렇지만 『카인의 정원』이 작가 정철훈이 지금, 이곳의 실체 혹은 실재들을 말하기 위해 쓴 소설임을 감안한다면 전혀 이질적이지 않다. 오히려 당연하다. 정철훈은 "늑대는 언제나 사막을 지배했"지만 "사람은 사막을 정복하지 못했다"(「치르치끄 강가에서」)는 사실, 다른 말로 표현해 인간 존재의 유한성과 인류 문명의 불완전성을 거듭 강조하는 존재이기도 하고, 또 "평생을 하늘만 바라보고 살다보니/ 눈동자에도 하늘만 고"(「고산족」)이는 고산족에게서 강한 동일시를 경험하는 존재, 그러니까 문명 속에서 낙원을 보는 것이 아니라 불만을 느끼는 그런 작가인 것이다. 뿐만 아니라 정철훈은 분단의 상처로 회복하기 힘든 내상을 경험하기도 한 작가다. 그래서 그는 인류에게 재앙과도 같은 전쟁을 안겨준 문명의 유한성과 비본래성에 끝없는 경계를 표하고 대신 문명화 이전, 그러니까 순수 자연이라는 원점으로 돌아가기를 끊임없이 희원한다. 진리의 빛들로 눈부신 그곳, 인간이 동물의 영장이 아니라 다른 생명체들과 마찬가지로 자연의 한 구성물인 그곳, 그것이 아니라면 적어도 창공의 별이 우리의 갈 길을 비추므로 개인의 모험과 사회적 발전이 조화를 이루는 그곳. 그에겐 바로 그곳이 우리가 어리석게도 떠나온 바로 그곳이고, 또다시 우리가 지혜로워진다면 반드시 돌아가야 할 그곳이다.

그렇다면 정철훈에게 문명화된 이곳, 그러니까 순수 자연의 상태란 모두 사라지고 오로지 인공적인 것으로 가득 찬 이곳은 어떤 곳일까. 아감벤의 표현을 빌리자면 발가벗은 생명의 힘을 믿는 그에게 (인간의) 발가벗은 생명을 순종하는 신체로 전락시킨 근대적 생명 권력의 세계는 도대체 어떤 형상을 띠고 있는 것일까. 연옥이나 실낙원의 풍경이 아니겠는가. 아니면, 근대라는 규율적 통제에 사이보그로 전락하여 오직 자기만을 배려하며 만인이 만인과 투쟁하고 있는 곳 아니겠는가. 아니면 근대적 규율이 구획한 집단을 위해 전쟁을 마다하지 않고 또 비록 총성은 멎었더라도 여전히 그 구획을 유지하기 위해 매일매일 처절한 전쟁, 전쟁과 같은 생활을 영위하고 있는 곳일 터이다. 정철훈과 같은 실러적 의미의 목가주의자에게 인공적인 것으로만 채워진 문명이란 절대적 낙원일 수 없다. 그에게 최소한의 투자로 최대한의 이윤을 창출해야 한다는 정글의 법칙을 진리의 구현이라 믿고 사는 이 세계란 연옥이 아니고 전쟁터가 아니고서는 다른 무엇일 수가 없는 것이다.

이런 점을 감안한다면 『카인의 정원』의 Y읍이 전쟁의 흔적이 여전히 잔존하는 문명화된 도시로 설정된 것은 하나도 이상하지 않으며 또 그런 전쟁터와 같은 문명을 넘어설 수 있는 정화의 가능성을 모색하는 것 역시 전혀 낯설 것이 없다. 정철훈에게 지금, 이곳이란 근대라는 규율적 통제에 의해 순종하는 신체들로 전락한 인간들이 자신만의 이익을 위해 매일매일 서로를 죽이는 죽음의 땅일 뿐인 것이다. 그러니 현대인들이 얼마나 근대적 혹은 군대적 규율 속에서 서로가 서로를 잔인하게 훼손시키고 있는가를 제시하고 또 그것에서 벗어날 수 있는 인식론적이고 윤리적 지표를 찾아나서는 것 역시 당연하다. 다만 『카인의 정원』에서 낯선 것이 있다면 그것은 분단의 상처와 미군의 횡포 등 1980년대의 주제와 문명 속의 불안이라는 1990년대 이후의 주제가 병존하고 있다는 점이다. 하지만 가만히 생각해보면 낯설 것도 없다. 우리의 현실 안에는 문명 속의 불안이라는 문제와 분단의 상처라는 문제가 공존하고 있기 때문이다. 그런데도 이 둘 모두를 다룬 소설이 우리에게 낯선 것은 아마도 1980년대 이후 한국문학이 분단이라는 개별적 내러티브와 문명 속의 불안이라는 보편적 내러티브를 길항시켜 한국사회만의 특수한 내러티브를 발명하는 데 최선을 다하지 않았다는 증거인 셈이다. 그렇다면 『카인의 정원』의 낯섦은 이 소설이 우리의 상징적 규범에 가려진 무시무시하고도 매혹적인 실재들을 읽어내는 데 중요한 교두보를 마련했음을 알려주는 표지라 할 수 있다.

그러니 이렇게 말할 수 있다. 『카인의 정원』이 나왔다. 그리고 한국문학이 가야 할 중요한 이정표 하나가 저 멀리 모습을 드러냈다.

(2008)

별종의 전복성, 혹은 전복적 별종
— 김언수 장편소설 『캐비닛』에 대한 단상

1

또하나의 기괴한 소설이, 그것도 데리다적인 의미에서의 기괴한 소설
이 탄생했다. 김언수의 장편소설 『캐비닛』이다. 일찍이 데리다는 어느 곳
에서 "미래란 성립된 규범성과 절대적으로 단절된 무엇이며 따라서 미
래는 일종의 기괴함 속에서만 자신을 예고하고 스스로를 현전시킬 수 있
다"[1]고 말한 적이 있다. 풀어서 말하자면 우리의 친숙함이란 현재의 규범
성에 따른 것이므로 현존재들에게 현재의 규범성 바깥의 모든 것들은 무
시무시하고 기괴하게 다가오며, 따라서 미래의 징후 혹은 미래적 규범성
은 모두 우선 기괴한 것과 동일시되기 마련이라는 것이다. 데리다에 따르
면 기괴한 것은 오히려 미래의 현전이자 예고일 가능성이 높다는 것인데,
『캐비닛』의 기괴함이야말로 미래의 현전으로서의 기괴함이라 할 만하다.
앞질러 말하자면 『캐비닛』은 그것을 통해 오늘날의 규범성에 의해 가려
졌던 무시무시하고도 매혹적인 실재들을 재현하는 한편, 그 실재들을 기

---

1) 자크 데리다, 『그라마톨로지』, 김성도 옮김, 민음사, 1996, 17쪽.

반으로 오늘날의 규범성과는 단절된 혁신적 규범을 창조해낸 소설이다. 그러므로 이렇게 말해도 큰 무리는 아닐 듯하다. 『캐비닛』으로 인해 한국 문학사를 혁신시킬 또하나의 변종을 갖게 되었다고.

2

『캐비닛』의 기괴함은 우선 이 소설에 수시로 출몰하는 기괴한 인물들에게서 연유한다. 이 소설에는 그야말로 기상천외하고 괴상망측한 인물이 하나둘이 아니다. 넘쳐난다고나 할까.

『캐비닛』은 일종의 환상소설이다. 다시 말해 『캐비닛』은 산문적 현실을 발견하고 그것을 재현하기보다는, 시적 진실을 함축적으로 전달할 전혀 새로운 현실상을 발명하고 그것과 구체적 현실을 비교·대조·유추시키는 것에 보다 큰 의미를 두는 소설이다. 그러므로 『캐비닛』은 전형적인 상황에서의 전형적인 인물에 대한 핍진한 묘사 따위엔 관심이 없다. 대신 현실적으로 존재하지 않는, 그러나 다른 맥락에서 보자면 존재할 법한 가상의 상황과 인물들을 설정해놓고 그 허구공간 자체의 규율과 명제에 의해 인간을 규정하고 또 자체의 우주를 구성해가는 방식을 취한다. 『캐비닛』의 허구적인 공간이 설정하고 있는 자체의 명제는 간단하다기보다 분명하다. 오늘날은 "인류가 지금까지 단 한 번도 만난 적이 없는 엄청나고도 거대한 변화들" 때문에 "인류는 그 어느 때보다 더 강력하게 진화의 압박을 받고 있"[2]는 시대일 뿐만 아니라, 실제 여러 존재들에게는 그러한 진화가 "철학적이거나 윤리적인 본질이 아니라 바로 생물학적 본질"(30쪽)상에 나타났다는 것. 그들이 다름아닌 "'징후를 가진 사람들' 혹은 '심토머(symptomer)'"(30쪽)들이다.

『캐비닛』은 바로 이 심토머들을 보여주고 이 심토머들에 관해 말하기

---

2) 김언수, 『캐비닛』, 문학동네, 2006, 30쪽. 이하 이 책에서 인용할 경우 쪽수만 밝힘.

위해 씌어진 소설이다. 이들을 효과적으로 보여주기 위해 『캐비닛』은 이 심토머들의 절망과 전망, 고통과 각성의 과정을 한자리에 모은 허구의 공간을 만들어냈고, 그것이 바로 '캐비닛'이다. 이 캐비닛은 어느 국영기업 연구소의 한적한 곳에 버려진 듯 놓여 있다. 그런데 어느 날 우연히 누군가가 그것을 열고 그 기록을 열람하게 되고, 바로 그 순간 캐비닛이라는 좁은 감옥 속으로 떠밀려들어갔던 심토머들의 목소리가 터져나오기 시작한다. 그러면서 『캐비닛』에서는 한편으로는 그야말로 다양한 심토머들의 혹독한 좌절과 짧은 환희의 드라마가 펼쳐지고, 다른 한편으로는 그 기록을 숨기려는 자들(혹은 이용하려는 자)과 심토머들의 영혼을 지키려는 존재들 사이의 대결이 펼쳐진다.

하여간, 이렇게 작중화자에 의해 캐비닛이 열리면서 『캐비닛』은 돌연변이, 변종, 괴물들의 향연장이 된다. 『캐비닛』이 상상하고 발명해낸 변종들은 그야말로 다양하다. 휘발유·석유·유리·신문을 먹는 사람, 손가락에서 은행나무가 자라는 사람, 잃어버린 손가락 대신 만들어넣은 나무손가락에 살이 붙고 피가 돌아 육질화(肉質化)되어가는 현대판 피노키오, 고양이만을 사랑하는 여자의 사랑을 얻기 위해 고양이가 되고자 하는 사람, 몇 달씩 시간을 통째로 잃어버리는 타임스키퍼, 백칠십이 일 동안 잠을 자는 토포러, 또다른 나를 만나서 강한 나르시시즘을 경험하는 도플갱어, 두 개의 몸으로 분리되어 일주일에 한 번씩 다른 몸의 장례를 치르는 샴쌍둥이, 남자의 성기와 여자의 성기를 동시에 가지고 있으며 자가수정도 가능한 네오헤르마프로디토스, (다른 사람들은 환상일 뿐이라고 말하지만 실제로) 침대 밑의 악어에게 발목을 잃는 사람들, 자신이 원래 있었던 별로 돌아가야 한다고 믿는 외계인 무선통신 회원들, 이 몸 저 몸을 옮겨다닐 수 있는 다중소속자, 1998년을 홍당무 단 하나로만 기억하는 메모리모자이커, 도마뱀이 되어버린 혀를 지닌 여인 등등, 『캐비닛』에는 단순히 비정상적일 뿐만 아니라 상상해내기도 쉽지 않은 기인들, 돌연변이들

이 넘쳐난다. 처음부터 끝까지 줄기차게 그런 인물들만 나온다. 〈X파일〉
이나 〈세상에 이런 일이〉 〈믿거나 말거나〉 등에서나 봄직한 인물들은 물
론 늑대인간 등 정신임상보고서에서 자주 거론됨직한 인물, 또는 인간이
상상했던 수많은 신화적 전설적 변종들과 접할 수가 있는 것이다. 『캐비
닛』을 두고 이종과 변종의 박물지라고 불러도 무리가 없는 것은 이 때문
일 것이다.

『캐비닛』에 수시로 출몰하는 이 이종과 변종들은 때로는 역겹기도 하
고 경멸스럽기도 하고 또 인정하기 힘들기도 하지만, 마냥 이물감만 느껴
지지는 않는다. 어느 순간 그 변종들이 좀더 극단적인 형태일 뿐 바로 현
대인들의 실존형식과 유사함을 발견하기 때문이다. 『캐비닛』의 변종들은
완전히 우리와 이질적이며 차이가 나는 타자들이 아니다. 이 변종들은 오
히려 우리의 순응, 비겁, 원망, 욕망 등이 만들어낸, 혹은 우리가 의식하
지 못하는 사이에 표출되는 나르시시즘적 충동, 반동, 투사, 사후적 기억
등 무의식적 계기들이 빚어낸 환영이라고 할 수 있다. 이 변종들은 신체
혹은 육체를 지니고 있을 뿐 전적으로 인간의 의식과 무의식의 투사물들
이며, 바로 우리 자신의 일부이다. 그들은 우리와 다른 듯 밖에 있지만 바
로 우리 안에 있는, 욕망의 구조와 같다. 외계인 무선통신 회원들은 가족
로망스의 좀더 극단적 형식일 터이고, 메모리모자이커는 조작된 기억 혹
은 사후의 기억으로 흔들림 없는 세계 내적 위치를 고수하는 우리들의 모
습이다. 또한 자신을 붙잡아매는 현실원칙이 무서워 이곳에 안주하면서
도 이곳으로부터 벗어나 또다른 삶을 살고자 하는 것 역시 우리의 오래된
소망 아니던가. 뿐만 아니라 우리는 얼마나 많은 외부적 지성에 자신의
영혼을 맡기고 있으며 그 외부적 지성의 충돌 때문에 또 얼마나 극심한
혼란을 겪고 있는가.

『캐비닛』은 이처럼 우리와 전혀 다른 괴물과 변종들을 통해 우리를 되
돌아보는 드문 경험을 하게 한다. 전혀 낯설고 정상적이지 못한 변종들,

혹은 우리가 폐기처분한 것들 속에서 발견되는 우리는 보다 더 강렬할 뿐만 아니라 충격적이기까지 하다. 『캐비닛』의 이러한 미적 충격은 철저히 의도되고 계산된 것처럼 보인다. 얼핏 『캐비닛』은 수많은 심토머들을 단순히 나열하고 있는 듯하지만 동시에 다음과 같이 이 모든 돌연변이들을 현대성과의 관계 속에서 맥락화하고 있기 때문이다.

1) 아니, 가질 만큼 가지고 배울 만큼 배운 사람들이 왜 휘발유 따위를 마시고 있는 걸까? 그들이 스테이크나 빵 대신에 휘발유를 선택하는 이유는 간단하다. 그것은 휘발유가 다른 식단보다 육체와 정신에 훨씬 더 효율적으로 작용하기 때문이다. 그들은 휘발유의 어떤 성분이 도시에서의 삶을 자동차 엔진처럼 규칙적이고 역동적으로 만들어준다고 믿는다.

"어떤 순간에도 휘발유만 넣어주면 되죠. (……) 빵과 고기만으로 이루어진 전통적인 식단은 인간을 결국 신뢰할 수 없고 게으른 존재로 만들죠. 휘발유는 인류의 새로운 대안입니다. 주위를 보세요. 지금은 21세기입니다. 속도의 천국이죠. 그러니 언제라도 튀어나갈 준비를 하고 있어야 합니다."(24쪽)

2) "다시 작업장으로 들어가려는데 마음이 불안했어요. 꽃이 죽었으면 어떡하나. 자꾸 불길한 생각이 드는 거예요. 그래서 저는 빨리 공장 뒤편 화단으로 뛰어갔어요. 재빨리 보고 돌아오려고요. 공장 밖에서도 컨베이어벨트 돌아가는 소리가 들렸죠. 저는 빨리 달려서 화단으로 갔어요. 노란 꽃은 안전하게 잘 있더라구요. 그리고 다시 막 달려서 공장 안으로 돌아왔는데, 텅 비어 있어야 할 제 자리에 제가 앉아 있는 거예요. 평소와 다름없이 이 밀리미터 나사를 열심히 돌리면서. 정말로 신기한 일이죠?"

(……)

"의식이 몸 두 쪽에 다 있는 건가요? 아니면 한쪽에만 있는 건가요?"

"처음 몇 분간은 분리된 쪽에만 있었는데 나중에는 몸 두 쪽에 다 있었어요."

"어떻게 그럴 수가 있죠? 각자 다른 공간에서 움직이는데."

내 말에 그녀는 피식 웃었다.

"이 밀리미터 나사를 돌리는 데는 신경을 많이 쓸 필요가 없어요. 아무 생각 없이 그냥 돌리는 거죠. 그래서 정확히 말하면 의식이 두 쪽에 다 있기는 하지만 주로 공장 밖에 있는 몸에 집중되어 있어요. 공장에서 일하는 몸은 그냥 습관으로 움직이는 거예요."(260~261쪽)

위의 인용문들은 『캐비닛』이 이 소설의 숱한 이종과 변종들을 오로지 생물학적인 변종으로만 바라보지 않음을 잘 말해준다. 『캐비닛』은 소설 속의 여러 변종들을, 1)에서 볼 수 있듯 자본주의적 속도감 혹은 사물화된 합리성과 같이하려는 순응의지가 만들어낸 결과물로 보거나, 아니면 2)에서 볼 수 있듯 대타자의 그늘로부터 자기를 찾기 위한, 그러나 진정으로 강렬하지는 못한 열망으로부터 촉발된 것으로 파악한다. 이처럼 이 소설은 소설 속의 숱한 변종들을 궁극적으로 자본주의가 만들어낸 괴물이거나 희생양으로 맥락화하거니와, 그러므로 우리가 『캐비닛』의 그토록 이질적인 변종들과 쉽게 동일시되는 까닭도 바로 여기에 있다고 할 것이다. 그것은 전적으로 『캐비닛』의 일관된 맥락과 관련이 있는 셈이다.

한마디로 『캐비닛』은 심토머들의 일그러지고 분열된 몸을 통해 현대인들의 왜곡되고 전도된 실존형식을 비추는 동시에 근대성이라는 대타자가 인간의 철학과 윤리를 왜곡하고 분열시키는 단계를 지나 이제 신체적 병증까지를 유발하는 단계로 접어들었다는 점을 충격적이고 밀도 있게 형상화하고 있다. 『캐비닛』은 한편으로는 우리와 전혀 이질적인 존재들을 호명해내었다는 점에서, 그리고 다른 한편으로는 그 이질적인 것들 속에서 우리와의 동일성을 발견하고 환기시켰다는 점만으로도 우선 충분히 주목할 만한 성과임에 틀림없다.

3

그러나 정신적 병리나 환영의 인격화 혹은 신체화를 통해 근대성을 표현하기는 『캐비닛』의 성과의 한 요인일 뿐 전적인 요인은 아니다. 만약 이것만이라면 『캐비닛』의 의미는 훨씬 반감되었을 것이다. 환영의 인격화나 신체화를 통해 분열되고 기계화된 주체를 표현하는 방법은 이미 익숙한 기법이나 시도이기 때문이다. 아무리 그러한 징후들을 한자리에 넘칠 정도로 모았다고 해도, 또 그러한 병리적 징후를 정상인들과 유비시켰다고 해도 그것은 어디까지나 양적인 확장일 뿐 질적인 비약일 수는 없다. 그러니 만약 이것만이라면 『캐비닛』은 데리다적 의미의 기괴한 작품일 수 없을 것이다. 그러나 다행스럽게도 『캐비닛』에는 이것 말고 또다른 것이 있으니, 바로 이것이 『캐비닛』을 현재적 규범과 단절된 기괴한 작품으로 끌어올리는 보다 본질적인 요인으로 작용함은 물론이다. 서둘러 말하자면 그것은 『캐비닛』이 모색한 윤리성과 관련이 깊다. 『캐비닛』은 심토머들에게서 눈물만을 보지 않는다. 『캐비닛』은 심토머들에게서 짙은 눈물을 흘린 연후에야 갖게 된 이타성과 포용의 정신을 발견하고 그것을 새로운 윤리성의 중핵으로 설정하고, 그것으로 이 소설을 인정하든 인정하지 않든 수많은 심토머들을 다시 자리매김한다. 그 순간 우리는 우리가 세상을 얼마나 뒤집어 읽었는가 하는 것이 한순간에 밝혀지는 놀라운 경험을 하게 된다. 『캐비닛』이 이전 작품들과 또다른 의미론적 혁신을 행했다고 함은 바로 이것을 두고 말하는 것이다.

기괴한 인물들이 유독 많이 나와 잘 눈에 띄지는 않지만 소설 『캐비닛』의 구조 자체는 대단히 정통적이다. 『캐비닛』은 기본적으로 액자소설이며 액자 안의 기본 서사는 성장의 형식을 취하고 있다. 타인이 만들어놓은 실존의 그늘에서 타인의 지성을 사용하며 살아가던 작중화자는 어느

날 심토머들의 기록이 들어 있는 캐비닛을 열면서 낯선 실재와 이제까지
와는 전혀 다른 욕망의 매개자를 만난다. 작중화자는 당연히 대타자의 권
위와 맞서게 되고 그러면서 처절한 성장통을 통과의례로 경험한다. 이 처
절한 성장의 혼란과 고통의 과정 속에서, 작중화자는 자기 자신의 지성을
사용하는 단계로 나아가거니와 그 끝에서는 바로 이전과는 다른 이 소설
만의 윤리성이 오롯이 모습을 드러낸다. 『캐비닛』은 이렇게 성장의 형식
을 취하고 있거니와, 그러므로 이 소설만의 윤리성의 중핵을 찾기 위해서
는 잠시 작중화자의 성장 혹은 각성의 과정을 따라가볼 필요가 있다.

　작중화자는 처음에는 그야말로 정상적인 인간이었다. 아니 정상적인
인간이라고, 심토머라는 존재를 모르는 동안에도, 안 이후의 얼마 후까지
도 자신은 심토머들과는 어떤 동질성도 없다고 굳게 믿던 인물이었다. 비
록 소중한 존재들을 모두 잃은 상실감을 백칠십팔 일 동안 사백오십 박스
가량의 캔맥주를 먹어치우는 것으로 메우려고 한 적도 있지만, 또 어렵게
들어간 직장에 반복되는 일밖에 없어서 "정말이지 개껌이라도 질근질근
씹어먹고 싶은 시절이었고, 있었다면 정말 씹어먹었을 시절"(55쪽)을 경
험한 적이 있음에도 불구하고, 그는 자신이 아무 문제도 없는 정상인이라
고 생각한다. 그러던 그는 너무 심심해서 낡은 자료실에 처박혀 있던 캐
비닛을 열고 드디어 상징적 질서에 의해 폐쇄되어 있던 무시무시하면서
도 매혹적인 실재들, 그러니까 심토머들과 만나게 된다. 낯선 실재와 만
나고도 그는 대타자의 그늘로부터 벗어날 어떤 생각도 하지 않는다. 먼저
혐오감을 느끼지만 그마저도 익숙해진다. 해서 "개껌을 씹는 대신"(70쪽)
심토머들의 기록을 대면하고, 이때 이제까지와는 전혀 다른 욕망의 매개
자를 만난다. 권박사, 심토머의 자료들을 작성하여 13호 캐비닛에 보관한
존재가 바로 그이다. 작중화자는 권박사의 권유와 협박 때문에 심토머들
의 자료를 정리하는 일을 하게 되고 터벅터벅 그들의 세계 안으로 들어가
기 시작한다. 작중화자는 이제 심토머들과 직접 만나 대면을 하고 그들과

대화를 나누며 심토머들이 다 같지 않음을 서서히 깨달아간다.

명시화되어 있지는 않지만, 『캐비닛』의 심토머들은 크게 세 부류로 나누어진다. 작중화자는 그 세 부류 앞에서 각기 다른 반응을 보이며, 심토머들의 어떤 부분은 자기화하기에 이른다. 우선 첫번째 부류의 심토머는 미친 모더니티에의 순응주의자들이다. 아니, 그 미친 모더니티를 확대재생산하는 자들이다. 그들은 언제든 달려나가기 위해 휘발유를 마시며, 자신의 흔들리지 않는 정체성을 위해 기억을 조작한다. 아니면 근대적 규율의 총화인 시간 관리에 무엇보다 충실한 존재들이다.

규칙과 계획이 없으면 불안해요. 그래서 삶을 규칙적으로 만들어야 하죠. 시간을 쓸데없이 낭비하지 않으려고 해요. 변수를 최대한 줄이고, 자투리 시간을 최대한 활용하고, 다음날을 위해 적정한 수면시간과 운동시간을 고려하고, 사람들을 만날 때는 다음 스케줄에 지장이 없도록 항상 면밀하게 신경을 써요. 주말에는 스트레스를 푸는 시간도 준비해놓죠. 그런데 뭐가 문제죠? 규칙적으로 살면 건강에도 좋다고 온 매스컴이 떠들고 있잖아요.(178쪽)

『캐비닛』은 이런 부류들이 아이러니하게도 시간을 도둑맞는 타임스키퍼가 되며, 그 경험 후에 "삶을 통째로 도둑맞은 느낌" 때문에 "심각한 트라우마에 빠"진다고 말한다. 즉 이들을 자본주의적 합리성이 만들어낸 일종의 괴물로 바라보는 것이다.

심토머의 두번째 부류는 어느 날 자신에게 서로 병존하기 힘든 무엇이 하나 더 생기는 존재들이다. 예컨대 도마뱀의 혀가 되어 도마뱀의 미각에 맞는 음식만을 먹게 된다든가, 도플갱어 경험을 한다든가, 또하나의 몸을 거느리게 된다든가, 아니면 나무손가락이 피부화되는 놀라운 경험을 한다든가, 그것도 아니면 남성과 여성의 성기를 모두 지니고 있다든가 하는 존재들이다. 이들은 하나같이 무언가가 결여되어 그것을 채우는 과정에서 실체화되고 물질화된 환영을 만나는 것으로 되어 있다. 말하자면 억압된 것의 상상적 귀환의 실체적 귀환이라고나 할까. 하여간 이들은 무언가가 결여되어 있거나 넘쳐서 심토머가 된 존재들이며 그것 때문에 눈물과 좌절을 경험하는 존재들이다. 하지만 『캐비닛』은 이들을 자본주의적인 질서에 의해 무언가가 근본적으로 결핍되어서 만들어진 심토머들로 보고 이들에게 대단히 우호적인 시선을 보내고 있으며 동시에 이들을 미친 근대성의 희생양으로 읽어들인다.

『캐비닛』에 등장하는 심토머들 중 세번째 부류는 이 심토머의 경험을 어떻게 받아들이느냐에 따라 분류된다. 『캐비닛』에서 대부분의 인물들은 이 생물학적인 변종을 악마의 저주로 받아들이지만 어떤 존재들은 이 심토머 증상이 자신들의 넘치는 욕망에 의해 촉발된 것이라고 반성하고 이 반성을 통해 오히려 새로운 윤리성을 획득하는 존재로 거듭나는데, 또다른 윤리성으로 새롭게 태어나는 바로 이 인물들이 『캐비닛』의 심토머들 가운데 세번째 부류에 속한다.

작중화자는 이 세 부류의 심토머들과 접촉하면서 무슨 철칙처럼 완강하게 지켜왔던 현재적 규범에 대해 회의하고 불신하기 시작하며 급기야는 세번째 부류의 심토머들이 보이는 높은 윤리성에 서서히 감화되기에 이른다.

'은행나무는 건강합니다. 저도 건강하구요. 이제 은행나무가 땅에 뿌리를 내려야 할 때가 된 것 같습니다. 더 깊은 산으로 가야 할 것 같습니다. 은행나무가 땅에 뿌리를 내리면 더이상 소식을 전할 수 없겠군요. 하지만 지금까지 잘해온 것처럼 앞으로도 잘할 것입니다. 제 몸속에 생명을 심어주셔서 감사합니다. 아무런 걱정도 하지 마세요. 제가 살아온 삶 중 그 어느 때보다 행복하고 또 행복합니다.'

(……)

가끔은 그런 생각도 해본다. 그는 이제 은행나무가 되어버린 것은 아닐까. (……) 그래서 그는 높은 가지 끝에서 바람을 따라 흔들리며 지상의 하찮고 번잡한 삶을 조용히 바라보고 있는 것은 아닐까.(42~43쪽)

"토포에 빠지려면 왕창 망가져서 모든 게 폐허가 되거나, 아니면 나는 모르겠으니 배 째라 이렇게 배짱 좋게 무책임해지거나, 둘 중에 하나는 돼야 하죠. 이것저것 걱정하고 그러면 절대 안 돼요."
그 말이 맞는지 모른다. 폐허를 가질 용기도, 무책임을 가질 용기도 없어서 우리는 항상 피곤하고 지쳐 있는데도 깊은 잠을 이루지 못하는지도 모른다.(78쪽)

이 부류의 인간들은 심토머로서의 삶을 저주하는 것이 아니라 그것을 오히려 축복으로 받아들이며 전혀 새로운 삶으로 거듭나고자 한다. 이번 생에서 죽는 것을 두려워하지 않으면 오히려 영생이 가능할지도 모른다는 것, 그러니 현재적 규범을 넘어서기 위해서는 현재적 규범 전부를 거부하는 상징적 자살이 필요하다는 것, 상징적 자살의 완성을 위해서는 인간의 시간 너머를 생각하는 이타성과 폐허를 가질 용기가 필요하다는 것.
작중화자는 심토머들을 통해 이러한 인식 지평에 도달하거니와, 이때부터 심토머들을 괴물이나 희생양이 아닌 걸어다니는 진리 내용으로 바라보기에 이른다.

4
사실 어떻게 보면 『캐비닛』은 특이하게도 소설 전체가 말하고자 하는 진리 내용을 소설의 전반부에 제시해버린다. 그러나, 그럼에도 불구하고, 작중화자는 그러한 진리 내용에 공감하면서도 오히려 오랫동안 그 내용을 외면한다. 이러한 소설 전개는 나름대로의 치밀한 계산에 의한 것으로 보이는데, 그것은 한편으로는 소위 정상인들과 자본주의가 만들어낸 괴물들의 삶의 형식을 유비시킴으로써 우리의 현재적 삶의 황폐함과 폭력성을 보여주고, 또다른 한편으로는 현재 작동하는 현실적 질서가 얼마나 매혹적이며 집요한가를 제시하는 동시에, 그러므로 그것으로부터 벗어나려는 용기와 결단이 얼마나 단호해야 하는가를 보여주기 위한 것으로 생각된다. 말하자면, 말하고자 하는 바를 슬로건적으로 말하기보다는 구체적이고도 신성한 디테일의 힘을 빌려 보여주겠다는 치밀한 계산에 의한 장면 배치라고 할 수 있는 셈이다.

하여간, 여러 다양한 심토머들을 통해 간접적으로나마 나름대로의 진리 내용을 전수받은 작중화자는, 곧바로 진리의 길을 걷는 대신에 이제 본격적으로 자본주의가 만들어낸 괴물(혹은 희생양, 또는 진리에 도달한 자)들과 소위 현실원칙에 충실한 자들을 비교하기 시작한다. 당연히 세상과의 불화가 시작된다. 스스로 정상적이고 올바른 삶을 살고 있다고 자부하는 자들은 나름대로의 윤리성을 획득한 존재들과 거리가 먼 것은 물론 자본주의가 만들어낸 괴물과 같은 삶을 영위하고 있다. 영위하고 있을 뿐만 아니라 그것을 유일한 진리로 강요하고 그것에서 벗어난 모든 삶을 인정하지 않는다. 그들이 말하는 진리를 체현하는 삶이 결과적으로는 "무서워서 아무 데도 갈 수 없는 인간들. 자신이 똥을 싸놓은 자리에 무덤을 파고 눕게 되는 그런 인간들. 그런 사람들이 가질 수 있는 것은 고작 서른두 평짜리 아파트 한 채가 전부"(250~251쪽)이면서도 그것을 다수의 진리로 그러므로 절대진리로 신비화한다는 것을 발견하기에 이른다. 결국 작중화자는 자기의 일상적인 삶에 분노하기에 이른다.

　나는 열다섯 살에 평범하고 그저 그런 아이에 불과했지만 분명히 아름다운 것이 무엇인지를 알았고 분노라는 것을 할 줄 알았다. 이 식사시간을 보라. 이것은 정말 13호 캐비닛만큼이나 비현실적이지 않는가? 단지 직장 상사라는 이유만으로 어떻게 사람이 사람에게 "저 돼지 같은 년 어떻게 안 보고 사는 방법 없나?" 따위의 말을 면전에다 할 수 있는가. 그건 솔직히 진짜 돼지한테도 해선 안 되는 말이다.

(……) 내 나이 열다섯에 그 넘치던 분노들은 다 어디로 간 것일까. (……) 그리고 배식구를 향해 소리쳤다.

"아줌마! 내일은 멸치미역국 말고 딴 거 좀 먹어요. 아주 지겨워죽겠어."(221쪽)

이렇게 작중화자는 자기 주변의 모든 존재들이 13호 캐비닛의 괴물들과 같음을 발견하고 분노한다. 하지만 이 분노는 타인에 대한 일방적인 분노가 아니다. 동시에 자기에 대한 분노이기도 하다. 이렇게 일상생활에 분노를 느끼면서도 권박사가 제안한 캐비닛지기를 선뜻 수락하지 못하며, 타인들의 절대적인 시선이 무서워 자신이 사랑하는 여성에게도 연정을 표현하지 못한다. 그렇게 작중화자는 자기 삶의 주인이 자신의 영혼이나 정신이 아니라 아파트 서른두 평임을 아프게 확인하면서도 자신이 놓여 있는 자리를 박차지 못한다. 아직도 현실적 질서에 대한 미련이 남아 있기 때문이며, 대타자의 짙은 그늘에 분노하면서도 폐허를 견딜 용기를 갖지 못한 까닭이다.

하지만 어느 날 그는 대타자의 가장 강력한 대리인들과 대면하게 된다. 그들은 심토머의 파일 중 산업화, 상업화의 가능성이 높은 키메라에 관한 자료를 넘겨받고자 하는 자들이다. 그들은 자본주의가 만들어낸 괴물이면서 스스로의 자기 단련을 통해 "더 이타적이고, 더 따뜻하고, 그래서 자신의 삶을 항상 이웃의 삶과 같이 생각하는 박애적인 종"(255쪽)으로 진화한 존재를 다시 자본주의의 계산적 가능성, 균등성의 원리로 환원시키고자 한다. 작중화자는 당연히 키메라에 대한 자료를 가지고 있지 않으므로 자료가 없다고 항변하지만 이 항변은 통하지 않는다. 그리고 잔인하고 냉정하며, 자족적인 통일성을 진리라고 믿는 고문기술자와 조우한다. 그는 자본주의의 총화이자 정수와 같은 존재이다. 그에게 진실 따위란, 개별성 따위란 아무런 의미가 없다.

"매우 낭만적인 이유들이군요. 그러니까 십사 년 전에는 그걸 팔아서 뭔가를 하려 했던 권박사가 십사 년 동안 생각이 바뀌어서 자료들을 폐기한 거군요. 수조 원에서 수십조 원의 가치를 가진 이 자료들을 말입니다. 그 말은 저에게는 설득력이 전혀 없습니다."

"설득력이 없어도 그게 진실입니다."(325쪽)

그는 자신이 이루고자 하는 목적을 위해 모든 수단과 방법을 가리지 않는다. 그러므로 자신의 행위에 의해 누군가가 몸이 상하거나 괴물이 되어도 개의치 않는다. 오로지 모든 것이 계산가능성이라는 맥락으로 설명되기를 원하며 그것과 배치되는 것에는 교묘하면서도 직접적인 폭력을 발휘한다.

결국 작중화자는 이 고문기술자에게서 손가락과 발가락을 잃는 치명상을 입는다. 그리고 깨닫는다. 자신의 침대 밑에 악어가 살며 실제로 악어가 가해를 하기도 한다는 블러퍼들의 믿음이 사실이라는 것을. 자신이 살고 있는 곳이 '천국의 도시'라고 생각했지만, 그래서 13호 캐비닛지기를 거부했지만, 사실 자신이 살고 있는 도시는 언제든지 악어 같은 존재가 출몰해 신체에 결정적인 위해를 가할 수 있는 곳임을. 또한 깨닫는다. 비록 자신이 상처를 입었다 하더라도 그들에게는 동정심이 없으므로 자신들이 원하는 것을 얻기 위해서 자신에게 또 가해를 할 것이라는 것을. 한번 미친 모더니티로부터 치명적인 위해를 입은 13호 캐비닛의 인물들이 또 한번 미친 모더니티로부터 가해를 당하는 것을 막아야 한다는 것을.

그러므로 심토머들을 통해 깨달은 진리 내용을 이제서라도 실천해야 한다는 것을.

이렇듯 『캐비닛』은 상식적으로 보자면 기괴하고 추한 세계를 정상적이고 안정적이며 설득력이 넘쳐 보이는 현실세계와 집요하게, 또한 효과적으로 유비시키면서, 결국에는 기괴하고 추한 세계는 또다른 방식으로 아름답고 가치가 있는 세계로 그리는 반면, 우리의 '천국의 도시'를 상시적으로 부비트랩이 현존재들을 괴물로 만들 준비를 하고 있는 세계로 전도시킨다. 뿐만 아니라 전혀 설득력이 없어 보여 쓸모없는 실존으로 격하된 주변부 존재 또는 자본주의의 가장 큰 피해자이자 희생양인 존재들에게서 미래의 가능성을 읽어내고 대신 설득력 있는 존재들에게서 인류의 종말을 발견한다. 이처럼 『캐비닛』은 일그러지고 분열된 몸들을 등장시켜 우리가 살고 있는 현실이 얼마나 위험천만한 곳인가를 효과적이고 강렬하게 제시한다. 반복되는 이야기지만 이처럼 『캐비닛』은 데리다적 의미에서 기괴한 소설이며, 그러므로 우리 소설사에 또하나의 획을 긋는 소설이다. 세상을 전혀 다른 맥락에서 반어적으로 읽고 그러한 반어적 세상 읽기를 관철하기 위해 모든 장면 장면을 세밀하게 배치한 섬세함이 얻어낸 결과라 할 수 있을 것이다.

5

하여간, 『캐비닛』은 작중화자가 외딴 섬에서 13호 캐비닛을 지키며 심토머들의 기록을 정리하는 것으로 끝을 맺고 있다. 이는 아마도 『캐비닛』의 프롤로그로 제시된 루저 실바리스의 경우와 작중화자의 경우를 일치시키기 위한 배려처럼 보인다. 또 그런 측면에서 보자면 소설의 처음과 끝의 적절한 호응처럼 보인다. 하지만 어찌 된 까닭인지 작중화자가 연모하는 여인을 두고 떠난 외딴 섬 행이 나에게는 윤리적 행위라기보다는 삶의 짐을 벗어내기 위한 도피처럼 보인다. 여전히 힘을 잃지 않는 세상의 오만과 편견으로부터 그 편견이 만들어낸 괴물과 희생양들을 정확하게 기록해주고, 특히 일그러진 세계의 논리 때문에 극도의 잉여와 극도의 결핍이라는 두 개의 전혀 다른 삶을 사는 그녀를 감싸안는 사랑과 연대, 그리고 용기가 필요했던 것은 아닐까.

하지만 소설 말미에 "내가 심심한 건 잘 못 참는 성격이라는 걸"(352쪽)이라며 그녀 곁으로, 그리고 또다른 하위주체들 곁으로 올 뜻을 비추고 있으니 다시 그 섬으로의 도피라는 선택을 반성한 것인지도 모르겠다. 하여간 그가 다시 돌아온다고 하니 또 어떤 『캐비닛』을 열어젖힐 것인지 궁금하기 짝이 없다.

문득 이 만만찮은 신인 김언수의 다음 작품을 보고 싶다.

(2007)

연옥을 건너는 법

— 윤영수 연작장편소설 『소설 쓰는 밤』 읽기

부정성의 완강한 의식 속에서 보다 나은 것의 가능성을 붙잡으려는 시선 이외에
순수한 아름다움이나 위안은 더이상 존재하지 않는다.

—아도르노

1. 『소설 쓰는 밤』이 놓인 자리

'좋은 작가 윤영수'(최원식)가 돌아왔다. 연작장편소설 『소설 쓰는 밤』
을 들고서. 『자린고비의 죽음을 애도함』이 간행된 것이 1998년이니까 창
작집으로는 8년여 만의 일이다. 반가운 일이다.

이제는 좀 낯선 이름이 되었지만 윤영수는 한때 90년대 소설의 한 가
능성이자 성과로 일컬어지던 작가였다. 적지 않은 나이에 등단해 『사랑하
라, 희망없이』(1994), 『착한 사람 문성현』(1997), 『자린고비의 죽음을 애
도함』(1998) 등의 소설집을 잇달아 간행한 윤영수에게 주어진 세간의 관
심은 비상한 데가 있었다. 윤영수의 소설은 분명 이전의 한국소설에서 좀
처럼 보기 힘들었던 고유한 역사지리지를 구축하고 있었고 그동안의 보
편성에 가려 보이지 않았던 무시무시하고도 매혹적인 실존들을 충격적으
로 보여준 바 있었다. 그래서 윤영수의 소설에는 "우리 소설계에 있어 하
나의 희망의 지렛대"(우찬제)라거나 "최근 우리 문학이 거둔 최대의 수확
의 하나"(최원식)라는 찬사가 뒤따랐거니와, 이는 결코 과장된 수사가 아

니었다. 그만큼 윤영수의 소설은 밀도가 높았고 열도도 대단했다.

그중에서도 첫번째 소설집 『사랑하라, 희망 없이』가 일군 성과는 단연 기억할 만한 것이었다. 『사랑하라, 희망 없이』는 당시의 문학적 경향에 비추어보자면 이질적이기 짝이 없는 주제를 충격적으로 도입하여 신경숙, 윤대녕, 장정일 등과 더불어 한국문학 전반의 중요한 전환의 계기로 작동한 바로 그 소설집에 해당한다. 『사랑하라, 희망 없이』가 출간된 그 무렵은 한국사회 전반이 매우 혼란스러웠던 시기이다. 거칠게 단순화하자면 80년대적 독법과 90년대적 독법, 분단체제론과 포스토모더니즘론이 정면으로 충돌해 세상을 냉정하게 바라보는 것이 불가능하던 때였으며, 또한 우리네 세상을 규정하는 거대한 담론들 때문에 실재에 대한 냉정한 관찰이 가능하지도 않은 시대였다. 또 설령 누가 그것을 행했다 하더라도 그 의미를 인정받는 것이 불가능한 과도기이자 격변기이기도 했다. 『사랑하라, 희망 없이』는 바로 모든 것이 들끓는 이 시대에 탄생했으며 그 특유의 냉정하고 차가운 시선으로 거대담론의 홍수 사태를 가라앉혀 결국에는 현존재들의 현존에 대한 관심을 이끌어내기에 이른다. 한마디로 『사랑하라, 희망 없이』는 80년대식 거대담론과 그것을 거부하는 더 큰 거대담론을 한순간에 탈영토화시켜 그것에 가려 보이지 않던 현존재들의 현존에 관심을 촉발시킨 소설집이라 할 수 있다.

『사랑하라, 희망 없이』가 이런 역할을 수행했다고 해서 이 소설집에 시대적 분위기를 뒤바꿀 만한 거창한 이념이 있을 것이라고 지레짐작할 필요는 없다. 『사랑하라, 희망 없이』는 그저 개인화라는 저주에 시달리는 현대인의 우울한 실존을 집중적으로 그리고 있을 뿐이다. 그뿐이다. 그런데도 『사랑하라, 희망 없이』는 분명 획시기적 의미를 지닌다. 물론 지금의 시점에서 보자면 이러한 양상은 이해하기 힘들지도 모른다. 오늘날 현존재들의 고독과 권태, 그리고 우울 등이야말로 현존재들의 가장 전형적이면서도 본질적인 존재 형식으로 받아들여지고 있는 까닭이다. 따라서 지금의 입장에서 보자면 『사랑하라, 희망 없이』는 새롭고 낯설다기보다는 지나치게 친숙한 소설로 비칠 수 있을 것이다. 하지만 『사랑하라, 희망 없이』가 발간되던 그 시점을 떠올리면 사정은 그리 단순하지 않다. 이미 잊혔는지 몰라도 현대인의 고독과 우울은 해방 후 문학사에서 오랜 기간 동안 일종의 허위의식으로 공격받거나 배제되었던 것이 사실이다. 분단이나 독재라는 시대사적 모순이 모든 것을 압도했기 때문이다. 해서 현대인의 고독과 우울은 오랜 동안 그때그때의 보편성에 의해 배제되기 일쑤였고, 그러한 주제를 다룬 소설들은 하나같이 외면당해왔다. 『사랑하라, 희망 없이』 이후로 개인화라는 저주는 드디어 현존재의 실존을 규정하는 바로 그 형식으로 자리하게 된다. 저절로 그렇게 되었을 리 없다. 문학사의 전회란 어떤 담론이 그 시대의 규범을 성공적으로 시대착오적인 담론으로 전복시키고 보다 중요한 우리네 현존 형식을 전혀 다른, 그러면서도 타당한 맥락으로 위계질서화할 때, 다시 말해 소설상의 혁명 혹은 혁명적인 소설이 비로소 출현할 때만 가능하다. 그런 때에만 기존의 보편성과 실질적인 단절이 수행되고 동시에 기존의 보편성에 의해 억압되었던 요소들이 현존재들의 본질적인 삶의 요소로 귀환한다. 『사랑하라, 희망 없이』가 홀로 그것을 수행한 것은 아니나 『사랑하라, 희망 없이』가 해낸 것이 바로 이것이다. 이렇게 『사랑하라, 희망 없이』는 전후에 쏟아져나온 문제적인 소설들과 더불어 기존의 소설사적 맥락과 실질적인 단절을 수행하거니와, 이것이야말로 윤영수가 '좋은 작가'였던 이유이다.

그런데 여기서 우리가 따져봐야 할 것은 『사랑하라, 희망 없이』가 그토록 선명하게 문학사의 실질적인 단절을 가져올 수 있었던 힘이 무엇인가 하는 것이다. 『사랑하라, 희망 없이』가 그토록 대단했던 80년대와 90년대의 거대담론을 한순간에 내파시키고 더 나아가 모든 것을 현상학적으로 환원시킬 수 있었던, 그리고 그 자리에 현존재들의 고독과 우울을 시대사적 풍경으로 자리하게 할 수 있었던 구체적인 원천은, 작가의 등단작의 표현을 빌자면, 생태관찰이다. 『사랑하라, 희망 없이』는 인간의 삶 중에서 무엇보다 생태, 그러니까 인간의 사회적 성격이 아니라 자연적이고 생물학적인 측면에 관심을 집중한다. 『사랑하라, 희망 없이』에 따르면, 인간은 더이상 이성적인 존재도, 역사적 존재도 아니다. 반으로 잘린 나비가 각각의 몸뚱이로 살아가듯 인간 역시 정신과 육체가 분리된 채로 각각 살아간다. 또 힘센 자들은 항상 모든 것이 흘러넘칠 정도로 많은 것을 소유하고, 힘이 약한 자들은 극도의 결핍 속에 시달린다. 강한 자들은 아무 거리낌 없이 여러 여성을 거느리며 그러면서도 모든 가족구성원 위에 군림한다. 하지만 약한 자들은 죽음, 혹은 거세에 대한 공포 때문에 참담한 고통과 수모를 감당할 뿐이다. 이런 정신적 동물왕국의 시대에 타자와의 소통, 타자를 위한 배려 따위란 있을 수 없다. 만인과 만인의 투쟁이 있을 뿐이고, 정글의 법칙 속에서 만들어지는 외설과 부조리만이 있을 뿐이다. 강한 자들은 더욱 많은 존재들을 자신의 욕망 앞에 굴복시키려 하고 그 힘에 굴복당한 존재들은 그 치명적인 상처 때문에 자기의식의 실현을 포기하거나 강렬한 복수심으로 또다른 지배자가 되거나 할 뿐이다. 강한 자들의 지칠 줄 모르는 지배 욕망과 약한 자들의 비굴한 승인과 복수심 때문에 타자와의 소통이란 이루어지기 힘든 곳, 이것이 바로『사랑하라, 희망 없이』가 그려낸 우리 시대의 조감도 혹은 지옥도이다.

특히『사랑하라, 희망 없이』는 현존재들의 우울한 실존형식을 주로 단절된 가족을 통해 집중적으로 표현한다. 『사랑하라, 희망 없이』에서 그려지는 가족은 하나같이 넘치거나 모자란다. 아니, 어떤 것이 넘치기 때문에 다른 것은 모자란다. 『사랑하라, 희망 없이』에 등장하는 지칠 줄 모르는 지배(혹은 소유) 욕망의 소유자들은 가정 안에서나 가정 바깥에서나 자신들의 불길한 욕망을 절제 없이 뿜어낸다. 그렇게 이들은 아무 죄의식 없이, 아니 떳떳하게 두 여자(혹은 두 가정)를 거느리고 그러면서도 언제 어디서나 자신의 절대 권위를 유지한다. 그 결과 강한 남성을 제외한 모두는 심각한 결핍의 상태로 살아가거나 아니면 치명적인 상처를 안고 살아간다. 이 결핍과 상처는 그/그녀들의 자아의 형성을 가로막는 것은 물론 그 불완전한 자아의 실현마저 불가능하게 한다. 즉 이들은 지칠 줄 모르는 지배 욕망의 소유자들에게 당한 치명적인 상처 때문에 자아를 타자화하고 타자를 자기화하는 소통의 고리 속으로 들어서지 못하고 스스로를 마음의 감옥 속에 가두어버린다. 절대고독과 개인화라는 저주에서 헤어 나오지 못하는 것이다. 그런 까닭에 그들은 흔히 친밀성의 상징으로 일컬어지는 가족에서마저 고독하다. 아니, 가족 자체가 강한 자의 지배 욕망에 의해 구성되므로 특히 그곳에서 더욱더 소외되고 고독해진다. 이처럼 『사랑하라, 희망 없이』는 친밀성의 성역으로 신화화되었던 가족을 정글의 법칙에 따른 지배/피지배, 잉여/결핍이 대립하는 장으로 전도시키거니와, 이러한 전도된 가족의 형상을 통해 현존하는 상징적인 질서 전반을 충격적으로 해체한다. 『사랑하라, 희망 없이』는 이처럼 가족을 전혀 새로운 방식으로 맥락화하는 것은 물론 그를 통해 개인화라는 저주를 이 시대의 핵심적인 화두로 격상시킨다. 이것이야말로 작가 특유의 '생태관찰'이 가져온 『사랑하라, 희망 없이』의 중요한 성과이다.

물론 『사랑하라, 희망 없이』의 성과가 이것이 다는 아니다. 또하나 주목할 것은 『사랑하라, 희망 없이』가 이 정신적 동물왕국의 시대로부터 벗어날 수 있는 작지만 의미 있는 가능성을 동시에 모색하고 있다는 것이다. 그것은 두 가지로 구체화된다. 하나는 '타인을 향한 곡괭이질'이다. 『사랑하라, 희망 없이』는 현존재들이 비록 강한 자들의 넘치는 욕망 때문에 치명적인 상처를 안고 홀로 고독하게 살아가지만 그래도 이 상처에서 벗어날 수 있는 길은 타인과 소통하려는 지속적인 노력뿐이라고 믿는다. 만약 이것뿐이라면 『사랑하라, 희망 없이』의 정언명령은 공허하기 짝이 없을 터, 『사랑하라, 희망 없이』는 여기에 다른 한 가지 요소를 덧씌운다. 그것은 『사랑하라, 희망 없이』에 수록된 「사랑하라, 희망 없이」의 한 구절을 빌어 비유하자면 '눈을 감는 것'이다. "사랑이란, 희망이라곤 전혀 없는 상처투성이 연인들의 이마에 슬며시 그어주는 하늘의 축복 같은 것. (……) 사랑하라, 희망 없이. 눈감은 채 마주 선 연인들이여. 가장 깊은 진실은 눈을 감아야 보이나니. 사랑하라, 희망 없이, 사랑하라."(윤영수, 「사랑하라, 희망 없이」)

희망이 없더라도, 아니, 희망이 없기 때문에 사랑을 해야 하되, 그러면서 자주 눈을 감으라는 것. 눈에 보이는 가시적인 세계 대신에, 또는 담론화되고 질서화된 감정이나 도덕의 더미들로부터 이탈하여, 눈을 감으면 나타나는 내면 깊은 곳의 웅혼한 울림이나 질서화되지 않은 혁명적 에네르기에 자기를 맡기라는 것이다. 하이데거의 표현을 빌자면, 관습이나 제도에 더렵혀진 비본래적 세계로부터 벗어나서 그야말로 명멸하는 본래적인 목소리, 혹은 찰나적으로 현현되는 진리에 충실하라는 것이다. 물론 그 목소리에 충실하면 일상의 안정성은 현저하게 파괴될 것이다. 그러나, 그러니 더 자주 눈을 감으라는 것, 그리고 그때 들은 그 목소리들을 자주 떠올리라는 것. 그러면 상처투성이의 현존재들에게도 타인과 소통할 길이 열릴지니!

물론 『사랑하라, 희망 없이』의 이러한 전망은 매우 추상적이다. 입법화하기도 개념화하기도 힘든 것이 사실이다. 그래서 막연하게 느껴지기도 한다. 그럼에도 불구하고 『사랑하라, 희망 없이』의 정언명령은 현존재들의 존재 조건을 개선시킬 수 있는 매우 강렬하고도 자극적이며 설득력 있는 윤리학으로 살아 꿈틀거리는 것이 사실이다. 추상적인 윤리학을 강렬하면서도 설득력 있게 전유하게 하는 원천은 『사랑하라, 희망 없이』가 자신이 설정한 정언명령을 전면에 앞세우지 않았기 때문이다. 『사랑하라, 희망 없이』는 자신의 방법론의 효용성을 증명하기 위해 오로지 본래성의 목소리를 좇는 인물들이 만들어내는 소통의 향연을 강박적으로 그려내지 않는다. 비유하자면, 『사랑하라, 희망 없이』는 간혹, 아주 간혹 눈을 감을 때 현현하는, 그러니까 곧 사라지는 소통의 순간을, 그리고 그 희열을 그저 놓치지 않고 악착할 뿐이다. 다시 말해『사랑하라, 희망 없이』는 어떤 것보다도 인간 사이의 소통관계와 그 소통이 빚어내는 향연을 갈망하지만 그 진리의 순간이란 잠시 출렁이다 스러지고 마는 것이라는 사실을 잊지 않는다. 현실을 연옥으로 그릴 정도로 이곳의 현실에 대해 절망하고 있으면서도, 다시 말해 그것을 넘어서려는 열망이 들끓고 있음에도 불구하고,『사랑하라, 희망 없이』는 현실을 넘어선 어떤 상황이나 계기에 대해 지나칠 만큼 냉정하고 차갑다. 즉『사랑하라, 희망 없이』는 진리의 순간에 대한 희열이 아무리 강렬하다 하더라도 그것이 현존재들을 현실원칙 바깥의 삶으로 이끌지는 못한다는 사실을 한순간도 잊지 않는다. '생태관찰'의 놀라운 힘 때문이랄까, 아니면 인간의 삶에서 '생태'를 읽어낸 관찰의 힘 때문이라고나 할까, 하여간『사랑하라, 희망 없이』는 그야말로 차가운 관찰 정신으로 현존재들이 경험하는 단절의 고통과 소통의 희열 사이의 숨막히는 파노라마를 여지없이 묘파해내거니와, 이 파노라마로 그야말로 자족적인 80년대식 담론은 물론 마찬가지로 자족적인 90년대 초반의 포스트담론도 무의미한 것으로 전락시킨다.『사랑하라, 희망 없이』가 90년대 중반 하나의 중요한 전환점 역할을 행한다고 말한 것을 바로 이를 지칭한 것이다.

바로 이런 윤영수가 돌아온 것이다. 그러니 반가울 밖에. 그러나 윤영수의 귀환이 반가운 것은 단지 윤영수가 돌아왔기 때문은 아니다. 정작 윤영수의 귀환이 반가운 것은 윤영수가 '좋은 소설'을 들고 돌아왔기 때문이다. 사실 이전의 윤영수의 소설이 거의 다 좋았는지는 몰라도 모두 다 좋았던 것은 아니다. 어떤 까닭인지『사랑하라, 희망 없이』이후 윤영수 소설은 안타깝게도 그 밀도가 조금씩 떨어진 바 있다.『사랑하라, 희망 없이』이후 윤영수는『착한 사람 문성현』과『자린고비의 죽음을 애도함』이라는 소설집을 잇달아 발표하는 등 정력적인 창작활동을 하지만, 그 소설들은 『사랑하라, 희망 없이』의 밀도와 열도에는 미치지 못한다. 이유가 없을 리 없고 또 간단할 리도 없다. 그중 큰 이유를 꼽자면 기원에 대한 기억상실이다. 어쩐 일인지 『사랑하라, 희망 없이』 이후, 보다 구체적으로 말하자면 윤영수의 또하나의 수작으로 일컬어지는 「착한 사람 문성현」 즈음부터 윤영수 소설에는 기원에 대한 기억상실이 일어난다. 『사랑하라, 희망 없이』 이후 윤영수의 소설은 서서히 만인이 만인과 투쟁하는 그 자연적 상태로부터 벗어나고자 하는 의지를 전면화시키며, 그런 까닭에 윤영수의 소설은 아주 서서히 관찰자의 자세에서 입법자의 자세로 옮겨간다. 만인 대 만인이 투쟁하는 연옥으로부터 벗어날 어떤 도덕, 그것도 초자아적인 도덕을 모색하기 시작한 것이다. 윤영수가 모색한 도덕의 실체는 「착한 사람 문성현」에서 구체화된다. '완전한 영혼'이 그것. 철저하게 자기희생적이고 금욕적이고 이타적인 삶만이 정신적 동물왕국에서 벗어날 수 있는 유일한 도덕이며, 그러므로 현존재들 모두는 정신적 동물의 상태에서 벗어나 서둘러 인간이라는 지혜로운 동물로 거듭나야 한다는 것이다. 있을 수 있는 결론이며, 또 우리 시대가 안고 있는 사회적 모순의 진정하고도 궁극적인 해결은 인간 모두가 완전한 영혼이 될 때 가능한지도 모른다. 그러나 '완전한 영혼'의 경지는 우리네 세계에서는 극도의 예외적인 존재들만이 가능한 삶의 방식일 뿐이다. 만일 이 몇몇 예외적인 존재들만이 다다를 수 있는 숭고한 삶을 현실의 법칙 속에 살아가는 인간들에게 강요할 경우, 이것은 연옥을 넘어서려는 의지에 의해 촉발된 것이라 하더라도 현대인들의 혁명적 에네르기들을 억압하는 요소로 작용하게 된다. 즉 몇몇 예외적인 존재들이나 가능한 숭고한 정신을 기준으로 세상의 사람들을 바라보면 그들 모두는 추악한 존재가 될 것이기 때문이다. 그러므로 중요한 것은 '완전한 영혼'을 갈망하더라도 그것은 어디까지나 각 개인들이 자유로운 선택에 의해서 도달할 때만 가치 있는 것이라는 전제인지도 모른다. 그런데 안타깝게도 「착한 사람 문성현」 이후 윤영수의 소설은 '착한 사람 문성현'이 도달했던, 자기라고는 배려하지 않는 이타적인 삶을 이 시대의 윤리 강령으로 제시하거니와 더 나아가 그것을 잣대로 세상과 그곳을 살아가는 인간들을 읽어들이고 평가하기 시작한다. 그러자 세상은 그야말로 추악한 존재들의 전시장이자 배양소로 비쳐지기 시작한다. 결국 윤영수의 소설은 『자린고비의 죽음을 애도함』 전체를 통해서 볼 수 있듯 점차로 이 추악한 존재들을 냉소하고 풍자하는 데로 나아간다. 상처받은 영혼들을 구제하기 위해 힘겹게 찾아낸 모럴, 즉 완전한 영혼에의 동경이 급기야는 상처받은 영혼들을 추악한 영혼이라고 매도하는 의도하지 않는 역설적인 상황이 벌어진 것이다.

물론 『자린고비의 죽음을 애도함』에서 행해지는 신랄한 풍자와 비판은 분명 적자생존의 자본주의적 모럴에 오염된 현대인들의 삶의 습속을 들춰내고 웃음거리로 만드는 통쾌함을 주는 것이 사실이다. 하지만 이 통쾌함 뒤에는 세상에 대한 더욱 짙은 혐오나 절망이 따를 뿐이다. 예컨대 『사랑하라, 희망 없이』에서의 윤영수의 소설이 희망이 없더라도 사랑하면 인간적인 소통이 가능할 것이라고 믿었다면, 또 그렇게 되면 상처받은 영혼들은 짧지만 강렬한 희망을 맛볼 수 있다는 점을 믿었다면, 『자린고비의 죽음을 애도함』에 이르면 사정은 달라진다. 금욕주의적 이타성의 모럴을 절대화하는 순간, 세상의 모든 존재들은 상처받은 영혼에서 추악한 존재들로 다시 규정되며 당연히 그러한 존재들끼리의 소통이란 애초부터 불가능한 것이 되고 만다. 다시 말해 상처받은 영혼들을 치유하기 위해 찾아낸 모럴이 어느 순간 상처받은 영혼을 추악한 존재로 철저하게 불신하는 기제로 작동하고 말았다고 할까. 하여간 윤영수의 소설은 어느 한순간 넘치는 입법자적 의지에 갇혀 무엇 때문에 법을 세우고자 했는지를 잊고 만다. 그 결과 윤영수의 소설은 기원에 대한 기억상실증에 빠져든 채 목적 없는 합목적성의 폐쇄회로 속을 계속 맴돌고 만다.

문득 자신이 길을 잃었다는 사실을, 어느 순간 아무것도 보이지 않는 안개 속에 휩싸이고 말았다는 사실을, 가장 먼저 깨달은 것은 윤영수 자신인 듯하다. 사실 윤영수의 소설이 목적 없는 합목적성의 폐쇄회로 속에 갇혔을 때 이 점을 지적한 사람은 별로 없었다. 오히려 이때 뒤늦게 윤영수 소설에 대한 상찬이 본격적으로 시작되었다. 물론 이러한 상찬은 전혀 과장된 것은 아니다. 「착한 사람 문성현」 경우는 '완전한 영혼'의 자기 희생적이고 숭고한 모럴이 워낙 압도적이어서 그것으로 인한 감동이 만만치 않고, 또 『자린고비의 죽음을 애도함』에서 보이는 신랄한 세태풍자 역시 현대인들의 황폐하고 전도된 실존형식을 근원적으로 냉소하는 힘에 힘입어 매우 풍요로운 것이 사실이기 때문이다. 하지만 『자린고비의 죽음을 애도함』 이후 윤영수 소설의 행보는 분명 길을 잃은 존재의 그것, 어떤 폐쇄회로 속에 갇힌 존재의 그것이다. 그렇게 정력적으로 이루어지던 소설 발표가 뜸해지고, 간혹 발표되는 소설들 속에서는 일관된 목소리나 방법을 찾기가 힘들어졌다. 다시 길을 찾기 위한, 아니면 자신이 갇혀 있는 미로를 의미 있는 길로 만들려는 암중모색을 치열하고 행하기 시작한 것이다. 그러나 그 암중모색이 스스로에게 만족스럽지 않았던지, 「이인소극」 「적도부근」 등 밀도가 높은 소설이 없었던 것은 아니나, 윤영수는 좀처럼 그것들을 묶어내지 않았고 그러는 사이 윤영수는 서서히 잊히는 작가가 되고 말았다.

그런데, 그랬던 것인데, 드디어 이 '좋은 작가' 윤영수가 그동안 발표된 소설 중 연작의 형태로 씌어진 소설들을 모아 다시 우리 곁으로 돌아온 것이다. 그런데 새로 들고 온 소설이 여간이 아니다. 결론부터 말하자면 『소설 쓰는 밤』은 문제적인 소설이다. 『소설 쓰는 밤』은 분명 '완전한 영혼'으로 세태를 비판하던 「착한 사람 문성현」 이후의 소설과는 다르다. 오히려 『소설 쓰는 밤』은 생태를 차갑게 관찰하던 시절의 윤영수의 소설을 연상케 한다. 물론 그렇다고 『소설 쓰는 밤』이 『사랑하라, 희망 없이』로의 단순한 회귀는 아니다. 좀더 정확하게 말하자면, 『소설 쓰는 밤』은 『사랑하라, 희망 없이』와 『착한 사람 문성현』 이후의 의미 있는 병존 형식이다. 즉 연옥과도 같은 세태를 관찰하되 그것을 벗어날 입법에 대한 의지가 강렬하며, 살풍경을 벗어나게 할 수 있는 모럴을 집중적으로 모색하되 인간이 범접할 수 없는 숭고한 영혼이 아닌 인간들이 도달할 수 있는 정신적인 경지를 탐색하고 있는 것이다. 하여, 『소설 쓰는 밤』은 넘치는 욕망 때문에 고독하고 균형을 잃은 인간 군상들을 차갑게 그리면서도 그렇게 오염된 현존재들이 자기를 버리지 않으면서도 숭고한 영혼에 접근해갈 수 있는 길을 찾아낸다. 한마디로 『소설 쓰는 밤』은 윤영수 소설에 있어서 매우 의미 있는 이정표이며 또한 윤영수 소설의 또 한차례의 도약을 보여주는 중요한 표징이다.

윤영수의 귀환에 우리가 환호할 수밖에 없는 까닭이다.

2. 큰 세상, 좁은 인간

하지만 『소설 쓰는 밤』은 좋은 소설이기는 하나 친절한 소설은 아니다. 낯설고 기이하기 때문이다. 그러므로 대부분 특이한 소설들의 숨겨진 가치를 찾아낼 때처럼 『소설 쓰는 밤』의 경우도 전혀 새로운 자세와 독법이 필요하다. 굳이 "미래란 성립된 규범성과의 절대적으로 단절된 무엇이며 따라서 미래는 일종의 기괴함 속에서만 자신을 예고하고 스스로를 현전시킬 수 있다"라는 데리다의 말이 아니더라도, 거의 모든 소설은, 특히 그것이 문제적이면 문제적일수록, 다분히 기괴하고 예외적이다. 한마디로 어떤 작품의 낯섦과 괴상망측함은 그 작품의 가독성과 개연성을 떨어뜨릴지는 모르나 독서 주체를 결코 텍스트를 읽기 이전의 나로 돌아갈 수 없도록 실질적인 단절을 가능케 하는 원동력인 것이다. 따라서 어떤 작품에서 낯설고 기이한 장면을 만났을 때 우리에게 필요한 자세는 무엇보다 그것을 존중하는 것이다. 아니, 그것에 집중해서 그러한 낯섦이 가능한 여러 다양한 기원을 읽어내는 일이다. 『소설 쓰는 밤』의 경우도 사정은 같다. 『소설 쓰는 밤』이 그 특유의 낯섦과 기이함을 통해, 그리고 그 일탈과 위반을 통해 세계에 대한 의미론적 혁신을 일구어내는 소설이라고 한다면, 『소설 쓰는 밤』 속에 내장된 무궁무진한 가치를 읽기 위해서는 발상의 전환이 필요하다. 즉 『소설 쓰는 밤』의 기이함을 오히려 이 소설의 본질에 도달하기 위한 아주 선명한 표지이자 누빔점으로 삼는 것. 그리고 그 누빔점을 힘차게 잡아당기는 것. 그렇게 되면 그 누빔점 밑에 흐르는 이 소설의 역사지리지가 따라올라올 것이며, 그와 동시에 그 지리지가 지니는 가치, 더 나아가 이 소설이 지니고 가치도 같이 모습을 드러낼 것이기 때문이다.

그렇다면 『소설 쓰는 밤』의 참가치를 읽어내기 위해 이제 우리가 해야 할 일도 분명해진 셈이다. 『소설 쓰는 밤』의 매끄럽고 안정된 이음새들에 대해 감탄하는 것이 아니라 이 소설 곳곳에 산포되어 있는 기이한 장면들을 찾아내는 것, 그리고 그와 동시에 그 균열을 가로지르는 법칙성을 찾아내는 것. 이처럼 『소설 쓰는 밤』의 가장 균열된 지점을 찾아내는 것이 곧 『소설 쓰는 밤』의 문제성의 원천을 해명하는 첫걸음에 해당한다고 한다면, 이때 우리가 『소설 쓰는 밤』에서 무엇보다 주목해야 할 점은 『소설 쓰는 밤』의 넘치는 우연성들이다.

굳이 꼼꼼한 독서가 아니더라도 우리는 『소설 쓰는 밤』에서 그야말로 우연적인 사건들을 도처에서 발견할 수 있다. 넘쳐난다고 해야 할까. 예컨대 이런 것이다. 『소설 쓰는 밤』은 강동의 어느 종합병원 내과의 4인용 병실에서 시작된다. 여기에는 각기 다른 병을 앓는 네 명의 여자가 입원해 있다. 중풍에 들려 운신이 불가능한 소위 '통나무 노파', 남편의 바람기 때문에 제초제로 자살을 시도한 중년 여성인 '제초제 여자'. 일찍이 남편과 사별하고 하나 남은 아들에 대한 기대감으로 살아가는 '당뇨 여자', 그리고 무병을 앓고 있는 역시 중년의 '불명열 여자'. 이들은 각자 나름대로의 필연성을 따라 이 병실에 입원하게 되었으나 공교롭게도 대부분 처음 만난 사이가 아니다. 이중 '제초제 여자'와 '불명열 여자'는 어릴 때 헤어진 친자매 사이이고, '통나무 노파'와 '제초제 여자'의 남편은 오래 전 도도한 사모님과 식모 아들로 마주친 적이 있는 관계이다. 그러니까 이전에 한 번은 스치고 지나간 인연들이 이 병실에서 우연히 다시 한 자리에 모인 것이다. 그러나 이 병실은 단지 이곳에 입원한 사람들이 오래전부터 쌓아온 인연들의 귀착점으로만 작용하지 않는다. 새로운 인연의 출발점으로도 기능한다. 『소설 쓰는 밤』은 4인용 병실을 스케치하고는 갑작스레 병실 바깥으로 소설의 무대를 옮긴다. 그리고 병실 바깥의 환자들의 가족과 친지들의 일상사를, 그것도 현재의 세태를 모두 대변한다고 말 수 있을 정도로 다양한 세대, 계층, 직업, 성향, 풍속을 지닌 인물들의 같은 시간대의 일상사를 그려낸다. 그 병실에 환자를 둔 가족과 친지들은 병실 바깥에서 우연히 누군가를 만나는데, 공교롭게도 그 인물들이 모두 그 병실과 연관을 맺고 있는 인물들이다. '당뇨 여자'의 아들은 어머니의 병실에 가려다가 우연히 버스에서의 크지 않은 사고로 한 여성을 만난다. 그리고 이 여성과 말할 수 없는 풍족감, 혹은 친밀성을 맛보고는 기약도 없이 헤어지는 바, '꽃 피는 하마'라는 별명을 지닌 이 여성은 병실을 중심으로 한 보이지 않는 네트워크에서 보자면 '당뇨 여자'의 아들과 나름대로 관계를 맺고 있는 사이이다. '꽃 피는 하마'라는 별명의 박인희에게는 일찍 홀몸이 된 어머니가 있는데, 박인희의 어머니가 사실은 그의 어머니와 같은 병실에 입원해 있는 '통나무 노파'의 남편과 결혼을 하기로 되어 있는 것이다. 뿐만 아니다. '당뇨 여자'의 아들과 박인희는 한 포장마차에 들러 우연히 한 중년 사내를 만나는데, 이 사내는 다름 아닌 '불명열 여자'의 남편이다. 또 이것만이 아니다. '통나무 노파'의 간병인에게는 아들이 하나 있는데 이 아들은 이날 우연히 한 여성을 만나 동일시와 비동일시, 친밀성과 소통단절을 동시에 맛보는 특이한 경험을 한다. 그런데 이 여성은 바로 '통나무 노파' 아들의 '숨겨놓은 연인'이다. 그리고도 또 있다. 이 장면은 우연적이어도 너무 우연적이다 싶은 장면이기도 한데, 그것은 거의 모든 등장인물들이 '통나무' 노파 아들의 숨겨놓은 연인이 진행하는 프로의 같은 부분을 듣는다는 것이다. 등등.

『소설 쓰는 밤』에는 이렇게 우연적인 사건들의 전시장이라고 해도 과언이 아닐 정도로 우연적인 사건들이 연쇄적으로 발생한다. 사실『소설 쓰는 밤』은 등장인물은 많으나 소설의 기본 구조는 그리 복잡한 편이 아니다. 오히려 간단한 편에 속한다. 앞서 보았듯『소설 쓰는 밤』은 4인용 여성 병실에서 시작하여 병실 바깥의 환자 가족이나 지인들의 일상사를 묘사한 후 다시 병원으로 돌아오는 구조를 취하고 있다. 이렇게 간단한 구조인 만큼 굳이 우연적인 요소를 끌어들이지 않아도 서사 전개에는 하등 문제될 것이 없어 보인다. 그럼에도 불구하고『소설 쓰는 밤』은 집요하게 병실과 병실, 병실과 병실 바깥, 환자와 환자, 환자와 환자 가족들을 우연적인 사건들과 우연적인 만남들을 통해 연결시킨다. 하여, 『소설 쓰는 밤』은 어떤 측면에서는 역사적이고 객관적인 필연성은커녕 소설적 개연성마저 찾아보기 힘든 소설로 읽힌다. 뿐만 아니라 우연적인 사건의 지나친 반복과 그로 인해 느껴지는 작위성 때문에『소설 쓰는 밤』은 일견 소설의 중요 요소가 결여되어 있거나 어떤 수준에 미달한 소설처럼 보이기도 한다.

하지만『소설 쓰는 밤』의 이 넘쳐나는 우연성은 결코『소설 쓰는 밤』이 일정 수준에 미달함을 말해주는 표지로 읽혀서는 안 된다. 실제 그렇지 않기 때문이다.『소설 쓰는 밤』의 이 계속되는 우연성과 그로 인한 작위성은 오히려 이 소설이 상정하고 있는 세계상이 우리가 합의하고 있는 개연성과 전혀 다름을 알려주는 중요한 지표이다. 그렇다.『소설 쓰는 밤』은 분명 현재 이 시대의 상징적인 질서와 전혀 다른 세계상 혹은 다른 역사철학적 맥락 속에 우리의 삶을 위치시키고 그것으로 현존재들의 문화지리지를 다시 쓴다.

1) 물론 그는 모른다. 어머니가 일을 다니던 그 축대 집, 마당에는 돌부처와 연못이 있고 방들이 몇 개인지 알 수도 없는 그 큰 집의 도도한 주인 여자가 바로 이 병실, 창가 쪽 1번 침상에 누운 중풍 들린 노파라는 사실. 그는 상상조차 하지 못한다. 지난 보름 동안 이 병실에 딱 한 번 얼굴을 비쳤던 노파의 아들이란 작자가 바로 그 축대 집 마당에서 세발자전거를 타면서 그렇게 따리를 붙였는데도 단 한 번 태워주지 않던 그 밥맛 없는 자식이었음을.[1]

2) 자신에게 신라 장군 김유신 대감의 신이 내려 인간의 전후생을 빤히 꿰뚫어본다고 확신하는 불명열 여자는 물론 모른다. 제초제 여자가 그녀의 친언니라는 사실. 세 살 때 시장통에서 어미의 손을 놓아 영영 남이 된 그녀의 생혈육이라는 사실. 자신이 입원하기 전날 제초제 여자의 친정 어미로서 이 병실에 들렀고 이제 이 밤이 밝으면 이곳에 다시 들러 자신과 초인사를 나눌 초로의 할머니가 자신의 생모라는 사실. 불명열 여자는 상상조차 하지 못한다. 자신을 키워준 무당 어미 외에 자신의 어미가 따로 있을 수 있다는 가능성. 날 때부터 숙명으로 정해졌다고 체념한 무녀(巫女)로서의 필연이, 시장통의 한 할미 주선으로 비롯된 전혀 엉뚱하고 터무니없는 우연이었다는 사실.(22쪽)

『소설 쓰는 밤』은 위와 같은 관점에서, 그리고 위와 같은 시선으로 세상을 본다. 『소설 쓰는 밤』은, 세상의 모든 것들은 직간접의 무수한 조건들이 서로 조화를 이루어 형성되는 것이라는 연기론을 연상시키기도 하고, 업보에 따라 전생-현생-내생에 걸쳐 영혼의 재생과 육체의 변신을 한없

---

1) 윤영수, 『소설 쓰는 밤』, 랜덤하우스코리아, 2006, 11쪽. 이하 작품 인용시 쪽수만 표시함.

이 되풀이한다는 윤회론을 떠올리게 하는가 하면, '서로 전혀 모르는 사람이라고 하더라도 단 몇 단계만 거치면 연결되는 경향이 있다'라는 물리학의 복잡계 연결망 이론과도 친연성이 느껴지는, 한마디로 우리의 삶을 장악하고 있는 세계상과는 전혀 다른 세계상을 구축하고 있다. 즉 우리는 우리가 알고 상상하는 것보다 훨씬 더 큰 관계망 속에 놓여 있을 뿐만 아니라 그 관계망 안의 모든 것들은 정말로 긴밀하게 관계를 맺고 있다는 것, 그리고 우리의 세계내적 위치를 결정짓는 법칙성과 인과율은 우리가 알고 상상하는 것을 넘어서는 보다 큰 어떤 것이라는 것.

이런 맥락에 따르면 세상의 일은 이렇게 흘러간다. 어릴 때 헤어진 자매들은 반드시 다시 만난다. 마찬가지로 어릴 적 사모님과 식모 아들도 다시 만난다. 다만 우리가 그렇게 알고 있지도 않고 뿐만 아니라 그럴 가능성을 상상하지도 않기 때문에 서로 알아보지 못할 뿐이다. 당연히 이런 법칙성에 따르면 같은 병실에 친지를 환자로 입원시킨 존재들은 반드시 병실 밖에서 서로 만나고 헤어진다. 그들은 같은 병실에 친지를 입원시켰으므로 병실 안에서 만나지 않으면 병실 바깥에서라도 만난다. 다만 그런 복잡한 연결망에 관심을 갖고 있지도 않고 그럴 가능성조차 따지지 않으므로 모르고 넘어갈 뿐인 것이다. 인간존재들은 서로 처음 만난다고 생각하나 사실은 처음 만나는 사이가 아니며, 정말 처음 만나는 사이라면 그 만남은 진실로 또다른 관계의 시작일 뿐이라는 것이다. 이것이 『소설 쓰는 밤』이 상정하고 있는 인간 관계론이자 세계상이다.

그러므로 『소설 쓰는 밤』의 반복되는 우연성은 소설적 규범에의 미달 형식이 아니라 오히려 이미 존재하는 규범이나 보편성을 내파시키는 바로 그 형식이라 할 수 있다. 『소설 쓰는 밤』의 작가 또한 이 우연성을 현재의 규범을 내파시키는 그 형식으로 적극적으로 활용한다. 『소설 쓰는 밤』은 그야말로 우연적인 만남들을 수시로, 틈이 날 때마다 반복한다. 뿐만 아니라 이 우연적인 만남이 등장할 때마다 그 우연적인 만남을 전달하는 작가 혹은 작중화자의 목소리는 더욱더 단호해진다. 그러자 놀라운 일이 펼쳐진다. 처음에는 하나둘 눈에 띄는 우연적인 만남들이 눈에 거슬리다가 이것이 더욱더 반복되면 반복될수록 서서히 우리의 눈을 의심하게 되는 일이 벌어지게 되는 것이다. 정말로 내 앞에 있는 이 사람이 오래전에 어떤 인연으로 맺어졌던 존재는 아닌가, 아니면 지금 잠시 스칠 뿐이라고 아무 생각 없이 행하는 의례적인 만남이 멀지 않은 미래에 결정적인 대목에서 또다시 이어지는 것은 아닌가, 그렇다면 혹여 우리로 하여금 무언가를 알게 하고 무엇인가를 상상하게 하는 바로 그 상징적인 질서는 지나치게 협소한 것은 아닌가, 그 지나치게 좁은 필연성을 지키기 위해 개연성이라는 것을 무슨 철칙처럼 떠받드는 것 아닌가, 그렇다면 우리의 진정한 삶을 위해서는 우리가 알고 상상하는 상징적 질서를 벗어나서 우리의 삶을 결정하는 보다 본질적인 힘들을 읽어내는 것이 필요한 것 아닌가, 더불어 우리에게는 우리가 떠받들고 있는 규범성과 단절할 용기와 결단이 필요한 것 아닌가 등등. 한마디로 『소설 쓰는 밤』은 우리가 알고 상상하는 범위에서는 일어날 수 있을 것 같지 않은 상황들을 의도적으로 그리고 치밀하게 반복하면서 우리를 우리의 현재적 규범과 실질적으로 단절시켜내거니와, 이러한 현재적 규범과의 실질적이고도 혁명적인 단절이야말로 『소설 쓰는 밤』의 우연성들이 발생한 지점이기도 하고 또한 우연적인 만남의 반복을 통해 도달하고자 하는 자리이기도 하다.

하여간 『소설 쓰는 밤』에서의 우연성은 이 소설 특유의 역사지리지에서 탄생하여 때로는 이 소설 특유의 역사지리지를 효과적으로 전달하기 위한 장치로도 적극 활용된다. 그중에서 우연성을 소설이 전달하고자 하는 바를 효과적으로 전달하기 위한 장치로 가장 적극적으로 활용하는 대목은 아마도 대부분의 등장인물이 '통나무 노파' 아들의 숨겨놓은 연인이 진행하는 라디오 프로의 같은 장면을 듣는 대목일 것이다. 각기 전혀 다른 일상사를 영위하는 존재들이 한 라디오 프로의 같은 장면을 동시에 들는다는 설정인데, 이는 개연성의 측면에서 보자면 개연성이 떨어져도 한참 떨어지는 장면이라 할 것이다. 그러나 여러 인물들이 들을 때마다 조금씩 다르게 압축되고 변주되는 라디오 방송 내용을 살펴보면 이와 같은 우연성 혹은 작위성이 사실은 소설이 전달하고자 하는 메시지를 간접적으로 전달하기 위해 치밀하게 의도되고 배치된 것임을 분명하게 확인할 수 있다.

개미들은 1차원의 세계에서 산다고 합니다. 자기가 가야 할 외길만을 가야 할 뿐 좌우 평면을 이해하지 못하기 때문에 가던 길에서 벗어나기만 하면 갈팡질팡 헤맨다고 합니다. 우리 인간들은 어떨까요. 우리는 과연 몇 차원에서 살고 있는 것일까요. 주위를 돌아볼 한순간의 겨를도 없이 앞으로 앞으로 달리는 우리들. 달리지 않으면 남에게 뒤질 것이라는 강박관념으로 무턱대고 달리는 우리들. 이제 짚어봐야 할 때가 아닐까요. 우리가 가려는 곳이 어디인지. 무엇에 이렇게 끝없이 쫓겨야 하는지.(10쪽)

위의 구절이 바로 '통나무' 노파 아들의 숨겨놓은 애인이 행하는 방송 멘트이다. 사실 이 구절은 『소설 쓰는 밤』에서 없어서는 안 될 핵심적인 역능을 행사한다. 사실 『소설 쓰는 밤』에는 너무 다양한 세대, 성, 계층, 직업, 성향을 지닌 인물들이 등장하는 까닭에 소설 전체가 지나치게 다양한 인물들이 무질서하고 조악하게 나열되어 있다는 느낌을 강하게 주는 것이 사실이다. 그런데 위의 구절의 지속적인 반복은 등장인물들의 차이, 개성, 고유성, 특이성 같은 것을 모두 지워버리는 것은 물론 그들 사이에 존재하는 유사성을 절대화하는 기능을 수행함으로써 결국에는 그 다양한 인물들의 다양한 연대기를 하나의 운명공동체로 동질화시킨다. 그러니까 『소설 쓰는 밤』에서 눈에 거슬릴 정도로 자주 반복되는 위의 구절은 실제로는 전혀 다른 개성들을 순식간에 운명공동체로 묶어세우는 구심점 역할을 하는 것이다. 뿐만 아니다. 위의 구절은 동시에 이 시대를 살아가는 현존재들의 현존형식에 대한 자기규정을 분명하게 보여주기도 한다.

작품 전체를 감안하여 『소설 쓰는 밤』이 파악하고 있는 현존재들의 현존 방식을 좀더 부연해서 설명하자면 이렇다. 현존재들은 영원한 파괴와 쇄신의 메커니즘에 의해 이미 질주를 시작한 현대라는 불가항력의 수레바퀴에 올라타 있으며 그 현기증에 자기가 누구인지를 말할 수 없는 상태에 이르렀다는 것. 또한 현존재들은 그러한 현대가 구축하고 각각의 개인들에게 끊임없이 주입하는 욕망의 모델에 붙들려 산다는 것. 다시 말해 이제 현대라는 스펙터클 사회는 현존재들에 유년기, 성적 위상, 지식관계, 개별적인 사랑, 충성, 죽음 등에 이르기까지 구조화된 모델을 강요할 뿐 어떠한 자기인식의 모험도 허여하지 않은 채 멈출 수 없는 질주를 시작했다는 것. 하여, 현존재들은 자본주의적 속도감에 세계 내적 개인으로서의 자신의 정체성을 상실하고 오로지 현대가 강요하는 욕망의 모델에 갇혀서 감히 그것에서 벗어날 의지조차를 품을 수 없다는 것. 출생의 그 순간부터 어떤 상상적인 질서의 감옥에 갇혀 그 감옥의 조그만 창으로만 세상을 만날 뿐 실재계를 경험하지도 못하고 저 욕망의 깊은 곳에서 뿜어 나오는 혁명적 에네르기도 느끼지 못한 채 일차원적인 삶을 반복하는 존재들, 이것이 바로 『소설 쓰는 밤』이 맥락화한 현대인들의 실존형식이다.

물론 현대성에 대한 『소설 쓰는 밤』의 이러한 성찰은 현대성의 깊은 그늘을 정확하게 포착하고 있는 것은 사실이지만 뭔가 부족한 것이 없는 것은 아니다. 기실 『소설 쓰는 밤』에서 행해진 현대성에 대한 이러한 성찰은 새로운 것이 아니기 때문이다. 오히려 강요된 욕망에 종속된 현존재들의 우울과 광기는 『소설 쓰는 밤』 이전에 이미 수없이 언급되고 또 수없이 형상화된 소재이기까지 한 것이다. 해서, 만약 『소설 쓰는 밤』에 이러한 전언만이 홀로 아무런 기술적 장치 없이 직설적으로 전달되었다면, 『소설 쓰는 밤』은 현실에 대한 전혀 새로운 의미론적인 혁신과 관계망을 구축하는 데까지 나아가는 것이 불가능했을 것이다.

그러나『소설 쓰는 밤』의 현대성에 대한 이러한 성찰은 이 소설의 한 부분일 뿐이다. 다시 말해『소설 쓰는 밤』의 현대성에 대한 성찰은 앞서 우리가 살펴보았던 이 소설의 고유한 역사지리지와 병치되고 보완관계를 이루거니와, 그러면서『소설 쓰는 밤』은 그야말로 현대성의 우울을 이전의 소설들과는 전혀 다른 맥락에서 전유한다. 그 이전의 소설들이 주로 일차원적인 존재들의 우울한 초상을 단순하게 묘사했다면『소설 쓰는 밤』은 현대인들의 일차원적 삶을 현존재들의 삶을 둘러싸고 있는 복잡한 연결망과 대비시킨다. 그러면서『소설 쓰는 밤』은 우리가 알고 상상하는 것보다 훨씬 더 큰 질서 속에 놓여 있으나 우리로 하여금 무언가를 알게 하고 무엇인가를 상상하게 하는 환상체계는 그 매혹적이면서도 무시무시한 사실을 전혀 보지 못하도록 하게 한다는 점, 그러므로 진정한 삶을 위해서는 우리가 알고 상상하는 상징적 질서를 벗어나서 우리의 삶을 결정하는 보다 본질적인 힘들을 읽어내는 것이 필요하다는 것, 그러니 우리가 떠받들고 있는 규범성과 단절할 용기와 결단이 필요하다는 점 등을 자연스럽게 제시하기에 이른다.

이쯤 되면 우리가 전제했던 것처럼『소설 쓰는 밤』의 기이함이야말로 이 소설의 미적 원천이자 이 소설의 핵심적인 서사원리를 미리 말해주는 이정표라는 사실을 확인할 수 있다. 그렇다.『소설 쓰는 밤』은 우리가 반복되는 우연성이라는 이정표를 통해 확인한 바로 그 내용처럼 시공을 초월하는 복잡한 관계망 속에 놓여 있음에도 불구하고 강요된 욕망과 자신을 단절시키지 못한 채 일차원적인 삶을 사는 현존재들의 현존 형식에 관한 소설이다. 좀더 부연하자면『소설 쓰는 밤』은 우리의 상징적 질서 너머에 있는 실재들로부터 스스로를 단절시킨 채 대타자의 명령을 기계적으로 수행하는 현대인들의 삶, 그것도 그들의 불행한 삶에 관한 소설인 것이다.

물론 얼핏 보면『소설 쓰는 밤』이 실재계와 맞닿지 못하는 현대인들의 소모적인 삶에 관한 이야기라는 점에 동의하기 힘든 것이 사실이다.『소설 쓰는 밤』이 그러한 분명한 주제를 지닌 소설이라기보다는 그저 단순한 세태비판소설 혹은 풍속소설로 먼저 다가오기 때문이다.『소설 쓰는 밤』은 아주 많은 인물이 등장할 뿐 아니라 또한 매우 다양한 인물들이 등장하는 것이 특징이라면 특징이다. 소설의 출발점인 병실에 상주해 있는 인물들에다 병실 바깥의 다양한 환자 가족들이 겹쳐지면서 세대는 물론 성별, 직업, 계층, 취향마저 공통점을 찾기 힘든 다양한 인물들이 수시로 출몰했다가 유령처럼 사라지거니와, 또한 지금 이 시대의 현존재들의 생활세계와 풍속지가 그야말로 골고루 포진해 있다.『소설 쓰는 밤』에는 인터넷이나 대중 우상에 영혼을 빼앗기거나 유명 상표로 자신의 존재감을 드러내기 위해 학교생활을 미루고 돈벌이에 매달리는 십대들의 생활풍속도는 물론 서로에 대한 친밀감을 공공연하게 드러내야만 그것이 사랑의 실현이라고 믿는 젊은 세대의 사랑법에 이르기까지 이른바 신세대의 전혀 새로운 풍속도가 있는가 하면, 일상화된 제도 바깥의 관계, 성형 열풍, IMF로 인한 대량 실업과 그로 인해 또다시 다가온 가난의 문제 등등 기성세대들의 현존을 대변할 만한 풍속들이 널리 퍼져 있기도 하다. 한마디로『소설 쓰는 밤』에는 이 시대를 대변할 만한 거의 모든 풍속과 세태가 다 들어 있는 셈이다. 해서 외양에만 주목하면『소설 쓰는 밤』은 최근의 세태를 폭넓게 수용한 단순한 세태소설 혹은 풍속소설처럼 읽힌다.

　하지만『소설 쓰는 밤』은 현존재들의 생활세계나 세태, 그리고 풍속을 무질서하게 나열한 세태소설과는 분명 구분된다. 만약『소설 쓰는 밤』이 풍속에 대한 남다른 수집벽에 스스로 도취해 다양하기 짝이 없는 인물들과 풍속을 그저 늘어놓았을 경우 자칫 세태의 무질서한 나열에 그치게 될 위험성이 높았을 것이나,『소설 쓰는 밤』은 지혜롭게도 다양하기 짝이 없는 인물들을 등장시켜 디테일의 충실성을 구현하면서도 소설 내적 총체성을 잃지는 않는다. 여러 이질적인 것들을 종합하고 또 목적과 원인과 우연적 사건들을 전체적이고 단일한 시간적 통일성 아래 규합시키는 누빔점이 튼실하게 작용하고 있기 때문이다.

『소설 쓰는 밤』의 여러 디테일을 하나의 통일성 아래 묶어세우는 것은 요소는 크게 두 가지이다. 하나는『소설 쓰는 밤』특유의 은유적 구성 원리.『소설 쓰는 밤』에는 여러 다양한 인물들이 등장하는 것이 사실이지만 그렇다고 무언가로 환원할 수 없는 고유함을 지닌 개성적인 인물들이 존재하는 것은 아니다.『소설 쓰는 밤』의 인물들은 세대, 계층, 성별, 취향, 욕망체계를 달리하면서도 그 각자의 특성으로 인하여 개별적이고 개성적이며 단독적이기보다는 그러한 각자의 특성을 지니고 있음에도 불구하고 서로 동질적이다. 다시 말해『소설 쓰는 밤』의 인물들은 같을 수 없는 수많은 조건에 둘러싸여 있음에도 불구하고 서로 차이를 보이지 않는 것으로 그려져 있는 것이다. 예컨대『소설 쓰는 밤』은 각 인물들에게 존재하는 차이, 개성, 이질적인 것들을 덮어버리고 대신 유사한 것을 절대화하는 방식으로 다양한 인물들을 등가화 혹은 도식화하고 있거니와, 이는 이 소설이 혼란스러울 정도로 다양한 세대, 계층, 성별, 취향의 인물이 등장시키면서도 나름대로의 질서가 유지되는 중요한 이유가 된다.

하여간『소설 쓰는 밤』의 등장인물들은 하나같이 개미와 같이 운명처럼 주어진 코스를 반복하는 것으로 되어 있다. 물론 그들이 이러한 상태를 자각하고 있는 것은 아니다. 오히려 이들은 자신들이 매일매일 모험을 행하는 것과 같이 활력 넘치는 삶을 살고 있다고 믿고 있다. 하지만『소설 쓰는 밤』의 인물들 거의 대부분은 강요된 욕망의 모델을 자신의 욕망으로 알고 그것을 실현하기 위해 혼신의 힘을 다하고 있을 뿐이다. 즉 그들이 느끼는 활력은 사실 자기기만에 불과하다. 하여, 실제로 그들의 삶을 움직이고 지배하는 것은 자기발전이나 자아완성의 의지가 아니라 순간성의 원리이고 반복의 원리이다. 그들은 명품 운동화 때문에 인격도야

나 합목적적인 삶 자체를 포기하는가 하면, 만들어진 이미지로 떠도는 대중적 우상에 맹목적일 정도로 자신을 기투하고 헌신하며 그 대중적 우상을 향한 충성도를 증명하기 위해 타자들과 투쟁한다. 또 그런가 하면 지금 자신의 생존과 출세를 위해 타인의 삶 전체를 무화시키기도 하고, 어떤 가상의 이미지에 촉발된 찰나적인 쾌락을 위해 인간이라면 지켜야 함 직한 타인에 대한 책무들을 외면하기도 한다. 또 타인들과의 지속적인 관계가 아니라 어떤 순간이 중요하기에 어떤 순간의 강렬하고도 망아의 관계를 위해 자신들의 역사가 새겨진 신체를 무한정으로 변형하고 재구성하기도 하며, 그런 욕망을 이용해서 돈벌이를 하기도 한다. 이렇게 이들은 강요된 욕망의 찰나적인 만족을 위해 자신의 과거와 현재, 그리고 미래 그 모두를 잊고 그 순간에 자신을 기투하지만, 그 기투는 곧 헛된 모험으로 끝나고 만다. 하지만 이들은 이 모험이 실패로 끝난 후에도 다시 원래 그 자리로 돌아온다. 그 모험이 나를 유지한 상태에서, 나의 합목적적 동기에 의해서 결행된 것이 아니기 때문이다. 다만 이들의 모험은 타자와의 순간적인 일체감을 위해 나를 버리고 나를 타자의 시선에 맞게 재구성한 상태에서, 그러니까 일종의 들린 상태에서 이루어진 기투에 불과하다. 그러니 모험이 실패로 끝난 후에는 들리기 이전의 상태로 돌아온다. 그러므로 이들에게는 후회는 있으나 반성은 없다. 이들은 이렇게 목적 없는 모험을 시작하기 전으로 돌아오고 나를 잊게 할 만한 더욱 강렬한 외적 자극을 기다린다. 그러다가 그것이 오면 자신의 모든 것을 잃고 그것에 빠져든다. 원점회귀랄까, 같은 상태의 악무한적인 반복이랄까. 그렇게 그들은 망아 상태의 무의미한 모험과 같은 지점으로의 지루한 복귀라는 상황을 악무한적으로 반복할 뿐이다. 이는 당연한 것인지도 모른다. 그들이 원하는 자아완성이나 타인들과의 소통체계란 선무한적으로 반복되는 실천과 반성을 통한 자기완성을 통해서만 가능할 터, 그들은 현대라는 불가항력의 수레바퀴의 속도감에 자기를 빼앗겨 이미 어떠한 자기도, 자기

목적도 지닐 수 없는 존재들로 전락했기 때문이다. 다시 말해 나를 잃어야만 얻어지는 쾌락 대신에 나를 유지하면서도 타자의 실존을 자기화하는 만족을 얻으려는 적극적인 의지가 있어야만, 그리고 때로는 그를 위해서는 현대라는 거대한 수레바퀴로부터 뛰어내릴 용기와 결단력을 가질 때에만 타자와의 소통을 통한 자기완성이 가능하다고 한다면, 『소설 쓰는 밤』의 인물들은 타자와의 소통을 통한 자기완성의 길과는 전혀 다른 행로를 걸을 수밖에 없는 치명적인 운명을 지닌 채 살아가고 있는 것이다. 『소설 쓰는 밤』은 이러한 과감한 등가화를 통해 실로 다양한 것처럼 보이는 현존재들을 하나의 운명공동체로 누벼내거니와, 이를 통해 소설내적 통일성을 구현하는 것은 물론 자신의 역사지리지를 생동감 있게 제시하기에 이른다. 그러자 놀라운 마법이 벌어지니 우리가 살고 있는 이 세상은 현재의 규범이 절대화하고 있는 것처럼 인간 각자가 자기 삶의 주인인 그런 세상이 더이상 아니라는 것이 확연하게 드러나며, 인간 자체도 자기의식을 지닌 채 살아가는 것이 아니라 단지 태타자의 명령을 일방적으로 수행하는 기계로 전락해버리고 말았다는 점이 분명해진다. 말하자면 『소설 쓰는 밤』은 무질서하게 보이는 현상들을 전혀 다른 맥락에서 도식화하고 위계질서화하는 은유적 구성을 통해 지금 이곳을 규정하는 상징적인 질서를 손쉽게, 그러나 강렬하게 부정, 해체하고 더 나아가 보다 실재들에 밀착한 세계상을 구축하기에 이른 것이다.

　그러나 이 은유적 구성이 『소설 쓰는 밤』이 그야말로 다양한 세태를 도입하고 재현했음에도 불구하고 소설내적 총체성을 잃지 않을 수 있었던 유일한 요인은 아니다. 다양한 세태를 하나로 묶어세우는 또 하나의 누빔점이 있다는 것인데, 그것은 다름 아닌 이 소설의 핵심 서사에 해당하는 '통나무 노파' 집안의 비극적인 몰락 과정이다. 『소설 쓰는 밤』은 앞서 이야기했듯 같은 병실에 친지를 환자로 둔 사람들의 하룻밤의 일상사를 말 그대로 고르게 묘사한 소설이라서 어떠한 사건의 전개도, 또 어떤 서사적 중심도 없이 그저 현장감 넘치는 디테일들만 산만하게 흩어져 있는 것처럼 보인다. 하지만 자세히 들여다보면 『소설 쓰는 밤』에는 그것들을 가로지르고 그것들을 묶어주는 중심 서사가 내밀하게 작동하고 있다. 그 중심 서사란 다름 아닌 '통나무' 노파 집안의 몰락이다.

'통나무 노파'의 집안은 『소설 쓰는 밤』의 모든 사건을 일으키는 일종의 진앙지이다. '통나무 노파' 집안의 가족들, 예컨대 '통나무 노파'와 그녀의 남편, 아들과 며느리, 손자와 손녀의 일관된 특징은 극단화하자면 타자에 대한 배려도 절제도 없는 욕심, 그러니까 탐욕이다. 그들은 모든 사물과 인격을 교환가치로 환원하여 바로 그것만으로 사물과 인격을 평가하며 또 그러한 상태에서만 관계를 맺는다. 그들은 일정 정도의 부가 있다는 이유만으로 그들 스스로를 높은 자리에 위치시키며 그렇지 않은 인물들에게 어떠한 행위도 마다않는다. 쓰러지기 전 '통나무 노파'는 그야말로 철저하게 사물의 논리로 인간들을 재단하며 그래서 가난한 며느리를 단호하게 거부하는데 어떤 망설임도 보이지 않는다. '통나무 노파'의 남편 또한 마찬가지이다. 그는 전형적인 자수성가형 인물이다. 비록 명망 있는 집안의 딸을 아내로 얻은 덕이 크게 작용했다고는 하나 술꾼 아버지의 폭력과 푸줏간에서의 막일로 얼룩진 어린 시절의 고통을 이겨내고 내과의로서, 재벌 집안의 주치의로서 명성과 부를 얻은 인물인 것이다. 그는 자수성가형 인물답게 철저하게 자기확신적이다. 애정 없는 결혼 생활을 "허랑한 계집들과의 교접, 소꿉장난 따위"로 보완하고 그 따위야 "장부의 일생에 정말 아무것도 아니었다"(173쪽)고 믿는다. 또 가정이나 자식에게 정말로 아무런 관심을 갖지 않았음에도 불구하고 "어린 날을 순조로이 보내게 해주고, 의과대학을 무사히 마치게 해주고, 장안의 이름난 성형외과 의사로서 기반을 닦기까지 모든 것을 책임져준 아비"(173쪽)로서의 자부심을 잃지 않는다. 또 주차장을 개조한 방에서 사는 운전기사가 문을 고쳐달라고 하자 오히려 방을 내준 것이 잘못되었다고, 곧 해고를 시켜야겠다고 다짐하기도 한다. 뿐만 아니라 자신의 아내 곧 '통나무 노파'가 뇌출혈로 쓰러져 병원에 칠 년간이나 입원하게 되자 아들에게 "사람 구실을 못하는 사람은 죽은 거나 다름없다. 이제 그만 퇴원시켜 장사지내라. 애먼 돈 더 이상 낭비하지 말고"(171쪽)라며 아내를 죽음의 벼랑으로 내몰기도 하고, 또 아내가 살아 있음에도 불구하고 아내는 칠 년 전에 죽었다고 속이고 '꽃 피는 하마' 박인희의 어머니와 결혼을 추진하기도 한다.

물론 이러한 부모의 탐욕에 대해 아들인 '박사님'과 며느리는 날카롭게 반항하나 이들 역시 모든 인간을 교환가치로 읽어내고 그런 만큼 무한한 소유 욕망에 젖어 있기는 마찬가지이다. 자신들의 아버지와 어머니를 부정하고 비판하면서도 그들의 과잉 소유 욕망과 단절하기는커녕 오히려 그것을 재생산하는 면모를 보인다. 다른 점이 있다면 같은 행동을 하면서도 자신들은 부모에 비해 양적으로 개선을 했으므로 오히려 정당하고 올바른 삶을 살고 있다는 자기확신이 더욱 강하다는 점 정도이다. 예컨대 '통나무 노파'의 아들은 아버지가 수많은 여성편력을 행했던 것에 비해 자신은 아내 외에 오직 한 여자와만 관계를 맺고 있으므로 더럽고 추악한 아버지에 비해 절대적으로 깨끗하다는 확신을 갖는다. "이중생활은 계속될 것이다. 가능하면 죽을 때까지. 물론 주위 사람들에게는 비밀이다. 자신만을 위한 것이 아니다. 주위 사람들을 위한 것이다. 모르고 살아감으로써 평안하고 행복할 수가 있다. 드러나지만 않는다면 그것은 배신도 불륜도 아니다. 그들의 숙주인 자신이 이중생활을 함으로써 삶의 에네르기를 재충전할 수 있다면 그들 또한 이중생활의 혜택을 보는 셈이 된다"(83쪽)는 것. 아버지에 비해 깨끗하므로 자신은 절대적으로 정당하다는 것이다. 그러므로 그의 안중에 자신의 아내나 숨겨놓은 연인에 대한 배려 따위란 없으며 그녀들의 입장에서 사태를 보려 하지도 않는다. 간혹 그녀들에 대한 죄의식이 들어설라치면 단호하게 뿌리친다. "누구나 자신의 인생만을 책임질 뿐이다. (……) 내 책임은 아냐"(84쪽)라고. 또한 통나무 노파의 아들은 자신의 아이들을 "기생충들"(83쪽)이라고 생각하면서도 아이들의 안부 정도를 묻는 것으로 스스로에 대해 "자신만큼 책임감 강한 인물도 없을 것이다"라고 판단한다. 역시 자신의 아버지에 비해 가족을 위한 삶을 살고 있으므로 자신의 삶이야말로 가족을 위해 자신의 모든 것을 희생한 삶이라는 분명한 자기기만에 빠져 있는 셈이다. 이러한 의식적이면서도 무의식적인 자기기만은 며느리의 경우도 마찬가지이다. 그녀는 결혼할 때, 그리고 결혼 생활 내내 시어머니가 자신을 괴롭혔다는 사실을 상기하며, 시어머니가 입원해 있는 그곳을 철저하게 외면할 뿐만 아니라 이 모든 것이 자신을 괴롭힌 까닭에 시어머니 스스로가 초래한 결과라고 믿는다. 그리고 주문처럼 "나한테 잘못하는 사람은 꼭 해코지를 당한다니까"를 외우며 자신과 관련된 모든 불행을 타인의 탓으로 돌리며 결국에는 사랑 없는 열정적 관계에 빠져든다.

그런데 여기서 '통나무 노파' 집안의 가족 구성원들의 사물화된 소유 욕망이 단지 자신의 집안을 황폐하게 만드는 데서 그치는 것이 아니라 이 소설 속에 형성되어 있는 운명공동체 전체를 살풍경한 그곳으로 만드는 요인으로 설정되어 있다는 점을 주목할 만하다. 이들이 사물화된 소유 욕망에 사로잡혀 사회 전체의 어떤 균형을 깨는 순간 이들의 탐욕은 물결처럼 번져나가 여타 구성원들의 삶을 동요시킨다. 한 인물의 넘치는 탐욕은 사회 전체의 균형을 깨뜨리는 정말로 강한 충격이 되니, 그렇게 되면 여타의 구성원들은 자신의 생존을 위해 필수불가결한 것을 빼앗겨 황폐해지거나 아니면 그것을 채우기 위해 어쩔 수 없이 탐욕스러운 존재가 될 수밖에 없거니와, 급기야 사회 전체가 만인과 만인이 투쟁하는 정신적 동물왕국이 되고 마는 것이다. 즉 중국에서의 나비의 날갯짓이 미국에서 태풍을 발생시킬 수 있듯, 한 인물의 탐욕이 다른 인물의 증오와 탐욕을 불러오고 급기야는 세상 전체가 일그러지는 상황이 발생하는 것이다.

결국 '통나무 노파' 집안은 그 넘치는 탐욕 때문에 급기야 허망한 파국을 맞이한다. 굳이 인과응보니 업보니 하는 말을 떠올리지 않더라도 인간과 인간 사이에 인간에 대한 신뢰가 없을 때, 그리고 그 자리에 사물만 있을 때, 그때는 비록 그가 물질적으로는 풍요하다 할지라도, 그 상태는 바로 죽음과도 같은 것이리라. 실제로 '통나무 노파' 집안은 그렇게 몰락한다. 뇌출혈로 쓰러진 노파는 가족으로부터 버려져 '나무' 취급을 받고 있으며, 통나무 노파의 남편 역시 갑자기 쓰러져 죽음의 길목에 접어들며, 통나무 노파의 아들은 교통사고로 죽음의 문턱에 접어든다. 참담하다고 할까. 더욱 참담한 것은 이렇게 죽음에 이른 이들을 지켜주는 존재가 아무도 없다는 것이다. 노파는 간병인에게 맡겨져 이미 통나무 취급을 받고 있으며, 노파의 아들은 어느 누구도 곁에 없어 수술도 받지 못한 채 죽어가고, 노파의 남편 역시 아무도 보살필 사람이 없는 곳에서 홀로 쓰러진다. 통나무 노파의 집안은 이렇게 한순간에 몰락한다. 이 몰락은 어쩌면 예고된 것인지도 모른다. 아니, 어쩌면 이미 몰락해 있었는지도 모른다. 다만 물질적 풍요가, 현존재들의 사물화된 시선이, 그 집안의 참담한 삶의 풍경을 보지 못했을 뿐이라고나 할까.

이렇듯 『소설 쓰는 밤』에서는 '통나무 노파' 집안의 몰락의 서사가 그 다양한 디테일 속을 내밀하게 가로지르고 있다. 이러한 몰락의 서사는 이 소설의 특유의 은유적 맥락화와 더불어 한편으로는 그 이질적인 디테일들을 하나의 문맥 속에 통합하고 누벼내는 역할을 하면서, 다른 한편으로는 보다 큰 질서를 보지 못하고 현재적 규범에 질식해가는 현존재들의 현존형식을 전율스럽게 맥락화하는 역능을 수행한다.

이쯤에 이르면 우리는 『소설 쓰는 밤』이 보다 큰 차원에서의 인과관계를 보지 못하고 사물화된 현재적 규범에 갇혀 자신의 삶을 소진하다가 파멸해가는 현존재들의 우울한 자화상이라는 것을 확인할 수 있다. 물론 『소설 쓰는 밤』의 작위적 상황 설정에 동의하기 힘들 수도 있고, 또한 인간의 이성 능력을 넘어서는 초월적 세계상의 설정이 지나치게 종교적인 것이 아닌가 하고 의구심을 보낼 수도 있다. 하지만 그러한 의구심에도 불구하고 『소설 쓰는 밤』이 제시하는 역사지리지는 충분히 설득력이 있는 것으로 보인다. 굳이 내세나 억겁의 인연, 혹은 초월적 질서 같은 개념들을 믿지 않는다 하더라도 현재 우리로 하여금 무엇인가를 알게 하고 또 무언가를 상상하게 하는 상징적인 질서가 그 상징적인 질서 너머의 수많은 것들을 은폐하는 자리에서 성립된 것이라고 한다면, 그리고 현존재들의 인식지평이나 욕망이 현재의 상징적인 질서에 의해 치밀하게 통제되고 있다고 한다면, 현재적 시간만이 아니라 전대와 후세까지를 감안한 윤리적 성찰을 행할 때에만 진정으로 윤리적인 삶이 가능하다는 윤리학은 현재의 사물화되고 전도된 가치관을 비판하기에 충분하다 할 것이다. 뿐만 아니라 우리가 현재란 단지 미래를 향한 공백일 뿐이며 이 공백을 어떻게 메우느냐에 따라 현재는 물론 과거나 미래의 삶까지도 결정된다는 입장에 동의할 수만 있다면, 『소설 쓰는 밤』이 다양한 인물들의 파멸과 몰락의 드라마를 통해 드러내고 있는 현존재들의 실존에 대한 맥락화는 현존재들을 세계 내적 개인으로 비약할 수 있는 깊은 통찰로 받아들여질 만하다.

3. 타락한 시대를 견디는 세 가지 방법: 불안-하기, 어린이-되기, 그리고 소설가-되기

그런데 『소설 쓰는 밤』을 낯설고 기이하게 하는 것은 과도한 우연성과 그에 따른 개연성의 전복만이 아니다. 또 있다. 『소설 쓰는 밤』에는 넘쳐 나는 우연성 외에 『소설 쓰는 밤』을 풍부하게 할 뿐만 아니라 이 소설이 말하고자 하는 바를 선명하게 읽어들일 수 있는 이정표가 하나 더 존재한다. 그것은 구조적 통일성과 연관된 것이다.

사실 얼핏 보면 『소설 쓰는 밤』은 우리가 소설을 읽을 때 대단히 중요한 요소로 평가하는 구조적 통일성, 부분과 전체 사이의 유기적인 조화가 완미하게 이루어진 소설로는 보이지 않는다. 예컨대 이런 부분 때문이다. 『소설 쓰는 밤』은 앞서 이야기했듯 강동의 어느 내과 병동 4인용 병실에서 출발하여 환자의 가족들의 이야기를 다루면서 병실 바깥으로 포커스를 옮겨간다. 그러다가 소설의 마지막 부분에서 그 주무대를 다시 병원으로 옮긴다. 이는 병원에서 시작하여 병원으로 마무리되는 원점회귀형 구조를 연상시키기에 충분한데, 뜻밖에도 소설이 돌아온 곳은 소설의 출발점이었던 그 병실도, 4인용 병실 환자들과 그 가족들의 생활 세계도 아니다. 영안실 풍경이 잠깐 비쳐지지만 그곳에서도 웬일인지 당연히 등장해야만 할 것 같은 '통나무 노파' 아들의 죽음은 간데없고 어린아이를 두고 죽은 무심한 가장의 이야기가 잠깐 비칠 뿐이다. 대신에 이 연작소설의 마지막 부분이 주로 초점을 맞추고 있는 것은 자비로 출판한 소설을 들고 다니며 병원 근처를 배회하는 자칭 소설가와 그의 정신없이 어수선한 행장이다. 말하자면 갑작스럽게 '믿을 수 없는 화자' 아니 '믿기 힘든 화자'가 출현하며 소설의 결말을 짓는 것인데, 이 '믿기 힘든 화자'의 돌올한 출현은 뜻밖이라는 느낌을 강하게 준다. 그것은 소설의 결말에 이제까지 등장하지 않았던 의외의 화자, 그것도 독자들에게 분명한 신뢰를 주지 못하는 화자가 갑자기 출몰했기 때문이기도 하지만 보다 중요한 것은 그 화자의 출현과 더불어 사실상 이 앞부분에 펼쳐졌던 이야기의 연쇄들이 갑자기 중단되는 상황이 벌어지기 때문이다. 단순화하자면 한 병실에서 시작한 『소설 쓰는 시간』은 그 가족들의 같은 시간대의 이야기를 펼쳐 보이다가 그 병실이 아닌 그 병원의 다른 풍경을 보여주면서 끝나는 것이다. 이러한 시작과 중간, 그리고 끝은 분명 우리의 독서법에게는 익숙하지 않은 것이고 때문에 통일성이 떨어지는 것처럼 보이는 것이 사실이다. 그리고 당연히 통나무 노파 집안의 몰락 후 이야기를 기대했던 독자들은 자신들의 기대지평과 어긋나는 이 낯선 마지막 장면 앞에서 또 당혹감을 느낄 수밖에 없다.

하지만 『소설 쓰는 밤』의 이 예기치 못한 마무리 역시 소설적 완결성의 미달 형태로 규정하고 넘어가서는 안된다. 이 예기치 못한 마무리에도 역시, 지나친 우연성이 그러했듯, 『소설 쓰는 밤』의 또하나의 역사지리지가 작동하고 있기 때문이다. 결론적으로 말하자면 『소설 쓰는 밤』은 통나무 노파 집안의 참담한 몰락을 다루어야 자연스러울 바로 그 마무리 부분에서 통나무 노파 일가의 몰락 이후의 참담한 살풍경을 확인하고픈 잔혹한 사디스트적 감정도 접고 또한 구조적 통일성도 포기하면서 대신 현대적 연옥으로부터 벗어날 수 있는 가능성을 '믿기 힘든 화자'인 소설가를 통해 집중적으로 탐사한다. 이는 『소설 쓰는 밤』이 현대라는 연옥을 그려내는 데에만 관심이 있는 것이 아니라 그곳으로부터 벗어날 보다 나은 것의 가능성을 붙잡으려는 노력도 같이 행하고 있다는 것을 의미한다. '위험이 있는 곳엔 구원의 힘도 함께 자란다'는 횔덜린의 말처럼 『소설 쓰는 밤』은 현대라는 살풍경 속에서 정말로 내밀하게 구원의 힘을 탐사하고 있거니와, 그것이 이 소설의 두번째 특이성의 원천으로 작용한다.

『소설 쓰는 밤』에서 이 구원의 힘에 대한 정밀 탐사는 연옥 같은 세상에 대한 비판 못지않게 중요한 구성 요소를 차지한다. 그것은 이 소설의 외적인 배치만 보더라도 쉽게 확인할 수 있다. 『소설 쓰는 밤』은 각자 독립되어 있으면서도 서로 밀접하게 연관된 여섯 편의 소설로 이루어져 있는바, 이 중 첫번째, 세번째, 다섯번째에 해당하는 「무대 뒤의 공연」 「당신의 저녁 시간」 「성주」가 많이 가진 자들이 보다 더 많이 가지려는 탐욕 때문에 세상을 혼탁하게 만들고 결국은 자신도 파멸하는 이야기라면, 나머지 소설인 「내 창가에 기르는 꽃」 「달빛 고양이」 「소설 쓰는 밤」은 그 위험 속에서 구원의 힘을 키워가는, 혹은 스스로 구원의 힘이 되어가는 인물들에 관한 이야기라 할 수 있다. 이렇게 『소설 쓰는 밤』은 비극과 희극, 절망과 희망, 위험과 구원, 긴장과 이완, 두려움과 충일감을 병존시키며 소설을 배치하고 있거니와, 이는 『소설 쓰는 밤』이 출발부터 현대라는 연옥에서 벗어날 수 있는 가능성의 탐색에 매우 큰 비중을 두고 있었음을 단적으로 보여주는 것이다.

　물론 『소설 쓰는 밤』이 현대라는 연옥에서 자라나는 구원의 힘으로 지목하는 것은 이제 더이상 '순수한 정신'이나 '완전한 영혼'이 아니다. 그 것은 아주 구체적이고 실제적이며, 뿐만 아니라 강요된 혁명 모델의 그 지독한 억압에도 불구하고 현존재들 속에 살아남아 있는 어떤 것이다. 물론 이것은 다양한 인물들에게 다양한 방식으로 잠시 현현하고는 사라져 버려 개념화하기가 쉽지는 않다. 하지만 곳곳에서 잠시 나타나는 그 짧은 진리의 순간들을 종합하면 나름대로 개념화가 전혀 불가능한 것도 아니다. 우선 『소설 쓰는 밤』이 모색하고 있는 구원의 힘 역시 옥재의 방송 멘트에서 그 단서를 찾아볼 수 있다.

　　일을 하면서 나름대로 의미 있는 결과를, 보람을 찾으려 노력해도 우리가 얻을 수 있는 건 없을지 모릅니다. 자신의 일이 무엇인지 알고 자신의 운명을 사랑하는 것, 주어진 현실에 충실한 것만이 이 시대의 계곡을 위태하게 건너는 우리의 의무인지 모릅니다.(86쪽)

　'현실에 충실하기' '자신의 일이 무엇인지 알기' 그리고 '자신의 운명을 사랑하기'로 요약되는 『소설 쓰는 밤』의 윤리학은 너무 막연하게 느껴지는 것이 사실이다. 또 읽기에 따라서는 저주 같은 이 현실을 그저 인정하라는 것처럼 들리기도 한다. 하지만 이 윤리학은 그렇게 추상적이지도 현실추수적인 것도 아니다. 그러한 윤리학이 이 시대의 계곡을 위태하게나마 건너기 위한 최선의 행동이 아니라 최소한의 윤리 강령으로 제시되어 있을 뿐만 아니라 소설 곳곳에 포진되어 있는 진리의 현현 장면과 겹쳐지면서 구체성을 획득하기 때문이다. 또한 현실에 충실하면서 자신의 일이 무엇인지 알아가는 것, 그리고 그 안에서 타인이 침범할 수 없는 자신만의 운명을 발견하고 그것을 사랑하는 것 자체도 비록 추상적이기는 하나 그 자체로 엄청난 긴장과 결단을 요구하는 것이기도 하다. 아마도 그러한 삶을 살기 위해서는 집단적인 욕망 모델을 일방적으로 강제하는 현대성과 정면으로 맞서야 하는 경지인지도 모른다.

하여간 『소설 쓰는 밤』은 이처럼 옥재의 말을 통해 이 시대의 계곡을 위태롭게나마 건널 수 있는 큰 방향을 제시한다. 그리고 다양한 인물들의 다양한 삶의 장면 속에서 그 목적지에 도달하기 위한 구체적인 길들을 하나하나 서두르지 않고, 차츰차츰 보여준다. 더 다양한 요소가 숨죽이고 있을지도 모르겠으나 우선 『소설 쓰는 밤』에서 현대라는 위태로운 계곡을 건널 수 있는 소중한 삶의 계기로 제시된 것 중 선명하게 눈에 띄는 것은 크게 세 가지이다.

그 첫번째는 직관, 설명되지 않는 감정들, 그리고 불안의 재발견이다. 『소설 쓰는 밤』 속의 인물들은 수시로 무언가 설명할 수 없는 예감이나 예후에 휩싸이거나, 아니면 기존의 자기로서는 이해할 수 없는 어떤 감정들에 휩싸여 기존의 자기와는 전혀 다른 모습을 보이기도 한다. 이들은 이런 직관이나 예감들 앞에서 그리고 설명할 수 없는 감정들 앞에서 찰나적이지만 그렇기 때문에 도저히 뿌리칠 수 없는 강렬한 자극을 받는다. 그리고 불안에 빠져든다. 하지만 그들은 하나같이 이 강렬한 자극을 외면한다. 그러고는 일상으로, 그러니까 현대라는 연옥 속으로 다시 터벅터벅 걸어들어간다. 예컨대 이런 것이다. 통나무 노파의 아들이 교통사고로 다시 회생하기 힘들 정도로 치명적인 사고를 당한 바로 그 순간 그의 부인은 계속 가슴이 뛰는 이상한 경험을 하고 그의 숨겨놓은 연인인 옥재 역시 "이상스레 숨이 콱 막"히고 "가슴이 마구 투덕거"(88쪽)리는 경험을 한다. 그녀들은 어떤 전조도, 원인도 찾기 힘든 가슴 떨림을 경험하면서 그때마다 매번 "뭐지?"라고 묻지만 결국은 이 전조를 혹은 거대한 질서가 보내온 신호를 외면한다. 징후만 있었을 뿐 가시적인 원인을 찾을 수 없었기 때문이다. 이렇게 그녀들은 자신들에게 보내져온 운명의 신호를 받아들이지 못하고 '통나무 노파'의 아들은 비록 치명상을 입어 회생의 가능성은 희박하다 하더라도 보호자들의 수술 동의를 받지 못해 수술조차 하지 못하고 죽어간다. 또 이런 경우도 있다. '당뇨 여자'의 아들 기섭은 버스에서 일어난 작은 사고를 계기로 우연히 박인희를 만난다. 기섭은 일류대학 출신에 대기업에 입사한 소위 이 사회의 엘리트이고 박인희는 고졸 출신에다가 그리 미모도 빼어나지 않은 인물이다. 이 둘은 만나는 순간, 그리고 서로에 대해 조금씩 알아가며, 누구에게서도 느끼지 못한 친밀성을 느낀다. 하지만 그들은 그 유쾌하고 상쾌하고 통쾌한 친밀성의 경험에도 불구하고 다음도 기약하지 않은 채 그냥 헤어진다. 뿐만 아니라 옥재의 경우도 이와 마찬가지이다. 옥재는 이날 걷잡을 수 없는 불안을 경험한다. 그녀는 갑자기 아무런 전조도 이유도 없이 마치 어디선가 보내온 신호처럼 다가온 어떤 전율에 뭔지 모를 두려움에 빠지나 그것을 애써 외면한다. 하지만 그 불안감은 그녀를 놓아주지 않는다. 오히려 더욱 강해지고 집요해진다. 통나무 노파 아들과의 밀회를 다만 심심해서 이어온 의미 없는, 그리고 이해하기도 힘든 만남이라고 생각해왔건만 그를 만나지 못하게 되자 그녀는 이유 없는 불안감에서 헤어나오질 못한다. 결국 만날 때마다 다른 사람의 눈이 무서워 음식마저 룸서비스로 시켜 먹는 그를, 제도 바깥의 사랑을 행하다가 곤욕을 치른 주변의 이야기를 들을 때마다 두려움에 어쩔 줄 몰라 하는, 그리고 그래서인지 밀회 때마다 습관처럼 돈 봉투를 쥐여주는 그를 그녀는 어느덧 사랑하고 있었던 것이리라. 그녀는 그를 만나지 못하는 순간 경험한 그 불안감에서 그를 만나는 것이 그녀에게 주어진 운명임을, 자기 존재의 고유한 정체성임을 깨닫는다. 그리고 그 내적 요청을 승인한다. 하지만 그녀는 결국 그를 만나지 못하고 한없이 처량해진다. 바로 그때 남수를 만난다. 음식을 배달하면 몇

번 얼굴이 스친 남수에게서, 특히 외관과는 달리 유달리 순수한 동심 앞에서 그녀는 문득 편안함을 느낀다. 그리고 그 순수한 동심 앞에 이런저런 이야기를 나누며 자신의 불안을, 이해할 수 없는 공포를 조금씩 씻어가며 위안을 받는다. 하지만 다음날 아침 깨어나는 순간, 다시 말해 이 시대의 생활인으로 돌아와 자신의 고유한 정체성을 포기하고 다시 현재적 규범 속에 자신을 위치시키는 순간, 그녀는 남수의 순수한 마음 앞에서 느꼈던 안정감과 편안함 등을 모두 부정한다. 아니, 경멸한다. 그리고 그녀는 평상시의 그녀로 돌아간다. 이러한 예들에 비추어볼 때『소설 쓰는 밤』은 일상적이지 않은 어떤 감정의 유령과도 같은 출현을 진리의 현현으로 받아들이는 듯하다.『소설 쓰는 밤』은 느닷없는 일탈적 발상이나 예고 없는 불안 같은 것을 합리적 이성에 의해 망각한 본래적 존재-능력과 현존재의 유일성의 징후로 읽어내고는 그 예외적 순간에 충실할 것을 권유한다. 그래야만 일상적 세계의 평균성으로부터, 다른 모든 사람들이 살아가는 비본래적인 삶의 방식으로부터 자기를, 자기의 고유성을 되찾을 수 있다고 말한다. 감정에 충실하고 불안에 민감하라. 그리고 그것에 깃든 자신의 운명을 발견하라. 이것이 불안 속으로 더욱 빠져들어 존재의 예후를 발견하지 못하고 대신 사회적 통념에서 안정감을 되찾는, 그러니까 안정성을 위해 자기의 유일성을 스스로 부정하는『소설 쓰는 밤』의 인물들을 통해『소설 쓰는 밤』이 전달하고자 하는 메시지이다.

　하지만 이것이 다라면 문제다. 진리의 현현은 현존재들을 갑작스럽게 동요시키고 그에 따라 불안을 야기하는 중요한 요인일 수는 있지만 그것만이 현존재들을 불안하게 하는 유일한 원인일 수는 없기 때문이다. 다시 말해 또다른 요인에 의해서도, 또는 진리로부터 멀어지는 바로 그 순간에도 현존재는 동요하고 불안에 빠질 수 있는 것이다. 인간의 감정이나 불안 상태를 무조건 찬미할 경우, 그것은 자칫 걷잡을 수 없는 파괴적 충동과 비이성의 광기를 절대화할 가능성도 있다. 예컨대『소설 쓰는 밤』에서

통나무 노파의 남편은 "세련, 체면, 인공의 것들은 모두 죽음 쪽에 속한
것들"이라고 규정하고 "무식, 저돌, 무례, 날것"에서 "생명"을 발견하고,
그리고 그런 의미에서 "뻔뻔스럽도록 강인한 생명력"(168쪽)이 느껴지는
장여사와 다시 인생을 시작하기로 한다. 안정은 권태를 불러오고 그 권태
는 광기와도 같은 충동과 결합하여 결국은 한 개인을 불안하게 할 수 있
다. 그러므로 불안 상태로 자신을 끌어들이는 것을 무조건 예찬할 수는 없
다. 그 불안이 현존재를 무조건 진리의 길로 이끄는 것은 아니므로. 만약
통나무 노파의 남편처럼 "비늘 떨어진 잉어를 내치고 팔팔한 잉어를 새로
들여놓듯이, 물을 빨아들이지 못하는 나무를 뿌리째 뽑고 새 나무를 심듯
이" "그의 곁에 놓은 건강한 생명을 돈을 주고 사기로 결정한"(168쪽)다
면, 그러니까 진리와 거리가 먼 이해타산이나 불순한 의도에 의해 이 불안
상태가 초래된다면, 그것은 오히려 존재자들을 더욱더 극심한 비본래성으
로 이끌 수 있는 것이다.

때문에 당연히 불안 예찬은 그 불안 상태를 진리의 길로 이끌 수 있도
록 무언가가 보완되거나 어떤 정신적 내용과 병존되어야 한다. 그때에만
직관이나 불안 예찬은 현대인들을 연옥으로부터 벗어나게 할 수 있는 구
원의 힘이 될 수 있다. 물론 『소설 쓰는 밤』에는 이러한 보완물이 존재한
다. 바로 어린이-되기인 바, 이것이 『소설 쓰는 밤』이 현대라는 위태로운
계곡을 건널 수 있는 계기로 제시한 두번째 요소이다. 『소설 쓰는 밤』 중
에는 대단히 흥미롭고도 시의적절한 환상 장면이 등장하는데, 다름 아닌
「성주」에서 통나무 노파의 남편이 행하는 환상이다. 아내를 병실에 두고
결혼을 계획하는 이 놀라운 남편은, 죽음의 순간이 가까워져서인가, 갑작
스레 "어쩌면 (……) 어쩌면 늙은이로 태어나 어린이가 되는 쪽이 훨씬
행복할 수도 있다"(174쪽)로 시작되는 이상한 공상을 시작한다. 그리고
다음과 같은 결론에 도달한다.

죽어갈 늙은이로부터 삶을 시작하여 조그만 어린이로 마감한다면. 얼굴과 몸에 잡혔던 쭈글쭈글한 주름들이 판판해지고 지우개처럼 점점 닳아 작아진다면.

50, 60년의 긴 세월을 두고 인간들의 몸이 조금씩조금씩 젊어져가는 것이다. 자고 나면 가뿐해지는 몸, 또 한 번 자고 나면 명쾌해지는 머리. 얼마나 가슴 설레는 일인가. (……) 젊음이, 자신의 활화산 같은 절정기가 삶의 뒤쪽에 자리하고 있다는 사실만으로도 너무나 벅차고 신나는 인생인 것이다. 세월이 흐를수록 용기가 생기고 순수해지고. 사랑하는 한 여자를 위해, 인간의 삶을 피폐하게 하는 부조리와 모순을 타파하기 위해 자신의 목숨을 바치는 그 패기, 그 장렬함.

청춘의 정점을 지나 죽음으로 다가가는 기간은 급격한 하향곡선이 제격이다. 길어야 10, 20년. 얼마나 복된 삶의 형태인가. 사춘기가 되어 급격하게 몸이 줄어들고, 뇌가, 행동반경이 하루하루 놀랍게 줄어들고. 어린아이가 되어 아무 죄의식 없이, 그야말로 순진무구하게 삶을 마감할 수 있는 것이다.(175~176쪽)

어린이가 되자는 것이다. 어린이가 되면 모든 것이 불안할 터이지만 그 불안을 어른들의 비본래적인 사회 통념으로서가 아니라 어린이 특유의 순진무구함으로 이겨냄으로써 진리의 길로 접어들자는 것이다. 현대라는 연옥에서 이전투구하는 동안 자신도 모르게 훼손된 육체와 정신을 그렇게 어린이-되기로 떨어내자는 것이다.

『소설 쓰는 밤』에서 제시된 이러한 어린이-되기를 두고 여러 의문을 제기할 수도 있겠다. 우선 너무 직설적이지 않은가 하는 의문. 보다 완곡하고 간접적이어야 하지 않겠는가 하는 아쉬움이 있을 수 있다는 것인데, 그 측면에서 보자면 위의 인용은 비록 직설적으로 보일지는 모르나 절묘한 데가 있다. 우선 위의 언급이 아내를 병실에 두고 다른 여자와 결혼을 하려는 그 놀라운 남편의 발화라는 점 때문이다. '믿을 수 없는 화자'의 '경청할 만한 교훈'은 그 자체로 서로 충분히 이질적이어서 묘한 긴장감과 강렬한 역설적 정서를 유발시키기에 모자람이 없다. 뿐만 아니라 소설 속에서 통나무 노파 남편은 점점 정신적으로 퇴행하여 결국은 요람 속의 아이가 되는, 그러니까 죽음과 마주하게 되는데, 그는 바로 그 순간에 자신의 삶 전체를 반추하며 자신의 고유한 운명 혹은 유일성을 되찾는 것으로 되어 있다. 말하자면 위의 인용이 통나무 노파의 남편의 경우에는 일종의 복선처럼 작용하는 셈이다. 그렇다면 위의 인용은 직설적인 것처럼 보이나 아주 자연스럽게 여러 요소들을 문학적으로 꿰매는 기능을 수행하고 있다고 할 것이다.

위의 인용에 대해 또하나 가질 수 있는 의문은 어린이-되기 역시 「착한 사람 문성현」마냥 지나치게 추상적이고 비현실적인 정신의 상태를 절대화하는 것 아닌가 하는 점이다. 하지만 꼭 그렇게 볼 것은 아니다. 칸트가 윤리에는 의무가 수반되며 그 의무를 자기화할 경우 전혀 다른 차원의 삶이 가능하다고 했듯 어떤 측면에서 윤리에는 반드시 의무 속에서 살려는 자세가 필요하다고 한다면 『소설 쓰는 밤』의 어린이-되기는 현대라는 연옥을 건너기 위한 의무로서 손색이 없다. 뿐만 아니라 『소설 쓰는 밤』은 이러한 윤리의식을 위해 현대적인 삶을 포기하라고 말하지 않는다. 대타자에 의해 강요된 강력한 욕망 모델에도 불구하고 현대인들의 삶이 깊은 곳에 남아 있어 간혹 그 틈을 비집고 나와 정말 짧은 순간 현존재들을 순수하고 천진난만한 상태로 만드는 그 어린이의 경지를 다만 거부하지 말고 향유하며 잊지 말고 기억하자고 할 뿐이다. 또 『소설 쓰는 밤』은 현대라는 메카니즘에 의해 타락한 현존재들의 삶을 그려내면서도 거의 모든 인물에게서 간혹 스쳐지나가는 동심의 순간을 잠시 서사의 속도를 줄여가면서 보여주는 바, 이 또한 『소설 쓰는 밤』의 어린이-되기라는 윤리학이 문학적인 환기력을 획득한 중요한 원천이다.

하지만 어린이-되기는 어떤 측면에서 보자면 현존재들의 실존형식과 지나치게 배치되는 감이 있는 것이 사실이다. 해서, 그것은 우리가 우리 자신을 기투해서 다가설 수 있는 단계이기도 하지만 보다 많은 경우에는 어떤 순간 문득 현현할 때 잠시 맛볼 수 있는 경지이다. 물론 진리의 빛은 그것을 기다리는 자에게 보다 강렬하게 현현한다는 점에서 현존재들의 주체성이 자리할 틈이 없는 것은 아니나 아무래도 어린이-되기는 인간 각자가 살아온 힘겨운 삶의 과정을 괄호에 넣어야만, 그러니까 현존재를 구성하는 경험 내용의 상당 부분을 스스로 부정해야만 이를 수 있는 자리이며 결과적으로 현존재들의 주체성이 활동할 가능성이 미약한 것이 사실이다. 해서 『소설 쓰는 밤』이 만약 이 어린이-되기를 현대라는 연옥을 건너갈 유일한 윤리학이자 정치학으로 제시했을 경우 그것은 「착한 사람 문성현」마냥 완전한 영혼을 절대화하지는 않는다 하더라도 현존재들이 생존하기 위해 필수적인 삶의 방식을 모두 타락한 것으로 바라볼 가능성이 높았다고 할 것이다. 하지만 『소설 쓰는 밤』은 현존재들의 실존형식을 모두 부정하지 않는다. 오히려 그 안에 무언가 가치 있는 것을 찾아 어린이의 경지에 도달할 수 있는 방법론으로 제시하니, 바로 소설가-되기이다.

『소설 쓰는 밤』이 어린이의 상태에 도달할 수 있는 삶의 형식으로 주목하고 있는 것은 바로 소설가-되기이다. 역시 의문이 생길 수 있겠다. 소설가-되기 역시 현존재들의 실존형식과 전혀 배치되는 마찬가지인 것 아닌가 하고. 하지만 『소설 쓰는 밤』에서의 소설가-되기란 우리가 생각하는 그것처럼 현대인의 실존과 실질적으로 단절되고 절연된 삶의 방식이 아니다. 『소설 쓰는 밤』에서의 소설가-되기란 바로 존재들에게 욕망마저도 단일한 것으로 강요하는 현대성과 절연하는 것이다. 아니, 그 현대성으로부터 자유로워지는 것이다. 예컨대 『소설 쓰는 밤』에서의 소설가-되기란 옥재가 진행하는 라디오 프로의 구성작가인 혜주처럼 새들이 페루에 가서 죽는 이유가 엘니뇨 때문이라는 과학적 설명을 무조건 신뢰하여 인간의 심상이나 자연의 오묘함을 부정하는 대신에 그 안에서 보이지 않는 인생의 허무, 자조 같은 것을 믿는 것이며 또한 그러한 보이지 않는 세계를 부정하는 과학에게서 "무소불위의 날카로운 칼"(96쪽)을 발견하는 것이다. 아마도 옥재가 자신에게는 없다고 하는 그것, 그리고 만약 있었더라면 옥재를 사랑할까 두려워 반드시 돈 봉투를 앞세우고 옥재에게 다가오는 통나무 노파의 아들을 받아들일 수 있게 했을 그것인지도 모른다. "나는 사람을 믿지 않거든. 속아지지가 않아. (……) 아무리 애를 써도 꿈을 꿀 수가 없어."(97쪽) 그러니까 사람에 대한 믿음, 비록 보이지 않는 것에 대한 신뢰, 그리고 이곳이 아닌 저곳을 향한 꿈이 바로 소설가가 될 수 있는, 그리고 궁극적으로 현대라는 연옥에서 벗어날 수 있는 길이라는 것이다.

이런 점에서 『소설 쓰는 밤』의 마무리에 해당하는 「소설 쓰는 밤」에 등장하는 소설가의 형상은 자못 흥미롭다. 이 소설가는 앞서 잠시 비쳤듯 전형적인 '믿을 수 없는 화자'이다. 그는 자신의 돈으로 만든 소설을 팔러 다니기도 하고, 병원의 영안실이나 경비실을 기웃거리며 끼니를 때우는 그런 인물이다. 그에 대한 타인들의 반응은 대단히 냉소적인 것으로 되어 있으나 그는 타인들의 통념에 자신을 끼워맞추지 않는다. 대신 자신만의 유일성이나 고유성을 유지하기 위해 끊임없이 자신을 계발한다. 자신의 유일성을 지키기 위해 그가 하는 일은 여러 가지이나 그중 특징적인 것은 세 가지이다. 하나는 타인-되기. 그는 병원을 돌아다니면서 끊임없이 타인을 모방한다. 아니, 타인이 되어본다. 타자를 이해하기 위한 한 방식이리라. 두번째는 끊임없는 대화이다. 그는 누구를 만나면 그가 누구라 하더라도 대화를 한다. 하지만 대화가 모두 원활한 것은 아니다. 대화 상대가 서로 이질적인 경우에는 사정이 심각하다. 서로 말을 주고받기는 하지만 그것은 상대를 마주한 독백인 경우도 있다. 하지만 그래도 그는 자신의 화두를 포기하지 않는다. 그것이 자신의 고유성을 지키는 중요한 실천이라고 생각하는 까닭이다. 대화가 통할 경우 그는 산파가 된다. 상대편의 말을 들어주고 그가 스스로 자기만의 진리를 깨닫도록 사다리를 놓아준다. 그렇다고 일방적으로 어떤 깨우침을 주는 존재인 것만은 아니다. 그 또한 상대방의 말을 세심하게 경청한다. 그리고 그 속에서 현재의 자기를 반성하고 또 자신을 곧추세운다. 그리고 이 믿기 힘든 소설가의 마지막 특징은 타인의 사소한 징후들을 민감하게 포착하여 그것들을 기반으로 그들의 삶을 종합해보고 서사화해보는 것. 물론 새로운 정보가 나타날 때는 그 틀을 다시 쓰는 것도 잊지 않는다. 이 과정을 통해 그는 "다른 인간들의 다른 인생들을 폭포처럼 줄줄이 읊어댈 수 있"(210쪽)는 힘을 갖추기도 하고 또 "보통 사람 눈에 뵈지 않는 어떤 느낌", 예컨대 "구천을 떠도는 잡귀들, 나를 보호해주는 조상의 혼령들, 꽃과 나무들의 기, 사람들의 기"(230쪽) 같은 것을 잡아내기도 한다. 그리고 다음과 같은 삶의 자세를 환기시키는 바, 아마도 이는 작중의 소설가가 한 말이지만 사실은 『소설 쓰는 밤』을 쓴 소설가 윤영수가 말하고 싶었던 것인지도 모른다.

　인간의 삶이란 게 너무 빨해요. 그래서 소설도 빨해요. 조금은 외롭고 조금은 어처구니없고, 살아 있는 대부분의 시간은 울고 싶고 또 살아 있는 대부분의 (……) 사람은 불쌍하고. (……) 나이가 들수록 꼬리는 너무 크고 둔중해서 감히 잘라낼 엄두조차 내지 못하지만, 꼬리에게 질 수는 없어요. 어떤 어려움이 있더라도, 앞으로 나아간다. 우리는 인간이니까요. 내 부모가 있던 자리에서 내가 한 발 나아가는 것. 내가 있던 자리에서 내 자식이 한 발 더 나아가는 것. 이게 바로 효도지요. 애국이고요. 대한민국 만세. (……) 그게 문제라니까 악어선생은. 우리가, 우리가 꼭 집에 가야 해? 정신을 잃을 정도로 취해서 땅에 쓰러지면 안 돼? (……) 이 노끈 같은 꼬리를 아예 잘라버리면 어떨까. 꼬리를 자르면 날개가 돋을지 모르지. 이게, 나뭇가지를 잘라주는 것과 같은 효과라, 한쪽을 자르면 한쪽이 실하게 되어 있거든. 한 발 앞으로가 아니라 한 발 위로, 허공으로 단 몇십 센티만 날아오를 수 있다면 좋겠어. 허공에 잠시라도 머무를 수 있다면, 이 징그러운 땅으로부터 잠깐이라도 분리될 수 있다면 원이 없겠어.(238~239쪽)

위의 인용에서 꼬리가 현존재들을 붙잡아 매는 현실적 질서 혹은 규범을 상징하고, 악어가 그러한 것에 붙잡혀 사는 현존재들을 지칭하는 것이라면, 위의 인용이 말하고자 하는 바는 비교적 선명하다 할 것이다. 다른 존재가 아닌 인간이므로 현실적 규범을 통어할 수 있는 주체성을 가져야 한다는 것, 그 경지는 생명처럼 떠받드는 현실적 규범을 잠시라도 단절하겠다는 의지만 지니면 된다는 것, 그렇게 현실적 규범을 마치 생명선인 양 떠받들지 않으면 보지 못하던 세계가 보이며 그러면 자기만의 운명을 좇아 자신의 유일무이성을 키워나갈 수 있다는 것. 바로 이것이 현대라는 연옥의 세계로부터 절연하여 진정으로 본래적인 삶으로 살 수 있는 방안으로 『소설 쓰는 밤』이 제시하는 세번째 길임은 물론이다.

이러한 실천 방안은 현실적 규범 너머의 매혹적이고도 무시무시한 실재를 환기시키고 그것을 전유하는 실존형식을 촉구한다는 점에서 이 좁은 현대성을 넘어설 수 있는 의미 있는 윤리학처럼 보인다. 물론 이것이 정말로 현대라는 연옥을 넘어설 수 있는 가장 구체적이면서도 가능한 길인가에 대해서는 논란이 있을 수 있다. 하지만 이러한 윤리학이 대단히 문학적으로 제시되었다는 것만은 말할 수 있을 듯하다. 우리는 앞서 『소설 쓰는 밤』의 구조적 완결성이 완미하지 않은 것 아닌가 의심스러운 눈초리를 보낸 적이 있다. 반복하자면 강동 어느 병원의 내과 병실에서 시작한 이야기가 밖으로 퍼졌다가 다시 병원으로 돌아오는 데 그곳이 원래의 지점이 아니라는 이유 때문이었다. 그런데 이렇게 『소설 쓰는 밤』 전체를 보고 나니 『소설 쓰는 밤』이 소설의 출발점으로 다시 돌아가지 않은 것은 오히려 이 소설의 고심에 찬 선택이었음을 확인할 수 있다. 『소설 쓰는 밤』은 원점으로 돌아가 현대라는 연옥이 파열하는 아수라를 그려내기보다는 그 아수라 속에서 피어나는 구원의 힘들에 관심이 있었던 것이다. 그런 점에서 보자면 『소설 쓰는 밤』은 소설적 통일성에 미달하는 소설이 아니라 자신이 말하고자 하는 바를 가장 완미하게 구현한 소설이라 할 만하며, 이것 또한 『소설 쓰는 밤』에서 기억해야 할 미덕이다.

4. 잃어버린 매개자 찾기, 혹은 또다른 출발

논의가 너무 길었다. 이유는 간단하다. 윤영수의 귀환, 그리고 『소설 쓰는 밤』의 출현을 충분히 기념하기 위해서이다. 한 작가가, 비록 그가 좋은 작가였다 하더라도, 소설적 밀도를 잃었다고 다시 귀환하기란 사실 쉬운 일이 아니다. 작가가 문제성을 상실하는 경우란 곧 그 작가가 길을 잃었을 때가 대부분이기 때문이다.

최근 어느 한 노시인이 자신의 시집 제목을 '길을 잃고 싶을 때가 많았다'(정양)라고 붙여 큰 감흥을 불러일으킨 바 있지만, 사실 어떻게 보면 시인 혹은 작가들만큼 길을 자주 잃는 존재들도 없다. 아니, 그들은 누구보다도 많이, 그리고 자주 길을 잃는다. 그리고 다시 길을 찾지 못하는 경우도 어느 존재보다도 많다.

물론 작가들이 종종 그렇게 허무하게 길을 잃는 이유는 무엇보다 많은 사람들이 길이라 생각하는 것을 길이라 여기지 않기 때문일 것이다. 그들은 세상 사람들이 길이라고 하는 곳에서 더 많이 폐허와 감옥을 본다. 해서, 그들은 때로는 속절없이 또 때로는 대단한 소명감으로 길 아닌 길로 접어든다. 그러고는 미로에 갇히고, 헤매고, 절망한다. 그들은 그렇게 종종 길 아닌 곳에 접어들며, 그런 까닭에 그들의 여행은 시작되는 순간 길이 끝나는 그런 여행이 대부분이다. 해서, 그들은 그 길 아닌 길에서 영원히 맴돌거나 아니면 오랜 방황 끝에 탕아처럼 고향으로 되돌아오기도 한다. 그중 아주 예외적인 존재들은 그 길 아닌 곳에 길을 내기도 한다. 그리고 그것에 대해 "희망이라는 것은 원래 있는 것이라 할 수도 없거니와 없는 것이라고 할 수도 없다. 그것은 마치 땅 위의 길과 같은 것이다. 실상 땅 위에 본래부터 길이 있는 것은 아니다. 다니는 사람이 많아지면 곧 길이 되는 것이다"(루쉰, 「고향」)라고 말해 다른 이들을 그 길 아닌 곳으로 이끌기도 한다.

하지만 이렇게 새로운 길을 만들어 다른 사람을 그곳으로 이끄는 경우는 아주 예외적이다. 대부분은 떠나면 길을 잃지만 안 떠날 경우 그야말로 죽음과 같은 권태에 빠지기에 할 수 없이 떠나 운명처럼 길을 잃고 만다. 그들이 자주 길을 잃는 것은 다른 사람이 길이 아니라는 곳으로 들어섰기 때문만은 아니다. 또한 그들 스스로가 왜 길 아닌 길로 접어들었는지를 까마득히 잊기 때문이다. 작가들은 너무 허망할 정도로 어떤 행동이나 사유의 형성 지점을 망각하곤 한다. 거의 모든 역사적 운동의 경우처럼 작가들도 부르디외가 표현한 '기원의 기억상실'을 수시로 경험한다고나 할까. 이렇게 작가에게도, 아니 작가에게는 더욱 기원의 기억상실이 수시로 발생한다. 이것은 세상을 보는 눈의 형성이 일종의 은유화 과정이며 동시에 도식화 과정이라는 사실과 관련이 깊다. 일반적으로 세계를 보는 눈의 형성은 그 이전에는 너무 이질적인 것들이어서 전혀 유사성을 발견할 수 없었던 것을 동질화하는 방식으로 이루어지며, 또한 원래의 사물들에 존재하는 고유한 가치, 질, 비교불가능성 등을 배제하면서 성립된다. 그러나 이 은유화 과정은 워낙 원래 사물에 존재하는 고유성을 천재적으로 지워버리기 때문에, 다시 말해 은유화로 차이가 지워진 사물은 원래부터 은유화된 이후의 사물처럼 존재한 것으로 믿게 하기 때문에, 많은 경우 은유화는 두 개의 사물의 차이를 지워내고 유사성을 부각시킨 사유 방법으로서가 아니라 원래 동일한 것들 끼리를 정당하게 묶어낸 인식 방법으로 다가온다. 해서, 인간 존재들은 많은 경우 자신들이 세계를 보는 눈이 세상에 대한 과감하고도 모험적인 단순화, 혹은 도식화를 통해 형성되었다는 사실을 잊게 된다. 이렇게 도식화를 통한 세계관이 형성되면 이해하기 힘들게도 하나의 도식이 만들어지기까지의 수많은 회의, 좌절, 결단의 과정이나 매개자들은 사라져버리고 다만 앙상한 도식이 처음부터의 진리로 행세하기 시작한다. 이렇게 어떤 진리를 선택한 후 각 존재들은 자신의 진리를 지키기 위한 혹은 실천하기 위한 합목적적 행위를 그야말로 치밀하게 행하나 그것은 종종 처음 그가 진리를 선택했던 목적과 어긋나는 경우가 많다. 목적 없는 합목적적 행위가 되는 것이다. 결국 인간 존재들은 많은 경우 자신들의 출발점, 혹은 기원들을 망각하고 목적 없는 합목적성에 들려 살게 된다. 작가라고 해서 예외는 아닐 터이다. 아니, 오히려 작가들은 자신은 누구보다도 치열한 모색과 뼈를 깎는 고뇌를 통해 자기만의 문제의식을 획득하고 있다고 믿고 있기에 더욱 더 그 기원으로부터 멀어지곤 하는 것도 사실이다. 그러므로 이 기원의 기억 상실이야말로 때로는 작가가 길을 잃는 주요한 요인이다.

때문에 아주 고약하게 길을 잃는 작가들은 의외로 많다. 그리고 그들은 하나같이 다시 길을 찾고 싶어 한다. 그러나 길은 잃은 작가 중 다시 출발점으로 돌아가 자신의 애초의 목적을 충실하게 실현하는 그런 문제적인 작가로 복귀하는 하는 경우는 별로 없다. 많은 경우 글을 더이상 쓰지 못하거나 쓴다 하더라도 그것은 더이상 밀도가 느껴지지 않는 동어반복에 그치는 수가 많다. 이는 그만큼 초발심, 그러니까 자신의 목적을 정립하기 위해 과연 무엇을 버렸는가 하는 의식의 기원에 대한 기억으로 돌아가기가 힘들다는 것을 의미한다. 한 작가가 다시 길을 찾는다는 것은 애초 자신이 선택한 길이 무엇을 위한 길이었던가를, 그리고 그 과정에서 무엇을 배제했는가를 정확히 복원할 때 가능한 것이다. 그런데 이 작업은 결코 쉽지 않다. 기원으로 되돌아간다는 것은 이미 사후적으로 재구성된 기억을 전부 해체하는 일에 버금가기 때문이다. 뿐만 아니라 이미 기원에 대한 기억을 상실한 채 이미 먼 곳에 와서 길을 잃었을 경우 기원으로 돌아가기란 여간 난망한 일이 아니다. 그것은 이제까지의 성과마저 부정하는 일이기 때문이다. 하지만 이럴 경우에라도 방법은 하나이다. 그래도 기원으로 돌아가는 것. 기원으로 돌아가 원래 자신이 어떤 목적을 위해, 그리고 어떤 과정을 통해 자신의 코스를 개척해왔는지를 점검해야만 이 미로로부터, 목적 없는 합목적적 행위의 사슬로부터 벗어나는 것이 가능한 것이다. 다시 말해 푸코가 근대성을 해명하기 위해 행한 그 힘겨운 지식의 고고학 작업이 작가들에게도 절실하게 요청되는 것이다.

윤영수의 성공적인 귀환은 바로 이러한 지식의 고고학 끝에 이루어진 것이다. 이제까지 자신의 명성과 성과를 스스로 부정한 채 처음의 출발점으로 되돌아가 거기에서 자신이 왜 그 길로 접어들었던가를 힘겹게 복원해냈다고나 할까. 그 힘겨운 과정 끝에 윤영수는 '부정성의 완강한 의식 속에서 보다 나은 것의 가능성을 붙잡으려는 시선 이외에 순수한 아름다움이나 위안은 더 이상 존재하지 않는다'는 사실을 깨닫고 보다 나은 것의 가능성을 꼼꼼하게 찾아내어 그야말로 문학적으로 누벼낸다. 한국문학의 그 짧지 않은 역사 속에서 좀처럼 볼 수 없었던 일대 장관이다.

그러므로 이제 자신 있게 말해도 될 듯하다. 좋은 작가 윤영수가 돌아왔다고. 그리고 이전보다 훨씬 더 넓고 높은 자리에서 또다시 출발한다고. 이제 우리가 지켜볼 차례라고.

문득, 윤영수의 『소설 쓰는 밤』 이후의 소설이 궁금해지는 밤이다.

(2006)

제3부

한국소설의 정점들

새로운 세계질서의 꿈
— 최인훈 수필에 대하여

1. 최인훈 수필의 두 기원, 혹은 최인훈 문학의 두 기원: 세계체제론과 메시아적 역사철학

너무 일찍 태어나서 운명에 좌초하는 비극적인 인물들도 있지만, 너무 일찍 태어나서 기괴한 작가가 되는 경우도 있다. 어느 글에서 데리다는 "미래란 성립된 규범성과의 절대적으로 단절된 무엇이며 따라서 미래는 일종의 기괴함 속에서만 자신을 예고하고 스스로를 현전시킬 수 있다"[1] 라고 말한 적이 있거니와, 이에 비추어 보자면 너무 일찍 홀로 많은 것을 본 작가들은 어쩔 수 없이 기괴한 존재가 되기 마련이다. 지금 눈앞의 현실을 동시대인들보다 더 먼 미래의 관점에서, 그리고 더 큰 맥락에서 파악했을 경우 그것은 동시대인들의 그것과는 다를 수밖에 없을 터이고, 그러니 그 작가가 그려낸 세계상은 기괴할 수밖에 없을 터이다. 아니, 그렇기 때문에 더욱 기괴하게 표현하는지도 모를 일이다. 동시대인들과 전혀 다른 세계상을 그저 동시대의 형식으로 표현할 수는 없겠기 때문이다. 그

---

1) 자크 데리다, 『그라마톨로지』, 김성도 옮김, 민음사, 1996, 17쪽.

러니 이들은 이야기의 혁신성 혹은 혁신적인 이야기를 도입할 수밖에 없을 터이고 이는 이들을 더 기괴하게 만들 터이다. 이상의 말마따나 (소통에의) 절망이 기교를 낳고 기교는 또 정말을 낳는다고나 할까.

물론 우리 문학사에도 너무 시대를 앞서 기괴했던 작가들이 여럿 있다. 너무 일찍 깨달았기 때문에 소수집단이 될 수밖에 없었고, 소수집단이 되었기에 현실을 통일성 있는 어떤 것으로 그려낼 수 없었던 작가들. 분명 무언가가 결핍되었거나 지나치게 넘쳐 있건만 그 결여와 잉여를 조절할 가능성이 보이지 않기에, 임화식의 표현을 빌자면 '성격과 환경의 하모니'를 구현할 수 없기에 관념적이거나 환상적이나 알레고리적일 수밖에 없었던 작가들. 또 근대 이후 한국 역사를 발전으로 볼 수 없었기에, 혹은 그러면서도 그러한 역사적 연속이 지속되고 있었기에, 과거 속에서 미래를 보고 미래에서는 과거를 보는 작가들.

이런 기괴한 작가들 가운데서도 바로 그 기괴함 때문에 가장 앞자리에 놓여야 할 작가는 다름아닌 최인훈이다. 단순화하자면, 작가 최인훈은 너무 일찍 도착한 세계체제론자다. 최인훈은 자신의 또하나의 기념비작 『화두』에서 현재의 인류를 공룡에 비유한 적이 있다. "인류를 커다란 공룡에 비유해본다면, 그 머리는 20세기의 마지막 부분에서 바야흐로 21세기를 넘보고 있는데, 꼬리 쪽은 아직도 19세기의 마지막 부분에서 진흙탕과 바위산 틈바구니에서 피투성이가 되어 짓이겨지면서 20세기의 분수령을 넘어서려고 안간힘을 쓰고 있다—이런 그림이 떠오르고, 어떤 사람들은 이 꼬리 부분의 한 토막이다—이런 생각이 떠오른다"[2]는 것. 이 구절을 두고 한 비평가는 작가 최인훈이 "1990년대 초의 어느 한순간 (……) 한국 사회의 19, 20, 21세기라는 세 개의 시간대가 불가해한 양식으로 뒤엉켜 공존하고 있음"[3]

---

2) 최인훈, 『화두』 1, 문학과지성사, 2008년, 18쪽.

3) 정과리, 「21세기에 다시 읽는 최인훈 문학의 문제성」, 『문학과사회』 2009년 봄호, 380~382쪽. 이 글에 따르자면, 최인훈은 21세기를 목전에 두고 인류 역사의 공룡성, 그러

을 발견한 경이로운 장면이라고 말한 바 있거니와, 이는 최인훈 문학의 문제성의 원천을 정확하게 짚어낸 날카로운 성찰이라 할 만하다. 그렇다. 작가 최인훈은 작가 자신을, 더 나아가 한국 사회를, 그리고 마지막으로 인류 역사 전체를 19, 20, 21세기라는 세 개의 시간대 속에 위치시키고는 이 세 개의 시간대의 공존 때문에 나타나는 결과들에 주목한다. 최인훈 문학에 따르자면 이 세 개의 시간대의 공존은 개인도 사회도 인류 전체도 불행하게 만든다. 불행하게 만드는 정도가 아니라 근대 이후 역사의 폭력성과 비극성의 진원지가 된다. 왜냐하면 세 개의 시간대가 타자를 승인하고 인정하면서 지양되는 것이 아니라 서로 독점적인 지위를 누리려고 끊임없는 인정투쟁을 벌이기 때문이다. 이 인정투쟁이 격렬하게 지속되면서 이 세 개의 시간대는 각기 다양한 경로로 (정치적으로) (무)의식화되고 인격화되고 제도화된다. 그리고 급기야 그곳을 사는 개인의 의식 내부를 전쟁터로 만든다. 인간의 의식 내부에는 전근대적 풍속과 근대적 제도, 그리고 탈근대적 지향이 서로 지양되지 않고 각각 다른 곳에 자리를 잡고 잠거한다. 그리고 이 이질적인 요소들은 각기 자의적이고도 기묘하게 결합하면서 어느 한쪽이 다른 어느 두 쪽을, 때로는 다른 두 쪽이 또다른 한쪽을 억압하고 폐제하는 변화무쌍한 이합집산이 이루어진다. 개인의 의식 내부는 이러할진대 이러한 구성원들이 모여 사는 사회라고 다를 것이 없다. 아니, 인류 역사가 이렇게 세 개의 대타자가 어떤 관용도 없이 유일한 절대자로 군림하기 위해 매일 전쟁을 벌이기 때문에 개인들의 의식 내부의 전쟁도 멈출 도리가 없는지도 모를 일이다. 하여간 한 개인의 의식

니까 하나의 시공간에 여러 세기의 역사가 공존하는 현상을 발견한 것이 되지만, 이를 『화두』의 특이성만으로 설정할 필요는 없을 듯하다. 비록 『화두』 모양 인류 역사를 '공룡성'으로 비유하지는 않았더라도 인류 역사의 '공룡성'에 대한 자각은 오히려 최인훈 문학의 초기부터 있어온 것이 사실이다. 『광장』에서부터 『회색인』 『소설가 구보씨의 일일』 『태풍』으로 이어지는 소설들이 모두 한 시대에 공존하는 이질적인 아비투스들의 격렬한 파노라마를 담은 것이었으며, 『구운몽』이 그렇게 여러 시대를 오고간 것도 바로 이 때문일 것이다.

내부이건 인류의 역사 전체이건 근대 이후 지구촌은 서로를 용납할 줄 모르는 세 개의 대타자가 인간의 목숨을 담보로 한 목숨을 건 쟁투를 벌이는 형국이 벌어진다. 현존재들은 그곳에서 어쩔 수 없이 분열증적인 주체로, 혹은 분열증적인 상태를 견디기 힘들어 반대로 편집증적인 주체로 살아간다. 최인훈 문학은 우리의 광장과 밀실이 단절된 삶을 파헤집고 들어가 이처럼 근대세계체제의 불균등하고 복합적인 쟁투 과정을 읽어낸다.

물론 여기서 그치지 않는다. 최인훈은 이 불균등한 세계 사이의 복잡다단한 쟁투라는 위기 속에서 구원의 힘을 찾고자 한다. 『화두』의 마지막 부분에는 "나 자신의 주인일 수 있을 때 써둬야지. 아니 주인이 되기 위해 써야 한다. 기억의 밀림 속에 옳은 맥락을 찾아내어 그 맥락이 기억들 사이에 옳은 연대를 만들어내게 함으로써만 나는 나 자신의 주인이 될 수 있겠다. 그 맥락, 그것이 '나'다. 주인이 된 나다."[4]라는 구절이 있다. 정리하자면 세 개의 시간대 사이에서 옳은 맥락을 찾아내고 그 맥락을 통해서 옳은 연대를 만들어내는, 다시 말하자면 대타자가 원하는 대로 그때그때의 대타자의 욕망을 실현하는 것이 아니라 그 대타자들 너머의 욕망을 욕망하는 주체가 되어야 한다는 것. 그것이 지독하게 경쟁하기 때문에 주체들에게 '자기'없는 '자기비판'을 강요하는 대타자들 사이에서 인간이 인간으로 살 수 있는 길이라는 것. 그리고 덧붙여 그 길을 위해 주체적 욕망의 연대체를 구성해야 한다는 것. 최인훈의 문학은 이처럼 광장과 밀실 사이의 분열증적인 삶들 속에서 이렇게 근대를 둘러싼 세 개의 시간대의 공존 현상을 발견해내거니와, 이는 최인훈 문학 특유의 근대체제론적 시각에 의해 가능했던 것이다.

한데, 최인훈 문학의 근대체제론적 시야는 『화두』에 이르러 갑작스레 출현한 것이 아니다. 이 시야는 아주 오래전에도, 구체적으로 말하면 『광

---

4) 최인훈, 『화두』2, 문학과지성사, 2008, 586쪽.

장』과 『회색인』에도 산포되어 있던 것이기도 하다. 그러니 최인훈 문학의 세계체제론적 시각은 얼마나 일찍 도착한 것인가. 당시의 문학이 현존재들의 고통을 한국전쟁이라는 트라우마에 고착시키거나 아니면 전쟁 후 더욱 강화된 사물화 논리를 지목하고 있을 때 그것도 아니면 우리에게 식민의 경험을 안겨준 일본제국이나 전쟁을 도발한 '적국' 북한의 사회주의 이데올로기 탓을 하고 있음을 상기한다면 더욱 그러하다.

최인훈 문학이 기괴한 것은 단지 너무 일찍 획득한 세계체제론적 시각 때문만은 아니다. 하나가 더 있다. 바로 최인훈 문학의 특이한 역사철학.

나는 '문명' '역사의식' '문명감각'이란 말을 자주 쓰는데 이것은 서로 통하면서도 또다른 말이에요. 역사의식이란 "모든 것을 움직이면서 앞으로 나아간다"라는 무한히 발전되는 개념이고, 문명감각이란 "모든 것은 어떤 궤도를 반복해서 자꾸 순환한다"는 의식인데…… '형태상의 변화'를 생각하는 것은 '역사의식'이고, 결국 '같은 패턴이다'를 깨닫는 것은 '문명감각'인데 이 두 개의 의식이 평형 상태를 이루는 마음이 지금은 중요한 것 같아요. 즉 "순환하면서 변화한다" 하는…… 한국 생활과 미국 생활이 다르기는 하지만 결국은 같은 패턴이라는 것을 직접 보면서 생각했지요. 개화기 사람이라면 미국에 가서 남과 우리의 차이점만을 보았겠으나 그것은 역사의식일 뿐이고, 지금 현대인이라면 "남과 우리가 다르나 같다"라는 문명감각과 함께 '남 속에 있는 우리', 즉 '세계 속에 있는 조국'을 보아야 할 것입니다. 역사의식과 문명감각의 조화를 항상 갖는 것, 그래서 치우치지 않는 것, '세계 속의 우리'를 그릇되지 않게 보기 위하여 이런 의식의 저울을 항상 녹슬지 않게 유지하는 것, 그래서 이 두 개의 추가 서로 평형되도록 하자는 것—그것이 소위 후진 문화권에 살고 있는 우리에게 가장 귀중한 것이라는 생각을 하면서 돌아왔습니다.

—「문명의 광장에서 다시 찾은 모국어」

이처럼 최인훈 문학은 역사를 공허하고 균질적인 시간의 연속체로 파악하지 않는다. 최인훈에게 역사는 '순환하면서 변화한다.' 모든 역사적 사건이 전혀 새로운 것은 아니다. 그것은 언젠가 발생한 적이 있는 어떤 사건과 같은 구조적 요인에 의해서 발생한다. 같은 구조 때문에 근사(近似)한 모순이 발생하고 거의 유사한 해결방안(혹은 혁명)이 발생하여 모순을 해결한다. 하지만 이렇게 '나아간' 역사는 어느새 또 이전과 '같은 패턴'의 모순이 생겨나고 그렇게 되면 그 사회에서 거의 유사한 자리를 차지하는 어떤 존재들에 의해서 혁명이 발생한다. 정리하자면 '반복과 차이' '순환과 변화' '역사의식과 문명감각' '역사와 반복', 이것이 최인훈의 문학의 역사철학이다. 이 때문에 최인훈 문학의 역사상은, 벤야민의 그것처럼, '동질적이고 공허한 역사의 진행과정을 폭파시켜 그로부터 하나의 특정한 시기를 끄집어내기 위해서 과거를 인지'하는 식이 된다. 최인훈의 문학은 '원인으로서의 사실은, 수천 년이라는 시간에 의해 그 사실과는 동떨어져 있을 수도 있는 사건들을 통해서 추후에 역사적이 되었던 것'을 잘 알며, 해서 최인훈 문학의 주인공들은 어떤 필연적인 계기도 없이 저먼 시대로 도약하곤 한다. 그리고 바로 그곳에서 대타자의 욕망 너머의 주체의 욕망을 향락할 수 있는 시간을 발견한다. 한마디로 최인훈 문학은 '자신의 시대'를 '지나간 어느 특정한 시대와 관련을 맺게 되는 상황의 배치로 파악'하거니와, 이런 점에서 최인훈 문학의 역사철학은 벤야민의 그것과 유사하다. 벤야민이 그의 유명한 「역사철학테제」에서 강조했던 것처럼 최인훈 문학 역시 "전 인류역사를 엄청나게 축소해서 포괄하고 있는 현재시간"에 주목하고 더 나아가 "메시아적 시간의 단편들로 점철된 '현재시간'으로서의 현재라는 개념을 정립"하고 있기 때문이다. 이러한 최인훈 문학의 역사철학은 "사건들의 계기를 마치 염주를 하나하나 세듯 차례차례로 이야기하는" 일반적인 역사철학에 비추어 보자면 낯설기 짝이 없는 것이며, 그런 점에서 최인훈 문학의 메시아적 역사철학[5]은 최인훈 문학을 기괴하게 만든 또하나의 핵심적인 요인이라 할 수 있다.

최인훈의 문학은 이처럼 한국 사회를 전 인류의 역사, 특히 근대 이후 전지구의 세계체제 속에서 파악하고 있다는 점에서, 그리고 메시아적 정지가 일어난 바로 그 과거로의 도약만이 근대 이후의 공허하고 균질적인 역사의 반복을 단절시킨다는 특이한 역사철학을 지니고 있다는 이유 때문에 기괴하다. 그런데다 최인훈의 문학은 너무 일찍 도착한 세계체제론자의 그것이었고 동지가 거의 전무한 메시아적 역사철학자의 그것이었던 까닭에 그 자신의 문학이 더욱 기괴한 것으로 기피될 것임을 알면서도 넘칠 정도로 기괴한 형식실험을 감행할 수밖에 없게 된다. 이 때문에 최인훈의 문학은 거의 대부분 뜻밖의 실존들을 전혀 이질적인 형식으로 표현하는 특색을 보이거니와, 최인훈의 문학에 다른 작가에서는 찾아보기 힘든 여정과 행위들이 유난히 많이 출몰하는 것은 이와 관련이 깊다.

최인훈 문학 전반의 이러한 특성은 수필이라고 해서 예외는 아니다. 최인훈의 수필 역시 많은 경우 주로 다른 작가들의 수필에서는 찾아가지 않는 장소들로 향한다. 최인훈 수필에는 예컨대 인간 능력의 범위를 넘어서는 장엄한 자연 풍광 같은 것이 없다. 아니면, 한없이 고요하고 순수한, 해서 오염된 모더니티를 반성케 하고 정화시켜주는 목가적인 풍경도 없다. 그렇다고 인공적이고 작위적인 것으로 가득 찬 도시풍경이 있는 것도 아니다. 최인훈의 수필은 집요하게 '전 인류역사를 엄청나게 축소해서 포괄하고 있는 현재시간'이 잠복되어 있는 장소를 향해간다. 그곳은 아메리카이기도 하고, 또 포연에 휩싸인 베트남이기도 하고, 자신의 모교 교정이기도 하며, 또 선거유세장이기도 하다. 최인훈의 수필은 특이하게도 자

---

5) 여기서 메시아적 역사철학에 대한 설명으로 동원된 개념들은 벤야민의 유명한 「역사철학테제」에서 가져온 것이다. 발터 벤야민, 『발터 벤야민의 문예이론』, 반성완 편역, 민음사, 1983.

연의 숭고함이나 목가적 풍경 등 제1의 자연에 대한 관심 대신에 현재 인간의 삶을 보다 직접적으로 규정하는 제2의 자연, 그러니까 인간의 사회 역사적이면서 정치경제적인 측면을 집중적으로 표현한다. 그중에서도 최인훈의 수필은 자본제적 생산양식의 가동 이후 전지구의 자본주의화는 필연의 수순이 되었으며, 한국 역시 그렇게 전 지구적 자본주의에 폭력적으로 포섭되었다는 점을 알려줄 수 있는 현상들에 특히 주목한다. 아마도 최인훈 자신을 위시한 한국인 모두를 불행에 빠뜨린 식민지와 한국전쟁, 그리고 남북분단이라는 일련의 역사적 진행과정의 그 궁극적인 기원이 세계시장의 실현과 제국주의적 세계 재편에 있다고 파악했기 때문일 것이다.

물론 이러한 여정의 대부분이 외부의 부탁에 의해 우연히 이루어진 방문이 아니냐고 반문할 수도 있겠다. 그래서 최인훈 수필 대부분이, 그것이 어떤 이질적인 장소의 여행이건, 작가의 일상사나 사회적 사건에 대한 단상이건, 아니면 어떤 인물에 대한 포폄이건 간에, 그때그때의 필요에 의해서 씌어진 글이며, 그러니 어떤 뚜렷한 목적의식 하에 나름대로의 체계를 갖추고 있는 글들이 아니라고 말할 수도 있겠다. 하지만 더욱 중요한 것은 최인훈의 수필이 그런 부탁을 흔쾌히 받아들인 연후에 씌어졌다는 점이다. 최인훈의 수필이 굳이 방문해 달라고 부탁 받은 곳을 찾아가고 그곳의 풍경을 세밀하게 그려냈다고 한다면, 그 여행 전반은 그곳에서 현재적 의미로 충만한 사건성을 찾고자 하는 의지의 산물이라 보아야 한다. 최인훈의 수필은 길고 짧고, 체계적이기도 하고 찰라적인 단상의 모음이기도 하고, 연설투이기도 하고 자기반성적인 글이기도 하는 등 들쭉날쭉하긴 하지만 이 글들 사이에는 뜻밖에도 그것을 횡단하는 문제의식이 있다.

최인훈의 수필은 그것이 어떤 동기에 의해서 씌어지건 그 여행지에서 공허하고 균질적인 시간을 지양했던/지양할 어떤 계기를 발견한다. 그러니까 최인훈의 수필 대부분은 우리가 경험하는 사회적 증상이 단순히 우리 사회의 내부적 요인 때문이 아니라 전 지구적 자본주의의 불균등한 발전에 의해 촉발된 것임을 밝혀내는 동시에 그 증상을 이겨낼 수 있는 방법이나 원리를 찾아나선다. 때문에 최인훈의 수필은 한편으로는 너무 일찍 도착한 세계체제론자의 역사철학이 표현되는 장소이기도 하지만 다른 한편으로는 "제국을 관통하고 제국을 넘어서도록 할 새로운 구성 권력을 발명"[6]하려는 자의 절박한 욕망이 꿈틀거리는 곳이기도 하다.

2. 외부에 대한 관심과 세계체제론적 시각

최인훈 수필의 두드러진 특징은 무엇보다 세계적인 것에 대한 관심이다. 최인훈 수필이 '세계 속의 우리'일 때 진정으로 우리의 역사를 파악할 수 있다고 믿는다는 점을 감안하면, '세계'에 대한 관심은 어쩌면 당연한 일인지도 모른다. 그래서 최인훈의 수필은 우선 전 지구적 자본주의화가 악착스레 진행되는 곳이면서 동시에 그것을 넘어설 수 있는 어떤 혁명적 에네르기가 넘쳐나는 영토에 대한 관심이 높다. 최인훈은 세계체제론을 말하기에 적합한 장소라면 어디든지 마다하지 않고 간다. 그곳은 전 지구적 자본주의의 중심지인 미국이기도 하고, 전 지구적 자본주의화의 논리와 그것에 대항하는 세력 간의 격전장인 베트남 같은 곳이기도 하다. 최인훈의 수필은 기회가 닿으면 시대의 중핵으로 달려가서 그곳의 풍경을 관찰하고 그 역사적 풍경을 나름대로 맥락화한다. 그리고 더 나아가 한국 바깥 그곳의 삶의 풍경을 한국의 역사와 끝내 연동시키고야 만다.

물론, 당시의 입장에서 보자면, 그리고 지금의 입장에서 보더라도, 미국과 베트남 등에 대한 관심 그 자체가 특이할 것은 없다. 미국과 베트남의 역사는 지구상의 수많은 국가 중에서도 특히 근대 이후 한국의 역사

---

6) 안토니오 네그리 · 마이클 하트, 『제국』, 윤수종 옮김, 이학사, 2001, 20쪽.

에 매우 중요한 모멘텀으로 작용한 것이 사실이기 때문이다. 미국은 한국이 식민지로 전락하는 데 있어서도, 해방을 맞이하는 데 있어서도, 그리고 분단의 상황에 처하는 데 있어서도, 한국전쟁의 참화를 겪고 이겨내는 데 있어서도, 그리고 이후 한국의 민주화와 분단극복을 향한 일련의 정치적 과정에 있어서도 매번 중요한 역능을 행사한 나라이다. 때문에 미국은 혹자에게는 '혈맹'이라는 선한 얼굴로, 또다른 부류에게는 식민지와 분단을 안겨준 '악'의 표상으로 비쳐지는 나라이다. 그러니 한국 사회의 유토피아를 꿈꾸는 자가 있다면, 그는 누구라도 미국의 역사가 한국의 역사에 끼친 파동에 관심을 갖지 않을 수 없을 터이다. 마찬가지로 한국의 보다 나은 미래를 꿈꾸는 존재라면 누구라도 베트남에 대한 관심은 필수적이다. 21세기 초엽 현재 한국과 베트남이 놓여 있는 지점은 많이 달라졌지만, 1960~70년대 베트남이야말로 한국과 유독 강한 친연성을 보이던 곳이다. 제2차세계대전 이후 냉전 논리 때문에 국토가 분단되는 고통을 같이 겪었고 이후 남한과 북한이 각기 베트남전쟁에 개입하면서, 베트남과 한국과의 관계성은 정점에 이른 바 있다. 한국과 베트남의 관계에는 분명 자국의 이익을 위한 일상적인 정치경제적인 교류의 차원을 넘어서는 잉여의 관계 혹은 관계의 잉여성이 존재했던 것이 사실이며, 해서 베트남은 우리의 정치경제에 영향을 미치는 교류국의 수준을 넘어서는 한국 사회의 민감한 참조점이자 시금석으로 작용하던 곳이었다. 그러니 당시의 이데올로그들이나 그에 대해 비판적이었던 지성들이 베트남의 현재에서 각기 다른 한국의 과거(혹은 미래)를 발견하고자 했던 것은 당연하다.

최인훈의 수필이 이 두 나라에 관심을 보이는 것은 당대인들이 유달리 이 두 나라에게서 깊은 역사적 관계성 혹은 역사적 동일시를 느꼈던 연유와 다르지 않을 터이다. 최인훈의 미국에 대한 관심은 "한미수호조약 때에 비롯한 미국과의 관계는 일본점령시대의 미국의 모습, 즉 우리들의 '적의 우호국'이면서, 우리의 독립 운동에 대한 민간 수준에서의 '동정자'

란 분열된 모습이었다가 '해방자'로서의 절대적 모습을 거쳐 오늘의 관계—'동맹자'로서의 그것으로 옮아왔다"(「아메리카」)라는 구절에서 볼 수 있듯, 근대 이후 미국과 한국과의 그 미묘한 관계성에서 촉발된다. 베트남의 경우도 마찬가지이다. 최인훈은 한 수필에서 '베트남 난민'에 대해 말할 적이 있다. "우리가 베트남에 파병하였을 때 꽤 말이 있었던 것을 우리는 기억한다. 파병 자체는 어쨌든 지나간 일이다. 그러나 그 파병에 얽혔던 그 '말'을 좀더 우리들의 품위에 보탬이 될 수 있게 만드는 길을 역사는 아직 남겨 놓고 있다. 그 길이란 베트남 피난민에 대해서 우리 형편으로 될 수 있는 도움을 적극적으로 제공하는 일이 아닐까 한다. (……) 속죄양을 먼저 돕고 나서는 일은 어렵겠지만 분위기가 호전되어 여러 나라가 인도주의적인 차원에서의 적절한 행동을 하기에 이른 환경에서는 우리도 너무 떨어지지 않을 만큼의 원조의 방법을 생각하는 것이 옳을 줄 안다. 넉넉하지 못해도 인사를 아는 것이 착한 일이라고 옛사람들은 말하였다."(「인연의 끈은 아직도」)

이처럼 미국과 베트남은 한국 역사의 형성과 전개에 있어 중요한 구성 인자이므로 한국 사회의 유토피아의 꿈을 꾸는 존재들이라면 이들 나라의 역사에 관심을 가지는 것은 오히려 당연하다고 할 수 있다. 최인훈의 수필도 그런 관심을 갖는다. 하지만 최인훈 수필의 이 두 나라에 대한 관심은 여기서 그치지 않는다. 구체적으로 말하자면 최인훈 수필의 이 두 나라에 대한 관심은 이 두 나라가 간혹, 어느 순간 한국 역사에 영향을 끼쳤으므로 그 순간을 직시해야 한다는 차원이 아니다. 최인훈의 수필에 따르면, 미국과 베트남은 어떤 이해관계 때문이 아니라 이미 꽤 견고한 운명공동체이기 때문에 관심을 가져야 하는 지역이다. 미국과 베트남은 멀리 떨어져 있지만 이미 하나의 시스템으로 묶여 있다. 묶여 있지 않더라도 어느 순간 어느 곳보다도 밀접한 관계를 맺을 수 있다는 것이다.

아메리카론의 대중적 문구 가운데 하나가 '젊은 나라'라는 파악이다. 이 인식에는 그만한 까닭이 없는 것은 아니다. 이것은 미국이 독립한 다음 처음 무렵에, 영국 사람들 눈에 비친 아메리카상이 이후로 정착해버린 것이다. 노후한 사회의 정치적 반대자, 유이민들이 건너가서 세운 나라는 영국 사람들 눈에는 새롭다는 것보다도 뜨내기 살림이라는 울림이 섞여 있었다. (······) 처음으로 세습 신분을 폐지한 나라이다. 독립 무렵에는 유럽과 그밖의 지국 위의 모든 나라에 견주어 젊은 나라였음이 틀림없다. 그런데 모든 나라가 이후로 이 본을 따르고 보니, 공화제라는 기준으로 볼 때 미국은 가장 늙은 나라인 셈이다. 그리고 인간을 생물처럼 유전의 반복이 아니라 사회형식의 진화라는 것을 생활의 기반으로 삼고 있음에 비추어보면, 사회체제의 나이테야말로 그 사회의 나이를 재는 마지막 가늠태라 해야 한다.

—「아메리카」

이 도시에 넘치도록 매연과 소음을 제공하는 '혼다' 오토바이의 도매 상점이다. 일본은 이 지역에 연고가 있다. 지난 2차대전에 일본군은 이곳을 점령하여, 불란서군을 무장해제시키고 바오다이 황제를 즉위시켜 베트남 제국을 성립시켰던 것이다. 전쟁 말기인 1945년 3월의 일이다. 역사의 현실이나 베트남 국민의 의사에 대한 장난 같은 이야기다. 식민주의자들은 망하는 판국에도 그저 가지 않는다. 현지 국민들에게 함정을 만들어놓고 간다. 역사의 부비트랩이다. 식민주의 독과 이해관계를 현지의 끄나불들에게 넘겨준다. 고 딘 디엠은 이러한 불행한 악조건 위에서 그의 민족주의와 자유주의를 출발시켜야 했다. 그의 실정은 결코 그 한 사람의 책임이 아니다. 그의 반대세력이 베트콩이 되어, 오늘날의 상황이 있게 한 것은, 고 딘 디엠의 실정이라기보다. 그의 자유주의와 민족주의의 발 밑에 파놓은 일본 제국주의자들의 함정 탓이라 봐서 잘못일까. 일본의 정책은 오늘의 월남 전쟁의 중요한 원인을 만들어놓았다. 근대 이후의 일본은 유럽의 침략에

시달리는 같은 아시아인들에 대해서, 불난 집에 도적질, 유럽의 식민주의
의 하청업자 노릇을 해왔다. 청산이 임박한 역사적 악덕 사업의 끝판에 끼
어들어서, 선배들보다 더 난폭했다는 이유로 큰 벌이를 한 나라다. 오랜 세
월을 한 풍습으로 살아온 이웃으로서는 기막힌 일이다. 멀리서 온 코 큰 사
람들은 우리를 인간이 아닌 줄로 잘못 알고 그랬는지도 모르지만, 이웃에
서 산 일본이야 그렇게 봐 줄 도리도 없다. 월남 사람들의 대 일본 태도는
매우 좋다고 한다. 혼다 오토바이는 타더라도 속만은 차리는 것이 좋은 듯
하다.

—「베트남 일지」

위에서 볼 수 있듯 최인훈의 수필은 멀리 떨어져서 각기 다른 삶의 수
준과 형식, 고통을 지니며 살아가고 있을 미국과 베트남의 사회구성원들
을 지구인이라는 하나의 운명공동체로 묶어낸다. 최인훈 수필에 따르면
세계인은 하나일 수밖에 없다. 전 지구적 자본주의화가 진행된 이래 세계
는 자본주의라는 단 하나의 시스템으로 통일되어 더이상 이 시스템과 분
리되어 살아갈 수 없다. 근대 이전이라 해도 사정은 마찬가지다. 각국의
역사는 지리적 제약을 손쉽게 돌파하며 옮겨다닌다. 저 먼 로마에서 특정
시기에 융성하고는 사라졌던 공화제가 오랜 시간을 초월하여 미국의 공
화제에 의해 계승되기도 하고, 이 미국의 공화제는 이후 새롭게 독립하는
나라는 말할 것도 없고 급기야 이미 민주주의화되어 있던 유럽 국가의 정
치모델이 되기도 한다. 그래서 '공화제'에 관한 한 미국은 어느 순간 '젊
은 나라'가 아니라 '가장 늙은 나라'가 되어 있기도 하다. 이 모든 것은 한
편으로는 근대 이래 하나의 시스템으로 고착된 전 지구적 자본주의 때문
이기도 하고, 다른 한편으로는 시공간을 초월하며 이루어지는 '메시아적
시간대로의 도약'이라는 역사적 의지 때문이기도 하다.
　베트남의 경우도 마찬가지이다. 최인훈의 수필은 베트남에서 베트남

의 개별성만을 읽어내지 않는다. 베트남 역사의 보편성을 같이 읽어낸다. "식민주의자들은 망하는 판국에도 그저 가지 않는다. 현지 국민들에게 함정을 만들어놓고 간다"는 것이 그것. 이렇게 말하는 순간 베트남의 파란만장한 근현대사는 더이상 베트남만의 개별적인 역사가 아니게 된다. 베트남의 역사는 곧 전 지구적 자본주의 역사의 총화이며, 이미 오래전부터 있어 왔던 인류 역사의 법칙성, 그러니까 인류 역사의 메시아를 찾기 위한 쟁투들이 반복되는 자리가 된다. 이런 관점에서 보자면 한국 바깥에 있지만 베트남은 전 지구적 자본주의라는 강력한 '인연의 끈'으로 묶여 있는 운명공동체이다. 베트남에서의 전쟁이 한국의 정치상황을 더욱 어둡게 할 수도 있고, 한국의 정치적 판단이 베트남의 전쟁 상황을 더욱 참담한 것으로 만들 수도 있다. 아니, 그것만이 아니다. 베트남은 전 지구적 자본주의 시대 이전에도 '진리의 끈'으로 서로 맺어져 있는 그런 관계이다. 베트남은 한국 사회의 어두운 과거이거나 미래이기도 하고 한국 사회가 도약해야 할 무궁무진한 가능성을 품고 있는 땅이기도 하다. 최인훈의 수필은 베트남을, 베트남의 역사를 바로 이렇게 정향시키거니와, 바로 그 순간 베트남의 역사 전체가 우리 역사를 추동하는 한 주요한 구성 인자가 되기에 이른다.

최인훈의 수필은 이렇게 인류 역사를 여러 나라 역사의 병렬적인 연대기로 파악하지 않는다. 또한 공허하고 균질적인 시간의 연속체로 파악하지 않는다. 최인훈에게 세계의 모든 권역은 한편으로는 전 지구적 자본주의 시스템의 의해, 그리고 다른 한편으로는 메시아적 표지를 찾아다니는 역사적 운동(혹은 역사적 도약) 때문에, 하나로 묶여 있다. 해서 한국의 역사와 미국의 역사는 무관하지 않고, 마찬가지로 베트남의 역사와 한국의 역사는 무관하지 않다. 아니, 미국의 역사는 한국 역사의 과거일 수도 있고 미래일 수도 있다. 반대도 가능하다. 한국의 역사는 미국 역사의 미래인가 하면 어떤 경우는 과거일 수도 있다. 이런 관점에 서면 최인훈의 수필이 미국이나 베트남에 관심을 가지는 것은 당연하다. 아니, 이런 관점에 서면 미국이나 베트남에 관심을 갖지 않는 것은 오히려 한국 사회를 이해하려는 노력을 포기한 경우에 해당한다. 최인훈 수필이 한국이라는 사회 외에 여러 나라에 관심을 가진 이유일 터이다. 아니, 한국 사회를 알기 위해 인류의 모든 지역과 전 역사를 찾아다닌 이유일 터이다.

3. 세계 속의 한국, 한국 속의 세계

하지만 최인훈의 수필 모두가 전 세계의 역사적 운동이 한 자리에 모이는 그곳의 그 순간에만 관심을 보이는 것은 아니다. 최인훈 수필은 결국 끊임없이 한국 사회에 대한 관심으로 돌아온다. 최인훈 수필의 '세계'에 대한 관심이 '세계 속의 우리'를 말하기 위한 것임을 감안한다면, 이 또한 당연하다. 사실 최인훈의 수필에서 바로 그 장소, 그 순간에 대한 묘사는 그리 많지 않은 편이다. 오히려 최인훈의 수필에는 우리에게 친숙한 공간, 그러니까 한국 사회에 대한 관심과 관찰, 그리고 묘사가 많다. 물론 우리에게 친숙한 공간이라 하더라도 세계체제론적 시각은 여전하다. 아니, 우리에게 극히 친숙한 대상에 최인훈 특유의 세계체제론적 시각을 입힐 때 최인훈의 이 시각은 놀라울 정도의 빛을 발한다. 우리 모두가 그저 스쳐지나갔던 그 공간, 그 대상이 한순간에 세계체제론적 영토로 바뀌는가 하면 세계체제론적으로 맥락화되기 때문이다.

외국에서 오래 산 한국 사람은 얼굴 모습에 어딘가 티가 난다. 언젠가 필립 안이라고 안도산(安島山)의 아들 되는 그 사람이 미군 TV에 나온 적이 있었다. 그는 분명히 필립 안이었다. 골격이 틀림없는 한국 사람인데도, 틀림없는 미국인이라고 보여지던 것이다. (……) 그 결과 사람이란 것은 두 개의 얼굴을 가지고 있다는 사실을 알게 된 것이다. '자연의 얼굴'과 '사회적 얼굴'이다. (……) 동포라는 것은 같은 가면을 썼기 때문에 동포인 것이지, 우리가 정한 사회적 약속—우리가 쓰기로 한 탈과 다른 탈을 쓰고 있는 사람은 이미 동포가 아닌 것이다. 국민일체감이라는 것이 생물적 근거에 있는 것이 아니라 사회계약적 근거 위에 서 있는 것이라는 인식이 아쉬워진다. (……) '국파산하재(國破山河在)'라고 옛 시인은 노래했는데, 그는 산하는 국가가 아님을 이토록 똑똑히 말한 것이다. 이런 것이 문화인이요, 사회적 종(種)이며 가면사용인종이다. '조국' '동포' '한국인' 같은 존재는 시간마다, 날마다, 세대마다 구성하고 획득한 존재이지, 천부의 소유물이나 귀속이 아니다. 라는 것이 '사회적 종으로서의 인간'의 정상 참작이다. 따라서 그것은 자동적으로 상속시키거나 유전시킬 도리도 없는 '사회적 유전 정보', '사회적 DNA'이다. 그런 까닭에 한국 사람 가운데 한국 사람인 도산조차도 그의 아들에게 이것을 상속시킬 수도 유전시킬 수도 없었던 것이다. 조국의 재획득—이것이 오늘 우리가 치러야 할 국민적 목표다. 조국이란 우리가 만들면 있고, 만들지 않으면 없고, 저절로는 절대로 없는 인공적 종이기 때문이다.

—「사회적 유전 인자」

위의 인용은 최인훈의 「사회적 유전 인자」라는 수필의 부분부분에서 발췌한 것이다. 「사회적 유전 인자」는 도산 안창호의 아들인 필립 안의 얼굴에서부터 시작한다. 어느 날 우연히 안창호의 아들 필립 안의 얼굴을 보았는데 한국 사람 같지가 않더라는 것. 우리 입장에서 보자면 별 특별할 것이 없는 일화이다. 하지만 최인훈의 수필은 바로 이 특별할 것이 없는 에피소드에서부터 시작하고, 이 사소한 사실로부터 실로 놀라울 만한 논의를 이끌어낸다. 「사회적 유전 인자」는 필립 안의 얼굴이 한국 사람 같지 않다는 사실을 지적하고 곧바로 사람은 '자연의 얼굴'과 '사회적 얼굴'을 지니고 있다는 견해로 넘어간다. 그리고 이 사회적 얼굴은, 그것의 가장 사회화된 표현 형식인 '조국' '동포' '한국인' 같은 개념틀은 그때그때 사회구성원에 의해 만들어지는 것이라고 말한다. 그러고 나서 최종 결론을 내리는바, 우리에게 필요한 것은 (보다 나은) "조국의 재획득"이라는 것. 이를 다른 식으로 표현하자면 이렇게 될 터이다. 현재 우리 스스로가 '우리'라고 믿게 하는 사회적 얼굴(다른 말로 하자면 상징질서, 영토성, 이데올로기적 호명, 담론질서 등등)은 시간마다, 날마다, 세대마다 구성되는 것이므로 만일 그것이 더이상 우리를 행복하게 하지 않는다면 우리에게 필요한 것은 그 같은 틀을 시간마다, 날마다, 세대마다 재구성하여 끊임없이 상상의 공동체를 혁신시켜가는 것이라는 것. 최인훈의 수필은 이런 식이다. 주변의 사소한 대상들마저도 '전 인류역사를 엄청나게 축소해서 포괄하고 있는 현재시간'이 되도록 만든다.

최인훈의 수필은 이처럼 특유의 세계체제론적 시각으로 주변의 모든 사물과 인간, 사건들을 전인류의 사회역사적 관계의 총화로 만들어내거니와, 그런 시선은 특히 근대 이후 한국 역사에 대해서는 보다 예민해진다. 해서 최인훈의 수필이 발명해낸 근대 이후 한국의 역사상은 그간의 역사서가 만들어낸 역사상과 현저하게 구분될 뿐만 아니라 그 어떤 역사서가 만들어낸 역사상보다 중층적이다. 한마디로, 심오하다.

1945년의 그날 우리는 '해방된' 것이다. 이 위대한 날은 우리들에게 모든 것을 허락했으나, 동시에 아무것도 할 수 없게 만들었다. 해외에서 돌아온 '지사'들은 변하지 않은 조국에의 향수는 두둑히 가지고 왔으나, 한 가지 커다란 오해를 하고 있었다. 그들은 사실 해방된 조국에 돌아온 것이었는데도 불구하고 해방시킨 조국에나 돌아온 듯이 잘못 알았다. 그들은 개선한 것이 아니요, 다만 귀국했을 뿐이었다. 이 오해가 낳은 혼란은 컸다. 민국 수립까지의 남한의 카오스가 바로 거기에 까닭이 있었던 것이다. 미국의 대한 정책은 전후 뚜렷한 대결의 형태로 나타난 대소 관계의 양상이 이루어짐에 따라서 비로소 구체화되었다. '민주화'란 의미는 '반공'과 같은 말이 되었다. 이렇게 해서 이승만의 시대가 시작되었다. 그는 한국의 민주주의는 반공을 뜻한다는 사실을 가장 잘 안 사람이기 때문에 정권을 얻었다. 역사는 역사의 뜻을 아는 사람에게 자리를 준다. 이승만 정권은 민주주의를 위한 정권이기에 앞서 반공을 위한 정권이었으며, 그러므로 빨갱이를 잡기 위해 고등계 형사를 등용하는 모순을 피할 수 없었다.

—「세계인」

'7·4 남북공동성명'은 한국 현대사의 다음 단계를 열어 놓았다. 아마 이 여명은 한일합병, 8·15해방, 6·25에 견주어 무게가 결코 낮지 않다. '7·4성명'은 특히 한반도에서 살고 있는 모든 사람들에게 있어서 역사적 선례를 찾는다면 아마도 유럽 근대에서의 종교개혁에 견줄 만한 사건이었다. 사회적 기능의 한 분야인 정치상의 사건이라고 해서는 이 성명이 한국인에게 준 무한히 복잡한 충격을 잘 설명하지 못한다. 정치적인 형이상학의 시대는 끝났다. 2차대전 후 천황의 인간선언을 접한 일본인들의 심경을 나는 순간적으로 이해할 수 있었다. 아마 2,000년 전에 예루살렘의 광장에서 예수를 죽이자고 외친 군중들의 심정도 마찬가지였을 것이다. 신이면서 인간이라니, 신이 인간이 되다니—이런 충격이다. 일본이나 이스라엘은 다원적인 정치질서를 주도한 경험이 없는 나라들이다. 미국이나 소련도 신생강국들이다. 그러나 이들도 결국 우여곡절을 거쳐서 종교적 사고를 극복하고 역사주의적 사고를 택하지 않을 수 없었다. 2차대전 후에 한때 위험한 수위에까지 이르렀던 대결의 모습은 60년대에 벌써 해빙하기 시작했다. 그러나 한반도에서만은 결빙은 여전히 단단했던 것이 우리가 산 시간이었다. '7·4성명'은 이 결빙에 굵은 금을 만들어놓았다. 기온의 변화는 끝내 이곳까지 퍼져 온 것이다.

—「문명감각」

이상의 인용에서 볼 수 있듯 최인훈의 수필은 우리의 역사적 사건을 세계사의 사건과 아주 자유롭게 유비시킨다. 위의 글에 따르면, 4·19의 학생들은 1789년의 바스티유 감옥으로 달려간 인민들이다. 그런가 하면 최인훈의 또다른 글에서 '7·4남북공동성명'은 곧 유럽 근대의 종교개혁이고, 현재의 남북분단의 상황은 민족통일 이전의 유럽 국가에 비견되기도 한다.

　최인훈은 자신의 역사적 지표, 그러니까 '독자적인 국민의식의 획득'이라는 기준을 가지고, 전세계의 역사를 가로지른다. 가로질러서 지금, 이곳의 역사를 계보학적으로 위치시키고는 그 의미를 읽어낸다. 해서 최인훈 수필은 근대 이후 한국에서 일어난 사건들을 동시대의 담론체계와는 다른 내러티브로 맥락화한다. 최인훈 수필에 따르면, 우리는 어느 날 해방된 조국에 살게 되기는 했지만 해방시킨 조국을 가진 경험은 없으며, 그로 인해 세계의 어느 지역보다도 철저하고 참담하게 냉전의 논리가 관철되어 '민주화'를 '반공'이나 '친공'이라는 의미로 사용한 자들이 정권을 잡는 상황이 벌어진다. 뿐인가. 최인훈 수필에서는 한국인 모두가 피난민이 되기도 한다. "아마도 이 국민 전체가 60년 이래의 피난민이 아닐까. 일청(日淸)·일러(日露)전의 피난민. 왕조에서의 피난민. 그동안 바뀐 숱한 수용소 당국자들. 왕조의 깨끗한 양반 관료보다도 못한 대민의식. 자국민이 아니니 적성 난민으로 통치하던 일제. 피난민 자치회보다도 못해온 역대 정부."

　이렇게 최인훈의 수필은 '세계 속의 우리'라는 관점에서 우리의 역사를 규정하면서 우리네의 역사상과는 전혀 이질적인 역사상을 제시하기에 이른다.

　1) 어쩌다가 기차 여행을 하게 되어 대합실에 들러서 항상 닫혀 있는 경원선 매찰구를 보게 될 때. 그리하여 꿈의 열차에 실려 우리들의 고향에 도

착하였을 때. 아무도 이제는 벌써 당신을 아는 이 없고, 일찍이 놀던 자리에는 붉고 거만한 옥사들이 늘어서 있으며 당신의 본가이던 집 속에는 알 수 없는 사람들의 얼굴이 보이는데 그중 한 사람이 당신을 손가락질하며, "야 이놈은 이 집에 살다가 월남한 반동 분자 아무개의 몇 째 아들이다" 하면서 달려들 때, 그때 당신은 난데없는 애수를 느낄 것이다. 이 모든 것은 우리를 슬프게 한다. 그러나 우리를 슬프게 하는 것들이 어찌 이뿐이랴! 어느 미군 주둔지의 텍사스 거리를 누비고 지나가는 오뉴월 양공주 아가씨들의 조합장의 행렬, 껌 파는 소녀들의 치근치근한 심술, 거만한 상인, 카키빛과 적색과 백색의 빛깔들, 통행금지를 알리는 사이렌 소리, 예수교회의 새벽 종소리, 애국가를 부를 때, 가을 밭에서 콩을 구워 먹는 아이들의 까마귀처럼 까맣고 가느다란 발목, 골목길에 흩어진 실버 텍스의 포장지들, 관용차를 타고 장보러 가는 출세한 사람들의 부녀자의 넓은 어깨, 아이들의 등록금을 마련 못한 아버지의 야윈 볼, 네번째 대통령이 되고 싶어하는 박사…… 순수의 밀실에서 고운 이의 머리카락을 언제까지고 희롱하고 싶은 나이에 비순수의 광장이 너무나 어지러운 것이, 그리하여 부드러운 어깨를 밀어 놓고 원치 않는 영웅이 되기 위하여 그곳으로 달려가야 하는 시대가 결국 우리의 마음을 아프게 한다.

—「우리를 슬프게 하는 것들」

2) 결국 이 말은 우리가 자생의 고전을 교육 체계 속에 가지지 못했고, 그것을 가지고 외래 문화를 재단할 척도를 마련하지 않은 채 교육이란 것을 해왔음을 말한다. (……) 사람이 국경 단위로 정치적인 우열의 상태로 분열되어 있는데 '문화'로만 통일된다면 이것은 정치상의 약자에게는 지극히 불리하다. (……) 인간을 문명인으로 교육하는 데는 이런 낭비가 필요 없고, 대뜸 성체(成體)를 만들 수 있듯이 생각하는 것이 개화(開化) 이래의 교육상의 큰 미망이 아닐까 한다. 그렇게 해서 생겨나는 것은, 생명이 아니

라 로봇이다. 개화 이래로 이 땅에는 수없는 로봇들만 살아 왔다면 얼마나 섬찍한 광경인가. 로봇들에게는 생식 능력이 없다. 그런데도 개화 이후 몇 세대가 살아 왔다면, 이것은 로봇이 낳은 것이 아니라, 각 세대마다 로봇이 아닌 어떤 기술자가 그때마다 신로봇들을 보충한 것이 된다. 문화적인 부자 관계가 없이, 타자에 의해 제작된 로봇들의 공존. 물론 생물학적인 부자 관계가 아니라 문화적인 부자 관계 말이다. 로봇이란 어제가 없고 내일이 없고 오늘만 있는 비인(非人)이다. (……) 생명이 성체가 되자면 계통 발생의 사다리를 거쳐야 하듯이, 인생이나 시대란 것도 어제가 있고 내일이, 또 얼마든지의 내일이 있다는 생각이 없으면 타자에 대한 사랑이라든지 운명의 연대감 같은 것은 생겨나지 않는다. 로봇에게는 그런 것들이 없다. 그에게는 오늘만 있고 표피 안쪽의 구조밖에는 없다. 그 구조를 어느 누가 당장 바꾸더라도 피 한 방울 흐르지 않는다. 자기에게 피가 없으니 피가 무엇인지를 알지 못한다. 로봇은 피를 두려워 않는다. 자신에게 피가 없으니, 흐르는 것은 늘 남의 피뿐일 테고 그는 언제나 상처 없이 남는다.

—「로봇의 공포」

최인훈 수필에 따르면, 1)에서 볼 수 있듯 우리는 "우리를 슬프게 하는 것들"에 둘러싸여 살고 있다. 고향에 가고 싶어도 갈 수 없고, 인간 모두를 '로봇'으로 만들어버린 이데올로기 때문에 또 그 이데올로기에 자신의 영혼을 팔아넘긴 (주체를 상실한) 주체들이 그곳을 지키고 있기 때문에 고향으로 돌아간다 한들 '돌아온 탕아'처럼 환대받을 가능성도 없다. 뿐만 아니라 이곳은 외국(혹은 제국)의 군대가 우리의 평화와 안정을 상당 부분 지켜주는 곳이기도 하고, 그렇기에 이 땅의 딸들은 그들에게 웃음을 파는 '양공주'가 되어 참담하게 죽어가기도 하는 곳이다. 하지만 더 큰 문제는 이런 '슬픈' 현실이 바뀔 가능성이 없다는 것이다. 2)에서 볼 수 있듯 "개화 이래로 이 땅에는 수없는 로봇만이 살아 왔"기 때문이다. '수입된 문화정보'의 독점이 스스로의 욕망을 욕망하는 주체들이 성장할 길을 상당 부분 차단했고, 그러니 당연히 주체들이 지난한 자기모색을 통해 이룩해야 할 공동체적 연대의 길도 거의 끊겨 버린 상황인 것이다.

이렇게 최인훈의 수필은 현재 우리가 앓고 있는 온갖 사회적 증상들이 전 지구적 자본주의화라는 세계체제적인 조건 속에서 발원한 것이며 동시에 그 불균등한 세계체제 때문에 자본/국가/민족/어소시에이션 사이의 조화로운 상태를 만들어내지 못한 까닭에 발생한 것이라고 진단한다. 자본/국가/민족/어소시에이션 사이의 조화를 만들어내기는커녕 '수입된 문화정보'를 기계적으로 받아들여 우리 사회가 '로봇'이 되어버린 까닭이라고. 최근에서야 세계체제론이 널리 회자되기 시작했다는 점을 감안하면, 그리고 근자에 이르러서야 식민지 주체의 의식과 무의식마저 지배하는 오리엔탈리즘적 심상지리나 제국을 모방하는 식민지적 주체에 대한 관심이 촉발되기 시작했다는 점을 감안하면, 최인훈의 수필의 이러한 진단은 꽤나 시대를 앞선 것임에 틀림없다. 이 모든 것은 작가 개인의 삶과 한국의 역사 속에서 '세 개의 시간대 속에서 꿈틀거리는 공룡'을 발견한, 그러니까 지금, 이곳을 전 지구적 자본주의화라는 맥락 속에서 읽어낸 작가 최인훈의 세계인적 시선이 불러온 소중한 성과이며, 한국문학이 획득한 몇 안 되는 득의의 영토이다.

4. 세계인이라는 '국민정신'

최인훈의 수필은 우리가 이처럼 냉혹하고도 탐욕스러운 전 지구적 자본주의화의 거센 물결 속에서 갈피잡지 못한 채 허우적거리고 있음을 냉혹하게 직시한다. 그러나 이것이 전부는 아니다. 다른 한편에서 최인훈의 수필은 이 냉혹한 현실 속에서 벗어날 필요성과 방법을 끊임없이 모색한다. 그래서 결론적으로 찾아낸 지점이 있는데, 다음과 같다.

국토의 통일 문제에도 우리는 창조적 응전을 하지 못하고 있다고 시인하고, 아마 부끄러워 하는 것이 마땅하지 않을까 한다. 우리 자신의 창조적 응전이 아니라 강국들의 사정에 따라서 형편이 조금씩 나아지는 것을 기계적으로 따라만 간다면, 랑케가 살아서 한국의 20세기사를 기술한다면 그는 무엇이라고 할 것인가. 그가 살아올 리 만무지만, 그의 목소리는 살아 있다. 그는 이렇게 말하고 있다.

"바야흐로 우리들이 어떤 정신적 폭력에 의해서 침해되고 있는 것이 사실이라면, 우리는 이에 대해서 마찬가지로 정신적인 힘을 맞서게 하지 않으면 안 된다. 다른 국민이 우리 국민에 대하여 우월을 차지하려는 위험이 다가왔을 때, 우리는 오직 우리나라의 독자적인 국민정신의 발전에 의해서만 위험을 막을 수 있다."

—「역사와 상상력」

최인훈의 수필은 세계시장이 열리고 '자본=국가=민족'이 접합하면서 시작된 강제적이고 일방적인 전 지구적 자본주의화의 과정으로부터, 또 그러한 전 지구적 자본주의화를 이데올로기적으로 반영하고 재생산한 오리엔탈리즘적 정신적 폭력이 가해지는 상황으로부터 벗어나기 위한 길로 바로 랑케가 말한 "오직 우리나라의 독자적인 국민정신의 발전"이라는 개념을 도입하고, 그것을 강력하게 제시한다. 앞서 살펴본 「사회적 유전자」에서 말한 "조국의 재획득"이라는 말과 같은 맥락일 터이다. 최인훈의 수필이 이토록 "독자적인 국민정신의 발전" 혹은 "조국의 재획득"을 강조하는 것은 "다른 국민이 우리 국민에 대하여 우월을 차지하려는 위험이 다가왔"다고 믿기 때문이다. 다시 말해 '후진 문화권에 살고 있는 우리'들이 물리적, 육체적, 군사적, 정치적, 경제적 폭력뿐만 아니라 '정신적 폭력'을 당하여 결국은 우리 모두가 '로봇'으로 전락해버렸다는 상황 인식 때문이다. 전 지구적 자본주의화는 정치경제학적 폭력뿐만 아니라 정신적 폭력이 동시에 행사되면서 진행되기 때문에 식민지 세계의 민중은 (신)식민지라는 지독한 폭력을 경험하면서도 그 최악의 조건으로부터 벗어나 제국에 항의하고 더 나아가 대안적인 전 지구적 사회를 발명할 욕망을 관철시키지 못한다는 것이다. 다시 말해 "독자적인 국민정신의 부재"가 근대 이후 한국인을 '로봇'으로 만들었고, 또 그것의 부재가 일본이 심어놓은 부비트랩을 제거하지 못해 거듭거듭 혼란을 경과하고 있으며, 바로 그것 때문에 강대국에 의해 강제된 분단의 상태를 극복하지 못한 채 한 민족 두 국가의 고통스러운 상황을 지속하고 있다는 판단인 것이다. 이러한 판단은 최인훈의 수필 전반을 "독자적인 국민정신의 발전"이라는 메시아적 좌표로 향하게 한다.

하지만 "조국의 재획득"이나 "독자적인 국민정신의 발전"은 '자본=국가=민족' 세 요소의 긴장 관계를 해소시켜 흔히 제국주의적 탐욕의 원천이 되었음은 잘 알려진 사실이다. 그렇다면 우리의 경우 "조국의 재획득"이나 "독자적인 국민정신의 발전"을 전면에 내세울 때 그러한 위험성이 없는 것일까. 최인훈의 수필 역시 이미 선행한, 그러니까 선진자본주의국가와 후발자본주의국가의 "독자적인 국민정신의 발전"이 가져온 치명적인 폐해를 의식하고 있다. 최인훈의 수필에는 다음과 같은 구절이 눈에 띄기 때문이다.

역사에 대해 징징 울어봤자 쓸데없다. 역사가 아픈 술수(術數)로 우리를 때릴 때, 맞은 바에는 아픔을 잊지 말자. 다음에는 맞지 말기 위해서. 잘하면 다음에는 때리는 쪽이 되지 않기 위해서. 우리는 착한 내림이니까 설마 남을 때리지는 않겠지만. 이히히.

—「아메리카」

최인훈 수필은 "조국의 재획득"이나 "독자적인 국민정신의 발전"이

"다음에는 맞지 말기 위"해 반드시 필요한 것이라고 말하고 있다. 하지만 이미 "독자적인 국민의식의 발전" 일반이 행했던 것처럼 그것이 자칫 "남을 때"리는 이데올로기로 작동할 위험을 배제하지 않는다. 충분히 그럴 가능성이 있다고 우려한다. 하지만 최인훈의 수필은 "조국의 재획득"이라는 계기에 다른 나라를 지배할 위험 인자가 있다고 해서 그것이 가져올 획시기적 전환을 포기하는 쪽을 선택하지는 않는다. 여러 치명적인 위험에도 불구하고 최인훈의 수필은 "조국의 재획득" 혹은 "독자적인 국민정신의 발전"을 한국 사회가 나아가야 할 핵심적인 좌표로 아주 단호하게 제시한다.

세 가지 사정을 고려한 때문인 것으로 보인다. 하나는 아직 우리 사회 전체가 후진국의 위치에서 끊임없이 정치경제적, 정신적 폭력에 노출되어 있다는 상황 인식. 그러니까 현재의 우리는 "남을 때"릴까봐 걱정할 때가 아니라 '남에게 다시 맞지 않도록 준비해야' 하는 상황에 놓여 있다는 것이다. 그런 만큼 우리에게 우선 필요한 것은 외부의 식민주의적 혹은 신식민주의적 침략으로부터 우리 민족구성원들을 지켜내고 그러한 주권국가 되기 위해서는 민족구성원들을 하나로 결집시킬 국민의식의 발전이 절대적이라는 것. 게다가 우리는 강대국의 논리에 의해 우리 민족의 주권과 관계없이 분단을 경험하고 있는 만큼 이 분단을 극복할 국민의식은 더욱 필수적이라는 것. 하지만 이러한 연유 때문에 "독자적인 국민정신"을 민족적 정언명령으로 내세울 경우, 이는 필연적으로 이제까지 "독자적인 국민정신"이라는 정언명령 일반이 인류 역사에 끼쳐왔던 해악을 반복할 가능성이 높다. 사실 이제까지 인류 역사를 전쟁의 포염으로 이끌었던 선진자본주의 국가나 후발자본주의국가의 "독자적인 국민정신"의 출발점은 그 모두가 "다음에는 맞지 말기 위해서"라는 지점이었다. 이들 모두는 앞선 세계의 제국으로부터 자국의 안전과 생존을 지키기 위한 주권국가이기 위해 "독자적인 국민정신의 발전"을 표방해왔다. 그러나 "독자적인 국민정신의 발전"이란 아무리 채워도 채워지지 않는 불길한 욕망 같은 것이어서 한번 그 사회의 운영원리가 되면 멈출 수가 없다. 언제 어느 시기나 자신의 나라가 약소국가로 보이기 때문이다. 근대 이후 거의 모든 민족국가는 주변의 호전적인 제국으로부터 주권국가로서의 자신을 지키기 위해 무장하고, 주변 강대국의 침입으로부터 자신의 국가를 지키기 위해 먼저 다른 나라를 침략한다. 그러니 현재 우리는 강대국의 폭력에 노출되어 있고 그런 만큼 생존하기 위해서 무한대의 "독자적인 국민정신의 발전"이 필요하다는 논리는 어느 순간 대단히 폭력적인 원리로 전도될 가능성이 농후하다. 뿐만 아니라 강대국으로부터 "다음에는 맞지 말기 위해서" "독자적인 국민정신의 발전"이 필요하다고 할 경우 이는 강대국으로부터 자국의 주권을 지켜야 한다는 강박증적 고착을 초래할 위험성이 높고, 이러한 고착은 결과적으로 자신의 나라보다 약한 나라에 자신들이 행하는 폭력에 무심할 개연성이 높다. 자신들의 폭력이 오히려 강대국으로부터 자신들을 지키기 위한 고육지책으로 합리화되거나 강대국의 폭력성에 비교해보면 오히려 양심적이라는 자기기만에 빠질 가능성이 농후하다. 그런 만큼 "다음에는 맞지 말기 위해서" "독자적인 국민정신의 발전"이 필요하다는 주장은 더이상 로봇이 되지 말고 이제는 괴물이 되자는 주장과 같을 수도 있는 것이다.

만일 최인훈 수필의 "독자적인 국민정신의 발전" 혹은 "조국의 재획득"이라는 좌표가 오로지 "다음에는 맞지 말기 위해"라는 역사철학적 맥락 속에서만 발원한 것이라면, 최인훈 수필이 일관되게 주장하고 있는 "조국의 재획득"이란 그리 충분히 가치 있는 좌표라 하기 힘들다. 물론 최인훈 수필의 "독자적인 국민정신의 발전"이라는 좌표 속에는 최인훈의 또다른 인식틀이 작동하고 있다. 즉 우리의 경우는 이미 한차례 '민족=국가=자본'이 폭력적으로 결합한 제국주의적 탐욕 때문에 치도곤을 치른 적이 있기 때문에 식민지의 고통을 기억하는 한 다른 민족에게 그러한 식민지적 트라우마를 안기지는 않을 것이라는 것. 앞서의 인용문식으로 말하자면, '남에게 맞아 아파본' 경험이 있기 때문에 '남을 때리는 쪽이 되지는 않을 것'이라는 것이다. 하지만 이러한 식민지적 경험 역시 "독자적인 국민정신"이 이미 역사적으로 반복했던 정치경제적이고 문화적인 폭력성을 넘어설 역사철학적 조건이 되기는 힘들다. 어떤 맥락에서 보자면 '식민지의 경험'은 오히려 더 "독자적인 국민정신"의 배타적이고 독점적인 성격을 배가시킬 가능성이 높기 때문이다. 식민지의 고통이 씻기지 않는 잔여물 혹은 흔적으로 남아 있는 사회에서 또다시 식민지의 트라우마를 겪지 않기 위해서 더욱더, 그리고 더욱더 "독자적인 국민정신의 발전"이 절실하다는 주장은 거의 절대적일 수밖에 없는 것이다. 그렇다면 마지막으로 기대할 것은 우리의 국민정신이라는 것이 이제껏 다른 민족을 배려하는 편, 그러니까 "우리는 착한 내림"이었다는 믿음 정도일 터인데, 이러한 기대를 근거로 우리나라의 "독자적인 국민정신의 발전"이 제국주의적인 그것과 다를 것이라고 주장하는 것은 아무래도 설득력이 떨어진다고 할 수밖에 도리가 없다.

그렇다면 '세계 속의 우리'를 읽어내고 '우리 속의 세계'를 치밀하게 읽어낸 연후에 최인훈 수필이 제시한 "조국의 재획득" 혹은 "독자적인 국민정신의 발전"이라는 좌표는 우리가 기대하는 만큼의 가치를 지니지 못한 것인가. 물론, 그렇지 않다. 최인훈 수필이 말하는 "조국의 재발견"이나 "독자적인 국민정신의 발전"이라는 개념이 이전의 선진자본주의국가나 후발자본주의국가의 '국민정신' 일반과는 다른 내포를 지니고 있기 때문이다. 최인훈의 수필이 지향하는 '국민정신'은 이전의 '국민정신' 일반과 같은 듯하면서도 다르다. 말 그대로 '독자적'이다. 최인훈의 수필이 소리 높여 말하는 '국민정신'이 다음과 같은 지점까지 나가기 때문이다.

우리가 이처럼 생각하지 않을 수 없는 까닭은 세계가 지금 새로운 문화를 분만할 단계에 있다는 관찰에서다. 다른 말로 하면 이제부터의 인간의 목표는 크리스찬이 되는 것도 아니며, 불교도가 되는 것도 아니며, 마르크 시스트가 되는 것도 아니고 '세계인'이 되는 일이다.

오늘날 '세계'는 실재한다. 서양 중세기나 근대 이전의 동양처럼 한 가지 이념에서 묶여진 세계가 아니라 통신과 교통에 의해서 지탱되는 그러한 세계가 존재한다. (……) 세계인이란 아직껏 있어 본 적이 없다. 그것은 미래의 인종이며 새 시대의 신화족이다. 미래의 역사에서 낙오되는 국민은 경제력이 약한 국민이나 군사력이 약한 국민보다는 이 새 타이프의 인간에 스스로를 맞추는 데 인색하거나 자각이 없는 국민일 것이다.

서양인은 전자가 되기 쉽고 동양인은 후자가 되기 쉽다. 많이 가진 자는 훌훌 떨쳐버리기가 어려울 터이고, 아무것도 갖지 못한 사람이 남의 퇴물도 아쉬운 것은 있음직한 일이다. (……) 당신의 눈앞에 전개되는 운명의 지평에 맞서라. 그때 당신은 인간이 된다. 인간이 되기는 고달프고 벅찬 작업이다. 전통이라는 이름 밑에서 비겁한 후퇴를 말자. 문화 유산의 정리, 진지한 검토와는 별개의 문제다. 현재로서는 토인들의 부메랑처럼 자동적으로 돌아갈 전통이라는 것이 우리에게는 없다, 고 나는 생각한다. 우리의 전통은 미래의 저 어둡고 그러나 화려한 지평의 저편에 있다. 우리는 미래를 선취한다. '세계인'이란 바로 그런 것이다. 당신은 당신의 심장을 향하여 말하라. "오라 그대, 나의 잔인한 연인 나의 미래여"라고.

—「세계인」 여기저기

작가 최인훈의 '독자적인' '국민정신'의 도달 지점을 가장 잘 살펴볼 수 있는 「세계인」 여기저기에서 뽑은 문장들이다. 간단하게 정리하자면 이렇다. 지금의 세계는 '세계인'을 필요로 하는 시점에 와 있고, 그러므로 우리가 '재획득'해야 할 '조국'은 바로 '세계인'들로 가득 찬 공화국이라는 것. 최인훈 수필의 전체를 감안해 맥락화를 하자면 이렇다. 현재 한국

사회는 강대국들에 둘러싸여 있고 그들 국가의 '국민정신'이 가하는 폭력 때문에 국토의 통일 문제마저도 창조적으로 응전하지 못하고 있다는 것. 이처럼 우리는 "다른 국민이 우리 국민에 대하여 우월을 차지하려는 위험" 속에 노출되어 있거니와, 이때 우리가 이 위험을 막을 수 있는 길은 "오직 우리나라의 독자적인 국민정신의 발전에 의해서"라는 것. 이를 베네딕트 앤더슨이나 『세계공화국으로』에서의 가라타니 고진식으로 옮겨 표현하자면, 이는 곧 우리식의 상상의 공동체를 다시 상상하고 그것을 사회구성원들의 공통감각으로 만들어 한편으로는 다양한 민족구성원들을 하나의 운명공동체로 묶고, 다른 한편으로는 이렇게 묶어 놓은 운명공동체를 운명공동체 외부의 위협으로부터 지켜낼 수 있도록 해야 한다는 것이 된다. 즉 서로 상이한 민족 구성원들의 다양한 소문자역사와 욕망, 그리고 민족, 국가, 자본 등의 이질적인 충동들을 하나로 통합할 수 있는, 특히 분단의 상황을 극복할 수 있는 민족이라는 상상의 공동체를 새롭게 발명하여 그렇게 형성된 견고한 공동체로 명실상부한 주권국가가 되어야 한다는 것. 그래야만 운명공동체 외부의 위협으로부터 벗어나 자유의지를 실천할 수 있고 그를 통해 전 세계의 전일화를 막아 세울 수 있다는 것.

한데, 최인훈의 수필이 발명하고 제도화하고자 하는 민족공동체가 특이한 것은, 그러니까 문제적인 것은 최인훈의 수필이 한 나라의 국민을 결집시키고 외부의 위협으로부터 자국의 권리를 지키게 하는 상상의 공동체의 내용으로 특이하게도 '세계인' 혹은 '세계공화국'이라는 내러티브를 끌어들인다는 점이다. 이는 대부분의 민족국가가 '세계에서 가장 위대한 역사를 지닌 민족'이라는 내러티브로 그 나라의 구성원들을 운명공동체로 만들어낸 것과 구분된다.

최인훈의 수필이 '아직껏 있어 본 적'이 없는 '세계인'으로의 도약을 한국인이 앞으로 획득할 '조국'의 중핵으로 설정한 데에는 크게 두 가지 현실감이 작동하고 있는 것으로 보인다. 하나는 세계화 시대라는 것. 페터 슬로터다이크의 표현을 빌자면 '지구화 시대'를 넘어선 '지구시대'라는 것. 최인훈의 수필은 실제로 '실재'하고 있는 '세계' 속에서 살아가면서도 다른 나라들이 해왔던 것처럼, 또 현재 많은 나라들이 하고 있는 것처럼 단순히 각국의 '정신적 고향'으로 '회향(回鄕)'할 경우, 그것은 '세계' 속의 어떤 의미 있는 흔적을 남기는 대신 더 큰 재앙의 진원지가 될 수 있다고 우려한다. 이스라엘은 '가나엔에의 복귀'로, 인도는 '브라만의 나라로 돌아오는 것'으로, 중공은 '대중화(大中華)의 중흥'으로, 곧 "종교든 종족적 정치이념이든" "그들의 정치적 각성을 밑받침해줄 정신적 고향"(「세계인」)으로 '회향' 혹은 '복귀'로 독립을 이루었지만, 만약 그렇게 자신의 정신적 고향으로 돌아가서 위대한 민족성을 재발견하는 것으로 '국민정신'을 한정하게 되면 그것은 전 지구를 불행한 상황 속으로 밀어넣을 수 있다는 것이다. 아마도 선진자본주의국가가 자신들의 '국민정신'만을 고취하여 제1차 세계대전을 불러왔고, 후발자본주의국가 역시 자국의 우월성과 권위만을 강조하다 제2차 세계대전을 초래했던 역사적 경험을 감안한 자리에서 나온 진단일 터이다. 물론 최인훈의 수필이 '회향'의 필요성을 전면적으로 부정하는 것은 아니다. 최인훈의 수필 역시 "우리들이 망각한 우리들의 정신적 원형을 재구성하"는 것, "이렇게 하여 만들어진 '한국형'을 세계의 다른 문화 유형과 비교"하는 것, "무엇이 공통이고 무엇이 특수한가를 밝혀내"는 것, "다음에 쓸모 있는 것은 남기고, 썩어 문드러진 데를 잘라버리"는 일은 필요하다고 말한다. 하지만 우리도 단순히 '회향'해서는 안 된다고 말한다.

불교로 돌아가자고 말하기는 쉽다. 실학정신으로 돌아가자고 말하기는 쉽다.

그러나 세계는 지금 아주 달라졌다. 문화권들이 서로 자기완결적으로 폐쇄된 옛 시대에는 정신적 자각은 논리적으로 전통에의 회귀를 의미했으나,

지금 20세기에 사는 우리의 경우, 문제는 그렇게 간단치 않다.

—「세계인」

그러므로 "우리가 전통을 검토하는 일은 그곳에 머무르려는 것이 아니라 거기서 빨리 떠나기 위해서"여야 하며, 그렇게 그곳을 떠나 '세계인'이 되어야 한다.

최인훈의 수필이 과거 속에서 길어 올린 한국인이 아니라 미래 속에서 선취한 '세계인'으로 "조국의 재획득"을 완수해야 한다고 믿은 또하나의 이유는 식민지에 따른 전통의 단절 때문이다. 최인훈의 수필에 따르면 우리의 경우 식민지 경험 때문에 '민족의 기억'이 말살당했다. 그리고 "전통은 연속적인 것이어서 그것이 중허리를 잘리면 다시 잇기가 그처럼 어려운 것이 없"는바, 우리는 그렇게 '정신적 고향'을 잃어버리고 말았다는 것이다. 이런 상태에서 인위적으로 '정신적 고향'을 조직해내는 일은 "또 한번 헛다리를 짚"은 일이라는 것이다. "그런 까닭에 석굴암이나 백마강으로 가고 싶어하는 사람들을 나는 두려워한다. 우리가 겨우 빠져나온 인간 소외의 심연 속으로 발목을 끌어당기우는 듯한 공포를 느끼기 때문이다."

최인훈의 수필은 이처럼 우리의 "조국의 재획득"을 가능케 해줄 '정신적 고향'으로 "석굴암"이나 "백마강"을 설정하려는 시도들을 강력하게 거부한다. 대신 '세계인'이 되자고 말한다. 이 세계인-되기야말로 "미래의 저 어둡고 그러나 화려한 지평의 저편에 있는" 우리가 선취해야 할 '우리의 전통'이라는 것이다. 바로 그때, 그러니까 세계인-되기라는 미리 선취한 '정신적 고향'에 의해서 "독자적인 국민의식의 발전"을 수행해갈 때, "새로운 신화족이 될 수 있는 시대에 살고 있으며, 계승이 아니라 창조의 계절에 살고 있"는 존재로서의 직분을 다할 수 있다는 것이다.

이처럼 최인훈의 수필은 '세계인-되기' 혹은 '세계인-이기'라는 원리로

'조국의 획득'을 통해 탐욕스러운 제국으로 나아가거나 그 논리를 단순 재생산하기만 했던 근대 이후 인류 역사를 반성적으로 총괄해내는 한편 그것을 또다른 대안적인 전 지구화 모델, 네그리와 하트의 표현을 빌리자면 "제국을 관통하고 제국을 넘어서도록 할 새로운 구성 권력"으로 제시한다. 이 얼마나 충분히 '창조적'이고 '독자적'인가.

5. 4·19, 혹은 현재 시간으로 충만한 시간

최인훈 수필의 세계인-되기라는 "독자적인 국민정신"의 형성과 발전, 그리고 그를 통한 세계평화(혹은 세계공화국)라는 '유토피아의 꿈'은, 만약 그 방향성에 대한 제시만 있고 말았다면, 다분히 추상적이고 공허한 이념이 되었을 가능성이 높다. 사실 최인훈의 수필이 강력하게 거부한 "석굴암"이나 "백마강" 같은 '정신적 고향' 혹은 공동의 역사적 기억(다른 식으로 표현하면, 공통의 역사적 내러티브, 역사적 사건)이 없고서는 그 다양한 욕망을 지닌 이질적인 존재들을 하나의 견고한 운명공동체로 묶는 것은 애초부터 불가능하다. 만약 헤겔의 『법철학』의 한 구절처럼 "개인들이 권리를 갖고 있는 동일한 정도로 국가에 대한 의무를 지닌다는 사실에서, 국가는 개인들의 내적인 목적이 되며, 국가의 힘은 국가의 보편적이고 궁극적인 목적과 개인들의 특수한 이익의 통합에 있다"고 한다면, 국가가 이처럼 국민 다수의 내적인 목적이 될 수 있는 동시에 통합의 기능을 담당하기 위해서는 이들을 묶어세우는 강력한 '정신적 고향'은 필수적이다. 그것이 없고서는 민족국가이라는 상상의 공동체와 그에 의한 국가형태는 애당초 불가능한 것이다. 그러므로 민족국가는 민족공동체라는 '근대성 안에 있는 전-근대의 잔여물'의 역할이 크며, 실제로 그것 없이 "독자적인 국민정신"을 획득한 경우는 거의 없다. 실제로도 민족국가 전반이, 『그들은 자기가 하는 일을 알지 못하나이다』에서 지젝이 한 말처럼, "공통의 뿌리"나 "피와 대지" 같은 우연적인 물질성에 호소하여 전통적인 유기체적 결합을 해체하는 동시에 추상적 개인들인 시민들, 혹은 사회 구성원들을 하나의 운명공동체로 묶어세울 수 있었고, 논리적으로도 마냥 자유롭고자 하는 개인들이 결코 녹록치 않은 의무를 강제하는 국가를 자신들의 내적인 목적으로 받아들일 수 있기 위해서는 민족이라는 매개자, 혹은 종교로까지 격상된 "독자적인 국민정신"은 절대적이다. "독자적인 국민정신"이 안받침될 때에만 민족=국가는 전근대적 질서를 탈-봉합하고 근대적 공동체를 봉합해내며, 또 그때에만 이전의 질서를 해체하고 또 새로운 근대적 질서를 형성하는 관념이자 제도로 기능할 수 있다. 또 그때에만 민족 외부의 위협으로부터 국가구성원들의 권리를 지켜주고 동시에 제국 중심의 단일성의 세계를 다양한 주권국가의 연대에 의한 다성적인 세계로 변환시킬 수 있다.

이런 사정을 감안한다면 '세계인-되기'(혹은 '세계 속의 한국인 되기')라는 최인훈 수필의 민족=국가 프로젝트도 기존의 (상상의) 공동체를 탈-봉합하고 새로운 공동체를 봉합해낼 수 있는 '공동감각' 혹은 '공동기억'을 발명해내지 않을 경우 단지 유토피아를 향한 '백일몽'에 그칠 위험으로부터 자유롭지 못하다. 한데, 다행스럽게도, 최인훈의 수필은 '회향'할, 충분히 공감할 만한 어떤 정신적 고향을 지니고 있다. 최인훈의 수필이 "석굴암"도 "백마강"도 "불교"도 "실학정신"도 우리가 되돌아갈 정신적 고향이 될 수 없다고 아주 단호하게 거부할 수 있었던 까닭도 이처럼 그것 이외의 다른 '정신적 고향'을 설정하고 있었기 때문이다. 그렇다. 최인훈의 수필은 분명 "조국의 재획득"을 가능케 할 '우리의 전통', 회향할 '정신적 고향'을 발견하거나 발명한 자리에서 "세계 속의 한국인"이라는 좌표를 "독자적인 국민정신"으로 제시한다.

최인훈의 수필이 우리가 돌아가야 할 곳으로 우선 주목하고 있는 지점은 두 곳이다. 하나는 4·19이고 또다른 하나는 7·4남북공동성명이다. 최인훈의 수필에 따르면 이 두 사건은 오랫동안 이어져 오던 봉건적 낡은 관습과 강대국이 강제한 제국 중심의 왜곡된 분단체제, 그리고 제국에게서 이식해온 '풍문'만의 자유민주주의제도의 권위로부터 벗어나 한국인 전체가 비로소 "선택하고 싸우고 모험하고, 겸허하게 그러나 집요하게 인간의 자유를 위해 싸우는 그런 사람들"로 비약한 획시기적인 사건이다. 다시 말해 강대국에 의해 전통이 단절되고 국토가 분단된 한국이 강대국 중심의 질서를 혁파하고 각 주권국가가 연대하는 세계공화국의 길을 예시한 사건이며, 또한 한국인 전체가 한 나라의 국민으로 만족하지 않고 세계의 평화를 추구하는 세계 속의 한국인, 곧 '새 시대의 신화족'으로 도약한 상징적인 표지다. 전자의 사건이 일본제국주의와 냉전체제가 우리에게 남겨놓은 제국의 부비트랩을 제거하여 드디어 온전한 주체로 자립한 역사적인 사건이라면 후자의 사건은 강대국 중심의 세계질서의 틈새를 비집고 들어가 분단을 극복할 수 있는 튼실한 기초를 확립했다는 점에서 획시기적이다.

하지만 이중 특히 4·19에 대한 예찬이 남다르다. 최인훈의 수필에 있어 7·4남북공동성명은 우리에게 있어 종교개혁에 버금가는 사건이지만 그래도 "'7·4성명'의 정신은 60년대에 우리가 매일같이 국제 뉴스로 접했던 강대국들 사이의 내셔널리즘에 다름아"(「문명감각」)닐 뿐이다. 한데, 4·19는 그것과 또 다르다는 것이다. 4·19는 한국인 전체를 "저 위대한 서양인들과 어깨를 겨누고 '세계인'이 될 힘을 가"(「세계인」)지게 한 일종의 사건, 그것도 세계사적 사건이다. 최인훈에게 있어 4·19란 "아세아적 전제의 의자를 타고 앉아서 민중에겐 서구적 자유의 풍문만을 들려줄 뿐 그 자유를 '사는 것'을 허락지 않았던 구정권"을 혁파하고 우리 사회를 "새 공화국"[7]으로 만든 한국 역사의 일대 사건일 뿐만 아니라 세계의 수많은 나라들을 자신의 지배체제 속에 예속시키려 했던 강대국의 내

---

7) 최인훈, 「작자소감—풍문」, 『새벽』 1960년 11월호, 239쪽.

셔널리즘에 저항하여 주변부 국가가 스스로 주권국가임을, 그리고 스스로가 주권국가이어야 함을 선언한 세계사적 사건이다.

4·19는 우리들의 이와 같은 부활의 신념과 투지를 표시한 상징이라는 것에 그 의미가 있다. 그날 경무대로 달려가던 아이들에게서 나는 1789년 여름 바스티유로 달려가던 인민들의 메타모르포세스를 본다. 우리들이 앞으로 의지할 정신적 지주는 석굴암 속이 아니라 저 4월의 함성 속에 있다. 우리의 노래를 울려 보낼 하늘은 저 서라벌의 태고연한 하늘이 아니라 초연(硝煙)이 매캐하게 스며든 저 4월의 하늘이다.

4월을 말할 때 공리론은 무의미하다. 그것은 신화였던 것이다. 그날의 대열에 참가한 아이들을 우상으로 섬기지 말라. 그날의 당신과 지금의 자기를 동일시하지 말라. 그날의 당신은 당신이 아니었다. 신화는 한 번 표현되면 다시 지우지 못한다. 4월은 인간이기를 원하는 한국인의 고향이 되었다. 그것은 신라보다 오래고 고구려보다 강하다. 인간의 고향이기 때문에 오래고 오래며 자유의 대열이기 때문에 강하다. 결국 인생을 살고 싶지 않은 사람들이 있는 것이다. 4월 아이들은 인생을 살기를 원한 최초의 한국이었다. 그들과 더불어 새 시대가 시작되었다. '자기'가 되고자 결심한 인간. 정치로부터의 소외를 행동으로 극복한 인간만이 살 자격이 있으며 저 위대한 서양인들과 어깨를 겨누고 '세계인'이 될 힘을 가졌다.

4월의 아이들은 달려간 아이들이다. 그들은 생각하면서 달려간 것이 아니요, 달리면서 생각한 새로운 종자였다. 우리는 현대가 정치의 계절임을 안다. 식민지 인텔리의 불행한 의식은 정치를 곧 악으로 동일시하는 슬픈 타성을 길러 왔다. 정치는 악도 아니요 선도 아니다. 그것은 태양이 현실인 것처럼 인간의 현실이다. 눈을 감으면 태양은 보이지 않을지 모르나 정치는 그 사이에 당신의 목에 올가미를 씌운다. 정치적 권리를 방어하려는 자각을 갖지 못한 인간에게는 미래가 없다. 정치적 차원에서 표현되지 못한 휴머니즘이 얼마나 무력한가를 우리는 잘 알고 있다. 휴머니즘은 언어의 미학의 아니라 행동의 강령이다. 그것을 지키려는 결의가 없는 데서는 휴머니즘은 휴지보다도 못하다.

—「세계인」

이렇게 최인훈에게 4·19는 세계사적 사건이다. 제국이 식민지 주체에 뿌리 깊게 심어놓은 불행한 의식을 혁파하여 결국 식민지 민중도 "저 위대한 서양인들과 어깨를 겨누고 '세계인'이 될 힘을 가졌다"는 것을 증명한 사건인 것이다. 최인훈 수필에서 4·19가 "인간의 고향"과 "자유의 대열"의 상징인 까닭에 "인간이기를 원하는 한국인의 고향이 되"었다고 말한다. 그러니 우리가 회향해야 할 정신적 고향은 신라도 아니고 고구려도 아니며, 또 그렇게 되어서도 안 된다고 말한다. 우리가 회향해야 할 곳은 단 한 곳. 한국의 역사상 가장 커다란 단절을 만들어내는 것은 물론 "새 시대"를 창조해낸 '4월의 한국'이라고 말한다.

최인훈은 이처럼 한국이라는 파란만장한 역사와 그 속에 살았던 그 다양한 민중들의 삶을 4·19라는 역사적 사건을 정점으로 하여 내러티브화하고, 그것으로 "조국의 재획득"이 이루어져야 한다고 믿는다. 그래야 우리에게 분단이라는 상황을 강요하는 제국 중심의 질서를 넘어서서 세계의 모든 국가의 주권의 조화를 이루는 '창조적 응전'이 가능할 것이라는 것. 이러한 역사상은 최인훈 수필만의 고유하고도 특이한 역사지리지임에 틀림없으며 또한 기존의 '민족정신'이 행해왔던 폭력성들을 감안하면 그것을 혁파하고 영구적인 세계평화를 가져올 수 있는 중요한 천착이라 함직하다.

6. 정치의 문학화, 혹은 문학의 정치성의 발견

최인훈의 수필은 이렇게 최인훈만의 역사상의 발명하고 동시에 "제국을 관통하고 제국을 넘어서도록 할 새로운 구성 권력을 발명"하기에 이른다. 하지만 최인훈의 수필은 멈추지 않는다. 아니, 더욱 열도와 밀도가 팽팽해진다고 해야 하리라. 이는 최인훈 수필이 세계사적 사건으로 명명한 4·19가 결국 미완의 그것으로 끝나고 말았다는 사실과 관련이 깊다. 4·19는 한국의 역사 전반에 어떤 단절을 만들어내기에 충분했지만, 그러나 한국 사회는 5·16을 기화로 그 이전 시대로 재빠르게 돌아가 버렸다. 4·19가 준비되지 않은 우연적인 사건이었기 때문일 수도 있고, 4·19의 질서화되지 않은 혁명적 에네르기가 질서화되면서 그 사건성과 혁명성이 잠식되었을 수도 있다. 어쨌거나 4·19는 어떤 거대한 변화를 일으킨 것은 사실이지만 역사는 또다시 순환의 틀 속에 갇혀버린 것이다. "달리면서 생각한 새로운 종자"들은 다시 '로봇'이 되고 마는 상황이 벌어졌다고나 할까. 하여간, 4·19라는 '신화'는 동질적이고 공허한 시간에 의해 우리 역사 속의 극히 예외적이며 우연적인 사건으로 배제되기 시작하였다. 때문에 최인훈의 수필은, 최인훈 문학 전반이 그러했듯, 한시도 4·19를 잊지 않는다. 아니, 끊임없이 4·19로 도약하고자 한다. 로베스피에르가 고대의 로마로 도약해서 역사의 지루한 연속성을 혁파했듯이. 최인훈의 수필이 "제국을 관통하고 제국을 넘어서도록 할 새로운 구성 권력을 발명"하고도 그렇게 지속적으로 팽팽할 수 있었던 것은 바로 이런 까닭이다. 역사를 끊임없이 동질적이고 공허한 시간의 연속으로 파악하는 상징질서에 둘러싸인 채 현재시간에 의해 충전되어진 바로 그 과거인 4·19의 정신을 귀환시켜야 하는 까닭에.

그래서 최인훈의 수필은 한순간 한국인 모두를 세계공화국의 한 당당한 시민으로 위치시켰던 4·19의 정신을 복원시키기 위해 제국의 논리에 순응하는 역사상들 혹은 상징질서와의 끊임없는 쟁투를 벌여나간다. 혹은 전 지구적 자본주의 올가미를 벗겨내고 비로소 온전한 '자기'일 수 있었던 이 전통을, 한국의 역사가 만들어낸 이 발명품을 현실화시키기 위한 힘겨운 싸움을 지속해간다. 앞질러 말하자면, 이 쟁투는 정치에 대한 관심에서부터 시작하여 정치적인 것의 문학화 혹은 문학의 정치성의 발견으로 수렴된다.

최인훈 수필은 4·19정신을 귀환시키기 위해 우선 당대의 현실정치에 깊은 관심을 보인다. 물론 이 말이 작가 최인훈이, 그리고 최인훈의 수필이 현실정치의 사안 사안마다 정치적인 목소리를 낸다는 의미는 아니다. 최인훈의 수필은 문학을 정치화하는 것, 혹은 문학인이 정치인이 되는 것에 큰 의미를 부여하지는 않는다. 대신 최인훈의 수필은 '정치적인 것의 가장자리'에 위치하려 한다. 최인훈 수필에는, 비록 잡지나 신문사의 요청에 의해 행해진 것으로 되어 있으나, 선거유세를 취재한 짧지 않은 글들이 눈에 띈다. 아마도 정치 속으로 잠행하여 정치에 문학의 논리를 개입시키려는 의지 때문이리라. 어쨌든 최인훈의 수필은 자주 정치적인 현장의 가장자리에 선다. 그리고 다음과 같은 술회를 남긴다.

옛날 사람에 비해서 우리는 훨씬 삶을 '경영'하는 식으로 산다. 계획하고, 설계한다. 그러나 지나고 보면 그 대부분이 타의에 의해서 살아진 것을 깨닫게 된다. 이 타의의 모든 것은 자의(自意)로 할 수는 없다. 그것을 조금씩 자의로 바꾸는 것이 진보고, 그런 방향에 선 정치가 좋은 정치다. 좋은 정치란, 정치의 한계 안에서 움직이는 정치다.

종교의 대행을 하려고 들지 않는 정치다. 이 거리를 지나면서 느끼는 이런 감회, 돌아올 수 없는 그 세월의 부피, 개인의 그러한 역사에 대해서 정치는 아무 일도 해 줄 수가 없다. 모든 인간이 시인처럼 살고 모든 인간이 서로를 점잖게 다루는 사회. 그런 사회가 가치의 기준이 되어야 한다.

그런 사회를 위해서 시인이기 전에 군인이어야 하는 것이 우리의 처지다. 그 비례가 조금씩 옮겨지는 것이 우리의 소원이다. 시인이란 별것이 아니다.
—「아아, 어딘들 청산이」

"정치적 차원에서 표현되지 못한 휴머니즘이 얼마나 무력한가를 우리는 잘 알고 있다"(「세계인」)라는 표현에서 단적으로 확인할 수 있듯, 최인훈 수필에 있어서 정치적인 것은 매우 중요한 사안이다. 최인훈 수필에 있어 정치적인 행위란 단순히 "권력에 참여하려는 노력 또는 권력 배분에 영향력을 행사하려는 노력"[8] 정도가 아니다. 최인훈 수필에 있어 그것은 "집단적 행위의 형태 · 공간 · 시간을 발명하는 능력" 혹은 "볼 수 있는 것과 말할 수 있는 것, 말과 사물, 존재와 이름 사이에 세워진 관계를 재조직하는 것"[9]에 가깝다. 그렇기 때문에 최인훈 수필 전반에 있어서 정치적인 행위가 중요하다. "모든 인간이 시인처럼 살고 모든 인간이 서로를 점잖게 다루는 사회"이기 위해서는 먼저 "군인"을 필요로 하는 까닭이다. 예컨대 한국 사회는 주체의 자율성이 충분히 확보되지도 보장되지도 않는 곳이다. 현실정치가 "민중에겐 서구적 자유의 풍문만을 들려 줄 뿐 그 자유를 사는 것"을 허락하지 않아왔기에 민중들은 "저런 여자는 투표권을 박탈함이 마땅하다"라고 할 정도의 상황이 되어 있고, 그러니 그런 민중들을 자기 스스로 행동하는 주체로 만들기 위해서는 '좋은 정치'가 절실하다. 비유하자면 '좋지 않은 정치' 때문에 '좋은 정치'가 무엇보다 필요하다는 것이다. 이런 이유 때문에 최인훈의 정치적인 현장의 가장자리에 서서 지금의 현실정치와 4 · 19가 발명한 우리의 "독자적인 국민의식"과 얼마나 가까운가를 비교하고 대조하며 유추하고 논평한다. 그리고 얻은 결론은 "기도하고 싶은 심정"(「아아, 어딘들 청산이」)뿐이다.

이제 최인훈의 수필에서 "좋은 정치"를 통해 "독자적인 국민정신"을 세우려는 의지는 서서히 약화된다. 그 대신 정치적인 것의 문학화 혹은

8) 막스 베버, 『직업으로서의 정치』, 전성우 옮김, 나남출판, 2007, 22쪽.
9) 자크 랑시에르, 『정치적인 것의 가장자리에서』, 양창렬 옮김, 길, 2008, 30쪽.

문학의 정치성에 대한 발견을 통해 "독자적인 국민정신"을 귀환시키려 한다. 최인훈의 수필은 어떤 맥락에서 랑시에르의 입장과 닮아 있다. 보다 정확하게 표현하자면 문학과 정치에 관한 한 랑시에르의 성찰 저 앞에 있다. 랑시에르가 가시적인 것만을 실제로 인정하는 "'지배질서가 보기에 '유령'에 불과한 준-물체들을 공통 경험의 조직 안에 등록함으로써 물체들의 힘을 변경한다"[10]는 점에서 정치와 문학의 친연성을 강조한다고 한다면, 최인훈의 수필 역시 사회적 구조의 재발견이나 창조라는 면에서 문학과 정치의 발명적 특질을 인정한다.

어떤 의미에서 음악이나 미술 같은 것은 반드시 그 제작자가 살고 있는 사회의 당대의 현실과 밀착돼 있다고 할 수 없다. 그 분야에 망명자나 국적 변경자가 많은 것이 한 증명이 된다. 그것들은 개인적-보편적 예술이다. 그러나 문학은 개인적-종족적-보편적 예술이다. 삶의 모든 항을 다 떠맡은 팔자 센 예술이다. 그렇기 때문에 번역이라는 문제가 나오고 표현이라는 문제가 나온다. 그것은 종족의 '말'과 종족의 '정치'에 묶인 예술이다. 이것이 문학에서의 '참여'라는 말의 뜻이다. 종족의 말에 대한 예술적 감각은 주장하면서 종족의 정치에 대한 감각을 별스러운 것으로 생각한다면 그것은 문학에 대한 한—그러니까 '문학 음치' '문학 색맹'이다.
—「노벨상」

흔히 이르듯 '국민'이라고 하면 '피'가 같다는 것만으로는 안 되며, 근대형의 사회가 요구하는 다른 요소들이 어울려야 하는 것일진대, 우리는 아직 '국민'으로서의 자기정립을 하지 못하고 있다는 말도 할 수 있지 않을까 싶다. (……) 피난민이란, 고향을 떠나 아직 현거주지에 뿌리를 내리지 못

---

10) 같은 책, 32쪽.

한 그런 삶이다. (……) 이 모든 전쟁 때문에 거주지를 떠난 사람들을 피난민이란 말 말고 다른 무슨 이름으로 불러야 할까. 전쟁으로 거주지를 바꾸지 않은 사람들도 이 기간 동안의 산업화로 대량이동이 있었다. 이러고 보면 한말 이래로 한국 사회의 움직임을 분석하는 열쇠로 피난민이라는 개념을 그 밖의 어떤 지표 못지않게 생산이라고 필자는 생각한다. (……) 여기에다. 위에 든 전쟁들에서 우리 민족의 주체적 참여가 아주 배제되었거나, 넉넉지 못했거나 한 사정까지를 고려에 넣는다면, 한국 현대사에 대한 필요한 관찰 요령은 거의 갖추어졌다 할 것이다.

우리가 오랜 역사를 거쳐서 기득권을 가지기에 이른 한반도의 남북을 통합하여 그것을 국토로서 삼는 국가를 정치목표로 가지고 있는 바에는 우리들의 소속은 모두 결락의 부분을 가지고 있는 것이 된다. (……) 이런 역사가 주어진다는 것은 살아가는 개인 쪽에서 보면 운명이다. 개인이 할 수 있는 일은 이 운명을 자기에게 유리하게 바꾸기 위해 할 수 있는 일을 할 뿐이다. 그와 같은 일에는 정해진 길이 있는 것은 아니다. 소속과 그 속에서의 성숙이라는 인간생활의 기본적인 뼈대가 주어져 있지 않고 만들어내지 않으면 안 된다는 것은 그야말로 '창조'라는 말로밖에 나타낼 수가 없다. 창조라는 것은 이 말의 뜻을 따라 흉내라는 것이 있을 수 없다. 여기에 우리 삶의 어려움이 있다. 우리에게는 소속과 성숙이라고 하는 것이 기득권의 향유와 보존이 아니라, 국민적 규모에서의 모험과 도전을 개인의 차원에서도 받아들여야 한다. 이것은 갈데없이 서사시적, 영웅적 과제에 가깝다. 이러고 보면 현대 한국인은 꼭 소설의 주인공과 같은 사람들이다.
—「성숙과 소속」

그래서 나는 '비전'이라는 언어를 설정하기로 했습니다. 이것이 참일까, 허위일까를 완벽하게 검증할 수는 없으니까 '차라리'라기보다는 '용감하게' '이것을 나는 이렇게 만들고 싶다'라는 주관적 신념을 세우는 것—그것이 '비전'인 것입니다. 그러므로 비전이란 적극적인 것이지요. 전에는 무엇인가가 '밖'에 있다고 생각해서 자아의 밖에서 그것을 찾으려고 '탐색의 순례'를 했었는데, '그러나 그것은 그렇지 않다. 밖에서 찾을 수 있는 것이 아니라 결국은 자기 자신이 만들어야 하는 것이다'라는 것을 깨닫게 되었지요. 그래서 찾는 것이 아니라 '자기 손'에 '지금' 닿는 것을 가지고 '무언가를 만들려고 하는' 입장으로 바뀌었어요. 찾는 입장에서 만드는 입장으로. 그래서 비전이라는 것이 현실에서 채택되고 있고 그러한 입장에서만 비전이란 가능해지는 것이에요. (……) 비전이란 환상, 공상이 아니고 더구나 관념의 공중누각은 절대 아닙니다. 우리가 물과의 관계를 잘 파악하면 쉽게 물을 지배하여 멋진 수영을 해낼 수 있듯이 역사에 있어서의 비전의 실현, 자유라는 것도 자기 신념 이전의 성격을 잘 파악해서 그것과 어울려서 만들면 되는 것입니다.

—「문명의 광장에서 다시 찾은 모국어」

최인훈의 수필에 따르면 문학은 정치와 밀접한 관련성을 지닌다. 아니, 문학의 속성 그 자체가 정치적이다. 정치적인 행위가 권력을 통해 사회를 재구성하고 준-물체를 배제하거나 포괄한다면, 문학은 그러한 권력 바깥의 낱낱의 개인들의 목소리를 듣는 것을 통해서 하위주체들을 공통 경험의 영역 속에 포함시키기 때문이다. 그렇기 때문에 문학은 정치가 배제한 실재의 영역, 혹은 주체의 욕망을 영토에 밀착해서 상상의 공동체를 만들어내기 마련인 바, 그렇게 보자면 근대 이후 한국 역사는, 그간 국가장치에서 말한 바와는 달리, '피난민'이다. 남북한 각각의 국가장치는 각기 자신들이 사회구성원 모두를 하나로 묶어세웠고 또 외부의 세력으로부터 국가구성원들의 권익을 지켜주었다고 주장하나, 그것은 국가장치가 만들어낸 헛된 미망일 뿐이다. 그러니 필요한 것은 이제 국가장치가 만들어낸 상상의 공동체보다 그곳의 사회구성원들을 한층 더 "독자적인 국민"으

로 묶어줄 수 있는 문학적이며 창조적인 비전이 필요하다. 이래야만 거주
지를 잃은 국민들이 이전에는 없던 거주지를 창조적으로 만들 수 있으며,
그래야만 우리의 민족구성원들 더 나아가 인류 전체가 전 지구적 자본주
의라는 최저낙원의 상태에서 벗어날 수 있겠기 때문이다. 이때 문학의 정
치성은 무엇보다 중요하다. 문학 그 자체가 발휘하는 정치성만이 현재의
정치적인 것을 탈–봉합하고 사회구성원 전부를 보다 민주주의적인 방식
으로 봉합할 수 있기 때문이다.

정리하자. 문학의 정치성(혹은 민주주의적 특성)을 발견하는 것은 물론
4·19정신으로 회향하여 "조국의 재획득"(또는 "독자적인 국민정신의 발
전")을 이루자는 것, 이것이 최인훈 수필의 중핵이자 도달점이다. 참, 사
려 깊고 도저하지 않은가. 동시에 민주주의적이지 않은가.

7. 최인훈의 수필의 현재성

일찍이 김현은 "최인훈의 소설은 그것을 읽는 자에게 긴장을 요구한
다"라고 말한 적이 있다. 이 말은 오늘날에도 여전히 유효하며 최인훈의
수필에도 그대로 적용된다. 분명, 최인훈의 소설, 더 나아가 최인훈의 문
학은 아직도 읽는 자에게 팽팽한 긴장을 요구한다. 물론 최인훈 문학 전
체에 흩어져 있는 문제성 때문이다. 원체험의 실재성과 상징성, 피난민
의식, 너무 일찍 출현한 포스트모던적 사유, '책읽기'와 '글쓰기'라는 관
념세계로의 탈주, 세계의 폭력성과 평화에의 갈망, 유랑민 감각, 외로운
영혼과의 홀연한 조우, 자아비판이라는 트라우마 등등. 모든 것이 다 도
대체 넓이와 깊이를 측량할 수 없는 최인훈 문학의 문제성을 형성하는 중
요한 계기임에 틀림없다. 하지만 그중에서도 특히 최인훈 문학의 문제성
의 원천이 되는 것은, 우리가 지금까지 최인훈의 수필에서 확인했듯, 최
인훈 개인의 원체험과 원장면을 "전 인류역사를 엄청나게 축소해서 포괄
하고 있는 현재시간"으로 진화시킨 부분일 것이며, 이는 전적으로 최인

훈의 한국 역사 전반에 걸친 특유의 도저한 역사철학에 기인한다. 최인훈 문학은 자신의 수수께끼와도 같은 원장면을 결정지은 그때, 그곳 그리고 지금 이곳의 현실적 조건들을 저 주변부에서 어느 날 갑작스레 전 지구적 자본주의라는 블랙홀 속으로 끌려들어간 이곳의 비극으로 전화시킨다. 그리고 그 비극성에서 탈주할 어떤 가능성을 찾아 나선다. 그것은 정치의 문학화 혹은 문학적 속성의 정치화라고 할 만한 것이다. 그렇게 최인훈의 수필은, 문학이 권력 관계를 떠나 모든 개인의 목소리를 동등하게 대하듯이, 아니 하위주체들의 목소리에 더욱 유념하듯이, 전 지구적 위계질서 바깥의 진정으로 민주주의적인 질서를 꿈꾸고 그런 질서를 창조할 주체를 욕망한다. 이 순간 최인훈 문학이 꾸었던 '유토피아의 꿈'은 최인훈 개인을 넘어서는 것은 물론 한국인을 넘어서서 전 세계인을 꿈을 대변하게 된다.

최인훈 문학이 멀게는 50년 전의 것임에도 불구하고 여전히 현재적이며 현대적인 것은 이 때문일 것이다. 다시 벤야민의 말을 좀 바꿔 반복하자면, 최인훈의 문학은 현재시간에 의해 충만한 문학이며, 우리 문학의 지루한 연속성을 혁파하기 위해 우리가 변증법적으로 도약해야 할 바로 그 문학이다. 자신의 원체험을 "전 인류역사를 엄청나게 축소해서 포괄하고 있는 현재시간"으로 전화시킨 까닭에 최인훈의 문학은 그 스스로가 "전 인류역사를 엄청나게 축소해서 포괄하고 있는 현재시간" 그 자체가 된 것이다. 어느새.

(2010)

시선의 정치학과 기억의 윤리학
— 이청준 소설집 『별을 보여드립니다』 읽기

하나의 종교나 하나의 공화국이 오래 살아남기를 바란다면 그것들을 그것들의
원리로 자주 되돌려 보내야 한다.
—마키아벨리

1. 회귀의 전복성 또는 전복적 회귀

그러므로 우리는 수시로 한 작가의 기원으로 되돌아가야 한다. 한 작가
가 탄생하는 그 과정들이야말로 한 작가의 또다른 혁신의 원천이 담겨 있
는 곳이므로.

부르디외의 말처럼 기원은 종종 망각된다. 아니, 기원일수록 집요하게
망각된다. 누구나 예상할 수 있듯이 한 작가가 탄생하는 지점은 한 작가
의 인정투쟁이 가장 치열하게 벌어지는 자리이다. 언제 어느 시대나 모름
지기 새로운 작가라면 세상을 바라보는 기존의 인식(혹은 환상체계)을 거
부하고 괴상망측한 세계상을 들고 나오기 마련이어서 그를 둘러싼 쟁투
는 언제나 뜨겁고 처절할 수밖에 없다. 인정투쟁이란 상대방을 인정하면
나는 곧 쓸모없는 실존으로 격하된다는 위기감을 먼저 불러일으키곤 하
는 것이어서 새로운 것과 낡은 것, 그리고 신세대와 구세대 사이의 이 인
정투쟁은 쉽게 과열되고 과잉의 방식으로 이루어진다. 해서 거의 모든 작
가의 탄생은 신비화되거나 신화화된다. 아니면, 반대로 희화화되거나 추

문화된다. 그러므로 어느 작가의 경우도 신비화되거나 희화화된 탄생 신화만 지닌다. 그래서 정작 한 작가가 어떤 것을 천재적으로 발견하고 어떤 것을 천재적으로 은폐하며 탄생했는지, 그리고 어떤 것과 어떤 것 사이에서 자신의 전존재를 건 갈등을 하고 어떤 연유로 그 작가의 최초의 풍경으로 세상을 절합해내었는지는 거의 잊힌다. 한마디로, 우리는 한 작가의 탄생 과정에서 그 작가가 들고 나온 어떤 누빔점만을 주목할 뿐 그것이 무엇과 무엇 사이의 균열을 누벼낸 것인지에 대해서는 기억하지도 않고 시선을 두지도 않는다.

새로운 작가의 탄생을 둘러싼 과잉의 인정투쟁들이, 그러니까 자신만의 고유한 보편성을 공인받기 위한 새로운 작가의 강력한 자기주장이 한 작가의 기원을 제대로 읽지 못하게 하긴 하지만 그렇다고 그것이 전적인 이유는 아니다. 또다른 주요한 요인이 있다. 그것은 다름아닌 기원의 사후성과 관련된 것이다. "인간의 해부가 원숭이의 해부의 열쇠이다. 이에 반해 저급한 종류의 동물이 갖고 있는 고급한 동물에 대한 암시는, 이 고급한 것 그 자체가 이미 알려져 있는 경우에만 이해될 수 있다. 따라서 부르주아 경제는 고대나 그 이외의 경제에 대한 열쇠를 제공한다"[1]는 마르크스의 말을 빌자면, 위대한 것의 전조는 그것이 위대한 것으로 발현된 연후에야 비로소 그 의미가 분명해진다. 마찬가지로 한 작가가 위대해져야만 그 작가의 기원에 숨죽이고 있던 그 작가의 위대성의 징후나 암시는 비로소 읽힐 수 있다. 이런 맥락에서 보자면 어떤 기원이 있기 때문에 그 이후가 있는 것이 아니다. 반대로 그 이후가 있기 때문에 비로소 어떤 기원이 그 의미를 획득하게 된다. 그러므로 한 작가의 기원은 완결된 것이 아니다. 계속 생성한다.

이런 이유 때문에 한 작가의 기원은 오늘날의 관점에서 계속 다시 읽

---

1) 마르크스, 『1857년 서문』, 루이 알튀세르, 『자본론을 읽는다』, 김진엽 옮김, 두레, 1991, 160쪽에서 재인용.

혀야 한다. 그런데 이렇게 기원으로 거슬러 올라가면 놀라운 일이 일어난다. 한 작가의 기원이 생각보다 쉽게 그리고 심각하게 잊혔음을 발견할 수 있기 때문이다. 한 작가가 자신의 새로운 세계상을 구축한다는 것은 곧 이전과는 전혀 다른 맥락으로 실재들을 재구성하여 하나의 새로운 도식을 만든다는 것을 의미한다. 다시 말해 새로운 세계상을 구축한다는 것은 자신의 도식을 위해 어떤 것은 배제하고 어떤 것은 선택하며, 또 어떤 것은 발견하고 어떤 것은 은폐하는 것에 다름아니다. 한데, 이 도식화란 강력한 마법과도 같은 것이어서 원래부터 모든 사실이 그렇게 존재했던 것처럼 만들어버린다. 해서, 한 작가가 새로운 세계상을 구축하고 그것으로 인정투쟁에서 승리하게 되면, 정말 그렇게 되면, 그 작가는 놀랍게도 그 세계상을 구축하기까지의 취사선택 과정을 모두 잊게 된다. 하나의 도식이 만들어지기까지는 모든 매개자들이 사라지고 기원에의 망각이 이루어지는 것이다. 때문에 종교나 국가는 물론 많은 작가들이 자신의 탄생 과정이나 애초의 목적들을 망각한다. 그 결과 자기 스스로가 애초의 목적에 반하는 행위를 일삼고 있음에도 불구하고 그것조차를 눈치채지 못하는 상황에 이르고 만다. 그러니 우리가 모두가 기원으로 거슬러 올라간다는 것은 곧 타성에 젖은 오늘날의 자신에 대한 자기고발이자 자기비판이라 할 수 있으며, 이렇게 기원으로 거슬러 올라가면 비로소 자기혁신의 길이 열린다. 용기 있는 자만이 원점으로 거슬러 올라가고 원점을 향해 반복적으로 회귀하는 자만이 더욱 지혜로워진다.

이런 관점에서 보자면 이청준이야말로 우리가 지속적으로 그 기원을 되짚어야 하는 대표적인 작가이다. 아니, 이 표현은 정확하지 않다. 이청준은 잊을 만하면 혹은 설마 이젠 더이상 없겠지 하면 또다른 목소리를 들고 나와 자신의 탄생 지점으로 우리를 이끌곤 하는 바로 그 작가이다. 해서 이청준은 작가 스스로의 원점회귀가 작가적 쇄신에 있어 얼마나 중요한 원천인가를 한눈에 보여주는 동시에 우리가 한 작가의 기원에 관심을 기울이는 것이 얼마나 의미 있는 행위인가를 알려주는 대표적인 표지라 해도 과언이 아니다.

그러므로 이청준의 작가적 탄생 지점으로 되짚어보는 일은 여러 가지로 흥미로운 일이고 또 값진 일이 아닐 수 없다. 그곳에는 우리가 잘못 읽어버려서 또다른 독해를 기다리는 숱한 요소들이 있는가 하면 동시에 사후에 작가 이청준을 위대하게 만든 여러 원천들이 꿈틀거리고 있으므로. 어디 그것뿐이겠는가. 작가 이청준이 현실성이나 전형성이라는 닫힌 규범을 빌려 저 상징적 질서 너머의 무시무시하고도 매혹적인 실재를 은폐했던 동시대 문학의 반성적 거울이자 동시에 그 질서화되지 않는 혁명적 실재들을 포착하기 위해 그야말로 다양한 개념과 방법을 동원해 한국문학의 기념비적 성과를 낸 작가임을 감안한다면, 작가 이청준의 기원을 다시 읽어보는 일은 곧 한국문학의 한 정점이 형성되는 과정을 고고학적으로 탐사하는 일이기도 한 것이다.

이 정도면 우리가 왜 이청준의 탄생 지점을 치밀하게 다시 짚어보아야 하는지는 분명해진 셈이다. 그럼 이제 작가 이청준의 기원, 그러니까 작가 이청준의 첫 소설집 『별을 보여드립니다』를 향한 탐사를 시작하도록 하자.

2. 두 겹의 시선, 두 개의 감옥—이청준식 '피의자 모티브'의 특이성

1971년 일지사에서 초판이 발행된 『별을 보여드립니다』는 여느 작가의 첫 소설집 못지않게 낯설고 불편하다. 우선 『별을 보여드립니다』에서 이청준의 등단작인 「퇴원」을 비롯 모두 20편이나 되는 소설이 실려 있다. 양도 양이지만 『별을 보여드립니다』가 더욱 낯설고 불편하게 느껴지는 것은 이 20편의 소설 사이에 공통분모를 찾기 힘들다는 점 때문이다. 소재나 등장인물의 성격, 분위기, 그리고 창작방법에 이르기까지 거의 모든 소설이 독자의 공화국을 이루고 있다고 할 정도로 천차만별이다. 그런 까닭에 『별을 보여드립니다』는 이 소설집 전체가 핵심적으로 말하고자 하는 바를 한 눈에 알아내기가 쉽지 않다. 그렇다고 『별의 보여드립니다』에 어떤 공통분모가 없는 것은 아닌데, 『별을 보여드립니다』가 무엇보다 불편할 때는 쉽지 않은 과정을 통해 이 소설집이 말하고자 하는 바를 읽어내는 순간이다. 거듭거듭 이모저모를 따져보면 이 소설집이 궁극적으로 말하고자 하는 바를 감지할 수 있는데, 그 순간 우리 모두는 전율과 공포를 느낄 수밖에 없다. 무엇보다 『별을 보여드립니다』가 구축하고 있는 세계상이 우리의 그것과 다르기 때문이나 정작 그 세계상이 현존재들의 실존형식을 보다 정확하게 포착했다는 것을 인정할 수밖에 없기 때문이다.

『별을 보여드립니다』를 낯설고 불편하게 하는, 그러니까 『별을 보여드립니다』를 문제적이게 만든 일차적인 요인은 물론 이 소설집이 발명해 낸 세계상 때문이다. 『별을 보여드립니다』는 정말로 각기 다른 인물들과 상황이 다양하게 펼쳐지지만 그 속에서도 반복되어 나타나는 어떤 장면이 있다. 바로 '피의자 체험' 혹은 '피의자 모티브'이다. 작가 이청준 자신의 말을 따르자면 "피의자 의식"[2]이라는 것이다. 작가 이청준은 자신의 작품에 대해 말하는 어느 자리에서 자신은 끊임없이 "사람들 모두가 자기도 모르게 역사의 피의자가 되어 버"[3]리는 상황에 주목하고 그것으로부터 자기를 구제하고 또 그것에 저항하기 위해 글을 쓴다고 말한 바 있다.

그러나 이 피의자 모티브는 작가 스스로가 밝혔듯 작가의 고유한 발명품이 아니다. 이 '피의자 모티브'는 저 멀리는 카프카에서부터 가깝게는 최인훈의 소설에서 흔히 보곤 했던 그것이다. 우리는 이미 구체적인 죄목

---

2) 이청준/권오룡, 「시대의 고통에서 영혼의 비상까지」(『이청준 깊이 읽기』, 권오룡 엮음, 문학과지성사, 1999), 26쪽.
3) 같은 글.

도 없이 법원으로부터 소환된 카프카의 한 등장인물이 경험하는 답답함과 우울, 그리고 저항을 통해 목적없는 합목적성에 의해 유지되는 현대적 규율의 전도된 성격과 잔혹함을 충격적으로 목도한 바 있다. 또 자신의 이념이나 행동과는 관계없이 오로지 아버지가 월북했다는 이유만으로 피의자가 되어 죽음의 고통과 공포를 경험하는 최인훈 소설의 한 장면을 통해 남북분단이라는 상황의 비인간적 조건을 전율스럽게 확인한 바 있기도 하다. 한마디로 '피의자 모티브'는 『별을 보여드립니다』 이전에도 여러 작가들에 의해 한 시대의 총체성을 압축적으로 표현하는 형식으로 자주 반복된 바로 그 형식이며 또한 한 시대를 경이로운 방식으로 누벼냈던 파괴력 높은 미적 장치이다.

『별을 보여드립니다』의 '피의자 모티브' 역시 이러한 '피의자 모티브'의 연장선상에 놓여 있다. 그렇다면 『별을 보여드립니다』가 피의자 모티브를 중심으로 구성한 세계상은 새로운 세계상의 발명이기는커녕 이전 소설의 단순한 반복인 것인가. 당연히, 단순한 반복이 아니다. 『별을 보여드립니다』의 '피의자 모티브'는 분명 우리가 이청준 이전의 소설에서 보던 것과는 확연히 구분되는 측면이 있다. 세 가지 점에서 그러한데, 이 세 가지 차이가 『별을 보여드립니다』를 고유하고 특이하게 만든다.

우선 『별을 보여드립니다』의 '피의자 모티브'가 특이한 것은 『별을 보여드립니다』의 경우 피의자 소환의 주체가 국가 권력 혹은 사법기구에 국한되지 않는다는 점이다. 『별을 보여드립니다』의 등장인물들은 거의 모두가 거의 매일 어디로부턴가 소환되거나 누군가에 의해 심문을 당하는데, 그들 중 국가 권력에 의해 소환되어 피의자 신분으로 전락하는 경우란 극히 드물다. 「마기의 죽음」 「공범」 「개백정」 「가수假睡」의 인물들 정도일까? 그러나 이들 작품에서조차 국가 기관의 역능은 카프카나 최인훈의 소설에 비해 보자면 미약하기 짝이 없다. 그럼에도 불구하고 『별을 보여드립니다』의 거의 모든 인물들은 거의 매일 '피의자 체험'의 신분으로 내몰리며 카프카나 최인훈의 인물들에 버금가는 공포를 경험한다. 국가라는 폭력적인 권력 기구처럼 강력하지는 않으나 '파놉티콘' 같은 통제 시스템이 거의 모든 등장인물들을 '피의자'로 몰아가기 때문이다.

『별을 보여드립니다』에서 등장인물들을 피의자로 몰아세우는 것은 주로 다른 인물들의 '눈빛'과 '목소리'이다. 그것은 아들의 근친상간적 외설과 생활적 무능을 용인하지 않는 아버지의 시선과 꾸짖는 목소리이기도 하고(「퇴원」), 자신이 그리고 싶은 그 얼굴을 완성하지 못하는 화가의 무책임과 비겁을 질책하는 형과 떠나버린 연인의 목소리이기도 하고(「병신과 머저리」), 아버지의 처진 어깨를 염려하는 딸의 마음을 타박하는 애인의 목소리이기도 하다(「등산기」). 또 입사 시험장 주변을 떠도는 소문과 면접관의 침묵이기도 하고(「굴레」), 어릴 적 외설적 집착과 반항 때문에 들어야 했던 "네 놈은 하느님도 용서 못한다. 하느님이 용서해도 내가 못한다——"라는 한 노인의 저주와 예수상의 시선이기도 하다(「행복원의 예수」). 그런가 하면 무능력한 자신을 바라보는 한 여성의 싸늘한 시선이기도 하고(「아이 밴 남자」), 침대에서 잠들지 못하는 나를 타박하는 아내의 냉소이기도 하며(「나무 위에서 잠자기」), 개구리를 깡통에 넣고 불을 지피고 그때 보이는 개구리의 절규를 "개구리 춤"이라 명명하는 아내의 금욕적 절제와 싸늘한 규율이기도 하다(「무서운 토요일」).

　"앉으시오."

　왼쪽 가까이에 앉아 있던 사내가 말하고는 내 왼손에서 신상 카드를 받아갔다. 공손한 말씨였으나 나는 그 말씨가 되레 불안했다. 나는 걸상 끝에다 엉덩이를 조금만 대고 앉았다. 그리곤 힘을 모아 머리를 들고 나의 시험관들을 쳐다보았다. 나는 또 후회했다. 나는 피고석에 앉아 있는 죄인 꼴이었다. 내 둘레에 안경을 번쩍이며 나를 살피고 있는 사람들은 법정의 그 사람들보다 더 위엄이 흘렀다. 영락없이 나는 피고가 되어 있었다. 머릿속 예상과는 완전히 달랐다. 왜 나는 여기 이렇게 초라하게 앉아 있는가?[4]

이렇게 『별을 보여드립니다』의 등장인물들은 일상생활에서 수시로 보고 듣는 눈초리와 목소리에게서 피의자의 공포를 느낀다. 등장인물들이 그들의 시선과 목소리에 공포를 느끼는 것은 그 시선과 목소리 안에 깃들어 있는 어떤 것 때문이다. 등장인물들을 피의자로 몰아넣는 아버지, 아내, 형, 애인, 도시사람들, 중심부에서 파견되어 온 자 등은 스스로의 의지에 의해 권력을 행사하는 존재들이 아니라 실상은 대타자의 대리인들이다.

『별을 보여드립니다』가 아버지, 아내, 형의 시선과 목소리의 배후로 지목하고 있는 것, 그러니까 대타자의 도덕률과 정치학을 결정짓는 최종 심급으로 주목하는 것은 물신화이고, 세계의 인공낙원화(혹은 도시화)이며, 그리고 주변부의 고유성을 배려하지 않는 중심부의 자기동일성의 원리이다. 그러니까 『별을 보여드립니다』는 무엇보다도 고유한 가치나 질, 환원 불가능한 세계, 특이성 등을 전혀 용인하지 않은 채 세계 전체를 이윤추구라는 단 하나의 원리에 의해 재편하는 자본주의 시스템을 등장인물들을 피의자로 전락시키는 중핵으로 지목하거니와, 실제로 『별을 보여드립니다』는 자본주의적 등가성의 원리가 현존재들을 얼마나 집요하게 '초라한' '죄인'으로 전락시키는지를 집중적으로 묘사한다.

이런 식이다. 『별을 보여드립니다』에는 외설적인 혹은 질서화되지 않은 혁명적 에네르기로 충일한 존재들이 여럿 있다. 아니, 그런 모습이 대부분 인물들의 생의 출발점이다. 하지만 이러한 그들의 현실원칙 너머의 욕망은 개체적으로 또는 계통적으로 치밀하게 억압되고 금기시된다.

---

4) 이청준, 「굴레」, 『별을 보여드립니다』, 책세상, 2007, 147~148쪽. 이 글은 『별을 보여드립니다』의 해설로 씌어지는 글인바, 앞으로 이 책에서 인용할 경우에는 작품명과 이 책의 쪽수만 밝힘.

예컨대 「퇴원」의 "나"는 어린 시절 어머니의 뱃속에서 느꼈을 생애 최고의 안정감에 대한 무의식적 기억 속에서 헤어나지 못하는 것으로 되어 있다. "나"는 "광에 가득히 쌓아 올린 볏섬 사이에" "몸이 들어가면 꼭 맞는 틈", 그러니까 어머니와 자궁 같은 곳에서 "부드럽고 기분 좋은 향수 냄새가" 나는 "어머니와 누이들의 속옷"을 깔아놓고 잠드는 근친상간적이면서 페티시적인 행위를 반복한다. 하지만 이 행위는 아버지에게 발각되고 "나"는 가혹한 처벌을 받는다. "어느 날은 거기서 너무 오래 잠이 들어 있다가 아버지가 비춘 전짓불빛을 받고서야 눈을 떴었다. 아버지는 아무 말도 하지 않고 그대로 광을 나가더니 나를 남겨둔 채 문에다 자물쇠를 채워버렸다. 그 문은 이틀 뒷날 저녁때 열렸다." 이 가혹한 처벌로 "나"는 그 행복했던 요나체험을 포기하고 아버지의 권위를 수용한다. "나"를 거세시킬 만큼 아버지의 권위는 막강하나 어머니와 누이의 역능이란 이틀 동안 갇힌 "나"를 어쩌지 못할 정도로 미약하다는 것을 확인하기 때문이다. 죽음의 공포를 맛본 그 이틀 동안 작중화자는 그가 집착했던 "옷가지"를 "한 오라기도 성한 것이 없이 백 갈래 천 갈래로 찢"어버리더니 이후 아버지의 정언명령에 굴복한다.

그런가 하면 이런 경우도 있다. 「행복원의 예수」의 "나"는 행복원에서 보내던 시절 "행복원"의 "엄마"에게 "엄마"라는 호칭 대신 "누나"라고 부르고 싶은 충동에 휩싸인다. 그러나 "나"는 "엄마"의 연인이 되지 못한다. "엄마"에게는 이미 다른 아이가 아들이자 동생(혹은 연인)의 역능을 수행하고 있었기 때문이다. 그러던 어느 날 "나"는 우연히 "엄마"이지만 "누나"라고 부르고픈 여자가 "달빛에 뽀얗게 알몸을 드러낸" "자기 가슴께에다 자꾸만 물을 끼얹어대고 있"는 모습을 엿보게 된다. "나"는 돌아서야 한다고 생각하나 동시에 그녀의 온몸을 보았다는 사실을 알리고 싶은 충동에 휩싸인다. 결국 "나"는 "누나, 등 밀어줘?"라는 말로 자신이 그녀의 알몸을 보았다는 사실을 알린다. 하지만 그에게 되돌아온 것은 뜻밖에도, 아니 당연하게도 차가운 냉대이다. "나"는 급기야 "엄마"의 연인이 되는 것을 가로막는 아이에게 폭력을 가하거니와 이로 인해 "행복원"에서 쫓겨난다. 이러한 과잉억압에 따른 거세공포는 「퇴원」과 「행복원의 예수」의 작중화자들을 현실(원칙) 속으로 도피하게 만든다. 어쩌겠는가. 현실원 칙은 질서화되지 않은 것이라면 어떠한 것도 인정하지 않을 뿐만 아니라 그것을 아주 단호하게 거세코자 하는 것을. 이렇듯 『별을 보여드립니다』에 등장하는 인물들 중 한 부류는 개체 발생 과정을 통하여 외설적이고 질서 화되지 않은 욕망을 의식 바깥으로, 혹은 의식 너머로 밀어낸다.

하지만 이들의 외설적이면서도 매혹적인 욕망이 억압되고 변질되는 것은 단지 개체발생 과정을 통해서만이 아니다. 이들의 외설적이기에 매혹 적인 욕망은 계통 발생 과정을 통해서도 억압된다. 『별을 보여드립니다』에는 이 소설집에 수록된 한 소설의 제목을 빌리자면 "바닷가 사람들"이 많이 등장한다. 여기, "바닷가 사람들"이 있다. 「바닷가 사람들」「침몰선」「석화촌」 등의 그/그녀들은 세계의 중심부와는 다르게 이질적이면서도 자족적인 통일성 유지하며 살아간다. 가령 「침몰선」의 "진"은 마을 앞 바다에 침몰해 있는 침몰선에 대한 자신만의 상상을 키우며 그 상상체계 속에서 살아간다. 「바닷가 사람들」에 등장하는 "나"의 가족 역시 중심부의 현실원칙과 무관하게 자신들만의 삶의 리듬 속에서 살아가기는 마찬 가지이다. 이들은 "이 비린내 나고 언제나 짠 바람이 불어오고 가끔은 이 렇게 심술까지 피워대는" "무서운 바다"에 처음에는 작중화자의 형을, 그 리고 나중에는 아버지를 잃으면서도 끝내 이 바닷가를 벗어나지 못한다. 벗어나지 못할 뿐만 아니라 무슨 운명처럼, 또는 저주처럼 죽음을 무릅쓰 고 배를 타고 바다로 나서거니와, 끝내는 작중화자마저 "문득 나는, 언제 고 저 수평선 너머로 가서 그곳의 이야기를 모조리 알아가지고 돌아오리 라 다짐한다."

『별을 보여드립니다』에는 "바닷가 사람들"뿐만 아니라 근대의 현실원

칙과는 조화될 수 없는 전혀 다른 생의 리듬과 역사지리지를 지니며 살아
가는 또하나의 부류가 있다. 바로 장인들이다. 「매잡이」의 "매잡이", 「줄광
대」의 "줄광대", 「과녁」의 노인 궁수 등이 이런 부류에 해당하는 인물들이
다. 뿐만 아니라 눈길로 또는 발길로 "예외 없이 신기로운 산의 정령"을 찾
아내는 「등산기」의 아버지 역시 이런 부류에 속한다고 보아야 할 터이다.
이들 모두는 의식적이든 무의식적이든, 자각적이든 생래적이든, 자신들에
게 부과되는 상징적인 동일성을 무시하며 살아가는 존재들인 것이다.

　　나는 줄 위에 있는 운이 아니라 무섭도록 줄을 쏘아보고 있는 노인의 눈
과 땀이 송송 솟고 있는 이마를 보고 있었지요. 그런데 노인이 갑자기 '이
놈아!' 하고 벽력같은 소리를 지르면서 줄 밑으로 내닫는 것이 아니겠습니
까. 그때야 나는 줄 위를 쳐다보았지요. 그런데 운은 그 소리를 듣지 못한
채 그냥 줄을 건너가고 있었습니다.
　　―이놈…… 너는 이 애비의 말도 듣지 않느냐?
　　운이 줄을 내려왔을 때 노인이 호령했으나, 그는 역시 어리둥절해 있
기만 했어요. 내가 놀란 것은 그때 허 노인이 빙그레 웃었다는 것입니다.
(……) 그날 주막에서 허 노인은 운에게 술잔을 따라주고, 그날 밤으로 운
을 줄로 오르라고 했다.
　　―줄 끝이 멀리 보여서는 더욱 안 되지만, 가깝고 넓어 보여서도 안 되
는 법이다. 그 줄이라는 것이 눈에서 아주 사라져버리고, 줄에만 올라서면
거기만의 자유로운 세상이 있어야 하는 게야.
　　　　　　　　　　　　　　　　　　　　　　　　　　　　―「줄광대」, 79쪽

이렇듯 『별을 보여드립니다』에서 그려지는 바닷가 사람들과 장인들은
자신들만의 고유하고도 특이한 역사지리지를 가지고 자신들만의 삶의 리
듬을 반복하며 살아간다. 그러나 이들의 고유한 환상체계와 삶의 리듬은

더이상 용인되지 않는다. 전 지구적 자본주의의 현실원칙과 공통감각이 급격하게 밀려와서 이들의 삶의 터전을, 그러니까 그들의 역사지리지의 존립 근거를 빼앗기 때문이다. 해서, 한때는 그곳을 존재들을 하나로 묶어세웠던 빛나는 진리이자 도덕이었던 그 환상체계는 한순간에 부정되기에 이른다. 이제 대부분의 그들은 피의자가 된다. 물론 이때의 피의자란 꼭 현실원칙의 총화인 실정법에 의해 범법자로 지명된다는 것을 지칭하는 것이 아니다. 그들은 전 지구적 자본주의라는 상징적 질서 속에 자신들을 위치시키지 않는다는 그 이유만으로 상징적 질서의 파괴자로 의심받고 경원시되는 것이다.

"내 말을 해주지. 매가 들어오니까 천상 누가 매를 돌려주러 나올 사람이 있어야지. 마을에서는 그냥 다시 산으로 날려 보내버리라는 게야. 자넨 날 거꾸로 도리가 없는 사람으로 여기는지 모르지만, 그래도 사람을 찾게 저를 훈련시켜 놓은 그 인간들을 찾아 내려온 매를 차마 다시 산으로 쫓아 보낼 수가 없어 이렇게 어정어정 청승맞게 장터까지 놈을 안고 자네를 찾아나온 거란 말일세. 알겠나? 그래도 매를 돌려받은 게 그토록 고마운가?"

(……)

애초부터 매값 대신 마을로 들어가 매를 부려줄 수 있으리라고는 기대를 하지 않았다. 하지만 녀석이 매를 안겨주고는 사례를 한푼도 받지 않고 도망치듯 자리를 비켜버리리라고는 상상조차 못했던 일이었다. 한데다 오히려 제 편에서 술값까지 치르고 가는 녀석의 언사는 분명 그를 몹시도 동정하는 눈치였다.

—「매잡이」, 480~481쪽

이제 더이상 매잡이에 대한 풍속은 없다. 기억이 어슴푸레 있을 뿐이다. 하지만 그뿐이다. 세상이 변해 '곽서방'의 기대가 못 미치는 것은 물론 '상상조차 못'한 일이 벌어지기까지 하는 것이다. 그러니 더이상 매잡이 풍속을 계속한다면, 그것은 새롭게 형성된 상징적인 질서를 깨뜨리는 행위가 되는 것이다.

이런 방식으로 『별을 보여드립니다』의 아이들은, 바닷가 사람들은, 그리고 장인들은 타인의 동정 속에서 혹은 비난의 눈초리 앞에서 자신의 생 전체가 쓸모없는 실존으로 격하되는 경험을 한다. 아니면 상징적인 질서의 대리인들의 눈초리와 목소리 앞에서 피의자로 전락한다. 그러니, 어쩔 것인가. 굴복할밖에. 왜냐하면 그 눈초리와 시선을 외면할 경우 살아갈 수 없기 때문이다.

이렇듯 『별을 보여드립니다』의 등장인물들은 수시로 피의자가 된다. 하지만 이들이 경험하는 피의자라는 악몽은 그렇게 노골적으로 공포스럽거나 전율스럽지 않다. 국가 기관이나 권력 기구의 가혹하고도 무자비한 폭력이 직접적으로 가해지지 않기 때문이다. 그들은 그저 바로 자신들 주변의 존재에 의해서 피의자가 될 뿐인 것이다. 그러나, 그렇다고 해서, 이들의 경험하는 악몽이 사소한 것은 아니다. 그것은 또다른 의미에서 지독한데, 이들의 피의자 경험은 섬뜩하다. 그들은 거듭거듭 또다른 아버지들을 만나게 되거니와 이 반복되는 분신들과의 조우 속에서 그들은 문득 낯익은 모든 것이 갑작스레 낯선 것으로 바뀌는 경험을 한다. 그리고 그들의 섬뜩한 경험은 우리가 살고 있는 이곳이 "행복원" 같은 곳이 아니며, 그곳에 살고 있는 현존재들은 어느 곳이나 따라붙는 아버지의 시선과 목소리 때문에 역시 영혼이 없는 기계로 전락해버렸음을 알려주기에 충분하다. 한마디로 이청준의 피의자 모티브에는 눈에 보이는 권력의 폭력성만이 아니라 우리의 익숙한 일상생활 내부에 굳건하게 자리잡으며 현존재들의 쾌락원칙을 거듭 통제하고 있는 보이지 않는 감시자, 혹은 대타자의 전지전능함에 대한 예리한 응시가 있거니와, 이는 『별을 보여드립니다』의 득의의 영역이라 할 만하다.

그러나 『별을 보여드립니다』의 피의자 모티브의 특이성은 여기서 그치지 않는다. 『별을 보여드립니다』가 특이한 것은 모든 등장인물들을 힘겹게 하는 아버지의 시선과 목소리를 발견했기 때문이기도 하지만 동시에 아버지의 시선 외에 또다른 시선도 읽어내고 있기 때문이다. 앞서 살펴보았듯 『별을 보여드립니다』의 등장인물들은 아버지의 시선, 그리고 그 안에 깃든 상징 권력 때문에 자신들의 질서화되지 않은 욕망 혹은 에네르기들을 의식의 안쪽 구석에 밀어넣는다. 그러나 이 욕망은 죽는 것이 아니다. 다만 사라질 뿐인 것이다. 그런 까닭에 대타자의 (대리인의) 시선 때문에 저 구석 쪽으로 밀려들어간 욕망들은 대타자의 감시 시선이 소홀해질 때마다 또다른 공포의 시선이 되어 귀환한다. 그것도 집요하게. 예컨대 「병신과 머저리」의 형은 "관모"의 폭력적인 시선에 자신의 쾌락원칙을 포기하지만 그 순간마다 "김일병"의 "'파란 빛'이 지나가는 눈"에 맨몸으로 노출된다. 또 「아이 밴 남자」의 "나"는 "검은 자와 흰자가 너무 선명하고 가는 선으로 갈라지고 있기 때문"에 "늘 맑게 보이는" "현희"의 "절반쯤 무관심한 듯한 그 눈에서 어떤 짜릿한 모멸감을 맛보"며 현실원칙에 말그대로 충실하려 하지만, 그때마다 "이날까지 끈질기게 나를 쫓아다"니는 "누이의 사팔눈"과 조우한다. 그런가 하면 「퇴원」의 "나"는 아버지의 분신인 "준"의 눈치를 보면서도 어머니(혹은 누이)의 분신인 미스윤의 "어떤 율동감"에 종종 "의식이 마비되어버리"거나 "문득 이 여자의 유방을 만져주고 싶은" 충동에 느낀다. 뿐만 아니라 「개백정」에서의 "나"의 가족들은 "개백정"에게 끌려간 개 "복술이"의 처지에 대해 가슴 아파하면서도 그것으로 사건이 종결되었으면 하지만 그 "복술이"는 불현듯 "피가 흐르고 있는 왼쪽 눈은 그 피로 범벅이 된 눈두덩이틸 때문에 형체조차 알아볼 수 없"는 모습으로 다시 나타나기도 한다.

이렇듯 『별을 보여드립니다』의 거의 모든 인물들이 금지된 욕망의 귀환 때문에 고통받지만, 『별을 보여드립니다』에서 아버지의 시선과 또다른 시선 때문에 가장 고통받는 인물은 아무래도 「꽃과 뱀」의 "나"의 경우이다. 「꽃과 뱀」의 "나"는 "시들지 않"고 "피어나는 일도 없는 꽃"인 조화를 파는 인물이다. 말하자면 자연의 상태로부터 단절되어 인공적인 것에 둘러싸여 있는 존재인 것이다. 그러던 "나"는 어느 날부터, 구체적으로 말하자면, "생화 가게 앞에서" 자신의 딸인 "경선이년을 만"나던 날부터, 자신의 조화 가게 안에서 뱀을 보기 시작한다. 문명화된 사회 속에서 살기 위해 배제하고 억압했던 "자연적인 것"들이 뱀그림자로 귀환한 것일 터이다. 이때부터 "나"는 "노이로제"에 시달린다. 말하자면 인간의 욕망을 억압하는 대타자와 다시 되돌아온 금지된 욕망에 의해 이중으로 구속되어 있는 상태인 것이다. 대타자의 정언명령에 따라야만 생존이 가능하기에 질서화되지 않은 욕망들은 억제하려 하지만 어느 순간 그 욕망들이 유령처럼 되살아와 대타자의 정언명령에 복종하는 삶을 경멸한다고나 할까. 하여간 『별을 보여드립니다』의 인물들은 욕망의 금지와 금지된 욕망이라는 두 개의 시선에 의해 동시에 피의자로 전락하며 때문에 현실로 도피할 수도 현실로부터 도피할 수도 없는 상태에 놓이거니와, 이렇듯 피의자 모티브를 통하여 현존재들을 구속하는 또하나의 시선을 읽어냈다는 점은 『별을 보여드립니다』의 피의자 모티브가 또다른 작가들의 그것과 구별되는 중요한 이유이고 이것이야말로 우리가 이청준의 피의자 모티브에 주목하는 두번째 이유이다.

마지막으로 『별을 보여드립니다』의 피의자 모티브가 섬뜩한 또하나의 이유는 그토록 아들들을 힘겹게 하는 아버지의 존재 방식이다. 『별을 보여드립니다』을 읽다보면 특이하게도 아버지와 아버지의 분신들은 다만 금지할 뿐 구체적인 어떤 것을 금지하는 법이 없다는 점을 발견할 수 있다. 예컨대 「퇴원」의 아버지는 어린 시절 어머니의 자궁으로 회귀하려는 충동에서 헤어나오지 못하는 "나"에게 이틀을 굶기는 강력한 오이디푸스적 금기를 부여하지만 정작 무엇이 문제인지에 대해서는 함구할 뿐만 아니라 커서도 "너는 제구실도 한번 못해 볼 게다—날마다 네 친구 발바닥이나 핥아!"라며 강력한 억압체계를 작동시키지만 구체적으로 무엇이 문제인지에 대해서는 침묵한다. 뿐만 아니라 아버지의 분신인 "준" 역시 묵묵히 "나"를 지켜볼 뿐 의사이면서도 "내"가 앓고 있는 병증이나 증상에 대해서는 침묵한다. 「행복원의 예수」의 최노인 역시 "네놈은 하느님도 용서 못한다. 하느님이 용서해도 내가 못한다—"라는 저주를 퍼부으면서도 "내"가 구체적으로 무엇을 위반했는지에 대해 말하지 않는다. 「굴레」의 면접관은 "내"가 다음과 같이 도발해도 역시 침묵한다.

> "여기서 낙방을 하고 나면 무슨 일을 하고 싶은지는 묻지 않으십니까?"
> (……)
> "대학을 갓 나와 철없이 패기에 차서 거리를 활보하는 젊은 녀석들을 무더기로 끌어다가 콧대를 실컷 꺾어놓을 일을 해보고 싶습니다. 가령 면접시험관 같은 것 말입니다. 이놈들에겐 우선 합격이 될지도 모른다는 착각이 들게 한 다음 풀이 죽어 애원하는 눈초리를 하고 제 앞에 서 있게 하고 싶다는 말씀입니다. 그렇게 하여 세상맛을 더 보여주면 젊은 녀석들 거리에서 철없이 굴지도 않고 세상은 훨씬 더 주무르기가 편하게 될 테지요—"
> (……)
> 가운데 사내의 얼굴엔 아무 표정이 없었다. 이 작자들을 정말 화가 나게 할 수는 없을까—
>
> —「굴레」, 154~155쪽

『별을 보여드립니다』의 등장인물들을 피의자로 몰아넣는 대타자의 욕망은 이렇듯 텅 비어 있다. 대타자의 욕망은 단지 눈빛과 금기, 혹은 저주의 목소리로만 짧게 현현하고 사라지는 것으로 되어 있다. 그러니, 어쩌겠는가. "무엇을 원하는가(Che Voui?)"라고 묻는 수밖에. 그래도 침묵하면, 또 어쩌겠는가. 등장인물들 스스로가 그 대타자의 욕망의 구멍을 채워나갈 수밖에. 하여, 『별을 보여드립니다』의 인물들은 그 대타자의 눈빛에 주석을 달거나, 그러니까 대타자의 눈빛의 숨은 함의를 스스로 만들어내며 대타자의 승인을 받기 위해 헌신하거나, 아니면 자기 자신을 타자의 욕망의 대상으로 제공하는 방식, 곧 대타자가 승인한 모범적인 삶의 형식을 기계적으로 따르는 방식으로 살아간다. 물론 예외도 있다. 대타자의 눈빛을 거부하는 존재들. 다시 말해, '왜 나는 당신(타자)이 나라고 말하는 바가 되는 것일까'라는 히스테리적인 질문을 행하는 존재들 말이다. 이들은 대타자의 호명에 불응하고 자신들이 위임받은 역할에 히스테리적으로 저항하고, 그것을 의심하고, 그것을 회피하려는 바로 그 존재들이다. 아마도 「별을 보여드립니다」의 그 같은 인물이 이에 해당할 것이다. 하지만 현존재들이 "자신의 존재를 큰 타자에 의해 정당성을 부여받지 않는 존재로서 받아들이게 되"[5]기란 쉽지 않은 법. 그러므로 『별을 보여드립니다』의 대부분의 인물들은 결국 현존재들이 살아가는 방식 그대로 대타자에 상상적으로 동일시되거나 아니면 상징적으로 동일시되는 방식으로 살아간다.

앞서 살펴본 것처럼 『별을 보여드립니다』의 피의자 모티브는 문제적이다. 『별을 보여드립니다』의 피의자 모티브는 비록 전혀 새로운 발명품은 아니라 하더라도 기존의 피의자 모티브에 대한 의미론적 혁신임에는 틀림없다. 『별을 보여드립니다』는 무력하고 고독한 현존재들의 기원을 오로지 전쟁이라는 정신적 외상에서만 찾던 한국문학의 절실하기는 하지만 안이한 관행을 현대성이라는 보편적 문맥으로 옮겨다놓은 일종의 문학사적 사건이라 하기에 충분하다. 『별을 보여드립니다』 이후로 현존재들을 피의자로 소환시키는 계기로 광기의 전쟁이나 국가기구만을 설정할 수

---

5) 슬라보예 지젝, 『이데올로기라는 숭고한 대상』, 이수련 옮김, 인간사랑, 2002, 198쪽.

없게 되었으므로. 혹여 그런 소설이 나온다 하더라도 그것은 현존재의 실
존을 모두 말하기보다는 어느 특수한 부류를 말하는 것에 불과하다는 것
을 확인하기에 이르렀으므로.

3. 두 번의 죽음과 현대인의 멜랑콜리

『별을 보여드립니다』의 피의자 모티브가 중요한 문학사적 사건이라고
해서 이것이 『별을 보여드립니다』의 문제성의 유일한 원천인가 하면 그
렇지 않다. 또다른 것들이 있다. 그것은 『별을 보여드립니다』 특유의 피의
자 모티브와 연관된 것이다. 하지만 그것은 피의자 모티브 못지않게 중요
한 의미를 지닌다. 『별을 보여드립니다』의 또하나의 문제성이란 다름아
닌 『별을 보여드립니다』가 전쟁을 위시한 여러 역사적 사건을 거친 한국
인들의 토착적인 내러티브뿐만 아니라 지역, 종교, 계급, 민족, 이데올로
기의 모든 경계들을 뛰어넘어 인류 전체를 통일시키는 근대성[6]이라는 거
대한 소용돌이 속에 속절없이 빨려 들어가는 현존재들의 실존 형식을 포
착하기 시작했다는 점이다. 현존재들을 피의자로 몰아넣는 여러 겹의 시
선에 깃든 정치경제학을 냉정하고 정확하게 읽어낸 까닭인지는 몰라도
『별을 보여드립니다』에서 그려진 현존재들의 실존형식은 오늘날의 입장
에서 보아도 놀라울 만하다. 아니, 어떤 측면에서 오늘날의 소설에서 보
기 힘든 현대성에 대한 놀라운 통찰을 드러내는 인물들이 하나둘이 아니
며, 이들은 『별을 보여드립니다』의 성과로서 반드시 기억될 필요가 있다.

『별을 보여드립니다』의 인물들의 현대적 성격을 차분하게 살펴보기 위
해서 우선 주목할 작품이 있다. 하나는 「병신과 머저리」이고, 다른 하나는
「가수假睡」이다. 이 두 작품 모두는 근대라는 시공간을 살고 있는 현존재
들이 어떤 실존적 조건에서 살고 있는지 현대인들 모두가 어떤 세계 내적

---

6) M. Bermann, *All That Is Solid Melts Into Air*, Penguin Book, 1982, 15쪽.

위치에 있는지를 그야말로 예리하게 짚어내고 있거니와, 또한 이러한 길잡이를 통해 『별을 보여드립니다』를 보면 『별을 보여드립니다』 전체가 무엇을 말하고 있는지를 보다 명확하게 알 수 있기 때문이다.

먼저 「병신과 머저리」를 보자. 「병신과 머저리」는 흔히 전후세대와 4·19세대의 세대감각의 차원에서 많이 읽힌 소설이지만, 단순히 앞선 세대와 자신의 세대를 비교, 대조, 유추하기 씌어진 소설로 보기에는 너무도 중요한 성찰을 담고 있다. 그렇다. 「병신과 머저리」는 전쟁을 겪은 세대와 그렇지 않은 세대가 단순 비교되고 있는 소설이 아니다. 앞질러 말하자면 「병신과 머저리」는 이제 애도할 것이 없는, 그러니 애도할 수 없어서 우울증에 빠질 수밖에 없는 현대의 문화적 전환[7]에 대해 말하고 있는 소설인 것이다.

여기, 지금 '슬픔'에 젖어 있는 두 형제가 있다. 그 이유가 같은 것은 아니다. 능력 있는 의사로 명성이 높았던 형은 애초부터 성공 가능성이 높지 않았던 수술을 하던 중 그 소녀가 죽는 경험을 한 후 갑작스레 모든 일상생활을 접어버릴 정도로 깊은 슬픔에 빠진다. 과거의 일련의 경험 때문에 어느 누구도 다시는 죽게 하지 않으리라는 결심이 생겼을 것이고, 그 의지 때문에 그 소녀에게 모든 것을 투신했던 것인데, 그 소녀가 죽고 만 것이다. 이때 형은 한 번 대상과 관계를 맺으면 이를 포기하지 않으려는 리비도 특유의 점액성 성질로 인하여 이미 사라진 대상에 대한 집착을 지속하는 한편 "심각할 정도로 고통스러운 낙심" "외부 세계에 대한 관심의 중단" "사랑할 수 있는 능력의 상실" 등의 감정에 시달린다. 하지만 형은

---

7) 애도와 우울증의 관계에 대해서는 프로이트의 「슬픔과 우울증」(『정신분석학의 기본개념』, 윤희기 옮김, 열린책들, 2003)을 참조했으며, 이 개념을 사용하고 적용하는 데 있어서 프로이트의 이 글을 요령 있게 정리한 두 논문(조현순, 「애도와 우울증」(여성문화이론연구서 정신분석세미나팀, 『페미니즘과 정신분석』, 여이연, 2003; 김홍중, 「멜랑콜리와 모더니티」, 『한국사회학』 40, 2006)으로부터 많은 도움과 시사를 받았다.

소설이라는 장치로 과거를 다시 쓰고 그를 통하여 부재하는 대상에의 집착의 원인을 찾아내고는 고통스럽던 무기력으로부터 벗어난다. 반면 동생인 "나"는 경우가 다르다. "나"는 떠나는 애인을 잡지 못하는 것은 물론 자신의 세계상을 압축할 얼굴을 그리고자 하나 그 얼굴을 완성하지 못할 정도로 심각한 무기력증에 시달린다. "내"가 더욱 고통을 겪는 것은 상실감의 대상이 없기 때문이다. 뿐만 아니라 "나"의 리비도는 어떤 대상을 향하는 것이 아니라 끊임없이 자기 자신에게로 향하며, 그것도 사디즘적 형식으로 향한다. 해서, "나"는 형과는 달리 "자존감의 극심한 감소"와 더불어 "자아의 거대한 빈곤화" 증상을 보이니, "내"가 앓고 있는 그것은 바로 우울증인 것이다. 요컨대 "나"의 낙심과 무기력증은 외형적으로는 형과 유사하지만 실제에 있어서는 판이하다. 프로이트가 오래전에 설명한 바를 빌려 말하자면 형의 슬픔이 애도라고 한다면 "나"의 그것은 곧 우울증인 것이다.

나의 아픔은 어디에서 온 것일까. 혜인의 말처럼 6·25의 전상자이지만, 아픔만 있고 그 아픔이 오는 곳이 없는 나의 환부는 어디인가. 혜인은 아픔이 오는 곳이 없으면 아픔도 없어야 할 것처럼 말했지만, 그렇다면 지금 나는 엄살을 부리고 있다는 것인가.

나의 일은, 그 나의 화폭은 깨어진 거울처럼 산산조각이 나 있었다. 그것을 다시 시작하기 위하여 나는 지금까지보다 더 많은 시간을 망설이며 허비해야 하는지 모른다.

어쩌면 그것은 나의 힘으로는 영영 찾아내지 못하고 말 얼굴일지도 몰랐다. 나의 아픔 가운데에는 형에서처럼 명료한 얼굴이 없었다.

—「병신과 머저리」, 195쪽

「병신과 머저리」는 이처럼 '환부 없는 아픔'을 앓고 있는 "나"의 상태를 제시하는 것으로 끝나고 있거니와, 이를 통해 우리는 「병신과 머저리」가 바로 '환부 없는 아픔'으로 고통받는 아이러니적이면서도 역설적인 존재가 바로 우리 시대의 인간의 존재방식이라고 말하고 있음을 확인할 수 있다. 그렇다. 애도할 대상이 없는 것은 물론이거니와 자신을 아프게 하는 상처의 근원도 알 수 없는데 극심한 고통을 겪어야만 하는 새로운 종의 인간이 탄생했다는 것, 이것이 「병신과 머저리」가 전달하고자 하는 핵심적인 메시지인 것이다.

  사정이 여기에 이르면 여러 질문이 필요한지도 모른다. 현대인들은 정말 애도의 대상이 애초부터 없는 것인가? 「병신과 머저리」의 표현을 빌자면, '환부 없는 아픔'이 과연 있을 수 있을까? 만약 멜랑콜리가 애초의 대상에 대한 사랑이 파괴되면서 대상에 집중되었던 리비도가 자아 내부로 집중되고 그와 동시에 대상과 자아의 동일시가 이루어지면서 초자아가 자아를 대상처럼 다루는 관계, 그러니까 주체와 대상의 관계가 주체 내부의 자아와 초자아의 관계로 전이되면서 형성된다면, 멜랑콜리 역시 기억되지 않거나 왜곡되었지만 애도할 대상이 있었던 것 아닐까? 마찬가지로 여러 겹의 억압과 전치 등으로 그 기원을 망각했을 뿐 멜랑콜리의 기원, 다른 말로 하면 우리를 아프게 한 '명료한 얼굴'이 분명 존재하는 것은 아닐까? 그렇다면 왜 현대인들의 애도가 아니라 멜랑콜리에 빠져드는 것일까? 여러 답이 가능할 터이다. 다시 한 번 모더니티와 멜랑콜리의 관계성에 주목한 논자의 견해[8]를 빌려 말하자면 그것은 '물신화된 폐허로서의 세계' 탓일 수 있고, 또 자신이 가장 사랑하는 것은 것을 오직 씹어 삼킴으로써만 소유하는 구순기적 특성을 보이는 '식인증적' 주체 탓일 수도 있다. 아니, 그 모두 탓일 것이다. 즉 세계는 물신화된 폐허로 전락했고 그에 맞추어 주체는 자신이 상실한 것과 자기 자신을 구분하지 못하는 식

---

8) 김홍중, 같은 논문 참조.

인증적 단계로 퇴행함으로써 현대인들은 영원한 애도의 상태에서 존재하는 무기력한 자로 전락한다.

하지만 우리의 관심사는 멜랑콜리와 모더니티와 일반적인 관계가 아니다. 지금 우리의 관심사는 오직 하나, 『별을 보여드립니다』는 어떤 맥락에서 멜랑콜리를 모더니티의 총화로 규정하고 있는가 하는 것이다. 다시 말해 『별을 보여드립니다』의 소설들은 현대인들이 어떤 과정을 거쳐 「병신과 머저리」의 "나"처럼 일시적인 애도의 감정이 아니라 영원한 애도의 상태에서 살게 되었다고 본 것일까 하는 것이다.

『별을 보여드립니다』의 소설들은 왜 현대인들의 현존형식을 영원한 애도의 상태, 그러니까 멜랑콜리의 상태로 규정하고 있는가를 살펴보기 위해서는 어느 소설보다 먼저 주목해야 할 소설이 하나 있다. 「가수假睡」이다. 「가수」는, 많은 경우 이청준의 소설이 그러하듯, 현실감이 현저히 떨어지는 수수께끼 같은 사건을 중심에 두고 그 사건의 실체를 찾아나서는 구조를 취하고 있는 소설이다. 여기, 의문투성이의 사건이 하나 있다. 어느 해 6월 13일 주영훈이라는 한 사내가 운평 부근의 터널 근처에서 열차에 치어 죽는다. 그리고 그 다음해 같은 날 또 한 사내가 같은 곳에서 죽는다. 그런데 그 역시 주영훈이다. 게다가 특이하게도 그 둘은 같은 기관사가 모는 열차에게 치어 죽는데 그 기관사는 앞선 해에 죽은 사람만 열차에 치었다고 할 뿐 다음해에는 사람은 친 적이 없다고 한다. 다음해의 그것은 다면 '유령'일 뿐이라는 것이다. 게다가 그 두 주영훈은 유서라든가 일기라든가를 통하여 자신들의 죽음에 대한 어떤 흔적도 남겨두지 않는다. 해서 사건의 진리내용을 밝히기는커녕 사실내용마저 확정하기 힘든 악조건에 처하게 된다. 그렇지만, 그렇기에, 「가수」의 인물들은 각자 '사라진 매개자', 그리고 '사라진 매개자' 너머의 무시무시하면서도 매혹적인 실재를 찾아 나선다. 물론 「가수」의 관심은, 역시 이청준 소설의 일반이 그러하듯, 사건의 실상을 일목요연하게 복원하는 데 있지 않다. 「가

수」는 다만 이 사건에 대한 여러 다양한 추리를 병존시킨다. 그리고 이러한 다양한 추리의 병존을 통하여 이 수수께끼 같은 죽음의 실체를 막연하게나마 드러낸다.

「가수」의 중핵은 바로 이 두 죽음의 관계성에 있다. 여기, 주영훈이라는 한 사내가 있다. 이 주영훈은 4 · 19 때 광화문 네거리 근처에서 한 사내를 만나고, "팔짱으로 해서 전해 오는 그의 뜨거운 열기"에 일종의 환각 상태에 빠진다. 도저하던 시간성이 멈춘 그 진공의 상태에서 주영훈은 그 사내와 같이 부상자를 실어 나르는가 하면 '낭자한 혼주'를 벌이기도 한다. 그러면서 영훈은 그 사내에게 친밀성을 느끼는 것은 물론 두 몸이 하나가 되는 일체감을 맛본다. "사내는 영훈과 눈이 마주치자 곧 눈물이 맺혔다. 영훈도 따라 눈물이 솟았다." 비유컨대, 영훈은 "가능성의 세계와 현실의 세계는 하나일 수 있"[9]음을 보여주던 4 · 19의 그 열기에 휩싸이면서 동굴에서 해방되어 갑작스레 빛에 노출된 그런 경험을 하는 셈이거니와, 영훈은 그런 강렬한 존재이해의 빛(Licht des Seinsvertändisses) 속에서 비로소 자신의 모든 비본래성들로부터 자유로워진다. 영훈은 그렇게 찰라적으로 자유롭고 분방해진 자아를 자신 안에 있는 초자아를 통하여 꿈을 꾸듯 바라보거니와, 그 현실적이면서도 비현실적인 상황 속에서 북에서 월남하여 민적을 갖지 못한 그 사내에게 자신의 이름을 빌려주기에 이른다. 하지만 4 · 19의 그 강렬한 존재의 빛은 곧 사라진다. 4 · 19는 "이상은 반드시 현실의 보복을 받는다는 부정적인 얼굴"[10]을 드러내 보이고야 말았고 그와 동시에 자유라는 추상적이고 고귀한 이념을 위하여 타인과 순식간에 하나가 되는 마법과도 같은 상호주관성의 황홀경도 사그라들고 만다. 그렇게 주영훈이라는 이름을 나눠 갖게 된 그들은 서로 헤

---

9) 김현, 「60년대 문학의 배경과 성과」, 『분석과 해석』, 1988, 250쪽.
10) 같은 글.

어지고 각기 다른 삶을 살아간다. 그러던 중 나중에 주영훈이라는 이름을 얻은 사내가 어느 철길에서 죽음을 선택하기에 이르고, 그 때문에 이미 사망 처리가 된 주영훈은 다른 주영훈의 행적을 탐색하던 중 다음해 같은 시각 같은 장소에서 스스로 죽음을 선택한다. 이것이 의문투성이의 두 개의 죽음을 둘러싼 경위이다. 이 경위를 밝히고 나서 「가수」는 이 두 죽음의 유관성을 바로 '가수 상태'에서 찾는다.

　　역설적으로 말해서 생의 가수 상태란 그러니까 그가 열심히 그리고 정직하게 그것을 살고 지키려고 했다는 말이 될 수도 있지요. 바로 영훈의 4·19가 그런 것이었다고 해도 상관없겠지요. 그로서는 가장 절실하고 순수한 생의 포즈나 동작으로서 말입니다. 어쨌든 영훈은 그때 그런 가수에 빠져 있었어요. 그리고 거기서 자기 이름을 준 거지요. 영훈이 자기 행위를 후회하지 않았다는 것도 아마 그 점 때문이었을 것입니다. 하지만 가수 중의 일을 다시 기억해 낼 수는 없었던 거지요. 그러다가 그는 나중에 다시 그 가수에 빠져버리고 말았어요. 운평의 철길을 걸어가고 있을 때 그는 분명 새로운 가수 상태 속에 빠져 있었던 겁니다. ……결국 그는 가수 속에서 자기의 이름을 주고, 가수 속에서 철길을 걸어가다, 끝내는 그 가수 속에서 생을 마쳐버린 거예요.

　　　　　　　　　　　　　　　　　　　　　　　　　—「가수」, 621쪽

　　위와 같은 '허순'의 말이 「가수」가 수수께끼와도 같은 두 죽음을 소설의 중핵으로 설정한 이유일 터이며 또 그러한 중핵을 통해 「가수」가 궁극적으로 전달하고자 하는 메시지라고 보아야 할 것이다. 하지만 위의 구절은 워낙 높은 추상도를 가지고 두 개의 죽음을 연관시키고 있어서 그 메시지를 명백하게 정리하기 힘들다. 다만 영훈의 초자아가 어떤 열기에 휩싸여 잠시 작동을 멈추었을 때, 혹은 영훈의 의식이 어떤 빛에 노출되어 작동을 멈추는 순간, 그동안 억눌렸거나 무의식 저편으로 떠밀려갔던 영훈의 질서화되지 않은 혁명적 욕망들과 외설적이면서 역동적인 활력들이 귀환해서 독자적인 행위를 펼쳤으며, 그러한 무의식적인 혹은 진리의 강렬한 빛 속에서 행해진 본래적인 행동들이 두 개의 죽음을 낳았다고 유추해볼 수 있을 정도이다. 아마도 「가수」가 "4·19 데모의 승리와 그 이후의 좌절에서 생긴 정신적 외상"[11]을 표현한 소설이라거나 "인간은 어떻게 해서 하나가 될 수 있는가라는 고색창연한 질문을 당시 시대 상황에 맞게 각색해서 던지고 있"[12]는 소설이라고 다양하게 읽힌 것도 이 때문일 것이다.

그러나 다른 식의 독법도 가능하다. 「가수」는 이미 여러 방식으로 읽혀왔지만 그것 외에도 얼마든지 다양하게 읽힐 수 있고 읽혀야 하는 소설이다. 「가수」는 다른 방식으로 읽자면 두 번 죽는 사내의 이야기이다. 물론 소설 자체는 각기 다른 인격과 연대기를 지닌 두 사내가 연차적으로 죽는 것으로 되어 있지만, "그들은 서로의 분신(double)이자 대리 자아(alter ego)"[13]라고 한다면, 또는 그들은 한 인격체 속에 존재하는 두 자아로 볼 수도 있다면, 그렇다면 「가수」는 한 사내의 두 번 죽는 이야기로도 읽을 수 있는 것이다. 그러면 「가수」는 이런 소설이 된다. 주영훈이라는 사내가 있다. 어느 날 진리의 빛에 맨몸으로 노출되면서 그는 자기 안에 숨겨진 또다른 나를 발견한다. 그것은 초자아에 억눌려 있던 자아일 수도 있고, 현실원칙에 숨죽인 쾌락원칙일 수 있으며, 대타자에게 승인받지 못한 외설적이고 근친상간적인 욕망일 수도 있다. 주영훈은 자기 안에 엄연히 존재하는 또다른 나를 발견하고 그 나에게도 역시 주영훈이라는 이름을 준다. 하지만 이 승인은 오래가지 못한다. 그 강렬했던 진리의 빛이 어느 순간 사라졌기 때문이다. 그러자 그 강렬한 빛 속에서 걷잡을 수 없이 뿜어

---

11) 김현, 「장인의 고뇌」(이청준, 『별을 보여드립니다』, 일지사, 1971), 376쪽.
12) 남진우, 「권력과 언어」(이청준, 『예언자-이청준문학전집 4』, 열림원, 2001), 338~339쪽.
13) 같은 글, 338쪽.

져나왔던 승인되지 않는 혁명적 에네르기 역시 순식간에 사그러든다. 이제 주영훈 안에서는 초자아가 다시 의식 전면에 나서고 자유를 향해 모든 리비도를 투여했던 자아는 다시 무의식 저편으로 떠밀려간다. 그러다가 영원히 사라진다. 그러던 어느 날 주영훈은 문득 희미한 옛사랑의 그림자처럼 희미하기만 한 어떤 장면을 떠올리고 아픔을 느낀다. 그런데 환부는 없다. '가수' 상태로 이루어진 또다른 나의 행위는 의식 속에 기억되거나 기록되어 있지 않으므로. 오랜 고투 끝에 주영훈은 자신이 같은 이름을 붙여주었던 또다른 주영훈을 환기해낸다. 주영훈은 자신이 스스로 주영훈이라 이름붙인 주영훈이 죽었으므로 결국 주영훈은 죽은 존재라는 결론에 이르고, 그 주영훈을 따라 죽는다.

이런 방식으로 「가수」를 다시 읽으면 「가수」는 죽음에 관한 지젝의 명제를 먼저 구현하고 있는 소설이 된다. 일찍이 지젝은 "어떤 점에서 모든 이는 두 번 죽는다"고 말한 바 있거니와[14], 이런 지젝의 표현을 빌려 말자하면 「가수」의 주영훈들은, 아니, 주영훈은 두 번 죽는다. 정확하게 표현하면 주영훈은 두 번 나누어 죽는다. 먼저 한 명의 사회적으로 호명된 주영훈이 아닌 주영훈 스스로 주영훈이라고 이름붙인, 그러니까 주영훈 스스로가 초자아의 억압을 뚫고 자기를 자기이게 하는 고유성으로 충일한 주영훈이 먼저 죽는다. 그리고 연후에 사회적 존재이기만 했던 주영훈이 죽는다.

「가수」에 따르자면 '모든 이는 두 번 죽는다.' 그리고 이 명제에 기대면 「병신과 머저리」의 "나"가, 다시 말해 현대인들이 왜 또다른 애도의 대상을 찾지 못한 채 우울증에 시달리는지, 그리고 또 왜 「퇴원」, 「병신과 머저리」의 "나"가 환부 없는 통증에 시달리는지를 확인할 수 있다. 그것은 『별을 보여드립니다』는 어떤 면에서 모든 인간이 두 번 죽는다고 보

---

14) 슬라보예 지젝, 『이데올로기라는 숭고한 대상』, 228~235쪽.

기 때문이다. 여기 두 명의 "나"가 있다. 모든 통과의례를 거쳐 사회적으로 승인된 "나"가 있고 "나"를 고유한 존재로 만드는 "나"가 있다. 후자의 "나"는 전자의 "나"가 가수 상태에 빠져 있는 동안 누군가를 혹은 무언가를 들린 것처럼 사랑한다. 하지만 전자의 "나"의 가수 상태, 그러니까 예외적인 상태는 오래 지속되지 않는다. 지속될 수가 없다. 그렇게 전자의 "나"가 다시 초자아의 지배를 받게 되면 후자의 "나"는 사라진다. 먼저 죽는 것이다. 이것이 "나"의 첫번째 죽음이다. 물론 이 첫번째 죽음의 기억은 초자아에 의해 덮개가 덮여 봉인되며, 단지 초자아의 통제가 약화될 때만 찰라적으로 분출된다. 해서 뭔가 생애 최고의 순간이 있었던 것 같은데 그 실체는 없다. 누군가를 강렬하게 사랑했고, 또 어느 순간은 자유같은 추상적인 이념을 향해 자신의 전존재를 기투했건만, "가수"에서 깨어나는 순간 그 기억은 깡그리 말소된다. 대신 그 황홀했던 그 순간에 비해 비루하기 짝이 없는 현재의 "나"만이 부각되며 이는 극도의 자기 비하의 감정으로 확장된다. 그러니 우울할 수밖에. 또, 그러니, 이전에 다른 대상에 투여했던 리비도를 거두어들여 다른 대상에 기투하는 것이 불가능할 수밖에.

이렇듯 『별을 보여드립니다』는, 「병신과 머저리」, 그리고 「가수」를 통해 볼 수 있는 것처럼, 지금, 이곳을 필수불가결한 억압뿐만 아니라 그것을 빌미로 개인의 모든 욕망을 억압하는 오이디푸스적 과잉 억압의 과정 때문에 결국은 어느 누구도 애도를 하지 못하고 현존재의 대부분이 우울증 속을 저회할 수밖에 없는 곳이라고 파악한다. 인간의 삶 고비고비마다, 그리고 우리의 삶 곳곳에서 감지되는 날카로운 시선은 개인을 개인이게 할 수 있는 기회조차 주질 않는다는 것이다. 『별을 보여드립니다』의 인물들은 단 한 번 어머니 뱃속 같은 요나에서의 행복을 느끼나 그 짧은 행복 끝에 감당하기 힘든 너무나 가혹한 시련을 겪는다. 그렇기 때문에 『별을 보여드립니다』의 인물들은 자신의 리비도를 다른 대상에게 투여할 염도 지니지 못한 채 우선 한 번 죽거니와, 그 후부터는 비록 몸은 살아 있으나 살아.있지 않은 존재, 그렇다고 죽지도 않는 존재로 살아간다.

상징적 죽음과 실재적 죽음 사이의 이 간극은 『별을 보여드립니다』의 인물들이 우울증이라는 병증을 지닌 존재들로 퇴행시켜버린다. 우리가 이미 살펴보았듯 「병신과 머저리」의 "나"가 그러하며, 「퇴원」에 등장하는 "나"를 비롯한 같은 병실의 인물들이 그러하다. 이들은 강압적인 아버지의 시선 때문이건 무엇 때문이건 간에 환부 없는 고통을 앓고 있거나 아니면 자신이 원하는 것이 무엇인지를 알지 못하거나 알고 있지만 행할 수 없는 존재들로 되어 있다. 대타자의 규제로 한 번 죽은 후, 그렇게 죽어가면서 그 외상으로 그 당시 자신의 전 존재를 걸었던 대상에 대한 기억을 망실한 후, 그들은 현실원칙의 정언명령을 따라 대상에 투여되었던 리비도를 거두어들인 후 다른 대상으로 옮겨가지 못하고 그것을 무기력한 자기를 학대하는 에네르기로 사용하기에 이른다. 특히 아내의 배신으로 정신적 외상을 입은 「등산기」의 아버지는 자신의 배낭에 항상 무거운 돌을 채워놓고 산에 오르는 자학을 행하는데, 이 역시 두 번 죽어야 하기 때문에 피해갈 수 없는 현대인의 멜랑콜리를 드러내기에 충분하다.

상징적 죽음과 실재적 죽음 사이에서 고통받는 존재들 중에서 우울증 환자는 그래도 나은 편이다. 다른 인물들은 유령이 되거나 아니면 기계로 전락하는 것으로 되어 있다. 정신은 죽고 몸은 허깨비 모양 살았으니 그것은 곧 유령이 아니고 무엇이겠는가 하는 것인데, 실제로 「가수」의 주영훈은 기관사에게 '유령'으로 비쳐지며, 「나무에서 잠자기」의 "나"는 자신만의 과거가 없다는 이유로 아내에게 '유령'으로 의심받는다. 정신적 죽음이 먼저 있고 나중에 실재적으로 죽는(그래서 몸만 살아 있는) 인물들의 또하나의 생존방식은 기계가 되는 것이다. 영혼이 없는 채로 몸으로만 살아가는 존재들, 이 또한 『별을 보여드립니다』가 두 죽음 사이의 간극을 경험하는 현존재들의 생존형식으로 주목하는 인물군이다. 「마기의 죽음」의 모든 인물들과 「무서운 토요일」의 아내가 바로 이 경우에 해당한다.

　「마기의 죽음」은 『별을 보여드립니다』의 소설 중 단연 이채롭게도 현존재들의 미래상을 다루고 있는데, 「마기의 죽음」에서 상상한 미래의 인간상은 처참하고 기이하기 짝이 없다. "손아귀에 옴큼 들어오는 머리에서부터, 팥알 같은 돌기가 두 개 나란히 붙은 가슴팍으로, 그리고는 한 줌에 잡힐 듯한 허리에서 갑자기 엄청나게 펑퍼짐해진 쾌락의 새암 부근……　그 아래로는 몸뚱이를 전혀 지탱해낼 수 없는 가는 다리……" 같은 형상인데, 생각하지 않으므로 머리가 졸아들고 활발한 활동성을 보이지 않으므로 몸뚱이를 지탱할 수 없을 정도로 다리 역시 가늘어진 존재가 되었다는 것이다. 어둡고 어둡다. 또 마찬가지로 「무서운 토요일」의 아내 역시 약만 먹으면 작동하는 기계로 제시되고 있다.

　이상이 바로 『별을 보여드립니다』가 그려내고 있는 현대인들의 초상이다. 다만 일상인들의 생활세계를 다루고 있을 뿐인데 어둡고 음침하기 짝이 없다. 하지만 『별을 보여드립니다』에서 풍기는 이 묵시록적인 아우라는 오늘날의 입장에서 보아도 놀라울 만한 바가 많다. 특히나 『별을 보여드립니다』가 현존재들의 삶의 형식을 멜랑콜리로 규정하고 그 멜랑콜리의 원인으로 인간의 내밀한 욕망을 조정하고 조절하는 대타자의 시선과 그로 인한 두 번의 혹은 두 개의 죽음을 지목했다는 점은 경이롭기까지 하다. 하여간 『별을 보여드립니다』에는 낯익은 세계를 한순간에 낯선 세계로 바꾸어내는 마법이 있거니와, 이 섬뜩함이야말로 이 소설집의 또하나의 핵심적인 미적 원천이다.

4. 다성적 기억의 윤리성

　『별을 보여드립니다』에 대해 꽤 많은 이야기를 한 셈이건만, 『별을 보여드립니다』에는 아직도 반드시 밝혀내야 할 것이 하나 있다. 다름아닌 바로 구원에 관한 문제이다. 『별을 보여드립니다』의 작가 이청준은 이미 여러 자리에서 자신의 소설의 과제이자 원천으로 자기 구제 혹은 자기 구원의 문제를 지목한 바 있다. 현대라는 악몽으로부터의 탈주, 이것이 작가 스스로가 자신의 소설에 부여하고 있는 최종 목표인 셈인데,『별을 보여드립니다』역시 예외는 아니다. 비록『별을 보여드립니다』이후 광기의 모더니티로부터 탈주하기 위한 방법론으로 제시된 그것들이 끊임없는 반복과 변형을 통해 매순간 진화하는 면모를 보여 흔히 모더니티로부터의 탈주를 이야기할 때는 주로『별을 보여드립니다』의 이후가 주목되지만,『별을 보여드립니다』의 구제에 관한 다양한 탐색 역시 원형질만이 보여줄 수 있는 열도가 후끈거린다.

이렇듯『별을 보여드립니다』의 소설 전편에는 광기의 모더니티 안에 있는 존재라면 어느 누구도 빠져나가기 어려운 멜랑콜리가 있는가 하면 동시에 그것으로부터 탈주하기 위한 몸부림이 있다.『별을 보여드립니다』의 인물들은 몇 겹의 시선을 넘어 자기 고유의 실존 형식을 영위하기가 거의 불가능에 가깝다는 것을 알지만 현대라는 악몽 속에서 살아가는 것이 더욱 힘겹다고 느끼기에 몇 겹의 시선 사이에 존재하는 틈을 비집기 위해 말 그대로 안간힘을 쓴다.『별을 보여드립니다』가 현대인들의 자기 구제 방법으로 제시하는 길은 크게 두 가지이다. 하나는 아버지의 눈빛 때문에 덮인 생애 최대의 풍경을 기록하거나 아니면 아버지들로 인한 거세공포의 순간을 기억하는 것이다. 다른 하나는 기억하고 기록하되, 그 기억과 기록의 복원은 다양한 개인의 기억들을 모으고 비교하고 대조하고 유추하는 과정을 반드시 거쳐야 한다는 것. 다시 말해 독과점적이거나 독재적인 방식의 기억과 기록은 오히려 악몽을 더욱 악화시키며, 그러므로 기억과 기록에 있어서는 어느 영역보다 민주적인 절차가 필요하다는 것.

왜 생애 최대의 풍경에 대한 기록이거나 거세공포의 순간에 대한 기억이 현대라는 악몽에서 도주하는 길일 수 있는가 하는 것은『별을 보여드립니다』가 멜랑콜리라는 현대적 증상의 발병원인을 어디에서 찾았는가를 돌이켜보면 쉽게 이해할 수 있다. 앞서 살펴보았듯 『별을 보여드립니다』는 모든 것을 차갑게 자르고, 나누고, 분절하고, 다시 구획하는 근대성의 메커니즘 속에서 자신의 생애 최대의 풍경이나 공포의 순간을 부정당하면서 현대인들은 불행해진다고 본다. 『별을 보여드립니다』에 따르면 차이를 인정하지 않는 등가성의 절대적인 신뢰자인 모더니티는 사회 구성원의 고유성이나 질서화되지 않는 욕망들을 허여하지 않음으로써 현대인들 모두를 먼저 정신적으로 뇌사 상태에 빠뜨린다. 이렇게 사회적 초자아에 의해 거의 모든 개인과 집단이 애도할 기념비를 전면적으로 부정당하는 것은 물론 그러한 기념비적 기억마저도 억압되었기 때문에 정상적인 애도가 아닌 우울증에 빠질 수밖에 없다는 것이다. 이를 감안한다면 『별을 보여드립니다』가 현대라는 악몽에서 벗어날 수 있는 방법으로 생애 최대의 풍경이나 거세공포 순간의 기억을 제시하는 것은 오히려 당연하다.

하여간 『별을 보여드립니다』의 소설들은 현대라는 멜랑콜리로부터 도주하기 위해 반복적으로 대타자의 규율에 의해 단호하게 부정된 생애 최대의 풍경(혹은 가수상태 속에서 이루어진 타인과의 일체감과 동질감의 경험)과 그것이 소멸되는 공포의 순간을 복원해낸다. 물론 여기서 끝나지 않는다. 동시에 『별을 보여드립니다』의 소설들은 그를 통해 애도의 대상을 되찾은 상태에서 자연스럽게 각자의 리비도가 또다른 대상을 찾아나서는 과정을 보여주고자 한다. 그렇게 「가수」의 주영훈은 4·19혁명 당시의 가수 상태를 복원해내 자유와는 무관한 자리에서 사는 자신을 반성하고, 「무서운 토요일」의 "나"는 토요일마다 "나"를 괴롭히던 웃음의 실체를 기억해냄으로써 "모처럼의 시도를 좌절당하고 만 것은 섭섭하지만, 오늘 밤 나는 다시 그런 유희를 참을 수가 없었다. 그리고 그럴 수 있는 한 나는 언젠가 아이를 가질 수 있는 희망을 버리지 않아도 좋다는 생각이 들었다"며 새로운 삶의 지표를 설정하기도 한다.

『별을 보여드립니다』에서 가장 이상적인 탈주의 방법을 구현하고 있는 인물은 아무래도 「별을 보여드립니다」의 "그"일 것이다. 「별을 보여드립니다」의 "그"는 두 가지 습벽을 지닌 것으로 되어 있는데, "도벽"과 "거짓말"이다. 친구들의 집에 들러 아무 물건이나 집어내가고, 또 친구 누군가가 병원에 입원했다고 연락을 해와 달려가 보면 거짓말임이 밝혀지곤 하는 식의 행동을 서슴없이 벌인다. "낯간지럽게 구걸질을 하느니보다 웬만큼 양해가 될 처지면 보지 않은 데서 그냥 들고 가는 것이 한결 수월한 수속이 아니겠냐는 식"이다. 또 거짓말을 하고서도 "그"는 괘념치 않는다. "나"의 입장에서는 물론 용납이 안 된다. "문제는 녀석이 그렇게 되는 대로 거짓말을 하면서 그것이 거짓말이라는 의식을 갖지 않고 있다는 점이었다. 거짓이 스스로 거짓임을 망각해버릴 때, 그것은 이미 그가 내부 질서뿐 아니라 외부에 대해서도 무서운 파괴력을 지니게 될 것이 분명했다. 나는 그가 웬 거인의 그림자처럼 커다랗게 우리에게로 다가들고 있는 느낌이었다." 「별을 보여드립니다」의 "그"가 이처럼 "거인다운 대범성"을 유지하며 "외부에 대해서도 무서운 파괴력을 지"닐 수 있는 이유는 아주 간단하다. "그"는 자신에게 부과된 상징적 동일성을 불편하게 느끼고 또 동시에 그것을 내면화하지 않기 때문이다. "그"는 아주 간단하게 상징적 동일성, 이제까지 우리 문맥에 따르자면 '아버지들의 위압적이고 강압적인 정언명령과 금지를 지시하는 눈빛'을 거부한다. 그런 까닭에 "그"는 매번 공동체로부터 쓸모없는 실존으로 격하되기는 하지만 정신적으로 죽지는 않는다. 분명히 정신적으로 자신만의 단독정부를 세워놓고 자신의 규율에 따라 세상을 살아간다. "그"는 창공의 별의 아름다움과 신비라는 관점으로 세상을, 자기 주변의 사람을 바라보고 그 관점에 따라 행동한다. "그"는 "나"를 포함한 현존재들에게 아버지의 목소리와 눈빛에 주박당해 지젝이 말한바, 가짜 행위(false activity)만을 반복하고 있는 것 아닌가 하고 되묻는다. 즉 "사람들은 뭔가를 바꾸기 위해 행동할 뿐만 아니라 어떤 일이 발생하지 않게 하기 위해, 아무것도 바꾸지 않기 위해 행동할 수도 있다"[15]라고 할 때, 그리고 무언가 거창한 변화나 진화를 내세우면서도 결국은 아무것도 바꾸지 않기 위한 행위가 가짜 행위라 할 때, 「별을 보여드립니다」의 '나'가 '그'를 위해 분주하게 움직이는 것은 우정이나 사랑을 위해서가 아니라 진정으로 친밀한 관계가 형성되어 자신의 삶의 리듬이 깨질 것을 막기 위한 가짜 행위에 불과하다는 것이다.

> 언제나 너희들은 나를 버려두고 나서 변명거리를 훌륭하게 만들어놓고 있었지. 나는 사실을 외면하면서도 언제나 정당화할 수 있는 논리의 요술을 미워했어. 논리에 근거한 어떤 가치가 영원할 수 있을까. (……) 어떤 훌륭한 논리도 나는 그것을 완전히 신용한 적이 없어. 그렇다면 논리에 앞서서 우리 감정으로, 몸으로 인정해버리는 것, 그것이 좀더 훌륭한 가치일 수 있는 것이 아닐까. 가장 비논리적인 것, 전연 그것을 무시하고 이전에 벌써 나를 감동으로 빠지게 만드는 것 (……)
>
> —「별을 보여드립니다」, 203쪽

이렇게 "그"는 창공의 별의 신비에 대한 믿음으로, 그에 대한 기억으로 세상을 본다. 그리고 그를 통해 세상이 '사실을 외면하면서도 언제나 정당화될 수 있는 논리의 요술'로 움직이고 있음을 확인하고는 전율하며, 더 나아가 그것을 교란시키고자 한다. 세상의 논리의 요술의 관점에서 보자면, '도벽'과 '거짓말'로.

하지만 『별을 보여드립니다』가 이 기억의 윤리학을 단지 개인 구제의 방책으로만 생각하는 것은 아니다. 『별을 보여드립니다』는 기억의 윤리학을 개인의 구원뿐만 아니라 자본주의의 특유의 멜랑콜리 상태를 치유할 수

---

15) 슬라보예 지젝, 『HOW TO READ 라캉』, 박정수 옮김, 웅진지식하우스, 2007, 44쪽.

있는 방법으로도 확장시킨다. 『별을 보여드립니다』에 수록된 몇몇 소설들은 차갑고 산술적이며 자기만을 배려하는 모더니티가 자신의 연대기 속에서 은폐하거나 배제한, 혹은 축소해버린 비합리적이지만 그야말로 주체와 객체가 완벽하게 조응하는 상호주관적인 풍경들을 곧잘 상기시킨다.

1) 주호는 시위를 매섭게 퉁겼다. 그러나 그 화살은 과녁을 맞히지 못했다. 아니, 그 화살은 어김없이 과녁을 맞혔다. 또하나의 과녁이 거기 있었다. 주호는 그 과녁이 지금껏 어디에 숨어 있다가 갑자기 나타나서 자기의 화살을 받은 것 같았다. 그 순간 소년이 쓰러졌다. 그리고 그 쓰러지는 모습은 묘하게 아름답고 그래서 더욱 처참한 느낌이 들게 했는데, 그것은 그가 쓰러질 때 먼저 두 다리를 꺾어 잠시 꿇어앉아 있는 듯하다가 이내 앞으로 폭 고꾸라진 동작의 순서 때문이었을 것이다. 혹 기억력이 좋은 사람은 그때, 어느 영화에선가 사냥꾼의 총에 번쩍 피를 뻗치며 무릎을 꿇는 듯 넘어진 새끼 노루를 생각해냈을지도 모른다.

—「과녁」, 355쪽

2) 별네는 목소리가 점점 속으로 기어 들어가고 있었다. 그녀는 한동안 계속해서 입술을 조금씩 움직이고 있었지만, 종내는 더이상 소리를 만들어내지 못한다. 그녀는 드디어 조용히 눈을 감았다. 그리고 마침내 자신의 안으로부터 들려나오는 어떤 쇠에 가만히 귀를 기울이기 시작했다 그것은 분명 그녀의 안으로부터 들려나오는 소리였다. 그리고 그것은 이제 두 사람의 소리였다. 서럽고 괴롭고 처량한 울부짖음, 거무와 자기 두 사람의 먼 함성이 꼬리를 꼬며 다가왔다.

별네는 이제 지극히 평온한 얼굴로 그 소리를 듣고 있었다.

—「석화촌」, 441쪽

1)은 「과녁」의 마지막 장면이고 2)는 「석화촌」의 마지막 부분이다. 1)은 자족적인 통일성과 완결성을 유지하던 활터가 오만과 편견에 가득 찬 모더니티에 의해 훼손되는 장면이다. 아직 과녁에 활시위를 당겨서는 안 되는 주호가 은근히 검사 신분을 내세워 활을 잡았던 것. 그리고 과녁을 향해 활을 당겼던 것인데, 그만 시동을 맞히고 말았던 것. 이것으로 활터라는 자족적인 공간은 해체될 터이며 그 공간에서의 활력 역시 기억들 저편으로 사라질 것이다. 그 활터를 휩싸고 돌았던 고요와 품격과 공동체적 일체감과 함께. 2)는 별녜와 거무라는 사랑하는 남녀가 바닷가에서 누군가 죽으면 또다른 누군가가 그 자리에서 죽어야 먼저 죽은 사람이 좋은 곳으로 갈 수 있다는 전혀 합리적이지 않은 삶의 규율과 리듬을 따르는 장면이다. 그들이 정사(情死)하는 그곳은 원래 별녜의 아버지가 죽었던 자리. 그러자 별녜의 어머니가 그 자리에서 아버지를 따른다. 이제 별녜의 어머니가 좋은 곳으로 가기 위해서는 별녜가 죽어야 할 차례. 그런데 별녜에게는 거무라는 연인이 있다. 이들은 이 딜레마를 정사하는 것으로 해결한다. 말하자면 같이 죽음으로써 서로가 서로를 좋은 곳으로 보낼 줄 수 있게 된 것. 「석화촌」의 정사는 오늘날의 합리성의 입장에서 보자면 권장할 풍습은 전혀 아니다. 아니, 용납하기조차 힘든 풍습이자 제의이다. 아마도 이러한 주술적인 세계는 또다른 맥락에서 그곳의 인간들을 억압했을 것이며, 따라서 모더니티는 이러한 관습들을 차갑게 배제하는 것으로 자기를 완성했을 터이다.

그런데 문제는 그 과정에서 사회구성원 전부가 인간과 사물, 인간과 인간 사이에 완벽하게 이루어지는 조화라든가 일체감의 경험마저도 잃고 말았다는 것이다. 조화와 일체감을 이루었던 낡은 제도와 풍습이 금기시되면서 동시에 그 조화와 일체감에 대한 기억 전체가 억압되었고 이는 급기야 사회구성원 전체의 행복을 위해 필수불가결한 일체감이나 조화의 기억 모두를 의식의 저편으로 추방하는 결과를 낳게 된다. 사회구성원 모두가 고독과 소외에 몸부림치나 일체감에 대한 기억이나 그것을 제공하던 제도 모두가 사라져버린 만큼 사회구성원들은 고독을 넘어서서 사회구성원끼리의 조화와 친밀성을 제고할 길을 알지 못한다. 『별을 보여드립니다』는 이런 멜랑콜리한 사회에서 구성원끼리의 일체감을 회복하기 위해서는 밀교적인 일체감을 느꼈던 순간을 기억하고 반추하는 것이 필요하다고 믿는다. 1)과 2)에서 볼 수 있듯 어떤 점에서 보자면 이해하기 힘들고 마성적이기까지 한 풍경을 잔뜩 아름답게 그려놓고 있을 뿐만 아니라 비극적 파토스까지를 가미시키고 있는 것은 아마도 이 믿음 때문일 것이다.

이렇듯 『별을 보여드립니다』는 비록 '논리의 요술'을 부리지는 못하더라도 의식 속에 흔적으로만 남아 있는 기억을 되살려 그때 그곳에서 자신이 추구했던 삶의 목표를 되찾을 때 비로소 시선의 정치학으로부터 발원된 멜랑콜리로부터 탈주할 수 있으리라고 믿는다. 우리는 이를 기억의 윤리학이라고 부를 수 있으며, 이는 『별을 보여드립니다』가 현대의 멜랑콜리로부터 탈주하는 길로 제시한 한 방법이다. '메멘토 모리.' 보다 분명하게 말하자면, '너의 첫번째 죽음을 기억하라.'

기억의 윤리학은 시선의 정치학으로부터 탈주할 수 있는 효과적인 방법이기도 하고 또 시선의 위계를 내파할 수 있는 강렬한 방법이기는 하다. 하지만 기념비적 기억, 그것을 무조건적으로 환영할 만한 일은 아니다. 기록과 기억이란 명멸한 것을 사후의 입장에서 다시 재구성한 것이다. 그때 그 순간을 증언할 매개자는 사라졌고, 그런데다가 모든 존재들은 어떤 사건들을 주관적이면서도 초자아의 규율이 허여한 범위 속에서 전유한다. 그러므로 기록과 기억은 어쩔 수 없이 사후적이고 자의적일 수밖에 없으며 뿐만 아니라 공적일 수밖에 없다. 말하자면 기록하고 기억한다고 해서 그것이 아버지들의 시선을 쉽게 넘어설 수 있는 것도 아니며 또 그것을 내파시킬 수 있는 것은 아니다. 오히려 아버지들을 죽인 아들에 의한 기록과 기억이란 같은 과정을 거쳐 그 아들들의 아들을 통제하는 눈빛으로 작용할 수도 있다. 따라서 '다만 기억하라' 할 수는 없는 일이다. 그렇다면 기억과 기록의 복원 방법에 대한 보다 심화된 관심이 있어야 멜랑콜리로부터의 탈주가 완성될 터인데, 이 문제 역시 『별을 보여드립니다』의 주요한 문제의식 중의 하나이다.

비록 전면에는 드러나지 않더라도 『별을 보여드립니다』의 많은 소설이 과연 어떻게 행해지는 기억과 기록의 복원이 진정으로 의미 있는 복원인가에 대해 꽤 깊은 천착을 보이고 있는 것이 사실이다. 무조건 기억하는 것은 오히려 각각의 존재들을 멜랑콜리로부터는 벗어나게 할지는 몰라도 자칫 인간의 몸을 한 기계로 전락시킬 수도 있다는 것이다. 예컨대 「퇴원」의 "나"의 경우 실체가 불분명한 마음의 병에 빠져 있다가 무언가를 기억해내고는 마침내 '퇴원'한다. 그런데 "나"의 퇴원은 멜랑콜리로부터의 의미 있는 탈주처럼 보이질 않는다. "내"가 기억해낸 것이 전짓불 뒤에 숨은 아버지가 "나"를 이틀 동안 어머니 뱃속 같은 광의 그 자리에 가두었을 때 느꼈던 일체감의 상실과 공포의 원장면이 아니라 기껏해야 아버지의 질서에 가장 순응했던 한 장면에 불과하기 때문이다. 그러니 "나"의 '자아망실증'은 치유된 것이 아니다. "배낭 진 무장군인들의 행렬"을 뒤따르는 것으로 해소해버린 것이 된다. 멜랑콜리의 상태를 현실로 도피하는 것으로 해소하기는 「행복원의 예수」 역시 마찬가지이다. 「행복원의 예수」의 "나"는 어릴 적 행복원에서 추방당한 이유가 마치 손 안에 든 물건의 숫자를 알아맞히는 놀이와 같은 원리라고 생각한다. 상대방은 몇 개인가를 전혀 알 수 없게 감추고 그것을 맞춰야만 이길 수 있는 불합리하고 불공정하며 부조리한 그 게임의 규칙이나 세상의 규칙이 다를 것이 없다는 것이다. "엄마"라고 불러야 할 존재를 "누나"라고 불러 행복원에서 쫓겨난 "나"는 자신이 행복원에서 추방된 이유를 "누나"에 대한 친밀감을 잘못 표현했기 때문이라고 생각하지 않고 상대방의 손에 있는 것이 몇 개인지를 맞추는데 실패했기 때문이라고 판단한다. 그래서 행복원 이후의 "나"는 누군가와의 친밀성을 획득하려는 대신에 상대방의 손에 있는 것이 몇 개인지를 정확하게 맞추는데 혼신의 힘을 다한다. 뿐만 아니라 더 나아가 자기 스스로 구슬을 손에 쥐고 타인들을 좌절하게 하기도 한다. 한마디로 「퇴원」과 「행복원의 예수」의 인물들은 과거의 기억을 되살리기는 하나 그 원장면 속으로 내처 들어가 원장면-분석을 치밀하게 행해서 원장면의 실상에 가까이 가기는커녕 오히려 사회적 초자아가 권장하는 공공의 기억으로 자신의 기억을 채워버린다. 그 결과 이들은 일단 자기활동성을 획득하기는 하나 그 행동은 단독자의 자유 의지에 의한 행위이기보다는 사회적 초자아의 예속된 움직임일 뿐이다. 기억의 회복을 통해 사이보그로 전락한 경우이다.

그러니, 그렇다면, 기억과 기록은 도대체 어떻게 복원시켜야 할 것인가. 답은 오히려 간단한 데 있다. 『별을 보여드립니다』의 많은 소설들이 모더니티의 멜랑콜리를 가속화시킬 수 있는 기억과 기록의 방식에 대해 충분히 경계하고 있기 때문이다. 그런 점에서 보자면, 『별을 보여드립니다』가 비록 기억과 기록의 의미 있는 방식을 명시적으로 밝히진 않았더라도 그 핵심적인 방법은 쉽게 짐작할 수 있다. 뿐만 아니라 운 좋게도 『별을 보여드립니다』의 몇몇 부분에서 『별을 보여드립니다』가 지향하는 기억과 기록의 방식을 엿볼 수 있기도 하다.

1) "우리들은 한 사람이 사건의 전체를 그렇게 볼 수는 없으니까요. 사람에 따라 한 사건이 자기 쪽을 향하고 있는 부분만 보게 된다는 말입니다. 관찰자의 관심의 종류가 그 방향을 결정할 게 아니겠습니까? 하지만 사실 자체의 모습은 그런 한정된 시선의 저쪽 너머에 있는 것인지도 모르지요. 우리는 각자의 관심을 따라 한쪽에서 사건에 접근해 갑니다. 그리고 어느 점에 도달합니다. 그러나 사건의 진짜 모습은 그렇게 여러 방향에서 접근

해 오다 사건의 한 면의 사실과 만난 점에서 다시 상상력을 따라 그어진 여러 연장선들이 만난 지점의 근처에 있을 거란 말입니다. 그래서…… ”

“하지만 그런 논리로는 사건의 실제 모습을 아무도 볼 수 없다는 게 되지 않습니까?”

“그렇지요. 아무도 그것을 볼 수는 없습니다. 다만 느낄 수 있을 뿐입니다.”

—「가수」, 608쪽

　2) 그리하여 인간이 인간이려고 하는 노력은 끊어지고 우주는 파멸할 것이니, 미련하게도 자유와 인간의 안일을 함께 말하지 말라. 자유는 우주의 평화와 인간의 행복의 이유가 아니라 그 생성원력(生成原力)인 것이다.

—「마기의 죽음」, 318~319쪽

　정리하자면 이렇다. 모든 사실은 관찰자의 관심의 종류에 따라 결정된다는 것. 따라서 보다 사건의 실제에 도달하기 위해서는 그 사건에 대한 다양한 관찰자의 시선을 비교, 대조, 유추하는 등의 악무한적인 의견 수렴이 필요하며, 그래야만 사건의 실제 근처에 도달할 수 있다는 것. 이를 우리의 문제의식과 관련시키면 이렇게 될 것이다. 아버지들의 ‘찬란한 슬픔’의 기억에 대한 억압과 통제에 의해 발생한 현대의 멜랑콜리로부터 탈주하기 위해서는 무시무시하고 매혹적인 기억의 민주적이고도 다성적인 복원에 의해서만 가능하다는 것. 그것이 없으면 인간은 불행해지는 것이 아니라 생존할 수 없다는 것. 그러니까 『별을 보여드립니다』는 상징적 동일시를 특징으로 하는 모더니티에 맞설 궁극적인 방법론으로 기억의 다성성, 혹은 다성적인 기억을 맞세우고 있는 셈이다. 이러한 사실과 사실의 복원에 대한 인식태도는 어떤 점에서는 데리다의 ‘차연’이라는 개념을 연상시키기도 하고, 또 어떤 맥락에서는 라캉의 ‘실재와 현실의 변증법’

을 연상시키기도 한다. 그만큼 웅숭깊다는 뜻이리라.

물론 이렇게 반문할 사람도 있을 것이다. 비록 기억의 복원에 대한 의미 있는 성찰을 담고 있다고 하더라도 너무 원론적인 것 아닌가 하고. 하지만 그 우려는 괜한 것이다. 다성적인 기억에 대한 인식이 어떤 구호로 제시되고 만 것이 아니라『별을 보여드립니다』의 전편에 이미 고르게 편재되어 있기 때문이다. 이미『별을 보여드립니다』초판본의 해설자가 날카롭게 지적했듯,[16]『별을 보여드립니다』에 수록된 대부분의 소설이 격자 형식을 띠고 있음을 알 수 있다. 또 굳이 격자 형식은 아니더라도『별을 보여드립니다』에 수록된 소설들 대부분은 겹의 시선과 겹의 형식을 취하고 있는 것이 사실이다. 하나의 사건이 발생하면 그 사건의 경위가 그대로 서술되는 것이 아니라 다양한 인물에 의해 재구성된 사건들이 병존된다. 해서,『별을 보여드립니다』의 소설들은 대부분 추리소설의 형식을 띠게 된다. 어떤 사건의 범인을 잡는 그런 의미의 추리소설은 아니지만 도대체 어떤 것이 사건의 실상인가 하는 상상과 추단이 필요하기 때문이다. 이렇게『별을 보여드립니다』의 대부분의 소설들은 독자들의 상상력과 추리력이 가미되지 않으면 읽기 힘든 소설 구성 방식을 취하고 있거니와, 그래서 자신들의 상상과 추리를 동원해 읽다보면 자신도 모르게 기억의 다성성, 다성적인 기억의 실천자가 되어버린다. 한마디로『별을 보여드립니다』는 현대라는 멜랑콜리의 상태로부터 탈주하기 위해서는 기억의 다성성, 그리고 기억의 다성적인 복원술을 제시하는데,『별을 보여드립니다』는 놀랍게도 그것을 주제적인 측면에서만이 아니라 소설의 형식 차원에서도 구현하고 있다고 할 수 있다.

일찍이 밀란 쿤데라는 서구의 소설사, 더 나아가 서구의 역사를 논하

---

16) 김현, 같은 글 참조.

는 자리[17]에서 "나에게 있어 근세의 창시자는 데카르트만이 아니고 세르반테스 또한 창시자인 것이다"라고 말한 적이 있다. 흔히 서구의 근대가 갈릴레이와 데카르트의 과학적이고 산술적인 세계로부터 출발했고 그것이 서구의 근대를 '존재의 망각' 상태로 몰아넣은 것처럼 말하지만, 서구의 근대에는 데카르트적 지성만이 있었던 것이 아니라는 것이다. 쿤데라에 따르면 서구에는 '오직 소설이 발견할 수 있는 것만을 발견하라'라는 정언명령을 충실히 실천에 옮겨 서구적 지성이 놓쳐버린 '삶의 세계'를 반영하며 서구적 지성과 맞서던 영역이 있었으니 그것이 바로 세르반테스를 창시자로 하는 소설이라는 장르이다. 이 소설이라는 장르는 특유의 '불확실함의 지혜'로 서구 전반의 '현기증 나는 축소의 과정'과 싸워왔으며 존재의 망각 상태로 빠져드는 인간 전체를 구원하고자 했다. 그러므로 현재에도 여전히 필요한 것은 소설이며 그를 위해서는 '세르반테스의 절하된 유산'을 복원하고 계승해야 한다는 것이다.

밀란 쿤데라의 표현을 빌자면 우리에게는 이청준이 있다. 작가 이청준은 근대 이후 한국 역사에서 일상적으로 행해졌던 '현기증 나는 축소의 과정'과 어느 누구보다도 치열하게 맞서온 작가이다. 작가 이청준은 항시 각 시대를 지배하던 시대정신을 의심하고 그것에 대해 회의했으며, 더 나아가 그것을 비판하고 부정해왔다. 어떤 시대의 것이든 각 시대의 시대정신은 분명한 위계를 지키기 위해 현기증 날 뿐 아니라 공포에 가까운 축소와 배제를 감행해왔고 그런 축소와 배제가 전방위적으로 행해왔다면, 그럴 때일수록 이청준의 소설은 특유의 '불확실함의 지혜'로, 기억의 다성적 복원이라는 먼 우회로를 통해서 소설만이 발견할 수 있는 것을 발견해왔다. 이청준 소설은 모든 것을 단순화하는 시대에 맞서 그것을 복잡하게 만들었고 현재만을 중시하는 풍조에 과거와 미래를 끌어들여 매번 새

---

17) 밀란 쿤데라, 「세르반테스의 절하된 유산」, 『소설의 기술』, 권오룡 옮김, 책세상, 2004 참조.

로운 세계상을 발명하려 혼신의 힘을 다하였다. 하여, 이청준의 소설은 어느 때나 한국소설사의 반성적 거울이었고 전복적인 별종이었다. 이런 점을 감안한다면, 이청준의 소설은 한국소설사 전반의 또하나의 경이로운 기원이다. 뿐만 아니라 '현기증 나는 축소'와 '공포스러운 배제'가 행해질 때마다, 문득, 다시 돌아가야 할 성소이기도 하다.

하여간, 이 '현기증 나는 축소'와 '실재에 대한 은폐'가 전방위적으로 행해지는 이런 시대에 한국소설사가 이청준 소설을 하나의 회귀점으로 지니고 있다는 것은 일종의 축복이다. 그리고 『별을 보여드립니다』는 그 축복의 출발이다. 결단코!

(2007)

고향 잃은 자들의 우울과 희망
─ 황석영의 「삼포 가는 길」 읽기

1. 「삼포 가는 길」과 민중의 시대

때로는 짤막한 소설 한 편이 역사의 실질적인 단절을 만들어내는 기폭제 노릇을 하는 경우가 있다. 일반적으로 소설이란 전에 없던 이야기의 창안을 통해 이 세상의 주변부적인 현상을 불러들이고 그를 통해 기존의 것과는 전혀 다른 세계상을 발명하고자 하는 특성을 지닌다. 물론 모든 소설이 다 그렇다는 것은 아니다. 하지만 소설이라는 제도는 끊임없이 새롭게 창안된 이야기를 통해 전혀 이질적인 세계상을 구성해낼 것을 권장한다. 정확하게 말하자면, 강요한다. 소설이라는 제도는 하나의 창안된 이야기를 통해 그 시대를 떠도는 현상들을 이전과는 다른 방식으로 횡단하고 게다가 기존의 것과는 다른 인과성을 부여하여 전혀 새로운 시대상을 발명할 때만 그 가치를 인정해주는 특이한 속성을 지니고 있다. 하여, 소설은 인간의 어느 실천 영역보다도 먼저 현실의 새로운 징후에 날카로운 촉수를 들이대고 급기야는 시대 전반이 예측조차 하지 못한 시대상을 발명해내곤 한다. 그러므로 종종 짤막한 소설 한 편에 의해서 발명된 세계상이 그 시대의 역사적 패러다임 혹은 시대정신을 균열시키고 내파시키는 작지만 근본적인 진원지가 되곤 하는 것은 어떤 면에서 보자면 오히려 당연하다.

황석영의 「삼포 가는 길」은 역사적 전환의 기폭제가 된 유일한 소설은 아니지만 한국소설 혹은 한국 역사에 획시기적 전환을 이끈 몇 안 되는 소설 중의 하나임은 분명하다. 「삼포 가는 길」은 한 곳에 머물 수 없는, 그러니까 떠돌아다닐 수밖에 없는 세 인물의 짧은 순간의 동행기다. 외관상으로 보자면 아주 간단한 이야기지만, 이 우연스럽고도 짧은 동행기가 한국의 역사에 거대한 전환을 가져오는 기폭제 역할을 담당한다. 이 짧은 동행기가 당대의 시대적 규범이 얼마나 무수한 비정상적인 것, 우연적인 것, 차이, 고유성, 계산되지 않는 가치, 말하지 못하는 주체들의 고통과 희망을 배제한 자리에서 유지되고 있는가를 선명하게 보여주었기 때문이다. 하여, 「삼포 가는 길」 이래로 우리 사회는 자본주의적 계산성의 원리에 의해 쓸모없는 실존으로 격하된 민중들을, 자연을, 고향을 더이상 외면할 수 없게 되었을 뿐만 아니라 그것들을 외면하고 진행된 근대화나 문명화를 더이상 역사의 발전으로 규정할 수 없게 되었다. 실제로 한국 사회 전반은 1970년대 초, 중반부터 물질적인 풍요만을 목적하는 산업화에 대해 비로소 비판적 인식을 보일 뿐만 아니라 소외된 민중의 우울과 그곳에 깃든 구원의 힘에 드디어 가파른 관심을 갖게 되니, 이러한 시대적 전환은 「삼포 가는 길」의 성찰과 결코 무관하지 않다.

물론 「삼포 가는 길」 이후 한국 역사가 한순간에 거대한 전회를 행한 것도 아니고, 또 한국의 역사 전반의 이러한 획시기적 전환이 「삼포 가는 길」 한 편만으로 이루어진 것은 아니다. 하지만 분명한 것이 하나 있다. 「삼포 가는 길」은 그러한 전환의 단 하나의 요인은 아니지만 가장 강력한 기폭제에 해당하며, 때문에 「삼포 가는 길」 이후 한국소설 더 나아가 한국 역사는 분명코 「삼포 가는 길」 이전으로 돌아갈 수는 없게 되었다는 것.

그렇다면 이제 「삼포 가는 길」의 어떤 것이 그토록 오랫동안 당연시되었던 담론체계 전반을 균열시키고 기존과는 전혀 다른 역사지리지를 구축할 가능성을 열어젖혔는지를 살펴보자.

2. 뜨내기들에 대한 관심과 호명

황석영의 소설에는 유독 뜨내기들에 관한 이야기가 많다. 보다 구체적으로 말하자면 임과 집과 길을 잃은 인간존재들에 관한 이야기가 많다. 황석영 소설의 주인공들은 임과 집에서 유리된 자들이면서 또한 새로운 임과 집을 찾지 못한 자들이다. 그러니 황석영의 인물 대부분은 최소한의 정주지나 최후의 길마저 박탈당한 존재들이다. 그들은 임과 원치 않는 이별을 하고 자기 의사와 관계없이 집에서 쫓겨난다. 그것은 산업화 때문이기도 하고, 남북분단의 대립적 상황 때문이기 하고, 또한 이윤이라는 단하나의 가치만을 인정할 뿐 어떠한 가치도 인정하지 않는 전 지구적 자본주의 시스템 때문이기도 하다. 하여간, 이들은 자신의 선택에 의해서가 아니라 외부적인 요인에 의해서 갑작스럽게 임과 집으로부터 떨어져나오며 그렇기에 당연히 새롭게 안주할 거처를 마련하지 못한다. 이것만도 힘겨운데 그들은 새로운 거처로 나아갈 길마저 마땅히 찾지도 못한다. 몸과 마음을 잠시 뉘일 최소한의 안식처마저도 잃어버린 존재들, 황석영 소설의 주요 관심사는 바로 이들이다.

「삼포 가는 길」은 이러한 황석영의 주요 경향과 전혀 다르지 않은 소설이다. 「삼포 가는 길」의 인물들 역시 황석영의 대부분의 소설이 그러하듯 몸과 마음을 잠시 뉘일 최소한의 안식처마저 잃은 존재들이다. 이렇게 한 곳에 머물 수 없는 세 인물들이 우연히 만나 그날 하루를 동행하게 되는데, 「삼포 가는 길」은 바로 이들의 하루 동안의 동행기이다.

여기 세 명의 인물이 있다. 두 명의 남자와 한 명의 여자. 우연히 만나 먼저 동행을 시작하는 두 명의 남자는 한 곳의 공사가 끝나면 곧 또다른 공사판을 찾아나서야 하는 '뜨내기'들인 영달과 정씨이다. 그들은 같은 공사판에서 일을 하다가 그 공사판이 막을 내리자 우연히 같이 길을 떠나게 된다. 이들의 동행에 우연히 한 여성이 같이 끼어든다. 술집을 도망쳐 나온 작부 백화인데, 백화가 합류하면서 이들의 우연한 삼인행은 시작된다.

그들은 물론 각기 다른 자신들만의 역사를 밟아왔으며 그런 만큼 각기 고유한 역사지리지와 개성을 지니고 있다. 그중 「삼포 가는 길」의 서사를 추동하는 초점인물인 영달은 처음에는 '아주 치사한 건달'처럼 보이지만 알고 보면 '괜찮은 사내'이다. 정신분석학적 용어를 빌자면 그는 분리불 안장애를 앓고 있는 인물이다. 언제부턴가 집에서 떨어져나와 혼자 끊임 없이 떠돌아다니는 삶을 사는 그는 누군가를 끊임없이 그리워하나 누군 가를 만나면 나중의 이별이 두려워 선뜻 정을 주지 못한다. 그래서 누군 가를 만나면 '아주 치사한 건달'처럼 행세한다. 물론 영달의 상대방에 대 한 경원은 오래가지 않는다. 그는 곧 상대방에게 넘치는 친밀성을 느끼게 되고 그것을 통해 안정감을 획득한다. 그는 이렇게 혼자라는 불안감에서 벗어나기 위해 끊임없이 누군가를 갈구하며 이 넘치는 욕망 때문에 아무 하고나 관계를 맺고 또 쉽게 헤어진다. 이렇게 그는 거듭거듭 아픈 이별 에 고통받을 뿐만 아니라 때로는 사회적 관습을 위반하여 곤경을 치르기 도 한다. 하지만 그는 그렇게 이별을 아파하고 또 때로는 치도곤을 치르 면서도 누군가와의 친밀성에 대한 열망을 버리지 못한다. 결국 영달은 자 신이 머물던 공사판에서 하숙을 치는 천가의 부인 청주댁과 정을 통하다 발각되며 그 사건으로 예정보다 빠르게 정처 없는 길을 나서기에 이른다.

그런가 하면 또다른 인물인 정씨 역시 공사판을 전전하는 뜨내기이다. 그는 무슨 일인가로 '큰집'을 다녀왔고 그곳에서 배운 기술로 공사판을 전전하며 살아간다. 같은 뜨내기이면서도 그에게는 안정감이 있는데, 그 렇다고 그에게 집이 있거나 임이 있는 것은 아니다. 그에게는 영달에게는 없는 것이 단 하나가 있는 바, 바로 갈 곳이다. 즉 그에게는 어떤 목적지 가 있고 그것이 그를 안정적이게 만든다는 것인데, 그의 목적지는 다름아닌 고향이다. 그는 십여 년 동안이나 가지 않았던 고향인 삼포에 가고자 한다. 삼포 그곳은 "비옥한 땅은 남아돌구, 고기두 얼마든지 잡을 수 있"는 "정말 아름다운 섬"이다. 말하자면 삼포 그곳은 정씨에게는 정씨 생의 최고의 풍경이 담긴 곳이자 세상의 모진 세파를 전부 비본래적인 것으로 전도시켜줄 수 있는 유일한 영토(들뢰즈식으로 말하자면, 탈영토화의 영토)이기도 하다. 그렇기에 정씨는 '뒤도 돌아보지 않고' 고향을 향해 성큼성큼 발을 내딛는다. 삼포가 이미 그 목가적인 풍경을 잃고 말았다는 소식을 듣기 전까지는. 그래서 결국은 자신도 영달과 같이 갈 곳이 없어졌음을 확인하기 전까지는.

「삼포 가는 길」에는 이 두 명의 남성 외에 또 한 명의 동행이 있는데 술집 작부 백화이다. 백화는 "이제 겨우 스물두 살이었지만 열여덟에 가출해서, 쓰리게 당한 일이 많기 때문에 삼십이 훨씬 넘은 여자처럼 조로해 있는" "관록이 붙은" 술집 작부이다. 술집 작부와 짝이 맞는 '백화'라는 이름 아래 '점례'라는 본래의 이름을 묻어두고 살아가는 그녀는 그녀의 과장되고 자학적인 표현에 따르자면 "나 백화는 이래 뵤두 인천 노랑집에다, 대구 자갈마당, 포항 중앙대학, 진해 칠구, 모두 겪은 년"이다. 이런 굴곡진 삶은 그녀에게 누구 못지않은 악다구니를 갖게 해 그녀는 "국으루 가만있다가 조용한 데 가서 한코 달라면 몰라두 치사하게 뚱보 돈 먹자고 나한테 공갈 때리면 너 죽구 나 죽는 거야"라는 식의 거친 표현에 어떤 망설임도 없는 인물이 되어 있다. 하지만 이러한 악다구니는 그녀의 고달픔, 두려움, 공포를 이기기 위한 방어기제일 뿐이다. 그녀는 정작 누구보다도 힘겹다. "어디 가서 여승이나 됐으면…… 냉수에 목욕재계 백일이면 나두 백화가 아니라구요, 씨팔." 그녀는 결국 극도의 우울과 고통에 붙들려 있다가 결국 고향에 가겠다는 일념으로 탈출을 감행, 영달 등과의 짧은 여행에 합류한다. 그리고 그 짧은 동행 과정에서 영달에게 애정을 느끼지만 차마 표현하지 못하고, 영달의 배려로 고향으로 향하는 기차에 오른다.

「삼포 가는 길」은 이렇게 우연히 만난 두 남자와 한 여자 사이의 그리 길지 않은 동행기이다. 이 각기 다른 세 사람이 벌이는 갈등과 화해, 만남과 헤어짐의 기록은 그 자체만으로도 충분히 파격적이라 할 만하다. 당시의 근대화, 문명화는 사회구성원 모두의 행복과 풍요를 위한 유토피아 프로젝트로 자처했을 뿐만 아니라 실제로 사회구성원 모두의 삶의 질이 개선되고 있다고 알려지고 있었는 바, 이 막노동판의 노동자, 술집 작부의 우울하고도 절망적인 동행기는 그 근대화 프로젝트가 사실은 수많은 하위주체들의 생존과 자존을 다시 회복할 수 없을 정도로 훼손한다는 사실을 너무나도 선명하게 보여주었던 것이다. 한마디로 「삼포 가는 길」은 60년대 이후 산업화 논리에 의해 사회구성원들의 관심 밖에 밀려나 있던 그 수많은 하위주체들을 불러내고 그들의 목소리를 생생하게 전달함으로써 한국 사회 발전의 유일한 방법으로 의심조차 받지 않았던 산업화, 근대화가 선한 기능뿐만 아니라 악마적 역능까지도 수행한다는 점을 예리하게 묘파한 소설이라 할 수 있거니와, 이것이야말로 「삼포 가는 길」의 중요한 성과라 할 만하다.

3. 그리운 고향, 사라진 고향

그렇다고 근대화에 깃든 악마성의 발견이 「삼포 가는 길」의 성과의 전부는 아니다. 이러한 성찰이 전부라면 「삼포 가는 길」의 성과는 그리 대단하다고 할 수 없는지도 모른다. 비록 당시로서는 드문 것이었다 하더라도 자본주의의 불균등한 배분과 그에 따른 사회적 모순의 비판에 관한 소설이라면 「삼포 가는 길」이 씌어지기 이전에도, 또 그 이후에도 수없이 씌어졌기 때문이다. 하지만 「삼포 가는 길」은 '부익부 빈익빈'이라는 자본주의적 모순의 반영에만 그치지 않는다. 앞질러 말하자면 「삼포 가는 길」은 이윤 외에는 어떠한 가치도 인정하지 않는 자본주의적 모순이 사회경제적 황폐함만을 가져오는 것이 아니라 인간의 정신마저도 불구적인 것으로 전락시킨다는 사실을 치밀하게 그려내는바, 이것이야말로 「삼포 가는 길」이 문제적인 또하나의 요인이다.

「삼포 가는 길」은 외관상으로 보자면 떠돌아다닐 수밖에 없는 세 명의 우연한 동행기이지만 자세히 살펴보면 세 명 모두가 같은 처지에 있는 것은 아니다. 이들 사이에는 미묘한 차이가 존재한다. 그 차이란 바로 갈 곳의 있고 없음이다. 정씨와 백화는 같은 뜨내기이지만 영달에게는 없는 무엇이 있다. 바로 갈 곳이다. 게다가 그들이 갈 곳이란 그냥 어떤 곳이 아니라 자신의 생의 최대의 풍경이 깃들어 있는 고향이다.

그래요. 밤마다 내일 아침엔 고향으로 출발하리라 작정하죠. 그런데 마음뿐이지, 몇 년이 흘러요. 막상 작정하고 나서 집을 향해 가보는 적도 있어요. 나두 꼭 두 번 고향 근처까지 가봤던 적이 있어요. 한번은 동네 어른을 먼발치서 봤어요. 이름이 백화지만, 가명이에요. 본명은…… 아무에게도 가르쳐주지 않아.

"사람이 많이 사나요, 삼포라는 데는?"
"한 열 집 살까? 정말 아름다운 섬이오. 비옥한 땅은 남아돌아가구, 고기두 얼마든지 잡을 수 있구 말이지."
영달이가 얼음 위로 미끄럼을 지치면서 말했다.
"야아, 그럼, 거기 가서 아주 말뚝을 박구 살아버렸으면 좋겠네."
"조오치. 하지만 댁은 안될걸."
"어째서요."
"타관 사람이니까."

정씨와 백화는 이처럼 삶이 힘겨울 때면 고향을 떠올린다. 이 고향에 대한 기억은 정씨와 백화가 극한상황 속에서도 흔들리지 않고 자신들의 고유한 리듬을 유지하며 살아가게 하는 원천이 된다. 그들은 지금, 이곳에서 더이상 견딜 수 없을 때라도 그 극한 속에서 자기 스스로를 파괴하고 학대하며 살아가지 않는다. 영달 같은 존재가 이곳에 있어도 힘겹고 또한 이곳을 떠나면 더욱 힘겹기 때문에 이곳에 머물면서 끊임없이 자기 자신을 파괴하는 최악의 상황을 반복하고 있다면, 정씨와 백화가 놓여 있는 자리는 그런 최악의 상황과는 거리가 멀다. 정씨와 백화에게는 언제 어느 때든지 가고 싶으면 갈 곳이 있고, 또 그곳에 가면 바로 그 순간 자신들의 지친 몸과 영혼을 깨끗이 정화시킬 수 있을 것이라고 믿음도 있는 까닭이다. 그러므로 정씨와 백화는 영달과는 달리 분리불안에 시달리며 아무런 애정도 없이 아무나와 관계를 맺는 조급함 따위를 보이지 않는다. 뿐만 아니라 결국은 혼자 남을까 두려워 사랑하는 사람을 자신의 곁에 두지 못하고 떠나보내거나 하지 않는다. 고향이라는 최후의 보루가 그들을 받쳐주고 있으므로.

「삼포 가는 길」에서 이들 셋은 내내 같은 길을 걷지만 당연히 그 걸음걸음의 활력이나 의미는 크게 다르다. 영달은 다만 또다른 일터를 찾아 나설 뿐이지만, 정씨와 백화는 자신들의 피곤한 몸과 마음을 뉘일 터전으로 귀환하는 길인 것이다. 그렇게 영달과 정씨 등은 '전혀 사정이' 다르다. 정씨는 "집으로 가는 중이었고, 영달이는 또다른 곳으로 달아나는 길 위에 서 있었기 때문이"다.

하지만 이 우연한 동행이 끝날 즈음에 이들 사이의 차이는 사라진다. 이 우연한 동행의 마지막에 이르러 정씨나 백화는 어느새 자신들이 돌아갈 고향이 없는 존재라는 사실을 확인하기 때문이다. 이들은 여러 우여곡절을 거쳐 고향행 기차를 타기 위해 감천역에 도착한다. 하지만 그들은 그곳에서 충격적인 소식을 듣는다.

"어디 일들 가슈?"

"아뇨, 고향에 갑니다."

"고향이 어딘데……"

"삼포라구 아십니까?"

"어 알지, 우리 아들놈이 거기서 도자를 끄는데……"

(……)

"바다 위로 신작로가 났는데, 나룻배는 뭐에 쓰오. 허허, 사람이 많아지니 변고지. 사람이 많아지면 하늘을 잊는 법이거든."

작정하고 벼르다가 찾아가는 고향이었으나, 정씨에게는 풍문마저 낯설었다. 옆에서 잠자코 듣고 있던 영달이가 말했다.

"잘 됐군. 우리 거기서 공사판 일이나 잡읍시다."

그때에 기차가 도착했다. 정씨는 발걸음이 내키질 않았다. 그는 마음의 정처를 방금 잃어버렸던 때문이었다. 어느 결에 정씨는 영달이와 똑같은 입장이 되어버렸다.

기차가 눈발이 날리는 어두운 들판을 향해서 달려갔다.

"쳇, 며칠이나 견디나……"

"뭐라구?"

"아뇨, 백화란 여자 말요. 저런 애들…… 한 사날두 촌생활 못 배겨나요."

"사람 나름이지만 하긴 그럴 거요. 요즘 세상에 일이년 안으로 인정이 획 변해가는 판인데……"

정씨는 고향으로 향하는 기차에 오르기 직전 고향이 크게 변했다는 소식을, 아니, 사라져버렸다는 소식을 접한다. 삼포라는 지명은 남았지만 그곳은 더이상 고향이 아닌 것이다. 그토록 가고자 했던 고향, 자신의 모든 고난을 위로해주고 그들의 삶을 다시 의미로 충만하게 해줄 것이라 믿었던 고향이 이미 사라져버렸으니, 정씨는 이제 "영달이와 똑같은 입장"이 된다. "마음의 정처를 잃"기는 백화 역시 마찬가지이다. 물론 이 소설 어디에도 백화의 고향이 정씨의 고향처럼 그 목가적인 풍경과 본래적인 의미를 잃었다는 구절은 없다. 하지만 백화의 고향 역시 상처를 입고 돌아오는 아들/딸들을 아무 말 없이 다독여줄 공동체적 질서는 잃었을 것이라고 암시되어 있으니, 백화의 고향도 이미 사라졌기는 마찬가지이다. 비록 백화의 고향이 목가적인 풍경을 유지하고 있다고 하더라도 이미 그곳을 지배하는 원리는 모든 존재들을, 특히 상처받은 존재들을 따뜻하게 감싸 안는 대지적 모성이 아닌 만큼 백화의 고향은 상처를 입고 돌아온 아들/딸들에게 위안은커녕 오히려 더 큰 상처를 줄지도 모를 일이다. 그렇다면 백화 역시 "마음의 정처"를 잃었기는 마찬가지이며, 그녀 역시 "영달이와 똑같은 입장"이 되고 만 셈이다.

이처럼 「삼포 가는 길」은 사회의 막장으로 떠밀린 존재들의 우연한 동행기이면서 동시에 고향이라는 마음의 정처 탓에 그나마 작은 행복을 누릴 수 있었던 존재들의 또 한차례의 전락담(轉落談)이기도 하다. 여기서 「삼포 가는 길」이 영달의 처지와 정씨와 백화의 처지를 서로 "마음의 정처"의 있고 없음을 기준으로 구분했다는 사실, 그리고 결국은 정씨와 백화가 영달의 자리로 내려앉는다는 점을 거듭 강조하고 있다는 점은 주목할 만하다. 이러한 세계상이야말로 「삼포 가는 길」의 고유하면서도 특기할 만한 발명품이라 일컬음직하다. 「삼포 가는 길」 이전에도 그리고 그 이후에도 뜨내기 인생에 대한 소설은 많았지만, 「삼포 가는 길」처럼 뜨내기들을 분류하고 그들 사이의 또 한 번의 전락을 그려낸 소설은 없었던 것이다. 「삼포 가는 길」은 하위주체들의 또 한차례의 전락담을 통해서 산업화로 표상되는 근대의 유토피아 프로젝트가 사회에서 가장 소외된 존재들을 또 한번 전락시키는 것은 말할 것도 없고 특히나 그들의 "마음의 정처" 혹은 "영혼의 안식처"를 빼앗아버림으로써 그들을 다시 회생할 수 없을 정도로 불행하게 만든다는 사실을 대단히 서정적인 문체로 담담하게 그려낸다. 하지만 이 담담한 서경화(敍景畵)가 주는 충격은 무시무시할 정도이다. 아니, 「삼포 가는 길」이 발명해낸 세계상에는 당시의 시대적 규범 더 나아가 오늘날의 시대적 규범을 전복시킬 정도의 폭발력이 내장되어 있다고 할 수 있다. 당시 사회구성원 모두의 행복을 위한 것으로 받아들여졌던 산업화, 문명화라는 유토피아 프로젝트가 사실은 임과 집과 길이 없이 계속 떠돌아 다녀야 하는, 이것만으로 충분히 불우(不遇)한 존재들을 한 번 더 낮은 단계로 전락시키는 야만적 결과를 초래한다는 점이 「삼포 가는 길」로 인해 너무도 분명해졌기 때문이다.

그러니 「삼포 가는 길」에 대해 말할 경우 반드시 잊지 말아야 할 것이 있는 셈이다. 「삼포 가는 길」은 사회의 막장으로 떠밀린 존재들의 우연한 동행기이면서 동시에 고향이라는 마음의 정처 탓에 그나마 작은 행복을 누릴 수 있었던 존재들의 또 한차례의 전락담(轉落談)이기도 하다는 것.

4. 뜨내기들의 사랑 혹은 구원의 힘

「삼포 가는 길」은 우리가 살펴보았듯 한 곳에 머물 수 없는 뜨내기 인생들의 우연한 동행기이면서 그들의 또 한차례의 전락담이기도 하다. 그런가 하면 영달과 백화 사이에 펼쳐지는 숨 막히는 사랑과 이별의 드라마이기도 하다. 아니 진정한 사랑의 이야기이다.

「삼포 가는 길」의 삼인행은 먼저 동행하던 영달과 정씨에 백화가 합류하면서 이루어진다. 새벽에 길을 나선 영달과 정씨는 아침 요기를 위해 찬샘이라는 한 작은 읍내의 서울식당이라는 주점에 들러 그곳에서 백화라는 작부가 도망쳤다는 이야기를 듣는다. 혹여 길을 가다 만나 잡아다 주면 적지 않은 사례비를 준다는 유혹과 함께. 그런 일이 있었던 것인데 감천역으로 가는 길목에서 영달과 정씨는 백화를 만난다. 몇 푼의 노자밖에 없는 처지인지라 영달은 당연히 사례비 생각이 나나 백화의 거친 입담에 질리고 "나 그 사람들께 손해 끼친 거 하나두 없어요. 빚이래야 그치들이 빨아먹구 나머지구요. 아유, 인젠 술하구 밤이라면 지긋지긋해요. 밑이 쭉 빠져버렸어. 어디 가서 여승이나 됐으면……" 하는 그녀의 말에 동정심을 느낀다. 뿐만 아니라 백화의 과거 이야기를 듣고는 백화에 대한 연민의 정을 품기에 이른다.

작업하는 열흘간 백화는 그들의 담배를 댔다. 날마다 그 어려 뵈는 죄수의 손에 몰래 쥐여주곤 했다. 다음부터 백화는 음식을 장만해서 감옥 면회실로 그를 만나러 갔다. 옥바라지 두 달 만에 그는 이등병 계급장을 달고 백화를 만나러 왔다. 하룻밤을 같이 보내고 병사는 전속지로 떠나갔다.
"그런 식으로 여덟 사람을 옥바라지했어요. 한 달, 두 달, 하다보면 그이는 앞사람들처럼 하룻밤을 지내구 떠나가군 했어요."
백화는 그런 일 대문에 갈매집에 있던 시절, 옷 한 가지도 못 해 입었다. 백화는 지나간 삭막한 삼 년 중에서 그때만큼 즐겁고 마음이 평화로웠던 시절은 없었다. 그 여자는 새로운 병사를 먼 전속지로 떠나보내는 아침마다 차부로 나가서 먼지 속에 버스가 가리울 때까지 서 있곤 했었다.

이 백화의 과거 이야기는 두 사내, 그중에서 특히 영달의 마음을 크게 움직인다. 영달은 '백화'에게서 작부가 아니라 이름 그대로 세상의 어둠 속에서 "더욱 새하얗게 돋보"이는 순결한 꽃의 이미지를 발견하고, 나중에는 발이 삐어 꼼짝 못하는 백화를 업어주며 지난날의 연인까지를 떠올린다. "백화가 어린애처럼 가벼웠다. 아마 쇠약해진 탓이리라 생각하니 어쩐지 대전에서의 옥자가 생각나서 눈시울이 화끈했다." 영달은 잠시 동안의 만남이지만 사랑에 빠져버린다. 그러니까 결코 쉽게 받아들이기 힘든 그녀의 파란만장한 역사를, 그녀의 악다구니와 그 안에 오롯이 숨 쉬고 있는 '백화'같은 마음을 받아들이고, 그녀의 도움을 받아 아무와 관계하되 진정으로 관계하지 않는 자신의 삶의 방식을 고치기로 결심한 것이다.

영달에게서 사랑을 느끼기는 백화도 마찬가지이다. 백화는 처음 영달이 식당집 사례비 운운할 때는 '치사한 건달'을 발견하나 말을 섞으면 섞을수록 타자에 대한 배려가 넘치는 사내임을 알게 된다. 오히려 영달의 건달기가 타자에 대한 배려나 사랑으로 인해 줄곧 상처를 받곤 했던 그의 불행한 과거가 만들어낸 방어기제임을 확인하기에 이른다. 그리고 발이 삔 자기를 서둘러 업는 영달에게서 결정적으로 호감을 갖게 된다. 영달 같은 인물이라면 세상 사람이 작부에게서 갖는 오만과 편견이 없을 것이며 더 나아가 작부 생활을 하며 겪었을 상처마저도 하나하나 보듬어줄 것이라는 기대를 하게 된 것이다.

백화와 영달은 그렇게 사랑에 빠진다. 하지만 서로에 대해 지니는 애정의 열도와 밀도에도 불구하고 그들은 헤어진다. 서로가 서로를 위하기에 도대체가 서로를 붙잡을 수 없는 것이다. 영달은 정말로 백화를 좋아하지만 백화를 또다시 전락시킬까봐 선뜻 나서질 못한다. 지난날의 사랑처럼 큰 상처를 줄까 두려운 것이다. 영달은 "어디 능력이 있어야죠"라며 백화를 떠나보내기로 결심하는데, 이 영달의 말 속에는 사랑하는 사람을 붙잡지 못하는 무기력하고 무능력한 자신에 대한 회오가 가득하다. 다만 할 수 있는 일이란 자신의 전 재산을 떨어 백화가 제발 고향으로 가기를 바라며 차표와 찐빵과 달걀을 사주는 일뿐이다. 백화 역시 적극적이지 못하다. 영달이 붙잡아주지 않는다면 먼저 나설 수는 없는 것이다. 그녀는 자신에게 시무룩해져서 차표를 건네는 영달에게 "정말, 잊어버리지……않을게요"라거나 "내 이름은 백화가 아니에요. 본명은요…… 이점례예요"라는 말로 답하는 것 이상 아무것도 행할 수 없는 것이다. 결국 영달은 차표를 건네며 고향으로 돌아가 이제 행복하게 살기를 바라는 마음을 전하고 백화는 자신의 본명을 알려주며 자신이 정말로 직업적으로가 아니라 자연인으로서 영달을 사랑했음을 진정으로 고백한다. 그리고는 헤어진다. 그리고 그렇게 그들 모두는 "마음의 정처"를 잃은 채 "눈발이 날리는 어두운 들판을 향해서 달려"간다.

진실로 서로를 위하기에 서로를 붙잡지 못하는 이 한없이 이타적인 풍경이야말로 「삼포 가는 길」이 창조해낸 또하나의 위대한 세계상이라 할 만하며, 이는 「삼포 가는 길」을 풍요롭게 한 또하나의 문제적인 장면임에 틀림없다. 일찍이 "위험이 있는 곳엔 구원의 힘도 함께 자란다"고 한 것은 휠덜린이거니와, 「삼포 가는 길」 역시 산업화가 양산해내고 있는 위험 요소인 뜨내기들에게서 오히려 산업화가 초래한 위험을 구원할 힘을 발견한다. 그들은 자기만을 배려하는 차갑고도 메마른 근대적 모럴 때문에 더이상 나빠질 것이 없는 극한상황에 내몰려 있음에도 불구하고 자신의 행복을 위하여 또다른 존재들을 극한에 몰아넣는 대신에 서로에 대한 배려를 잊지 않는 것으로 그려지고 있거니와, 「삼포 가는 길」은 이것으로 근대성의 그 냉정한 모럴을 넘어서기를 꿈꾼다.

종합하자면 「삼포 가는 길」은 세 명의 뜨내기들의 우연한 동행기 속에 산업화, 문명화가 인간에게 가져온 재앙을 치밀하게 기록함과 동시에 그 재앙 속에서 움트는 구원의 힘도 같이 제시한 소설이라 할 수 있다. 이러한 「삼포 가는 길」의 역사철학이 얼마나 혁신적이었는가 하는 것을 확인하기란 그리 어렵지 않다. 우리는 「삼포 가는 길」 전후로 민중 담론이 한국사회를 움직이는 중심 의제로 자리잡았을 뿐만 아니라 한국 사회 전반도 무조건적인 근대화나 산업화를 반성하기 시작했다는 사실을 아직도 선명하게 기억하고 있기 때문이다.

5. 「삼포 가는 길」의 전복성과 문학성

「삼포 가는 길」은 이렇게 당시의 규범 전체를 흔들 정도로 전복적인 소설이다. 「삼포 가는 길」의 전복성은 우선 작가의 치밀한 관찰력과 그것을 가능하게 한 역사철학에 기인한다. 다시 말해 인간 존재에게 있어 고향의 목가적인 풍경이 차지하는 의미와 위상을 통찰해낸 작가 황석영 특유의 역사철학이 그저 한 덩어리로 보이는 뜨내기들 사이에도 미묘한 차이가 있다는 것을 발견할 수 있도록 이끌었고 결국 이렇게 발견된 전혀 새로운 실재가 급기야는 당대의 시대적 규범을 한순간에 무화시키는 결과를 낳기에 이르렀던 것이다. 하지만 「삼포 가는 길」 특유의 정치철학만이 「삼포 가는 길」을 그토록 전복적이게 한 전부가 아니라는 사실도 반드시 기억할 필요가 있다.

  에두를 것 없이 직접적으로 말하자면, 「삼포 가는 길」 특유의 전복성은 「삼포 가는 길」의 치밀한 구성에 힘입은 바 크다. 「삼포 가는 길」은 소설이 진행되는 내내 자신이 말하고자 하는 바를 직설적으로 말하지 않는다. 다만 뜨내기들의 거친 말들을 통해서 산업화에 따른 그들의 고통과 원망을 드러내고, 또 불안정한 뜨내기와 보다 안정적인 뜨내기 사이에 나타나는 미세한 행동 방식의 차이를 통해서 혹은 고향을 향할 때 그 인물들이 보이는 자신 있는 행동과 고향을 잃었을 때 한없이 머뭇거리는 행동 사이의 차이를 통해 고향의 정신적 의미를 완곡하게 전달하고, 또 그런가 하면 그들의 거친 말들과 따뜻하고 아름다운 내면의 비교, 대조를 그들에게 잠복되어 있는 구원의 힘을 그야말로 물 흐르듯 자연스럽게 제시한다. 「삼포 가는 길」의 이 자연스러움은 전적으로 부분과 전체, 인물과 인물, 사건과 사건 사이의 유기적인 통일성에 기인할 터인데, 「삼포 가는 길」의 이 유기적인 통일성은 소설을 읽는 사람들로 하여금 소설적 상황 속에 흠뻑 빠져들게 만든다. 즉 읽는 사람들은 분명 영달과 다른 방식으로 살고 있음에도 불구하고 순식간에 영달에게 자신을 투사하게 되는 것이다. 마찬가지로 읽는 이들은 자신도 의식하지 못하는 사이에 정씨가 되고 백화가 되어 눈발이 날리는 어두운 들판에 던져진다. 그렇게 되면 이제 더이상 산업화가 사회구성원 모두를 위한 유토피아 프로젝트라고 말하는 것이 불가능해지는 것은 물론 우리가 '치사한 건달'이라고 밀쳐두었던 그

뜨내기들에게서 우리에게는 이제 저 가슴 한켠에 간당간당 남아 있는 이 타성이라는 구원의 힘을 읽어내기에 이른다. 그저 단 한 편의 소설을 읽었을 뿐인데 이전의 나로 돌아갈 수 없는 희귀한 경험을 하게 되는 셈인데. 이것이야말로 위대한 소설, 그러니까 우리의 선입견 너머에 존재하는 실재들을 발견하여 그것으로 전혀 새로운 세계상을 구축한 소설만이 행할 수 있는 혁신성이다.

우리는 고향의 향취를 애써 모른 채 하고 산업사회의 한 일원으로 진입하려는 한 인물을 빼어나게 그려낸 바 있는 김승옥의 「무진기행」을 기억한다. 우리는 「무진기행」의 주인공이 부끄러움을 느끼면서도 결국 고향을, 고향에 깃든 자신의 무시무시하고도 매혹적인 역사와 기억 전체를 등지는 장면을 당연한 것으로 받아들인 바 있다. 아니, 오히려 한 개인과 사회의 발전을 위한 탈향인 만큼 부끄러움을 느끼는 것조차가 쓸데없는 것이라는 생각을 한 바 있다. 그렇게 자연과 인간이 조화를 이루는 땅, 영혼의 안식처인 고향으로부터 멀어진 사람들이 물질적인 풍요만을 위해 모든 노력을 경주했고 한국 사회 전반은 공동체 의식도 영혼의 안식처도 찾아볼 수 없는 불모의 사회로 변모한다.

「무진기행」 이후 십 년 정도의 세월이 흐른 후 씌어진 소설이 있느니, 바로 「삼포 가는 길」이다. 그런데 그 「삼포 가는 길」에는 흥미롭게도 「무진기행」의 주인공이 부끄러움을 느끼고 떠나온 그 고향이 어떻게 변했으며, 그렇게 목가적인 고향 풍경을 지워낸 산업화가 어떤 비극들을 불러내었는지가 충격적으로 그려져 있다. 말하자면 우리는 「삼포 가는 길」을 통해 고향이란 단순히 우리가 태어나고 자란 곳이 아니라 인간의 최대의 행복이 깃든 곳이어서 고향에게는 부끄러움을 느낄 어떠한 선택도 해서는 안 된다는 것을 너무나 뼈저리게 확인할 수 있었던 것이다.

예전에 한 평론가가 「무진기행」에서 「삼포 가는 길」까지 십 년 걸렸다'라는 식의 표현을 쓴 바 있거니와, 오늘 나는 문득 이 표현을 바꾸고 싶다. '「무진기행」에서 「삼포 가는 길」까지 십 년 정도밖에 걸리지 않은 것이야말로 우리 시대의 최고의 축복이다'라고.

(2006)

상징의 힘, 혹은 기억의 힘
— 박완서의 「엄마의 말뚝 1」에 대하여

1

때로는 시대를 너무 앞서나가는 작품들이 있다. 동시대에 거의 누구도 주목하지 않는 현상이나 징후들에 먼저 반응해 그 작품 자체에는 무궁무진한 의미가 욕동치나 오히려 그것 때문에 동시대로부터는 외면받는 작품들, 그러다가 후대에 가서야 그 작품 속에 깃든 찬연한 빛이 읽혀지는 작품들이 종종 있다.

박완서의 「엄마의 말뚝」 연작도 바로 이런 작품 중의 하나이다. 물론 저간의 사정을 좀 아는 사람이라면 박완서의 「엄마의 말뚝」 연작이 주목에 값하는 평가를 받지 못했다는 말에 고개를 저을 수도 있다. 「엄마의 말뚝」 연작은 이미 그 작품들이 발표되던 시점에도 세간의 시선을 집중시킨 것처럼 보이기 때문이다. 당시에 여러 평자들이 「엄마의 말뚝」에 큰 의미를 부여했고 「엄마의 말뚝」 연작 중 「엄마의 말뚝 2」는 작가 박완서에게 이상문학상을 안겨주기도 한 바 있다. 이렇게 보면 「엄마의 말뚝」 연작은 당대에 이미 그 의미가 충분히 인정된 것처럼 보이는 것이 사실이기도 하다.

하지만 문제는 그렇게 간단하지 않다. 비록 「엄마의 말뚝」 연작이 발표 당시 여러 사람의 시선을 끌었다고는 하나 그 관심은 다분히 당대적인 관심사에 국한된 것이었다. 예컨대 발표 당시 「엄마의 말뚝」 연작은 철저하게 '분단의 상처와 치유'라는 동시대적 프리즘으로만 읽히며 또한 그 관점에서만 맥락화된다. 하지만 이러한 관심은 「엄마의 말뚝」에 내장된 그 풍부한 의미와 가치를 충분히 드러내기보다는 오히려 제한하고 왜곡하는 결과를 낳는다. 「엄마의 말뚝」에는 그것 이상이 담겨 있는 까닭이다. 물론 「엄마의 말뚝」 연작에 '분단의 상처와 치유'라는 요소가 없는 것은 아니다. 그것도 역시 「엄마의 말뚝」 연작의 중요한 관심사 중의 하나이다. 하지만 그것은 어디까지나 「엄마의 말뚝」 연작의 한 요소일 뿐이며, 그것만으로 「엄마의 말뚝」을 읽을 경우 이 소설의 의미는 한껏 줄어든다.

결론부터 말하자면 「엄마의 말뚝」 연작은 전 지구적 자본주의 시스템의 주변부에서 식민지의 형태로, 혹은 이식의 형식으로 근대화의 길을 걸었던 근대 이후 한국 역사의 파노라마와 그 특이성을 어떤 작품보다도 먼저, 그리고 밀도 있게 그려낸 소설이며, 동시에 해방 후 한국전쟁과 국가 테러 등 광기의 사건들을 바로 주변부의 근대성과의 관계 속에서 맥락화시킨 거의 최초의 소설이다. 「엄마의 말뚝」 연작은 정말로 아주 이른 시기에 전 지구적 자본주의 시스템에 대한 절대적인 동경 때문에 그것에 의한 식민지적 지배를 받으면서도 오히려 그 시스템에 저항하기는커녕 그것을 집요하게 모방하고 이식하는 저저개발국가의 근대성 구조를 정확하게 통찰한다. 뿐만 아니라 근대성의 메커니즘들을 한국전쟁의 기원으로, 또는 한국전쟁 당시 나타났던 국가권력에 의한 대국민 테러들과 연관시킨다. 그러니까 「엄마의 말뚝」이 중요한 것은 '전쟁이나 분단의 상처'를 그려냈기 때문만이 아니라 그 전쟁이나 분단을 주변부의 전도된 근대화와 연관시켜 형상화했기 때문이라고 할 수 있다.

한마디로 「엄마의 말뚝」 연작은 한국적 근대의 형성과 전개 과정, 그러니까 근대 이후 한국 역사라는 장의 구조를 대단히 정확하게 읽어내고 그것을 대단히 밀도 있게 표현한 바로 그 소설이라 할 만하다. 한데, 발표 당시 「엄마의 말뚝」 연작에 대한 관심은 오직 '전쟁(혹은 분단)의 상처'에 모아진 바 있고 그 이후로도 사정은 크게 달라지지 않은 것이 사실이다. 「엄마의 말뚝」 연작 중 이 연작의 밑그림에 해당하는 「엄마의 말뚝 1」이 철저히 관심의 대상에서 제외된 것은 바로 이런 까닭이다. 「엄마의 말뚝 1」은 주로 해방 전의 한국 역사를 집중적으로 그려내고 있는 바, 이 소설은 한국적 모더니티의 이율배반성과 전도된 성격을 경이롭다 싶을 정도로 압축적이고 상징적인 방식으로 형상화해낸다. 하지만 이 '위대한 작품'은 어쩐 일인지 그리 많은 사람들의 시선을 끌지 못한 것이 사실이다. 그래도 근래에 들어 작가 스스로가 「엄마의 말뚝」 연작을 『그 많던 싱아는 누가 다 먹었을까』와 『그 산이 정말 거기 있었을까』 등으로 다시 쓰면서 「엄마의 말뚝 1」에 대한 관심이 높아지고 있다는 것은 그나마 다행스러운 일이 아닐 수 없다. 하지만 이 뒤늦은 관심을 반가워하는 것으로 그칠 일이 아니다. 「엄마의 말뚝」 연작, 특히 「엄마의 말뚝 1」은 『그 많던 싱아는 누가 다 먹었을까』의 원형 정도로 자리매김되고 말 그런 작품이 아닌 것이다.

해서, 「엄마의 말뚝」 연작은 거듭거듭 읽히고 재해석될 필요가 있다. 그 중에서도 특히 「엄마의 말뚝 1」이 그러하다. 「엄마의 말뚝 1」은 이 연작의 근간에 해당하면서도 제대로 읽히지 않았기 때문이다.

2

거칠게 단순화하자면 「엄마의 말뚝 1」은 작중화자인 '나'의 탈향기이자 도시 정착기이다. 「엄마의 말뚝 1」의 작중화자인 '나'는 그야말로 목가적이고 시적인 공간인 박적골에서 어느 날 갑자기 떨려 나와 도시의 그 메마르고 산문적인 현실에 끌려들어간다. 도시라는 전혀 낯설고 이질적인 시공간에서 '나'는 때로는 공포를, 또 때로는 매혹을 느끼며 대단히 불안정한 상태를 반복하다가 서서히 그 질서에 적응하며 그러면서 드디어 자신의 세계내적 위치를 정립해가기 시작한다. 이것이 바로 「엄마의 말뚝 1」의 기본 서사이며, 「엄마의 말뚝 1」의 기본 서사는 이렇게 단순하다.

　하지만 「엄마의 말뚝 1」의 기본 서사가 단순하다고 해서 이 작품의 의미까지가 단순한 것은 아니다. 탈향과 도시적 존재로의 전이 자체가 가지는 상징성 때문이다. 어떻게 보면 근대화란 인간에게서 고향이라는 자족적이고 원환적인 시공간 안에서의 삶을 불가능하게 하고 대신에 고도의 합리성과 계산성에 의해 구축된 도시적 삶을 강제하는 것인지도 모른다. 어떻든 자본주의적인 시스템은 값싸고 탄력적인 대규모의 노동시장이 필요하고 그런 만큼 자본주의적인 도시는 점점 더 메트로폴리스화돼야만 한다. 때문에 자본주의 시스템 하에서는 자연스럽게 자연과 더불어 사는 삶은 권장되지도 용인되지도 않는다. 하여간 근대와 더불어 현존재들은 고향을 잃은 채 냉정한 도시의 한 구성물, 혹은 생명 없는 기호로 전락한다. 더더구나 주변부에서의 탈향과 도시적 존재로의 전이는 그야말로 강제적인 방식으로 강요된다. 제국주의의 산업 재편에 따른 토지 침탈로 수많은 민중들이 자신들의 고향을 등질 수밖에 없다. 물론 독립 후에도 사정은 다르지 않다. 주변부 국가가 부를 축적하는 일이란 오로지 노동집약적인 산업을 통해서 이루어질 수밖에 없으며 그런 만큼 값싼 노동력은 필수적이다. 당연히 고향 안에서의 삶, 그러니까 자연과 더불어 사는 삶은 생존마저 불투명해지고 모든 노동력이 도시로 집중된다. 한마디로 탈향과 도시 정착의 서사는 근대성의 바로 그 현상 형식이라 할 만하며 동시에 '고향을 상실한 도시 속의 불행한 존재'야말로 근대 사회의 전형적인 인간형이라 해도 과언이 아닌 것이다. 그러므로 작중화자인 '나'의 탈향과 도시 정착을 기본서사로 하는 「엄마의 말뚝 1」은 겉으로는 대단히 단순하게 보이나 그 단순한 구조 속에 응축된 의미는 결코 만만치 않다고 할 수 있다.

물론「엄마의 말뚝 1」의 문제성을 단지 근대성을 상징하는 탈향과 도시 정착 과정을 모티브로 하고 있다는 점에서 찾을 수는 없다. 만약 탈향과 도시 정착이라는 기본 서사의 측면에서 한정해보자면「엄마의 말뚝 1」은 결단코 그리 새로울 것도 없기 때문이다. 앞서 살펴보았듯 자연 친화적이 며 목가적인 고향으로부터 쫓겨나서 메트로폴리스의 한낱 기계로, 그러 니까 군중으로 전락하는 것이야말로 근대화의 한 전형에 해당하는 까닭 에 문학에서 탈향과 도시 정착기만큼 많이 반복된 이야기도 드물다. 탈향 과 도시 정착 이야기야말로 저 먼저 근대화를 경험한 나라에서부터 뒤늦 게 근대화를 경험한 나라에 이르기까지 수도 없이 반복된 이야기이며 뿐 만 아니라 지금도 여전히 되풀이되고 있는 형식이다. 한국소설의 경우도 사정은 다르지 않다. 일제시대만 해도 메트로폴리스화가 지연된 까닭에 산발적으로 나타나던 탈향과 경성 정착기는 해방 후 서울의 대도시화가 급격하게 진행되면서 한국소설사에서 가장 많이 시도된 형식 중의 하나 이다. 탈향과 도시 정착은 해방 이후 이곳에 현존했던 존재들의 실존 형 식을 총괄하는 가장 보편적인 내러티브였던 까닭에 탈향과 도시 정착 이 야기는 다른 어떤 모티브보다도 거듭거듭 반복되었던 것이다.「엄마의 말 뚝 1」의 탈향과 도시 정착 이야기 역시 이 연장선상에 놓여 있는 것이 사 실이며, 어떤 점에서 보자면「엄마의 말뚝 1」은 수많은 탈향과 도시 정착 이야기의 중의 하나에 불과할 수도 있는 것이다.

하지만「엄마의 말뚝 1」은 결코 수많은 탈향 이야기 중의 하나가 아니 다. 수많은 탈향과 도시 정착기 중의 하나이되 다른 탈향과 도시 정착기 가 갖지 못한 또다른 것이 꿈틀거리고 있기 때문이다.

3

「엄마의 말뚝 1」은 분명 여러 탈향 이야기와 도시 정착기 중의 하나가 아니다. 그 이상이다. 서둘러 말하자면 「엄마의 말뚝」은 단순한 탈향과 도시 정착기를 넘어서서 근대 이후 한국 역사를 총괄하는 대단히 의미 있는 문제틀, 혹은 역사상을 제시하는 바로 그 소설이다. 「엄마의 말뚝 1」이 여타의 다른 탈향기의 단순한 반복이 아닌 것은 이 소설에는 분명 다른 탈향과 도시 정착기가 지니지 못하는 경이로운 요소들이 불균형하게 산포되어 있기 때문이다.

   그중 우선 주목할 만한 것은 「엄마의 말뚝 1」이 작중화자가 떨어져나오는 고향을 의미 있게 상징화시켰기 때문이다. 「엄마의 말뚝 1」은 작중화자인 '나'의 고향인 그곳을 대처와는 다른 곳, 그러니까 근대 이전의 질서로 맥락화하고 그 문맥에 맞게 상징화하기 위해 세심한 주의를 기울인다. '나'의 고향인 그곳 박적골은 인공적인 것이라고는 존재하지 않는 자연친화적이고 자연 중심의 질서에 의해 운영되는 곳이다. 그곳은 "앵두나무, 배나무, 자두나무, 갈구나무가 때맞춰 꽃피고 열매를 맺었고 뒷동산엔 조상의 산소와 물 맑은 골짜기와 밤나무, 도토리나무가 무성했다. 사랑마당은 잔치 때 멍석을 깔고 차일을 치면 온 동네 손님을 한꺼번에 칠 수 있도록 넓고 바닥이 고르고 판판했지만 둘레에는 할아버지가 좋아하시는 국화나무가 덤불을 이루고 있"는 그런 곳이다. 그런 자연친화적인 공간에는 자연의 순리에 따라 할아버지가 집안의 중심이 되어 금기와 허용, 통제와 자율, 사회적 질서와 개인의 욕망을 조절하기도 한다. 또한 눈의 병을 거머리로 치유하는가 하면, 심한 복통으로 "마루에서 댓돌로 댓돌에서 세 층이나 아래인 마당으로 데굴데굴 굴러 떨어지면서 마당의 흙을 손톱으로 후벼 파면서 괴로워"하는 환자를 두고 사관을 트게 하고 무당집으로 달려가서 무꾸리를 하고 굿날을 받는 그런 곳이기도 하다. 말하자면 박적골은 아직은 근대적인 과학이나 합리성 혹은 계산성이 통용되지 않는, 대신에 주술적이고 초월적인 질서에 의해 운영되는 그런 곳인 것이다. 「엄마의 말뚝 1」은 이렇게 작중화자의 고향인 박적골을 여러 가지 상징들을 통해 전근대적 시공간으로 치밀하게 상징화한다.

물론 「엄마의 말뚝 1」이 여기에 그치는 것은 아니다. 「엄마의 말뚝 1」은 박적골을 전근대적인 시공간으로 상징화하는 것과 마찬가지로 대처(혹은 서울)를 근대적 시공간으로 상징화한다. 대처는 특히 작중화자인 '나'가 맛보는 이물감을 통해 표현되는 바, 그 범위가 대단히 다양하다. 그것은 우선 안경, 유리와 같이 눈을 뜰 수 없을 정도로 빛나는, 그러나 차가운 느낌으로 표상되기도 하고, 또 때로는 송도에서 맛보는 숨막힐 듯한 질서 정연함으로 제시되기도 한다. 하여간 「엄마의 말뚝 1」은 작중화자의 시선을 통해 도시를 이전의 박적골에서는 볼 수 없었던 빛나면서도 차가운, 그러나 불을 불러일으키기도 하는 빛의 덩어리로 상징화한다.

그러나 「엄마의 말뚝 1」에 등장하는 도시에 대한 표상이 이것이 다는 아니다. 「엄마의 말뚝 1」의 작중화자인 '나'는 서울의 변두리인 현저동에 정착하게 되는 바, 「엄마의 말뚝 1」의 도시 표상은 이 현저동에 대한 묘사에 이르러 그 전모를 드러낸다. 그러니까 "유리창에서 박살나는 한낮의 햇빛"이 도시의 첫인상이라면, 현저동이라는 공간에 대한 작중화자의 인상이 덧붙여지면서 「엄마의 말뚝 1」의 도시 표상은 구체화되고 맥락화된다. 이렇게 작중화자의 인상기를 통해 제시되는 「엄마의 말뚝 1」의 도시 표상은 대충 이런 곳이다. 현저동 그곳은 송도에서 맛본 첫인상과 달리 질서정연함만 있는 곳은 아니다. 그곳은 문 안/문밖, 집주인/세입자, 전철/지게, 신여성/기생, 학교/감옥, 병원/무당의 선명한 경계가 존재하는 곳이며 또 그 경계를 사이에 둔 대립이 너무나도 분명한 곳이다. 그런가 하면 수시로 외설적인 요소들을 만날 수 있는 곳이기도 하며 또한 감옥과 같이 또다른 방식으로 인간들을 감시하고 통제하는 곳이기도 하다. 또 그런가 하면 "엿이나 꿀의 단맛처럼 끈기 같은 게 가미된 강렬한 단맛"이 아닌 "부드럽고도 순수하면서도 혀를 녹일 듯한 감미 그 자체"가 널린, 그래서 "나를 못 견디게 현혹시킨 도시의 감미"가 널린 곳이기도 하다.

「엄마의 말뚝 1」은 이처럼 철저하게 박적골과 서울(혹은 현저동)을 전근대와 근대의 표상으로 상징화시켜 놓고 이 둘을 유비시킨다. 하지만 「엄마의 말뚝 1」이 이 두 시공간을 균형감 있게 묘사하는 것은 아니다. 「엄마의 말뚝」은 서울 현저동의 풍경과 그곳에서의 불행한 삶의 양태들을 집중적으로 묘사한다. 서울의 현저동은 어떻게 보면 식민지 근대화의 어두운 이면이자 식민지 자본주의가 만들어낸 깊은 심연 같은 곳이다. 그곳을 가로지르는 일차적인 삶의 원리는 환금가능성이자 물신적인 가치이다. 그것만이 있다. 돈(또는 집)을 가진 자는 군림하고 그것이 없는 자는 비굴하며 이 정신적 동물왕국의 원리는 어린 아이에게도 세습된다. 또한 그곳에는 쾌락원리의 자유로운 분출이 가능한 듯하나 그만큼 더 견고한 현실원칙이 존재한다. 그리고 무엇보다 그곳은 자신만을 배려할 뿐 타인에 대한 배려라고는 찾아볼 수도 없는 장소이기도 하다.

「엄마의 말뚝 1」은 이렇게 서울이라는 시공간을 철저하게 부정적인 삶의 시공간으로 묘사하거니와, 이는 「엄마의 말뚝 1」이 우리의 주변부적 근대화 혹은 식민지적 근대화 때문에 발생한 파행성을 의식적이든 무의식적이든 적절하게 반영한 결과라 할 수 있다. 잘알려져 있듯 주변부 혹은 식민지의 근대화는 사회구성원들의 염원을 모아 진행되지 않는다. 일방적으로 또는 강제적으로 선진제국의 자본주의적 메커니즘에 유익한 사회 형태가 강제되는 바 이로 인해 이러한 사회는 거의 모든 사회구성원들이 아무런 준비 없이 갑작스럽게 자신의 인격과 노동력을 상품화시켜야 하는 상황에 직면한다. 그야말로 노골적인 적자생존의 사회가 되는 셈인데, 이러한 상황에서는 자본주의 사회에서 요구되는 최소한의 윤리의식마저도 자리할 틈이 없어지게 된다. 결국 이러한 사회에서는 "나 빼놓고 다 망해라"(『태평천하』), "사회니 무어니 다 소용없다. 그저 돈이 최고다"(『고향』)라는 물신화된 가치관이 만연할 수밖에 없으며 한국의 근대화도 바로 이런 식으로 진행되었다고 할 수 있는 바, 「엄마의 말뚝 1」에서 보이는 근대적인 것 전반에 대한 부정적인 태도는 이러한 한국적 근대의 특이성에 대한 정확한 표현이라 할 만하다.

이렇게 본다면 「엄마의 말뚝 1」은 외형적으로는 작중화자의 탈향과 도시 정착기이지만 실질적으로는 작중화자의 전락기이다. 박적골이 비록 빛나고 화려하지는 않으나 나름대로 사회구성원들의 조화가 존재하는 곳이었다면, 서울은 그런 곳이 전혀 아니었던 것이다. 그곳은 물질적인 것이 인간적인 가치를 압도하는 그런 곳이며, 수많은 경계와 분할, 그리고 배제와 감시에 의해서 유지되는 어두운 사회이기도 하다. 당연히 작중화자 '나'의 탈향과 도시 정착기는 작중화자가 행복에서 불행으로, 조화로운 상태에서 균열된 삶으로 전락하는 과정에 다름아니며, 이는 식민지의 상태에서, 그리고 주변부에서 강제적으로 전 지구적 자본주의 질서에 편입되어야 했던 우리 민족 공통의 운명이기도 하다.

한마디로 「엄마의 말뚝 1」은 박적골과 서울을 각각 전근대와 근대로 상징화시키는 전략을 통하여 한 어린 아이의 탈향과 도시 정착기를 그야말로 밀도 높게 한국 사회의 굴곡진 근대화 과정으로 확장시킨다. 흔히 비유는 사실보다 끈질기다라고 하거니와, 「엄마의 말뚝 1」은 이러한 비유의 힘, 보다 구체적으로 말하자면 상징의 힘을 보여주기에 충분하다.

4

이처럼 「엄마의 말뚝 1」은 한 개인의 파노라마를 한국 근대화의 특이성으로까지 확장시켜 다른 탈향기와 구분되는 이 소설만의 고유한 역사지리지를 만들어내는 데 성공하거니와, 이와 관련시켜 또하나 주목할 것이 있다. 그것은 '박적골'에 대한 작중화자, 더 나아가서는 작가의 태도이다. 작중화자인 '나'는 소설의 몇몇 지점에서 박적골을 기억하고 회상한다. 그때마다 그 태도는 한결같다. '박적골집은 나의 낙원이었다'라는 것이다. 즉 작중화자인 '나'는, 그리고 작가는 전근대적이고 자연친화적인 그 시공간을 끊임없이 '낙원'으로 기억하고 있으며, 그곳에서의 자신의 유년의 삶을 '생의 최고의 순간'으로 회상한다. 박적골에 대한 이러한 기억은 매우 중요하다. 특히 '박적골집은 나의 지옥이었다'로 기억하는 작중화자의 어머니와 여전히 '박적골집은 나의 낙원이다'로 신념하는 작중화자의 할아버지 등과 비교해보면 '박적골은 나의 낙원이었다'라는 '나'의 기억이 지니는 가치는 의미심장하다. 앞질러 말하자면 '박적골은 나의 낙원이었다'로 표상되는 「엄마의 말뚝 1」의 고유한 기억과 역사지리지가 결국은 이 소설로 하여금 전도된 한국적 근대성(혹은 계몽의식)의 파행성과 폭력성을 누구보다도 날카롭게 파헤치는 것은 물론 전혀 다른 맥락의 역사상을 발명케 했기 때문이다.

한국적 근대화란 어떻게 보면 「엄마의 말뚝 1」에서 '엄마'가 그리는 역사지리지 그것과 상동성을 보인다. 작중화자의 엄마는 박적골, 그러니까 근대 이전의 질서를 지옥 그것으로 고정시킨다. 이유가 없는 것은 아닌데, 그곳에서 그곳을 유지시키는 메커니즘 탓에 남편을 잃었기 때문이다. 어느 날 남편이 심한 복통을 앓게 되자 "엄마와 할머니는 무당집으로 달려가서 무꾸리를 하니까 집터에 동티가 나도 단단히 났으니 큰굿 해야겠다고 하면서 굿날을 받아놓기만 해도 당장 차도가 있을 거라고 장담을 해서 우선 굿날 먼저 받아놓고" 온다. 그러나 그러고 오니 "아버지는 막 숨을 거둔 뒤였다." 이 주술적인 세계에 대한 환멸은 작중화자의 엄마를 근대에 대한 주술적 신앙의 길로 이끈다. 물론 작중화자의 엄마가 탈마법화된 세계의 제도나 질서에 대해 경험한 것은 아니다. 작중화자의 엄마는 서울로 표상되는 근대성과 문명의 위력을 다만 "소문을 통해 접"한 바 있다. 이후 "엄마는 아버지를 죽게 한 병이 대처의 양의사에게만 보일 수 있었으며 생손앓이처럼 쉽게 째고 도려내고 꿰맬 수 있는 병"이었다는 믿음을 갖게 되고, 그리고는 곧 근대문명에 대한 주술적 신앙에 빠져든다. 작중화자의 엄마의 신앙체계에 따르면 서울, 근대는 곧 진선미의 총화이며 박적골, 전근대는 '무지몽매', 악, 추의 전형이다. 근대화에 대한 이 맹렬한 신도는 이 신앙을 모든 사람에게 전파하고자 하며 우선 자신의 아들과 딸을 서울이라는 메시아의 땅으로 이끈다. 주변 사람들이 만류하자 화자의 엄마는 딸의 머리를 "뒷머리가 아궁이 모양으로 패이고 뒤통수의 맨살이 허옇게 드러나"는 "치욕"적인 머리로 쌍동 잘라버리는, 다시 말해 박적골의 공동체적 질서와 더이상 조화를 이룰 수 없는 신체적 변형을 가하는 결단을 통해 자신의 의지를 관철시킨다.

하지만 작중화자의 눈에 비친 근대의 문명이란 거부하기 힘든 유혹들은 있으나 결코 낙원은 아니다. 오히려 실낙원이다. 근대의 문명이란 문명의 세례를 받는 자에게는 낙원인지 모르나 대부분의 존재들에게는 연옥에 가까운 그런 곳이다. 그럼에도 불구하고 작중화자의 엄마는 자신의 신앙을 포기하지 않는다. 뿐만 아니라 "공부를 많이 해서 이 세상의 이치에 대해 모르는 게 없고 마음먹은 건 뭐든지 마음대로 할 수 있는 여자"인 '신여성'이 될 것을, 그러니까 작중화자에게 같은 신도가 될 것을 강요한다. 이유는 간단하다. '박적골집은 더이상 나쁠 수 없는 나의 지옥이었다'는 신념을 지니고 있기 때문이며, 다른 한편으로는 근대의 문명사회란 비록 지금은 아니더라도 곧 '이 세상의 이치에 대해 모르는 게 없고 마음먹은 건 뭐든지 마음대로 할 수 있는' 세상을 우리에게 가져다 줄 것이라고 믿기 때문이다. 비록 지금은 아니더라도 곧 좋은 세상이 오리라는 믿음을 가지고 그 세상을 기다려야 한다는 것이다. 물론 이런 믿음에 대해서 작중화자의 엄마도 역시 흔들릴 때가 많은 것이 사실이다. 눈앞에 매일 두고 보는 현실이 '오히려 박적골보다 못한 문명사회'이기 때문이다. 그러나 이런 흔들림이 강해지면 작중화자의 엄마는 이전의 보편성과 새로운 보편성을 길항시켜 새로운 삶의 모럴을 확립하는 대신에 오히려 더 흔들림없는 믿음을 가지는 것으로 자신의 균열을 봉합하는 것은 물론 작중화자나 작중화자의 오빠에게 더 큰 신앙심을 강요한다.

이상 작중화자의 엄마의 역사지리지는 개념화하면 이러하다. 문명사회에 관한 풍문을 들어보니 전근대적 사회란 곧 실낙원이다. 해서, 우리는 문명사회란 낙원으로 가야 한다. 물론 문명사회 역시 문제점이 있으나 이것은 나를 포함한 우리의 문명화된 의식이 불철저하기 때문이다. 문명사회에 대한 조그만 문제점을 들어 이것을 비판하거나 새로운 대안을 찾아서는 절대 안 되고 문명사회에 대한 절대적인 신념을 가져야 한다. 그것이 아니고는 안 된다. 그것은 역사의 발전을 되돌리는 행위이다. 이러한 역사지리지는 분명 대단히 전도된 것이며 또한 폭력적인 것이 사실이다. 그러나 이러한 인식틀을 폭력적이라고 느끼기란 그리 쉽지 않다. 만약 문명사회 혹은 전 지구적 자본주의 시스템을 역사의 발전이라고 믿는 관점에 서게 되면 작중화자의 엄마와 같은 인식틀은 오히려 역사에 대한 의미있는 동참의지로 읽힐 가능성이 농후하다.

아니, 실제로, 얼마 전까지 우리는 이러한 근대성에 대한 헛된 미망으로부터 자유롭지 못했던 것이 사실이다. 한국의 근대화가 저 초창기부터 지금까지 주로 이식의 형태로 번역의 수준에서 행해졌던 바, 이것은 전적으로 이러한 인식에 기인한 것이다. 잘 알려 있듯 한국의 근대화는, 저개발국가, 혹은 저저개발국가의 근대화 과정과 마찬가지로, 자국 과거의 보편성을 백지화하고 그 텅 빈 시공간에 전혀 새로운 세계, 그러니까 선진 자본주의국가의 시스템을 이식, 모방하는 방식으로 진행된 바 있다. 물론 이러한 일방적인 근대화를 거부하려는 운동이 없었던 것은 아니나 그 노력들이 좌절되면서 한국은 전 지구적 자본주의 시스템에 강제적으로, 즉 식민지의 형태로 편입되기에 이른다. 그런데 전 지구적 자본주의 그것은 한편으로는 냉철한 계산주의자이자 평등주의자여서 기존의 낡은 보편성을 인식하는 계기로 작동하는 동시에 물신화와 식민지 지배라는 결코 이전의 봉건사회 못지않은 사회적 모순을 발생시킨다. 하여, 어느 부류는 전 지구적 자본주의를 한국이 본받아야 할 놀라운 신세계로 받아들이며,

어느 부류는 인간에 대한 배려가 없는 냉혈한의 세계로 전유하게 된다. 당연히 이 둘 간의 갈등은 대단히 격렬할 수밖에 없었다. 한데 또하나의 중요한 문제는 한국의 근대화는 식민지 지배로 인해 이 둘의 갈등을 길항 시켜 제도화하는 길이 차단되어 있었다는 것이다. 그래서 근대 이후 한국 사회는 그야말로 극심하게 분열되고 만다. 전혀 새로운 사회적 제도와 시스템을 이식하려는 부류와 이전의 시스템을 고수하려는 부류의 대립(또는 전혀 새로운 세계를 창조하려는 열정과 기존의 것을 지키려는 강렬한 의지 사이의 대립), 새로운 세계를 창조하려는 자들 사이의 갈등, 그리고 그러한 사회 상층부의 이념과 민중들의 염원 사이의 쟁투 등등. 이러한 한국적 근대의 특수성은 식민지 시기 한국인들을 그야말로 다양하게 이합집산하게 만들며 이는 급기야는 해방 후의 한국전쟁이나 국가 테러의 기원으로 작동했음은 물론이다. 거친 단순화가 허용된다면, 이제까지 근대 이후 한국 역사는 민중의 염원과는 관계없이 "박적골은 나의 지옥이었다"와 "박적골은 나의 낙원이다"라는 시선 사이의 쟁투이며 투쟁이라 할 수 있으며 지금까지의 모든 역사지리지도 바로 이러한 맥락에서 구축되었다고 할 수 있다.

이런 점에서 보자면 "박적골은 나의 낙원이었다"는 시선에 의해 근대 이후 한국 역사를 전유하고 있는 「엄마의 말뚝 1」의 인식은 매우 소중한 것이라 아니할 수 없다. 「엄마의 말뚝 1」은 그러한 인식에 기초해서 한편으로는 이제까지의 한국적 근대가 얼마나 심각한 폭력적인 신념체계에 의해서 진행되어 왔는가를 날카롭게 보여주고 동시에 우리에게 절실한 새로운 역사지리지의 한 전범을 제시하고 있다. 이러한 새로운 맥락의 역사지리지에 대한 관심이 최근 포스트 콜러니얼리즘 등의 논의에 힘입어 제기되고 있는 상황임을 상기한다면, 「엄마의 말뚝 1」 안에 내장된 가치는 그야말로 무궁무진하다 할 것이다.

(2005)

교환의 정치경제학과 증여의 윤리학
―『탁류』론

1. 『탁류』의 문제성, 혹은 『탁류』 다시 읽기의 문제성

채만식의 『탁류』는 끊임없이 다시 읽어야 할 그런 작품이다. 『탁류』 전반을 가로지르고 있는 만만치 않은 문제성 때문이다. 『탁류』는 채만식 문학의 총화이자 한국근대문학의 한 정점이다. 채만식은 무엇보다 주변부가 전 지구적 자본주의에 의해 준주변부로 편입해가는 과정, 그러니까 한국의 식민지 근대화 과정에 누구보다도 민감한 시선을 보낸 작가이다. 채만식은 그 민감한 시선으로 특히 "과도기의 특산물"[1], 그러니까 전 지구적인 시스템과 주변부적 시스템이 충돌하면서 만들어내는 갈등들에 깊은 관심을 보였으며, 그를 통해 식민지 근대화의 풍경을 어느 누구보다도 심지어 어떤 역사서보다도 더 풍부하고 객관적으로 표현한 작가이다. 그런 점에서 채만식은 그 시대 여타의 작가들과 출발점을 달리한다. 일제하 작가들 대부분이 전 지구적 자본주의라는 보편적 시스템이 발생시키는 문제, 예컨대 계급모순이나 문명화에 따른 불안과 불만들에 관심을 집중시

---

1) 채만식, 「과도기」, 『채만식전집 5』, 창작과비평사, 1987, 240쪽.

켰다면, 채만식은 전 지구적 자본주의라는 보편적 시스템과 이전부터 이어져 내려오던 토착적 시스템이 복잡하게 뒤엉키면서 발생한 추락과 상승, 비극과 희극의 파노라마들을 주목한 거의 유일한 작가이다. 그리고 채만식은 그 특유의 냉정한 시선으로 한편으로는 그 추락과 상승의 파노라마들 속에 펼쳐지는 부정적인 삶의 양태들을 냉소하고 풍자하는가 하면 다른 한편으로는 보다 의미 있는 삶의 형식, 혹은 보다 나은 미래를 가능케 할 잠재적 가능성이나 가치들을 집요하게 탐색한 거의 유일한 작가이기도 하다. 물론 어느 시기에는 채만식이 내세운 가능성이 그 시대의 다른 작가들 모양 사회주의적이거나 동양체제론적인 것이어서 그만의 고유한 역사지리지가 희미해지는 경우가 없는 것은 아니다. 하지만 그런 몇몇 예외적인 경우를 제외하고는 작가 채만식은 조선적 특수성에 대한 관심을 잃지 않는바, 이 점은 반드시 기억할 필요가 있다. 이 조선적 현실에 대한 관심 덕분에 채만식은 진정한 의미의 시행착오를 거듭하는 작가일 수 있었기 때문이다. 다시 말해 채만식은 조선적 현실에 대한 관심을 바탕으로 항시 자기 외화와 반성, 그리고 재정립이라는 자기실현의 코스를 유지할 수 있었으며 이것 때문에 궁극적으로 한국의 근대 사회에 대한 구체적 보편성을 포착할 수 있었던 것이다. 한마디로 채만식은 전 지구적 자본주의 시스템과 토착적 시스템의 갈등에 의해서 만들어지는, 더욱이 식민지적 상황에 때문에 더욱더 굴곡진 수많은 우여곡절들을 테마화하고 또 그 시대를 살아가는 수많은 현존형식들을 일관되게 형상화한 작가이며, 이러한 특유의 인식론과 창작방법으로 한국근대문학사에 누구보다도 뚜렷하고 선명한 흔적을 남긴 작가라 할 만하다. 『탁류』는 이러한 채만식의 인식론과 창작방법론이 모두 한 자리에 모인 소설이며, 또 그런 만큼 채만식의 어느 소설보다도 의미 있는 요소들로 가득 찬 소설이다. 앞질러 말하자면 『탁류』는 근대 이후 우리의 역사지리지를 전통적이면서도 현대화된 서사틀로 묶어낸 작가 채만식의 모든 공력이 집대성된 소설이며 동시에 그런 까닭에 한국근대문학의 특질과 가능성을 한 몸에 체현하고 있는 바로 그 소설이다.

이런 점에서 『탁류』를 읽는다는 것은 한국근대문학사의 한 문제적인 작품을 읽어보는 정도의 의미에 그치지 않는다. 그것은 곧 한국근대문학의 고유한 개성과 가치를 획정하고 동시에 한국근대문학이 창조해낸 의미 있는 진리내용을 확인하는 일이다. 그러므로 『탁류』는 거듭거듭 읽혀야 하며, 그것도 이제는 보다 넓은 맥락 속에서 파악될 필요가 있다.

그렇다고 이 진술이 『탁류』가 충분히 읽히지 않았다는 것을 의미하는 것은 아니다. 오히려 『탁류』는 그 문제성 때문에 어느 작품보다도 많이 읽힌 작품이다. 하지만 많이 읽혔으되, 『탁류』를 총체적으로 읽은 그 이후에 행해진 해석과 평가는 그리 많지 않은 형편이다. 이미 여러 연구자가 지적했듯 『탁류』에 대한 해석과 평가는 발표 때부터 지금까지 서로 다른 두 개의 극단이 공존해온 것이 사실이다. 어느 한 부류에게 『탁류』는 일제하 식민지의 현실을 치밀하고 객관적으로 반영한 소설[2]이나, 다른 부류에게 『탁류』는 식민지 현실의 세태를 표면만 그려낸 작품이거나 아니면 초봉의 수난사를 지나치게 감상적으로 부각시킨 통속소설적인 혐의가 짙은 작품[3]일 뿐이다. 『탁류』라는 동일한 대상을 놓고 평가한 것이라고 보기엔

---

2) 이러한 관점을 보인 연구로 주목할 만한 것으로는 다음과 같은 것들이 있다. 홍이섭, 「채만식의 『탁류』—근대사의 한 과제로서의 식민지 궁핍화」, 『창작과비평』 1973년 봄호; 김치수, 「역사적 탁류의 인식—채만식의 『탁류』와 『태평천하』」, 김현 외, 『한국현대문학의 이론』, 민음사, 1973; 신두원, 「채만식 소설의 리얼리즘(1)—『탁류』를 중심으로」, 『한국의 현대 문학』 4, 한양출판사, 1993; 한기, 「식민지시대 몰락계층과 비극적 세계관」, 정호웅 외, 『장편소설로 보는 새로운 민족문학사』, 열음사, 1993; 김경수, 「식민지 수탈 경제와 여성의 물화 과정—채만식의 『탁류』의 재해석」, 『작가세계』 2000년 겨울호.

3) 이와 같은 관점을 보인 것으로는 다음과 같은 것들이 있다. 임화, 「세태소설론」, 『문학의 논리』, 학예사, 1940; 임화, 「통속소설론」, 같은 곳; 김남천, 「세태 풍속 묘사, 기타」, 『비판』, 1938년 6월; 안낙일, 「비극성과 통속성, 그 심미적 거리—『탁류』의 대중문학적 성격」, 『한국문학이론과 비평』 14, 2002년 3월.

너무 극단적인 평가가 있어 왔던 셈인데, 이런 상반된 평가는『탁류』를 전체적으로 조망하지 않은 상태에서 해석과 평가가 이루어졌기 때문인 것으로 보인다.

『탁류』는 충실하고 매혹적인 디테일들이 매우 불균등하게 흩어져 있는 소설이다. 예컨대『탁류』속의 미두장 풍경이나 은행 장면, 온천 풍경, 유곽 풍경, 그리고 백화점 풍경 등은 다른 소설에서 보기 힘들 정도로 그 시대의 전형에 다가가 있으며 정주사나 초봉의 전락 이야기, 고태수, 윤제호, 장형보, 한참봉의 상승과 몰락 이야기, 그리고 남승재와 초봉, 그리고 계봉 사이에 벌어지는 사랑과 우정 사이의 미묘한 관계 등은 그 하나하나가 시대의 본질에 육박한 모티브들이다. 이러한 디테일들은 그 하나하나가 너무 신성하고 매혹적이어서 종종『탁류』의 중심 서사를 벗어나기도 하고 또한 그 중심 서사와 모순되기도 하며, 또 경우에 따라서는 통일적인 서사를 방해하는 요소로 작용하기도 한다.『탁류』가 종종 서사와 묘사가 조화를 이루지 못한 소설로 지목되는 까닭이 바로 여기에 있다.『탁류』에는 이처럼 신성한 디테일의 향연장이라 할 정도로 매혹적인 디테일들이 넘쳐나며 그 때문에 세태 묘사 소설로 격하되기도 하지만, 그렇지만 자세히 살펴보면 작품 전체를 관류하는 기본적인 서사가 없는 것은 아니다. 그것은 바로 정주사 집안의 몰락담이다. 보다 구체적으로 이야기하자면 정주사와 정초봉의 몰락 이야기이다. 그런데 문제는 이 두 개의 몰락담이 겉보기에 대단히 이질적이라는 것이다. 우선 정주사의 몰락담은 당시의 '미두장'이라는 제도와 깊은 관계를 맺고 있어 대단히 현실적이며 역사적인 프리즘을 확보한 것처럼 보인다면, 정주사의 몰락담에 이어지는 초봉의 몰락 서사는 초봉의 여성수난사에 초점이 맞춰져 있어 대단히 세태적이며 통속적인 서술에 그친 듯한 인상을 주는 것이 사실이다.『탁류』에 대한 극단적인 해석과 평가가 거듭 반복되는 것은 바로 이와 관련이 깊다. 즉 '미두장'이라는 제도에 의한 정주사

의 몰락 과정에 보다 큰 의미를 둘 경우 『탁류』는 식민지 현실을 객관적
으로 반영한 소설이 되지만, 『탁류』의 주도적인 서사에 해당하는 초봉의
몰락담에 포커스를 들이댈 경우 『탁류』는 세태적이며 통속적인 소설이
되었던 것이다.

  그렇다면 『탁류』에 대한 너무 다른 해석과 극단적인 평가는 『탁류』 자
체의 이질적인 것들의 병존 현상에 기인한 것이라 할 수 있다. 그렇다면
『탁류』에 대한 극단적인 해석과 평가는, 다른 측면에서 보자면, 이제까지
의 『탁류』에 대한 논의들이 『탁류』를 가로지르는 서사원리 중 하나만을
그것을 절대화하여 『탁류』를 재구성하는 데 치중했음을 알려주는 지표이
기도 하다. 『탁류』의 초봉의 몰락담은 우연성이 짙은 반복되는 몰락(혹은
타락) 그러니까 과잉의 몰락으로 인하여, 그리고 그 순간마다 초봉이 행
하는 지나치게 수동적인 행동들로 인하여 정주사의 몰락에 견주어 볼 때
그 시기의 현장의 감각(현실성이 아니라!)이 덜 느껴지는 것이 사실이다.
아마도 많은 연구자들이 『탁류』에서 정도를 넘는 비균질성과 상호모순성
을 읽어냈던 것은 이 때문일 것이다. 하지만, 그럼에도 불구하고, 『탁류』
에 대한 이제까지의 해석과 평가들이 지나치게 『탁류』의 한 부분만을 부
각시켜 조금은 성급한 평가를 내리고 있다는 비판으로부터 자유로울 수
는 없다. 즉 이제까지의 연구 중 한 부류는 미두장을 중심으로 한 식민지
적 수탈 구조를 집중적으로 부각시켜 『탁류』를 높은 리얼리즘적 성취를
이룬 작품으로 평가해왔고, 다른 한 부류는 초봉의 수난이라는 신파적 요
소를 집중적으로 부각시켜 『탁류』를 시대적 본질과는 무관한 통속적 세
태소설로 규정해왔던 바, 이러한 태도는 『탁류』의 중층성과 복합성을 결
정적으로 훼손시키는 결과를 낳고 말았던 것이다. 앞질러 말하자면, 『탁
류』는 하나의 서사를 중심으로 모든 사건과 사건들이 유기적으로 배치된
소설이 아니라 여러 서사가 동시에 겹쳐져 있는 중층적인 텍스트이다. 해
서 『탁류』는 통일성과 소설 내적 총체성을 통해 미적 성취를 획득한 소설

이 아니라 이질적인 것들의 놀라운 공존을 통해서 『탁류』만의 특이성과 밀도를 얻어낸 소설인 것이다. 그런데 이제까지 『탁류』에 대한 연구는 이 중 어느 하나만을 중심서사로 확정하고 나머지를 부차적인 요소로 괄호 속에 넣어버리기에 급급한 감이 없지 않다. 그 결과 이제까지 『탁류』에 대한 연구는, 『탁류』를 혹평한 경우는 말할 것도 없고 혹여 그것이 『탁류』를 고평한 경우라 하더라도, 『탁류』라는 거대한 성채 속에서 뿜어져나오는 진리의 빛을 지워내는 일을 행하고 말았다고 할 수 있다.

그렇다면, 그러므로, 중요한 것은 『탁류』의 전체를 보는 것이다. 미두 장의 정주사와 초봉의 수난사를 같이 보는 것이다. 사실 이 둘은 같은 자 리에 놓고 보면 서로 전혀 성격을 달리하는 무엇이 아니다. 그것 사이에 는 직접적이지는 않지만 결코 무시할 수 없는 연계점들과 관계성이 존재 한다. 이 관계성에 주목하면 『탁류』는 어느새 식민지적 근대화가 가져온 획기적인 변화와 그 변화 속에서 식민지 민중들이 경험해야 했던 절망 의 형식과 거의 실현이 불가능해 보이지만 웅숭깊은 희망의 원리가 어느 소설보다도 풍부하게 재현된 소설임이 밝혀진다. 뿐만 아니다. 미두장을 통한 정주사의 몰락과 초봉의 수난사 사이의 공통분모를 찾게 되면, 역시 그 순간 초봉을 둘러싼 신파에 가까운 살인과 복수극이나 승재로 표상되 는 무한책임에 가까운 자기 헌신적 행위는 식민지적 근대화를 내파시킬 수 있는 의미 있는 윤리를 찾기 위한 혼신의 노력임을 확인하게 된다. 또 한번 앞질러 말하자면, 『탁류』는 계산가능성과 교환의 원리에 의해 운영 되는 자본주의적 시스템, 특히나 그 계산가능성과 교환의 정치경제학이 전근대적인 자본외적 질서를 해체하기는커녕 더욱 가중시키는 그래서 교 환의 원리가 거의 어떠한 해체적 역능도 행사하지 않아 오로지 '무덤 속' 같은 식민지적 자본주의를 상징적인 자살과 증여 행위를 통해 넘어서려 는 치열한 문제의식을 보이고 있다.

『탁류』는 문제적인 소설이다. 특히 『탁류』를 서로 상이한 두 요소가 분열린 소설로만 바라보는 것이 아니라 그 분열된 두 요소가 자의적이고 경이롭게 병존하고 있는 소설로 볼 경우 더욱 그러하다. 그럴 경우 『탁류』에는 상징적인 질서에 의해 가려 보이지 않았던 매혹적이면서도 무시무시한 실재들이, 그리고 어느 소설에서도 보기 힘든 식민지적 현실의 중층성이 살아 꿈틀거리는 것을 볼 수 있다. 우리가 『탁류』를 또다시 읽어야 하는 이유는 바로 여기에 있으며, 이 글의 출발점도 바로 이곳임은 물론이다.

2. 미두장의 무대화 혹은 이식된 교환경제의 발견

『탁류』의 서사원리(의 문제성)를 규명하기 위해서는, 우선 이 소설의 서사가 정주사의 봉욕 장면에서부터 열린다는 점에 주목할 필요가 있다. 물론 이 장면이 『탁류』의 시작인 것은 아니다. 잘 알려진 것처럼 정주사 봉욕 장면 전에는 그 유명한 금강에 대한 묘사와 서술이 있다. "금강(錦江)…… 이 강은 지도를 펴놓고 앉아 가만히 들여다보노라면"[4]으로 시작하여 "그러나 항구라서 하룻밤 맺은 정을 떼치고 간다는 마도로스의 정담이나, 정든 사람을 태우고 멀리 떠나는 배 꽁무니에 물결만 남은 바다를 바라보면서 갈매기로 더불어 운다는 여인네의 그런 슬퍼도 달콤한 이야기는 못 된다"(8쪽)로 끝나는 금강에 대한 서술은, 이미 여러 사람이 주목했듯, 『탁류』의 서사적 흐름이나 주제를 상징적으로 제시[5]한다. 그러나 이 금강에 대한 서술은 어디까지나 『탁류』의 전경화이다.

『탁류』의 핵심적인 이야기는 금강에 대한 서술이 끝나고 정주사가 소설의 무대에 나타나는 순간, 좀더 구체적으로 말하자면 정주사가 미두장 앞에서 한 젊은이에게 멱살을 잡힌 채로 등장하는 순간 시작된다. 저 멀리서부터 금강의 물줄기를 따라 내려오다가 한순간에 멱살 잡힌 정주사

---

4) 채만식, 『탁류』, 『채만식전집 2』, 창작과비평사, 1987, 7쪽. 본고는 이 책을 텍스트로 삼아 씌어졌으며 앞으로 작품을 인용할 때는 이 책의 쪽수만 표시함.

5) 김만수, 「탁류 속의 인간기념물」, 『민족문학사연구』 12, 1998 참조.

가 클로즈업되면서 『탁류』의 이야기가 시작된다고나 할까. 하여간 『탁류』의 이야기는 이렇게 정주사의 봉욕 장면으로부터 시작되거니와, 이 정주사의 봉욕 장면은 여러 가지 점에서 주목할 만하다. 특히 두 가지 점이 그러하다. 첫번째는 미두장 앞에서 정주사의 멱을 틀어쥔 상대가 정주사보다 나이가 배는 어린 젊은이이며 그럼에도 불구하고 주변 사람들 어느 누구도 이 싸움을 말리지 않는다는 것. 정주사는 소설 속에 등장하는 순간 "나이 배젊은 애송이한테 멱살을 당시랗게 따잡혀 가지고는 죽을 봉욕"(9쪽)을 당하고 있다. 이처럼 나이가 반밖에 안 되는 젊은이가 늙은이의 멱살을 잡아채고 헤살을 부리고 있건만 어느 누구 하나 이 싸움을 말리려 하지 않는다. 반인륜적이라고까지 부르기는 어려워도 충분히 비도덕적인 것처럼 보이는 이 싸움을 말리기는커녕 오히려 "휘둘리는 정주사의 머리에서, 필경 낡은 맥고모자가 건뜻 떨어져 마침 부는 바람에 길바닥을 데구루루 굴러"가는 상황이 벌어지자 그 순간 "미두장 정문 앞 사람 무더기 속에서 웃음소리가 와아 하고 터져나"(9쪽)오기도 한다. 또 그런가 하면 "되레 고소하다고 빈정거리기"(10쪽)도 한다. 『탁류』가 시대적 배경으로 하고 있는 1934~35년경이라면 아직도 장유유서의 위계가 분명하던 때일 터인데, 이를 감안하면 이 정주사의 봉욕 장면은 그 시기에는 쉽게 목격하기 힘든 풍경이라 할 만하다. 한데도 이런 싸움이 버젓이 벌어지고 있고 게다가 어느 누구도 나서서 싸움을 말리지 않는다. 어떻게 이런 일이 가능한가. 『탁류』가 내린 답은 간단하다. 정주사가 멱살을 잡힌 그곳이 미두장 안도 아니고 미두장 앞이기 때문. 말하자면 미두장 앞에는 미두장 안도 아니고 미두장 바깥도 아닌 미두장 앞에서만 준용되는 질서랄까 혹은 규칙이랄까가 있는 것인데, 정주사가 그것을 어기고 말았다는 것이다. 정주사와 이 나이 배젊은 애송이가 벌인 행동은 소위 '하바'라는 것이다. 오후의 대판 쌀 시세를 놓고 내기를 걸었던 것인데 급기야 정주사가 지고 만다. 그것까지야 아무 상관이 없는데 내기에서 진 정주사가 그만 돈이 없다고 나가떨어져버린 것이다. 그런데 이 하바꾼들은 서로가 서로를 너무나 잘 안다. 내일을 기약하지 못하는 존재들이라는 것. 소위 하바꾼들이란 이들 모두는 하나같이 미두장 안에서 미두를 가지고 시세 차익을 노리다가 가진 돈을 다 잃고 미두장 주변을 어슬렁거리며 미두장에서 흘러나오는 돈으로 그야말로 연명을 하는 "인간기념물"들인 것이다. 그런 까닭에 혹여 상대방이 다음을 핑계 대며 돈을 내놓지 않으면 우선 상대방의 먹을 잡아채는 수밖에 없다. 그것도 '죽을' 정도로. 그런 만큼 미두장 앞에서 이런 싸움이란 "촌이라면 앞뒷집 수탉끼리 암컷 샘에 후두둑후두둑 하는 닭싸움만큼이나 예삿일"이어서 "아무리 이런 큰 길바닥에 의관깨나 한 사람들끼리 먹살을 움켜잡고 얼러붙은 싸움이라도 그리 할 일이 없어서 심심한 사람이 아니면 별반 구경하는 사람도 없"(9쪽)을 정도이다. 그러니 정주사가 죽을 봉욕을 당하는 것은 오히려 당연하며, 또 아무도 싸움을 말리지 않는 것 또한 당연할 수밖에.

정주사의 봉욕 장면이 흥미로운 또하나의 대목은 이 싸움이 고태수에 의해 간단하게 끝난다는 점이며 고태수가 싸움을 말리며 내세우는 명분이다. 정주사가 죽을 봉욕을 당하고 있을 때 나중에 정주사의 사위가 되는 고태수가 나타난다. 고태수는 얼른 끼어들어 정주사를 이 '죽을 봉욕'으로부터 벗어나게 한다. 이때 고태수가 싸움을 말리며 내세우는 논리(혹은 윤리)는 두 가지이다. 하나는 장유유서라는 도덕관념. 고태수는 우선 젊은이에게 "잘잘못은 누게 있던지, 그래 댁은 부모도 없우? 젊은 친구가 나이 자신 분한테 이런 행패를 하게"(11쪽) 하고 말한다. 하지만 그 젊은이는 물러서지 않는다. 이곳의 메커니즘에 따르자면 도덕관념이란 아무런 의미도 권위도 없기 때문이다. 그러자 고태수는 두번째 논리를 제시하여 싸움을 말린다. 이때 고태수가 들이대는 논리는 뜻밖에도 사회적 초자아의 총화인 법질서이다. 고태수는 도덕관념을 불러내어 싸움을 말리지 못하자 다음으로 "여보, 그렇게 경우가 밝구 하거던 애여 경찰서루 가서 받아달래구려!"(12쪽) 하고 말한다. 그런데 그 순간 정주사의 멱을 잡은 젊은이가 물러선다. 누구 하나 죄라고 생각하지 않고 행하나 이들의 내기 행위는 실제로는 불법행위였던 것이다. 미두를 둘러싼 거래는 '미두취인소'를 통하여서만 이루어질 수 있도록 법으로 정해져 있는 까닭에 미두취인소를 통하여 거래를 하면 합법이지만 미두취인소를 통하지 않고 개인들끼리 주고받으면 그것은 도박이 되는 것이다. 그러니까 이들은 법으로 금지된 도박을 버젓이 행했던 셈이며, 그런 까닭에 '경찰서'라는 단어가 발화되는 순간 이들의 싸움은 중지될 수밖에 없었던 것이다. 이렇듯 수많은 사람들에 의해 버젓이 행해지나 경우에 따라 법을 호명하면 불법이 되는 행위가 일상적으로 일어나고 그래서 도덕관념이 아니라 오로지 법의 권위에 의해서만 싸움을 중지시킬 수 있는 것은 역시 이곳이 바로 미두장 앞이기 때문임은 물론이다.

『탁류』의 첫 장면 그러니까 정주사의 봉욕 장면은 이렇듯 고태수의 개입으로, 좀더 자세히 말하자면 고태수의 법의 호명으로 끝난다. 충격적이라고까지는 할 수 없어도 그렇다고 당시의 상황으로 보자면 전혀 통상적이라고도 할 수도 없는 이 정주사의 봉욕 장면은 자세히 따져볼 필요가 있다. 정주사의 봉욕 장면이야말로 『탁류』가 문제적인 작품이 될 수 있는 서사적 원천에 해당할 뿐만 아니라 그런 만큼 너무 거대하고 미묘해서 그 실체의 파악이 쉽지 않은 『탁류』라는 성에 들어설 수 있는 가장 확실한 입구에 해당하기 때문이다. 우선 정주사의 봉욕 장면은 거의 모든 소설의 서두가 그러하듯 앞으로 전개될 이야기의 방향은 물론 인물들 간의 관계를 그야말로 상징적으로 그리고 총체적으로 암시한다. 실제로 『탁류』의 서사는 이 서두 부분의 반복이자 확장이다. 거칠게 단순화하면 『탁류』에서는 전체적으로 비인간적인 교환경제의 시스템 때문에 발생하는 정주사의 황폐한 실존과 그런 정주사의 봉욕을 구원하나 결국은 정주사 집안을 더욱 참담한 상황으로 빠트리는 고태수 일당의 '불순한 증여와 악마적인 교환'의 요구가 반복된다. 『탁류』의 서두 장면을 주목해야 하는 또하나의 이유는 이 장면이 바로 『탁류』의 이야기의 은유적 성격이 발현되는 곳이기 때문이다. 리쾨르의 표현대로 소설의 중핵인 이야기가 은유라는 방법처럼 멀리 떨어져 있는 것을 가깝게 만들고 가까웠던 것을 멀게 만들어 새로운 통일성을 만들어내는 속성을 지닌다면, 그리고 더 나아가 그 새로운 통일적인 이야기가 이전에 어느 누구도 상상하지 못했던 또다른 세계상을 발명하는 핵심적인 기제가 된다면[6], 『탁류』의 정주사의 봉욕 장면이란 『탁류』만의 세계상을 창조하게 만드는 바로 그 첫 지점에 해당한다. 요컨대 『탁류』는 미두장 앞에서의 정주사의 봉욕 장면 하나로 미두장 혹은 미두장 앞을 그 시대의 전형적 공간으로 무대화할 뿐만 아니라 동시에 미두장의 메커니즘을 당대의 핵심적인 사회적 증상으로 제시하기에 이른다. 좀더 구체적으로 말하자면, 『탁류』는 정주사의 봉욕 장면 하나로 아주 자연스럽게 "조금치라도 관계나 관심을 가진 사람은 시장(市場)이라고 부르고, 속한(俗漢)은 미두장이라고 부르고, 그리고 간판은 '군산미곡취인소(群山米穀取引所)'라고 써붙인 ××도박장(××賭博場)"(72쪽)이라 부르는 미두장을 "군산의 심장"(9쪽)으로 확정한다. 이 장면으로 인해 드디어 "미두장은 군산의 심장이요. 전주통(全州通)이니 본정통(本町通)이니 해안통(海岸通)이 하는 폭넓은 길들은 대동맥"이 되고 "이 대동맥 군데군데는 심장 가까이, 여러 은행들이 서로 호응하듯 옹위하고 있고, 심장 바로 전후 좌우에는 중매점(仲媒店)들이 전화줄로 거미줄을 쳐놓고 앉아 있"(9쪽)는 것으로 된다. 말하자면 이 장면 하나로 『탁류』는 아주 자연스럽게 세상의 모든 것을 미두장 중심으로 재편하고 위계질서화하는 것이다. 이처럼 『탁류』는 정주사가 나이가 배가 어린 젊은이에게 모욕을 당하는 장면을 차근차근 묘사하면서 동시에 당대의 또다른 사물이나 삶의

---

6) 이에 대한 자세한 논의는 폴 리쾨르, 『시간과 이야기 1』, 문학과지성사, 1999 참조.

형식을 은폐하고 배제해나간다. 그리고 그 끝에 미두장을 군산의, 더 나아가 그때 그곳의 존재들의 실존형식을 결정짓는 중핵으로 획정하고 당대의 그 다양한 사건과 삶의 형식들을 이 미두장의 메커니즘의 관계 속에서만 읽어들인다. 해서, 이 "'미두장'은 비록 소설 『탁류』의 전반부에만 집중적으로 설정된 공간이지만, 사실상 이 공간은 등장인물 다수의 운명을 규정하고, 그 운명의 사회적 맥락을 드러낸다는 점에서 소설 전체를 통어하는 공간"[7]이 된다.

그렇다면 자세히 따져보지 않을 수 없다. 미두장이란 대체 어떤 곳인가. 도대체 어떤 곳이길래 『탁류』는 이처럼 미두장의 메커니즘을 시대의 본질 혹은 사회적 증상으로 읽어낸 것일까. 다시 말해 도대체가 『탁류』는 미두장의 어떤 속성에 주목했기 때문에 그 시대 전체가 곧 미두장 앞의 실존형식과 같다고 말하게 된 것일까. 소위 '미두장', 정식명칭으로 부르자면 미곡취인소는 흔히 도박장 혹은 식민지 수탈의 첨병처럼 알려져 있지만 그것이 미두장의 본래적 기능은 아니다. 그곳은 쌀 등의 농산물을 효과적이고 원활하게 교환하기 위한 쌀의 집적지이면서 동시에 대단위 시장이다. 뿐만 아니라 미두장은 농산물 시장의 임의성과 불안정성을 억제하기 위한 매개 장치이기도 하다. 미두장은 처음에는 농산물과 현금을 직접 사고파는 현물시장이었다가 점차 상품의 수요-공급에 있어서 투기성과 불안정성을 줄이기 위해 창안된 자본주의적 경제 장치인 선물시장의 형태로 변화한다. 예컨대 쌀 등 곡물은 상품으로서 대단히 불안정하고 품질의 균질성이 보장되지 않으며 또한 자유롭고 합리적인 가격 결정이 힘든 상품이다. 홍수, 가뭄, 태풍 등 천재지변에 따라 어떤 상품보다 가격변동의 위험에 크기 때문이다. 따라서 쌀 등의 가격변동 위험을 관리하는 것은 물론 균질화된 상품가치를 유지하고 자유로운 가격

---

7) 한수영, 「하바꾼에서 황금광까지-식민지 사회의 투기 열풍과 채만식의 소설」, 『일제의 식민지배와 일상생활』, 연세대학교 국학연구원 편, 혜안, 2004, 238~239쪽.

결정을 확보하기 위한 합리적인 경제 제도가 요청되는 것은 당연할 터인데, 이러한 기능을 담당한 것이 바로 선물시장이며 당시 쌀의 선물시장 역할을 담당했던 것이 바로 미두취인소, 그러니까 미두장이다. 미두장이란, 모든 선물시장의 매매 당사자가 미래의 일정 시점에 어느 특정 상품을 현시점에서 약정한 가격으로 인수·인도하는 형태로 운영되듯이, 현시점의 약정 가격으로 미래의 일정 시점의 쌀을 구입하는 것이다. 그렇게 되면 생산자는 쌀값의 폭락을 걱정하지 않아도 되고 또 소비자는 쌀값이 폭등하는 등의 사태를 미연에 방지할 수 있게 되는 셈이다. 요컨대 미두장은 이처럼 산업 발전이나 인간의 생존에 없어서는 안될 물품인 쌀 등을 안정적으로 확보하고 유통시키고자 하는 경제 제도이며, 그러므로 자본주의적 시장경제의 안정적 지속을 위한 필수불가결한 장치라 할 수 있다.

하지만 이 미두장이 쌀 등 주요 생필품의 안정적인 수요 공급을 위해 고안된 제도라고는 하나 이 장치가 자본주의 특유의 이윤 추구 메커니즘 자체로부터 아예 자유로웠던 것은 아니다. 선물시장 자체도 경우에 따라서는 대단히 불안정할 뿐 아니라 동시에 임의적인 특성을 지니고 있기 때문이다. 당시의 미두장은 미래의 특정 시기에 생산되는 곡물을 미리 사고 파는 형식으로 운영되었기 때문에, 게다가 곡물가의 전체를 지불하는 방식이 아니라 그중 일부분의 가격을 지불하고도 소유권을 얻을 수 있었고 또 그 소유권을 사고팔 수 있었기 때문에, 혹여 매입 시점의 곡물가와 양도 시기의 곡물가 사이에 막대한 가격 차이가 발생하는 경우 말그대로 일확천금이 가능했다. 게다가 당시는 홍수, 전쟁, 지진, 가뭄 등의 천재지변이 잦았고, 그러한 천재지변이 발생하여 곡물가가 급등할 경우 그 시세차액이란 상상을 넘어서는 수준이었다. 그러자 이 미두장에는 쌀값의 안정성이 절실한 생산자와 유통업자들뿐만 아니라 이 시세차액을 노리는 투자자 혹은 투기꾼들이 몰려들기 시작했다. 그러더니 급기야 미두장은 일확천금을 노리는 투기꾼들의 집결지로 변질되기에 이른다.[8] 한 연구자는 당시 미두장에 쏠린 세간의 관심을 두고 "머슴에서부터 중매점 점원, 경찰, 사장, 객주부상, 지주, 지식인, 교육자에 이르기까지, 눈 가지고 귀 뚫린 조선 사람의 대다수는 한번쯤 '미두'파에서의 일확천금의 꿈을 꾸지 않은 이가 없을 정도로 '미두'는 열풍 그 자체였다"[9]고 표현한 바 있거니와, 이는 당시 미두장이 일확천금의 꿈을 창출하는 장소로 얼마나 큰 각광을 받았는지 보여주기에 충분하다. 그러니까 당시의 '미두장'은 한편으로는 시장이었지만 다른 한편으로는 "치외법권이 있는 도박꾼의 공동조계(共同租界)요 인색한 몽테카를로"(72쪽)이었던 것이다.

그런데 여기서 우리가 주목할 것은 당시의 미두장의 기형성 혹은 기형적인 미두장이 당대 사회의 예외적인 현상이거나 예외적인 장소가 아니라는 것이다. 오히려 이 기형적인 미두장의 복합성은 당대 식민지 경제의 기형성의 가장 전형적인 현상형식이라 할 수 있다. 모두 다 알고 있듯이 한국은 오랜 기간 한국 사회만의 특이한 시스템을 유지하고 있던 비동시성의 공간이었다. 그러다가 아무런 준비도 없이 어느 순간에 이윤 추구라는 단 하나의 원리만을 인정하는 자본주의의 그 거대한 시스템 속에 강제로 편입되어 비동시성의 동시성의 사회, 보다 구체적으로 말하자면 세계의 주변부가 된다. 다시 말해 어느 날 갑자기 한국 사회 전반은 오직 단 하나의 자본주의 세계체제만을 인정하는 '세계경제의 단일성' 혹은 '단일한 세계경제'의 메커니즘에 의해 지배되기 시작한 것[10]이다. '단일한 세계경제' 속에 편입된다는 것은 곧 국제적인 노동분업과 교환경제의 시스템을 공유한

8) 이상 미두장에 대한 설명은 한수영, 같은 글과 이형진, 「일제하 투기와 수탈의 현장 - 미두 증권시장」, 『역사비평』 20, 1992년 가을호 참조.

9) 한수영, 같은 글, 240~241쪽.

10) 근대 세계체계가 '세계경제체제의 단일성'에 의해 재구성된다는 논의는 이메뉴엘 월러스틴, 『근대세계체제 1-3』, 까치, 1999 참조.

다는 것을 의미하며, 따라서 당연히 한국 사회 전체는, 그리고 그곳의 사회 구성원들은 무언가를 상품화해야 할 처지가 된다. 자본주의 세계체제란 물건의 증여가 아니라 상품의 교환에 의해서 운영되고 유지되기 때문이다. 이런 상황에서 한국 사회가 상대적으로 빨리 상품화할 수 있었던 것 중의 하나가 바로 쌀, 금 등 원자재이었음은 상상하기 어렵지 않다. 그중에서 특히 쌀은 당시 거의 유일하게 상품으로서의 경쟁력을 가진 그것으로 각광받는다. 쌀의 상품화가 대대적으로 진행되고 그때 그곳에서 거의 유일한 수출품이 되기도 한다. 이렇듯 중요한 상품이었기에 쌀의 안정적인 수요-공급은 필수적이었고 그 결과 쌀의 선물시장인 미두취인소가 설립된다.

'세계경제의 단일성'에 의한 쌀 등 모든 재화의 상품화가 한국 사회를 그 이전과 근본적으로 단절시켰음은 물론이다. 쌀 등 농산물의 상품화는 우선 토지 소유자, 그러니까 지주들의 부를 폭발적으로 제고시키는 한편, 광범위한 프롤레타리아를 발생시킨다. 식민제국의 권력을 등에 업는 일본인은 물론 조선의 봉건계층들은 재화가 그다지 비싸지 않은 시기에 토지의 권리를 축적하여 쌀의 상품화에 따른 가격혁명으로 그야말로 일확천금의 꿈을 현실화시킨다. 반면 토지를 경작하며 자급자족적이고 공동체적인 협력관계를 구축하며 살던 대부분의 농민들은 한순간에 탈토지화된다. 최소한의 투자를 통하여 최대한의 이윤을 창출하기 위한, 그러니까 최고 수준의 잉여가치를 획득하기 위한 노동력에 대한 대대적인 잉여착취가 가해지기 때문이다. 하여 쌀 등의 상품화에 따른 교환경제에 접어들면서 한국 사회는 『앙티 오이디푸스』의 저자들이 주변부 사회의 특성으로 파악한 개념을 빌려 말하자면 탈분절화된다. 그러니까 한국 사회 전반에 전통적 분야들의 파멸, 외향적 경제회로들의 발전, 제3차 산업의 비대, 생산성과 수입의 분배에 있어서의 극단적인 불평등이 발생하는 것[11]이다. 특히 당시

---

11) 질르 들뢰즈·펠렉스 가따리, 『앙티 오이디푸스』, 최명관 옮김, 민음사, 1994, 346쪽.

민중들에게 가해졌던 잉여착취는 가혹하기 짝이 없었다. 자본주의라는 단일한 세계경제의 원리는 무엇보다 농민들의 탈토지화를 요구한다. 그래야만 이윤을 극대화시킬 값싼 노동력을 창출할 수 있고 또 동시에 상품을 구매할 존재들을 만들어낼 수 있기 때문이다. 그 때문에 전 지구적 자본주의에 편입되는 모든 나라에서는 우선 대대적인 탈토지화가 진행되며, 이렇게 토지로부터 이탈된 농민들은 빈손으로 도시로 빨려들어와 대규모 매뉴팩처의 노동자, 그러니까 프롤레타리아 계급이 된다. 하지만 한국처럼 강제적으로 그리고 그런 만큼 갑작스럽게 전 지구적 자본주의로 편입되는 주변부 사회 혹은 식민지의 경우는 사정이 더 고약하다. 사르트르의 말처럼 식민지 지배란 "식민지는 식품과 천연자원을 싸게 팔고, 본국으로부터 제조 상품을 비싸게 사들"[12]이는 식으로 이루어진다. 예컨대 식민지에서의 국제분업 혹은 교환이란 사르트르가 알제리의 경우에서 밝혔듯 다음과 같은 식으로 진행된다. "1927년과 1932년 사이에 포도 재배지는 17만 3천 헥타에 이르렀고 그중 반은 회교도들에게서 뺏은 것이었다. 그런데 회교도들은 포도주를 마시지 않는다. 땅을 빼앗기기 전에 그들은 이 땅에 곡식을 심어 알제리 시장에 내다 팔았다. 그러니까 단순히 땅을 빼앗은 것만이 아니다. 포도를 심음으로써 알제리인들의 주식을 빼앗은 것이다."[13] 그러니까 제국과 식민지 사이의 국제적인 분업은 오로지 제국의 의한, 제국을 위한 분업이 된다. 해서 결국은 '좋은 땅은 도시 근처의 평야에 있다. 그런데 식민지인들에게 남겨진 것은 사막뿐이' 되거나 잉여가치를 창출하기 위한 농업의 기계화는 '마침내 원주민들로부터 노동을 할 수 있는 권리마저 박탈'한다. 때문에 급기야 '자기 땅 안에서 충만한 풍요 속에서 알제리인들은 굶어죽을 수밖에 없'는 부조리한 상황이

---

12) 장 폴 사르트르, 『상황 V—식민주의와 신식민주의』, 박정자 옮김, 1983, 55쪽.
13) 같은 책, 40쪽.

벌어지거니와 이 '이상한 무역'으로 인해 식민지 민중에 대한 착취는 잉여착취 그 자체가 된다.[14] 한국도 같은 상황이 펼쳐졌음은 물론이다. 비록 주식인 쌀을 상품화했다고 하나 상품화된 그 쌀 역시 대부분 식민본국인 일본으로 팔려나가기는 마찬가지였던 것이다. 해서, 한국 역시 쌀의 대대적인 증산에도 불구하고 땅으로부터 쫓겨나고 그 많은 쌀을 앞에 두고 굶어죽을 수밖에 없는 부조리하고 아이러니한 상황이 전개된다. 그런데 문제는 여기에 그치지 않는다. 이렇게 탈토지화 농민들이 서울로, 또 때로는 만주로 몰려갈 수밖에 없었으나 당시 한국의 산업은 이들을 수용할 여건이 되질 못했던 것이다. 게다가 하루아침에 전혀 다른 사회 질서가 구축된지라 대부분의 농민들은 자신들을 상품화할 수 있는 무언가를 지니지 못한 상태이다. 이 격변 속에서 안정된 생활이 가능한 것은 그야말로 극소수이다. 그 나머지 중 그나마 조금 운이 따라주는 사람은 도시 주변부에서 인력거꾼이나 지게꾼이 되지만 그마저도 안 되는 사람들은 그야말로 도시의 어두운 지대를 배회하는 상황에 처한다. "서울은 20만 인구의 도회로서 무직업한 빈민이 18만이라는 말을 신문기사를 보고 알았지만 세계지도 가운데 이러한 데가 또 있거든 있다고 가리켜 내어 보아라. 말만 들어도 곧 아사자(餓死者), 걸식자(乞食者)가 길에 널린 것 같다. 배보다 배꼽이 크다는 셈으로 20만 인구에 걸식자가 18만! (……) 남촌이라는 이방인 집단지인 특수지대를 제외해놓고 그 외는 다 퇴락하여 가는 옛 건물, 영쇠하여 가는 거리거리, 바싹 마른 먼지 냄새로 꽉 찬 듯한 기분 속에서 날로날로 더 패멸조잔(敗滅凋殘)의 운명의 길로 들어가는 서울이란 이 땅, 아니 전 조선이라는 이 땅, 그 속에 굼질대는 백의인(白衣人)—빈사상태에 빠진 기아군(飢餓群)."[15] 그러니 당시의 탈

---

14) 식민지 사회 전반에 대한 이러한 설명은 사르트르가 알제리에 대해 설명한 방식에서 빌려온 것이다. 사르트르의 알제리에 대한 분석과 태도는 사르트르, 같은 책 참조.

15) 조명희, 『낙동강(외)』, 이명재 책임편집, 범우, 2004, 45쪽.

토지화된 존재들이 조그만 돈으로도 일확천금이 가능한 금광이나 미두장 등을 기웃거린 것은 오히려 당연하다 할 것이다. 그래도 그곳만이 패멸조짐의 질기고 질긴 필연성의 틈을 내거나 혹독한 빈사상태에서 벗어날 가능성이 존재했기 때문이다. 비록 확률은 매우 낮았다 할지라도.

그렇다면 갑작스러운 사유재산제도와 농산물의 가격 혁명으로 망외의 엄청난 부를 축적한 소수의 계층들의 경우는 어떤가. 그나마 그들은 지속적으로 부를 축적하여 나중에는 산업자본으로 전화한 것인가. 그렇지 않다. 그들 역시 자신들의 재산을 서서히 소진시켜가기는 마찬가지다. 아무리 농산물이 상품화되어 부를 축적했다고는 하나 농산물에서 발생하는 이윤이란 그리 높은 것일 수 없다. 농업에서는 발생하는 잉여가치는 상대적으로 낮기 마련인 것이다. 반면 주로 식민제국에서 수입되는 소비재는 필요 이상으로 높은 가격에 팔린다. 높은 가격으로 인해 발생한 막대한 이윤을 노동자들에게 분배해 식민제국에서의 계급문제를 미봉해야 하기 때문이며 동시에 식민지의 효과적인 운용을 위해 지출되는 막대한 비용을 감당하기 위해서이다. 그 결과 식민지 사회에서는 생산성은 산술급수적으로 늘어나나 근대적인 생활을 위한 소비지수는 기하급수적으로 비약하는 상황이 발생한다. 이들이 근대적인 생활을 위해 치러야 하는 비용에 걸맞은 생산성을 유지하기 위해서는 반드시 산업자본으로 전화가 필요하나 식민지 사회에서 그것은 몇몇 소수를 제외하고는 애초부터 불가능한 길이다. 이러한 이유 때문에 식민지 초기의 토지소유자들 역시 서서히, 혹은 급격하게 쇠락의 길을 걷는다.

망건 쓰고 귀 안 뺀 촌 샌님들이 도무지 어쩐 영문인 줄 모르게 살림이 요모로 조모로 오그라들라치면 초조한 끝에 허욕이 난다. 허욕 끝에는 요새로 친다면 백백교(白白敎), 들이켜서는 보천교(普天敎) 같은 협잡패에 귀의해서 마지막 남은 전장을 오려 바치든지, 좀 똑똑하다는 축이 일확천

금의 큰 뜻을 품고 인천으로 쫓아온다. 와서는 개개 밑천을 홀라당 불어버리고 맨손으로 돌아선다. (73쪽)

세태가 전과 달라서, 농살 짓구 도질받구 하는 것만 가지군 일년 가용이 모자라질 않었어? 석율 사서 써야 하구, 삼전이나 오전짜리 권연을 사면 하루밖엔 피우질 못하구, 구두 한 켜레면 팔구 원이요, 양복 한 벌이면 삼사십 원이구, 아이들 학빈 다달이 사십 원씩이고 (간間) 그렇게 디리 물쓰듯 쓰는 용을 무얼루 충당했는데요? 큰형님이 군에서 받는 월급 고까짓것 삼십 원으루? 어디 어림이나 있나요? 헐수없이 빚을 질밖에요! 다달이 빚이요 해마다 늘어가느니 빚 아니겠어요? 몇해지간 그리구 나서 보니 빚이 겁나게 앞에 와서 챘지요? 이건 이래선 안되겠다구, 담은 큰 으런이겠다, 한목 큰 이문을 볼 령으루 물산객줄 시작했지요? 실팰 하구서 그 다음엔 어장을 했지요? 또 실팰 하구서 금광을 했지요? 것두 실팰하구서 마주막엔 미두! (간間) 그동안 줄곧 손만 보잖었어요? 그 사품에 논밭, 산장, 집 모두 저당에 들어갔지요? 들어가선 이자만 연해 늘어갔지요? 그리다간 기한이 지난다치면 떠내려가구, 떠내려가구![16)

이처럼 전근대적인 생산성과 근대적인 소비패턴 사이에서 발생하는 걷잡을 수 없는 손실은 잠시 동안만이라도 전 지구적 자본주의의 혜택을 보았던 존재들마저 몰락의 길로 이끌어간다. 이제 이들은 두 가지 선택의 기로에 놓인다. 필연적인 몰락을 앉아서 기다리느냐, 그 필연적인 몰락을 거부하고 극단적으로 우연을 추구하느냐. 아마도 '좀 똑똑하다는 축'은 극단적인 우연을 좇아나갔을 것이다. 앉아서 몰락을 기다리는 것은 몰락으로부터 비켜날 확률이 없지만 그래도 도박을 벌이는 것은 몰락하거나

16) 채만식, 「당랑의 전설」, 『인문평론』, 1940년 10월. 인용은 『채만식전집 9』, 창작과비평사, 1989, 145~146쪽.

상승하거나 할 확률이 반반인 것으로 다가오기 때문이다. 그러니 이들 역시 금광이나 미두에 목숨을 걸 수밖에 없다. 하지만 그 도박은 확률이 매우 낮은 도박일 뿐이다. 선물시장에서 일확천금을 실현하기 위해서는 그야말로 전 세계 곡물 더 나아가 전세계의 정세에 대한 정확한 정보가 필요할 뿐만 아니라 동시에 정확한 예단과 결단이 필요할 터, 그러니까 전 지구적 자본주의의 시스템에 누구보다도 민감한 적응력을 지녀야만 성공할 수 있는 터, 그런 마당에 전 지구적 자본주의에 적응하지 못해 실패한 인생들이 이곳에서, 이 오로지 계산가능성만이 살아 움직이는 자본주의의 심장부에서 살아남기란 힘들 터이다. 그러니 어쩌겠는가. "손바닥이 엎어졌다 젖혀졌다 하고, 방안지의 계선이 올라갔다 내려왔다 하는 동안에 돈 만 원은 어느 귀신이 잡아간 줄도 모르게 다 죽어버"(73쪽)리는 상황이 벌어질밖에.

이처럼 '단일한 세계경제' 속으로의 갑작스럽고 강제적인 편입은 극소수를 제외한 거의 모든 당시의 한국인들을 하루같이 더욱 잔혹해지고 날마다 더욱 비인간화되는 막다른 골목으로 몰아간다. 『탁류』의 표현을 빌려 말하자면, 전 지구적 자본주의화는 주변부 사회의 구성원 거의 대부분을 "벗어부치고 농사면 농사, 노동이면 노동을 해먹고 사는 사람들도 마찬가지로, '오늘'이 아득하기는 일반이로되, 그러나 그런 사람들과도 또 달라 '명일(明日)'이 없는 사람들"(8~9쪽) 혹은 "입만 가졌지 손발이 없는 사람"(20쪽)들인 "인간기념물"(20쪽)들로 전락시켰던 것이다.

이러한 정황을 감안하다면 『탁류』가 미두장을 『탁류』의 무대로 설정한 것이 왜 그토록 문제적인가 하는 점은 분명해진 셈이다. 미두장이란 당대의 총체성이 온전하게 깃들어 있는 장소이며 또한 당대의 사회적 관계의 총화라 할 만한 곳이었던 것이다. 『탁류』는 이러한 미두장을 전면에 내세워 이곳에서의 풍경이 곧 당대의 중핵임을 분명히 하며 이전과는 전혀 이질적인 세계상을 구축하기 시작한다. 토지가 있는 존재이건 토지가 없는 존재이건, 아니면 아직은 재산이 있는 존재이건 아무 재산도 없는 존재이건, 모두가 다 미두장에서의 미두 행위처럼 일확천금을 꿈꾼 도박을 감행할 수밖에 없었다는 것. 또 그렇게 도박을 해가며 한순간에 또는 서서히 "인간기념물"들로 전락할 수밖에 없다는 것. 이것이 『탁류』가 소설의 첫 무대로 미두장을 설정한 이유일 것이며, 이것이 우리가 『탁류』의 미두장의 무대화를 주목해야 하는 이유이기도 하다.

물론 당시의 모든 존재들이 미두장 혹은 미두장 앞에서 미두 행위를 한 것은 아니며 또 모든 존재들이 몰락한 것만은 아니므로 『탁류』의 도식화는 당대의 풍부한 현실을 매우 단순화시켰다고 말할 수도 있을 것이다. 하지만 당대의 현실을 깊숙이 들여다보면 군이 이 미두장 안으로 들어오지 않은 존재들이라 하더라도 그들의 생존 방식 역시 이 미두장이라는 영역 안에서의 삶과 다르지 않음을 쉽게 확인할 수 있다. 식민지 국가의 근대화는 식민제국에 의해 기획되고 실현된다. 하지만 일반적으로 식민제국은 민중들의 염원이나 고통에는 관심이 없다. 그런 까닭에 식민지 국가의 근대화는 식민지 민중들의 염원이나 고통을 반영하고 지양하는 방향으로 진행되는 것이 아니라 오로지 제국의 필요에 의해 재구성된다. 해서 제국의 필요에 의해 느닷없이 어떤 제도를 공표하기도 하고 그 제도에 적응할라치면 예고도 없이 제도가 폐기처분된다. 당연히 민중들은 그들의 고통을 호소하고 그들의 염원을 목놓아 외치지만 그럼에도 식민제국은 오로지 식민제국의 필요에 따라 특정의 정책을 수립하고 폐기한다. 당연히 식민지 민중들의 고통과 염원은 철저하게 배재되고 왜곡되며 뿐만 아니라 식민지의 사회구성원들은 도대체 무언가를 위해 살아가도 그것이 실현되는 경험을 할 수도 없다. 사회의 모든 과정으로부터, 그리고 그 결과로부터도 소외되는 것이며, 따라서 이들은 나름대로 미래를 예측하고 그에 따른 일정표와 계획을 세우는 것이 불가능하다. 아니, 가능하다 하더라도 그것은 무의미하다. 이제 유일하게 남은 길이 있다면 그것은 모험이 아니라 결과가 뻔한, 그 필연적인 결과를 단지 유예시키는 것만이 가능한 도박이다. 이런 점을 감안한다면 식민지에서의 생존이란, 그 악순환의 고리를 벗어나지 않는 한, 결국 미두장 안에서의 미두 행위와 같은 것이라 할 수 있다. 그러므로 『탁류』가 미두장을 무대화시킨 것을 두고 당대 현실을 단순화시킨 것이라 할 수는 없다. 그것은 바로 당대 현실에 대한 정확한 직시라고 불리거나 아니면 당대의 사회적 증상에 대한 고차원적인 발견이라고 일컬어져야 한다. 다시 한번 반복하자. 『탁류』에서 이루어진 미두장의 발견은 어느 문학사적 사건 못지않게 기념비적이다.

3. 두 개의 몰락, 두 번의 몰락—세계경제체제와 매독

미두장의 풍경을 당대의 중핵으로 제시하면서 시작한 『탁류』는 그 다음에는 바로 미두장 안 혹은 미두장 앞의 영토화 논리에 붙들린 존재들이 살아가는 방식을 집중적으로 서사화한다. 즉 미두장 장면 이후 『탁류』는 모든 인간과 사물의 고유성, 가치, 질, 환원불가능한 성격, 사용가치 등을 다시 회복할 수 없는 방식으로 도려내는 교환경제의 악순환의 고리에 휩쓸려버린 그래서 사물은 물론 인간마저도 상품으로 인식하는 존재들, 그리고 동시에 식민제국의 정치경제학으로부터 처절하게 소외되어 공허하고 힘없는 무명씨로 살아가며 그 결과 극단적인 우연(즉 도박)을 반복하는 존재들이 현존하는 방식을 치밀하게 서사화하는데, 이는 주로 수많은 인물들의 몰락 혹은 전락의 드라마로 구체화된다. 『탁류』의 인물들은 하나같이 몰락한다. 정주사나 초봉이, 그리고 고태수 등 핵심인물은 말할 것도 없이 그 주변의 인물들 대부분도 서서히, 혹은 급격하게 더 낮은 곳으로 전락해간다. 이런 점에서 보자면 『탁류』는 몰락한 존재들, 곧 "인간 기념물"들의 박물지라 해도 과언이 아니다. 물론 『탁류』에 몰락의 드라마만 있는 것이 아니라 상승의 드라마도 있는 것 아니냐고 의문을 제기할 수도 있다. 도박판에서 잃는 사람들만 있는 것이 아닌 만큼 상승의 드라마를 성취해낸 사람들이 없을 리 없을 것이며, 『탁류』에도 실제로 몇몇 부류는 계급적 혹은 계층적 상승을 성취해내기도 한다. 조그마한 싸전집에서 이제 재산가가 된 한참봉이나 제약회사를 차려 막대한 부를 축적하는 제호, 그리고 태수가 내팽개친 '금절표'를 주어 나중에 일확천금의 꿈을 어느 정도 달성하는 형보 등은 당시의 도박판에서 소기의 목적을 달성한 인물들에 속하는 것처럼 보이기도 한다. 하지만 『탁류』는 이러한 성공을 상승이라든가 발전이라고 보지 않는다. 『탁류』는 오히려 그러한 성공을 가장 심각한 타락, 혹은 몰락으로 바라본다. 『탁류』에 따르면 그들은 모든 가치를 교환가치라는 단 하나의 가치로 환원해버리는 타락한 세계의 논리를 그대로 내면화하여 더이상 인간이 아니라 인간의 얼굴의 한 자본에 불과하며, 그들의 넘치는 욕망 역시 자본의 증식 과정과 마찬가지로 멈추는 법이 없어 결국에는 도덕적 신체적 파탄을 겪을 수밖에 없는 파락호들[17]인 것이다. 이처럼 『탁류』의 등장인물들은 남승재나 계봉 등 몇몇을 제외한 거의 모든 인물들이 몰락의 길을 걷고 있으며, 아마도 채만식이 허무주의의 작가로 혹은 비극적 세계관의 작가로 일컬어지는 것은 이 때문일 것이다.

  이 수많은 몰락의 드라마 중 『탁류』가 단연 초점을 모으고 있는 몰락담은 정주사와 초봉의 그것이다. 『탁류』는 이 두 개의 몰락을 중심으로 마치 예고 없이 진주해온 점령군처럼 느닷없이 대타자로 군림한 전 지구적 자본주의가 나름대로 고유한 질서를 지니고 있던 한국이라는 변방을 어떻

---

17) 『탁류』에서 '축재'에 성공한 인물들은 거의 대부분 '매독'에 걸리는 것으로 되어 있고 이들에 의해서 매독이 옮겨다닌다. 매독은 잠복기가 있는 병이어서 서서히 다가와 치명적인 해를 가하는 바, 『탁류』의 매독은 서서히 다가와 어느 순간 인간을 정신적 생활적으로 파탄시키는 세계경제체제와 흡사한 측면이 있다. 매독의 일반적 은유적 성격에 대해서는 수잔 손탁, 『은유로서의 질병』, 이재원 옮김, 이후, 2002 참조. 그리고 『탁류』를 매독이라는 질병과 연관시켜 읽은 논의로는 이재선, 「『탁류』와 도시 군산의 징후학—매독과 전염성 탐욕의 은유화 현상」, 『현대소설의 서사주제학』, 문학과지성사, 2007 참조.

게 황폐화시켰는지를 치밀하게 제시한다. 이 두 개의 몰락의 드라마 중에서도 먼저 주목해야 할 것은 정주사의 몰락 이야기이다. 첫 장면부터 나이가 배가 젊은 젊은이에게 먹살을 잡히고 등장하는 "인간기념물"이기에 정주사가 대단히 하찮은 인물로 비쳐지고 전유되기 십상이지만, 정주사가 원래부터 그렇게 하찮은 인물은 아니다. 또 그렇다고 개인적인 무능때문에 "인간기념물"로 전락할 정도로 지식이 없거나 적극성이 없는 인물도 아니다. 그렇다고 넘치는 욕망을 억제하지 못해 잉여의 쾌락에 자신의 생을 탕진한 인물인가 하면 그것은 더더구나 아니다. 정주사는 비록부유하지는 않으나 그래도 "굶지는 않"는 집안에서 "선비네 집안의 가도대로 하늘천 따지의 천자를 비롯하여 사서니 삼경이니를 다 읽"은 인물이며, 또 "그리고 나서 세태가 바뀌니 '신학문'도 해야 한다고 보통학교도 졸업은 한"(14쪽) 인물이다. 말하자면 당시로서는 '남부끄럽지 않게' 공부를 한 인물일 뿐 아니라 물려받은 재산이 많지는 않으나 집 한 채에 수중에 얼마간의 돈도 쥐고 있었던 상태였으며, 게다가 "한일합방 바로 그 뒤만 해도 한문 장이나 읽었으며, 사년짜리 보통학교만 마치고도 '군서기郡雇員' 노릇은 넉넉히 해먹을 때"(15쪽)여서 "스물세 살에 그곳 군청에 들어가서 서른다섯까지 옹근 열세 해를 '군서기'를 다"니기도 한 인물이다. 그러니까 정주사는 원래에는 오늘이 없을 뿐만 아니라 내일도 없는 "인간기념물"과는 거리가 멀었던 존재라 할 수 있다. 아니, 오히려 꽤 오랫동안 자신의 능력과 성실성만으로 안정된 생활을 영위하던 존재였다고 해야 한다. 그런 정주사가 "인간기념물"로 전락한 것은 거의 전적으로 그가 살았던 시대, 좀더 구체적으로 말하자면 시대의 혁명적 전회 탓이다. 어느 날 느닷없이 다가와 한국 사회를 한순간에 지배해버린 전 지구적 자본주의, 그리고 식민지 민중의 고통과 염원을 돌보지 않는 식민제국이야말로 정주사가 "인간기념물"로 전락한 가장 본질적인 요인이다. 정주사는 열심히 살았건만 서서히 도태된다. "아무리 연조가 오래서 사무에 능해도, 이력 없는 한낱 고원이 본관이 되고, 무슨 계(係)의 주임이 되고, 마지막 서무주임을 거쳐 군수가 되고, 이렇게 승차를 하기는 용이찮은 노릇이다. 더구나 정주사쯤의 주변으로는 거의 절대로 가망 없을 일이다./ 정주사는, 청춘을 그렇게 늙힌 덕에 노후(老朽)라는 반갑잖은 이름으로 도태를 당하고 말았다. 그러고 보니 처진 것은, 누구 없이 월급쟁이에게는 두억시니같이 붙어다니는 빚(負債)뿐이었었다."(13쪽) 사실 '군서기'가 된 것만은 해도 운이 좋았다고 해야 할지도 모른다. 이식을 통해 근대화가 진행되는 주변부의 경우 그 사회를 움직이는 원리는 자의성이다. 예컨대 제도는 갑작스레 근대화된 데 비해서 그것을 운영할 주체가 거의 전무하기 때문에 그러한 자리들은 대개 '운' 좋은 사람들이 차지가 된다. 정주사 또한 그렇게 운 좋게 안정적인 직업을 가질 수는 있었던 것이다. 하지만 이제 서서히 근대화가 진행되면 근대의 제도들은 합리성에 의해 운영되기 시작하거니와 그에 비례하여 자의성의 영역은 줄어든다.[18] 그것은 다시 말해 정주사 같은 인물이 더이상 올라설 자리가 없어진다는 것을 의미한다. 게다가 당시는 식민지 상태 아니었던가. 다시 말해 조선인이 어떤 자리의 중심부에 올라서기란 거의 불가능한 시대였던 것이다. 결국 정주사는 자신의 안정된 직장으로부터 퇴출된다. 정주사를 기다리는 것은 빚이다. 이 또한 당연하다. 생산 수준은 전근대적인 데 비해서 소비 수준은 근대화의 중심부와 다르지 않아 그야말로 엄청난 지출을 요구했고 또 갑작스레 도입된 근대적인 제도에 적응하기 위해서는 교육비 등 역시 엄청난 비용이 들었기 때문이다. 때마침 정주사의 부인 유씨가 "자녀들에 대한 승벽이 유난스러, 머리를 싸매가면서 공부를 시키는 판이다."(14쪽) 그러자 정주사는 "명색이 가장이랍시고 벌어들인다는 것이 가용의 십분

---

18) 식민지 상황에서 근대화가 진행될 경우 자본주의 특유의 합리적인 제도들이 초기에는 자의성에 의해 운영된다는 논의는 부르디외, 『자본주의의 아비투스-알제리의 경우』, 최종철 옮김, 동문선, 1995 참조.

지 일도 대지를 못"(14쪽)하는 처지에 놓이고 집의 가세는 급격하게 기울어간다. "아이들은 자라고 학비까지 해서 용은 더 드는데, 직업을 바꿀 때마다 월급은 줄고, 그러는 동안에 오늘이 어제보다 못한 줄은 모르겠어도, 금년이 작년만 못하고 작년이 재작년만 못한 것은 완구히 눈에 띄어, 살림은 차차 꿀려들어가기 시작했다. 하다가 마침내 푸달진 월급자리나마 영영 떨어지고 나니, 손에 기름은 말랐는데 식구는 우그르하고, 칠팔년 월급장사로 다시금 빚밖에 남은 것이 없었다"(16~17쪽).

여기까지가 정주사의 첫번째 몰락이다. 만약 이쯤에서 정주사가 자기 자신에 대한 전반적인 반성과 성찰을 했다면, 또는 부르디외의 표현대로 자기 자신에 대한 창조적 재창안의 길을 걸었다면, 정주사의 또 한번의 몰락은 없었을지 모를 일이다. 생활에 있어서는 자신의 소득 수준과 소비 수준의 격차를 줄였더라면, 의식면에서는 이식된 경제체제와 가치체계에 기계적이고 수동적으로 적응할 것이 아니라 그 강제된 적응으로부터 모든 것을 분리시켜 보다 의미 있는 윤리를 창조적으로 다시 만들어냈다면, 정주사의 두번째 몰락은 없었을 지도 모른다. 하지만 정주사는 이 지점에서 멈칫거리는 대신 더욱 조바심을 낸다. 삶의 점진적인 개선 따위는 믿지 않는다. 대신 생활 수준의 혁명적인 도약을 꿈꿀 뿐이다. 정주사의 입장에서 보자면 정주사의 미래에는 오로지 예정된 몰락이 필연적인 숙명처럼 정주사를 기다리고 있다. 그런 만큼 정주사에게는 이 필연성을 깨뜨리고 어떤 혁명적인 도약을 할 수 있는 계기가 필요했고, 마침 정주사는 "중매점의 사무를 보아주"어 "미두의 속을 알"(16쪽)고 있었던 차였다. 결국 정주사는 미두를 하기 시작하고 급기야 "미두꾼으로, 미두꾼에서 다시 하바꾼으로—"(15쪽) 전락한다. 그런데 문제는 '미두꾼에서 하바꾼으로'의 전락이 문제가 아니다. 이 과정에서 필연적으로 동반되는 도덕적 파탄이 문제다.

앞서도 말했듯 미두란 물건과 물건을 주고받는 것도 아니고, 상품과 화폐를 교환하는 것도 아니며, 또 그렇다고 상품의 가격 전부를 지불하고 소유권을 유지하는 것도 아니다. 상품의 일부분의 가격을 지불하여 소유권을 획득하고 가격이 오르면 그것을 되팔아 이윤을 챙기는 행위이다. 이 미두 행위에는 물건 그 자체의 사용가치나 그것에 깃들어 있는 영혼이나 노동의 흔적 따위란 개입될 여지가 없으며, 또한 물건과 화폐를 교환하는 자들 사이의 인간적 교감이나 관계성 같은 것이 틈입할 계제도 없다. 이 미두 행위에는 오직 축복처럼 순식간에 다가올 부의 가능성, 그것도 그동 안의 몰락을 한순간에 벌충해주고도 남을 거대한 부의 가능성에 대한 기 대만이 있다. 그리고 사람과 사람 사이의 영혼과 역사를 지닌 물건을 사 이에 두고 이루어지는 거래가 아니기에 누가 어떤 피해를 보건 순식간 에 막대한 이윤을 얻으면 된다는 추악한 열망만 있다. 말하자면 미두 행 위는 각각의 존재들의 생과 사를 놓고, 일확천금과 패가망신을 놓고 벌이 는 싸늘한 도박인 것이다. 정주사에게 미두 행위는 필연적인 몰락의 과정 으로부터 그를 해방시켜줄 유일한 그것이다. 그것은 수고 없는 횡재가 가 능할 수도 있기에 정주사가 유일하게 기대할 수 있는 유토피아적 약속이 다. 그래서 이 미두 행위는 표면적으로는 합리적 계산의 필요성을 부정하 는 것처럼 보이고 노동, 시간과 돈의 일치를 순간적으로 부정하기에 자본 제적 규정을 부정하는 것 같지만, 그것은 자본제적 규정을 근본적으로 구 현하는 것이다. 특히나 정주사의 경우처럼 도박을 오락거리 정도가 아니 라 돈을 따서 생존하기 위한 목적으로 미두를 할 경우는 더욱 그러하다. 정주사의 미두 행위는 결코 빈둥거림을 가능하게 하고, 노동의 엄격함과 시장의 가치 저하에 대한 굴종을 거부할 수 있는 경제적 토대 같은 것[19] 일 수 없다. 정주사의 미두 행위는 오로지 미두시장 제도를 통해 돈을 놓 고 돈을 먹는 도박사의 행위일 뿐이다. 그렇기에 정주사는 "특별한 정변

---

19) 도박에 대한 이러한 설명은 벤야민의 것인데 벤야민의 도박에 대한 설명에 대해서는 그 램 질로크, 『발터 벤야민과 메트로 폴리스』, 노명우 옮김, 효형출판, 2005 참조.

(政變)이나, 연전의 동경대진재 같은 천변지이(天變地異)나, 이러한 때라야 그래도 폭넓은 진동(大幅振動)이 있고, 해서 매매도 활기가 있"기 때문에 "김만평야의 익은 볏목에 우박이 쏟아지기를 바라고, ××이나 ××이 지함(地陷)으로 돌아빠지기를 기다"(74쪽)리는 존재들과 마찬가지로 비인간으로 전락하고야 만다. 뿐인가. 미두 행위에 깃든 유토피아적 열망은 워낙 강렬하여 미두 행위를 항상 '첫경험'의 그것으로 느끼게 하여 미두 행위자들을 모두 기억상실자로 만들어버리는바, 정주사 역시 헛된 기대와 뼈를 깎는 후회라는 악순환의 회로를 벗어나지 못한다. 정주사는 집에 쌀이 없어도 돈만 생기면 미두장으로 달려가는 미두 중독자가 되거니와 그 악순환 끝에 "쫌이 쑤셔서도 하바를 하기는 하는데, 그놈이 운수가 좋아도 세 번에 한 번 쯤은 빗맞아서 액색한 그 밑천을 홀랑 불랑 붙어먹"(17쪽)고마는 지경에 처하게 된다. 말하자면 정주사는 한순간에 축복처럼 다가올 부의 가능성에 대한 헛된 염원 때문에 생활상의 파탄은 물론 인간 사이의 모든 관계를 이윤추구의 관점에서 바라보는 윤리적인 파탄에 빠져버린다.

이러한 정주사의 물질적, 윤리적 몰락은 곧 또하나의 몰락을 가져온다. 바로 초봉의 몰락이다. 정주사가 예정된 몰락을 한순간에 만회하려는 유토피아적 열망에 허우적대는 동안 드디어 정주사의 집안은 생존이 위태로운 상황에 처하고 만다. 이러한 정주사 집안의 가난과 청승을 두고 『탁류』는 '신판 「흥부전」'이라고 빗대거니와, 그만큼 정주사의 집안은 절박한 지경에 놓인다. 이때 가난을 넘어서는데 걸리는 시간을 환상적으로 단축해주는 계기가 생긴다. 초봉을 선망하던 고태수가 청혼을 해왔던 것. 정주사에게 고태수의 청혼은 매우 매혹적인데, 물론 그것은 고태수라는 인물의 인간 됨됨이라든가 하는 것과는 아무런 연관이 없다. 정주사에게 고태수의 청혼의 매혹적인 것은 오로지 그 청혼에 덧붙어 있는 조건이다. "혼수비용을 재가가 말끔 대서 하겠다는 그 말 끝에 한 말인데…… 아

그 댁이 지내시기가 그렇게 어렵다니 참 안됐다고…… 그러면 재갸가 인제 혼인이나 치르구 나서 형편을 보아서 장사나 허시라구 얼마간 밑천을 둘러 디려야 허겠다구 그리겠지요!"(131쪽) 이것은 마치 수고 없는 횡재라는 도박 특유의 유토피아적 약속과 같은 형태를 띠고 있거니와, 그러니 정주사는 유토피아적 약속을 거부할 수도 없고 거부하지도 않는다. 공교롭게도 같은 시기에 또다른 선택의 가능성이 제기되지만 정주사는 거들떠보지도 않는다. 그 가능성, 그러니까 제호를 따라 경성으로 직장을 옮기는 것이나 남승재와 초봉과의 관계의 친밀성을 고려해 둘 사이를 맺어준다거나 하는 길은 아예 고려의 대상이 되지 않는다. 그 길이란 생활의 점진적 개선은 가능할지 몰라도 정주사가 바라는 바로 그것, 노동의 과정 없는 즉각적인 부의 실현이 보장되지 않기 때문이다. 오로지 정주사에게는 즉각적인 부의 실현만이 중요할 뿐 그 즉각적인 부의 실현으로 인해 희생을 치러야 할 존재에 대한 애정이나 관심 따위는 없다.

그들은 진실로 이러하다. 그들은 딸자식 하나를 희생을 시켜서 나머지 권솔이 목구멍을 도모하겠다는 계책을 적극적으로 세우고 행하고 할 담보는 없다. 가령 돈 있는 사람을 물색해내서 첩으로 준다든지, 심하면 기생으로 내앉히거나, 청루(靑樓)에다가 팔거나 한다든지 그렇게 하지는 못한다.
비록 낡은 것이나마 교양이라는 것이 있어 타성적으로 그놈한테 압제를 받기 때문이다.
교양이 압제를 주니 동물적으로 솔직하지 못하고 인간답게 교활하다.
해서, 정주사네는 시방 태수와 이 혼인을 함으로써 집안이 셈평을 펴게된 이 끔찍한 행운을 당하여 한걸음 뒤로 물러서서, 이 혼인이 장차에 딸자식을 불행하게 하지나 않을 것인가 하는 의구를 일으켜 가지고 그 의구가 완전히 풀리기까지 두루 천착을 해보기를 짐짓 그들은 피하려 든다. '사실'이 무섭고 무서운 소치는 너무도 '사실'이 뚜렷하고 보면 차마 혼인을 못할

것이므로다. (……) 이렇게 사리고 조심하여 눈을 가리고 아옹한 덕에, 내
외의 의견은 더볼 것도 없이 맞아떨어졌던 것이다.(136~137쪽)

이처럼 즉각적인 부를 실현하겠다는 자본제적 인물의 자본제적 행위로
인해 초봉이는 누군지도 잘 모르고 그러니 당연히 그 둘의 관계성이 어떻
게 형성될지도 전혀 예측할 수 없는 태수와 결혼을 하게 된다. 이러한 초
봉의 생의 이력은 아버지의 법칙에 따라 사랑의 가능성을 포기하는 근대
초기 서구소설에 나타난 여성상과 닮아 있기[20]도 하고, 또한 앞을 못보는
아버지의 행복을 위해 자기의 몸을 희생하는 심청의 형상을 이어받고 있
기도 하다.[21] 하여튼 초봉은 아버지 혹은 가족의 권위와 권유, 그리고 읍
소에 마음이 움직여 고태수와 결혼한다. 하지만 이러한 가족을 향한 헌신
적인 자기희생에도 불구하고 초봉은 도저히 끊어내기 힘든 참혹한 몰락
의 과정으로 들어선다. 정주사 등이 '눈 가리고 아옹한 덕에' 초봉은 그야
말로 끔찍한 행복이 아니라 끔찍한 불행을 떠안게 되는 것이다.
　그 몰락의 출발점에는 고태수가 놓여 있다. 즉각적인 부의 창출이라
는 매혹적인 약속에 결혼을 했건만 고태수란 인물은 정주사나 초봉이 상
상했던 것처럼 유토피아적 약속을 실현해줄 인물은 아니다. 고태수는 빚
쟁이에다 은행의 맡겨진 상당한 금액의 고객돈을 횡령한 존재이고, 오입
쟁이고, 매독환자에다가 스스로 죽는 것 이외에 어떠한 방책을 생각해낼
수 없을 정도로 막다른 골목에 내몰려 있는 상태다. 실제로 결혼 하고 얼
마 지나지 않아 고태수는 싸전의 김씨와 관계를 맺다가 불의의 일격에 죽
고 만다. 이후 초봉의 삶의 조건은 급격하게 나빠진다. 그리고 뒤이어 또

---

20) 아버지의 법칙에 눌려 사랑의 법칙을 포기하는 서구소설의 여성상에 대해서는 나탈리
에니크, 『여성의 상태─서구소설에 나타난 여성상』, 서민원 옮김, 동문선, 1999 참조.
21) 『탁류』가 『심청전』과 상호텍스트적인 관계에 있다는 논의는 한기, 같은 논문과 방민호,
『채만식과 조선적 근대문학의 구상』, 소명출판사, 2001 참조.

한번의 급격한 몰락을 경험한다. 첫번째 몰락이 고태수의 죽음에 따른 안정적 삶의 붕괴 같은 것이라면, 두번째 몰락은 윤리적 몰락에 해당한다. 초봉은 실제로는 파산상태에 있었던 고태수의 죽음과 그와 더불어 찾아온 불행(예컨대 형보의 강간, 매독 감염 등등)으로 큰 수고 없는 재화의 획득이라는 꿈이 한순간에 깨지면서 첫번째 몰락을 맞이한다. 하지만 운 좋게도, 아니, 운이 나쁘게도, 그것 때문에 곧 극도의 가난의 상태에 빠지지는 않는다. 비록 즉각적인 부의 실현을 약속했던 고태수가 그 약속을 실현해준 것은 아니지만 고태수의 후예인 제호나 형보 들이 그런 조건을 충족시켜주기 때문이다. 오히려 초봉의 두번째 몰락은 경제적인 몰락이 아니라 정주사 마냥 윤리적인 몰락이다. 보다 정확하게 말하자면 초봉은 경제적 몰락을 피하기 위해 윤리적으로 타락의 길을 걷는다. 초봉은 가족을 위해, 그러나 실제로는 자신을 위해 제호와 형보에게 팔려다니듯 옮겨 다니며 안정적인 경제생활을 유지한다. 이 남자에서 저 남자로 옮겨질 때마다 초봉의 영혼과 인간적 자존은 심각하게 훼손받을 뿐만 아니라 '물건' 취급을 받기까지 한다. 하지만 초봉은 이 교환의 흐름 바깥으로 나오려 하지 않는다. 오히려 나중에는 자신의 물건으로서의 값, 순수하게 물 그 자체가 됨으로써 얻어지는 값, '몸값'을 스스로 높이기까지 한다. 언제부턴가 그녀는 계산하고 또 계산하기 시작한다. 두번째 몰락이 시작된 셈이다. 그녀는 "마침 주체스러운 수하물(手荷物) 아니었더냐! 하나 그렇다고 슬그머니 내버리고 가자니 한 조각 의리에 걸려 차마 못하던 노릇이다. 그렇던 걸 글쎄 웬 작자가 툭 튀어들어, 인다구 그건 내거다 하니 이런 다행할 도리가 있나! 아슴찮으니 돈이라도 몇푼 채워서 내주어야겠다. 어허 실없이 잘되었다. 좋다."(320쪽)는 제호 등의 태도에 "내가 무슨 고태수의 물건이길래 저희끼리 주고받고 한단 말이오?"(325쪽), "하늘이 맑다구 벼락두 무섭잖더냐? 이 천하에 무도하구 몹쓸 놈들아……"(335쪽)라는 거부의 염이 없는 것은 아니지만 결국에는 '물건' '수하물'로 취급되는 이 질서 바깥으로 나가지 못한다. 오히려 제호나 형보들보다 더 악착같은 자본가가 되는 것으로 그들에 대한, 그리고 교환의 정치경제학에 대한 분노와 복수심을 표현한다. "그러면 어쩔 테냐? 너 내가 해달라는 대루 해줄 테냐? (……) 그러면 첫째, 이 애 앞으로두다가 네 이름 하나 허구, 내 이름으루 하나 허구, 생명보험 하나씩…… 그런 그렇구…… 그 댐은, 그새 박제호두 그래왔으니깐……그러구 또, 그 댐은, 돈을 한목아치 천원을 나를 주어야 한다? (……) 우리 친정두 먹구 살게시리 한끄터리 잡아주어야지! (……) 또 있다…… 우리 친정 동생들 서울루 데려다가 공부시켜 주어야 한다!"(342~343쪽) 그리고 자신의 몸을 상품화하여 최대의 이윤 또 최대한의 잉여가치를 창출하고자 하며 급기야는 타자와의 어떠한 윤리적, 서사적 긴장도 없이 오로지 계산만으로 맺어진 관계들을 이어 간다. 그렇게 초봉은 제호의 첩이 되고, 셋 중 누구의 아이인지 모를 딸을 낳고, 그러다가 정신적으로 동물의 상태인 형보에게 넘겨지고, 형보의 사디즘적 집착에 몸과 마음이 극도로 황폐해지고, 그리고 마지막에는 살인자가 되고……

　이렇듯 초봉의 몰락 과정은 처참하고 처절하다. 어떤 면에서 초봉은 그야말로 낡은 질서와 한순간에 사회적 초자아로 군림한 전 지구적 자본주의라는 두 개의 대타자가 만들어낸 "신식교육을 어설프게 받은 대표적 여성상"[22]이기도 하고 자기학대적 성향이 짙은 히스테리 환자라고 할 수도 있다. 초봉은 정주사처럼 전통윤리와 자본주의적 합리성 사이를 창조적으로 재전유 혹은 재창안하지 못한 채, 가족을 위해 자기를 지우고 그런 자기를 스스로 학대하는 그러면서 자신의 분신인 딸을 위해 살인이라는 범죄를 저지르는 인물이 되거니와, 이러한 초봉의 형상은 갑작스럽고 강제적인 전 지구적 자본주의화가 이곳의 민중들을 얼마나 황폐하게 만들

---

22) 김치수, 「역사적 탁류의 인식」, 김병익 외, 『현대한국문학의 이론』, 민음사, 1973, 333쪽.

었는가를 확인하게 충분하다.

그런데 초봉의 이 처참한 몰락 과정을 단순히 여성 수난을 강조하여 흥미를 끌기 위한 통속적 전개라고 비판하는 사람들이 있다. 아마도 근대 이후 한국문학사에서 여성수난사가 수시로 안이하게 반복되었기 때문일 것이다. 하지만 여성수난사라고 해서 다 통속적인 것은 아니다. 문제는 그 여성수난사가 어떤 관점에서 맥락화되었나 하는 것이다. 그런 점에서 보자면 『탁류』의 초봉의 파란만장한 삶만큼 식민지 여성의 고통을 강렬하고 밀도 있게 표현한 경우도 드물다. 이는 식민지나 주변부에서 근대화를 진행하는 사회의 경우 그 엄청난 질곡이 사실은 여성의 상품화, 혹은 상품화된 여성 속에서 교차한다는 사실을 감안하면 더욱 그러하다. 어느 날 갑자기 강제적으로 자본주의 시스템에 편입될 경우 그 사회구성원들에게 요구되는 가장 큰 일은 이전의 공동체적인 감각이나 인륜성 따위를 벗어던지고 자신을 상품화하는 것이다. 그러나 식민지의 자본주의화는 주로 식민지 모국의 필요에 의해 그 시스템의 결정되기 때문에, 그리고 식민지 모국은 이윤의 극대화를 위해 식민지 국가의 산업 발전을 최대한 억제하기 때문에, 식민지의 자본주의는 우선 걷잡을 수 없을 정도 많은 실업자들을 양산해내기 마련이다. 당연히 식민지 민중이 이 수많은 실업자군 속에서 자신의 노동력을 상품으로 팔기란 쉽지 않다. 게다가 자본주의적 시스템에 필요한 인간이 되기 위해서는 상품으로서 가치 혹은 자질을 갖추어야 하는 바 여타의 성이나 계층이 그 상품성을 구비하는 데는 오랜 시간이 걸린다. 이런 상황에서 상대적으로 비교적 오랜 훈련이나 전문성 없이도 자신을 상품화시킬 수 있는 것이 바로 여성이다. 어쩔 수 없이 그녀들은 여공으로, 매춘부로 팔려나가며 아직도 자본주의적 상품으로서의 가치를 지니지 못한 다른 가족구성원들을 부양하는 위치에 놓인다. 그래서 어떤 점에서 보자면 여성의 고통이나 상처, 그리고 처절한 전락의 과정들이 식민지 민중들의 그나마의 삶이라도 가능케 했다고도 할 수 있다. 그렇다면 『탁류』에서 초봉이 거의 자학에 가까운 몰락을 통해 가족을 부양하는 장면은 단순히 여성의 수난을 통하여 읽을거리를 만들어낸 정도가 아니라 식민지적 근대화의 특성을 매우 정확하게 읽어낸 결과[23]라 할 수 있다.

또한 『탁류』에서 집중적으로 그려지는 초봉의 몰락 과정은 모든 인간과 사물을 환금가능성으로만 파악하는 전 지구적 자본주의의 메커니즘이 어떤 과정을 거쳐 인간의 순수한 영혼을 잠식해 들어가는지, 그리고 그러면서 자신의 현실원칙을 확대재생산해내는지를 절묘하게 보여주는 『탁류』의 득의의 영역이기도 하다. 『탁류』의 작가가 그것을 의식하고 썼는지 아닌지는 분명하게 말할 수는 없으나 『탁류』는 가족을 위해 자기희생을 마다하지 않을 정도로 순수하고 목가적인 영혼이 집요한 이윤추구의 원리에 오염되어 가는 과정을 그야말로 치밀하고 강렬하게 그리고 있다. 이런 과정이다. 태수는 초봉에게 끊임없이 베풀면서 초봉을 그녀의 고유한 영토로부터 끌어낸다. 순수증여라고나 할까. 아니, 꽤나 검은 의도를 숨기고 행한 증여이니 사악한 증여라고 해야 할 터이다. 하여간 태수는 끊임없이 증여하고 선물하면서 초봉의 고유한 모럴, 그러니까 노동을 통해 조금씩조금씩 축적해가는 삶의 방식을 회의에 빠뜨린다. 그리고 그 집요한 (순수)증여 행위의 반복을 통해 일단 초봉이의 호의적인 시선을 얻어 낸다. 그 순간부터 이제 그의 태도가 달라진다. 그러더니 증여한 그것의 대가로 무언가를 요구하여 결국에는 교환의 세계로 혹은 도박과도 같은 교환가치의 세계 속으로 끌어들인다.

그는 모친에게서 결혼을 하고 나면 태수가 장사밑천으로 돈을 몇천 원 대주어서 부친이 장사 같은 것을 하게 한다는 그 말을 듣고는 다시는 더 여

___
23) 『탁류』의 초봉의 삶을 식민지 근대성과 관련시켜 규명한 논의로는 김경수, 같은 논문 참조.

부없이 태수한테로 뜻이 기울어져버렸다.

　그거야 태수는 미리서 마음을 동요시킨 것이 없었다고 하더라도, 그만한 조건이고 보면 필연코 응낙을 않진 못할 초봉이다.(153쪽)

　이렇게 초봉은 태수의 순수 증여, 혹은 과잉 증여에 현혹된다. 정주사가 미두로 일확천금의 꿈을 꾸듯이 초봉도 자신의 인격을 버리고 자기 스스로를 상품으로 만들어 직접적인 희열을 욕망한다. 이제 초봉은 노동하고 기다리고 하나하나 쌓아나가며 삶을 개선하는 길로부터 멀어진다. 이렇듯 태수의 베풂 덕분으로 초봉이 교환의 정치경제학에 익숙해지자 이제 제호가 다가오는데 제호는 아주 객관적인 지표를 가지고 초봉의 육체를 돈으로 측량하고 거래를 제안한다. 이 거래는 신사협정에 가깝다. 제호는 자신이 돈으로 산 만큼 초봉이 옮긴 매독마저도 같이 치료해줄 정도로 신사적인 면모를 보인다. 초봉 또한 자신의 상품성을 그만치 높게 봐주자 이 거래를 흔쾌하게 받아들인다. 하지만 비록 이 교환이 서로간의 의지가 관철된 것이기는 해도 이 거래가 이루어진 이후부터 초봉은 상품으로 전락한다. 그러자 형보가 나타난다. 형보는 이제 초봉을 노골적으로 상품으로 물질로 취급하기 시작한다. 가학성을 노골적으로 드러내는가 하면 잉여의 성적 착취를 반복한다. 초봉은 물론 형보의 그런 잉여 착취에 강렬한 거부감을 가지고 있건만 형보에게 그런 거부감 따위는 중요하지 않다. 형보는 초봉이 이미 이 타락한 사회에 동화되어 어떠한 고통을 겪는다 하더라도 이 세계 바깥으로 나갈 용기를 낼 수 없을 것으로 확신하고 있기 때문이다. 즉 형보는 초봉이 "하다가 못할 값에 형보의 손아귀에서 벗어나도록 부스대볼 생각은 아예 먹지도 않는다. 근거도 없는 단념을, 돌이켜 캐보려고는 않고 운명이거니 하고도 내던져 두던 것이다"(399~400쪽)라는 마음을 먹고 있다는 것을 잘 알고 있는 것이다. 결국 초봉은 모든 것을 상품화하는, 특히 여성의 몸을 집요하게 상품화하는 전 지구적 자본주의의 메커니즘의 노회함과 집요함 앞에 굴복하고야 만다. 그리고 교환의 정치경제학을 자기화하고 마는 바 영혼이 없는 자동인형으로 전락하기에 이른다. 이렇듯 『탁류』는 베풀고 거래하고 착취하는 세 명의 남성이 계기적으로 또는 서로 교차하며 초봉을 타락시켜 결국에는 교환의 정치경제학의 틀 속에 가두어버리는 과정을 치밀하게 그려낸다. 특히나 세 명의 남성이 초봉을 그 극한의 상황으로 몰아넣는 장면들은 전 지구적 자본주의가 전혀 이질적이었을 뿐만 아니라 순결한 영토인 주변부 사회, 또는 식민지 사회를 베풀고 거래하고 착취하며 지배해가는 방식과 기묘하고 절묘한 유비관계를 보여주기도 한다.

그렇다면 『탁류』는 어떤 보편적인 의미도 없고 '여성수난사'를 단순히 반복하는 소설이라 할 수 없다. 오히려 『탁류』는 전 지구적 자본주의라는 교환의 정치경제학이 어떻게 인간을 물신숭배자로 전락시키는지를 밀도 있게 그려낸 풍부한 임상보고서이다. 한마디로 『탁류』는 시대 전체가 노동 없는 횡재의 매혹에 빠져 허우적거리고 인간마저도 상품화하여 과잉의 잉여를 창출하고자 했던 황금광 시대의 황폐한 현존 형식을 단일한 세계경제체제로의 갑작스러운 편입과 그에 따른 심각한 빈곤에서 찾은 거의 유일한 일제시대의 작품이라 할 수 있거니와, 바로 이 점이 『탁류』의 또하나의 문학사적 의미라 할 것이다.

4. 상징적 자살, 어머니되기, 증여의 윤리: '탁류' 속의 희망

『탁류』는, 『탁류』라는 소설의 제목을 빗대어 말하자면, 아주 '탁'한 소설이다. 소설이 열리면서부터 먹살잡이로 시작하더니 횡령, 도박, 사기, 살인, 강간, 불륜, 남색, 사디스틱-마조히스틱한 육체관계, 인신매매, 아동학대 등등 온갖 추악한 풍경들이 수시로 출몰한다. 이 당시에 씌어진 소설 중에 『탁류』만큼 살풍경한 소설이 또 있을까 싶은 정도로 더럽고 추악한 장면의 연속이요 종합이다. 『탁류』의 작가가 식민지 민중의 고통과 염원을 배제한 채 갑작스럽고 강제적으로 진행되는 세계경제체제의 단일화 프로젝트가 만들어내는 히스테리들, 구체적으로 말하자면 장기적인 예측이나 판단이 원천적으로 봉쇄되어 있어 인간마저도 이윤추구의 수단으로 전유할 뿐만 아니라 자기 스스로도 인간적 존엄을 포기한 채 도박기계로 살아가는 세태를 그만큼 두려워하고 있었다는 반증이리라.

그런데 『탁류』에서 흥미로운 점은, 그리고 또하나 문제적인 요소는, 『탁류』가 이 혼탁하고 추악한 세상 속에서도 그 추악함으로부터 벗어날 수 있는 가능성을 부단히 탐색한다는 점이다. "위험이 있는 곳에 구원의 힘도 함께 자란다"라는 휠덜린의 말을 좀 뒤집어 말하자면, 『탁류』가 그토록 세상을 위험이 가득한 곳으로 묘사할 수 있었던 것은 아마도 『탁류』가 그 위험 속에 같이 자라는 구원의 힘을 어느 정도 감지했기 때문일 것이다. 그래서인지 『탁류』의 등장인물들에 대한 포폄은 대단히 냉정하다. 예컨대 정주사나 초봉이 같은 인물은 비록 스스로 몰락을 자초한 측면이 있다고는 하나 호의적인 시선을 보낼 만함에도 불구하고 그 시선은 단호하다. 아니, 싸늘하다. 나름대로 전력투구를 다했는지는 모르지만 최선의 길을 밟아나간 것은 아니라는 것이다. 비판하기는 하지만 비난하지는 않는다는 점이 그나마 호의적인 태도라고나 할까. 이렇게 『탁류』가 자신의 인물들에 대해 포폄이 싸늘한 것은 『탁류』 전체가 비교적 선명한 가치평가기준을 지니고 있기 때문일 터이며, 그것은 실제로 작품 곳곳에 불균등하게 흩어져 있기도 하다.

아니, 몇몇 요소는 이미 정주사와 초봉의 몰락 과정에서 역으로 추출해볼 수 있기도 하다. 예컨대 '대가를 바라는 증여를 하지 마라'라든가 '내가 노력한 것 이상의 선물 혹은 증여를 받지 마라'라든가 '아무리 길이 보이지 않더라도 삶의 점진적인 개선에 힘쓰라' "친밀성이나 결혼은 '아버지의 법칙', 즉 이해타산이나 강요된 순응에 따르지 말고 '사랑의 법칙' 그러니까 주체성과 타자윤리성의 입장에서 선택하라" 같은 정언명령들일 터이다. 특히나 '수고 없는 횡재에 대한 열망 또는 도박 같은 행동을 통한 노동의 과정이나 혹은 시간의 마술적인 단축에 대한 기대는 금물이다'라는 명제는 『탁류』 곳곳에서 반복되는 윤리적 지침이기도 하다.

그런데 『탁류』가 제시하는 윤리적 지침이 남을 몰락으로 이끌고 또 스스로도 몰락하는 인물들을 통해 반면교사적인 형식으로만 제시되는 것은 아니다. 스스로 몰락하고 또 남들도 몰락시키는 몇몇 인물들의 몰락의 파노라마 속에는 간혹 그 파멸로부터 벗어나기 위해 혼신의 힘을 다하는 장면들이 설정되기도 하는데, 그 장면들에는 뜻밖에도 자본주의라는 타락한 사회, 그러니까 '탁류'의 흐름을 바꿀 수 있는 중요한 계기들이 언뜻언뜻 모습을 드러내기도 한다. 예컨대 다음과 같은 것이다.

그는 초봉이와 약혼을 한 그날부터 근심과 불안을 요새 하늘처럼 말갛게 싹싹 씻어버렸다.

그새까지는 근심이 되고 답답하고 할 적마다, 염불이나 기도를 하는 것과 일반으로, 뭘! 약차하거든 죽어버리면 고만이지, 하고 그 임시 그 임시의 번뇌를 회피하기는 했지만, 그러면서도 한편으로는 어떻게 일을 좀 모면하고 싶은 마음이 간절하여, 늘 불안과 더불어 그것이 가슴에 서리고 있었다.

하던 것이, 영영 그를 모피하지는 못할 형편인데 일변 한 걸음 두 걸음 몸 바투 다가는 오고 그러자 마침 초봉이와 뜻대로 약혼까지 되고 나니, 그제는 아주 예라! 이놈의 것…… 하고, 정말로 죽어버릴 결심을 하고 말았던 것이다.

해서, 그 무겁던 불안과 노심으로부터 완전히 해방을 받은 것이다.(188쪽)

초봉을 몰락의 길로 이끈 태수는 분열증적인 인물이다. 태수는 천성적으로 유기체가 감당하기 힘든 향유를 즐기는 인물로 되어 있다. 감당하기 힘든 향유 탓에, 구체적으로 말하자면 "방탕의 행락을 거듭거듭 집어먹은"(84쪽) 탓에 돈에 갈급이 난 인물이지만 정주사, 초봉처럼 수고 없는 횡재에 목말라하지 않는다. 물론 끊임없이 돈을 구해나서지만 그것은 돈 그 자체 때문이 아니라 돈을 통해 얻을 수 있는 '향유' 그 때문이다. 해서 태수는 특이하게도 돈에 갈급증을 보이지 않으며, 미두를 통해 돈을 잃고도 그리 충격을 받지 않는다. 그런 점에서 태수는 도박을 '빈둥거림을 가능하게 하고 노동의 엄격함과 시장의 가치 저하에 대한 굴종을 거부할 수 있는' 영웅적인 방식으로 전유하는 벤야민이 지칭한 부르주아 도박사의 형상과 닮아 있다. 그래서 태수는 조금의 돈이 생기면 곧 순수증여자가 되며, 타자와 교환가치를 매개로 관계를 맺지 않는다. 물론 그의 증여행위는 "1) 선물은 '물'을 매개로 해서 사람과 사람 사이를 인격적인 뭔가가 이동하고 있듯 해야 한다 2) 답례는 적당한 간격을 두고 이루어져야 한다 3) '물'을 매개로 해서 불확정적이고 결정 불가능한 가치가 움직인다"[24]는 증여의 세 가지 요건 중 거의 실시간에 가까운 답례를 요구하는 경향이 있고 '물' 대신에 '돈'을 선물처럼 건넨다는 점에서 증여인가 교환인가 애매한 구석이 있지만, 하여간 그는 『탁류』의 등장인물들 대부분에게 수시로 선물과 돈을 건넨다.

그가 이처럼 찰나적이나마 증여론자일 수 있고 또 잠시나마 "불안과 노심으로부터 완전히 해방을 받"는 것은 바로 그의 자살충동 때문이다. 그가 달고 다니는 말은 "약차 하거든 죽어버리면 그만이지"(81쪽)라는 것이다. 그는 라캉이 인간의 행위 중 '유일하게 성공적인 행위다'라고 말한 (상징적) 자살을 매일같이 반복한다. 즉 간주체적 회로로부터 수시로 물러나와 무의 상태로 돌아가곤 한다는 것인데, 그의 이러한 자살충동은 비록 오랜 효력을 가지지는 못하나 그를 상징적 질서의 경계에 머물게 하고

---

24) 나카자와 신이치, 『사랑과 경제의 로고스』, 김옥희 옮김, 동아시아, 2004, 43쪽.

또 때로는 상징적 질서 바깥으로 나아가게 하는 큰 추동력이 된다. 뿐인가. 이러한 자살충동으로 인해 그는 자본주의의 중핵인 은행의 시스템을 교란시키는 데도 한 치의 망설임도 보이지 않는다. 그는 입금/출금, 대출/회수, 신탁/어음 등으로 이어지는 돈의 연속적 흐름에 불쑥 개입하여 그것을 꺼내다가 전혀 이윤이 나지 않는 방식으로 전치시킨다. 물 흐르듯 자연스러운 자본의 흐름 즉 교환의 시스템을 절단해 그것을 증여의 행위로 전용시켜버리는 것이다. 물론 이러한 그의 행위는 당연히 법의 입장에서 보자면 '사기, 횡령'에 해당하는 불법적인 행동이다. 하지만 자본주의를 지탱하는 한 핵심인 은행 규칙의 빈틈을 교묘하게 비집고 들어가 은행의 질서를 교란시킨다는 점에서 나름 전복적인 행위라고 볼 수도 있다.

한마디로 고태수는 질서화되지 않는 에네르기, 그래서 결국은 파괴적이거나 혁명적일 수밖에 없는 에네르기가 끓어 넘치는 인물이다. 그는 잉여향유자[25]이다. 때문에 그는 분명 비도덕적이다. 하지만 동시에 그는 교환의 시스템 혹은 상품-화폐를 통한 등가적 교환을 끊임없이 교란시키는 인물이기도 하다. 그는 한편으로는 자신의 향유를 위해 초봉이 모양 아직 상품-화폐의 등가적 교환 시스템 안에 들어와 있지 않은 존재들을 시스템 안으로 끌어들이기도 하고, 다른 한편으로는 초봉과의 짧지만 즐거운 향유를 위해 자신의 직업은 물론 목숨을 걸고 초봉의 집안에 과잉-증여를 행하기도 한다. 이런 고태수를 바라보는 『탁류』의 작가의 입장은 다분히 이중적이다. 그것은 마치 남승재가 고태수를 바라보는 방식과 흡사하다. 남승재는 매독에 걸렸으면서도 초봉과 결혼을 감행하려는 고태수에 대해서는 살인충동을 느끼지만 현미경 안의 질서에 경탄을 표하는 고태수의 천진무구함 앞에서는 "일변 귀염성스럽기도 했다"는 감정을 갖는 바, 고태수에 대한 남승재의 이러한 양가감정은 곧 『탁류』의 그것이기도

---

25) 태수의 이러한 측면에 대해서는 신두원, 같은 논문 참조.

하다. 분명 고태수에 대한『탁류』(혹은『탁류』작가)의 시선은 양가적이다. 돈을 통한 넘치는 향유로 초봉을 위시한 수많은 존재를 타락시키는 악마적인 인물로 설정했다가 그 넘치는 향유, 그로 인한 일시적인 순수-증여가 행하는 뜻밖의 탈영토화의 역능을 발견하고는 다시 호의적인 시선을 보내는 형국이라고나 할까. 하여간『탁류』는 "약차하거든 죽어버리면 되지"라는 (상징적) 자살 의지가 인간에게 가져다주는 "불안과 노심으로부터 해방을 받는 상태"와 그로 인해 촉발된 증여의 제스처를 아주 긍정적으로 바라보고 있음을 확인할 수 있으며, 이것이『탁류』의 가치평가기준의 한 중요한 요소임을 짐작하기란 어렵지 않다.

"위험이 있는 곳에 구원의 힘이 함께 자란다"는 휠덜린의 경구를 떠올리게 하는 대목은 초봉의 몰락과 몰락으로부터 자기를 구해내려는 과정 속에서도 찾아볼 수 있다. 다음과 같은 것이다.

마치 고깃감으로 사온 닭의 새끼나 다루듯, 형보는 송희의 두 발목을 한 손으로 움켜 거꾸로 도옹동 쳐들고 섰다. 송희는 새파랗게 다 죽어, 손을 허위적거리면서 숨이 넘어가게 운다. (……) 초봉이는 차차 온전한 제정신이 들고, 정신이 들면서 맨처음 송희의 우는 소리를 알아들었다. (……) 초봉이는 얼른 머리카락을 뒤로 걷어넘기고 허리춤을 추어올리고 그러고 나서 팔을 벌리고 안겨드는 송희를 그러안으려고 몸을 꾸부리다가 움칫 놀라 제 손을 끌어당긴다. 이 손이 사람을 궂힌 손이거니 하는 생각이 퍼뜩 들면서 사람을 궂힌 손으로 소중스런 자식을 안기가 송구했던 것이다. 송희는 엄마가 꺼려하는 것이야 상관할 바 없고, 제풀로 안겨들어 벌써 젖꼭지를 문다.

할 수 없는 노릇이고, 초봉이는 송희를 젖물려 안은 채 처네를 내려다가 형보의 시신을 덮어버린다. 이것은 송장에 대한 산 사람의 예절과 공포를 같이한 본능일 게다. 그러나 시방 초봉이의 경우는 그렇기보다 어린 송희

에게, 아무리 무심한 어린 눈이라고 하더라도 그 눈에 이 끔찍스런 살상의
자취가 보이지 말게 하자는 어머니의 마음일 게다.(452~459쪽, 부분부분)

앞서 살펴보았듯 『탁류』에서 가장 철저하게, 제일 많이 계산하고 교환
되어서는 안 될 것까지를 교환하는 인물은 초봉이다. 물론 교환의 시스
템 안으로 들어서게 된 동기는 대단히 순수하고 자기희생적인 모럴에 의
해 촉발된 것이지만 일단 그 시스템 안으로 들어서고 나서는 사정이 달라
져 초봉은 적극적인 교환 시스템의 체현자가 된다. 초봉은 그런 교환관
계에 의해서 제호와 맺어지고 또 형보와도 맺어지는데, 이러한 차이 없
는 반복은 무엇보다 교환의 시스템 바깥으로 빠져나갈 경우 닥쳐올 불안
정성에 대한 두려움 때문일 것이다. 아니면 경제적 가난을 이겨낼 자신감
혹은 극도의 가난 속에서도 의미 있는 삶을 살아갈 수 있는 용기와 결단
이 결여되어 있는 때문인지도 모른다. 하여간 초봉은 내내 자신을 상품화
하고 교환하는 그 질서를 벗어나지 못한다. 끊임없이 자기희생의 알리바
이를 만들어 그 지옥 같은 생활들을 견뎌내며 자학에 가까운 생활을 하지
만 막상 그 질서 바깥으로 나갈 기회가 오면 다시 주저앉는다. 그런데, 그
랬던 것인데, 드디어 초봉이 용기와 결단을 발휘하여 그 틀 바깥으로 나
오게 된다. 이러한 초봉의 결단에 결정적인 역할을 한 것은 위에서 볼 수
있듯 "어머니의 마음"이다. 초봉은 한때 자신의 임신을 증오한다. 태수,
제호, 형보 중 도대체가 누구의 아이인지를 알 수 없기 때문이다. 해서 임
신한 것을 아는 순간 낙태를 결심하고 실제로 그것을 실천에 옮기기도 한
다. 그 와중에도 딸 송희는 태어난다. 자신의 파란만장한 삶과 한 어린 역
사의 결과물이자 응축물이기에 처음부터 송희를 기꺼워한 것은 아니나
송희를 자신의 한 많은 역사의 집적물이 아닌 송희 그 자체로 보기 시작
하면서 서서히 "어머니의 마음"이 싹트기 시작한다. 그러면서 초봉은 "하
나의 다른 자아 속에서 스스로를 망각하고 동시에 이러한 소멸과 망각 속

에서 비로소 자기 자신을 획득하"는 헤겔적 사랑의 단계를 넘어서 "그녀 자신도 아니고 동일한 존재도 아니며 '나'가 사랑 또는 성욕을 위해 결합 하는 또다른 사람도 아니지만, 주의를 집중하게 되고 부드럽게 되며 자신 을 망각하게 되는 그 어려우면서도 기쁨에 찬 완만한 배움의 길"인 크리 스테바가 말한 모성의 시간 속으로 진입한다. 즉 송희라는 절대적 타자 를 위해 자기를 포기함으로써 결과적으로 자기의 유지는 물론 자기를 승 화시키게 되는 모성으로 무장하면서 아무런 답례도 생각하지 않고 자신 의 모든 것을 주는 순수-증여의 경지에 이르게 된 것이다. 이 "어머니의 마음"은 초봉으로 하여금 드디어 그 질기고 질긴 교환의 질서 바깥으로 나가도록 이끈다. 물론 교환질서 바깥으로 나가는 행위가 살인이라는 형 식을 띠고 있고, 또 그 살인이 아주 잔혹하고도 집요한 면모를 보이고 있 어 과연 이 행위를 긍정적으로 볼 수 있는가는 이견이 있을 수 있지만, 초 봉이 행한 형보의 살인 행위는 사라졌다가 또다른 몸으로 돌아오는 그래 서 살아나고 또 살아나는 형보 등의 괴물에 대한 두려움과 그것으로부터 영원히 벗어나려는 의지의 표현이라고 할 수 있다. 한마디로 초봉의 살인 행위는 라캉적 의미의 상징적 자살, 그러니까 무의 상태로 가기 위한 결 단에 가깝다고 할 수 있으며, 그 과정이 격렬한 것은 형보 등에 일방적으 로 예속되며 살았던 자기 자신에 대한 근원적이고 격한 반성과 이제는 어 떠한 유혹에도 다시는 이 교환의 세계로 돌아오지 않겠다는 단호한 의지 의 표현이라고 할 수 있을 터이다. 물론 초봉의 "어머니의 마음"이 포괄 하는 대상이 너무 한정되어 있어 결국은 딴 어머니의 아들인 형보를 죽이 게 된 것 아닌가 하고 비판이 있을 수도 있지만, 그렇다 하더라도, 하여간 초봉은 송희를 통해 "어머니의 마음"을 가지게 되었고 그 마음이 초봉으 로 하여금 증여의 윤리학을 갖고 실천하도록 유도했다고 볼 수 있다.

이렇듯 『탁류』에는 개념의 위계를 갖춰 제시되는 것은 아니나 교환의 질서 바깥으로 나갈 수 있는 여러 계기들이 작품 곳곳에 흩어져 있거니와 위의 경우와 같이 간헐적으로 묘사되기도 한다. 이를 통해 우리는 막연하게나마 『탁류』가 주고받는 모든 행위가 교환에 의해, 그 교환도 '영혼이 사라진' 물건, 인간 대 돈의 교환에 의해 이루어지는 질서로부터 벗어나기 위한 길로 무엇을 제시하고 있는가를 짐작할 수 있다. 그것은 다름 아닌 (순수) 증여의 삶이다. 물건의 이동이 없으면 살아갈 수 없으므로 물건을 주고받되 교환이 아닌 증여의 형식을 취하는 것이 자본주의 특유의 살풍경으로부터 벗어날 수 있는 길이라는 것. 즉 물건을 주고받되 돈을 통한 돈과 물건, 혹은 돈과 돈 사이의 교환이 아니라 각각의 사물과 인간에 깃든 인간의 영혼 혹은 마음을 같이 주고받는 증여의 형식을 취해야 한다는 것. 물론 그를 위해서는 상징적인 질서 바깥으로 나가야 하며, 상징적 질서 바깥으로 나가기 위해서는 모성성이나 상징적 자살 등 결단의 계기들이 필요하지만 그래도 그것만이 전 지구적 자본주의라는 대타자로부터 벗어날 수 있는 길이라는 것. 이것이 바로 『탁류』가 타락한 교환의 세계를 넘어설 수 있는 길로 제시하고 있는 것이며, 이를 우리는 증여의 윤리라고 부를 수 있을 터이다. 하여간 『탁류』는 어떤 경로를 통해서든 사람이나 물건의 영혼이 배제된 채로 무언가 오고가는 질서 바깥으로 진입하는 것을 무척이나 긍정적인 시선으로 바라보거니와, 이는 『탁류』를 가로지르는 역사지리지가 바로 증여의 윤리학에 있음을 알려주는 중요한 표지이다.

　태수와 초봉의 경우가 스스로의 몰락에 저항하는 과정에서 '탁류'에서 벗어날 가능성을 간헐적으로, 그리고 부분적으로 보여주는 예라면, 『탁류』에는 자신 고유의 삶의 철학과 그 철학을 지키려는 진정성을 갖추고 '탁류'에 저항하는 인물들도 있다. 『탁류』는 온통 '탁한' 인물로 가득 차 있지만 그중에서도 몇몇 '탁'하지 않은 인물들이 있기는 있다. 그들은 송희 같은 세상의 흔적이 개입되지 않은 순진무구한 영혼이기도 하고, 그런가 하면 명님이 같은 아직 사회적 대타자로부터 상대적으로 아슬아슬하게 거리를 유지하고 있는 존재이기도 하다. 또 그런가 하면 초봉의 여동생 계봉이와 남승재 같은 어른들도 있다. 이를 달리 표현하면, 『탁류』에서 전 지구적 자본주의라는 현실원칙에 정면으로 노출되어 있으면서도 아직 그 현실원리로부터 자유로운 존재란 오로지 계봉과 승재 둘뿐이라는 말이 된다. 그렇다. 오직 둘 뿐이다. 그 수많은 군상들 중에 긍정적인 인물이 단 둘 뿐이라는 점은 『탁류』가 세상을 그처럼 어둡게 탁하게 보았다는 것을 의미하기도 하고, 또 그 탁한 세상을 넘어설 수 있는 여러 역사지리지와 삶의 자세들 중 단 두 가지만을 구체적인 가능성을 가진 것으로 파악하고 있다는 말이 되기도 할 터이다.

　이중 먼저 눈에 띠는 인물은 계봉이다. 계봉은 그 특유의 활달함과 건강함으로 '탁류'를 씩씩하게 헤쳐 나가는 인물이다. 그녀는 자유주의자이고 그러므로 냉소주의자이다. 계봉은 무엇보다 기존의 질서로부터 벗어나서 스스로의 지성을 갖추는 것, 그리고 스스로가 얻은 자유를 향유하는 것이 필요하다고 생각한다. 그런 까닭에 계봉은 집안을 위해 딸을 희생시키는 자신의 부모를 전혀 탐탁하게 여기지 않으며, 집안을 위해 자기의 모든 것을 버리는 비주체적인 초봉에 대해서는 동정은 할지언정 긍정은 하지 않는다. 그러니 그녀는 수고 없는 횡재에 대한 병적인 거부감을 가지고 있을 뿐만 아니라 반드시 일한 만큼의 대가를 얻어야 한다는 철칙을 지니고 있기도 하다. "가령, 그새까지는 그다지 다니고 싶어 자발을 하던 기술 방면의 전문학교를, 의학전문이고 약학전문이고 맘대로 다닐 기회를 만났으면서도, 또 그 목적으로다가 서울로 올라왔으면서도 그것을 아낌없이 밀어던지고서 백화점의 월급 삼십 원짜리 숍걸로 나선 것만 하더라도, 그 지경이 된 형을 뜯어먹고, 그 따위 인간 형보에게 빌붙어서 공부를 하는 게 창피했기 때문이다."(393~394쪽) 뿐만 아니라 계봉은 자신의 역사철학을 행위로 옮기는 어떤 망설임도 없어 마음만 먹으면 용기를 내고 결단을 행한다. 하지만 이 계봉의 역사철학은 관계의 철학으로까지 나아가지 못한다. 예컨대 그럼 자기만 높은 정신적 단계에 오르면 되는가, 그러면 나를 키워준 '탁'한 부모들과의 관계는 어떻게 유지해야 하는가, 또는 나를 둘러싸고 있는 이 더러운 세상 속에서 어떻게 나를 완성하며 자신의 철학을 어떻게 타자화할 것인가 하는 문제 등에는 고민이 없다. 그냥 세파에 물들지 말고 자기 혼자 씩씩하게 올바르게 살아가자는 식이다. 때문에 계봉의 활력과 에네르기는 탁한 세상과 섞이지 못하고 홀로 맴돌다 사라져버린다. 또한 세상의 어떤 사건과 조우할 경우 그것 속으로 들어가 같이 해결하는 것이 아니라 서둘러 거리를 유지하며 그런 문제를 만나지 않은 자신을 자랑한다. 그런 점에서 계봉의 계몽의 윤리학은 자기완성의 의지만 있을 뿐 공동체의 문제에 대해서는 무관심하고 그러니 무력하다. 아니, 무력하니 무관심하다. 말하자면 계봉의 윤리학은 이 혼탁한 탁류 속에서 자신을 지킬 수는 있어도 곤경에 처해 있는 다른 존재들을 그곳에서 구원할 힘은 없는 것이며, 아마도 계봉이 곤경에 처해 있는 초봉을 오랫동안 두고 보기만 하는 것도, 마지막 장면에서 형보를 죽인 초봉이 그 간절한 눈빛을 계봉이 아닌 승재에게 보내는 것도 이 때문일 것이다.

『탁류』에서 이 집요하고 처절한 교환의 세계에서 증여의 윤리학을 구현하며 살아가는 인물은 다름아닌 남승재다.

> 그러나 그렇지만 가난 이외의 것을 모르니까, 그는 태평이다. 그는 제가 의사시험에 패스가 되어 의사면허를 얻어 될 것을 유유히 믿는다. 자연과학의 힘을 믿는다. 그리고 가난한 사람들의 병을 낫게 해주어 성한 사람이 되게 하는 것을 재미있어 한다. 해서 근심도 초조도 없다.(64쪽)

> 그러고 보니 가난과 한가지로 무지도 그 사람들을 불행하게 하는 큰 원인이요, 그래서 그 사람들에게는 양식과 동시에 지식도 적절히 필요하다. (……) 네 살에 고아가 되어, 생판 남과도 진배없는 친척에게 거둠을 받아

자라났으니, 역경이라면 크게 역경일 것이다. 그러나 역경은 역경이면서도, 승재의 지나오던 자취에는 일변 단순함이 없지 않았었다. (……) 승재는 울기까지 한 적이 있었다. 병이 큰 고통인데, 그것을 치료하지도 못하는 사람들의 불행 (……) 인간 세상의 한 구석에는 이러한 불행이 있다는 것이 그는 통분했던 것이다. (……) 그래서 그는 계제에 결심을 하고, 왕진기구 일습과 약품을 장만해가지고 본격적으로 야간개업(夜間開業)을 시작했던 것이다. 물론 치료비나 약값은 받지를 않고, 가난한 제 낭탁을 기울여가면서 (……)

이 노릇을 승재는 스스로 조그마한 사업으로 여겨 거기서 기쁨과 만족을 느끼되, 무심했지 달리 그것을 평가(評價)를 하거나 자성(自省)함이 없었다. (116~117쪽)

승재는 처음 등장할 때부터 마지막 장면까지 남에게 무언가를 증여하는 인물로 되어 있다. 그는 결코 부유한 존재도 넘치는 존재도 아니다. 그는 '버젓한 기술'을 가진, 그러나 처음에는 정식 의사가 아닌 의사보인 인물이다. 그는 가진 것도 버는 것도 그리 넉넉하지 않다. 그럼에도 그는 자기보다 낮은 곳에 있는 인물이면 자신의 능력이 닿는 한에서는 무조건 돕고 본다. 해서 돈이 없어서 병원에 오지 못하는 사람들을 찾아 무료진료를 하는가 하면, 초봉이네 생활이 곤란할 지경이면 하숙비도 미리 내기도 한다. 승재의 이러한 행동은 무언가 넘치는 자가 모자라는 자에게 베푸는 동정도 아니고 그것을 통해 어떤 사회를 건설하겠다든가 하는 목적의식이 있는 것도 아니다. 그저 베풀고, 그저 돕는다. 누군가에게 선물을 주는 것, 증여를 하는 것에서 유일한 희열 같은 것을 느끼며, 또 무조건 남에게 무언가를 주는 것이 자기 위안을 위한 것일 뿐 당사자를 비주체적인 존재로 만들 수 있다는 것도 안다. 또 자기의 증여 행위가 이 타락한 세상을 개선시킬 것이라 생각하지도 않는다. 그는 자기가 자신의 거의 전 재산을 다 팔아서 색주가로 넘겨진 명님을 구해오려 하나 그가 명님을 구해오더라도 그런 증여가 종국적으로 "인류가 환장을 해서 동물로 역행하는 구렁창이"를 없애기는커녕 달랑 명님 한 명마저도 그곳으로부터 구해내기 힘들다는 것도 잘 안다. 어떤 점에서 승재는 그는 생래적인 증여론자이다. "승재는 암만 동정이나 자선이란 제 자신의 감정을 위안시키기 위한 제 노릇에 지나지 않는다는 것이라는 해석은 가지고 있어도, 시방 명님이를 구해주겠다는 이 형편에서는 그런 생각은 몽땅 어디로 가고 없다. 또 생각이 났다고 하더라도 그 힘이 이 행동을 막진 못할 것이었다."(374쪽)

그렇다고 승재의 이 증여가 신의 영역이라고 하는 순수–증여의 형식인가 하면 그렇지 않다. 승재의 증여 행위는 다만 윤리적이라고 할 수 있을 뿐이다. 승재는 무조건 주기만 할 뿐 아무것도 받지 않는 것이 아니다. 받았으므로 주고 주면 무엇인가 받는다. 승재가 이렇게 자기보다 낮은 곳에 있는 사람들을 돕는 것은 자기가 이미 그런 도움을 받은 존재이기 때문이다. 5살에 고아가 된 그를 친척이라고도 할 수 없는 사람이 거두어 길러주었던 것이다. 이 증여의 기억과 경험이 승재를 증여론자로 만든다. 비록 자신에게 준 사람에게 답례를 한 것은 아니지만 그의 증여는 분명 받은 것에 대한 답례이다. 또 승재가 일방적으로 주는 것만은 아니다. 승재는 주면 무언가 받는다. 물론 물질적인 것은 아니다. 승재의 도움을 받은 사람들은 돈으로 환원할 수는 없지만 그들이 줄 수 있는 최대한의 것, 바로 사랑과 존경으로 답례한다. 승재가 명님들과 주고받는 증여 행위는 물건과 물건, 돈과 물건을 교환하는 그것과는 차원이 다르다. 그곳에는 인간 사이의 깊은 유대감과 환대의 감정이 있다.

『탁류』의 남승재의 증여 행위가 문제적인 또하나의 요인은 이 증여가 결코 이데올로기적이거나 정치적이지 않다는 것이다. 남승재의 증여 행위는 윤리적인 영역의 것이다. 만약 의무에 따라서 행해진 활동이 합법성의 영역이고 배타적으로 의무를 위해서만 행해진 활동이 윤리성의 지표라면, 남승재의 것은 전적으로 윤리적인 영역에 속한다. 남승재의 증여 행위는 주어진 의무에 따라서 행해진 것이 아니라 오로지 남을 도울 수 있을 땐 도와야 한다는 전적으로 배타적인 자기의무를 위해서만 행해진 행위[26]이기 때문이다. 또 남승재의 증여 행위는 그가 자신의 증여 행위를 타인에게 강요하지도 않을뿐더러 그 행위를 당시의 사회적 병증이나 환부를 치료할 유일한 정치적 이념으로 획정하지도 않는다는 점에서 윤리적이다. 증여론이 정치적 신념이 되면 그것은 이 세상에 존재하는 모든 사람들을 허위의식에 빠진 존재들로, 그리고 깨끗이 다시 정화되어야 할 존재들로 규정하고 그러므로 '인종청소'가 필요하다는 폭력적인 이데올로기로 전회할 가능성이 매우 높은 터, 『탁류』의 남승재는 자신의 증여 행위로 일반인들을 평가하지도 않으며 또한 그들을 증여론자로 전화시킬 위신투쟁도 벌이지 않는다. 그는 단지 인간마저도 상품화하여 그 상품화된 인간을 돈으로 사고파는 "동물로 역행하는 구렁창이" 속에서 묵묵히 5살 때의 기억을 떠올리며 누군가에게 줄 것이 있으면 줄 뿐이며, 그런 증여 행위가 자기만족이 될 뿐이라고 자기를 비판하면서도 또 누군가에게 줄 것이 있으면 줄 뿐인 것이다. 만약 사회구성원 모두를 악착같이 구속하는 상징적 질서 너머로 갈 수 있는 길을 제시하는 것이 실재의 윤리라고 한다면, 또 우리가 우리의 현재를 지켜내기 위해서 폐기처분했던 것을 귀환시켜 보다 의미 있는 삶의 좌표를 모색하는 것이 실재의 윤리라면, 남승재의 증여의 윤리학은 '인류를 동물로 역행시키는 구렁창이'에서 보다 나은 인류로 방향을 틀게 할 수 있는 대단히 독창적이고도 구체적인 '실재의 윤리'라고 할 수 있을 것이며, 이는 식민지 시대 우리 문학사에서 단연 빛나는 성취라고 할 수도 있다. 만약 우리가 이러한 생생하면서도 구체적인 증여의 윤리학을 『탁류』가 씌어진 지 한참만에야 다시 만날 수

---

26) 칸트의 윤리적 개념과 그를 통해 실재의 윤리를 설명한 논의는 알렌카 주판치치, 『실재의 윤리』, 이성민 옮김, 도서출판 b, 2004 참조.

있었음을 상기한다면, 『탁류』에서 이루어진 증여의 윤리학이 지니는 중요성은 거듭 강조해도 지나침이 없다. 황석영이 다시 쓴 『심청』의 심청이 마을의 어머니들에게 골고루 받은 선물, 젖에 대한 기억을 끊임없이 되살려 어머니가 없는 아이들이 거두어 키우는 증여의 윤리를 미학적으로 승화시켰다면, 『탁류』의 승재는 아주 오래전에 그러한 증여의 윤리학을 앞서서 구현하고 있었던 것이다.

5. 증여(의 윤리)의 아포리아와 '증여의 사회'라는 매혹

한데, 승재의 이 증여의 윤리란 지나치게 실재적이다. 다시 말해 최소한의 투자로 최대한의 이윤을 창출하는 것이 곧 이성에 부합하다는 타락한 진리관을 지닌 교환의 경제 속의 인간들에게 증여의 행위란 치명적으로 비합리적인 행위이거나 시대착오적인 사고에 불과한 것이다. 그러므로 교환의 경제 속의 개인들에게 증여의 행위란, 그것도 순수 증여의 행위란, 상징질서 바깥의 행위에 불과할 뿐이다. 만약 그것이 상질질서 안에서 이루어질 경우 그것은 상징질서 자체를 교란시키는 외설적인 행위에 다름아닐 뿐이다. 그런 까닭에 이 치밀하고 집요한 교환경제 속에서 증여 행위는 저 원시공동체의 낡은 유물로 떠밀려가 있다. 그러니 아무리 승재가 증여 행위를 자신의 전 생애를 걸고 실천한다고 하더라도 그것이 교환의 경제를 교란시킨다거나 해체한다거나 할 수는 없다. 한 개인의 증여의 행위란 일시적으로 교환경제 속의 아주 작은 부분을 충격할 수 있겠지만 그 증여의 기억이란 곧 흔적도 없이 사라지고 교환의 경제가 곧 그 빈자리를 대신하겠기 때문이다.

"……장차 어떻게 하실는지야 모르겠소마는, 저앨 몸을 빼줘두 별수 없으리다!"

"네? ……어째서?"

"또 팔아먹습니다요!"

"또오?"

"네, 인제 두구 보시우."

"그럴 리가!"

"아니요! ……나는 다아 한두 번이 아니구 여러 차례 겪음이 있어서 하는 소리랍니다. ……아, 글쎄 그 사람네가 그까짓 돈 이백 원을 가지구 한평생 살 줄 아시우?……단 일 년 지탱하믄 오래가는 셈이지요. 그리구 나믄 그땐 첨두 아니었다, 한번 깨묵맛을 딜였는걸 오죽 잘 팔아먹어요? 시방이나 그때나 배고프기는 일반인데 무엇이 대껴서 안 팔아먹겠수? ……두번쨴 굶어죽더라도 안 팔아먹을 에미 애비라믄, 애여 처음번에 벌써 팔아먹들 않는다우…… 생각해보시우? 이치가 그럴 게 아니우?"(381쪽)

뿐만 아니라 승재의 증여 행위는 지나치게 생래적이다. 승재는 다만 증여를 실행할 뿐이다. 그의 증여 행위는 아직 목적의식적인 행위가 아니다. 그의 증여 행위는 타락한 교환세계를 내파해야 하겠다는 어떤 필요성에 의해 발명된 것이 아니고, 또 증여 행위를 반복하면서 보다 고차의 진리, 그러니까 일종의 역사철학으로 확장되지도 않은 상태이다. 그러므로 승재는 자신의 증여 행위를 어느 누구에게 권하지도, 강요하지도 않는다. 또한 그것을 공동체의 도덕이나 국가의 정치철학으로 끌어올릴 어떤 전략과 전술도 없다. 그는 그저 타인의 증여 행위로 입은 혜택을, 또 증여 행위 속에서 맛보았던 충일한 생명력을 묵묵히 타인들에게 옮겨낸다. 그런 까닭에 그의 증여의 윤리는 몇몇 소수집단에게 무슨 밀교처럼 단속적으로 은밀히 전파될 뿐이다. 그러니 승재의 증여 행위란 아직 교환의 세계를 내파할 현실적인 힘으로는 역부족이다.

그런 까닭에 승재의 증여 행위는 결국 아포리아 상태에 빠져든다. 그동안 승재의 증여 행위가 큰 문제없이 지속될 수 있었던 것은 승재가 어떠한 역사적 프로젝트 없이 그것을 본능적으로 행했기 때문이다. 그는 그저 자기의 능력이 닿는 한 어떠한 위계도, 선택 기준도 없이 무작위적으로 누군가에게 증여를 행했던 셈이다. 그런데 승재의 증여 행위에 대한 기대가 커지면서 사정이 달라진다.

> 승재가 가난한 사람의 병든 것을 쫓아다니면서, 돈도 받지 않고 치료를 해준다는 소문이 요새 와서는 좁다고 해도 인구가 육만 명이 넘은 이 군산 바닥에 구석구석 모르는 데 없이 고루 퍼졌고, 그래서 위급한데도 어찌하지 못하는 병자만 돌아보아 주재도 항용 열씩은 더 된다. (……) 그 숱해 많은 불행한 사람을 약삭빨리 한두 사람만이 구제할 수는 없는 일이다.
> 그러고, 그래도 눈으로 보고서 차마 못해 돈푼이나 들여서 구제니 치료니 해주는 것은 결국 남을 위한다느니보다도, 우선 내 자신의 감정을 만족시키는 제 노릇에 지나지 못하는 일이다.
> 이러한 해석 끝에 그러면 어떻게 해야 옳으냐고 자연 반문을 하는데, 거기서는 아무렇게고 할 수 없다는 대답밖에 나오지 않았다.
> 승재는 갑갑했다.(366~367쪽)

그러던 중 승재는 누가 누구에게 순수하게 증여하기는커녕 자신의 딸마저 사고파는 이 타락한 사회가 '공평치 않은 분배'에 그 근본 원인이 있음을 인지하기 시작한다. 즉 생산은 공공적으로 이루어지고 소유는 사적으로 이루어지는 자본주의적 정치경제학이 사물의 고유성과 인간의 영혼이 배제된 치명적인 교환경제를 발생시켰다는 사실을 발견하기에 이른 것이다.

> "응…… 세상의 인간이 통째루 가난병이 든 것 같아! 그놈 가난병 때문에 모두 환장들을 해서 사방으로 더러운 농(膿)이 질질 흐르구…… 에이!

모두 추악하구……"

"그렇지만 가난한 사람이 가난한 게 어디 그 사람네 쥔가, 머……"

"가난한 거야 제가 가난한 건데 어떡하나?"

"글세 제가 가난허구 싶어서 가난한 사람이 어딨수?"

"그거야 사람마다 제가끔 부자루 살구 싶긴 하겠지……"

"부자루 사는 건 몰라두 시방 가난한 사람네가 그닥지 가난하던 않을 텐데 분배가 공평틸 않어서 그렇다우."

"분배? 분배가 공평틸 않다구?……"

승재는 그 말의 촉감이 선뜻 그럴싸하니 감칠맛이 있어서 연신 고개를 까웃까웃 입으로 거푸 뇐다. 그러나 지금의 승재로는 책을 표제만 보는 것 같아 그놈이 가진 매력에 구미는 잔뜩 당겨도 읽지 않은 책인지라 그 표제에 알맞은 내용을 오붓이 한입에 삼키기 좋도록 알아내는 수는 없었다. (419~420쪽)

이처럼 승재는 사회 전체가 '공평한 분배'의 시스템을 갖춰야만 '가난병'도 사라지고, 인간들을 상품처럼 교환하는 곧 딸들을 물건처럼 사고파는 '파렴치'한 행동들도 줄어들 것이라 기대하기에 이른다.

하지만 이러한 발견이 승재를 아포리아 상태로부터 구출하지는 못한다. 오히려 그의 아포리아는 깊어 간다. 말하자면 그에게는 어떤 새로운 역사철학이 필요했던 것이다. 모두가 교환의 정치경제학을 철저하게 신봉하는 마당에 증여 사회를 꿈꿀 경우 그때는 누구에게 먼저 증여를 해야 하는지, 또 한 개인이 어디까지 증여해야 하는지, 증여를 받고도 여전히 교환의 정치경제학을 버리지 않을 경우 어떻게 해야 하는지, 그리고 순수 증여의 사회를 만들기 위해서는 증여의 카르텔을 어떻게 구축해가야 하는지 등등 결코 쉽지 않은 문제들을 해결할 어떤 거대한 기획이 반드시 필요한 것이다. 하지만 승재는 그 단계까지 나가지 못한다. 자기 앞에 있는 존재들에게 능력이 닿는 한 베푸는 단계가 아니라 순수 증여의 사회를 만들어야 한다고 깨달은 순간 닥쳐온 문제들에 대해 승재는 어느 하나 시원한 해결책을 내놓지 못한다. 결국 이 참담한 '파렴치'의 세상을 '공평한 분배' 혹은 순수 증여 사회로 전화시킬 수 있는지에 대한 역사철학을 확립하지 못하며 그러므로 당연히 순수 증여 사회를 위한 전략과 전술도 정립하지 못한다.

그러기는커녕 오히려 '공평한 분배'의 시스템에 대한 필요성을 인지하는 순간, '공평한 분배' 혹은 '공평한 증여'가 가져오는 또다른 난맥상에 직면한다. 승재는 줄 수 있는 모든 것을 타인에게 베푸는 순수 증여야말로 이상적인 행위라고 믿는 것이나 그 증여가 자신의 욕망과 배치될 수 있다는 이율배반적인 상황에 처한다. 승재는 서울로 올라와 계봉을 만나면서 계봉과의 행복한 가정을 꿈꾼다. 하지만 작품 마지막 부분에서 형보를 죽이고 실의에 빠진 초봉의 기대 어린 시선을 한 몸에 받는다. 그리고 이러지도 저러지도 못하는 난관에 봉착한다. 증여론자이기 위해서는 저 어두운 심연의 상태에서 자신을 꺼내주는 증여 행위를 해줄 것을 요구하는 초봉의 시선에 응대해야 하지만 그것을 받아들이는 순간 계봉과의 결혼이라는 그의 욕망은 접을 수밖에 없게 된다.

초봉이는 무엇인지 간절함이 어리어 있는 눈동자로 무엇인지를 승재의 얼굴에서 찾으려는 듯 한참이나 보고 있다가 이윽고 목멘 소리로
"그렇게 하까요? 하라구 허시믄 하겠어요! 징역이라두 살구 오겠어여!"
하면서도 조르듯 묻는다. 의외요, 그러나 침착한 태도였다.
승재는 그렇듯 어떤 새로운 긴장을 띤 초봉이의 그 눈이 무엇을 말하며, 하는 그 말이 무엇을 의미하는 것인지를 잘 알 수가 있었다.
알고 나니 대답이 막히기는 했으나 그는 시방 이 자리에서 초봉이가 애원하는 그 '명일의 언약'을 거절하는 눈치를 보일 용기가 도저히 나질 못했다.

"뒷일은 아무것두 염려 마시구, 다녀오십시요!"

승재의 음성은 다정했다. 초봉이는 저도 모르게 한숨을, 안도의 한숨을 내쉬면서

"네에."

고즈너기 대답하고, 숙였던 얼굴을 한번 더 들어 승재를 본다. 그 얼굴이 지극히 슬프면서도 그러나 웃을 듯 빛남을 승재는 보지 않지 못했다.(469쪽)

『탁류』는 바로 이 지점, 그러니까 승재의 아포리아 상태에서 끝난다. 도대체가 어쩔 수가 없는 것이다. 지금 승재의 상태에서 어느 한쪽을 택할 수는 없다. 그저 생래적인 증여론자인 승재가 겨우 진정한 증여론자가 되려고 결심하는 순간, 승재는 때로는 진정한 증여론자가 되기 위해서는 그것이 자신의 욕망과 꿈을 포기해야 할 수도 있어야 한다는 예기치 못한 상황과 조우한다. 증여론자가 되기 위해서는 초봉의 눈길을 외면해서는 안 된다. 그러나 그럴 경우 자신이 그토록 원하던 계봉을 포기해야 한다. 바로 이 선택의 기로에서 『탁류』는 끝난다. 그러니까 결국 승재가 어떤 선택도 하지 않은 채로, 그러니까 증여 행위의 아포리즘에 빠진 상태로 『탁류』는 끝난 것이다.

『탁류』의 자체의 이러한 결말은 아마도 개인의 증여 행위와 '공평한 분배' 사회의 관계성에 대한 작가 채만식의 난맥상을 반영한 것이라고 보아야 할 터이다. 예컨대 채만식은 작중인물인 승재의 증여 행위를 통해 '파렴치'한 교환 세계의 내파 가능성을 타진하다가 작품 말미에 이르러 갑작스레 교환 세계를 전복시킬 내적 원리로 '공평한 분배'를 떠올리게 되었다고 할 수 있다. 여기서 '공평한 분배'란 생산은 공공적으로 이루어지는데 소유는 사적으로 이루어지는, 그래서 결국 잉여이윤이 한 곳으로 집중되는 자본주의적 교환 체계를 염두에 둔 말일 터이다. 다시 말해 자본주의적 교환경제를 혁파하여 '공평한 분배'의 시스템을 갖추지 않고는 그

지긋지긋한 가난과 '인류가 환장을 해서 동물로 역행하는' '파렴치'를 단절시킬 수 없다는 것이다. 있을 수 있는 주장이다. 한데 문제는 『탁류』에서 말하는 이 '공평한 분배'가 과연 구체적으로 무엇인가 하는 점이다. '공평한 분배'가 이루어지는 사회를 건설해야 한다는 말로 보이는데, 그렇다면 그런 사회는 어떤 철학적 윤리적 계기를 지닌 어느 '주객동일자'에 의해서 어떤 사건을 거쳐 가능하며, 또 그것은 『탁류』 곳곳에서 파렴치한 교환경제를 내파할 가능성으로 제시되었던 상징적 자살, 어머니-되기, '증여의 윤리'와 어떤 관련성이 있는 것인가 하는 것이다. 즉 '공평한 분배'가 이루어지는 사회란 어느 자식에게나 고루 정을 베푸는 모성을 전 인간관계 속에 옮겨가면 되는 것인가, 아니면 '증여의 윤리'를 가진 자들이 일종의 증여의 카르텔을 만들어가면 되는 것인가, 어떤가 하는 것이다. 하지만 『탁류』는 이 난제들이 제기되는 순간 바로 끝난다. 승재만 '공평한 분배'란 말 앞에 "혼란"(420쪽)을 느낀 것이 아니라 작가 자신도 이 '공평한 분배'란 말 앞에서 길을 잃고 있다. 다시 말해 '공평한 분배'가 이루어지는 사회가 되어야 한다는 열망은 뜨겁지만 그러한 사회를 만들 방법은 찾지 못하고 있는 셈이며, 힘겨운 모색 끝에 이곳 이후의 세계상은 찾아냈으나 그곳으로 들어설 길과 입구를 찾아내지 못한 형국인 셈이다.

그렇다면 『탁류』 이후 채만식에게 필요했던 것은 모든 인류를 파렴치한 존재로 전락시키는 교환경제로부터 벗어나서 '공평한 분배'가 이루어지는 사회를 만들 구체적 가능성을 찾아나서는 것이었을 터이다. 그것은 매일 자살을 꿈꾸었기에 세속적 질서로부터 초연했던 고태수의 삶의 방식일 수도 있고, 어머니가 되어 어렵사리 계산가능성의 모럴을 초월한 초봉의 결단일 수도 있고, 또 자신이 행한 노동보다도 훨씬 많은 재화를 한순간에 얻기를 바라는 도박적 계산법을 거부하고 자기가 노동한 만큼 소유하고 향유하겠다는 계봉의 건강한 의식일 수도 있고, 또 능력이 닿는 한 자신이 가진 것을 더 낮은 존재들에게 베푸는 승재의 증여의 윤리일 수도 있다. 이러한 윤리들이야말로 파렴치한 교환 세계를 내파하여 결국에는 '공평한 분배'가 가능한 사회를 만들 수 있는 튼실한 세목들이다. 문제는 이 실재의 윤리들을 어떻게 실재의 정치학으로 승화시키느냐 하는 것인지도 모른다. 다시 말해 이 값진 개인적 윤리들을 어떻게 더 확장시켜 공동체의 윤리로 만들 것이며 또 그곳에서 어떻게 더 그 윤리를 위계질서화하여 정치적 이념으로 전화시킬 것인가 하는 것. 결코 쉽지 않은 일이리라. 그러니 더욱더 노고가 필요한 일이리라. 어떻게 보면 오랜 모색과 시련을 견뎌야만 현실화될 수 있는 전망일 수도 있다. 하지만 중요한 것은 그 단계를 하나하나 밟아나가는 것이다. 이 과정을 서서히 밟아나가지 않은 경우 이 실재의 윤리들은 의미 있는 공동체의 이념이 되기보다는 오히려 각각의 개인들의 욕망을 깡그리 부정하고 억압하는 폭력적인 이데올로기로 작용할 가능성이 높기 때문이다. 자신이 필요성을 느끼지 못한 채 이루어지는 외부에서 강제된 증여란 그 개인에게 즐거움이나 향유를 가져다주는 것이 아니라 욕망의 억압에 따른 공포와 분노를 제공할 뿐이다. 그러므로 증여의 정치경제가 가치가 있다고 해서 무조건 시행하는 것이 중요한 것이 아니라 증여의 윤리를 공유해가며 서서히 증여의 어소시에이션을 자연스럽게 만들어가는 것이 중요하다. 그래야만 즐거운 증여, 행복한 증여가 나누어질 수 있으며, 그렇지 않을 경우 그때의 증여란 사회적 대타자의 시선에 의해 강요된 기계적인 증여에 불과해진다. 그러니까 증여의 정신이 사라진 형식적인 증여가 되는 셈이다.

이런 사정을 감안할 때 채만식에게 필요했던 것은 증여의 어소시에이션을 만들어내고 그것의 범위를 확대해갈 수 있는 삶의 계기들, 그러니까 '파렴치'한 세속 사회 속에서도 여전히 어디의 누구에게서인가 삶의 활력으로 작용하고 있는 구체적인 현존형식들을 찾아내는 일이었을 것이다. 그리고 동시에 채만식에게는 혹여 어떤 정치세력이 갑작스레 '공평한 분배' 시스템이나 순수 증여의 사회를 폭력적으로 시행하고자 할 경우, 그것이 비록 채만식 자신이 꿈꾸는 사회라 하더라도, 그 강제적인 시행이 가져올 폐해를 직시하고 그것과 비판적 거리를 유지하면서 자신만의 어소시에이션을 차근차근 구축해가려는 강인한 인내와 의지가 필요했다고도 할 수 있다.

하지만 채만식은 자신만의 증여의 어소시에이션 프로젝트를 차근차근 밀고 가지 못한다. 안타깝게도 1940년대 초반 '공평한 분배'와 '순수 증여'를 거창하게 표방한 정치적 이념이 출현하고 그 이념이 강제되기 시작하는 바, 채만식은 자신이 꿈꾸는 증여의 어소시에이션과 대동아공영권에서 내세우는 '공평한 분배' 시스템과의 차이를 심각하게 따져보지도 않고, 또 저 위로부터 강요되는 증여란 오히려 자발적인 교환 행위만큼 진정한 증여의 윤리 정신을 훼손한다는 사실을 감안하지도 않고, 그 정치적 이념에 동조하고 자신만의 프로젝트는 접어버린 채 그것을 널리 선전하기에 이른다.

개인의 사익(私益)을 위한 이윤본위의 생산태도는 현대 자유주의적인 산업에 있어서 한 지상선(地上善)의 윤리이었었다. 국법은 그것을 보호하고 장려했었다.

세상은 아무도 그 누구거나가 제품을 만들어 팔아서 이를 남기는 것을 불가(不可)해하지 않았다. 따라서 그것은 사회적 선이었었다.

사람들은 그리하여 국법이 허하는껏 온갖 수단과 방법을 다해서 생산에 있어서 이익본위의 이윤의 확대를 꾀했었다. (……) 개인주의적의 이 자유주의적인 생산태도에 있어서는 국력 내지 국가적인 손실이라는 것을 전혀 고려치 않는다. (……) 소화유신은 명치유신의 발전적 해소로 신체제에 있어서는 그러므로 재래의 모든 개인주의나 자유주의적인 행동과 이데올로기가 부정이 된다. (……) 과거에 있어서는 국민 개인의 직업행위는 생활료의 획득이 목적이요 근로는 그 수단이었으나 신체제에 있어서는 정 반대로 생활료의 획득이 수단이고 근로가 목적이 된다.[27)]

'공평한 분배'만 된다면 개인의 자유, 개인의 욕망 따위는 하등 중요한 것이 없다는 태도다. 여기서 우리는 증여의 정신이 사라진 증여 예찬을 보게 되고 동시에 어두운 전체주의의 그림자를 발견하게 된다. 뿐인가. 조선 민중을 죽음과도 같은 질곡으로 몰아넣은 신체제에 대한 이해하기 힘든 예찬도 볼 수밖에 없다. 『탁류』의 작가가 승재의 입을 빌려 그렇게 애정을 표하던 조선 민중들 아니었던가. 신체제론과 더불어 조선 민중이 더이상 내려갈 곳이 없는 최저의 상태를 저회하게 되었음에도 불구하고 『탁류』의 작가인 채만식은 이 신체제를 예찬하고 있는 것이다. 아마도 '인류가 환장을 해서 동물로 역행을 하는 구렁창이' 같은 교환경제에 대한 환멸이나 원한 때문일 것이다. 교환경제만 아니라면 더이상 인간이 자신의 자식을 팔아넘기는 파렴치는 없으리라는 열망 때문이리라. 아마도 그것이 자신의 증여의 윤리와 신체제의 계획경제가 같은 목적을 가지고 있다고 오판하게 한 것이리라. 어쩌면 교환경제가 너무도 난공불락의 성과 같아서 '신체제'의 힘을 빌려서라도 교환경제를 무너뜨리겠다는 일종의 도박과도 같은 모험을 행한 것인지도 모른다. 『탁류』의 작가 채만식도 『탁류』에서 그가 그토록 경계했던 윤직원과 초봉과 마찬가지로 '노동의 수고 없이 큰 결과'를 얻고자 했던 셈이다. 한마디로 한 단계 한 단계 과정을 충실히 밟아서 목표에 도달하려는 인내심의 결여가 저 악다구니 같은 교환경제를 증여의 윤리로 내파하고자 했던 한 치열한 작가를 '대동아공영권'이라는 광기의 이성에 빠져들게 했다고나 할까. 만약 무한히 먼 것이라고 해도 그것에 가까이 가려고 노력하게 하는 것이 '규제적 이념'

---

27) 채만식, 「문학과 전체주의」, 『삼천리』, 1941년 1월. 인용은 『채만식전집 10』, 창작과비평사, 1989, 226~231쪽.

(칸트) 혹은 '실정적 이념'(헤겔)이라고 할 수 있다면, 채만식이 '증여의 윤리'를 그러한 이념으로 존속시킬 수는 없었던 것일까. 하지만 채만식은 그것을 조급하게 현실화시키고자 했고 결국 광기의 이성에 동조하는 결과를 피하지 못한다. 아쉽게도.

(2007)

제4부
또다른 근대와 한국문학의 유령성

민족≠국가라는 상황과 한국문학의 민족 로망스들[1]

나는 우리나라가 세계에서 가장 아름다운 나라가 되기를 원한다. 가장 부강한 나라가 되기를 원하는 것은 아니다. 내가 남의 침략에 가슴이 아팠으니, 내 나라가 남을 침략하는 것을 원치 아니한다. 우리의 부력(富力)은 우리의 생활을 풍족히 할 만하고, 우리의 강력(强力)은 남의 침략을 막을 만하면 족하다. 오직 한없이 가지고 싶은 것은 높은 문화의 힘이다. (……) 인류가 현재 불행한 근본 이유는 인의(仁義)가 부족하고, 자비가 부족하고, 사랑이 부족한 때문이다. 이 마음만 발달이 되면 현재의 물질력으로 20억이 다 편안히 살아갈 수 있을 것이다. 인류의 이 모든 정신을 배양하는 것은 오직 문화이다. 나는 우리나라가 남의 것을 모방하는 나라가 되지 말

---

1) 필자는 최근 여기저기서 한국 근대문학 속에서 민족이라는 공동체, 개념, 혹은 상상 체계가 차지하는 의미와 역능에 대해 말한 바 있다. 그런 까닭에 이 글은 새 글이 아니라 여기저기서 발표한 글이나 발표문을 한자리에 모은 꼴이 되고 말았다. 특히 이미 필자는 얼마 전에 이 특집과 거의 유사한 형식의 글인 「민족≠국가라는 상황과 한국 근대문학의 정치적 (무)의식」(서울시립대학교 인문과학 연구소 편, 『한국근대문학과 민족-국가 담론』, 소명출판, 2005)을 발표한 적이 있다. 이후 바뀐 생각들이 있어 새 글로 쓰려 했으나 아직도 그때와 같은 생각들이 많아 결과적으로 그 글을 대폭 수정한 글이 되었다.

고, 이러한 높고 새로운 문화의 근원이 되고, 목표가 되고, 모범이 되기를 바란다. 그래서 진정한 세계의 평화가 우리나라에서, 우리나라로 말미암아서 세계에 실현되기를 원한다. 홍익인간(弘益人間)이라는 우리 국조(國祖) 단군의 이상이 이것이라고 믿는다.

—김구, 「나의 소원」

1. 민족≠국가라는 조건과 한국문학의 특이성

한국 근대문학의 형질을 결정지은 중핵은, 그리고 한국 근대문학의 특이성의 발생론적 기원은 의심할 것 없이 민족≠국가라는 상황이다. 세 가지 이유에서 그러하다.

우선, 이 민족≠국가라는 상황은, 그것에 대해 긍정적이건 부정적이건 간에, 한국 근대문학의 정치적 의식을 가장 깊은 심급에서 결정한다. 한국 근대문학은 선진 자본주의 국가나 후발 자본주의 국가와 달리 민족≠국가라는 상황, 아니면 민족≠국가가 되어가는 상황에서 출발한다. 아니, 출발점만 그러했던 것은 아니다. 1945년 8월 15일 우리는 민족≠국가라는 상황에서 일단 자유로워진 것은 사실이다. 하지만 1945년 8월 15일의 그것이 불완전한 해방이었음 또한 사실이다. 1945년 8월 15일의 해방은 소위 군정 치하의 상황으로 민족은 있으되 국가는 없는 상황에 민족도 있고 국가도 있는 상황이 되지는 못했던 것이다. 1948년 8월 15일 민족=국가의 상황이 열렸으나 이것 역시 불완전한 것이었다. 남한에서 민족=국가가 수립되는 순간 북한에도 역시 민족=국가가 수립되었기 때문이다. 해서 한국은 또다시 하나의 민족에 두 개의 국가가 존립하는, 그러니까 식민지 시대와는 또다른 민족≠국가의 상황 속에 놓이게 된다. 이처럼 민족≠국가의 상황은 그 형성 지점부터 한국 근대문학을 악착스레 따라다니며 한국 근대문학 전반을 전방위적으로 압박했다고 할 수 있다. 그러므로 한국

근대문학 전반이 항상 전 민족적 구성원을 생존적 위기에 빠뜨리던 민족
≠국가의 상황으로부터 벗어나 민족=국가를 강렬하게 지향했음은 물론
이며, 이는 한국 근대문학의 가장 핵심적인 정치적 의식에 해당한다.

그러나 민족≠국가라는 상황은 곧 민족=국가에 대한 열망만을 낳는
것은 아니다. 민족≠국가라는 상황은 오히려 민족적인 것에 대한 무관심
이나 민족 허무주의를 낳기도 한다. 흔히 하는 말처럼 '민족이 민족주의
를 낳은 것이 아니라 민족주의가 민족을 만든다'라는 경구를 빌리지 않더
라도, 한 개인이 민족적 정체성을 지니게 되는 것은 국가 장치에 의해 지
속적인 호명과 오랜 훈육 과정을 거쳐서이다. 그 지속적인 호명과 오랜
훈육 탓에 잉여와 배제 그리고 은폐 등으로 잘 빚어진 민족적 내러티브를
내면화하고 그 민족의 구성원으로 자족감을 지니게 되는 것이다. 한데,
민족≠국가라면 상황은 다르다. 즉 식민지 상황에서 국가의 역능을 담당
하는 식민지 통치 기구는 민족적 자긍심을 심어줄 내러티브 대신에 식민
지 상황을 승인할 (반)민족적 내러티브를 발명하고자 혈안이 된다. 제국
의 필요에 의해 구성된 식민지 국가 장치의 내러티브에 따르자면 식민지
민족은 스스로 발전할 어떠한 가능성도 없는 족속들이며 그런 만큼 제국
에의 예속은 그 오랜 비위생과 가난, 비겁과 나태로부터 벗어날 수 있는
일종의 축복이다. 중요한 것은 이것의 정당성 여부가 아니라 바로 이런
내러티브로 식민지 주체들을 호명하고 훈육한다는 것이다. 물론 이 호명
과 훈육대로 식민지 주체 모두가 순종하는 것은 아니다. 그리 많지는 않
지만 몇몇 존재들은, 특히 식민지 이전 사회의 통치 장치가 지닌 보편성
과 업적에 대한 경험과 기억의 존재들은, 식민지 국가 장치의 호명을 부
정하기도 하고 저항하기도 할 것이다. 그러나 식민지 이전의 통치 장치의
업적으로부터 소외되었거나 억압받았던 존재(혹은 계급)들, 그리고 풍문
으로만 식민지 이전의 상황을 전해들었을 뿐 그 시대의 경험과 기억이 아
예 없는 존재들의 경우에는 전혀 사정이 다를 터이다. 그들이 제국의 호

명과 훈육을 어렵지 않게 내면화하거나 아니면 제국의 호명 방식을 적극적 선전하고 선동하는 아이러니한 상황이 발생할 수도 있는 것이다. 한마디로 식민지 이전에 피지배 계급이었거나 식민지 이후에 제국의 호명을 받은 존재들은 민족≠국가라는 상황에 대해 민족=국가를 위한 저항이 아닌 다른 방식으로 내면화할 가능성이 높은 셈이다.

민족≠국가라는 상황이 한국 근대문학에 작용하는 방식은 이 두 가지가 전부는 아니다. 또하나의 좀더 복잡한 정황이 개입되어 있다. 이것은 민족≠국가라는 상황이 발생한 세계사적 맥락과 관련이 깊다. 한국사회가 전 지구적 자본주의를 만나기 이전 자족적인 통일성과 고유한 삶의 리듬을 유지하며 살아왔다는 것은 잘 알려진 사실이다. 하지만 그러한 비동시성은 이윤 추구라는 단 하나의 원리로 세계를 재구성하는 자본주의의 위력 앞에 여지없이 파쇄되거니와 이후 한국사회는 전 지구적 자본주의라는 세계경제체제 속에 강제로 편입되기에 이른다. 즉 한국사회 전반은 전 지구적 자본주의와 조우하면서 곧 민족≠국가라는 지독한 상황으로 내몰린다. 전 지구적 자본주의와의 갑작스러운 조우는 식민지 주체들을 세계체제 내의 존재로 만듦과 동시에 걷잡기 힘든 마조히즘적 감각에 빠져들게 한다. 식민지 주체들은 전 지구적 자본주의로 인한 참담한 고통과 가난을 경험하면서도 어쩐 일인지 전 지구적 자본주의가 자신만을 배려하며 타자들을 억압하는 경제체제로 받아들이지 않는다. 오히려 그것을 놀라운 신세계로만 읽는다. 그리고 한편으로는 그 세계를 전면적으로 이식, 모방해서 자신들의 처참한 현실을 혁명적으로 재구성하고자 하거나 아니면 그 놀라운 신세계에 대한 주체할 수 없는 콤플렉스에 빠져든다. 그들은 줄기차게 한국 사회가 뒤처져 있다는 마조히즘적인 감각에 사로잡힌다. 이런 감각은 조장되었다고 해야 할지도 모른다. 일제강점기에는 제국주의의 효율적 통제를 위해서 뒤처져 있다는 인식을 유포한 바 있고, 해방 후에는 국가장치들이 사회 전체를 효율적으로 통제하기 위해 한국사회는 아직도 멀었다는 오리엔탈리즘적이고 마조히즘적인 문제 틀을 십분 활용했으니까 말이다. 해서 어느 순간 문득, 한국문학의 아들딸들은 자신이 형편없는 부모의 아들딸이기도 하지만 형편없는 민족의 아들딸이라는 것을 발견한다. 그 순간 그들은 조선의 아들이고 싶지가 않다. 천애고아가 되고자 하거나 아버지의 아들딸이 아니라 저 오래된 조상의 손자/손녀이고자 한다. 그것이 불가능하다면 오히려 조선의 아들딸 대신에 다른 무엇의 아들딸이고자 한다. 예컨대 근대의 아들딸, 계급의 아들딸, 문명의 아들딸, 동양의 아들딸. 이것으로도 충족되지 않을 경우 그때는 '가계'를 날조한다. 한때 우리 민족은…… 지금은 비록 형편없어 보이지만 가만히 살펴보면 우리 민족은 위대하다 등등. 하여간, 근대 이후 한국사회에서는 자신의 뒤처진 민족적 전통 전체 때문에 고통받고, 또 그것 때문에 자신의 가계를 끊임없이 환상적으로 재구성하는 의식적이면서도 무의식적인 시도가 자주 이루어졌거니와, 만약 이 시도를 '민족 로망스'라고 부를 수 있다면, 근대 이후 한국문학은 여러 겹의 '민족 로망스들'에 의해 전개되었다고 할 수도 있으리라.

요컨대 그 출발점부터 민족≠국가라는 상황에 놓인 한국 근대문학은 이 민족≠국가라는 상황을 여러 가지 방식으로 내면화하여 다양한 '민족 로망스'들을 만들어내거니와, 이 '민족 로망스'들은 한국 근대문학의 가장 강력한 계열체들을 형성한다. 물론 이 민족 로망스들은 한국문학의 돌연변이들을 불가능하게 하는 언어의 감옥으로 작용하기도 한다. 또 그런가 하면 상징적 규범 너머의 무시무시하면서도 매혹적이고 외설적인 실재들을 포착하게 하는 원동력이 되기도 한다. 결국 한국문학에 수시로 출몰한 여러 민족 로망스들은 한국문학을 구속하는 한편 위대하기도 한 바로 그것, 그러니까 한국문학의 특이성을 가능케 한 가장 핵심적인 요소라 할 수 있다.

그럼 이제 민족≠국가라는 상황 속에서 근대 이후 한국문학이 만들어냈던 여러 민족 로망스들을 살펴볼 차례다. 즉 한국 근대문학의 특이성의 실체를 확인할 차례다.

2. 민족≠국가라는 상황과 민족 공동체의 절대화

일반적으로 민족국가(혹은 민족=국가)란 더이상 신의 아들이기를 거부하고 새롭게 태어난 개인들이 신의 사회 이후를 위해 발명해낸 공동체 중의 하나이다. 신의 규율로부터 벗어나 자유롭게 된 개인들에게는 각 개인들 사이의 이질적이고 다양한 욕망들을 조정해줄 커뮤니티가 필요했으며, 이때 언어와 풍습, 역사, 전통을 같이하는 민족이라는 공동체는 그것을 충족시켜줄 매우 실질적인 단위로 작용한다. 또한 이러한 커뮤니티의 성립 이후에도 중세적 질서와의 쟁투가 지속되었기 때문에 자유롭고자 하는 개인들은 민족이라는 단위를 견고한 공동체로 만들 필요가 있었고 그를 위한 첨예한 이데올로기적 쟁투 속에서 공통의 역사적 내러티브를 상상해낸다. 이렇게 상상된 공통의 기억은 국가라는 제도를 만드는 원동력이 되며, 또한 국가는 그것을 적극적으로 계몽하여 공동체 구성원의 공통의 기억으로 내면화시킨다. 이러한 과정을 통해 민족국가는, 지젝의 말처럼, '공통의 뿌리'나 '피와 대지' 같은 우연적인 물질성에 호소하여 전통적인 유기체적 결합을 해체하는 동시에 추상적 개인들인 시민들, 혹은 사회구성원들을 하나의 운명 공동체로 묶어세운다. 만약 헤겔의 말처럼 "개인들이 권리를 갖고 있는 동일한 정도로 국가에 대한 의무를 지닌다는 사실에서, 국가는 개인들의 내적인 목적이 되며, 국가의 힘은 국가의 보편적이고 궁극적인 목적과 개인들의 특수한 이익의 통합에 있다"고 한다면, 국가가 이처럼 개인들의 내적인 목적이 될 수 있는 동시에 통합의 기능을 담당할 수 있는 것은 아무래도 민족 공동체라는 '근대성 안에 있는 전근대의 잔여물'의 역할이 크다고 할 수 있다. 예컨대 신의 권위를 해체할 정도로 자유롭고자 하는 개인들이 결코 녹록치 않은 의무를 강제하는 국가를 자신들의 내적인 목적으로 받아들일 수 있었던 까닭은 거기에는 민족이라는 매개자, 혹은 민족이라는 종교가 개입되어 있기 때문일 것이다. 하여간 민족=국가는 전근대적 질서를 탈-봉합하고 근대적 공동체를 형성한 새로운 봉합이라 할 수 있는 바, 따라서 민족국가란 이전의 질서를 해체하고 또 새로운 근대적 질서를 형성하는 관념이자 제도로 기능하며 그 결과 민족국가는 근대성의 핵심적인 지표로 자리한다.

하지만 후진국이자 주변부이며 식민지의 상태에서 근대로 진입한 한국의 경우는 사정이 훨씬 복잡하다. 전근대적 질서를 해체하려는 다양한 운동들이 치열히 투쟁하고 갈등하고 길항했음에도 불구하고 이전 질서에 대한 탈-봉합의 형식이자 근대적 질서의 봉합의 형식인 민족국가를 형성하지 못했기 때문이다. 또 그런 만큼 국가를 통해 공동의 민족적 기억과 내러티브를 내면화시키는 단계를 거치지도 못했기 때문이다. 대신 전근대적 질서를 탈-봉합하려는 쟁투 끝에 우리 역사가 이른 자리는 다름 아닌 식민지적 상황, 다시 말해 민족≠국가라는 상황이다. 그 결과 서구의 경우 "근대성 자체의 내적 조건이자 근대적 발전의 내적 동인으로 기능하는 전-근대의 잔여물"로 작용했던 "민족", 즉 전-근대를 해체한 독립된 개인들을 다시 운명 공동체로 묶어주던 민족이라는 상상체계는 우리의 경우 동일한 역능을 수행하지는 못한다. 그것은 한편으로는 제국주의와 식민주의라는 억압체계에 대한 비판과 저항을 가능케 함으로써 결국 독립과 평등, 그리고 인간성에 대한 관심과 관념을 도출해내고 또 경우에 따라서는 우리의 문화를 열등하다고 규정하는 지배담론을 물리치는 이데올로기로 작동하기도 한다. 하지만 그것은 안토니오 네그리와 마이클 하트가 적절하게 지적했듯 '국민이 공동체를 상상하는 유일한 방식이된다.' 하여, 그것은 낡은 질서의 가장 상징적인 존재(예컨대 국왕)를 부정할 수 없게 만들어 낡은 질서가 기묘하게 잔존하게 하는가 하면, 국민적 정체성과 국민적 통일이라는 이름으로 추상적 개인들, 혹은 하위주체들의 욕구나 욕망, 그리고 권리들을 또다시 억압하게 된다. 한마디로 서구의 경우 자유로운 개인들의 고안물이었던 민족, 그리고 그것을 실현하는 기구로서의 민족=국가를 향한 지향이 우리의 경우에는 개인의 고유한 욕망이나 개인의 자율성을 억압하는 기제로 작동하게 되는 것이다. 그결과 근대 형성기 우리 문학의 경우 민족=국가를 건설하고자 하는 기획들은 하나같이 개인의 권리나 자유롭고자 하는 개인들의 욕망을 불온시하고 죄악시한다. 물론 독립한 개인들을 선진문명을 만들어낸 동력으로인지하여 개인의 각성을 촉구하는 목소리가 없는 것은 아니나, 아니, 대단히 중요하게 강조되나, 그것은 자율적인 개인을 촉구하는 것이기보다는 오히려 개인의 권리와 내밀한 욕망들을 죄악시하는 이데올로기일 뿐이다. 왜냐하면 이 시대의 논법에 따르자면 민족=국가를 건설하는 데 자신의 모든 권리와 존재를 망설임없이 포기하는 개체만을 독립한 개인들이기 때문이다.

첫째는 국적을 두는 지옥이 일곱이니,
(ㄱ) 국민의 부탁을 맡아 임금이 되자거나 대신이 되어 나라의 흥망을 어깨에 메인 사람으로 금전이나 사리사욕만 알다가 적국에게 이용된 바가되어 나라를 들어 남에게 내어주어 조상의 역사를 더럽히고 동포의 생명을 끊나니 백제의 임자(任子)며, 고구려의 남생(男生)이며, 발해의 말제(末帝) 인찬(諲譔)이며, 대한말(大韓末)의 민영휘(閔泳徽), 이완용(李完用) 같은 무리가 이것이다. 이 무리들은 살릴 수 없고 죽이기도 아까우므로 혀를 빼며 눈을 까고 쇠비로 그 살을 썰어 뼈만 남거든 또 살리고 또 이렇게 죽이되 하루 열두 번을 이대로 죽이고 열두 번을 이대로 살리어 죽으면 살리고 살면 죽이나니 이는 곧 매국 역적을 처치하는 '겹겹지옥'이니라. (……) (ㅅ) 적국놈에게 시집가는 년들이며 적국의 년에게 장가가는 놈들을 불칼로 그 반신을 끊나니 이는 '반신지옥'이니라.

둘째는 망국노를 두는 지옥이니,

(ㄱ) 나라야 망하였든 말았든 예수나 잘 믿으면 천당에 간다 하며, 공자의 글이나 잘 읽고 산림에서 독선기신(獨善其身)한다 하여 조상의 역사가 결딴남도 모르며 부모나 처자가 모두 남의 종이 된지는 생각도 않고 오히려 선과 천당을 찾는 놈들은 똥물에 튀하여 쇠가죽을 씌우나니 이는 '똥물지옥'이니라. (……) (ㅁ) 의병도 아니요, 암살도 아니요, 오직 할 일은 교육이나 실업 같은 것으로 차차 백성을 깨우자 하여 점점 더운 피를 차게 하고 산 넋을 죽게 하나니 이놈들의 갈 곳은 '어둥지옥'이니라.(……) (ㄱ) 돈 한 푼만 있는 학생이면 요릿집에 데리고 가며 어수룩한 사람이면 영웅으로 치켜세워 저의 이용물을 만들고 이를 수단이라 하여 도덕 없는 사회를 만드는 놈의 갈 곳은 '아귀지옥'이니라. (ㅌ) 공자가 어떠하다, 예수가 어떠하다, 나폴레옹이 어떠하다, 워싱턴이 어떠하다, 하며 내 나라의 성현 영웅을 하나도 모르는 놈은 글을 다시 배워야 하나니 이놈들의 갈 곳은 '종아리지옥' 이니라.

이 밖에도 지옥이 몇몇이 더 되나 너희들이 알아둘 지옥은 이만하여도 넉넉하니라.

—신채호, 「꿈하늘」

식민지적 상황에서 민족=국가의 건설이란 너무도 절대적이어서 그것 외에는 어떠한 선택도 결단도 용납할 수 없다는 것이다. 해서, 신채호는 민족=국가의 건설 대신에 여타의 선택을 하는 존재들을 그들이 무엇을 지향하건 간에 철저하게 비판한다. 아니, 이 목표를 인정하지 않는 존재들을 모두 지옥으로 보내버리고 징벌하니 비판이 아니라 심판이라고 해야 하리라. 이렇게 민족≠국가라는 상황 속에서 민족=국가의 건설은 절대화되고 종교화되며, 그 결과 개인과 공동체 양자는 권리와 의무를 서로 존중하는 관계가 아니라 개인이 공동체를 위해 자신의 모든 것을 바쳐야 하는 일방적인 관계가 된다. 이 일방적인 관계를 스러져가는 국운에 대한 부득이하고도 의미 있는 대응이라고 볼 것인지 아니면 각 개인의 고유성의 억압이라고 보아야 할지는 쉽게 판별하기는 힘드나, 하여간 이것이야말로 민족≠국가라는 상황이 만들어낸 근대문학 초창기의 한 풍경임에는 틀림없다고 할 것이다.

물론 우리 문학사에서 민족담론을 제창한 존재들 모두가 개인의 욕망을 불온시한 것은 아니다. 개인의 욕망과 민족 공동체의 발전을 조화시키려는 시도를 행한 존재들이 있었던 것이다. 그 대표적인 인물은 이광수이다. 이광수는 우선 인간 모두가 자율적이고 고유한 개체가 되어야 함을 역설하고 이러한 자율적인 개인의 이름으로 전근대적인 질서를 소리높여 비판하고 그 질서 자체를 해체하고자 한다.

문명은 어떤 의미로 보면 해방이라. 서양으로 보면 종교에 대한 영(靈)의 해방, 귀족에 대한 평민의 해방, 전제군주에 대한 국민의 해방, 노예의 해방, 무릇 어떤 개인 혹은 단체가 다른 개인 혹은 단체의 자유를 속박하던 것은 그 형식과 종류의 여하를 막론하고 다 해방하게 되는 것이 실로 근대문명의 특색이요, 노력이다. 여자의 해방과 자녀의 해방도 실로 이 기운에 승하지 아니치 못할 중대하고 긴요할 것일 것이니, 구미제방에서는 어느 정도까지 이것이 실현되었지마는 우리 땅에서는 아직 꿈도 꾸지 못하는 바라. 그러면 혹자가 말하기를 피와 아와는 역사가 다르고 따라서 국정이 다르니 우리도 반드시 그네를 본받지 아니해서는 아니된다는 법이 어디 있겠느냐 하겠지마는 이것은 인습에 아첨하여 하는 자의 말이 아니면 인류의 역사의 방향을 전혀 모르는 자의 말이다. 살아가려면, 잘 살아가려면 그러하지 아니치 못할 줄을 모르는 말이다.

　　　　　　　　　　　　　　　　　　　—이광수, 「자녀중심론」의 일절

하지만 이광수의 이러한 자율적인 주체에의 의지로 전근대를 탈봉합시켜놓고는 곧 이율배반에 빠진다. 이렇게 전근대 질서로부터 개인들을 해방시켰으니 당연히 그 다양한 개인들을 하나의 운명 공동체로 묶어낼 새로운 환상체계(서구의 경우에는 민족이라는 새로운 봉합물)가 필요한 터, 이광수는 이 단계에서 극심한 혼란에 빠진다. 그것은 독립한 개인들을 하나의 운명 공동체로 결속시킬 민족국가가 존재하지 않는 민족≠국가라는 상황에 처해 있었기 때문이고, 더욱 중요한 것은 동시에 이광수 자신이 민족=국가라는 지향점을 지니지 못했기 때문이다. 민족=국가가 각각의 개인을 묶어세울 환상체계가 되기 위해서는, 그리고 그 민족=국가가 개인이나 국가 모두에게 발전의 계기로 작동하기 위해서는 그들이 건설하는 민족=국가가 사회구성원 개개인들에게 대단히 의미 있고 가치 있는 삶을 보장하는 것은 물론 그 민족국가가 세계사적 발전의 한 촉매가 된다는 민족적 자긍심 같은 것이 필요하다. 하지만 이광수는 이러한 민족적 자긍심을 지닐 수가 없었다. 이광수에게 조선 민족이란, 또는 조선 민족에게 남겨진 전근대의 잔여물이란 세계사적 가치가 있기는커녕 황폐하기 짝이 없는 것으로만 다가왔던 것이다. 이광수에게는 조선 민족이 축적한 전근대의 잔여물 중에 가치 있는 것이란 찾아보려야 찾아볼 수가 없었다. 급기야 이광수는 "조선문학은 오직 장래가 유할 뿐이요, 과거는 무(無)하다 함이 합당하니, 종차(從此)로 기다(幾多)한 천재가 배출하여 인적부도(人跡不到)한 조선의 문학야(文學野)를 개척할지라"(이광수, 「문학이란 하오」)라고 선언하기에 이른다.

물론 이광수의 이러한 인식이 이광수가 민족에 대한 관심이 없었다는 것을 의미하지는 않는다. 오히려 이광수는 "내가 소설을 쓰는 구경의 동기는 내가 신문기자가 되는 구경의 동기, 교사가 되는 구경의 동기, 내가 하는 모든 작위의 구경의 동기와 일치하는 것이니, 그것은 곧 '조선과 조선 민족을 위하는 봉사-의무의 이행'이다. 이것뿐이요, 또 이 밖에 아무것도 없다. 내가 일생에 하는 일이 조선과 조선 민족의 지위의 향상과 행복의 증진에 호미(毫末)만큼이라도 기여함이 되어지다 하는 것이 내 모든 행위의 근본 동기이다"(이광수, 「여의 작가적 태도」)라고 할 정도로 민족에 대한 열정으로 충만한 작가임에 틀림없다. 그러나 이광수는 민족에 대한 이토록 철저한 사명감을 지녔음에도 불구하고 조선인들이 구축할 민족=국가가 지닐 수 있는 가치에 대해서는 철저하게 회의적이었다. 이렇게 이광수 자신이 조선인들이 구축할 민족=국가의 건설이 필요하기는 하나 의미 있는 것은 아닌 것으로 인지하고 있는 만큼 이광수의 민족에 대한 헌신은 비록 뜨겁기는 하나 단지 의무로만, 또는 당위로만 다가온다. 해서, 이광수에게 민족에 대한 열정은 많은 경우 자신의 권리를 행사하고 자아를 실현하는 계기이기보다는 자신의 욕망을 가로막는 장애물이 된다. 하기는 해야 하지만 가치는 없는 나라 구하기인 만큼 이광수의 민족에 대한 열정은 "오직 나라에 몸을 바치는 중과 같은 생활을 하기로 맹세"(이광수, 「혈서」)가 따라야만 가능한 일이었던 것이다.

이런 태도로 인해, 다시 말해 조선적인 전근대적 잔여물에 대한 깊은 불신과 그로 인한 조선의 민족=국가에 대한 근본적인 회의로 인해, 이광수는 개인의 욕망(혹은 권리)과 민족 공동체의 발전을 변증법적으로 길항시키지 못하고 끝내 대립적인 관계로만 고착시킨다. 민족이라는 대자아를 위해서 개인들은 철저하게 자신의 권리와 욕망을 억제하고 억압해야 하며, 마찬가지로 민족을 위한 헌신은 결코 개인의 욕망을 실현하는 과정일 수 없다는 것이다. 이광수는 이렇게 민족이라는 대자아와 개인의 욕망을 고착시키고는 개인의 욕망(이광수 특유의 용어를 사용하자면 '정의 만족')을 주장할 때에는 민족에 대한 관심을 철저하게 부정하고, 또 민족에 대한 헌신을 주장할 경우에는 민족이라는 대자아를 위해 개인은 철저하게 금욕의 길을 걸어야 한다고 믿는다. 이광수는 내내 민족이냐 개인이냐 사이를 극단적으로 오고간다. 이광수의 이러한 전도된 변증법은 그가 민족≠국가의 상황 속에 놓여 있다는 것과 관련이 깊다. 물론 이것이 이광수의 전도된 변증법의 유일한 원인이나 기원은 아니다. 더욱 중요한 것은 이광수가 우리 역사를 민족≠국가의 상태에 빠뜨린 제국주의와 식민주의에 비판적이기는커녕 그 제국들을 우리 민족이 나아가야 할 이상적인 모델로 읽어들이고 더 나아가 민족≠국가의 상태에 빠진 우리의 역사에 지나치게 비관적인 판단을 한 나머지 민족=국가의 건설을 가능하지도 않고 또한 가치 있지도 않은 것으로 받아들였다는 점이다. 이광수는 민족=국가의 건설을 개인들의 내적인 목적이 될 수 있다고 믿지도 않았으며, 또한 민족=국가의 건설이 보편적이고 궁극적인 목적과 개인들의 특수한 이익의 통합을 가능하게 할 수 있다고는 더더욱 믿지 않았던 것이다. 결국 이광수는 개인의 욕망과 보편적이고 궁극적인 목적 사이를 중재해줄 민족=국가라는 매개를 찾지 못했고 이때 이광수가 할 수 있는 일이란 개인과 민족 사이를 극단적으로 오고가는 일일 뿐이었다.

어떻게 보면 이 이광수 특유의 개인과 민족 사이의 극단적인 대립은 조선적인 전근대적 잔여물에 대한 확신과 그를 통한 민족=국가의 건설에 대한 가치 부여를 통해서만 해소될 수 있었는지 모른다. 하지만 이광수는 그 특유의 조선, 조선적인 것에 대한 자학적인 진단을 바꾸지 않았고 따라서 조선인에 의한 독립과 국가 구성에 대한 잠재적 역량을 애초부터 차단하고 있었다. 이광수는 이처럼 끝내 인류의 보편적이고 궁극적인 목적과 개인들의 특수한 이익을 통합할 수 있는 민족=국가의 형태를 설정하지 못하는 것은 물론 더 나아가 조선인들이란 민족 자체가 국가를 구성할 자질이 없다는 결론을 수정하지 못하거니와, 이는 후에 이광수를 조선을 위해서 조선 민족을 발전적으로 해소해야 한다는 이율배반으로 이끈다.

한마디로 민족≠국가라는 상황 때문에 초창기 한국 근대문학은 민족 공동체를 위한 개인의 희생과 헌신을 의미 있는 지표로 제시하거나 아니면 조선인의 민족=국가에 대한 자학적인 감각 때문에 질서로부터 해방된 개인의 중요성을 주장하면서도 개인의 욕망과 공동체의 발전을 동시에 가능케할 민족=국가의 상을 발명하는 데까지는 나가지 못한다. 결국 민족≠국가라는 상황이 당대 문학으로 하여금 민족이라는 공동체를 유일하게 의미 있는 코뮤니티로 받아들이도록 강요했던 것이며 동시에 그 민족=국가를 위한 행동만이 유일무이하게 가치 있는 행동으로 획정케 했던 것이다. 그 결과 이 시기의 문학은 오직 민족을 위하여 살 것을 강요하기에 이르렀으며 그 결과 이 시기 사회구성원들은(작가들까지를 포함하여) 자신의 내밀하고 은밀한, 그러면서도 외설적인 욕망들을 스스로 불온시하고 터부시하며 살아야만 했다.

3. 민족에 대한 기억의 부재와 민족(혹은 전통)과의 끊임없는 결별

하지만 절대화된 민족 공동체가 당대인들에게 끼쳤던 영향력은 어느 순간 급격하게 스러진다. 대신, 민족적인 것 자체를 부정하는 담론들이 한국문학의 중심을 차지하게 된다. 어쩐 일인지 민족적인 것을 언급하는 자체가 의미 없는 복고주의로 치부되며, 또한 주변부로 밀려난 민족주의자들 쪽에서도 이런 논의에 효과적인 대응을 보이지 못하면서, 한국문학에서 민족=국가의 의미 있는 문학 형식을 찾으려는 논의는 한국문학의 관심 영역 바깥으로 밀려나기에 이른 것이다.

사정이 없을 리 없음은 물론이다. 주변부 지식인들의 주요한 정치적 (무)의식 중의 하나는 전통적인 것, 민족적인 것에 대한 깊은 불신이다. 전통적인 것이 자신들을 이렇게 뒤처지게 만들었다고 믿기 때문이다. 하여 그들은 전통적인 것 모두를 백지화하고자 하는 욕망에 휩싸인다. 그리고 그 백지화된 텅 빈 공백에 선진국에서 시행되는 모범적인 제도를 이식해 그야말로 전혀 새로운 세계를 창조하고자 한다. 물론 이들의 세계창조자적 열정은 하나같이 좌절한다. 이들에겐 그 사회의 제도를 형성하거나 바꿀 길이 근본적으로 차단되어 있는 것이다. 그들은 곧 자신이 아무것도 아닌 존재라는 무력감에 휩싸인다. 그들의 실천이 아무런 결과를 불러일으키지 못한다는 사실을 거듭 확인하는 한편 자신의 경험 밖에서 이루어지는 변화로 인해 자신의 세계 내적 위치조차를 확인할 수 없는 곤경에서 결코 자유롭지 못하기 때문이다.

이쯤에 이르면 자신들의 세계 창조자적 열정을 불가능하게 할 뿐만 아니라 자신들의 세계 내적 위치마저도 불확실하게 만드는 식민지 현실에 대한 불만과 원한 같은 것을 가질 만하건만, 이들은 그 길을 택하지 않는다. 그 대신 이들은 코스모폴리탄이 된다. 자신의 척박한 현실을 바꾸느니 세계 질서 전체가 바뀌어 우리의 현실도 동시에 바뀌기를 바란다. 게다가 이들에겐 아주 튼실한 후원군이 있기까지 하다. 바로 근대 특유의 파괴성과 역동성, 그리고 자본주의 특유의 동시성의 경험이다. 이들은 자신들이 스스로 파악할 수도 없고 이해하기도 힘들 뿐만 아니라 도대체가 자신이 설정한 이상적인 세계로 나아가려는 어떤 움직임도 찾아볼 수 없는 환멸의 시공간에서 소모적인 고심을 하느니 근대 특유의 역동성의 전도사가 되고자 한다. 세계시민이 되어 조선의 아들딸이라는 불우한 처지를 잊고자 한다고나 할까. 하여간 이들은 이렇게 집요하게, 그리고 금욕적으로, 그것도 안 되면 포즈를 취해서라도 세계시민으로 살아가게 된다.

한국문학에도 한때 이러한 세계시민들이 등장하여 한국문학 전반을 질풍노도 속으로 몰고 가니 다름 아닌 경향문학과 구인회 문학이 그것이다. 물론 이들이 이렇게 스스럼없이 세계시민을 자처하기에 이른 데 어떠한 요인이 없는 것도 아니며, 또한 아무런 매개나 과정도 없이 한순간에 세계시민이 되는 것도 아니다. 우선 이들이 이렇게 스스럼없이 세계시민이 될 수 있었던 이유 중의 하나는, 마루야마 마사오의 견해를 빌리자면, 낡은 계급들이 민족이라는 공동체를 선점했다는 것과 관련이 깊다. 일반적으로 식민지가 되면 식민지 사회의 낡은 계급들은 자신의 기득권을 지키기 위해 민족을 지키자고 나선다. 예컨대 선진 자본주의 국가에서는 민족이라는 질서가 낡은 질서를 해체시키며 낡은 질서의 탈-봉합의 이념으로 작용하는 데 비해 식민지 국가에서는 대부분 낡은 질서를 유지, 존속키 위한 개념으로 활용된다. 사정이 이렇게 되면 이 낡은 질서를 넘어서고자 하는 존재들 대부분은 낡은 계급의 민족 관념을 대신하는 탈-봉합과 새로운 봉합으로서의 민족=국가 형식을 찾는 것이 아니라 민족에 대한 강한 불신을 보이게 되거니와 그러면서 스스로 세계시민을 자처하게 된다.

또하나 이들이 세계시민이 될 수 있었던 데에는 이들에게 민족=국가의 경험이 없다는 점이 큰 요인으로 작용한다. 민족=국가의 이데올로기는 민족=국가를 형성하는 데 큰 작용을 하지만 동시에 사회구성원들을 하나의 운명 공동체로 호명하는 데도 역시 매우 큰 역능을 담당한다. 그람시나 알튀세르의 말을 빌리자면, 민족=국가라는 상부구조는 교육, 문화 등등 숱한 장치들을 동원하여 낱낱의 사회구성원들을 민족구성원으로 호명하고 그들의 세계 내적 위치를 확정지어준다. 하지만 우리의 경우는 민족≠국가의 상황이 꽤 오래 지속되었고, 그러면서 민족 공통의 기억이나 경험이 없는 것은 물론 식민주의나 제국주의 교육에 의해 호명되는 세대들이 출현하기 시작한다. 이러한 그들이 문학사의 중심으로 떠오르는 시기가 1920년대 중반 이후이며, 이때부터 한국의 문학은 조선의 아들이라는 자각이나 기억이 희미한 존재들에 의해 움직여나간다. 그들이 바로 앞서 말한 경향작가이고 또 구인회 작가들임은 물론이다. 이들은 조선인이기보다는 세계시민이고자 했고, 조선의 아들이기보다는 계급의 아들 혹은 도회의 아들이고자 했다.

물론 경향문학이나 구인회 문학이 처음부터 세계시민을 표방한 것은 아니었다. 그들의 문학은 우선 조선의 뒤늦은 사회 발전에 혐오에 가까운 반감에서 비롯된다. 그들은 하나같이 근본적인 변혁을 꿈꾼다. 그 변혁을 위해 그들은 자신의 모든 것을 버리고 계급의 아들, 도회의 아들이 되고

자 한다. 물론 걸림돌도 있었을 것이다. 그들이 서 있던 조선의 현실이 식민지의 척박한 땅이었으므로. 하지만 그들은 뒤처진 식민지 조선 현실에서 잠재적 가능성(예컨대 조선적 민족=국가의 건설을 통한 인류의 미래상의 제시)을 찾아내기보다는 척박한 현실을 백지화하고 그 자리에 이상적인 것으로 판단된 사회 모델을 옮겨오는 것에서 전망을 찾는다. 그러고는 우리 사회 자체를 그들이 판단한 이상적인 사회 모델의 내러티브로 철저하게 재구성한다. 예컨대 김기진은 계급해방을 말하기 위해 조선의 역사와 사회 자체를 프롤레타리아 계급화해버린다. 또 김기림은 자본주의적 문명의 혁신성을 말하기 위해 식민지적 황폐함을 모두 지워버리고 문명의 징후만을 찾아나선다. 이렇게 이들은 그들의 내러티브에서 조선적인 특수성을 지워버리고 대신 보편적인 내러티브로만 조선 사회를 읽어들인다. 그리고 조선적인 것에 대해 말하는 것 자체를 저 먼 곳에서의 변화를 불가능하게 하는 요소로 규정하고, 계급적인 것과 문명적인 것을 절대화한다. 물론 조선의 특수한 조건이 그들을 끊임없이 회의하게 하고, 고민하게 만드는 것이 사실이나 그들은 이것을 단호하게, 더욱더 단호하게 거부한다. 그것을 인정하는 경우 그들의 입론 자체가 애초에 불가능하기 때문이며, 결국은 그 간극을 수행성으로, 주체의 능동성으로 돌파해가고자한다.

그러면 군(김기진을 말함-인용자) 물을 것이다. 동경은 일본이 아니냐고? 옳다. 동경도 일본이다. 그러나 동경이 고정지가 아니다. 정세에 의하여 이것은 ××××갈 수 있고 대판으로도 갈 수 있다. (복자-인용자) 이것은 완전히 우리가 할 수 있는 사실이다. 그러나 모든 박해와 곤란을 무릅쓰고 나아가는 영웅적 투쟁에서만 가능할 것이다.

—임화, 「김기진군에게 답함」

너는 어째서 오늘도 장미와 노을과 별과 카나리아와 해변과 꿈과 동경과 중세적 연애와 해오라비와 천사와 아가씨의 정원과 갈매기와 묘지와 요람과 참새들과 놀고 있느냐. 이것이 보수적인 시인들의 시적 재료의 목록이다. 창녀의 목쉰 소리, 기관차의 메커니즘, 무솔리니의 연설, 공동변소의 박애사상, 공원의 기만, 헤겔의 변증법, 전차와 인력거의 경주 (……) 우리들의 주위를 돌고 있는 이 분주한 문명의 전개에 대하여는 그들은 일체 이것들을 비시적(非詩的)이라고 하여 얼굴을 찡그리고 돌아선다. 오늘의 시인에게 요망되는 포즈는 실로 그가 문명에 직면하는 것이다. 그래서 거기서 그의 손에 부닥치는 모든 것은 그의 재료가 될 수 있다.

—김기림, 「시인과 정신의 포즈」

그러나 이들이 당시 느꼈던 활동성은 사실은 자학적이고 자기기만적인 활동성에 불과하다. 자기 마음속 깊숙이 존재하는 것들을 부정한 자리에서만 세계시민일 수 있었으니까 말이다. 이렇게 이들은 조선을 바꾸기 위해 새로운 질서를 꿈꾸었으나 곧 그 기원을 망각하고 만다. 해서 결국은 보편적인 내러티브를 위해 조선의 현실을 외면하며, 그렇게 한동안 한국 근대문학사에서 민족이나 국가를 둘러싼 담론은 터부시된다.

4. 민족이 배제된 국가 - 친일문학 시기의 민족, 국가에 대한 논의

식민지 사회의 주요한 특성 중에 하나는 사회 전체의 변화가 사회구성원들의 실천에 의해 나타나기보다는 외부에서, 곧 제국주의 국가의 지배정책에서 오는 경우가 많다는 것이다. 때문에 식민지 문학은 어느 뜻하지 않은 우연한 계기에 의해 극단적인 선택의 기로에 놓인다. 1930년대 후반의 국민문학론의 경우가 바로 그러하다. 1930년대 후반 중일전쟁과 더불어 일본의 정책이 바뀐다. 동양체제론 등을 내세우면 자신들이 세계의 중심이 되고자 했고, 그것을 전쟁이라는 극단적인 방식을 통해 실현하고자 했던 것. 이 과정에서 식민지 민중들을 동원할 필요성이 생겼으며, 이는 내선일체론이나 국민문학론으로 제시된다. 한국 근대문학사에 가장 극단적인 민족≠국가의 상황이 닥친 것. 국민이 되면 민족을 등지게 되고, 민족이 되면 국가와 정면으로 대결해야 하는 양자택일의 지점에 가로놓인 셈이 된다.

이 지점에서 한국 근대문학의 대부분이 국가를 선택하고 (일본)국민의식의 획득을 내세웠음은 잘 알려진 사실이다.

　　황국정신의 일본문화는 세계에서 가장 아름다운 문화입니다. 일군만민 (一君萬民), 충효일치의 이 정신이야말로 만국만민이 다 배워야 할 정신입니다. 이 정신은 구미의 개인주의적 인생관과는 정히 대척적인 것이어서, 이상의 본체이신 일군을 위하여서 살고 일하고 죽기를 인생의 본분으로 아는 일본정신과 자기 일개인의 이해고락을 표준으로 하는 구미정신 간에는 그 윤리적 가치에 있어서 소양(宵壤)의 현격이 있습니다. 지상에 평화의 이상향을 건설할 수 있는 정신이 어느 것인 것은 일목요연할 것입니다. (……) 묵은 조선인으로 죽어서 일본국민으로 재생하는 것입니다. (……) 일본국민으로 재생한 표(標)는 폐하께 저를 바치는 심정입니다. 내 집과 재산과 처자와 내 생명이 모두 폐하의 것임을 인식하는 것이니 이 속에 생활의 근저와 중심이 확립한 기쁨이 용출하는 것입니다. (……) 이상 말한 바와 같이 낡은 조선인으로 죽어서 황민으로 재생하고 '저'로 죽어서 '우리'로 부활한 사람이라야 신시대를 담당하는 사람이 될 것입니다.

　　　　　　　　　　　　　　　　　　　　　　　—이광수, 「인생과 수도」

이유는 여러 가지일 것이다. 우선 이 내선일체론 등으로 표상되는 새로운 지배정책이 당시 작가들에게 그래도 식민지 민중의 권리를 인정하는 등 보다 실질적인 활동성을 보장해주는 정책으로 보였을 수 있다. 뿐만 아니라 이것이 여러 식민지 중 조선에 대한 보다 나은 처우를 보장하는 정책으로 비쳤을 수도 있다. 그리고 또한 이들에게 민족=국가라는 경험이, 그리고 그것을 통한 민족 역사의 내러티브가 공유되지 않았기 때문일 수도 있다.

아니면 1930년대 후반기의 (일본)국민문학론이 일본의 신체제론을 적극적으로 활용한 방식으로 읽어볼 수도 있다. 1930년대 후반기의 국민문학론에는 어떻게 보면 대타자들을 키워주고 자기를 낮추어 아주 지적이고 교묘한 방식으로 자신의 지향점에 도달하고자 하는 실천적 모험, 모험적 실천의 요소가 들어 있기 때문이다.

그러니까 군. 군과 나는 혈통으로 보아도 문화로 보아도 종형제 동지란 말이야. 바로 그렇단 말이네. 그러니까 나는 혈통과 문화의 면에서 보아 군과 내가 같은 신의 자식이 되고, 같은 천황의 신민이 되는 것에 아무런 무리도 없다고 보네.

하지만 혈통이나 문화만으로 내선일체가 완수되지는 않겠지. 그것은 영국과 아메리카 합중국이 하나가 되지 않는 것을 보아도 알 수 있네. 양민족이 하나의 국민으로 결합하는 데에는 이상과 이해의 일치가 필요하다네. 그렇다면 군과 나는 이상과 이해가 일치하고 있는가. 이 점이 명확해진다면 우리의 이론은 끝날 터이다. (……) 조선이 제국의 병참기지가 되는 것은 조선인의 충성이 제일요건이라는 의미다. 가정하는 것만으로도 아주 불길한 일이지만, 그 어떤 시기에 이천삼백만이나 되는 조선인이 나쁜 마음을 일으켰다고 가정해보게. 그리고 그것이 어떤 비상시라고 상상해보게. 그렇게 되면 병참기지는 어찌되는가. 논할 것까지도 없는 일이 아닐까. (……) 국경은 사변 전의 열몇 배나 늘지 않았는가. 만주국만이 아니라 신생 지나까지 방호할 임무를 맡고 있지 않은가. 게다가 적국이 될 개연성이 있는 상대 나라의 수는 늘고 위기는 하루하루 계속 심화되는 것은 아닌가.

(……) 조선인이 일본 국방력의 삼분의 일을 담당할 필요가 있는 것이네.

—이광수, 「동포에 부침」

위의 글은 이광수가 경성일보에 1940.10.1~9일 사이에 발표한 글이다. 우선 눈에 띄는 구절은 양 민족이 하나의 국민으로 결합하는 것은 각기 이상과 이해가 일치하기 때문이라는 대목이다. 이광수는 이 글에서 조선민족의 협조 없이는 일본이 큰 전쟁을 성공적으로 수행할 수 없을 것임을 은근히 암시하고 있어 인상적이다. 또 조선인이 일본에게 대대적으로 반기를 들 수 있다는 사실도 환기시키고 있는 바, 이 대목도 단연 이채롭다. 이광수는 당시 일본의 '내선일체' '대동아공영권' '오족협화' '팔굉일우' 등의 이념이 제국주의자들의 이해타산에 의한 것임을 분명히 알고 있었으며, 거기에 덧붙여 자신 또한 자신만의 이상과 이해 때문에 내선일체에 동조한다는 점도 숨기지 않는다. 말하자면 이광수 자신이 '일본인-되기' 프로젝트를 강하게 밀고 나간 것은 나름대로 자기의 이상과 민족적 이해를 관철시키기 위한 방편이기도 한 것이다. 그리고 그들이 일본인-되기를 통해 얻고자 한 이상과 이해는 다음과 같은 것이다.

1) 우리들은 더욱더 하나가 되지 않으면 안 된단 말야. 그건 일본제국을 위해서도 그렇지만, 조선을 위해서도, 동양 전체를 위해서도 그렇단 말야. 우리들이 나빴다. 우리들 일본인 전체가 나빴다. 사과하네. 정말 사과하네. 우리들 일본인은 조선 동포에 대한 사랑과 존경이 부족했었다. 폐하의 대어심을 몰랐었다네. 나는 자백하네. 하지만 일본인은 본성이 나쁘지는 않다네. 마음은 지극히 단순하고 감격 잘하는 국민이라네. 단지 이제까지 조선에 대한 이해가 부족했었다네. 우리 집 아버지의 조선관은 아예 잘못된 것이네. 그건 오늘 군의 아버님 말씀을 듣고 잘 깨달았네. 하지만 걱정할 건 없네. 병의 근원을 안 이상 고치면 된다.

—이광수, 「진정 마음이 만나서야말로」의 일절

2) 조선인으로 말하면 오랫동안 세계문화사의 실종자이던 것이 이제야 아세아 재건설의 담임자가 되었음에랴. 우리는 이미 반도인이 아니오, 대일본제국을 부담한 황국신민이다. 우리의 일적혈 이적즙은 하나도 허에 들어감 없이 아세아 건설자로서의 일본의 광휘 있는 새 역사를 적는 귀한 묵즙이 되는 것이다. 조선인은 오로지 구곡을 선탈할 것이다. 삼천리 강산이라든지 이천만 동포라든지 하는 구관념, 구감정의 협애한 껍데기를 분연히 벗고 아세아 대륙과 태평양과 인도양을 국토로 하고 일억의 황민을 동포로 하는 신민족관념과 감정을 회포할 것이다.

—이광수, 「심적 신체제와 조선문화의 진로」의 일절

당시의 이광수는 내선일체라는 일제의 정책이 조선인들의 문화적 자존과 전통을 말살하고 또 조선인들을 전쟁으로 끌어내기 위한 이데올로기였다는 것을 잘 알고 있었던 것으로 보인다. 그는 그것에 저항하는 대신에 활용하고 냉소한다. 일본의 정책자들이 거창하게 내건 것처럼 일본인과 조선인의 동등한 대우라는 약속을 이행하라는 것. 그를 위해 이들은 눈물 나게 일본 천황제의 세계사적 의의나 가치를 치켜세워주고, 또 때로는 스스로 반성케 하며, 조선의 독자성과 가치를 인정해줄 것을 줄기차게 요구하고 요청한다. 또 그런가 하면 그것을 읍소하고 애원하기도 한다.

이러한 이광수의 모험은 다분히 마조히즘적이다. 그는 항용 마조히스트들이 그러하듯 고통으로부터 쾌락을 이끌어내기 위해서가 아니라 욕망이라는 부단한 과정을 위해 고통을 이용한다고나 할까. 그는 우선 두 개의 전혀 다른 초자아 사이에 놓여 있다. 하나는 식민제국이라는 초자아. 그리고 다른 하나는 (뒤처지고 깨이지 않은) 식민지 민중이다. 이광수는 이 두 개의 초자아 사이에서 두 개의 초자아가 행사하는 학대로 인해 끊임없이 고통을 받는다. 그러나 이광수는 이 고통으로부터 벗어나려 하지 않는다. 그 고통들을 교차시켜 자신의 욕망을 이루고자 한다. 예컨대 식민제국이라는 초자아를 이용하여 식민지 민중을 개조하려 하고 또 식민지 민중의 염원을 대변하여 식민제국의 허구적인 초자아를 전복하려 한다. 하지만 초자아들의 학대 속에서만 자신의 욕망을 실현할 수 있는 이광수의 이러한 마조히즘적 실천은 실패할 수밖에 없다. 이광수의 일본인-되기란, 비록 그것이 식민지 민중의 염원을 통하여 식민제국을 견제하고 식민제국의 제도를 통하여 식민지 민중을 개조한다는 선의를 가지고 있음에도 불구하고, 어느 쪽으로부터도 용인되기 힘들다. 이광수의 실천에 따르면 식민지 민중들은 식민지 민중대로, 그리고 식민제국의 지배자들은 지배자들대로 자신의 실존을 포기해야 하기 때문이다. 해서, 이광수는 실천을 거듭하면 거듭할수록 이들로부터 극심한 물질적, 정신적 학대를 받아야 한다. 이것이 반복되면 이광수는 끊임없이 이러한 자신의 선택에 대해 회의하거나 아니면 이 양자 사이의 관계 속에서 떨어져나오거나 그것도 아니면 이 학대를 급기야 마조히즘적 순교자 의식을 통하여 돌파할 수밖에 없는데, 이광수는 정말로 그답게 순교자적 의지로 이 마조히즘적 자기학대를 견뎌낸다.

사정이 어떤 것이건 1930년대 후반기에 대다수의 문인들이 국민문학론에 동의, 동조했던 가장 본질적인 이유는 이들에게 우리 민족 스스로 민족=국가를 건설할 수 있다는 확신이 부재했기 때문이다. 잘 알려져 있듯 일제 말기의 친일문학의 논리는 이성과 광기, 합리와 비합리, 변증법적 지양과 논리의 전도가 묘하게 뒤섞여 있다. 해서, 그것은 어떤 측면에서는 대단히 매혹적이다. 예컨대 이런 것이다. 일제 말기 친일문학론의 출발점은 동양체제론 혹은 대동아공영권이다. 서구의 물질적이고 개인적인 문화가 세계를 전쟁의 구렁텅이로 몰아넣은 만큼 새로운 대안 문화가 필요하며, 이때 의미 있는 대안 문화일 수 있는 것이 동양체제라는 것이다. 이는 비록 엄청난 단순화가 있는 것이기는 하나 인류 역사에 대한 의미 있는 총괄이자 해체라 할 만하다. 하나, 이 논의는 여기에서 멈추지 않고 동양체제의 중심은 다름 아닌 서구적 문화와 동양적 문화를 가장 이상적으로 결합한 천황제 중심의 일본에 있다는 주장으로 이어지며, 급기야는 동아시아의 다른 민족들도 일본국민으로 새로 태어날 것을 강요하기 시작한다. 비약과 전도, 그리고 광기가 작동하는 것은 바로 이 지점부터이다. 왜 동양체제에 중심이 있어야 하며, 있다면 왜 중국이나 조선이 아닌 일본이어야 하며, 또 전혀 다른 역사를 살아온 조선, 중국이 과연 같은 국민이 될 수 있으며 또 된다 하더라도 그것이 의미가 있는 것인지 등의 쉽게 단언하기 힘든 문제들이 산적해 있기 때문이다. 하지만 당시의 대동아공영권론은 이런 문제에 관해 어떠한 예외도 인정하지 않는다. 그렇다는 것이며, 이것에 대해 회의하지 않는 것, 바로 그것만이 새로운 정신이라고 단언한다.

그런데 문제는 조선의 작가들 역시 이러한 기획에 동의하고 동참한다는 사실이다. 물론 간단하지 않은 이유들이 개입되어 있을 것이다. 이런 동의 속에는 어떤 저항의 계기 같은 것도 포함되어 있을 가능성도 있고, 또 때늦은 후회 같은 것도 있을 것이다. 그러나 당시의 많은 작가들이, 그것도 이념과 세대, 젠더에 관계없이 이 광기와 전도의 이데올로기에 적극적인 찬동을 보인 것만은 부인할 수 없는 사실이다. 이렇게 된 데에는 무엇보다 당대 작가들이 조선만의 민족=국가의 건설에 대한 확신을 가지지 못했다는 점이 가장 큰 요인으로 작용한 듯 보이며, 이 민족 허무주의가 결국은 일본이라는 국가체계에서 민족을 유지하는 것이 보다 풍족한 삶을 보장할 것이라는 납득하기 힘든 선택을 하게 했다고 볼 수 있다. 하여간 1930년대 후반기에 한국문학 전반이 광기에 빠져든 것에는 이처럼 민족=국가라는 기억과 경험의 부재, 혹은 민족≠국가의 오랜 경험에 따른 민족=국가에 대한 확신의 부재가 깊숙하게 작동하고 있다고 할 수 있다.

5. 이상한 해방과 민족의 귀환

해방이 되었다. 그것은 참으로 이상한 해방이었다. 그토록 염원하고 염원하던 해방이었건만 그것은 함석헌 선생의 말처럼 도둑처럼 왔기 때문이고, 임화의 표현을 빌리자면 "제국주의적 기반으로부터의 이탈이 독자의 힘에 의하지 않고 전쟁 종식에 수반된 결과"로 주어졌기 때문이다. 때문에 어느 누구도 해방의 역군이라 할 수 없었고 또 어느 누구를 두고도 해방을 저해하는 세력이라고 말하기 힘들었다. 게다가 남과 북은 갈라졌고 그곳에 각기 다른 군정이 시행되었다. 그 결과 그토록 감격해 마지않았던 해방은 해방도 아니고 그렇다고 해방이 아닌 것도 아닌 그런 것이었다. 어느 누구도 어떤 우연한 계기에 의해 민족 반역자가 되었다가 독립운동가가 될 수 있는 그런 해방이었다. 또 한번 더 함석헌 선생의 말을 빌자면, 주어진 해방이었으므로(독자의 힘에 의한 것이 아니므로) 해방의 역군을 자처해서는 안 되나 모두가 해방의 역군을 자처한 그런 해방이었다.

그러니 벅찬 환희라는 짧은 시간이 지나면서 한국사회가 엄청난 혼란에 빠졌음은 쉽게 예상할 수 있는 일. 게다가 이 시기는 유례없는 세계사의 재편기라서 앞으로 역사가 어떻게 요동칠지도 알 수 없는 시기였다. 혼란, 또 혼란이었다. 이때 필요한 것은 그렇다면 반성 아니었을까. 과거(의 친일)에 대한 참회나 고해성사로서의 반성만이 아니라 왜 어떤 경과를 거쳐 이 단계에 이르렀나 하는 것을 되짚어보는 성찰로서의 반성 말이다. 그렇다면 이 시기에 필요했던 반성은 1930년대 후반기의 비판적 계승이라야 했는지 모른다. 1930년대 후반기의 계승이라니! 하지만, 바로 그것이어야 한다. 거기에는 물론 한국문학의 최고의 치욕의 순간이 담겨 있다. 그렇지만 거기에는 동시에 근대 이후 한국문학의 최고의 풍경도 있다. 그곳에는 근대성 전반에 내재된 가치와 한계에 대한 양질의 모색이 있는가 하면, 근대의 초극에 대한 열망에 잠재된 광기의 경험도 있다. 또 사회주의의 비민주성에 대한 아픈 각성이 있는가 하면, 미국이나 영국 등

자본주의에 깊숙하게 개입되어 있는 식민주의와 오리엔탈리즘에 대한 경계도 있다. 그런가 하면 민족-국가의 이상적인 결합 형식에 대한 나름대로 깊이 있는 천착이 있고 동시에 그동안 목소리를 내지 못했던 하위주체(특히 여성)에 대한 배려와 또다른 천재적인 은폐 과정도 있다. 또 내면과 외면이 더이상 화해할 수 없을 정도로 분열된 문명화된 주체의 불안에 대한 성찰도 있다. 그리고 좀 좁혀 말하자면, 이식에 대한 경계도 있고 또 자유의지의 소중함에 대한 아픈 각성도 있다. 얼마나 풍부하고 풍요로운가. 얼마나 보편적이면서도 또 동시에 개별적인가. 다시 말해 1930년대 후반기에는 '반도 개구리가 되고 말 것을 두려워'한 강박 때문인지도 몰라도 넓은 세계사적 시야를 통해 무조건적인 미국화도, 잘 따져보지 않은 사회주의화도 조선인들을 행복하게 할 수 없다는 점을 분명히 인식하고 있었던 것이다. 다만 없었던 것이 하나 있다면 혹은 불철저한 것이 있다면, 그것은 조선 스스로의 나라 만들기에 대한 염원, 그러니까 나라를 찾기 위해 견결한 행동이다. 하여간 해방 이후 우리는 1930년대 후반기의 그 다양한 편폭과 스펙트럼을 통해서 나라를 찾지 못한 것에 대한 총체적이고 전방위적인 반성을 하는 한편, 무조건적인 나라 만들기보다는 어떤 나라를 만드는 것이 의미 있는 것인지에 대한 치밀한 반성이 필요했다고 할 수 있다.

하지만 해방 후 한국문학 속으로 귀환한 것은 1930년대 후반의 그 혹독한 시련과 그 시련 속에서 만들어진 의미 있는 체계들이 아니었다. 해방이 되자 여러 가지가 떠나갔고 또 여러 가지는 돌아왔다. 전쟁의 공포가 떠나갔고, 총독을 위시한 일본인이 떠나갔고, 대동아공영권이라는 담론이 떠나갔다. 대신 돌아온 것은 더 많다. 학병과 만주로 쫓겨갔던 유이민, 그리고 정신대도 돌아오고, 김구, 김일성, 이승만도 돌아오고, 소련과 미국이 돌아왔으며, 염상섭, 허준, 김사량, 김태준, 유치환이 돌아왔다. 그와 더불어 더욱 강력해져 돌아온 것이 하나 있다. 바로 '민족'이라는 단어 혹은 담론이다. 바로 '민족의 귀환'이 이루어진 것이다. 그러나 아쉽게 도 1930년대 후반기의 그 풍부했던 성찰들은 돌아오지 못했다.

당시 민족이 어떤 방식으로 귀환했는지, 귀환하여 어떠한 역능을 행했는지는 임화의 경우를 보는 것, 그리고 임화의 「조선 민족문학 건설의 기본과제에 관한 일반보고」를 보는 것이 좋다. 해방 후 민족의 귀환이 어떤 방식으로 이루어졌는지를 가장 전형적으로 보여주는 이 글에서 임화는 "일본 제국주의의 붕괴는 문학의 영역에 있어서도 독자적 발전과 자유로운 성장의 새로운 전제를 만들어내었다"라고 전제한 후 조선 민족문학의 건설 방안에 대해 말한다. 여기서 임화가 표나게 강조한 것은 한국적 식민지가 지니는 특수성에 관한 것이다. 임화는 일제의 식민지 지배가 "근대 제국주의 국가의 식민지 지배라느니보다는 고대에서 볼 수 있는 강한 민족에 의해 약한 민족의 정복의 성질을 다분히 가지"고 있다고 말한다. 그 결과 특히 태평양전쟁 시기에는 "조선인을 일본 제국주의의 노예를 만드는 일익으로서의 국민문학"밖에 할 수 없었고, 또한 이 시기에는 모든 문제가 "민족적이냐 비민족적이냐 친일적이냐 반일적이냐 하는 형식으로 제기되기에 이"르렀다고 말한다. 그런데 이제 해방된 이곳에서는 모든 것이 달라져 우리에게 필요한 문학은 "완전히 근대적인 의미의 민족문학"이라고 말한다. 그것 이외에 있을 수가 없다고도 덧붙이는바, "이것이 우리가 일로부터 건설해나갈 문학의 과제이며 이 문학적 과제는 또 일로부터 조선민족이 건설해나갈 사회와 국가의 당면한 과제와 일치하고 공통하는 과제"이기 때문이라는 것이다. 그리고 다음과 같이 결론을 맺는다.

문학자는 재능과 기술과 그리고 인간으로서 성실과 예술가로서의 양심을 가지고 우리나라의 민주주의적인 민족문학의 건설을 위하여 노력하고 그보다 더 큰 노력과 희생으로써 조국의 민주주의적 국가건설을 위하야 싸와야 한다.

—임화, 「조선 민족문학 건설의 기본과제에 관한 일반보고」

있을 만한 주장이다. 하지만 임화의 이 주장에는 두 번의 전도가 개입되어 있다. 하나는 일제시대 문학의 발생론적 기원을 온통 야만적인 일본 제국주의의 지배와 억압이라는 코드로 단일화해버렸다는 것이다. 이미 잘 알려져 있듯이 일제시대의 문학은, 그것이 부정적이건 긍정적이건 간에, 그 시기의 현실을 제국주의의 지배와 식민주의적 피지배의 문제틀로 읽어내고 전유하지는 않는다. 식민주의적 억압으로 그 시대의 현실을 읽어낸 경우가 오히려 예외적이다. 어떤 이유에서건 그들은 민주주의적인 민족문학의 건설과 민주주의적인 국가건설이란 목표에 그리 관심이 없었던 것이다. 그런데 해방 후 민족문학과 민족국가의 건설이 갑자기 돌올하여 위계질서의 중심으로 들어서고 그것과 상관이 없었던 일제시대의 문학 활동이 모두 이 새로운 중심의 좌우로 배치되는 상황이 벌어진다. 이것이 임화의 주장에서 보이는 첫번째 전도이다.

또하나의 전도는 바로 첫번째의 그것과 관련이 깊다. 어쩐 일인지 일제시대의 문학은 해방 후에는 너무도 당연하여 어느 누구도 문제를 제기하지 않는 민족문학과 민족국가 건설에 문학적 역량을 집중하지 않았다. 물론 여기에는 여러 가지 필연적인 요인이 개입되어 있을 것이며, 또한 이러한 경우란 문학 분야에만 해당되는 것이 아니다. 그래서인지 우리 민족은 해방을 스스로 쟁취하지 못한다. 대신 해방은 일본 제국주의의 자연스러운 붕괴로 어느날 갑자기 우리에게 주어진다. 해방이 도둑처럼 왔다고 하는 것은 이 때문이다. 그런데도 민족문학과 민족국가 건설이 별다른 내적 성찰이나 여과의 과정도 없이 갑작스레 단 하나의 진리 명제로, 혹은 정언명령으로 출현한다. 그런데 문제는 이 과정에서 민족이라는 범주가 절대적이고도 유일한 진리 기준으로 자리한다는 데 있다. 어느 누구도 민족국가 건설이라는 목표 외에 또다른 목표를 제시하지 못하며, 또한 민족/반민족, 반일/친일이라는 범주 외에 또다른 범주들—예컨대 이성/육체, 에로스/타나토스, 남성/여성, 이성애/동성애, 개인/사회, 의식/무의식, 밀실/광장, 사랑/증오—을 제시할 수 없는 상황이 펼쳐진다. 게다가 헤게모니를 장악하려는 좌, 우익의 처절한 쟁투로 인해 절대화된 민족담론은 더욱 절대화된다. 헤게모니를 잡기 위해 모두가 민족의 적자임을 자처하는 것은 물론 과거의 행적을 모두 민족의 이름으로 다시 서사화하는 양상이 펼쳐지는 바, 이제 민족담론은, 그리고 민족국가 건설이라는 목표는 거역할 수 없는 절대적인 진리로 고착된다. 하여, 민족을 위해서라면 한 개인 존엄 따위는 아무런 가치도 없는 상황이 벌어진다. 하여간 민족을 등졌던 자신의 과거를 덮기 위해서든 아니면 민족의 의미를 인정하지 않았던 자신의 과거를 반성한 결과이든 이제 민족은 신성한 그것이 되며, 이 성스러운 민족을 중심으로 한 민족국가 건설은 거역할 수 없는 지상명제가 된다. 그것 이외에는 다른 것이 있을 수가 없게 된 것이다. 안토니오 네그리와 마이클 하트는 그들의 유명한 저서에서 "국민이 주권과 효과적으로 연결되지 않을 때, 즉 상상의 국민이 (아직은) 실존하지 않을 때, 국민이 단지 하나의 꿈으로 남아 있을 때, 우리는 국민 개념이 지닌 모호하고 진보적인 기능들이 일차적으로 실존한다는 것을 강조해야 한다. 국민이 주권 국가로서 형성되기 시작하자마자 국민의 진보적 기능은 거의 사라진다"라고 말한다. 이 말을 빌리자면 우리의 경우 국민이 실존하지 않을 때는 국민 개념이 없고, 국민이 존재하게 되면서 진보적 기능을 발휘할 수 없을 때 국민 개념이 생성되는 양상이 되는 셈이다. 임화 역시 이 상황으로부터 자유롭지 못하다.

물론 임화가 조선의 민주주의 국가를 이야기하면서 국민 모두를 국가 건설의 주체로 호명한 것은 아니다. 임화는 바로 인민이라는 (문학사에서는) 낯선 개념을 통해 봉건지주와 친일세력을 뺀 모두를 국가 형성의 주체로 상정한다. 하지만 이 개념은 공허하다. 그것은 일차적으로 인민이라는 개념이 이상화되었고 선험적인 개념이기 때문이며 뿐만 아니라 문학 외부에서 갑자기 외삽된 것이기 때문이다. 그리고 또하나 고려해야 할 것은, 인민이라는 개념은 곧 프롤레타리아라는 개념이 또다른 명명일 터인데, 우리는 이미 이 프롤레타리아 중심으로 한 운동이 실패로 끝났음을 확인한 바 있는 것이다. 아니, 실패했기 때문에 문제인 것은 아니다. 혹여 그 운동이 성공했다 하더라도 그것이 결코 인간을 자유롭게 하기는커녕 더욱더 인간을 치밀하게 구속시킨다는 것을 우리는 소련의 예에서 고통스럽게 확인한 바도 있는 것이다.(그래서 사회주의 이후가 고려되었고, 그 제3의 길 중의 하나가 동양체제론 아니었던가!)

해방이 도둑처럼 찾아왔듯, 한국문학사에서 민족담론, 혹은 민족국가 건설이라는 명제 또한 도둑처럼 찾아온 것이 사실이다. 그리고 함석헌 선생의 비유를 계속 빌리자면, 어느 누구도 해방의 주인을 자처해서는 안 되는 상황에서 모두가 해방의 주인을 자처함으로써 한국근대사 전체가 참담한 비극 속으로 빠져들 듯, 한국문학사 역시 모두가 민족담론의 수호자를 자처함으로써 민족담론은 그 수많은 고려 사항들을 훌쩍 뛰어넘어 절대자의 자리에 올라선다. 자신의 과거를 차근차근 반성하는 것이 아니라 서둘러 덮는 과정에서 민족이라는 범주의 절대성이 기하급수적으로 배가되었다고나 할까. 안토니오 네그리와 마이클 하트의 표현을 빌리자면 이렇게 된다. 국민 개념은 상상의 국민이 (아직은) 실존하지 않을 때, 국민이 하나의 꿈으로 남아 있을 때 진보적인 기능을 하지만 국민이 주권 국가로서 형성되기 시작하자마자 그 진보적 기능은 사라진다고 일컬어지는 바, 우리의 경우는 국민의 하나의 꿈으로 남아 있을 때는 국민이라는 개념이 작동하지 않고, 또 주권 국가가 되자 이전에 작동하지 않았던 것이 빌미가 되어 어느 누구도 이의를 제기할 수 없을 정도로 국민이 절대화되는 상황이 벌어졌던 것이다.

6. 하나의 민족과 두 개의 국가 - 민족문학론의 기원

민족≠국가라는 상황으로 근대를 시작한 나라라도 민족≠국가의 상황은 대부분 그 나라의 해방과 더불어 끝난다. 하지만 우리의 경우는 아니다. 우리의 경우 해방 후에도 민족≠국가라는 상황은 계속된다. 물론 일제시대와 같은 상황이 반복된 것은 아니다. 해방 이후 한국의 민족≠국가의 상황은 식민지 지배로 민족은 있으되 국가를 구성하지 못한 경우가 아니라 하나의 민족에 두 개의 국가 형태가 존재하는 까닭에 발생한다. 이러한 민족≠국가의 상황은 해방 후에도, 그리고 전쟁 후에도 한국문학을 결정짓는 가장 핵심적인 동력으로 작동한다. 아마도 남북한 국가 장치 모두가 자기 정권 중심의 민족=국가의 건설을 꿈꿀 뿐 어떤 대화나 의미 있는 병존도 거부함으로써 한국전쟁 후에도 여전히 전시를 방불케 하는, 그러니까 거의 민족≠국가의 극복이 불가능해 보이는 상황이 지속되었고, 또 이를 빌미로 사회구성원들의 인간다운 삶을 불가능하게 하는 억압체계가 굳건하게 작동했기 때문일 것이다. 결국 해방 후에도 한국문학에는 여전히 민족=국가의 건설이 민족구성원 전체의 인간다운 삶을 위한 과제로 존속되었던 것이다.

한국전쟁 후 이러한 시대사적 과제를 입론화한 것이 바로 70년대의 민족문학론이다. 70년대 백낙청의 민족문학론은 민족=국가의 건설이라는 목표 하에 현실적으로 존재하는 수많은 모순에 대해 날카로운 성찰을 행한다. 그 성찰 끝에 민족=국가의 건설만이 이 부조리한 사회를 극복할 수 있다고 판단하게 되었으며 그것이 역사철학적으로 그리고 미학적으로 맥락화된 것이 바로 민족문학론이라고 할 것이다.

이 민족문학론이 지니는 의미는 만만치 않다. 70년대의 민족 민중문학의 일차적인 의미는 분단체제를 이용하여 정치적 억압을 행하던 당시의 비민주적 정치가 갖는 모순을 치밀하게 비판하는 것은 물론 그러한 정치적 억압 때문에 처절한 삶을 연명해야 했던 민중, 여성, 고유한 것 등등을 적극적으로 호명하고 또 그 하위주체들을 민족의 중심에 위치시켰다는 것이다.

백낙청은 민족문학론이 "민족의 주체적 생존과 그 대다수 구성원의 복지가 심각한 위협에 직면해 있다는 위기의식의 소산이며 이러한 민족적 위기에 임하는 올바른 자세가 바로 국민문학 자체의 건강한 발전을 결정적으로 좌우하는 요인이 되었다는 판단에 입각한 것이다. 이렇게 이해되는 민족문학의 개념은 철저히 역사적인 성격을 띤다. 즉 어디까지나 그 개념에 내실을 부여하는 역사적 상황이 존재하는 한에서 의의 있는 개념이고, 상황이 변하는 경우 그것은 부정되거나 한층 차원 높은 개념 속에 흡수될 운명에 놓여 있는 것이다"라고 했다. 이러한 관점에 기초해서 발명된 역사상이 얼마나 혁신적이었는가 하는 것은 새삼 말할 것도 없다. 그것은 해방 이후부터 특히 7, 80년대에 극성을 발하는 경제개발이라는 정치경제학적 논리에 강력하게 저항하는 역능을 담당한다. 잘 알려져 있듯 1970년대 이후 한국사회는 이전의 공동체적인 삶의 리듬을 근본적으로 단절하는 한편 비약적인 자본주의화의 길을 걷는다. 7, 80년대 한국의 자본주의화는 비유하자면 자연발생적이기보다는 목적의식적인 과정이다. 당시 국가 장치는 경제성장을 이곳의 저열한 삶을 저곳의 풍요로운 삶으로 비약시킬 수 있는 유일한 방법으로 확신하고 한국사회 전반을 자본주의화라는 세계경제체제의 단일한 시스템으로 재편한다. 그러자 자본주의 이후 전 세계가 이윤추구라는 단 하나의 원리로 다시 구성되었듯 한국사회도 '최소한의 투자로 최대한의 이윤을!'이라는 차가운 계산가능성의 세계로 재편되기 시작한다. 사회구성원 모두가 냉정한 계산가가 되자 한국사회는 물질적인 측면에 있어서 비약적인 성장을 거듭한다. 그 결과 그 질기고 질긴 가난의 늪으로부터 벗어나 자연 혹은 물질에 구속되지 않아도 되는 조건을 맞이한다. 하지만 이 급격한 자본주의화는 한국 사회 전반을 전혀 새로운 위기 속으로 몰아넣기도 한다. 급속한 산업화와 도시화로 인해 계급간의 모순은 화해하기 힘들 정도로 심화되고 마찬가지로 사물의 주인공화와 인간의 도구화(혹은 사물화)가 급격하게 진행된다. 그런데도 7, 80년대의 유신정권과 군사정권은 경제개발의 속도와 방법을 조절하지 않는다. 조절은커녕 더 밀고 나간다. 경제개발이야말로 절대선이므로 민중들은 그것을 위해 자신의 생존과 자존 모두를 희생할 각오를 해야 한다고 강변하다. 아니, 강요하고 강제한다. 급기야는 경제개발을 위해 남북분단과 냉전체제를 교묘하게 활용하기도 한다. 급격한 자본주의화에 따라 엄청난 모순이 발생하고 그 모순이 민중들의 생존의 위기를 불러왔음에도 불구하고 당시의 국가 장치는 이 모순을 해결하기는커녕 그러한 모순을 말하는 것조차를 '헌법질서'를 뒤흔드는 이적행위로 규정하고는 철저하게 억압한다. 말하자면 7, 80년대의 국가 장치는 경제개발 그것 하나를 위해 민주주의와 남북통일, 그리고 민중의 생존과 자존이라는 핵심적이고도 시급한 역사적 과제들을 모두 외면했던 것이다. 외면한 정도가 아니라 경제개발이라는 목적 없는 합목적성을 위해 모든 인간적 권리를 억압했던 것이다. 70년대 민족문학론은 이러한 7, 80년대의 정치경제학에 강력하게 저항하는 것은 물론 나름대로 단호하고 역사상으로 그에 맞선다. 해서 7,80년대 민주화 운동은 국가기구가 쓸모없는 실존으로 격하시킨 하위주체들, 당시의 용어를 빌자면 민중(그리고 민중의 핵심계급으로서의 노동자 계급)을 적극적으로 호명하는 한편, 그 개념을 중핵으로 사회와 역사 전체를 재질서화하기에 이른다. 혁신적이라 할 수밖에.

또 하나 70년대 민족문학론의 득의의 영역은 식민지에서부터 한국전쟁의 시기, 그리고 70년대의 산업화 시대에 이르기까지 줄곧 고통을 강요당했을 뿐만 아니라 그 고통을 발화할 수 없었던 하위주체들을 문학의 중심에 세우고 그러한 중심에 의해 구성된 민족문학을 세계문학사의 맥락 속에 위치시켰다는 점이다.

이러한 일반적인 원칙에 따라 식민지 또는 식민지 상태를 완전히 탈피 못한 후진국의 민족문학이 어떻게 세계적인 수준에서도 선진적일 수밖에 없는가 하는 점을 좀더 구체적으로 살펴보기로 하자.

첫째, 일제하의 민족문학이 그 좋은 예지만, 제국주의 · 식민주의에 대한 철저한 비판과 저항은 민족문학에 있어 하나의 기본적인 생리와 같은 것인 데 이것은 이른바 선진국의 문학에서는 좀처럼 달성되지 못하는 어려운 경 지이다. (······) 서구 작가들 가운데도 식민통치의 비인간성에 대해 카프 카나 카뮈보다 더 분명한 의식을 가졌던 작가들이 많다. 그러나 이들이 항 상 부딪치는 문제는, 식민지주의를 철저히 비판하려면 식민지 통치에서 일 반 대중들까지 막대한 물질적 혜택을 입고 있는 자신의 소속 사회로부터 완전히 고립되어 그의 문학마저 빈곤해지거나 아니면 그러한 고립을 꺼린 나머지 그의 식민지주의 비판이 피상적 · 지엽적 차원에 머물기 쉽다는 것 이다. 이에 비한다면 일제의 식민지 통치를 비판하는 것이 곧 민중과 호흡 을 같이 하는 길이 되고 우리 전통의 가장 값있는 부분을 살리는 길이 되었 던 만해 한용운과 같은 한국 시인은 그 엄청난 고통 가운데서도 또 얼마나 복되다면 복된 위치에 있었던 것일까. 시집 『님의 침묵』을 세계문학의 정 상인 듯 대단스레 말할 필요는 없다 하더라도, 카뮈의 『이방인』이나 심지 어는 카프카의 『성』에 비해 선진적인 측면이 많다고 한들 어찌 망발이 되 겠는가. (······) 그리하여 올바른 민족의식을 지닌 작가는 다만 이 구체적 인 현실에 충실함으로써 서구문학의 가장 선진적인 주제를 자기 것으로 삼 는 동시에 20세기 서구문학에서는 거의 끊어지다시피 된 19세기 리얼리즘 대가들의 전통마저 계승할 수 있는 것이다.

―백낙청, 「민족문학 개념의 정립을 위해」

백낙청의 위와 같은 성찰은 우선 이전의 민족≠국가라는 상황에서 민 족=국가를 위치시킨 수많은 입론들이 행한 시행착오들을 넘어설 가능성을 열었다는 점에서 주목된다. 특히 한국의 민족=국가의 건설이 지니는 세계사적 위치를 설정함으로써 민족에의 의무와 개인의 발전을 변증법적 관계 속에 배치시켰다는 점은 충분히 주목에 값하는 것이기도 하다.

그러나 70년대의 민족문학론 전반은 지나치게 민족=국가를, 혹은 분단체제라는 상황을 절대화함으로써 현실 속에 존재하는 무시무시하고도 매혹적인 현존들을 모두 부차화시킨다. 특히나 사물화, 혹은 도구의 주인공화와 인간의 도구화라는 현대적인 조건 때문에 고통받는 수많은 하위주체들의 실존을 가치 없는 것으로 위치시켰다는 것은 7, 80년대 민족문학이 안고 있는 문제점이기도 하다. 말하자면 이제 현대적인 조건 속에 놓인 한국사회를 오로지 민족=국가라는 관점에서만 읽어냄으로써 현대사회의 또하나의 중요한 조건이 사물화라는 현실적 조건에 대해서는, 그리고 대타자가 각 개인들에게 행하는 개별적이면서 계통적인 억압에 대해서는 큰 관심을 기울이지 않는다. 아니, 그러한 관심을 모두 허위의식이라고 배제해버린다.

7. 탈민족 담론의 등장과 (상징권력인) 민족의 부정

최근 한국 근대문학을 논하는 자리에서 민족(혹은 국가)이라는 담론에 대한 논의가 다시 활발해지고 있다. 물론 최근의 민족에 대한 논의는 예전의 것의 단순한 반복은 아니다. 분명 최근의 민족 담론을 바라보는 시각은 예전의 그것과 같지 않다. 아니, 같지 않은 정도가 아니라 많이 다르다. 이전의 한국 근대문학과 민족 담론에 대한 논의가 주로 민족=국가라는 환상체계의 필요성, 의미, 가치 혹은 진정한 민족=국가의 건설 방안 같은 것에 초점을 맞추었다면, 최근의 민족 담론에 대한 관심은 그것과 전혀 다르다. 예전의 민족=국가에 대한 관심이 그것의 의미 있는 형식화가 개인이나 사회, 그리고 한 국가나 세계 전반에 큰 발전의 계기가 되리라는 전제에 서 있다면, 최근의 민족 담론은 민족(혹은 국가)이라는 제도와 관념이 사실은 고유하고 활력 넘치는 다양한 가치들을 억압하고 배제하는 괴물일 뿐이라는 출발점에 서 있다. 이 논의들은 여기에 그치지 않고 더 나아간다. 민족(혹은 국가)에 대한 관심을 촉구하는 모든 것을 악마의 유혹이라고 진단하고, 그 괴물에 의해 갇혀 있는 의도되지 않은 혁명적 에네르기들을 구해내야 한다고 말하기도 한다. 말하자면 최근의 민족=국가에 대한 논의는 민족(혹은 국가)이라는 관념이 인간의 숱한 것을 억압하고 배제하며 단 하나 국민만을 호명한다는 것이며, 따라서 민족(혹은 국가)에 의해 억압된 것들을 귀환시켜야 한다고 주장한다.

이러한 논의는 대단히 통렬하며 또 시의적절한 것처럼 보인다. 민족담론이란 어쩔 수 없이 그 긴 역사 안에 존재하는 다양하고도 이질적인 계층, 사건, 풍속 등을 하나의 내러티브로 고착시켜야 성립할 수 있는 것이고 그런 만큼 그 내러티브에서 벗어나는 수많은 예외적인 것들 억압할 수밖에 없는 숙명을 지니고 있기 때문이다. 따라서 이제까지의 민족 담론에는 그것이 국가에 의한 것이건, 아니면 국가가 행사하는 절대적 인과율을 해체하고자 하는 열망에 기초한 것이건, 정도를 넘어서는 억압적인 측면이 잠복해 있다고 할 수 있다. 특히 그것은 소수의 말할 수 있는 자들의 전유물로 전락하여 침묵을 강요당하던 다수의 하위주체들, 특히 여성을 위시한 소수자들의 고통과 염원을 근원적으로 틀어막는 바로 그 이데올로기로 작용해온 것이 사실이다. 그러니 이러한 민족 담론의 억압적 성격에 대해 말하는 것은 반드시 필요한 일임에 틀림없다. 그랬던 것인데, 최근 들어 비로소 민족 담론에 대한 이러한 비판이 광범위하게 제기되고 있는 셈이니, 이것은 오히려 때늦은 감마저 들기도 한다.

민족 이야기의 역할이 그들을 묶어내는 데 그친 것이 아니다. 민족의 상상은 광황에 빠진 군상의 혼란을 은폐하는 것이기도 했다. 민족을 향한 열광이 자신들을 피안으로 인도할 영웅이나 지도자의 출현을 고대하는 이야기로 나타났던 사실은 '사회'를 형성하지 못한 군상들이 자발적으로, 이 상 상적 중심을 향해 자신들의 존재를 양도할 준비가 되어 있음을 보여주는 물증으로 또한 읽어야 한다. 이렇게 볼 때 민족 이야기가 자신들이 누구인 가를 더이상 물을 수 없게 한 점에서 특히 그렇다.

—신형기, 「가상의 인격, 도덕의 광기」

그러나 민족담론에 대한 최근의 비판은 통렬하기는 하나 동의하기 힘 들다. 이 논의들은 민족(혹은 국가)을 괴물이라고 할 뿐 민족에의 관심이 지니는 보편적 가치와 그것이 역사적으로 행했던 업적까지를 모두 지워 버리고 말기 때문이다. 뿐만 아니라 이들 논의는 민족(혹은 국가)이라는 관념과 제도가 형성된 시점을 너무 이른 시기까지 끌어올린다. 예컨대 이 들 논의는 민족이라는 관념과 제도가 형성되어 국민만을 강요하던 시점 을 근대 형성기부터라고 규정한다. 그리고 바로 그 시점부터 지금까지의 민족 담론을 모든 억압의 중심으로 설정하고 우리 문학사에서 가치 있는 목소리들이 자기 목소리를 내기가 힘들었던 것 모두가 바로 그 민족 담론 에서 연원한다고 진단한다. 그리고 이러한 목적의식 하에 근대 이후 한국 문학을 맥락화하는바, 이들이 구성한 지형도에 따르자면 근대 이후 한국 문학은 민족 담론이라는 영토화 논리와 그것을 탈영토화시키려는 위계화 되지 않은 혁명적 에네르기 사이의 대립과 갈등, 그리고 길항관계에 의해 형성되고 전개된다. 근대 이후 한국문학에 대한 이러한 관점과 그것이 그 려낸 지형도는 진정한 민족문학의 건설을 목적으로 구성된 문학사의 모 델을 비판하고 해체하는 데는 충분한 의미를 지니는 것이 사실이다.

하지만 이 지적도가 지니는 의미는 바로 이 지점에서 멈춘다. 그러고 는 여러 가지 심각한 문제를 노정한다. 예컨대 이런 것이다. 이 문제틀은 우선 근대 형성기에 민족 담론 자체가 지니는 혁명적 동역학을 배제한다. 그 나라가 선진 자본주의 국가이건 후발(혹은 후후발) 자본주의 국가이건 형제애를 구두선으로 하는 근대 형성기의 민족 담론은 중세적인 질서를 해체하는 혁명적인 에네르기로 작동하는 것이 일반적이다. 우리나라의 경우도 예외는 아닌 터 민족 담론 자체를 억압 체계로 읽어내는 최근 민족에 대한 논의는 이러한 민족 담론이 지니고 있는 역사성과 그것의 업적을 근본적으로 배제하기에 이른다.

게다가 이들 논의는 근대 이후 한국문학이 자본=민족=국가가 굳게 결합된 상황에서 형성되고 전개되지 않았다는 사실을 간과한다. 예컨대 최근의 민족 담론에 대한 비판적인 논의들은 그들이 민족이라는 단일한 인과율에 꽤나 비판적임에도 불구하고 민족이라는 절대인 인과율을 비판하기 위해 오히려 근대 이후 한국문학이 민족이라는 절대적인 인과율에 의해 형성, 존속되었다는 점을 더욱 강화시키는 이율배반에 빠져 있는 셈이다. 달리 말하면 이들은 민족 담론에 대해 대단히 비판적임에도 불구하고 근대 이후 한국문학을 민족의식이라는 틀로 맥락화하기는 마찬가지라는 것이다. 이제까지 한국 근대문학을 바라보는 하나의 공통적인 전제는, 그것이 의식적인 것이건 무의식적인 것이건 아니면 그것에 대해 긍정적이든 부정적이든, 한국 근대문학을 근대적인 의미의 민족의식의 산물로 파악한다는 점일 것이다. 이러한 관점에 따르면, 근대 이후 한국문학 전반이 비록 식민지라는 상황 때문에 선진 자본주의 국가의 문학들처럼 형제애와 민족애 등을 표방하며 신 중심의 전근대적 질서와 절연된 새로운 구성체, 곧 민족국가를 구축하는 데 직접적인 역할을 할 수는 없었지만 그럼에도 불구하고 민족이라는 공동체에 대한 열정은 근대 이후 한국문학을 구성하는 가장 큰 에네르기라는 것이다. 아니, 식민지였기 때문에 더욱더 민족의식은 근대 이후 한국문학의 핵심적인 동력이었다고 파악한다. 즉 근대 이후 한국문학은 불행하게도 일본 제국주의의 지배라는 상황과 맞물려 출발한 만큼 근대적인 의미의 민족의식이란 하나의 기본적인 생리와도 같이 한국 근대문학의 근저를 지배하고 있다는 것이다.

이 견해는 너무도 자명해서 의문을 던질 필요조차 없는 굳건한 전제로 자리하고 있기도 하다. 하여 거의 모든 논의가 "제국주의·식민주의에 대한 철저한 비판과 저항은 민족문학에 있어 하나의 기본적인 생리와도 같은 것"이라는 전제하에 한국 근대문학을 민족의식 혹은 민족국가 건설이라는 문제틀로 코드화하고 있다고 해도 과언은 아니다. 이에 비해 최근의 민족 담론에 대한 논의는 비록 민족의식을 지상의 선의 내세우는 대신 민족이라는 관념과 민족국가라는 제도를 수많은 것을 억압하는 괴물로 비판하고 있음에도 불구하고 이 논의 역시 한국 근대문학의 중심에 민족의식이 굳건하게 자리하고 있다는 데에만은 이견을 제시하지 않는다. 하여, 이들 논의는 한국 근대문학의 형성기부터 모든 담론의 중심에 있었던 민족의식이 어떻게 수많은 가치 있는 욕망들을 억압하고 유폐시켰는지를 밝혀내는 데 그야말로 혼신의 힘을 다하고 있다. 그런데 이러한 논의들은 자신들의 입론을 구체화시키면 시킬수록 안타깝게도 근대 이후 한국문학의 실체로부터 멀어질 개연성이 높다. 근대 이후 한국문학이 형성되고 전개되는 동력학을 잘못 설정하고 있기 때문이며, 당연히 이들 논의는 근대 이후 한국문학에 발생하는 수많은 문학상의 이종들과 변종들의 발생론적 기원과 의미를 제대로 밝혀내기 힘들다.

7. 민족=국가를 넘어선 민족=국가와 '무엇이 되지 않고자' 만든 국가라는 것

지금까지 근대 이후 민족≠국가라는 현실적 조건 속에서 한국 근대문학 전반이 그 상황에 어떻게 반응해왔는지를 개괄적으로 살펴보았다. 이를 통해 우리가 확인할 수 있었던 것은 그 반응이 매우 다양하다는 것이다. 어떤 부류는 충분한 맥락도 없이 민족=국가에 대해 절대적인 의미를 부여하기도 하고, 또 어떤 이념은 민족=국가의 필요성에조차 관심을 보이지 않기도 한다. 하여간 근대 이후 한국문학에는 민족≠국가라는 조건을 극복하기 위한 여러 입론들이 다양하게 제기된 것이 사실이다. 그러나

이 다양한 견해에도 불구하고 그것은 민족＝국가를 너무 절대화하거나 너무 가볍게 다루는 식의 한계들을 반복해온 것도 사실이며, 이렇게 민족 ＝국가에 전도된 변증법이 한국문학의 흐름을 지배해온 것도 사실이다.

그러나 그렇다고 해서 한국 근대문학 전반에서 민족≠국가라는 상황 에서 민족＝국가의 건설에 관한 의미 있는 지표가 전혀 없었던 것은 아니 다. 다만 주도적인 흐름에 의해 주변부로 밀려나 잘 눈에 뜨이지 않을 뿐 이다. 예컨대 다음과 같은 것이다.

1) 우리는 일찍이 이번 전쟁이 일어나던 1939년에 이 전쟁이야말로 르 네상스에 의하여 전개되기 시작했던 근대라는 것이 한 역사상의 시대로서 끝을 마치고 그것이 속에 깃들인 뭇 모순과 불합리 때문에 드디어 파산할 계기라고 보았으며 또 계기를 만들어야 되리라는 견해를 표명한 적이 있 다. 문화의 면에 있어서는 근대는 그 지나친 아나르시의 상태 때문에 대량 적으로 한편에 있어서는 무지와 빈곤의 압도적 횡일(橫溢)의 결과 정신의 황무지가 남아 있는데 다른 한편에는 문화적 과잉으로부터 오는 정신의 낭 비와 퇴폐가 퍼져가고 있는 불균형을 가져왔던 것이다. 문화의 건강을 회 복하기 위하여도 근대는 이번 전쟁을 통하여 스스로의 처형의 하수인이 되 었던 것으로 알았다 우리들의 신념은 오늘에 있어서도 그것을 수정할 아 무 필요도 느끼지 않는다. 오늘 전후의 세계는 물론 근대의 결정적 청산을 가져오지 못하고 있다. 또 이 나라 안에서만 해도 8.15 이후 오늘까지 이르 는 동안이 혼란한 정치적 정세는 우리들이 기대하는 새로운 세계의 탄생 의 진통으로 보기에는 너무나 병적인 데가 있다. 그러함에도 불구하고 우 리는 주장한다. 우리는 이 땅에서 실패한 근대의 반복을 보아서는 아니될 것이다. 새로운 시대가, 근대를 부정하는 새로운 시대가 지구상의 어느 지 점에 시작되어도 상관이 없을 것이다. 세계사의 한 새로운 시대는 이 땅에 서부터 출발하려 한다. 또 출발시켜야 할 것이다. 봉건적 귀족에 대하여 한

근대인임을 선언하는 것은 르네상스인의 한 영예였다. 오늘에 있어서 다시 초근대인임을 선언하는 것이야말로 새 시인들의 자랑일 것이다. (……) 우리 신시는 30년 전에 민족문화 건설의 한 첨병으로서 침략자에 대한 항의로서 출발한 영광스러운 역사를 가지고 있다. 르네상스가 발견한 새로운 근대적 인간의 의식과 제시자로서 등장하였었다. 몇 개의 계단을 거쳐 한 중단기를 지나 인제야 시는 새로운 시대를 가지게 되었다. 여러 가지 시련을 스스로 달게 받아들여 그것을 통하여 그 정신을 높이고 굳혀감으로써 인류의 정신사에 한 확호한 위치를 차지하게 될 것이다.

—김기림, 「우리 시의 방향」

2) 어쩌면 우리 모두 당장 내일 죽을 수도 있어. 왜놈이나 되놈으로 죽고 싶은 사람 있어? 나는 그러고 싶지 않아. 이정이 단호하게 말했다. 그럼 차라리 무국적은 어때? 돌석이 말했다. 이정은 고개를 저었다. 죽은 자는 무국적을 선택할 수 없어. 우리는 모두 어떤 국가의 국민으로 죽는 거야. 그러니 우리만의 나라가 필요해. 우리가 만든 나라의 국민으로 죽을 수는 없다 해도 적어도 일본인이나 중국인으로 죽지 않을 수는 있어.

이정의 논리는 어려웠다. 그들을 설득한 건 논리가 아니라 열정이었다. 그리고 그 열정은 기묘한 것이었다. 그것은 무엇이 되고자 하는 것이 아니라 되지 않고자 하는 것이었다.

그리고 한달 후, 이들은 신전 광장에 띠깔 역사상 가장 작은 나라를 세웠다. 국호는 신대한이었다. 그들이 알고 있는 국호는 대한과 조선뿐이었으므로 별로 선택의 여지가 없었다. 마야 혁명군 지휘관이 붉은 황소를 보내왔다. (……) 박광수는 새로운 국가의 출현을 축하하는 고사를 고요하고 겸손하게 올렸고 김옥선이 가장 높은 곳에 올라가 피리를 불었다.

—김영하, 『검은 꽃』

인용이 길었다. 길지 않을 수 없었다. 흥미로운 지적들이기 때문이다. 1)은 민족이 귀환하던, 그것도 모든 것을 집어삼키는 절대자로 민족이 귀환하던 해방 직후에 발표된 김기림 글의 한 구절이다. 이 글에서 김기림은 단순히 민족=국가의 건설을 주장하는 것이 아니라 어떤 나라 만들기가 필요한가에 대해 말하고 있다. 근대에 발명된 민족=국가가 사실은 제2차 세계대전의 발원지라는 것, 그러니 이 시기의 민족=국가는 단순히 이전 시기의 민족=국가가 아니라 그것을 넘어서는 나라 만들기여야 한다는 것이다. 물론 '초근대'적 형태로서의 민족=국가라는 김기림의 좌표는 대단히 선언적이고 우발적이어서 그 실체를 확인할 수 없는 것이기는 하다. 하지만 단순한 민족=국가가 아니라 인류를 불행에 빠뜨린 민족=국가의 반복이 아니라 그것을 충분히 반성한 민족=국가여야 한다는 주장은 그 선언만으로도 빛난다 아니할 수 없다.

2)는 최근 발표된 김영하의 『검은 꽃』의 끝부분에 나오는 구절이다. 모든 차이, 측량할 수 없는 질, 고유성, 특이성을 끊임없이 교환가치로 환원하는 세계경제체제 속에서, 그리고 그것을 재생산하고 집행하는 민족국가들 안에서 등장인물들은 그러한 상징질서에 강제로 편입되지 않기 위해 상징질서 바깥을 꿈꾼다. 그러한 길로 그들이 선택한 것은 다름 아닌 '무엇이 되자'고 말하는 민족=국가가 아니라 '무엇이 되지 않고자' 하는 공동체의 건설. 특이성이라고는 어떤 것도 남겨놓지 않으려는 자본주의 체제, 상징권력, 위계질서, 이데올로기, 도그마들로부터 자기 자신을 지키기 위해서는 '무엇이 되지 않고자' 혼신의 힘을 다해야 하며, 혹여 그런 뜻을 같이하는 존재들이 있다면 오로지 '같이 무엇이 되지 않고자 하는' 정치적 결사체를 구성할 수 있단다. 혹여 이 결사체를 유지, 존속하기 위해서는 '무엇이 되자'고 강요해야 하는 것은 아닐까 싶고 그래야만 정치적 결사가 가능할 것은 아닐까 싶기도 하지만, 그러니 만약 이런 정치적 결사가 유지, 존속되기 위해서는 그야말로 남에게 무엇이 되기를 강요하

지 않고 나 자신도 무엇이 되지 않고자 혼신을 힘을 다해야 하지만, 『검은
꽃』은 이런 (민족 혹은 인간) 공동체를 꿈꾼다. 넘치면 개인의 자유를 억
압하고 결여되면 개인의 존재 자체를 지워버리는 민족이라는 상상체계에
대한 대단히 의미 있는 성찰로 보인다. 멋지다.

이처럼 민족≠국가라는 상황이 워낙 절박한 문제였던 만큼 민족=국가
에 대한 의미 있는 성찰이 전혀 없는 것은 아니었다. 다만 그것이 연속되
거나 지속되지 않고 잠깐씩 돌올했기 때문에 우리 눈에 보이지 않았을 뿐
인 모양이다. 그럴 만도 하다. 민족에 대한 의미 있는 접근이 주로 '무엇
이 되자'고 강요하는 것이 아닌 '무엇이 되지 않고자' 혼신의 힘을 다하
는 것이니 연속적이지 않은 것이 오히려 이치에 맞는 듯하다. 그리고 보
니 『사랑과 죄』와 같은 염상섭의 소설, 1930년대 후반기의 임화, 김기림
의 입론, 최인훈의 『광장』 5부작과 『총독의 소리』, 그리고 『화두』와 같은
소설, 그리고 6, 70년대 백낙청의 민족문학론을 비판적으로 전유하며 나
름대로의 민족=국가의 문학에 대한 진지한 성찰을 내놓은 김우창, 김현,
김윤식의 입론들에 그러한 깊은 모색이 있었던 듯도 하다.

이제 이것으로 민족≠국가라는 상황에서 한국문학이 만들어놓은 민족
로망스들을 조감하는 작업이 끝난다. 한데, 마치다 보니, 비로소 출발점
에 선 느낌이다. 왜 항상 여행이 끝나야만 길이 보이는지 모를 일이다.

(2008)

정전의 해체와 민족 로망스
― 최근의 친일문학 논의에 대한 단상

1. 친일문학에 대한 관심과 정전의 해체

어떤 시대이건 정전 다시 읽기 혹은 정전 다시 세우기의 움직임은 있기 마련이다. 아니, 그러한 움직임이 활발하면 활발할수록 그 시대는 기존의 보편성 너머의 질서화되지 않는 혁명적 에네르기를 읽어내려는 지적인 탐색이 넘친다고 해야 하리라. 하여간, 정전 다시 읽기와 정전 다시 세우기의 소용돌이가 거세면 거셀수록 그 사회는 역동성이 넘치는 사회라 할 수 있을 것이며, 따라서 정전의 탈정전화와 재정전화의 움직임이 활발하다는 것은 무조건 반가운 일이 아닐 수 없다.

그런데 바로 지금, 이곳에서 한국문학 전반에 정전 다시 읽기와 정전 다시 세우기의 소용돌이가 거세게 몰아치고 있다. 그간 성역화되어 있던, 구체적으로 말하자면 정전을 세우기 위한 치밀한 과정 없이 어떤 권위에 의해 일방적으로 우상화되었던 정전들을 해체하려는 작업들이 치열하게 행해지는 한편, 그것과는 전혀 다른 정전을 구성하는 횡단 작업이 또한 치밀하게 이루어지고 있다. 여기서 하나 눈여겨볼 것은 현재 정전을 해체하고 새로운 정전을 구축하려는 그 맥락이 어느 때보다도 다양하다는 점이다. 어떻게 보면 기존의 상징적 네트워크에 의해 철저하게 가치 없는 것으로 폄훼되었던 여성, 식민지적 하위주체, 분열증 환자, 혼혈아, 폐병 환자, 만주의 유이민, 매춘부 들이 지금은 때로는 적극적으로 호명되고 또 때로는 자기 스스로 발화를 시작했으며 이와 동시에 한국문학 전반에 그야말로 격렬한 탈정전화 및 재정전화의 숨막히는 파노라마가 펼쳐지기 시작한 것이다.

아니, 그뿐만이 아니다. 그 거대한 파노라마의 속에서 이전에는 아무도 예측할 수 없었던 반전이 실제로 일어나고 있기도 하다. 현재의 분위기에서 보자면 이광수, 서정주, 채만식, 최재서, 최정희, 김기진, 유진오 등은 더이상 한국문학의 정수, 그러니까 정전이 아니다. 다만 그들은 오염된 텍스트이며, 그래서 더이상 읽힐 가치가 없는 작가들일 뿐이다. 이를 두고 지각변동이라 하는 것일까. 하여간 그들은 그렇게 한국문학의 총아에서 한국문학의 치명적인 상처로 전락해가고 있다.

한마디로 현재 한국문학은 기존의 정전 체계가 근본적으로 동요하는 상황에 처해 있다고 할 수 있거니와, 그런데 이러한 정전의 급격한 탈정전화 움직임을 이끌어내고 있는 것은 일제 말기 작가들의 친일문자행위 문제이다. 이제까지 어떠한 탈정전화 움직임에도 불구하고 끄떡없이 한국문학의 중심이라는 자리를 잃지 않았던 작가들이 일제 말기에 행한 그들의 친일행위 때문에 더이상 한국문학의 정전이라는 위치를 유지할 수 없게 된 것이다. 이들 친일작가들의 작품에 대한 탈정전화의 움직임은 거세다 못해 끓어넘치는 느낌이다. 분노의 역류라고나 할까. 그 불길이 너무 거세서 어떤 논리도 그것을 막지 못할 기세다. 처음에는 그저 또다시 작가들의 친일 문제에 대한 논의가 좀 있는 듯싶었다. 그러더니 어떻게 된 일인지 친일문인들에 대한 대대적인 숙청 작업이라도 벌어지고 있는 느낌이 들 정도로 친일작가들의 작품에 대한 비판, 아니 분노가 대단하다. 연일 친일문인들의 친일문학작품이 자료 발굴의 형식으로 새롭게 소개되고 동시에 그 작품들은 그 작가의 한 시기의 예외적인 작품이 아니라 유일무이한 본령으로 떠받들어진다. 그리고 꼭 그것에 비례해서 그들의 문학사적 위상은 끝 모르게 추락하고 있다. 그런 과정을 통해 너무나 많이 수록되어서 문제라던 서정주의 시가 국정교과서에서 슬그머니 빠지고, 친일작가의 이름을 딴 각종 문학상과 문학관들이 연일 비판의 대상이 되고 있기도 하다.

하지만 친일작가들에 대한 이 갑작스러운 태도 변화는 좀 이해하기 힘든 측면이 있다. 작가의 친일행위란 어떻게 보면 어제오늘의 일이 아니라 아주 오래전의 일이기 때문이다. 또 각 작가들의 친일행위가 새삼스레 밝혀진 것인가 하면 그런 것도 아니다. 우리들이 정전으로 삼고 있는 작가들의 친일행위란 잘 알려지지 않았을 뿐 공공연한 것이었다. 또한 작가들 스스로도 이미 해방 후 자신들의 친일문자행위를 대부분 시인했고 또 불만족스러운지는 몰라도 참회의 의사를 밝힌 바도 있는 것이다. 뿐만 아니라 친일작가들의 작품을 정전에서 끌어내리는 이유도 우리가 정전으로 떠받들고 있던 작품이 알고 보니 친일문학작품으로 밝혀졌는바 그러므로 그것은 정전으로서의 가치가 없다든가 하는 것이 아니다. 그 작품들이 정전일 수 없다는 이유는 오로지 그 작품들이 친일을 한 작가가 쓴 작품이라는 점 때문이다. 다시 말해 그 작품이 아무리 탁월하고 위대하더라도 그 작품은 친일을 하기 이전이거나 친일을 한 이후에 쓴 작품이기에 철저하게 오염되어 있으며 따라서 정전으로 인정할 수도 인정해서도 안 된다는 것이다.

이외에도 이해하기 힘든 점은 하나둘이 아니다. 그중에서도 특히 납득하기 힘든 점은 친일작가들의 어느 한 부분, 그것도 그들이 가장 치욕스러워하고 부끄러워하는 삶의 한 시기를 들어 그것을 그 작가의 전체로 규정하고 평가한다는 사실이다. 어떤 작가에게도 시행착오는 필수적이고 어떤 위대한 작가라도 무수한 태작들을 거느리기 마련이다. 사실 위대한 작품은 이 시행착오와 무수한 태작들을 넘어서는 자리에서 탄생하기 마련이다. 그러므로 당연히 관심을 기울여야 할 것은 그 무수한 시행착오나 태작을 들어 한 작가를 비판하는 것이 아니라 그 시행착오들을 어떻게 극복해 위대한 작품을 탄생시키는가 하는 것일 터이다. 그런데 친일작가들에 대한 논의는 정작 작가 자신이 부끄러워 작품집에도 수록하지 않은 작품들, 또는 해방 후 자기 스스로도 납득할 수 없어 빼버린 몇 구절을 들어 바로 그것을 그 작가의 전체로 규정하고야 만다. 그런가 하면 여기에서 더 나아가서 바로 그 작가들에게서 탄생한 위대한 부분들을 모두 괄호로 치고 그 작가들의 정치적 행동만을 문제삼기도 한다. 하나의 위대한 작품의 탄생에 있어서 정치적 의식이 중요한 것은 사실이지만 곧 그것이 위대한 작품을 결정짓는 필요충분조건일 수는 없다. 한 작가의 사람됨, 정치적 의식 등으로 한 작품을 평가하고 재단하는 것은 곧 문학의 고유함이랄까 문학의 존재 가치 자체를 부정하는 것과 같다. 그런데 최근의 친일작가들에 대한 비판은 작가의 정치적 의식이라는 전혀 다른 틀로 문학을 재단하고 있거니와 이는 결과적으로 문학의 문학됨을 스스로 부정하는 데로 나아갈 뿐만 아니라 우리가 무수한 시행착오를 통해서 쌓아온 문학적 업적들을 모두 폐기처분하는 결과를 낳을 위험성이 농후하다.

이렇게 이해하기 힘든 점이 많음에도 불구하고 친일문학행위를 했던 작가들에 대한 비판, 그리고 친일문인들의 모든 업적을 지우는 작업은 더욱더 혹독해질 듯하다. 최근의 친일작가들에 대한 비판과 그들의 정전을 해체하는 거센 운동이 친일에 대한 분노도 분노지만 다음과 같은 논리에 의해 뒷받침되고 있기 때문이다.

1) 식민주의와 파시즘의 옹호를 친일의 기준으로 삼았다. 중일전쟁 이후 식민주의 논리의 대표적인 것은 '내선일체의 황국신민화론'이고, 파시즘 논의의 대표적인 것은 '대동아공영권의 전쟁동원론'이다. 이 둘은 밀접하게 연관되어 있지만 개별 작가의 경우 그 강조점이 다르게 나타날 수 있

다. 이 두 가지 논리 중 어느 하나에 해당될 경우 친일문학이라고 규정하였
다. (……) 중일전쟁 이후 일본 제국주의의 폭압성을 고려하여 한두 편에
그친 작가는 제외하였다. 정지용이나 김정한의 경우 친일적 성향이 보인다
고 판단할 수도 있는 글이 한 편씩 있지만 자발적인 것으로 보기는 곤란하
므로 친일작가에서 제외하였다.[1]

2) 역사는 지난 시대의 진실을 유보하거나 우회해서 갈 수 있는 길이 아
니다. 광복 57주년을 맞아 우리 문학인들은 제 아비를 고발하는 심정으로
일제 식민지 시대의 친일문학작품목록을 공개하고 민족과 모국어 앞에 머
리 숙여 사죄코자 한다.
우리 문학계는 반세기가 넘도록 친일문학의 명쾌한 개념을 제시하지 못
하고 이들 작품들에 대한 평가를 공식화하지 못했다. 그리하여 친일문학인
들이 국정교과서에 버젓이 활개를 치고 행세함으로써 진정한 문학의 이름
을 호도하였을 뿐만 아니라, 결과적으로 민족정기를 훼손하고 겨레 모두
에게 심대한 상처를 주었다. 우리는 우리가 몸 바쳐 이룰 진정한 문학 앞에
사죄코자 한다. (……) 당사자들의 반성이 결여된 상태에서 혹은 당사자
들이 직접 사과할 기회를 놓치고 타계한 지금 이 상황에서, 우리가 자청하
여 모국어의 내부에 자리하고 있는 친일의 그 아픈 상처를 스스로 공개하
고 사죄하는 집단적인 움직임을 갖는 것은 뒤늦게나마 왜곡된 역사를 제자
리에 돌려놓고자 하는 민족적 열망에 부응하기 위해서이다.[2]

위의 두 인용문은 어떤 측면에서 보자면 최근 친일작가들의 모든 작품
들을 부정하는 움직임을 불러일으킨 진원지라 할 수도 있다. 먼저 우리

---

1) 김재용 정리, 「친일문학작품목록 ―일러두기」, 『실천문학』 2002년 가을호, 124쪽.
2) 민족문학작가회의 선언문, 「모국어의 미래를 위한 참회─친일문인명단 및 친일문학작품
목록을 발표하며」, 2002. 8. 14.

가 1)에서 주목할 것은 친일문학에 대한 정의와 기준이다. 해방 이후부터 지금까지 친일문학에 대해서는 날 선 비판들이 많았던 것이 사실이다. 하지만 친일작가라는 규정은 곧 한 작가에 대한 사형선고와 마찬가지 의미를 지님에도 불구하고 친일문학에 대한 의미 규정은 대단히 자의적이고 불철저하게 이루어진 것이 사실이다. 그런데 1)은 친일문학을 비판하기에 앞서 친일문학을 엄밀하게 정의하고 있는 것이 특징적이다. 1)에서 우리가 확인해볼 수 있는 것은 가령 이런 것이다. 친일문학이란 제국주의의 외적 강요에 의한 일시적인 굴절이나 훼절의 외화물이 아니라 바로 작가의 역사철학적 선택, 혹은 자발성에 의해 일본 제국주의의 이데올로기에 동조한 담론이라는 것이다. 다시 말해 친일작가들은 외적 강제에 의해 일시적으로 친일적인 표현을 행한 것이 아니라 자기 스스로의 의지와 자발성에 의해 일본 제국주의의 이데올로기에 적극적으로 동조했다는 것이다. 그러므로 친일작가란 민족정기와 모국어를 의식적으로 더럽힌 자이며, 따라서 일제 말기에 그러한 선택을 했고 이후에도 그러한 이데올로기를 지속적으로 유지했던 만큼 사실은 일제 말기의 친일작품뿐만 아니라 그러한 오염된 정신에 기초해서 씌어진 작품 모두는 국정교과서에 수록되어서는 안 된다는 논리이다.

2)에서 우리가 주목할 것은 친일행위에 대한 참회, 혹은 반성에 대한 편집증적이라 할 정도의 집착이다. 일제 말기의 친일문자행위가 타의에 의한 것이 아니라 자발적인 것일진대 그 행위에 대한 참회와 반성은 필수적이라는 것이다. 그래야만 오염된 정신으로부터 벗어나서 인간의 진실을 구현하는 것이 가능할 터인데, 일제 말기의 친일작가들은 자신들의 친일행위를 합리화했을 뿐 진정한 참회를 보이지 않았다는 것이다. 그러므로 자신의 더럽혀진 정신을 스스로 씻어내는 행위를 하지 않은 상태에서 씌어진, 또 그런 오염된 정신이 아무런 문제가 없다고 느낄 정도로 비양심적인 태도에 의해서 형성된 문학작품이므로 그것이 어떤 것이건 정전

이 되어서는 안 되는 것이다.

　이처럼 위의 두 인용문은 친일문학을 엄밀하게 정의하는 것은 물론 당대 작가들의 친일논리가 자발적인 선택이었다는 사실을 정확하게 짚어내고 있다. 뿐만 아니라 많은 작가의 경우. 해방 전의 친일적인 이데올로기를 해방 후에도 여전히 유지하고 있음을 세심하게 판별해낸다. 그런 연후에 이러한 친일작가들의 모든 작품을 정전의 반열에서 배제시켜야 한다고 역설하는바, 이는 나름대로 대단한 설득력이 있다. 아마도 최근에 친일문학에 대한 분노가 더욱 커진 것도, 그리고 그들의 작품을 정전에서 배제해야 한다는 논의가 점점 강화되고 있는 것도, 바로 위의 주장이 보이는 설득력 때문일 것이다.

　하지만 이러한 논리는 설득력은 있지만 한계 또한 명백하다. 이것 역시 작가의 어느 한 시기의 어느 한 부분을 그 작가의 전체로 확대하기는 마찬가지이며, 또한 작가의 정치적 입장으로 그 작가의 문학적 업적을 재단하여 결국은 문학적 고유성 자체를 부정하는 우를 낳는다. 그리고 이것만이 아니다. 친일작가들이 물론 자발적인 선택에 의해 일본의 식민지 이데올로기를 전파하는 역할을 한 것은 사실이지만, 그렇다고 그것이 일본의 식민지정책을 단순하게 대변한 경우라거나 또는 제국주의가 강제하는 역사지리지를 전적으로 자기화한 경우라고만 볼 수는 없다. 뿐만 아니라 이들 논의는 친일작가들이 역사적 심판도 받지 않았고 스스로 반성도 하지 않았을 뿐만 아니라 더 나아가 일제시대의 바로 그 논리로 해방 후 문학적 권력을 장악하여 스스로 정전의 자리에 올라섰으므로 이들에게서 더이상 순수한 정신, 민족을 위한 헌신을 바랄 수 없다고 말하지만, 이들이 정말로 반성을 하지 않았는가 하는 것은 결코 간단한 문제가 아니다.

　결국 중요한 것은 위의 논의들이 말하는 것처럼 "제 아비를 고발하는 심정으로 일제 식민지 시대의 친일문학작품목록을 공개하고 민족과 모국어 앞에 머리 숙여 사죄"하는 것이 아니라 그들의 그 친일작품들이 정말로 식민주의의 이데올로기를 확대재생산한 것이며, 또한 그들이 정말로 해방 이후에 어떤 반성도 행하지 않았는가를 다시 한번 따져보는 것이다. 즉 우리의 근대문학을 형성하는 데 결정적인 기여를 한 작가들이 정말로 '친일문학/론의 형성→친일문학/론→친일문학/론의 지속'이라는 치명적인 길만을 걸은 것인가를 되물을 필요가 있다. 이들에 대해 작가생활 내내 친일문학론의 자장에 머물렀다고 하는 것은 작가에 대한 사형선고일 터인데, 그 사형선고를 내리기에 앞서 좀더 많은 정황들을 고려해볼 필요가 있지 않겠는가. 정말 그렇지 않겠는가.

2. 민족의 절대화와 자발성의 발명

친일작가들에 대한 뭇사람들의 분노에 가까운 비판은 많은 논리적 모순이 존재하는 것은 사실이지만 이해하기 힘든 것은 아니다. 만약 민족정기라는 것이 있고 그것이 정말로 가치 있는 것이라고 생각하는 사람이라면, 한국의 작가들이 쓴 친일작품은 참기 힘든 요소를 지니고 있는 것이 분명하다. 예컨대 민족정기를 무엇보다 소중하게 여기는 사람에게 "조선 사람은 내지 사람과 한 몸이 되는 외에는 행복의 길이 없"[3]다라든가, 혹은 "조선인은 전연 조선인인 것을 잊어야 한다고, 아주 피와 살과 뼈가 일본인이 되어버려야 한다고, 이 속에 진정으로 조선인의 영생(永生)의 유일로(唯一路)가 있다고"[4]라는 구절들로 가득 차 있는 친일문학은 견디기 힘들 터이다. 그렇기 때문에 친일문학/론은 주로 일본 제국주의의 가혹한 탄압의 결과로 읽어왔던 것이 사실이다. 그래야만 그래도 조선인의 행복을 위해서는 뼈와 살까지가 일본인이 되어야 한다는 역설 혹은 아이러니

---

3) 김문집, 「조선민족의 발전적 해소론 서설」, 『조광』 1939. 9. 인용은 김규동·김병걸 편, 『친일문학작품선집 2』, 실천문학사, 1986, 283쪽.

4) 이광수, 「심적 신체제와 조선문화의 진로」, 『매일신보』, 1940. 9. 4~12. 인용은 이경훈 편역, 『춘원 이광수 친일문학전집 2』, 평민사, 1995, 112쪽.

를 어느 정도 이해할 수가 있기 때문이다.

하지만 안타깝게도 친일문학/론은 결코 외적으로 강요된 것이라고는 볼 수 없다. 굳이 "내가 일본 관헌의 압박에 못 이기어 그리했다고 하니, 이것은 나를 무척 동정하여서 하는 말인 듯하나, 나는 그렇게 비겁한 사람은 아니다"[5]라는 해방 후 이광수의 술회가 아니더라도 외적 강요에 의한 표현이라고 보기에 친일문학 전반은 지나치게 자기 확신적이다. 또한 작가마다 경우에 따라 차이는 있겠지만 친일문자행위는 한 작가에게 어느날 갑자기 나타나지 않는다. 말하자면 나름대로 계기적 연쇄를 밟아 필연적으로 발생하며, 그런 만큼 외적 억압 때문에 혹은 우연적이고 일시적인 혼란으로 보기 힘들다. 일제 말기의 식민 이데올로기의 호명에 당시 작가들이 그토록 적극적으로 호응했던 것은 그 무엇보다도 당시 식민 이데올로기가 지니는 나름대로의 보편성과 매혹 때문인 것으로 보인다.

일제 말기 친일문학론의 출발점은 동양체제론 혹은 대동아공영권이다. 서구의 물질적이고 개인적인 문화가 세계를 전쟁의 구렁텅이로 몰아넣은 만큼 새로운 대안 문화가 필요하며, 이때 의미 있는 대안 문화일 수 있는 것이 동양체제라는 것이다. 이는 비록 엄청난 단순화가 있는 것이기는 하나 인류 역사에 대한 의미 있는 총괄이자 해체라 할 만하다. 그러나, 이 논의는 여기에서 멈추지 않고 동양체제의 중심은 다름아닌 서구적 문화와 동양적 문화를 가장 이상적으로 결합한 천황제 중심의 일본에 있다는 주장으로 이어지며, 급기야는 동아시아의 다른 민족들도 일본 국민으로 새로 태어날 것을 강요하기 시작한다. 비약과 전도, 그리고 광기가 작동하는 것은 바로 이 지점부터이다. 왜 동양체제가 중심이 되어야 하며, 있다면 왜 중국이나 조선이 아닌 일본이어야 하며, 또 전혀 다른 역사를 살아온 조선, 중국이 과연 같은 국민이 될 수 있으며 또 된다 하더라도 그

---

5) 이광수, 「나의 고백 서문」, 인용은 『이광수전집 10』, 삼중당, 1973, 539쪽.

것이 의미가 있는 것인지 등의 쉽게 단언하기 힘든 문제들이 산적해 있기 때문이다. 하지만 당시의 대동아공영권론은 이런 문제에 관해 어떠한 예외도 인정하지 않는다. 그렇다는 것이며, 이것에 대해 회의하지 않는 것, 바로 그것만이 새로운 정신이라고 단언한다.

그런데 문제는 조선의 작가들 역시 이러한 기획에 적극적으로 동의하고 동참한다는 사실이다. 동참하는 정도가 아니라 식민 이데올로기에 조선민족 발전적 해소론이라는 것으로 화답한다. 물론 여러 이유가 있을 것이다. 우선 이 내선일체론 등으로 표상되는 새로운 지배정책이 당시 작가들에게 그래도 식민지 민중의 권리를 인정하는 등 보다 실질적인 활동성을 보장해주는 정책으로 보였을 수 있다. 뿐만 아니라 이것이 여러 식민지 중 조선에 대한 보다 나은 처우를 보장하는 정책으로 비쳤을 수도 있다. 하여간 당대의 작가들은 저항하다 민족구성원 모두가 죽음의 구렁텅이로 내몰리느니 민족의 생존을 위해서 (일본) 국민이 되는 것이 낫다는 현실적인 선택을 하는 경우가 많았고 그를 위해 일본 국민으로서 일본 정책에 대한 철저한 헌신을 촉구하기에 이른다. 이러한 지극히 계산적인 시각과 또 그 계산에 잠복되어 있는 민족허무주의가 결국은 일본이라는 국가체계에서 민족을 유지하는 것이 보다 풍족한 삶을 보장할 것이라는 납득하기 힘든 선택을 하게 했다고 볼 수 있다. 하여간 1930년대 후반기에 한국문학 전반은 여러 가지 이유 때문에 친일행위라는 광기에 빠져든다. 때문에 이 시기의 친일 협력이 "외부의 강요에 못 이겨 어쩔 수 없이 한 것이 아니라 철저하게 자발적으로 이루어진 것"이며 "또한 거기에는 그러한 자발성을 뒷받침해주는 내적 논리도 엄연히 존재하였다"[6]는 진단은 지극히 정당하다.

그러나 당시의 친일 협력이 자발적이라고 해서 그들의 친일문학론이

---

6) 김재용, 『저항과 협력』, 소명출판사, 2004, 3쪽.

처음부터 끝까지, 그러니까 동기에서부터 결과에 이르기까지 철저하게 반민족적이라고 미리 예단할 필요는 없다. 오히려 당시 친일작가들 중 비록 동기에 그치는 것이지만 민족을 위하는 마음, 또 민족의 장래를 위한 계산이 너무 앞서서 친일을 선택하게 되는 경우도 많기 때문이다. 예컨대 이런 것이다. 가령 당시 일본의 식민정책은 지배자와 피지배자의 구별을 보조한 영국이나 프랑스와 달리 피지배자를 지배자인 일본인과 동일화하는 전략에 기초해 있었다고 평가되며, 그것의 구체적인 현상형식이 바로 대동아공영권으로 알려져 있다.[7] 하지만 이 동일화정책은 지배를 배려라고 말하는 것이기 때문에 오히려 보다 많은 경우 조선인들의 증오를 불러온 것이 사실이다. 그러나 이 동일화정책이 거듭 반복되면서 조선인들 사이에는 지배자와의 동일화를 통한 조선인의 삶의 개선을 기도하는 자들이 나타나기 시작하며, 결국 이들은 조선인을 위해서 결국은 조선인이기를 포기하라는 역설에 스스로 빠져든다.

이처럼 비록 자발적인 협력이라고 해서 그것이 다 민족을 배반하려는 의지에 의해 촉발된 것은 아니며, 작가에 따라 그 계기도, 과정도 대단히 복잡한 것이 사실이다. 해서 당시의 친일 협력행위 속에서는 자신의 자발적인 선택에 대한 자기만족과 후회의 숨막히는 드라마가 펼쳐지기도 하며, 또 그런가 하면 그곳에는 식민지 제국에 대한 제한된 의미이지만 나름대로의 저항과 냉소가 있기도 하다. 가령 친일문학/론 내부에 존재하는 이러한 분열과 회의, (자기) 냉소와 저항은 우리에게 친일문학의 우두머리로 알려져 있는 이광수의 문학에서 잘 나타난다. 일제 말기에 이광수는 (일본) 국민이라는 절대적인 이념에 귀의하는 것은 물론 그 이념을 전파하기 위해 초인적인 활동을 펼친다. 그런데 그런 이광수에게도 어떤 균열이 있는바 이는 충분히 주목할 만하다. 이광수는 일본 국민성의 획득을

---

7) 일제시대 일본의 식민지정책의 특징에 대해서는 가라타니 고진, 『유머로서의 유물론』(이경훈 옮김, 문화과학사, 2002) 참조.

자신의 문학활동의 중심으로 설정하고 있지만, 오직 그것만이 일제 말기 이광수 문학활동 전부를 지배하지는 않는다. 1939년 이후 이광수의 문학에는 분명 국민이라는 절대적 인과율에 어긋나거나 그것과 충돌하는 부분들이 존재하기 때문이다. 특히 권위주의적 담론만으로는 구성될 수 없는 문학 영역에서 그러한 충돌과 균열이 나타나고 있는바, 이는 주목할 만하다.

1930년 후반기 이후 이광수가 쓴 문학작품은 그 양만 따져도 엄청나다. 그 모든 것을 유형화하기란 결코 쉬운 일이 아니다. 그러나 소설의 경우 거칠게 단순화하자면, 춘원이 주로 다룬 영역은 두 가지이다. 하나는 조선인과 일본인(또는 중국인) 사이의 일체감의 획득을 테마로 하는 현대물이고, 또다른 하나는 역사소설이다. 그중 지금 우리의 논의와 관련시켜볼 때 보다 주목할 것은 전자의 경우이다. 전자에 해당하는 이광수의 소설은 표면적으로 보자면 일제의 대동아공영권의 논리나 내선일체론을 소설화하고 있는 것으로 보이는 것이 사실이다. 그러나 그것이 다는 아니다. 다음과 같은 부분들이 이광수 소설의 곳곳에 포진되어 있기 때문이다.

1) 우리들은 더욱더 하나가 되지 않으면 안 된단 말야. 그건 일본 제국을 위해서도 그렇지만, 조선을 위해서도, 동양 전체를 위해서도 그렇단 말야. 우리들이 나빴다. 우리들 일본인 전체가 나빴다. 사과하네. 정말 사과하네. 우리들 일본인은 조선 동포에 대한 사랑과 존경이 부족했었다. 폐하의 대어심을 몰랐었다네. 나는 자백하네. 하지만 일본인은 본성이 나쁘지는 않다네. 마음은 지극히 단순하고 감격 잘하는 국민이라네. 단지 이제까지 조선에 대한 이해가 부족했었다네.

　　　　　　　　　　　　　　　　　　　　　　 —「진정 마음이 만나서야말로」

2) 일본은 천황이 다스리시는 나라이므로 국가로서는 내국민에 대해서

도 외국인들에 대해서도 거짓말을 한다는 것은 있을 수 없다. 따라서 일본 국민은 국가를 절대적으로 믿는 것이다. 만일 국가가 한 번이라도 거짓말을 한다면, 국민은 국가를 믿지 않는다. 그런데 일본은 건국 이래 만세일계의 천황에 의해 통치되고 있으므로, 일찍이 한 번도 국가가 국민에게 거짓말한 적이 없다네. 그것이 일본의 국체가 만방에서 으뜸인 점이며, 일본 국민의 애국심이 강한 이유이기도 하다. 그러므로 일본 국민은 고노에의 삼원칙을 그대로 믿고 있는 것이다. 더욱이 고노에의 성명은 어전회의를 통과한 것이므로, 더더욱 절대불변이라네. 됐는가, 알겠는가.

—「대동아」

1), 2) 모두는 천황을 정점으로 하는 일본의 정치체계와 그에 기반한 대동아공영권 혹은 내선일체론에 절대선의 의미를 부여해주고 있다. 해서 외면적으로 보자면 대동아공영권의 적극적인 옹호처럼 보이지만 사정이 그렇게 간단하지는 않다. 1)은 절대선인 천황의 정신을 빌려 일제의 식민지정책 전반을 비판하고 있으며, 2)는 천황제가 절대선의 정치체제인 만큼 거짓말이 있어서는 안 된다는 사실을 기정사실화하여 오히려 조선의 이익이 되는 정책을 변화시킬 수 없도록 유도하고 있기 때문이다. 어떻게 보면 절대선일 수 없는 제국을, 식민지 지배의 악마적 얼굴을 대의명분으로 가리려고 하는 제국을, 절대선으로 마냥 칭송하는 것은 지젝의 말처럼 그 절대선을 자처하는 이념에 대한 가장 효과적인 농담이자 풍자이고 반-이데올로기적 전복일 수도 있는 것이다.

이제 종합해보자. 1930년대 후반기 한국문학 전반은 그야말로 자발적인 친일문학의 길을, 그것도 표면적으로 보자면 집요할 정도로 전형적인 '친일'문학의 길을 걷는다. 이러한 표면에 주목할 경우 이들의 친일 협력 행위는 반민족적이고 반역사적일 뿐만 아니라 모국어와 문학 자체에 대한 치명적인 모독이다. 하지만 그곳, 즉 자발적인 친일문학에도 독립선

언서를 기초했고 일본인들과 차별을 받기도 했으며 조선을 종교로 삼았던 이광수라는 작가의 흔적도 있는 것이 사실이다. 또한 그들이 비록 친일문학행위를 했더라도 어쨌듯 문학을 통한 친일을 했기에 이데올로기와는 근본적으로 화해할 수 없는 '문학성'이라는 것이 가냘프게 숨쉬고 있는 것 또한 사실이다. 그렇다면 물론 자발적이지만 친일을 했다는 그 이유 하나만으로 그들의 문학 모두를 배제하는 것은 후대인들의 지나친 오만과 편견이 아닐지.

3. 강요된 참회, 강요된 반성

최근 친일작가들의 작품들이 친일과 연관이 없는 명편마저도 거부되는 또하나의 주요한 이유는 앞서 살펴보았듯 친일작가들이 반성을 하지 않았으며 용서를 구하지 않았다는 것이다. 다시 말해 해방이 되자마자, 아니면 그 이후라도, 친일작가들은 한편으로는 자신들의 친일문학행위에 대한 참회와 고해성사를 행하고 다른 한편으로는 일제 말기의 친일문학과의 연속성, 혹은 친연성을 끊어냈어야 하는데, 그것을 만족할 만하게 하지 않았다는 것이다.

결론부터 말하자면 친일작가들의 반성 문제에 대한 이러한 비판은 분명 지나친 감이 있다. 물론 이 말이 친일작가들이 친일행위를 크게 반성하지 않아도 된다는 의미를 지칭하는 것은 아니다. 어찌 보면 친일작가들이 일제시대에 벌인 친일문학행위는 평생을 씻어도 씻을 수 없는 것이어서 거듭거듭 기억하고 반성해야 마땅한 것이다. 그들은 이유야 어떠했건 어린 학생들을 전쟁터로 나아갈 것을 글로 선동하면서 어린 학생들을 죽음의 구렁텅이로 밀어넣었을 뿐만 아니라 문학을 전혀 문학적이지 않은 방식으로 사용하기도 했다. 그뿐만 아니라 일본 식민지 특유의 동화정책으로 민족 구성원 모두가 고통에 찬 생활을 하고 있었음에도 불구하고 그것을 문학적으로 반영하는 의미 있는 문학적 실천을 행하지 못했던 것이다. 이처럼 친일작가들에게는 친일행위를 했기 때문만이 아니라 작가로서의 역할을 다하지 못했다는 이유로 반성할 것이 거의 무궁무진하다. 만약 친일작가들이 이 무궁무진한 반성거리를 모두 반성했는가 하면 그렇지 않다. 그런가 하면 친일작가들 글 중에는 다음과 같은 명백하게 자기합리화처럼 보이는 진술도 자주 발견되는 것도 사실이기도 하다.

1) 신문기자가 신문을 맨드는 건 대일협력이구, 농민이 농사해서 별 공출해서 왜놈과 왜놈의 병정이 배불리 먹구 전쟁을 하게 한 건 대일협력이 아닌가? (……) 농민들이 벼 공출을 한 것이나, 젊은 사람들이 지원병과 학병에 나간 것이나 완전히 조선 사람 선배랄지 지도자의 말만을 듣구서 비로소 공출을 하구 병정에 나가구 한 거라면 지식층의 대일 협력자만은 백면 백, 천이면 천 죄다 목을 잘라야지. 그렇지만 여보게 윤군. 농민 만 명더러 일일이 물어본다구 하세. (……) 나는 구장이나 면직원의 등쌀에, 순사와 형벌이 무서워서 억지루 공출을 낸 것이 아니라 어떤 조선 양반의 강연을 듣구 옳게 여겨서, 어떤 소설을 읽구 감동이 돼서, 아모 때의 신문을 보고 좋게 생각이 들어서, 그래 우러나는 마음으로 공출을 했소 대답할 농민은 만 명에 한 명두 어려우리.

—채만식, 「민족의 죄인」

2) 나는 민족의—적어도 민족의 일부, 민족주의자, 청년, 학생의 수난을 완화하려고 내 애국자라는 명예를 버렸다.(……)

그러나 세상은 내 속을 잘 믿어주지 아니할 것입니다.

「네가 어찌 그렇게 갸륵한 사람이겠느냐, 위선자!」 하고 비웃을 것입니다.

세상은 내가 「죽을 죄로 잘못했습니다. 나는 내 명리를 위하여서 민족을 반역했습니다」 하는 참회만을 요구할 것입니다.

그러나 나는 아무리 겸손을 꾸미더라도 그런 거짓말은 할 수 없습니다.

나를 어리석었다면 수긍도 하겠습니다.

대국을 볼 줄 몰랐다 하면 그럴 법도 하겠습니다.

저를 모르는 과대망상이었다 하면 그럴 법도 하겠습니다.

「네까짓 것이 하나 나서기로 무슨 민족수난 완화의 효과가 있었겠느냐」
하면 거기 대하여서도 나는 묵묵하겠습니다.

어리석은 과대망상—아마 그럴지도 모릅니다.

나는 「우자(愚者)의 효성(孝誠)」이라고도 저를 평해보았습니다.

그러나 나는 내가 할 일을 하여버렸습니다.

내게는 아무 불평도 회한도 없습니다.

나는 '민족을 위해 살고 민족을 위하다가 죽은 이광수'가 되기에 부끄러
움이 없습니다.

—이광수, 「인과」

1), 2)는 모두가 친일문인들의 자기 합리화처럼 보인다. 1)에서 말하는
바가 작가들의 친일문자행위가 세간에서 말하는 것처럼 그리 큰 영향력
이 있겠느냐는 것이고, 또 일제시대란 생존한다는 것 자체가 결국은 민족
에게 죄를 짓는 것 아니겠느냐 하는 것이니 이는 결국 자기 스스로를 '민
족의 죄인'이라 칭하기를 거부하고 자기의 죄를 씻기 위해 민족 전체를
'죄인의 민족'으로 만드는 것처럼 보일 수도 있을 것이다. 2)도 마찬가지
다. 2)는 일제 말기의 상황에서는 민족구성원들의 수난과 박해를 약화시
키기 위해 누군가 나서서 일제를 달래야 하는 상황이었고 그래서 가만히
있으면 '애국자'일 수 있는 상황이었건만 민족을 위해 '애국자'라는 자신
의 작은 명예를 버렸다는 것이다. 덧붙여 이광수는 자기 스스로 "나는 '민
족을 위해 살고 민족을 위하다가 죽은 이광수'가 되기에 부끄러움이 없"
다고 스스럼없이 말하기까지 한다.

이처럼 채만식이나 이광수의 경우를 볼 때 친일작가들이 해방 후에도 충분히 반성하지 않았고 용서를 구하지 않았다는 것은 설득력 있는 주장처럼 보인다. 그러나 그럼에도 불구하고 친일문인들이 반성하지 않았고 용서를 구하지 않았다는 최근의 비판은 선뜻 동의하기 힘들다. 두 가지 이유 때문이다. 우선 첫번째는 위의 인용문들은 얼핏 보면 친일행위의 합리화로만 읽히지만 그곳에는 동시에 나름대로의 통렬한 자기비판이 있고 동시에 현재의 입장에만 충실한 우리가 미처 헤아리지 못한 복잡다단한 현실적 관계들을 제기하고 있는바, 때문에 위의 인용을 전적으로 불철저한 반성 혹은 자기 합리화로만 읽을 수는 없다. 예컨대 2)에서 이광수는 친일 협력 시절 자신의 인식론적 원리를 정말로 하나하나 비판하고 있어 충분히 주목에 값한다. 대국을 볼 수 없었다는 현실인식상의 한계는 물론 자신의 행동 하나가 바로 식민지 지배를 완화시킬 것이라는 엘리트 의식도 비판하는바, 이는 일제시대 이광수 문학에 대한 근본적인 비판이라 할 만하다.

　뿐만 아니라 1)에서 제기하고 있는 문제는 이제까지 흔히 '죄인의 민족'을 만들기 위한 자기 합리화로만 읽혔으나 사정은 그렇게 단순하지 않다. 만약 반성이 단지 친일행위에 대한 고해성사에서 출발해 새로운 그리고 의미 있는 방향성의 설정에 의해 완성된다고 한다면, 반성에 있어 또 하나 중요한 것은 당시의 현실적 문제들을 얼마나 깊이 있게 읽어내는가 하는 점일 터이다. 그런 점에 착목한다면 1)의 「민족의 죄인」만큼 친일 문제에 얽힌 복잡미묘한 연관들을 충분히 제시한 작품도 드문 것처럼 보인다. 굳이 최근의 일상사에서 논의되고 있는 여러 가지 사항을 들지 않더라도, 우리가 삼십육 년 동안 식민지 상황을 겪었던 것은 몇몇 친일분자들만의 책임이 아니라 어떤 이유이건 그 상황 속에서 삶의 안정성을 포기하지 않았던 사회구성원 모두의 책임이라 할 수 있다. 오랜 시간의 식민지 치하를 겪었기 때문에 생존하기 위해서라도 정도의 차이는 있을 뿐 친일로부터 자유롭지 못할 뿐만 아니라 스스로의 힘으로 민족의 해방을 쟁취한 것이 아닌 만큼 일제시대의 부역자 문제를 해결할 주체나 기준이 불분명했던 것이다. 게다가 일본제국에 협력했던 핵심적인 인물들을 결국 미군정이 보호함으로써 실질적인 친일 문제는 본격적이고도 진지한 논의조차 불가능한 상황이었다고 할 수 있다. 채만식의 「민족의 죄인」은 그러한 중요한 문제를 '죄인의 민족'이라는 명제로 제시하고 있거니와, 이는 스스로 해방을 쟁취하지 못했다는 우리 민족의 해방의 특수성을 감안하면 대단히 의미 있는 성찰이자 또하나의 충분히 의미 있는 반성이라 할 만하다.

최근의 친일작가들의 반성 문제에 대한 혹독한 비판에 동의할 수 없는 또하나의 이유는 앞서도 잠깐 비쳤지만 친일작가들의 반성이란 결코 친일행위에 대한 고해성사, 혹은 민족정기에 대한 참회로 그쳐서는 안 된다는 점 때문이다. 민족에 대한 고해성사는 친일작가들이 행해야 할 반성의 출발점이지 결코 목표점이 될 수 없다. 즉 진정한 반성은 민족의 고통을 등졌다는 참회에서 시작해 자신들이 친일에 빠져들게 된 역사지리지를 의미 있는 방향으로 변화시키는 것에서 완성되는 것이다. 그러므로 친일작가들의 반성에 대해 말할 때, 중요한 것은 그 작가가 울음 섞인 참회를 행했느냐가 아니라 친일에 빠질 수밖에 없었던 인식론적 원리를 정확하게 인식하고 그것을 의미 있는 방향으로 전회시켰느냐 하는 점이다.

이런 점에서 보자면 친일작가들의 반성은 자신의 생사를 건 치열성과 치밀함이 느껴지기에 충분하다. 예컨대 해방 전 채만식의 중요한 미적 원리 중 하나가 존재의 발전가능성에 대한 부정이라고 한다면, 다시 말해 현실 속에서 이러한 것이 문제이지만 나는 이미 이러한 존재로 규정되어 있으므로 아무것도 할 수 없다는 의식이라고 한다면, 그리고 그것이 궁극적으로 대동아라는 유토피아에 어느 순간 투신하도록 했다면, 해방 후의 채만식의 작품에서 이러한 태도들은 서서히 걷혀가기 시작한다. 「낙조」

에서처럼 불의의 상황이나 부조리의 상황 앞에서 아무런 행동을 옮기지 못하는 지식인에 대한 비판이 이루어지는가 하면,「소년은 자란다」에서 처럼 현존재들 속에서 미래를 향한 잠재적 가능성을 찾아내기도 한다. 특히 화려하고 휘황찬란한 권위주의적 담론에 자신을 내맡기고 싶은 충동을 놀랄 만한 냉정한 시선으로 이겨낸다. 일제시대의 반성적 산물이라 할 채만식의 이러한 태도는 당시 좌우익의 극심한 대립, 혹은 권위주의적 담론 간의 격렬한 충동 속에서 냉정한 자세를 유지하는 근본적인 동력이 되며, 해방 후에 펼쳐지는 구체적이고 현실적인 모순들을 누구보다도 날카롭게 포착하는 원동력이 되기도 한다. 이러한 냉정한 시선은 당시 감히 어느 누구도 예상치 못한 동족상잔의 비극까지를 예측하는 경지에 이른다.

반성을 통한 전혀 다른 문화지리지를 지닌 작가로의 변신은 채만식만큼 철저한 경우는 아니더라도 이광수에서도 찾아볼 수 있다. 좁은 의미의 민족 관념을 벗어나지는 못했다고는 하나, 해방 후 이광수의 반성 역시 분명 치열한 데가 있다. 특히「나」에서 이루어지는 민중적 염원을 저버리는 엘리트 의식에 대한 비판은 자못 엄숙하기까지 하다. 뿐만 아니라 미완의 소설「서울」에서 얼핏얼핏 비치는 아시아주의는 다케우치 요시미의 '방법으로서의 아시아'를 연상시키며 이는 이광수의 자기 비판이 그만큼 철저했음을 보여주기에 충분하다. 그리고『돌베개』의 다음과 같은 대목도 그의 친일에 대한 반성, 그러니까 친일에 이르게 된 원리들에 대한 반성이 남달랐음을 한눈에 보여주는 대목으로 눈여겨볼 만하다. 다시 말해 민족이나 국가를 위해 개인의 자유 따위란 인정할 수 없다던 친일문학 시기 이광수의 흔적은 사라지고 대신 또다른 이광수가 여기에 있음을 확인할 수 있다.

우리가 요구하는 국가는 개인의 자유를 최소한도로밖에 제한하지 아니하는 나라다. 남에게 해가 되거나 공안을 상하지 않는 한 개인이 하고 싶은 말, 하고 싶은 일을 다 하고 나이와 덕과 학문 외에는 사람보다 높은 사람도 없고 사람보다 낮은 사람도 없는 나라다. 제 힘껏 일하면서 제 마음껏 즐거울 수 있는 나라다. 감옥이나 병영과 같이 규율이 많고 엄한 나라 말고 공원과 같이 아무 압력도 느끼지 않는 나라다. 서로 사랑하고 서로 존경함으로써 질서가 유지되는 나라다.

—『돌베개』

종합하자면 해방 이후 친일작가들의 자신들에 대한 반성은 혹독한 바가 있다. 모든 작가가 그러하다고 자신할 수는 없으나 친일과 해방의 몇 년 동안 친일작가들은 자신의 역사지리지가 얼마나 좁으며 자기 중심적이었는가를 뼈저리게 확인한 셈이거니와, 그것에 대한 반성을 통해 예전의 자기를 혁신하고 세상을 정확하게 읽어내고 예측하는 작가로 변신하는 데 어느 정도 성과를 보였다고 할 수 있다. 다만 민족정기를 너무 중요시하는 지금의 우리가 존재하지도 않는 민족정기라는 절대정신을 세우는 데 지나치게 몰두한 나머지 그들이 행한 이 뼈를 깎는 반성을 보지 못하고 있을 뿐이다. 그렇다면 "제 아비를 고발하는 심정으로 일제 식민지 시대의 친일문학작품목록을 공개하고 민족과 모국어 앞에 머리 숙여 사죄코자 한다"거나 "당사자들의 반성이 결여된 상태에서 혹은 당사자들이 직접 사과할 기회를 놓치고 타계한 지금 이 상황에서, 우리가 자청하여 모국어의 내부에 자리하고 있는 친일의 그 아픈 상처를 스스로 공개하고 사죄하는 집단적인 움직임을 갖는 것은 뒤늦게나마 왜곡된 역사를 제자리에 돌려놓고자 하는 민족적 열망에 부응하기 위해서이다"라는 비난은 철저히 후대의 관점으로 과거를 재구성하고자 하는, 지나치게 민족적이어서 반역사적인 관점이라 할 수밖에 없다.

4. 친일문학 논의와 민족 로망스

지금까지 최근에 일고 있는 친일작가들에 대한 비판적인 시각들을 그야말로 비판적으로 조망해보았다. 물론 그렇다고 이 글이 최근의 친일작가들에 대한 새로운 관심들이 전혀 의미 없다는 것을 말하기 위해 씌어진 것인가 하면 그렇지 않다. 오히려 정반대이다. 이 글은 사실 최근에 일고 있는 친일문학론에 대한 연구들이 없었다면 애초에 씌어질 수도 없었을 것이며, 전적으로 그 글들 덕분으로 씌어진 것이다.

친일문학에 대한 최근의 광범위한 관심은 사실 매우 의미 있고 가치 있는 일이다. 친일문학들이 그토록 오랫동안 뭇사람들의 관심을 끌지 못한 것은 그것이 근대 이후 한국문학사의 '불합리 · 추태 · 고민'[8]의 상징과도 같은 것이어서 그 치부를 노골적으로 들추어내는 것은 말처럼 쉬운 일이 아니었기 때문이다. 그래서 임종국의 뒤를 이어 이 친일문학론을 연구한 한 일본인 연구자는 친일문학 연구는 "수치의 원인이었던 정신적인 상처에 대해 극복을 지향하는 강인한 의지 없이는 불가능"[9]할 것이라고 진단한 바 있거니와, 이를 감안한다면 최근에 들어서야 일기 시작한 친일문학에 대한 관심은 우리 문학도 이제야 비로소 정신적 상처를 극복할 강인한 의지를 갖추었음을 의미하는 것이기도 하다. 그러한 상처를 누구보다도 먼저 들추어내고 정리하고 분류했으니 최근 친일문학에 대한 연구 성과들은 정말로 값지다 아니할 수 없다. 물론 오랫동안 묻어두었던 아비의 수치를, 또는 수치스러운 아비의 모습을 실제로 확인하니 그 아비를 부정하고 자신을 업둥이로 상상하고 싶은 충동도 있었으리라. 그런 까닭에 자신을 민족정기라는 상상의 왕국의 왕자로 위치시켜놓고 저 수치스러운 아비를 마음껏 비난하고 부정할 수 있었으리라.

---

8) 김윤식, 『한일문학의 관련양상』, 일지사, 1974, 112쪽.

9) 사에구사 도시카쓰, 『사에구사 교수의 한국문학연구』, 심원섭 옮김, 베틀북, 2000, 572쪽.

하지만 그 수치스러운 아비가 바로 우리의 아비라는 것이다. 아니, 민족정기라는 상상의 왕국의 왕자로만 자신을 상상하지 않으면 아비는 처음부터 끝까지 수치스러운 아비일 수 없다. 오히려 우리가 수치스럽게 여겼던 아비에게는 또다른 아비들에서는 볼 수 없는 빛과 그늘, 오욕과 영광들이 뒤섞여 있거니와, 그것이야말로 지금의 아들들이 충분히 연구하고 계승해야 할 바이기도 하다.

하여간, 이제야 우리는 빛과 그늘 모두에 대한 총체적인 검토도 없이 정전의 자리에 올라선 작가들을 끌어내리고 처음부터 다시 본격적으로 정전화 작업을 할 수 있는 지점에 서게 되었다.

(2006)

다언어공동체와 연인들의 공동체
— 한국계 미국 작가 소설 속의 한국인의 정체성

1. '지나간 미래' : 한국계 미국 작가 소설의 위상학

먼저 이 글의 한계부터 밝혀야겠다. 이 논문이 분석하고자 하는 대상은, 부제에서 알 수 있듯, 한국계 미국 작가의 소설들이다. 우리가 쉽게 예상할 수 있듯 한국계 미국 작가의 소설들은 그야말로 중층적인 컨텍스트 속에 놓여 있다. 무엇보다 그들의 소설은 영어로, 그것도 미국식 영어로 씌어진 소설이다. 엄격하게 말하자면 한국소설이 아닌 미국소설인 것이다. 그러므로 그들의 소설은 영어로 씌어진 소설의 전통과 역사 속에서, 또는 미국소설사라는 맥락에서 우선 파악되어야 할 것이며, 예컨대 그것은 다음과 같은 방식이어야 할 터이다.

그런데 보자. 카프카의 창작을 가능하게 한 것은 프라하에서의 독일어의 상황, 체코어 또는 이디시어(동부 유럽의 유태인이 쓰는 독일어와 히브리어의 혼합어)가 뒤섞인 척박한 언어로서의 독일어의 상황이었다. 그게 그랬다.(어떤 상태에 대해 카프카가 즐겨 사용하던 문투는 "그게 그랬다. 그게 그랬다"였다.) (……) 카프카는 체코어를 통한 재영토화를 꾀하지 않는다. 카프카의 몽상적·상징적, 또는 히브리인들의 신화적 용법에 치중하는 프라하 학파처럼 독일어의 지나친 문화적 용법을 지향하지도 않는다. 카프카는 이디시어의 구어적·대중적 용법에 경사되지도 않는다. 카프카는 이디시어가 보여주는 길을 전혀 새로운 각도에서 포착해서 독특하고 외로운 글이 되게 한다. 프라하의 독일어는 여러 가지 이유에서 탈영토화된 언어이다. 카프카는 그가 사용하는 언어가 다수 민족이 사용하는, 또한 한때 사용했던 언어, 아니면 유일한 단 하나의 언어임을 인정하면서도, 카프카가 무엇보다 흥미롭게 생각한 것은 그것을, 즉 자기 자신의 언어를 소수 집단의 언어처럼 사용할 수 있다는 것이었다. 자신의 언어 안에 이방인처럼 존재하는 것, 그것은 카프카의 작품 「위대한 항해사」의 상황이기도 하다.[1]

들뢰즈는 카프카 문학의 위대함 중의 하나로 언어의 탈영토성을 지목한다. 즉 '자신의 언어 안에 이방인처럼 존재하기'가 카프카 문학의 위대함의 중요한 원천이었다는 것이다. 그렇다면 영어를 사용하는 한국계 미국 작가 소설들의 문제성이나 위대함을 말하기 위해서는 무엇보다 그들의 언어적 특이성, 보다 구체적으로 말하자면 그들 언어의 (탈, 재)영토성에 대해 말할 수 있어야 한다. 하지만 그것은 필자의 능력 바깥의 일이다. 해서 이 논문은 한국계 미국 작가 소설들에 산포되어 있는 가치의 중핵에 대해 충분히 말하지 못하는 근원적인 한계를 지닌다.

그것만이 아니다. 만약 그것이 불가능하다면, 적어도 한국계 미국 작가 소설들의 특이성을 말하기 위해서는 이들 소설을 아시아계 미국 작가 소설들 사이에 위치시키는 것이라도 필요한 것인지도 모른다. 하지만 이 논문은 역시 그것에 대해서도 충실하지 못하다. 현재 미국소설 내부에서 아

---

1) 들뢰즈·가타리, 『소수집단의 문학을 위하여─카프카론』, 조한경 옮김, 문학과지성사, 1992. 제3장 「소수집단의 문학이란」여기저기.

시아계 미국 작가들의 소설은 미국소설의 새로운 활력으로 크게 각광받고 있는 듯[2]하다. 그럴 만도 하다. 미국은 잘 알려져 있듯 다문화사회다. 여러 대륙, 인종, 세대, 국가, 민족, 종교를 가진 특이한 존재들이 대단히 불안정하고 불공평하게 공존하는 사회인 것이다. 그동안 소수민족이나 유색인종들은 그들의 삶이 지니고 있는 에네르기에 비해서 '망각된 존재'이거나 또는 '지배언어에 의해서 의미가 고정된 존재'였던 것이 사실이다. 하지만 최근 들어 말하지 못하는 하위주체였던 소수민족들이 하나하나 혼종된 언어체계를 가지고 그들의 은폐된 독자성을 복원하면서 미국문학 내에 새롭고도 문제적인 돌연변이들을 양산하고 있는 실정이다. 말하자면 미국내 소수집단의 언어가 미국문학의 활력을 주도하고 있다고 할 수 있으며, 이 중 특히 아시아계 미국인들의 목소리를 담은 소설의 활력은 단연 활기차다고 해도 과언이 아닐 듯하다. 미국인 일반과 구분되는 이질적인 내러티브를 살아왔던 그들은 전 지구적 자본주의의 하층부를 장식하기 위해 강제로 그곳에 끌려갔거나 아니면 전 지구적 자본주의라는 환각에 취해 누구보다도 냉정한 이윤추구의 화신으로 그곳에서 살거나 하는 경우들이다. 그곳에서 그들은 전혀 다른 지배담론에 동화되기도 하고 지배담론 바깥에 서서 고독한 존재로 히스테리컬하게 저항하기도 하고 아니면 그 지배담론을 내파하고 균열시켜 더 풍성하고 인간적인 담론체계를 만들어내기도 한다. 한마디로 아시아계 미국인들은 미국인 일반에 비추어볼 때 이질적이고 비극적이며 괴상망측한 삶을 유지하고 있으며, 때문에, 거칠게 단순화하자면, 아시아계 미국인들은 전 지구적 자본주의의 희생양이자 그것이 만들어낸 괴물이며 동시에 그것을 넘어설 수 있는 메시아의 힘으로 존재한다 할 것이다. 아시아계 미국 작가들이 미국문학의 새로운 미래로 각광받을 수 있는 것은 바로 아시아계 미국인

2) 아시아계 미국문학의 현황에 대해서는 소-링 신시아웡 외 편집, 『아시아계 미국문학의 길잡이』, 김애주 외 옮김, 한국문화사, 2003 참조.

들 자체가 지니는 이러한 구조적 잠재성 때문이다. 이런 사정을 감안한다면 한국계 미국 작가들의 소설의 특이성을 말하기 위해서는 최근 급부상하고 있는 이들 아시아계 미국 작가들과 한국계 미국 작가들의 동일성과 비동일성을 분명하게 밝혀내는 작업이 필수적일 터이다. 그래야만 보다 구체적인 특이성을 지목해낼 수 있기 때문이다. 하지만 이 논문은 한국계 미국 작가 소설들을 그러한 컨텍스트 속에 위치시키지 못한 채 씌어진다. 이 논문이 안고 있는 또 하나의 결정적 한계이며 반드시 차후 보완이 필요한 대목이기도 하다.

그리고 또 하나 이 논문이 안고 있는 치명적인 한계는 한국계 미국 작가 소설들을 보면서 그 전체를 대상으로 하지 못한다는 것이다. 이 논문은 한국계 미국 작가의 소설들 중 일부분만을 읽을 것이다. 한데 문제는 일부분만 읽는 것에 있는 것이 아니라 그것을 한국계 미국작가의 소설의 전통과 역사, 그리고 규범성 속에서 보지 못한다는 것이다. 예컨대 이 논문은 최근 한국계 미국작가의 소설들을 다루면서 이들 소설들을 그 앞에 전사로 놓여 있는(이창래 등이 그들을 자신의 살아 있는 전사로 의식했는지는 알 수 없지만) 김은국이나 차학경의 소설들과 이들 소설과의 관계성 속에서 맥락화하지 못한다. 이 역시 차일을 기할 수밖에 없다.

이렇듯 이 논문은 안타깝게도 한국계 미국 작가들의 소설을 말하는 데 있어서 결코 작다고 할 수 없는 여러 한계를 안고 있다. 그럼에도 불구하고 이 논문은 한국계 미국 작가 소설들에 대해 말하고자 한다. 이 논문은 한국계 미국 작가의 소설 속에 등장하는 한국인의 정체성 혹은 특이성에 대해서만 말할 것인데, 이 문제 역시 앞서 우리가 제기한 컨텍스트 못지 않게 중요한 의미를 내포하고 있다고 믿기 때문이다. 한국계 미국 작가의 소설들이 다 그런 것은 아니지만, 한국계 미국 작가 소설 속에 반복적으로 등장하는 인물들은 주로 한국적인 담론체계와 미국적인 지배담론이라는 두 개의 대타자(혹은 초자아) 사이에서 이중구속을 느끼며 갈등하는 존재들이다. 그리고 이들 소설은 한국(혹은 한국의 잔여물)이라는 이질적인 문화 속에서 자아(의 일부분)를 형성한 존재들이 미국의 신자유주의적이고 자본주의적인 체제 속에서 어떻게 자기를 정립해가는가에 초점을 맞춘다. 이들 작품에 나타난 바를 보자면, 어떤 인물들은 미국적인 것이라는 또 하나의 강력한 폐제와 억압 기제 속에서도 한국인으로서의 자기를 고수하기도 하고, 또 어떤 인물들은 의식적이든 무의식적으로 한국인의 흔적을 지우고 오로지 미국인으로 살아가고자 한다. 또 간혹 어떤 인물들은 두 개의 대타자를 의미 있게 병존시켜 한국인이면서 동시에 미국인으로 살아가기도 한다. 누군가는 동화되고 누군가는 저항하며 또 누군가는 전혀 새로운 삶의 형식과 리듬을 창조해낸다. 이 중 어느 길을 선택하느냐에 따라 펼쳐지는 삶의 파노라마는 극히 극단적이다. 미국의 지배 담론에 동화하는 자는 안정되고 안전한 삶을, 그것을 거부하는 자는 한국적인 것의 자족적 통일성을 위해 자폐적인 삶을 살아야 하며, 또 그 두 개의 대타자를 길항시키고자 하는 자는 그 두 영토성으로부터 거부되고 배척되는 고난과 모험의 삶을 살게 된다. 한국계 미국 작가의 소설들은 이러한 인물들 간의 갈등과 대립, 화해와 파멸의 과정 등을 통해 어떤 삶의 형식이 보다 의미 있고 가치 있는지를, 또는 진정한 삶인지를 진지하게 탐색한다. 그런데, 바로 이 점, 그러니까 한국계 미국 작가의 소설들이 집중적으로 부조해낸 이 삶의 리듬과 형식들이 문제다. 아니, 문제적이다. 다음과 같은 이유 때문이다.

한국계 미국 작가의 소설이 집중적으로 다루고 있는 그곳의 미국인-한국인들이라는 존재는, 라캉식 비유를 변용해서 표현하자면, 한국인의 미래다. 『냉소적 이성 비판』으로 잘 알려진 슬로터다이크는 M. 앨브러우의 제안을 빌어 지금 시대를 '지구시대'로 명명한다. "지구화 시대, 우리의 용어로 말하면 '지리적인 지구화' 시대는 완결된 것으로 간주되어야 하며, 정규 역사에 뒤이어 전개되는 불특정한 기간 동안의 추가 시간의 시대로 이행했다"[3]는 것이다. 이제 지구화란 진행형이 아니고 완결형이라는 이 말에 동의한다면, 이제 이곳이 미국이라는 이 시대의 중심부와 밀접한 관계를 넘어 밀착된 관계를 갖게 될 것임은 쉽게 예견할 수 있다. 그렇게 되면 이제 이곳에서 그나마 미국과 관계를 맺으면서도 차별성을 유지할 수 있었던 우리는 미국을 구성하는 담론체계와 보다 직접적으로 혹은 보다 폭력적으로 만나게 될 수밖에 없을 터이다. 물론 낯선 이방(인) 속에 둘러싸인다는 것이 곧 우리가 불행해진다는 것을 의미하지는 않는다. 이방인이란 긍정적이든 부정적이든 대부분 기존의 관습, 기존의 관념을 초과하는 '도착적인 수행적 행위'로 작동하거니와 이는 현재를 단절시키는 사건을 불러일으킬 수 있기 때문[4]이다. 하지만 그 낯선 이방(인)들이 우리의 특이성이나 고유성을 무화시킬 정도로 강력한 제국주의적 속성을 지니고 있다면 사정은 달라진다. 만약 그럼에도 불구하고 타자라는 이유만으로 이 타자를 환대할 경우 그것은 현재의 우리를 보다 고차의 우리로 끌어올리는 것이 아니라 우리 스스로를 '로봇'으로 전락시킬 위험성이 농후하다. 이때 여러 계기들에 의해 이곳에 정주하는 존재들보다 먼저 미국이라는 거대한 중심을 만난 한국인-미국인들의 실존 형식은 우리의 흥미를 끌기에 충분하다. 아니, 흥미의 차원이 되어서는 안된다. 이곳에서 저곳으로 옮겨간 유이민들이 미국이라는 거대한 중심을 만나면서 발생한 그 다양한 파노라마들은 이 지구시대에 우리가 어떤 윤리적 정언명령을 좇아 살아야 하는지에 대한 유효한 참고자료이다. 우리에게는 우리의 생존과 자존이 달린 거울 형상이라고나 할까. 그러므로 한국계 미국 작가의 소설 속에 그려진 한국인-미국인들의 다양한 변종들을 살펴보는

---

3) 페터 슬로터다이크, 『세계의 밀착-지구시대에 대한 철학적 성찰』, 한정선 편집/정대성 외 옮김, 철학과현실사, 2007, 15쪽.

4) 낯선 이방인이 자기 동일적인 사회에 틈입해서 벌어지는 여러 양상에 대해서는 자크 데리다, 『환대에 대하여』, 남수인 옮김, 동문선, 2004 참조.

일은, 비록 그들 소설이 놓인 풍부하고 다양한 맥락을 거칠게 단순화하는 것임에 틀림없다 하더라도, 그렇다고 전혀 의미가 없다고 할 수는 없을 것이다. 아니, 어떤 점에서는, 이 지구시대에 이곳의 우리는 과연 어떻게 사는지 또 어떻게 살아야 하는지를 조망하고 전망할 수 있는 중차대한 문제라 할 수도 있다.

한국계 미국 작가의 소설들에서 얻을 수 있는 지혜는 그뿐만이 아니다. 한국계 미국 작가들의 소설 속에 그려진 한국인-미국인들은 어떤 점에서 아렌트가 말하는 '국가 없는 자'이기도 하고, 또 아감벤이 말하는 '벌거벗은 삶' 그러니까 호모 사케르에 비견할 수 있는 존재들[5]이다. 한국계 미국 작가들의 소설 속에 등장하는 한국인-미국인들 중 상당수는 '적법하지 않은 거주자'들이며 그렇기 때문에 자유를 박탈 당하고 있을 뿐만 아니라 자유를 위한 투쟁의 가능성에서도 배제된 존재들이다. 설령 적법한 거주자가 된다고 하더라도 그 적법성은 한국인-미국인으로서의 착종되고 기괴한 정체성을 포기하고 오로지 미국이라는 질서에 동화된 경우에만 주어지며, 그렇게 적법한 거주자가 된다고 하더라도 얼굴만 한국인인 미국인에게 여전히 계보적, 종교적, 인종적, 국가적 정체성 확인의 절차가 따라다닌다. 그래서 이들은 한국인이라는 자신의 역사의 한 부분을 떼어내 버리는 결단을 내렸음에도 불구하고 끊임없이 원래부터 미국인인지, 동화되었거나 동화시킬 수 있는 외국인인지, 동화된 듯하지만 실제로는 동화된 존재인지에 대한 감시와 통제의 시선을 감당해야만 한다. 이렇듯 한국계 미국작가의 소설들은 알랭 바디우가 현대인들의 삶을 왜곡하는 요

5) 근대인을 순종하는 신체로 전락시키는 기제로 호모 사케르적 예외집단을 설정한 논의로는 조르조 아감벤, 『호모 사케르』, 박진우 옮김, 새물결, 2008 참조. 또 미국 내 소수민족을 '호모 사케르'로 규정한 논의로는 주디스 버틀러·가야트리 스피박의 대담, 『누가 민족국가를 노래하는가』, 주해연 옮김, 산책자, 2008 참조. 그리고 국내의 외국인을 호모 사케르로 규정한 논의로는 김재희, 「외국인, 새로운 정치적 대상」, 『세계의 문학』 2008년 가을호 및 서동욱, 「사도 바울, 메시아, 외국인」, 『세계의 문학』 2008년 가을호 참조.

소로 지목한 세계화된 자본의 논리와 국가적, 계보적, 인종적, 종교적 정체성이라는 광신 사이의 혐오스러운 공모 관계 속에서 힘겹게 살아간다.[6] 그러니 많은 경우 한국인-미국인들은 미국사회의 중심부가 강요하는 정체성의 요구를 견디지 못하고 오히려 미국사회 바깥의 한인집단에게서 안정적인 귀속감과 감정적인 유대감 혹은 통일성을 느낀다. 한데 이 한인집단은 미국이라는 중심 논리 바깥에 있으므로 당연히 국가 권력에 의해 정치체 밖으로 떠밀려나와 그 사회의 예외집단(혹은 예외 상태)이 되고 급기야 '벌거벗은 삶', 그러니까 '사람들이 범죄자로 판정한 자' 혹은 '살해할 수는 없지만 희생물로는 바쳐질 수 없는 생명'인 호모 사케르(Homo sacer)가 된다. 다시 말해 이질성을 고수하려는 한국인-미국인들은 그 이질성 때문에 정치공동체 밖으로 내던져져서 아무런 보호도 받지 못한 채 국가권력에 노출되고 그저 '목숨뿐인 삶(mere life ; 벤야민의 용어)'을 이어간다. 이들 한국인-미국인들이 이 호모 사케르에서 벗어나고자 몸부림치는 것은 당연할 터이다. 하지만 그 몸부림의 끝이 다 같은 것은 아니다. 어떻게 몸부림치느냐에 따라 몇몇은 여전히 '벌거벗은 삶'을 악무한적으로 반복하고 또 몇몇은 여러 소수민족 '벌거벗은 삶'으로 전락시키는 국가 권력에 동화되는 것으로 그 예외 상태에서 불안정하게나마 벗어난다. 또 몇몇은 이 '벌거벗은 삶'으로부터 진정한 의미의 탈주가능성을 찾아내기도 한다. 지금 우리의 시점에서 이들의 다양한 차원에서 수행된 몸부림이 매우 긴요함은 물론이다. 아감벤의 말처럼 근대라는 생체정치가, 아우슈비츠 수용소에서 볼 수 있듯 특정 집단을 정치체 밖의 예외집단으로 만들고 배제를 통해서만 포함시키는 방식으로, 주체들을 순종하는 신체로 통제한다고 한다면 사실 "우리 모두가 잠재적인 호모 사케르들"[7]이기 때

---

6) 알랭 바디우, 『사도 바울』, 현성환 옮김, 새물결, 2008, 1장 참조.

7) 조르조 아감벤, 같은 책, 232쪽.

문이다. 그러므로 한국계 미국 작가들의 소설의 한국인-미국인들이 어떨 때 근대의 생체정치에 동화되거나 또는 저항하며, 또 때로는 어떤 삶의 원리 때문에 근대의 생체정치로부터 벗어나 새로운 사유 방식이나 제도를 발명하기에 이르는지 살펴보는 일은 중요하지 않을 수 없다. 이것 역시 우리의 미래에 해당하는 한국계 미국 작가들의 소설에서 발견할 수 있는 진리 내용 중 매우 소중한 또 하나의 발명품이다.

그렇다면, 이제 한국계 미국 작가의 소설들을 통해서 지금 이곳의 '지나간 미래'를 살펴볼 차례이다. 또한 그를 통해 우리에게 요구되는 윤리적 내용의 세목들을 작성해볼 순서이다.

2. 호모 사케르적 통제 사회와 다언어공동체의 발명: 이창래의 『네이티브 스피커』

여기 이창래의 『네이티브 스피커』(1995)[8]가 있다. 『네이티브 스피커』는 한국계 미국 작가의 소설들의 역사에서 보자면 분명 획시기적인 측면이 있다. 이미 눈 밝은 한 연구자가 날카롭게 지적[9]했듯, 『네이티브 스피커』는 한국계 미국 작가의 소설들이 오랫동안 고수해왔던 자서전적 형식과 전혀 차별되는 형식을 발명하고 도입함으로써 기존의 한국계 미국 작가 소설들의 고착된 형식을 균열시킨 소설이다. 『네이티브 스피커』의 전혀 새로운 형식의 외삽이라는 혁신성은 물론 작가 이창래의 개인적인 재능이 큰 몫을 담당한 것이겠지만 세대적 성격 또한 깊숙하게 개입되어 있다고 볼 수 있다. 이창래 이전의 한국계 미국 작가들이 주로 미국이 아닌

---

8) 『네이티브 스피커』의 텍스트는 원서가 아니라 현준만의 번역본으로 읽고 인용했다. 이창래, 『네이티브 스피커 1, 2』, 현준만 옮김, 미래사, 1995. 앞으로 작품을 인용할 경우 권수와 쪽수만 밝힘.
9) 한국계 미국 작가 소설의 역사에서 『네이티브 스피커』가 지니는 형식적 혁신성에 대해서는 유희석, 「한국계 미국 작가들의 현주소」, 『창작과비평』 2002년 여름호 참조.

곳에서 태어나고 성장했으며 그런 과정에서 타자와 외상적으로 마주쳐 결국은 타자의 성적이고 수수께끼 같은 메시지에 맨몸으로 노출된 경우라면, 그러니까 미국으로 오기 전 한국의 역사적 과정 속에서 자신의 연대기를 구축한 세대라면, 그래서 미국에 이주하기 이전의 '목숨뿐인 삶'을 서술할 수밖에 없었다면, 이창래는 이런 세대와는 구분될 수밖에 없는 자리에 있다. 어린 나이에 미국으로 이주하여 미국 바로 그곳에서 극심한 성장통과 혹독한 통과의례를 치러야 했던 이창래는 앞선 세대의 한국계 미국 작가들과는 달리 미국 이주 이후의 생활이 '목숨뿐인 삶'이었던 것이다. 이로 인해 이창래는 앞선 한국계 미국 작가의 소설들과 달리 미국에서 한국인-미국인으로서 산다는 것이 초래하는 공포와 전율을 집중적으로 그려낸다. 아니, 바로 그 장면에 집중할 수밖에 없다고 해야 하리라. 당연히 이창래에게 미국이 아닌 저곳에서의 역사와 기억은 더이상 지속적이거나 직접적이지 않으며 간헐적이면서 불연속적이다. 물론 간헐적이라고 해서 한국적인 것이 이창래에게 강렬하지 않다는 것은 아니다. 한국에서 경험했던 '목숨뿐인 삶'을 저주하면서도 향수하는 부모가 그의 개체발생적인 오이디푸스적 성장을 결정짓기 때문이다. 한국인이어야 하고 또 그렇다고 오로지 한국인이어서는 안되는 이율배반적인 오이디푸스기를 통과한 이창래 세대는 그러나 그러한 한국적인 문화가 오히려 싸늘하게 부정되는 계통발생적인 성장 과정을 경과해야만 했다. 미국의 지배질서에 따르면 한국적인 것이란 저열한 것이고 기이한 예외 상태이다. 어떤 측면에서 한인 집단은, 희생양은 불가능하지만 살인은 가능한 호모 사케르들이다. 즉 예외적인 집단이자 '벌거벗은 삶'들인 것이다. 부모들의 이해하기 힘든 집착과 간섭 속에서, 그리고 한인 집단에 대한 이러한 노골적이고 악의적인 부정 앞에서 이창래 세대는 매 순간 정체성의 분열과 재통합의 순간을 거쳐야 했을 것이다. 그런 터이므로 이창래 세대가 한국에서의 역사와 기억으로부터 멀어지는 것은 오히려 당연하며, 대신 미국의 지배질서와 한국 역사의 잔여물 사이에서 갈등하고 길항하는 한국인-미국인의 삶에 초점을 맞추는 것 역시 당연하다.

『네이티브 스피커』의 주인공은, 작가 이창래의 세대적 특이성을 반영하듯, 미국의 지배질서와 한국 역사의 잔여물 사이에서 매 순간 정체성의 분열을 경험하는, 그러므로 동시에 매 순간 악무한처럼 자기의 정체성을 새롭게 정립해야 하는 한국인-미국인인 헨리박(Henry Park, 한국명 박병호)이다. 『네이티브 스피커』는 이 헨리박이 낮은 차원의 인물에서 보다 고차의 인물로 각성해가는 의식의 성장 과정을 중핵으로 해서 한국인-미국인들이 미국이란 제국의 중심에서 경험하는 동화와 저항, 동일성과 비동일성, 좌절과 성공, 자기혐오(자기기만)와 자기애, 생에 대한 처절한 비관과 메시아적 힘의 발견이라는 다양한 파노라마를 서사화한다. 하지만 주인공이 보다 고차의 의식으로 도약하는 과정은 하나의 단일한 서사에 의해 진행되지 않는다. 여러 겹의 중층적인 서사[10]들이 서로 얽히고설키면서 수시로 과거와 현재를 넘나드는 구조를 지니고 있으며, 그러한 서사적 지체와 비약을 반복한 끝에 소설은 대단원의 막을 내린다.

헨리박의 의식 성장 과정이라는 큰 서사를 안받침하고 있는 『네이티브 스피커』의 작은 서사는 크게 세 가지이다. 하나는 헨리박이 처음에는 일 때문에 만났다가 나중에는 욕망의 매개자가 되는 존쾅과 외상적으로 조우하고 헤어지는 일련의 사건들이고, 다른 하나는 아내와의 이별과 재결합 과정이다. 이것들이 헨리박이 현재에서 미래를 향해가는 서사라면 『네이티브 스피커』에는 이것과는 성격이 다른 또하나의 서사가 작동한다. 바로 헨리박이 현재에 이르기까지의 과정, 그러니까 헨리박의 성장기이다. 이렇게 『네이티브 스피커』는 헨리박이 일을 통해 존쾅을 만나고 헤어지는 동안 그리고 아내와 갈라섰다고 다시 합치는 동안 헨리박의 성장기가

---

10) 『네이티브 스피커』의 중층적인 서사에 대해서는 김미영, 「혼성적 사회에의 서사적 대응」, 『국어국문학』 143, 2006년 9월 참조.

회고되는 방식으로 구성되어 있다.

　이러한 구조를 지니고 있으므로 『네이티브 스피커』의 헨리박이 어떤 인물에서 어떤 인물로 발전하는가를 살피기 위해서는, 그러니까 이 헨리박을 통해 『네이티브 스피커』가 말하고자 하는 바를 읽어내기 위해서는, 먼저 『네이티브 스피커』 속에 흩어져 있는 헨리박의 성장기를 해체적으로 재구성할 필요가 있다. 헨리박은 한국에 대한 어떤 집착도 없을 시기에 아버지를 따라 미국으로 이주한 인물이다. 이러한 갑작스러운 탈향만 해도 타자와의 외상적 조우라 할 만한 큰 사건인데, 헨리박을 결정적으로 상징질서에 순응하지 못하게 자꾸 상징질서 바깥으로 이끄는 인물은 다름 아닌 헨리박의 아버지이다. 한국에서는 누구보다 안정된 삶이 보장된 엘리트였음에도 불구하고 한국사회 전체의 가난과 후진성을 견딜 수 없어 가족을 데리고 자신의 고향을 등지는 결단을 내린 헨리박의 아버지는 그러나 헨리박의 입장에서 보자면 문제투성이의 삶을 산다. 헨리박 아버지의 이주는 정치적, 정신적 망명이라기보다는 물질적인 풍요가 보장될 것이라는 전 지구적 자본주의의 중심부에 대한 맹목적인 선망과 기회의 땅에 대한 동경에 의해 이루어진 것이다. 헨리박의 아버지에게 미국사회 특유의 오리엔탈리즘적 오만과 편견 따위는 그의 실존을 위협하는 어떠한 기제도 아니다. 그의 실존을 위협하는 것은 오히려 이 기회의 땅에서 저 한국에서와 같이 가난 속에서 사는 것이다. 하여 헨리박의 아버지는 전 지구적 자본주의라는 대타자의 시선에 예속되는 정도가 아니라 그것의 충직한 노예 혹은 대리인으로 살아간다. 뿐만 아니다. 헨리박의 아버지는 자수성가한 사람들이 대부분 그러하듯 그의 실존 형식을 절대화하여 자신의 실존 형식을 모범적인 사례로 맹신하고 있을 뿐만 아니라 그것을 헨리박에게 혹독하게 강요한다. 하지만 헨리박은 이러한 '초월적이고자 하는 아버지'에게 위선만을 발견한다. 헨리박에게 아버지란 이율배반적인 존재이다. 헨리박에게 아버지는 한국을 끊임없이 혐오하고 저주하면서도 한국인들과의 게토적인 공동체의 풍습을 떨쳐내지 못할 뿐만 아니라 그것에 대해 이해할 수 없는 애착과 자존감을 지니고 있는 존재이다. 또한 한인 집단에 대한 백인들의 호모 사케르적 시선에 대해 전율하고 분노하면서도 더 열등한 인종집단에게는 더 싸늘하게 호모 사케르적 시선을 보내는 인물이기도 하다. 예컨대 "흑인들과 함께 있을 때면 아버지는 돌로 변했다"(2권, 24쪽)라거나 "아버지에게 검은 얼굴은 불편이나 말썽, 또는 죽음의 위협을 뜻했다"(2권, 25쪽)라는 가치관을 가진 인물인 것이다. 헨리박 아버지의 이러한 이율배반은 한인이기 때문에 고통받는 헨리박의 입장에서 보자면 더욱 이해할 수 없는 것이다. 급기야 아버지에 대한 헨리박의 거부감은 극에 달하며 아버지와 전혀 다른 삶을 꿈꾸게 된다. 이러던 중 헨리박을 결정적으로 아버지의 삶과 단절시키는 사건이 발생한다. 헨리박의 아들이 어른들의 호모 사케르적 시선이 그대로 반영된 장난에 의해 죽게 된 것. 호모 사케르적 시선은 하위집단 내부에 또다른 호모 사케르적 시선을 낳는다. 하위집단으로 떠밀린 존재들은 많은 경우 다른 집단에 대한 불신과 폄훼를 통해 전도된 방식으로 자신들의 존재감을 유지하기 때문이다. 그래서 호모 사케르적 시선은 하위집단으로 내려갈수록 확대 재생산될 뿐더러 더욱 잔혹해진다. 그렇게 헨리박의 아들은 호모 사케르적 시선과 물리적 힘이 결합되면서 허무하게 죽어간다. 여기서 헨리박을 더욱 허무하게 만드는 것은 헨리박의 아들이 단지 특이한 인종과 집단이라는 이유만으로 호모 사케르가 된 까닭에 살해는 되지만 희생양은 되지 못한다는 점이다. 헨리박의 아들은 그렇게 비극적으로 죽었건만 비인간적인 질서의 희생양으로 정신적으로 다시 살아나 살아남은 자들의 죄를 대신 씻는 신성함을 부여받지 못한다. 그저 (장난처럼) 살해당한다. 이러한 아들의 죽음 뒤에 헨리박은 한 어린 생명을 허무하게 죽이고도 태연한 호모 사케르적 시선에 의해 구성되는 사회를 넘어서려 하기보다는 호모 사케르적 시선을 더욱 폭력적으로 재생산하는 하위집단과 결별하고 호모 사케르적 통제의 필요성을 누구보다도 강하게 믿는 존재가 된다. 말하자면 헨리박은 미국사회에 무슨 저주처럼 존재하는 호모 사케르적 통제 바깥으로 나가는 대신 미국사회 내의 예외 상태로 규정된 하위집단들의 삶을 차갑게 응시하고 더욱더 강력한 통제가 이루어질 수 있도록 행동하는 인물이 된다.

그렇게 해서 헨리박은 호모 사케르적 시선을 적극적으로 행동으로 옮기는 사설 탐정 사무소의 조사관이 된다. 헨리박은 '벌거벗은 삶'을 영위하는 예외 상태의 집단을 만들어놓고 그것을 통해 사회구성원 전부를 순종하는 신체로 조종하는 생체정치의 어두운 그늘의 역능을 담당한다. 헨리박은 미국 내 정치체제 밖에 예외 상태로 떠밀려간 소수민족의 정치 지도자들을 뒷조사하여 결국 호모 사케르의 상태에서 벗어나려는 그들의 목숨 건 운동들을 좌초시키는 일을 한다. 헨리박 스스로는 끊임없이 부정하고 있지만 "조국을 위해 고귀한 일을 하기는 쉽다. 심지어 목숨을 바칠 수도 있다. 하지만 진정한 영웅은 나라를 위해 필요한 더러운 일을 하는 사람이다. 조국을 위하여 죽이고 고문하고, 스스로 악의 짐을 지는 사람이다!"라는 독일 친위대 대장인 힘러식 인식, 그러니까 진실하고 선하게 사는 것은 지루하며 유일하게 진정한 도전은 '악'의 도전이라는 인식체계[11]를 가지고 있는 인물인 셈이다. 그렇게 헨리박은 "악의 짐을 지"고 소수민족의 인권 운동을 탄압하는 일에 복무한다. 탄압할 수 있도록 뒷조사, 그러니까 '더러운 일'을 한다. 하지만 헨리박은 이런 일에 흔들림이 없는 상태다. 하위집단에서 재생산된 호모 사케르적 시선과 그것에 대한 저항이 불러오는 폭력성이 역사에 있어서 더욱 치명적이라고 생각하기 때문이다. 결국 헨리박은 그의 아내에 의해 "당신은 비밀스런 사람/ 인생에는 B+/ 바그너

---

11) 힘러의 이러한 구호와 그것이 가지는 의미에 대해서는 슬라보예 지젝·블라디미르 일리치 레닌, 『지젝이 만난 레닌』, 정영목 옮김, 교양인, 2008, 305쪽 참조.

와 슈트라우스를 흥얼거리는 사람/ 불법 체류자/ 정서적 이방인/ 풍속화 수집광/ 황색의 위험; 신 아메리카인/ 침실에서는 대단한 사람/ 과대평가 된 사람/ 부친 콤플렉스가 있는 사람/ 센티멘탈리스트/ 반(反) 낭만주의 자/ __ 분석가(자기가 빈 칸을 채워요)/ 이방인/ 추종자/ 반역자/ 스파이" (1권, 13~14쪽)로 규정된다. 바로 여기가 헨리박이 처음 서 있던 지점이다.

한데 이렇게 충실한 대타자의 실천자에게 어느 날 우연히 그의 동어반복적인 삶을 균열시키는 사건이 발생한다. 사건은 두 가지이다. 하나는 아내 릴리아의 결별 선언. 릴리아는 헨리박에게 앞서와 같은 편지를 남기며 떠나는 바, 헨리박은 "한사코 그 생각을 부인하고 싶"(1권, 14쪽)어하지만 그렇게 되지 않는다. 한사코 외면했던 자신의 실재를 적은 편지와 그 실재 때문에 떠나간 릴리아와의 결별은 헨리박의 미국의 지배담론에 동화된 삶을 뿌리째 뒤흔들기에 충분하다.

결코 의심하지 않았던 상징적 동일성을 의심하게 하고 결국에는 헨리박을 히스테릭한 존재로 진화하게 만드는 또 하나의 사건은 대타자의 질서를 훼손하는 소수집단과의 조우이다. 그간 헨리박은 자신의 노동이 어떤 결과를 가져오는지에 무관심하려 애쓰는 것으로 되어 있다. 아니, 모른 척하며 자기를 지켜온 인물이다. 자신의 노동이 사회의 전체 맥락에서 차지하는 역능에 대해 스스로 외면하며 그것을 전체와 절연시켜놓고는 그 부분적인 일에 놀라울 정도로 몰두한다. 한데, 이 단순한 반복에 균열이 생긴다. 헨리박이 조사하게 된 대상이 공교롭게도 그가 애써 절연하고자 했던 한국인-미국인의 집단을 대표하고 대변하는 인물이다. 헨리박은 평소처럼 대상과 차가운 거리를 유지하지 못한다. 아니, 유지하려 하면 할수록 실재적 동일시는 더욱더 가속화된다. 헨리박은 존쾅의 뒷조사를 위해 존쾅과 관계하면서 이율배반적일 수밖에 없었던 아버지를 보고, 예외 상태로 사회체제 밖으로 떠밀려간 한인집단의 고통과 염원, 그리고 잠재적 가능성을 보고, 한인집단을 위시한 소수민족 집단을 끊임없이 호모 사케르적인 존재로 전락시키면서 자기동일성을 유지하는 미국 지배질서의 엄혹함을 발견한다.

거리 풍경이 변하고 있다는 건 누구나 알 수 있어. 그래도 정책들은, 특히 소수민족 정책들은 우리를 거의 인정하지 않는 선상에 머물겠지. 오래된 관행이야. 여전히 사람들은 자기네가 원한다고 생각하는 쪽에다 표를 던질 게야. 사람들은 자기네 자식 세대에게 필요한 것을 요구하고 그 쪽에다 표를 던지기보다는 가버린 시대의 영광에 매달리고 있어. 그들은 아직도 시민권 열풍의 노을 속에서 살고 있다네. 노을에는 어느 정도 빛은 있지만 열기는 거의 없는 법이지. 내가 아프리카계 미국인들의 지지를 받지 못한다고 해도 소수민족 정치인일까? 요즘 다수민족이 누군가? 악마나 성자가 아닌 수많은 어중이떠중이들이 세상을 지배한다는 게 두렵네. 나도 그 어중이떠중이 중의 하나지. 요즘은 내가 억압받는 자들의 적이라는 느낌이 들어. 자네는 자네가 살아온 세월을 긍정적으로 받아들이고 있는 것 같아. 순한 얼굴을 하고 있지. 세상에는 악인이 되거나 배반자가 되는 길 말고도 진실을 말할 수 있는 방법이 있는 법이지

—2권, 41~42쪽

존쾅은 이렇게 미국 전체가 다문화 사회, 혼종 사회로 변화하고 있음에도 불구하고 미국의 지배담론 혹은 정치 영역은 전혀 변화하고 있지 않음을 비판한다. 실재에 맞게 변화하기는커녕 소수민족은 호모 사케르적 존재로 정치체계 바깥에 떠밀려 있으며, 이렇게 떠밀린 소수민족끼리 백인이 남겨놓은 최소한의 자리를 두고 그야말로 혈투를 벌이고 있다고 진단한다. 존쾅은 소수민족이 혈투가 아니라 유대를 나누고 서로 다른 역사를 지닌 집단끼리의 환대를 하는 공동체를 꿈꾼다. 이러한 존쾅에게서 헨리

박은 자신의 자기기만과 허위의식을 발견하고 동시에 자신이 너무 일찍 포기한 꿈을 되찾는다. 그리고 헨리박은 직업윤리도 잊은 채 이 외설스럽고 무시무시한 초민족적, 초인종적 지도자에게 감정이입을 하기 시작한다. 그러더니 급기야 욕망의 매개자로 삼는다. 그러면서 헨리박은 그토록 오랫동안 유지해왔던 미국 지배담론과의 상징적 동일시 상태에서 벗어나 흔쾌한 카오스의 상태에 빠져든다. 그렇게 헨리박은 질서/무질서, 오리엔탈리즘/옥시덴탈리즘, 미국/한국, 동양/서양, 동일성/비동일성, 주체성/타자성의 경계에 놓이게 된다. 이런 경계에서 헨리박은 욕망의 매개자를 뒤따르겠다고 조심스럽게 결심한다.

하지만 헨리박의 이 뒤늦은 결심에 장애요인이 발생한다. 뜻밖의 사건이 발생한 것이다. 이후 헨리박은 존쾅의 처절한 타락과 몰락을 목격하는 처지가 된다. 호모 사케르적인 예외 상태를 통해 모든 구성원들을 순종하는 신체로 통제하는 미국식 생체정치에 맞서 소수민족의 '권리를 향한 권리' 혹은 '자유를 향한 권리'를 주장하던 존쾅은 정적과의 대결에서 점점 열세에 몰리거니와, 그것이 정적의 음모와 존쾅이 가장 신뢰하던 한 소수민족의 학생의 배신 탓이라는 것을 알게 된다. 그 순간 존쾅은 걷잡을 수 없는 분노에 휩싸인다. 이 분노는 존쾅을 순식간에 타락시킨다. 존쾅 역시 정적과 같은 방식으로 자신을 지키고자 한다. 존쾅은 자신이 그토록 거부하고자 했던 호모 사케르적 생체정치를 모방한 정치를 행한다. 자신을 배신한 학생을 말 그대로 제거한 것. 하지만 존쾅은 자신의 정적처럼 냉정하게 대처하지 못한다. 자신의 정치적 목표를 위해 목적 잃은 합목적적 행동을 했으며 그 과정에서 인간을 목적이 아닌 기호로 읽어버렸다는 것을 자책하기 시작한다. 하지만 존쾅의 몰락은 이런 타락 때문에 이루어지지 않는다. 헨리박은 존쾅의 타락을 존쾅에게 들어 알게 되지만 존쾅의 자책과 자멸을 보고 눈감아준다. 그러나 그럼에도 불구하고 존쾅은 몰락하는데 존쾅이 한국적 전통에서 아이디어를 얻어 설립한 인종, 국가, 민즉, 정파를 초월한 초인종적 풀뿌리식 연합체인 계[12]가 '적법하지 않은 정치행위'로 전도되고 결과적으로는 그 비합법적인 정치행위로 인해 한순간에 정치적으로 몰락해버린다. 이 순간 당연히 헨리박은 다시 예전의 삶으로의 복귀냐 아니면 그럼에도 존쾅의 욕망을 계승하느냐의 고민에 빠진다. 하지만 한번 경계에 섰다는 것은, 그러니까 기존의 상징적 동일성에 의문과 의심을 갖는다는 것은 그 결과에 상관없이 곧 진화한다는 것을 의미한다. 이전의 질서로부터 빠져나온 자이므로 헨리박이 그 모순투성이의 이전의 질서로 돌아가는 것은 이미 불가능한 것이다. 결국 헨리박은 존쾅의 욕망의 계승자가 되기로 하고 '미국에서 배운 전부'를 돌려주기로 하는 것은 물론 더욱 곤란에 빠진 존쾅의 방패막이 역할을 하기도 한다.

아버지와 마찬가지로 나 역시 나 자신을 비롯해 착취당할 수 있는 다른 사람들을 착취해왔다는 것이 이민자로서의 나의 추한 실상이다. 이것은 영원히 내가 져야 할 짐이다. 그러나 나와 같은 종류의 사람들에게는 또다른 차원이 있다. 우리는 액센트와 어휘의 모든 것을 배워야 했고, 고상한 것이든 천한 것이든 상대방이 가지고 있는 최후의 자존심과 관행을 벗겨버리지 않으면 안 되었다. 우리의 귀와 입으로부터 안전하게 지킬 수 있는 것은 아무것도 없다. 이것이 우리의 역사였다. 우리는 가장 위험하면서도 가까운 형제요, 격렬하면서도 동시에 서글픈 친구 사이였다. 왜냐하면 이런 서정적인 가락을 나에게 붙여줄 수 있는 것은 오직 그들뿐이기 때문에. 이제 나는 그것을 돌려준다. 내가 감히 키우고자 했던 유일한 재능. 내가 미국에서 배운 전부를.

—2권, 222쪽

---

12) 유희석, 같은 글, 277쪽.

사람들이 그의 어깨와 머리채를 잡고 있었다. 붕대가 그의 머리에서 떨어져나갔다. 모든 사람들이 다 고함을 지르고 있었다. 백여 개의 입들이 그를 향해 소리를 지르고 있었던 것이다.

나는 그가 있는 데로 가서 사람들을 주먹으로 쳤다. 고함을 지르고 소리를 내는 모든 것을 쳤다. 그의 얼굴만 빼고. 그러나 주먹을 휘두를 때마다 나에게도 주먹이 떨어졌다. 귓부리, 목, 뒷통수에. 나는 기꺼이 맞았다. 그 순간 나는 뒤로 넘어졌는데, 그가 나를 얼핏 보고는 누군지 알아보았다. 그는 다친 아이처럼 웅크리고 있었다. 그 넓적한 이민자의 얼굴을 내 몸에 숨긴 채.

—2권, 256쪽

주인공 헨리박이 존쾅의 욕망을 계승하고 그의 보호벽이 된다고 해서 헨리박의 이 결단이 추상적이라든가 모호하다든가 의심할 필요는 없다.[13] 『네이티브 스피커』의 마지막에 이르면 비록 명시적으로 선언되고 있지는 않지만 주인공 헨리박은 존쾅의 득의의 부분뿐만 아니라 그의 치욕과 타락도 같이 계승한다. 계승하고 승화시킨다. 헨리박은 존쾅을 타락으로 이끈, 정치에의 넘치는 욕망을 잊지 않는다. 해서 헨리박은 소수민족끼리 마주보는 공동체를 건설하겠다는 존쾅의 정치적 목표는 유지하되 그것을 권력의 획득을 통해 한순간에 이루겠다는, 그러니까 사회구성원 대부분을 또다른 측면에서 폐제시키거나 또다른 방식으로 순종하는 신체로 길들이겠다는 방법론을 폐기처분한다. 대신 그는 진정한 대화의 공동체를 건설하고자 하고 그를 위해 인내의 윤리를 구현하고자 한다.

그것은 실제로 가족처럼 하루종일을 매달려 씨름해야 하는 일종의 '외국

---

13) 존쾅이라는 인물의 추상성을 들어 『네이티브 스피커』의 문제성에 심각한 의문을 제기한 논문으로는 유희석, 같은 논문 참조.

인을 위한 영어 교육'이었다. 우리는 할 수 있는 한 최선을 다했다. 처음 30분 정도는 아이들을 파악하고 그들이 어떤 말을 사용하는지 확인하는 걸로 지나갔다. 우리는 아이 하나하나에게 자신의 온전한 이름을 큰 소리로 말하게 했다. (……) 릴리아는 다른 언어 교육은 하려 하지 않았다. (……) 그들이 어떻게 이해하느냐는 중요한 문제가 아니었다. 그녀는 그 아이들에게 아무것도 두려워할 게 없다는 걸 알려주고 싶어했고, 얼굴이 하얗게 생긴 백인 여자가 말을 가지고 웃음거리를 만들어냄으로써 말이라는 게 별게 아니라는 걸 보여주고 싶었던 것이다. (……) 그녀는 모든 아이들이 다 훌륭한 시민이었다고 말했다. 그녀는 이름을 부르면서 재빨리 스티커 위에 쓰고는 나한테 뒷종이를 떼어낸 다음 아이들이 줄지어 나갈 때 한 사람씩 가슴에 붙여주라고 했다. 말 없이 줄지어 기다리고 있는 음절에 액센트를 주어가며 아이 하나하나의 이름을 아주 정확하게 정성들여 불렀다. 나는 그녀가 열두 가지가 넘는 모국어를 말하는 소리를 들었다. 까다롭기만 한 우리들의 이름을 부르는 소리를.

—2권, 263~265쪽

존쾅이 고국으로 돌아가자 헨리박은 자신이 하던 일을 그만두고 릴리아에게로 돌아간다. 다시 말해 헨리박은 존쾅 대신 릴리아를 욕망의 매개자로 받아들인다. 그리고 릴리아와 같이 '외국인을 위한 영어 교육'을 한다. 릴리아는 전혀 이질적인 언어들을 지닌 존재들에게 영어라는 언어게임을 일방적으로 강요하지 않는다. 릴리아는 다양한 언어를 사용하는 아이들과 가라타니 고진이 『탐구』에서 말한 '가르치다-배우다'라는 관계를 형성하며 그를 통해 진정한 대화의 공동체에 다가가고자 한다. 가라타니 고진의 말처럼 "타자란 자신과 언어게임을 공유하지 않는 자"이며 따라서 모놀로그가 아닌 진정한 "대화란 언어게임을 공유하지 않은 자와의 사이에만" 가능하다고 한다면, 릴리아와 헨리박은 '가르치다-배우다'의 관계를, 특히 언어를 가르치고 배우는 관계를 통해서 실제로 진정한 대화적 관계를 형성해간다. 사실 언어게임을 달리하는 그들 사이에는 뛰어넘을 수 없는 (소통) 불가능의 심연이 가로놓여 있고, 그러므로 이들 사이에 대화가 있기 위해서는 서로가 서로를 이해하려는 강한 의지에 의한 일종의 도약의 순간이 있어야 한다.[14] 그런데 이들 사이에는 도약이 이루어진다. 비록 찰나적이라 할지라도. 하지만 이 백인 여성과 유색인종 사이에서 그리고 소수민족 사이에서 생성한 찰나적인 도약의 순간, 그러니까 대화의 순간은 짧지만 결코 무의미한 경험일 수는 없을 터이다. 이 대화의 순간에 맛보는 행복감과 충일감, 그리고 황홀경이야말로 호모 사케르적 존재를 설정해놓고 인간 전체를 순종하는 신체로 구성해가는 모더니티 전반에 대해 의심하고 의문을 표할 수 있는, 더이상 모더니티의 생체정치에 통제되지 않을 수 있는 마지막 잔여물이 아니겠는가. 그러니 헨리박과 릴리아가 도달한 지점은 단순히 자문화중심주의에서 벗어난 정도[15]가 아니다. 이들이 도달해 있는 지점은 그것에서 더 나가 있다고 보아야 한다. 이들은 인간적으로 가치 있는 모든 것을 소수집단의 그것으로, 이제까지 우리 식의 표현에 따르자면 예외 상태의 그것으로 오직 배제를 통해서만 포함하는 전 지구적 자본주의라는 거대한 대타자가 군림하는 현실 속에서 인간 주체들이 '권리를 주장할 수 있는 권리'라도 행사하기 위해서는 어떻게 해야 하는가 하는 문제에 대한 실마리를 제공하고 있다고 할 수 있다. 지배집단이 차지하고 남겨놓은 자그마한 이익을 독점하기 위해 예외 상태에 있는 존재들끼리 서로를 더욱더 예외적인 존재로 만들어가며 목숨을 걸고 싸울 것이 아니라 그 예외 상태에 있는 존재들끼리 대화의 공동체를 만들어가자는 것. 그것만이 소수집단이나 소수민족이 뼈저리게

---

14) 가라타니 고진, 『탐구』 1, 송태욱 옮김, 새물결, 1998, 2장 및 3장 참조.

15) 김미영, 같은 논문, 397~399쪽.

통감하는 어떤 결여를 진정으로 충족시키는 길이며 동시에 인간 전체가 호모 사케르적 통제로부터 벗어날 수 있는 길이라는 것. 『네이티브 스피커』가 궁극적으로 말하고 있는 것이 바로 이것이다.

3. 히스테리적 주체의 인정과 연인들의 공동체: 수잔 최의 『외국인 학생』

이창래의 『네이티브 스피커』가 미국이라는 오늘날 제국의 중심에서 한국인-미국인이라는 호모 사케르적 존재로 살아가면서 겪는 현실적 고통과 실존적 고뇌를 다루면서 바로 그 실존 형식 안에서 호모 사케르의 상태를 넘어설 수 있는 메시아의 힘을 제시한 소설이라면, 수잔 최의 『외국인 학생』(1998)[16]은 1950년대 한국을 떠나 미국으로 건너온 한 인물의 정주기 혹은 정착기를 다룬 소설이다. 이창래의 『네이티브 스피커』가 이민 1.5세대의 작가가 이민 1.5세대의 정신적 성장기를 매우 상징적이며 역설적인 존재를 통해 구현해낸 경우라면, 수잔 최의 『외국인 학생』은 이민 2세대가 이민 1세대의 고통스러운 디아스포라 과정을 형상화한 경우에 속한다. 그런 점에서 『외국인 학생』은 이창래의 『네이티브 스피커』의 이후에 이창래 이후의 세대에 의해 씌어진 소설임에도 불구하고 오히려 앞선 세대의 한국계 미국 작가 소설과 근접해 있는 것이 사실이다. 아마도 자칫 도도한 역사 흐름 속에서 형해도 없이 스러질 가능성이 농후한 아버지 세대의 역사와 전통, 그리고 그 안에 깃든 가치를 기록하고 싶은 욕망 때문이리라. 아니면 미국이라는 지배질서와 한국이라는 잔여물 두 개의 초자아 사이에서 겪어야 했던 타자와의 외설적이고 외상적인 기억들을 어떻게든 맥락화했어야 했기 때문이리라. 그래야만 두 개의 상징적 동일성 중 어느 한 쪽에도 귀속되지 못해 겪어야 했던 히스테리 증상을 다스리고

---

16) 『외국인 학생』의 텍스트는 원서가 아니라 최인자의 번역본으로 읽고 인용했다. 수잔 최, 『외국인 학생 상,하』, 최인자 옮김, 문학세계사, 1999. 앞으로 작품을 인용할 경우 권수와 쪽수만 밝힘.

승화시킬 수 있었기 때문이리라. 어떤 이유든 수잔 최는 아버지 세대의 한국에서의 탈향기와 미국에서의 정주기를 목숨을 걸고 혼신을 다해 썼으며, 그 결과물이 바로 『외국인 학생』이다.

『외국인 학생』의 핵심 서사는 (정신적으로) 망명한 안창이라는 한국인과 관습을 넘어선 사랑 때문에 미국사회의 아웃사이더로 살아가는 캐더린의 악몽 같은 사랑 이야기[17]이다. 안창은 '바로 이 사람', 그러니까 인간의 고유성이나 특이성을 인정하지 않은 한국사회에서 엄청난 실존적 공포와 생존의 위기를 경험한 인물이다. 한때 한국사회를 대표했던 지식인이었으나 일제 말기 친일 때문에 해방된 조국에서 철저하게 소외된 아버지 때문에 안창은 스스로의 가치를 타자에게 승인받으려는 인정투쟁을 애초부터 꿈꿀 수 없었다. 그 당시 한국사회에서 그가 '안창'이라는 사실은 중요하지 않았다. 반면 친일분자의 아들이라는 점은 절대적이었다. 때문에 안창은 인정투쟁을 벌이기는커녕 자기를 지워내는 것으로 수시로 닥치는 외부의 위협을 모면한다. 인정투쟁을 포기한 것만으로도 충분히 '순종하는 신체'일 터인데, 해방 이후부터 한국전쟁에 이르는 극한상황은 안창에게 그것만 요구하지는 않는다.

해방 이후 한국사회를 지배했던 세 개의 초자아들은 안창에게 '순종하는 신체' 정도가 아니라 절대 복종의 신체를 강요한다. 모든 사물이나 존재를 오로지 적이나 지지기반으로만 감지하는 당시 좌우익의 정치세력들에게 자신의 고유성이나 특이성을 인정받기란 애초에 불가능하다. 당시 한국은 2차 세계대전 이후 새로이 형성되기 시작하던 냉전시대의 격전장으로 자리한 바 있다. 또한 식민지 시대와 해방, 그리고 이후 역사에 대한 극심한 역사철학의 대립과 서로에 대한 호모 사케르적 불신으로 인해 당시 한국의 좌우익의 대립은 그야말로 극렬했다. 그러니 좌익과 우익 모

---

17) 최원식, 「민족문학과 디아스포라」, 『창작과비평』 2003년 봄호, 27쪽.

두 사회구성원 전부에게 조그만 우회나 지체, 그리고 시행착오도 허용치 않았고, 그래서 사회구성원 대부분은 그저 초자아의 명령을 즉각적으로 수행해야 하는 기계 혹은 사이보그이기를 강요당한다. 그래서 안창이 탈주로로 선택한 것이 당시 남한의 실질적인 법 집행기구였던 미군정이다. 그곳에서는 우선 친일을 한 아버지를 두었다든가 하는 안창의 역사가 문제될 것이 없었던 것이다. 그리고 미국 스스로가 상징하던 자유민주주의에 대한 환상도 안창이 미군정을 탈주지로 선택했던 중요한 이유 중 하나이다. 하지만 안창은 미군정의 시스템에 편입되는 순간 이곳 역시 자신을 익명적 주체로 전락시키는 영토라는 것을 금방 확인한다. 실제로 그곳에서도 안창의 고유성은 용인되지 않는다. 우선 이름을 '척'이라 바꿔야 했고, 오리엔탈리즘의 싸늘하고 지독한 오만과 편견에 시달린다.

안창으로 하여금 이 극단적인 세 개의 초자아 사이를 그래도 분열증에 빠지지 않고 견디게 해준 것은 우정과 같은 친밀성의 관계망이다. 하지만 좌우익의 대립을 넘어 전쟁이 발발하자 이 사적 영역은 소멸한다. 안창에게 개인의 고유성을 보장해주던 우정과 같은 어소시에이션마저 불가능해진다. 전쟁은 우정 등의 사적인 친밀성의 영역을 간단하게 무력화한다. 더구나 전쟁중 이념을 달리하는, 이념을 달리하면서도 유지했던 것이기에 더욱 긴밀했던 우정이란, 전쟁이란 생존의 게임 앞에서는 존속될 수 없는 것이기도 하다. 이제 전 국토가 전쟁터가 되어버린 이곳에서 안창은 더이상 그가 꿈꾸던 단독자일 수 없게 된다. 뿐만 아니라 복수가 복수를 낳는 악순환 속에 접어들어버려 전선보다는 후방이 더 전쟁터 같은 이상한 전쟁 속에서 안창은 끝없는 생존의 위협을 경험한다. 그리고 천신만고 끝에 미국으로 탈출한다.

그렇게 안간힘을 써서 도착한 미국이건만 이곳에서도 안창은 '바로 그 안창'이 될 수 없다. 이곳에도 역시 초자아의 시선은 절대적이어서 개인의 특이성이란 용인되지 않는다. 느슨한 듯하지만 사람을 옥죄는, 잘 보이지 않는 규율과 오리엔탈리즘적 오만과 편견들이 수시로 안창을 내습한다. 게다가 시민권이 없기에 그를 감시하고 통제하는 보이지 않는 초자아의 눈에 어긋나면 다시 그 끔찍한 전쟁터로 갈지도 모른다는 공포 때문에 안창은 금욕주의자처럼 의식이 긴장을 풀면 운동을 시작하는 개인적 욕망과 미처 통제할 수도 없이 날뛰는 무의식적 충동을 내리누르기에 여념이 없다. 도대체 끊임없이 긴장해야 하는 것이다. 어느 정도인가 하면, 자신도 어쩔 수 없이 무의식적 충동이 질주하는 시간인 잠자는 순간을 기피할 정도인 것이다. 안창은 그렇게 자신을 끊임없이 예외 상태로 만들어놓고 그 상태에서야 자신을 승인하는 호모 사케르적 규율과 오리엔탈리즘적 오만과 편견에 스스로를 동화해간다. 또다른 맥락의 순종하는 신체로 전락할 위기에 직면했다고나 할까.

하지만 안창은 이 위기를 이겨낸다. 다시 말해 호모 사케르적 감시와 통제로 인해 그곳의 규율에 동화되는 것만이 안정된 삶을 가능하게 할 터인데도, 안창은 순종하는 신체가 되지 않는다. 아니, 나중에 살펴보겠지만, 안창은 순종하는 신체가 되는 것이 불가능했고 그것을 결국 인정하고 자각했다고 해야 한다. 두 가지 계기 때문이다. 하나는 해방 이후 한국에서 경험했던 트라우마. 안창은 태어나고 성장하면서 식민지와 8·15, 그리고 한국전쟁 등을 차례차례 거친다. 안창은 그 유난히 파란만장하고 광기 어린 (근대성의) 역사 속에서 수시로 자신의 육체와 영혼, 그리고 전 역사가 한순간에 무화되는 공포와 전율을 경험한다. 안창은 이 공포와 전율을 견디지 못해 미국으로 도피하지만 그곳에서 역시 또다른 맥락에서 자신의 역사가 무화되는 공포를 경험한다. 이처럼 안창은 이 시대에서 저 시대로 바뀌는 근본적인 단절들을 거듭 경험하거니와, 그 과정에서 개인의 필사적인 상징화를 간단하게 무력화하는 "타자의 성적이고 수수께끼 같은 메시지에 노출된"다. 수시로, 그리고 맨몸으로. 안창은, 지젝을 빌려 말하자면, 자주 "타자와 외상적으로 마주"쳤던 것이다. 대부분의 사회구성원들은 기의와 기표 사이를 동시대적 상징체계로 메우고 안주하며 살아가는 것이 일반적이다. 한데 안창은 그 삶을 살지 못한다. 안창의 신체와 영혼 속에 기입되어 있는 타자와의 외상적 마주침이라는 기억과 체험때문이다. 안창이 잊을 만하면 맞닥뜨려야 했던 예상치 못한 외상적 경험은 동시대적 상징체계의 모든 것을 부정할 만큼 강렬한 것이다. 그러니안창은 남들처럼 그가 머물고 있는 곳의 상징적 동일성 속에 귀속되지 못한다. 항상 그 밖에 서 있으며, 그래서 히스테리 상태를 반복할 수밖에 없다. 또 이미 공포를 맛본 자이기 때문일까, 안창은 소수집단의 주체가 그러하듯 다른 사람에게는 사소해 보이는 사건들에서도 공포와 전율을 경험한다. 또 반대로 아주 사소해 보이는 찰나적인 순간 속에서도 메시아의힘을 발견한다. 안창에겐 이 공포와 환희가 수시로 반복되는바, 결국 안창은 기표와 기의를 획정해주는 동시대적 상징체계 속에 자신을 위치시키지 못한다. 대신 안창은 기의와 기표 사이를 자신들의 우발적인/부적절한 상징화들/번역들로 메운다. 한마디로 안창은 바디우적 '사건'과의 잦은 조우로 인해 자신은 전혀 원하지는 않지만 이미 자신만의 고유성을 지닌 존재이고, 동시에 이미 어딘가에 마음 편하게 귀속될 수 없는 존재였던 것이다. 하지만 안창의 일대기가 그렇게 가혹했던 것은 이미 구축되어있는 자신의 특이성과 존재성을 스스로 부정하고 잊고자 했기 때문이었다고 할 수 있다. 물론 안창이 스스로의 특이성을 부정했던 것은 안창의삶의 내용과 형식을 결정했던 모더니티에 잠복된 폭력성 탓이다. 안창을둘러싼 환경은 좀처럼 그의 실재성, 그러니까 그들이 동시대적 상징체계바깥에 있을 수밖에 없는 그들의 '질적인 독특성'(혹은 '질적인 본질성')을 인정하지 않았던 것이다. 그러니 안창이 우선해야 했던 일은 어떻게든자신의 '질적인 독특성'을 은폐하는 것이었음은 물론이다. 하지만 안창이자신의 독특성을 스스로 지우고 호모 사케르적 통제에 순응하려 하면 할수록 억지로 무의식으로 떠밀려간 외상적이고 외설적인 기억들은 더 집요해지고 거대해진다. 너무 집요하고 거대해져서 초자아의 개입이 잠시라도 느슨해지면 쏜살같이 분출되기에 이른다. 안창은 갈림길에 놓인다. 히스테리 환자가 되거나 이 히스테리적 충동을 승화시키는 것. 다시 말해 상징적 동일성 바깥에 있을 수밖에 없다는 것을 끝내 부정하고 상징적 동일성 안으로 들어가느냐(혹은 들어가고자 해도 이미 들어갈 수 없으므로 그럴 경우 히스테리 환자가 될 것이다) 아니면 상징적 동일성 바깥에 있을 수밖에 없다는 것은 과감하게 인정하고 길이 없는 길을 스스로 개척하느냐 하는 갈림길에 놓인다. 결국 안창이 선택하는 길은 용기를 내는 것이었다. 그렇게 안창은 외상적 기억 때문에 순종하는 신체가 되려고 해도 될 수 없는 존재라는 것을 인정하고 아무도 걷지 않은 길을 걷기로 한다.

안창이 이렇게 순종하는 신체와 다른 길을 걸었던 데에는 오로지 안창의 용기와 결단만이 있었던 것은 아니다. 또다른 무엇인가가 있고, 이것이 바로 『외국인 학생』의 또하나의 주요한 서사를 이룬다. 안창은 안창에게 끊임없이 호모 사케르적 주체를 강요하는 그 미국 땅에서 초자아의 명령에 따라 덮개-기억으로 덮어버리려고만 했던 그의 정신적 자상을 인정해주는, 그래서 그것을 승화시킬 수 있도록 말을 들어주고 적극적으로 맥락화해주는 존재를 만나게 된다. 바로 캐더린. 캐더린은 활달하고 활력이 넘치는 여성이다. 너무 활달하고 활력이 넘쳐서, 또 때로는 너무 순수해서 외설적이기도 한 여성이다. 그녀의 육체와 영혼은 너무 활력이 넘쳐서 상징적 동일성을 간단하게 부정하며, 상징적 동일성 바깥의 관계에 대해서도 아무런 망설임이 없다. 마치 실재와 같은 여성이다. 그러니 외설적이고 매력적이며 무시무시하다. 캐더린은 누군가를 사랑한다고 믿으면 아무 거리낌 없이 사랑을 한다. 그것이 상징적 동일성 안에서의 사랑이냐 아니냐 하는 것은 중요치 않다. 사랑한다는 것, 그것만이 중요하다. 당연히 캐더린의 사랑은 사랑과 결혼이 이어지는 사랑, 그러니까 낭만적 사랑 따위가 아니다. 캐더린의 사랑은 열정적 사랑이다. 그러므로 파괴적이며 체제전복적이다. 하지만 이러한 캐더린의 실재성, 혹은 캐더린의 외설적인 사랑은 그녀를 호모 사케르적인 존재로 전락시킨다. 캐더린은 그녀 특유의 열정적인 사랑 때문에 예외 상태인 채로 지역 공동체의 일원이 된다. 이런 경험을 했던 까닭에 캐더린은 초자아의 시선이 얼마나 집요하며 또 얼마나 인간을 근본적으로 파괴하는가를 잘 안다. 이런 역사를 가진 캐더린이, 저곳에서 이곳으로 옮겨오면서 내내 여러 개의 이질적인 초자아들에게 (과잉) 억압을 당하는 안창에게 연민을 느끼는 것은 오히려 당연하다. 그리고 이 연민이 곧 사랑으로 진화할 가능성이 높다는 것도 역시 쉽게 예견할 수 있는 것이다. 하지만 서로를 연민하는 사이에서 연인들의 공동체를 이루기까지는 꽤나 오랜 시간이 소요된다. 이 지체에는 물론 안창과 캐더린의 내적인 갈등이 개입되어 있다. 둘 사이는 우선 언어가 달랐고, 인종이 달랐다. 하지만 둘 사이에 존재하는 이 차이는 단순한 차이가 아니다. 상징적 동일성이 획정한 위계질서가 개입되는 순간 그 차이는 극복하기 힘든 출신 성분의 차이가 된다. 사랑을 완성하기 위해서는 이것을 뛰어넘을 계기가 필요함은 물론이다. 안창은 자신의 정신적 자상을 오히려 소중한 것으로 인정해주는 캐더린을 만나고, 운명적으로 사랑을 발견하나 캐더린을 사랑하므로 계속 머뭇거릴 수밖에 없다. 안창의 입장에서 캐더린과 결합하게 되면 그것은 캐더린을 저 높은 곳에서 이 낮은 곳으로 끌어내리는 것이 된다. 그러니 안창은 사랑의 감정이 깊어가면 깊어갈수록 캐더린을 위악(혹은 위선)적으로 외면한다. 캐더린 역시 기다릴 수밖에 없다. 캐더린이 다가가면 갈수록 안창이 움츠리기 때문이기도 하지만, 그녀 자신의 적극적인 행동은 오히려 안창에게 절실한 자발적인 선택과 행위를 영원히 불가능하게 할 수도 있기 때문이다. 서로에게 호모 사케르적 존재로서의 동질감을 느끼면 느낄수록, 또 언어를 가치르고 배우는 과정을 통해서 진정한 타자를 만나 어떤 도약을 하는 경험을 하면 할수록, 그래서 서로가 서로에게 더 절실해지면 질수록 안창은 숨고 캐더린은 기다린다. 결국 이 사랑은 안창이 용기를 내는 순간 완성될 수밖에 없는 기이한 운명을 지니고 있는 셈이다.

이렇게 내내 지체되던 이 사랑은 끝내 풍요로운 결실을 맺는다. 무엇보다 안창이 용기를 냈기 때문이고, 캐더린이 용기를 내도록 도와주면서도 내내 기다렸기 때문이다. 안창은 호모 사케르적 주체라는 혹독한 자기 모멸감과 콤플렉스를 끝내 이겨낸다. 안창은 상징적 동일성의 불온한 시선에 의해 예외적 존재가 되었지만 그 예외적 상태를 상징적 동일성의 불온성을 넘어설 수 있는 진정한 예외성으로 승화시킬 것을 욕망하기에 이른다.

창은 언제나 자기 안에 두 가지 세계를 가지고 있다고 생각했다. 그의 고향이 머무르고 있는 넓은 공간과 그의 몸이 내부에서 파열을 일으킬 때 한없이 작아지는 공간이었다. 지나치게 넘쳐나는 기억의 세계와 완전한 부재의 세계, 이 두 가지 세계 사이에 그가 도저히 설명할 수 없는 하나의 이야기가 놓여 있었다. 하지만 그 이야기는 조금씩 그런 어려움을 헤쳐나오기 시작했다. 그리고 점점 더 짧고 간단해졌다. 언젠가는 그의 기억이 고통을 감싸안고 그의 몸이 상처를 감싸안듯이, 그 이야기는 그 사건을 감싸안게 될 것이다. 그리고 아주 작게 줄어들어 결국에는 아무것도 남지 않게 될 것이다.

캐더린은 끈기 있게 그를 기다렸다. 창이 자기 자신을 불러내는 데에는 언제나 시간이 걸렸다. 싫어서가 아니라 가닥가닥 늘어진 그 자신을 다시 엮고 균형을 잡는데 필요한 시간이었다. 그러고 나면 깊은 숨을 들이마시며 그녀를 향해 똑바로 돌진했다.

—하권, 272쪽

이렇게 『외국인 학생』은 지역 공동체로부터 예외 상태로 떠밀려 있던 두 존재들이 그들을 예외적 존재를 떠민 상징적 동일성의 비인간적인 측면을 직시하고 용기를 내어 연인들의 공동체를 구축하는 것으로 끝맺는다. 그를 통해 이방인이었던 이들은 서로를 환대하고 서로와 대화하며 서로의 역사를 자기화해 주체성을 배가하기에 이른다. 서로에 대한 배려와 진정한 예외적 존재가 되겠다는 용기를 토대로 형성한 이 진정한 의미의 예외적인 공동체는 『외국인 학생』의 가장 값진 성과라 할 만하며 이는 호모 사케르들을 통해 사회 전체, 사회구성원 전체를 감시하고 통제하는 근대식 생체정치를 넘어설 수 있는 좌표로도 손색이 없어 보인다. 그리고 이는 호모 사케르적인 삶을 강요당했던 아버지의 역사를 이해하고 그 역사를 성실하게 계승하려는 작가적 성실성이 일구어낸 소중한 성과임에 틀림없다.

4. 한국계 미국 작가 소설의 종언, 혹은 한국계 미국 작가 소설의 최근 경향

이제까지 이창래의 『네이티브 스피커』와 수잔 최의 『외국인 학생』을 통해 한국계 미국 작가의 소설들의 현주소 혹은 한국계 미국 작가의 소설이 도달한 자리를 살펴본 셈이다. 이를 통해 우리는 한국계 미국 작가의 소설이 우리에게 '지나간 미래'의 자리에 위치해 있음을 충분히 확인할 수 있었다. 우리는 『네이티브 스피커』와 『외국인 학생』을 통해 제국의 중심부에서 벌어지는 호모 사케르적 감시와 통제, 그리고 그것이 확대 재생산해놓은 호모 사케르적 소수민족들 사이의 목숨을 건 쟁투를 읽어낼 수 있었고 또 두 작품이 호모 사케르적 통제를 넘어서기 위해 고심 끝에 발명해낸 다언어공동체와 연인들의 공동체라는 윤리적 대안을 발견할 수 있었다.

그런데 『네이티브 스피커』와 『외국인 학생』 두 작품이 미국이라는 제국의 중심부에 대해 내린 이러한 비평적 진단과 윤리적 처방은 현재 한국문학이 심각하게 경청해야 하는 내용처럼 보인다. 비유컨대 미국이라는 제국의 중심부란 어떻게 보면 과거의 세계 역사는 물론 현재 세계의 응축물이자 축도라 할 수 있다. 만약 그렇다면, 다시 말해 현재 미국의 다문화적이고 혼성적인 사회는 지금 지구시대의 축도라고 한다면, 지금 지구는 미국이 그러한 것처럼 호모 사케르적 예외 상태를 끊임없이 재생산하며 전지구적 자본주의와 서구의 백인 남성 중심 사회를 유지, 존속하고 있으며, 그들이 흘려놓은 부스러기를 놓고 작은 국가들끼리 서로를 더 지독한 호모 사케르적 존재로 규정하며 이전투구를 하고 있는 양상일 수도 있을 것이다. 아니면 우리는 호모 사케르적 통제에 의해 유지되는 지구시대의 메커니즘에 의해 한국의 그 오랜 고유한 역사와 전통, 그리고 그 속에서 발명된 역사지리지들이 한순간에 무화되는 상황 속에 살고 있는지도 모를 일이다. 만약 우리가 그런 시대에 살고 있다면, 정말 그렇다면, 현재 한국문학에 필요한 것은 아마도 전 지구적 시야의 획득과 그 안에서 윤리적이고 구체적인 전망을 찾아내는 일일지도 모르겠다. 『네이티브 스피커』나 『외국인 학생』의 경우처럼 말이다.

하지만 문제는 이창래 이후, 그리고 수잔 최 이후이다. 이렇게 미국문학 내에서는 미국사회가 안고 있는 모순을 직시하고 새로운 전망을 발명하는 것으로 미국문학의 진화에 기여하고 있으며, 또 우리에게는 '지나간 미래'로서 의미 있는 거울형상으로 작용하고 있는 한국계 미국 작가들의 소설이 이창래 이후 그리고 수잔 최 이후 큰 변화를 보이고 있는 것으로 보인다. 한데 이 변화의 조짐이 썩 좋지 않다. 더 큰 문제는 그 좋지 않은 조짐이 한두 사람의 어쩔 수 없는 필연적인 상황처럼 보인다는 것이다. 앞서 말했듯 이창래나 수잔 최의 소설은 주로 미국의 지배담론과 한국적 담론의 잔여물 사이에서 방황하고 갈등하고 그리고 그 끝에 또다른 자아를 발명해가는 인물들의 이야기이다. 말하자면 이 두 개의 초자아가 가하는 이중구속이 그들의 정신을 날카롭게 하게 한결 윤리적인 인물들로 만들었던 것이다. 그런데 최근 등장하는 한국계 미국 작가들의 경우 두 개의 초자아 사이에서 구속감을 느끼는 것이 아니라 오로지 하나에서 치명적인 구속을 발견하는 것처럼 보인다. 그리고 그들이 더 큰 구속을 느끼는 것은 당연히 미국적 상징적 동일성이다. 거칠게 단순화하자면 한국계 미국 작가의 소설들에서 한국사회의 잔여물이 서서히 약화되고 있는 것이며, 때문에 이제 이들 소설에서는 호모 사케르적 통제에 대한 통렬한 비판도 그것을 넘어설 수 있는 윤리에 목숨을 건 창안도 찾아보기 힘들다. 그들은 무슨 관습처럼 한인집단에 대한 차별을 말하지만, 그 차별에서 어떤 치욕이나 자기가 무화되는 공포 같은 것을 느끼지 못한다. 다만 불만을 품을 뿐이다. 그러다 보니 문제의식의 밀도가 이전 세대에 비해 현저하게 미약할 뿐만 아니라 제시하는 윤리적 정언명령도 가족의 품으로 돌아가거나 가족을 떠나는 것 정도로 단순화되어 있다.

최근 한국계 미국 작가의 소설들에 나타나는 이러한 변화를 읽을 수 있는 작품 중 하나가 바로 수키 킴의 『통역사』다. 『통역사』는 여러 면에서 『네이티브 스피커』와 유사한 점이 많다. 자수성가한 부모를 둔 교포 2세를 작중화자로 삼고 있다는 점, 그리고 주체성과 타자성, 동일성과 비동일성의 경계에 설 가능성이 높은 직업을 가지고 있다는 점이 그러하다. 그렇다고 『통역사』의 작중화자가 『네이티브 스피커』의 작중화자마냥 사설 탐정 연구소의 조사관인 것은 아니다. 하지만 그와 유사한 직종에 종사한다. 바로 통역사이다. 그녀는 법원에서 요청할 경우, 그곳으로 가서 사법당국과 죄인, 피고인과 고소인, 검찰과 변호사, 질서와 무질서, 선과 악, 에로스와 타나토스, 동일성과 비동일성, 주체성과 타자성을 중재하는 역능을 담당한다. 물론 처음에는 누구보다도 주어진 직능을 충실히 행한다. 어느 누구의 편도 들지 않고 상대방의 말을 냉정하게 통역해준다. 한데, 이 직업은 객관적이고 싸늘하기가 쉽지 않다. 서서히 자신의 감정이 개입되고, 어느 쪽으로 편을 들어야 하는 상황이 생겨난다. 직능과 양심, 전문성과 윤리 사이의 갈등이 생기고 그 이전의 안정성이 균열되기에 이른다. 아니 작중화자는 오히려 두 개의 서로 다른 질서를 변증법적으로 지양시키고자 한다. 다시 말해 벤야민이 말한 번역의 순기능을 충실하게 구현하고자 한다. 이런 점에서 그녀는 두 개의 대타자를 교묘히 활용하고 이용하며, 끝내는 이중구속의 상태가 아니라 이중위반의 탈주를 감행한다.

하지만 문제는 두 개의 초자아가 견고하며 집요하다는 것을 발견하는 순간이다. 그녀는 두 개의 초자아를 중재하는 것이 힘들다는 것을 판단하면서 서서히 자신의 탈주 의지를 잃어간다. 경위는 이러하다. 작중화자는 법원의 요청으로 통역사 역할을 행하다가, 통역을 하면서 어느 쪽을 편을 들다가, 그것이 자신의 부모의 죽음과 관련된 사건임을 깨닫는다. 자신의 부모가 이민국의 도움으로 불법 이민자를 이민국에 밀고하는 것으로 미국시민권을 획득했다는 것, 그러자 이에 분노한 한인들 중 몇몇이 한인 마피아를 동원해 자신의 부모를 살해했다는 사실을 하나하나 확인하게 된다. 처음 이민국에 조사를 받는 한인들의 편을 들어주던 작중화자는 이제 이민국의 편을 들어주는 쪽으로 존재전이를 하게 된다. 『네이티브 스피커』가 욕망의 매개자를 찾아 변증법적 지양을 이루는 경우에 해당한다면, 『통역사』는 이미 오염된 타자성과 조우하면서 어떠한 지양도 행하지 못하게 된다. 이것이 『네이티브 스피커』와의 근본적인 차이다.

해변에 자리잡은 파스텔 톤의 집. 햇볕에 그을린 부모님의 얼굴. 죄인이 아니다. 절대 아니다. 가족과 나머지, 선과 악, 한국 문화와 낯선 문화 사이의 경계선을 넘은 적이 없었다. 경계선은 항상 존재했다. 처음부터 경계선은 뚜렷하게 그려져 있었다. 사방의 경계선 안에서 두 소녀는 아무리 노력해도, 아무리 열심히 공부해도, 아무리 많은 남자를 유혹해도, 아무리 많은 남편을 가로채도, 아무리 많은 신을 섬겨도 부모님이 돌아가시기 전에는, 부모님이 배를 타고 다시는 돌아올 수 없는 곳으로 떠나기 전에는, 어느 날 아침에 일터로 나간 부모님이 싸늘한 주검으로 변하기 전에는 길을 찾지 못했다.

펜 역의 전화 부스에서 마지막 다이얼을 돌린 수지는 자동응답기 소리를 듣고 안심했다.

"레스터 형사님, 수지 박입니다. 전 부모님을 살해한 범인이 누군지 알아요. 한인 상인들이었어요. 그 사람들이 그날 아침 가게로 폭력배를 보냈어요. 김용수부터 조사하세요. 나머지는 그 사람이 이야기할 겁니다."[18]

이렇게 그녀는 아버지에 대한 복수심 때문에 호모 사케르적 통제 장치가 행하는 억압에 대해 눈감는다. 그래서 결과적으로 이 소설은 '비록 추악할지라도 가족은 소중하다'는 기존의 도덕률을 반복하는 수준에서 멈추고 만다.

그런가 하면 이민진의 『백만장자를 위한 공짜음식』도 현재 한국계 미국 작가의 소설에서 나타나고 있는 변화를 감지하게 해주는 좋은 참고 자료이다. 『백만장자를 위한 공짜음식』 역시 교포 2세를 다룬 소설이며, 그들의 성장 이야기이다. 『백만장자를 위한 공짜음식』은 분명 미국 속의 한인을 다루고 있으되 『네이티브 스피커』와는 물론 다르고 『통역사』와도 또 다르다. 이 소설 속의 등장인물들은 미국 속의 한인이지만 미국사회의 입장에서 볼 때 타자성을 구현하고 있지 않다. 그들은 미국인들 일반과는 구분되는 독자의 한국적인 역사와 가치관을 지닌 존재들이 아니라 단순히 그 흔적만 가지고 있는 존재들이다. 그래서 그들은 미국 속의 한국인, 그러니까 한국인-미국인이 아니라 미국인-한국인이다. 얼굴만 한국인인 미국인들이다. 물론 한인으로서의 특성을 말하기 위해 자수성가한 폭력적인 아버지, 딸들에게 터무니없을 정도로 혹독한 오이디푸스를 강요하는 아버지가 나오지만, 그리고 다른 소설에 비해 한인 커뮤니티가 집중적

---

18) 수키 킴, 『통역사』, 이은선 옮김, 황금가지, 477쪽.

으로 부각되지만, 그들은 더이상 한국인적인 특성을 지니고 있지 않다.

아마도 당연한지 모르겠다. 한국에서마저도 한국만이 지니고 있는 문화적 잔여물들이 하나둘 사라지고 있는 지금, 또는 한국이 그 오랜 역사 속에서 발명해낸 문화적 유산이나 업적들을 스스로 하나둘 부정하고 지워나가고 있는 지금, 오래전 이곳을 떠난 존재들에게서 한국적인 것을 기대한다는 것은 우리의 지나친 욕심에 불과할 것이다.

한국계 미국 작가들이 그 작가적 역량을 활짝 꽃 피운 지 얼마 되지 않았건만 이렇게 한국계 미국 작가 소설의 역사는 서서히 종언을 향해 치닫고 있는 듯하다. 안타까운 일이다.

(2009)

'순종하는 신체'와 실재의 윤리
— 1970~80년대 자유주의 소설들

1. 1970~80년대 자유주의 문학의 위상

1970~80년대 한국문학사에는 민족·민중문학 외에 또하나의 기억할 만한 계보가 있다. 자유주의 문학이다. 1970년 무렵, '생의 구경적 형식'이라는 초월적 가치에만 집착하는 문협정통파식의 문학은 물론 민족의 위기에 적극적으로 대응하는 민족문학에도 거리를 두는 일련의 작가들이 서서히 등장하기 시작한다. 그들은 어느 누구에게도, 어느 제도에도, 또는 어느 (상징)권력에도 얽매이지 않고 자신의 지성에 따라 사유하고 행위하고 반성하고 재정립하는 자율적 주체를 지향하는바, 이들의 문학을 일컬어 자유주의 문학이라 이름 붙일 수 있겠다.

한데, 이들 자유주의 작가들이 처음부터 자유주의자이고자 한 것은 아니다. 처음 이들은 그저 자신들이 '남과 다른 자기세계'(김승옥의 표현)를 지닌 존재들임을 인정받고자 한다. 아니, 이것은 부정확하다. 이들은 이미 남과는 나누어가질 수 없는 자기만의 세계를 지닌 존재들이었고 이를 타인들로부터 공인받고 싶어한다. 이들은 공교롭게도 태어나고 성장하면서 식민지, 8·15, 한국전쟁과 남북분단, 4·19와 5·16, 급격한 산업화와 도시화, 그리고 남북분단을 교묘하게 활용한 (독재)권력, 80년 광주 등을 차례차례 거친다. 이들은 유아기에 치유하기 힘든 정신적 외상을 입은 것은 물론 이후에도 이 시대에서 저 시대로 바뀌는 근본적인 단절들을 거듭 경험한다. 그 과정에서 이들은 개인의 필사적인 상징화를 간단하게 무력화시키는 '타자의 성적이고 수수께끼 같은 메시지에 노출된'(지젝)다. 타자와의 외상적 마주침이라는 무의식적인 기억과 체험 때문에 이들은 기표와 기의를 이어주는 동시대적 상징체계 속에 자신을 위치시키지 못한다. 대신 이들은 기의와 기표 사이를 자신들의 우발적인/부적절한 상징화들/번역들로 메운다. 한마디로 이들은 바디우적 '사건'과의 잦은 조우로 인해 이미 자신만의 고유성을 지닌 존재들인 것이다. 단지 그뿐이다. 이들은 그저 이러한 자신들의 존재성을 인정받고 싶었을 뿐이다. 이것이 이들의 출발점이다.

하지만 7, 80년대라는 시대적 정황은 그들의 실재성, 그러니까 그들이 동시대적 상징체계 바깥에 있을 수밖에 없는 그들의 '질적인 독특성'을 인정하지 않는다. 7, 80년대란 한국 사회가 비약적으로 자본주의화되던 시기이다. 자본주의란 모든 가치를 교환가치로 등가화할 뿐만 아니라 그 규율에 순응하는 신체를 강요한다. 그곳에 '남과 다른 자기 세계'라는 가치가 용인될 리 만무하다. 게다가 한국의 7, 80년대는, 말하자면, 어느 시대보다도 '자본주의적 규율에 순응하는 신체'가 절대적으로 강요되던 시대이다. 당시 국가 장치는 경제성장을 이곳의 저열한 삶을 저곳의 풍요로운 삶으로 비약시킬 수 있는 유일한 방법으로 확신하고 한국사회 전반을 자본주의화라는 세계경제체제의 단일한 시스템 속에 폭력적으로 재편하고자 한다. 그러니 '남과 다른 자기 세계'를 추구하는 존재들이란 국가 장치의 입장에서 보자면 그들의 일사불란한 위계를 전복하고 해체하려는 자들에 다름아니다.

그렇다고 자유주의 작가들이 당시 민주화 세력으로부터 환영을 받았는가 하면 그렇지도 않다. 7, 80년대를 다른 방식으로 말하자면, 비민주, 반통일, 반민중, 친외세(특히 미국)를 특징으로 하는 야만의 국가장치에 맞서 대대적인 민족, 민주, 통일, 민중운동이 펼쳐진 시대이다. 국가 장치의 독재적인 인과율의 강요가 시민사회의 전방위적 반발을 불러일으킨 까닭이다. 국가 장치의 위계질서가 워낙 확고부동했던 만큼 7, 80년대 민주화운동 역시 '철의 규율'로 그에 맞선다. 당연히 민주화 세력에 있어 '남과 다른 자기'이고자 하는 존재들이란 눈앞의 민족적 위기를 외면하고 한가하게 개인의 고유성이나 인정받고자 하는 허위의식에 감염된 자들일 뿐이다.

어떻게 보면 고작 이미 '남과 다른 자기'를 인정받고자 했을 뿐인데, 이들에게 가해진 탄압과 야유는 결코 만만한 것이 아니다. 7, 80년대 두 초자아의 대립은 그만큼 격렬한 것이었다. 전쟁과도 같은 상황이므로 두 초자아는 현존재 각자의 내밀한 역사와 욕망, 그리고 염원들을 인정할 수 없었고, 사회구성원 모두에게 어디엔가 귀속될 것을 노골적으로 강요한다. 이 강요가 이들을 자유주의자로 전신하게 한다. 이들은 이미 남과 다른 세계를 가지고 있는 단독자들이어서 어디론가의 귀속이 불가능했던 터, 그런데도 두 개의 초자아들은 자신들의 상징적인 연쇄고리들을 엄혹하게 강요하니, 어쩔 수 없이 그것에 저항하기 시작한다. 두 개의 초자아가 이중으로 그들을 구속하자 '남과 다른 자기 세계'를 인정받기 위해서는 의식적으로 자유주의자가 되어야 한다는 것을 깨달았다고나 할까.

하여간, 이렇게, 경제개발을 절대선이라 확정하고 인간이 사물화, 도구화되는 현실마저도 인정하지 않았던 국가 장치의 이데올로기는 물론 그것에 강렬하게 저항했던 민족 · 민중문학의 역사철학적 맥락에서도 동시에 억압을 읽어낸 소수집단의 문학이 7, 80년대에 있었으니, 소위 자유주의 문학이다.

2. 자본주의적 합리성과 '순종하는 신체'의 출현

7, 80년대 자유주의 시들이 산업화에 따른 인간의 사물화와 정치적 이중구속이라는 상황 속에 '남과 다른 자기 세계'를 인정받고자 격렬하게 언어와 형식을 파괴했다면, 7, 80년대 자유주의 소설 또한 그것과 다르지 않다. 7, 80년대 자유주의 소설 역시 상징체계 바깥의 기이한 현실이 임리하다. 또 기존의 규범을 벗어나는 괴상망측한 디테일들이 넘쳐나는 만큼 서사 구조 또한 혁신적이다. 7, 80년대 자유주의 소설도 같은 시기 자유주의 시처럼 무슨 운명처럼 떠안은 '남과 다른 자기 세계'를 공인받기 위해 기이하고 외설적인 디테일이나 그것만큼이나 파괴적인 서사를 발명해야 했던 것이다.

'남과 다른 자기 세계'를 공인받기 위해 7, 80년대 자유주의 소설은 무엇보다 먼저 어떤 것이 이토록 집요하게 '남과 다른 자기 세계'를 불가능하게 하는지에 관심을 기울인다. 이는 당연하다. 억압의 실체를 알아야만 억압으로부터 벗어날 수 있겠기에. 7, 80년대 자유주의 소설은 이 시기 전방위적으로 진행된 자본주의화를 먼저 '남과 다른 자기 세계'를 용인하지 않는 핵심적인 기제로 지목한다. 그렇다고 자유주의 작가들이 처음부터 자본주의가 발생시킨 그것, 그러니까 분업, 도시, 패티시즘, 지속되는 시간, 영원한 파괴와 쇄신 등을 '개인의 죽음'의 발원지로 설정한 것은 아니다. 등단 초기 이들의 소설에는 생명력을 잃은 순종하는 신체들은 넘쳐나되 인간을 순종하는 신체로 전락시킨 실체가 제시되어 있지 않다. 단지 이들 소설은 현대인의 치명적인 우울만을 강박적으로 그려낸다. 이들 초기 소설의 인물들은 하나같이 세상 밖으로 나가는 것이야말로 불행의 기원이라는 것도 잘 알고 그렇다고 세상 안에 머무는 것은 더욱 불행해질 뿐이라는 것을 잘 알고 있다. 그것이 아니라면 슬프고 아픈데 도대체가 누구 때문에 아프고 왜 슬픈지를 모르는, 그러니까 애도할 대상을 찾지 못해 우울증에 빠져 있는 인물들이기도 하다. 이들의 우울은 루카치적이기도 하고 프로이드적이기도 하다. 박완서의 「겨울 나들이」, 이청준의 「퇴원」 「병신과 머저리」, 서정인의 「후송」 「강」 등 이들의 초기 소설에는 하나같이 기원을 알지 못하는, 기원을 안다 하더라도 어떤 행위도 하지 못하는 현대인의 우울이 그야말로 우울하게 반복된다.

그런데 중요한 것은 이 인물들의 우울이 곧 작가들의 그것의 반영이라는 점이다. 어떤 면에서 이들 작가 역시 공포에 떨고 있으나 그 기원을 알 수 없고 걷잡을 수 없이 슬프나 애도의 대상을 기억할 수 없는 처지에 놓여 있었던 것이다. 그래서 이 작가들이 개인의 죽음의 발생론적 기원으로 자본주의적 규율을 지목하기까지는 다음과 같은 원장면이 필요했다고 볼 수 있다.

1) 하여 그 친척 누님이 코를 막고 당장 그 상한 게자루를 쓰레기통에다 내다버렸을 때, 나는 마치 그 쓰레기통 속으로 자신이 통째로 내던져버려진 듯 비참스런 심사가 되고 있었다. (……) 그 게자루에는 다만 상해 못 쓰게 된 게들만이 아니라, 남루하고 초라한 대로 내가 그때까지 누추하기 그지없는 가난과 좌절, 원망과 눈물까지를 포함한 내 어린 시절의 삶 전체가 담겨 있었던 어린 시절의 삶 전체가 무용하게 내던져버려진 것 한가지였다. 그리고 그것은 어찌 보면 지극히 당연한 노릇이기도 하였다.
—이청준, 「키 작은 자유인」

2) 내가 최초로 만난 대처는 크다기보다는 눈부셨다. 빛의 덩어리처럼 보였다. 토담과 초가지붕에 흡수되어 부드럽고 따스함으로 변하는 빛만 보던 눈에 기와지붕과 네모난 2층집 유리창에서 박살나는 한낮의 햇빛은 무수한 화살처럼 적의(敵意)를 곤두세우고 있었다.
—박완서, 「엄마의 말뚝 1」

1)과 2)에서 볼 수 있듯 이들은 어쩔 수 없이 교환의 시스템, 그러니까 도시 속에 편입된다. 그 과정에서 이들은 '토담과 초가지붕의 따스함'을 서둘러 포기한다. 왜냐하면 전 지구적 자본주의의 시스템 속에서 '토담과 초가지붕의 따스함'이란 터부의 대상이 되기 때문이다. 그 과정에서 이들은 고향으로 표상되는 전근대적인 질서를 아무런 의미도 없는 곳으로 스스로 폄훼하고 더 나아가 전근대적인 질서의 잔여물들을 떨치기 위해 오히려 시민적 냉정함의 화신이 된다. 다시 말해 이들은 자신의 개인적인 오이디푸스 서사를 지우고 그 자리에 초자아의 공적인 오이디푸스 서사를 대신 채워넣는가 하면, 사회적 초자아가 지정해주는 프로그램대로 공포의 원장면마저도 상징적으로 재구성한다. 이러한 일련의 과정을 통해 이들은 시민적 냉정함을 어쩔 수 없이 승인하는 정도가 아니라 시민적 냉정함을 진화의 표지로 내면화한다. '출세한 촌놈'이 되는 것이다. 그러니 이들은 어느 순간부터 아프더라도 아픈 데를 알 수 없고, 또 벗어나고프나 예전의 상태로 돌아갈지도 모른다는 공포 때문에 벗어나지 못하는 멜랑콜리에 갇혀버리고 만다. 그런데, 그랬던 것인데 1), 2)와 같이 이 거세 공포의 순간들을 복원해내고 귀환시켜낸다. 무의식의 저편으로 밀어 넣었던 원장면을 되찾아온 것이다.

그러면서 이들은 드디어 그 기원을 알기 힘든 멜랑콜리의 상태로부터 벗어나 현존재들이 경험하는 '개인의 죽음'의 핵심적인 요인이 전 지구적 자본주의화와 그것이 발생시키는 권태, 소외, 도시화, 물신화, 고독 등의 사회적 증상에 연원함을 밝혀낸다. 가령 박완서는 「카메라와 워커」「그 가을의 사흘 동안」, 「꿈꾸는 인큐베이터」 등을 통해서 자기만의 이윤을 배려하는 시민적 환금 가능성의 세계가 전쟁을 겪은 세대는 물론 그 이후의 세대들까지 얼마나 쉽게 현혹시키는지, 그리고 그 타락한 가치에 매혹된 존재들이 또다른 타자들을 얼마나 억압하고 구속하는지를 치밀하게 그려낸다. 그런가 하면 이청준은 인간을 순종하는 신체로 전락시키는 근대적 규율과 제도 들을 하나하나 지목하며 현대인의 고통의 기원을 제시한다. 그것은 도시화이기도 하고(「거룩한 밤」「잔인한 도시」), 언어이기도 하며 (『잃어버린 말을 찾아서』), 주체의 테크놀로지와 정치기술의 교묘한 야합이기도 하다(「예언자」「가면의 꿈」「빈방—혹은 딸꾹질 주의보」). 또한 서정인의 소설은, 「토요일과 금요일 사이」「귀향」「분열식」「벌판」「나주댁」 등에서 볼 수 있듯, 도시 속에서 서서히 순종하는 신체로 전락하는 '출세한 촌놈'들의 타락상과 모더니티의 물결 속에 급속하게 스러져가는 목가적 풍경들을 날카롭게 포착해낸다.

이렇게 이들 소설은 현대인들의 멜랑콜리와 트라우마의 발생론적 기원으로 비록 사소한 것이라도 어떤 자족적인 통일성이나 고유성을 취하고 있으면 반드시 단일하게 만들어버리는 근대성 특유의 동일화 의지를 지목한다. 이러한 성찰은 결코 만만히 볼 것이 아니다. 이 발견으로 인하여 한국문학사도 순종하는 신체로부터의 탈주라는 문명사적 과제를 같이 고민하게 되기 때문이다.

3. 정치적 이중구속과 알레고리

7, 80년대 자유주의 소설이 '개인의 죽음'의 발생론적 기원으로 먼저 자본주의적 규율이나 제도를 주목한 것은 사실이지만, 그렇다고 자유주의 소설이 분단 상황이나 독재정치 등 7, 80년대 야만의 정치적 현실과 절연되어 있었던 것은 아니다. 7, 80년대 자유주의 소설도 격렬하다 할 정도로 정치적이다. 해서, 7, 80년대 자유주의 소설이 7, 80년대 야만의 정치에 대해 행한 비판과 해체의 열도는 이 시기 민족문학과 여러 면에서 친연성을 보이기도 한다. 하지만 세 가지 정도에서 큰 차이를 보이며, 이는 자유주의 소설의 고유한 문법이 된다.

우선, 7, 80년 자유주의 소설 전반이 특정의 정치적 행위가 아니라 주체들을 순종하는 신체로 만들기 위해 어떠한 폭력도 마다 않는 정치 행위 자체를 비판하고 부정한다는 것이다. 이들 자유주의 소설은 당시의 정치적 상황을 계급모순, 분단모순 등으로 파악하는 대신 카프카적이고 최인훈적이라고 맥락화한다. 즉 이들은 당시의 정치 상황을 죄가 있는 자를 죄인으로 호출하는 것이 아니라 아무나 불러놓고 그를 죄인으로 만든다고 파악한다. 그런 점에서 이들이 파악하는 정치적 상황은 다분히 카프카적이다. 또 이들이 파악한 정치적 상황은 동시에 최인훈적이기도 하다. 최인훈이 『광장』에서 당시의 정치적 현실을 아무런 인과관계가 없는 사실들에 자의적으로 인과성을 부여하고는 그 자의적인 인과성으로 한 존재를 죽음의 문턱으로 몰고 가는 것이 가능한 상황이라고 파악한 바 있다면, 이들 역시 최인훈식의 정치인식의 연장선상에 있다. 해서 이들은 어느 날 갑작스레 죄도 없이 끌려가 죄인이 되고 결국에 죽음의 문턱에까지 이를 수 있는 정치적 현실에 무엇보다 전율하고 공포를 느낀다. 아니 그러한 잉여억압 혹은 과잉억압을 행하는 것이 정치 행위라고 규정한다. 서정인의 「가위」, 박완서의 「조그만 체험기」, 임철우의 「붉은 방」 등은 이들의 정치 행위에 대한 인식이 단적으로 드러난 소설들인데, 이들 소설을 보면 7, 80년대 자유주의 소설이 국가 장치에 의해 행해지는 정치적 억압에 얼마나 공포를 느꼈으며 정치적인 것 자체를 얼마나 불신하고 있는지를 충분히 확인할 수 있다.

7, 80년대 자유주의 소설의 정치적인 관심이 당시의 민중문학과 다른 또하나의 지점은 7, 80년대 자유주의 소설 전반이 당시 민족민중문학과 이념적 동질성을 보이던 민족, 민중, 민중화운동의 논리에 대해서도 정치적 억압을 읽어낸다는 점이다. 7, 80년대 자유주의 소설은 자본주의적 합리성을 넘어서려는 당시의 또다른 권력의지에 대해 무조건적으로 호의적인 시선을 보내지는 않는다. 그것 역시 '당신들의 천국'을 건설하기 위한 또다른 권력일 뿐이며, 어떤 대목에서는 끔찍한 자본주의를 넘어서고자 한다는 선의 때문에 역시 '카프카적이면서 최인훈적인 폭력'을 수시로 행

해왔다고 파악한다.

 눈이 부시도록 밝은 전짓불을 얼굴에다 내리비추며 어머니더러 당신은 누구의 편이냐는 것이었다. 하지만 어머니는 그때 얼른 대답을 할 수가 없었다. 전짓불 뒤에 가려진 사람이 경찰대 사람인지 공비인지를 구별할 수 없었기 때문이다. 대답을 잘못 했다가는 지독한 복수를 당할 것이 뻔한 일이었다. 하지만 어머니는 상대방이 어느 쪽인지 정체를 알 수 없는 채 대답을 해야 할 사정이었다. 어머니의 입장은 절망적이었다. 나는 지금까지도 그 절망적인 순간의 기억을, 그리고 사람의 얼굴을 가려버린 전짓불에 대한 공포를 생생하게 간직하고 있다.

—이청준, 「소문의 벽」

 이처럼 이들은 이미 유아기에 카프카적 부조리의 상황을 경험한 적이 있는 존재이다. 그런 까닭에 이청준은 사회적 병증을 치유하고 전혀 새로운 세계를 창조하겠다는 정치적 행위는 그것이 무엇이건 간에 사회구성원들을 그 자체 목적으로써가 아니라 오로지 도구나 사물로써만 만난다고 믿는다. 이러한 믿음은 박완서의 소설에도 일관되게 나타나는 문제틀이기도 하며, 심지어 이러한 전쟁 체험을 지니고 있지 않은 임철우의 소설에 계승되어 있기도 하다. 어쨌든, 그래서 7, 80년대 자유주의 소설은 7, 80년대 야만의 국가기구를 철의 대오로 넘어서려는 당시의 민족, 민중운동에게서도 역시 만만치 않은 억압을 발견한다. 그리고 그것 역시 해체하고자 한다. 이를 위해 이청준의 소설은 『흰옷』 『키작은 자유인』 등을 통해 해방 직후와 한국전쟁기의 좌익운동을 살아 있는 전사로 획정하려는 7, 80년대 민주화운동의 논리와 치열하게 맞선다. 마찬가지로 박완서는 『나목』 「엄마의 말뚝」 연작 등에서 거창한 대의명분을 내세워 사회구성원의 어떠한 시행착오도 인정하지 않는 것은 물론 인간에 대한 최소한의 예의도 갖추지 않았던 과거의 변혁운동, 그러니까 당시의 사회주의자들을 비판적으로 역사화한다.

7, 80년대 자유주의 소설의 또하나의 특이성은 이들 소설이 야만의 정치를 주로 알레고리적으로 표현한다는 것이다. 서정인의 「가위」가 그러하고, 이청준의 「예언자」『자유의 문』 등이 그러하다. 뿐만 아니라 80년 광주 체험을 다룬 소설들의 경우는 더욱 그러하다. 임철우의 「직선과 독가스」 「사산하는 여름」 등이 현격하게 알레고리적이며, 최윤의 「저기 소리없이 한 점 꽃잎이 지고」 역시 알레고리적이다. 이는 7, 80년대 민족민중문학이 전형성과 총체성이라는 리얼리즘 규율을 앞세워 바로 이 사건만이 본질적인 것이라고 규정하고 특정의 상황을 사실주의적으로, 그러니까 있는 그대로 객관적으로 그려냈던 것과 크게 비교된다. 7, 80년대 자유주의 소설은 전혀 현실적이지 않아 보이는 사건들을 사실적이지 않은 방식으로 그려낸다. 벤야민의 표현을 빌리자면 '사물을 그것의 일반적인 연관성에서부터 떼어놓는'다. 즉 야만의 정치가 빚어낸 파괴의 잔해들을 그야말로 '비유기적으로' 펼쳐놓는 것이다. 그렇게 무형적인 파편 조각으로 제시된 부자유, 미완성, 추문, 죽음의 현장, 파괴된 육체 등을 통해 이 소설들은 역사의 파괴 혹은 파괴된 역사상을 제시한다. 이러한 당대 정치에 대한 알레고리적 표현은 모든 사물들을 유기적이고 총체적으로 연관시키려는 이데올로기적 모험이 얼마나 많은 폐허와 폐허 속의 신생을 쓸모없는 실존으로 격하시키는가를 비판하는 것이자 동시에 그럼에도 불구하고 그러한 세계창조자적 열정을 고집할 경우 그것은 더욱더 역사를 파괴시킬 것이라는 강력한 경고이기도 하다.

4. 실재의 윤리, 혹은 7, 80년대 자유주의 소설의 전망 혹은 절망

앞서 살펴본 것처럼 7, 80년대 자유주의 소설은 '남과 다른 자기 세계'를 인정하지 않은 폭력적인 세계를 어떤 계보 못지않게 격렬하게 비판하고 더 나아가 그 세계를 탈영토화하고자 한다. 하지만 7, 80년대 자유주의 소설이 지닌 의미는 여기서 그치지 않는다. 더 있다. 그것은 7, 80년대 자유주의 소설이 역사의 지속적인 파괴(혹은 파괴된 역사상) 속에서 구원의 힘을 찾아 나선다는 점이다.

이들의 구원의 힘으로 찾아낸 것은, 앞질러 말하자면, 실재의 윤리들이다. 이들의 꿈은 '남과 다른 자기 세계'를 유지, 존속, 발전시키는 것이다. 그런가 하면 동시에 '남과 다른 자기 세계'를 가진 모두가 다 조화를 이루는 사회를 건설하는 것이기도 하다. 다시 말해 이들은 자기를 보존하면서도 타자를 충분히 감싸안는 어떤 경지 혹은 사회를 꿈꾸고 있는 셈이다. 아마도 이들의 꿈은 다음과 같은 것이리라.

"그런 때가 올 수 있을지 없을지는 모르지만 섬이 끝끝내 실패만 하고 있지 않으려면 그때는 결국 와야겠지요. 그게 아무리 시간이 오래 걸리는 일이라도…… 그게 아마도 상상 이상으로 긴 세월이 걸리게 될 일인지도 모르지만 말이야요." (……)

"그야 물론 기다려야지요. 운명을 합하는 일이 실제로는 얼마나 어렵다 하더라도 난 그것으로 일단 섬사람들의 믿음의 씨앗은 구할 수 있었으니까요. 믿음의 씨앗과 싹만 있으면 그 믿음 속에 기다릴 수는 있는 거지요. 그것이 처음엔 아무리 작고 더디고 약한 것이라고 하더라도 그것이 자라서 그 공동 운명의 튼튼한 가교로 이어질 때를 기다리면서 (……)"

—이청준, 『당신들의 천국』

'당신들의 천국'이 아닌 '우리들의 천국'이 되기 위해서는 '운명을 합하는 일'이 필요하다는 것. 즉 자기를 타자화하고 타자를 자기화하는 끊임없는 소통과정을 거쳐서 합의된 꿈만이 진정한 낙원의 꿈이며, 상상 이상으로 긴 시간이 걸리더라도 이 소통과정을 통해 마침내 도달한 공동운명체만이 진정으로 우리들의 천국이라는 것. 그러니 이들이 어떤 구원의 힘을 정치적인 것에서 찾아낸다는 것은 애초에 불가능하다. 유토피아를 바로 코앞에 세워놓고 그 꿈을 짧은 시간 내에 실현하고자 것, 그리고 그 꿈을 위해 '남과 다른 자기 세계'들을 효율적으로 억압했던 기술이 곧 정치적인 것이라 한다면, 이들의 꿈은 그것과 전혀 이질적인 것이다. 그러므로 이들은 새로운 윤리를 발명하거나 실재의 윤리를 귀환시키는 것에서 구원의 힘을 찾게 된다. 어찌 그렇지 않겠는가. 각기 다른 운명을 지닌 인간들이 '운명을 합'할 수 있는 길이란 윤리적인 영역에서나 가능하며, 현재 현존재는 '운명을 합하는 일'과는 거리가 먼 삶을 살고 있는 만큼, 그 윤리란 상징질서 너머에 있는 것을.

실재의 윤리를 찾기 위해 고투를 지속한 작가 중 먼저 주목되는 작가는 이청준이다. 이청준 소설은 무엇보다 귀향의 모멘텀을 강조하고 그를 통해 타자윤리학을 강하게 환기시킨다. 이청준의 소설은 『당신들의 천국』 『자유의 문』 등을 통해 볼 수 있듯 모더니티 전반이 여러 치밀한 정치기술을 통해 사회구성원들을 복종시킨 것에 불과하다고 비판하고는 그때부터 모더니티에 의해 쓸모없는 실존으로 폐기처분한 세계 속에서 각기 다른 '운명을 하나로 합'할 수 있는 윤리적 내용을 찾아 나선다. 그 모색 끝에 이청준의 소설은 한국의 모더니티가 끊임없이 백지화시키고자 했던 고향으로 돌아간다. 이제 이청준의 소설은 모더니티에 의해 일방적으로 비위생, 야만, 비합리의 터전으로 규정되었던 그 고향에 바로 자아와 타자의 삶을 끊임없이 개입시키고 감싸안는 공동운명체의 진정한 정신이 있음을 확인한다. 그후 이청준의 소설은 고향 바깥에서 고향 정신의 잔여물들을 찾는다. 운명에 합하기 위한 방법으로 용서와 화해의 정신을 타진해보기도 하고(「벌레 이야기」), 종교성을 인간적 합일의 경지에 이를 수 있는 길로 제시하기도 하며(『낮은 데로 임하소서』 「비화밀교」), 아니면 말이 아닌 소리 속에서 운명을 합할 가능성을 찾기도 한다(「서편제」 연작). 그러다가

산 자와 망자를 대면시켜 서로 화해하게 하는 굿과 같은 제의적 경험을 운명공동체를 건설할 수 있는 구체적 가능성으로 전망하기도 한다(『축제』『신화를 삼킨 섬』).

이청준 소설이 '남과 다른 나'를 인정하지 않는 한국적 모더니티에 대한 불안과 불만, 그리고 그것으로부터의 탈출 가능성을 주로 관념의 영역에서 추구하고 있다면, 서정인의 소설은 그러한 주제를 주로 구체적인 생활세계 속에서 찾아간다. 특히 서정인의 소설은 자본주의적 등가성의 원리에 의해 서서히 스러져가는 하위주체들의 '소리 없는 아우성'들에 관심을 놓지 않는다. 아니, 하위주체들의 '소리 없는 아우성'에 맞추어 세상을 읽고 그들의 목소리를 소설로 옮겨 적기 시작한다. 그러면서 서정인 소설은 아이러니에 의해 구성된다. 세상에서 말하는 행복은 곧 불행이고, 현대적 인공낙원의 상태는 곧 잔인한 도시이며, 사회로부터 쓸모없는 실존으로 낙인찍힌 자들은 곧 문명의 불만과 불안을 넘어설 수 있는 풍요로운 존재들이라는 것이다. 이후 서정인 소설은 자본주의적 등가성에 의해 버려진 하위주체들의 '소리 없는 아우성'들을 적극적으로 호명하고 또 그들의 목소리를 대신 받아쓴다. 『달궁』『철쭉제』『모구실』등에 이르러 서정인의 소설은 말그대로 '말'의 성찬, 그것도 방언이나 비주류들의 언어의 성찬이 펼쳐진다. 서정인의 소설은 구술언어의 적극적인 도입을 통해 모든 개성을 등가화시키는 문자어의 세계를 비판한다. 뿐만 아니라 하위주체들의 소리 없는 아우성 속에서 문자어의 세계를 넘어설 수 있는 활력이나 구원의 힘을 발견한다.

그런가 하면 박완서의 소설은 '보여지는 나'와 '보는 나', 대타자의 시선과 개인의 욕망 사이의 변증법, 곧 진정성의 에토스를 무엇보다 중요한 덕목으로 제시한다. 박완서의 소설은, 「엄마의 말뚝」 연작과 『나목』『그 많던 싱아는 누가 다 먹었을까』 등을 통하여, 한국전쟁 중 진정 사회주의자가 아니라 누군가에게 사회주의자로 보이기 위해서 또 진정 우익이 아니라 우익으로 보이기 위해서 행했던 연극적 행동들이 초래한 참극을 냉정하게 고발한다. 또 전쟁이 끝난 이후에도 남북분단과 산업화를 활용한 대타자의 치밀한 정치기술로 인해 한국의 사회구성원들은 대타자의 시선에 순응하는 삶을 강요받았으며, 그런 까닭에 한국의 대다수의 사회구성원들은 그러한 비굴한 삶을 자기 치료하기 위해 항시 거창한 대의명분을 앞세우는 속물성에 물들게 되었다고 진단한다(「세상에서 가장 무거운 틀니」「지렁이 울음소리」「도둑맞은 가난」「꿈꾸는 인큐베이터」). 속물성에 관한 한 박완서의 소설은 그것을 노골적으로 냉소한다. 그 대신 속물성에 맞서 대타자의 시선과 개인의 욕망 사이의 변증법, 곧 진정성의 에토스를 복원하고자 한다. (남과 다른, 대타자가 용인하지 않는) 자기 그대로의 내면의 목소리를 좇아 행동하다가는 카프카적이고 최인훈적인 공포를 경험할 개연성이 높은 것은 사실이지만 그래도 그 내면의 목소리에 의거하여 용기와 결단을 내리지 않으면 외부에서 부과된 이데올로기를 좇아 누군가를 고발하고 죽이게 된다는 것이다. 그런 극단적인 경우는 아니더라도 계속 대타자의 도덕률에 굴복할 경우 각 존재들은 '남과 다른' 자신만의 역사를 지우고 저 내면에서 솟아오르는 목소리들을 스스로 부정하게 된다는 것이다. 그러니, 목숨을 걸더라도, 세간의 입방정에 오르더라도, 거창한 대의명분이 없어 투박하고 순진해 보일지라도, 자신만의 역사지리지에 따라야 한다는 것, 이것이 「그 가을의 사흘 동안」「복원되지 못한 것을 위하여」「지 알고 내 알고 하늘이 알건만」「너무도 쓸쓸한 당신」「친절한 복희씨」 등 박완서의 뛰어난 소설들이 일관되게 말하는 실재의 윤리이다.

실재의 윤리에 관한 한 언급해야 할 작가들이 또 있다. 박상륭과 이인성이다. 『열명길』『죽음의 한 연구』『칠조어론』의 작가인 박상륭은 한국문학사에서 가장 이질적인 존재이다. 박상륭 소설은 문명(혹은 모더니티)을 인간의 초인적 의지나 창조적 생명력을 앗아간 타락의 출발점으로 전도시킨다. 그리고 거듭거듭 문명화가 인간에게서 빼앗아간 본래적인 가

치, 초인적인 힘, 우주적 성찰 등을 귀환시키고자 한다. 이러한 박상륭의
시도는 근대적인 규율 전반이 인간 특유의 생명력을 얼마나 지독하게 순
종적인 신체로 전락시켰는가를 드러내는 한편, 인간이 진정 인간이기 위
해서는 '질서화되지 않은 혁명적 에네르기'를 발견하거나 아니면 질서에
의해 통제된 '혁명적 에네르기'를 되찾는 것이 필요하다는 중요한 깨달음
을 전달해준다. 반면 이인성의 소설은 모더니티 안의 모욕과도 같은 삶을
견디면서 보다 진정한 삶의 형식을 찾아내고자 한다. 『낯선 시간 속으로』
『한없이 낮은 숨결』 등에서 볼 수 있듯 이인성의 소설은 아버지의 강력한
시선 때문에 자신의 경험을 하나로 지양하지 못하는 분열증적인 인물들
의 이야기이다. 이인성 소설의 인물들은 질풍노도의 시기를 경과하며 결
코 사소하지 않은 사건을 경과해내건만 아버지의 거대하고 강력한 시선
은 그 경험을 그들의 역사철학에 따라 맥락화하는 것을 불가능하게 한다.
때문에 이인성 소설의 인물들은 분열증에 빠져든다. 스스로 통합적인 서
사를 완성하지 못하는 까닭에 '그때그때의 그(또는 나)'가 각자 독립된 정
부를 이루며 살아간다. 한데 이인성 소설의 인물들은 이 여러 개로 '분열
된 나(또는 그)'를 특정의 위계를 통하여 통합하지 않는다. 오히려 다중인
격체인 것이, '그(혹은 나)' 안에 있는 서로 다른 인격체끼리 대화적 관계
를 형성해가는 것이 가치 있다고 말한다. 이를 통해 이인성의 소설은 대
타자의 시선에 영혼을 내준 기계가 되는 것보다는, 그리고 대타자의 시선
을 만족시키기 위해 거창한 대의명분을 찾아내거나 아니면 사이보그처럼
주어진 정언명령이 무엇이더라도 그것을 착오없이 실행에 옮기는 것보다
는, 오히려 분열증을 견디는 주체가 될 것을 권유한다. 그것이 '남과 다른
자기 세계'를 용인하지 않는 이 세계 속에서 보다 진정한 인간으로 살아
가는 방법이라는 것이다.
　이처럼 7, 80년대 자유주의 소설은 '남과 다른 자기 세계'를 용인하지
않는 강력한 대타자들 속에서 '남과 다른 자기 세계'가 지니는 의미와 가

치를 인정받기 위해 혼신의 힘을 다한다. 그 노력 끝에 이들 소설은 대타자에 의해 쓸모없는 실존으로 격하된 수많은 비교 불가능한 가치들, 고유성, 특이성 들을 귀환시키거나 새로이 호명한다. 해서 1970~80년대에 한국문학은 너무나도 강력했던 두 개의 강력한 대타자가 지배했음에도 불구하고 오히려 유례를 찾기 힘들 정도로 훨씬 더 다양하고 풍요로운 세계로 충만하게 되니, 이것이야말로 7, 80년대 자유주의 문학의 중요한 업적이다.

(2008)

근대문학 이후를 향한 『현대문학』의 욕망

— 『현대문학상 수상작품집』을 읽고

> 덤핑 출판사의 일을 하는 이 무의식 대중을 웃지 마라
> 지극히 시시한 이 발견을 웃지 마라
> 비로소 충만한 이 한국문학사를 웃지 마라
> 저들의 고요한 숨길을 웃지 마라
> 저들의 무서운 방탕을 웃지 마라
> 이 무서운 낭비의 아들들을 웃지 마라
> ─김수영, 「이 한국문학사」 부분

1

역대 현대문학상 수상작품을 한자리에 모은 『현대문학상 수상작품집』
이 나왔다. 그러니까, 『현대문학상 수상작품집』 발간을 계기로 현대문학
상의 전 역사를 한자리에서 볼 수 있게 되었다. 이것으론 부족하다. 그 표
현만으로는 한국문학사에서 '현대문학상'이 지니는 의미와 가치를 충분히
설명할 수 없다. 『현대문학』의 역사가 살아 있는 한국문학의 역사라고 한
다면, 한 해의 성과 중 최고의 명편에 주어진 '현대문학상'의 역사란 곧 한
국문학의 경이로움의 역사라고 할 수 있을 터이다. 『현대문학』이 1955년
창간 이후 결호 없는 지속성[1]을 유지했듯 현대문학상 역시 한 번의 유예

---

1) 김윤식, 「『현대문학』을 통해 본 한국문단사 ─ 결호 없는 지속성 600호의 의의」, 『현대문
학』 2005년 4월호.

도 단절도 없었다. 그렇다면 『현대문학상 수상작품집』의 간행이 갖는 사건성은 결코 간단하지 않다. 어떤 이유이건, 어떤 맥락에서건, 대단하지 않게 말해져서도 안 된다. 『현대문학상 수상작품집』의 간행에 대해 우리는 적어도 이렇게 말해야 한다. 드디어 '충만한 이 한국문학사'의 중핵이 그 웅장한 자태를 드러냈다고.

2

정말, 그렇다. 『현대문학상 수상작품집』에는 1955년 이후[2] 한국문학의 정수가 살아 요동친다. 그것은 전적으로 현대문학상이 항시 동시대의 바로 그 작품을 뽑기 위한 최선의 노력을 다해왔다는 사실과 관련이 깊다. 비록 현재에는 수많은 문학상이 유사한 방식으로 지금 이 순간 최고의 문학적 성과를 포착하기 위해 경쟁하고 있는 것이 사실이지만, 현대문학상만큼 그때 그 순간 최고의 문학적 핵심을 포착하기 위해 다양한 변화를 시도한 경우는 드물다.

현대문학상은 우선 '현대문학사 신인문학상'이라는 이름으로 시작된다. 그러니까, 말하자면, 초창기의 현대문학상 그것은 현대문학사의 전혀 새롭고 이질적인 목소리를 발견하고 호명하여 결국 새로운 돌연변이들을 발명하는 데 초점을 두었던 것이다. 그러다가 25회부터는 큰 변화를 감행한다. '신인문학상'이라는 타이틀을 버린다. 이후 현대문학상은 낯선 목소리와 도발적인 형식 대신에 성숙한 존재들의 보다 깊이 있는 역사지리지와 '성숙한 멜랑콜리'들을 보다 적극적으로 수용하기 시작한다. 해서 한때는 등단 15년 전후의 작가들의 작품이어야 한다는 보이지 않는 기준이 암묵적으로 적용되기도 하고, 또 그런 기준이 지니는 억압

---

2) '현대문학상'이 처음으로 '신인문학상'을 제정한 것은 1956년부터이다. 하지만 1956년
의 상은 1955년의 성과들을 대상으로 한 것이다. '1955년 이후'라는 표현을 쓴 것은 이런
까닭이다.

적 요소 때문에 젊은 목소리들을 다시 불러오는 또다른 전신(轉身)이 감행되기도 한다.

현대문학상이 감행한 변신에의 모험은 이에 그치지 않는다. 한때 현대문학상은 지금의 경우처럼 단편소설만이 아니라 장편소설과 소설집까지도 수상작으로 결정하기도 한 바 있다. 또 그런가 하면 문학계의 최고의 원로들로 구성된 심사위원단을 구성하여 그때 그곳의 바로 그 작품을 선정하는가 하면, 예심과 본심위원을 분리하여 수상작을 선정하는 등 심사 방식에 있어서도 다양한 형식을 도입하기도 한다. 한마디로 현대문학상은 항시 그때 그 순간의 최고의 작품을 선정하기 위한 위해 혼신의 힘을 다해왔다고 할 수 있다. 그렇게 결코 쉽지 않은 과정을 거치면서도 현대문학상은 단 한 차례도 거르지 않고 2008년 현재 53명의 작가가 쓴 위대한 소설들을 뽑았다. 그리고 2007년까지의 '그때 그곳의 바로 그 작품'들이 한 자리에 모인 것이 이번에 간행된 『현대문학상 수상작품집』인 것이다. 우리가 『현대문학상 수상작품집』에 1955년 이후 한국소설의 정수를 고스란히 발견할 수 있는 까닭이다.

3

그러므로 총 4권으로 그 웅자를 드러낸 『현대문학상 수상작품집』에서 우리가 확인할 수 있는 것은 한두 가지가 아니다. 왜 아니겠는가. 그곳에는 바로 반세기에 걸친 '고요한 숨결'과 '무서운 방탕'과 '무서운 낭비'가 깃들어 있는 것을. 예컨대 『현대문학상 수상작품집』에는 손창섭의 「혈서」가 있고, 박경리의 「불신시대」가 있으며, 뿐만 아니라 이범선의 「갈매기」, 서기원의 「오늘과 내일」, 이호철의 「판문점」이 있다. 그런가 하면 최인호의 「타인의 방」이 있고, 이제하의 「초식」이 있으며, 김원일의 「바라암」, 전상국의 「사형」, 유재용의 「두고 온 사람」, 조정래의 「유형의 땅」 등도 있다. 여기서 멈추지 않는다. 『현대문학상 수상작품집』에는 현길언의

「사제와 제물」이 있고, 한수산의 「타인의 얼굴」이 있으며, 그 외에 이문열의 「시인과 도둑」, 박완서의 「꿈꾸는 인큐베이터」, 윤후명의 「별을 사랑하는 마음으로」, 신경숙의 「깊은 숨을 쉴 때마다」, 양귀자의 「곰 이야기」가 있다. 뿐인가. 『현대문학상 수상작품집』 그곳에는 이순원의 「은비령」, 윤대녕의 「빛의 걸음걸이」, 김영하의 「당신의 나무」, 김인숙의 「개교기념일」, 심상대의 「미」, 이혜경의 「고갯마루」, 조경란의 「좁은 문」, 성석제의 「내 고운 벗님」, 윤성희의 「유턴지점에 보물지도를 묻다」, 정이현의 「삼풍백화점」, 이승우의 「전기수 이야기」도 있다. 어떤가. 작가 이름과 작품 이름만 들어도 한국문학사의 도도함이랄까 도도한 장강에서 뿜어져 나오는 위엄을 느끼기에 충분하지 않은가. 말하자면 『현대문학상 수상작품집』에는 1955년 이후 한국문학의 거의 모든 에로스와 타나토스, 질서와 무질서, 정치적 의식과 정치적 무의식, 편집증과 분열증들이 그야말로 다양한 방식으로 병존되어 있거니와, 그러니 그곳에는 보는 이의 관심만 달라지면 거의 무한정의 키워드, 토픽, 테마, 계보, 법칙성 들을 추출할 수 있을 정도로 많은 (아직 질서화되지 않은) 의미 있는 요소들이 산포되어 있다.

그렇지만 『현대문학상 수상작품집』에서 무엇보다도 먼저 눈에 띄는 것은 1955년 이후의 한국문학이 걸어온 궤적이다. 『현대문학상 수상작품집』에는 1955년 이후 한국문학의 전 역사가 아로새겨져 있다. 물론 이 말은 『현대문학상 수상작품집』에 1955년 이후 한국문학사가 균질하게 반영되어 있다는 의미가 아니다. 『현대문학상 수상작품집』에는 1955년 이후의 한국문학사가 그저 반영되어 있지 않다. 동시에 『현대문학』이 고유하게 구축하고자 한 『현대문학』만의 문학사도 같이 존재한다.

『현대문학』은 단지 그 시대의 문학의 성과를 총괄하는 잡지가 아니라 근대에 발생한 모든 잡지가 그러하듯 이념적 구심점을 지닌 잡지였다. 『현대문학』은 '한국의 현대문학을 건설하자는 것이 그 목표이며 사명'이고, '아무리 빛난 문학적 유산이라 할지라도 본지는 아무 반성없이 이에 복종함을 조심할 것이며 아무리 눈부신 새로운 문학적 경향이라 할지라도 아무 비판없이 이에 맹종함을 경계할 것이다'[3]라는 분명한 출사표가 있는 잡지였던 것이다. 지금의 입장에서 보자면 그 이념적 구심점이 지나치게 원칙적이고 추상적이란 비판도 가능할 것이다. '고전의 정당한 계승과 그것의 현대적 지양만이 항상 본지의 구체적인 내용이며 방법이 될 것이다'[4]라는 방법도 마찬가지이다. 하지만 그렇지 않다. 전혀 막연하지 않다. 오히려 아주 단호하게 목적의식적이다. '민족문학'을 부정한 까닭이다. 해방 이후 북로당 노선을 따르건, 남로당 노선을 따르건, 아니면 남한의 정부의 이념을 따르건, 해방 이후의 문학은 하나같이 '민족문학'을 내세운 바 있다. 전쟁 후에도 상황은 크게 다르지 않았음은 물론이다. 그런데, 그랬던 것인데『현대문학』은 '민족문학'을 거부하고 '현대문학'을 표방하고 나선 것이다. 이것을『현대문학』 창간을 주도한 조연현의 문학세계와 관련시켜 말하자면 이렇다. 조연현은 근대 너머의 혹은 이후의 문학을 꿈꿔온 존재이다. 즉 민족국가 건설이라든가 사회주의 건설이라든가 혹은 자본주의 문명에 대한 댄디즘적 비판이라든가 하는 것을 모두 근대라는 비본래적인 세계에 대한 집착으로 규정하고 그것을 넘어서는 본래성을 구현하는 문학, 예컨대 인간의 삶과 죽음, 종교성, 영원성, 존재성과 시간성 등등 진리의 빛을 찾아나서는 문학을 강력하게 지향했던 것이다. 그러나 해방 이후의 상황은 그런 현실 너머의 문학 이념을 용인하지 않는다. 이 아포리아를 조연현은 본래성을 구현하는 민족문학이라는 문제틀로 애매하게 절충한다. 기이한 동거라 할 만하다. 그런데 각기 다른 이념과 형식의 민족문학 혹은 민족국가를 꿈꾸던 정치세력 사이에 전쟁이 벌어진다. 한국전쟁이다. 이 한국전쟁은 여전히 보다 나은 민족국가를 건설

---

3) 「창간사」, 『현대문학』 1955년 1월호, 13쪽.
4) 같은 곳.

해야 한다는 소명감으로 무장한 위정자들을 제외한 모든 사회구성원들에게 민족국가(혹은 근대성 전반)에 대한 깊은 불신을 가져다준다. 선택의 순간이 닥친다. 여전히 민족문학을 고수하느냐 아니면 이 처참한 전쟁을 일으킨 한 장본인인 민족문학과 결별하고 또다른 문학이념으로 나아가느냐. 조연현은, 그리고『현대문학』은 단호하게 '현대문학'을 외친다. '근대문학'과 절연하고자 한 것이며 동시에 '민족문학'과 거리를 두고자 한 것이다. 이런 점에서 보자면『현대문학』은 그 자체가 모종의 용기와 결단의 산물이다. 그러니 그『현대문학』이 심혈을 기울여 운영한 '현대문학상'에, 그리고『현대문학』의 문학적 지향점을 가장 완미한 방식으로 구현한 수상작들을 모은『현대문학상 수상작품집』에 이 용기와 결단이 없을 리 없다.

그러므로『현대문학상 수상작품집』에는 1955년 이후 한국문학의 주요 변곡점은 물론 그러한 모멘텀을 만들어낸 여러 다양한 운동들, 그리고 그 운동들 사이의 충돌, 그 충돌 끝에 발생하는 변증법적 전환 등이 충분히 각인되어 있지만, 동시에『현대문학』이 오랜 모색 끝에 발명하고 완성해가고 있는『현대문학』만의 문학의 역사도 아로새겨져 있다. 말하자면 『현대문학상 수상작품집』에는 대문자의 한국문학사도 있지만『현대문학』이 추구한 소문자의 문학사도 있는 것이다. 따라서『현대문학상 수상작품집』에서 먼저 확인해야 할 것은 대문자 한국문학사와『현대문학』식 소문자 한국문학사 사이에서 벌어지는 화해와 대립의 파노라마이자 애증의 역사이다. 그 과정 속에 '현대문학상'의 특이성과 문학사적 의미가 들어 있을 것이며,『현대문학상 수상작품집』문제성의 중핵 또한 숨겨져 있을 것이기 때문이다.

4

『현대문학상 수상작품집』의 출발점은 1955년의 소설이다. 이는 의미심장하다. 그리 많이 주목받지는 못하지만 한국문학사에서 1955년은 대단히 상징적인 해이다. 어떤 점에서 보자면 1955년은 한국문학사에 있어서 또 한차례의 주기가 열리는 시기이다. 1955년에 이르러, 이인직, 이광수, 임화, 이상 등의 근대에 대한 열망에서부터 시작하여 '동양의 발견'과 '근대의 초극' 논의를 거쳐 해방 이후 여러 형태의 민족문학론에까지 이르렀던 근대 이후 한국문학사의 근대적 기획이 한차례 종료된다. 이 이후 이전의 문학적 관념이나 형식을 반복하는 것은 간단하게 시대착오적인 것이 되어버린다. 1955년 이후의 한국문학은 더이상 1955년 이전으로 돌아갈 수 없게 된 것이다. 물론 그 이전의 감수성으로 문학을 한 작가가 없는 것은 아니나 그것은 '후일담 문학'이거나 과거의 잔여물에 불과하다. 이렇게 근대 이후부터 이루어졌던 문학사의 한 주기가 끝내고 새로운 주기가 시작된 해가 바로 1955년이다.

이렇듯 1955년이 하나의 주기가 끝나고 또하나의 주기가 시작되는 상징적인 해일 수 있는 까닭은 1955년 바로 이해에 한국문학을 근본적으로 변화시킨 거대한 사건이 발생했기 때문이다. 무슨, 거대한 정치적 사건을 떠올릴 필요는 없다. 1955년경 한 무리의 신예작가들이 대거 등장한다. 마치 1930년대 후반기에 김동리, 최명익, 허준, 유항림, 정비석, 서정주, 유치환, 오장환, 이용악, 백석 등의 소위 '신세대 작가'들이 한꺼번에 등장했듯이 말이다. 그리고 항용 신예작가들이 그러하듯 이들은 이전의 문학적 상징질서로는 포착되지 않았던 몇몇 실재적인 풍경들을 그려낸다. 좀더 부연하자면 그들이 그려낸 풍경이 괴상망측하고 외설적이고 무시무시하되 매혹적이었다는 것이다. 더이상 다른 것이 있는 것이 아니다. 단지 그것뿐이다. 그런데 이것이 한국문학을 이전의 단계와 근본적으로 단절된 또다른 단계로 옮겨다놓는다. 마치 아우슈비츠 이래 인간에 대한 믿음을 말할 수 없게 된 것처럼 이들의 실재적 풍경이 모습을 드러내는 순간 더이상 이전의 민족국가라는 정치학과 그것을 뒷받침했던 근대적 기획은 설 자리가 없어진다.

경위는 이렇다. 1955년경 손창섭, 장용학, 박경리, 이범선, 서기원, 이
호철 등이 전쟁(혹은 전쟁 후)의 처참한 풍경을 그저 치밀하게 묘사하기
시작한다. 이른바 '전후문학'의 '전후소설'이 출현한 것이다. 이들의 전후
문학은 전쟁 전 세대의 '전후문학'과 다르다. 또 후에 남북분단과 통일이
라는 역사적 관점에서 전쟁을 다룬 일컬어 '분단문학'과도 다르다. 이들
소설은 '전후'를 전쟁 전 세대처럼 더이상 국가장치의 시선이나 자본주의
나 사회주의 등의 이데올로기적 관점에서 바라보지 않는다. 또 이후의 분
단문학의 경우처럼 전쟁 중이나 전쟁 후를 분단이 고착화된 민족적 비극
으로도 받아들이지 않는다. 이들 소설은 그저 하나같이 부자유, 미완성,
추문, 죽음의 현장, 파괴된 육체 등을 '그것의 일반적인 연관성에서부터
떼어놓은' 채로, 그러니까 전쟁이 가져온 파괴의 잔해들을 그야말로 비유
기적으로, 무형적인 파편 조각으로 펼쳐놓는다. 아니면 전쟁에서 살아남
은 존재들의 참을 수 없는 고통, 혐오, 슬픔, 무기력, 절규, 공포 같은 것
을 사실적인 필치로 묘사한다. 그러자 놀라운 일이 일어난다. 국가장치
의 시선으로 전후 풍경을 읽자면 전후의 폐허는 오로지 또다른 국가장치
의 오만과 편견, 그리고 야욕에 의한 것일 따름이다. 이런 관점에 설 경우
전후의 폐허로부터 벗어나기 위해서는 국가장치의 주도 아래 이전의 질
서를 회복하는 것이 무엇보다 선결과제가 된다. 또 실제로 남과 북의 전
후 복구는 그러한 이데올로기적 호명 방식에 의해 진행된 것도 사실이다.
하지만 전후세대의 전후소설은 그러한 국가의 이데올로기적 호명에 응대
하지 않는다. 대신 그저 전쟁중에, 그리고 전쟁 후에 경험한 괴상망측한,
또는 무시무시하면서도 매혹적인 삶의 풍경들을 그저 실재적으로 그려낸
다. 그럴 뿐인데, 그랬을 뿐인데, 그것은 한순간에 근대적인 상징규율을
근본적으로 해체하고 탈영토화시켜버리는 폭발력을 발휘한다. 전후세대
의 전후소설이 제시한 역사의 파편 혹은 파편화된 역사를 보는 순간, 또
국가장치 사이의 전쟁이 가져온 참혹하고도 부조리한 현존 형식을 확인

하는 순간, 근대 이후 한국문학사에 모색되었던 그리고 결국 한국전쟁의 중요한 요인으로 작동하는 이전의 문화지리지란 더이상 어떤 보편성도 가치도 지닐 수 없다는 것이 너무나도 명백해졌던 것이다. 전후세대의 전후소설이 그려낸 살풍경들이 이전의 상징체계가 더이상 존속할 수도 없고 존속해서도 안 된다는 것을 여지없이 증명해버렸다고 할까. 다시 말해 1955년경에 어떤 역사적 사건이 새로운 감수성을 탄생시킨 것이 아니라 전쟁에서 살아남은 전혀 새로운 감수성이 이전에 보편성의 감옥에 갇혀 포착하지 못했던 현실상들, 그러니까 상징질서 너머의 무시무시하고 괴상망측한 실재들을 그려내자 새로운 시대가 시작된 것이다. 그러므로 전후세대의 전후소설은 그 자체가 바디우적 의미의 사건이라고도 할 수 있으며, 이들 문학이 한국문학사의 또다른 주기를 열었다고 하는 것은 바로 이러한 이유 때문이다.

이렇듯 한국문학사에서 1955년은 하나의 거대한 전회점이며, 그 전회점의 중심에는 전후세대[5]의 전후소설이 있다. 그런데 전후세대 전후소설 안에 잠복된 폭발력과 사건성을 누구보다 먼저 민감하게 알아차린 데가 있었으니, 바로 『현대문학』이고, '현대문학상'이다. 『현대문학상 수상작품집』이 손창섭의 「혈서」로부터 시작해 박경리의 「불신시대」 등으로 이어지는 것은 결코 우연이 아니다. 또 『현대문학상 수상작품집』에서 전후세대의 전후소설이 차지하는 위상이, 우리의 대문자 한국문학사의 감각에서 보자면, 압도적인 것 역시 마찬가지이다. 실제로 『현대문학상 수상작품집』에는 손창섭의 「혈서」(1956)에서부터 시작하여 김광식의 「213호 주택」(1957), 박경리의 「불신시대」(1958), 이범선의 「갈매기」(1959), 서기원의 「오늘과 내일」(1960), 오유권의 「이역의 산장」(1961), 이호철의

---

5) 평론가 김현은 김승옥 소설을 논하는 글에서 전후세대 작가들을 '55년대 작가'로 흔히 4·19세대 작가로 일컬어지는 작가들을 '65년대 작가'로 부르고 있다. 자세한 내용은 김현, 「구원의 세계와 개인주의」, 『김현문학전집 2』, 문학과지성사, 1991 참조.

「판문점」(1962), 권태웅의 「가주인산조假主人散調」(1963), 한말숙의 「흔적」(1964), 이광숙의 「탁자의 위치」(1966), 최상규의 「한춘무사寒春無事」(1967), 송상옥의 「열병」(1969) 등 전쟁의 참혹한 풍경과 전쟁에서 살아남은 자들의 부조리한 실존을 실재적으로 그려낸 작품들이 다수 포진되어 있다. 전쟁(후)의 풍경을 대문자의 한국문학사보다 훨씬 집중적으로 그리고 더 오랫동안 주목했음을 알 수 있다. 이렇듯 『현대문학상 수상작품집』에 전후세대의 전후소설이 압도적인 것은, 앞질러 말하자면, 전후세대의 전후소설이 기존의 근대문학 또는 민족문학과 단절된 전혀 현대적인 문학을 건설하고자 한 『현대문학』의 역사지리지에 가장 근사한 문학으로 다가왔기 때문[6]이다. 아마도 손창섭의 「혈서」 등에서 나타나는 다음과 같은 특성 때문일 것이다.

손창섭의 「혈서」 등에 등장하는 인물들은 주로 '우연히 살아 있는 인간'(손창섭, 「혈서」)들이며 '순전한 무사유성'(한나 아렌트)의 존재들이다. 이 '순전한 무사유성'의 인간들이 일차원적 욕망 또는 돈의 화신이 되어 타인의 삶을 결정적으로 훼손하고, 그런 폭력에도 불구하고 아무런 고통도 분노도 없이 살아가며, 또 원한에 몸서리칠 뿐 그것을 사유의 차원으로 끌어올리지 못한 존재들이 누군지도 모를 세상 사람에 대한 복수심으로 살아가는 것, 이것이 「혈서」 등의 소설이 담고 있는 내용이다. 하지만 모두 같은 것은 아니다. '순전한 무사유성'이라고 해도 좀 다르다[7]. 첫번째 유형은 '죽었으나 살아 있는 육신'이다. 말하자면 고도 윤리사회의 일차원적 욕망의 대중들인 것이다. 자동인형이라고나 할까, 사이보그라고

---

6) 조연현은 1955년 4월 손창섭의 작가론을 통해서 손창섭의 소설을 도스토옙스키와 비교해준다. 『현대문학』의 전후세대의 전후소설에 대한 관심을 확인할 수 있는 대목이다. 조연현, 「병자의 노래—손창섭의 작품세계」, 『현대문학』 1955년 4월호 참조.

7) 이러한 '순전한 무사유성'의 존재들을 '죽었으나 살아 있는 육신'과 '살아 있지만 죽은 영혼'으로 구분한 것에 대해서는 김홍중, 「스노비즘과 윤리」, 『사회비평』 2008년 봄호 참조.

나 할까. 어떤 목적에 따라 그때그때 자신의 행동을 조절하는 것이 아니라 대타자에 의해 주어진 정언명령을 물 샐 틈 없이 이행하는 그런 존재들이다. 목적 없는 합목적성의 소유자들이며 내용과 절연된 형식을 목숨 걸고 지키는 형식주의자들이다. 「혈서」의 준석 같은 인물, 「213호 주택」의 사장과 공장장, 그리고 「불신시대」의 '갈월동 아주머니'와 돈에 혈안이 된 의사 등으로 거의 모든 생활인들이 여기에 속한다. 이들은 간혹 자신들의 행동이 너무 집요하게 속된 가치만을 추구하는 것처럼 보이면 전혀 내용이 없는 교양이나 예술을 물신화시켜 소유하기도 한다(「판문점」「흔적」「탁자의 위치」). 두번째 유형은 '살아 있지만 죽은 영혼'이다. '살아 있는 시체'들이다. 저항의 의지도, 삶의 의지도, 심지어 절망의 의지도, 원한도 없는 존재들. 「혈서」의 창애나 「이역의 산장」의 '여인' 같은 인물들이다. 그리고 마지막으로 이 두 유형 사이에서 오고가는 인물들이다. 이들을 살게 하는 힘은 이성도, 세계에 대한 전망도, 역사철학도 아니다. 다만 세상에 대한 분노, 원망, 원한 같은 것이다. 「불신시대」의 '진영', 「213호 주택」의 주인공 '김명학' 같은 인물들이다.

이런 인물들이 살아가는 이야기가 담긴 「혈서」 등의 소위 전후세대의 전후소설은, 물론 각기 달라 손쉽게 동질성을 부여하기는 힘들지만 굳이 공통성을 찾자면, 전쟁중 혹은 전쟁 후에 벌어진 또다른 전쟁에 관한 이야기라 할 수 있다. 이들 소설의 인물들은 이중으로 전쟁을 치른다. 하나의 전쟁은 물론 국가장치에 순종하는 신체로서 치른 전쟁이다. 그 전쟁은 이 인물들을 자주 삶과 죽음의 경계선으로 이끌기도 하고 또 때로는 자기가 살기 위해 누군가를 죽여야 하기에 공포스러운 것이긴 하지만 상상하는 것만큼 힘든 전쟁이 아니다. 누군가를 죽여야 내가 살아남는다는 정글의 법칙이 너무도 압도적이고, 또 그저 주어진 명령을 수행하는 것 외엔 또다른 어떤 행동도 할 수 없는 상황이어서 그 외의 다른 것은 아무것도 중요하지 않기 때문이다. 오히려 더 힘든 상황은 전쟁중 또 전쟁 후, 이

국가장치를 정점으로 하는 일사불란한 명령체계가 작동하지 않을 때이다. 어느 순간 이들, 그러니까 전쟁중은 물론 전쟁 전에도 국가장치에 절대적으로 순종하는 주체로 살았던 존재들은 그들의 모든 행동을 결정해주던 대타자의 시선을 놓쳐버리는 상황에 빠져들곤 한다. 더이상 국가장치가 이데올로기적으로 호명해주지 않는 상황, 그러니까 오로지 자신 내면의 목소리와 자신의 지성만으로 살아야 하는 처지에 놓이게 된다는 것인데, 이때 비로소 또하나의 전쟁이 시작된다. 즉 내면에서의 전쟁이 벌어진다. 이 전쟁은 근대적 규율과 근대적 규율에 의해 폐기처분된 것 사이의 전쟁이기도 하고, 대타자의 시선과 개인의 욕망 사이의 전쟁이기도 하며, 에로스적 욕망과 타나토스적 충동 사이의 전쟁이기도 하다. 전쟁 후 인간이 겪었던 이 전쟁은 오히려 인류를 전쟁으로 몰아넣은 근대적 규율을 반성하고 보다 의미 있는 윤리의 공화국을 건설할 중요한 계기도 될 수 있을 법하건만, 그러나 「혈서」 등은 그러한 새로운 윤리를 발명하는 데까지 나가지 못했다고 보고한다. 국가장치에 순종하는 신체로서 치렀던 전쟁에는 그토록 헌신적이었던 이 인물들이 정작 내면의 전쟁에서는 무력하기 짝이 없다는 것이다. 아니 국가장치에 순종하는 신체로서 치렀던 전쟁에 헌신적이었기에 내면의 전쟁을 치러낼 수 없었다는 것이다. 이들 작품에 따르면 지금, 이곳을 사는 존재들이란 스스로 사유한 것이 아니라 국가장치의 이데올로기가 불러주는 대로 의식의 내용을 기입했던 것이며, 그래서 국가장치가 이데올로기적으로 호명해주지 않자 정작 이전의 진리 내용을 지양하기는커녕 이전의 진리 내용 이전으로 돌아갈 수밖에 없었다는 것이다. 한마디로 근대적 정치기술이 인간 주체를 '순종하는 신체'로 훈육시키며 완전히 통제하게 되었고, 그것이 전쟁에 헌신하는 전쟁기계를 낳았고, 전쟁이 끝난 순간 당연히 '순전한 무사유성'의 존재로 전락했다는 것이다.

이렇듯 손창섭의 「혈서」 등은 한국전쟁에 대한 실재적 표현을 통해 근대적 정치기술이 초래한 살풍경을 민감하게 포착할 뿐만 아니라 근대 형성기 이후 감행되었던 한차례의 근대적 기획들이 한국전쟁과 더불어 끝났음(또는 끝나야 함)을 정확하게 감지해내는 엄청난 파괴력을 안고 있는 소설들이다. 이 '병자들의 노래' 속에 담긴 의미를 기민하게 읽어내고 그것을 제도 안으로 포획해낸 것은 다름아닌『현대문학』이다. '전후세대'의 '전후소설'에 대한『현대문학』의 공감은 대단한 것이었다.『현대문학』은 그들 세대의 작품 수록이나 비평적 맥락화 정도를 넘어 '현대문학상'이라는 제도로 그들을 포획해낸다.

그렇다면「혈서」등이 압도적인 비중을 차지하며『현대문학상 수상작품집』의 제일 앞자리에 위치하고 있다는 사실은 결코 우연이랄 수 없다. 그것은 매우 상징적이다. 그것은 우선『현대문학』이 바로 '근대문학 이후'를 매우 강렬하게 열망하고 있었음을 알려준다. 동시에 그것은「혈서」등이 1955년 이후 한국문학의 앞자리일 수 있었던 것은 그들 작품 스스로의 파괴력도 파괴력이지만 그 파괴력을 발견하고 호명해준『현대문학』의 의지가 관철되었다는 점도 보여준다. 이렇게 '전후세대'의 '전후소설'과『현대문학』이 '현대문학상'을 통해 조우했고, 그러자 한국문학의 새로운 주기가 열렸다. 이전과는 전혀 다른 '1995년 세대'의 문학이 시작된 것이다.

5

전후세대의 전후소설들에 의해 이전의 근대적 기획과 단절한 1955년 이후의 한국문학은 65년경 한차례 격렬한 변화의 소용돌이에 휩싸인다. 그것은 1955년 전후세대의 전후소설이 준 교훈을 망각한 것과 관련이 깊다. 1955년 전후세대의 전후소설의 교훈은 1955년 이전의 (문학적) 기획들이 전쟁의 폐허를 가져온 만큼 1955년 이후의 모색들은 1955년 이전 것의 단순한 반복이어서는 안 된다는 것이었다. 그렇지만 당시의 국가장치는 이 처절한 역사의 아픈 교훈에도 불구하고 1955년 이전의 기획들을 그대로 답습한다. 제1,2차 세계대전은 물론 한국전쟁의 참화를 불러온 핵심 요인인 전 지구적 자본주의 시스템을 목적의식적으로 구동시키고자 한다. 당시 국가장치는 경제성장을 이곳의 저열한 삶을 저곳의 풍요로운 삶으로 비약시킬 수 있는 유일한 방법으로 확신하고 한국사회 전반을 자본주의화라는 세계경제체제의 단일한 시스템으로 폭력적으로 재편하고자 한다. 그것은 가난이라는 굴레로부터 인간을 해방시켜 보다 인간적인 삶의 조건을 창출하지만 노골적인 계급모순과 사물의 주인공화와 인간의 도구화(혹은 사물화)라는 또다른 위기를 불러오나, 당시의 국가장치는 모순이 심화될수록 억압을 가속화하는 모순을 미봉하고자 한다. 때로는 분단상황을 교묘하게 활용하여 사회적 모순을 비판하고 부정하는 모든 존재들을 구속하기도 한다. 하여간 1955년 이후에도 당시의 국가장치는 자본주의의 신속한 정착 외에는 어떤 인과율도, 전망도 인정하지 않는다. 말하자면 국가장치가 또다시 '순종하는 신체'를, '순전한 무사유성'의 존재들을 생산해내기 시작한 것이다.

전후세대의 전후문학에 의해 여지없이 시효가 만료된 것으로 증명된 기획들이 아무런 반성도 없이 단순히 반복되자 한국문학 전반은 전후세대의 전후소설이 알려준 해체의 정신을 계승하여 국가장치의 이데올로기와 맞선다. 특히 4·19와 5·16 이후에는 국가장치의 이데올로기를 탈영토화하려는 정치적 문학적 실천이 광범위하게 펼쳐지는데 이것이 60년대부터 80년대까지 한국문학의 지배적인 흐름을 이룬다. 이 시기 한국문학의 정치적 문학적 실천은 복수의 계열체에 의해 행해진다. 예컨대 어떤 부류는 국가장치가 강요하는 '순종하는 신체'를 거부하고 '남과 다른 자기 세계'를 지닌 존재-되기를 꿈꾸는가 하면, 또 어떤 부류는 자본주의 신속한 정착을 위해 행해지는 온갖 반민족적이고 반민중적이며 동시에 반민족적이고 반통일적인 국가장치의 정치 행위를 '민족의 주체적 생존과 그 대다수 구성원의 복지가 심각한 위협에 직면해 있다는 위기'(백낙청)

로 규정하고 민중(그리고 민중의 핵심계급으로서의 노동자계급)을 적극적으로 호명하는 한편 그 개념을 중핵으로 사회와 역사 전체를 재질서화하고자 하기도 한다. 그런가 하면 국가장치의 강력한 초자아와 민주화운동이라는 초자아 사이에서 '개인의 죽음', 혹은 '언어의 감옥'을 발견하고는 그 상징질서 바깥의 '실재의 윤리'를 통해 보다 자유로운 주체의 가능성을 찾는 부류들도 있다.

그런데 '현대문학상'은 60~80년대 문학의 이런 흐름과 분명하게 거리를 둔다. 『현대문학상 수상작품집』에는 권태웅, 이광숙, 이문희, 박순녀, 이세기, 김국태, 김용운, 손용목 등 지금은 낯선 작가들의 작품이 있지만, 반면 최인훈, 최일남, 김승옥, 박태순, 이문구, 조세희, 이청준, 황석영, 서정인, 현기영, 임철우, 이인성, 최수철, 최윤, 방현석 등의 소설이 없다. 이렇듯 『현대문학상 수상작품집』에는 60~90년대 초반까지의 소설적 성과 중 특정 부분이 빠져 있는 것이 사실이다. 세대별로는 흔히 말하는 4·19세대(혹은 65년대 작가)가, 잡지별로 보자면 『창작과비평』과 『문학과지성』 출신의 작가들이 상당수 빠져 있다. 이는 대문자의 한국문학사가 60~80년대까지의 문학을 앞서 나열한 이문구 등을 중심으로 서술되고 있는 것과 대조를 이룬다.

그렇다고 '현대문학상'이 당시의 시대적 흐름을 외면한 것은 아니다. 60~80년대 문학이 주로 반민족, 반민중, 반통일, 비민주의 절대적인 국가장치에 맞서 민족, 민중, 통일, 민주 등이 지니는 역사철학적 가치를 문학적으로 구현해왔다면, 그리고 그러한 가치들의 넘치는 강요가 억압으로 느껴지는 존재들의 경우 국가장치와 민주화 세력이라는 두 대타자의 시선을 거부하고 '남과 다른 자기 세계'를 실현하기 위해 '실재의 윤리'를 모색해왔다면, '현대문학상'에도 그러한 세계를 구현한 작품들은 적지 않다. 예컨대 박순녀의 「어떤 파리」(1971), 송기숙의 「백의민족」(1973), 전상국의 「사형」(1977), 김국태의 「우리 교실의 전설」(1979), 유재용의 「두고 온 사람」(1980), 조정래의 「유형의 땅」(1982), 이동하의 「폭력요법」(1986), 송영의 「친구」(1987), 현길언의 「사제와 제물」(1990) 등은 전자의 경향과 친연성을 보이고 있으며, 최인호의 「타인의 방」(1973), 이제하의 「초식」(1974), 김원일의 「바라암」(1975), 한수산의 「타인의 얼굴」(1991), 이문열의 「시인과 도둑」(1992), 박완서의 「꿈꾸는 인큐베이터」(1993), 윤후명의 「별을 사랑하는 마음으로」(1994), 양귀자의 「곰 이야기」 등은 후자와 같은 경향성을 공유하는 소설들이다.

한데도, '현대문학상'에는 최인훈, 김승옥, 이청준, 이문구, 조세희, 황석영 등이 등재되어 있지 않으며, 『현대문학상 수상작품집』에도 이들은 없다. 여러 이유가 있을 것이다. 그중 가장 핵심적인 요인은 아마도 『현대문학』의 용기와 결단, 그러니까 이념적 구심점(혹은 문학관)일 것이다. '현대문학'은 그들의 문학을 '민족문학'이나 '근대문학'의 귀환 혹은 반복으로 바라보았을지 모를 일이다. 문학의 위대함 또는 인간의 질적 본질성을 '민족의 주체적 생존과 그 대다수 구성원의 복지'에서 찾는 민족문학은 한국전쟁의 이데올로기로 작용했던 민족문학들의 단순한 반복으로, '남과 다른 자기 세계'를 공인받고자 근대적 규율을 비판하고 부정하는 소위 '자유주의 문학'은 1930년대 중·후반의 모더니즘 문학의 귀환으로 읽어들였을 가능성이 높다. 그것이 비록 그 시대의 주류라 하더라도, 아니, 주류이기 때문에 더욱더 거리를 두어야 했으리라. '민족문학'이나 '모더니즘 문학' 혹은 '근대문학'을 승인하는 것은 『현대문학』의 입장에서 보자면 문학의 역사를 뒤로 돌리자는 것 아니겠는가. 또 전쟁의 잔혹함으로 끝난 근대적 기획들을 또다시 반복하는 것 아니겠는가. 그것도 아니면 인간의 질적 본질성을 다분히 비본래적이고 세속적인 언어나 질서의 감옥 속에 가둬두는 것 아니겠는가. 그러니 『현대문학』의 입장에서 '민족문학'과 '자유주의 문학'에 거리를 둔 것은 하나의 선택이라 할 수 있으며 충분히 있을 수 있는 일이다.

물론 이러한 선택을 두고 '민족문학'과 '자유주의 문학'에 대해 오해한 것 아니냐는 반론도 가능하며,『현대문학』의 선택이 오히려 더 좋은 위대한 작품을 놓친 것 아니냐 하는 이견 제시도 가능할 것이다. 하지만『현대문학』의 선택은 충분히 존중될 필요가 있다. 이유는 두 가지이다. 하나는 '현대문학상'이 선택한 소설들의 무게. 이 시기 현대문학상을 수상한 소설들은 흔히 우리가 회고하고 재구성하는 문학사에서는 주변부적 작품으로 언급되는 경우가 많으나 계열체를 이루지 않았을 뿐 작품 하나하나는 그야말로 문제적이다. 이들 작품 중에는 알레고리로 표현된 작품이 많은 바, 그 결과 이들 소설은 그 사건의 현재적 의미만 표현하는 것이 아니라 그것을 인간의 역사 속에서, 또는 인간의 본성 속에서 표현해낸다. 그를 통해 여타의 문학적 계열체들이 주목하지 못한 또다른 인간적 본성들을 발견한다. 예컨대 「시인과 도둑」은 역사상의 한 인물의 삶의 연대기를 통해서 문학의 직접적인 현실 참여를 비판하고 문학적인 삶과 역사적인 삶의 역설적 관계성을 규명하고 있으며, 「사형」과 「우리 교실의 전설」 등은 매사를 마찰 없이 잘 넘기려는 욕구와 상징권력의 정치기술이 만나서 어떻게 서서히 인간을 순종하는 신체로 전락시키는가를 우화적으로 그리고 있다. 그런가 하면 「타인의 얼굴」 「꿈꾸는 인큐베이터」 「별을 사랑하는 마음으로」 「곰 이야기」 등은 역시 욕망을 포기한 안정된 삶의 욕구가 남근주의적이면서 물신적이고 (자연에 대한 두려움은 잊은 채) 인간만을 배려하는 이 시대의 도덕이나 역사철학과 만나 얼마나 비인간적이고 반생태적인 삶을 사는가를 여실히 보여준다. 동시에 이를 통해 현재의 법과 도덕, 혹은 상징질서에 의해 의미 없는 것으로 격하된 '질서화되지 않은 에네르기', '무의식 저편에 억눌려 있는 욕망', 그리고 도구적 합리성에서 통제되지 않고 남아 있는 인간 본연의 생명력들을 귀환시킬 것을 강렬하게 환기시킨다. 어떤가. 이 시기 주요 흐름으로 흔히 지칭되는 '민족문학'과 '자유주의 문학'에 못지않는 중요한 진리, 경청할 만한 윤리들이 들어 있지 않은가. 『현대문학』의 선택이 존중되어야 할 또하나의 이유는 첫번째 이유와 관련이 있다. 『현대문학』은 이렇게 주류에 포괄되지 않는 독자의 방법과 독자의 문화지리지를 구축한 작품들을 '현대문학상'을 통해 문학의 중심부로 편입시킴으로써 한국문학을 복수의 계열체로 존립하도록 기여한다. 한마디로 '현대문학상'은 끊임없이 근대성을 충실하게 구현한 소설 외에 다른 경향, 지향, 상상, 욕망에 의해 구성된 소설들을 감싸안은 바 있거니와, 이는 1955년 이후 한국문학사가 그토록 풍요로울 수 있었던 핵심적인 원천이 된다. 그것만이 아니다. '현대문학상'의 근대를 넘어서서 '현대문학'이고자 하는 열망은 90년대 중반 이후 근대성에 비판이 휘몰아치고 근대를 넘어서는 윤리의 재정립이 강력하게 요청될 때 한국문학 전반이 그토록 효과적으로 그 요구를 실현할 수 있도록 한 중요한 밑거름이 된다. 바로 이것이 이 시기 『현대문학』의 선택이 존중되어야 하는 두번째 이유이다.

6

문학의 중심부와 분명한 거리를 두며 오히려 스스로 그 중심부와 갈등과 불화의 길을 선택했던 '현대문학상'이 다시 문학의 중심부를 앞서서 이끌기 시작한 것은 1990년대 중반부터이다. 1990년대 중반 한국문학 전반은 또 한번 큰 시대적 변화를 경과하는데, 이 변화의 시기에 '현대문학상'은 또 한번 위치를 바꾼다. 이제 '현대문학상'은 문학의 주류와 밀착한다. 어떤 대목에서는 앞서서 문학의 흐름을 이끌기도 하고 어떤 경우에는 문학의 주류에서 발생한 돌연변이들을 재빠르게 자기화한다. 물론 '현대문학상'의 지향점이 변화한 것이 아니다. 반대로 한국문학 중심부의 환상체계가 변화한다. 90년대 중반 이후 한국문학의 중심부는 이제 근대 너머의 실재에 대한 관심을 보이기 시작하며 그곳에서 인간이 나아갈 윤리를 찾아내기 시작한다. 그러니까 한국문학 중심부의 환상체계가 '현대문학상'의 그것에 근사해진 셈이다. 당연히 '현대문학상'이 한국문학의 중심부와 거리를 둘 필요가 사라진다. 결국 이렇게 1990년대 중반 이후 '현대문학상'은 '현대문학상' 특유의 탈근대적 상상력의 전통을 이어가기 위해 자신들의 위치를 조종한 것이다.

  4·19 이후 한국문학은 복수의 계열체를 이루며 전후세대 전후소설의 교훈을 계승했지만, 그런 와중에서 가장 강력한 영향력을 행사한 것은 민족·민중문학이다. 이 시기에 극에 달한 야만의 정치 때문일 것이다. 1955년 이후 한국 역사에는 어느 순간 한 나라의 최고권력자가 국가장치를 통째로 지배해버리는 경우가 여러 번 반복된 바 있다. 1950년대 말이 그러했고 70년대 중반 이후부터 80년대 중반 이후까지가 그러했다. 이중 7, 80년대의 경우는 최고권력자의 기분이 나라의 분위기를 결정할 정도로 절대권력의 서슬이 시퍼랬다. 그때 그곳은 카프카적이면서 최인훈적인 부조리의 시공간이었다. 죄가 있는 사람을 불러들여 심판하는 것이 아니라 아무 죄도 없는 사람을 불러들여 죄인을 만드는 일이 일상적으로 벌어지던 때였으며, 전혀 인과성이 없는 사실들에 자의적인 인과율을 부여하고 그것으로 한 인격체의 생사 여부가 결정되는 곳이 바로 7, 80년대라는 시공간이었다. 당연히 국가장치, 아니 최고권력자의 독재적인 인과율은 시민사회의 전방위적 반발을 불러일으킨다. 그런 점에서 7, 80년대는 동시에 비민주, 반통일, 반민중, 친외세(특히 미국)를 특징으로 하는 야만의 국가장치에 맞서 대대적인 민족, 민주, 통일, 민중운동이 펼쳐진 시대이기도 하다. 어떤 면에서 7, 80년대 한국사회에는 두 개의 (정신적) 정부, 두 개의 '당신들의 천국', 두 개의 강력한 초자아가 존재하고 있었다고 할 수 있다. 한데, 국가장치의 위계질서가 워낙 확고부동했던 만큼 7, 80년대 민주화운동 역시 '철의 규율'로 그에 맞설 수밖에 없었다. '철의 규율' 자체가 주는 억압에도 불구하고 민주화운동의 '철의 규율'은 오히려 필수불가결한 계율로 받아들여졌다. 그것은 그만큼 국가 테러까지 감행한 국

가장치의 통치 행위에게서 생존 자체의 위협을 느꼈기 때문이다. 자존이 아니라 생존이었다. 하니 생존을 위한 '철의 규율'에서 억압을 감지할 수는 없었다. 60년대 중반 이후 뒤늦게 발생하여 70년대 초반 민족의 주체적 생존과 민중의 인간다운 삶을 무엇보다 핵심적인 과제로 설정한 민족민중문학이 이 시기에 그토록 강력한 헤게모니를 행사할 수 있었던 것은 바로 이 때문이다.

그런데, 90년대 중반 이후 상황이 달라진다. 여러 가지 변화가 있었지만 그중 핵심적인 변화 중 하나는 '야만의 정치'가 종말을 고했다는 것이다. 줄기찬 민주화 요구 때문일 것이고, 또 국가 주도의 경제개발이 더이상 불가능해졌고 불필요해졌기 때문일 것이다. 하여간 국가장치의 절대적인 권능이 약화되었다. 그러자 자연히 '민족, 민주, 통일, 민중'을 전면에 내세웠던 민주화운동도, 민족민중문학도 그 초자아의 성격을 잃어가기 시작한다. 아니, 대타자로서의 역능을 상실했음에도 불구하고 그 기능을 고집하자 이제 이것은 억압의 기제로 받아들여진다. 그러므로 90년대 이후 한국문학은 한편으로는 민족민중문학의 억압적 성격을 비판하고 다른 한편으로는 그동안 '민족, 민주, 통일, 민중' 등 거대담론에 의해 쓸모없는 실존으로 격하되었던 거의 모든 대상, 계층, 사물, 주체 들의 숨겨진 말들을 듣거나 말을 대신해주기에 혼신의 힘을 다한다. 그 결과 90년대 이후의 문학은 시원을 찾아나서는 존재들, 노동운동하지 않는 노동자, 타자기 뭉크화집 턴테이블을 갈구하는 재수생, 도박꾼, 술꾼, 깡패, 자살청부업자, 이상(李箱), 13세에 성장을 중단한 여자아이, (말하는) 시체, 편집증환자, 분열증환자, '오타쿠', 좀비, 육체를 떠난 영혼 등등 80년대 민족민중문학과는 전혀 다른 인물들로 채워진다. 흔히 90년대 이후의 문학이 '비루한 것의 카니발'(황종연)이나 '동물극장'(김영찬) 등으로 비유되는 것은 이 때문일 것이다. 하여간, 이렇게 90년대 이후의 문학은 80년대의 상징질서 바깥의 실재적 세계 혹은 80년대의 상징질서에 의해 애브젝트(abject)된 사물들이나 존재들을 귀환시켜 새로운 실재의 윤리를 제시한다. 그런 점에서 이 '실재의 윤리'를 통해 이전에는 없던 전혀 이질적인 주체성을 확립하겠다는 의지야말로 90년대 이후 한국문학의 중요한 특성이라 할 수 있거니와, 동시에 현재 한국문학이 서 있는 지점이기도 하다.

'현대문학상'은 90년대 이후 한국문학을 거의 즉각적으로, 그리고 적극적으로 수용한다. 그렇게 '현대문학상'은 신경숙의 「깊은 숨을 쉴 때마다」, 이순원의 「은비령」, 윤대녕의 「빛의 걸음걸이」, 김영하의 「당신의 나무」, 김인숙의 「개교기념일」, 심상대의 「미」, 이혜경의 「고갯마루」, 조경란의 「좁은 문」, 성석제의 「내 고운 벗님」, 윤성희의 「유턴지점에 보물지도를 묻다」, 정이현의 「삼풍백화점」, 이승우의 「전기수 이야기」 등의 그때 그곳의 성과를 문학의 중심부로 끌어올린다. 물론 '현대문학상'이 1990년대 중반 이후의 한국문학의 중심부의 흐름을 적극적으로 수용한 것은 그것이 『현대문학』과 '현대문학상'이 지향했던 보이지 않는 문학적 지향점과 일치하는 부분이 많기 때문이다. 물론 그렇다고 '현대문학상'이 90년대 이후 문학의 전부를 무조건 받아들이고 있는 것은 아니다. '현대문학상'은 90년대 이후의 문학적 경향을 존중하되 그 90년대 문학 중에서도 특히 지금, 이곳의 삶을 인위적이고 작위적인 현실원칙의 맥락 속에서가 아니라 하늘과 대지, 인간과 신의 문제까지를 포함한 본질시야(Wesensblick) 속에서 바라보는 문학을 선별해낸다. 그래서 90년대 중반 이후 '현대문학상' 수상작 대부분은 '현대문학상'이 내내 지향했던 문학사상과 많은 부분에서 일치한다. 신경숙의 「깊은 숨을 쉴 때마다」 등의 인물들은 정치경제학적 시야에서만 바라보거나 '남과 다른 자기'나 '자율적 주체'를 넘치게 강조한 나머지 보다 큰 자연 속의 인간 존재와 무관한 80년대식의 인간상과는 다르다. 「깊은 숨을 쉴 때마다」의 인물들은 어떤 면에서는 보다 신화적이고 보다 구조적이며 보다 원형적인 인물들이다. 예컨대 「깊은 숨을 쉴 때마다」는 인간의 죽음 혹은 죽어가는 인간들을 통해 인간의 절대

고독과 그 고독으로부터 벗어날 방법에 대해 말한다. 「깊은 숨을 쉴 때마다」에 따르면 이렇다. 인간은 유한한 존재여서 인간이라면 하나도 예외 없이 자기 곁의 누군가가 죽어서 홀로 남겨지거나 또는 누군가를 두고 혼자 죽을 수밖에 없다. 그러니 죽는 자도 남은 자도 죽음이 가져오는 절대고독으로부터 자유로울 수 없다. 다만 위안인 것은 인간에겐 동시에 타인에 대한 연민(혹은 친절)이란 것이 있어 상호소통이나 친밀성의 관계가 가능하다는 것. 이렇듯 「깊은 숨을 쉴 때마다」는 인간 존재의 절대고독을 절대화함으로써 남북분단 등 정치적 현실이나 문명질서 속에서만 그 세계 내적 위치가 부여되었던 인간 존재들을 보다 본래적인 맥락 속에 옮겨놓는다.

이러한 경향은 단지 「깊은 숨을 쉴 때마다」에 국한되지 않는다. 1990년 대 중반 이후 현대문학상을 수상한 작품의 거의 대부분이 그러하다. 이들 소설은 한편으로는 인위적이고 작위적인 현실원칙 속을 살아가는 현대인들이다. 그들은 하나같이 자연과 단절된 제2의 자연인 인공낙원 속에서, 인간이 자초한 살풍경 속에서 살아간다. 그리고 최첨단의 기계문명을 누리고 살고, 소박함과는 거리가 먼 자본주의 특유의 사치를 누리며 살거나 그것에 소외되며 살거나 한다. 아니면 원하지 않는 귀향 때문에, 그 고향의 끈적끈적함 때문에, 또 좁은 공간 속에나 가능한 타인에 대한 넘치는 관심이나 비익명성(혹은 투명성) 때문에 숨이 막히는 답답함을 느끼기도 한다. 또 마네킹보다는 더 인간적인 느낌이 든다는 이유로 인간의 몸을 진열하는 곳에서 각자의 인격과 몸을 상품으로 내놓고 그것으로 상품을 구매하며 살아간다. 한마디로 「깊은 숨을 쉴 때마다」 등은 그 이전 시대의 문학, 특히 80년대의 민족민중문학이 비본질적이며 허위의식의 소산이라 하여 주목하지 않았던 인공적인 풍경을 대거 귀환시킨다. 그리고 그것을 본질시야의 시선으로 재구성해낸다. 만남과 헤어짐(「깊은 숨을 쉴 때마다」 「당신의 나무」), 머묾과 떠남 혹은 탈향과 귀향(「고갯마루」), 기존질서의 거부와 탕아적 귀환, 아웃사이더에 대한 선망과 질서 속에 있는 자의 권태(「미」「개교기념일」「좁은 문」), 원장면의 공포와 반복되는 원장면(「개교기념일」「미」), 고독과 집착 그리고 더 깊은 고독(「당신의 나무」「개교기념일」), 타자의 상처에 대한 동정과 정신적 외상의 극복(「깊은 숨을 쉴 때마다」「좁은 문」「삼풍백화점」), 사치와 소박, 도시와 시골, 넓음과 좁음의 이항대립(「미」「고갯마루」「삼풍백화점」), 벗어나고프나 벗어날 수 없는 여성과 반복되는 여성의 역사(「빛의 걸음걸이」「개교기념일」), 자기의 역사를 말하고 싶은 깊은 욕망(「전기수 이야기」), 인간 사이에 존재하는 위계관계(혹은 주인과 노예의 관계)가 빚어내는 다양한 풍경들(「내 고운 벗님」). 이렇게 「깊은 숨을 쉴 때마다」 등은 현존재들의 고통을 인위적이고 현실원칙에서만 찾는 것이 아니라 더 큰 관계, 더 큰 질서 속에서 찾는다. 또 현존재들의 실존형식을 일회적인 사건이 아니라 원점회귀적 사건으로 바라본다.

그를 통해 「깊은 숨을 쉴 때마다」 등은 현존재들의 더 큰 질서에 대한 집요한 망각과 현실원칙에 대한 강박을 환기시킨다. 「깊은 숨을 쉴 때마다」 등에 따르면 현대인들의 삶은 그야말로 절망적이다. 「깊은 숨을 쉴 때마다」가 전하는 것처럼 현존재들이 근대가 행한 발견만을 절대화한 채 그것이 행한 은폐를 망각하고 있다고 한다면, 다시 말해 근대가 자연을 배제하고 은폐하고 만들어놓은 인위적이고 작위적인 경계 안에서만 자신들의 세계 내적 위치를 설정하고 있다고 한다면, 현존재들이 지금의 고통에서 벗어날 길은 아예 없는 것처럼 보이기 때문이다. 자신이 현대라는 감옥 속에 갇혀 그 안에서 '아주 작은' 자유를 목숨을 걸고 찾는 형국이니 이 얼마나 절망적인가. 하지만 「깊은 숨을 쉴 때마다」 등에서 우리가 맛보는 이 절망은 현존재들이 자유로울 수 있는 매우 구체적인 전망이기도 하다. 현존재들이 그토록 몸부림을 쳐도 자유로울 수 없었던 것이, 또는 몸부림을 치면 칠수록 더욱더 활동할 공간이 줄어들었던 것이 바로 이런 이유 때문이라는 것을 보여주기 시작했기 때문이다. 「깊은 숨을 쉴 때마다」는 현존재들이 어디에 어떤 이유로 속박되어 있는지를 충분히 설득력 있게 보여준다. '우리가 있는 곳은 이곳이다. 그러니 이전과는 다른 방법으로 자유를 찾아라' 하는 것. 뿐만 아니라 「깊은 숨을 쉴 때마다」의 소설들은 아주 순간적으로 감옥 안에서의 자유가 아니라 대지에서의 자유의 순간을 보여주기도 한다. 이들 소설에는 인물들이 어느 순간 섬광처럼 명멸하는 진리의 빛을 보기도 하고, 그런 순간 그 악착스러워 보였던 현재의 상징질서를 간단하게 넘어 보다 초인적인 행위를 자유롭게 펼치기도 한다. 귀향하는 순간, 죽어가는 순간, 죽음을 지켜보는 순간, 주인의 담론 속에서 더이상 살 수 없다고 깨닫는 순간, 사치와 풍요로움과 거리가 먼 저 소박하고 좁은 세계 속에서 삶의 희열을 경험하는 순간, 매사를 마찰 없이 잘 넘기려는 욕구보다는 자신의 욕망을 끝까지 몰고 가는 순간들이다. 이 순간 이들은 그 악착같던 현실원칙으로부터 벗어나 무시무시하고 매혹적인 향유의 상태를 경험한다. 물론 이들의 향유는 찰나적이고 우연적이며 단속적인 것에 그친다. 그 진리의 순간을 자기화하고 내면화한 인물이란 아무래도 현실성이 없기 때문이다. 하지만 「깊은 숨을 쉴 때마다」 등이 바로 그런 순간을 보여주고 있다는 점은 주목할 만한 것이다. 그 섬광과도 같은 짧고 강렬한 향유의 경험이 모더니티라는 감옥에 갇힌 현존재들의 실존형식을 환기시키고 근대적인 담론이 '순종하는 신체'를 만들기 위해 왜곡한 자유가 아닌 진정한 자유를 염원하게 하기 때문이다.

1990년대 중반 이후 '현대문학상' 수상작들은 우리들에게 이렇게 말하는 듯하다. 이제 근대가 만들어놓은 인위적이고 작위적인 낙원에서 벗어나 야만적 별종으로 살아가는 것이 필요하다고. 그 야만적 별종으로 살아가는 것은 자본주의적 사치로부터 벗어나 소박한 삶으로 돌아가는 것일 수도 있고, 자기 혼자의 역사만으로 구성된 것이어서 더할 나위 없이 통일적인 서사에 타인의 서사가 끼어들어 혼란에 빠지는 것일 수도 있고,

매사 모든 것과 마찰을 불러일으킬 수도 있고, 또 주인담론인 상식의 입장에서 보자면 넘치게 강박적일 수도 분열적일 수도 있으며, 개인의 쾌락을 위해 공동선을 깨뜨리는 부도덕한 것일 수도 있다. 그러니 두려울 것이다. 하지만 그 공포와 전율은 작은 감옥에서 더 큰 세계로 나가는 순간의 그것이며, 실재의 '나'가 느끼는 공포가 아니라 대타자의 시선에서 벗어나는 용기 있는 자를 바라보는 대타자의 공포일 뿐이다. 그러니 두렵더라도 그토록 오랫동안 우리를 가두었던 근대적 규율로부터 벗어나라. 이것이 「깊은 숨을 쉴 때마다」를 위시한 1990년대 중반 이후 현대문학상 수상작품들이 힘주어 말하고 있는 것인바, 아마도 이는 『현대문학』이, '현대문학상'이, 그리고 이번에 그 총아를 모은 『현대문학상 수상작품』이 내내 말하고자 했던 바인지도 모른다.

7

때로 아무리 강조해도 지나치지 않은 상징적인 사건들이 있다. 또 그런만큼 거듭거듭 분석하고 해석해야 할 사건들이 있다. 역대 현대문학상 수상작품을 한자리에 모은 『현대문학상 수상작품집』도 그런 상징적인 사건 중의 하나이다. 분명 『현대문학상 수상작품집』 그곳에는 대문자의 한국문학사가 있고 『현대문학』이 추구한 소문자의 문학사가 있다. 또 그곳에는 제2의 자연 속에서 자기를 완성하고 진리를 실현하고자 혼신의 힘을 다한 근대문학적 의지가 있는가 하면, 인간이 속한 세계를 더욱 확장시켜 더 크고 더 높은 인간으로 거듭날 것을 강조했던 탈근대적 열정도 있다. 뿐만 아니라 이것들 사이의 격렬한 긴장이 있고 그 긴장 속에서 이루어진 웅장한 도약이 있다. 비유하자면 『현대문학상 수상작품집』에는 '비로소 충만한 이 한국문학사'도 있고 그것을 만들어낸 '고요한 숨길' '무서운 방탕' '무서운 낭비'가 있는 것이다. 그러므로 『현대문학상 수상작품집』의 간행은 무엇보다 반가운 일이다, 고마운 일이다.

이렇게 말할 사람도 있을 수 있다. '우리도 잘 알다시피 문학상에는 때로는 우연도 많이 개입하고 또 심사위원의 개인적 취향도 많이 작용하는 것 아니냐'고. 그렇다면 기껏 우연에 의해 결정된 문학상 수상작품을 한자리에 모은 것에 대해 너무 큰 의미를 부여하는 것 아니냐고. 물론 있을 수 있는 견해이다. 하지만 『현대문학상 수상작품집』이 그냥 몇 년된 문학상의 수상작을 모은 것이 아니라 55년 동안의 수상작을 한자리에 모은 것이라면 사정이 좀 다르다. 우연적인 것에 의해 자주 수상자가 결정된다면 그것은 결코 55년의 역사를 지닐 수 없다. 또 55년의 지속성을 유지한 상이라면 심사위원들도 그 상의 권위, 그 상의 전통 앞에서 고개를 숙이기 마련이다. 그럼에도 불구하고 '우연적이다 개인적인 취향이다' 할 수 있는 것은 역사와 전통이라는 것은 보이지 않기 때문이다. 보이지 않는 까닭에 그 사건을 발생시키는 데 핵심적인 매개자였음에도 불구하고 못 보기 때문이다.

그렇다면 『현대문학상 수상작품집』을 앞에 두고 우리가 해야 하는 것은 그것을 의심하고 '비웃는' 일이 아니라 고개를 숙이는 일이다. '한국문학사에 경의를 표하'기 위해 『현대문학상 수상작품집』을 묶었듯이 우리도 『현대문학상 수상작품집』에 녹아 있는 '『현대문학』의 역사'에 경의를 표할 일이다. 그후 『현대문학상 수상작품집』 안에서 『현대문학』은 물론 한국문학 전반이 걸어온 길과 나아갈 방향, 편향성과 성장 동력 등을 치밀하게 읽고 분석하고 해석할 일이다. 그 과정에서 『현대문학』의 용기와 결단에 박수를 보낼 수도 있고, 또 때로는 보다 인간적인 삶을 위한 '근대적 기획'의 업적과 보편성을 너무 홀시하고 있다고 비판할 수도 있다. 하지만 어떤 것이건 그것은 『현대문학』의 용기와 결단을 존중하는 것이어야 하고, 그런 존중에서 출발하는 만큼 훨씬 더 격렬하고 치열해야 한다. 그것이 『현대문학상 수상작품집』에 깃든 위엄과 권위를 존중하는 일일 터이다. 그리고 동시에 『현대문학상』이 선취한 업적과 보편성과의 변증법적 길항을 이루어내 한국문학을 더욱 발전시키는 길이다.

　김수영으로 시작했으니 김수영으로 마무리하자. 김수영은 「거대한 뿌리」에서 '전통은 아무리 더러운 전통이라도 좋다'고 한 적이 있다. 하지만 『현대문학』처럼 55년을 결호 없는 지속성을 유지한 잡지가 속 깊고 경이로운 전통이 있다면? 그리고 그 전통이 여전히 살아 움직이며 새로운 것들과 대결하고 있다면? 한국문학의 미래가 지금보다 훨씬 더 풍요로울 것이라는 예측은, 따라서 더이상 억측이 아니다. 우리 앞에 『현대문학상 수상작품집』 같은 '나도 감히 상상을 못하는 거대한 뿌리'가 놓여 있으므로.

(2008)

문학동네 평론집
한국문학의 유령들
ⓒ 류보선 2012

초판인쇄 2012년 11월 5일
초판발행 2012년 11월 8일

지은이 류보선
펴낸이 강병선
책임편집 김필균 | 편집 김민정 강윤정 김형균 | 디자인 이경란 유현아
마케팅 신정민 서유경 정소영 강병주 | 온라인마케팅 김희숙 김상만 이원주
제작 서동관 김애진 임현식 | 제작처 영신사

펴낸곳 (주)문학동네
출판등록 1993년 10월 22일 제406-2003-000045호
주소 413-756 경기도 파주시 문발동 파주출판도시 513-8
전자우편 editor@munhak.com | 대표전화 031) 955-8888 | 팩스 031) 955-8855
문의전화 031) 955-8890(마케팅) 031) 955-2663(편집)
문학동네카페 http://cafe.naver.com/mhdn

ISBN 978-89-546-1976-9 03810
* 이 도서의 국립중앙도서관 출판시도서목록(CIP)은
  e-CIP 홈페이지(http://www.nl.go.kr/cip.php)에서 이용하실 수 있습니다.
  (CIP 제어번호 : CIP2012005142)

www.munhak.com